VIDA Y DESTINO

Vasili Grossman

VIDA Y DESTINO

Traducción de Marta Rebón

Lumen

Vida y destino

Título de la edición original: *Zhizn i sudbá*
Esta novela fue publicada originalmente por Éditions l'Age d'Homme

Primera edición en México: mayo, 2008
Primera reimpresión: septiembre, 2008

Traducción del ruso: Marta-Ingrid Rebón Rodríguez

D. R. © 1980-1981, Éditions l'Age d' Homme and the Estate of Vassili Grossman
D. R. © 1992, The Estate of Vassili Grossman
D. R. © 2007, de la traducción: Marta-Ingrid Rebón Rodríguez

Derechos exclusivos en lengua castellana: D. R. © 2007, Círculo de Lectores, S.A. (Sociedad
Unipersonal), Barcelona (España)

D. R. © 2008, derechos de edición en rústica para América Latina excepto Colombia,
        Venezuela, Ecuador y Perú:
        Random House Mondadori, S. A.. de C. V.
        Av. Homero núm. 544, Col. Chapultepec Morales,
        Del. Miguel Hidalgo, C. P. 11570, México, D. F.

www.randomhousemondadori.com.mx

Comentarios sobre la edición y contenido de este libro a:
literaria@randomhousemondadori.com.mx

Licencia editorial por cortesía de Círculo de Lectores, S.A. (Sociedad Unipersonal)

ISBN 978-970-810-381-7

Impreso en México / *Printed in Mexico*

A la memoria de mi madre,
Yekaterina Savélievna Grossman.

PRIMERA PARTE

I

La niebla cubría la tierra. La luz de los faros de los automóviles reverberaba sobre la línea de alta tensión que bordeaba la carretera.

No había llovido, pero al amanecer la humedad había calado en la tierra y, cuando el semáforo indicó prohibido, una vaga mancha rojiza apareció sobre el asfalto mojado. El aliento del campo de concentración se percibía a muchos kilómetros de distancia: los cables del tendido eléctrico, las carreteras, las vías férreas, todo confluía en dirección a él, cada vez con mayor densidad. Era un espacio repleto de líneas rectas; un espacio de rectángulos y paralelogramos que resquebrajaba el cielo otoñal, la tierra, la niebla.

Unas sirenas lejanas lanzaron un aullido suave y prolongado.

La carretera discurría junto a la vía, y una columna de camiones cargados de sacos de cemento circuló durante un rato casi a la misma velocidad que el interminable tren de mercancías. Los chóferes de los camiones, enfundados en sus capotes militares, no miraban los vagones que corrían a su lado, ni las caras borrosas y pálidas que viajaban en su interior.

De la niebla emergió el recinto del campo: filas de alambradas tendidas entre postes de hormigón armado. Los barracones alineados formaban calles largas y rectilíneas. Aquella uniformidad expresaba el carácter inhumano del enorme campo.

Entre millones de isbas rusas no hay ni habrá nunca dos exactamente iguales. Todo lo que vive es irrepetible. Es inconcebible que dos seres humanos, dos arbustos de rosas silvestres sean idénticos... La vida se extingue allí donde existe el empeño de borrar las diferencias y las particularidades por la vía de la violencia.

La mirada apresurada pero atenta del canoso maquinista seguía el desfile de los postes de hormigón, los altos pilares coronados por reflectores giratorios, las torres de observación donde se vislumbraba, como a la luz vítrea de una farola, a los centinelas apostados detrás de las ametralladoras. El maquinista guiñó un ojo a su ayudante; la locomotora lanzó una señal de aviso. Apareció de repente una garita iluminada por una lámpara eléctrica, luego una hilera de automóviles detenidos en el paso a nivel, bloqueados por una barrera a rayas y el disco del semáforo, rojo como el ojo de un toro.

De lejos se oyeron los pitidos de un tren que se acercaba. El maquinista se volvió hacia el ayudante:

–Ése es Zucker, lo reconozco por el fuerte pitido; ha descargado la mercancía y se vuelve de vacío a Múnich.

El tren vacío provocó un gran estruendo al cruzarse con aquel otro tren que se dirigía al campo; el aire desgarrado chilló, las luces grises entre los vagones centellearon, y, de repente, el espacio y la luz matutina del otoño, despedazada en fragmentos, se unieron en una vía que avanzaba regularmente.

El ayudante del maquinista, que había sacado un espejito del bolsillo, se examinó la sucia mejilla. Con un gesto de la mano, el maquinista le pidió que se lo pasara.

–Francamente, *Genosse*[1] Apfel –le dijo el ayudante, excitado–, de no ser por la maldita desinfección de los vagones podríamos haber regresado a la hora de la comida y no a las cuatro de la madrugada, muertos de cansancio. Como si no pudieran hacerlo aquí, en el depósito.

Al viejo le aburrían las sempiternas quejas sobre la desinfección.

–Da un buen pitido –dijo–, nos mandan directamente a la plataforma de descarga principal.

1. Camarada, en alemán. Salvo que se indique lo contrario, todas las notas son de la traductora.

2

En el campo de concentración alemán, Mijaíl Sídorovich Mostovskói tuvo oportunidad, por vez primera después del Segundo Congreso del Komintern, de aplicar su conocimiento de lenguas extranjeras. Antes de la guerra, cuando vivía en Leningrado, había tenido escasas ocasiones de hablar con extranjeros. Ahora recordaba los años de emigración que había pasado en Londres y en Suiza, donde él y otros camaradas revolucionarios hablaban, discutían, cantaban en muchas lenguas europeas.

Guardi, el sacerdote italiano que ocupaba el catre junto a Mostovskói, le había explicado que en el *Lager* vivían hombres de cincuenta y seis nacionalidades.

Las decenas de miles de habitantes de los barracones del campo compartían el mismo destino, el mismo color de tez, la misma ropa, el mismo paso extenuado, la misma sopa a base de nabo y sucedáneo de sagú que los presos rusos llamaban «ojo de pescado».

Para las autoridades del campo, los prisioneros sólo se distinguían por el número y el color de la franja de tela que llevaban cosida a la chaqueta: roja para los prisioneros políticos, negra para los saboteadores, verde para los ladrones y asesinos.

Aquella muchedumbre plurilingüe no se comprendía entre sí, pero todos estaban unidos por un destino común. Especialistas en física molecular o en manuscritos antiguos yacían en el mismo camastro junto a campesinos italianos o pastores croatas incapaces de escribir su propio nombre. Un hombre que antes pedía el desayuno a su cocinero y cuya falta de apetito inquietaba al ama de llaves, ahora marchaba al trabajo al lado de aquel otro que toda su vida se había alimentado a base de bacalao salado. Sus suelas de madera producían el mismo ruido al chocar contra el suelo y ambos miraban a su alrededor con la misma ansiedad para ver si llegaban los *Kostträger,* los portadores de los bidones de comida, los «kostrigui» como los llamaban los prisioneros rusos.

Los destinos de los hombres del campo, a pesar de su diversidad, acababan por semejarse. Tanto si su visión del pasado se asociaba a un pequeño jardín situado al borde de una polvorienta carretera italiana, como si estaba ligada al bramido huraño del mar del Norte o a la pantalla de papel anaranjado en la casa de un encargado en las afueras de Bobruisk, para todos los prisioneros, del primero al último, el pasado era maravilloso.

Cuanto más dura había sido la vida de un hombre antes del campo, mayor era el fervor con el que mentía. Aquellos embustes no servían a ningún objetivo práctico; representaban un himno a la libertad: un hombre fuera del campo no podía ser desgraciado...

Antes de la guerra aquel campo se denominaba campo para criminales políticos.

El nacionalsocialismo había creado un nuevo tipo de prisioneros políticos: los criminales que no habían cometido ningún crimen.

Muchos ciudadanos iban a parar al campo por haber contado un chiste de contenido político o por haber expresado una observación crítica al régimen hitleriano en una conversación entre amigos. No habían hecho circular octavillas, no habían participado en reuniones clandestinas. Se los acusaba de ser sospechosos de poder hacerlo.

La reclusión de prisioneros de guerra en los campos de concentración para prisioneros políticos era otra de las innovaciones del fascismo. Allí convivían pilotos ingleses y americanos abatidos sobre territorio alemán, comandantes y comisarios del Ejército Rojo. Estos últimos eran de especial interés para la Gestapo y se les exigía que dieran información, colaboraran, suscribieran toda clase de proclamas.

En el campo había saboteadores: trabajadores que se habían atrevido a abandonar el trabajo sin autorización en las fábricas militares o en las obras en construcción. La reclusión en campos de concentración de obreros cuyo trabajo se consideraba deficiente también era un hallazgo del nacionalsocialismo.

Había en el campo hombres con franjas de tela lila en las chaquetas: emigrados alemanes huidos de la Alemania fascista. Era ésta, asimismo, una novedad introducida por el fascismo: todo aquel que hubiera abandonado Alemania, aun cuando se hubiera comportado con lealtad a ella, se convertía en un enemigo político.

Los hombres que llevaban una franja verde en la chaqueta, ladrones y malhechores, gozaban de un estatus privilegiado: las autoridades se apoyaban en los delincuentes comunes para vigilar a los prisioneros políticos.

El poder que ejercía el preso común sobre el prisionero político era otra manifestación del espíritu innovador del nacionalsocialismo.

En el campo había hombres con un destino tan peculiar que no habían podido encontrar tela de un color que se ajustara convenientemente al suyo. Pero también el encantador de serpientes indio, el persa llegado de Teherán para estudiar la pintura alemana, el estudiante de física chino habían recibido del nacionalsocialismo un puesto en los catres, una escudilla de sopa y doce horas de trabajo en el *Plantage*.

Noche y día los convoyes avanzaban en dirección a los campos de concentración, a los campos de la muerte. El ruido de las ruedas persistía en el aire junto al pitido de las locomotoras, el ruido sordo de cientos de miles de prisioneros que se encaminaban al trabajo con un número azul de cinco cifras cosido en el uniforme. Los campos se convirtieron en las ciudades de la Nueva Europa. Crecían y se extendían con su propio trazado, sus calles, plazas, hospitales, mercadillos, crematorios y estadios.

Qué ingenuas, qué bondadosamente patriarcales parecían ahora las viejas prisiones hacinadas en los suburbios urbanos en comparación con aquellas ciudades del campo, en comparación con el terrorífico resplandor rojo y negro de los hornos crematorios.

Uno podría pensar que para controlar a aquella enorme masa de prisioneros se necesitaría un ejército de vigilantes igual de enorme, millones de guardianes. Pero no era así. Durante semanas no se veía en los barracones un solo uniforme de las SS. En las ciudades-*Lager* eran los propios prisioneros los que habían asumido el deber de la vigilancia policial. Eran ellos los que velaban por que se respetara el reglamento interno en los barracones, los que cuidaban de que a sus ollas sólo fueran a parar las patatas podridas y heladas, mientras que las buenas y sanas se destinaban al aprovisionamiento del ejército.

Los propios prisioneros eran los médicos en los hospitales, los bacteriólogos en los laboratorios del *Lager*, los porteros que barrían las aceras de los campos. Eran incluso los ingenieros que procuraban la luz y el calor en los barracones y que suministraban las piezas para la maquinaria.

Los kapos –la feroz y enérgica policía de los campos– llevaban un ancho brazalete amarillo en la manga izquierda. Junto a los *Lagerälteste, Blockälteste* y *Stubenälteste,* controlaban toda la jerarquía de la vida del campo: desde las cuestiones más generales hasta los asuntos más personales que tenían lugar por la noche en los catres. Los prisioneros participaban en el trabajo más confidencial del Estado del campo, incluso en la redacción de las listas de «selección» y en las medidas aplicadas a los prisioneros en las *Dunkelkammer,* las celdas oscuras de hormigón. Daba la impresión de que, aunque las autoridades desaparecieran, los prisioneros mantendrían la corriente de alta tensión de los alambres, que no se desbandarían ni interrumpirían el trabajo.

Los kapos y *Blockälteste* se limitaban a cumplir órdenes, pero suspiraban y a veces incluso vertían algunas lágrimas por aquellos que conducían a los hornos crematorios... Sin embargo, ese desdoblamiento nunca llegaba hasta el extremo de incluir sus propios nombres en las listas de selección. A Mijaíl Sídorovich se le antojaba particularmente siniestro que el nacionalsocialismo no hubiera llegado al campo con monóculo, que no tuviera el aire altivo de un cadete de segunda fila, que no fuera ajeno al pueblo. En los campos, el nacionalsocialismo campaba a sus anchas, no vivía aislado del pueblo llano: gustaba de sus burlas y sus bromas desataban las risas; era plebeyo y se comportaba de modo campechano; conocía a la perfección la lengua, el alma y la mentalidad de aquellos a los que había privado de libertad.

3

Mostovskói, Agrippina Petrovna, la médico militar Sofia Levinton y el chófer Semiónov fueron arrestados por los alemanes una noche de agosto a las afueras de Stalingrado y conducidos seguidamente al Estado Mayor de la división de infantería.

Después del interrogatorio Agrippina Petrovna fue puesta en libertad y, por indicación de un colaborador de la *Feldgendarmerie,* recibió del traductor una hogaza de pan de harina de guisantes y dos billetes rojos de treinta rublos; Semiónov, en cambio, fue agregado a la columna de prisioneros que partía hacia un *Stalag* de los alrededores, cerca del pueblo de Vertiachi. Mostovskói y Sofia Ósipovna Levinton fueron enviados al Estado Mayor del Grupo de Ejércitos.

Allí Mostovskói vio por última vez a Sofia Ósipovna. La mujer permanecía de pie, en medio del patio polvoriento; la habían despojado del gorro y arrancado del uniforme las insignias de su rango, y tenía una expresión sombría y rabiosa en la mirada, en todo el rostro, que llenó de admiración a Mostovskói.

Después del tercer interrogatorio, llevaron a Mostovskói a pie hasta la estación de tren donde estaban cargando un convoy de trigo. Una decena de vagones estaban reservados para hombres y mujeres que eran enviados a Alemania para realizar trabajos forzados; Mostovskói oyó a las mujeres gritar cuando el tren se puso en marcha. A él lo habían encerrado en un pequeño compartimento de servicio; el soldado que le escoltaba no era un tipo grosero, pero cada vez que Mostovskói le formulaba una pregunta, asomaba en su rostro la expresión de un sordomudo. Al mismo tiempo se palpaba que el soldado estaba única y enteramente dedicado a vigilar a su detenido: como el guardián experimentado de un parque zoológico que en medio de un silencio tenso vigila la caja donde una fiera salvaje se agita durante el viaje de traslado. Cuando el tren avanzaba por el territorio del gobernador general de Polonia, apareció un nuevo pasajero: un obispo polaco, bien plantado, de estatura alta, cabello cano, ojos trágicos y unos juveniles labios carnosos. Enseguida contó a Mostovskói, en ruso con un marcado acento polaco, la represión que Hitler había organizado contra el clero de su país. Después de que Mijaíl Sídorovich vituperara contra el catolicismo y el Papa, el obispo guardó silencio y, lacónico, pasó a contestar sus preguntas en polaco. Al cabo de unas horas, hicieron apearse al clérigo en Poznan.

Mostovskói fue conducido directamente al campo, sin pasar por Berlín... Tenía la impresión de que llevaba años en el bloque donde alojaban a los prisioneros de especial interés para la Gestapo. Allí alimentaban mejor a los reclusos que en el campo de trabajo, pero aquella vida fácil era la de las cobayas-mártires de los laboratorios. El guardián de turno llamaba a un prisionero a la puerta y le comunicaba que un amigo le ofrecía un intercambio ventajoso: tabaco por una ración de pan; y el prisionero volvía a su litera sonriendo satisfecho. De la misma manera, otro prisionero interrumpía su conversación para seguir al hombre que lo llamaba; su interlocutor esperaría en vano a conocer el final del relato. Al día siguiente el kapo se acercaba a las literas y ordenaba al guardián de turno que recogiera sus trapos; y alguien preguntaba en tono adulador al *Stubenälteste* Keize si podía ocupar el sitio que acababa de quedar libre.

La salvaje amalgama de temas de conversación ya no sorprendía a Mostovskói; se hablaba de la «selección», los hornos crematorios y los equipos de fútbol del campo: el mejor era el de los *Moorsoldaten* del *Plantage,* el del *Revier* tampoco estaba mal, el equipo de la cocina tenía una buena línea delantera, el equipo polaco, en cambio, era un desastre en defensa. Se había acostumbrado asimismo a las decenas, los cientos de rumores que circulaban por el campo: sobre la invención de cierta arma nueva o sobre las discrepancias entre los líderes nacionalsocialistas. Los rumores eran invariablemente hermosos y falsos; el opio de la población de los campos.

4

Al despuntar el día empezó a caer la nieve y no remitió hasta mediodía. Los rusos experimentaron alegría y tristeza. Rusia había soplado en su dirección, arrojando bajo sus miserables y doloridos pies un pañuelo maternal. Los techos de los barracones estaban emblanquecidos y, a lo lejos, cobraban un aspecto familiar, aldeano.

Pero aquella alegría, que había resplandecido por un instante, se confundió con la tristeza y acabó por ahogarse.

A Mostovskói se le acercó un guardia, un soldado español llamado Andrea. Le informó, chapurreando un francés macarrónico, de que un amigo suyo, empleado en la administración del campo, había visto un papel donde se hablaba de un viejo de nacionalidad rusa, pero no había tenido tiempo de leerlo puesto que el superior de la oficina se lo había arrebatado de las manos.

«En ese trozo de papel está decidido mi destino», pensó Mostovskói, y se alegró de sentirse tan sereno.

–Pero no importa –le susurró Andrea–; averiguaremos lo que hay ahí escrito.

–¿Por el comandante del campo? –preguntó Guardi, y sus enormes ojos negros refulgieron en la penumbra–. ¿O por Liss, el representante de la SD?

A Mostovskói le sorprendía que el Guardi de día y el Guardi de noche fueran tan diferentes. Durante el día el sacerdote hablaba de la sopa, de los recién llegados, pactaba intercambios de raciones con los vecinos, se acordaba de la comida italiana, picante y con sabor a ajo. Los prisioneros de guerra del Ejército Rojo conocedores de su expresión preferida, al encontrarse con él en la plaza del *Lager*, le gritaban de lejos: «Tío Padre, *tutti kaputi*», y sonreían como si aquellas palabras les infundieran esperanza. Le llamaban tío Padre, creyendo que Padre era su nombre.

Una vez, entrada la noche, los oficiales y los comisarios soviéticos que se encontraban en el bloque especial empezaron a gastar bromas sobre Guardi, preguntándose si de verdad había mantenido el voto de castidad.

Guardi, con el semblante serio, escuchó aquella mezcolanza fragmentaria de palabras francesas, alemanas y rusas.

Luego habló él, y Mostovskói le tradujo. Los revolucionarios rusos iban al presidio y al patíbulo por sus ideales. ¿Por qué, entonces, dudaban de que un hombre pudiera renunciar a la intimidad con las mujeres por ideales religiosos? Eso no tenía ni punto de comparación con el sacrificio de la propia vida.

—No lo estará diciendo en serio —observó el comisario de brigada Ósipov.

Por la noche, cuando los prisioneros empezaban a dormirse, Guardi se convertía en otro hombre. Se arrodillaba en el catre y rezaba. Parecía que en sus ojos extasiados, en aquel terciopelo negro y penetrante, podían ahogarse todos los sufrimientos de la ciudad-presidio. Los tendones de su cuello moreno se tensaban como si estuviera haciendo un esfuerzo físico; su rostro largo e indolente adoptaba una expresión de obstinación sombría y feliz. Rezaba durante mucho rato, y Mijaíl Sídorovich se dormía arrullado por el bisbiseo suave y apresurado del italiano. Por lo general, Mostovskói se despertaba una o dos horas más tarde, y, para entonces, Guardi ya dormía. El italiano tenía un sueño agitado, como si trataran de acoplarse sus dos naturalezas: la diurna y la nocturna. Roncaba, chasqueaba los labios, rechinaba los dientes, expulsaba gases intestinales estruendosamente y de repente entonaba, arrastrando la voz, hermosas palabras de una oración que hablaba de la misericordia de Dios y la Santa Virgen.

Nunca reprochaba al viejo comunista ruso su ateísmo y a menudo le hacía preguntas sobre la Rusia soviética.

El italiano, mientras escuchaba a Mostovskói, asentía con la cabeza, como si aprobara el cierre de iglesias y monasterios y las nacionalizaciones de las tierras que pertenecían al Santo Sínodo. Con sus ojos negros miraba fijamente al viejo comunista, y Mijaíl Sídorovich le preguntaba, irritado:

—*Vous me comprenez?*

Guardi sonreía con su sonrisa habitual, la misma con la que hablaba de ragú y salsa de tomate.

—*Je comprends tout ce que vous dites, je ne comprends pas seulement pourquoi vous dites cela.*

A los prisioneros de guerra rusos que se encontraban en el bloque especial no se les eximía del trabajo, motivo por el cual Mostovskói no los veía ni conversaba con ellos hasta muy avanzada la tarde, o bien por la noche. El general Gudz y el comisario de brigada Ósipov eran los únicos que no trabajaban.

Mostovskói solía hablar con un hombre extraño, de edad indeterminada, cuyo nombre era Ikónnikov-Morzh. Dormía en el peor lugar del barracón: cerca de la puerta de entrada, donde soplaba una corriente de aire helado y había un enorme cubo con una tapa ruidosa, el recipiente para los orines.

Los prisioneros rusos habían apodado a Ikónnikov «el viejo paracaidista»[1], lo consideraban un *yuródivi*[2] y lo trataban con una piedad aprensiva. Estaba dotado de aquella resistencia extraordinaria que sólo poseen los locos y los idiotas. Jamás se resfriaba, aunque al acostarse nunca se despojaba de la ropa mojada por la lluvia otoñal. Y segu-

---

1. Juego de palabras. En ruso, el cubo que sirve de orinal en el barracón se llama *parasha*, de ahí que en el argot de las prisiones rusas se llame *parashiutist* («paracaidista») al que duerme al lado.

2. El *yuródivi* (loco por Cristo) es una figura central en la vida espiritual y literaria rusas. Asceta o «loco santo», actúa intencionadamente como un demente a los ojos de los hombres. Se cree visionario y profeta.

ramente sólo la voz de un loco podría sonar así de clara y sonora.

Mostovskói lo había conocido de la siguiente manera. Un día Ikónnikov se le acercó y se quedó mirándole fijamente, en silencio.

—¿Qué hay de bueno, camarada? —preguntó Mijaíl Sídorovich Mostovskói, que esbozó una sonrisa burlona cuando Ikónnikov, con acento declamatorio, profirió:

—¿De bueno? ¿Y qué es el bien?

De repente, estas palabras transportaron a Mostovskói a la infancia, cuando su hermano mayor, de regreso del seminario, discutía con su padre sobre cuestiones teológicas.

—Es un viejo dilema muy manido —dijo Mostovskói—. Le dieron vueltas ya los budistas y los primeros cristianos. También los marxistas se han afanado lo suyo.

—¿Y han encontrado la solución? —preguntó Ikónnikov en un tono que provocó la risa de Mostovskói.

—Bueno, el Ejército Rojo —replicó Mostovskói— lo está resolviendo ahora. Pero perdone, percibo en su voz un eco de misticismo, algo que no se comprende bien si corresponde a un pope o a un tolstoísta.

—No podría ser de otra manera —dijo Ikónnikov—, he sido tolstoísta.

—¡No me diga! —exclamó Mostovskói. Aquel extraño individuo despertaba su interés.

—¿Sabe? —continuó Ikónnikov—. Estoy convencido de que las persecuciones que los bolcheviques acometieron contra la Iglesia después de la Revolución han beneficiado a la fe cristiana. Antes de la Revolución la Iglesia se hallaba en un estado lamentable.

Mijaíl Sídorovich observó afablemente:

—¡Usted es un verdadero dialéctico! He aquí que yo también, en mis años de vejez, tengo la oportunidad de presenciar un milagro evangélico.

—No —respondió Ikónnikov con aire sombrío—. Para ustedes el fin justifica los medios, y los medios que emplean son despiadados. Yo no soy un dialéctico y usted no está asistiendo a ningún milagro.

–Muy bien –contestó Mostovskói, repentinamente irritado–, ¿en qué puedo ayudarle?

Ikónnikov, adoptando como un soldado la posición de firmes, dijo:

–¡No se ría de mí! –Su voz triste ahora sonó trágica–. No me he acercado a usted para bromear. El quince de septiembre del año pasado fui testigo de la ejecución de veinte mil judíos, entre ellos mujeres, niños y ancianos. Ese día comprendí que Dios nunca permitiría algo así y que, por tanto, Dios no existía. En la actual tiniebla, veo claramente vuestra fuerza y el terrible mal contra el que lucha...

–Vamos a ver, hablemos –dijo Mijaíl Sídorovich.

Ikónnikov trabajaba en el *Plantage*, en los pantanos cercanos al campo donde estaban construyendo un enorme sistema de tubos de hormigón para canalizar el río y los arroyos de agua sucia, y así drenar la depresión. A los hombres que eran enviados a trabajar allí –en su mayoría mal considerados por las autoridades– se les llamaba *Moorsoldaten*, soldados del pantano.

Las manos de Ikónnikov eran pequeñas, de dedos finos y uñas infantiles. Regresaba del trabajo cubierto de barro, todo empapado se acercaba al catre de Mostovskói y le preguntaba:

–¿Puedo sentarme a su lado?

Se sentaba, y sonriendo, sin mirar a su interlocutor, se pasaba una mano por la frente. Tenía una frente asombrosa; no era muy grande, pero sí abombada y clara, tanto que parecía que viviera una vida independiente de las orejas sucias, el cuello marrón oscuro y las manos con las uñas rotas. A los prisioneros de guerra soviéticos, hombres con historias personales sencillas, les parecía un hombre oscuro y perturbador.

Desde los tiempos de Pedro el Grande, los antepasados de Ikónnikov, generación tras generación, habían sido sacerdotes. Sólo la última había elegido otro camino: todos los hermanos de Ikónnikov, por deseo paterno, habían recibido una educación laica.

Ikónnikov ingresó en el Instituto de Tecnología de San Petersburgo pero, entusiasmado por el tolstoísmo, abandonó los estudios en último curso y se dirigió al norte de la provincia de Perm para convertirse en maestro de escuela. Vivió en un pueblo casi ocho años; luego se trasladó al sur, a Odessa, embarcó en un buque de carga como mecánico, estuvo en la India y en Japón, vivió en Sidney. Después de la Revolución volvió a Rusia y participó en una comuna agrícola. Era un antiguo sueño suyo; creía que el trabajo agrícola comunista instauraría el reino de Dios sobre la Tierra.

Durante el periodo de la colectivización general vio convoyes atestados de familias de *deskulakizados*[1]. Vio caer en la nieve a personas extenuadas que ya no volvían a levantarse. Vio pueblos «cerrados», sin un alma, con las puertas y ventanas tapiadas. Vio a una campesina arrestada, cubierta de harapos, el cuello carniseco, las manos oscuras de trabajadora, a la que quienes la escoltaban miraban con espanto; la mujer, enloquecida por el hambre, se había comido a sus dos hijos.

En aquella época, sin abandonar la comuna, comenzó a predicar el Evangelio y a rogar a Dios por la salvación de los que iban a morir. Al final fue encarcelado. Los horrores de los años treinta le habían trastornado la razón. Tras un año de reclusión forzada en un hospital psiquiátrico fue puesto en libertad y se estableció en Bielorrusia, en casa de su hermano mayor, profesor de biología, con cuya ayuda encontró empleo en una biblioteca técnica. Pero los lúgubres acontecimientos le habían causado una impresión tremenda.

Cuando estalló la guerra y los alemanes invadieron Bielorrusia, Ikónnikov vio el sufrimiento de los prisioneros de guerra, las ejecuciones de los judíos en las ciudades y en los *shtetls*[2] de Bielorrusia. De nuevo cayó en un estado de histeria e imploraba a conocidos y desconocidos que

1. La *deskulakización* fue una campaña de represión política que tuvo lugar entre 1929 y 1932 contra millones de campesinos ricos, conocidos por el nombre de *kulaks*, y sus respectivas familias que consistía en arrestos, deportaciones y ejecuciones.

2. En yiddish, diminutivo de *shtot*, «ciudad». Asentamiento judío en la Europa Oriental.

24

escondieran a los judíos; él mismo intentó salvar a mujeres y niños. Enseguida fue denunciado y, tras escapar de milagro de la horca, lo internaron en un campo.

En la cabeza de aquel hombre viejo, sucio y andrajoso reinaba el caos. Profesaba una moral grotesca y ridícula, al margen de la lucha de clases.

–Allí donde hay violencia –explicaba Ikónnikov– impera la desgracia y corre la sangre. He sido testigo de los grandes sufrimientos del pueblo campesino, aunque la colectivización se hacía en nombre del bien. Yo no creo en el bien, creo en la bondad.

–Según sus palabras, deberíamos horrorizarnos cuando, en nombre del bien, ahorquen a Hitler y a Himmler. Horrorícese, pero no cuente conmigo –respondió Mijaíl Sídorovich.

–Pregunte a Hitler –objetó Ikónnikov–, le dirá que incluso este campo se erigió en nombre del bien.

Mostovskói tenía la impresión de que los razonamientos lógicos que se afanaba en formular durante sus conversaciones con Ikónnikov eran comparables a los infructuosos intentos de un hombre por repeler a una medusa con un cuchillo.

–El mundo no se ha elevado por encima de la verdad suprema que formuló un cristiano en la Siria del siglo VI –repitió Ikónnikov–: «Condena el pecado y perdona al pecador».

En el barracón había otro anciano ruso: Chernetsov. Era tuerto. Un guardia le había roto el ojo de cristal, y aquella cuenca, vacía y roja, producía un extraño efecto sobre su rostro pálido. Cuando hablaba con alguien se cubría la órbita vacía del ojo con la mano.

Chernetsov era un menchevique que había huido de la Unión Soviética en 1921. Había vivido veinte años en París trabajando en un banco como contable. Había caído prisionero por haber secundado el llamamiento a los empleados del banco para sabotear las directrices de la nueva administración alemana. Mostovskói procuraba no toparse con él.

Era evidente que la popularidad de Mostovskói inquietaba al menchevique. Todos, ya fuera un soldado español, un propietario de una papelería noruego o un abogado belga, mostraban inclinación hacia el viejo bolchevique y acudían a él para hacerle preguntas.

Un día se sentó en el catre de Mostovskói el hombre que detentaba el mando entre los prisioneros de guerra soviéticos: el mayor Yershov. Se acercó a Mostovskói y, poniéndole una mano sobre el hombro, se puso a hablarle con fervor y presteza.

De repente Mostovskói miró a su alrededor. Chernetsov los observaba desde un extremo del barracón. Mostovskói pensó que la angustia que expresaba su ojo sano era más terrible que el agujero rojo que se abría en el lugar del ojo ausente.

«Sí, hermano, no me gustaría estar en tu pellejo», pensó Mostovskói sin alegría maliciosa.

Una ley dictada por la costumbre, si bien no por casualidad, había establecido que Yershov era indispensable para todos. «¿Dónde está Yershov? ¿Habéis visto a Yershov? ¡Camarada Yershov! ¡Mayor Yershov! Yershov ha dicho... Pregunta a Yershov...» Llegaba gente de otros barracones para verle; alrededor de su catre siempre había movimiento.

Mijail Sídorovich había bautizado a Yershov como «el director de conciencias». La década de 1860 había tenido a sus directores de conciencias. Primero fueron los populistas; luego Mijáilovski, que se fue por donde había llegado. ¡Ahora el campo de concentración nazi también tenía a su director de conciencias! La soledad del tuerto era un símbolo trágico del *Lager*.

Habían transcurrido décadas desde la primera vez que Mijaíl Sídorovich había sido encarcelado en una prisión zarista. Incluso había ocurrido en otro siglo, el XIX.

Recordaba cómo se había ofendido ante la incredulidad de algunos dirigentes del Partido que ponían en tela de juicio su capacidad para desempeñar un trabajo práctico. Ahora se sentía fuerte, constataba a diario cómo sus palabras estaban revestidas de autoridad para el general Gudz, para el comisario de brigada Ósipov y para el mayor Kiríllov, siempre tan triste y abatido.

Antes de la guerra le consolaba la idea de que, apartado de toda actividad, apenas tenía contacto con todo aquello que suscitaba su rechazo y su protesta: el poder unipersonal de Stalin en el seno del Partido, los sangrientos procesos contra la oposición, el escaso respeto hacia la vieja guardia. Había sufrido enormemente con la ejecución de Bujarin, al que conocía bien y amaba.

Pero sabía que en caso de haberse enfrentado al Partido en cualquiera de estas cuestiones, él, contra su propia voluntad, se habría revelado como un opositor a la causa leninista a la que había consagrado su vida. A veces le torturaban las dudas. ¿Acaso era la debilidad o quizás el miedo la causa de su silencio, lo que le impelía a no enfrentarse a lo que no estaba conforme? ¡Se habían evidenciado tantas bajezas antes de la guerra! A menudo recordaba al difunto Lunacharski. Cuánto le habría gustado volver a verle; era tan fácil hablar con Anatoli Vasílievich, tan inmediato, se comprendían con media palabra.

Ahora, en el horrible campo alemán, se sentía fuerte, seguro de sí mismo. Sólo había una sensación incómoda que no le abandonaba. No podía recuperar aquel sentimiento joven, claro y completo de sentirse uno más entre los suyos y extraño entre los extraños.

Una vez un oficial inglés le había preguntado si la prohibición en Rusia de expresar puntos de vista antimarxistas no había resultado un obstáculo para su trabajo filosófico. Pero no era eso lo que le preocupaba.

–A otros, tal vez les moleste. Pero no es un inconveniente para un marxista como yo –replicó Mijaíl Sídorovich.

–Le he hecho esta pregunta precisamente porque es usted marxista, uno de la vieja guardia –precisó el inglés.

Aunque Mostovskói hizo una mueca de dolor, había logrado replicar al inglés.

El problema no era tanto que algunos hombres que le

eran íntimamente cercanos como Ósipov, Gudz o Yershov le irritaran a veces. La desgracia era que muchas cosas de su propia alma se le habían vuelto extrañas. En tiempo de paz se había alegrado al encontrar a un viejo amigo, sólo para comprender al despedirse que no eran sino dos extraños.

Pero, ahora, ¿qué podía hacer cuando era una parte de sí mismo la que se había vuelto extraña...? Con uno mismo no se puede romper relaciones, ni dejar de encontrarse.

Durante las conversaciones con Ikónnikov, Mostovskói se irritaba, se volvía rudo y sarcástico, lo tildaba de majadero, calzonazos y bobalicón. Pero, al mismo tiempo que se burlaba de él, cuando no lo veía le echaba de menos.

Sí, precisamente en eso consistía el gran cambio experimentado entre sus años de juventud transcurridos en las cárceles y el momento presente.

Cuando era joven, todo le resultaba próximo y comprensible en sus amigos y camaradas de Partido. Cada pensamiento y opinión de sus adversarios, en cambio, le parecían extraños, monstruos.

Ahora, de improviso, reconocía en los pensamientos de un desconocido aquello que décadas antes le era querido, mientras que a veces aquello que le era ajeno tomaba forma, misteriosamente, en los pensamientos y palabras de sus amigos.

«Debe de ser porque hace demasiado tiempo que estoy en el mundo», se decía Mostovskói.

5

El coronel americano ocupaba una celda individual en un barracón especial. Tenía permiso para salir libremente durante las horas vespertinas y le servían comidas especiales. Corría la voz de que Suecia había intervenido en su favor, y que el presidente Roosevelt había pedido noticias suyas al rey de Suecia.

Un día el coronel llevó una tableta de chocolate al mayor Níkonov, que estaba enfermo. Estaba muy interesado en los prisioneros de guerra rusos y siempre intentaba entablar conversación con ellos sobre las tácticas de los alemanes y las causas de los fracasos del primer año de guerra.

Hablaba a menudo a Yershov y, mirando los ojos perspicaces, alegres y tristes al mismo tiempo, del mayor ruso, se olvidaba de que éste no comprendía el inglés.

Le parecía extraño que un hombre con una cara tan inteligente no pudiera entenderle, sobre todo teniendo en cuenta que los temas que le planteaba eran de sumo interés para ambos.

—¿En serio no entiende nada de lo que le digo? —le preguntaba, apenado.

Yershov le respondía en ruso:

—Nuestro honorable sargento dominaba todas las lenguas, excepto las extranjeras.

Sin embargo, en un lenguaje compuesto de sonrisas, miradas, palmaditas en la espalda y unas quince palabras tergiversadas en ruso, alemán, inglés y francés, los rusos del campo lograban hablar de camaradería, compasión, ayuda, el amor al hogar, la mujer y los hijos con hombres de decenas de nacionalidades de lenguas diferentes.

Kamerad, gut, Brot, Suppe, Kinder, Zigarette, Arbeit y otra docena de palabras de la jerga alemana generada en los campos, *Revier, Blockälteste,* kapo, *Vernichtungslager, Appell, Appellplatz, Waschraum, Flugpunkt, Lagerschütze*[1], bastaban para expresar lo esencial en la vida sencilla y complicada de los prisioneros.

También había varias palabras rusas —*rebiata, taba-*

1. Camarada, bueno, pan, sopa, niños, cigarrillo, trabajo... Enfermería, encargado de barracón, kapo, campo de exterminio, pase de lista, plaza de pase de lista, duchas, terreno de aviación, guardias del campo.

chok, továrisch[1]– que utilizaban los reclusos de varias nacionalidades. Y la palabra rusa *dojodiaga*, que se empleaba para referirse a los prisioneros medio muertos, desfallecientes, se convirtió en una expresión de uso común al ganarse el consenso de las cincuenta y seis nacionalidades que integraban el campo.

Pertrechados únicamente con diez o quince palabras, el gran pueblo alemán irrumpió en las ciudades y aldeas habitadas por el gran pueblo ruso: millones de aldeanas, de viejos y niños, y millones de soldados alemanes se comunicaban con palabras como *matka, pan, ruki vverj, kurka, yaika*[2], *kaputt*. Bien es cierto que no llegaban muy lejos con semejantes explicaciones, pero de todos modos, el gran pueblo alemán no necesitaba nada más para el tipo de quehaceres que acometía en Rusia.

Los intentos de Chernetsov por entablar conversación con los prisioneros de guerra soviéticos no dieron demasiados frutos. Con todo, durante los veinte años que había pasado en la emigración no había olvidado el ruso, que dominaba a la perfección. No podía comprender a los prisioneros de guerra soviéticos que le evitaban.

Del mismo modo, a los prisioneros de guerra soviéticos les resultaba imposible ponerse de acuerdo: unos estaban dispuestos a morir para no cometer traición; otros tenían intención de alistarse en las tropas de Vlásov. Cuanto más hablaban y discutían, menos se comprendían. Luego se hacía el silencio; el odio y desprecio mutuos era patente. En aquel gemido de mudos y discursos de ciegos, en aquella espesa mezcla de individuos, unidos por el horror, la esperanza y la desgracia, en aquel odio e incomprensión entre hombres que hablaban una misma lengua, se perfilaba de un modo trágico una de las grandes calamidades del siglo XX.

1. Chicos, tabaco, camarada.
2. Respectivamente, madre, señor (en polaco), manos arriba, gallina, huevo.

6

El día que nevó las conversaciones nocturnas entre los prisioneros rusos fueron particularmente tristes.

Incluso el coronel Zlatokrilets y el comisario de brigada Ósipov, siempre enérgicos y rebosantes de vitalidad, parecían sombríos y taciturnos. Todos estaban hundidos en la melancolía.

El mayor de artillería Kiríllov permanecía sentado en el catre de Mostovskói; tenía los hombros caídos y balanceaba la cabeza ligeramente. Parecía que no sólo sus ojos oscuros sino también su enorme cuerpo estuvieran llenos de nostalgia.

Los enfermos de cáncer desahuciados tienen una expresión semejante, hasta el punto de que incluso sus seres más próximos, al mirarles a los ojos, les desean, conmovidos, una muerte rápida.

El omnipresente Kótikov, con el rostro amarillento, señalando a Kiríllov susurró a Ósipov:

—Éste o se ahorca o se une a Vlásov.

Mostovskói, frotándose las grises mejillas hirsutas, dijo:

—Escuchadme, cosacos. Todo va bien. ¿Es que no lo veis? Para los fascistas cada día de vida del Estado fundado por Lenin es insoportable. El fascismo no tiene alternativa. O nos devora y nos aniquila, o se extingue.

»Precisamente, el odio que los fascistas nos profesan es la prueba de la justicia de la causa de Lenin. Y todavía otra cosa, que no es menos seria. Recordad que cuanto más nos odien los fascistas, más seguros debemos estar de la justicia de nuestra causa. Al final venceremos.

Se volvió con brusquedad hacia Kiríllov:

—¿Qué le pasa a usted? Acuérdese de Gorki, que mientras caminaba por el patio de la cárcel oyó gritar a un georgiano: «¿Por qué andas como una gallina? ¡Mantén la cabeza alta!».

Todos estallaron en risotadas.

—Y tenía razón. Venga, la cabeza alta —confirmó Mostovskói–. ¡Pensad que el grande y noble Estado soviético defiende la idea comunista! Que Hitler se enfrente al Estado y la idea. Stalingrado planta cara, resiste. A veces, antes de la guerra, parecía que habíamos apretado las tuercas demasiado fuerte. Pero ahora, en realidad, hasta un ciego puede ver que el fin justifica los medios.

–Sí, no cabe duda, apretamos bien las tuercas –intervino Yershov.

–Pero no lo suficiente –objetó el general Gudz–. Tendríamos que haber sido más contundentes, así el enemigo jamás habría llegado hasta el Volga.

–Nosotros no tenemos que dar lecciones a Stalin –dijo Ósipov.

–Bien dicho –aprobó Mostovskói–. Y si perecemos en las prisiones o en las minas húmedas, qué le vamos a hacer. No es en eso en lo que debemos pensar.

–¿Y en qué, entonces? –preguntó Yershov con voz estentórea.

Los presentes se miraron, luego lanzaron una mirada alrededor y se quedaron callados.

–¡Ay, Kiríllov, Kiríllov! –exclamó de repente Yershov–. Ha hablado bien nuestro viejo Mostovskói: debemos alegrarnos de que los fascistas nos odien. Nosotros los odiamos y ellos nos odian. ¿Lo entiendes? Pero ¡imagínate estar en un campo ruso! Ser prisionero de los tuyos sí que es una desgracia, mientras que aquí, eso no importa. Somos tipos fuertes, ¡todavía daremos guerra a los alemanes!

7

Durante toda la jornada el mando del 62.º Ejército no pudo establecer contacto con las tropas. Muchos radiorreceptores del Estado Mayor no funcionaban; la conexión telefónica era cortada por doquier.

Había momentos en que la gente, al contemplar el Volga, cuyas aguas fluían embravecidas, tenía la sensación de que el río era la inmutabilidad misma y de que en sus márgenes la tierra, palpitante, se ondulaba.

Desde la orilla oriental, cientos de piezas de artillería pesada soviética hacían fuego. La ofensiva alemana hacía saltar terrones en la ladera sur del Mamáyev Kurgán y cubría el terreno de barrizales.

Era como si se levantaran nubes de tierra y pasaran a través de un tamiz admirable e invisible, creado por la fuerza de la gravedad, y, al disiparse, formaran una lluvia de terrones y fango que caía contra el suelo, mientras ínfimas partículas en suspensión se elevaban hacia el cielo.

Varias veces al día, los soldados del Ejército Rojo, ensordecidos y con los ojos inflamados, hacían frente a la infantería y los tanques alemanes.

En el mando, aislado de las tropas, el día parecía penosamente largo. Chuikov, Krilov y Gúrov lo intentaban todo para llenar el tiempo y así tener la ilusión de estar realizando una actividad: escribían cartas, discutían los posibles movimientos del enemigo, bromeaban, bebían vodka, acompañándolo de vez en cuando con algo de comer, o bien guardaban silencio aguzando el oído al estruendo de las bombas. En torno al refugio se abatía una tormenta de hierro que sesgaba la vida de aquellos que por un instante asomaban la cabeza sobre la superficie del terreno. El Estado Mayor estaba paralizado.

–Venga, echemos una partida de cartas –propuso Chuikov apartando hacia un lado de la mesa el voluminoso cenicero lleno de colillas.

Incluso Krilov, el jefe del Estado Mayor, había perdido la paciencia. Con un dedo tamborileó sobre la mesa y dijo:

–No puedo imaginarme nada peor que estar aquí sentados, esperando a que nos devoren.

Chuikov repartió las cartas y anunció:

–Los corazones son triunfos. –Luego, de repente, desparramó la baraja y profirió–: Aquí estamos, encerrados como conejos en sus guaridas, y jugando una partidita de cartas... ¡No, no puedo!

Permaneció sentado con aire pensativo. Su cara adoptó una expresión terrible, tal era el odio y el tormento que se reflejaba en ella.

Gúrov, como si presintiera su destino, murmuró ensimismado:

–Sí, después de un día como éste uno puede morirse de un ataque al corazón. –Luego se echó a reír y dijo–: En la división es imposible entrar en el retrete durante el día, ¡es una empresa de locos! Me han contado que el jefe del Estado Mayor de Liudnikov entró gritando en el refugio: «¡Hurra, muchachos, he cagado!», y al darse la vuelta, vio dentro del búnker a la doctora de la que está enamorado.

Al anochecer, los ataques de la aviación alemana cesaron. Probablemente, un hombre que fuera a parar de noche a las orillas de Stalingrado, abrumado por el estampido y las explosiones, se imaginaría que un destino adverso le había conducido a aquel lugar en la hora del ataque decisivo. Para los veteranos castrenses, en cambio, aquélla era la hora de afeitarse, hacer la colada, escribir cartas; para los mecánicos, torneros, soldadores, relojeros del frente era la hora de reparar relojes y fabricar mecheros, boquillas, candiles con vainas de latón de proyectil y jirones de capotes a modo de mechas.

El fuego titilante de las explosiones iluminaba el talud de la orilla, las ruinas de la ciudad, los depósitos de petróleo, las chimeneas de las fábricas, y, en aquellas breves llamaradas, la ciudad y la orilla ofrecían un aspecto siniestro, lúgubre.

Al caer la noche el centro de transmisiones se despertó: las máquinas de escribir comenzaron a teclear multiplicando las copias de los boletines de guerra, los motores se pusieron a zumbar, el morse a traquetear y los telefonistas se llamaban de una línea a otra mientras los puestos de mando de las divisiones, los regimientos, las baterías y las compañías se conectaban a la red. Los oficiales de enlace que acababan de llegar tosían discretamente mientras guardaban turno para dar sus informes al oficial de servicio.

El viejo Pozharski, que comandaba la artillería del ejército; Tkachenko, general de ingeniería, responsable de las peligrosas travesías del río; Gúrtiev, el comandante recién llegado de la división siberiana, y el teniente coronel Batiuk, veterano de Stalingrado, cuya división estaba apostada bajo el Mamáyev Kurgán, se apresuraron a presentar sus informes a Chuikov y Krilov. En los informes dirigidos a Gúrov, miembro del Consejo Militar, comenzaron a sonar los nombres famosos de Stalingrado –el operador de mortero Bezdidko, los francotiradores Vasili Záitsev y Anatoli Chéjov, el sargento Pávlov–, y, junto a éstos, otros nombres de hombres pronunciados por primera vez: Shonin, Vlásov, Brisin, cuyo primer día en Stalingrado les había dado la gloria. Y en primera línea se entregaba a los carteros cartas dobladas en forma de triángulo: «Vuela, hojita, de occidente a oriente..., vuela con un saludo, vuelve con la respuesta... Buenos días y tal vez buenas noches...». En primera línea se enterraba a los caídos, y los muertos pasaban la primera noche de su sueño eterno junto a los fortines y las trincheras donde los compañeros escribían cartas, se afeitaban, comían pan, bebían té y se lavaban en baños improvisados.

8

Para los defensores de Stalingrado llegaron los días más duros.

En la confusión de los combates callejeros, del ataque y del contraataque; en la batalla por el control de la Casa del Especialista, del molino, del edificio del Gosbank (banco estatal); en la lucha por sótanos, patios y plazas, la superioridad de las fuerzas alemanas era incuestionable.

La cuña alemana, hundida en la parte sur de Stalingrado, en el jardín de los Lapshín, Kuporosnaya Balka y Yelshanka, se había ensanchado, y los ametralladores alemanes, que se habían refugiado cerca del agua, abrían fuego contra la orilla izquierda del Volga, al sur de Krásnaya Slobodá. Los oficiales del Estado Mayor, que cada día marcaban en el mapa la línea del frente, constataban cómo las líneas azules progresaban inexorablemente mientras continuaba disminuyendo la franja comprendida entre la línea roja de la defensa soviética y la azul celeste del Volga.

Aquellos días la iniciativa, alma de la guerra, estaba abanderada por los alemanes. Avanzaban y avanzaban sin cesar hacia delante, y toda la furia de los contraataques soviéticos no lograba detener su movimiento lento, pero aborreciblemente decidido.

Y en el cielo, desde el alba hasta el anochecer, gemían los bombarderos alemanes en picado y horadaban la tierra desventurada con bombas demoledoras. Y en cientos de cabezas martilleaba, punzante, el cruel pensamiento de qué pasaría al día siguiente, al cabo de una semana, cuando la franja de la defensa soviética se transformara en un hilo y se rompiera, roído por los dientes de acero de la ofensiva alemana.

9

Era noche cerrada cuando el general Krilov se acostó en su catre de campaña. Le dolían las sienes, tenía la garganta irritada por las decenas de cigarrillos que había fumado. Krilov se pasó la lengua por el paladar reseco y se giró de cara a la pared. La somnolencia hacía que en su memoria se mezclaran recuerdos de los combates de Sebastopol y Odessa, los gritos de la infantería rumana al ataque, los patios adoquinados y cubiertos de hiedra de Odessa y la belleza marinera de Sebastopol.

Se le antojaba que de nuevo estaba en su puesto de mando de Sebastopol, y en la bruma del sueño brillaban los cristales de las lentes del general Petrov; el cristal centelleante resplandecía en miles de fragmentos, y mientras el mar se ondulaba, el polvo gris de las rocas trituradas por los proyectiles alemanes llovía sobre las cabezas de los marineros y los soldados y se levantaba hacia la montaña Sapún.

Oyó el chapoteo indiferente de las olas contra el borde de la lancha y la voz ruda del submarinista: «¡Salte!». Le pareció que saltaba al agua, pero su pie tocó enseguida el casco del submarino... Una última mirada a Sebastopol, a las estrellas del cielo, a los incendios en la orilla...

Krilov se durmió. Pero tampoco en el sueño la obsesión de la guerra le dio tregua: el submarino se alejaba de Sebastopol en dirección a Novorossiisk. Dobló las piernas entumecidas; tenía la espalda y el pecho bañados en sudor, el ruido del motor le golpeaba en las sienes. De repente el motor enmudeció y el submarino se posó suavemente sobre el fondo del mar. El bochorno se volvió insoportable; el techo metálico, dividido en cuadrados por el punteado de los remaches, le estaba aplastando...

Oyó un ruido sordo: había estallado una bomba de profundidad. El agua le golpeó, le arrancó de la litera.

En aquel instante Krilov abrió los ojos: todo estaba en llamas; por delante de la puerta abierta del refugio, hacia el Volga, corría un torrente de fuego, se oían gritos y el traqueteo de las metralletas.

–El abrigo..., cúbrete la cabeza con el abrigo –gritó a Krilov un soldado desconocido mientras se lo extendía.

Pero, apartándose del soldado, el general gritó:

–¿Dónde está el comandante?

De repente lo comprendió: los alemanes habían incendiado los depósitos de petróleo y la nafta inflamada se deslizaba hacia el Volga.

Parecía imposible salir vivo de aquel torrente de fuego líquido. Las llamas silbaban alzándose con estruendo del líquido que se derramaba llenando las fosas y los cráteres e invadía las trincheras de comunicaciones. La tierra, la arcilla, la piedra, impregnadas de petróleo, empezaron a despedir humo. El petróleo se derramaba en chorros negros y lustrosos de los depósitos acribillados por proyectiles incendiarios, como si enormes rollos de fuego y humo hubieran estado taponados en las cisternas y ahora se desenvolvieran alrededor.

La vida que reinaba sobre la Tierra cientos de millones de años antes, la burda y terrible vida de los monstruos primitivos, se había liberado de las remotas fosas sepulcrales y rugía de nuevo, pisoteando todo a su paso con sus enormes patas, lanzando alaridos, fagocitando con avidez todo a su alrededor. El fuego alcanzaba cientos de metros de altura arrastrando nubes de vapor incandescente que estallaban en lo alto del cielo. La masa de llamas era tan grande que el torbellino de aire no podía proveer de oxígeno a las incandescentes moléculas de hidrocarburo, y una bóveda negra, densa y tambaleante, separaba el cielo estrellado de otoño de la tierra incendiada. Visto desde abajo, aquel firmamento chorreante, negro y grasiento, producía pavor.

Las columnas de humo y fuego que se elevaban hacia el cielo adoptaban formas efímeras de seres vivos presas de la desesperación o la furia, o bien de chopos oscilantes, de álamos temblorosos. El negro y el rojo se arremolinaban entre jirones de fuego, como chicas morenas y pelirrojas despeinadas que se entrelazaran en una danza.

El combustible incendiado se propagaba uniformemente sobre el agua y, arrastrado por la corriente, silbaba, humeaba, se retorcía.

Era sorprendente la rapidez con la que un gran número de soldados había logrado encontrar un camino hacia la orilla y gritaban: «¡Por aquí, corre por aquí, por este sendero!». Algunos habían tenido tiempo de alcanzar dos o tres veces los refugios en llamas y ayudar a los oficiales del Estado Mayor a llegar a un promontorio en la orilla; en el punto de bifurcación de los torrentes de petróleo que corrían por el Volga había un reducido grupo de supervivientes.

Unos hombres con chaquetones guateados ayudaron al comandante general del ejército y a los oficiales del Estado Mayor a bajar a la orilla. Sacaron en brazos al general Krilov, al que ya daban por muerto, y de nuevo, batiendo sus pestañas calcinadas, se abrieron paso a través de los matorrales de rosas silvestres hacia los refugios.

Los oficiales del Estado Mayor del 62.º Ejército permanecieron en aquel minúsculo promontorio del Volga hasta la madrugada. Protegiéndose la cara del aire abrasador y sacudiéndose de la ropa la lluvia de chispas que les caía encima, miraban al comandante del ejército, que llevaba el capote militar echado sobre los hombros y los cabellos en la frente saliéndole por debajo de la visera. Sombrío, ceñudo, daba la impresión de estar tranquilo, pensativo.

Gúrov miró a los hombres que le rodeaban y dijo:

–Parece que ni siquiera el fuego puede quemarnos... –y tocó los botones ardientes de su capote.

–¡Eh, tú, el soldado de la pala! –gritó el jefe de los zapadores, el general Tkachenko–. Cava rápido un pequeño foso aquí, ¡que no pase otro fuego de esta colina!

Después se dirigió a Krilov:

–Todo está del revés, camarada general: el fuego fluye como agua y el Volga está cubierto de llamas. Por suerte, el viento no es fuerte, de lo contrario nos habríamos achicharrado.

Cuando la brisa se levantó sobre el Volga, la pesada techumbre del incendio empezó a balancearse, se inclinaba, y los hombres se echaron hacia atrás para burlar las llamas.

Algunos, acercándose a la orilla, remojaban las botas, y el agua se evaporaba al contacto con el cuero ardiente. Otros guardaban silencio, fijando la mirada en la tierra; otros miraban alrededor; y hubo quienes, sobreponiéndose a la angustia, bromeaban: «No hacen falta cerillas, podemos encender el cigarrillo con el Volga o el viento». Había también los que se palpaban el cuerpo y balanceaban la cabeza al sentir el calor de las hebillas metálicas de los cinturones.

Se oyeron algunas explosiones: eran granadas de mano

que explotaban en los refugios del batallón de defensa del Estado Mayor. Luego restallaron los cartuchos de las cintas de ametralladora. Una bomba de mortero alemana silbó atravesando las llamas y fue a explotar lejos en el Volga. A través del humo se atisbaban siluetas lejanas en la orilla; alguien intentaba, por lo visto, desviar el fuego del cuartel general, pero después de un instante todo desaparecía en el humo y el fuego.

Krilov miraba las llamas que se expandían a su alrededor, pero no tenía recuerdos, no establecía relaciones. ¿Y si los alemanes hubieran planeado hacer coincidir el incendio con el ataque? Los alemanes no conocían el emplazamiento del mando del ejército; un prisionero capturado el día anterior se resistía a creer que el Estado Mayor del ejército tuviera sede en la orilla derecha... Era evidente que se trataba de una ofensiva local; había, pues, posibilidades de sobrevivir hasta el día siguiente, siempre y cuando no se levantara viento.

Echó un vistazo a Chuikov, que estaba a su lado; éste contemplaba el incendio ululante; su cara, tiznada de hollín, parecía de cobre incandescente. Se quitó la gorra, se pasó la mano por el pelo y, de repente, tuvo el aspecto de un herrero aldeano bañado en sudor; las chispas le saltaban por encima de su cabeza rizada. Alzó la mirada hacia la ruidosa cúpula de fuego, y luego volvió la cabeza hacia el Volga, donde se filtraban brechas de tiniebla entre las llamas serpenteantes. Krilov pensó que el comandante general del ejército debía de estar reflexionando intensamente en las mismas cuestiones que le inquietaban a él: ¿lanzarían los alemanes una ofensiva más violenta aquella noche? ¿Dónde trasladar el Estado Mayor en caso de que sobrevivieran hasta la mañana...?

Chuikov, al notar sobre él la mirada del comandante del Estado Mayor, le sonrió. Luego, trazando con la mano un amplio círculo en el aire, dijo:

–Qué belleza, diablos, ¿no es cierto?

Las llamas del incendio eran perfectamente visibles desde Krasni Sad, al otro lado del Volga, donde se encontraba establecido el Estado Mayor del frente de Stalingrado. Tras recibir la primera comunicación del incendio, el jefe del Estado Mayor, el teniente general Zajárov, fue a transmitir la información a su comandante, el general Yeremenko. Éste pidió a Zajárov que fuera personalmente al centro de transmisiones para hablar con Chuikov. Zajárov, jadeante, atravesó el sendero a toda prisa. El ayudante de campo que le iluminaba el camino con una linterna de vez en cuando lo advertía: «Cuidado, camarada general», y con la mano apartaba las ramas de los manzanos que pendían en el sendero. El resplandor lejano iluminaba los troncos de los árboles y caía en manchas rosadas sobre la tierra. Aquella luz incierta llenaba el ánimo de inquietud. El silencio que reinaba alrededor, roto únicamente por las llamadas en voz baja de los centinelas, confería una fuerza particularmente angustiosa al fuego pálido y mudo.

En el centro de transmisiones la telefonista de guardia, mirando al sofocado Zajárov, dijo que no había comunicación telefónica, ni telegráfica, ni tampoco por radio con Chuikov.

–¿Y con las divisiones? –preguntó Zajárov con voz entrecortada.

–Acabamos de establecer contacto con Batiuk, camarada teniente general.

–¡Pásemelo, rápido!

La telefonista tenía miedo de mirar a Zajárov: estaba segura de que de un momento a otro iba a desatarse el carácter difícil e irascible del general. Pero, de repente, le dijo con satisfacción:

–Aquí tiene, camarada teniente general –y le extendió el teléfono.

Al otro lado de la línea se encontraba el jefe del Estado Mayor de la división. Él, al igual que la joven telefonista, se asustó al oír la respiración jadeante y la voz imperiosa del jefe del Estado Mayor del frente preguntarle:

–¿Qué está pasando ahí? ¡Deme un informe! ¿Está en contacto con Chuikov?

El jefe del Estado Mayor de la división le refirió el incendio de los depósitos de petróleo y que una cortina de fuego había caído sobre el cuartel general del Estado Mayor del ejército; la división no tenía ninguna comunicación con Chuikov. Al parecer no todos habían perecido puesto que a través del fuego y el humo podía verse a un grupo de personas en la orilla del río; pero ni por tierra, ni cruzando el Volga en barca era posible llegar hasta ellos, porque el río estaba ardiendo.

Batiuk, junto a una compañía de defensa del Estado Mayor, había costeado la orilla donde se propagaba el incendio para tratar de desviar el petróleo en llamas y ayudar a los hombres atrapados a escapar del fuego.

Después de haber escuchado las palabras del jefe del Estado Mayor, Zajárov dijo:

–Informe a Chuikov... Si todavía está vivo, informe a Chuikov... –y se calló.

La muchacha, sorprendida por la larga pausa y mientras aguardaba el estruendo de la voz ronca del general, miraba con temor a Zajárov; el teniente general se estaba secando las lágrimas con un pañuelo.

Aquella noche murieron, a causa del fuego y el derrumbe de los refugios, cuarenta oficiales del Estado Mayor.

10

Krímov llegó a Stalingrado poco después del incendio de los depósitos de petróleo.

Chuikov había instalado su nuevo cuartel general cerca de la pendiente del Volga, donde estaba alojado un regimiento de fusileros que formaba parte de la división de Batiuk. Visitó el refugio del comandante del regimiento, el capitán Mijáilov, y asintió en señal de satisfacción mientras inspeccionaba su espacioso refugio subterráneo con las paredes revestidas con láminas de contrachapado.

El comandante del ejército observó la cara de aflicción del pelirrojo y pecoso capitán y le dijo con regocijo:

–Se ha hecho construir un refugio demasiado lujoso para su grado, camarada capitán.

Fue así que el Estado Mayor del regimiento, una vez trasladado su sencillo mobiliario, se transfirió a algunas decenas de metros en el sentido de la corriente, y el pelirrojo Mijáilov, a su vez, expulsó con decisión al comandante del batallón.

El comandante del batallón, ahora sin alojamiento, evitó molestar a los jefes de su compañía (ya vivían demasiado estrechos), y mandó que excavaran un nuevo refugio en el mismo altiplano.

Los trabajos de ingeniería estaban en pleno apogeo cuando Krímov llegó al cuartel general del 62.º Ejército. Los zapadores estaban cavando trincheras de comunicación entre los diferentes departamentos del Estado Mayor, calles y senderos que unían la sección política, la de operaciones y la de artillería.

Krímov vio salir un par de veces al comandante para controlar cómo iban las obras. Probablemente nunca en ninguna parte del mundo se ha concedido tanta importancia a la construcción de refugios como en Stalingrado. No se construían para estar en calor ni como modelo arquitectónico para generaciones venideras. La posibilidad de volver a ver un nuevo día y de comer una vez más dependía estrictamente del grosor de las paredes, la profundidad de las vías de comunicación, la proximidad a las letrinas, la efectividad del camuflaje antiaéreo.

Cuando se hablaba de alguien, se hablaba también de su refugio.

–Hoy Batiuk ha hecho un buen trabajo con los morteros sobre el Mamáyev Kurgán. Y dicho sea de paso, tiene un refugio con puerta de roble, bien gruesa, como las del Senado; es un tipo inteligente.

Solía ocurrir que se hablara de alguien en estos términos:

–Bueno, como ya sabes, le han obligado a retirarse durante la noche. No tiene enlace con las unidades, ha perdido una posición clave. En cuanto a su puesto de mando, se ve desde el aire; tiene una lona impermeable a modo de puerta, buena contra las moscas tal vez. Es un don nadie; he oído decir que su mujer lo abandonó antes de la guerra.

Circulaban infinidad de historias relacionadas con los refugios y los búnkeres de Stalingrado. La historia de cómo el agua había irrumpido en el túnel donde se hallaba instalado el Estado Mayor de Rodímtsev, cómo todos los documentos acabaron flotando en el río y unos bromistas señalaron en el mapa el lugar donde el Estado Mayor de Rodímtsev había desembocado en el Volga. La historia de la destrucción de las famosas puertas del refugio de Batiuk. La historia de cómo Zhóludev y todo su Estado Mayor fueron sepultados vivos en su refugio en la fábrica de tractores.

La ladera del río, completamente atiborrada de búnkeres, le recordaba a Krímov un gigantesco navío de guerra: a babor se extendía el Volga, a estribor la densa muralla de fuego del enemigo.

Krímov había recibido el encargo del departamento político de solventar las desavenencias entre el comandante y el comisario del regimiento de fusileros de la división de Rodímtsev.

Mientras iba a ver a Rodímtsev, Krímov tenía la intención de informar a los oficiales del Estado Mayor, y luego ocuparse de aquella vana disputa.

El enviado de la sección política del ejército le condujo a la boca de piedra de la enorme caverna donde estaba instalado el Estado Mayor de Rodímtsev. El centinela anunció la llegada desde el frente del comisario del batallón, y una voz profunda respondió:

—Hágalo pasar, no está acostumbrado. Lo más probable es que se lo haya hecho en los pantalones.

Krímov pasó por debajo del techo abovedado. Sintiéndose el centro de las miradas de los oficiales, se presentó al corpulento comisario de división, que llevaba un chaquetón militar y estaba sentado sobre una caja de latas de conserva.

–Espléndido –dijo el comisario de regimiento–, una conferencia es justo lo que necesitamos. Hemos oído que Manuilski y otros han llegado a la orilla izquierda, pero no han encontrado el momento de venir a vernos a Stalingrado.

–También he recibido órdenes del jefe del departamento político –dijo Krímov– de resolver una disputa entre el comandante del regimiento de fusileros y el comisario.

–Sí, en efecto, había una disputa –admitió el comisario–. Ayer, sin embargo, quedó zanjada: una bomba de una tonelada cayó sobre el puesto de mando del regimiento. Acabó con la vida de dieciocho hombres, entre ellos el comandante y el comisario.

Y añadió con naturalidad, en tono de confidencia:

–Eran cara y cruz, incluso en el aspecto físico: el comandante era un hombre sencillo, hijo de campesinos, mientras que el comisario llevaba guantes y un anillo en un dedo. Ahora yacen el uno al lado del otro.

Como hombre que sabía dominar su estado de ánimo y el de los demás, y no subordinarse a él, cambió bruscamente de tono y, con voz alegre, dijo:

–Cuando nuestra división estaba instalada cerca de Kotlubán, tuve que llevar en mi coche hasta el frente a un conferenciante de Moscú, Pável Fiódorovich Yudin. Un miembro del Consejo Militar me había dicho: «Si pierde uno solo de sus cabellos, te cortaré la cabeza». Pasé muchas fatigas con él. En cuanto veíamos que un avión sobrevolaba cerca, nos desviábamos a la cuneta. No tenía ganas de perder la cabeza. Pero el camarada Yudin sabía muy bien cuidar de sí mismo. Hizo gala de una iniciativa admirable.

Las personas que escuchaban la conversación se reían, y Krímov se dio cuenta de que aquel tono de burla indulgente le sacaba de sus casillas.

Por lo general Krímov establecía buenas relaciones con los comandantes, completamente correctas con los oficiales del Estado Mayor, y relaciones irritantes, no siempre sinceras, con sus colegas, los políticos. En aquella ocasión, de hecho, también le irritaba ese comisario: otro novato en el frente que jugaba a ser un veterano; probablemente había ingresado en el Partido poco antes de la guerra, pero no le gustaba Engels.

A todas luces, sin embargo, también Krímov irritaba al comisario de división.

Esta sensación no lo abandonó mientras el ordenanza le estaba preparando el alojamiento y otra persona le servía té.

Casi cada establecimiento militar tiene su propio estilo, distinto de los demás. En el Estado Mayor de la división de Rodímtsev se enorgullecían de contar con un general tan joven.

Cuando Krímov concluyó la conferencia, comenzaron a hacerle preguntas.

Belski, el jefe del Estado Mayor, sentado al lado de Rodímtsev, preguntó:

—Camarada conferenciante, ¿cuándo abrirán los Aliados el segundo frente?

El comisario de la división, recostado sobre un catre estrecho, apoyado contra la pared de piedra del túnel, extendió el heno con las manos y dijo:

—Y a quién le importa. Lo que a mí de verdad me interesa es saber cuándo piensa empezar a actuar nuestro mando.

Krímov, descontento, miró de reojo al comisario y dijo:

—Puesto que el comisario plantea así la cuestión, no me corresponde a mí responder, sino al general.

Todos dirigieron su mirada a Rodímtsev, que declaró:

—Aquí un hombre alto no podría estar de pie. En otras palabras, vivimos dentro de un «tubo». No tiene mucho mérito estar a la defensiva. Pero no se puede lanzar una ofensiva desde un tubo. Aunque quisiéramos aquí no se pueden concentrar reservas...

En aquel instante sonó el teléfono. Rodímtsev descolgó el auricular.

Todos tenían la mirada fija en él.

Después de colgar, Rodímtsev se inclinó hacia Belski y le susurró algunas palabras. Belski alargó la mano hacia el teléfono, pero Rodímtsev le detuvo:

—¿Para qué? ¿Acaso no lo oye?

Bajo los arcos de piedra de la galería, iluminada por la luz humosa y centelleante de las lámparas construidas con vainas de proyectil, se oían ráfagas de ametralladoras que tronaban en la cabeza de los presentes; parecía el sonido que hacen los carretones al atravesar un puente. De vez en cuando retumbaban las explosiones de las granadas de mano. En el túnel todos los sonidos se amplificaban.

Rodímtsev llamaba ora a uno ora a otro de sus colaboradores del Estado Mayor, y de nuevo se colgaba con impaciencia al teléfono.

En el instante que captó la mirada de Krímov, sentado algo a lo lejos, le sonrió de modo familiar, amablemente, y dijo:

—Se despeja el tiempo en el Volga, camarada conferenciante.

Entretanto el teléfono sonaba sin cesar. Y al escuchar la conversación de Rodímtsev, Krímov se hizo una idea aproximada de lo que estaba ocurriendo. El segundo jefe de la división, el joven coronel Borísov, se acercó al general e, inclinándose sobre la caja donde estaba desplegado el mapa de Stalingrado, trazó una gruesa línea azul que cortaba perpendicularmente el punteado rojo de la defensa soviética hasta el Volga.

Borísov lanzó una mirada expresiva a Rodímtsev con sus ojos oscuros. Éste se levantó de sopetón al ver venir al encuentro, emergiendo de la penumbra, a un hombre envuelto en una lona impermeable. Los andares y la expresión del rostro de aquel individuo que se aproximaba delataban sin lugar a dudas de dónde venía. Parecía rodeado de una nube incandescente invisible; se diría que lo que hacía frufrú, con sus rápidos movimientos, no era la tela que lo envolvía, sino la electricidad crepitante que impregnaba al recién llegado.

—Camarada general —gritó él con angustia—, el enemigo me ha hecho retroceder. Esos perros han llegado al barranco, se dirigen al Volga. Necesito refuerzos.

—Contenga usted mismo al enemigo a cualquier precio. No tengo reservas —dijo Rodímtsev.

–Que lo contenga a cualquier precio –repitió el hombre envuelto en la tela de lona, y todos comprendieron, cuando éste dio media vuelta y se dirigió a la salida, cuál era el precio que iba a pagar.

–¿Está aquí cerca? –preguntó Krímov, e indicó en el mapa la línea tortuosa del río.

Pero Rodímtsev no tuvo tiempo de responderle. En la entrada del túnel se oyeron disparos de pistola, relampaguearon resplandores rojos de granadas de mano.

Se oyó el penetrante silbato del comandante. El jefe del Estado Mayor, abalanzándose sobre Rodímtsev, gritó:

–¡Camarada general, el enemigo ha irrumpido en el cuartel general!

De repente, el respetado general, el hombre que había resaltado con un lápiz de color los cambios de la situación de las tropas con una calma casi teatral, desapareció. Y la guerra en aquellos barrancos cubiertos de maleza y edificios en ruinas dejó de ser una cuestión de acero cromado, lámparas catódicas y aparatos de radio. Era sólo un hombre con labios finos gritando con frenesí:

–¡Rápido, Estado Mayor! Comprueben sus armas, cojan granadas y síganme. ¡Vamos a combatir al enemigo!

Su voz y sus ojos, que veloces e imperiosos se deslizaron por Krímov, transmitían un frío y abrasador espíritu de combate. En aquel instante se hizo evidente que la principal fuerza de aquel hombre no residía en su experiencia ni en el conocimiento de los mapas, sino en su alma violenta, salvaje, impetuosa.

Minutos más tarde, oficiales, secretarios, agentes de enlace, telefonistas empujándose entre sí, jadeantes, se escabullían hacia la salida del túnel. Siguiendo a Rodímtsev, ligero de pies, corrieron en dirección al barranco de donde llegaba el ruido de explosiones y disparos, gritos e insultos.

Cuando Krímov llegó sin aliento entre los primeros al límite del barranco y miró hacia abajo, el corazón se le estremeció en una amalgama de sensaciones: repugnancia, miedo, odio. En el fondo de la hendidura se recortaban sombras confusas, se encendían y apagaban las chispas de los disparos, relampagueaban destellos, ahora verde ahora rojo, y en el aire flotaba un incesante silbido metálico. Krímov tenía la impresión de estar mirando un gigantesco nido de serpientes donde se agitaban cientos de seres venenosos, que silbaban, lanzaban miradas refulgentes y rápidamente se dispersaban haciendo susurrar la maleza.

Con un sentimiento de furia, aversión y temor se puso a disparar con el fusil en dirección a los fogonazos que centelleaban en la oscuridad, contra aquellas sombras rápidas que reptaban por las laderas del barranco.

A algunas decenas de metros los alemanes aparecieron en la cima del barranco. Un estruendo reiterado de granadas de mano sacudía la tierra y el aire. El grupo de asalto alemán se esforzaba por abrirse paso hasta la entrada del túnel.

Las sombras humanas, los fogonazos de los disparos que refulgían en la niebla, los gritos y gemidos que se apagaban y encendían se asemejaban a un enorme caldero negro en ebullición, y Krímov se sumergió en cuerpo y alma en aquel borboteo hirviente, y ya no pudo pensar ni sentir como pensaba y sentía antes. A veces creía que dominaba el movimiento del torbellino que se había apoderado de él, pero otras le invadía la angustia de la muerte, y tenía la sensación de que una oscuridad alquitranada se le derramaba en los ojos y le penetraba en los orificios nasales, y le faltaba aire para respirar, y no había cielo estrellado encima de su cabeza, sólo la negrura, el barranco y unas criaturas terribles que hacían crujir la maleza.

Parecía imposible comprender lo que estaba pasando y al mismo tiempo en él se reforzaba un sentimiento diáfano, claro como la luz del día, que lo vinculaba con aquellos hombres que trepaban por la pendiente, el sentimiento de su propia fuerza unida a la de los compañeros que disparaban a su lado, un sensación de alegría por que en algún lugar, cerca de él, se encontraba Rodímtsev.

Aquella sensación sorprendente descubierta en una noche de batalla, donde a tres pasos no se distinguía quién estaba a tu lado, si un amigo o un enemigo dispuesto a fulminarte, se mezclaba con otra, no menos sorprendente e inexplicable, ligada a la marcha general del combate; una sensación que daba la posibilidad a los soldados de juzgar la verdadera proporción de fuerzas en una batalla, adivinar el desenlace de un combate.

11

La percepción del resultado global de un combate que experimenta un soldado aislado de los otros por el humo, el fuego, el aturdimiento, a menudo resulta más justa que los juicios formulados por los oficiales del Estado Mayor mientras estudian un mapa.

En el momento decisivo de la batalla se produce un cambio asombroso cuando el soldado que toma la ofensiva y cree que está próximo a lograr el objetivo mira alrededor, confuso, sin ver a los compañeros con los que había iniciado la acción, mientras el enemigo, que todo el tiempo le había parecido singular, débil y estúpido, de repente se convierte en plural y, por ello, invencible. En ese momento decisivo de la batalla –claro para aquellos que lo viven; misterioso e inexplicable para los que tratan de adivinarlo y comprenderlo desde fuera– se produce un cambio de percepción: el intrépido e inteligente «nosotros» se transforma en un tímido y frágil «yo», mientras el desventurado adversario, que se percibía como una única presa de caza, se convierte en un compacto, temible y amenazador «ellos».

Mientras rompe la resistencia del enemigo, el soldado, que avanza, percibe todo por separado: la explosión de una granada; las ráfagas de ametralladora; el soldado enemigo allí, tirando a resguardo, que ahora se echa a correr, no puede hacer otra cosa que correr porque está solo, aislado de su cañón, a su vez aislado... de su ametralladora, igualmente aislada, del tirador vecino, igualmente aislado... mientras que yo, yo soy «nosotros», yo soy toda la enorme infantería que marcha al ataque, yo soy esta artillería que me cubre, yo soy estos tanques que me apoyan, yo soy esta bengala que ilumina nuestro combate común. Pero he aquí que, de repente, yo me quedo solo, y todo aquello que me parecía débil y aislado se funde en un todo terrible de disparos enemigos de fusiles, de ametralladoras, de artillería, y la fuerza que me había ayudado a vencer aquella unidad se desvanece. Mi salvación está en la huida, consiste en esconder la cabeza, poner a cubierto el pecho, la frente, la mandíbula.

Y en la oscuridad de la noche aquellos que se han enfrentado a un ataque repentino y que, al principio, se sentían débiles y aislados comienzan a desmantelar la unidad del enemigo que se ha abatido contra ellos, comienzan a sentir su propia unidad, donde se encierra la fuerza de la victoria.

En la comprensión de esta transición es donde reside lo que a menudo permite hablar de la guerra como un arte.

En esa sensación de unicidad y pluralidad, en la alternancia que va de la conciencia de la noción de unicidad a la de pluralidad se encuentra no sólo la relación entre los acontecimientos durante los ataques nocturnos de las compañías y los batallones, sino también el signo de la batalla que libran ejércitos y pueblos enteros.

Hay una sensación que los participantes en un combate pierden casi por completo: la sensación del tiempo. La chica que ha bailado hasta la madrugada en una fiesta de fin de año no puede decir cuál ha sido su sensación del tiempo, si ha sido larga o, por el contrario, corta.

De la misma manera, un recluso que haya pasado veinticinco años en cautividad en la prisión de Schlisselburg dirá: «Tengo la impresión de haber pasado una eternidad en esta fortaleza, pero al mismo tiempo me parece que sólo llevo en ella unas pocas semanas».

La noche del baile estará llena de acontecimientos efímeros: miradas, fragmentos de música, sonrisas, roces, y cada uno de ellos pasará tan rápido que no dejará en la mente de la chica la sensación de duración en el tiempo.

Sin embargo, la suma de estos breves acontecimientos engendra la sensación de un largo intervalo de tiempo que parece abarcar toda la felicidad de la vida humana.

Al prisionero de Schlisselburg le ocurre al contrario: sus veinticinco años de cautiverio están formados de intervalos de tiempo separados, penosos y largos, desde el toque de diana hasta la retreta, desde el desayuno a la cena. Pero la suma de esos hechos pobres logran generar una nueva sensación: en aquella lúgubre uniformidad del paso de los meses y los años el tiempo se encoge, se contrae... Así nace una impresión simultánea de brevedad e infinito, así nace una proximidad de percepción entre los concurrentes del baile de fin de año y los que llevan reclusos decenas de años. En ambos casos, la suma de acontecimientos engendra el sentimiento simultáneo de duración y brevedad.

Más complejo es el proceso de deformación del tiempo referente a la percepción de la brevedad del mismo y su duración que se da en el hombre que vive un combate. Allí las cosas van más lejos, allí son incluso las primeras sensaciones individuales las que se ven deformadas, alteradas. Durante el combate los segundos se dilatan, pero las horas se aplastan. La sensación de larga duración se relaciona con acontecimientos fulminantes: el silbido de los proyectiles y las bombas aéreas, las llamaradas de los disparos y las explosiones.

La sensación de brevedad se correlaciona con acontecimientos prolongados: cruzar un campo arado bajo el fuego, arrastrarse de una guarida a otra. En cuanto al combate cuerpo a cuerpo, éste tiene lugar fuera del tiempo. Aquí la indeterminación se manifiesta tanto en los diferentes componentes como en el resultado, la deformación afecta tanto a la suma como a los sumandos.

Y de sumandos hay una cantidad infinita.

La sensación de duración de la batalla está en conjunto tan profundamente deformada que se manifiesta con una total indeterminación, desconectada tanto de la duración como de la brevedad.

En el caos donde se confunde la luz cegadora y la oscuridad ciega, los gritos, el estruendo de las explosiones, el crepitar de las metralletas; en el caos que hace añicos la percepción del tiempo Krímov tuvo una intuición de una nitidez asombrosa: los alemanes habían sido arrollados, los alemanes estaban vencidos. Lo comprendió él, lo comprendieron los secretarios y los agentes de enlace que disparaban junto a él, por una sutil percepción interna.

12

Pasó la noche. Entre la maleza quemada yacían los cuerpos de los caídos. Sin alegría, lúgubremente, el agua jadeaba en la orilla. La melancolía se adueñaba del corazón ante la visión de la tierra devastada, los esqueletos de las casas quemadas.

Daba inicio un nuevo día, y la guerra estaba dispuesta a llenarlo con abundancia –hasta el límite– de humo, cascajos, hierro, vendas sucias ensangrentadas. Y los días anteriores habían sido parecidos. Y no quedaba nada en el mundo salvo aquella tierra lacerada por el hierro, salvo aquel cielo en llamas.

Krímov, sentado sobre una caja, con la cabeza apoyada contra la pared de piedra del túnel, dormitaba.

Oía las voces confusas de sus colegas, el tintineo de las tazas: el comisario y el jefe del Estado Mayor intercambiaban palabras soñolientas mientras tomaban el té. Decían que el prisionero capturado era un zapador; su batallón había sido transportado vía aérea desde Magdeburgo unos días antes. En el cerebro de Krímov apareció la imagen de un libro escolar: dos recuas de caballos de tiro, empujadas por unos palafreneros con gorros puntiagudos, se esforzaban por separar dos hemisferios encajados[1]. Y él

1. Se refiere al famoso experimento de los hemisferios encajados de Magdeburgo mediante el cual el físico alemán Otto von Guericke demostró el comportamiento de la presión atmosférica.

sintió aflorar de nuevo el sentimiento de tedio que le suscitaba en la infancia aquella imagen.

–Bien –dijo Belski–, eso significa que han comenzado a recurrir a las reservas.

–Sí, definitivamente va bien –dijo Vavílov–; el Estado Mayor de la división inicia el contraataque.

Llegados a este punto, Krímov oyó canturrear a Rodímtsev con tono precavido:

–Amigo, esto no son más que flores, esperemos a ver cuando maduren los frutos...

Por lo visto, Krímov había consumido toda su fuerza anímica durante el combate nocturno. Para ver a Rodímtsev tenía que girar la cabeza, pero no lo hizo. «Así de vacío, probablemente, sólo se puede sentir un pozo al que le han sacado toda el agua», se dijo en su fuero interno. Se adormeció de nuevo y las voces lejanas, los sonidos de los disparos y las explosiones se fundieron en un zumbido monótono.

Pero una nueva sensación penetró en su cerebro: se vio a sí mismo tumbado en una habitación con los postigos cerrados mientras su mirada perseguía una mancha de luz sobre el papel pintado. La mancha trepa hasta la arista del espejo y se transforma en un arco iris. El corazón del muchacho de aquel entonces se estremece; el hombre de sienes plateadas y con una pesada pistola en la cintura, abre los ojos y mira alrededor.

En el centro del túnel estaba erguido un soldado con una guerrera gastada y, sobre la cabeza inclinada, un gorro con la estrella verde del frente; tocaba el violín.

Vavílov, al ver que Krímov se despertaba, se inclinó hacia él.

–Es nuestro peluquero, Rubínchik, ¡un gran maestro!

De vez en cuando, alguien, sin andarse con ceremonias, interrumpía su ejecución con un chiste grosero; otro, haciendo callar al músico, preguntaba: «¿Me permite que hable?», y daba su informe al jefe del Estado Mayor. Una cuchara tintineaba contra una taza de hojalata; alguien bostezó prolongadamente «a-a-a-a», y se puso a ahuecar el heno.

El peluquero, atento, procuraba no molestar con su

música a los comandantes, dispuesto a interrumpirla en cualquier momento.

Krímov se acordó en ese preciso instante de Jan Kubelik, con su cabello cano y vestido de frac negro. ¿Cómo era posible que el famoso violinista pareciera ahora eclipsado por un mero barbero castrense? ¿Por qué la voz fina, trémula del violín que cantaba una cancioncita sin pretensiones, como un diminuto arroyo, expresaba en ese momento con mayor intensidad que Bach o Mozart toda la inmensa profundidad del alma humana?

De nuevo, por milésima vez, Krímov experimentó el dolor de la soledad. Zhenia[1] le había abandonado...

De nuevo, con amargura, pensó que la partida de Zhenia expresaba la dinámica de toda su vida: él seguía allí, pero al mismo tiempo no estaba. Y ella se había ido.

De nuevo pensó que debía decirse a sí mismo muchas cosas atroces, implacablemente crueles... No podía seguir cerrando los ojos, tener miedo...

La música parecía haber despertado en él el sentido del tiempo.

El tiempo, ese medio transparente en el que los hombres nacen, se mueven y desaparecen sin dejar rastro. En el tiempo nacen y desaparecen ciudades enteras. Es el tiempo el que las trae y el que se las lleva.

En él se acababa de revelar una comprensión del tiempo completamente diferente, particular. Esa comprensión que hace decir: «Mi tiempo... no es nuestro tiempo».

El tiempo se cuela en el hombre, en el Estado, anida en ellos, y luego el tiempo se va, desaparece, mientras que el hombre, el Estado, permanecerá. El Estado permanece, pero su tiempo ha pasado... Está el hombre, pero su tiempo se ha desvanecido... ¿Dónde está ese tiempo? El hombre todavía piensa, respira y llora, pero su tiempo, el tiempo que le pertenecía a él y sólo a él, ha desaparecido. Pero él permanece.

Nada es más duro que ser hijastro del tiempo. No hay

---

1. Diminutivo de Yevguenia. Hija menor de Aleksandra Vladímirovna Sháposhnikova y hermana de Liudmila y Marusia.

destino más duro que sentir que uno no pertenece a su tiempo. Aquellos a los que el tiempo no ama se reconocen al instante, en la sección de personal, en los comités regionales del Partido, en las secciones políticas del ejército, en las redacciones, en las calles... El tiempo sólo ama a aquellos que ha engendrado: a sus hijos, a sus héroes, a sus trabajadores. No amará nunca, nunca a los hijos del tiempo pasado, así como las mujeres no aman a los héroes del tiempo pasado, ni las madrastras aman a los hijos ajenos.

Así es el tiempo: todo pasa, sólo él permanece. Todo permanece, sólo el tiempo pasa. ¡Qué ligero se va, sin hacer ruido! Ayer mismo todavía confiabas en ti, alegre, rebosante de fuerzas, hijo del tiempo. Y hoy ha llegado un nuevo tiempo, pero tú, tú no te has dado cuenta.

El tiempo, desgarrado en el combate, emergía del violín de madera contrachapada del peluquero Rubínchik. El violín anunciaba a unos que su tiempo había llegado, a otros que su tiempo se había acabado.

«Acabado, acabado...», pensó Krímov.

Miró la cara tranquila y bondadosa del comisario Vavílov. Éste bebía el té a sorbos de la taza, masticaba despacio pan y salchichón, y sus ojos impenetrables estaban vueltos hacia la entrada iluminada del túnel, hacia la mancha de luz.

Rodímtsev, cuyos hombros cubiertos con el capote se encogían por el frío y con el rostro claro y sereno, miraba de hito en hito al músico. El coronel canoso y picado de viruelas, jefe de la artillería de la división, miró el mapa que estaba desplegado ante él; su frente arrugada confería a su rostro una expresión hostil, y sólo por sus ojos tristes y amables se hacía evidente que no miraba el mapa, sino que escuchaba. Belski redactaba a toda prisa el informe para el Estado Mayor del ejército; daba la impresión de estar enfrascado en aquella tarea, pero escribía con la cabeza inclinada, el oído vuelto hacia el violinista. A cierta distancia estaban sentados los soldados: agentes de enlace, telefonistas, secretarios, y en sus caras extenuadas, en sus ojos, asomaba la expresión severa que adopta el campesino cuando mastica un pedazo de pan.

De repente, Krímov revivió una noche de verano: los grandes ojos oscuros de una joven cosaca, su ardiente susurro... ¡Qué bella es la vida a pesar de todo!

Cuando el violinista dejó de tocar se percibió un ligero murmullo: bajo el entarimado de madera corría el agua, y a Krímov le pareció que su alma –aquel invisible pozo que se había quedado vacío, seco–, poco a poco volvía a llenarse.

Media hora más tarde el violinista afeitaba a Krímov y, con la seriedad ridícula y exagerada que a menudo muestran los peluqueros respecto a sus clientes, preguntaba a Krímov si le molestaba la navaja, y le pasaba la palma de la mano por la piel para comprobar si los pómulos estaban bien afeitados. En el lúgubre reino de la tierra y el hierro era profundamente extraña, absurda y triste la fragancia del agua de colonia y los polvos de talco.

Rodímtsev, con los ojos entornados, miró la cara rociada y empolvada de Krímov; asintió satisfecho y dijo:

–Lo has afeitado a conciencia. Venga, ahora me toca a mí.

Los grandes ojos oscuros del violinista refulgieron de felicidad. Admirando la cabeza de Rodímtsev sacudió la toalla blanca y propuso:

–Quizá podríamos recortar las patillas un poco, camarada general.

13

Después del incendio de los depósitos de petróleo el general Yeremenko se dispuso a reunirse con Chuikov en Stalingrado. Aquel peligroso viaje no tenía ninguna utilidad práctica. Sin embargo, era tal su necesidad espiritual y humana de ir allí que Yeremenko permaneció tres días enteros en espera de emprender la travesía.

Las paredes claras de su refugio en Krasni Sad transmitían tranquilidad y las sombras que proyectaban los manzanos durante los paseos matutinos del comandante del frente eran muy agradables.

El estruendo lejano y el fuego de Stalingrado se fundían con el rumor del follaje y el lamento de los juncos; en esta unión había algo indescriptiblemente opresivo, tanto que en el transcurso de sus paseos matutinos, Yeremenko refunfuñaba y blasfemaba.

Por la mañana Yeremenko comunicó a Zajárov su decisión de ir a Stalingrado y le ordenó que le reemplazara al mando.

Bromeó con la camarera que ponía el mantel para el desayuno, dio autorización al subjefe del Estado Mayor para ir dos días a Sarátov y atendió a la petición del general Trufánov –comandante de uno de los ejércitos de la estepa– prometiéndole que bombardearía una potente posición de la artillería rumana.

–Está bien, está bien, te daré los bombarderos de largo alcance –le dijo.

Los ayudantes de campo conjeturaban sobre los motivos del buen humor del comandante. ¿Había recibido buenas noticias por parte de Chuikov? ¿Una conversación telefónica favorable con la sección militar? ¿Una carta de casa?

Sin embargo, las noticias de este tipo, por lo general, no pasaban desapercibidas; en cualquier caso, Moscú no había telefoneado al comandante, y las noticias de Chuikov eran todo menos alegres.

Después del desayuno, Yeremenko se puso el chaquetón guateado y salió a dar un paseo. A una decena de pasos lo seguía el ayudante de campo Parjómenko. El general caminaba despacio, como de costumbre, deteniéndose de vez en cuando a rascarse el muslo y mirar hacia el Volga.

Yeremenko se acercó a un batallón de trabajadores que cavaban un foso. Eran hombres de edad avanzada con las nucas ennegrecidas por el sol. Sus rostros eran sombríos y tristes. Trabajaban en silencio y lanzaban miradas de enojo a aquel hombre corpulento tocado con una gorra verde que, ocioso, estaba en el borde del foso.

–Vamos a ver, compañeros, decidme –preguntó Yeremenko–, ¿quién es el que trabaja menos de aquí?

A los hombres la pregunta les pareció oportuna; estaban hartos de remover las palas. Los militares miraron de reojo, todos a la vez, a un tipo con el bolsillo del revés que volcaba sobre la palma de su mano polvo de tabaco y migas de pan.

–Puede que sea él –dijeron dos soldados mirando al resto de los compañeros en busca de su aprobación.

–Así que... –replicó Yeremenko, serio– es él. Él es el más holgazán.

El soldado suspiró con dignidad, miró de refilón con ojos mansos y tristes a Yeremenko, y, convencido, por lo visto, de que quien había formulado la pregunta se interesaba en la respuesta sin un objetivo determinado, que la había hecho al tuntún, no intervino en la conversación.

Yeremenko preguntó:

–¿Y quién es el que trabaja mejor?

Todos señalaron a un hombre canoso; su pelo, ralo, no le protegía la cabeza del sol, del mismo modo que la hierba marchita no protege la tierra de los rayos solares.

–Tróshnikov, ese de ahí –dijo uno–, se esfuerza mucho.

–Está acostumbrado a trabajar, no puede evitarlo –añadieron los demás, casi como si le estuvieran justificando.

Yeremenko metió una mano en el bolsillo, sacó un reloj de oro que destelló al sol e, inclinándose con torpeza, se lo extendió a Tróshnikov.

Éste, sin comprender, miraba a Yeremenko.

–Cógelo, es una recompensa –dijo el general.

Continuó mirando a Tróshnikov y dijo:

–Parjómenko, tome nota.

Y continuó con su paseo. A su espalda oyó las voces excitadas de los terraplenadores que comenzaron a exclamar y a reírse por la extraordinaria suerte del laborioso Tróshnikov.

Dos días tuvo que esperar el comandante para hacer la travesía. Los contactos con la orilla derecha, durante esas jornadas, quedaron prácticamente interrumpidos. Las lanchas que lograban abrirse paso hacia Chuikov recibían cincuenta o sesenta impactos de bala a los pocos minutos de trayecto y llegaban a la orilla agujereadas y cubiertas de sangre.

Yeremenko montaba en cólera, se enfurecía.

Las autoridades del paso 62[1], escuchando el fuego alemán, no temían tanto a las bombas y las granadas como a la ira del comandante. Yeremenko consideraba a los mayores y la pasividad de los capitanes culpables de las tropelías de la aviación, los cañones y los morteros alemanes.

Por la noche Yeremenko salió del refugio y se detuvo en una pequeña colina polvorienta cerca del agua.

El mapa de guerra desplegado ante el comandante del frente en el refugio de Krasni Sad aquí tronaba, humeaba, respiraba vida y muerte.

Y le parecía avistar el punteado de las explosiones en primera línea que su mano había trazado sobre el mapa, creía reconocer las flechas de la ofensiva de Paulus hacia el Volga, los centros de resistencia que había marcado con lápices de color y las concentraciones de las piezas de artillería. Al mirar el mapa extendido sobre la mesa, se sentía capaz de doblar, de desplazar la línea del frente, de poder hacer rugir la artillería pesada de la orilla izquierda. Se sentía el amo, el artífice.

Sin embargo, en aquel instante se adueñó de él un sentimiento muy diferente. El resplandor del fuego sobre Stalingrado, el lento rugido en el cielo, todo aquello le impresionaba por la grandeza de su fuerza y pasión, sobre la que no tenía control.

Entre el fragor de las explosiones y el fuego, un sonido

1. El paso 62 era un grupo de amarraderos situado detrás de las fábricas Octubre Rojo y Barricada, lugar de desembarco de tropas y material debajo de una empalizada saliente. Aquel emplazamiento era razonablemente seguro mientras los alemanes no se hicieran con el control de los alrededores de las fábricas. (William Craig, *La batalla por Stalingrado*, Barcelona, Planeta, p. 174.)

prolongado, apenas perceptible, llegó desde la zona de las fábricas: «a-a-a-a-ah...».

En aquel grito ininterrumpido proferido por la infantería al lanzarse al contraataque había algo no sólo terrible, sino triste y melancólico.

«A-a-a-a-ah...» El grito se extendía a través del Volga...

El «hurra» de la guerra, al atravesar las frías aguas nocturnas bajo las estrellas del cielo otoñal, casi perdía el ímpetu de la pasión, se transformaba y revelaba una esencia totalmente diferente. Ya no era fervor, ya no era gallardía, sino la tristeza del alma, como si se despidiera de todo lo amado, como si invitase a todos los seres queridos a despertarse y levantar la cabeza de la almohada para oír, por última vez, la voz del padre, el marido, el hijo, el hermano...

Al general la congoja de los soldados le oprimió el corazón.

La guerra, con la que Yeremenko estaba habituado a encontrarse, de repente le hizo replegarse en sí mismo; permanecía inmóvil sobre arenas movedizas, como un soldado solo, trastornado por la inmensidad del fuego y el estruendo; estaba allí como estaban miles y decenas de miles de soldados en la orilla y sentía que aquella guerra del pueblo era mayor que su técnica, su poder, su voluntad. Tal vez este sentimiento fuera el más alto al que estaba destinado a elevarse el general en la comprensión de la guerra.

Al amanecer, Yeremenko cruzó a la orilla derecha. Chuikov, al que habían avisado por teléfono, se había acercado al agua y observaba la lancha blindada avanzar impetuosamente.

Yeremenko bajó despacio haciendo combar la pasarela colocada en la orilla y, pisando con torpeza el terreno pedregoso, se acercó a Chuikov.

–Buenos días, camarada Chuikov –dijo Yeremenko.

–Buenos días, camarada general –respondió Chuikov.

–He venido para ver cómo le va por aquí. Al parecer no ha sufrido quemaduras durante el incendio. Está igual de greñudo que siempre, y ni siquiera ha adelgazado. Veo que no se alimenta mal.

–¿Cómo voy a adelgazar si me paso día y noche sentado en el refugio? –replicó Chuikov; y, ofendido por aquel comentario del comandante referente a la buena alimentación, añadió–: Pero ¿qué hago aquí, recibiendo a un invitado en la orilla?

Y, en efecto, Yeremenko se irritó al ser definido por Chuikov como un invitado en Stalingrado. Y cuando Chuikov dijo: «Venga, pasemos dentro», Yeremenko respondió: «Estoy bien aquí, al aire libre».

En ese instante llegó hasta ellos el sonido del altavoz colocado en la otra orilla del Volga.

La orilla estaba iluminada por fuegos y cohetes, por los fogonazos de las explosiones; parecía desierta. La luz ora se apagaba, ora se encendía, resplandeciendo durante algunos segundos con una fuerza blanca deslumbrante. Yeremenko miraba fijamente el talud de la orilla perforado por las trincheras de comunicación, los refugios, las pilas de piedras amontonadas a lo largo del agua, que emergían de las tinieblas para después volver a sumirse rápidamente en la oscuridad.

Una majestuosa voz cantaba despacio, con gravedad:

Que el más noble furor hierva como una ola,
ésta es la guerra del pueblo, una guerra sagrada...[1]

Y como no se veía a nadie en la orilla ni en la pendiente y todo alrededor –la tierra, el Volga, el cielo– estaba iluminado por las llamas, parecía que fuera la misma guerra la que entonara esta lenta letanía, palabras pesadas como el plomo que circulaban por entre los hombres.

Yeremenko se sentía a disgusto por el interés que él mismo mostraba hacia el cuadro que se exhibía ante sus ojos; realmente era como si fuera un invitado que hubiera ido a ver al dueño de Stalingrado. Le fastidiaba que Chuikov pa-

---

1. Estrofa de *La guerra sagrada*, canción que se convirtió en himno durante la Gran Guerra Patriótica, escrita por el poeta Vasili Lébedev-Kumach y musicalizada por Aleksandr Aleksándrov.

reciera intuir el ansia interior que le había impelido a cruzar el Volga, que supiera cómo se atormentaba mientras paseaba por Krasni Sad oyendo el susurro de los juncos secos.

Yeremenko comenzó a interrogar al anfitrión sobre aquel desdichado fuego, sobre cómo había decidido emplear las reservas, sobre la acción combinada de la infantería y la artillería, sobre la concentración de los alemanes en torno al distrito fabril. Formulaba preguntas y Chuikov respondía como se presupone que se debe responder a un superior.

Se quedaron callados un momento. Chuikov quería preguntarle: «Ésta es la acción defensiva más grande de la Historia, pero ¿qué hay de la ofensiva?». Pero no se atrevió. Yeremenko pensaba que a los defensores de Stalingrado les faltaba resistencia, que estaban rogando que les liberaran del peso sobre sus espaldas.

De pronto Yeremenko preguntó:

–Me parece que tu padre y tu madre son de la provincia de Tula; viven en el campo, ¿no es así?

–Así es, camarada general.

–¿Te escribe el viejo?

–Sí, camarada general. Todavía trabaja.

Se miraron; los cristales de las gafas de Yeremenko habían adquirido una tonalidad rosa por el fulgor del incendio.

Parecía que estaba a punto de comenzar la única conversación que realmente les importaba a ambos, sobre la situación de Stalingrado.

–Me imagino que te interesan las cuestiones –dijo Yeremenko– que siempre se le plantean al comandante del frente acerca del refuerzo de hombres y las municiones.

Y la conversación, la única conversación que habría tenido sentido en aquel momento, no tuvo lugar.

El centinela apostado en la cresta de la ladera miraba hacia abajo y Chuikov, al oír el silbido de un obús, alzó los ojos y dijo:

–El soldado se debe de estar preguntando quiénes son estos dos tipos raros que están ahí plantados al lado del agua.

Yeremenko se sonó y se hurgó las narices.

Se acercaba el momento de la despedida. Según una regla tácita, un superior que está bajo fuego enemigo sólo se va cuando sus subordinados se lo piden. Pero la indiferencia de Yeremenko hacia el peligro era tan absoluta y natural que aquellas reglas no le atañían.

Distraídamente y al mismo tiempo vigilante, volvió la cabeza para seguir el silbido de la trayectoria de un obús.

–Bueno, Chuikov, ya es hora de irme.

Chuikov permaneció algunos momentos en la orilla mientras seguía con la mirada cómo se alejaba la lancha; la estela de la espuma tras la popa le recordó un pañuelo blanco que una mujer agitara en señal de despedida.

Yeremenko, de pie en la cubierta, miraba la otra orilla del Volga, que ondeaba arriba y abajo bajo la luz confusa que procedía de Stalingrado: mientras, las aguas por las que saltaba la lancha parecían inamovibles, como una losa de piedra.

Paseaba con enojo de estribor a babor. Le vinieron a la mente decenas de pensamientos acostumbrados. Nuevos problemas habían surgido en el frente. Lo principal en ese momento era concentrar las fuerzas blindadas; la Stavka[1] le había encargado que preparara una ofensiva contra el flanco izquierdo. Pero a Chuikov no le había dicho ni una palabra de eso.

Chuikov volvió a su refugio, y todos –ya fuera el centinela apostado en la entrada, el encargado de clasificación o el jefe de Estado Mayor de la división de Guriev, que había comparecido ante una llamada–, al oír los pasos pesados de su superior, advirtieron que estaba apesadumbrado. Y tenía sobrados motivos para estarlo.

Porque las divisiones poco a poco se iban desmoronando, porque en la alternancia de ataques y contraataques los alemanes ganaban inexorablemente valiosos metros de la tierra de Stalingrado. Porque dos divisiones de infantería

---

1. Mando Supremo del Ejército Rojo durante la Segunda Guerra Mundial. La Stavka funcionaba bajo las órdenes directas de Iósif Stalin y en coordinación con el Politburó y el Comité de Defensa estatal.

frescas y con todos sus efectivos al completo que se habían unido por la retaguardia alemana estaban concentradas en las inmediaciones de la fábrica de tractores, sumidas en una inactividad que era signo de mal agüero.

No, Chuikov no había expresado al comandante del frente todos sus temores, sus inquietudes, sus lúgubres pensamientos.

Pero tanto el uno como el otro desconocían cuál era la causa de la sensación de descontento que experimentaron. Lo más importante de aquel encuentro no fue la parte práctica, sino lo que ninguno de los dos había sido capaz de decir en voz alta.

14

Una mañana de octubre el mayor Beriozkin, al despertarse, pensó en su mujer y en su hija, en las ametralladoras de gran calibre, y oyó el estruendo ya habitual después de vivir un mes en Stalingrado; llamó al ametrallador que cumplía el cometido de ordenanza y le mandó que le trajera lo necesario para lavarse.

—Fresca como me ha ordenado —dijo Glushkov sonriendo y sintiendo el placer que a Beriozkin le procuraría el aseo matutino.

—En los Urales, donde están mi mujer y mi hija, seguro que han caído las primeras nieves —dijo Beriozkin—, pero no me escriben, ¿entiendes?

—Le escribirán, camarada mayor —lo consoló Glushkov.

Mientras Beriozkin se secaba y se ponía la guerrera, Glushkov le relataba los acontecimientos acaecidos durante las primeras horas de la mañana.

—Un obús ha caído en la cantina y ha matado a un almacenero; en el segundo batallón el subjefe del Estado Mayor salió a hacer una necesidad y fue alcanzado en el hombro por un casco de metralla; los soldados del batallón de zapadores han pescado una perca de casi cinco kilos aturdida por una bomba. He ido a verla; se la han llevado como regalo al camarada capitán Movshóvich. Ha venido el camarada comisario y ha ordenado que usted le telefonee cuando se despierte.

–Entendido –dijo Beriozkin.

Tomó una taza de té, comió gelatina de pierna de ternera, telefoneó al comisario y al jefe del Estado Mayor comunicando que iba a supervisar los batallones, se puso el chaquetón guateado y se dirigió hacia la puerta.

Glushkov sacudió la toalla, la colgó de un clavo, palpó la granada que llevaba enganchada a un costado, se dio una palmada en el bolsillo para comprobar si la bolsa del tabaco estaba en su sitio y, tras coger de un rincón la metralleta, siguió al comandante del regimiento.

Beriozkin salió del refugio sumido en la penumbra y tuvo que entornar los ojos ante la claridad de la luz exterior. El paisaje, convertido en familiar después de un mes, se extendía ante él: un alud de arcilla, la pendiente parda toda salpicada de telas de lona mugrientas que cubrían los refugios de los soldados, las chimeneas humeantes de las estufas improvisadas. En lo alto se divisaban los edificios oscuros de las fábricas con los tejados derrumbados.

Más a la izquierda, cerca del Volga, se elevaban las chimeneas de la fábrica Octubre Rojo, se amontonaban los vagones de mercancías, abandonados a un lado de la locomotora, cual ganado confuso arremolinado en torno al cuerpo inerte del jefe de la manada. Todavía más lejos se perfilaba el amplio encaje de las ruinas muertas de la ciudad, y el cielo otoñal se filtraba por las brechas de las ventanas como miles de manchas azules.

Entre los talleres de las fábricas se alzaba el humo, las llamas fulguraban y el aire puro era atravesado ora por un monótono susurro, ora por un traqueteo intermitente y seco. Por lo visto, las fábricas estaban en plena actividad.

Beriozkin examinó con mirada atenta sus trescientos metros de terreno, la línea de defensa de su regimiento situada entre las casitas de la colonia obrera. Una especie de sexto sentido lo ayudaba a distinguir, en el caos de las ruinas y las callejuelas, las casas donde sus soldados cocinaban gachas de aquellas donde los alemanes comían tocino y bebían Schnaps.

Beriozkin agachó la cabeza y soltó un taco cuando una bomba silbó en el aire.

En la vertiente opuesta del barranco el humo tapó la entrada de un refugio; poco después se oyó una sonora explosión. Del refugio salió el jefe del batallón de comunicaciones de la división vecina, todavía en tirantes y sin la guerrera puesta. Apenas dio un paso cuando un nuevo silbido que cruzó el aire le obligó a retroceder a toda prisa y cerrar de un portazo. La granada explotó a unos diez metros. En la entrada del refugio, dispuesta entre el ángulo del barranco y la pendiente del Volga, estaba Batiuk, que observaba todo cuanto pasaba.

Cuando el jefe del batallón de comunicaciones intentaba dar un paso adelante, Batiuk gritaba: «¡Fuego!», y el alemán, como por encargo, lanzaba una granada.

Batiuk advirtió la presencia de Beriozkin y le gritó:

—¡Saludos, vecino!

Atravesar el sendero desierto entrañaba un peligro mortal: los alemanes, después de un sueño reparador y de haber tomado el desayuno, controlaban el camino con particular interés; disparaban sin escatimar municiones contra todo lo que se movía. En un recodo Beriozkin se detuvo al lado de un montón de chatarra y, tras calcular a ojo el tramo que quedaba, dijo:

—Ve tú primero, Glushkov.

—Pero ¿qué dice?, no es posible. Seguro que hay algún tirador.

Atravesar en primer lugar un punto peligroso se consideraba un privilegio reservado a los superiores; los alemanes generalmente no llegaban a tiempo de abrir fuego contra el primero que corría.

Beriozkin miró las casas ocupadas por los alemanes, guiñó un ojo a Glushkov y corrió. Cuando alcanzó el terraplén que lo protegía de las posiciones alemanas, oyó claramente a sus espaldas un estallido: un alemán había disparado una bala explosiva.

Beriozkin, de pie detrás del terraplén, encendió un cigarrillo. Glushkov corrió con paso largo y veloz. Descargaron una ráfaga bajo sus pies; parecía que de la tierra se elevara una bandada de gorriones. Glushkov se lanzó a un lado, tropezó, cayó, se puso en pie de un salto y corrió hacia Beriozkin.

–Por poco no lo cuento –dijo y, una vez recuperado el aliento, explicó–: Pensé que el tipo estaría molesto por haber errado el tiro con usted y que se encendería un pitillo, pero al parecer esta carroña no fuma.

Glushkov palpó el faldón desgarrado del chaquetón y cubrió al alemán de improperios.

Mientras se acercaban al puesto de mando del batallón, Beriozkin le preguntó:

–¿Le han herido, camarada Glushkov?

–El bastardo sólo ha conseguido que pierda el tacón de la bota, eso es todo.

El puesto de mando del batallón se encontraba en el sótano de la tienda de comestibles de la fábrica y en la atmósfera húmeda persistía un olor a col fermentada y a manzanas.

Sobre la mesa ardían dos lámparas altas fabricadas con vainas de proyectil. En la puerta había fijado un letrero: «Vendedor y cliente, sean amables mutuamente».

En el subterráneo se alojaban los Estados Mayores de dos batallones: el de infantería y el de zapadores. Los dos comandantes, Podchufárov y Movshóvich, estaban sentados a la mesa tomando el desayuno.

Al abrir la puerta, Beriozkin oyó la voz animada de Podchufárov:

–A mí el alcohol diluido no me gusta; prefiero no beber.

Los dos comandantes se levantaron y se pusieron firmes; el capitán de Estado Mayor escondió bajo una montaña de granadas una botella de un cuarto de litro de vodka, y el cocinero tapó con su cuerpo la perca de la que había hablado un minuto antes con Movshóvich. El ordenanza de Podchufárov que, puesto en cuclillas, se disponía a colocar sobre el plato del gramófono el disco *Serenata china* cumpliendo órdenes del comandante, se levantó tan rápido que sólo tuvo tiempo de quitarlo. El pequeño motor del gramófono continuó zumbando vacío; el ordenanza, de mirada abierta y franca, como corresponde a un verdadero soldado, captó con el rabillo del ojo la mirada furiosa de Podchufárov cuando el maldito gramófono, con una diligencia extraordinaria, empezó a chirriar.

Los dos comandantes y el resto de los participantes en el desayuno conocían bien los prejuicios de los superiores: éstos sostenían que los oficiales de un batallón deben o librar combates, o vigilar a través de los prismáticos al enemigo, o meditar inclinados sobre el mapa. Pero los hombres no pueden pasarse las veinticuatro horas del día disparando, hablando por teléfono con sus subordinados y superiores; también hay que comer.

Beriozkin miró de reojo hacia el gramófono chirriante y esbozó una sonrisa:

—Siéntense camaradas, continúen.

Estas palabras, tal vez, tenían un sentido opuesto al directo, pues en la cara de Podchufárov se dibujó una expresión de tristeza y arrepentimiento, mientras que en la de Movshóvich —que detentaba el mando de una sección separada del batallón de zapadores y, por ello, no estaba supeditado al comandante del regimiento— apareció sólo la tristeza, sin atisbo de arrepentimiento. Los subalternos compartían exactamente la misma expresión.

Beriozkin continuó con un tono particularmente desagradable:

—Pero ¿dónde está vuestra perca de cinco kilos, camarada Movshóvich? Toda la división lo sabe.

Movshóvich, con la misma expresión de tristeza, dijo:

—Cocinero, por favor, muéstrele el pescado.

El cocinero, el único que se encontraba cumpliendo con sus obligaciones, habló con franqueza.

—El camarada capitán me ha ordenado que lo rellene a la judía. Tenemos pimienta y hojas de laurel, pero nos falta pan blanco y tampoco disponemos de rábano picante.

–Entiendo –dijo Beriozkin–. Una vez comí pescado relleno en Bobruisk, en casa de una tal Fira Arónovna, pero para serles franco, no me gustó demasiado.

Y, de repente, los hombres del sótano se dieron cuenta de que al jefe del regimiento no se le había pasado siquiera por la cabeza enfadarse.

Tal vez Beriozkin supiera que Podchufárov había repelido los ataques nocturnos de los alemanes, que había quedado cubierto de tierra, y que su ordenanza, el mismo que ponía la *Serenata china*, mientras lo desenterraba gritaba: «No se preocupe, camarada capitán, le sacaré de ahí».

Tal vez supiera que Movshóvich se había arrastrado con los zapadores por una callejuela plagada de carros de combate y había cubierto con tierra y ladrillos rotos un tablero de minas antitanque.

Todos ellos eran jóvenes y se sentían felices de seguir con vida una mañana más, de poder levantar una vez más una taza de hojalata y decir «a vuestra salud», de poder masticar col, aspirar el humo de un cigarrillo...

En cualquier caso, no pasó nada; los huéspedes del sótano permanecieron todavía un minuto más de pie ante el comandante, después lo invitaron a comer con ellos y vieron con satisfacción cómo el comandante del regimiento degustaba la col.

Beriozkin comparaba a menudo la batalla de Stalingrado con el año de guerra transcurrido, en el que había visto no poca cosa. Comprendía que si lograba soportar aquella tensión era sólo gracias al silencio y a la tranquilidad que habitaban en él. Así, los soldados del Ejército Rojo podían comer su sopa, reparar el calzado, hablar de mujeres, de buenos y malos superiores, fabricarse cucharas y a veces incluso relojes, cuando parecía que sólo deberían ser capaces de sentir rabia, horror o agotamiento. Se había dado cuenta de que aquellos que no tenían profundidad y tranquilidad de espíritu no resistían mucho, por mucho que en la batalla demostraran ser temerarios y despiadados. La vacilación, la cobardía le parecían a Beriozkin estados pasajeros, algo que podía ser curado tan fácilmente como un resfriado.

Pero qué eran en realidad el valor y el miedo no lo sabía con certeza. Una vez, al inicio de la guerra, un superior le había regañado por su vacilación: había retirado el regimiento sin previa autorización para ponerlo a resguardo del fuego enemigo. Y poco antes de Stalingrado, Beriozkin ordenó al comandante del batallón que condujera a sus hombres a la vertiente opuesta de una colina a fin de que los canallas de los alemanes no diezmaran en balde a sus hombres con el fuego de sus morteros.

El comandante de la división le había reprochado:

«¿Qué es esto, camarada Beriozkin? Me habían dicho que era usted un hombre valiente, que no se amilanaba a las primeras de cambio.»

Beriozkin se calló y suspiró; evidentemente, quienquiera que hubiera hablado de él en esos términos no le conocía bien.

Podchufárov, pelirrojo y de brillantes ojos azules, a duras penas podía refrenar su costumbre de ponerse a reír de improviso y con brusquedad, así como sus enfados repentinos. Movshóvich, delgado, con una cara pecosa y alargada, con mechas grises entre sus cabellos negros, respondía con voz ronca a las preguntas de Beriozkin. Sacó un cuaderno de notas y empezó a trazar un nuevo esquema para colocar las minas en los sectores más susceptibles de ser atacados por los tanques.

–Arránqueme del cuaderno ese croquis como recordatorio –dijo Beriozkin; e, inclinándose sobre la mesa, añadió a media voz–: El comandante de la división me ha mandado llamar. Según los datos del servicio de información del ejército, los alemanes están trasladando las fuerzas de los distritos urbanos para concentrarlas contra nosotros. Tienen muchos tanques, ¿comprenden?

Escuchó una explosión cercana que sacudió los muros del sótano y sonrió.

–Aquí ustedes están tranquilos. En mi barranco a esta hora ya habría recibido la visita de al menos tres enviados del Estado Mayor. Hay varias comisiones que se pasan el tiempo yendo y viniendo.

Entretanto un nuevo impacto sacudió el edificio y del techo cayeron trozos de estucado.

–Está usted en lo cierto, es tranquilo; en realidad nadie nos molesta –reconoció Podchufárov.

–Pues ahí está la cosa, en que nadie os molesta –corroboró Beriozkin.

Hablaba en tono confidencial, a media voz, olvidando sinceramente que ahora él era el superior, habituado como estaba a su posición de subordinado, desacostumbrado al nuevo puesto.

–Ya saben ustedes cómo son los jefes. ¿Por qué no toma la ofensiva? ¿Por qué hay tantas pérdidas? ¿Por qué no hay pérdidas? ¿Por qué no has hecho un informe? ¿Por qué duermes? ¿Por qué...?

Al final Beriozkin se levantó.

–Vamos, camarada Podchufárov, quiero ver su línea de defensa.

En aquella callecita de la colonia obrera, en las paredes internas destripadas que dejaban al descubierto un empapelado abigarrado, en los jardincitos y en los huertos arados por los carros, entre las solitarias dalias otoñales que milagrosamente florecían aquí y allá, aleteaba una angustia penetrante.

De pronto Beriozkin dijo a Podchufárov:

–Sabe, camarada Podchufárov, no he recibido carta de mi mujer. La volví a ver durante un viaje, y ahora de nuevo nada de correo. Sólo sé que se fue a los Urales con nuestra hija.

–Le escribirán, camarada mayor –respondió Podchufárov.

En el sótano de una casa de dos pisos, bajo las ventanas tapiadas con ladrillos, yacían los heridos en espera de ser evacuados al amparo de la noche. En el suelo había un cubo con agua y una taza; enfrente de la puerta, fijada entre las ventanas, había una tarjeta postal ilustrada, *Los esponsales del mayor*.

–Esto es la retaguardia –dijo Podchufárov–, la primera línea está más adelante.

–Iremos hasta la primera línea –respondió Beriozkin.

Cruzaron la entrada, pasaron a una habitación con el techo hundido, y al instante se apoderó de ellos la sensación que experimentan las personas cuando salen de los despachos de una fábrica y entran en los talleres. En el aire flotaba un olor atroz y punzante a pólvora; bajo los pies tintineaban los casquillos vacíos. En un cochecito de bebé color crema estaban colocadas las minas antitanque.

–Mire, los alemanes han tomado el edificio esta noche –se lamentó Podchufárov acercándose a la ventana–. Es una verdadera lástima, la casa es magnífica, las ventanas dan al suroeste. Ahora todo el flanco izquierdo está expuesto al fuego enemigo.

Cerca de una ventana, tapiada con ladrillos pero provista de arpillera, había una ametralladora pesada, y un ametrallador sin gorro con una venda sucia, negra de humo, enrollada alrededor de la cabeza, se estaba preparando otra nueva, mientras el primer sargento, dejando al descubierto una dentadura inmaculada, masticaba una rodaja de salchichón, dispuesto a abrir fuego en cualquier momento.

El comandante de la compañía, se acercó. Era un teniente que llevaba prendida en el bolsillo de su chaqueta una margarita.

–Bravo –dijo Beriozkin, sonriendo.

–¡Qué alegría verle, camarada capitán! –dijo el teniente–. Le confirmo lo mismo que le dije por la noche, han ido de nuevo a la casa 6/1. Han empezado a las nueve en punto –y miró el reloj.

–Tiene ante usted al comandante del regimiento, dele el informe a él.

–Disculpe, no le había reconocido –se excusó el teniente, apresurándose a hacer el saludo militar.

Seis días antes el enemigo había logrado cercar algunas casas en la zona del regimiento y las estaba fagocitando a conciencia, a la alemana. La defensa soviética se apagaba bajo las ruinas, se extinguía junto a las vidas de los soldados defensores del Ejército Rojo. Pero en una fábrica con profundos sótanos, la defensa soviética continuaba resistiendo. Los muros sólidos resistían los golpes, si bien en muchos puntos estaban perforados por los impactos de las granadas y las bombas de mortero. Los alemanes intentaban demoler el edificio desde el aire y en tres ocasiones los bombarderos habían lanzado contra él torpedos demoledores. Toda una esquina de la casa se había derrumbado pero el sótano, bajo las ruinas, había quedado intacto, y los defensores, después de retirar los escombros, instalaron las ametralladoras, un cañón y morteros, bloqueando así el paso a los alemanes.

El comandante de la compañía, en su informe a Beriozkin, dijo:

–Hemos intentado llegar hasta ellos esta noche, pero sin éxito. Hemos sufrido una baja y tenemos dos heridos.

–¡Al suelo! –gritó en aquel momento el vigía con una voz siniestra.

Algunos hombres cayeron de bruces contra el suelo, y el comandante de la compañía no pudo acabar su discurso: gesticuló con los brazos como si fuera a zambullirse y se desplomó contra el suelo.

Creció la intensidad del aullido y de repente la tierra y el alma fueron sacudidas por el estruendo de unas explosiones fétidas y sofocantes. Un objeto negro y grande impactó contra el suelo, botó y rodó hasta los pies de Beriozkin. En un primer momento pensó que se trataba de un leño derribado por la fuerza de la explosión y que por poco no le había dado en la pierna.

Un instante después se dio cuenta de que era un obús sin explotar. La tensión, entonces, se volvió insoportable.

Pero el obús no explotó, y su sombra negra que había engullido cielo y tierra, que ofuscaba el pasado y truncaba el futuro, desapareció.

El comandante de la compañía se puso en pie.

–Qué bello caramelito –dijo alguien con voz destemplada.

Otro se echó a reír.

–Vaya, pensé que esta vez no lo contaba...

Beriozkin se secó el sudor que le había brotado de pronto en la frente, recogió del suelo la margarita, le sacudió el polvo de ladrillo y, sujetándola en el bolsillo de la guerrera del teniente, dijo:

–Me imagino que alguien se la habrá regalado... –y comenzó a explicar a Podchufárov–: ¿Por qué entre vosotros, pese a todo, se respira tranquilidad? Porque los superiores no vienen. Los superiores siempre quieren algo de ti: si tienes un buen cocinero se te llevan el cocinero. Que tienes un sastre o un barbero de categoría, dámelo. ¡Buscavidas!, te has excavado un buen refugio; pues vete. Que tienes una col fermentada buena, envíamela. –Luego de repente le preguntó al teniente–: ¿Y por qué han vuelto dos, si no habían alcanzado a los asaltantes?

–Estaban heridos, camarada comandante.

–Entiendo.

–Tiene usted suerte –dijo Podchufárov mientras abandonaban el edificio y se ponían en camino atravesando los huertos donde, entre los cultivos amarillentos de patatas, se habían excavado los refugios y defensas de la segunda compañía.

–Quién sabe si tengo suerte –respondió Beriozkin, y saltó al fondo de la trinchera–. Estamos en guerra –dijo, como quien dice «Estamos de vacaciones en un balneario».

–La tierra se adapta mejor a la guerra que nosotros –corroboró Podchufárov–. Está acostumbrada.

Regresando a la conversación iniciada por el comandante del regimiento, Podchufárov añadió:

–Lo de los cocineros no es nada, he oído que a veces los superiores requisan a las mujeres.

Toda la trinchera, excitada por el intercambio de mensajes, estaba sumida en el tableteo de los disparos y las breves ráfagas de las armas automáticas y las ametralladoras.

–El comandante de la compañía ha sido asesinado, el instructor político Soshkin ha tomado el mando –dijo Podchufárov–. Éste es su refugio.

–Claro, claro –dijo Beriozkin echando una ojeada a través de la puerta entreabierta.

Estaban junto a las ametralladoras cuando los alcanzó el instructor político Soshkin, un hombre con la cara roja y cejas negras, y que hablaba a voz en grito. Les informó de que la compañía estaba disparando contra los alemanes con el objetivo de impedir que se concentraran en el ataque de la casa 6/1.

Beriozkin le cogió los prismáticos y examinó los breves resplandores de los disparos y las lenguas de fuego que vomitaban las bocas de los morteros.

—Creo que hay un francotirador ahí, en el tercer piso, segunda ventana.

Apenas había terminado de decir la frase cuando en la ventana que acababa de señalar brilló un fogonazo y silbó una bala que dio en la pared de la trinchera, justo a medio camino entre la cabeza de Beriozkin y de Soshkin.

—Es usted un tipo afortunado —dijo Podchufárov.

—Quién sabe si soy afortunado —respondió Beriozkin.

Continuaron el paseo por la trinchera hasta que vieron un invento local de la compañía: un fusil antitanque fijado a una rueda de carretilla.

—Es el cañón antiaéreo de la compañía —dijo un sargento con la barba cubierta de polvo y la mirada inquieta.

—¡Un carro a cien metros, cerca de la casa de tejado verde! —gritó Beriozkin imitando la voz de un instructor de tiro.

El sargento se apresuró a girar la rueda e inclinó el largo cañón del fusil anticarro hacia el suelo.

—Dirkin tiene un soldado —dijo Beriozkin— que ha adaptado un visor telescópico a un fusil anticarro; en un día destruyó tres ametralladoras enemigas.

El sargento se encogió de hombros.

—Dirkin lo tiene bien, está a resguardo en la fábrica.

Prosiguieron por la trinchera y Beriozkin reanudó la conversación que habían mantenido al inicio de la expedición.

—Les he enviado un paquete repleto de cosas; pero mi mujer no escribe. Sigo sin tener respuesta. Ni siquiera sé si han recibido el envío. Tal vez estén enfermas. No es nada raro que durante una evacuación se produzca una desgracia.

Podchufárov recordó de improviso cuando, mucho tiempo atrás, los carpinteros que trabajaban en Moscú volvían al pueblo y traían regalos a sus mujeres, ancianos y niños. Para ellos el ritmo de la vida del campo y el calor doméstico significaban más que el estruendo frenético de la vida moscovita y sus luces nocturnas.

Media hora más tarde regresaron al puesto de mando del batallón, pero Beriozkin no bajó al sótano; se despidió de Podchufárov en el patio.

—Preste a la casa 6/1 toda la ayuda posible —dijo—. No intenten llegar hasta ellos, lo haremos nosotros por la noche con las fuerzas del regimiento. —Después añadió—: Y ahora... Primero, no me gusta el modo como tratan a los heridos, en el puesto de mando tienen sofás, mientras los heridos están tirados en el suelo. Segundo, no han enviado a buscar pan fresco y sus hombres se están alimentando de mendrugos secos. Tercero, el instructor político Soshkin está borracho como una cuba. Van tres. Y además...

Podchufárov escuchaba estupefacto al comandante del regimiento que, durante su paseo, había encontrado el medio de fijarse en todo. El vicecomisario de la fábrica llevaba unos pantalones alemanes... El teniente de la primera compañía llevaba dos relojes en la muñeca...

Beriozkin sentenció:

—Los alemanes atacarán. ¿Está claro?

Se dispuso a encaminarse hacia la fábrica y Glushkov, que había tenido ya tiempo de reparar su tacón y remendar el agujero de su chaquetón, le preguntó:

—¿Vamos a casa?

Beriozkin, sin responderle, se volvió hacia Podchufárov:

—Telefonee al comisario del regimiento; dígale que estoy con Dirkin, en la fábrica, en el taller n.º 3 —y, guiñándole un ojo, añadió—: Mándeme un poco de su col, es buena. A fin de cuentas, yo también soy un superior.

15

No había cartas de Tolia[1]. Por la mañana, Liudmila Nikoláyevna se despedía de su madre y su marido que se marchaban al trabajo, y de Nadia, que iba a la escuela. La primera en partir era su madre, que trabajaba como química
en el laboratorio de una conocida fábrica de jabones de
Kazán. Al pasar por delante de la habitación de su yerno,
Aleksandra Vladímirovna a menudo le repetía la misma
broma que había oído contar a los obreros en la fábrica:
«Nosotros, los patronos, tenemos que estar en el trabajo a
las seis, los empleados a las nueve».

Después de ella era Nadia la que se iba caminando a la
escuela, aunque, hablando con propiedad, no iba caminando, sino que salía al galope porque no había habido
manera de hacerla levantar a tiempo de la cama, y en el último minuto saltaba de la cama, cogía las medias, la chaqueta, los libros, los cuadernos, se atragantaba con el té al
desayunar y, corriendo escaleras abajo, se anudaba la bufanda y se enfundaba el abrigo.

Cuando Víktor Pávlovich se sentaba a desayunar después de que Nadia hubiera salido, la tetera ya se había en-
friado y tocaba calentarla de nuevo.

Aleksandra Vladímirovna se enfadaba cuando Nadia
decía: «Ojalá nos fuéramos de este agujero del diablo».
Nadia ignoraba que en épocas anteriores Derzhavin había
vivido en Kazán, al igual que Aksákov, Tolstói, Lenin, Zi-
nin, Lobachevski, y que Maksim Gorki había estado trabajando allí en una panadería.

–¡Qué demencia senil! –exclamaba Aleksandra Vladímirovna, y aquel reproche sonaba extraño en boca de una
mujer vieja dirigido a una adolescente.

Liudmila se daba cuenta de que su madre continuaba
interesándose por las personas, por el nuevo trabajo. A la

1. Diminutivo de Anatoli. Hijo de Liudmila Nikoláyevna y de su
primer marido, Abarchuk.

vez que aquella fuerza de espíritu de su madre le suscitaba admiración, un sentimiento completamente diferente anidaba en ella: ¿cómo podía, en medio de la desgracia, interesarse por la hidrogenación de grasas, por las calles y museos de Kazán?

Y un día que Shtrum hizo un comentario a su mujer a propósito de la juventud de espíritu de su suegra, Aleksandra Vladímirovna, Liudmila no pudo reprimirse y le contestó:

–No es juventud lo de mamá, sino egoísmo de vieja.

–La abuela no es una egoísta, es una populista –se entrometió Nadia y añadió–: Los populistas son buena gente, pero no demasiado inteligentes.

Nadia expresaba sus ideas de manera categórica y, presumiblemente por culpa de su eterna falta de tiempo, de manera sintética.

–Tonterías –decía haciendo énfasis en la «r».

Seguía los boletines de la Oficina de Información Soviética, estaba al tanto de las operaciones militares e intervenía en las conversaciones sobre política. Después de pasar un verano en un koljós[1], Nadia había explicado a su madre las causas de la escasa productividad koljosiana.

Nunca enseñaba las notas a su madre y sólo una vez le confesó, asombrada:

–¿Sabes? Me han puesto un notable en comportamiento. Imagínate, la profesora de matemáticas me expulsó de clase. Y yo, al salir, le grité *goodbye;* todos los de la clase se echaron a reír.

Como muchos hijos de familias acomodadas, que antes de la guerra no habían conocido las preocupaciones materiales, durante la evacuación en Kazán Nadia hablaba constantemente de las raciones, de los méritos y defectos del sistema de distribución; conocía las ventajas del aceite

---

1. Abreviatura de *kollektívnoye joziáistvo*: explotación agrícola colectiva. Los koljoses fueron creados en el marco de la colectivización obligatoria de la agricultura (1929-1931) con el fin de suprimir la propiedad privada e introducir el pleno control del Partido Comunista sobre la economía y la vida social del campo.

vegetal respecto a la manteca, los aspectos positivos y negativos del grano partido, por qué eran más prácticos los terrones de azúcar que el azúcar en polvo.

–¿Sabes qué? –le decía a su madre–. He decidido que a partir de hoy me des el té con miel en lugar de con leche condensada. Creo que es más beneficioso para mí, y a ti tanto te da una cosa que otra.

A veces Nadia se volvía desagradable, soltaba groserías con una sonrisa de desprecio a sus mayores. Un día, en presencia de su madre, dijo a su padre:

–Eres idiota –y lo dijo con tanto rencor que Shtrum se quedó contrariado.

A veces la madre veía que Nadia lloraba al leer un libro. Se consideraba un ser desdichado y retrasado, condenado a una vida vacía y penosa.

–Nadie quiere ser mi amigo, soy estúpida, no le intereso a nadie –dijo un día en la mesa–. Nadie se casará conmigo. Acabaré mis estudios de farmacia y me iré al campo.

–En los villorrios no hay farmacias –observó Aleksandra Vladímirovna.

–Por lo que respecta al matrimonio tu pronóstico es demasiado lúgubre –dijo Shtrum–. Últimamente te has puesto muy guapa.

–Me da lo mismo –dijo Nadia mirando a su padre con rabia.

Aquella noche la madre vio cómo su hija, sosteniendo un libro delgado con el brazo desnudo y escuálido que le asomaba de debajo de la manta, leía poesía.

En una ocasión trajo de la tienda restringida de la Academia una bolsa con dos kilos de mantequilla y un paquete grande de arroz, y dijo:

–La gente, yo incluida, es canalla e infame: todos se aprovechan de la situación. También papá cambia su talento por mantequilla. Como si las personas enfermas, las poco instruidas y los niños débiles tuvieran que vivir muertos de hambre porque no entienden de física o no pueden cumplir el trescientos por ciento de un plan... Sólo los elegidos pueden atiborrarse de mantequilla.

Y durante la cena, soltó con tono provocativo:

–Mamá, quiero ración doble de mantequilla y miel. Esta mañana no tuve tiempo de desayunar.

Nadia se parecía en muchos aspectos a su padre. Liudmila Nikoláyevna notaba que Víktor Pávlovich se irritaba particularmente ante aquellos rasgos de su hija que ambos compartían.

Un día, Nadia, imitando la entonación de su padre, dijo acerca de Postóyev:

–¡Bribón, inepto, artero!

Shtrum se indignó.

–¿Cómo tú, todavía una estudiante de tres al cuarto, te atreves a hablar así de un académico?

Pero Liudmila recordaba que cuando Víktor estudiaba decía de muchos famosos académicos: «¡Nulidad, mediocre, arribista!».

Liudmila Nikoláyevna entendía que para Nadia la vida no era fácil, tenía un carácter complicado, solitario y difícil.

Después de la marcha de Nadia, Víktor Pávlovich tomaba el té. Bizqueaba los ojos mientras leía un libro, tragaba sin masticar, ponía una cara estúpidamente sorprendida, buscaba el vaso a tientas, sin apartar los ojos de su lectura, y decía:

–¿Me puedes servir otro té? Más caliente, a ser posible.

Ella conocía todos sus gestos: ahora empezaba a rascarse la cabeza, ahora abombaba los labios, ahora se mondaba los dientes torciendo la boca. Y le decía:

–Por Dios, Vitia, dime ¿cuándo piensas ir a arreglarte los dientes?

La mujer sabía que si se rascaba o abombaba los labios era porque pensaba en su trabajo y no porque le picara la cabeza o la nariz. Sabía que si le decía: «Vitia, ni siquiera escuchas lo que te digo», él, sin levantar la mirada del libro, respondería: «Lo he escuchado todo, incluso puedo repetírtelo: "Vitia, ¿cuándo piensas ir a arreglarte los dientes?"», y de nuevo se sorprendería, tragaría, pondría cara de esquizofrénico; aquello significaba que, mientras examinaba la obra de un físico famoso, estaba de acuerdo en ciertos puntos, pero no en otros. Después Víktor Pávlovich permanecería largo rato inmóvil; luego empezaría a balancear la cabeza, con aire resignado, triste como los viejos, con la misma expresión en la cara y en los ojos que suelen tener las personas que padecen de un tumor en el cerebro. Y de nuevo Liudmila Nikoláyevna acertaría: Shtrum estaba pensando en su madre.

Y mientras tomaba el té, pensaba en el trabajo y suspiraba presa de la angustia, Liudmila Nikoláyevna miraba los ojos que ella besaba, los cabellos ensortijados que ella acariciaba, los labios que la besaban, las pestañas, las cejas, las manos con dedos pequeños, frágiles a los que cortaba las uñas, diciendo:

—¡Ay, qué descuidado eres!

Lo sabía todo de él. Conocía sus lecturas infantiles en la cama antes de dormir; su cara cuando iba a lavarse los dientes; su voz sonora, un poco trémula, cuando, ataviado de gala, empezaba su conferencia sobre la radiación de neutrones. Sabía que le gustaba el *borsch* ucraniano con judías, que gemía suavemente cuando se cambiaba de lado mientras dormía. Sabía que gastaba rápido el tacón de la bota izquierda y que ensuciaba los puños de las camisas; sabía que le gustaba dormir con dos almohadas; conocía su miedo secreto a atravesar las plazas de las ciudades; conocía el olor de su piel, la forma de los agujeros en sus calcetines. Cómo canturreaba cuando tenía hambre y esperaba la comida, qué forma tenían sus uñas de los dedos gordos del pie, el diminutivo con el que le llamaba su madre cuando tenía dos años; su modo de caminar arrastrando los pies; los nombres de los niños con los que se pegaba cuando estudiaba el último curso preparatorio. Conocía su carácter burlón, su costumbre de fastidiar a Tolia, a Nadia, a sus colegas. Incluso ahora, que casi siempre estaba de mal humor, Shtrum la pinchaba porque la mejor amiga de ella, Maria Ivánovna Sokolova, leía poco y una vez, conversando, confundió a Balzac con Flaubert.

Sabía hacer rabiar a Liudmila de manera magistral,

siempre la sacaba de quicio. Y entonces ella, enfadada y seria, lo contradecía, defendiendo a su amiga:

–Siempre haces befa de las personas que quiero. Mashenka tiene un gusto infalible y no necesita leer demasiado, sabe lo que es sentir un libro.

–Por supuesto, por supuesto –decía él–. Está convencida de que *Max y Moritz* es una novela de Anatole France.

Liudmila conocía su amor a la música, sus opiniones políticas. Una vez lo había visto llorando, lo vio desgarrarse la camisa y, enredándose en los calzoncillos, saltar hacia ella a la pata coja, con un puño levantado, dispuesto a golpearla. Conocía su rectitud inflexible y valerosa, su inspiración; lo había visto declamar versos; lo había visto tomar laxantes.

Sentía que su marido ahora estaba enfadado con ella, a pesar de que nada, por lo visto, había cambiado en su relación. Pero sí que se había producido un cambio, y se reflejaba en el hecho de que ya no le hablaba de su trabajo: le hablaba de las cartas que recibía de científicos conocidos, de los racionamientos y las tiendas de artículos manufacturados. A veces le hablaba de las tareas en el instituto, del laboratorio, de la discusión sobre el plan de trabajo; le contaba historias sobre sus colegas: Savostiánov había ido al trabajo después de una noche de borrachera y se había quedado dormido, los ayudantes habían cocido patatas en la estufa del laboratorio, Márkov estaba preparando una nueva batería de experimentos.

Pero de su trabajo personal, de aquel que antes ella era su única confidente, ya no le hablaba.

Una vez se había lamentado a Liudmila Nikoláyevna de que, cuando leía a sus amigos íntimos sus apuntes, reflexiones todavía inacabadas, al día siguiente experimentaba la desagradable sensación de que su trabajo se marchitaba y se le hacía difícil retomarlo.

La única persona con la que compartía sus dudas, a quien leía sus apuntes fragmentarios, sus hipótesis fantásticas y presuntuosas sin que le quedara sensación de malestar era Liudmila Nikoláyevna.

Pero ahora había dejado de hablar con ella.

Ahora, en su estado melancólico, encontraba alivio en lo que la ofendía. Pensaba sin tregua y de forma obsesiva en su madre. Pensaba en lo que nunca antes había pensado, en lo que el fascismo le obligaba a plantearse: el hecho de que su madre era judía y en su propia judeidad.

En su corazón reprochaba a Liudmila la frialdad con la que trataba a su madre. Un día le dijo:

—Si hubieras sabido tener una buena relación con mi madre, viviría con nosotros en Moscú.

Pero ella le daba vueltas en la cabeza a todas las insolencias e injusticias que Víktor Pávlovich había cometido en relación con Tolia y lo cierto es que tenía de lo que acordarse.

En su fuero interno le exasperaba lo injusto que era con su hijastro, la cantidad de cosas malas que veía en él, lo difícil que le resultaba perdonarle sus defectos. En cambio a Nadia le perdonaba la grosería, la pereza, el desorden y la nula voluntad para ayudar a la madre en los quehaceres domésticos.

Liudmila pensaba en la madre de Víktor Pávlovich: su destino era terrible. Pero ¿cómo podía Víktor exigirle un vínculo de amistad con Anna Semiónovna, cuando ésta estaba predispuesta en contra de Tolia? Cada carta suya, cada viaje suyo a Moscú se volvían, por este motivo, insoportables para Liudmila. Nadia, Nadia, Nadia... Nadia tenía los mismos ojos que Víktor... Nadia cogía el tenedor como Víktor... Nadia era avispada, Nadia era ingeniosa, Nadia era pensativa. La ternura, el amor de Anna Semiónovna hacia su hijo confluían en el amor y la ternura hacia la nieta. Y es que Tolia no cogía el tenedor como Víktor Pávlovich.

Era extraño, en los últimos tiempos recordaba con mayor frecuencia que antes al padre de Tolia, a su primer marido. Deseaba hallar a los parientes de su primer marido, a su hermana mayor; la hermana de Abarchuk habría reconocido en los ojos de Tolia, en su pulgar torcido, en su nariz ancha, los ojos, las manos y la nariz de su hermano.

Y, de la misma manera que no quería acordarse de todo lo bueno que Víktor Pávlovich había hecho por Tolia, le perdonaba a Abarchuk todo lo malo, incluso que la hubiera abandonado con un niño de pecho y le hubiera prohibido darle su apellido.

Por las mañanas Liudmila Nikoláyevna se quedaba sola en casa. Esperaba aquel momento; los suyos la molestaban. Todos los acontecimientos del mundo, la guerra, el destino de sus hermanas, el trabajo de su marido, el temperamento de Nadia, la salud de su madre, su compasión hacia los heridos, el dolor por los muertos en cautiverio alemán, todo acrecentaba su pesar hacia el hijo, su inquietud por él.

Adivinaba que los sentimientos de su madre, de su marido, de su hija estaban hechos de otra pasta. El cariño y amor de éstos hacia Tolia le parecían superficiales. Para ella el mundo era Tolia; para ellos Tolia sólo era una parte del mundo.

Transcurrían los días, las semanas, y las cartas de Tolia no llegaban.

Cada día la radio transmitía los boletines de la Oficina de Información Soviética, cada día los periódicos estaban llenos de guerra. Las tropas retrocedían. En los boletines y en los periódicos se hablaba de artillería. Tolia prestaba servicio en la artillería. Pero de Tolia no había ninguna carta.

Le parecía que sólo una persona comprendía como es debido su congoja: Maria Ivánovna, la mujer de Sokolov.

A Liudmila Nikoláyevna no le gustaba tener amistad con las mujeres de los colegas de su marido; la irritaban las conversaciones sobre los éxitos científicos de sus esposos, los vestidos o las asistentas domésticas. Pero probablemente debido a que el suave carácter de la tímida Maria Ivánovna era opuesto al suyo y porque manifestaba un interés conmovedor hacia Tolia, le había tomado mucho cariño.

Con ella Liudmila hablaba con más libertad que con su marido o su madre, y cada vez se sentía más tranquila, se quitaba un peso de encima. Y a pesar de que Maria Ivánovna acudía casi a diario a casa de los Shtrum, Liudmila Nikoláyevna a menudo se preguntaba por qué su amiga se demoraba, y se asomaba por la ventana para ver si veía su menuda silueta.

Y de Tolia, entretanto, ni una carta.

16

Aleksandra Vladímirovna, Liudmila y Nadia estaban sentadas en la cocina. De vez en cuando Nadia echaba a la estufa hojas arrugadas de un cuaderno escolar y la luz roja que estaba apagándose se reavivaba, la estufa se llenaba de infinidad de llamas efímeras. Aleksandra Vladímirovna, mirando de reojo a su hija, decía:

–Ayer estuve en casa de una ayudante de laboratorio. Dios mío, qué estrechez, qué miseria, qué hambre... Nosotros, en comparación, vivimos como reyes; se habían reunido varias vecinas y la conversación giró en torno a lo que más nos gustaba antes de la guerra: una dijo que la carne de ternera; otra, la sopa de pepino. Y la hija de esta ayudante de laboratorio dijo: «A mí lo que más me gustaba era el final de la alarma».

Liudmila Nikoláyevna se quedó callada, pero Nadia intervino:

–Abuela, ya te has hecho un millón de amigos aquí.

–Y tú no tienes ni uno.

–¿Y qué hay de malo? –dijo Liudmila Nikoláyevna–. Víktor ha comenzado a frecuentar la casa de los Sokolov. Allí se reúne toda clase de chusma, y yo no comprendo cómo Vitia y Sokolov pueden pasarse horas enteras hablando con esa gente. ¿Cómo no se cansan de estar de palique? Podrían compadecerse de Maria Ivánovna, que necesita tranquilidad y no puede acostarse cuando están ellos, ni sentarse un poco, fuman como carreteros.

–Karímov, el tártaro, me gusta –dijo Aleksandra Vladímirovna.

–Un tipo repugnante.

–Mamá se parece a mí, no le gusta nadie –dijo Nadia–, sólo Maria Ivánovna.

–Sois gente extraña –dijo Aleksandra Vladímirovna–. Tenéis cierto círculo moscovita que os habéis traído con vosotros. La gente con la que os encontráis en el tren, en el club, en el teatro, no forman parte de vuestro círculo, y vuestros amigos son los que se han construido la dacha en el mismo lugar que vosotros; una característica que también he observado en tu hermana Zhenia. Hay pequeños indicios que os permiten distinguir a la gente de vuestro círculo: «Ah, aquélla es una nulidad, no le gusta Blok; aquel otro es un primitivo, no comprende a Picasso... Ah, ésta le ha regalado un jarrón de cristal. ¡Es de mal gusto...!». En cambio, Víktor sí que es demócrata; le da lo mismo toda esa decadencia.

–Tonterías –respondió Liudmila–. ¿Y qué tienen que ver aquí las dachas? Burgueses hay con o sin dachas, y más vale evitarlos: son detestables.

Aleksandra Vladímirovna notaba que la irritación de su hija para con ella iba en aumento.

Liudmila Nikoláyevna daba consejos al marido, hacía observaciones a Nadia, la amonestaba por sus errores y la perdonaba, la mimaba o se negaba a mimarla, y sentía que su madre juzgaba constantemente sus actos. Aleksandra Vladímirovna no expresaba cuáles eran sus opiniones, pero era evidente que las tenía. A veces Shtrum intercambiaba miradas con su suegra y en sus ojos aparecía una expresión de irónica complicidad, como si hubieran comentado previamente las rarezas del carácter de Liudmila. Y, llegados a este punto, carecía de importancia si lo habían comentado o no; lo importante era que en la familia había aparecido una nueva fuerza suficiente por sí misma para haber cambiado las relaciones preexistentes.

Un día Víktor Pávlovich le dijo a Liudmila que, si él estuviera en su lugar, cedería el mando de la casa a la suegra: que se sintiera dueña y no invitada.

Liudmila Nikoláyevna no estimó sinceras las palabras del marido, incluso le pareció que quería subrayar la relación afectiva y especial que tenía con su suegra, y esto, involuntariamente, le recordó la frialdad con la que había tratado a la madre de su marido, Anna Semiónovna.

Le hubiera resultado ridículo y vergonzoso reconocer ante él que a veces se sentía celosa de los hijos, especialmente de Nadia. Pero ahora no se trataba de celos. ¿Cómo podía admitir, incluso para ella misma, que su madre, que se había quedado sin techo, se había convertido en una carga para ella y que la irritaba? Pero, por lo demás, era una irritación extraña que coexistía con el amor, con su disposición a dar a Aleksandra Vladímirovna su último vestido, en caso de que fuera necesario, a compartir el último pedazo de pan.

Por su parte, Aleksandra Vladímirovna sentía unas repentinas e irracionales ganas de llorar, de morir, de no volver a casa por la noche y quedarse a dormir en el suelo de la casa de una compañera de trabajo, o de ponerse en camino hacia Stalingrado, a buscar a Seriozha, a Vera, a Stepán Fiódorovich.

Aleksandra Vladímirovna, la mayoría de las veces, aprobaba todos los actos y opiniones de su yerno, mientras que Liudmila casi nunca estaba de acuerdo. Nadia, que se había dado cuenta, le decía a su padre:

–Ve a quejarte a la abuela de que mamá te ofende.

Y Aleksandra Vladímirovna decía:

–Vivís como mochuelos. Sólo Víktor es un hombre normal.

–No son más que palabras –dijo Liudmila torciendo el gesto–. Llegará el momento de partir a Moscú, y entonces Víktor y tú os alegraréis.

Aleksandra Vladímirovna respondió de sopetón:

–¿Sabes, querida? Cuando llegue el día de volver a Moscú, no volveré con vosotros, me quedaré aquí; no hay sitio para mí en tu casa de Moscú. ¿Lo has entendido? Convenceré a Zhenia de que se traslade aquí, o iré yo a su casa de Kúibishev.

Fue un momento difícil en la relación entre madre e hija. Todo lo que a Liudmila Nikoláyevna le oprimía en el corazón se expresó en su negativa a ir a Moscú. Todo aquello que le pesaba en el alma a Liudmila Nikoláyevna se hizo tan evidente como si lo hubiera formulado. Pero se ofendió, como si no fuera culpable de nada ante su madre.

En cambio, Aleksandra Vladímirovna miraba la cara de sufrimiento de la hija y se sentía culpable. Por las noches Aleksandra Vladímirovna pensaba cada vez más en Seriozha: ahora le venían a la mente sus arrebatos, sus discusiones; ahora se lo imaginaba en su uniforme militar; sus ojos, probablemente, se habían vuelto más grandes, y es que él estaba más delgado, las mejillas se le habían hundido. Seriozha despertaba en ella un sentimiento especial: era el hijo de su infeliz hijo, al que tal vez amaba más que a nadie en el mundo... Le decía a Liudmila:

–No te atormentes tanto por Tolia, créeme, también yo me preocupo por él no menos que tú.

Había algo falso en estas palabras que ofendía el amor hacia la hija: en realidad, ella no se preocupaba tanto por Tolia. Las dos mujeres, directas hasta la crueldad, se asustaron de su propia franqueza y recularon.

–*Buena es la verdad, mejor es el amor*: nueva obra de Ostrovski –dijo Nadia, alargando las palabras, y Aleksandra Vladímirovna miró con hostilidad, incluso con cierto espanto, a aquella niña de décimo curso que era capaz de comprender cosas que para ella eran impenetrables.

Pronto llegó Víktor Pávlovich. Abrió la puerta con su llave y apareció en la cocina de improviso.

–¡Qué placer inesperado! –dijo Nadia–. Creíamos que te quedarías en casa de los Sokolov hasta más tarde.

–Todo el mundo en casa, alrededor de la estufa, qué alegría; ¡maravilloso, maravilloso! –dijo extendiendo las manos hacia el fuego.

–Suénate la nariz –dijo Liudmila–. Y ¿qué hay de maravilloso?, no entiendo.

Nadia soltó una risita y dijo imitando el tono de su madre:

–Venga, ¡suénate la nariz! ¿Es que no entiendes ruso?

–Nadia... Nadia... –dijo Liudmila Nikoláyevna en tono de advertencia; no compartía con nadie su derecho a educar a su marido.

Víktor Pávlovich declaró:

–Sí, sí, hace un viento muy frío.

Pasó a la sala y, a través de la puerta abierta, lo vieron sentarse a la mesa.

—Papá está escribiendo de nuevo sobre la cubierta de un libro —señaló Nadia.

—No es de tu incumbencia —dijo Liudmila Nikoláyevna, y se volvió a elucubrar con su madre—. ¿Por qué se alegra tanto de vernos a todos en casa? Es un neurótico, se inquieta si alguien no está. Eso quiere decir que ahora le está dando vueltas a algún problema y está contento de que no haya nada que le moleste.

—Habla más bajo, si no lo molestaremos de verdad —dijo Aleksandra Vladímirovna.

—Al contrario —intervino Nadia—, si hablas en voz alta no presta atención, pero si lo haces entre susurros, aparecerá aquí y preguntará: «¿Qué estáis cuchicheando?».

—Nadia, hablas de papá como si fueras la guía de un zoológico hablando de instintos animales.

Todas rompieron a reír a la vez, intercambiándose miradas.

—Mamá, ¿cómo has podido ofenderme de esa manera? —dijo Liudmila Nikoláyevna.

La madre, en silencio, le acarició la cabeza.

Luego cenaron en la cocina. Aquella noche a Víktor Pávlovich le pareció que el calor de la cocina tenía un encanto particular.

La vida de Víktor todavía se sustentaba sobre los mismos cimientos. En los últimos tiempos, una idea que daría una explicación inesperada a los experimentos contradictorios acumulados en el laboratorio ocupaba sus pensamientos de manera obsesiva.

Sentado a la mesa de la cocina, experimentaba una feliz y extraña impaciencia. Sus dedos estaban continuamente tentados por el deseo de coger de nuevo el lápiz.

—Hoy las gachas están extraordinarias —dijo golpeando con la cuchara el plato vacío.

—¿Es una indirecta? —preguntó Liudmila Nikoláyevna.

Acercándole el plato a su mujer, le preguntó:

—Liuda, ¿te acuerdas de la hipótesis de Prout?

Liudmila, pensativa, permaneció con la cuchara suspendida en el aire.

—Aquélla sobre el origen de los elementos —dijo Aleksandra Vladímirovna.

—Ah, sí, ahora me acuerdo —respondió Liudmila—. Todos los elementos se forman a partir del hidrógeno. Pero ¿qué tiene que ver con las gachas?

—¿Las gachas? —le devolvió la pregunta Víktor Pávlovich—. Escucha: Prout formuló una hipótesis en gran parte correcta porque en su tiempo eran habituales los errores en la determinación de los pesos atómicos. Si en su época se hubieran determinado los pesos atómicos con exactitud, como han hecho Dumas y Stas, no se habría decidido a presentar los pesos atómicos de los elementos como múltiplos del hidrógeno. Resultó que tenía razón porque se había equivocado.

—Pero ¿qué relación tiene esto con las gachas? —insistió Nadia.

—¿Las gachas? —preguntó con estupor Shtrum y, al recordar que las había mencionado antes, dijo—: Las gachas no tienen nada que ver... Pero es difícil comprender lo que me bulle en la cabeza.

—¿Acaso ha sido el tema de vuestra conferencia de hoy? —preguntó Aleksandra Vladímirovna.

—No, tonterías... Estoy hablando sin ton ni son. Por lo demás, yo no doy conferencias...

Captó la mirada de su mujer y sintió que lo comprendía; el interés hacia su trabajo lo exaltaba de nuevo.

—¿Cómo va la vida? —le preguntó Shtrum—. ¿Ha venido a verte Maria Ivánovna? Quizá te haya leído *Madame Bovary*, la obra de Balzac...

—Basta —le contuvo su mujer.

Aquella noche Liudmila Nikoláyevna esperaba que su marido le hablara de su trabajo. Pero guardó silencio y ella no hizo preguntas.

17

Qué ingenuas le parecían a Shtrum las ideas de los físicos de mediados del siglo XIX, las opiniones de Helmholtz que reducía la tarea de la física al simple estudio de las fuerzas de atracción y repulsión, las cuales dependían sólo de la distancia.

¡El campo de fuerzas es el alma de la materia! La unidad que comprende onda de energía y corpúsculo de materia... la estructura granular de la luz... ¿Es una lluvia de gotas luminosas o una onda fulgurante?

La teoría cuántica ha sustituido las leyes que rigen las entidades individuales físicas por otras nuevas: las leyes de la probabilidad, las de una estadística especial que ha abandonado la noción de individualidad y reconoce sólo el conjunto. A Shtrum los físicos decimonónicos le evocaban la imagen de hombres con bigotes teñidos, enfundados en trajes con cuellos altos y almidonados, con puños rígidos, apiñados alrededor de una mesa de billar. Aquellos hombres con profundidad de pensamiento, pertrechados con reglas y cronómetros, frunciendo sus tupidas cejas, medían velocidades y aceleraciones, determinaban las masas de las esferas elásticas que llenaban el tapete verde del espacio universal.

Pero de repente el espacio, medido con varillas y reglas metálicas, y el tiempo, mesurado con relojes de alta precisión, comienzan a curvarse, dilatarse y aplastarse. La inmutabilidad ya no es el fundamento de la ciencia, sino los barrotes y muros de su cárcel. Ha llegado el momento del Juicio Final. Las verdades milenarias se han declarado erróneas. En antiguos prejuicios, en los errores y en las imprecisiones ha dormido durante siglos, como en un capullo, la verdad suprema.

El mundo dejó de ser euclidiano, su naturaleza geométrica estaba formada por masas y sus velocidades.

La progresión de la ciencia ganó rapidez en un mundo liberado por Einstein de las cadenas del tiempo y el espacio absolutos.

Hay dos corrientes: una que tiende a escrutar el universo, la segunda que trata de penetrar en el núcleo del átomo, y aunque caminan en direcciones opuestas nunca se pierden de vista, aunque una recorra el mundo de los pársecs y la otra se mida en micromilímetros. Cuanto más profundo se sumergen los físicos en las entrañas del átomo, más evidentes se vuelven para ellos las leyes relativas a la luminiscencia de las estrellas. El desplazamiento al rojo que se produce en el espectro de radiación de las galaxias lejanas dio origen al concepto de universos que se dispersan en un espacio infinito. Pero bastaba acotar la observación a un espacio finito semejante a una lente, curvado por velocidades y masas, para poder concebir que era el propio espacio el que se expandía, arrastrando tras de sí las galaxias.

Shtrum no lo dudaba: no podía haber en el mundo hombres más felices que los científicos... A veces, por la mañana, de camino al instituto, y durante los paseos vespertinos, y también aquella noche mientras pensaba en su trabajo, le embargaba un sentimiento de felicidad, humildad y exaltación.

Las fuerzas que llenaban el universo de la luz suave de las estrellas se liberaban en la transformación del hidrógeno en helio...

Dos años antes de la guerra dos jóvenes alemanes habían logrado la fisión de un núcleo atómico pesado bombardeándolo con neutrones, y en sus investigaciones los físicos soviéticos habían llegado, por vías diferentes, a resultados similares; de repente experimentaron la misma sensación que cientos de miles de años antes tuvieron los hombres de las cavernas al encender la primera hoguera.

Desde luego era la física la que determinaba el curso del siglo XX... Al igual que en 1942 era Stalingrado lo que estaba determinando el curso de todos los frentes de la guerra mundial.

Pero Shtrum se sentía acechado por la duda, el sufrimiento, la desesperación.

Vitia, estoy segura de que mi carta te llegará, a pesar de que estoy detrás de la línea del frente y detrás de las alambradas del gueto judío. Yo no recibiré tu respuesta, puesto que ya no estaré en este mundo. Quiero que sepas lo que han sido mis últimos días; con este pensamiento me será más fácil dejar esta vida.

Es difícil, Vitia, comprender realmente a los hombres... Los alemanes irrumpieron en la ciudad el 7 de julio. En el parque la radio transmitía las noticias de última hora. Salía de la policlínica, después de las consultas, y me detuve a escuchar a la locutora, que leía en ucraniano un boletín sobre los últimos combates. Oí un tiroteo a lo lejos. Luego algunas personas cruzaron corriendo el parque. Seguí mi camino a casa, sin dejar de sorprenderme por no haber oído la señal de alarma aérea. De repente vi un tanque y alguien gritó: «¡Los alemanes están aquí!».

«No siembre el pánico», le advertí. La víspera había ido a ver al secretario del sóviet de la ciudad y le había planteado la cuestión de la evacuación; él montó en cólera: «Todavía es pronto para hablar de eso; no hemos comenzado siquiera a redactar las listas». En una palabra, los alemanes habían llegado. Aquella noche los vecinos se la pasaron yendo de una habitación a otra; los únicos en mantener la calma éramos los niños y yo. Había tomado una decisión: que me suceda lo que haya de suceder a los demás. Al principio tuve un miedo espantoso; comprendí que no te volvería a ver, y me entraron unas ganas locas de volver a verte, de besarte la frente, los ojos una vez más. Entonces me di cuenta de la suerte que tenía de que estuvieras a salvo.

Me quedé dormida de madrugada y, al despertar, me embargó una terrible melancolía. Estaba en mi habitación, en mi cama, pero me sentí en tierra extraña, perdida, sola.

Aquella misma mañana me recordaron lo que había logrado olvidar durante los años de régimen soviético: que yo era judía. Los alemanes pasaban en sus camiones y gritaban: «*Juden kaputt!*».

Y los vecinos también me lo recordaron más tarde. La mujer del conserje, que se encontraba bajo mi ventana, le decía a una vecina: «Por fin, a Dios gracias, nos libraremos de los judíos». ¿Qué es lo que le pudo llevar a decir eso? Su hijo está casado con una judía; la vieja solía ir a visitarlos y me hablaba después de sus nietos.

Mi vecina de apartamento, una viuda con una hija de seis años llamada Aliónushka, de maravillosos ojos azules (ya te he escrito alguna vez sobre ella), pues bien, esta vecina vino a verme y me dijo:

—Anna Semiónovna, le pido que para la tarde haya retirado las cosas de su habitación, voy a instalarme en ella.

—Muy bien —le respondí—, entonces yo me instalaré en la suya.

—No, usted se instalará en el cuarto trasero de la cocina.

Me negué en redondo; allí no había estufa, ni ventana siquiera.

Me fui a la policlínica y, al volver, resultó que me habían forzado la puerta y mis cosas habían sido arrojadas en el interior de aquel cuartucho. Mi vecina me dijo: «Me he quedado su sofá, de todas maneras no cabe en su nuevo cuarto».

Asombroso, se trata de una mujer con estudios, diplomada en una escuela de artes y oficios, y su difunto marido era un hombre bueno y tranquilo, que trabajaba de contable en la Ukoopspilka[1]. «Usted está fuera de la ley», me dijo la mujer como si aquello supusiera un gran provecho para ella. Su pequeña Aliónushka se sentó conmigo toda la tarde y yo le estuve contando cuentos. La niña no quería irse a dormir, de modo que su madre se la llevó en brazos. Así fue la fiesta de inauguración de mi nuevo hogar. Luego, Vítenka, abrieron de nuevo la policlínica. A mí y a otro médico judío nos despidieron. Fui a pedir la mensualidad que no había cobrado pero el nuevo responsable me dijo: «Stalin le

1. Organización cooperativa central ucraniana.

95

pagará lo que usted haya ganado bajo el régimen soviético; escríbale, pues, a Moscú». Una enfermera, Marusia, me abrazó lamentándose con voz queda: «Dios mío, Dios mío, qué va a ser de usted, qué va a ser de todos ustedes». El doctor Tkachev me estrechó la mano. No sé lo que resulta más duro, si la alegría maliciosa de unos o las miradas compasivas de otros, como si estuvieran ante un gato sarnoso, moribundo. Nunca imaginé que me tocaría vivir algo semejante.

Muchas personas me han dejado estupefacta. Y no sólo personas ignorantes, amargadas, analfabetas. He aquí, por ejemplo, un profesor jubilado, de setenta y cinco años, que siempre preguntaba por ti, me pedía que te diera saludos de su parte, y decía hablando de ti: «Es nuestro orgullo». En estos días malditos, al encontrarse conmigo por la calle, no me saludó, me dio la espalda. Luego me enteré de que en una reunión en la Kommandantur había declarado: «Ahora el aire se ha purificado, al fin ha dejado de oler a ajo». ¿Por qué? ¿Por qué ha hecho eso? Esas palabras le ensucian. Y en la misma reunión cuántas calumnias vertidas contra los judíos... Sin embargo, Vítenka, no todos participaron en esa reunión. Muchos rehusaron. Y, ¿sabes?, por mi experiencia de la época zarista siempre había pensado que el antisemitismo estaba ligado al patrioterismo de los hombres de la Liga del Arcángel San Miguel. Pero ahora he constatado que los hombres que claman por liberar a Rusia de los judíos son los mismos que se humillan ante los alemanes y se comportan como deplorables lacayos, estos hombres están dispuestos a vender Rusia por treinta monedas de plata alemanas. Gentes zafias llegadas de los arrabales se apoderan de los apartamentos, las mantas, los vestidos; personas como ellos, con total seguridad, son los que mataban a los médicos durante las revueltas del cólera. Y hay también otros seres, cuya moral se ha atrofiado, seres dispuestos a consentir cualquier crimen con tal que no se sospeche que están en desacuerdo con las autoridades.

Vienen a verme amigos a cada momento para traerme

noticias, todos tienen mirada de loco, deliran. Una extraña expresión se ha puesto de moda: «esconder las cosas». Por alguna razón, el escondite del vecino parece más seguro que el propio. Todo eso me recuerda a cierto juego infantil.

Pronto se anunció la creación de un gueto judío; cada persona tenía derecho a llevar consigo quince kilos de objetos personales. En las paredes de las casas fijaron unos pequeños carteles amarillos: «Se ordena a todos los judíos que se trasladen al barrio de Ciudad Vieja antes de las seis de la tarde del 15 de julio de 1941». Para todo aquel que no obedeciese, la pena capital.

Así que, Vítenka, yo también me puse a preparar mis cosas. Cogí una almohada, algo de ropa blanca, la tacita que un día me regalaste, una cuchara, un cuchillo, dos platos. ¿Acaso necesitábamos mucho más? Cogí parte del instrumental médico. Cogí tus cartas, las fotografías de mi madre y del tío David, y también aquella donde sales tú con papá, un pequeño volumen de Pushkin, las *Lettres de mon moulin*, otro de Maupassant, donde está *Une vie*, un pequeño diccionario... Cogí Chéjov, el libro aquel donde aparece *Una historia trivial* y *El obispo*, y eso es todo: mi cesta estaba llena. Cuántas cartas te he escrito bajo este techo, cuántas noches me he pasado llorando, sí, ahora puedo decírtelo, por mi soledad.

Dije adiós a la casa, al jardincito; me senté algunos minutos bajo el árbol; dije adiós a los vecinos. Hay personas que son realmente extrañas. Dos vecinas, en mi presencia, se pusieron a discutir por mis pertenencias: cuál se quedaría con las sillas, cuál con mi pequeño escritorio; pero, en el momento de la despedida, las dos lloraron. Les pedí a unos vecinos, los Basanko, que si después de la guerra venías a buscarme te lo contaran todo con detalle. Me prometieron que así lo harían. Me conmovió *Tóbik*, el perro de la casa, que se mostró especialmente cariñoso conmigo la última noche. Si vuelves dale de comer por la ternura dispensada a una vieja judía.

Cuando me disponía a emprender el camino y me preguntaba cómo me las iba a apañar para cargar con mi cesta hasta la Ciudad Vieja, apareció de improviso un antiguo paciente mío llamado Schukin, un hombre sombrío y, creía yo, de corazón duro. Se ofreció a llevarme la cesta, me dio trescientos rublos y me dijo que una vez por semana me llevaría pan a la alambrada. Trabaja en una imprenta; no lo habían llamado a filas debido a una enfermedad ocular. Antes de la guerra había venido a curarse a mi consulta, y si me hubieran propuesto que diera nombres de personas puras y sensibles, habría dado decenas de nombres antes que el suyo. Sabes, Vítenka, después de su visita volví a sentir que era un ser humano. Los perros ya no eran los únicos que mostraban una actitud humana.

Schukin me contó que en la imprenta de la ciudad se estaba imprimiendo un bando: se prohíbe a los judíos andar por las aceras; deben llevar una estrella amarilla de seis puntas cosida en el pecho; no tienen derecho a utilizar el transporte colectivo ni los baños públicos, no pueden acudir a los consultorios médicos ni ir al cine; se les prohíbe comprar mantequilla, huevos, leche, bayas, pan blanco, carne y todas las verduras excepto patatas; las compras en el mercado se autorizan sólo después de las seis de la tarde (cuando los campesinos han abandonado ya el mercado). La Ciudad Vieja será rodeada de alambradas y se prohibirá toda salida, salvo bajo escolta para realizar trabajos forzados. Cualquier ruso que cobije en su casa a un judío será fusilado, de la misma manera que si hubiera escondido a un partisano.

El suegro de Schukin, un viejo campesino procedente de Chudnov, un *shtetl* cercano a la ciudad, había visto con sus propios ojos cómo los alemanes llevaron en manada hasta el bosque a todos los judíos del lugar, provistos de sus hatillos y maletas; durante todo el día no dejaron de oírse disparos y gritos terribles. Ni un solo judío regresó. Los alemanes, que se alojaban en casa del suegro de Schukin, regresaron bien entrada la noche; estaban borrachos y siguieron bebiendo y cantando hasta la madrugada mientras se repartían broches, anillos, brazaletes delante de las narices del viejo. No sé si se trata de un hecho aislado y fortuito o del presagio de lo que nos depara el futuro.

Qué triste fue, hijo mío, mi camino hacia el gueto medieval. Atravesaba la ciudad donde había trabajado durante veinte años. Primero pasamos por la calle Svechnaya, completamente desértica. Pero cuando llegamos a la calle Nikólskaya vi a cientos de personas, todas ellas dirigiéndose al maldito gueto. La calle se tornó blanca por los hatillos y las almohadas. Los enfermos eran llevados del brazo por sus acompañantes. Al padre del doctor Margulis, paralítico, lo transportaban sobre una manta. Un joven llevaba a una viejecita en brazos, le seguían su mujer e hijos cargando con los hatillos a la espalda. Gordon, un hombre entrado en carnes y que respiraba con dificultad, responsable de una tienda de ultramarinos, se había puesto un abrigo con cuello de piel y el sudor le corría por la cara. Me impresionó especialmente un joven: caminaba sin llevar fardo alguno, con la cabeza erguida, manteniendo ante sí un libro abierto, el rostro sereno y altivo. Pero ¡qué locas y aterrorizadas parecían las personas que estaban a su lado! Avanzábamos por la calzada mientras los habitantes de la ciudad permanecían de pie en las aceras, mirándonos pasar.

Durante un rato anduve al lado de los Margulis y oí los suspiros de compasión de las mujeres. Pero había quien se reía de Gordon y de su abrigo de invierno, aunque te aseguro que el aspecto que presentaba era más espantoso que divertido. Vi muchas caras conocidas. Algunos me hacían un ligero gesto con la cabeza, despidiéndose; otros desviaban la mirada. Me parece que en aquella muchedumbre no había miradas indiferentes; había ojos curiosos, despiadados y, algunas veces, vi ojos anegados de lágrimas.

Yo veía a dos gentíos: uno constituido por los judíos, hombres enfundados en abrigos, con los gorros calados y mujeres con pañuelos en la cabeza, y otro, en las aceras, con ropa de verano. Blusas claras, hombres sin chaquetas, algunos con camisas bordadas a la ucraniana. Parecía incluso que para los judíos que desfilaban por la calle el sol se negara a brillar, como si caminaran a través del frío de una noche de diciembre.

En la entrada del gueto me despedí de mi acompañante y él me señaló el lugar de la alambrada donde nos encontraríamos.

¿Sabes, Vítenka, lo que sentí al hallarme detrás de las alambradas? Esperaba sentir terror. Pero, figúratelo, en realidad me sentí aliviada dentro de aquel redil para ganado. No pienses que es porque tengo alma de esclava. No, no. Me sentía así porque todo el mundo a mi alrededor compartía mi destino. En el gueto ya no estaba obligada a andar por la calzada, como los caballos; la gente no me miraba con odio; y los que me conocían no apartaban los ojos de mí ni evitaban toparse conmigo. En este redil todos llevamos el sello con el que nos han marcado los fascistas, y por esa razón el sello no me quema tanto en el alma. Aquí ya no me siento como una bestia privada de derechos, sino como una mujer desdichada. Y es más fácil de sobrellevar.

Me instalé junto a un colega, el doctor Sperling, en una casita de adobe compuesta por dos cuartuchos. Sperling tiene dos hijas ya adultas y un varón de unos doce años llamado Yura. Muchas veces me quedo contemplando la cara delgaducha de ese niño, sus grandes ojos tristes. Dos veces por equivocación le llamé Vitia y él me corrigió: «No soy Vitia, mi nombre es Yura».

¡Qué diferentes son los hombres entre sí! Sperling, a sus cincuenta y ocho años, rebosa energía. Se las ha arreglado para conseguir colchones, queroseno y una carretada de leña. Por la noche le trajeron a casa un saco de harina y medio de judías. Se alegra de sus éxitos como un jovenzuelo. Ayer colgó en las paredes unos pequeños tapices. «No es nada, no es nada, sobreviviremos –repetía–. Lo más importante es hacerse con reservas de comida y leña.»

Me dijo que era preciso organizar una escuela en el gueto. Me propuso incluso que impartiera clases de francés a Yura y me pagaría un plato de sopa por clase. Estuve conforme.

Fania Borísovna, la gorda mujer de Sperling, suspira: «Estamos perdidos, todo está perdido»; pero eso no quita para que siga de cerca a su hija mayor, Liuba, un ser amable y bondadoso, no vaya a ser que dé a alguien un puñado de judías o una rebanada de pan. La menor, Alia, el ojito derecho de la madre, es un verdadero engendro de Satanás –autoritaria, avara, recelosa–, se pasa el día gritando a su padre y a su hermana. Antes de la guerra vino a hacerles una visita desde Moscú y quedó aquí atrapada.

¡Dios mío, qué miseria por todas partes! ¡Que vengan esos que hablan de las riquezas de los judíos y que afirman que siempre tienen guardado dinero para los malos tiempos, que vengan a la Ciudad Vieja! Aquí están los malos tiempos, peores no puede haberlos. Pero en la Ciudad Vieja no se concentran únicamente los recién mudados con sus quince kilos de equipaje, aquí han vivido siempre artesanos, viejos, obreros, enfermeras... ¡En qué terribles condiciones de hacinamiento viven estas gentes! ¡Y qué clase de comida se llevan a la boca! Si pudieras ver las chozas medio en ruinas, ya casi forman parte de la tierra.

Vítenka, veo aquí a tantas personas malas, codiciosas, deshonestas, capaces de las más pérfidas traiciones. Anda por ahí un hombre espantoso, un tal Epstein, que vino a parar aquí desde alguna ciudad polaca; lleva un brazalete en la manga y acompaña a los alemanes durante los registros, colabora en los interrogatorios, se emborracha con los *politsai*[1] ucranianos y lo envían por las casas a extorsionar vodka, dinero, comida. Lo he visto una o dos veces; es un hombre de estatura alta, apuesto, elegante en su traje color crema, incluso la estrella amarilla cosida a su americana parece un crisantemo.

Pero quería contarte otra cosa. Yo nunca me he sentido judía; de niña crecí rodeada de amigas rusas, mis poetas preferidos eran Pushkin y Nekrásov, y la obra de tea-

---

1. Nombre que recibían los ciudadanos soviéticos reclutados por los alemanes durante la Segunda Guerra Mundial para colaborar con la policía nazi.

tro con la que lloré junto a todo el auditorio de la sala, en el Congreso de Médicos Rurales, fue *Tío Vania*, la producción de Stanislavski. Una vez, Vítenka, cuando era una chiquilla de catorce años, mi familia se disponía a emigrar a América del Sur. Yo le dije a papá: «No abandonaré Rusia, antes preferiría ahogarme». Y no me fui.

Y ahora, en estos días terribles, mi corazón se colma de ternura maternal hacia el pueblo judío. Nunca antes había conocido ese amor. Me recuerda al amor que te tengo a ti, mi querido hijo.

Visito a los enfermos en sus casas. Decenas de personas, ancianos prácticamente ciegos, niños de pecho, mujeres embarazadas, todos viven apretujados en un cuartucho diminuto. Estoy acostumbrada a buscar en los ojos de la gente los síntomas de enfermedades, los glaucomas, las cataratas. Pero ahora ya no puedo mirar así en los ojos de la gente, en sus ojos sólo veo el reflejo del alma. ¡Un alma buena, Vítenka! Un alma buena y triste, mordaz y sentenciada, vencida por la violencia pero, al mismo tiempo, triunfante sobre la violencia. ¡Un alma fuerte, Vitia! Si pudieras ver con qué consideración me preguntan sobre ti las personas ancianas. Con qué afecto me consuelan personas ante las que no me he lamentado de nada, personas cuya situación es peor que la mía.

A veces me parece que no soy yo la que está visitando a un enfermo, sino al contrario, que las personas son amables doctores que curan mi alma. Y de qué manera tan conmovedora me ofrecen por mis cuidados un trozo de pan, una cebolla, un puñado de judías.

Créeme, Vítenka, no son los honorarios por una consulta. Se me saltan las lágrimas cuando un viejo obrero me estrecha la mano, mete en una pequeña bolsa dos o tres patatas y me dice: «Vamos, doctora, vamos, se lo ruego». Hay en esto algo puro, paternal, bueno; pero no puedo transmitírtelo con palabras.

No quiero consolarte diciendo que la vida aquí ha sido fácil para mí, te sorprenderá que mi corazón no se haya desgarrado de dolor. Pero no te atormentes pensando que he padecido hambre. No he pasado hambre ni una sola vez. Tampoco me he sentido sola.

¿Qué puedo decirte de los seres humanos, Vitia? Me sorprenden tanto por sus buenas cualidades como por las malas. Son extraordinariamente diferentes, aunque todos conocen un idéntico destino. Imagínate a un grupo de gente bajo un temporal: la mayoría se afanará por guarecerse de la lluvia, pero eso no significa que todos sean iguales. Incluso en esa tesitura cada cual se protege de la lluvia a su manera...

El doctor Sperling está convencido de que la persecución contra los judíos es temporal y cesará cuando concluya la guerra. Muchos, como él, comparten ese parecer, y he observado que cuanto más optimistas son las personas más ruines y egoístas se vuelven. Si alguien entra mientras están comiendo, Alia y Fania Borísovna esconden enseguida la comida.

Los Sperling me tratan muy bien, tanto más cuanto que yo soy de poco comer y aporto más comida de la que consumo. Pero he decidido marcharme, me resultan desagradables. Estoy buscándome un rinconcito. Cuanta más tristeza hay en un hombre y menor es su esperanza de sobrevivir, mejor, más generoso y bueno es éste.

Los pobres, los hojalateros, los sastres que se saben condenados a morir son más nobles, desprendidos e inteligentes que aquellos que se las ingenian para aprovisionarse de comida. Las maestras jovencitas; Spielberg, el viejo y estrambótico profesor y jugador de ajedrez; las tímidas chicas que trabajan en la biblioteca; el ingeniero Reivich, débil como un niño, que sueña con armar al gueto con granadas de fabricación casera... ¡Qué personas tan admirables, qué poco prácticas, agradables, tristes y buenas!

Me he dado cuenta de que la esperanza casi nunca va ligada a la razón; está privada de sensatez, creo que nace del instinto.

Las personas, Vitia, viven como si les quedaran largos años por delante. Es imposible saber si es estúpido o inteligente, es así y basta. Yo también he acatado esa ley. Dos mujeres procedentes de un *shtelt* cuentan exactamente lo mismo que contaba mi amigo. Los alemanes están exterminando a todos los judíos del distrito, sin compadecerse de niños o ancianos. Los alemanes y los *politsai* llegan en vehículos, toman a algunas decenas de hombres para hacerlos trabajar en el campo, les ordenan cavar fosas, y luego, dos o tres días más tarde, los alemanes conducen a todos los judíos hasta esas fosas y fusilan a todos sin excepción. Por doquier, en los alrededores de la ciudad, están surgiendo estos túmulos judíos.

En la casa de al lado vive una chica polaca. Cuenta que en su país las masacres de judíos no se interrumpen ni un instante, son aniquilados del primero al último. Sólo han logrado sobrevivir judíos en algunos guetos de Varsovia, Lodz, Radom. Cuando me he parado a pensarlo, he comprendido perfectamente que no nos han congregado aquí para conservarnos con vida, como bisontes en la reserva del bosque de Białowieża, sino como ganado que enviarán al matadero.

Conforme al plan, nuestro turno debe de estar previsto para dentro de una o dos semanas. Pero, imagínatelo, aún comprendiendo eso, sigo curando a los enfermos y les digo: «Si se lava el ojo regularmente con esta loción, dentro de dos o tres semanas estará curado». Examino a un viejo que dentro de seis meses o un año podría ser operado de cataratas. Continúo dando clases de francés a Yura, me desmoraliza su pésima pronunciación.

Entretanto los alemanes irrumpen en el gueto y desvalijan, los centinelas se divierten disparando contra los niños detrás de las alambradas y cada vez más gente corrobora que nuestro destino se decidirá el día menos pensado. Y así es, la vida continúa. Hace unos días se celebró incluso una boda. Los rumores se multiplican por decenas. Ahora un vecino me informa, ahogándose de alegría, de que nuestras tropas han tomado la ofensiva y que los alemanes se retiran. O bien circula el rumor de que el gobierno soviético y Churchill han presentado a los alemanes un ultimátum, y que Hitler ha dado la orden de que no se mate a más judíos.

Otras veces dicen que los judíos serán intercambiados por prisioneros de guerra alemanes.

Así, en ningún otro lugar del mundo hay más esperanza que en el gueto. El mundo está lleno de acontecimientos, y todos esos acontecimientos tienen el mismo sentido y el mismo propósito: la salvación de los judíos. ¡Qué riqueza de esperanza! Y la fuente de esa esperanza es sólo una: el instinto de vida que, sin lógica alguna, se resiste al terrible hecho de que todos vamos a perecer sin dejar rastro. Miro a mi alrededor y simplemente no puedo creerlo: ¿es posible que todos nosotros seamos sentenciados a muerte, que estemos a punto de ser ejecutados? Los peluqueros, los zapateros, los sastres, los médicos, los fumistas..., todos siguen trabajando. Se ha abierto incluso una pequeña maternidad, o para ser exactos, algo que se le parece. Se hace la colada y se tiende en cordeles, se prepara la comida, los niños van a la escuela desde el primero de septiembre y las madres preguntan a los maestros sobre las notas de sus hijos.

El viejo Spielberg ha llevado varios libros a encuadernar. Alia Sperling realiza a diario su gimnasia matutina; cada noche, antes de acostarse, se enrolla el cabello en bigudíes; y riñe con su padre por dos retales de tela que quiere para hacerse unos vestidos de verano.

También yo mantengo mi tiempo ocupado de la mañana a la noche. Visito a los enfermos, doy clases, zurzo mi ropa, hago la colada, me preparo para hacer frente al invierno: le pongo relleno de guata a mi abrigo de otoño. Escucho los relatos sobre los terribles castigos que se infligen a los judíos: la mujer de un consultor jurídico que conozco fue golpeada hasta perder el conocimiento por haber comprado un huevo de pato para su hijo; a un niño, el hijo de Sirota, el farmacéutico, le dispararon en el hombro cuando trataba de deslizarse por debajo de la alambrada para recuperar su pelota. Y luego, otra vez, rumores, rumores, rumores...

Lo que ahora te cuento, sin embargo, no es un rumor. Hoy los alemanes vinieron y se llevaron a ochenta jóvenes para trabajar el campo, supuestamente para recoger patatas. Algunos incluso se alegraron imaginando que podrían traer unas pocas patatas para la familia. Pero yo comprendí al instante a qué se referían los alemanes con patatas.

La noche en el gueto es un tiempo aparte, Vitia. Tú sabes, querido hijo, que siempre te he enseñado a decirme la verdad, un hijo siempre debe decir la verdad a su madre. Pero también una madre debe decir la verdad a su hijo. No te imagines, Vítenka, que tu madre es una mujer fuerte. Soy débil. Me da miedo el dolor y tiemblo cuando me siento en el sillón del dentista. De niña me daban miedo los truenos y la oscuridad. Ahora que soy vieja, tengo miedo de las enfermedades, de la soledad; temo que si enfermara no podría trabajar más y me convertiría en una carga para ti y que tú me lo harías sentir. Tenía miedo de la guerra. Ahora, por las noches, Vitia, se apodera de mí un terror que me hiela el corazón. Me espera la muerte. Siento deseos de llamarte, de pedirte ayuda.

Cuando eras pequeño, solías correr a mí en busca de protección. Ahora, en estos momentos de debilidad, quisiera esconder mi cabeza entre tus rodillas para que tú, inteligente y fuerte, me defendieras, me protegieras. No siempre soy fuerte de espíritu, Vitia, soy débil. Pienso a menudo en el suicidio, pero algo me retiene, no sé si es debilidad, fuerza o bien una esperanza absurda...

Pero ya es suficiente. Me estoy durmiendo y comienzo a soñar. A menudo veo a mi madre, hablo con ella. La pasada noche vi en sueños a Sasha Sháposhnikova en la época que vivimos juntas en París. Pero contigo no he soñado ni una sola vez, aunque pienso en ti sin cesar, incluso en los momentos de angustia más terrible. Me despierto y de repente veo el techo, entonces recuerdo que los alemanes han ocupado nuestra tierra, que soy una leprosa, y me parece que no me he despertado sino, al contrario, que me acabo de dormir y estoy soñando.

Pero pasan algunos minutos y oigo a Alia discutir con Liuba sobre a quién le toca ir al pozo por agua, oigo a alguien contar que durante la noche, en la calle de al lado, los alemanes fracturaron el cráneo a un viejo.

Una chica que conozco, alumna del Instituto Técnico de Pedagogía, vino a buscarme para que fuera a examinar a un enfermo. Resulta que la chica escondía a un teniente con una herida en un hombro y un ojo quemado. Un joven dulce, demacrado, con un fuerte acento del Volga. Había pasado por debajo de las alambradas durante la noche y había hallado refugio en el gueto. La herida del ojo no era demasiado grave y pude cortar la supuración. Me habló largo y tendido sobre los combates, la retirada de nuestras tropas; sus historias me deprimieron. Quiere restablecerse cuanto antes y volver, cruzando la línea, al frente. Varios jóvenes tienen la intención de partir con él, uno de ellos fue alumno mío. ¡Ay, Vítenka, si pudiera ir con ellos! Fue un enorme placer ayudar a ese joven: sentí que también yo participaba en la guerra contra el fascismo. Le llevamos patatas, pan, judías, y una anciana le tricotó un par de calcetines de lana.

Hoy se ha vivido un día lleno de dramatismo. Ayer Alia se las ingenió, a través de una conocida rusa, para hacerse con el pasaporte de una joven rusa, muerta en el hospital. Esta noche Alia se irá. Y hoy hemos sabido de boca de un campesino amigo que pasaba cerca del recinto del gueto que los judíos a los que enviaron a recoger patatas están cavando fosas profundas a cuatro kilómetros de la ciudad, cerca del aeródromo, en el camino a Romanovka. Vitia, recuerda ese nombre: allí encontrarás la fosa común donde estará sepultada tu madre.

Incluso Sperling lo ha comprendido. Ha estado pálido todo el día, los labios le temblaban y me ha preguntado, desconcertado: «¿Hay esperanza de que dejen con vida al personal cualificado?». Se dice, en efecto, que en algunos lugares no han ejecutado a los mejores sastres, zapateros y médicos.

A pesar de todo, esta misma noche, Sperling ha llamado al viejo que repara las estufas y éste le ha habilitado un escondrijo en la pared para la harina y la sal. Yura y yo estuvimos leyendo *Lettres de mon moulin*. ¿Te acuerdas de cuando leíamos en voz alta mi cuento favorito, «Les vieux», e intercambiábamos miradas, nos echábamos a reír y se nos llenaban los ojos de lágrimas? Después le dicté a Yura las clases que tenía que aprender para pasado mañana. Así debe ser. Pero qué dolor sentí cuando miré la carita triste de mi alumno, sus dedos anotando en la libretita los números de los párrafos de gramática que le había puesto de deberes.

Y cuántos niños hay aquí: ojos maravillosos, cabellos rizados oscuros. Entre ellos habría, probablemente, futuros científicos, físicos, profesores de medicina, músicos, incluso poetas.

Los veo cuando corren a la escuela por la mañana, tienen un aire serio impropio de su edad y unos trágicos ojos desencajados en la cara. A veces comienzan a armar alboroto, se pelean, se ríen a carcajadas, pero entonces, más que producirme alegría, el espanto se adueña de mí.

Dicen que los niños son el futuro, pero ¿qué se puede decir de estos niños? No llegarán a ser músicos ni zapateros ni talladores. Y esta noche me hice una idea clara de cómo este mundo ruidoso, de papás barbudos, atareados, de abuelas refunfuñonas que hornean melindres de miel y cuellos de ganso, el mundo entero de las costumbres nupciales, los proverbios, las celebraciones del sabbat, desaparecerá para siempre bajo tierra, y después de la guerra la vida se reanudará, y nosotros ya no estaremos, nos habremos extinguido al igual que se extinguieron los aztecas.

El campesino que nos trajo la noticia de la preparación de las fosas comunes nos contó que su mujer se había pasado la noche llorando y lamentándose: «Saben coser y fabricar zapatos, curten la piel, reparan relojes, venden medicinas en la farmacia... ¿Qué pasará cuando los hayan matado a todos?».

Con qué claridad me imaginé a alguien, una persona cualquiera, pasando delante de las ruinas y diciendo: «¿Te acuerdas? Aquí vivía un judío, un reparador de estufas llamado Boruj. Las tardes de los sábados su vieja mujer se sentaba en un banco y, alrededor de ella, los niños jugaban». Y otro diría: «Y allí, bajo el viejo peral, se solía sentar una doctora, no recuerdo su apellido, pero una vez fui a verla para que me curara los ojos. Después del trabajo sacaba una silla de mimbre y se ponía a leer un libro». Así será, Vitia.

Después fue como si un soplo de espanto hubiera atravesado los rostros de las gentes: todos comprendimos que se acercaba el final.

Vítenka, quiero decirte... no, no es eso, no es eso.

Vítenka, termino ya la carta y voy a llevarla al límite del gueto, se la entregaré a mi amigo. No es fácil interrumpir esta carta, ésta es mi última conversación contigo, y cuando la haya entregado me habré apartado de ti definitivamente, nunca sabrás lo que han sido mis últimas horas. Ésta es nuestra última despedida. ¿Qué puedo decirte antes de separarme de ti para siempre? En estos últimos días, como durante toda mi vida, tú has sido mi alegría. Por la noche me acordaba de ti, de la ropa que llevabas de niño, de tus primeros libros; me acordaba de tu primera carta, tu primer día de escuela; todo, me acordaba de todo, desde tus primeros días de vida hasta la más nimia noticia que recibí de ti, el telegrama que recibí el 30 de junio. Cerraba los ojos y me parecía, querido mío, que me protegías del horror que se avecinaba sobre mí. Pero cuando pienso lo que está ocurriendo, me alegro de que no estés a mi lado y que no tengas que conocer este horrible destino.

Vitia, yo siempre he estado sola. Me he pasado noches en blanco llorando de tristeza. Pero nadie lo sabía. Me consolaba la idea de que un día te contaría mi vida. Te contaría por qué tu padre y yo nos separamos, por qué durante todos estos largos años he vivido sola. Pensaba a menudo: «¡Cuánto se sorprenderá Vitia al saber que su madre ha cometido errores, ha hecho locuras, que era celosa y que inspiraba celos, que su madre era igual que todas las jóvenes!». Pero mi destino es acabar la vida sola, sin haberla compartido contigo. A veces pensaba que no debía vivir lejos de ti, que te quería demasiado, que ese amor me daba derecho a vivir mi vejez junto a ti. A veces pensaba que no debía vivir contigo, que te quería demasiado.

Bueno, *enfin*... Que seas feliz siempre con aquellos que amas, con los que te rodean, con los que han llegado a estar más cerca de ti que tu madre. Perdóname.

De la calle llegan llantos de mujer, improperios de los policías, y yo, yo miro estas páginas y me parece que me protegen de un mundo espantoso, lleno de sufrimiento.

¿Cómo poner punto final a esta carta? ¿De dónde sacar fuerzas, hijo mío? ¿Existen palabras en este mundo capaces de expresar el amor que te tengo? Te beso, beso tus ojos, tu frente, tu pelo.

Recuerda que el amor de tu madre siempre estará contigo, en los días felices y en los días tristes, nadie tendrá nunca el poder de matarlo.

Vítenka... Ésta es la última línea de la última carta de tu madre. Vive, vive, vive siempre...

MAMÁ

19

Nunca, antes de la guerra, Shtrum había pensado en el hecho de que era judío, de que su madre era judía. Nunca su madre le había hablado de ello, ni cuando era niño, ni en sus años de formación. Nunca durante la época de estudiante en la Universidad de Moscú, ningún estudiante, ningún profesor, ningún director de seminario le había sacado el tema.

Nunca antes de la guerra en el instituto, en la Academia de las Ciencias, se había visto obligado a escuchar conversaciones al respecto.

Nunca, ni una sola vez, sintió deseos de hablarle de ello a Nadia, explicarle que su madre era rusa y su padre, judío.

El siglo de Einstein y Planck había resultado ser el siglo

de Hitler. La Gestapo y el renacimiento científico eran hijos de una misma época. Qué humano era el siglo XIX, el siglo de la física ingenua en comparación con el siglo XX, el siglo que había matado a su madre. Existía un parecido terrible entre los principios del fascismo y los principios de la física contemporánea.

El fascismo ha negado el concepto de individualidad separada, el concepto de «hombre» y opera con masas enormes. La física contemporánea habla de probabilidades mayores o menores de fenómenos en este o aquel conjunto de individuos físicos. ¿Acaso el fascismo, en su terrible mecánica, no se funda sobre el principio de política cuántica, de probabilidad política?

El fascismo ha llegado a la idea de aniquilar estratos enteros de población, nacionalidades o razas sobre la base de que la probabilidad de oposición manifiesta o velada en estos estratos y subestratos es mayor que en otros grupos o conjuntos: la mecánica de las probabilidades y de los conjuntos humanos.

Pero no, no. El fascismo morirá porque ha pretendido aplicar sobre el hombre las leyes de los átomos y los guijarros.

El fascismo y el hombre no pueden coexistir. Cuando el fascismo vence, el hombre deja de existir, quedan sólo criaturas antropoides que han sufrido una transformación interna. Pero cuando es el hombre, el hombre dotado de libertad, razón y bondad, el que vence, es el fascismo el que muere y aquellos que se habían sometido a él vuelven a ser hombres.

¿Acaso no era éste el sentido de las ideas de Chepizhin sobre el magma al que se había opuesto el verano pasado? El momento de la conversación con Chepizhin se le antojaba increíblemente lejano, como si decenas de años se interpusieran entre aquella tarde estival moscovita y el día presente.

Le parecía que el que caminaba por la plaza Trubnaya no era Shtrum sino otro hombre, ese que escuchaba agitado y discutía con ardor, seguro de sí mismo.

Mamá... Marusia... Tolia...

Había momentos en que la ciencia se le presentaba como un engaño que enmascaraba la locura y la crueldad de la vida.

Tal vez la ciencia, no por azar, se había convertido en compañera de viaje de este siglo terrible, en su aliada. ¡Qué solo se sentía! No tenía a nadie con quien compartir sus pensamientos. Chepizhin estaba lejos; para Postóyev todo aquello resultaba extraño y de escasa relevancia.

Sokolov era propenso a la mística, a cierta extraña sumisión religiosa ante la crueldad del César, ante la injusticia.

Había dos excelentes científicos que trabajaban en su laboratorio: el físico experimental Márkov y el disoluto erudito Savostiánov. Pero Shtrum no podía ponerse a hablar con ellos de estos temas, lo hubieran tomado por loco.

Sacó de la mesa la carta de su madre y la releyó.

«Vitia, estoy segura de que mi carta te llegará, a pesar de que estoy detrás de la línea del frente y detrás de las alambradas del gueto judío... ¿De dónde sacar fuerzas, hijo mío...?»

Y una vez más sintió una cuchilla fría golpearle en la garganta...

20

Liudmila Nikoláyevna sacó del buzón una carta que habían enviado del ejército.

Entró en la habitación a grandes pasos y, acercando el sobre a la luz, rompió el borde de papel burdo.

Por un instante le pareció que caerían del sobre fotografías de Tolia, de Tolia cuando era un bebé diminuto, cuando todavía no era capaz de sostener la cabeza, desnudo sobre una almohada con los pies levantados como un osito, los labios hacia fuera.

De manera incomprensible, sin lograr distinguir bien

las palabras, pero absorbiendo, embebiéndose de aquella bella escritura de alguien alfabetizado, aunque con escasa instrucción, de aquellas frases escritas, ella lo comprendió: está vivo, vive.

Leyó que Tolia estaba gravemente herido en el pecho y en un costado, que había perdido mucha sangre y que estaba demasiado débil para escribir por sí mismo, hacía cuatro semanas que tenía fiebre... Pero lágrimas de felicidad le nublaron la vista, tan grande había sido la desesperación que había sentido un momento antes.

Salió a la escalera, leyó las primeras líneas de la carta y, tranquilizada, caminó hasta la leñera. Allí, en la fría penumbra, leyó la parte central y el final de la carta y pensó que era la despedida de Tolia antes de morir.

Liudmila Nikoláyevna se puso a llenar el saco de leña. Y aunque el médico que la trataba en el callejón Gagarinski de Moscú en la policlínica del TseKuBu[1] le había prescrito que no levantara más de tres kilos de peso, y a ser posible que realizara movimientos lentos y suaves, Liudmila Nikoláyevna, gruñendo como una campesina, se cargó a la espalda un saco lleno de troncos húmedos y enseguida subió al segundo piso. Bajó el saco al suelo y la vajilla tintineó sobre la mesa.

Liudmila se puso el abrigo, se ató el pañuelo en la cabeza y salió a la calle.

La gente con la que se cruzaba se volvía a mirarla.

Atravesó la calle, el tranvía campaneó bruscamente y la conductora la amenazó con el puño.

Girando a la derecha y tomando el callejón se llegaba a la fábrica donde trabajaba mamá.

Si Tolia muere, su padre no se enterará. ¿A qué campo habrá ido a parar? Tal vez haya muerto hace mucho tiempo...

Liudmila Nikoláyevna se dirigió al instituto a buscar a Víktor Pávlovich. Al pasar por delante de la casita de

1. Comisión central para el mejoramiento de la vida de los científicos.

los Sokolov, entró en el patio y llamó a la ventana, pero la cortina permaneció bajada: Maria Ivánovna no estaba en casa.

–Víktor Pávlovich acaba de irse al despacho –la informó alguien.

Le dio las gracias, aunque no sabía con quién había hablado, si un conocido o un desconocido, si un hombre o una mujer; y entró en la sala del laboratorio donde como siempre, por lo visto, había pocos que se ocuparan del trabajo. Por lo general, parecía que en el laboratorio los hombres charlaban o fumaban leyendo un libro, mientras las mujeres estaban siempre ocupadas en tricotar, sacarse el esmalte de las uñas o hirviendo té en matraces.

Observó los detalles, decenas de detalles, entre ellos el papel con el que un auxiliar de laboratorio se estaba enrollando un cigarrillo.

En el despacho de Víktor Pávlovich fue recibida con alboroto; Sokolov se acercó a ella con presteza, casi corriendo, y, agitando un gran sobre blanco, dijo:

–Nos dan esperanzas, hay un plan, una perspectiva de reevacuación a Moscú, con todos los bártulos, los aparatos, con las familias. No está mal, ¿no? A decir verdad todavía no se han fijado las fechas. Pero es así.

Su cara animada, sus ojos, le parecieron odiosos. ¿Acaso Maria Ivánovna habría corrido hasta su casa con la misma alegría? No, no. Maria lo habría intuido todo inmediatamente, se lo habría leído en la cara.

Si hubiera sabido que iba a ver tal cantidad de caras alegres, ella, por supuesto, no habría ido a buscar a Víktor. También Víktor estaría alegre, y su alegría aquella noche entraría en casa, también Nadia estaría contenta de irse de la odiada Kazán.

¿Acaso toda esta gente valía la sangre joven con la que se había comprado tanta alegría?

Con aire de reproche, Liudmila levantó la mirada hacia su marido. Y sus ojos sombríos escrutaron los ojos de él, ojos que entendían, llenos de angustia.

Cuando se quedaron a solas, él le confesó que en cuanto la había visto entrar había comprendido que había ocurrido una desgracia.

Leyó la carta y dijo repetidamente:

—Qué hacer, Dios mío, qué hacer...

Víktor Pávlovich se puso el abrigo y juntos se dirigieron a la salida.

—Hoy ya no volveré —anunció a Sokolov, que estaba junto al jefe del departamento de personal, un hombre de alta estatura, de cabeza redonda, vestido con una amplia americana moderna, pero estrecha para su ancha espalda.

Shtrum soltó por un segundo la mano de Liudmila y dijo a media voz a Dubenkov:

—Queríamos empezar a redactar las listas para Moscú, pero hoy no puedo, se lo explicaré más tarde.

—No hay de qué preocuparse, Víktor Pávlovich —respondió Dubenkov con voz de bajo—. De momento no hay prisa. Sólo son planes para el futuro. De todas formas puedo hacer el trabajo preparatorio solo.

Sokolov hizo un gesto con la mano, asintió con la cabeza, y Shtrum entendió que había comprendido la nueva desgracia que le había golpeado.

Un viento gélido corría por las calles levantando el polvo y ora parecía que lo envolvía con una cuerda, ora lo empujaba, tirándolo como grano negro inservible. En aquella helada, en el golpeteo huesudo de las ramas, en el azul helado de los carriles del tranvía, había una dureza implacable.

La mujer volvió hacia él la cara, una cara rejuvenecida por el sufrimiento, demacrada, helada, atenta, que casi parecía rogar a Víktor Pávlovich mientras lo miraba.

Una vez habían tenido una gata joven; en su primera gestación no había logrado parir a sus crías y, agonizante, se había arrastrado hasta Shtrum; chillaba mirándolo con sus ojos claros desorbitados. Pero ¿a quién preguntar, a quién rogar en aquel enorme cielo vacío, en aquella polvorienta tierra despiadada?

—Aquí está el hospital donde yo trabajaba —dijo ella.

–Liuda –le dijo de improviso–, entra ahí, probablemente podrán decirte cuál es el hospital de campaña desde el que ha sido enviada la carta. ¿Cómo no se me ha ocurrido antes?

Vio a Liudmila Nikoláyevna subir los peldaños y hablar con el portero.

Shtrum iba hasta la esquina, y luego volvía a la entrada del hospital. Los viandantes pasaban cerca con bolsas de red que contenían tarros de cristal donde flotaban, en un caldo gris, macarrones y patatas oscuras.

–Vitia –lo llamó su mujer.

Por su voz comprendió que Liudmila se había rehecho.

–Bueno, ya está. Se encuentra en Sarátov. Resulta que el sustituto del médico principal estuvo allí hace poco. Me ha anotado la calle y el número del edificio.

De repente surgieron infinidad de cosas que hacer, de cuestiones por resolver: cuándo partía el barco, cómo obtener el billete, había que preparar el equipaje, reunir provisiones, pedir prestado dinero, conseguir un certificado para justificar que se trataba de un viaje de trabajo.

Liudmila Nikoláyevna partió sin equipaje, sin provisiones y casi sin dinero; subió a cubierta sin billete, en medio de los habituales apretones y el revuelo que se levanta durante un embarco.

Sólo se llevó consigo el recuerdo de las despedidas de su madre, su marido y Nadia en una oscura noche de otoño. Las olas negras rompían contra el casco del barco; el viento golpeaba bajo, aullaba, arrastraba gotas de agua del río.

21

Dementi Trífonovich Guétmanov, secretario del *obkom*[1] de una de las regiones ucranianas ocupadas por los alema-

1. Comité regional del Partido.

nes, había sido nombrado comisario de un cuerpo de tanques que se había formado en los Urales.

Antes de partir a la destinación que le había sido asignada, Guétmanov voló en un Douglas a Ufá, donde había sido evacuada su familia.

Sus camaradas en Ufá se habían ocupado de su familia con esmero: el alojamiento y sus condiciones de vida resultaron ser bastante dignas. Galina Teréntievna, la mujer de Guétmanov, que antes de la guerra era obesa a causa de una enfermedad en el metabolismo, no había adelgazado en absoluto, más bien había ganado peso durante la evacuación. También sus dos hijas y el pequeño, que todavía no iba a escuela, ofrecían un aspecto saludable.

Guétmanov pasó en Ufá cinco días. Antes de partir, algunos de sus allegados fueron a despedirse de él: el hermano menor de su mujer, adjunto a la dirección del Comisariado del Pueblo ucraniano; un viejo camarada de Guétmanov originario de Kiev, Maschuk, que trabajaba para los órganos de seguridad; y Sagaidak, responsable de la sección de propaganda del Comité Central ucraniano.

Sagaidak llegó a las once, cuando los niños estaban ya durmiendo, motivo por el cual todos trataban de hablar en voz baja.

–¿Qué os parece tomar un trago, camaradas? –preguntó Guétmanov–. ¿Un trago de vodka moscovita?

Tomadas por separado, cada una de las partes de Guétmanov era grande: la cabezota de pelo hirsuto que se le estaba volviendo cano, la frente ancha, una nariz carnosa, las palmas de las manos, los dedos, la espalda, el cuello grueso y poderoso. Pero en realidad él mismo, la combinación de esas partes grandes, era bastante pequeño. Y, extrañamente, en aquella cara grande atraían de manera especial y quedaban grabados en la memoria sus ojos diminutos, estrechos, apenas visibles por debajo de sus párpados hinchados. Su color era indefinible, no se sabía qué tonalidad predominaba, si el gris o el azul. Además había en ellos algo penetrante, vivo, insondable.

Galina Teréntievna, tras levantar con agilidad su voluminoso cuerpo, salió de la habitación, y los hombres se callaron como a menudo ocurre en las isbas rurales y también en la ciudad cuando se espera la aparición del licor sobre la mesa. Galina Teréntievna volvió pronto con una bandeja. Era sorprendente que sus manos regordetas hubieran sido capaces de abrir en tan poco tiempo tantas latas de conserva y sacar la vajilla.

Maschuk miró a su alrededor, la amplia otomana, los bordados ucranianos que colgaban de la pared, las hospitalarias botellas y las latas de conserva, y observó:

–Recuerdo que tenía esta otomana en su piso, Galina Teréntievna; es fantástico que la haya transportado hasta aquí, admiro su gran talento para la organización.

–Y debe saberlo –intervino Guétmanov–. Cuando se produjo la evacuación yo ya no estaba en casa. ¡Lo hizo todo ella!

–No se lo iba a dejar a los alemanes, o a los compatriotas –dijo Galina Teréntievna–. Además Dima[1] le tenía tanto apego que, en cuanto llegaba de la oficina del *obkom*, se sentaba en la otomana a leer sus documentos.

–Así que a leer, ¿eh? –preguntó Sagaidak–. Querrás decir a dormir.

La mujer volvió a la cocina, y Maschuk maliciosamente, a media voz, se dirigió a Guétmanov:

–Oh, puedo ver ya a la doctora, la médico militar a la que Dementi Trífonovich pronto conocerá.

–Sí, dispuesto a dar la vida por ella –dijo Sagaidak.

Guétmanov esquivó la cuestión:

–Dejadlo, qué decís, soy un inválido.

–Sí, sí, claro –insistió Maschuk–. ¿Y quién era el que en Kislovodsk volvía a la tienda a las tres de la madrugada?

Los invitados rieron, y Guétmanov lanzó una mirada fugaz pero atenta al hermano de su mujer.

Galina Teréntievna volvió a entrar y, al ver a los hombres riéndose, dijo:

1. Diminutivo de Dementi.

–Basta con que la mujer salga y sólo el diablo sabe qué enseñan a mi pobre Dima.

Guétmanov se puso a servir el vodka en los vasitos, y todos se lanzaron a elegir algo para comer.

Guétmanov, tras mirar el retrato de Stalin que colgaba de la pared, levantó el vaso:

–Bueno, camaradas, el primer brindis será a la salud de nuestro padre, que conserve la salud.

Pronunció estas palabras en tono expeditivo, desenfadado. Esta pretendida sencillez debía significar que para todos era conocida la grandeza de Stalin, pero que los hombres reunidos en torno a la mesa que brindaban por él apreciaban ante todo al hombre sencillo, modesto y sensible. Y Stalin, entornando los ojos desde su retrato, miraba la mesa y el busto opulento de Galina Teréntievna y parecía decir: «Eh, chicos, enciendo la pipa y me siento con vosotros».

–Sí, que nuestro papaíto viva por siempre –dijo el hermano de la anfitriona, Nikolái Teréntievich–. ¿Qué haríamos sin él?

Se volvió para mirar a Sagaidak, que tenía el vaso levantado cerca de sus labios, a la espera de que añadiera algo más, pero Sagaidak miró el retrato pensando: «¿Qué más se puede decir, padre? Tú lo sabes todo». Bebió y todos lo imitaron.

Dementi Trífonovich Guétmanov era originario de Liven, en la provincia de Vorónezh, pero tenía antiguos vínculos con camaradas ucranianos, puesto que durante años había dirigido el trabajo del Partido en Ucrania. Sus lazos con Kiev se habían consolidado a partir de su matrimonio con Galina Teréntievna, cuyos numerosos parientes ocupaban puestos eminentes en el aparato del Partido y del sóviet de Ucrania.

La vida de Dementi Trífonovich era más bien parca en acontecimientos. No había participado en la guerra civil. La policía zarista no lo había perseguido y los tribunales zaristas nunca lo habían exiliado en Siberia. En las conferencias y congresos solía leer sus informes a partir de textos escritos. Leía bien, sin errores, con expresividad, aunque él no fuera el autor de los informes. A decir verdad leerlos era fácil: se los imprimían en caracteres grandes, a doble espacio y con el nombre de Stalin siempre en rojo.

En una época había sido un joven sensato y disciplinado. Quería estudiar en el Instituto de Mecánica, pero lo reclutaron para los órganos de seguridad y pronto se convirtió en el guardia personal de un secretario del *kraikom*[1]. Destacó y lo mandaron a estudiar a la escuela del Partido y, al poco tiempo, fue elegido para trabajar en el aparato del Partido: primero en el departamento de organización e instrucción del *kraikom*, luego en la sección de personal del Comité Central. Un año más tarde se convirtió en instructor de la sección administrativa de los cuadros. Y poco después de 1937, en secretario del *obkom* (como se suele decir, el dueño de la región).

Una palabra suya podía decidir el destino del catedrático de una universidad, de un ingeniero, del director de un banco, del secretario de un sindicato, de un koljós, de una producción teatral.

¡La confianza del Partido! Guétmanov conocía el gran significado de estas palabras. ¡El Partido confiaba en él! Todo el trabajo de su vida, donde no había lugar para grandes libros, ni para descubrimientos famosos, ni para victorias militares, había sido enorme, constante, perseverante, siempre intenso e insomne. El sentido principal y supremo de este trabajo residía en que se ejecutaba por exigencia del Partido y en nombre de sus intereses. La recompensa principal y suprema consistía únicamente en una cosa: la confianza del Partido.

Sus decisiones en cualquier circunstancia, bien se tratara del destino de un niño recluido en un orfanato, de la reorganización de la cátedra de biología, del desalojo del local de la biblioteca, o de una cooperativa que producía artículos de plástico, debían estar impregnadas del espíritu y los intereses del Partido. De espíritu del Partido debía estar im-

1. Comité territorial del Partido.

pregnada la actitud del dirigente en relación con cualquier asunto, libro, cuadro, y por ello, por duro que pudiera ser, debía renunciar sin reservas a sus costumbres, a su libro favorito, si los intereses del Partido chocaban con sus gustos personales. Pero Guétmanov sabía que existía un grado superior de espíritu de Partido: un verdadero líder de Partido no tiene ni gustos ni propensiones susceptibles de entrar en contradicción con el espíritu del Partido; amaba o apreciaba algo en la medida que expresaba el espíritu de Partido.

A veces los sacrificios que hacía Guétmanov en nombre del espíritu de Partido eran crueles y severos. Ahora ya no había ni paisanos, ni profesores a los que desde la juventud se les debía tanto; ahora no debía tener en cuenta ni el amor ni la compasión. Palabras como «dar la espalda», «apoyar», «arruinar», «traicionar» no debían desasosegarle... El espíritu de Partido se manifiesta cuando el sacrificio, un buen día, no es ni siquiera necesario, y no lo es porque los sentimientos personales como el amor, la amistad, la solidaridad, no pueden sobrevivir naturalmente si están en contraposición con el espíritu de Partido.

El trabajo de los hombres que gozan de la confianza del Partido pasa desapercibido. Pero es un trabajo inmenso, exige consumir generosamente cuerpo y alma, sin reservas. La fuerza del dirigente del Partido no requiere el talento del científico, el don del escritor. Está por encima de cualquier talento o don. La palabra dirigente y decisiva de Guétmanov era escuchada con avidez por cientos de personas que poseían el don de la investigación, del canto, de la escritura de libros, aunque Guétmanov no sólo fuera incapaz de cantar, tocar el piano o dirigir una obra teatral, sino que tampoco era capaz de apreciar con gusto y comprender con profundidad las obras de la ciencia, la poesía, la música, la pintura... La fuerza de su palabra decisiva consistía en que el Partido le había confiado sus intereses en el campo del arte y la cultura.

Y la suma de poderes que ostentaba como secretario de la organización del Partido de toda una *oblast*[1] difícil-

---

1. Región.

mente habría podido tenerla un tribuno, un pensador.

A Guétmanov le parecía que la esencia más profunda del concepto «confianza del Partido» se encarnaba en los pensamientos, opiniones y sentimientos de Stalin. En la confianza que él transmitía a los compañeros de armas, comisarios del pueblo, mariscales, residía precisamente la esencia de la línea del Partido.

Los invitados hablaban sobre todo de la nueva destinación asignada a Guétmanov. Comprendían perfectamente que Guétmanov podría haber optado a una destinación más importante; no era raro que los hombres de su posición, cuando recibían misiones bélicas, se convirtieran en miembros de los Consejos Militares y a veces incluso de los Consejos de los frentes.

Tras recibir su nombramiento para el cuerpo del ejército, Guétmanov se sintió inquieto y desilusionado; se informó, sin embargo, por medio de un amigo, miembro del Buró de organización del Comité Central, de si la cúpula estaba descontenta con él. Pero, por lo visto, no había nada de lo que alarmarse.

Entonces Guétmanov, buscando consuelo, empezó a encontrar aspectos positivos de su nombramiento porque, en realidad, el destino de la guerra estaba en manos del cuerpo de tanques; de éste se esperaba la intervención decisiva. No se envía a cualquiera al cuerpo de tanques; es más fácil que un miembro del Consejo Militar sea enviado a un regimiento insignificante en una zona de segunda fila. Con esta elección el Partido le expresaba su confianza. Sin embargo, se sentía disgustado; después de ponerse el uniforme y mirarse al espejo, le habría gustado mucho pronunciar las palabras: «Miembro del Consejo Militar, comisario de brigada Guétmanov».

Por alguna razón el comandante del cuerpo de ejército, el coronel Nóvikov, le provocaba la máxima irritación. Si bien nunca lo había visto, todo lo que sabía y de lo que se enteraba de él le resultaba desagradable.

Los amigos que se sentaban alrededor de él en la mesa comprendían su estado de ánimo y todo lo que le decían a propósito de su reciente nombramiento trataba de ser agradable.

Sagaidak dijo que lo más probable era que enviaran el cuerpo del ejército a Stalingrado; que el camarada Stalin conocía al comandante del frente, el general Yeremenko, desde la época de la guerra civil, incluso antes del primer Ejército de Caballería, y que a menudo hablaba con él por teléfono, y cuando el general estaba de paso por Moscú, el camarada Stalin lo recibía. Recientemente, Yeremenko había estado en la dacha del camarada Stalin, a las afueras de Moscú, y mantuvieron una conversación que duró dos horas. Era bueno combatir bajo el mando de un hombre que gozaba de tanta confianza por parte del camarada Stalin.

Continuaron diciendo que Nikita Serguéyevich[1] se acordaba de Guétmanov por el trabajo que había desarrollado en Ucrania y que la mayor suerte para él sería ser enviado al frente donde Nikita Serguéyevich era miembro del Consejo Militar.

–No es casualidad –dijo Nikolái Teréntievich– que el camarada Stalin haya enviado a Stalingrado a Nikita Serguéyevich. Es el frente decisivo, ¿a quién iba a enviar si no?

–¿Y es casualidad que el camarada Stalin envíe a mi Dementi Trífonovich al cuerpo de tanques? –preguntó Galina Teréntievna con tono desafiante.

–Sí, bueno –replicó con sencillez Guétmanov–, para mí ser destinado a un cuerpo de blindados es como para un primer secretario de un *obkom* ser nombrado secretario de un *raikom*[2]. No es para dar saltos de alegría.

–No... no... –insistió Sagaidak, con semblante serio–. Este nombramiento expresa la confianza que el Partido tiene depositada en ti. *Raikom* sí, pero no uno cualquiera, no un *raikom* rural, sino de Magnitogorsk, de Dnieprodzerzhinsk. Cuerpo del ejército sí, pero no uno cualquiera, sino el de tanques.

1. Jruschov.
2. Comité de distrito del Partido.

Maschuk, por su parte, señaló que el comandante del cuerpo donde Guétmanov había sido destinado como comisario había sido nombrado hacía poco, y que nunca antes había estado al frente de una unidad de semejante relevancia. Esto se lo había dicho un oficial de la sección especial del frente, que recientemente había estado en Ufá.

–También me dijo... –continuó Maschuk y, después de una breve pausa, añadió–: Pero ¿para qué seguir hablándole de esto, Dementi Trífonovich? Usted debe de saber más sobre él que él de sí mismo.

Guétmanov entornó los ojos, ya de por sí estrechos, penetrantes, inteligentes, hasta convertirlos en una fina rendija; aleteó la nariz carnosa y dijo:

–Bueno, ya basta.

Maschuk esbozó una sonrisa apenas perceptible, pero aun así todos los presentes la advirtieron. Era extraño, asombroso..., aunque Maschuk tenía parentesco con los Guétmanov por partida doble y durante las reuniones familiares se comportaba como un hombre modesto, amable, amante de las bromas, los Guétmanov, no obstante, sentían cierta tensión al escuchar aquella voz suave y engatusadora, al mirar aquellos ojos oscuros y tranquilos, aquella cara pálida y alargada. Al propio Guétmanov no le extrañaba esta sensación, comprendía la fuerza que había detrás de Maschuk: éste sabía cosas que él a veces todavía ignoraba.

–¿Y qué clase de hombre es? –preguntó Sagaidak.

Guétmanov respondió con condescendencia:

–Es uno de esos que han sido promocionados durante la guerra, y que antes no se había destacado por nada en especial.

–¿No formaba parte de la *nomenklatura*? –insinuó sonriendo el hermano de la anfitriona.

–¿La *nomenklatura*? ¡Qué va! –dijo Guétmanov haciendo un gesto con la mano–. Pero es un hombre útil, un buen tanquista, según dicen. Y su jefe de Estado Mayor es el general Neudóbnov. Lo conocí en el XVIII Congreso del Partido. Es un hombre sensato.

Maschuk insistió:

–¿Neudóbnov? ¿Illarión Innokéntievich? Cómo no. Comencé a trabajar con él, después el destino nos separó. Antes de la guerra me lo encontré en la sala de recepción de Lavrenti Pávlovich[1].

–El destino os separó... –repitió sonriendo Sagaidak–. Enfócalo dialécticamente: busca la identidad y la unidad, y no la contradicción.

Maschuk replicó:

–En tiempo de guerra todo se trastoca. Un coronel cualquiera asciende a comandante de un cuerpo de ejército, ¡y Neudóbnov se convierte en su subordinado!

–No tenía experiencia militar. Conviene tenerlo en cuenta –observó Guétmanov.

Maschuk no salía de su asombro:

–¿Bromeas? ¡Neudóbnov! Hubo un tiempo en que una palabra suya era determinante. Forma parte de la vieja guardia, es miembro del Partido desde antes de la Revolución. ¡Tiene una enorme experiencia militar y de trabajo al servicio del Estado! Durante un tiempo su nombre sonó como posible miembro del Sóviet Supremo.

Los otros invitados asintieron.

Resultaba cómodo compadecer a Neudóbnov para poder consolar a Guétmanov.

–Sí, la guerra lo ha enmarañado todo; ojalá acabe pronto –dijo el hermano de la anfitriona.

Guétmanov levantó la mano con los dedos abiertos en dirección a Sagaidak y dijo:

–¿Conoce usted a Krímov, un moscovita que dio una ponencia en Kiev sobre la situación internacional para el grupo de conferenciantes del Comité Central?

–¿Fue poco antes de la guerra? ¿Aquel desviacionista que trabajaba en el Komintern?

–Sí, el mismo. Pues, mi comandante tiene intención de casarse con su ex mujer.

Quién sabe por qué, la noticia divirtió a todos, aunque

1. Beria.

ninguno de los presentes conocía a la ex mujer de Krímov ni al comandante con quien ella pensaba casarse.

–Sí, no en vano nuestro amigo Guétmanov comenzó con nosotros, en los órganos de seguridad. De hecho ya está al corriente del futuro matrimonio –dijo Maschuk.

–No tiene un pelo de tonto, digámoslo claro –dijo Nikolái Teréntievich.

–Cómo no... Al Alto Mando no le gustan los papanatas.

–Sí, nuestro Guétmanov no es un papanatas –corroboró Sagaidak.

Maschuk dijo en un tono serio y prosaico, como si se encontrara en su despacho:

–Sí, recuerdo a este Krímov de su visita a Kiev, un tipo algo turbio. Durante años ha estado relacionado con toda clase de trotskistas y derechistas. Y si lo miráramos con lupa, lo más seguro es que...

Hablaba de manera sencilla, sin rebozo, lo hacía con tanta naturalidad como lo habría hecho el director de una fábrica de géneros de punto o el profesor de una escuela técnica. Pero todos comprendían que esta sencillez y libertad sólo eran aparentes; Maschuk sabía mejor que nadie de qué se podía hablar y de qué no se debía hablar. Guétmanov, al que le gustaba dejar perplejo a sus interlocutores con su audacia, sencillez y sinceridad, era consciente de la profundidad oculta bajo la superficie de una conversación viva y animada.

Sagaidak, que por norma se mostraba más pensativo, preocupado y reconcentrado que el resto de los invitados, no quería que decayera la atmósfera de ligereza y explicó despreocupadamente a Guétmanov:

–La mujer lo ha abandonado porque es un hombre poco de fiar.

–Si fuera por ese motivo estaría bien –sentenció Guétmanov–. Pero tengo la impresión de que es mi comandante el que quiere casarse con una mujer no del todo de fiar.

–Bueno, déjalo –dijo Galina Teréntievna–. Mira que preocuparse por eso... Lo principal es que se amen.

–Cierto, el amor es importante; eso todo el mundo lo

sabe y lo comprende –dijo Guétmanov–. Pero además hay otras cosas que algunos soviéticos olvidan.

–Es cierto –confirmó Maschuk–, y no debemos olvidarnos.

–Y después algunos se asombran porque el Comité Central no ha ratificado un nuevo nombramiento, por qué éste y por qué aquél. Pero ¿qué han hecho para merecer la confianza del Partido?

De repente, Galina Teréntievna dijo sorprendida, con voz cantarina:

–Me parece extraña la conversación que estáis manteniendo, como si no hubiera guerra, y los únicos problemas fueran con quién se va a casar un comandante y quién es el ex marido de su futura mujer. Pero ¿contra quién vais a combatir, Dima?

Miraba con aire de burla a los hombres y sus bellos ojos castaños guardaban cierto parecido con los pequeños ojos del marido, tal vez porque tenían la misma intensidad penetrante.

–¿Y dónde puede olvidarse uno de la guerra? Nuestros hijos y hermanos parten de todos lados hacia la guerra, desde la cabaña del último koljós hasta el Kremlin. Esta guerra es grande y patriótica.

–El camarada Stalin tiene en la guerra a su hijo Vasili, piloto de cazas; el hijo del camarada Mikoyán combate en la aviación; y he oído que también Lavrenti Pávlovich tiene a su hijo en el frente, en no sé qué ejército. Luego Timur Frunze, el teniente, parece que en infantería... Después también, ¿cómo se llama...?, Dolores Ibárruri, su hijo cayó en Stalingrado.

–El camarada Stalin tiene a dos hijos en el frente –corrigió el hermano de la anfitriona–. El segundo, Yákov, está al mando de una batería de artillería. Para ser más exactos, él es el primogénito, Vaska[1] es el menor y Yákov el mayor. Un muchacho desventurado: ha caído prisionero.

Se calló al darse cuenta de que había tocado un tema

---

1. Diminutivo de Vasili.

del que, según la opinión de los viejos camaradas, no había que hablar.

Nikolái Teréntievich quiso romper el silencio y dijo en tono despreocupado y alegre:

–A propósito, los alemanes lanzan falsas octavillas como si Yákov Stalin les proporcionara información de buena gana.

Pero el vacío en torno a él se volvió todavía más inquietante. Había sacaso a colación un tema que no había que mencionar ni en broma ni en serio, algo sobre lo que convenía guardar silencio. Expresar indignación ante rumores sobre las relaciones de Iósif Vissariónovich[1] con su mujer sería una equivocación no menor que propagar dichos rumores. La conversación ya de por sí era inadmisible.

Guétmanov se volvió de repente hacia la mujer y dijo:

–Mi corazón está allí donde el camarada Stalin ha tomado el asunto entre sus manos, y lo tiene tan bien agarrado que los alemanes tienen miedo.

Nikolái Teréntievich buscó los ojos de Guétmanov, con mirada de culpabilidad.

Pero estaba claro que alrededor de la mesa no estaban sentadas personas quisquillosas, que no se habían reunido para hacer de una observación torpe una historia seria, un problema.

Sagaidak intervino con tono distendido y cordial, apoyando ante Guétmanov a Nikolái Teréntievich:

–Así es, y ahora vamos a intentar no cometer estupideces en nuestro trabajo.

–Y no hablar más de la cuenta –añadió Guétmanov.

El hecho de que hubiera expresado casi abiertamente su reproche en lugar de pasarlo por alto ponía de manifiesto su perdón a Nikolái Teréntievich, y Sagaidak y Maschuk asintieron en señal de aprobación.

Nikolái Teréntievich sabía que aquel incidente trivial, fuera de tono, sería olvidado, pero también sabía que no lo sería del todo. Tarde o temprano tendría lugar una conver-

---

1. Stalin.

sación sobre una vacante que cubrir, una promoción, un encargo de especial responsabilidad, y cuando se propusiera a Nikolái Teréntievich, Guétmanov, Sagaidak y Maschuk asentirían, pero alguno esbozaría una sonrisa; y al ser interrogado por un interlocutor meticuloso, diría: «Tal vez un poco imprudente», y mostraría ese poco con la punta del meñique.

En el fondo de su alma todos comprendían que los alemanes no mentían demasiado respecto a Yákov. Pero precisamente por eso no había que tocar el tema.

Sagaidak comprendía estos asuntos mejor que nadie. Durante mucho tiempo había trabajado en un periódico; primero había dirigido la sección de información, después la sección de agricultura; luego, durante casi dos años, fue redactor del principal periódico de Kiev. Consideraba que el principal objetivo de su periódico era instruir al lector y no ofrecer sin análisis información caótica sobre los acontecimientos más diversos, a menudo fortuitos. Si el redactor jefe Sagaidak lo estimaba oportuno podía obviar cualquier acontecimiento: guardar silencio sobre una pésima cosecha, un poema ideológicamente poco apropiado, un cuadro formalista, una epizootia de ganado, un terremoto, el hundimiento de un acorazado, no ver la fuerza de una ola oceánica que de golpe había engullido a miles de personas, o un enorme incendio en una mina. A su modo de ver estos acontecimientos no tenían significado y, por tanto, no debían ocupar la mente del lector, el periodista o el escritor. A veces había necesitado dar explicaciones específicas sobre uno u otro acontecimiento de la vida, y resultaba que tales explicaciones eran sorprendentemente audaces, insólitas, contradictorias con el saber común. Le parecía que su fuerza, su experiencia, su competencia como redactor jefe se manifestaba en la habilidad que tenía para trasladar a la conciencia de los lectores sólo aquellas opiniones que servían al objetivo de educarlos.

Cuando durante la época de la colectivización total se detectaron excesos flagrantes, Sagaidak –antes de la aparición del artículo de Stalin «El vértigo del éxito»– había escrito que la hambruna en el periodo de la colectivización total obedecía al hecho de que los kulaks enterraban el grano, no comían pan adrede y se hinchaban; morían incluso pueblos enteros, incluidos niños y ancianos, con el único objeto de perjudicar al Estado soviético.

En el mismo periódico se publicaban artículos sobre los comedores de los koljoses, donde los niños comían a diario caldo de pollo, empanadillas de carne y croquetas de arroz. Pero los niños se consumían y se les hinchaban las barrigas a causa del hambre.

Estalló la guerra, una de las guerras más cruentas y sangrientas que Rusia haya conocido en mil años de existencia. Y he aquí que en la sucesión de pruebas particularmente crueles de las primeras semanas y los primeros meses de la contienda, el fuego destructor desveló el curso real, verdadero, fatídico de los acontecimientos: la guerra era el árbitro de todos los destinos, incluso del destino del Partido. Pero este periodo terrible pasó. Y enseguida el dramaturgo Korneichuk se entregó a la tarea de plasmar en su obra *El frente* que los fracasos de la guerra habían sido causados por generales estúpidos que no habían sabido ejecutar las órdenes del mando supremo, que nunca se equivocaba.

Aquella noche Nikolái Teréntievich no fue el único al que le tocó pasar un momento desagradable. Maschuk hojeaba un álbum encuadernado en piel y de gruesas páginas de cartón donde había pegadas fotografías cuando de repente enarcó expresivamente las cejas. Aquel gesto atrajo sin querer la atención de todos hacia el álbum. En una fotografía aparecía Guétmanov en el despacho que tenía antes de la guerra como secretario de *obkom*: estaba sentado a un escritorio amplio como la estepa, y vestido con una guerrera semimilitar, y encima de él colgaba un retrato de Stalin de un tamaño tan grande como sólo puede haber en el despacho de un secretario de *obkom*. La cara de Stalin en el retrato estaba pintarrajeada con un lápiz de color: le habían dibujado una barba puntiaguda azul en el mentón y de las orejas le colgaban unos pendientes azul claro.

–¡Qué travieso! –exclamó Guétmanov, juntando las manos en señal de asombro, como hacen las mujeres.

Galina Teréntievna, apesadumbrada, repetía, mirando a sus invitados:

–Deben saber que ayer mismo antes de dormirse me dijo: «Quiero al tío Stalin tanto como a mi papá».

–Es una travesura infantil –dijo Sagaidak.

–No, no es una travesura, es un acto vandálico –suspiró Guétmanov.

Lanzó una mirada escrutadora a Maschuk. Y ambos, en ese momento, recordaron la misma historia que había sucedido antes de la guerra: el sobrino de un paisano suyo, un estudiante del Politécnico, había disparado en la residencia con una escopeta de aire comprimido contra el retrato de Stalin.

Sabían que aquel estudiante imbécil bromeaba y que no tenía ningún fin político o terrorista. Su tío, un buen hombre, director de la Estación de Máquinas y Tractores, había pedido a Guétmanov que salvara a su sobrino.

Guétmanov, después de una reunión de la oficina del *obkom*, habló con Maschuk del asunto.

–Ya no somos niños, Dementi Trífonovich. ¿Qué importancia tiene que sea culpable o no? Pero si ignoro este caso, cabe la posibilidad de que mañana informen en Moscú al propio Lavrenti Pávlovich: Maschuk tuvo una actitud liberal hacia alguien que disparó contra el retrato del gran Stalin. Hoy estoy en este despacho, pero mañana puedo acabar como polvo en un campo de trabajo. ¿Quiere asumir esta responsabilidad? Esto es lo que dirán: hoy contra el retrato, mañana contra otra cosa; y se ve que a Guétmanov el chico le cae simpático o le ha gustado su acto. ¿Y bien? ¿Asume la responsabilidad?

Al cabo de uno o dos meses, Guétmanov le preguntó a Maschuk:

–Bueno, ¿cómo ha ido con el tirador?

Maschuk, mirándolo con ojos tranquilos, respondió:

–No vale la pena que preguntes por él, ha resultado ser un canalla, un kulak hijo de puta. Lo reconoció todo durante el interrogatorio.

Y ahora Guétmanov, mirando con ojos escrutadores a Maschuk, repitió:

–No, no se trata de una chiquillada.

–Vamos –lo interrumpió Maschuk–, no tiene ni cinco años, hay que tener en cuenta su edad.

Sagaidak habló con un tono tan afectuoso que todos los presentes sintieron la calidez de sus palabras:

–Con toda honestidad os diré que me faltan fuerzas para ser tan estricto con los niños. Sería necesario, pero me falta coraje. Lo único que me importa es que tengan buena salud...

Todos miraron a Sagaidak con compasión. No era un padre feliz. Su hijo mayor, Vitali, todavía estudiante de noveno curso, llevaba mala vida. Un día incluso la milicia lo había arrestado por haber participado en una pelea en un restaurante; su padre tuvo que telefonear al comisario popular adjunto de Asuntos Interiores para tapar el escándalo en el que estaban implicados los hijos de eminentes personalidades, generales, académicos, la hija de un escritor, la hija del comisario popular de Agricultura. Durante la guerra el joven Sagaidak quería entrar en el ejército como voluntario, y su padre lo inscribió en un curso de dos años en una academia de artillería. Vitali fue expulsado por indisciplina y bajo amenaza de ser enviado al frente con la primera compañía de refuerzo.

Hacía un mes que el joven Sagaidak estudiaba en la escuela de mortero y, para alborozo de sus padres, todavía no había hecho ninguna de las suyas; tenían esperanzas pero, en el fondo, se temían lo peor.

El segundo hijo de Sagaidak, Ígor, con tan sólo dos años de edad había sufrido una parálisis y, a consecuencia de la enfermedad, quedó lisiado: se desplazaba con muletas, sus flacas piernecitas eran endebles. El pequeño Ígor no podía ir a la escuela, eran los profesores los que iban a darle clases a casa. Era un alumno aplicado y trabajador.

No había en toda Ucrania, ni en Moscú, Leningrado o Tomsk, un solo neuropátologo eminente al que los Sagaidak pudieran consultar sobre Ígor. No había ningún nuevo medicamento en el extranjero que Sagaidak no hubiera conseguido por medio de representaciones comerciales o embajadas. Sabía que podían reprocharle aquel amor excesivo, pero al mismo tiempo sabía que ése no era un pecado mortal. De hecho también él, tras conocer el fuerte sentimiento paterno de varios oficiales regionales, tenía en cuenta que las nuevas generaciones amaban de manera particularmente profunda a sus hijos. Sabía que le perdonarían por haber traído una curandera en avión desde Odessa para que visitara a Ígor, así como por la hierba que se había hecho enviar a Kiev por un viejo sacerdote del Extremo Oriente en un paquete de correo especial.

–Nuestros líderes son personas especiales –dijo Sagaidak–. No me refiero al camarada Stalin, huelga decirlo, sino a sus colaboradores más estrechos... Ponen siempre al Partido por encima de sus sentimientos paternos.

–Sí, pero saben comprender; no pueden esperar de todos el mismo comportamiento –dijo Guétmanov y aludió a la severidad que manifestaba un secretario del Comité Central respecto al hijo, que había cometido una falta.

La conversación en torno a los niños prosiguió con un tono diferente, íntimo y sencillo. Al parecer, toda la fuerza interior de aquellos hombres, toda su capacidad de alegrarse dependía sólo de que las mejillas de sus Tániechkas o sus Vitalis estuvieran bien sonrosadas, de que les trajeran buenas notas de la escuela a medida que pasaban de curso.

Galina Teréntievna comenzó a hablar de sus hijas:

–Hasta los cuatro años la pequeña Svetlana estuvo enferma; tenía colitis continuas, la niña estaba extenuada. Y sólo le ha curado una cosa: manzana cruda rallada.

Guétmanov intervino:

–Hoy delante de la escuela me dijo: «En la escuela, a Zoya y a mí nos llaman las hijas de general». Zoya se puso a reír y la descarada me dijo: «Hija del general, vaya honor... A nuestra clase va la hija de un mariscal: ¡eso sí que es algo!».

–Ya veis –dijo alegremente Sagaidak–, no es fácil contentarlos. Hace pocos días, Ígor me dijo: «Tercer secretario... no es nada del otro mundo».

Nikolái también habría podido contar muchas anécdotas divertidas sobre sus hijos, pero comprendía que sería una inconveniencia hablar de la inteligencia de sus hijos mientras se hablaba de la de Ígor y las hijas de Guétmanov.

Maschuk, pensativo, dijo:

–Nuestros padres en el campo no trataban con tantos miramientos a sus hijos.

–Y no por ello los querían menos –dijo el hermano de la anfitriona.

–Los querían, por supuesto, pero bien que les zurraban, o a mí por lo menos.

Guétmanov añadió:

–Me acuerdo de que mi difunto padre partió a la guerra en 1915. No os riáis, alcanzó el grado de suboficial, fue condecorado dos veces con la cruz de San Jorge. Mi madre lo equipó: le metió en el petate un jersey, una camiseta, unos calcetines, huevos cocidos y panecillos, mientras mi hermana y yo estábamos acostados en la cama y lo vimos, al alba, sentarse a la mesa por última vez. Fue a buscar una tina de agua, que se encontraba en el zaguán, y cortó leña. Mi madre siempre se acordaba.

Miró el reloj y dijo:

–Oh...

–Mañana es el día –dijo Sagaidak y se levantó.

–El avión sale a las siete.

–¿Desde el aeropuerto civil? –preguntó Maschuk.

Guétmanov asintió.

–Mejor –dijo Nikolái Teréntievich y se levantó también él–. El militar se encuentra a quince kilómetros.

–¿Qué importancia tiene eso para un soldado? –dijo Guétmanov.

Empezaron a despedirse, hacer ruido, reírse, abrazarse, y cuando los invitados ya estaban en el pasillo con el abrigo y los sombreros puestos, Guétmanov dijo:

–El soldado puede acostumbrarse a todo, a calentarse

con humo y afeitarse con una lezna. Pero hay algo a lo que nunca puede habituarse: a vivir separado de los hijos.

Y por su voz, la expresión de la cara y las miradas de los que se iban, era evidente que ya no bromeaban.

22

Por la noche, Dementi Trífonovich, en uniforme, escribía sentado a la mesa. Su mujer, en bata, sentada a su lado, seguía con la mirada su mano. Él dobló la carta y dijo:

—Va dirigida al director sanitario regional en caso de que necesites un tratamiento especial o tengas que salir de la ciudad para una consulta. Tu hermano se ocupará del permiso y el médico te extenderá un certificado.

—¿Has escrito la autorización para recibir el cupo de raciones? —preguntó la mujer.

—No es necesario —respondió él—. Basta con que telefonees al responsable del *obkom* o, mejor todavía, a Puzichenko directamente, él se ocupará de todo.

Ordenó la pila de cartas que había escrito, las autorizaciones y notas, y concluyó:

—Bueno, me parece que esto es todo.

Permanecieron en silencio.

—Tengo miedo por ti, mi amor —dijo la mujer—. Te vas a la guerra.

Él se levantó.

—Cuida de ti y de los niños. ¿Has metido el coñac en la maleta?

—Sí, sí. ¿Te acuerdas de hace dos años, antes de volar a Kislovodsk? Escribiste las autorizaciones al amanecer, exactamente igual que hoy.

—Ahora los alemanes están en Kislovodsk —dijo Guétmanov.

Después deambuló por la habitación, aguzando el oído.

—¿Están durmiendo?

–Claro que están durmiendo –respondió Galina Teréntievna.

Fueron a la habitación de los niños. Era extraordinario
cómo aquellas dos figuras corpulentas y recias se movían en
la penumbra sin hacer el menor ruido. Sobre la blanca tela
de la almohada resaltaban las cabezas oscuras de los niños
dormidos. Guétmanov se detuvo a escuchar su respiración.

Se llevó la mano al pecho, ante el temor de que los vio-
lentos latidos de su corazón perturbaran su sueño. Allí, en
la penumbra, le embargó un sentimiento profundo y angustioso de ternura, inquietud y piedad hacia aquellos niños. Le entraron unas ganas locas de abrazar a su hijo, a
sus hijas, de besar sus caras soñolientas. Estaba abrumado
por una ternura impotente, un amor incontrolado; se sentía perdido, turbado, débil.

No le asustaban ni le agitaban los pensamientos de la
nueva responsabilidad que debía asumir. Con frecuencia
había tenido que emprender nuevos trabajos y nunca le había costado encontrar la línea correcta que seguir. Sabía
que lo mismo ocurriría con el cuerpo de tanques.

Pero ¿qué hacer para reconciliar la férrea austeridad
con la ternura, con el amor que no sabe de leyes ni líneas
del Partido?

Miró a su mujer, que apoyaba la mejilla sobre la mano,
como una campesina. En la penumbra su cara parecía más
delgada, joven, tal como era la primera vez que habían ido
al mar, poco después de casarse, a la casa de reposo «Ucrania», justo a la orilla del mar.

Bajo la ventana sonó un ligero toque de claxon: era el
automóvil del *obkom*. Guétmanov se volvió una vez más
hacia los niños y abrió los brazos, expresando con ese gesto toda su impotencia ante un sentimiento que no podía
dominar.

En el pasillo, después de las palabras y los besos de despedida, se puso la pelliza y el gorro alto de piel, esperando
a que el chófer se hiciera cargo de las maletas.

–Ya está –dijo; y de repente se quitó el gorro, dio un
paso en dirección a su mujer y la abrazó de nuevo.

Y en esa nueva y última despedida, cuando a través de la puerta entreabierta el viento húmedo y frío de la calle se mezcló con el calor de la casa, cuando la piel áspera y curtida de la pelliza rozó con la seda perfumada de la bata, ambos sintieron que sus vidas, hasta ahora una sola cosa, se escindían en dos y la angustia les abrasó los corazones.

23

Yevguenia Nikoláyevna Sháposhnikova, la hermana menor de Liudmila, se había instalado en Kúibishev con una vieja alemana, Jenny Guenríjovna Guenrijson, que hacía mucho tiempo había trabajado como institutriz en casa de los Sháposhnikov.

A Yevguenia Nikoláyevna le resultaba extraño, después de Stalingrado, compartir una pequeña habitación tranquila con una viejecita que no dejaba de asombrarse de cómo una niña con dos trenzas se había convertido en una mujer adulta.

Jenny Guenríjovna vivía en un cuartucho sombrío que en un tiempo había estado destinado al servicio en aquel enorme piso que había pertenecido a unos comerciantes. Ahora en cada habitación vivía una familia, y cada habitación estaba dividida con ayuda de biombos, cortinas, alfombras, respaldos de sofás en rincones y esquinas, donde se dormía, comía, recibía a invitados, y donde la enfermera ponía inyecciones a un anciano paralítico.

Por la noche la cocina zumbaba con las voces de los inquilinos.

A Yevguenia Nikoláyevna le gustaba aquella cocina con las bóvedas llenas de hollín y el fuego rojo negro de los hornillos de petróleo.

Entre la lencería que se secaba en los cordeles se oía el alboroto de los inquilinos en batas, chaquetones guateados, guerreras. Los cuchillos resplandecían. Las mujeres que estaban lavando arrodilladas ante las tinas y los barreños levantaban nubes de vapor. La amplia cocina nunca se encendía y sus lados recubiertos de azulejos blanquecían fríos como laderas nevadas de un volcán hace tiempo extinguido.

En el apartamento vivía la familia de un estibador que había partido para el frente, un ginecólogo, un ingeniero de una fábrica de armamento, una madre soltera que trabajaba como cajera en una tienda, la viuda de un peluquero caído en el frente, el administrador de una oficina de correos y, en la habitación más grande, la antigua sala de estar, vivía el director de una policlínica.

El apartamento era espacioso, como una ciudad, e incluso tenía a su loco, un viejecito silencioso con ojos de cachorro manso y amable.

Vivían todos hacinados, pero al mismo tiempo aislados; se enfadaban, luego se reconciliaban; encubrían los detalles de sus vidas para luego compartir con sus vecinos todas y cada una de sus cuestiones íntimas.

A Yevguenia Nikoláyevna le entraban ganas de retratar no tanto los objetos y los habitantes de la casa, como el sentimiento que suscitaban en ella. Se trataba de un sentimiento tan enrevesado y difícil que ni siquiera un gran artista podría pintarlo. Surgía de la fusión de la potente fuerza militar del pueblo y del Estado con aquella cocina oscura y mísera, con sus chismes y mezquindades; de una unión donde convivía el acero mortal de las armas con las cacerolas de cocina y las mondas de patatas. La expresión de ese sentimiento rompería toda línea, alteraría los contornos, y tomaría la forma en una relación aparentemente absurda de imágenes fragmentarias y manchas luminosas.

La viejecita Guenrijson era una criatura tímida, dócil y servicial. Llevaba un vestido negro con un cuello blanco y tenía las mejillas siempre sonrosadas a pesar de su hambre persistente.

En su mente habitaban recuerdos de las travesuras de Liudmila cuando ésta era una colegiala de primer curso, de los balbuceos infantiles de la pequeña Marusia, y de cómo Dmitri con dos años había entrado una vez en el comedor vestido con su delantalito y gritando: «Hora de ñam-ñam, hora de ñam-ñam».

Ahora Jenny Guenríjovna trabajaba como empleada doméstica para la familia de una dentista: cuidaba de la madre enferma de la patrona. A veces la dentista viajaba por la región durante cinco o seis días por mandato del Departamento de Sanidad; en aquellas ocasiones Jenny Guenríjovna se quedaba a dormir en su casa para ayudar a la vieja inválida que, después de la última apoplejía, apenas lograba mover las piernas.

Jenny no tenía ningún sentido de la propiedad, y no hacía más que excusarse ante Yevguenia Nikoláyevna, a quien pedía permiso para abrir la ventana de ventilación a fin de que su viejo gato tricolor pudiera dar rienda suelta a su celo. Sus intereses y preocupaciones principales estaban centrados en el gato: temía molestar a los vecinos.

Un vecino de piso, el ingeniero Draguin, que regentaba un taller, miraba con cruel mofa su cara arrugada, su talle esbelto y seco como el de una niña, sus quevedos que le colgaban de un cordón negro. A la naturaleza plebeya de aquel vecino le sublevaba que la vieja permaneciera fiel a sus recuerdos del pasado y que contara con sonrisa idiota y beata cómo antes de la Revolución llevaba a pasear en carroza a sus pupilos, así como sus días como dama de compañía de *madame* en sus viajes a Venecia, París y Viena. Muchos de los «pequeños» que había educado habían luchado junto a los generales blancos Denikin o Wrangel durante la guerra civil y habían sido asesinados por soldados rojos, pero a la viejecita sólo le interesaban los recuerdos sobre la escarlatina, difteria o colitis que habían padecido de pequeños.

Yevguenia Nikoláyevna le decía a Draguin:

—Nunca he conocido a nadie tan dulce y sumiso. Créame, es la mejor persona de todos los que vivimos en este piso.

Draguin miraba a los ojos de Yevguenia Nikoláyevna con un descaro típicamente masculino y respondía:

–Canta, pajarito, canta. Camarada Sháposhnikova, usted se ha vendido a los alemanes por unos pocos metros cuadrados.

Jenny Guenríjovna, al parecer, no amaba a los niños sanos. A menudo hablaba a Yevguenia Nikoláyevna de su pupilo más enclenque, el hijo de un obrero judío. Todavía conservaba sus dibujos y cuadernos y siempre rompía a llorar cuando describía la muerte de este pacífico niño.

Hacía muchos años desde que había vivido con los Sháposhnikov, pero se acordaba de todos los nombres y motes de los niños, y lloró cuando se enteró de la muerte de Marusia; había empezado a escribir una carta para Aleksandra Vladímirovna, que ahora estaba en Kazán, pero nunca había conseguido terminarla.

A las huevas de lucio les llamaba caviar y contaba a Zhenia que antes de la guerra los niños desayunaban una taza de caldo fuerte y una loncha de carne de ciervo.

Daba casi toda su ración a su gato, al que llamaba «mi niño plateado». El gato la quería con locura y, aunque era un animal salvaje y desconfiado, al ver a la viejecita se transformaba en una criatura cariñosa y alegre.

Draguin a menudo la interrogaba sobre cuál era su opinión respecto a Hitler: «Entonces, ahora seguro que estará contenta, ¿no es cierto?»; pero la astuta viejecita se había declarado antifascista y tildaba al Führer de caníbal.

Apenas servía para algo: no sabía lavar ni cocinar, y cuando iba a la tienda para comprar cerillas, el vendedor siempre se las ingeniaba para cortar de su cupón las provisiones mensuales de carne y azúcar.

Decía que los niños actuales no se parecían en nada a los niños de la época que ella llamaba «de paz». Todo había cambiado, incluso los juegos: las niñas del tiempo «de paz» jugaban al aro, al diábolo con palos lacados, o con una pelota colorada medio deshinchada que llevaban en una redecilla blanca de la compra. Los de hoy, sin embargo, jugaban al voleibol, nadaban estilo crol, en invierno se ponían pantalones de esquí para jugar a jockey, gritaban y silbaban.

Sabían más que la propia Jenny Guenríjovna sobre alimentos, abortos y maneras fraudulentas de adquirir cartillas de racionamiento, sobre tenientes y tenientes coroneles que traían del frente manteca y conservas a otras mujeres que no eran las suyas.

A Yevguenia Nikoláyevna le gustaba escuchar los recuerdos de la vieja alemana sobre sus años de infancia, su padre, su hermano Dmitri, del que Jenny Guenríjovna se acordaba especialmente bien: a menudo enfermaba de tosferina y difteria.

Un día Jenny Guenríjovna le dijo:

−Me acuerdo de la última familia para la que trabajé en 1917. El *monsieur* era ministro de Hacienda, se paseaba por el comedor y decía: «Estamos acabados, queman las fincas, han parado las fábricas, la moneda se devalúa, saquean las cajas de caudales». Y les pasó exactamente igual que a ustedes, toda la familia se dispersó. *Monsieur, madame* y *mademoiselle* huyeron a Suecia, mi pupilo se fue como voluntario con el general Kornílov, y *madame* lloraba: «Todos los días nos despedimos, el fin está cerca».

Yevguenia Nikoláyevna sonrió con tristeza y no respondió.

Una noche un comisario de policía llevó una citación a Jenny Guenríjovna. La vieja alemana se puso su sombrero de flores blancas y pidió a Zhénechka que diera de comer al gato; ella iría a la policía y de allí directamente al trabajo, adonde la madre de la dentista; le prometió que volvería un día después. Al volver del trabajo, Yevguenia Nikoláyevna encontró la habitación patas arriba y los vecinos le dijeron que Jenny Guenríjovna había sido arrestada.

Yevguenia Nikoláyevna fue a hacer indagaciones. En la milicia le dijeron que la viejecita había partido con un convoy de alemanes hacia el norte.

Al día siguiente se presentó un comisario de policía junto con el administrador de la casa y cogieron una cesta sellada llena de ropa vieja, fotos y cartas amarillentas.

Yevguenia se dirigió al NKVD[1] para averiguar cómo podía enviarle a la viejecita una prenda de abrigo. El hombre de la ventanilla le preguntó:

–¿Y usted quién es? ¿Una alemana?

–No, soy rusa.

–Váyase a casa. No incordie haciendo preguntas.

–Sólo he venido para saber cómo puedo mandarle ropa de invierno.

–¿No lo ha entendido? –dijo el hombre de la ventanilla con una voz tan tranquila que Yevguenia Nikoláyevna se asustó.

Aquella noche oyó a algunos inquilinos que hablaban de ella en la cocina.

Una voz dijo:

–La verdad, no es correcto obrar así.

Una segunda voz le respondió:

–Para mí ha sido lista. Primero puso un pie, luego informó de la vieja a quien correspondiera; la ha despachado y ahora es la dueña de la habitación.

Una voz masculina dijo:

–¿Una habitación? Un cuartucho, mejor dicho.

Una cuarta voz intervino:

–Sí, una mujer así siempre se sale con la suya. Habrá que andarse con cuidado...

El destino del gato fue triste. Dormitaba abatido en la cocina mientras los vecinos discutían qué hacer con él.

–¡Maldito alemán! –decían las mujeres.

Inesperadamente, Draguin declaró que estaba dispuesto a colaborar en la alimentación del gato. Pero el gato no vivió mucho tiempo sin Jenny Guenríjovna porque una de sus vecinas, no se sabe si por accidente o por maldad, lo escaldó con agua hirviendo, y murió.

---

1. NKVD: siglas de *Narodni Komissariat Vnútrennij Del* (Comisariado Popular de Asuntos Interiores). Órgano de la seguridad del Estado entre 1934 y 1941, sucesor de la OGPU.

24

A Yevguenia Nikoláyevna le gustaba su existencia solitaria en Kúibishev.

Probablemente nunca había sido tan libre como ahora. A pesar de las dificultades de la vida, se sentía ligera y emancipada. Durante mucho tiempo, hasta que no obtuvo el permiso de residencia[1], no tuvo derecho a cartilla de racionamiento y sólo podía comer una vez al día en el comedor con los cupones de comida. Ya desde la mañana pensaba en el momento de entrar al comedor y que le dieran un plato de sopa.

En aquella época apenas pensaba en Nóvikov. En cambio pensaba cada vez con mayor frecuencia en Krímov, casi constantemente; pero la luminosidad interna, la carga afectiva, era más bien escasa.

El recuerdo de Nóvikov se encendía y apagaba sin atormentarla.

Pero un día, en la calle, vio de lejos a un soldado alto con un capote largo, y por un instante le pareció que se trataba de Nóvikov. Se le entrecortó la respiración, le flaquearon las piernas, sintió que la felicidad la embargaba, que se apoderaba de ella. Un minuto más tarde comprendió que se había equivocado y enseguida olvidó su emoción.

Por la noche se despertó de pronto y pensó: «¿Por qué no escribe? ¿Acaso no sabe la dirección?».

Vivía sola; no tenía cerca a Krímov, ni a Nóvikov, ni a sus familiares. Y en apariencia, en aquella libertad solitaria había felicidad. Pero sólo en apariencia.

En aquel periodo se habían instalado en Kúibishev mu-

1. La OGPU/NKVD estableció un rígido sistema de pasaportes que dividía a la población en grupos con diferentes derechos y privilegios. En el pasaporte figuraba la filiación de un ciudadano, la etnia a la que pertenecía, las inscripciones del registro civil y, desde 1932, el permiso de residencia, que restringía la libre elección del lugar de residencia y de trabajo.

chos Comisariados del Pueblo, se habían trasladado instituciones y redacciones de periódicos. La ciudad se había convertido temporalmente en la capital, refugio del Moscú evacuado, con su cuerpo diplomático, el ballet del Teatro Bolshói, sus escritores célebres, sus presentadores moscovitas y sus periodistas extranjeros.

Todos estos miles de moscovitas vivían en cuchitriles, habitaciones de hotel, residencias, y seguían con sus actividades habituales: los secretarios de Estado, los jefes del gabinete, los directores administrativos daban órdenes a sus subordinados y dirigían la economía del país; los embajadores extraordinarios y plenipotenciarios se desplazaban en coches lujosos a las recepciones con los altos cargos de la política exterior soviética; Ulánova, Lémeshev, Mijáilov entretenían al público del ballet y la ópera; el señor Shapiro, el representante de la agencia United Press, formulaba preguntas insidiosas a Solomón Abrámovich Lozovski, el responsable de la Oficina de Información Soviética, durante las conferencias de prensa; los escritores escribían noticias para radios y periódicos soviéticos y extranjeros; los periodistas se desplazaban a los hospitales para obtener nuevas con las que escribir reportajes sobre la guerra.

Pero la vida de los moscovitas allí era totalmente diferente. Lady Cripps, la esposa del embajador extraordinario y plenipotenciario de Gran Bretaña, se levantaba de la mesa después de tomar la cena con un cupón en el restaurante del hotel y envolvía en papel de periódico los trozos de pan y los terrones de azúcar que habían sobrado para subirlos a la habitación; los corresponsales de varias agencias de noticias internacionales iban al mercado, abriéndose paso entre los heridos, y hablaban largo y tendido sobre la calidad del tabaco casero haciendo girar los cigarrillos de muestra, o bien hacían cola para los baños públicos, apoyando el peso ahora en una pierna luego en la otra; algunos escritores, célebres por la hospitalidad que brindaban, discutían sobre cuestiones de orden internacional y el destino de la literatura con una copita de aguardiente casero acompañado de una ración de pan.

Enormes instituciones se encajonaban en los oscuros

pisos de Kúibishev; los directores de los grandes periódicos soviéticos recibían a sus invitados en mesas donde, después de las horas de trabajo, los niños preparaban sus lecciones y las mujeres cosían.

En esta mezcla de aparato estatal y bohemia de la evacuación había algo atractivo.

Yevguenia Nikoláyevna tuvo que hacer frente a muchas dificultades para obtener el permiso de residencia.

El jefe de la oficina de diseños y proyectos donde ella había comenzado a trabajar, el teniente coronel Rizin, un hombre alto de voz suave y susurrante, desde el primer día comenzó a lamentarse por la responsabilidad que había asumido contratando a alguien que no tenía los papeles en regla. Le ordenó, pues, que fuera a la comisaría local después de extenderle un certificado de trabajo.

Un oficial de la comisaría se quedó con el pasaporte de Yevguenia Nikoláyevna y su certificado y le dijo que volviera al cabo de tres días para conocer la respuesta.

Cuando llegó el día asignado, Yevguenia Nikoláyevna entró en el pasillo en penumbra donde había personas sentadas a la espera de ser recibidas; sus rostros reflejaban esa expresión particular que a menudo muestran las personas que han ido a la comisaría por cuestiones relacionadas con el pasaporte o permisos de residencia. Yevguenia se acercó a la ventanilla. Una mano femenina con las uñas pintadas con un esmalte rojo oscuro le alargó el pasaporte y le dijo con voz tranquila:

–Se lo han denegado.

Se puso a la cola para hablar con el jefe de la sección de pasaportes. La gente de la fila hablaba a media voz y seguía con la mirada a las empleadas con los labios pintados, vestidas con chaquetones guateados y botas, que pasaban por el pasillo. Un hombre ataviado con un abrigo de entretiempo y una visera pasó calmosamente; el cuello de la guerrera militar le asomaba por debajo de la bufanda; sus botas crujían. Abrió con una pequeña llave la cerradura: era Grishin, el jefe de la sección de pasaportes. Yevguenia Nikoláyevna observó que las personas que guardaban cola no se habían alegrado como acostumbra a suceder después de una larga espera, sino que cuando se acercaban a la puerta miraban temerosos a los lados, como si estuvieran a punto de echarse a correr en el último momento.

Durante la espera, Yevguenia Nikoláyevna oyó historias de hijas que no habían obtenido permiso para vivir con sus madres, una mujer paralítica a la que le habían denegado la residencia para su hermano, una mujer que había ido a cuidar a un inválido de guerra y no le habían dado la autorización.

Yevguenia Nikoláyevna entró en el despacho de Grishin. Éste le indicó con un gesto que tomara asiento, miró sus documentos y dijo:

−Se lo han denegado −dijo−. ¿Qué quiere?

−Camarada Grishin −dijo ella con voz trémula−, entiéndalo, durante todo esto tiempo no he recibido la cartilla de racionamiento.

El hombre la miró con ojos imperturbables, su cara ancha y joven expresaba una indiferencia ausente.

−Camarada Grishin −dijo Zhenia−, deténgase un momento a pensar en esta incongruencia. En Kúibishev hay una calle que lleva mi apellido, la calle Sháposhnikov, en honor a mi padre, uno de los pioneros del movimiento revolucionario en Samara, y ustedes deniegan el permiso de residencia a su hija...

Los ojos serenos de Grishin se clavaron en ella: la estaba escuchando.

−Necesito una petición oficial −dijo él−. Sin petición no hay permiso.

−Pero es que yo trabajo en una institución militar.

−Eso no consta en su certificado de trabajo.

−¿Puede ser de ayuda?

Grishin respondió de mala gana:

−Tal vez.

Por la mañana, cuando Yevguenia Nikoláyevna acudió al trabajo contó a Rizin que le habían denegado el permiso de residencia. El hombre levantó las manos y dijo con voz queda:

–Ay, qué estúpidos, quizá no entiendan que se ha convertido en una trabajadora indispensable para nosotros, que usted presta servicio a la Defensa.

–Así es –confirmó Yevguenia–. Me han dicho que necesito un documento oficial que certifique que nuestra oficina está subordinada al Comisariado Popular de Defensa. Se lo ruego encarecidamente: redáctemelo y esta tarde lo llevaré a la comisaría.

Al cabo de un rato, Rizin se acercó a Zhenia y con voz culpable dijo:

–Necesito una solicitud por escrito de la policía. De lo contrario tengo prohibido escribir un certificado de ese tipo.

Esa misma tarde Yevguenia fue a la comisaría y, después de la inevitable cola, pidió a Grishin la solicitud, odiándose a sí misma por su sonrisa aduladora.

–No pienso escribirle ninguna solicitud –dijo Grishin.

Rizin, al enterarse de la nueva negativa de Grishin, se lamentó y dijo pensativo:

–Bien, dígale que me haga una petición verbal.

La tarde siguiente Zhenia debía encontrarse con el literato moscovita Limónov, que en un tiempo había sido amigo de su padre. Justo después de salir del trabajo se dirigió a la comisaría y pidió a la gente que aguardaba en la cola que le permitieran pasar a ver al jefe de la sección de pasaportes «literalmente un minuto», sólo para hacer una pregunta. La gente se encogió de hombros y desvió la mirada. Al final, dijo con rabia:

–¿Ah, sí? ¿Quién es el último?

Aquel día el ambiente en la comisaría era especialmente deprimente. Una mujer con las piernas llenas de varices sufrió un ataque de histeria en el despacho de Grishin y se puso a gritar: «Se lo ruego, se lo ruego». Un manco lanzó improperios contra Grishin en el mismo despacho; el siguiente también armó un alboroto, se oían sus palabras: «No me iré de aquí». Pero en realidad se fue enseguida. En medio de aquel jaleo no se oía a Grishin, no levantó la voz ni una sola vez; incluso parecía que no estaba presente, como si la gente gritara y amenazara para sí misma.

Yevguenia hizo cola durante una hora y media y, de nuevo, odiando su propia cara amable y el emocionado «muchas gracias» que pronunció en respuesta a una pequeña señal de Grishin para que se sentara, le pidió que llamara por teléfono a su jefe, explicando que éste dudaba de si tenía derecho a redactar un certificado sin una solicitud previa con un número y sello, pero que después había accedido a escribirle el certificado con la nota: «En respuesta a su solicitud oral del día tal del mes tal».

Yevguenia Nikoláyevna colocó sobre la mesa de Grishin un papelito preparado de antemano donde con caligrafía gruesa y clara había escrito el apellido y patronímico de Rizin, número de teléfono, cargo, rango y en letra pequeña, entre paréntesis: «pausa para comer» y «desde... hasta».

–No haré ninguna solicitud.

–Pero ¿por qué? –preguntó ella.

–No debo hacerlo.

–El teniente coronel Rizin dice que sin solicitud, aunque sea oral, no tiene permiso para escribir un certificado.

–Si no tiene permiso, que no lo escriba.

–Pero ¿qué voy a hacer yo?

–Eso es asunto suyo.

La pasmosa tranquilidad de Grishin la desconcertó; si se hubiera enfadado o irritado por su insistencia, se habría sentido mejor. Pero Grishin continuaba allí sentado, de medio perfil, sin pestañear siquiera, sin prisa.

Yevguenia Nikoláyevna sabía que los hombres se fijaban en su belleza, lo percibía cuando hablaba con ellos. Pero Grishin la miraba como si fuera una vieja con ojos lacrimosos o una lisiada; al entrar en aquel despacho ya no era un ser humano, una mujer joven y atractiva, sólo una solicitante.

A Yevguenia la confundía su propia debilidad, del mismo modo que la confundía la seguridad monolítica de Grishin. Yevguenia Nikoláyevna caminaba por la calle, se apresuraba, llegaba con más de una hora de retraso a su cita con Limónov; pero mientras se afanaba en llegar, había perdido todo interés ante ese encuentro. Todavía podía sentir el olor del pasillo de la comisaría, aún veía las caras de los que hacían cola, el retrato de Stalin iluminado por la luz tenue de la lámpara eléctrica; y al lado, Grishin. Grishin, tranquilo, sencillo, cuya alma mortal concentraba la omnipotencia granítica del Estado.

Limónov, un hombre alto, grueso, cabezón, con rizos alrededor de su gran calvicie, la recibió con alegría.

–Comenzaba a temer que ya no viniera –le dijo mientras la ayudaba a quitarse el abrigo.

Le preguntó sobre Aleksandra Vladímirovna:

–Desde que éramos estudiantes, su madre ha sido para mí el modelo de mujer rusa con alma valiente. Siempre escribo de ella en mis libros, es decir, no propiamente de ella, sino en general, bueno, ya me entiende.

Bajando la voz y echando una ojeada a la puerta, le preguntó:

–¿Alguna noticia de Dmitri?

Luego comenzaron a hablar de pintura, y los dos se ensañaron con Repin. Limónov se puso a hacer una tortilla en su cocinilla eléctrica, jactándose de ser el mejor especialista en tortillas de Rusia; tanto era así que el chef del Nacional había aprendido de él.

–Entonces, ¿qué tal? –preguntó ansioso mientras servía a Zhenia y, entre suspiros, añadió–: Lo confieso, me encanta comer.

¡Cómo persistía el peso de las impresiones experimentadas en las dependencias policiales! Al llegar a la habitación cálida de Limónov, llena de libros y revistas, donde enseguida se agregaron dos personas mayores perspicaces y amantes del arte, Zhenia no pudo arrancar a Grishin de su corazón helado.

Pero la gran fuerza de la conversación, libre e inteligente, hizo que Zhenia, al poco rato, se olvidara de Grishin y de los rostros de angustia de las personas en la cola. Parecía no existir nada más en la vida que las conversaciones sobre Rubliov, Picasso, la poesía de Ajmátova y Pasternak, las obras de Bulgákov...

Pero una vez salió a la calle se olvidó de las conversaciones inteligentes. Grishin, Grishin... En el piso nadie le preguntó si había logrado el permiso de residencia, ni le pidió que le enseñara el pasaporte con el sello estampado. Pero desde hacía varios días tenía la impresión de que la controlaba la mujer más anciana del apartamento, Glafira Dmítrievna, una mujer de nariz larga, siempre afable, vivaracha, de voz embelesadora e inmensamente falsa. Cada vez que se topaba con Glafira Dmítrievna y veía sus ojos oscuros, a un mismo tiempo zalameros y lúgubres, Zhenia se asustaba. Tenía la sospecha de que en su ausencia Glafira Dmítrievna, con una llave maestra, se colaba en su habitación, revolvía entre sus papeles, apuntaba sus declaraciones para la milicia, leía sus cartas.

Yevguenia Nikoláyevna se esforzaba por abrir la puerta sin hacer ruido, andaba de puntillas por el pasillo temiendo encontrársela. Esperaba que de un momento a otro le dijera: «¿Por qué transgrede la ley? Seré yo la que tenga que responder por ello».

A la mañana siguiente, Yevguenia Nikoláyevna entró en el despacho de Rizin y le contó la espera infructuosa en la oficina de pasaportes.

–Ayúdeme a conseguir un billete para el barco de Kazán, de lo contrario me enviarán a un yacimiento de turba por haber quebrantado la ley de pasaportes.

Ya no le pidió nada más sobre el certificado y en adelante se dirigió a él con tono sarcástico, airado.

Aquel hombre apuesto y fornido, de voz dulce, la miraba avergonzado por su propia debilidad. Ella sentía constantemente su mirada melancólica y tierna sobre su espalda, sus piernas, su cuello, su nuca; podría advertir aquella insistente mirada de admiración. Pero la fuerza de la ley que regía la circulación de documentos burocráticos, al parecer, no se podía tomar a la ligera.

Aquel día Rizin se acercó a Zhenia y en silencio le dejó sobre una hoja de dibujo el tan anhelado certificado.

Yevguenia también le miró en silencio y los ojos se le anegaron de lágrimas.

—Lo pedí a través de la sección secreta —dijo Rizin—. Pero sin demasiadas esperanzas y de repente recibí la autorización del superior.

Los colegas de Yevguenia la felicitaban, diciéndole: «Por fin se han terminado tus sufrimientos».

Fue a la comisaría. La gente de la cola la saludó, algunos la reconocieron, e incluso le preguntaron: «¿Cómo va...?». Otras voces le propusieron: «No haga cola, pase directamente, su asunto es de un minuto, ¿para qué va a estar esperando dos horas?».

La mesa del despacho y la caja fuerte pintada burdamente de marrón a imitación de madera ya no le parecían tan lúgubres ni burocráticas.

Grishin miró fijamente cómo los dedos apresurados de Zhenia depositaban ante él el papel requerido y asintió imperceptiblemente, satisfecho:

—Bien, entonces deje el pasaporte y los certificados y dentro de tres días vuelva en horario de oficina; podrá retirar sus documentos en recepción.

Su tono de voz era el de costumbre, pero a Zhenia le pareció que sus ojos claros le sonreían amistosamente.

De regreso a casa pensaba que Grishin se había revelado un ser humano como cualquier otro: había sonreído al hacer una buena acción. Resultó que no era un desalmado y comenzó a sentirse incómoda por todo lo malo que había pensado sobre el jefe de la sección de pasaportes.

Tres días más tarde una mano grande femenina con las uñas pintadas de esmalte rojo oscuro le alargó a través de la ventanilla el pasaporte con los papeles cuidadosamente doblados en su interior. Zhenia leyó la resolución escrita con caligrafía bien legible: «Permiso de residencia denegado por no tener relación con la habitación que ocupa».

—Hijo de perra —profirió en voz alta Zhenia sin lograr contenerse—. Te has estado divirtiendo a mi costa, torturador despiadado.

Gritaba agitando en el aire su pasaporte sin sello, volviéndose a la gente de la cola en busca de apoyo, pero vio que le daban la espalda. Por un momento se inflamó en ella un espíritu de insurrección, desesperación y rabia. Así gritaban las mujeres que habían enloquecido de desesperación en las colas de 1937, en espera de tener noticias sobre familiares condenados sin derecho a correspondencia[1], en la sala en penumbra de la cárcel de Butirka, en Matrósskaya Tishiná, en Sokólniki.

Un miliciano apostado en el pasillo cogió a Zhenia por el codo y la empujó hacia la puerta.

–¡Déjeme, no me toque! –gritó y se zafó de la mano del miliciano, apartándole de un empujón.

–Ciudadana –le dijo con voz ronca–. Basta ya, le van a caer diez años.

Le pareció atisbar en los ojos del miliciano una chispa de compasión, de piedad.

Se dirigió rápidamente a la salida. Por la calle los transeúntes que caminaban empujándola tenían todos sus papeles en regla, sus permisos de residencia, sus cartillas de racionamiento...

Por la noche soñó con un incendio: estaba inclinada sobre un hombre herido con la cara apoyada contra el suelo. Trataba de arrastrarlo y, aunque no podía verle la cara, comprendió que se trataba de Krímov.

Se despertó extenuada, deprimida.

«Ojalá viniera pronto», pensaba mientras se vestía, y murmuraba:

–Ayúdame, ayúdame.

Y deseaba ardientemente, casi hasta el sufrimiento, ver no tanto a Krímov, al que había salvado por la noche, sino a Nóvikov, tal como lo había visto aquel verano en Stalingrado.

Aquella vida sin derechos, sin permiso de residencia, sin cartilla de racionamiento, con el miedo constante al portero, al administrador de la casa, a la anciana del apartamento, Glafira Dmítrievna, era opresiva, la torturaba de manera insoportable. Zhenia entraba con sigilo en la cocina, cuando

---

1. La «reclusión sin derecho a correspondencia» era el eufemismo oficial con el que se encubría la ejecución del arrestado.

todos dormían, y por la mañana se esforzaba en asearse antes de que los otros inquilinos se levantaran. Y cuando los vecinos le hablaban, ponía una voz repulsivamente afable, que no era la suya, como la de una cristiana baptista.

Aquel día Zhenia presentó la dimisión de su puesto de trabajo.

Había oído que, tras la denegación del permiso de residencia, se presentaría un comisario de la policía que le haría firmar un compromiso de salida de Kúibishev antes de tres días. En el texto se leían las siguientes palabras: «Las personas que infrinjan la regulación relativa al régimen de pasaportes están sujetas...». Zhenia no quería «estar sujeta a...». Se había hecho a la idea de que tenía que irse de Kúibishev. Enseguida se sintió más tranquila, y la imagen de Grishin, Glafira Dmítrievna, de sus ojos blandos como olivas podridas, dejó de atormentarla, asustarla. Había renunciado a la ilegalidad, se había sometido a la ley.

Mientras escribía su dimisión y se disponía a llevársela a Rizin, la llamaron por teléfono: era Limónov.

Le preguntó si estaba libre al día siguiente por la tarde porque había llegado de Tashkent una persona que contaba con gracia y donaire la vida de los habitantes de aquel lugar y que le traía saludos de Alekséi Tolstói. Zhenia sintió de nuevo el perfume de una vida diferente.

Y, aunque no tenía intención de hacerlo, Zhenia acabó contándole a Limónov todos sus intentos por conseguir el permiso de residencia.

Él la escuchó sin interrumpirla; luego dijo:

–Vaya historia, es bastante curiosa: le ponen el nombre del padre a una calle y a la hija le deniegan el permiso de residencia. Es verdaderamente interesante.

Se quedó un momento pensativo y después le propuso:

–Bueno, Yevguenia Nikoláyevna. No presente hoy la dimisión, esta tarde voy a una reunión donde estará presente el secretario del *obkom* y le contaré su caso.

Zhenia le dio las gracias, pero pensó que en cuanto colgara el teléfono se olvidaría de ella. Con todo, no entregó su dimisión a Rizin; sólo le pidió si podía conseguirle un billete de barco a Kazán a través del Estado Mayor.

–Eso es pan comido –le dijo Rizin y levantó las manos–. El problema está en los órganos de la milicia. Pero ¿qué le vamos a hacer? Kúibishev tiene un régimen especial, con instrucciones especiales.

Después le preguntó:

–¿Está libre esta noche?

–No, estoy ocupada –respondió Yevguenia, enfadada.

Mientras volvía a casa pensó que pronto vería a su madre, a su hermana, a Víktor Pávlovich, a Nadia, y que en Kazán la vida sería más fácil que en Kúibishev. Se sorprendió de haberse sentido tan afligida, de haber pasado tanto miedo al entrar en la comisaría de policía. ¿Que le habían denegado el permiso? Qué más le daba... Y si Nóvikov le enviaba una carta, siempre podía pedirle a los vecinos que se la reenviaran a Kazán.

A la mañana siguiente, poco después de llegar al trabajo, recibió una llamada telefónica. Una voz amable le pidió que pasara por la oficina de pasaportes para recoger su permiso de residencia.

25

Yevguenia trabó amistad con uno de los inquilinos de su apartamento: Sharogorodski. Cuando éste se giraba bruscamente daba la impresión de que su gruesa cabeza gris alabastro iba a separársele del cuello delgado y caería al suelo con estruendo. Zhenia había notado que la tez pálida del anciano se tornasolaba de un suave azul celeste. La combinación de piel azulada y el frío azul cielo de los ojos la fascinaban. El anciano procedía de una familia de alta alcurnia y Zhenia se divertía pensando que si se le pintara un retrato a Sharogorodski debería ser en azul.

La vida de Vladímir Andréyevich Sharogorodski había

sido peor antes de la guerra que en la actualidad. La Oficina de Información Soviética le encargaba notas sobre Dmitri Donskói, Suvórov, Ushakov, sobre las tradiciones de la oficialidad rusa, sobre poetas del siglo XIX: Tiútchev, Baratinski...

Vladímir Andréyevich le había contado a Zhenia que por línea materna descendía de una casa principesca de mayor antigüedad que los Romanov.

De joven había trabajado en un *zemstvo*[1] provincial y había predicado las ideas de Voltaire y Chaadáyev entre los hijos de los terratenientes, los maestros rurales y los curas jóvenes.

Vladímir Andréyevich le relató a Zhenia una conversación que había mantenido cuarenta y cuatro años antes con un decano de la nobleza provincial: «Usted, representante de una de las familias más antiguas de Rusia, se ha empeñado en convencer a los campesinos de que desciende del mono. Y entonces el campesino le preguntará: ¿Y los grandes duques? ¿Y el príncipe heredero? ¿Y el zar? ¿Y la zarina...?».

Pero Sharogorodski había continuado turbando los ánimos y acabó siendo exiliado a Tashkent. Un año más tarde recibió el perdón y partió a Suiza. Allí conoció a muchos activistas revolucionarios: bolcheviques, mencheviques, eseristas y anarquistas. Todos conocían al príncipe extravagante. Participaba en reuniones y debates, con algunos incluso mantenía relaciones amistosas, aunque no estaba de acuerdo con nadie. Durante aquella época trabó amistad con un estudiante judío, un bundista[2] de barba negra llamado Lípets.

Poco antes de la Primera Guerra Mundial volvió a Ru-

1. Denominación dada a los órganos de autonomía administrativa establecidos en un gran número de provincias de Rusia entre 1864 y 1918, y creados bajo el reinado del zar Alejandro II.
2. Perteneciente al Bund *(Der Algemeyner Yidisher Arbeter Bund in Rusland un Poyln)*: Unión General de Obreros Judíos de Rusia y Polonia, fundada en Vilna en 1897.

sia y se estableció en su finca. De vez en cuando publicaba artículos sobre literatura e historia en *Nizhegorodski Listok*.

No se ocupaba de la economía, y era su madre la que administraba la finca.

Sharogorodski resultó ser el único propietario cuya finca respetaron los campesinos. El Kombed[1] incluso le asignó una carretada de leña y cuarenta coles. Vladímir Andréyevich vivía en la única habitación de la casa con calefacción y las ventanas intactas. Leía y escribía poesía. Leyó a Yevguenia uno de sus poemas titulado *Rusia*.

> Insensata despreocupación
> por los cuatro costados.
> Llanura. Infinitud.
> Graznan cuervos de mal agüero.
>
> Desenfreno. Incendios. Secretismo.
> Indiferencia obtusa.
> Originalidad por doquier.
> Una terrible magnificencia.

Leía pronunciando con esmero las palabras, subrayando los puntos y las comas, enarcando sus largas cejas que, sin embargo, no le empequeñecían la frente espaciosa.

En 1926 a Sharogorodski se le ocurrió impartir conferencias sobre historia de la literatura rusa; menospreciaba a Demián Bedni y alababa a Fet, participó en debates sobre la belleza y la justicia de la vida, que entonces estaban en boga, se declaró adversario de toda clase de Estado, definió el marxismo como una doctrina limitada, habló del destino trágico del alma rusa, y al final se ganó un nuevo viaje a Tashkent a cuenta del gobierno. Allí vivió asombrado por el poder de los argumentos geográficos en las discusiones teóricas, y sólo a finales de 1933 obtuvo la autoriza-

---

1. Comité de campesinos pobres.

ción para trasladarse a Samara, a casa de su hermana mayor, Yelena Andréyevna. Murió poco antes de que estallara la guerra.

Sharogorodski nunca invitaba a nadie a su habitación, pero una vez Zhenia pudo echar un vistazo a los aposentos del príncipe: pilas de libros y periódicos viejos se elevaban en los rincones; sillones vetustos estaban encajados unos sobre otros hasta el mismo techo; retratos en marcos dorados yacían en el suelo. Sobre un sofá de terciopelo rojo había una colcha que perdía su relleno de algodón.

Era un hombre dulce, poco hábil con los asuntos prácticos de la vida. Era una de esas personas de las que se suele decir: «Es un hombre con alma de niño y tiene una bondad angelical». Pero podía mostrar indiferencia, mientras recitaba sus versos preferidos, ante un niño hambriento o una vieja harapienta con la mano extendida suplicando un trozo de pan.

Mientras escuchaba a Sharogorodski, Yevguenia a menudo recordaba a su primer marido, aunque aquel viejo enamorado de Fet y de Soloviov no se parecía a Krímov, el oficial del Komintern.

A Yevguenia le sorprendía que Krímov, impasible a la fascinación del paisaje y las fábulas rusos, a los versos de Fet y Tiútchev, fuera tan ruso como el viejo Sharogorodski. Todo aquello de la vida rusa que desde la juventud era querido por Krímov, los nombres sin los que no concebía a Rusia, a Sharogorodski le resultaba indiferente y a menudo incluso hostil.

Fet era un dios para Sharogorodski y, además, un dios ruso. Del mismo modo que consideraba divinas las fábulas sobre Finist el Halcón Brillante y *Las dudas* de Glinka. Y por mucho que admirara a Dante, lo estimaba privado de la divinidad de la música y la poesía rusa.

Krímov, en cambio, no establecía diferencias entre Dobroliúbov y Lassalle, entre Chernishevski y Engels. Para él Marx era más grande que todos los genios rusos, y la *Sinfonía Heroica* de Beethoven triunfaba indiscutiblemente sobre la música rusa. Quizá sólo con Nekrásov hacía una excepción: lo consideraba el poeta más grande del mundo.

A veces a Yevguenia Nikoláyevna le parecía que Sharogorodski la ayudaba no sólo a comprender a Krímov, sino los entresijos de su relación con Nikolái Grigórievich.

A Zhenia le gustaba conversar con Sharogorodski. A menudo la charla se iniciaba con boletines preocupantes, luego Sharogorodski se lanzaba a disertar sobre el destino de Rusia.

–La nobleza rusa –decía– es culpable ante Rusia, Yevguenia Nikoláyevna, pero también ha sabido amarla. De la primera guerra no nos han perdonado nada, nos lo han reprochado todo: nuestros idiotas y zopencos, nuestros glotones soñolientos, Rasputin, el coronel Miasoyédov, las alamedas de tilos y la despreocupación, las isbas sin chimenea y los zuecos de los campesinos... Seis hijos de mi hermana perecieron en Galitzia; mi hermano, un hombre viejo y enfermo, murió en el campo de batalla, pero la Historia no lo ha tenido en cuenta... Y debería hacerlo.

A menudo Zhenia escuchaba sus juicios literarios que no concordaban en absoluto con los de sus contemporáneos. Situaba a Fet por encima de Pushkin y Tiútchev. Nadie en Rusia conocía a Fet como él, y probablemente el propio Fet al final de su vida no recordaba de sí mismo todo lo que sabía de él Vladímir Andréyevich.

Consideraba a Lev Tolstói demasiado realista y, aunque reconocía la poesía que había en su obra, no lo apreciaba. Valoraba a Turguéniev, pero opinaba que su talento era superficial en exceso. De la prosa rusa lo que más le gustaba era Gógol y Leskov.

Estimaba que Belinski y Chernishevski eran los primeros que habían asestado un golpe mortal a la poesía rusa.

Además le había dicho a Zhenia que, aparte de la poesía rusa, había tres cosas que amaba en el mundo, y las tres comenzaban por «s»: sacarosa, sueño y sol.

–¿Acaso moriré sin ver ni uno solo de mis poemas publicados? –preguntaba él.

Una tarde, al volver del trabajo, Yevguenia Nikoláyevna

se encontró a Limónov. Caminaba por la calle con el abrigo desbotonado y una bufanda clara a cuadros colgándole del cuello, y se apoyaba sobre un bastón nudoso. Aquel hombre recio tocado con una aristocrática *shapka* de castor destacaba de manera extraña entre la muchedumbre de Kúibishev.

Limónov acompañó a Zhenia hasta casa y, cuando ella lo invitó a subir para tomar un té, le dijo mirándola con atención a los ojos:

–Se lo agradezco, a decir verdad me debe al menos medio litro por el permiso de residencia. –Y respirando pesadamente, comenzó a subir por la escalera.

Limónov entró en la pequeña habitación de Zhenia y dijo:

–Ejem, aquí no hay demasiado espacio para mi cuerpo, pero quizá sí que lo haya para mis pensamientos.

De repente se puso a hablar con ella en un tono de voz poco natural y comenzó a exponerle sus teorías sobre el amor y las relaciones sexuales.

–¡Es avitaminosis, avitaminosis espiritual! –exclamó con afán–. ¿Comprende? Es un hambre tan poderosa como la que experimentan los toros, las vacas, los ciervos cuando están carentes de sal. Aquello que yo no tengo, aquello que no tienen mis allegados, mi mujer, lo busco en el objeto de mi amor. ¿Lo comprende? La esposa de un hombre es la causa de la avitaminosis. Y el hombre anhela encontrar en su amada aquello que durante años, durante décadas, no ha encontrado en su mujer. ¿Lo entiende?

La tomó de la mano y se puso a acariciarle la palma, después la espalda, le rozó el cuello, la nuca.

–¿Me comprende? –repetía con voz insinuante–. Es todo muy sencillo. ¡Avitaminosis espiritual!

Zhenia seguía con ojos divertidos e incómodos cómo aquella gran mano blanca, con uñas bien cuidadas, se desplazaba ligeramente de la espalda al pecho, y le dijo:

–Por lo visto, la avitaminosis puede ser tanto física como espiritual. –Y con la voz aleccionadora propia de una profesora de primer curso, añadió–: Deje de manosearme, no debe hacerlo.

La miró estupefacto y, en lugar de incomodarse, se echó a reír. Y ella se puso a reír también con él.

Mientras tomaban té y hablaban del pintor Sarián llamaron a la puerta. Era Sharogorodski.

El nombre de Sharogorodski le resultaba familiar a Limónov por algunas notas manuscritas y correspondencia que se guardaba en el archivo. Sharogorodski no había leído los libros de Limónov, pero lo conocía de oídas puesto que su apellido se mencionaba a menudo en los periódicos, en las listas de escritores especializados en temática histórico-militar.

Comenzaron a charlar, cada vez con mayor contento y entusiasmo a medida que comprobaban las afinidades que compartían. En su conversación surgían los nombres de Soloviov, Merezhkovski, Rózanov, Guippius, Bieli, Berdiáyev, Ustriálov, Balmont, Miliukov, Yebréinov, Rémizov, Viacheslav Ivánov.

Zhenia pensaba que era como si aquellos dos hombres hubieran emergido desde el fondo de un mundo sumergido de libros, cuadros, sistemas filosóficos, representaciones teatrales...

Y de repente Limónov expresó en voz alta lo que ella acababa de pensar:

—Es como si estuviéramos reflotando la Atlántida del fondo del océano.

Sharogorodski asintió con tristeza.

—Sí, sí, pero usted sólo es un explorador de la Atlántida rusa, mientras que yo soy uno de sus habitantes, y me he ido a pique con ella hasta el fondo del océano.

—¡Bah! —respondió Limónov—, pero la guerra también ha hecho salir a algunos a la superficie.

—Sí, es cierto —estuvo conforme Sharogorodski—, al parecer a los fundadores del Komintern no se les ha ocurrido nada mejor que repetir en la hora de la guerra: «Santa tierra rusa» —y sonrió—. Espere, la guerra acabará en victoria y entonces los internacionalistas declararán: «Nuestra Rusia es la madre de todos los pueblos».

Yevguenia Nikoláyevna percibía no sin cierta extrañeza que si aquellos hombres hablaban tan animados, con tanta elocuencia e ingenio, no era sólo porque se alegraban de aquel encuentro sino porque habían descubierto un tema cercano. Comprendía que los dos hombres –uno de ellos muy viejo y el otro bastante entrado en años– eran conscientes de que ella los escuchaba y querían gustarle. Qué extraño. Y no menos raro era que, al mismo tiempo que esto le resultaba indiferente e incluso ridículo, le suscitaba una sensación agradable.

Zhenia los miraba y pensaba: «Comprenderse a uno mismo es imposible... ¿Por qué sufro tanto por mi vida pasada, por qué me da tanta pena Krímov, por qué pienso tan insistentemente en él?».

Y de la misma manera que en un tiempo le habían resultado extraños los alemanes e ingleses adheridos al Komintern de Krímov, ahora escuchaba con tristeza e irritación a Sharogorodski burlándose de los internacionalistas. Aquí tampoco arrojaba luz la teoría de Limónov sobre la avitaminosis. Y es que en estas cosas no hay teorías que valgan.

De repente, le pareció que constantemente pensaba y se inquietaba por Krímov sólo porque añoraba a otro hombre, un hombre en el que, sin embargo, apenas pensaba.

«¿Es posible que de verdad le ame?», se asombró ella.

26

Durante la noche el cielo sobre el Volga se despejó de nubes. Las colinas separadas por barrancos oscuros como boca de lobo flotaban despacio bajo las estrellas.

De vez en cuando una estrella fugaz cruzaba el cielo, y Liudmila Nikoláyevna pedía en voz baja: «Ojalá Tolia esté vivo».

Aquél era su único deseo, no quería nada más del cielo...

En una época, cuando todavía estudiaba en la Facultad de Física y Matemáticas, estuvo trabajando en la realización de cálculos en el Instituto de Astronomía. Allí aprendió que los meteoros llegaban en enjambres a la Tierra en diferentes meses: las Perseidas, las Oriónidas, y también las Gemínidas, las Leónidas. Ya había olvidado qué meteoros llegaban a la Tierra en octubre, en noviembre... Pero ¡ojalá Tolia estuviera vivo!

Víktor le reprochaba su desgana para ayudar a la gente, su falta de amabilidad con sus parientes. Estaba convencido de que si ella hubiera querido, Anna Semiónovna habría vivido con ellos y no se habría quedado en Ucrania.

Cuando el primo de Víktor fue liberado de un campo penitenciario y condenado al exilio, ella se había negado a que pasara la noche en su casa por temor a que el administrador del inmueble se enterara. Sabía que su madre recordaba que Liudmila estaba en Gaspra cuando murió su padre; en lugar de interrumpir sus vacaciones, llegó a Moscú dos días después del entierro.

Su madre a veces le hablaba de Dmitri, horrorizada de lo que le había pasado.

–De pequeño siempre decía la verdad y así fue toda la vida. Y de repente aquella historia de espionaje, un plan para asesinar a Kagánovich y Voroshílov... Una mentira vergonzosa, terrible. ¿A quién le beneficia? ¿Quién quiere destruir a las personas puras, honestas...?

Un día le dijo a su madre:

–No puedes poner la mano en el fuego por Dmitri. A los inocentes no los meten en la cárcel.

Y ahora recordaba la mirada que le había lanzado su madre.

En una ocasión le había dicho a su madre acerca de la mujer de Dmitri:

–Nunca he podido soportar a la mujer de Dmitri, te lo digo con toda franqueza, y ahora la soporto menos todavía.

Y recordaba la respuesta de su madre:

–Pero imagínatelo: una sentencia de diez años de cárcel para una mujer por no denunciar a su marido.

Después se acordó de aquella vez que había llevado a casa un cachorro que había encontrado en la calle, y como Víktor no lo quería, ella le había gritado:

—¡Eres cruel!

Y él le respondió:

—Ay, Liuda, no me importa que seas joven y bella; pero lo que sí me importa es que tengas buen corazón no sólo con los perros y los gatos.

Ahora, sentada en la cubierta, por primera vez no se gustaba a sí misma, recordaba las palabras amargas que le había tocado escuchar en su vida, no deseaba culpar a los otros... Una vez el marido, riendo, le había dicho por teléfono: «Desde que tenemos el cachorro en casa, oigo la voz dulce de mi mujer».

Y un día la madre le había reprochado: «Liuda, cómo puedes rechazar a los mendigos; piénsalo: uno que tiene hambre te pide a ti, que estás saciada».

Pero ella no era avara. Le encantaba tener invitados en casa y sus comidas tenían fama entre sus conocidos.

Sentada de noche en la cubierta, nadie la veía llorar. Sí, era dura, había olvidado todo lo que le habían enseñado, no servía para nada, no podía gustar a nadie, había engordado, el pelo se le había encanecido, tenía la tensión alta, su marido no la amaba; por eso él pensaba que ella era insensible. ¡Pero si al menos Tolia estuviera vivo! Estaba dispuesta a reconocerlo todo, a arrepentirse de todas las faltas que le atribuía su familia con tal que Tolia siguiera con vida.

¿Por qué no hacía otra cosa que pensar en su primer marido? ¿Dónde estaba? ¿Cómo podía encontrarle? ¿Por qué no había escrito a su hermana en Rostov? Ahora era imposible: los alemanes estaban allí. La hermana le habría dado noticias de Tolia.

El ruido de los motores del barco, las vibraciones de la cubierta, el embate del agua, el centelleo de las estrellas en el cielo, todo se confundía y se mezclaba, y Liudmila Nikoláyevna se adormeció.

Ya casi estaba amaneciendo. La niebla flotaba por encima del Volga y parecía que hubiera engullido todo signo de vida. De repente salió el sol, como un estallido de esperanza. El cielo se espejeaba en el agua, la oscura agua otoñal comenzó a palpitar mientras el sol parecía gritar a las olas del río. El talud de la orilla parecía espolvoreado de sal por la escarcha nocturna, y los árboles rojizos destacaban alegremente sobre aquel fondo blanco. Arreció el viento, la niebla se disipó y el mundo alrededor se volvió transparente como el cristal, pero en aquel sol deslumbrante y en el azul del agua y el cielo no había calor.

La tierra era enorme; incluso en el bosque que daba la sensación de no tener límites se veían el principio y el fin, mientras la tierra se desplegaba siempre infinita.

E igual de enorme y eterna, como la Tierra, era la desgracia.

En el barco había un grupo de pasajeros que iban a Kúibishev en camarotes de primera clase, altos cargos de los Comisariados del Pueblo, vestidos todos de color caqui, tocados con grises gorros de astracán típicos de coronel. En los camarotes de segunda clase viajaban las esposas y las suegras importantes, uniformadas de acuerdo a su rango, como si hubiera una indumentaria especial para esposas, madres de esposas y suegras. Las esposas llevaban abrigos de piel, con estolas de piel blanca; las suegras y las madres, abrigos de paño azules con cuellos de astracán negros y pañuelos de color marrón. Los niños que las acompañaban tenían una mirada aburrida y descontenta. A través de la ventana de los camarotes se vislumbraba la comida que los pasajeros llevaban consigo. El ojo experto de Liudmila distinguía sin dificultad el contenido de las bolsas; la mantequilla clarificada y la miel navegaban por el Volga en cestos, tarros herméticamente cerrados, oscuras botellas selladas. Por los fragmentos de conversación que había captado de los pasajeros de los camarotes que paseaban por cubierta había comprendido que su máxima preocupación era el tren que iba de Kúibishev a Moscú.

Liudmila tuvo la impresión de que aquellas mujeres miraban con indiferencia a los soldados y tenientes del Ejército Rojo que estaban sentados en los pasillos, como si no tuvieran hijos o hermanos en la guerra.

Por la mañana, cuando transmitían el boletín de la Oficina de Información Soviética las mujeres no se detenían debajo del megáfono junto a los soldados y los marineros sino que entornaban los ojos soñolientos en dirección a los altavoces y proseguían con sus asuntos.

Liudmila se enteró por los marineros de que todo el barco había sido reservado para las familias de funcionarios importantes que volvían a Moscú vía Kúibishev, y que los soldados y civiles habían subido a bordo en Kazán por orden de las autoridades militares. Los pasajeros legítimos habían montado un escándalo, se negaban a permitir que los soldados embarcaran, llamaron por teléfono a un plenipotenciario del Comité de Defensa Estatal.

Era un espectáculo increíblemente extraño ver a los soldados del Ejército Rojo de camino a Stalingrado con caras de culpabilidad porque estaban incomodando a los pasajeros legítimos.

A Liudmila Nikoláyevna le resultaba insoportable la pasmosa tranquilidad de aquellas mujeres. Las abuelas llamaban a los nietos y, sin ni siquiera interrumpir la conversación, con movimiento acostumbrado, metían galletas en las bocas de sus nietos. Y, cuando una vieja rechoncha enfundada en un abrigo de piel siberiana salió de su camarote situado en proa para pasear a dos niños por la cubierta, las mujeres se precipitaron a saludarla, sonriéndola, mientras en las caras de sus maridos asomaba una expresión afable pero inquieta.

Si en aquel preciso momento la radio hubiera anunciado la apertura de un segundo frente o la ruptura del sitio de Leningrado no se habrían inmutado, pero si alguien les hubiera dicho que se había suprimido el vagón internacional en el tren dirección a Moscú, todos los acontecimientos de la guerra habrían palidecido ante las terribles pasiones desatadas para ver quién se quedaba las plazas de primera clase.

¡Sorprendente! Y es que Liudmila Nikoláyevna, con su

abrigo de astracán gris y estola de piel, iba uniformada como las pasajeras de primera y segunda clases. De hecho, no hacía demasiado tiempo ella también se había indignado cuando a su marido no le dieron un billete de primera para viajar a Moscú.

Le contó a un teniente de artillería que su hijo, teniente de artillería a su vez, se encontraba gravemente herido en un hospital de Sarátov. Habló con una anciana enferma sobre Marusia y Vera, y sobre su suegra, que había muerto en territorio ocupado. Su sufrimiento era el mismo sufrimiento que se respiraba en aquella cubierta, el sufrimiento que siempre encuentra su camino desde los hospitales y las tumbas de los frentes a las isbas de madera y los barracones sin número de campos anónimos.

Al salir de casa Liudmila no había cogido ni una cantimplora ni un trozo de pan: pensaba que durante todo el viaje no tendría hambre ni sed.

Pero una vez en el barco se le había despertado un hambre voraz, y Liudmila comprendió que no iba a ser fácil saciarla. Al segundo día, algunos soldados se pusieron de acuerdo con los fogoneros y cocinaron en la sala de máquinas una sopa de mijo, llamaron a Liudmila y le sirvieron sopa en una escudilla.

Liudmila se sentó sobre una caja vacía y sorbió la sopa ardiente de un recipiente prestado con una cuchara prestada.

–¡Está buena la sopa! –le dijo uno de los cocineros y, puesto que Liudmila Nikoláyevna no contestó, le preguntó con tono provocador–: ¿Es que no está buena? ¿No está espesa?

Había cierta dosis de cándida generosidad en aquel requerimiento de elogio por parte de un soldado a una persona que acababa de alimentar.

Liudmila ayudó a un soldado a ajustar un muelle en un fusil defectuoso, algo que ni siquiera un sargento condecorado con la orden de la Estrella Roja había sabido hacer.

Tras ser testigo de una discusión entre dos tenientes de artillería, cogió un lápiz y les ayudó a solucionar una fórmula de trigonometría. Después de este episodio, el teniente, que la llamaba «ciudadana», de repente pasó a dirigirse a ella por su nombre y patronímico. Y por la noche Liudmila Nikoláyevna caminó por el puente.

Un frío gélido se elevaba del río y de las tiniebla, emergía un viento contrario y despiadado. Sobre la cabeza brillaban las estrellas y no hallaba consuelo ni paz en aquel cruel cielo de hielo y fuego que dominaba su cabeza infeliz.

27

Antes de la llegada del barco a Kúibishev, elegida capital temporal durante la guerra, el capitán recibió la orden de prolongar su viaje a Sarátov para subir a bordo a los heridos que llenaban los hospitales de la ciudad.

Los pasajeros de los camarotes iniciaron los preparativos del desembarco, sacaron maletas y paquetes a la cubierta.

Se comenzaron a entrever las siluetas de fábricas, barracas, casitas con tejados de hierro, y parecía que, tras la popa, el agua chapoteara de otra manera y el motor de la nave sonara con un ritmo diferente, angustioso.

Y luego la mole de Samara, gris, rojiza, negra, comenzó a emerger lentamente entre los vidrios que centelleaban, entre los jirones de fábrica y el humo de la locomotora.

Los pasajeros que desembarcaban en Kúibishev esperaban en un lado de la cubierta. No dijeron adiós ni dedicaron siquiera un gesto de cabeza a las personas que quedaban en cubierta: durante el viaje no habían hecho amistad con nadie.

Una limusina negra, una lujosa ZIS-101, aguardaba a la viejecita con abrigo de piel siberiana y a sus dos nietos. Un hombre con la cara amarillenta, que llevaba un abrigo largo de general, saludó a la anciana y estrechó las manos de los dos niños.

Transcurridos algunos minutos, los pasajeros con niños, maletas y paquetes se esfumaron como si nunca hubieran existido.

En el barco quedaron sólo los capotes de los soldados y los chaquetones de los marineros.

Liudmila Nikoláyevna imaginó que entre gente unida por un mismo destino, marcada por el cansancio y la desgracia, le sería más fácil respirar.

Pero se equivocaba.

28

Sarátov acogió a Liudmila Nikoláyevna de manera ruda y cruel.

Nada más poner un pie en el embarcadero tropezó con un borracho vestido con capote militar, que gritándole la empujó y la insultó.

Liudmila Nikoláyevna empezó a subir por un sendero empinado y empedrado de guijarros, y luego se detuvo, jadeante, a echar la vista atrás. Abajo, entre los almacenes grises del embarcadero, blanqueaba el barco, y como si entendiera su pena, le gritó suavemente, a breves intervalos: «Anda, ve, anda...». Y ella continuó.

En la parada de tranvía mujeres jóvenes, sin mediar palabra, empujaban con diligencia a viejos y débiles. Un ciego con un gorro del Ejército Rojo, que a todas luces acababa de salir del hospital, todavía no se sabía manejar solo, se cambiaba de un pie a otro con pasitos inciertos, golpeaba repetidamente un bastón delante de él. Como un niño se aferró ávidamente a la mano de una mujer de mediana edad. Ésta retiró la mano y se alejó haciendo sonar contra el adoquinado las suelas metálicas de sus botas. Todavía agarrado a su manga, el hombre ciego le explicó deprisa:

–Acabo de salir del hospital, ayúdeme a subir.

La mujer despotricó y lo empujó. El ciego perdió el equilibrio y se sentó en el pavimento.

Liudmila miró la cara de la mujer.

¿De dónde procedía aquel rostro inhumano? ¿Qué podía haberlo engendrado? ¿El hambre de 1921 sufrido durante su infancia? ¿La peste de 1930? ¿O toda una vida plagada de miseria?

El ciego se quedó por un instante paralizado; después se levantó y gritó con la voz de un pajarito. Tal vez, con la aguda sensibilidad de sus ojos ciegos, se veía a sí mismo con el gorro torcido, blandiendo absurdamente aquel bastón en el aire.

Seguía golpeando el bastón, y aquellos molinetes que describía en el aire expresaban su odio hacia el despiadado mundo de los videntes. La gente se daba empujones mientras se metía en el vagón; y él permanecía allí, llorando, gritando. Y aquellos a los que Liudmila con esperanza y amor había creído estar ligada por los vínculos familiares de las dificultades, las necesidades, la bondad y la desgracia era como si hubieran conspirado para no comportarse como seres humanos. Como si se hubieran puesto de acuerdo para desmentir la opinión de que el bien se puede encontrar infaliblemente en los corazones de aquellos que llevan la ropa manchada y las manos negras por el trabajo.

Algo doloroso, oscuro tocó a Liudmila Nikoláyevna, y ese contacto bastó para llenarla del frío y las tinieblas de miles de verstas, de vastas extensiones rusas miserables, para colmarla de una sensación de impotencia en la tundra de la vida.

Liudmila volvió a preguntar a la conductora dónde tenía que bajar y ésta le respondió con tranquilidad:

–Ya se lo he dicho. ¿Está sorda o qué?

Los pasajeros bloqueaban la puerta de la entrada sin responder si bajaban o no en la próxima parada; no querían moverse, como si se hubieran convertido en piedra.

Liudmila se acordó de que cuando era niña había estu-

diado en la clase preparatoria del colegio femenino de Sarátov. En las mañanas de invierno, sentada a la mesa, bebía el té balanceando las piernas, y su padre, al que adoraba, le untaba de mantequilla un bollo todavía caliente.
La lámpara se reflejaba en la gorda mejilla del samovar, y
ella no tenía ganas de alejarse de la cálida mano del padre,
del cálido pan, del cálido samovar.

En aquellos momentos parecía que en la ciudad no había viento de noviembre, ni hambre, ni suicidios, ni niños
agonizantes en los hospitales, sino sólo calor, calor, calor.

En el cementerio local estaba enterrada su hermana mayor, Sonia, muerta a causa de la difteria; Aleksandra Vladímirovna le había puesto de nombre Sonia en honor a Sofia Lvovna Peróvskaya[1]. Y en aquel cementerio también
estaba enterrado el abuelo.

Se acercó al edificio de dos plantas de la escuela, el
hospital donde estaba Tolia.

No había centinela en la entrada, lo cual le pareció una
buena señal. De pronto la embistió una ráfaga de aire tan
sofocante y viscoso que ni siquiera las personas extenuadas
de frío disfrutaban de aquel calor y preferían volver a la in-
temperie. Pasó por delante de los lavabos donde todavía se
conservaban las tablillas con los rótulos «niños» y «niñas».
Atravesó el pasillo, impregnado del olor de la cocina, y más
adelante entrevió, a través de una ventana empañada, varios ataúdes rectangulares dispuestos en el patio interior, y
una vez más, como cuando estaba en la entrada de su casa
con la carta todavía sin abrir en la mano, se dijo: «Oh, Dios
mío, si pudiera morir ahora mismo». Pero siguió avanzando con grandes pasos a lo largo de una alfombra gris y, después de rebasar una mesita con plantas de interior que le resultaban familiares –esparragueras y filodendros–, se acercó
a una puerta donde, al lado del cartel «Cuarta clase», colgaba un letrero escrito a mano: «Recepción».

1. Revolucionaria rusa (1853-1881), miembro de la organización
Naródnaya Volia [La voluntad del pueblo]. Participó en el atentado
contra Alejandro II. Sonia es el diminutivo de Sofía.

Liudmila agarró el mango de la puerta y la luz del sol que atravesaba las nubes golpeó la ventana, y todo alrededor se iluminó.

Minutos más tarde un locuaz empleado repasó las tarjetas de una caja grande que brillaba a la luz del sol y le dijo:

–Bien, entonces busca usted a Sháposhnikov A. V., Anatoli Ve..., veamos... Tiene suerte de no haberse encontrado con nuestro comandante con el abrigo todavía puesto, le habría hecho la vida difícil... Veamos... entonces Sháposhnikov..., sí, sí, aquí está... Teniente, exacto.

Liudmila seguía con la mirada los dedos que sacaban la ficha de la caja de madera contrachapada y le parecía estar ante Dios: en sus manos estaba pronunciar «vivo» o «muerto». Y justo en ese instante el locuaz empleado hizo una pausa para tomar una decisión.

29

Liudmila Nikoláyevna llegó a Sarátov una semana después de que Tolia se hubiera sometido a una nueva operación, la tercera. La operación había sido practicada por el médico militar de segundo grado Máizel. Había sido una intervención larga y difícil: Tolia estuvo más de cinco horas con anestesia general y le pusieron dos inyecciones de hexonal por vía intravenosa. Ningún cirujano del hospital militar ni de la clínica universitaria había efectuado antes una intervención semejante en Sarátov. Sólo tenían conocimiento de ella por la literatura especializada: los americanos habían publicado una descripción detallada en una revista de medicina militar de 1941.

En vista de la complejidad de dicha operación, el doctor Máizel, después de efectuar un examen radiológico rutinario, habló largo y tendido con el teniente. Le explicó la naturaleza de los procesos patológicos que se estaban produciendo en su organismo a consecuencia de la grave herida. Al mismo tiempo le habló con absoluta franqueza sobre los riesgos que acarreaba la intervención. No todos los doctores que había consultado se habían mostrado unánimes respecto a la decisión de operar: el anciano profesor Rodiónov se había pronunciado en contra. El teniente Sháposhnikov formuló dos o tres preguntas y allí mismo, en la sala de radiología, después de reflexionar un instante, dio su consentimiento.

La operación había comenzado a las once de la mañana y se prolongó hasta las cuatro de la tarde. En la intervención estuvo presente el doctor Dimitruk, el director del hospital. Según las opiniones de los médicos que asistieron a la operación, ésta había sido brillante.

Máizel, una vez en la mesa de operaciones, había resuelto correctamente dificultades que no habían sido previstas ni tratadas en la descripción de la publicación médica.

El estado del paciente durante la operación fue satisfactorio; su pulso se mantuvo constante, sin caídas.

Hacia las dos el doctor Máizel, que tenía sobrepeso y estaba lejos de ser joven, se sintió indispuesto y durante algunos minutos se vio obligado a interrumpir la operación. La terapeuta, la doctora Klestova, le suministró Validol y luego pudo terminar su labor sin más interrupciones. Poco después del final de la operación, sin embargo, cuando el teniente Sháposhnikov fue trasladado a cuidados intensivos, el doctor Máizel sufrió una grave angina de pecho. Sólo repetidas inyecciones de alcanfor y el suministro de una fuerte dosis de nitroglicerina líquida habían acabado hacia la noche con los espasmos de las arterias coronarias. Evidentemente, el ataque se había originado por la excitación nerviosa y la sobrecarga excesiva de un corazón enfermo.

La enfermera Teréntieva, que hacía guardia junto al enfermo, seguía el desarrollo del postoperatorio. Klestova entró en la unidad y tomó el pulso al paciente, todavía inconsciente. Las constantes vitales de Sháposhnikov no habían sufrido alteraciones destacables y la doctora dijo a la enfermera Teréntieva:

–Máizel le ha dado una nueva vida y él casi se muere.

A lo que la enfermera Teréntieva respondió:

–Oh, si al menos el teniente Tolia lograra salir adelante...

La respiración de Sháposhnikov apenas era audible. Su cara no mostraba signo alguno de movilidad, los brazos delgados y el cuello parecían los de un niño, y en la piel pálida, apenas visible en la penumbra, se percibía el bronceado que le había quedado de los ejercicios en el campo y las marchas forzadas en la estepa. El estado en el que se encontraba estaba a caballo entre la inconsciencia y el sueño, un pesado sopor causado por los efectos de la anestesia y el agotamiento de sus fuerzas físicas y morales.

El paciente musitaba palabras inarticuladas y a veces frases enteras. A Teréntieva le daba la impresión de que repetía una cantinela: «Qué bien que no me hayas visto así». Después permanecía en silencio, las comisuras de los labios se le relajaban; parecía que, en estado de inconsciencia, llorara.

Hacia las ocho de la tarde el enfermo abrió los ojos y pidió a la enfermera Teréntieva, agradablemente sorprendida, que le diera de beber. La mujer explicó al paciente que le habían prohibido ingerir líquidos, y añadió que la operación había sido un éxito y que pronto se recuperaría. Le preguntó cómo se encontraba y él respondió que le dolía el costado y la espalda, pero sólo un poco.

La enfermera le comprobó de nuevo el pulso y le humedeció los labios y la frente con una toalla mojada.

En ese momento el enfermero Medvédev entró en el pabellón para informar a la enfermera Teréntieva de que el jefe de cirugía, Platónov, la requería al teléfono. Fue a la habitación de la enfermera de guardia, cogió el auricular e informó al doctor Platónov de que el paciente se había despertado y que su estado, teniendo en cuenta la dura intervención que había soportado, era normal. Luego pidió que la sustituyeran puesto que debía acudir a la comisaría militar de la ciudad para solucionar un problema que había surgido a consecuencia del cambio de destinación del marido. El doctor Platónov le concedió permiso y le pidió que tuviera a Sháposhnikov bajo observación hasta que pudiera examinarlo.

Teréntievna volvió al pabellón. El enfermo yacía en la misma postura que lo había dejado, pero la expresión de sufrimiento se le había atenuado en la cara: las comisuras de los labios se le habían subido de nuevo y su aspecto parecía tranquilo y sonriente. Al parecer, el sufrimiento constante envejecía la cara de Sháposhnikov, y ahora que sonreía sorprendió a la enfermera: tenía las mejillas hundidas, ligeramente hinchadas; los labios carnosos y pálidos; la frente alta, sin la menor arruga, como si no fuera la de un adulto, ni siquiera la de un adolescente, sino la de un niño. La enfermera preguntó al paciente cómo se encontraba, pero no respondió: al parecer, se había dormido. La enfermera examinó con ansiedad la expresión de su rostro. Cogió la muñeca de Sháposhnikov y no le notó el pulso; la mano todavía estaba un poco caliente, con aquel calor débil, apenas perceptible, que conserva por la mañana la estufa encendida el día antes cuando aún no ha sido alimentada.

Y aunque la enfermera había vivido siempre en la ciudad, se dejó caer de rodillas y, en voz baja, para no molestar a los vivos, se lamentó como una campesina:

–Querido nuestro, ¿por qué nos has abandonado?

30

Por el hospital se difundió la noticia de que la madre del teniente Sháposhnikov había llegado. El comisario del batallón, Shimanski, fue el encargado de recibir a la madre del teniente muerto. Shimanski, un hombre apuesto cuyo acento revelaba su origen polaco, fruncía la frente mientras esperaba a Liudmila Nikoláyevna, resignándose de antemano a las inevitables lágrimas que ésta derramaría, o tal vez a un desmayo. Se pasaba la lengua por el bigote, apenas dejado crecer, sin lograr vencer la compasión que en él suscitaban tanto el teniente muerto como su madre, y precisamente por eso estaba irritado con uno y otro: ¿qué pasaría con sus nervios si tenía que ponerse a recibir a las madres de todos los tenientes muertos?

Shimanski invitó a Liudmila Nikoláyevna a que tomara asiento antes de comenzar a hablar y le acercó una garrafa de agua.

–Se lo agradezco, pero no tengo sed.

Escuchó el relato sobre el concilio médico que había precedido a la operación (el comisario de batallón no consideró necesario mencionar al médico que se había opuesto), sobre las dificultades de la intervención en sí y lo bien que había ido. Shimanski añadió que los cirujanos eran de la opinión que aquella operación se debía practicar en caso de heridas graves como las que había sufrido el teniente Sháposhnikov. Dijo además que la muerte del teniente Sháposhnikov sobrevino por paro cardíaco y que, tal como habían revelado las conclusiones de la autopsia del patólogo anatómico, el médico militar de tercer grado Bóldirev, el diagnóstico y la prevención de aquel desenlace inesperado estaba fuera del alcance de los médicos.

Asimismo el comisario de batallón la informó de que cientos de pacientes pasaban por el hospital y raras veces se había encontrado con alguno tan estimado por el personal médico como el teniente Sháposhnikov, un paciente responsable, educado, muy reservado, que siempre evitaba escrupulosamente pedir cualquier cosa y molestar al personal.

Por último, Shimanski afirmó que debía sentirse orgullosa de haber educado a un hijo que había sabido, con abnegación y honor, dar su vida por la patria. Luego le preguntó si tenía alguna petición.

Liudmila Nikoláyevna se disculpó por hacer perder el tiempo al comisario y, tras sacar de su bolso una hoja de papel, comenzó a leer sus peticiones.

Pidió que le indicaran el lugar donde su hijo había sido enterrado.

El comisario asintió en silencio y lo anotó en su cuaderno.

Quería hablar con el doctor Máizel.

El comisario le comunicó que, al enterarse de su llegada, el doctor Máizel también había expresado su deseo de verla.

Pidió si podía conocer a la enfermera Teréntieva. Shimanski asintió y escribió otra nota en su cuaderno. Además preguntó si podía quedarse de recuerdo los objetos personales del hijo.

El comisario tomó nota también de eso.

Luego solicitó que se repartieran entre los heridos los regalos que había llevado para su hijo, y depositó sobre la mesa dos cajitas de boquerones y un paquete de chocolatinas.

Los grandes ojos azules de la mujer se cruzaron con los del comisario. Éste entornó los suyos involuntariamente ante su brillo.

Shimanski pidió a Liudmila que volviera al hospital al día siguiente a las nueve y media de la mañana: todas sus peticiones serían satisfechas.

El comisario de batallón Shimanski siguió con la mirada la puerta que se cerraba, miró los regalos que había dejado para los heridos, se tomó el pulso pero no lo encontró, se dio por vencido y bebió el agua que había ofrecido al inicio de la conversación a Liudmila Nikoláyevna.

31

Parecía que Liudmila Nikoláyevna no tuviera un minuto libre. Por la noche vagó por las calles, se sentó en un banco del jardín de la ciudad, fue a la estación para entrar en calor, vagó de nuevo por las calles desiertas con paso rápido y decidido.

Shimanski cumplió todas sus promesas.

A las nueve y media de la mañana, Liudmila Nikoláyevna se encontró con la enfermera Teréntieva y le pidió que le contara todo lo que sabía de Tolia.

Liudmila Nikoláyevna se puso una bata y subió en compañía de Teréntieva al primer piso, recorrió el pasillo por el cual habían conducido a su hijo hasta la sala de operaciones, se detuvo un momento ante la puerta de la unidad de cuidados intensivos, miró la cama, vacía aquella mañana. La enfermera Teréntieva caminaba a su lado y se secaba la nariz con el pañuelo. Volvieron a la planta baja, y Teréntieva se despidió de ella. Poco después entró en la sala de espera, respirando con dificultad, un hombre obeso con el pelo cano y ojeras oscuras bajo unos ojos igualmente oscuros. La bata almidonada y deslumbrante del cirujano Máizel parecía aún más blanca en comparación con su tez morena y aquellos ojos oscuros desencajados.

Máizel explicó a Liudmila Nikoláyevna los motivos por los que el profesor Rodiónov se había opuesto a la operación. Parecía que adivinara todo lo que ella quería preguntarle. Le contó las conversaciones que había mantenido con el teniente Tolia antes de la operación y, comprendiendo su estado de ánimo, le contó con cruda sinceridad el desarrollo de la misma.

Después le dijo que había sentido una ternura casi paternal hacia el teniente Tolia, y la voz de bajo del cirujano hizo vibrar con finura, como un leve lamento, el cristal de la ventana. Liudmila observó por primera vez sus manos, unas manos peculiares; parecían vivir una vida aparte de aquel hombre con ojos lastimeros. Eran severas, pesadas, con dedos grandes, fuertes y oscuros.

Máizel quitó las manos de la mesa. Como si leyera el pensamiento de Liudmila, le dijo:

—Hice todo lo que pude. Pero, en lugar de salvarlo de la muerte, mis manos le acercaron a ella. —Y posó nuevamente las manos sobre la mesa.

Liudmila comprendió que todo lo que decía Máizel era verdad.

Cada palabra que pronunciaba sobre Tolia, y que deseaba con ardor, la torturaba y consumía. Pero había algo más que hacía la conversación difícil y dolorosa: sentía que el cirujano había querido celebrar ese encuentro por él mismo, no por ella. Y aquello le suscitó un sentimiento de escasa simpatía hacia Máizel.

Cuando llegó el momento de la despedida, Liudmila le dijo que estaba convencida de que había hecho todo lo posible para salvar a su hijo. Él respiraba fatigosamente, y Liudmila tuvo la impresión de que sus palabras le habían quitado un peso de encima y comprendió de nuevo que precisamente porque consideraba un derecho escucharlas, él había buscado ese encuentro y se había salido con la suya.

Un reproche asaltó su pensamiento: «¿Será posible que encima tenga que dar consuelo?».

El cirujano se marchó, y Liudmila Nikoláyevna fue a hablar con el comandante, un hombre que llevaba un gorro alto de piel. Éste le hizo el saludo militar y le informó con voz ronca de que el comisario le había dado instrucciones para que la llevaran en coche hasta el lugar donde su hijo había recibido sepultura, pero que el coche tardaría diez minutos en llegar porque habían ido a entregar la lista de los asalariados a la oficina central. Los efectos personales del teniente ya estaban listos, pero en cualquier caso sería más cómodo recogerlos a la vuelta del cementerio.

Todas las peticiones de Liudmila Nikoláyevna se cumplían con precisión y escrupulosidad militar. Pero notaba que el comisario, la enfermera, el comandante, todos querían algo de ella: tranquilidad, perdón, consuelo.

El comisario se sentía culpable porque en su hospital morían hombres. Hasta la visita de Sháposhnikova esto no le había inquietado; ¿acaso no era lo que se esperaba en un hospital en tiempo de guerra? La calidad del tratamiento médico nunca había sido criticada por las autoridades. Lo que sí le reprochaban era la insuficiente organización del trabajo político y la nefasta información sobre la moral de los heridos.

No se combatía suficiente el escepticismo entre los heridos, ni las opiniones hostiles de aquellos que se oponían a la colectivización. Se habían producido casos de divulgación de secretos militares.

Shimanski había sido convocado por la sección política de la dirección sanitaria del distrito. Le amenazaron con enviarle al frente si la sección especial recibía noticias de que se habían producido nuevos desórdenes de carácter ideológico.

Y ahora el comisario se sentía culpable ante la madre del teniente muerto, porque el día anterior habían fallecido tres enfermos, y él había tomado una ducha y le había pedido su plato preferido al cocinero, estofado con chucrut, regado abundantemente con cerveza que había obtenido en la tienda de Sarátov. La enfermera Teréntieva se sentía culpable ante la madre del teniente muerto porque su marido, ingeniero militar, servía en el Estado Mayor del ejército y no había ido al frente y el hijo, que tenía sólo un año más que Sháposhnikov, trabajaba en una oficina de diseños y proyectos de una fábrica aeronáutica. También el comandante se sentía culpable: era un militar profesional que prestaba servicio en un hospital de retaguardia, había enviado a casa tela buena de gabardina y botas de fieltro, mientras que el teniente muerto había dejado a su madre un uniforme de percal.

El sargento de labios gruesos y orejas carnosas se sentía culpable ante la mujer que conducía al cementerio. Los ataúdes estaban fabricados con tablas de madera de mala calidad. Los cadáveres eran depositados en los ataúdes en ropa interior; los soldados rasos eran amontonados en fosas comunes, y los epitafios de las sepulturas se hacían con caligrafía descuidada, sobre tablillas sin pulir, escritos con una tinta poco resistente. A decir verdad los muertos en las divisiones de los batallones médico-sanitarios eran enterrados en las fosas sin ataúdes y las inscripciones se hacían con un lápiz de tinta que se borraban con la primera lluvia. Y los caídos en combate, en los bosques, los pantanos, los barrancos o en campo raso a menudo no encontraban a nadie que los sepultara, salvo la arena, las hojas secas o las ventiscas de nieve.

Pero a pesar de todo, el sargento se sentía culpable ante la mujer por la pésima calidad de la madera; aquella mujer que se sentaba a su lado y le preguntaba cómo enterraban a los muertos, si amortajaban los cadáveres, si recibían sepultura juntos o separados, y si se pronunciaban unas últimas palabras delante de sus tumbas.

Se sentía incómodo además porque antes de emprender el trayecto al cementerio había hecho una escapada a un almacén con un amigo y había bebido un frasco de alcohol medicinal diluido acompañado de pan y cebolla. Se sentía avergonzado de que en el coche flotara el olor a alcohol y cebolla; pero por mucho que se esforzara por no echar el aliento, no podía evitarlo.

El sargento miraba con aire sombrío el espejo del retrovisor donde se reflejaban los ojos risueños del conductor, que le incomodaban.

«Vaya, el sargento se ha puesto como una cuba», decían despiadadamente los ojos alegres y jóvenes del conductor.

Todos los hombres son culpables ante una madre que ha perdido a un hijo en la guerra; y a lo largo de la historia de la humanidad todos los esfuerzos que han hecho los hombres por justificarlo han sido en vano.

32

Los soldados de un batallón de trabajo descargaban ataúdes de un camión. En la silenciosa lentitud de sus movimientos se veía que estaban acostumbrados a realizar aquel trabajo. Uno de ellos, de pie en la parte trasera del camión, acercaba el ataúd hasta el borde, otro se lo cargaba a las espaldas y lo levantaba en el aire, y un tercero se aproximaba en silencio y lo cogía por el extremo opuesto.

La tierra helada crujía bajo sus botas mientras transportaban las cajas hasta una amplia fosa común, y después de colocarlas en el borde del foso, volvían al camión. Luego, cuando el camión se marchó de vacío a la ciudad, los soldados se sentaron sobre los ataúdes, colocados ante la fosa abierta, y se pusieron a liar cigarrillos con gran cantidad de papel y poca de tabaco.

–Parece que hoy hay menos faena –dijo uno y se puso a encender la lumbre con un eslabón de muy buena calidad: la yesca en forma de cordel estaba metida en una caja de cobre, y el pedernal estaba encajonado dentro. El soldado agitó la yesca y el humo permaneció suspendido en el aire.

–El sargento dijo que hoy sólo habría un camión –dijo otro soldado dando una calada a su cigarro y expulsando una gran bocanada de humo.

–Podemos acabar la tumba cuando venga.

–Claro, será más cómodo; traerá la lista y hará la comprobación –añadió el tercero, que no fumaba; en su lugar, cogió un trozo de pan del bolsillo, lo sacudió, lo sopló ligeramente y comenzó a masticarlo.

–Dile al sargento que nos traiga un pico; un cuarto de hora es tiempo suficiente para que la costra se hiele, y mañana toca preparar una nueva; ¿crees que lograremos retirar la tierra con las palas?

El que había encendido el fuego, chocando las manos con un golpe seco, sacó la colilla de la boquilla de madera, que tamboriléo ligeramente contra la tapa del ataúd.

Los tres se quedaron callados como si escucharan. Reinaba el silencio.

–¿Es verdad que sólo nos darán raciones de rancho en frío para comer? –preguntó el soldado que masticaba pan, bajando la voz para no molestar a los muertos en sus tumbas con una conversación que carecía de interés para ellos.

El segundo fumador, aspirando el humo de una colilla de una larga boquilla de caña, lo miró a contraluz y movió la cabeza.

De nuevo se hizo el silencio.

–No hace mal día hoy, sólo un poco de viento.

–Escucha, ha llegado el camión; a la hora de comer habremos acabado.

–No, no es nuestro camión. Es un coche.

Salieron del coche el sargento, al que conocían bien, y una mujer con un pañuelo, y ambos se se dirigieron a la verja de hierro donde se habían cavado las tumbas la semana pasada; después habían tenido que cambiar de sitio por falta de espacio.

–Miles de personas son enterradas y nadie asiste a los funerales –dijo uno–. En tiempo de paz sucede todo lo contrario: un muerto y cien personas detrás llevándole flores.

–También lloran por éstos –dijo otro repiqueteando delicadamente sobre la tabla una uña grande y curvada torneada por el trabajo manual como un guijarro por el mar–. Sólo que nosotros no vemos esas lágrimas. Mira, el sargento vuelve solo.

Volvieron a fumar, esta vez los tres. El sargento se acercó y dijo con afabilidad:

–Bueno, chicos, si todos fumamos, ¿quién trabaja por nosotros?

En silencio soltaron tres nubes de humo y luego uno, el dueño de la piedra de mechero, dijo:

–Ahora acabamos el cigarro... Escucha, está llegando el camión. Lo reconozco por el motor.

33

Liudmila Nikoláyevna se acercó al pequeño túmulo y leyó en la tablilla de madera contrachapada el nombre de su hijo y su rango militar.

Sintió con claridad que los cabellos se le movían bajo el pañuelo, como si una mano fría jugara con ellos.

Cerca, a derecha e izquierda, hasta la verja, por todo el espacio se diseminaban túmulos idénticos, grises, sin hierba, sin flores, con una única ramita de madera que brotaba de la tierra sepulcral. En el extremo de esta ramita había una tablilla con el nombre de la persona sepultada. Las tablillas abundaban y su densa uniformidad recordaba una hilera de espigas de grano germinadas en un campo.

Por fin había encontrado a Tolia. Muchas veces había intentado imaginar dónde estaba, qué hacía, en qué pensaba, si su pequeño dormía apoyado contra la pared de la trinchera, o estaba en marcha, o tomaba té, sosteniendo en una mano la taza y en la otra un terrón de azúcar, si estaba corriendo campo a través bajo el fuego enemigo... Deseaba estar a su lado, sabía que la necesitaba: le habría servido té en la taza, le habría dicho «come un poco más de pan», le habría quitado el calzado y lavado los pies desollados, envuelto una bufanda alrededor del cuello... Pero siempre desaparecía, no conseguía encontrarlo. Y ahora que había encontrado a Tolia, ya no la necesitaba.

A lo lejos se recortaban tumbas con cruces de granito de antes de la Revolución. Las lápidas funerarias se erguían como una muchedumbre de inútiles viejos que dejaban a todo el mundo indiferente; algunos caídos de lado, otros apoyados sin fuerza sobre los troncos de los árboles.

Parecía que el cielo se hubiera quedado sin aire, como si lo hubieran aspirado, y que sobre la cabeza de Liudmila se extendiera un desierto de polvo seco. Pero la potente bomba silenciosa, que succionaba el aire del cielo, trabajaba, trabajaba, y ahora para Liudmila no sólo no había cielo, tampoco había fe ni esperanza; en el infinito desierto sin aire sólo había un pequeño túmulo de tierra entre grises terrones helados.

Todo lo que vivía, su madre, Nadia, los ojos de Víktor, incluso los boletines de guerra, todo había dejado de existir.

Lo que estaba vivo había muerto. El único que vivía en todo el mundo era Tolia. ¡Qué silencio la rodeaba! ¿Sabía él que su madre había venido...?

Liudmila se arrodilló, suavemente, para no molestar a su hijo, luego puso recta la tablilla con su nombre; él siempre se enfadaba cuando su madre le arreglaba el cuello de la cazadora mientras lo acompañaba a la escuela.

–Aquí estoy, ya he llegado, y tú probablemente pensabas que tu mamá no vendría...

Hablaba a media voz, temiendo que la oyeran las personas que estaban fuera de la verja del cementerio.

Los camiones circulaban rápidamente a lo largo de la carretera y una oscura ventisca de polvo se arremolinaba y humeaba por el asfalto, se rizaba, se ondulaba... Caminaban, haciendo retumbar sus botas militares, repartidores de leche con sus bidones, gente con sacos, los escolares tapados con chaquetones acolchados y gorros de uniforme invernales.

Pero aquel día lleno de movimiento era para ella una imagen borrosa.

Qué silencio.

Hablaba con el hijo, recordando los detalles de su vida pasada y el espacio se llenaba de aquellos recuerdos que existían sólo en su conciencia: la voz infantil, los llantos, el frufrú de los libros ilustrados, el tintineo de la cuchara contra el borde del plato blanco, el zumbido de un radiorreceptor de fabricación casera, el crujido de los esquíes, el chirrido de los toletes en el estanque cerca de la dacha, el susurro del papel del caramelo, la aparición inesperada de su carita, las espaldas, el pecho.

Sus lágrimas, sus aflicciones, sus buenas y malas acciones, revividas en la desesperación de Liudmila, continuaban existiendo, emergían de la memoria, concretas y tangibles.

No eran los recuerdos del pasado los que se habían apoderado de ella, sino la agitación de las emociones vividas.

¿Qué se pensaba él que hacía, leyendo toda la noche con aquella luz tan mala? ¿Acaso quería comenzar a llevar gafas tan joven...?

Y ahora yacía allí, con una ligera camisa de algodón, descalzo, sin manta, en aquel lugar donde la tierra estaba completamente gélida y donde por la noche la helada se recrudecía.

De repente a Liudmila le empezó a sangrar la nariz. El

pañuelo se empapó y se volvió pesado. La cabeza le daba vueltas, se le nubló la vista y por un instante creyó perder el conocimiento. Entrecerró los ojos y cuando los volvió a abrir el mundo que su sufrimiento había hecho revivir ya había desaparecido. Quedaba sólo el polvo gris que el viento levantaba en remolinos sobre las tumbas que, sucesivamente, se cubrían de humo.

El agua de la vida que surgía de la superficie del hielo y que hacía emerger a Tolia de las tinieblas, corría, desaparecía; y ahora, aquel mundo que por un instante había roto las cadenas para hacerse él mismo realidad, el mundo creado por la desesperación de una madre, retrocedía. Su desesperación, como si hubiera estado investida de poderes divinos, levantó al teniente de la tumba y cuajó el desierto de nuevas estrellas.

En los minutos apenas transcurridos, él era el único que estaba vivo y gracias a él vivía todo el resto del mundo.

Pero ni siquiera el vehemente deseo de una madre era suficiente para lograr contener a multitudes ingentes de personas, carreteras y ciudades, mares, la misma tierra, e impedir que prosiguieran su frenética actividad a pesar de la muerte de Tolia.

Liudmila se pasó por los ojos secos el pañuelo impregnado de sangre. Con la cara pringosa de sangre seca, encorvada, resignada, empezaba a asumir, en contra de su voluntad, que Tolia ya no existía.

El personal del hospital se había sorprendido por su serenidad y sus preguntas. No comprendían que ella no podía darse cuenta de lo que para ellos era evidente, que Tolia estaba muerto. El amor que sentía por su hijo era tan fuerte que su muerte no podía cambiarlo: para ella, él seguía viviendo.

Estaba fuera de sí, pero nadie se había dado cuenta. Ahora, por fin, había encontrado a Tolia. Y actuaba como una gata que ha encontrado a su gatito muerto, se alegra y lo lame.

El alma soporta largos sufrimientos durante años, a veces incluso décadas, hasta que, piedra sobre piedra, erige poco a poco el túmulo del ser querido y llega a aceptar la pérdida irreparable, se resigna a la inevitabilidad de lo que ha pasado.

Los soldados, que ya habían concluido su trabajo, se habían marchado; el sol se disponía ya a ocultarse, las sombras proyectadas por las tablillas de madera contrachapada se alargaban. Liudmila se quedó sola.

Pensaba que debía comunicar la muerte de Tolia a los familiares, a su padre que se encontraba en un campo penitenciario. A su padre sin falta. ¿En qué había pensado Tolia antes de la operación? ¿Cómo le habían dado de comer, con una cucharilla? ¿Durmió, aunque fuera un poco, de lado, boca arriba? A él le gustaba la limonada con azúcar. ¿Cómo estaría acostado ahora, tendría la cabeza rasurada?

Todo lo que la rodeaba cada vez se volvía más oscuro, tal vez a causa del insoportable dolor de su alma.

De repente el pensamiento de que su sufrimiento nunca tendría fin la dejó estupefacta: Víktor moriría, los descendientes de su hija morirían y ella seguiría llorando su pérdida.

Y cuando aquella sensación de angustia se volvió tan intolerable que el corazón no podía soportarla, de nuevo la frontera entre la realidad y el mundo que Liudmila se había creado en su interior se desvaneció, y ante su amor la eternidad retrocedió.

Para qué comunicar la muerte de Tolia a su padre; Víktor y todos sus allegados con toda probabilidad aún no sabían nada. Tal vez lo mejor era esperar, a fin de cuentas, nada era seguro... Sí, más valía esperar, tal vez todo acabaría por arreglarse.

Liudmila dijo en un susurro:

–No digas nada a nadie, todavía no se sabe nada; todo se arreglará.

Cubrió con el faldón del abrigo los pies de Tolia. Se quitó el pañuelo de la cabeza y lo envolvió alrededor de la espalda de su hijo.

–Dios mío, esto no se hace, ¿por qué no te han dado una manta? Cúbrete al menos un poco los pies.

Se encontraba en un estado de semiinconsciencia en el

que continuaba hablando con su hijo, le reprochaba por sus cartas demasiado breves. Se despertaba de aquel letargo y volvía a colocarle bien el pañuelo que el viento había movido.

Qué bien estaban los dos solos, sin que nadie los molestara. Nadie quería a Tolia. Todos decían que era feo porque tenía los labios gruesos y prominentes, porque se comportaba de un modo extraño, porque era violento y susceptible. A ella tampoco la quería nadie, los suyos sólo veían en ella defectos... Mi pobre niño, tímido, torpe, hijito querido... Sólo él la amaba, y ahora, de noche, en aquel cementerio, permanecía a su lado, nunca la abandonaría, y cuando se convirtiera en una viejecita inútil para todos, él seguiría amándola... Qué desarmado estaba ante la vida. Nunca pedía nada, era tímido, ridículo; la maestra dice que en la escuela es el hazmerreír de todos, que le toman el pelo hasta sacarlo de quicio y él llora, como un niño pequeño. Tolia, Tolia, no me dejes sola.

Se hizo de día; un resplandor rojo, helado se encendió sobre la estepa del Volga. Un camión pasó rugiendo por la carretera.

Su locura había pasado. Estaba sentada junto a la tumba de su hijo. El cuerpo de Tolia estaba cubierto de tierra. Él ya no estaba.

Liudmila se miró los dedos sucios, el pañuelo revolcado por el suelo; tenía las piernas entumecidas, notaba la cara sucia. Le picaba la garganta.

Le daba lo mismo. Si alguien le hubiera dicho que la guerra había terminado, que su hija había muerto; si le hubieran puesto al lado un vaso de leche caliente y un trozo de pan tibio, no se habría movido, no habría extendido la mano. Permanecía sentada sin angustia, sin pensamientos. Todo le resultaba indiferente, inútil. Sólo quedaba un dolor constante que le encogía el corazón, le oprimía en las sienes. El personal del hospital y un médico con bata blanca decían algo de Tolia, y ella veía el movimiento de sus labios, pero no oía las palabras. La carta que había recibido del hospital se le había caído del bolsillo del abrigo, pero no tenía ganas de recogerla del suelo, de sacudirle el polvo. No pensaba en cuando Tolia tenía dos años y todavía caminaba balanceándose inseguro, siguiendo con paciencia y perseverancia un saltamontes que saltaba de aquí para allá; ni en que no había preguntado a la enfermera si antes de la operación, el último día de su vida, estaba tumbado de lado o boca arriba. Veía la luz del día, no podía dejar de verla.

De repente se acordó de cuando Tolia había cumplido tres años; por la tarde, bebiendo té y comiendo pastel, le había preguntado:

—Mamá, ¿por qué está oscuro si hoy es mi cumpleaños?

Vio las ramas de los árboles, las lápidas pulidas del cementerio que brillaban con el sol, la tablilla con el nombre de su hijo, «Shaposhn», escrito con letras grandes, e «ikov», en caracteres diminutos, todos apretujados unos contra otros. No pensaba, no tenía voluntad. No tenía nada.

Se levantó, recogió la carta, quitó con las manos entumecidas los granos de tierra del abrigo, lo limpió, se frotó los zapatos, sacudió durante un buen rato el pañuelo hasta que casi recuperó su color blanco. Se lo puso en la cabeza, con el dobladillo se quitó el polvo de las cejas, se limpió la sangre de los labios y la barbilla. Se dirigió hacia la salida sin mirar atrás, sin prisa, pero tampoco despacio.

34

Después de su vuelta a Kazán, Liudmila Nikoláyevna comenzó a adelgazar y a parecerse cada vez más a las fotografías de cuando era joven e iba a la universidad. Iba a la tienda restringida a buscar comestibles y preparaba la comida; encendía la estufa, lavaba los suelos y hacía la colada. Los días de otoño le daban la impresión de ser muy largos, y no encontraba nada para llenar su vacío.

El día de su regreso de Sarátov explicó a su familia el viaje, sus reflexiones sobre la culpabilidad que sentía hacia los suyos, su llegada al hospital; abrió la bolsa que contenía los jirones del uniforme ensangrentado de Tolia. Mientras hablaba, Aleksandra Vladímirovna respiraba fatigosamente, Nadia lloraba, y Víktor Pávlovich tenía un temblor en las manos que le impedía coger de la mesa el vaso de té. Maria Ivánovna, que había ido a visitarla, se puso pálida, tenía la boca entreabierta y en su mirada era patente el sufrimiento. Sólo Liudmila hablaba con calma, con sus grandes ojos azules muy abiertos y brillantes.

Aunque toda su vida había llevado la contraria a todo el mundo, ahora no discutía con nadie. Antes bastaba con que alguien explicara cómo se llegaba a la estación para que Liudmila se agitara hasta el punto de ponerse furiosa, afirmando que eran otras calles y otros trolebuses los que había que tomar.

Un día, Víktor Pávlovich le preguntó:

—Liudmila, ¿a quién hablas por las noches?

Y ella respondió:

—No lo sé. Tal vez esté soñando.

Víktor no ahondó más en las preguntas, pero le confió a la suegra que casi todas las noches Liudmila abría unas maletas, extendía una manta sobre el sofá que había en el rincón y hablaba en voz baja, con tono febril.

—Tengo la sensación, Aleksandra Vladímirovna, de que durante el día ya sea conmigo, con Nadia o con usted, Liudmila está como en un sueño, mientras que por las noches su voz se vuelve más animada, como antes de la guerra —dijo Víktor Pávlovich—. Me parece que está enferma, que se ha convertido en otra persona.

—No sé —respondió Aleksandra Vladímirovna—. Todos sufrimos. Todos con la misma intensidad y cada uno a su manera.

Alguien que llamaba a la puerta interrumpió la conversación. Víktor Pávlovich se levantó. Pero Liudmila Nikoláyevna le gritó desde la cocina:

—Abro yo.

La familia no lograba entender qué significaba, pero habían notado que después de su regreso de Sarátov Liudmila Nikoláyevna comprobaba varias veces al día si había correo en el buzón.

Cuando alguien llamaba a la puerta, se apresuraba en ser ella quien abriera. También ahora, al oír sus pasos apresurados, casi a la carrera, Víktor Pávlovich y Aleksandra Vladímirovna intercambiaron una mirada.

Luego oyeron la voz irritada de Liudmila:

–No hay nada, no tengo nada para usted hoy, y no venga tan a menudo. ¡Le di medio kilo de pan hace dos días!

35

El teniente Víktorov fue llamado al puesto de mando por el mayor Zakabluka, el comandante de un regimiento de cazas acantonado en reserva. Velikánov, el oficial de servicio del Estado Mayor, le anunció que el mayor se había dirigido con un U-2 al mando aéreo cerca de Kalinin y que no regresaría hasta la noche. Cuando Víktorov le preguntó a Velikánov el motivo de la convocatoria, éste le guiñó un ojo y le dijo que, probablemente, tenía que ver con la borrachera y el escándalo que se había armado en la cantina.

Víktorov echó una ojeada detrás de la cortina fabricada con una tela impermeable y un edredón. Oyó el tecleo de una máquina de escribir. Al ver a Víktorov, Volkonski, el jefe de la oficina, se anticipó a su pregunta:

–No, no hay cartas, camarada teniente.

La mecanógrafa, la asalariada Lénochka, se volvió hacia el teniente, luego miró a un espejito alemán tomado como trofeo de un avión derribado –regalo del difunto piloto Demídov–, se ajustó el gorro, desplazó la regla sobre el documento que estaba copiando y reanudó el repiqueteo de la máquina.

Aquel teniente de cara alargada que siempre hacía la misma monótona pregunta al jefe deprimía a Lénochka.

Víktorov, de regreso al aeródromo, se desvió por el lindero del bosque.

Hacía un mes que su regimiento se había retirado del frente a fin de completar los rangos que los pilotos caídos en batalla habían dejado sin efecto.

Un mes antes aquel territorio del norte que Víktorov no conocía se le había antojado inquietante. La vida del bosque, el joven río que serpenteaba ágilmente entre las abruptas colinas, el olor a putrefacción, a setas, el ulular de los árboles, le ponían en estado de alarma día y noche.

Durante las incursiones aéreas parecía que los olores de la tierra llegaban hasta la cabina del piloto. Del bosque y los lagos llegaba el aliento de la vieja Rusia que Víktorov sólo conocía por los libros que había leído antes de la guerra. Allí, a través de los lagos y los bosques discurrían antiguos senderos, y con la leña de aquellos bosques se habían construido casas, iglesias, se habían tallado mástiles de barcos. El tiempo se había demorado aquí y todavía corría el lobo gris y Aliónushka lloraba en la pequeña orilla por la que ahora Víktorov se dirigía a la cantina. Tenía la impresión de que aquel tiempo pasado era ingenuo, sencillo, joven, y no sólo las muchachas que vivían en las *teremá*[1], sino también los comerciantes con barbas grises, los diáconos y los patriarcas, parecían miles de años más jóvenes respecto a sus compañeros rebosantes de experiencia: los aviadores procedentes del mundo de la velocidad, los cañones automáticos, los motores diésel, el cine y la radio, llegados a aquellos bosques con el escuadrón del mayor Zakabluka. El mismo Volga, rápido, delgaducho, corriendo entre las escarpadas orillas multicolores, a través del verde del bosque, entre los bordados azul celeste y

1. *Terem* (*teremá*, en plural). Dependencias de una mansión destinadas a las mujeres en la Rusia moscovita. La práctica de aislar a las mujeres por parte de la élite moscovita alcanzó su apogeo en el siglo XVII.

rojo de las flores, era un símbolo de aquella juventud que se marchitaba.

¿Cuántos tenientes, sargentos, y también soldados rasos anónimos, recorren la senda de la guerra? Fuman el número de cigarrillos que les han asignado, golpean con la cuchara blanca la escudilla de hojalata, juegan con naipes en los trenes, en las ciudades saborean helados de palito, tosen mientras beben su pequeña dosis de cien gramos de alcohol, escriben el número establecido de cartas, gritan por el teléfono de campaña, disparan, algunos con un cañón de pequeño calibre, otros con artillería pesada, chillan algo mientras presionan el acelerador de un T-34...

La tierra bajo sus botas era como un viejo colchón chirriante y elástico: encima una capa de hojas ligeras, frágiles, diferentes entre sí también en la muerte; y, debajo, otra de hojas disecadas, viejas, de hace años, que se habían macerado y constituían una única masa marrón; polvo de la vida que un día había brotado en capullos, susurrado en el viento de una tormenta, brillado al sol después de una lluvia.

La maleza, casi reducida a polvo, ligera, se desmenuzaba bajo sus pies. La luz suave, tamizada por la pantalla de los árboles, llegaba hasta la tierra del bosque. El aire era espeso, denso, y los pilotos de los cazas, acostumbrados a los torbellinos de aire, lo notaban de modo particular. Los árboles, calientes y sudorientos, desprendían el característico olor a frescura húmeda de la madera. Pero el olor a hojas muertas y maleza predominaba sobre la fragancia de aquel bosque vivo. Allí, donde se erguían los abetos, aquel olor quedaba interrumpido por otro, el de la nota aguda y estridente de la esencia de trementina. El álamo temblón emanaba un aroma empalagosamente dulce; el aliso desprendía un olor amargo. El bosque vivía al margen del resto del mundo, y Víktorov tenía la impresión de entrar en una casa donde todo era diferente al exterior: los olores, la luz a través de las cortinas bajadas, los sonidos tenían otras resonancias entre aquellas paredes. Hasta que no saliera del bosque se sentiría extraño, como acompañado de personas poco conocidas. Era como si estuviera en el fondo de las aguas de un estanque mirando hacia arriba a través de la capa gruesa de aire de bosque, como si las hojas chapotearan, como si los hilos de una telaraña que se habían enredado en la estrellita verde de su gorra fueran algas suspendidas en la superficie. Las moscas veloces con grandes cabezas, los mosquitos indolentes, y el urogallo abriéndose paso entre las ramas, como una gallina, parecían agitar sus alas, pero nunca se elevarían en lo alto del bosque, así como los peces nunca se elevarán más allá de la superficie del agua; y si una urraca consigue levantar el vuelo hasta la copa de un álamo temblón inmediatamente después volverá a sumergirse en las ramas, así como un pez que por un instante ha hecho brillar su flanco plateado al sol se sumergirá rápidamente en el agua. Y qué extraño parece el musgo entre las gotas de rocío, azules, verdes, que se apagan en las profundidades tenebrosas del bosque.

Era hermoso, después de aquella penumbra silenciosa, salir a un claro iluminado. Todo adquirió otro aspecto, la tierra cálida, el olor a enebro calentado por el sol, el movimiento del aire; había grandes campanillas inclinadas que parecían fundidas en un metal violeta, y se veían los colores de los claveles salvajes con los tallos pegajosos de resina... El alma se vuelve despreocupada, y el claro es como un día feliz en una vida miserable. Las mariposas amarillas, los pulidos escarabajos azul oscuro, las hormigas, las serpientes que se mueven ligeramente entre la hierba, no se mueven para sí mismos, sino que todos juntos colaboran en un trabajo común. Una rama de abedul adornada de pequeñas hojas le rozó la cara; un saltamontes saltó, aterrizó sobre él, como si se tratara del tronco de un árbol, y se agarró a su cinturón, tensando tranquilamente las patas. Permanecía inmóvil con los ojos redondos, como de cuero, y la cara de un carnero. Calor, tardías flores de fresa, los botones y la hebilla del cinturón calientes por el sol. Probablemente este claro nunca había sido sobrevolado por un U-88, ni por un Heinkel en reconocimiento nocturno.

Por la noche Víktorov solía recordar los meses transcurridos en el hospital de Stalingrado. Se le había borrado de la memoria la camisa húmeda por el sudor, el agua un poco salada que le provocaba náuseas y aquel mal olor que le había atormentado. Aquellos días en el hospital le parecían un tiempo de felicidad. Y ahora, en el bosque, escuchando el rumor de los árboles, pensaba: «¿De veras oí alguna vez sus pasos?».

¿Era posible que todo aquello hubiera ocurrido? Ella le abrazaba, le acariciaba los cabellos, lloraba, y él le besaba los ojos salados y húmedos.

A veces Víktorov se imaginaba que llegaba con un Yak a Stalingrado. Había pocas horas de vuelo; podía repostar en Riazán, luego ir hasta Engels, donde el controlador aéreo era conocido suyo. Bueno, luego siempre podrían fusilarlo.

Le venía a la cabeza un relato que había leído en un viejo libro de historia: los hermanos Sheremétev, los acaudalados hijos del mariscal de campo, dieron en matrimonio al príncipe Dolgoruki a su hermana de dieciséis años, quien antes de la boda, al parecer, sólo le había visto una vez. Los hermanos asignaron a la novia una formidable dote, sólo la plata ocupaba tres habitaciones enteras. Dos días después de la boda, Pedro II fue asesinado. Dolgoruki, su favorito, fue arrestado, deportado a Siberia y encerrado en una torre de madera. La joven esposa desoyó los consejos, a pesar de que le hubiera resultado fácil deshacerse de aquel matrimonio, puesto que, en el fondo, sólo habían convivido dos días. Siguió a su marido y se estableció en la isba campesina de un bosque remoto. Durante diez años se acercó todos los días a la torre donde estaba preso Dolgoruki. Una mañana vio que la ventana de la torre estaba abierta de par en par, la puerta no estaba cerrada. La joven princesa corrió por la calle arrodillándose ante cualquiera que pasara, campesino o arquero qué más daba, y les suplicaba que le dijeran adónde se habían llevado a su marido. La gente le dijo que Dolgoruki había sido trasladado a Nizhni Nóvgorod. ¡Cuántos sufrimientos tuvo que soportar la princesa durante ese camino a pie! Y en Nizhni Nóvgorod supo que Dolgoruki había sido descuartizado. Entonces la princesa decidió retirarse a un convento de Kiev. El día que debía tomar los hábitos estuvo vagando largo rato por la orilla del Dniéper. Lo que lamentaba no era perder su libertad, sino la obligación de despojarse de su anillo de boda del que no se veía capaz de separarse...

Vagó por la orilla durante muchas horas, y luego, cuando el sol comenzó a ponerse, se quitó el anillo del dedo, lo lanzó al Dniéper y se dirigió a las puertas del monasterio.

Y el teniente de las fuerzas aéreas, crecido en un orfanato y que una vez había sido mecánico en la central térmica de Stalingrado, no podía dejar de pensar en la princesa Dolgorúkaya. Caminaba por el bosque imaginando que había muerto y le habían enterrado; que su avión había sido abatido por el enemigo, y que el morro había caído en picado contra el suelo; ahora, ya aherrumbrado, los pedazos cubrirían la hierba, y por allí deambularía Vera Sháposhnikova, que se detendría, descendería por los peñascos hasta el Volga con la mirada fija en el agua... Y doscientos años atrás había estado allí la joven princesa Dolgorúkaya; salía a un claro, se abría paso entre los linos, apartaba los arbustos cubiertos de bayas rojas. Se apoderó de él un dolor amargo, desesperado, pero al mismo tiempo dulce.

Un joven teniente de espalda estrecha va por el bosque, con la guerrera raída: ¡cuántos otros como él serán olvidados en estos tiempos inolvidables!

Mientras se dirigía al aeródromo Víktorov se dio cuenta de que algo estaba pasando. Los camiones cisterna circulaban por el campo de aviación, los técnicos y los mecánicos de batallón del servicio del aeródromo trajinaban alrededor de los aviones cubiertos con red de camuflaje. El radiotransmisor, por lo general silencioso, emitía un sonido seco, concentrado y preciso.

«Está claro», pensó Víktorov acelerando el paso.

Sus sospechas se vieron enseguida confirmadas cuando se encontró con Solomatin, un teniente con unas manchas rosas en un pómulo causadas por una quemadura.

–Ha llegado la orden, salimos de la reserva –le anunció.

–¿Hacia el frente? –preguntó Víktorov.

–Hacia dónde si no, ¿a Tashkent? –replicó Solomatin, alejándose en dirección al pueblo.

Era patente su preocupación; Solomatin había iniciado una relación seria con la dueña de la casa donde se hospedaba y ahora, con toda probabilidad, se apresuraba para estar junto a ella.

–Solomatin lo tiene claro: la isba, para la mujer; la vaca, para él –observó la voz familiar del teniente Yeriomin, el compañero de patrulla de Víktorov.

–¿Adónde nos envían, Yerioma? –preguntó Víktorov.

–Quizás a la ofensiva del frente noroeste. Acaba de llegar el comandante de la división en un R-5. Puedo preguntar a un amigo que pilota un Douglas en el comando aéreo. Él siempre lo sabe todo.

–¿Para qué preguntar? Pronto nos lo comunicarán.

El frenesí de la excitación no sólo había perturbado al Estado Mayor y a los pilotos sino que había contagiado a todo el pueblo. El suboficial Korol, de ojos negros y labios gruesos, el piloto más joven del regimiento, caminaba por la calle llevando en las manos ropa blanca, lavada y planchada, y encima del montón, un pastel de miel y una bolsa de bayas secas.

A Korol solían tomarle el pelo porque sus patronas –dos viejas viudas– lo atiborraban con dulces de miel. Cuando salía en misión, iban al aeródromo para recibirle a mitad de camino. Una era alta y derecha, la otra tenía la espalda encorvada; él caminaba en medio de ellas enfurruñado, avergonzado, como un niño mimado, y los pilotos decían que marchaba en formación flanqueado por un signo de interrogación y un signo exclamativo.

El comandante de la escuadrilla, Vania Martínov, salió de casa con el capote puesto. En una mano llevaba una maleta, en la otra el gorro de gala que, por miedo a arrugarlo, no metía en la maleta. La hija de la patrona, una chica pelirroja sin pañuelo en la cabeza y la permanente hecha en casa, lo seguía con una mirada que hacía innecesaria cualquier pregunta al respecto.

Un muchacho cojo informó a Víktorov de que el instructor político Golub y el teniente Skotnoi, con los que compartía alojamiento, se habían ido ya con su equipaje.

Víktorov se había mudado hacía pocos días a aquel apartamento; antes se había alojado con Golub en casa de una pérfida patrona, una mujer de frente alta abombada y ojos saltones amarillos. Mirar esos ojos era suficiente para ponerse enfermo.

Para librarse de sus inquilinos llenaba la isba de humo, y en una ocasión añadió ceniza al té. Golub trataba de persuadir a Víktorov para que redactara un informe sobre la mujer al comisario del regimiento, pero aquél se había negado.

–Bueno, espero que pille el cólera –concedió Golub, y añadió unas palabras que de niño le oía decir a su madre–: Si algo llega a nuestra orilla, o es mierda o son restos de un naufragio.

Se mudaron a una nueva casa que les pareció un paraíso. Pero no tuvieron mucho tiempo para disfrutarla.

Pronto también Víktorov, cargado con un saco y una maleta rota, pasaba por delante de las isbas grises que parecían tener dos pisos de alto; el cojito iba dando saltitos a su lado apuntando a los gallos y los aviones que sobrevolaban el bosque con una funda de pistola alemana que Víktorov le había regalado. Dejó atrás la isba donde la vieja Yevdokia Mijéyevna le había echado humo después de ver su rostro impasible detrás de los cristales empañados. Nadie hablaba con la vieja Yevdokia cuando traía desde el pozo dos cubos de madera y se detenía para tomar aliento. No tenía ni una vaca ni una oveja ni vencejos bajo el techo. Golub había pedido información sobre ella, había tratado de encontrar pruebas sobre su origen kulak, pero resultó que era de familia pobre. Las mujeres contaban que se había vuelto loca después de la muerte de su marido: había caminado hasta un lago en medio del frío otoñal y se había pasado días enteros sentada. Los hombres la habían sacado de allí a la fuerza. Pero las mujeres decían que antes incluso de casarse y de la muerte del marido ya era poco comunicativa.

Ahí estaba Víktorov, caminando a través de las calles de aquel pueblo, y dentro de unas horas habría abandonado para siempre aquel lugar rodeado de bosques y todo aquel mundo, el susurro de los árboles, el pueblo donde los alces se erguían en los huertos, los helechos, las manchas amarillentas de la resina, los ríos, los cuclillos, dejaría de existir. Desaparecerán los viejos y las muchachas, las conversaciones sobre cómo se llevó a cabo la colectivización, los relatos sobre los osos que arrebataban a las mujeres los cestos de frambuesas, las historias sobre los niños que pisaban con los talones desnudos las cabezas de las víboras... Aquel pueblo, para él extraño y singular, cuya vida se desarrollaba en torno al bosque como la vida del pueblo obrero donde él había nacido y crecido se desarrollaba en torno a una fábrica, desaparecería.

Luego el caza aterrizará y en un instante surgirá una nueva base aérea, un nuevo pueblo obrero o campesino con sus viejas, sus chicas, sus lágrimas y sus risas, sus gatos con narices peladas por las cicatrices, las leyendas del pasado, los recuerdos sobre la colectivización total y sus buenas y malas patronas.

Y el bello Solomatin, en ese nuevo contexto, se calará la

gorra a la primera ocasión y deambulará por la calle, cantará al son de la guitarra y enamorará a alguna chica.

El comandante del regimiento, el mayor Zakabluka, con la cara bronceada y el cráneo blanco afeitado, hizo tintinear cinco órdenes de la Bandera Roja y, balanceándose sobre sus piernas torcidas, leyó a los pilotos la orden de reincorporación al servicio; añadió después que debían pasar la noche en los refugios y que la ruta sería anunciada antes del vuelo.

Concluyó con la prohibición de salir del aeródromo y la advertencia de que los que así lo hicieran recibirían un severo castigo.

–No quiero que nadie esté dando cabezadas en el aire –explicó–. Dormid antes del vuelo.

Tomó la palabra Berman, el comisario del regimiento, quien, aunque sabía disertar con eficacia y elegancia sobre las sutilezas de la aeronáutica, no era muy querido debido a su arrogancia. Las relaciones entre Berman y los pilotos había empeorado a raíz de un episodio ocurrido con el piloto Mujin, que mantenía un romance con la bella radiotelegrafista Lidia Vóinova. Aquella historia de amor contaba con la simpatía de todo el mundo. En cuanto tenían un minuto libre se encontraban, iban a pasear junto al río y caminaban cogidos de la mano. Su relación era tan evidente que nadie se burlaba de ellos.

Y de repente circuló un rumor, un rumor difundido por la propia Lidia que había hecho una confidencia a una amiga, y de la amiga pasó a ser del dominio de todo el regimiento. Durante uno de sus habituales paseos Mujin había violado a Vóinova amenazándola con un arma de fuego.

Cuando el caso llegó a oídos de Berman, éste montó en cólera y puso tanto empeño que en diez días Mujin fue juzgado por un tribunal militar y condenado a muerte.

Antes de que se ejecutara la sentencia llegó un miembro del Consejo Militar del Aire, un tal general Alekséyev, con el objetivo concreto de aclarar las circunstancias del delito de Mujin. Lidia acabó de desconcertar al general, se arrodilló ante él y le rogó que la creyera, que la acusación contra Mujin era una mentira absurda.

Le contó toda la historia. Mujin y ella habían estado besándose en un claro del bosque; después se quedó dormida y Mujin para hacerle una broma, sin que ella se diera cuenta, le deslizó una pistola entre las rodillas y disparó contra el suelo. Ella se despertó gritando y Mujin comenzó a besarla de nuevo. Se lo había contado a su amiga, que había hecho correr otra versión, una mucho más espantosa. La única verdad de toda aquella historia era su amor hacia Mujin. Todo se resolvió de la mejor manera: la sentencia quedó anulada y Mujin fue trasladado a otro regimiento.

Desde ese suceso los pilotos veían con malos ojos a Berman.

Un día Solomatin dijo en la cantina que un ruso jamás se habría comportado de esa manera. Entonces un piloto, tal vez Molchánov, repuso que todas las naciones tenían sus villanos.

—Tomemos a Korol, por ejemplo —dijo Vania Skotnoi—. Es judío, sin embargo trabajar en pareja con él es perfecto. Si sales con él en misión de reconocimiento, ten por seguro de que en la cola tienes a un amigo que no te va a fallar.

—Pero ¿cómo quieres que Korol sea judío? —dijo Solomatin—. Korol es uno de los nuestros. En el aire me fío más de él que de mí mismo. Una vez, sobrevolando Rzhev, me barrió justamente de debajo de la cola un Messer. Y dos veces dejé escapar a un *fritz* tocado para sacar de un apuro a Borka Korol. Y ya sabes que cuando combato me olvido hasta de mi madre.

—Ya veo —dijo Víktorov—. Si un judío es bueno, dices que no es judío.

Todos rieron, pero Solomatin continuó:

—Muy bien, reíros, pero a Mujin no le debió parecer nada divertido cuando Berman lo condenó a la pena capital.

Entretanto Korol entró en la cantina y un piloto le preguntó, interesado:

—Oye, Boria, ¿eres judío?

–Sí, lo soy.

–¿Estás seguro?

–Completamente.

–¿Circuncidado?

–Vete al cuerno –respondió Korol.

Todos se echaron a reír de nuevo.

Cuando los pilotos se dirigían del aeródromo al pueblo, Solomatin se puso al lado de Víktorov.

–¿Sabes? –le dijo–. Has pronunciado tu discurso en balde. Cuando trabajaba en la fábrica de jabón aquello estaba plagado de judíos, todos jefes; he visto con mis propios ojos a esos Samuel Abrámovich. Se apoyan mutuamente entre ellos, tenlo por seguro.

–¿De qué me hablas? –dijo Víktorov encogiéndose de hombros–. ¿Es que me has puesto en el mismo saco?

Berman proclamó a los pilotos que una nueva era había comenzado y que se había acabado la vida en la reserva. Eso ya lo habían comprendido por sí mismos, pero aun así le escuchaban con atención, no fuera a ser que deslizara en su discurso una pista sobre su destino, si el regimiento se quedaría en el frente noroeste y se instalarían cerca de Rzhev o si serían transferidos al oeste o al sur.

Berman hablaba.

–La primera cualidad de un piloto de combate consiste en conocer bien su máquina y equipo para utilizarlos eficazmente; la segunda es el amor a su máquina: debe amarla como si fuera su hermana o su madre; la tercera, tener valor, es decir, la cabeza fría y el corazón caliente. La cuarta, sentir el espíritu de camaradería del que está imbuida nuestra vida soviética. La quinta, ¡la abnegación en el combate! ¡El éxito depende de cada pareja de aviones que trabajan juntos! ¡Sigue al líder de la patrulla! Un verdadero piloto también le da vueltas a la cabeza en tierra, analiza el último combate, considera: «Ah, así habría sido mejor, así no se debe hacer».

Los pilotos, mientras tanto, adoptaban una expresión de fingido interés en sus caras, miraban al comisario e intercambiaban impresiones en voz baja.

–Tal vez escoltemos a los Douglas que llevan víveres a Leningrado –dijo Solomatin, que tenía una amiga en Leningrado.

–¿O tal vez en dirección a Moscú? –preguntó Molchánov cuya familia vivía en Kúntsevo, una localidad al oeste de Moscú.

–Quizá nos envíen cerca de Stalingrado –dijo Víktorov.

–Bah, es poco probable –replicó Skotnoi.

A él le era indiferente el lugar adonde destinaran al regimiento puesto que todos sus parientes se encontraban en la Ucrania ocupada.

–Y tú, Boria, ¿adónde volarías? –preguntó Solomatin–. ¿A tu capital judía, Berdíchev?

De pronto los sombríos ojos de Korol se oscurecieron de rabia y, en voz alta y clara, le soltó un aluvión de insultos.

–¡Suboficial Korol! –gritó Berman.

–A sus órdenes, camarada comisario.

–Cállese.

Pero Korol ya se había callado.

El mayor Zakabluka tenía gran reputación y fama en el arte de la blasfemia y jamás habría amonestado a un piloto de combate soltando tacos en presencia de un superior. Él mismo cada mañana gritaba a su ordenanza de forma amenazante:

–¡Maziúkin, tu puta madre...! –y después acababa en un tono más manso–: Va, venga, dame la toalla.

Sin embargo, como buen conocedor del carácter de picapleitos del comisario, el comandante del escuadrón no se atrevió a «amnistiar» rápidamente a Korol. Berman redactaría un informe donde expondría cómo Zakabluka había desacreditado su liderazgo político ante los pilotos. De hecho, Berman ya había informado por escrito a la sección política de que Zakabluka, desde que le habían pasado a la reserva, se había montado su propio señorío, bebía vodka con el jefe de Estado Mayor y tenía un lío con una lugareña, la zootécnica Zhenia Bondariova.

Así que el comandante Zakabluka no tuvo otra alternativa que lidiar con el asunto.

–¿Qué son esos modales, suboficial Korol? ¡Dos pasos al frente! ¿A qué viene este desorden? –gritó con voz ronca y amenazadora.

Luego llevó el caso más lejos:

–Instructor político Golub, comunique al comisario por qué razón el suboficial Korol ha infringido la disciplina.

–Permita que le informe, camarada mayor, que ha discutido con Solomatin, pero no he oído el motivo.

–¡Teniente mayor Solomatin!

–¡Presente, camarada mayor!

–Su informe. ¡A mí no! ¡Al comisario del batallón!

–Adelante –asintió Berman sin mirar a Solomatin.

Sospechaba que el mayor Zakabluka tenía sus razones para no dar su brazo a torcer. Sabía que era un hombre que destacaba por una astucia inusitada tanto en tierra como en el aire; allí, en lo alto, era donde sabía mejor que nadie adivinar al instante el objetivo del enemigo, su táctica, y se anticipaba a sus movimientos. En tierra sabía cuándo era necesario fingirse un tontaina y reír obsequiosamente las bromas burdas de un hombre estúpido. Y sabía dominar a sus jóvenes tenientes, que no se amilanaban ante nada ni nadie.

Durante el periodo pasado en reserva, Zakabluka había manifestado interés por la agricultura y, principalmente, por la ganadería y la avicultura. Se ocupaba también de la preparación de conservas de frutas y hortalizas: hacía licor de frambuesa, salaba y secaba las setas. Sus comidas eran célebres y a los comandantes de otros regimientos les gustaba ir a verle en sus horas libres a bordo de sus U-2 para tomar un tentempié y echar un trago. Pero el mayor no ofrecía su hospitalidad a cambio de nada.

Berman conocía otra peculiaridad de Zakabluka que hacía que su relación con él fuera particularmente difícil: el circunspecto, precavido y taimado Zakabluka era a la vez un temerario que cuando tenía algo entre ceja y ceja se lanzaba de cabeza, sin importarle que le fuera la vida en ello.

–Luchar contra los jefes es inútil, como mear de cara al viento –decía a Berman, y de pronto cometía un acto insensato en contra de sus intereses, tanto que desorientaba por completo al comisario.

Cuando los dos se encontraban de buen humor, conversaban, se guiñaban el ojo y se daban palmaditas en la espalda o sobre el estómago.

–Nuestro comisario es un hombre inteligente –decía Zakabluka.

–Y es fuerte nuestro heroico mayor –decía Berman.

A Zakabluka no le gustaba el comisario por su carácter melifluo, la diligencia con que insertaba en sus informes cada palabra imprudente; se mofaba de la debilidad de Berman por las chicas bonitas, su pasión por el pollo cocido («deme el muslito», pedía), y su indiferencia por el vodka; reprobaba su falta de interés hacia las condiciones de vida de los demás pero también la habilidad con que creaba condiciones satisfactorias para su propia comodidad. De Berman apreciaba su inteligencia, su disposición para entrar en conflicto con los superiores por el bien de la causa y el coraje (a veces parecía que el propio Berman no se daba cuenta de lo fácil que era perder la vida).

Y ahí estaban aquellos dos hombres, a punto de conducir al campo de batalla a un escuadrón de cazas, y mirándose de soslayo mientras escuchaban el informe de Solomatin.

–Debo decir con franqueza, camarada comisario del batallón, que ha sido culpa mía si Korol ha infringido la disciplina. Me he burlado de él y él ha soportado mis pullas, pero al final ha perdido la paciencia.

–¿Qué le ha dicho usted? Transmítaselo al comisario del regimiento –interrumpió Zakabluka.

–Los chicos estaban intentando adivinar el destino del escuadrón, a qué frente nos enviarían, y yo le he dicho a Korol: «Tú seguro que quieres ir a tu capital, a Berdíchev».

Los pilotos observaban a Berman.

–No lo entiendo. ¿De qué capital habla? –preguntó Berman, pero de repente lo comprendió.

Berman se quedó desconcertado y todo el mundo se dio cuenta, especialmente el mayor, que se sorprendió de que eso le ocurriera a un hombre tan afilado como una cuchilla de afeitar. Pero lo que siguió a continuación fue todavía más asombroso.

–Bueno, ¿y qué más da? –dijo Berman–. ¿Y si usted, Korol, le hubiera preguntado a Solomatin, que, como todos sabemos, nació en el pueblo de Dórojovo en el distrito de Novo-Ruzski, si le apetece luchar sobre Dórojovo? ¿Debería haberle respondido con un puñetazo en la cara? Me sorprende encontrar la mentalidad del *shtetl* en un miembro del Komsomol[1].

Acababa de pronunciar unas palabras que ejercían, inevitablemente, cierto poder hipnótico sobre los hombres. Todos comprendían que Solomatin quería ofender a Korol y lo había logrado, pero Berman explicaba convencido que Korol no se había liberado de los prejuicios nacionalistas y que su conducta manifestaba desprecio respecto a la amistad entre los pueblos. Korol no debía olvidar que eran precisamente los fascistas los que se servían de prejuicios nacionalistas.

Todo lo que decía Berman era por sí mismo verdadero y justo. La Revolución y la democracia habían engendrado las ideas sobre las que ahora hablaba con voz emocionada. Pero en aquel instante, la fuerza de Berman residía en que más que servir a un ideal se servía de él, subordinándolo a sus necesidades, que ahora eran cuestionadas.

–¿Lo ven, camaradas? –continuó el comisario Berman–. Allí donde no hay claridad de ideas, tampoco hay disciplina. Esto explica el modo en que ha actuado hoy Korol.

Meditó unos instantes y añadió:

–El acto indecente de Korol, su actitud, es indigna de un soviético.

1. Acrónimo de *Kommunistícheski Soyús Molodiozhi*, organización sociopolítica de las juventudes comunistas cuyos miembros tenían edades comprendidas entre los catorce y los veintiocho años.

Por supuesto, Zakabluka no podía ya inmiscuirse. Berman había transformado la falta de Korol en una cuestión política, y Zakabluka sabía que ningún comandante en activo podía permitirse una intromisión en la acción de los órganos políticos.

–Así son las cosas, camaradas –dijo Berman, y después de una pequeña pausa para enfatizar sus palabras, concluyó–: El primer responsable de este acto indecente es el culpable directo, pero también lo soy yo, comisario de este escuadrón, ya que no he sabido ayudar al piloto Korol a dominar su repugnante residuo nacionalista. Es una cuestión más seria de lo que me parecía al principio; por eso no castigaré ahora a Korol por su infracción disciplinaria. Asumiré el compromiso de reeducar al suboficial Korol.

Todos se movieron y se acomodaron mejor en sus asientos al percatarse de que el asunto había concluido.

Korol miró fijamente a Berman. Algo en su mirada hizo que Berman se estremeciera, moviera bruscamente los hombros y se fuera.

Por la noche, Solomatin le dijo a Víktorov:

–Ves, Lenia, son siempre así: el uno por el otro, ni visto ni oído. Si este incidente te hubiera pasado a ti o a Vania Skotnoi, ten la certeza de que Berman os habría enviado a un batallón disciplinario.

38

Aquella noche, en lugar de irse a dormir, los pilotos se tumbaron sobre los catres de los refugios a fumar y charlar. Skotnoi, que había tenido una ración de vodka de despedida durante la cena, cantaba:

El avión entra en barrena.
Ruge, contra el regazo de la tierra va a estrellarse.
No llores, querida, tranquila.
Olvídame para siempre.

Velikánov no pudo contenerse: se fue de la lengua y todos supieron que el regimiento estaba a punto de ser enviado cerca de Stalingrado.

La luna se había alzado sobre el bosque, y su mancha inquieta iluminaba los árboles. El pueblo que se encontraba a dos kilómetros del aeródromo parecía inmerso en la ceniza, oscuro, silencioso. Los pilotos que estaban sentados junto a la entrada del refugio contemplaban el mundo maravilloso de la Tierra. Víktorov miraba las tenues sombras que la luna proyectaba sobre las alas y las colas de los Yak y empezó a acompañar en voz baja al cantante:

Nos sacarán fuera del avión,
la carcasa agarrada entre los brazos.
Alto en el cielo se elevarán los cazas
para acompañarnos en el último vuelo.

Y los que estaban echados sobre los catres seguían conversando. En la penumbra no podían distinguirse las caras de quienes hablaban, aunque se reconocían perfectamente por la voz. Sin necesidad de llamarse por el nombre, respondían y hacían preguntas.

—Fue Demídov el que pidió que lo destinaran en misión. ¿Te acuerdas? Si no volaba, adelgazaba.

—¿Te acuerdas de cuando escoltábamos a unos Petliakov cerca de Rzhev? Ocho Messer se le lanzaron en picado y él no rehuyó el combate, resistió durante diecisiete minutos.

—Sí, no estaría mal sustituir nuestros cazas por unos Junkers.

—Siempre cantaba mientras volaba. No pasa un día sin que me acuerde de sus canciones. Cantaba también las canciones de Vertinski.

—¡Era un hombre culto el moscovita!

–Sí, ése en el aire no te dejaba plantado. Siempre miraba por los que se quedaban detrás.

–Tú no tuviste tiempo de conocerlo.

–Claro que sí. Dime cómo vuelas y te diré qué clase de compañero eres.

Skotnoi acabó de cantar otra estrofa y todos se callaron a la espera de que continuara. Pero Skotnoi no entonó otra canción. Repitió, en cambio, un proverbio muy conocido entre los aviadores que comparaba la vida de un piloto de caza con la camiseta de un niño[1].

Después la conversación giró en torno a los alemanes.

–Lo mismo pasa con ellos, enseguida se les ve el plumero. Puedes decir si se trata de un buen piloto o si va en busca de novatos o rezagados.

–En general, no suelen tener parejas fuertes.

–No pondría la mano en el fuego.

–El boche le hinca los dientes al que está herido, pero escapa veloz si estás activo.

–Uno a uno. Yo también he derribado uno así.

–No te ofendas, pero yo no otorgaría una condecoración por abatir un Junkers.

–Un *tarán*[2]: así es la naturaleza rusa.

–¿Por qué me iba a ofender? Ahora no me puedes quitar la medalla.

–A propósito del *tarán*, hace mucho tiempo que acaricio un sueño... ¡Golpear el avión enemigo con mi hélice y no se hable más!

–El *tarán*, sí, el *tarán*. Aproximarse por la cola. Derribarlo, aplastarlo, confundirlo con el humo, el gas.

1. En *Un escritor en guerra*, Antony Beevor explica esta alusión: «Los pilotos dicen: "Nuestra vida es como la camiseta de un crío: toda cubierta de porquería por todas partes"». Según Beevor se convirtió en un dicho corriente, utilizado tanto por los soldados alemanes como por los del Ejército Rojo.

2. *Tarán* [espolonazo o embestida]: Táctica de combate de la Fuerza Aérea soviética que consistía en el choque deliberado contra los aviones de la Luftwaffe, cuya flota era muy superior en número, para hacerles perder la capacidad de vuelo y, por tanto, derribarlos.

—Me gustaría saber si el comandante se va a llevar la vaca y las gallinas en el Douglas.

—Ya las han matado, las están conservando en salazón.

Alguien dijo arrastrando las palabras, pensativo:

—Ahora mismo me sentiría cohibido llevando a una chica a un buen club; he perdido la costumbre.

—Solomatin no lo estaría.

—¿Tienes envidia, Lenia?

—Envidio el hecho, no el objeto.

—Claro. Fiel hasta la tumba.

Luego todos se pusieron a recordar la batalla de Rzhev, la última antes de entrar en reserva, cuando siete cazas se encontraron con un nutrido número de Junkers prestos a bombardear acompañados de unos Messer. Cada piloto elogiaba sus propias hazañas, pero en realidad comentaban lo que habían conseguido juntos.

—Estaban en el fondo del bosque, pero en cuanto alzaron el vuelo fueron inconfundibles. ¡Volaban en tres filas! Reconocí enseguida la silueta de los Ju-87, con las patas prominentes y el morro amarillo. Bueno, pensé para mí, la cosa va a estar movidita.

—Al principio pensé que eran disparos de la artillería antiaérea.

—Hay que reconocer que el sol estaba de nuestra parte. Me puse de espaldas al sol, y abajo, de cabeza. Iba a la izquierda, pero de repente el alemán se me pone a una treintena de metros... Me tambaleé, pero no pasó nada: ¡el avión obedecía perfectamente! Me lancé contra el Junkers abriendo fuego con toda la artillería, empezó a echar humo, y en ésas, un Messer con el morro amarillo y largo como un lucio gira hacia mí. Pero ya era demasiado tarde para él. Vi la luz azul de las balas trazadoras.

—Y yo vi las mías que dieron en el blanco sobre las alas negras.

—Te lo pasaste en grande.

—De pequeño siempre estaba lanzando la cometa, y mi padre me sacudía de lo lindo. Luego, cuando trabajaba en la fábrica, nada más acabar la jornada me iba andando al club de aviación, siete kilómetros de ida y siete de vuelta. Estaba molido, pero nunca me salté una clase.

–Escucha esto. Me habían quemado el depósito de aceite y los tubos de la gasolina. La carlinga era un horno, todo echaba humo. Y en ese momento un alemán me da un golpe en el ala, las gafas se me rompieron, los cristales se hicieron añicos, tenía los ojos llenos de lágrimas. Me lanzo en picado contra él para devolverle la cortesía. Solomatin me cubre. Mi avión estaba en llamas, pero no tenía miedo, había perdido el sentido del tiempo. No sé cómo, pero logré aterrizar. Y yo no me quemé, sólo mis botas y el avión.

–Yo parece como si lo estuviera viendo ahora mismo –añadió otra voz–: Estaban a punto de abatir a nuestro compañero. Hago todavía dos virajes y él con un gesto me dice que me vaya. Yo no iba en pareja y me lanzaba contra los Messer para echar una mano a quien lo necesitara.

–Una vez me llevé una buena, me acribillaron como a una vieja perdiz.

–Doce veces me lancé a por el alemán. Al final conseguí tocarlo. Lo vi sacudir la cabeza y supe que era mi oportunidad. Lo derribé con mi cañón a veinticinco metros de distancia.

–Sí, en general, a los alemanes no les gusta combatir en un plano horizontal; prefieren el plano vertical.

–¡Eso es un despropósito!

–¿Qué?

–¡Todo el mundo lo sabe, incluso las chicas del pueblo! Los alemanes tratan de evitar los giros bruscos.

Todos se callaron; al cabo de un rato alguien dijo:

–Partiremos mañana en cuanto amanezca. Demídov se quedará aquí solo.

–Bueno, amigos, cada uno es libre de hacer lo que quiera, pero yo me voy al pueblo, a dar una vuelta.

–¿Una visita de despedida? Claro, vamos.

En medio de la noche, todo –el río, el campo, el bosque– estaba tan tranquilo y maravilloso como si en el mundo no existiera ni el odio, ni las traiciones, ni la vejez, sólo el amor correspondido. Las nubes flotaban sobre la luna, que a su vez caminaba sobre el velo que envolvía la Tierra. Sólo unos pocos pasaron aquella noche en el refugio. En los linderos del bosque, cerca de las vallas, refulgían los pañuelos blancos y estallaban risas felices. En el silencio un árbol se estremecía, asustado por un sueño nocturno, y de vez en cuando el río bisbiseaba un rumor incomprensible y enseguida volvía a correr en silencio.

Llegó la hora amarga para el amor: la hora de la despedida, la hora del destino. El que llora olvidará al día siguiente; a otra pareja los separará la muerte, para algunos el destino decretará un nuevo encuentro: la fidelidad.

Nació un nuevo día. Los motores se pusieron a rugir, el viento de las hélices aplastó la hierba estropeada y miles de gotas microscópicas temblaron al sol... Los aviones militares, uno detrás del otro, se alzaban a aquella altura azul, elevando en el cielo cañones y ametralladoras. Daban vueltas, esperaban a sus compañeros, se ponían en formación...

Todo lo que aquella noche había parecido tan inmenso desaparecía en el cielo azul...

Ahora las casas grises parecían cajitas con sus huertitos rectangulares, que se deslizaban, desaparecían bajo el ala del avión... Ya no se veía el sendero cubierto por la hierba, no se veía la tumba de Demídov... ¡En marcha! Y todo el bosque se estremecía, se desvanecía definitivamente bajo las alas del avión.

–¡Buenos días, Vera! –dice Víktorov.

39

A las cinco de la madrugada los guardias de turno despertaron a los detenidos. Todavía era noche cerrada y los barracones estaban iluminados por esa luz despiadada que hay en las prisiones, las estaciones ferroviarias y las salas de admisión de los hospitales.

Miles de hombres, tosiendo y escupiendo se ponían los pantalones forrados y sus zapatos, se rascaban los costados, el cuello, la barriga.

Cuando los que dormían en las literas de arriba daban con los pies en la cabeza a los que estaban vistiéndose abajo, notaban que éstos les apartaban los pies sin mediar una palabra; o bien, los de abajo, apartaban en silencio la cabeza.

Había algo profundamente antinatural en aquel despertar nocturno de una enorme masa de prisioneros, el ajetreo de cabezas y espaldas en medio del espeso humo de la *majorka*[1], la luz eléctrica inflamada. Alrededor había cientos de kilómetros cuadrados de taiga rígidos sumidos en un silencio gélido, mientras el campo estaba atestado de gente, lleno de movimiento, humo, luz.

Durante la primera mitad de la noche había nevado sin interrupción, los montones de nieve bloqueaban las puertas de los barracones y habían inundado el camino que conducía a la mina...

Las sirenas ulularon lentamente y tal vez en alguna parte de la taiga los lobos aullaron en respuesta a aquellas voces potentes y siniestras. En el campo los mastines ladraban roncamente mientras retumbaba el ruido sordo de los tractores afanándose en despejar de nieve los caminos hacia las minas y los guardias se intercambiaban voces.

La nieve seca, iluminada por los proyectores, brillaba blanda y suave. En el inmenso campo, bajo los ladridos incesantes de los perros, empezó el control. Las voces afónicas de los guardas sonaban exasperadas... Y he aquí que un río humano, a punto de desbordarse por el abundante caudal, fluye en dirección a los pozos de mina. El suelo cruje bajo las botas de piel y fieltro. Abriendo desmesuradamente su único ojo, la torre del puesto de vigilancia mira con atención...

Entretanto las sirenas del norte continuaban aullando, ahora próximas ahora lejanas, entonando una monótona

1. Tabaco fuerte de mala calidad.

sinfonía, como una orquesta formada por varias bandas, que se extendía por la tierra helada de Krasnoyarsk, la República Autónoma de los Komi, sobre Magadán, sobre Soviétskaya Gavan, sobre las nieves de Kolymá, sobre la tundra de la Chukotka, sobre los campos al norte de Murmansk y el Kazajstán del Norte...

Acompañados del sonido de las sirenas y los golpes rítmicos de una palanca contra un segmento de riel colgado de un palo, los hombres marchaban a extraer el potasio de Solikamsk, el cobre de Rídder y de los ríos del lago Baljash, el plomo y el níquel de Kolymá, el carbón de Kuznetsk y Sajalín. Marchaban los constructores de la vía férrea que discurría sobre el hielo eterno a lo largo de la orilla del océano glacial; otros limpiaban los caminos a través de la tundra de Kolymá; un grupo partía a talar el bosque de Siberia, los Urales del Norte, las regiones de Murmansk y Arjanguelsk...

En aquella hora nocturna llena de nieve comenzaba la jornada en los *lagpunkts*[1] de la taiga y en toda la extensión del enorme sistema de campos del Dalstrói[2].

40

Aquella noche el *zek*[3] Abarchuk fue presa de un ataque de angustia. No era la doliente angustia habitual del campo, sino una fiebre ardiente como la malaria, una angustia que te empuja a gritar, salirte del catre, darte puñetazos en el cráneo.

Por la mañana, mientras los prisioneros se preparaban

1. La división más pequeña de un campo.
2. Acrónimo de *Glávnoye Upravléniye stroítelstva Dálnevo Severa*, la Dirección General para la edificación del Extremo Norte. Administraba las zonas de reclusión de Kolymá.
3. En argot penitenciario, recluso. Abreviatura de *zakliuchonni*.

para ir al trabajo a toda prisa, y a la vez a regañadientes, el vecino patilargo de Abarchuk, el capataz de gas Neumolímov, que había sido comandante de una brigada de caballería durante la guerra civil, le preguntó:

–¿Por qué te movías tanto esta noche? ¿Soñabas con una mujer? Te reías incluso.

–Tú sólo piensas en eso –respondió Abarchuk.

–Pues yo pensaba que llorabas durmiendo –dijo el *pridurok*[1] Monidze, el segundo vecino de litera de Abarchuk, ex miembro del presídium de la Internacional de la Juventud Comunista– y quería despertarte.

Un tercer amigo de Abarchuk, el auxiliar médico Abraham Rubin, no se había dado cuenta de nada y mientras salían a la oscuridad helada, dijo:

–¿Sabes qué? Esta noche he soñado que Nikolái Ivánovich Bujarin, vivo y alegre, venía a visitarnos al Instituto de Profesores Rojos y se había armado una escandalera a propósito de la teoría de Enchmen.

Abarchuk se puso a trabajar en el almacén de herramientas. Su ayudante, un tal Bárjatov, que tiempo atrás había degollado a una familia de seis miembros para robarles, estaba encendiendo la estufa con un trozo de leña de cedro y desechos de serrería; Abarchuk ordenaba las herramientas dispersas por las cajas. Le parecía que la punta afilada de las limas y los buriles, impregnados de un frío abrasador, expresaba la sensación que había experimentado durante la noche.

Aquel día no se diferenciaba en nada de los anteriores. Por la mañana el contable había enviado a Abarchuk los pedidos de herramientas que les habían formulado de campos lejanos, ya aprobados por el departamento técnico. Ahora tenía que sacar el material y las herramientas correspondientes, embalarlo en cajas, cumplimentar el inventario adjunto. Algunos envíos estaban incompletos y había que redactar unos certificados especiales.

1. Literalmente, «el que se hace el tonto». En jerga penitenciaria, eran los enchufados, los que evitaban los trabajos más duros.

Como de costumbre Bárjatov no hacía nada y obligarle a trabajar era imposible. Cuando llegaba al almacén sólo se ocupaba de cuestiones de alimentación, y aquel día, desde primera hora de la mañana, se había puesto a hervir en la olla una sopa de patatas y hojas de col. Un profesor de latín del Instituto Farmacéutico de Járkov, ahora recadero en la primera sección, se escapó para hacer una visita a Bárjatov; con los dedos rojos y temblorosos volcó sobre la mesa algunos granos de mijo sucios. Bárjatov le chantajeaba por algún asunto.

Por la tarde, la sección de finanzas llamó a Abarchuk: en sus cuentas no cuadraban los números. El subjefe de la sección le gritó, lo amenazó con mandar un informe a su superior y estas amenazas le provocaron náuseas. Solo, sin ayuda, no lograba sacar adelante todo el trabajo, pero al mismo tiempo no se atrevía a quejarse de Bárjatov. Estaba cansado, tenía miedo de perder el puesto de almacenero e ir a parar de nuevo a la mina o a la tala de árboles. El pelo se le había vuelto cano, había perdido la fuerza... Ése era el motivo de su ataque de angustia: su vida se le había ido bajo el hielo siberiano.

A su regreso de la sección de finanzas Bárjatov dormía con la cabeza apoyada sobre unas botas de fieltro que, al parecer, le había traído uno de los delincuentes comunes; al lado de la cabeza estaba la cacerola vacía y en la mejilla tenía pegado el mijo del botín.

Abarchuk sabía que a veces Bárjatov se llevaba herramientas del almacén y, por tanto, era posible que las botas fueran fruto de una operación de intercambio de material del almacén. En una ocasión que Abarchuk advirtió la falta de tres limas le dijo:

–¡Robar en la Gran Guerra Patria el escaso metal! Debería darte vergüenza...

Y Bárjatov le había replicado:

–Tú, piojo, cierra el pico, ¡si no, verás!

Abarchuk no se atrevió a despertar a Bárjatov directamente; en su lugar se puso a hacer ruido, a ordenar sierras de cinta, tosió, dejó caer un martillo. Bárjatov se despertó y le siguió con la mirada, una mirada tranquila y despreocupada.

Después dijo en voz baja:

–Un chico del convoy de ayer me contó que hay campos peores que éste. Los *zeks* llevan cadenas y medio cráneo afeitado. Sin nombre, sólo un número cosido sobre el pecho, sobre las rodillas, y en la espalda un as de diamantes.

–Patrañas –replicó Abarchuk.

Bárjatov siguió con voz soñadora:

–Habría que enviar allí a todos los políticos fascistas –anunció–. Y a ti, carroña, el primero, así no volverías a despertarme.

–Disculpe, ciudadano Bárjatov, si he interrumpido vuestro reposo –dijo Abarchuk.

Generalmente temía a Bárjatov, pero esta vez no lograba controlar su rabia.

A la hora del relevo llegó Neumolímov, negro del polvo de carbón.

–Bueno, ¿cómo va la emulación?[1] –preguntó Abarchuk–. ¿El pueblo participa?

–Poco a poco. Que el carbón es necesario para el frente es algo que todos comprenden. Hoy nos han llegado carteles de la sección cultural y educativa[2]: «Ayudemos a la patria superando la cuota de trabajo fijado».

Abarchuk suspiró.

–¿Sabes qué? Alguien debería escribir un tratado sobre los tipos de angustia en los campos. Una te oprime, otra te agobia, la tercera te ahoga, no te deja respirar. Y hay una especial, una que ni te ahoga ni te oprime ni te agobia, sino que desgarra al hombre por dentro, como un monstruo de las profundidades del mar que de repente sale a la superficie.

Neumolímov dibujó una sonrisa triste, pero los dientes no le brillaron, los tenía todos estropeados y se confundían con el color del carbón.

1. Emulación socialista (*sotsialistícheskoye sorevnovanie*), singular concepto de competitividad entre grupos de trabajo e individuos surgida en la URSS, opuesto al concepto de competencia capitalista.

2. Departamento de la administración de los campos penitenciarios.

Bárjatov se acercó a ellos y Abarchuk, volviéndose, le dijo:

—Andas siempre con tanto sigilo que haces que me sobresalte: te encuentro a mi lado cuando menos me lo espero.

Bárjatov, un hombre que nunca sonreía, dijo con aire serio:

—¿Tienes algo en contra de que haga una incursión al almacén de víveres?

Cuando se fue, Abarchuk le confió a su amigo:

—Esta noche me acordé del hijo que tuve con mi primera mujer. Lo más probable es que haya partido al frente.

Luego se inclinó hacia Neumolímov y siguió:

—Me gustaría que el chico se convirtiera en un buen comunista. Me imaginaba que me encontraba con él y le decía: «Recuerda, el destino de tu padre no importa, es una tontería, pero la causa del Partido es sagrada. ¡La ley suprema de nuestro tiempo!».

—¿Lleva tu apellido?

—No —respondió Abarchuk—, pensaba que se convertiría en un pequeñoburgués.

Por la noche y también la noche del día antes había pensado en Liudmila. Deseaba verla. Buscaba en los trozos de periódicos moscovitas esperando leer de repente: «Teniente Anatoli Abarchuk». Entonces comprendería que el hijo había querido llevar el apellido de su padre.

Por primera vez en su vida tenía ganas de que alguien lo compadeciera; se imaginaba acercándose al hijo, la respiración entrecortada, y se señalaría el cuello con la mano: «No puedo hablar».

Tolia le abrazaría y él apoyaría la cabeza sobre su pecho y rompería a llorar sin avergonzarse, con amargura, con tanta amargura... Permanecerían así mucho tiempo, el uno frente al otro, el hijo una cabeza más alto que el padre...

Tolia probablemente siempre estaría pensando en su padre. Habría buscado a sus viejos camaradas, quienes le habrían contado cómo su padre había luchado por la Revolución. Tolia le diría: «Papá, papá, el pelo se te ha puesto todo blanco, qué cuello tan delgado, arrugado... Has combatido todos estos años, has librado una batalla solo, una batalla enorme».

En el curso de la instrucción le dieron tres días seguidos comida salada, sin darle de beber; le pegaron.

Al final comprendió que lo que querían no era tanto obligarlo a firmar una declaración de sabotaje o espionaje, ni inducirlo a acusar a otras personas. Lo que se proponían, sobre todo, era instalar en él la duda sobre la justicia de la causa a la que él había consagrado toda su vida. Durante la instrucción llegó a pensar que había caído en manos de unos bandidos, y que tal vez bastaría obtener una entrevista con el jefe del departamento para descubrir el pastel y que detuvieran a aquel juez instructor criminal que en realidad era un malhechor.

Sin embargo, con el paso del tiempo se había dado cuenta de que no se trataba sólo de algunos sádicos.

Había aprendido las leyes que regían los trenes y barcos de prisioneros. Había visto cómo los presos comunes se jugaban a las cartas no sólo los bienes ajenos sino las vidas ajenas. Había sido testigo de lamentables depravaciones y traiciones, y visto la *India*[1] criminal, histérica, sanguinaria, vengativa e increíblemente cruel. Vio riñas terribles entre los *perros*, los que aceptaban trabajar, y los *ladrones honrados*[2], los ortodoxos que se negaban a trabajar.

Solía decir: «No meten a alguien en prisión por nada». Creía que sólo un grupo reducido, él incluido, había ido a parar allí por error, pero que los demás, la inmensa mayoría, habían sido encarcelados justificadamente: la espada

1. En el argot de los campos penitenciarios soviéticos, *India* se refiere al barracón de la chusma; albergaba a los prisioneros que habían perdido toda su ropa en juegos de cartas.

2. *Perros (suki): cofrades* que han traicionado el código de honor aceptando trabajos prohibidos por el hampa, como ayudar a levantar muros de prisiones, colocar alambre de espino o dirigir brigadas de trabajo correctivo. Enemigos de los *ladrones decentes*, quienes los odian a muerte. Solzhenitsin explica detalladamente esta clasificación en *Archipiélago Gulag*.

de la justicia castigaba a los enemigos de la Revolución.

Vio el servilismo, la deslealtad, la sumisión, la crueldad... Las definía como taras congénitas del capitalismo y consideraba que sólo podía encontrarlas en hombres del antiguo régimen, los oficiales blancos, los kulaks, los nacionalistas burgueses.

Su fe era firme, su fidelidad al Partido, inquebrantable.

Justo cuando estaba a punto de marcharse, Neumolímov exclamó:

—Casi me olvido, alguien ha preguntado hoy por ti.

—¿Quién?

—Uno del convoy que llegó ayer. Los han repartido para el trabajo. Ha preguntado por ti y yo le he dicho: «Lo conozco por casualidad, y por casualidad hace cuatro años que dormimos uno al lado del otro en la tarima». Me dijo su nombre, pero lo he olvidado.

—¿Cómo era? —preguntó Abarchuk.

—Bueno... Debilucho, con una cicatriz en la sien.

—Ay —gritó Abarchuk—, ¿no será Magar?

—Sí, eso es.

—Es mi camarada, mayor que yo, mi maestro, ¡el que me metió en el Partido! ¿Qué te preguntó? ¿Qué dijo?

—Lo de costumbre: qué pena te había caído. Le respondí: «Habían pedido cinco, pero le dieron diez». Le dije que habías comenzado a toser y que pronto serías liberado.

Sin escucharlo, Abarchuk repetía:

—Magar, Magar... Durante un tiempo trabajó en la Cheká. Era un hombre fuera de lo normal, ¿sabes?, un tipo especial. A un camarada le hubiera dado todo, en invierno te habría dado su abrigo, su último trozo de pan. Y era inteligente, un hombre instruido. Y un proletario de pura cepa, hijo de un pescador de Kerch.

Abarchuk se giró y se inclinó hacia Neumolímov:

—¿Te acuerdas? Dijimos que los comunistas del campo deberíamos fundar una organización, ser útiles al Partido, y Abrashka Rubin preguntó: «¿Quién sería el secretario?». Pues ya lo tenemos.

—Yo te voto a ti. A él no le conozco. Y luego, ¿dónde lo

buscas? Han salido diez coches cargados de gente para diferentes campos y probablemente se lo han llevado.

—No importa, lo encontraremos. Ah, Magar, Magar. ¿Así que preguntaba por mí?

—Por poco me olvido para qué había venido —dijo Neumolímov—. Dame una hoja de papel. ¡Vaya memoria que tengo!

—¿Una carta?

—No, voy a dirigir una petición a Semión Budionni para que me envíen al frente.

—No te enviarán.

—Semia se acuerda de mí.

—El ejército no admite en sus filas a los prisioneros políticos. Lo que puedes hacer es ayudar a incrementar nuestra producción de carbón. Los soldados nos lo agradecerán.

—Quiero combatir.

—Budionni no puede ayudarte. Yo he escrito al propio Stalin.

—¿Que Budionni no puede ayudarme? ¡Debes de estar bromeando! ¿Es que no quieres darme papel? No te lo pediría si me lo hubieran dado en la sección de educación y cultura, pero no me lo dan. He superado mi cupo.

—De acuerdo. Te daré una hoja —respondió Abarchuk.

Le quedaba algo de papel guardado del que no tenía que rendir cuentas. En la sección de educación y cultura llevaban la cuenta del papel y había que justificar el empleo que de él se hacía.

Aquella noche, en el barracón, la vida seguía su curso habitual.

El viejo caballero de la guardia real, Tungúsov, parpadeaba repetidamente mientras contaba una interminable historia novelada: los delincuentes comunes le escuchaban con atención, se rascaban y asentían con gesto de aprobación. Tungúsov tejía una historia rocambolesca y complicada, insertando nombres de bailarinas famosas, el famoso Lawrence de Arabia, aventuras extraídas de *Los tres mosqueteros* y viajes del *Nautilus*, de Jules Verne.

–Espera, espera –lo interrumpió uno de los oyentes–. ¿Cómo que ha atravesado la frontera de Persia? ¡Ayer dijiste que la habían envenenado!

Tungúsov se calló, miró con dulzura a su crítico y después reanudó su relato con soltura:

–Nadin estaba muy grave pero consiguió recuperarse. Los esfuerzos de un médico tibetano, que le vertió entre los labios entreabiertos unas gotas de una preciosa infusión hecha con hierbas azules de altas montañas, le restituyeron a la vida. Por la mañana ya era capaz de moverse por su habitación sin ayuda. Recuperó las fuerzas.

La explicación satisfizo al auditorio.

–Comprendido, sigue entonces –le dijeron.

En un rincón al que llamaban el «sector koljosiano» todos reían mientras escuchaban al viejo Gasiuchenko, a quien los alemanes habían nombrado jefe de un pueblo, recitar cancioncillas obscenas con voz cantarina...

Un periodista y escritor de Moscú, aquejado de una hernia, un hombre bueno, inteligente y tímido, masticaba lentamente un trozo de pan blanco que había recibido el día antes en un paquete enviado por su mujer. Evidentemente el gusto y el crujido del mendrugo le recordaban la vida pasada y las lágrimas asomaban a sus ojos.

Neumolímov discutía con un tanquista que cumplía pena en el campo por violación y asesinato. El soldado amenizaba a los oyentes burlándose de la caballería mientras Neumolímov, pálido de odio, le espetaba:

–¿Sabes lo que hicimos con nuestras espadas en 1920?

–Sí, degollabais gallinas robadas. Un solo tanque KV podría haber acabado con vuestro primer Ejército de Caballería entero. No se puede comparar la guerra civil con ésta, mundial.

El joven *ladrón* Kolka Ugárov la había tomado con Rubin y trataba de convencerle de que le cambiara sus zapatos por unas zapatillas rotas con la suela desgastada.

Rubin, oliéndose el peligro, bostezaba nervioso, volviéndose hacia sus vecinos en busca de un apoyo.

–Escucha, judío –dijo Kolka, parecido a un gato salvaje de ojos claros–, escucha, carroña, ten cuidado, me estás poniendo los nervios de punta.

Luego Ugárov dijo:

–¿Por qué no me has firmado el papel para librarme del trabajo?

–No tenía derecho. No estás enfermo.

–Entonces ¿no lo firmarás?

–Kolia, amigo, te aseguro que lo haría, pero no puedo.

–En definitiva, no lo harás.

–Pero entiéndelo. Es que piensas que si pudiera...

–Está bien. No hay más que hablar.

–No, espera, intenta comprenderme...

–Lo he comprendido, ahora comprenderás tú.

Shtedding, un sueco rusificado –se decía que en realidad era un espía–, levantó por un momento los ojos del cuadro que estaba pintando sobre un trocito de cartón que le habían dado en la sección de educación y cultura, miró a Ugárov, a Rubin, sacudió la cabeza y volvió de nuevo a su cuadro titulado *Madre taiga*. Shtedding no temía a los delincuentes comunes que, por alguna razón, no le tocaban.

Cuando Ugárov se alejó, Shtedding dijo a Rubin:

–No eres prudente, Abraham Yefímovich.

Tampoco temía a los comunes el bielorruso Konashévich que antes del arresto había sido mecánico de aviación en el Extremo Oriente y había conquistado, en la flota del Pacífico, el título de campeón de boxeo de peso medio. Era respetado por los comunes pero ni una vez salía en defensa de aquellos que los *ladrones* maltrataban.

Abarchuk atravesó con pasos lentos el estrecho pasillo que había entre las tarimas dispuestas en dos niveles, y de nuevo se apoderó de él la angustia. El extremo más lejano del barracón, de cien metros de largo, estaba sumergido en una niebla de *majorka* y cada vez tenía la impresión de que, llegado al horizonte del barracón, vería algo nuevo; sin embargo el espectáculo siempre era el mismo: el muro donde, bajo los lavaderos en forma de canalones de madera por los que discurría el agua, los reclusos lavaban sus peales, los escobones apoyados contra la pared estucada, los cubos pintados, los colchones sobre las tarimas rellenos de virutas que perdían a través de la arpillera, el ruido monótono de las conversaciones, las caras demacradas de los presos, todos del mismo color.

La mayoría de los *zeks*, en espera del toque de silencio, se sentaban en las tarimas, hablaban de la sopa, de mujeres, de la deshonestidad del encargado de cortar el pan, del destino de sus cartas a Stalin y las peticiones a la fiscalía de la Unión Soviética, de las nuevas normas concernientes a la extracción y el transporte de carbón, del frío de hoy, del frío de mañana.

Abarchuk caminaba despacio escuchando fragmentos de conversación. Le parecía que la misma conversación interminable se prolongaba hacía años entre millones de hombres durante las etapas de los convoyes, en los barracones de los campos: los jóvenes hablaban de mujeres, los viejos de comida. Pero era especialmente desagradable oír a los viejos hablar con concupiscencia de mujeres y a los jóvenes de las sabrosas comidas que habían disfrutado antes del campo.

Abarchuk se apresuró al pasar delante del catre donde estaba sentado Gasiushenko: un hombre viejo, a cuya mujer sus hijos y nietos llamaban «mamá» y «abuela», que soltaba unas impudicias que infundían miedo.

Sólo deseaba que llegara pronto el toque de silencio, el momento de tumbarse en el catre, enrollarse la cabeza con el chaquetón, no ver, no oír.

Abarchuk miró hacia la puerta: en cualquier momento podía entrar Magar. Abarchuk convencería al jefe de dormitorio para que le asignara un lugar a su lado, y por las noches conversarían abiertamente, con sinceridad: eran dos comunistas, maestro y discípulo, dos miembros del Partido.

En los catres donde estaban situados los amos del barracón, es decir Perekrest –el jefe de la brigada de los comunes en la mina–, Bárjatov y el jefe de dormitorio Zarókov, se había organizado un pequeño banquete. El lacayo de Perekrest, el planificador Zheliábov, había extendido una toalla sobre una mesita y estaba colocando encima to-

223

cino, arenques, dulces de miel: el tributo que Perekrest percibía de los que trabajaban en su brigada.

Abarchuk pasó delante de los catres de los amos sintiendo que el corazón se le encogía: tal vez lo invitaran, le pedirían que se sentara con ellos. ¡Tenía tantas ganas de algo apetitoso! ¡El canalla de Bárjatov! Pensar que hacía y deshacía a su antojo en el almacén... Abarchuk sabía que robaba clavos, había hurtado tres limas, pero no había dicho ni una palabra a los guardias. Al menos, Bárjatov habría podido llamarle, decirle: «¡Eh, jefe, siéntate con nosotros!». Y, despreciándose, Abarchuk sintió que no eran sólo las ganas de comer, sino otro sentimiento el que le agitaba, un sentimiento infame, bajo, propio del campo: entrar en el círculo de los fuertes, hablar de igual a igual con Perekrest, que hacía temblar a todo el grandioso campo.

Y Abarchuk pensó de sí mismo: «carroña». Y de Bárjatov inmediatamente después: «carroña».

A él no le invitaron, pero sí a Neumolímov y, sonriendo con los dientes marrones, el comandante de la brigada, condecorado con dos órdenes de la Bandera Roja, se acercó a los catres. El hombre sonriente, que estaba a punto de sentarse a la mesa de los *ladrones*, veinte años antes había guiado en combate a los regimientos de caballería para instituir una comuna mundial... ¿Por qué le había hablado a Neumolímov de Tolia, la persona que más amaba en el mundo?

Aunque él también, a fin de cuentas, había luchado por la comuna y desde su despacho de Kuzbass hacía informes a Stalin... y ahora míralo ahí, emocionado por la esperanza de que lo llamaran, mientras pasaba al lado de la mesita cubierta con una sucia toalla bordada.

Abarchuk se acercó al catre de Monidze que estaba remendando un calcetín y dijo:

−¿Sabes qué pienso? No envidio a los que están en libertad. Tengo envidia de los que se encuentran en los campos de concentración alemanes. ¡Eso sí que está bien! ¡Ser prisionero y saber que los que te pegan son fascistas! Entre nosotros es lo más espantoso, lo más duro: son los nuestros, los nuestros, los nuestros, ¡estamos entre los nuestros!

Monidze levantó sus grandes ojos tristes y dijo:

–A mí hoy Perekrest me ha amenazado: «Tenlo presente, amigo, te daré un puñetazo en el cráneo, te denunciaré en el puesto de guardia, e incluso me estarán agradecidos, tú eres el último de los traidores».

–¡Y eso no es lo peor! –dijo Abrashka Rubin, sentado en el catre de al lado.

–Sí, sí –insistió Abarchuk–, ¿has visto qué contento estaba el comandante de la brigada cuando lo han llamado?

–Te duele que no te hayan llamado a ti, ¿verdad? –preguntó Rubin.

Abarchuk, con aquel odio particular que suscita un reproche o una sospecha justa, replicó:

–Ocúpate de tu alma, y no metas las narices en la mía.

Rubin cerró los ojos como hacen las gallinas.

–¿Yo? Si ni siquiera me atrevo a ofenderme. Estoy en la casta de los inferiores, soy un intocable. ¿Has oído mi conversación con Kolka hace un momento?

–No es eso, no es eso –esgrimió gesticulando Abarchuk.

Luego se levantó y se puso a caminar en dirección a la entrada, a lo largo del pasillo que separaba los catres, y de nuevo le llegaron las palabras de una conversación larga, interminable.

– ... cada día *borsch* con carne de cerdo, incluso los festivos.

–¡Qué pechos! Increíble.

–Me gustan las cosas sencillas, cordero con gachas. ¿Quién necesita todas esas salsas vuestras...?

Regresó al catre de Monidze y durante un rato se sentó a escuchar.

Rubin decía:

–Al principio no comprendí por qué me dijo: «Te convertirás en un compositor». Se refería a un soplón. ¿Lo entiendes? El compositor escribe óperas; el soplón, al *óper*[1].

1. *Óper: (operativny upolnomóchenny)*, delegado operativo. Representante de la policía política en el interior de un campo penitenciario.

–Que se vaya al diablo –dijo Monidze, sin dejar de remendar–. Ser un chivato, eso es lo último.

–¿Cómo, ser un chivato? –se maravilló Abarchuk–, pero si eres comunista.

–Uno como tú –le replicó Monidze–, un ex.

–Yo no soy un ex –dijo Abarchuk–, y tú tampoco lo eres.

De nuevo Rubin le había hecho enfadarse expresando una sospecha justa, siempre más ofensiva y pesada que una injusta. Y le dijo:

–El comunismo no tiene nada que ver. Estoy harto de ese enjuague de maíz tres veces al día. No lo soporto más. Ése es un buen motivo para convertirse en un chivato. Y éste el inconveniente: no quiero que me ataquen durante la noche y me encuentren en la letrina a la mañana siguiente como a Orlov, con la cabeza dentro del agujero. ¿Has oído mi conversación con Ugárov?

–La cabeza hacia abajo, los pies hacia arriba –indicó Monidze, y se puso a reír, tal vez porque no había nada de lo que reírse.

–¿Qué crees? ¿Que me dejo guiar por el puro instinto de conservación? –preguntó Abarchuk y sintió un deseo histérico de dar un puñetazo a Rubin.

Se puso de pie y caminó por el barracón.

Desde luego estaba harto del brebaje de maíz. Hacía días que trataba de adivinar lo que les servirían de comer para el aniversario de la Revolución de Octubre: guisado de hortalizas, macarrones a la marinera, gratén...

Desde luego, muchas cosas dependían del *óper* y los caminos que llevaban a las cimas de la vida –por ejemplo, ser responsable del baño o de las raciones de pan– eran misteriosos y confusos. De hecho, él podría haber trabajado en el laboratorio, con bata blanca, a las órdenes de una directora asalariada que no tuviera nada que ver con los delincuentes; podía trabajar en la sección de planificación, dirigir una mina... Pero Rubin se equivocaba, Rubin quería humillar, Rubin te minaba las fuerzas, buscaba en el hombre lo que le aflora en el subconsciente. Rubin era un saboteador.

Durante toda su vida Abarchuk había sido implacable con los oportunistas, siempre había odiado a las personas con dos caras, a los elementos ajenos desde el punto de vista social.

Su fuerza espiritual, su fe, consistía en el derecho a juzgar. Había perdido la confianza en su mujer y la había abandonado. Creía que no sería capaz de hacer de su hijo un combatiente inquebrantable y se había negado a darle su nombre. Abarchuk estigmatizaba a los que dudaban, despreciaba a los llorones y a los escépticos que manifestaban debilidad. Condenaba a los técnicos que en el Kuzbass se dejaban llevar por la nostalgia de sus familias moscovitas. Había hecho que sentenciaran a cuarenta obreros socialmente ambiguos que habían abandonado la obra para volver a sus pueblos. Había repudiado a su padre burgués.

Era dulce ser inquebrantable. Juzgando a los otros afirmaba su propia fuerza interior, su ideal, su pureza. En aquello residía su consuelo y su fe. Nunca había eludido las movilizaciones del Partido. Había renunciado voluntariamente al salario máximo de los funcionarios del Partido. Para él la afirmación de sí mismo consistía en su propio sacrificio. Siempre llevaba la misma guerrera y las mismas botas cuando iba al trabajo, a las reuniones del Comisariado del Pueblo, al teatro, y también cuando el Partido lo había mandado a Yalta a curarse y paseaba por la orilla. Quería parecerse a Stalin.

Perdiendo el derecho a juzgar se perdía a sí mismo. Rubin se había dado cuenta. Casi cada día hacía alusiones a la debilidad, a la cobardía, a los deseos miserables que se infiltran en la mente concentracionaria.

Anteayer había dicho:

—Bárjatov abastece a la chusma de metal robado en el almacén, y nuestro Robespierre calla. Como reza la canción, también los polluelos quieren vivir...

Cuando Abarchuk estaba a punto de condenar a alguien y se sentía asimismo culpable, empezaba a vacilar, era presa de la desesperación, se hundía en la confusión.

Abarchuk se paró junto al catre donde el viejo príncipe

Dolgoruki hablaba con Stepánov, un joven profesor del Instituto de Economía. En el campo Stepánov se comportaba con altivez, se negaba a levantarse cuando las autoridades entraban en el barracón, expresaba abiertamente sus opiniones antisoviéticas. Estaba orgulloso de que, a diferencia de la masa de detenidos políticos, él había sido condenado por una causa concreta: había escrito un artículo titulado «El Estado de Lenin y Stalin», y lo había dado a leer a los estudiantes. El tercero o el cuarto de sus lectores le denunció.

Dolgoruki había regresado a la Unión Soviética desde Suecia. Antes había vivido durante mucho tiempo en París, pero en un momento dado había sentido nostalgia por la patria. Una semana después de regresar lo arrestaron. En el campo rezaba, había trabado amistad con los miembros de las sectas religiosas y escribía poesía de carácter místico.

Ahora estaba leyendo sus versos a Stepánov.

Abarchuk escuchó con la espalda apoyada contra el poste que aguantaba las dos literas de catres. Dolgoruki, los ojos medio cerrados, leía con labios trémulos y agrietados. Y su voz baja era a su vez trémula, rota:

> ¿Acaso no fui yo el que eligió la hora, el lugar,
> el año, la nación, el pueblo de mi nacimiento,
> a fin de atravesar todos los bautismos y sufrimientos,
> del agua, el fuego, la conciencia?
> Caído en la boca de la bestia apocalíptica,
> en lo podrido de su vientre inmundo,
> continúo creyendo en el artífice
> que en el principio puso cada cosa en el mundo.
> Creo en la justicia de la fuerza suprema
> que desencadenó los elementos primeros,
> y desde las entrañas de la Rusia quemada
> clamo: ¡Oh, Señor mío, tu juicio es justo!
> Templas en el fuego al ser,
> hasta que duro y puro es como un diamante.
> Y si hay poca leña en el horno de fundir,
> Dios mío, ¡ten aquí esta carne mía!

Cuando hubo terminado su lectura, permaneció sentado con los ojos entornados, moviendo los labios sin decir una palabra.

–Tonterías –sentenció Stepánov–, puro decadentismo.

Dolgoruki hizo un ademán a su alrededor con su mano, pálida y exangüe.

–¿Ve adónde han llevado a los rusos los Chernishevski y los Herzen? ¿Recuerda lo que escribió Chaadáyev en su tercera carta filosófica?

Stepánov profirió en tono didáctico:

–Usted y su oscurantismo místico me repugnan tanto como los organizadores de este campo. Usted, como ellos, olvida que existe una tercera vía para Rusia, la más natural: la vía de la democracia y la libertad.

Más de una vez Abarchuk había discutido con Stepánov, pero ahora se le habían pasado las ganas de intervenir en la conversación, de denunciar en su interlocutor al enemigo, al emigrado interior. Pasó por el rincón donde rezaban los baptistas, escuchó su bisbiseo.

En aquel instante retumbó la voz estentórea de Zarókov, el jefe de dormitorio:

–¡En pie!

Todos saltaron de su sitio; los guardias irrumpieron en el barracón. Abarchuk miraba la cara pálida y larga de Dolgoruki con el rabillo del ojo. Realmente estaba en las últimas. Se mantenía en posición de firmes mientras sus labios murmuraban. Probablemente repetía sus versos. Cerca de él se sentaba Stepánov que, fiel a su propio instinto anárquico, se negaba a someterse a las reglas del ordenamiento interno.

–Un cacheo, un cacheo –susurraban los prisioneros.

Pero no hubo cacheo. Dos jóvenes soldados escolta con gorras rojas y azules pasaban entre los catres examinando a los reclusos.

Cuando llegaron a la altura de Stepánov, uno de ellos le dijo:

–¿Todavía sentado, profesor? ¿Tienes miedo de enfriarte el culo?

229

Y Stepánov, volviendo hacia ellos su cara larga de nariz chata, repitió en voz alta como un papagayo: «Soy un detenido político».

Aquella noche Rubin fue asesinado en el barracón.

El asesino había apoyado un clavo grueso contra su oreja y entonces, con un golpe enérgico, se lo hundió hasta el cerebro. Cinco personas, entre ellas Abarchuk, fueron llamadas al despacho del delegado operativo. Por lo visto, el *óper* trataba de averiguar la procedencia del clavo. Unos clavos parecidos acababan de llegar al almacén de herramientas, pero aún no se habían distribuido.

Durante el aseo Bárjatov estaba cerca de Abarchuk en el barreño. Volvió hacia él su cara mojada y, lamiéndose de los labios las gotas de agua, dijo en voz baja:

—Acuérdate de esto, carroña: si te chivas al *óper*, a mí no me pasará nada, pero yo acabaré contigo, y de una manera que a todos los del campo se les pondrá la piel de gallina.

Mientras se secaba con la toalla, hundió sus ojos tranquilos y húmedos en los de Abarchuk y, leyendo en ellos lo que quería leer, le apretó la mano.

En la cantina Abarchuk dio a Neumolímov su escudilla de sopa de maíz.

—Animales. ¡Hacer eso a nuestro Abraham! ¡Menudo hombre era! —dijo Neumolímov y se acercó la escudilla de sopa.

Sin hablar, Abarchuk se levantó de la mesa.

La muchedumbre agolpada en la entrada de la cantina se abrió para dejar paso a Perekrest. Tuvo que agacharse para franquear el umbral, puesto que los techos del campo no estaban diseñados para hombres de su estatura.

—Hoy es mi cumpleaños —informó a Abarchuk—. Ven, únete a nosotros. Beberemos vodka.

¡Qué horror! Decenas de personas habían oído el asesinato de aquella noche, habían visto al hombre que se había deslizado hasta el catre de Rubin.

¿Qué les habría costado saltar abajo desde la litera, dar la voz de alarma por todo el barracón? Juntos habrían podido dominar al asesino en dos minutos, salvar a su compañero. Pero nadie levantó la cabeza, nadie gritó. Habían matado a un hombre como se degüella a una oveja. Los demás permanecieron acostados, simulando que dormían, aguantándose la tos: se habían tapado la cabeza con la chaqueta para no oír cómo se agitaba el moribundo.

¡Qué vileza! ¡Qué sumisión!

Pero él tampoco dormía, se había quedado callado, se había tapado la cabeza con la chaqueta... Sabía con absoluta lucidez que la sumisión no era porque sí, era fruto de la experiencia, del conocimiento de las leyes del campo.

Podrían haberse levantado, detener al asesino, pero un hombre con un cuchillo en la mano siempre es más fuerte que un hombre desarmado. La fuerza de un grupo de prisioneros apenas dura un instante, mientras que un cuchillo siempre es un cuchillo.

Abarchuk pensaba en el interrogatorio que le esperaba; era fácil para el *óper* exigir declaraciones: él no dormía por la noche en el barracón, no se lavaba en los lavabos comunes con la espalda a merced de una puñalada, no andaba por las galerías de la mina, ni iba a las letrinas del campo, donde varios hombres podían asaltarle y meterle la cabeza en un saco.

Sí, había visto aquella noche cómo el hombre se había acercado a Rubin. Había oído sus estertores, cómo Rubin, en su agonía, golpeaba los pies y las manos contra el catre.

El capitán Mishanin, el delegado operativo, hizo llamar a Abarchuk a su despacho, cerró la puerta y dijo:

–Siéntese, detenido.

Comenzó con las primeras preguntas de rigor, aquellas a las que los detenidos políticos respondían siempre con precisión y rapidez.

Luego levantó los ojos cansados hacia Abarchuk y lo miró unos instantes en silencio. Comprendía perfectamente que el recluso, hombre de experiencia, temiendo la inevitable venganza nunca le revelaría cómo el asesino se había hecho con el clavo.

Abarchuk, a su vez, le miraba. Observaba la cara joven del capitán, los cabellos, las cejas, las pecas de su nariz, y pensaba que debía de ser dos o tres años mayor que su hijo.

El *óper* le formuló la pregunta que tres presos se habían negado a responder.

Abarchuk permaneció callado un rato.

–Y bien, ¿es usted sordo?

Abarchuk continuó en silencio.

Cómo deseaba que el *óper*, tal vez no de manera abierta, sino limitándose a seguir las frases establecidas del interrogatorio, le dijera: «Escuche, camarada Abarchuk, en el fondo usted es un comunista. Hoy estás en el campo, pero mañana tú y yo pagaremos nuestra cuota de miembros a la misma organización. Ayúdame de camarada a camarada, como miembro del Partido».

Pero el capitán Mishanin dijo:

–¿Es que se ha dormido? Yo le despertaré.

Pero no hizo falta despertar a Abarchuk. Con voz ronca respondió:

–Los clavos del almacén los robó Bárjatov. Además sustrajo tres limas. En mi opinión el asesinato lo cometió Nikolái Ugárov. Sé que Bárjatov le dio el clavo y más de una vez había amenazado a Rubin con matarle. Ayer volvió a amenazarlo. Rubin se negó a firmarle un certificado de enfermedad.

Luego cogió el cigarrillo que le extendía y dijo:

–Considero mi deber como miembro del Partido darle esta información, camarada delegado operativo. El camarada Rubin era un viejo miembro del Partido.

Mishanin le dio fuego y comenzó a escribir deprisa, sin hablar. Después le replicó amistosamente:

–Debe saber, prisionero, que no tiene derecho a hablar de pertenencia al Partido. Tampoco tiene derecho a llamarme camarada. Yo, para usted, soy ciudadano comandante.

–Le pido que me disculpe, ciudadano comandante –rectificó Abarchuk.

–Me llevará varios días acabar la investigación –dijo

Mishanin–. Entretanto no tendrá ningún problema. Luego, ya sabe..., podemos trasladarle a otro campo.

–No, no tengo miedo, ciudadano comandante –respondió Abarchuk.

Se fue al almacén sabiendo que Bárjatov no le preguntaría nada. Bárjatov le miraría insistentemente, trataría de sonsacarle la verdad siguiendo sus movimientos, sus miradas, sus carraspeos...

Abarchuk era feliz, había obtenido una victoria sobre sí mismo.

Había reconquistado el derecho a juzgar. Y al recordar a Rubin, Abarchuk lamentó no poder decirle las cosas malas que había pensado de él el día antes.

Tres días más tarde Magar seguía sin aparecer. Abarchuk preguntó por él en la dirección de la mina, pero los empleados que conocía no encontraron en ninguna lista el nombre de Magar. Aquella tarde, cuando Abarchuk ya había comprendido que el destino los separaba, el enfermero Triufelev se acercó hasta el barracón. Cubierto de nieve y quitándose el hielo de las pestañas, le dijo a Abarchuk:

–Oye, en la enfermería hay un *zek* que ha preguntado por ti. Será mejor que te lleve enseguida. Primero obtén la autorización del jefe. De lo contrario... ya sabes cómo son nuestros *zeks*. Puede estirar la pata en cualquier momento, y no querrás hablar con él cuando lo metan en la camisa de madera, ¿verdad?

41

El enfermero condujo a Abarchuk al pasillo de la enfermería donde flotaba un olor característico, distinto al de los barracones, un mal olor. Pasaron en la penumbra al lado de montones de camillas de madera y fardos de chaquetones que, por lo visto, esperaban a ser desinfectados.

Magar estaba en un cuarto aislado, un cuchitril con paredes de vigas donde casi pegadas la una a la otra había dos camas de hierro. Generalmente ponían en aislamiento a los enfermos infecciosos o a los moribundos. Las finas patas de las camas parecían de alambre, pero no se habían curvado; en camas así nunca instalaban a personas corpulentas.

—Por ahí no, por ahí no, a la derecha —dijo una voz en tono tan familiar que a Abarchuk le pareció que ya no existían las canas ni la prisión, sino aquello por lo que había vivido y por lo que estaría feliz de dar la vida.

Mirando la cara de Magar patéticamente, dijo despacio:

—Buenos días, buenos días, buenos días...

Magar, por temor a no lograr dominar la emoción, habló con un tono de voz intencionadamente cotidiano.

—Siéntate, siéntate enfrente de mí, en la otra cama.

Y al percatarse de la mirada que Abarchuk lanzaba a la cama vecina, añadió:

—No le molestarás, ahora ya nada le molestará.

Abarchuk se inclinó para ver mejor la cara de su compañero, después se volvió a mirar al difunto cubierto.

—¿Hace mucho que ha ocurrido?

—Murió hace un par de horas y por ahora los enfermeros no lo tocan, esperan al médico. Mejor así; si no, nos meten a otro y con uno vivo no podremos hablar.

—Es cierto —reconoció Abarchuk, y no preguntó nada de lo que más le interesaba: «Así pues, ¿te han cogido por Búbnov o por el caso Sokólnikov? ¿Cuántos años te han caído? ¿Has estado en Vladímir o en el campo para políticos de Súzdal? ¿Te sentenció una comisión especial o un tribunal militar? ¿Has firmado contra ti?».

Se giró a mirar el cuerpo cubierto y dijo:

—¿Quién es? ¿De qué ha muerto?

—Era un deskulakizado. Ha muerto a causa del campo. Llamaba a una tal Nastia, quería irse...

Paulatinamente Abarchuk comenzó a distinguir en la penumbra la cara de Magar. Había cambiado tanto que no lo habría reconocido: ¡un viejo al final de su vida!

Mientras notaba contra la espalda el contacto de la mano rígida del muerto, sintió la mirada de Magar sobre él y pensó: «Probablemente debe de estar pensando lo mismo: nunca lo habría reconocido».

Pero Magar dijo:

–Acabo de caer en la cuenta: no hacía más que gruñir algo así como «be... be... be...» y lo que quería decir era: «Beber, beber». Justo al lado tenía un vaso. Si al menos hubiera podido satisfacer su última voluntad...

–Ya lo ves, también un muerto nos impide hablar con tranquilidad.

–Es comprensible –respondió Magar, y Abarchuk reconoció aquella entonación familiar que siempre le conmovía: por lo general era así como Magar comenzaba a hablar de cosas serias–. Hablamos de él, pero en realidad se trata de nosotros.

–¡No, no! –gritó Abarchuk y, agarrando la palma caliente de Magar, la apretó, lo abrazó por los hombros, sacudiéndose por unos sollozos silenciosos.

–Gracias –balbució Magar–. Gracias, camarada, amigo.

Los dos se callaron, respiraban con dificultad, sus alientos se confundían. A Abarchuk le pareció que no eran sólo sus respiraciones lo que se fundía.

Magar habló primero.

–Escucha –dijo–. Escucha, amigo mío, te llamo así por última vez.

–Pero ¿qué tienes? ¡Tú vivirás! –dijo Abarchuk.

Magar se sentó en la cama.

–No quiero torturarte, pero debo decírtelo. Y tú escucha –se dirigió al muerto–: te concierne, a ti y a tu Nastia. Éste es mi último deber como revolucionario y lo cumpliré. Tú, camarada Abarchuk, eres de una naturaleza especial. Nos conocimos en un tiempo, en un momento especial; nuestro mejor momento, me parece. Bien, tengo que decirlo... Nos equivocamos. Mira adónde nos ha llevado nuestro error... Nosotros dos debemos pedirle a ese hombre que nos perdone. Dame de fumar. Pero ¿por qué arrepentirse ahora? Ningún arrepentimiento puede expiar lo que hemos hecho. Eso es lo que te quería decir. Punto primero. Ahora el segundo: no comprendimos la libertad. La aplastamos. Ni siquiera Marx la valoró: la libertad es el fundamento, el sentido, la base de la base. Sin libertad no hay revolución proletaria. Ése era el segundo punto y ahora escucha el tercero. Atravesamos el campo, la taiga, pero nuestra fe es más fuerte que todo. Sin embargo, eso no es fortaleza, sino debilidad, instinto de conservación. Al otro lado de la alambrada, el instinto de conservación lleva a la gente a transformarse, a menos que prefieran morir, ser enviados a un campo de prisioneros. Y así los comunistas han creado un ídolo, se han puesto uniformes y hombreras, profesan el nacionalismo, han levantado la mano contra la clase obrera, si es necesario revivirán las Centurias Negras...[1] Pero aquí, en el campo, el mismo instinto ordena a la gente no cambiar: si no quieres enfundarte el abrigo de madera no debes cambiar durante las décadas que pases en el campo. En eso reside la salvación... Son dos caras de la misma moneda...

–¡Para! –gritó Abarchuk y alzó su puño cerrado sobre la cara de Magar–. ¡Te han quebrado! ¡No lo has resistido! Todo lo que has dicho es mentira, delirio.

–No lo es. A mí también me gustaría creerlo, pero no es así, no deliro en absoluto. Te estoy pidiendo que me sigas. Como hace veinte años. Si no podemos vivir como revolucionarios, entonces lo mejor es morir.

–¡Basta! ¡Es suficiente!

–Perdóname, me doy cuenta. Parezco una vieja prostituta que llora por la virginidad perdida. Pero te lo digo: ¡recuérdalo! Querido amigo, perdóname...

–¡Perdonarte! Mejor sería que yo... Mejor sería que uno de los dos estuviera ahí tumbado, en lugar de este cadáver, que tú estuvieras muerto antes de este encuentro...

1. Movimiento de extrema derecha que emergió durante la revolución de 1905 en un esfuerzo por defender la autocracia contra el creciente malestar civil. Dicho movimiento se escindió en varios grupos locales como la Liga del Arcángel San Miguel y la Liga del Pueblo ruso.

Ya en la puerta, Abarchuk añadió:

–Vendré a verte de nuevo... Te ordenaré las ideas; de ahora en adelante yo seré tu maestro.

A la mañana siguiente, Abarchuk se encontró al enfermero Triufelev en la plaza del campo. Arrastraba un trineo con un bidón de leche amarrado con cuerdas. Era extraño ver a alguien en el Polo Ártico con la cara bañada en sudor.

–Tu amigo no beberá más leche –dijo–. Se ha colgado durante la noche.

Siempre es agradable sorprender al interlocutor con una noticia inesperada, y el enfermero miró a Abarchuk con aire triunfante.

–¿Ha dejado alguna nota? –preguntó Abarchuk aspirando una bocanada de aire gélido.

Estaba seguro de que Magar habría dejado una nota y que la escena de ayer era totalmente fortuita.

–¿Una nota para qué? ¿Para que acabe en manos del *óper*?

Aquélla fue la peor noche de su vida. Estaba tumbado inmóvil, apretando los dientes, los ojos completamente abiertos y fijos contra la pared de enfrente, cubierta de las manchas oscuras de las chinches aplastadas.

Se dirigía a su hijo, a aquel que un día le había negado su apellido, le invocaba: «Tú eres lo único que me queda, eres mi única esperanza. ¿Lo entiendes? Mi amigo, mi maestro quería matar en mí la voluntad y la razón, y él mismo se ha matado. Tolia, Tolia, eres lo único que me queda en el mundo, ¿puedes verme? ¿Puedes oírme? ¿Sabrás algún día que tu padre no se dobló, que no sucumbió a la duda?».

Entretanto, a su alrededor, el campo dormía en un sueño profundo, ruidoso, desagradable. El aire, que se había vuelto pesado y sofocante, estaba atravesado por ronquidos, gemidos, gritos y el sonido de dientes rechinando.

De repente, Abarchuk se levantó sobre el catre: le pareció ver que se movía una sombra, rápida y silenciosa.

42

A finales del verano de 1942 el Ejército del Grupo del Cáucaso comandado por Kleist se había apoderado de la explotación petrolera soviética cerca de Maikop. Los ejércitos alemanes habían llegado a Cabo Norte y Creta, al norte de Finlandia y a las costas del Canal de la Mancha. El Zorro del desierto, el mariscal Erwin Rommel, se encontraba a ochenta kilómetros de Alejandría. Los cazadores habían alzado la bandera con la esvástica sobre la cima del Elbrus. Manstein había recibido la orden de mover sus gigantescos cañones y los lanzacohetes de la nueva artillería hacia la ciudadela del bolchevismo, Leningrado. Mussolini elaboraba el plan de ataque contra El Cairo y se entrenaba en montar un semental árabe. Dietl, el soldado de las nieves, había llegado a latitudes septentrionales nunca antes alcanzadas por ningún conquistador europeo. París, Viena, Praga, Bruselas se convirtieron en ciudades de provincia alemanas.

Había llegado el momento para el nacionalsocialismo de realizar sus más crueles designios contra la vida humana y la libertad. Los líderes del fascismo mienten cuando afirman que la tensión de la lucha les obliga a ser tan crueles. Al contrario, el peligro los reconduce a la cordura; la falta de confianza en sus fuerzas les obliga a moderarse.

El día en que el fascismo esté convencido de su triunfo definitivo, el mundo se atragantará en sangre. Cuando el fascismo no encuentre más resistencia armada, nada contendrá ya a los verdugos de los niños, las mujeres y los viejos. Porque el ser humano es el gran enemigo del fascismo.

En otoño de 1942 el gobierno del Reich adoptó una serie de leyes particularmente crueles e inhumanas.

En particular, el 12 de septiembre de 1942, cuando el nacionalsocialismo estaba en el apogeo de sus éxitos militares, los judíos de Europa fueron sustraídos a la jurisdicción de los tribunales ordinarios y transferidos a la Gestapo.

Adolf Hitler y los dirigentes del Partido tomaron la decisión de aniquilar a la nación judía.

43

A veces Sofia Ósipovna Levinton pensaba en su vida anterior: cinco años de estudios en la Universidad de Zúrich, las vacaciones de verano que había pasado en París e Italia, los conciertos en el conservatorio, las expediciones a las regiones montañosas del Asia Central, sus treinta y dos años de trabajo como doctora, sus platos preferidos, sus amistades cuyas vidas, hechas de días duros y días felices, se habían trenzado con la suya, las habituales conversaciones telefónicas, las palabras ucranianas de siempre: «Hola..., qué tal...», las partidas de cartas, los objetos que se habían quedado en su habitación de Moscú.

Recordaba los meses pasados en Stalingrado: Aleksandra Vladímirovna, Zhenia, Seriozha, Vera, Marusia. Cuanto más cerca de ella estaban las personas, más lejos parecían irse.

Una tarde, Sofia Ósipovna, encerrada en un vagón de mercancías varado en una vía muerta de un nudo ferroviario que estaba a escasa distancia de Kiev, buscaba piojos en el cuello de su chaqueta mientras a su lado dos ancianas hablaban en yiddish, rápido y en voz baja. De improviso comprendió con una claridad insólita que todo aquello le estaba pasando a ella: a la pequeña Sóniechka de la infancia, a la Sonka de los años de juventud, a Sofia, a la mayor Sofia Ósipovna Levinton, médico militar.

El cambio principal que se producía en las personas consistía en el debilitamiento de su sentido de la individualidad mientras que, cada vez con mayor intensidad, advertían el sentido de la fatalidad.

«¿Quién soy en realidad? ¿Quién es la auténtica Sofia? –se preguntaba–. ¿Es la enclenque mocosa que tenía miedo de papá y la abuela, o la corpulenta, la irascible Sonia con los galones en el cuello, o la de hoy, la sucia y piojosa Sofia?»

El deseo de la felicidad se había evaporado, pero en su lugar habían aparecido infinidad de aspiraciones y proyectos: desembarazarse de los piojos... levantarse hasta la rendija y respirar un poco de aire puro... poder orinar... lavarse al menos un pie... y además el deseo, el deseo vivo en todo el cuerpo, de beber.

La habían arrojado en aquel vagón y, mientras miraba en la penumbra, que en un primer momento le había parecido oscuridad total, había oído una risa en voz baja.

—¿Es que hay locos que ríen aquí dentro? —preguntó.

—No —respondió una voz de hombre—, estamos contándonos chistes.

Alguien musitó melancólicamente:

—Una judía más en nuestro desventurado convoy.

De pie al lado de la puerta, Sofia Ósipovna entornaba los ojos para acostumbrarse a la oscuridad y respondía a las preguntas que le hacían.

Además de los llantos, los gemidos, el hedor, la envolvió una atmósfera de palabras y entonaciones olvidadas desde la infancia...

Sofia Ósipovna quiso adentrarse más en el vagón, pero no pudo avanzar. Notó una pierna delgadita con pantalones cortos y se disculpó:

—Perdóname, pequeño, ¿te he hecho daño?

Pero el muchacho no respondió. Entonces dijo dirigiéndose a la oscuridad:

—¿La mamá de este niño mudo podría decirle que se moviera? No puedo quedarme todo el rato de pie.

Desde un rincón se oyó una voz de hombre teatral, histérica:

—Tendría que haber enviado un telegrama de antemano, entonces le habríamos reservado una habitación con baño.

—Imbécil —profirió Sofia Ósipovna.

Una mujer cuya cara ya podía distinguir en la penumbra dijo:

–Siéntese a mi lado, aquí hay sitio de sobra.

Sofia Ósipovna sintió que se apoderaba de sus dedos un temblor rápido, ligero.

Era el mundo de su infancia, el mundo de los *shtetl*, y pudo constatar cómo había cambiado todo.

En el vagón había trabajadores de cooperativas, radio-técnicos, estudiantes de una escuela de magisterio, profesores de un instituto profesional, un ingeniero de una fábrica de conservas, un zootécnico, una chica veterinaria. Antes en los *shtetl* no se conocían aquellas profesiones. Pero Sofia Ósipovna no había cambiado, seguía siendo la misma niña que tenía miedo de papá y la abuela. ¿Era posible que aquel mundo, en el fondo, tampoco hubiera cambiado? Por otra parte, ¿qué importancia tenía? Viejo o nuevo, el mundo del *shtetl* rodaba hacia el abismo.

Oyó la voz de una mujer joven que decía:

–Los alemanes de hoy en día son unos salvajes; ni siquiera han oído hablar de quién es Heinrich Heine.

Desde otro rincón replicó una voz de hombre en tono burlón:

–Ya, pero a fin de cuentas estos salvajes nos transportan como ganado. ¿De qué nos sirve saber quién es ese Heine?

A Sofia Ósipovna le hicieron preguntas sobre la situación en el frente, y dado que no contó nada bueno, le dijeron que estaba mal informada; comprendió que aquel vagón de ganado tenía su estrategia, cimentada en un ardiente deseo de vivir.

–Pero ¿es que no sabe que a Hitler le han enviado un ultimátum para que libere inmediatamente a todos los judíos?

Sí, sí, por supuesto. Cuando el sentimiento de melancolía bovina, de irremediable fatalismo se transforma en un lacerante sentido del horror, el absurdo opio del optimismo acude en ayuda de los hombres.

Muy pronto desapareció el interés por Sofia Ósipovna, y pasó a convertirse en otra viajera como los demás, que no sabe para qué y adónde se la llevan. Nadie le preguntó su nombre ni su patronímico; nadie recordó su apellido. Sofia Ósipovna constataba con estupor que, aunque el proceso de evolución había llevado millones de años, habían bastado pocos días para hacer el camino inverso, el camino que va del ser humano a la bestia sucia y miserable, desprovista de nombre y de libertad.

Le sorprendía que en aquella enorme desgracia que se había abatido contra ellos aquellos hombres continuaran preocupándose de nimiedades cotidianas, que se irritaran entre sí por tonterías.

Una mujer anciana le dijo en un susurro:

—Doctora, mire a aquella *grande dame* que no se mueve de la rendija, como si su hijo fuera el único que necesitara aire fresco. *Madame* se va al balneario.

Durante la noche el tren se detuvo dos veces, y todo el vagón oyó el crujido de los pasos de los centinelas y captaba sus incomprensibles palabras en ruso y alemán.

La lengua de Goethe sonaba horrible en medio de la noche en las estaciones rusas, pero el ruso que hablaban los colaboradores de la policía alemana era todavía más siniestro.

Por la mañana Sofia Ósipovna sufría el hambre como todos y soñaba con un trago de agua. Incluso había algo patético y esmirriado en su sueño. Veía una lata de conservas abollada, en cuyo fondo quedaba un poco de líquido tibio. Y se rascaba con pequeños movimientos rápidos y bruscos, como hacen los perros cuando se buscan las pulgas.

Ahora creía haber comprendido la diferencia entre vida y existencia. Su vida se había acabado, interrumpido, pero la existencia seguía, se prolongaba. Y aunque aquella existencia era miserable, el pensamiento de una muerte cercana le colmaba el corazón de terror.

Comenzó a llover; algunas gotas entraron por la ventanilla enrejada. Sofia Ósipovna rompió un ribete de tela del dobladillo de su camisa, se arrimó a la pared del vagón y deslizó la tira por una hendidura. Luego esperó a que el trozo de tela se empapara de agua de lluvia, lo sacó y se puso a masticar la tela fresca y húmeda. También sus vecinos comenzaron a arrancar trozos de tela, y Sofia Ósipovna se sintió orgullosa de haber encontrado un medio de capturar la lluvia.

El niño al que Sofia Ósipovna había empujado al entrar en el vagón estaba sentado a pocos pasos de ella y observaba a la gente deslizar trozos de tela por la rendija que quedaba entre la puerta y el suelo. En la luz incierta distinguió su cara delgada de nariz afilada. Debía de tener seis años. Sofia Ósipovna pensó que desde que ella había entrado en el vagón nadie le había dirigido la palabra al niño y él había permanecido inmóvil y mudo.

–Cógelo, hijo.

No se movió.

–Tómalo, es para ti –insistió ella, y el niño alargó la mano, indeciso.

–¿Cómo te llamas? –preguntó.

Éste respondió en voz baja:

–David.

La vecina de Sofia, Musia Borísovna, le explicó que David era de Moscú. Había ido a pasar las vacaciones a casa de su abuela y la guerra lo había separado de la madre. La abuela había muerto en el gueto y otra pariente suya, Rebekka Bujman, que viajaba con su marido enfermo, no permitía al niño siquiera que se sentara a su lado.

Al final del día Sofia Ósipovna estaba saturada de escuchar conversaciones, relatos, discusiones; también ella se había puesto a hablar y a discutir.

Cuando se dirigía a sus interlocutores, decía:

–*Brider yidn*[1], escuchad lo que os digo...

Muchos aguardaban con esperanza el final del viaje creyendo que los conducirían a campos donde cada uno trabajaría según su especialidad y los enfermos serían instalados en barracones para impedidos. Hablaban del tema incesantemente. Pero un alarido mudo se había alojado misteriosamente en sus corazones y no les abandonaba.

1. «Mis hermanos judíos», en yiddish.

Por los relatos de sus compañeros de viaje Sofia Ósipovna supo cuánta inhumanidad hay en el ser humano. Le contaron que una mujer había puesto a su hermana paralítica en una palangana y la había sacado fuera de casa en pleno invierno para que muriera de frío. Le contaron que había madres que habían matado a sus propios hijos y que una de ellas viajaba en el vagón. Le contaron de personas que habían vivido escondidas durante meses en las alcantarillas, como las ratas, alimentándose de inmundicias, dispuestas a cualquier sufrimiento para salvar la vida.

La vida de los judíos bajo el fascismo era horrible, y los judíos no eran ni santos ni malhechores, eran seres humanos.

La piedad que Sofia Ósipovna sentía por aquella gente se volvía particularmente intensa cuando miraba al pequeño David. La mayor parte del tiempo permanecía inmóvil y callado. De vez en cuando sacaba del bolsillo una vieja caja de cerillas, miraba de reojo en el interior y luego volvía a esconderla en el bolsillo.

Sofia Ósipovna llevaba varios días sin dormir, el sueño la había abandonado. Aquella noche se quedó sentada en vela, en la oscuridad hedionda. «¿Dónde estará Zhenia Sháposhnikova en este momento?», pensó de repente. Escuchaba los susurros y los gritos de la gente y se daba cuenta de que sus cabezas estaban llenas de imágenes dolorosamente vívidas que las palabras no podían expresar. ¿Cómo conservar, cómo retener en la memoria aquellas imágenes en caso de que quedaran hombres sobre la Tierra y que quisieran saber lo que había ocurrido?

–¡Zlata! ¡Zlata! –gritó una voz de hombre entrecortada por los sollozos.

44

... El cerebro de Naum Rozemberg, un contable de cuarenta años, realizaba sus cálculos habituales. Caminaba por la carretera y contaba: en el de anteayer, 110; en el de ayer, 71; los cinco días antes, 612; eso suma un total de 783... Qué lástima no haber llevado una cuenta separada de los hombres, los niños, las mujeres... Las mujeres arden más fácilmente. Un *Brenner* experimentado dispone los cuerpos de manera que los viejos huesudos, ricos en ceniza, ardan al lado de los cuerpos de las mujeres. Ahora darán la orden −«desvíense de la carretera»−, así mandaron un año antes a los que ahora vamos a desenterrar y a extraer de la fosa con ganchos sujetados a cuerdas. Un *Brenner* experimentado puede determinar a partir de un montículo cuántos cuerpos yacen dentro de una fosa: cincuenta, cien, doscientos, seiscientos, mil... El *Scharführer* Elf exige que a los cuerpos se les llame *Figuren*, cien figuras, doscientas figuras, pero Rozemberg los llama: personas, hombre asesinado, niño ejecutado, viejo ejecutado... Los llama así en voz baja, de lo contrario el *Scharführer* descargaría nueve gramos de metal contra él, pero sigue musitando obstinadamente: «Ahora sales de la fosa, hombre ejecutado... Niño, no te agarres a tu mamá con las manos, os quedaréis juntos, no te irás lejos de ella...».

−¿Qué estás susurrando por ahí?

−Nada, se lo ha parecido.

Y susurra: «Lucha, en eso consiste su pequeña lucha...». Anteayer abrieron una fosa donde había ocho muertos. El *Scharführer* gritaba: «Esto es una mofa, un equipo de veinte *Brenner* para quemar ocho figuras». Tenía razón, pero ¿qué podían hacer ellos si en la pequeña aldea sólo había dos familias de judíos? Una orden es una orden: desenterrar todas las tumbas y quemar todos los cuerpos... Ahora se han desviado de la carretera y caminan por la hierba y por ciento quincuagésima vez, en medio del verde claro, he aquí un montículo gris: una tumba. Ocho cavan, cuatro abaten troncos de robles y los sierran en leños de la longitud de un cuerpo humano, dos los cortan con hachas y cuñas, dos acercan de la carretera tableros viejos y secos, encendajas, recipientes con gasolina, cuatro preparan el lugar para la hoguera, excavan la zanja para las cenizas: hay que averiguar de dónde sopla el viento.

Enseguida desaparece el olor a podredumbre del bosque y los guardias ríen, blasfeman, se tapan la nariz; el *Scharführer* escupe y se aleja hasta el lindero del bosque. Los *Brenner* lanzan sus palas, cogen los ganchos, se tapan la nariz y la boca con trapos... «Buenos días, abuelo, te toca ver el sol de nuevo, pero cómo pesas...» Una madre asesinada junto a sus tres hijos: dos niños –uno de ellos todavía escolar– y una niña que debió de nacer en 1939, enferma de raquitismo, pero no importa, ahora ya está curada... No te aferres así a tu mamá, no se irá a ninguna parte... «¿Cuántas figuras?», grita el *Scharführer* desde el lindero. «Diecinueve», y en voz muy baja, casi para sus adentros, «personas muertas». Todos maldicen: ya ha pasado media jornada. La semana pasada, en cambio, abrieron una tumba de doscientas mujeres, todas jóvenes. Al retirar la capa superior de la tierra, se levantó un vapor gris sobre la tumba y los guardias se pusieron a reír. «¡Qué mujeres más calientes!» Sobre las zanjas por donde circula el aire colocan la leña seca, después los leños de roble –éstos arden bien–, luego los cadáveres de las mujeres; se añade leña, luego los cadáveres de los hombres, más leña, después otros restos de cuerpos, luego un tanque de gasolina, a continuación, en el centro, una bomba incendiaria; luego el *Scharführer* da una orden y los guardias sonríen por anticipado. Los *Brenner* cantan a coro: «¡La hoguera arde!». Después echan las cenizas en la fosa. De nuevo se hace el silencio; se mantiene, se vuelve más profundo. Después los condujeron a un bosque, esta vez no vieron un montículo en medio del claro verde; el *Scharführer* ordenó cavar un agujero de cuatro metros por dos; todos lo comprendieron, el trabajo había concluido: 89 pueblos, más 18 *shtetl*, más cuatro aldeas, más dos ciudades de distrito, más tres sovjoses[1], dos cerealistas y uno de leche; en total, 116 núcleos de población, los *Brenner* han desenterrado 116 túmulos... Mientras cava la fosa para él y sus compañeros, el contable Naum Rozemberg sigue calculando: la semana pasada 783, y el mes antes 4.826; un total de 5.609 cuerpos quemados. Calcula, calcula y el tiempo pasa sin que se dé cuenta, calcula la media de figuras –no, de cadáveres– en cada fosa: 5.609 entre el número de tumbas, 116; eso da una media de 48,35 cadáveres por fosa: redondeando, 48 cadáveres por tumba.

Si tenemos en cuenta que veinte *Brenner* han trabajado durante treinta y siete días, por cada *Brenner* eso da... «¡En fila!», grita el jefe de los guardias, y el *Scharführer* ordena: «*In die Grube marsch!*»[2]. Pero él no quiere ser enterrado. Corre, se cae, se levanta, corre perezoso, el contable no sabe correr, pero no han logrado matarle, reposa sobre la hierba del bosque, en silencio, y no piensa en el cielo que se alza sobre su cabeza, ni en Zlata, Zlátochka, a la que asesinaron cuando estaba en el sexto mes de gestación, está tendido en la hierba y calcula lo que no tuvo tiempo de calcular junto a la fosa: veinte *Brenner*, treinta y siete días, el total de días por *Brenner*... eso en primer lugar; ahora, en segundo, tiene que calcular la cantidad de leña por persona; tercero, hay que calcular el tiempo medio de combustión por una figura, cuánto...

Una semana más tarde unos policías lo encontraron y lo condujeron al gueto.

Y ahora aquí, en el vagón, susurra todo el rato, cuenta, multiplica, divide. ¡El balance anual! Tiene que presentárselo a Bujman, el jefe de contabilidad del Gosbank. De pronto, durante la noche, en sueños, lágrimas ardientes brotan y le arrancan la costra que le cubre el cerebro y el corazón.

–¡Zlata!, ¡Zlata! –grita.

1. Acrónimo de *sovétskoye joziáistvo*. Explotación agrícola soviética.
2. «Descended a la fosa.»

45

La ventana de la habitación de Musia Borísovna daba a las alambradas del gueto. Una noche la bibliotecaria se despertó, levantó el extremo de la cortina y vio a dos soldados arrastrando una ametralladora; los rayos azules de la luz de la luna hacían centellear el acero pulido y las gafas del oficial que caminaba delante. Oyó el ruido sordo de los motores. Los vehículos se acercaban al gueto con los faros apagados, y el pesado polvo nocturno se tornaba plateado y se arremolinaba alrededor de sus ruedas, como divinidades flotando entre nubes.

En aquellos tranquilos minutos de claro de luna, mientras las patrullas de las SS y SD, destacamentos de policías ucranianos, unidades auxiliares y una columna motorizada de la Gestapo se aproximaban a las puertas del gueto dormido, la mujer midió el destino del siglo XX.

La luz de la luna, el movimiento rítmico y majestuoso de las tropas armadas, los potentes camiones negros, el tictac despavorido del reloj de pesas en la pared, la blusa, el sujetador y las medias sobre la silla, el cálido olor del hogar: todo aquel batiburrillo de cosas opuestas e incompatibles se habían conciliado.

46

De vez en cuando, en el vagón, Natasha, la hija del viejo doctor Karasik, detenido y ejecutado en 1937, se ponía a cantar. A veces incluso cantaba por la noche, lo que no causaba enfado en la gente del vagón.

Era tímida, hablaba siempre con una voz apenas audible, mantenía la mirada baja, sólo visitaba a sus parientes más cercanos y se sorprendía de la audacia de las jóvenes que bailaban en las fiestas.

En el proceso de selección de personas sujetas a aniquilación no fue incluida en el grupo de artesanos y médicos cuya útil vida se conservaría: a nadie le interesaba la vida de una señorita marchita de pelo ya canoso.

Un guardia la empujó hacia la colina polvorienta donde estaba el mercado. Se encontró ante tres hombres borrachos; a uno de ellos, ahora jefe de policía, lo conocía de antes de la guerra, cuando trabajaba como administrador en el almacén del ferrocarril. Ni siquiera comprendió que aquellos tres hombres eran árbitros de la vida y la muerte de los hombres. Un policía la empujó hacia una muchedumbre clamorosa de niños, mujeres y hombres, los considerados inútiles.

Luego caminaron hacia el aeródromo, bajo aquella canícula que sería la última para ellos. Dejaban atrás manzanos polvorientos al borde del camino; lanzaban por última vez gritos penetrantes, rasgándose la ropa; rezaban. Natasha caminaba en silencio.

Nunca había pensado que la sangre pudiera ser de un rojo tan vivo bajo el sol. Cuando los gritos, los disparos, los ronquidos cesaron por un instante, se oyó el susurro de la sangre en la fosa: ella corría sobre los cuerpos blancos como sobre piedras blancas.

Después vino un momento menos terrible: el crepitar de la ametralladora y la cara del verdugo fatigada por el trabajo, sencilla y bonachona, aguardando paciente a que ella se acercara y se colocara en el borde de la fosa susurrante.

Cuando llegó la noche, escurrió la camisa mojada y volvió a la ciudad. Los muertos no salían de la tumba, por tanto ella estaba viva. Y mientras, a través de los patios, Natasha se dirigía al gueto, vio que en la plaza había un baile popular. Una orquesta compuesta por instrumentos de viento y cuerda tocaba la melodía triste y melancólica de un vals que siempre le había gustado, y a la luz opaca de la luna y los faroles, las parejas –chicas y soldados– giraban por la plaza polvorienta, y su pisoteo se mezclaba con la música. En ese instante aquella señorita marchita se sintió feliz y a salvo; y, desde entonces, cantaba con el presentimiento de una felicidad futura y, a veces, si nadie la veía, incluso trataba de bailar el vals.

47

David no recordaba con certeza todo lo que había sucedido después del inicio de la guerra. Pero una noche, en el vagón, aquel pasado reciente le volvió a la mente con claridad diáfana.

Está oscuro y su abuela lo lleva a casa de los Bujman. El cielo está cuajado de diminutas estrellas y el horizonte es claro, de color verde limón. Las hojas de bardana le tocan las mejillas como manos frías y húmedas.

En la buhardilla, detrás de una pared falsa de ladrillos, se esconde gente. De día las chapas negras del techo se calientan al rojo. A veces, un olor a quemado inunda la buhardilla, el gueto está en llamas. Durante el día todos permanecen inmóviles en el refugio. La pequeña Svetlana, la hija de los Bujman, llora monótonamente. Bujman está enfermo del corazón, de día todos lo creen muerto. Pero por la noche come y se pelea con su mujer.

De repente ladridos de perros. Voces no rusas: «*Asta! Asta! Wo sind die Juden?*»[1], y, sobre las cabezas, crece el estruendo. Los alemanes han trepado al techo a través del tragaluz.

El sonido retumbante de suelas de hierro sobre el cielo de chapa negro se interrumpe. Se oyen golpecitos ligeros, astutos: alguien está examinando las paredes.

En el refugio se hace el silencio, un silencio implacable, con los músculos tensos de las espaldas y los cuellos, ojos desencajados de la angustia, bocas torcidas en una mueca.

La pequeña Svetlana responde con un lamento sin pala-

1. «¿Dónde están los judíos?»

bras al sonido del engatusador golpeteo. De improviso deja de llorar, David se vuelve hacia ella y se encuentra con los ojos furiosos de la madre de Svetlana, Rebekka Bujman.

Más tarde aquellos ojos y la cabeza de la niña colgando de un lado, como una muñeca de trapo, le volvieron a la mente, pero fugazmente.

En cambio recordaba, a menudo y con todo detalle, su vida de antes de la guerra. En el vagón, como un viejo, David revivía su pasado, lo acariciaba, lo amaba.

48

Para su cumpleaños, el 12 de diciembre, mamá le había comprado un libro de cuentos. En el claro de un bosque había una cabritilla gris; la oscuridad del bosque parecía especialmente amenazadora. Entre troncos marrón oscuro, matamoscas y otros hongos venenosos, se vislumbraban las rojas fauces abiertas y los ojos verdes de un lobo.

Sólo David conocía el inminente asesinato. Golpeaba el puño sobre la mesa, escondiendo el claro del bosque con la palma de la mano, pero comprendía que no podía proteger a la cabritilla.

Y por la noche gritaba:

—¡Mamá, mamá, mamá!

Su madre se despertaba y se acercaba a su cama, como una nube en la noche tenebrosa, y él bostezaba feliz porque sentía que la fuerza más grande del mundo le defendía de la oscuridad del bosque nocturno.

Cuando se hizo mayor eran los perros rojos de *El libro de la selva* lo que le daba miedo. Una noche su habitación se llenó de fieras rojas, y David, con los pies descalzos, avanzó a tientas guiándose por el cajón abierto de la cómoda junto a la cama de su madre.

Cuando tenía la fiebre alta, siempre le asaltaba la misma pesadilla: estaba acostado en una playa arenosa, y minúsculas olas, no más grandes que su dedo meñique, le hacían cosquillas en el cuerpo. De repente una montaña de agua azul se alzaba silenciosamente y se acercaba a una velocidad vertiginosa. David estaba tumbado sobre la arena caliente, la montaña azul oscuro se abatía sobre él. Era todavía más horrible que el lobo y los perros rojos.

Por la mañana mamá se iba al trabajo y él salía a la escalera de servicio y vertía su taza de leche en una vieja lata de conservas de cangrejo cuyo destinatario era un delgado gato vagabundo de cola larga y fina, hocico blanco y ojos lacrimosos. Un día la vecina les comunicó que al amanecer habían venido unos hombres y, gracias a Dios, habían metido aquel repugnante gato vagabundo en una caja; por fin se lo habían llevado al instituto.

–Pero ¿adónde quieres que vaya? ¿Cómo voy a saber yo dónde está ese instituto? Es del todo imposible. ¡Olvídate de ese gato desgraciado! –le decía la madre mirando sus ojos implorantes–. ¿Cómo vas a sobrevivir en este mundo? ¡No se puede ser tan sensible!

La madre quiso enviarlo a un campamento infantil de verano, pero él lloró, suplicó con las manos juntas, gritando:

–Te prometo que iré a casa de la abuela, pero ¡no me envíes al campamento!

Cuando la madre lo acompañó en tren a casa de la abuela, en Ucrania, David apenas probó bocado durante el trayecto: le daba vergüenza masticar un huevo duro o desenvolver una croqueta de un papel grasiento.

La madre se quedó en casa de la abuela junto a David cinco días, luego tuvo que volver al trabajo. En el momento de la despedida el niño no lloró, pero le apretó con tanta fuerza el cuello que su madre le dijo:

–Me ahogas, bobo. Aquí te hartarás de fresas y además son baratas. Vendré a buscarte dentro de dos meses.

Al lado de la casa de la abuela Roza había una parada del autobús que hacía el recorrido entre la ciudad y la tenería. En ucraniano la parada de autobús se llamaba *zupinka*.

El difunto abuelo había sido miembro del Bund, un

hombre de renombre, había vivido un tiempo en París. Por aquel motivo la abuela se había ganado el respeto de todos y no pocos despidos laborales.

A través de las ventanas abiertas se oía la radio: «*Uvaga, uvaga*[1], aquí Kiev».

Durante el día la calle estaba desierta, y se animaba cuando salían los alumnos del instituto profesional de la tenería, que se gritaban de una acera a otra: «Bella, ¿has aprobado el examen? Jashka, ¿preparamos juntos el marxismo?».

Por la noche regresaban a casa los trabajadores de la tenería, los vendedores, los electricistas del centro radiofónico local. La abuela trabajaba en el comité local de la policlínica.

David no se aburría cuando la abuela no estaba en la casa.

Cerca, en un viejo huerto abandonado, entre decrépitos y estériles manzanos, pastaba una vieja cabra, vagaban gallinas marcadas con pintura y hormigas silenciosas trepaban por la hierba. En el huerto los gorriones y cuervos del lugar se mostraban seguros de sí mismos y hacían ruido, mientras que los pájaros del campo, pájaros cuyo nombre David desconocía, se comportaban como campesinas intimidadas.

David escuchó muchas palabras nuevas: *glechik, dikt, kaliuzha, riazhenka, riaska, puzhalo, liadache, koshenia...*[2] En estas palabras reconoció ecos y reflejos de su lengua materna, el ruso. Oyó hablar en yiddish y se quedó sorprendido de que mamá y la abuela conversaran delante de él en aquella lengua. Nunca había oído a su madre hablar una lengua que él no comprendiera.

La abuela lo llevó de visita a casa de una sobrina, la gorda Rebekka Bujman. Entraron en una habitación que impresionó a David por la abundancia de cortinas de en-

---

1. «Atención, atención.»
2. Jarra, madera contrachapada, charco, leche agriada, lenteja de agua, espantapájaros, perezoso, gatito.

caje blanco; Eduard Isaákovich Bujman, el jefe de contabilidad del *Gosbank*, hizo su aparición vestido con chaqueta militar y botas.

–Jaim –dijo Rebekka–, tenemos visita de Moscú: es el hijo de Raya. –Y enseguida añadió–: Bueno, saluda a tío Eduard.

–Tío Eduard, ¿por qué la tía Rebekka le llama Jaim? –preguntó David.

–Ésa es una pregunta difícil –dijo Eduard Isaákovich–. ¿No sabes que en Inglaterra a todos los Jaim se les llama Eduard?

Después el gato se puso a arañar la puerta, y cuando consiguió abrirla todos vieron en el centro de la habitación a una niña con mirada inquieta sentada en un orinal.

Un domingo David fue al mercado con su abuela. Por el camino encontraron viejas con pañuelos negros, encargadas de vagones de ferrocarril soñolientas y taciturnas, altivas mujeres de dirigentes locales, mujeres campesinas calzadas con botas de agua.

Los mendigos judíos gritaban con voces rudas y enojadas: la gente parecía darles limosna más por temor que por compasión. Por la carretera de cantos rodados pasaban los camiones de los koljoses cargados de sacos de patatas y salvado, jaulas de mimbre llenas de gallinas que gritaban en cada bache, como viejas judías enfermas.

Lo que más le fascinaba y le aterrorizaba, hasta el punto de llevarle a la desesperación, eran los puestos de las carnicerías. David había visto sacar de un carro a un ternero muerto: tenía la boca pálida entreabierta y el pelaje rizado y blanco del cuello manchado de sangre.

La abuela compró una gallina joven variopinta y se la llevó por las patas atadas con un trozo de tela blanca, y David caminaba a su lado intentando ayudar a la gallina a levantar su débil cabeza, preguntándose asombrado cómo su abuela podía ser tan inhumanamente cruel.

Recordó unas palabras incomprensibles de su madre. Decía que la familia por parte del abuelo eran personas cultas e instruidas, pero que por parte de la madre todos eran pequeñoburgueses y comerciantes. Seguramente ése era el motivo por el que su abuela no tenía piedad de la gallina.

Entraron en un patio, salió a su encuentro un viejecito con una kipá en la cabeza y la abuela comenzó a hablar con él en yiddish. El viejecito cogió la gallina entre los brazos, farfulló algunas palabras y la gallina cacareó confiada. El viejo hizo entonces un gesto muy rápido, un movimiento apenas perceptible pero obviamente terrible, y se echó la gallina por encima del hombro. Ésta comenzó a correr batiendo las alas y el niño vio que no tenía cabeza, lo que corría era sólo un cuerpo decapitado: el viejecito había matado la gallina.

Después de una carrera de pocos pasos, el cuerpo cayó arañando el suelo con sus patas fuertes y jóvenes, y dejó de vivir.

Aquella noche David tuvo la sensación de que el olor húmedo de las vacas y sus crías degolladas llegaba incluso hasta su habitación.

La muerte, que antes vivía en la ilustración de un bosque donde un lobo dibujado se acercaba furtivamente a una cabritilla dibujada, dejó de estar confinada en las páginas del libro de cuentos. Por primera vez David comprendió con claridad meridiana que también él era mortal, no sólo como en los cuentos, sino de verdad.

Comprendió que un día su mamá moriría. La muerte les llegaría a ambos, pero no saldría de un bosque de cuento donde los abetos se yerguen en la penumbra, sino de este aire, de la vida, de estas paredes familiares, y sería imposible escaparse de ella.

David sintió la muerte con una claridad y una profundidad que sólo son capaces de alcanzar los niños y los grandes filósofos, cuyo vigor especulativo se aproxima a la sencillez y la fuerza del sentimiento infantil.

De los asientos hundidos sobre los que habían colocado unas tablas de madera contrachapada y del armario ropero emanaba un olor bueno y tranquilizador, el mismo olor de los cabellos y los vestidos de la abuela. Una noche cálida y engañosamente calma los rodeaba.

49

Aquel verano la vida dejó de estar confinada en los cubitos con dibujos pintados en los silabarios. Vio qué destellos azules irradian las oscuras alas de un pato y cuánta broma burlona encierra su graznido. Se encaramó al tronco rugoso de un cerezo y logró coger las blancas cerezas que brillaban entre el follaje. Fue a ver de cerca a un ternero amarrado al poste de un páramo y le extendió un terrón de azúcar; mudo de felicidad miró los ojos tiernos de la enorme criatura.

Pinchik el pelirrojo se acercó a David y le propuso, arrastrando las erres:

—¿Quier-r-r-es camor-r-r-a?

En el vecindario de la abuela, los judíos y los ucranianos se parecían. La vieja Partinskaya, de visita en casa de la abuela, decía con su voz arrulladora:

—¿Ha oído la noticia, Roza Nusinovna? Sonia se va a Kiev, ha hecho las paces con el marido.

La abuela, juntando las manos y riendo, respondía:

—¡Vaya! ¡Menuda comedia!

Aquel mundo a David le parecía mejor y más agradable que la calle Kírov, donde una vieja mujer llamada Drako-Drakon con la cara toda pintada paseaba su caniche por la calle asfaltada, donde cada mañana estacionaba delante del portal una limusina ZIS-101, donde una vecina, con quevedos y un cigarrillo entre sus labios rojos de carmín, susurraba con furia ante la cocina comunal de gas: «Tú, trotskista, has vuelto a tirarme el café del hornillo».

Era de noche cuando David y su madre volvieron de la estación. Caminaron por una calle pavimentada, iluminada por la luna, y pasaron por delante de una iglesia católica blanca que albergaba en un nicho a un Cristo delgado, del tamaño de un niño de doce años, inclinado, y en la cabeza, una corona de espinas. Dejaron atrás la escuela de magisterio donde una vez había estudiado su madre.

Y algunos días después, un viernes por la noche, David vio a los viejos que se dirigían a la sinagoga entre el polvo dorado que levantaban los pies desnudos de unos chicos jugando al fútbol en un solar.

Había un encanto conmovedor en aquella yuxtaposición de casas blancas ucranianas, el chirrido de las grúas del pozo y los antiguos bordados negros y blancos de los mantos de oración que suscitaban la admiración desde tiempos bíblicos, remotos e insondables. Y coexistía todo junto: El *Kobzar*[1], Pushkin y Tolstói, los manuales de física, *La enfermedad infantil del izquierdismo en el movimiento comunista*, los hijos de sastres y zapateros que habían combatido en la guerra civil, los instructores del *raikom*, los tribunos y cizañeros del sóviet de sindicatos regional, conductores de camiones, inspectores de policía, conferenciantes marxistas.

Cuando llegó a casa de la abuela, David se enteró de que su madre era desdichada. La primera en anunciárselo fue la gorda tía Rajil, que tenía las mejillas tan coloradas que daba la impresión de que siempre se avergonzaba de algo.

—¡Cómo es posible, abandonar a una mujer tan maravillosa como tu madre! ¡Ya se arrepentirá, ya!

Un día después David ya sabía que su padre se había ido con una mujer rusa ocho años mayor que él; que él ganaba dos mil quinientos rublos al mes en la Filarmónica, pero que mamá no había aceptado pensión alimenticia y vivía sólo de su sueldo: trescientos diez rublos al mes.

Una vez David enseñó a su abuela el capullo que guardaba en una caja de cerillas.

—Pero bueno, ¿para qué quieres esa porquería? ¡Tíralo ahora mismo!

1. *Kobzar* [El tañedor de la kobza, 1840], libro de poemas del poeta ucraniano Tarás Shevchenko.

David fue a la estación de mercancías dos veces y vio cómo cargaban en los vagones a toros, carneros y cerdos. Un toro mugía potente como si sufriera o implorara piedad. Al niño le atenazó un miedo pavoroso, pero los ferroviarios que pasaban junto a los vagones con chaquetas sucias y desgarradas ni siquiera volvían sus caras demacradas y extenuadas hacia la bestia doliente.

Una semana después de su llegada, una vecina de la abuela llamada Deborah cuyo marido, Lázar Yankélevich, trabajaba como mecánico en la fábrica de máquinas agrícolas, trajo al mundo a su primer hijo. El año antes Deborah había ido a casa de su hermana, en Kolymá, y durante una tormenta le cayó un rayo. Intentaron reanimarla practicándole la respiración artificial, pero al final desistieron y la cubrieron de tierra. Así yació durante dos horas, como muerta... Y, mira por dónde, ahora daba a luz a un bebé, ella que durante quince años había sido estéril. La abuela contó esa historia y luego añadió:

–Eso es lo que dice la gente, pero el año pasado tuvo que someterse a una operación.

David y su abuela fueron a visitar a los vecinos.

–¡Bueno, Luzia! ¡Bueno, Deba! –dijo la abuela después de echar un vistazo a aquella criaturita de dos piernas acostada en el cesto de la ropa.

Pronunció aquellas palabras en tono amenazador, como advirtiendo al padre y a la madre que no se tomaran a la ligera aquel milagro acontecido.

En una pequeña casa al lado de la vía férrea vivía la vieja Sorkina con sus dos hijos sordomudos, peluqueros de oficio. Todo el vecindario les temía, y la vieja Partinskaya decía a David en ucraniano:

–Si no beben están tranquilos. Pero cuando han bebido se tiran el uno encima del otro, se pelean como caballos, lanzándose cuchillos.

Un día la abuela mandó a David que llevara un tarro de nata a Musia Borísovna... La habitación de la bibliotecaria era minúscula. Sobre la mesa había una pequeña taza, en la pared había fijada una estantería donde reposaban algunos libros pequeños y sobre la cama colgaba una pequeña fotografía. En la imagen aparecían David de bebé y su madre. Cuando David miró la fotografía, Musia Borísovna se ruborizó y dijo:

—Tu mamá y yo nos sentábamos en el mismo pupitre en la escuela.

David le recitó la fábula de la cigarra y la hormiga y Musia Borísovna declamó el inicio de la poesía «Sasha lloraba mientras talaban el bosque...».

Por la mañana todo el patio estaba murmurando: durante la noche a Solomón Slepoi le habían robado la pelliza que había guardado en naftalina para preservarla del verano.

Cuando la abuela se enteró de la desaparición de la pelliza, exclamó:

—Gracias, Dios mío. Es lo mínimo que se merecía.

David se enteró de que Slepoi era un delator y que había denunciado a mucha gente en los tiempos de confiscación de divisas extranjeras y de oro. Dos de sus víctimas fueron fusiladas y otra murió en la enfermería de la prisión.

La noche y sus terribles ruidos, el canto de los pájaros, sangre inocente..., todo se mezclaba en un potaje en ebullición abrasador. Décadas más tarde, David hubiera podido comprenderlo, pero incluso en ese momento era consciente, noche y día, de su horror y su conmovedor encanto.

50

Antes del sacrificio del ganado infectado deben adoptarse varias medidas preventivas: el transporte, la concentración en puntos adecuados, la instrucción de personal cualificado, la excavación de fosas y zanjas.

La población que colabora con las autoridades para llevar el ganado infectado a los mataderos o para capturar los animales dispersos no lo hace por un odio cerval hacia los terneros y las vacas, sino por instinto de conservación.

Asimismo, en los casos de exterminios masivos de personas la población local no profesa un odio sanguinario contra las mujeres, los ancianos y los niños que van a ser aniquilados. Por ese motivo, la campaña para el exterminio masivo de personas exige una preparación especial. En este caso no basta tan sólo con el instinto de conservación: es necesario incitar en la población el odio y la repugnancia.

Fue precisamente en una atmósfera de odio y repulsión como se preparó y llevó a cabo la aniquilación de los judíos ucranianos y bielorrusos. En su momento, en aquella misma tierra, después de haber movilizado y atizado la ira de las masas, Stalin abanderó la campaña para la aniquilación de los kulaks como clase, la campaña para la destrucción de los degenerados y saboteadores trotskistas-bujarinistas.

La experiencia había mostrado que la mayor parte de la población, tras ser expuesta a empresas similares, está dispuesta a obedecer hipnóticamente todas las indicaciones de las autoridades. Luego hay una minoría particular que ayuda activamente a crear la atmósfera de la campaña: fanáticos ideológicos, sanguinarios que disfrutan y se alegran ante las desgracias ajenas, gente que actúa en beneficio propio en la rapiña de objetos, apartamentos y la ocupación de eventuales puestos vacantes. A la mayoría, sin embargo, la horrorizan las ejecuciones masivas, y esconden su propio estado de ánimo no sólo a sus más allegados, sino a sí mismos. Estas personas llenan salas donde se celebran reuniones dedicadas a las campañas de exterminio pero, por frecuentes que sean las reuniones y grandes las dimensiones de las salas, no existe casi ningún caso en que alguien haya infringido la tácita unanimidad del voto. Y, naturalmente, todavía es más extraordinario que un hombre, ante un perro que acaso tenga la rabia, no aparte la mirada de sus ojos suplicantes, sino que lo acoja en la casa donde vive junto a su mujer e hijos. Sin embargo también hubo casos así.

La primera mitad del siglo XX será recordada como una época de grandes descubrimientos científicos, revoluciones, grandiosas transformaciones sociales y dos guerras mundiales.

Pero la primera mitad del siglo XX entrará en la historia de la humanidad como la época del exterminio total de enormes extractos de población judía, un exterminio basado en teorías sociales o raciales. Hoy en día se guarda silencio sobre ello con una discreción comprensible.

En ese tiempo, una de las particularidades más sorprendentes de la naturaleza humana que se reveló fue la sumisión. Hubo episodios en que se formaron enormes colas en las inmediaciones del lugar de la ejecución y eran las propias víctimas las que regulaban el movimiento de las colas. Se dieron casos en que algunas madres previsoras, sabiendo que habría que hacer cola desde la mañana hasta bien entrada la noche en espera de la ejecución, que tendrían un día largo y caluroso por delante, se llevaban botellas de agua y pan para sus hijos. Millones de inocentes, presintiendo un arresto inminente, preparaban con antelación fardos con ropa blanca, toallas, y se despedían de sus más allegados. Millones de seres humanos vivieron en campos gigantescos, no sólo construidos sino también custodiados por ellos mismos.

Y no ya decenas de miles, ni siquiera decenas de millones, sino masas ingentes de hombres fueron testigos sumisos de la masacre de inocentes. Pero no sólo fueron testigos sumisos: cuando era preciso votaban a favor de la aniquilación en medio de un barullo de voces aprobador. Había algo insólito en aquella extrema sumisión.

Por supuesto, hubo resistencia, hubo valentía y tenacidad por parte de los condenados, alzamientos, incluso sacrificios llegado el caso cuando, para salvar a un hombre desconocido y lejano, otros hombres arriesgaban su propia vida y la de su familia. Pero la sumisión de las masas es un hecho irrebatible.

¿Qué hemos aprendido? ¿Se trata de un nuevo rasgo que brotó de repente en la naturaleza humana? No, esta sumisión nos habla de una nueva fuerza terrible que triunfó sobre los hombres. La extrema violencia de los sistemas totalitarios demostró ser capaz de paralizar el espíritu humano en continentes enteros.

Una vez puesta al servicio del fascismo, el alma del hombre declara que la esclavitud, ese mal absoluto portador de muerte, es el único bien verdadero. Sin renegar de los sentimientos humanos, el alma traidora proclama que los crímenes cometidos por el fascismo son la más alta forma de humanitarismo y está conforme en dividir a los hombres en puros y dignos e impuros e indignos. La voluntad de sobrevivir a cualquier precio se expresa en el oportunismo del instinto y la conciencia.

En ayuda del instinto acude la fuerza hipnótica de las grandes ideas. Apelan a que se produzca cualquier víctima, a que se acepte cualquier medio en aras del logro de objetivos supremos: la futura grandeza de la patria, la felicidad de la humanidad, la nación o una clase, el progreso mundial.

Y al lado del instinto de supervivencia, al lado de la fuerza hipnótica de las grandes ideas, trabaja también una tercera fuerza: el terror ante la violencia ilimitada de un Estado poderoso que utiliza el asesinato como medio cotidiano para gobernar.

La violencia del Estado totalitario es tan grande que deja de ser un medio para convertirse en un objeto de culto místico, de exaltación religiosa.

¿Cómo si no cabe explicar las posiciones de algunos pensadores e intelectuales judíos que juzgaron necesario el asesinato de los judíos para la felicidad de la humanidad, que afirmaron que, a sabiendas de eso, los judíos estaban dispuestos a conducir a sus propios hijos al matadero para la felicidad de la patria, dispuestos a realizar el sacrificio que en un tiempo había realizado Abraham?

¿Cómo si no cabe explicar que un poeta, campesino de nacimiento, dotado de razón y talento, escribiera con sentimiento genuino un poema que exalta los años terribles de sufrimientos padecidos por los campesinos, años que han engullido a su propio padre, un trabajador honrado y sencillo?

Uno de los medios de los que se sirve el fascismo para actuar sobre el hombre es la total, o casi total, ceguera. El hombre no cree que vaya al encuentro de su propia aniquilación. Es sorprendente que aquellos que se encontraban al borde de la tumba fueran tan optimistas. Sobre la base de la esperanza –una esperanza absurda, a veces deshonesta, a veces infame– surgió la sumisión, que a menudo era igual de miserable y ruin.

La insurrección de Varsovia, la insurrección de Treblinka, la insurrección de Sobibor, las pequeñas revueltas y levantamientos de los *Brenner* nacieron de la desesperación más absoluta. Pero, naturalmente, la desesperación total y lúcida no generó sólo levantamientos y resistencia: engendró también el deseo –extraño en un hombre normal– de ser ejecutado lo más pronto posible.

La gente discutía por el puesto en la cola hacia la fosa sangrienta mientras en el aire resonaba una voz excitada, demente, casi exultante:

–Judíos, no tengáis miedo. No es nada terrible. Cinco minutos y todo habrá terminado.

Todo, todo engendraba sumisión, tanto la esperanza como la desesperación. Sin embargo, los hombres, aunque sometidos a la misma suerte, no tienen el mismo carácter.

Es necesario reflexionar sobre qué debió de soportar y experimentar un hombre para llegar a considerar la muerte inminente como una alegría. Son muchas las personas que deberían reflexionar, y sobre todo las que tienen tendencia a aleccionar sobre cómo debería de haberse luchado en unas condiciones de las que, por suerte, esos frívolos profesores no tienen ni la menor idea.

Una vez establecida la disposición del hombre a someterse ante una violencia ilimitada, cabe extraer la última conclusión, de gran relevancia para entender la humanidad y su futuro.

¿Sufre la naturaleza del hombre una mutación dentro del caldero de la violencia totalitaria? ¿Pierde el hombre su deseo inherente a ser libre? En esta respuesta se encierra el destino de la humanidad y el destino del Estado totalitario. La transformación de la naturaleza misma del hombre presagia el triunfo universal y eterno de la dictadura del Estado; la inmutabilidad de la tendencia del hombre a la libertad es la condena del Estado totalitario.

He aquí que las grandes insurrecciones en el gueto de Varsovia, en Treblinka y Sobibor, el gran movimiento partisano que inflamó decenas de países subyugados por Hitler, las insurrecciones postestalinianas en Berlín en 1953 o en Hungría en 1956, los levantamientos que estallaron en los campos de Siberia y Extremo Oriente tras la muerte de Stalin, los disturbios en Polonia, los movimientos estudiantiles de protesta contra la represión del derecho de opinión que se extendió por muchas ciudades, las huelgas en numerosas fábricas, todo ello demostró que el instinto de libertad en el hombre es invencible. Había sido reprimido, pero existía. El hombre condenado a la esclavitud se convierte en esclavo por destino, pero no por naturaleza.

La aspiración innata del hombre a la libertad es invencible; puede ser aplastada pero no aniquilada. El totalitarismo no puede renunciar a la violencia. Si lo hiciera, perecería. La eterna, ininterrumpida violencia, directa o enmascarada, es la base del totalitarismo. El hombre no renuncia a la libertad por propia voluntad. En esta conclusión se halla la luz de nuestros tiempos, la luz del futuro.

51

Una máquina eléctrica puede efectuar cálculos matemáticos, memorizar acontecimientos históricos, jugar al ajedrez, traducir libros de una lengua a otra. Supera al hombre en su capacidad de solucionar con mayor rapidez problemas matemáticos; su memoria es impecable.

¿Existe un límite al progreso que crea máquinas a imagen y semejanza del hombre? Evidentemente la respuesta es no.

Se puede imaginar la máquina de los siglos y milenios futuros. Escuchará música, sabrá apreciar la pintura, ella misma pintará cuadros, compondrá melodías, escribirá versos.

¿Hay un límite a su perfeccionamiento? ¿Podrá ser comparada a un hombre? ¿Lo sobrepasará?

La reproducción del hombre por parte de la máquina necesitará cada vez más electrónica, volumen y superficie.

El recuerdo de la infancia, las lágrimas de felicidad, la amargura de la separación, el amor a la libertad, la compasión hacia un perrito enfermo, la aprensión, la ternura maternal, la reflexión sobre la muerte, la tristeza, la amistad, la esperanza repentina, la suposición feliz, la melancolía, la alegría inmotivada, la turbación inesperada...

¡Todo, la máquina lo reproducirá todo! Sin embargo, sobre la Tierra no habrá lugar suficiente para colocar la máquina, esa máquina cuyas dimensiones siempre continuarán creciendo en medida y peso como si intentara recrear las particularidades de la mente y el alma del hombre medio, del hombre insignificante.

El fascismo aniquiló a decenas de millones de hombres.

52

En una casa espaciosa, luminosa y limpia de un pueblo situado en un bosque de los Urales, Nóvikov, el comandante del cuerpo de tanques, y el comisario Guétmanov acababan de examinar los informes de los comandantes de las brigadas que habían recibido la orden de salir de la reserva y entrar en servicio activo.

El trabajo insomne de los últimos días había dado paso a una calma momentánea.

Como suele suceder en esos casos, a Nóvikov y a sus subordinados les daba la impresión de que les había faltado tiempo para completar la instrucción de los reclutas. Pero ahora el periodo de instrucción había llegado a su fin, había acabado la asimilación de la óptica, los equipos de radio, los principios de balística y el funcionamiento de los motores y las piezas móviles; había terminado el periodo de prácticas de la dirección del tiro, de evaluación, elección y repartición de los objetivos, de determinación del momento propicio para abrir fuego, de la observación de los impactos, de la introducción de modificaciones, del cambio de objetivos.

El nuevo maestro, la guerra, enseña rápido, hace trabajar a los rezagados, llena las lagunas.

Guétmanov alargó la mano hacia el armarito que se encontraba entre las dos ventanas, tamborileó con un dedo y dijo:

–Eh, amigo, ven a primera línea.

Nóvikov abrió la puerta del armario, sacó una botella de coñac y lo sirvió en dos grandes vasos azulados.

–¿Por quién vamos a brindar? –dijo el comisario, pensativo.

Nóvikov sabía a la salud de quién había que beber, precisamente por eso Guétmanov lo había preguntado.

Después de un momento de vacilación, Nóvikov dijo:

–Camarada comisario del cuerpo, beberemos a la salud de los que usted y yo estamos a punto de conducir a la batalla. Que no derramen mucha sangre.

–Correcto, antes de nada preocupémonos de los cuadros que nos han confiado –asintió Guétmanov–. ¡Bebamos por nuestros muchachos!

Brindaron y luego vaciaron sus vasos.

Nóvikov, con precipitación indisimulada, volvió a llenar los vasos y dijo:

–¡Por el camarada Stalin! ¡Que seamos dignos de su confianza!

Se percató de que en los ojos atentos y afectuosos de Guétmanov había asomado una sonrisa burlona e, irritado consigo mismo, pensó: «¡Maldita sea! He corrido demasiado».

–Claro que sí –dijo Guétmanov bondadosamente–, brindemos por nuestro viejecito, por nuestro papaíto. Bajo su mando hemos navegado hasta las aguas del Volga.

Nóvikov miró al comisario, pero ¿qué se puede leer en una cara gorda, sonriente, de pómulos salientes, en los ojos entornados, alegres y desprovistos de bondad de un hombre inteligente de cuarenta años? De repente Guétmanov se puso a hablar del jefe del Estado Mayor, el general Neudóbnov:

–Es un buen tipo. Un bolchevique. Un auténtico estalinista. Un hombre con experiencia de mando. Y resistencia. Lo conocí en 1937. Yezhov lo mandó a limpiar el distrito militar. Bueno, en esos tiempos yo tampoco me ocupaba de un jardín de infancia... Hizo un trabajo concienzudo. No era un blandengue, era un hacha: ¡había liquidado listas de hombres enteras! Sí, se ganó la confianza de Yezhov, tanto como Vasili Vasílievich Úlrij. Hay que invitarlo enseguida, si no se ofenderá.

Por su tono se habría podido creer que condenara la lucha librada contra los enemigos del pueblo, lucha en la que, Nóvikov lo sabía, Guétmanov había tomado parte. Y Nóvikov miró de nuevo a Guétmanov y no lograba comprenderlo.

–Sí –dijo Nóvikov despacio y a regañadientes–, en aquella época algunos las hicieron buenas.

Guétmanov hizo un ademán y cambió de tema.

–Hoy ha llegado un informe del Estado Mayor General: horrible. Los alemanes avanzan hacia el monte Elbrus, y en Stalingrado empujan a los nuestros al agua. Lo digo sin rodeos: es culpa nuestra, hemos disparado contra los nuestros, hemos destruido nuestros cuadros.

Nóvikov sintió un repentino arrebato de confianza hacia Guétmanov:

–Sí, camarada comisario, han destruido a muchos hombres buenos. Han hecho verdadero daño al ejército. Por ejemplo, el general Krivoruchko: perdió un ojo durante un interrogatorio, si bien él le rompió la cabeza al juez instructor con un tintero.

Guétmanov asintió con simpatía y dijo:

—Lavrenti Pávlovich aprecia mucho a nuestro Neudóbnov. Y Lavrenti Pávlovich es un hombre inteligente: nunca se equivoca juzgando a las personas.

«Sí, sí», pensó Nóvikov para sus adentros, resignada-
mente.

Se callaron y escucharon las voces bajas y silbantes que
llegaban de la habitación de al lado.

—Mientes, esos calcetines son nuestros.

—¿Cómo que vuestros, camarada teniente? ¿Qué le
pasa, está chiflado o qué? —Y la misma voz añadió, esta vez
tuteando—: Pero dónde los pones, no los toques, ésos son
los cuellos de nuestros uniformes.

—Y qué más, camarada instructor, ¿cómo que vuestros?
¡Mire!

Eran el ayudante de campo de Nóvikov y el ordenanza
de Guétmanov que estaban separando la ropa de sus jefes
después de la colada.

—Tengo a estos diablos bajo control —dijo Guétmanov—. Antes, cuando caminábamos usted y yo, ellos iban
detrás de nosotros hacia los ejercicios de tiro del batallón
de Fátov. Yo crucé el arroyo a través de las piedras, mientras que usted pasó saltando y sacudió la pierna para quitarse el barro. Pues bien, miré atrás y vi a mi ordenanza
cruzar el arroyo a través de las piedras y a su teniente saltar y sacudirse la pierna.

—Eh, pendencieros, discutid en voz baja —dijo Nóvikov,
y las voces allí al lado cesaron de inmediato.

En la habitación entró el general Neudóbnov, un hombre pálido, de frente alta y tupidos cabellos canos. Lanzó
una mirada a los vasos y a la botella, colocó sobre la mesa
un fajo de papeles y le preguntó a Nóvikov:

—Camarada coronel, ¿qué vamos a hacer con el jefe de
Estado Mayor de la segunda brigada? Mijáilov volverá
dentro de un mes y medio, he recibido un certificado médico del hospital del distrito.

—Pero ¿qué clase de jefe de Estado Mayor va a ser un
hombre sin intestino y sin un trozo de estómago? —dijo

Guétmanov mientras servía en un vaso coñac para Neu-dóbnov–. Beba, camarada general, beba ahora que los intestinos están en su sitio.

Neudóbnov enarcó las cejas y miró interrogativamente con sus ojos gris claro en dirección a Nóvikov.

–Por favor, camarada general, se lo ruego –le invitó Nóvikov.

Le irritaban los modales de Guétmanov, su actitud de amo y señor allí adonde iba, convencido de su derecho a emitir su opinión largo y tendido en las reuniones que se celebraban para resolver problemas técnicos de los que no entendía nada. Y con esa misma seguridad, convencido de su derecho, Guétmanov era capaz de ofrecer el coñac ajeno, invitar a los huéspedes a descansar en la cama de otro, leer de la mesa papeles que no le pertenecían.

–Tal vez podríamos nombrar temporalmente para el cargo al mayor Basángov –dijo Nóvikov–. Es un oficial sensato y ya ha participado en combates de tanques en Novograd-Volinski. ¿Tiene alguna objeción el comisario de brigada?

–Ninguna, naturalmente –respondió Guétmanov–. ¿Qué objeción podría hacer...? Pero sí una consideración. El subjefe de la segunda brigada es un teniente coronel armenio, su superior del Estado Mayor será un calmuco, a lo que hay que añadir que, en la tercera brigada, el superior del Estado Mayor es el teniente coronel Lifshits. Tal vez podríamos prescindir del calmuco.

Miró a Nóvikov y luego a Neudóbnov.

–Para ser francos, eso es lo que nos dice el sentido común, pero el marxismo nos ha dado otro enfoque sobre esa cuestión.

–Lo principal es cómo el camarada en cuestión combatirá al alemán, ése es mi marxismo –declaró Nóvikov–. Y dónde rece su abuelo a Dios, si en una iglesia, en una mezquita... –meditó un instante y añadió–: o en una sinagoga, a mí me da lo mismo... Yo pienso así: lo principal en la guerra es disparar.

–Eso, eso –asintió con alegría Guétmanov–. No tenemos sinagogas ni lugares de oración en nuestro cuerpo de tanques. Después de todo estamos defendiendo Rusia. –Acto seguido frunció el ceño y dijo con rabia–: Os lo digo de verdad: basta ya. ¡Me dan ganas de vomitar! Siempre sacrificamos a los rusos en nombre de la amistad de los pueblos. Un *natsmen*[1] apenas necesita saber el alfabeto para que le nombren comisario del pueblo, mientras que a nuestro Iván, no importa que sea un pozo de ciencia, lo mandamos al cuerno, «¡cede el paso al *natsmen*!». Han transformado al gran pueblo ruso en una minoría nacional. Yo estoy a favor de la amistad entre los pueblos, pero no en estos términos. ¡Basta!

Nóvikov se quedó pensativo, miró los papeles que estaban sobre la mesa, tamborileó en el vaso con la uña y dijo:

–¿Soy yo quien oprime a los rusos por una simpatía particular hacia los calmucos?

Se volvió hacia Neudóbnov y añadió:

–Bien, el mayor Sazónov es nombrado temporalmente jefe del Estado Mayor de la segunda brigada.

–El oficial Sazónov es excepcional –comentó Guétmanov en voz baja.

Y Nóvikov, que había aprendido a ser rudo, autoritario, duro, sintió de nuevo inseguridad ante el comisario... «Bien, bien... –pensó consolándose–, no entiendo de política. Sólo soy un proletario que sabe de guerra. Nuestro trabajo es sencillo: aplastar a los alemanes.»

Pero, aunque se reía para sus adentros de la incompetencia en materia militar de Guétmanov, le resultaba desagradable sentirse tímido frente a él.

Aquel hombre de cabeza grande, cabellos desgreñados, estatura mediana, pero ancho de espaldas y con un vientre prominente, aquel tipo divertido, de voz estentórea, siempre en movimiento, tenía una energía inagotable.

Aunque nunca había estado en el frente, en las brigadas se decía de él: «¡Oh, es combativo nuestro secretario!».

1. Persona perteneciente a una minoría nacional.

Le gustaba organizar los mítines del Ejército Rojo; sus discursos cautivaban a la audiencia, bromeaba mucho y hablaba con sencillez, a menudo groseramente.

Caminaba bamboleándose y normalmente se apoyaba en un bastón; si un tanquista estaba en las musarañas y no lo saludaba, Guétmanov se detenía delante y, apoyándose en el famoso bastón, se quitaba la gorra y hacía una profunda reverencia como un viejo campesino.

Era irascible y odiaba las objeciones. Cuando alguien discutía con él, se ponía a resoplar y fruncir el ceño; una vez se encolerizó, levantó la mano y acabó descargando un puñetazo contra el capitán Gubenkov, el jefe del Estado Mayor del regimiento de artillería pesada. Como decían de él sus camaradas, se mostraba «terriblemente sujeto a sus principios».

El ordenanza de Guétmanov condenó severamente al terco capitán:

—Ese cerdo ha sacado de quicio a nuestro comisario.

Guétmanov no trataba con consideración a quienes habían sido testigos de los primeros días duros de la guerra. En una ocasión había dicho del favorito de Nóvikov, el comandante de la primera brigada Makárov:

—Le haré escupir toda la filosofía de 1941.

Nóvikov optó por callar, si bien le gustaba hablar con Makárov sobre aquellos primeros días de la guerra, días terribles pero en cierto sentido fascinantes.

En la audacia, en la agudeza de sus juicios, Guétmanov parecía todo lo contrario que Neudóbnov.

Pero los dos hombres, a pesar de sus diferencias, estaban unidos por un vínculo sólido.

La mirada inexpresiva pero atenta de Neudóbnov, sus frases bien perfiladas, sus palabras siempre sosegadas, deprimían a Nóvikov.

En cambio, Guétmanov, riéndose a carcajadas, decía:

—Tenemos suerte. En sólo doce meses los alemanes se han vuelto más odiosos para nuestros campesinos que los comunistas en veinticinco años.

O bien, sonriendo de improviso:

—Qué quieres, a nuestro papaíto le gusta que le digan que es genial.

Ese atrevimiento no contagiaba al interlocutor, bien al contrario, le inspiraba inquietud.

Antes de la guerra Guétmanov había estado al frente de una región. Pronunciaba discursos sobre la producción de ladrillos y la organización del trabajo de investigación científica en una filial del Instituto de Carbón, hablaba de la calidad de la cocción del pan en la fábrica de pan de la ciudad, de los defectos de la novela *Llamas azules* publicada en el almanaque local, de la reparación del parque de tractores, del inadecuado almacenamiento de las mercancías en las naves locales, sobre la epidemia de peste aviaria en los corrales de los koljoses.

Ahora hablaba con la misma seguridad de la calidad del combustible, de las normas del consumo de los motores y de la táctica de los combates con tanques, de la acción conjunta de infantería, tanques y artillería en caso de que rompieran la defensa del adversario, de la marcha de los tanques, del servicio médico en batalla, de los códigos de radio, de la psicología militar del tanquista, de la peculiar relación que se establece entre los miembros de cada dotación y de las diversas dotaciones entre sí, de las reparaciones rutinarias y las prioritarias, sobre la evacuación de la maquinaria averiada en el campo de batalla.

En una ocasión Guétmanov y Nóvikov, que estaban en el batallón del capitán Fátov, se detuvieron frente al tanque que había resultado vencedor en las pruebas de tiro.

Mientras el oficial al mado del blindado respondía a las preguntas de los superiores acariciaba suavemente con la palma de la mano la pared del tanque.

Guétmanov preguntó al tanquista si le había resultado difícil hacerse con el primer puesto. Y éste, animado de improviso, había respondido:

—No, ¿por qué iba a ser difícil? Yo amo a mi tanque. Apenas llegué de mi pueblo al centro de instrucción y lo vi, enseguida lo amé aunque parezca increíble.

—Un flechazo —señaló Guétmanov y se echó a reír.

Y en aquella risa condescendiente había cierta condena al amor ridículo del joven hacia su tanque.

Nóvikov sintió en aquel instante que él era igual de ridículo, que también él podía amar estúpidamente. Pero no quería hablar con Guétmanov de su capacidad de amar de modo estúpido y cuando éste se puso serio dijo al tanquista con tono ejemplar:

–¡Bravo! El amor al tanque es una gran fuerza. Has obtenido éxito porque amas a tu carro –Nóvikov añadió con tono de burla–: Pero ¿por qué razón concreta amarlo? Es un blanco enorme y fácil, hace un ruido infernal que lo desenmascara inmediatamente y quienes van en él se aturden con el estruendo. Cuando está en movimiento traquetea y desde él es imposible observar ni apuntar correctamente.

Guétmanov había mirado a Nóvikov y sonreído con ironía. Y ahora, mientras llenaba de nuevo los vasos, sonrió del mismo modo, miró a Nóvikov y dijo:

–Nuestro itinerario pasa por Kúibishev. Nuestro comandante podrá hacerle una visita a alguien que yo me sé. Brindemos por el encuentro.

«Sólo me faltaba eso», pensó Nóvikov sintiendo que se ruborizaba como un colegial.

La guerra había sorprendido al general Neudóbnov en el extranjero. No fue hasta inicios de 1942, a su regreso al Comisariado Popular de Defensa en Moscú, cuando vio las barricadas más allá del río Moscova, las barricadas antitanque, y escuchó las señales de alarma aérea.

Neudóbnov, como Guétmanov, no hacía nunca preguntas a Nóvikov sobre la guerra, tal vez porque se avergonzaba de no haber estado nunca en el frente.

Sin embargo Nóvikov quería comprender por qué cualidades Neudóbnov había llegado a ser general, y por ello reflexionaba sobre la biografía del jefe de Estado Mayor, que se reflejaba en las hojas de su expediente como un abedul joven en un estanque.

Neudóbnov era mayor que Nóvikov y Guétmanov y en 1916 había estado recluido en una cárcel zarista por su participación en un grupo bolchevique.

Después de la guerra civil fue enviado por el Partido a trabajar en el GPU[1], prestó servicio en las tropas fronterizas, fue enviado a estudiar a la Academia, periodo durante el que fue secretario de la organización del Partido de su promoción. Después trabajó en el departamento militar del Comité Central, en la oficina central del Comisariado Popular de Defensa.

Antes de la guerra había estado dos veces en el extranjero. Formaba parte de la *nomenklatura*. Al principio Nóvikov no comprendía del todo qué significaba eso de la *nomenklatura*, cuáles eran los privilegios y derechos especiales de los que gozaban esos dirigentes.

Neudóbnov avanzaba con extraordinaria rapidez a través del habitualmente largo periodo que separa la candidatura a un cargo del nombramiento al mismo; parecía que el Comisariado Popular de Defensa sólo esperara la candidatura de Neudóbnov para aprobarla. Había algo extraño, sin embargo, en la información que constaba en su expediente: en un primer momento parecía explicar todos los misterios de la vida de un hombre, los motivos de sus éxitos y fracasos, pero un momento después sólo parecía oscurecer la esencia, no explicar nada.

A su modo de ver la guerra reexaminaba los historiales, las biografías, los informes confidenciales, los diplomas... Y de repente el dirigente Neudóbnov, que formaba parte de la *nomenklatura*, se había encontrado bajo las órdenes del coronel Nóvikov. Pero sabía perfectamente que una vez acabada la guerra cesaría también aquella situación anormal.

Neudóbnov había llevado consigo a los Urales un fusil de caza y había dejado pasmados a todos los aficionados del cuerpo; Nóvikov dijo que seguramente, en su tiempo, el zar Nicolás II también salía de caza con un fusil de ese tipo. A Neudóbnov se lo habían dado en 1938 junto con

1. Siglas de *Gosudárstvennoye Politichéskoye Upravlenie* (Dirección Política del Estado). Órgano de la seguridad del Estado de inicios de los años veinte, sucesora de la Cheká.

una dacha y varios objetos confiscados: muebles, alfombras y una vajilla de porcelana.

Hablaran de lo que hablaran, ya fuera de la guerra, de la situación de los koljoses, del libro del general Dragomírov, de la nación china, de las cualidades del general Rokossovski, del clima de Siberia, de la calidad de la tela para capote rusa, o de la belleza superior de las rubias sobre las morenas, las opiniones de Neudóbnov nunca se pasaban de la raya.

Resultaba difícil comprender si aquello obedecía a la discreción o bien era la expresión de su verdadera naturaleza.

A veces, después de la cena, se volvía locuaz y contaba historias sobre saboteadores que habían sido desenmascarados y que actuaban en los campos más inesperados: en la fabricación de instrumental médico, en talleres de fabricación de botas para el ejército, en pastelerías, en palacios de pioneros, en los establos del hipódromo de Moscú, la Galería Tretiakov.

Poseía una memoria excelente y al parecer leía mucho: estudiaba las obras de Lenin y Stalin. Durante las discusiones solía decir:

—El camarada Stalin ya en el XVII Congreso decía...
—y citaba.

Una vez Guétmanov le dijo:

—Hay citas y citas. Se han dicho cosas de todo tipo... Por ejemplo: «La tierra ajena no queremos, pero de la nuestra ni un centímetro cederemos». Y ¿dónde están los alemanes ahora?

Neudóbnov se encogió de hombros como si la presencia de los alemanes en el Volga no significara nada en comparación con las palabras sobre que no se cedería un solo centímetro de tierra.

De repente todo se desvaneció: los tanques, el reglamento militar, los ejercicios de tiro, el bosque, Guétmanov, Neudóbnov... ¡Zhenia! ¿De veras volvería a verla?

53

Nóvikov se sorprendió de que Guétmanov, después de leer una carta que había recibido de casa, le dijera:

—Mi esposa nos compadece, le he descrito las condiciones en que vivimos.

Lo que al comisario le parecía una vida ardua, para Nóvikov era un lujo excesivo.

Por primera vez había podido escoger su alojamiento. Una vez, yendo a visitar a una brigada, había dicho que el sofá no le gustaba y, cuando regresó al lugar del sofá, éste había sido reemplazado por una silla con un respaldo de madera; y Vershkov, su ayudante de campo, estaba esperándolo ansioso para ver si el cambio era del agrado del oficial.

El cocinero le preguntaba:

—¿Cómo está el *borsch*, camarada coronel?

Nóvikov amaba a los animales desde que era niño. Y ahora bajo su cama vivía un erizo que, como amo y señor, se pasaba la noche correteando por la habitación. También tenía una joven ardilla que comía avellanas y vivía en una jaula especial, decorada con el emblema de un tanque que le habían construido los mecánicos. La ardilla se había acostumbrado rápidamente a Nóvikov y a veces se le sentaba en las rodillas, lo miraba fijamente, confiada y curiosa, con ojos de pilluela. Todos se mostraban atentos y amables con los animales: el ayudante de campo Vershkov, el cocinero Orlénev, el conductor Jaritónov.

Y aquello para Nóvikov no era un asunto baladí. Una vez, antes de la guerra, llevó a la residencia de oficiales un cachorro que mordisqueó un zapato al coronel e hizo, en el transcurso de media hora, tres charcos de pipí en la cocina comunal; fue tal el revuelo que se armó que Nóvikov se vio obligado a separarse de su perro.

Llegó el día de la partida y entre el comandante del cuerpo de tanques y su jefe de Estado Mayor quedó pendiente una riña intrincada sin resolver.

Llegó el día de la partida, y con él las preocupaciones por el combustible, por las provisiones del viaje, por la organización de los carros y los convoyes.

Comenzó a pensar cómo serían sus futuros colegas, los hombres cuyos batallones de artillería saldrían hoy de la reserva y se dirigirían a la vía férrea; comenzó a preguntarse acerca del hombre ante el cual tendría que cuadrarse y decir: «Camarada general, permítale que le informe...».

Llegó el día de la partida y Nóvikov no había conseguido ver a su hermano, a su sobrina. Cuando partió hacia los Urales pensó que estaría cerca de su hermano; sin embargo, no había tenido tiempo de verlo.

Ya había sido informado del movimiento de las brigadas, de que las plataformas para la maquinaria pesada estaban preparadas, y de que el erizo y la ardilla habían sido liberados en el bosque.

Era difícil gobernar, responder por cada nadería, revisar cada detalle. Los tanques ya estaban dispuestos sobre las plataformas. Pero ¿no se habrían olvidado de poner el freno a las máquinas, poner la primera, fijar las torretas del cañón hacia delante, bloquear las escotillas? ¿Habrían preparado los cepos de madera para inmovilizar los tanques y prevenir oscilaciones peligrosas?

–¿Y si jugáramos una última partida de cartas? –preguntó Guétmanov.

–Por mí, de acuerdo –respondió Neudóbnov.

Pero Nóvikov tenía ganas de salir al aire libre, estar un rato a solas.

En aquella hora silenciosa que precede al anochecer, el aire tenía una transparencia sorprendente, y los objetos más insignificantes y minúsculos destacaban con nitidez. De las chimeneas el humo se desprendía sin arremolinarse, descendía en columnas perfectamente verticales. La leña de las cocinas de campaña crepitaba. En medio de la calle había un tanquista con las cejas muy negras, una chica lo abrazaba, apoyaba la cabeza contra su pecho, lloraba. De los edificios del Estado Mayor sacaban cajas y maletas, máquinas de escribir en sus estuches negros. Los soldados de transmisiones estaban enrollando dentro de la bobina los cables gruesos y negros que se extendían entre las brigadas y el Estado Mayor de la división. Detrás de los cobertizos un carro disparaba, jadeaba, echaba bocanadas de humo mientras se preparaba para partir. Los conductores vertían combustible en los nuevos Ford de carga, retiraban las fundas acolchadas de las capotas. Entretanto, el mundo a su alrededor permanecía inmóvil.

Nóvikov estaba de pie en el porche y miraba pasar los tanques; por un momento sentía que aminoraba el peso de sus preocupaciones y angustias.

Antes de caer la noche, montado en un jeep, desembocó en la carretera que conducía a la estación.

Los tanques salían del bosque.

La tierra, endurecida por las primeras heladas, sonaba bajo su peso. El sol poniente iluminaba las copas del lejano abetal de donde salía la brigada del teniente coronel Kárpov. Los regimientos de Makárov marchaban entre jóvenes abedules. Los soldados habían decorado sus blindados con ramas de árboles y daba la impresión de que las agujas de pino y las hojas de los abedules hubieran nacido, como las corazas de los carros de combate, del rugido de los motores, del crujido argénteo de las orugas de los tanques.

Los militares que parten desde las reservas hacia el frente suelen decir:

—¡Se montará una gran fiesta!

Nóvikov, que se había desviado a un lado del camino, observaba el paso de las máquinas.

¡Cuántos dramas, cuántas historias cómicas y extrañas habían pasado en este lugar! ¡Qué sucesos tan extraordinarios le habían explicado...! Durante el almuerzo en el Estado Mayor del batallón habían descubierto una rana en la sopa... El suboficial Rozhdéstvenski, con estudios superiores, había herido a un camarada en el vientre mientras limpiaba su arma, y acto seguido se había suicidado. Un soldado del regimiento de infantería motorizada se había negado a prestar juramento diciendo: «Juraré sólo en la iglesia».

Un humo azul y gris se aferraba a los arbustos situados al borde del camino.

Una infinidad de pensamientos diversos se amalgamaban en aquellas cabezas cubiertas por cascos de cuero; pensamientos al mismo tiempo personales y comunes a todo el pueblo: las desventuras de la guerra, el amor por la propia tierra; pero también aquella maravillosa diferencia que hermana a todas las personas, que las uniforma en la diversidad.

¡Ay, Dios mío! Dios mío... Cuántos eran, todos ataviados con monos negros, ceñidos con cinturones anchos... Los superiores escogían a los jóvenes anchos de espalda y de baja estatura, aptos para deslizarse fácilmente por la escotilla y moverse dentro del tanque. ¡Cuántas respuestas idénticas plasmadas en sus formularios acerca de sus padres, sus madres, el año de nacimiento, la fecha del diploma de estudios, de los cursos para conducir tractores!

Los verdes y achatados T-34, todos con las escotillas abiertas y las lonas impermeabilizadas atadas a los blindajes verdes, parecían fundirse en uno.

Un tanquista entonaba una canción; otro, con los ojos entornados, estaba lleno de temor y malos presentimientos; el tercero pensaba en su casa; el cuarto masticaba pan y salchichón, y sólo pensaba en eso; el quinto, boquiabierto, se esforzaba en reconocer un pájaro sobre un árbol (¿no sería una abubilla?); el sexto se preguntaba inquieto si no habría ofendido el día antes a su compañero con una palabra grosera; el séptimo, un tipo ladino que no se dejaba llevar por la ira, soñaba con romperle la cara a su adversario, el comandante de un T-34 que iba delante; el octavo componía mentalmente un poema; el noveno pensaba en los senos de una chica; el décimo compadecía a un perro que, entendiendo que lo habían abandonado entre los refugios vacíos, se lanzaba contra el blindaje del tanque e intentaba enternecer al tanquista moviendo tristemente la cola; el undécimo pensaba qué bello sería huir al bosque, vivir solo en una pequeña isba, alimentarse de bayas, beber agua de un manantial y caminar descalzo; el duodécimo se preguntaba si debía fingirse enfermo y pasar una larga temporada en un hospital; el decimotercero se repetía una historia que le habían contado de pequeño; el decimocuarto recordaba una conversación con una chica y no le afligía la separación definitiva, sino al contrario, se alegraba; el decimoquinto pensaba en el futuro: después de la guerra le gustaría ser director de una cantina.

«Ay, chicos», piensa Nóvikov.

Ellos le miran. Piensan que probablemente esté comprobando si sus uniformes están en buen estado, que está escuchando los motores y por su sonido adivina la experiencia o falta de la misma de los conductores y los mecánicos; que está observando si se ha mantenido la distancia correcta entre los tanques o si hay temerarios que intentan tomar la delantera respecto a los demás.

Pero él los mira de la misma manera que ellos a él, y los pensamientos que ellos abrigan son sus propios pensamientos: piensa en su botella de coñac que Guétmanov se había tomado la licencia de abrir; piensa que Neudóbnov tiene un carácter difícil, que no volverá a cazar en los Urales, y, por otra parte, que la última vez fue un fracaso, con aquel estruendo de metralleta, tanto vodka y bromas estúpidas...; piensa en la mujer a la que ama desde hace tantos años y que en breve volverá a ver... Cuando hace seis años se enteró de que se había casado, escribió una breve nota: «Me tomo un permiso indefinido, devuelvo mi revólver: número 10322». Eso fue cuando estaba de servicio en Nikolsk-Ussuríiski. Pero al final no había apretado el gatillo...

Tímidos, taciturnos, risueños y fríos, meditabundos, mujeriegos, egoístas inofensivos, vagabundos, avaros, contemplativos, buenazos... Helos ahí, dirigiéndose al combate por una causa común y justa. Esa verdad era hasta tal punto sencilla que hablar de ella parecía difícil. Pero justamente de esa sencillísima verdad se olvidan aquellos que deberían tomarla como punto de partida. Allí, en alguna parte, debía de hallarse la respuesta a aquella vieja disputa: ¿vive el hombre para el sábado?[1]

¡Qué triviales eran los pensamientos sobre las botas, sobre el perro abandonado, sobre la isba en un pequeño pueblo remoto, sobre el odio hacia un compañero que te ha arrebatado a una chica...! Sin embargo, en aquello estaba la esencia.

Las agrupaciones humanas tienen un propósito principal: conquistar el derecho que todo el mundo tiene a ser diferente, a ser especial, a sentir, pensar y vivir cada uno a su manera.

Para conquistar ese derecho, defenderlo o ampliarlo, la gente se une. Y de ahí nace un prejuicio horrible pero poderoso: en aquella unión en nombre de la raza, de Dios, del Partido, del Estado se ve el sentido de la vida y no un medio. ¡No, no y no! Es en el hombre, en su modesta singularidad, en su derecho a esa particularidad donde reside el único, verdadero y eterno significado de la lucha por la vida.

Nóvikov sentía que aquellos hombres lograrían su objetivo: serían más fuertes, más astutos, más inteligentes que sus enemigos. Aquella mole de cerebros, laboriosidad, osadía y cálculo, eficacia operativa, furia; aquella riqueza espiritual de chicos del pueblo, estudiantes, alumnos de décimo curso, torneros, tractoristas, maestros, electricistas, conductores de autobús, malos, buenos, duros, amantes de la risa, solistas de coro, acordeonistas, precavidos, lentos, atrevidos, todos ellos se mancomunarían, se fundirían en una sola cosa, y así unidos, deberían llevarse la victoria, demasiada riqueza para no vencer.

Si no es uno, será otro, si no es en el centro, será en un flanco, si no es durante la primera hora de batalla, será en la segunda, pero lo conseguirán, serán más astutos, y con su potencia destrozarán, aplastarán al enemigo... El éxito en el combate depende sólo de ellos, lo conseguirán en el polvo, en el humo, en el instante en que sabrán sopesar,

1. «El sábado se hizo para el hombre y no el hombre para el sábado.» (Evangelio de San Marcos 2, 27.)

desplegarse, lanzarse, disparar una fracción de segundo antes, una fracción de centímetro más acertados, con mayor convicción y entusiasmo que el enemigo.

Sí, ellos tienen la solución. En aquellos chicos que van en las máquinas con cañones y ametralladoras radica la fuerza principal de la guerra.

Pero ¿lograrían unirse? La riqueza interior de todos ellos ¿se comportaría como una única fuerza?

Nóvikov los miraba, los contemplaba, y tuvo un pálpito, feliz y certero, que embargó todo su ser: «Esa mujer será mía, será mía».

54

Fueron días extraordinarios.

Krímov tenía la impresión de que la historia había dejado de ser un libro, desembocaba en la vida, se confundía con ella.

Sentía vivamente el color del cielo y las nubes de Stalingrado, el brillo del sol en el agua. Aquellas sensaciones le recordaban la época de la infancia, cuando la visión de las primeras nieves, el repiqueteo de la lluvia estival o un arco iris le colmaban de felicidad. Ese sentimiento maravilloso se atempera con los años y abandona casi por completo a todos los seres vivos que se habitúan al milagro de la vida sobre la tierra.

Todo lo que a Krímov le había parecido equivocado en los últimos tiempos, todo lo que le había parecido un engaño, en Stalingrado se desvanecía. «Es como en tiempos de Lenin», pensaba.

Le parecía que la gente allí le trataba de manera diferente, mejor que antes de la guerra. Era lo mismo ahora que cuando los alemanes los habían cercado: ya no se sentía hijastro de su tiempo. Poco tiempo antes, en la orilla izquierda del Volga, preparaba con entusiasmo sus ponencias y consideraba natural que la dirección política lo hubiera transferido al trabajo de conferenciante.

Pero ahora se sentía profundamente ofendido por ese cambio. ¿Por qué lo habían apartado de su puesto de comisario militar? Creía que no se las arreglaba peor que otros, sea como fuere lo hacía mejor que muchos...

En Stalingrado tenía buenas relaciones con la gente. La igualdad y la dignidad habitaban aquella ladera de arcilla donde tanta sangre se había derramado.

Había un interés casi generalizado sobre temas como la organización de los koljoses después de la guerra, las relaciones futuras entre los grandes pueblos y los gobiernos. El trabajo cotidiano de los soldados, su trabajo con las palas, con los cuchillos de cocina que empleaban para limpiar patatas y las chairas que utilizaban para reparar las botas, todo aquello parecía tener una relación directa con la vida del pueblo en la posguerra, así como con la vida de otros pueblos y estados.

Casi todos creían que el bien triunfaría en la guerra y los hombres honrados, que no habían dudado en sacrificar sus vidas, podrían construir una vida justa y buena. Aquella convicción resultaba conmovedora en unos hombres que sabían que tenían pocas posibilidades de sobrevivir hasta el final de la guerra y que, en cada despertar, se sorprendían por estar vivos un día más.

55

Por la noche, Krímov, después de una conferencia rutinaria, se presentó en el refugio del teniente coronel Batiuk, el comandante de la división desplegada sobre las laderas del Mamáyev Kurgán y junto al Banni Ovrag. Batiuk, un hombre de pequeña estatura cuya cara expresaba todo el cansancio de la guerra, se alegró de su llegada.

Sobre la mesa del teniente coronel habían dispuesto

para la cena una buena gelatina y un pastel caliente casero. Mientras servía vodka a Krímov, Batiuk entrecerró los ojos y dijo:

–Oí que venía a darnos unas conferencias y me pregunté a quién visitaría primero, si a Rodímtsev o a mí. Al final se decidió por Rodímtsev.

Después se echó a reír, jadeando:

–Aquí se vive como en un pueblo. Por la tarde, cuando hay un poco de calma, nos dedicamos a telefonear a nuestros vecinos: ¿qué has comido? ¿Quién ha venido a verte? ¿Adónde vas? ¿Te han dicho los superiores quién tiene la mejor casa de baños? ¿De quién han escrito en el periódico? No escriben nunca de nosotros, siempre de Rodímtsev; a juzgar por los periódicos es el único que combate en Stalingrado.

Batiuk sirvió al invitado mientras que él mismo se conformó con un poco de té y pan, indiferente a los placeres de la buena mesa.

Krímov se dio cuenta de que la tranquilidad de movimientos y la lenta manera de hablar ucraniana de la que hacía gala Batiuk no se correspondían con los problemas que le rondaban por la cabeza.

A Nikolái Grigórievich le apenó que Batiuk no le formulara ni una sola pregunta relacionada con la conferencia. Como si ésta no hubiera tocado ninguna de las preocupaciones reales de Batiuk.

Krímov estaba impresionado por el relato de Batiuk sobre las primeras horas de la guerra. Durante la retirada general de la frontera, Batiuk había guiado a su regimiento hacia el oeste para impedir el paso de los alemanes. Los oficiales superiores, que se estaban replegando en la misma carretera, pensaron que iba a entregarse a los alemanes. Allí mismo, en la carretera, tras un interrogatorio a base de insultos y gritos histéricos, dieron la orden de fusilarlo. En el último instante, cuando ya estaba al pie del árbol, los soldados liberaron a su comandante.

–Sí, camarada teniente coronel –dijo Krímov–. Un asunto serio.

–No sufrí un ataque al corazón –respondió Batiuk–, pero mi corazón no ha vuelto a ser el mismo.

–¿Oye los disparos en el mercado? –preguntó Krímov con cierto tono teatral–. ¿Qué anda haciendo Gorójov ahora?

Batiuk le miró de reojo.

–Yo sé qué está haciendo Gorójov. Jugar a las cartas.

Krímov dijo que le habían avisado de que iba a celebrarse una reunión de francotiradores en el refugio de Batiuk y que le interesaría asistir a ella.

–Claro, es interesante, por qué no –respondió el teniente coronel.

Hablaron de la situación en el frente. A Batiuk le preocupaba la concentración nocturna de las fuerzas alemanas en el sector norte.

Cuando los tiradores certeros se reunieron en el refugio del comandante de la división, Krímov comprendió para quién había sido cocinado el pastel.

Sobre los bancos dispuestos a lo largo de las paredes y en torno a la mesa se acomodaron varios hombres con chaquetas; parecían tímidos e incómodos, pero al mismo tiempo conscientes de su dignidad. Los que se iban incorporando se esforzaban en no hacer ruido y, como los obreros que colocan en su lugar palas y hachas, apostaban en un rincón sus fusiles y ametralladoras.

La cara del famoso francotirador Záitsev parecía bondadosa y familiar, como la de un campesino amable y sosegado. Pero cuando Vasili Záitsev volvió la cabeza y frunció el ceño se acentuó la dureza de sus rasgos.

Krímov recordó una impresión que tuvo antes de la guerra: un día, en el transcurso de una reunión, observaba a un viejo conocido y, de improviso, aquel rostro que siempre le parecía severo se le reveló bajo una luz completamente diferente: movía los párpados, tenía la nariz baja, la boca entreabierta, un mentón pequeño. Todos aquellos detalles juntos le daban un aire débil e indeciso.

Al lado de Záitsev se sentaba el operador de mortero Bezdidko, un hombre de espalda estrecha y ojos castaños siempre risueños, y el joven uzbeco Suleimán Jalímov, que sacaba los labios hacia delante como un niño. El francotirador-artillero Matsegur, que se secaba el sudor de la frente con un pañuelo, parecía un afable padre de familia y no había en él ningún indicio que revelara el carácter amenazador de su oficio.

Los otros presentes en el refugio —el teniente de artillería Shuklín, Tókarev, Manzhulia, Solodki— también parecían tipos tímidos y apocados.

Batiuk les hacía preguntas con la cabeza gacha: semejaba más un alumno ávido de saber que uno de los comandantes más sabios y experimentados de Stalingrado.

Los ojos de todos los presentes se iluminaron con la expectación alegre de un chiste cuando se dirigió a Bezdidko en ucraniano:

—Bueno, Bezdidko, ¿cómo ha ido?

—Ayer se las hice pasar canutas a los boches, camarada teniente coronel. Pero esta mañana sólo he matado a cinco desperdiciando cuatro bombas de mano.

—Sí, no es un trabajo como el de Shuklín; él destruyó catorce tanques con un cañón.

—Pero Shuklín usó sólo un cañón porque en su batería no tenían más.

—Ha hecho saltar el burdel de los alemanes —declaró el atractivo Bulátov, sonrojándose.

—Y yo lo había tomado por un refugio cualquiera.

—A propósito de refugios —intervino Batiuk—. Hoy una bomba de mano me ha arrancado la puerta —y dirigiéndose a Bezdidko añadió en ucraniano en tono de reproche—: Pensé que era culpa de ese hijo de perra de Bezdidko, que se hace tanto el tímido. Y pensar que fui yo quien le enseñó a disparar.

El apuntador de artillería Manzhulia constató particularmente intimidado después de coger un trozo de pastel:

—Es buena la masa, camarada teniente coronel.

Batiuk hizo tintinear un cartucho de fusil contra el vaso.

—Bien, camaradas, un poco de seriedad.

Se trataba de una reunión de trabajo similar a las que

se celebran en las fábricas o en los campamentos. Pero no eran tejedores ni panaderos ni sastres, y no hablaban de pan ni de trilladura.

Bulátov contó que había visto a un alemán que andaba por la carretera abrazado a una mujer; los había obligado a echarse al suelo y, antes de matarlos, les había dado la oportunidad de alzarse tres veces y de nuevo obligado a echarse al suelo, levantando con las balas nubes de polvo a dos o tres centímetros de sus piernas.

—Lo maté cuando se inclinó sobre ella; quedaron tendidos en medio de la carretera, en forma de cruz.

La indolencia con la que Bulátov narraba la historia acentuaba su horror, un horror que nunca está presente en los relatos de los soldados.

—No nos cuentes bolas, Bulátov —le interrumpió Záitsev.

—No son bolas —replicó Bulátov, sin comprender—. A día de hoy mi cuenta asciende a setenta y ocho. El camarada comisario no me permitiría mentir; aquí está su firma.

Krímov tenía ganas de participar en la conversación, de decir que probablemente entre los alemanes asesinados por Bulátov había obreros, revolucionarios, internacionalistas... Era importante tener aquello presente, de lo contrario corrían el riesgo de convertirse en ultranacionalistas. Pero Nikolái Grigórievich no dijo nada. Aquellos pensamientos no eran necesarios para la guerra; en lugar de armar, desarmaban.

Ceceando, el blancuzco Solodki contó cómo había matado a ocho alemanes el día antes. Luego añadió:

—Soy un koljosiano de Umansk. Lo que los fascistas hicieron en mi pueblo fue increíble. Yo también perdí un poco de sangre: me hirieron tres veces. Eso es lo que me hizo dejar de ser koljosiano y convertirme en francotirador.

Lúgubre, Tókarev explicó la mejor manera de escoger un apostadero en una carretera transitada por los alemanes para ir a la cocina o a buscar agua, y añadió:

—Mi mujer me escribe contándome lo que han pasado los que han sido hechos prisioneros cerca de Mozhaev; han matado a mi hijo porque le llamé Vladímir Ilich.

Jalímov, excitado, explicó:

–Nunca me apresuro. Disparo cuando el corazón me lo dice. Cuando llegué al frente me hice amigo del sargento Gúrov; yo le enseñé uzbeco y él a mí ruso. Lo mató un alemán, y yo abatí a doce de ellos. Cogí los prismáticos del oficial y me los colgué al cuello: he seguido sus indicaciones, camarada instructor político.

Había algo terrible en los informes de aquellos francotiradores. Durante toda su vida Krímov se había burlado de las medrosas almas intelectuales, se había burlado de Yevguenia Nikoláyevna y Shtrum que lamentaban los sufrimientos que habían soportado los deskulakizados durante el periodo de la colectivización. A propósito de los acontecimientos de 1937, le había dicho a Yevguenia: «No es terrible que liquidemos a nuestros enemigos, al diablo con ellos; lo terrible es cuando disparamos contra los nuestros».

Ahora deseaba decir que nunca había vacilado, que siempre había estado dispuesto a eliminar a aquellos canallas de los guardias blancos, a los rastreros de los mencheviques y los eseristas, a los popes, a los kulaks, que nunca había sentido la menor piedad hacia los enemigos de la Revolución, pero que, sin embargo, no podía alegrarse de que, junto a los fascistas, se aniquilara a los obreros alemanes. Había algo terrible en los relatos de los francotiradores, aunque supieran bien en nombre de qué actuaban así.

Záitsev se puso a contar su combate con un francotirador alemán a los pies del Mamáyev Kurgán. Se había prolongado durante varios días. El alemán sabía que Záitsev le vigilaba y él, a su vez, vigilaba a Záitsev. Resultó que su pericia era muy similar y que ninguno lograba imponerse al otro.

–Aquel día derribó a tres de los nuestros, mientras yo permanecía a cubierto, sin realizar un solo disparo. Luego tira una última vez, no yerra el blanco, y el soldado cae de lado, los brazos en cruz. Desde su bando avanza un soldado con un papel en la mano, yo continúo agazapado, observo... Y él, lo sé, piensa que si hubiera un tirador apostado habría matado al soldado del papel, pero en cambio ha pasado. Sé que no puede ver al soldado que ha abatido y que desearía contemplar a su víctima. Silencio. Un segundo alemán pasa corriendo con un cubo; ni un ruido desde mi puesto. Pasan todavía unos quince minutos y empieza a ponerse de pie. Se levanta. Entonces me levanto yo de cuerpo entero...

Al revivir la escena, Záitsev se alzó desde detrás de la mesa. La particular expresión de severidad que antes le había asomado en el rostro ahora se había convertido en su expresión más genuina y dominante; no era ya un chico de aire bondadoso y nariz ancha: había algo leonino, algo poderoso y siniestro en sus aletas de nariz hinchadas, en su frente alta, en sus ojos llenos de una terrible luz de triunfo.

–Comprendió quién era yo. Y le disparé.

Durante un instante se hizo el silencio. Probablemente el mismo silencio que siguió al disparo de Záitsev, casi se podía oír el cuerpo inerte del muerto cayendo al suelo.

Batiuk se volvió de improviso hacia Krímov y preguntó:

–Bueno, ¿le parece interesante?

–Sí, magnífico –respondió Krímov, y eso es todo lo que dijo.

Krímov pasó la noche en el refugio de Batiuk.

Batiuk, moviendo los labios, contaba las gotas para el corazón que iba vertiendo en el vaso y seguidamente añadió agua.

Entre bostezos contó a Krímov los asuntos relacionados con la división; no hablaba de los combates, sino de todo tipo de hechos cotidianos.

A Krímov le daba la impresión de que todo lo que le explicaba estaba en relación con el episodio que le había ocurrido durante las primeras horas de la guerra, y que todos sus pensamientos emanaban de ahí.

Desde que había llegado a Stalingrado, Krímov no lograba desembarazarse de una sensación extraña. A veces le parecía que se encontraba en un reino donde el Partido no existía; otras, por el contrario, creía respirar el aire de los primeros días de la Revolución.

De repente Krímov preguntó:

–¿Hace mucho que está en el Partido, camarada teniente coronel?

Batiuk respondió:

–¿Por qué, camarada coronel? ¿Le parece que me desvío de la línea adecuada?

Durante un rato Krímov no contestó. Después dijo:

–Mire, siempre he sido considerado bastante buen orador dentro del Partido. He intervenido en grandes mítines de obreros. Pero aquí tengo la sensación de que me guían en lugar de guiar yo. Es muy extraño. ¿Quién es el que muestra el camino? ¿Quién arrastra a quién? Me apetecía tomar parte en la conversación de sus francotiradores, hacer una enmienda, pero después he pensado que ya sabían todo lo que necesitaban saber. A decir verdad, ésa no es la única razón por la que no dije nada. La dirección política nos indica que debemos imbuir en la conciencia de los soldados que el Ejército Rojo es un ejército de vengadores. No es momento para que me ponga a hablar del internacionalismo y la concepción de clase. ¡Lo principal es movilizar la furia de las masas contra los enemigos! No quiero ser como el tonto del cuento que llega a una boda y comienza a rezar por el eterno reposo del difunto...

Pensó un momento y dijo:

–Y luego, hay la costumbre... El Partido moviliza el odio de las masas, la furia, para destruir al enemigo. El humanitarismo cristiano no conviene a nuestra causa. Nuestro humanitarismo soviético es severo. No nos andamos con ceremonias...

De nuevo hizo una pausa.

–Desde luego no me refiero a casos como el suyo, cuando le iban a fusilar en vano... También en el 1937 a veces batíamos a los nuestros: ahí radica nuestra desgracia. Pero los alemanes han penetrado en la patria de los obreros y los campesinos. ¡Y la guerra es la guerra! ¡Lo tienen bien merecido!

Krímov esperaba una respuesta de Batiuk, pero éste callaba, no porque le desconcertaran las palabras de Krímov, sino porque sencillamente se había quedado dormido.

56

En la acería Octubre Rojo, inmersa en la penumbra, hombres enfundados en chaquetones acolchados iban y venían, retumbaban los disparos, se encendían llamaradas, y no se sabía si era polvo o niebla lo que flotaba en el aire.

El general Guriev, comandante de la división, había instalado los puestos de mando de los regimientos en el interior de los hornos. Krímov tenía la sensación de que la gente que había en esos hornos –hornos que hasta hace poco habían fundido acero– eran especiales; ellos mismos tenían el corazón de acero.

Desde ahí podían oírse no sólo los pasos de las botas alemanas y los gritos de mando, sino también los sigilosos chasquidos de los alemanes al recargar sus fusiles.

Cuando Krímov se deslizó, arqueando la espalda, por la boca del horno, donde se encontraba el mando del regimiento de fusileros y percibió en las palmas de la mano el calor que todavía persistía en los ladrillos refractarios, una especie de timidez se apoderó de él; era como si se le fuera a revelar de inmediato el secreto de la gran resistencia.

En la semioscuridad distinguió a un hombre en cuclillas, vio su cara amplia, escuchó una voz acogedora:

–¡Un invitado ha llegado a nuestro palacio! Por favor, cien gramos de vodka y un huevo cocido para nuestro visitante.

En la polvorienta y sofocante penumbra, a Nikolái Grigórievich se le pasó por la cabeza que nunca le explicaría a Yevguenia Nikoláyevna que la había recordado mientras se deslizaba por un horno de fundición de Stalingrado. En el pasado había intentado olvidarla, librarse de ella. Pero ahora se había resignado a que ella le siguiera insistentemente a todas partes. Incluso había penetrado en el horno, la hechicera, no había manera de escapar de ella...

Por supuesto estaba más claro que el agua. ¿Quién necesitaba a los hijastros de su tiempo? Lo mejor era enviarlos con los lisiados y los jubilados. Mejor aún, hacer jabón con ellos. Que ella se hubiera ido no hacía más que confirmar y alumbrar por completo la desesperación de su vida; ni siquiera allí, en Stalingrado, tenía un verdadero cometido militar...

Por la noche en aquel mismo lugar, después de su conferencia, Krímov conversó con el general Guriev. Éste se había quitado la chaqueta y se pasaba constantemente el pañuelo por la cara roja, y con voz alta y ronca ofrecía vodka a Krímov; con el mismo tono gritaba órdenes por teléfono a varios comandantes de los regimientos; con la misma voz alta y ronca con la que reprendía al cocinero por no saber asar como es debido las brochetas de carne, telefoneaba a su vecino Batiuk para preguntarle si habían jugado al dominó en el Mamáyev Kurgán.

–Tenemos buenos hombres aquí, alegres –dijo Guriev–. Batiuk es un tipo inteligente, el general Zhóludev que está en la fábrica de tractores es un viejo amigo mío. En el complejo fabril Barricada está el coronel Gúrtiev, también es buen tipo, pero lleva una vida monacal, no prueba el vodka. Naturalmente, eso es un error.

Luego pasó a explicar a Krímov que a nadie le quedaban tan pocas bayonetas activas como a él, tenía entre seis y ocho hombres por compañía; nadie estaba tan incomunicado como él; a veces, cuando venía una lancha, la tercera parte de los ocupantes llegaban heridos. Nadie, salvo Gorójov en el mercado, se hallaba en un lugar de tan difícil acceso.

–Ayer Chuikov llamó a Shuba, mi jefe de Estado Mayor. Estaban en desacuerdo respecto a la situación exacta de la línea de frente. El coronel Shuba volvió completamente enfermo.

Lanzó una mirada a Krímov y dijo:

–¿Piensa que le echó un rapapolvo? –y se puso a reír–. No, yo le echo un rapapolvo cada día. Él le hizo saltar los dientes, toda la primera fila.

–Sí... –dijo Krímov despacio.

Aquel «sí» admitía que la dignidad del individuo no siempre triunfaba en las pendientes de Stalingrado.

Luego Guriev comenzó a argumentar por qué los periodistas escribían tan mal sobre la guerra.

–Se esconden, los hijos de puta, no ven nada con sus propios ojos, se quedan al otro lado del Volga, en la retaguardia más tranquila, y escriben sus artículos. Si alguien es hospitalario con ellos, entonces hablan de él. Por ejemplo, Tolstói escribió *Guerra y paz*. Hace cien años que la gente lo lee y lo leerán todavía durante cien años más. ¿Y por qué? Porque participó en la guerra, él mismo combatió. Sabía de quién se tenía que hablar.

–Disculpe, camarada general –dijo Krímov–. Tolstói no participó en la guerra de 1812.

–¿No participó en ella? ¿Qué quiere decir? –replicó el general.

–Sencillamente que no participó –repitió Krímov–. Tolstói no había nacido en la época de la guerra contra Napoleón.

–¿Que no había nacido? –volvió a preguntar Guriev–. ¿Cómo que no había nacido? ¿Qué quiere decir?

Entre ellos se desencadenó una discusión violenta, la primera que seguía a una conferencia de Krímov. Para su sorpresa, el general se negó a creerle.

57

Al día siguiente Krímov fue a la fábrica Barricada donde estaba acantonada la división de fusileros siberianos del coronel Gúrtiev. Cada día sentía acrecentar sus dudas acerca de la utilidad de sus conferencias. A veces tenía la impresión de que le escuchaban por gentileza, como hacen los no creyentes ante los sermones de un viejo sacerdote. A decir verdad, se alegraban de su llegada. Pero comprendía que se alegraban desde el punto de vista humano y no por sus discursos. Se había convertido en uno de esos instructores políticos que se ocupan de tareas burocráticas, parlotean y estorban a quienes combaten. Los únicos funcionarios políticos que continuaban en su sitio eran los que no hacían preguntas, los que no se enfrascaban en largos informes y partes, los que no se dedicaban a la propaganda, sino que combatían.

Recordaba las clases de marxismo-leninismo que daba en la universidad, cuando él y su auditorio se sentían mortalmente aburridos al estudiar, como un catequismo, *El breviario de la historia del Partido*.

Sólo en tiempo de paz aquel tedio era legítimo, inevitable; mientras que allí, en Stalingrado, se volvía absurdo, un sinsentido. ¿Para qué servía todo aquello?

Krímov se encontró con Gúrtiev en la entrada del refugio del Estado Mayor pero no reconoció en aquel hombre delgaducho, calzado con botas de caña de lona y vestido con un capote militar raquítico, al comandante de la división.

La conferencia de Krímov se celebró en un amplio refugio de techo bajo. Nunca antes, durante su estancia en Stalingrado, Krímov había oído un fuego de artillería parecido. No tenía más remedio que alzar la voz todo el rato.

El comisario de la división Svirin, un hombre con un discurso altisonante y coherente, rico en expresiones agudas y divertidas, dijo antes del inicio de la conferencia:

−¿Por qué el público se limita a los oficiales de alto rango? Que vengan los topógrafos, los soldados de la compañía de defensa que estén libres, los soldados de transmisiones y enlaces que no tengan turno, que vengan a la conferencia sobre la situación internacional. Después de la ponencia se proyectará una película. Baile hasta el amanecer.

Guiñó un ojo a Krímov como diciéndole: «Ya verás,

va a ser sensacional. Será bueno para su informe, para usted y para nosotros».

Por la sonrisa de Gúrtiev al mirar al escandaloso Svirin y por el modo en que éste ajustó a Gúrtiev el capote sobre la espalda, Krímov comprendió el espíritu de amistad que reinaba en aquel refugio. Pero por la manera en que Svirin, entornando sus ojos ya de por sí estrechos, miró al jefe de Estado Mayor Savrásov, y por el descontento y evidente mala gana con que éste devolvió la mirada a Svirin, Krímov comprendió que no sólo el espíritu de amistad y camaradería reinaba en aquel refugio.

Inmediatamente después de la conferencia, el comandante y el comisario de la división salieron a atender la llamada urgente del comandante del ejército. Krímov se puso a hablar con Savrásov. Era, a todas luces, un hombre de un carácter rudo y pesado, ambicioso y susceptible. Muchas características suyas –su ambición, su brutalidad, el cinismo jocoso con que hablaba de la gente– eran desagradables.

Savrásov, sin quitarle los ojos de encima a Krímov, pronunciaba un monólogo:

–Llegas a Stalingrado a un regimiento cualquiera y lo sabes: ¡el más fuerte y decidido es el comandante del regimiento! Esto es cierto. Aquí no importa cuántas vacas tiene un campesino. Aquí sólo se mira una cosa: si el tipo tiene mollera. ¿Tiene? Entonces bien. Aquí no hay nada falso. Y en tiempo de paz ¿qué ocurría? –Se reía con sus ojos amarillos en la cara de Krímov–. Mire, yo no soporto la política. Todos esos tipos de derecha, de izquierda, esos oportunistas, esos teóricos... No soporto a los aduladores. Y, aunque no me mezclo en política, han intentado echarme fuera una decena de veces. Es una suerte que no sea del Partido, si no ora me tildarían de borracho, ora de mujeriego. ¿Tendría que fingir, ¿no es así? No me veo capaz.

Krímov tenía ganas de decir a Savrásov que en su Stalingrado, en el Stalingrado de Krímov, su destino no se arreglaría, que él no hacía otra cosa que vagar, sin nada serio que hacer. ¿Por qué Vavílov y no él era comisario de la división de Rodímtsev? ¿Por qué el Partido tenía más confianza en Svirin que en él? Después de todo, él era más inteligente, tenía una visión más amplia de las cosas, más experiencia en el Partido, y no le faltaba coraje. Además, si era preciso, él sabría mostrar la dureza necesaria, no le temblaría la mano... Comparados con él, los otros no eran más que militantes de la alfabetización. «Vuestro tiempo ha expirado, camarada Krímov, se esfumó.»

Aquel coronel de ojos amarillos le había calentado, encendido, deprimido.

Pero ¿por qué tenía todavía dudas, Señor? Su vida privada se había derrumbado, había rodado pendiente abajo... El problema no era que Zhenia se hubiera dado cuenta de que era incapaz de resolver las cuestiones materiales. Eso a ella le daba igual, era un ser puro. ¡Lo había dejado de amar! ¿Cómo se puede amar a los acabados, a los vencidos? Un hombre sin aureola. Sí, sí, le habían expulsado de la *nomenklatura*... Aunque bien mirado, era honesta, pero eso no impedía que las cosas materiales también le importaran. Así era todo el mundo. También Yevguenia Nikoláyevna. Nunca se casaría con un pintor indigente, aunque hubiera pintarrajeado ese garabato que ella había declarado genial...

Krímov habría podido confiar muchos de esos pensamientos al coronel de ojos amarillos, sin embargo se limitó a responderle en los puntos que coincidían.

–Pero ¿qué dice, camarada coronel? Usted simplifica demasiado las cosas. Antes de la guerra tampoco se preocupaban únicamente de contar cuántas vacas tenía un campesino. No es posible escoger los cuadros basándose exclusivamente en el criterio de la eficacia.

La guerra impedía mantener una conversación sobre lo que existía antes de que estallara el conflicto. Retumbó una enorme explosión, y entre la niebla y el polvo emergió un capitán preocupado, un telefonista dio voces: llamaban de un regimiento. Un tanque alemán había abierto fuego contra el Estado Mayor del regimiento en cuestión, y los ametralladores, que habían saltado detrás del tanque, se habían refugiado en una casa de piedra donde se encontraban los jefes de una división de artillería. Estos últimos, que estaban instalados en el primer piso, habían iniciado el combate contra los alemanes. El tanque había incendiado una casa de madera cercana, y el fuerte viento del Volga empujaba las llamas hacia el puesto de mando del comandante del regimiento Chámov, que comenzó a ahogarse, junto con todo su Estado Mayor, por lo que decidieron trasladar el cuartel general. Pero cambiar el puesto de mando a la luz del día, bajo el fuego de la artillería y el cruce de proyectiles de gran calibre, no era fácil.

Todos aquellos acontecimientos se desarrollaban simultáneamente en el perímetro de defensa de la división. Unos pedían consejo, otros refuerzos de artillería, los terceros autorización para replegarse, los cuartos se limitaban a informar, los quintos querían información. Cada uno tenía una misión particular y todos tenían en común que era una cuestión de vida o muerte.

Cuando las cosas se calmaron un poco, Savrásov preguntó a Krímov:

—¿Y si comemos algo, camarada comisario del batallón, mientras los superiores regresan al Estado Mayor del ejército?

Savrásov no se sometía a la regla introducida por el comandante y el comisario de la división que prohibía el consumo de vodka. Por eso prefería comer por separado.

—Gúrtiev es un buen militar —declaró Savrásov un poco achispado—. Es un hombre instruido, honesto. Por desgracia, también es un asceta terrible. Con él uno diría que está en un monasterio. En cambio yo, por las chicas, tengo un interés de lobo, adoro esos asuntos, como los vampiros. Que no se le escape un chiste en presencia de Gúrtiev. De todos modos combatimos juntos y, en general, todo está en orden. Pero el comisario no me quiere demasiado, a pesar de que por naturaleza sea tan monje como yo. ¿Piensa que Stalingrado me está haciendo envejecer? Al contrario, yo aquí, con estos amigos, me encuentro muy bien.

–Yo también tengo el temperamento del comisario –dijo Krímov.

Savrásov movió la cabeza.

–Sí y no. La cuestión no consiste en el vodka, si no en esta otra. –Y con un dedo golpeó la botella y después la frente.

Ya habían acabado de comer cuando el comandante y el comisario regresaron al puesto de mando de Chuikov.

–¿Qué hay de nuevo? –preguntó Gúrtiev con tono apresurado y estricto, examinando la mesa.

–El jefe de transmisiones ha resultado herido, los alemanes han intentado hundir el punto de enlace de Zhóludev, y han incendiado la casita en el punto de enlace de Chámov y Mijalev. Chámov ha tosido un poco por la inhalación de humo, por lo demás nada especial –respondió Savrásov.

Svirin observó la cara colorada de Savrásov y, alargando afectuosamente las palabras, dijo:

–No hacemos otra cosa que beber vodka, ¿no es cierto, camarada coronel?

58

El comandante de la división pidió al comandante del regimiento, el mayor Beriozkin, que hiciera un informe sobre la situación de la casa 6/1: ¿acaso no sería mejor retirar las tropas?

Beriozkin aconsejó al comandante de la división que no lo hiciera aunque la casa estuviera bajo amenaza de cerco. La casa albergaba puestos de observación de gran importancia para la artillería en la orilla izquierda del Volga, ya que transmitía datos relevantes sobre el enemigo. También estaba acantonada una subdivisión de zapadores que estaba en condiciones de paralizar el avance de los blindados enemigos. Era poco probable que los alemanes iniciaran una ofensiva general sin haber liquidado antes aquel foco de resistencia; sus tácticas eran bien conocidas. Con la ayuda de refuerzos, la casa 6/1 podía ofrecer una larga resistencia y desbaratar la estrategia de los alemanes. Dado que los enlaces sólo podían alcanzar la casa asediada raramente durante las horas nocturnas y que las comunicaciones telefónicas se interrumpían constantemente, era conveniente enviar a un radiotelegrafista con un transmisor.

El comandante de la división estuvo conforme con Beriozkin. Durante la noche el instructor político Soshkin y un grupo de soldados lograron alcanzar la casa 6/1 y entregar a sus defensores cajas de municiones y granadas de mano. También llevaron un aparato de radio y a una joven radiotelegrafista del centro de comunicaciones.

El instructor político, de regreso al despuntar el alba, explicó que el comandante de la unidad se había negado a redactar un informe y había añadido: «No tengo tiempo para papeleo, debemos rendir cuentas sólo ante los *fritzes*».

–No le encuentro ni pies ni cabeza a lo que está pasando allí –dijo Soshkin–. Todos temen a ese Grékov, pero él los trata de igual a igual; duermen hacinados, y él en medio de ellos, le tutean y le llaman Vania. Discúlpeme por lo que voy a decirle, camarada comandante, pero aquello parece más la Comuna de París que una unidad militar.

Moviendo la cabeza, Beriozkin preguntó de nuevo:

–¿Así que se ha negado a redactar el informe? ¡Vaya tipo!

Después Pivovárov, el comisario del regimiento, pronunció un discurso sobre los comandantes que se comportaban como partisanos.

Beriozkin, en tono conciliador, dijo:

–¿Qué quiere decir «como partisanos»? Sólo son muestras de iniciativa, de independencia. A veces también desearía estar cercado para liberarme de todos esos tejemanejes burocráticos.

–A propósito de informes –intervino Pivovárov–, redacte uno detallado para el comisario de la división.

En la división se tomarían en serio el informe de Soshkin.

El comisario de la división ordenó a Pivovárov que obtuviera información pormenorizada sobre la situación de la casa 6/1 e instara a que Grékov sentara la cabeza. Al mismo tiempo el comisario de la división escribió a un miembro del Consejo Militar y al jefe de la sección política del ejército informándoles del alarmante estado de las cosas, tanto moral como políticamente, entre los combatientes.

En el ejército el informe del instructor político Soshkin fue leído con más atención. El comisario de la división recibió instrucciones de no postergar más el asunto y ocuparse de la casa sitiada. El jefe de la sección política del ejército, que ostentaba el rango de general de brigada, redactó un informe urgente al superior de la dirección política del frente.

Katia Véngrova, la radiotelegrafista, llegó de noche a la casa 6/1. Por la mañana se presentó a Grékov, el responsable de la misma, y éste, mientras escuchaba el informe, miraba atentamente los ojos confusos, asustados y al mismo tiempo juguetones de la chica, que estaba ligeramente encorvada.

Tenía una boca grande y labios exangües. Grékov esperó algunos segundos antes de responder a su pregunta «¿Puedo retirarme?».

Durante esos segundos en su cabeza autoritaria se agolparon pensamientos ajenos por completo a la guerra: «Ay, Dios mío, qué belleza..., piernas bonitas..., parece asustada... debe de ser la niñita de su mamá. ¿Cuántos años tendrá...? Como máximo, dieciocho. Ojalá que mis chicos no le salten encima...».

Todas estas consideraciones que pasaron por la cabeza de Grékov inesperadamente concluyeron con este pensamiento: «¿Quién es el jefe aquí? ¿Quién está haciendo ir de cabeza a los alemanes, eh?».

Después respondió a su pregunta:

–¿Adónde quiere retirarse, señorita? Quédese cerca de su aparato de radio. Ya encontraremos algo para que envíe.

Tamborileó con el dedo sobre el radiotransmisor y miró de reojo al cielo donde gemían los bombarderos alemanes.

–¿Es usted de Moscú? –le preguntó él.

–Sí –fue su escueta respuesta.

–Siéntese, aquí nada de ceremonias, con confianza.

La chica dio un paso a un lado y los cascajos de ladrillo crujieron bajo sus botas; el sol brillaba en los cañones de las ametralladoras y sobre el cuerpo negro de la pistola alemana que Grékov tenía como trofeo. Katia se sentó y miró los abrigos amontonados bajo la pared derruida. Por un momento se sorprendió de que ese cuadro ya no le pareciera asombroso. Sabía que las ametralladoras dispuestas en los boquetes de las paredes a modo de aspilleras eran Degtiarev, sabía que en el cargador de la Walter capturada había ocho balas, que esa arma disparaba con potencia pero no permitía apuntar con precisión, sabía que los abrigos apilados en un rincón pertenecían a soldados muertos que estaban sepultados allí cerca: el olor a chamusquina se mezclaba con aquel otro, ya familiar para ella. Y el radiotransmisor que le habían dado aquella noche se parecía al que utilizaba en Kotlubán: el mismo cuadrante, el mismo conmutador. Le venía a la mente cuando se encontraba en las estepas y, mirándose en el cristal polvoriento del amperímetro, se arreglaba los cabellos que le salían por debajo del gorro.

Nadie le dirigía la palabra, y tenía la sensación de que la vida terrible y violenta de aquella casa la evitaba.

Pero cuando un soldado de pelo canoso, cuya manera de hablar le indicó que se trataba de un operador de mortero, comenzó a proferir palabras soeces y malsonantes, Grékov le dijo:

–Padre, ¿qué modales son ésos? No es manera de hablar delante de una chica.

Katia se estremeció, pero no por los exabruptos del viejo, sino por la mirada de Grékov.

Aunque nadie le hablara, sentía que en la casa todos estaban alarmados por su presencia. Le parecía sentir en la piel la tensión que se había desatado a su alrededor, una tensión que ni siquiera se diluía cuando los aviones descendían en picado y comenzaban a aullar, las bombas explotaban cerca y llovían los cascajos de ladrillo.

Ahora Katia ya se había acostumbrado a los bombardeos e incluso lograba controlarse ante el silbido de las granadas de metralla. Pero las miradas pesadas y atentas de los hombres sobre ella le producían el mismo estremecimiento.

La noche antes las otras chicas de transmisiones la habían compadecido diciéndole:

–¡Será horrible para ti estar allí!

Por la noche un soldado la condujo al puesto de mando del regimiento. Allí se sentía particularmente la proximidad del enemigo, la fragilidad de la vida. La vida humana parecía tan precaria: ahora estás aquí y al cabo de un minuto ya no.

El comandante del regimiento, moviendo la cabeza con aire afligido, le dijo:

–¿Cómo pueden enviar a niños como tú a la guerra?

Luego añadió:

–No tengas miedo, querida. Si algo no marcha bien, infórmame enseguida por radio.

Y lo dijo con una voz tan buena y paternal que Katia a duras penas logró reprimir las lágrimas.

Luego otro soldado la condujo al puesto de mando del batallón. Allí sonaba un gramófono y el comandante pelirrojo del batallón invitó a Katia a beber y bailar con él al son de la *Serenata china*.

En el batallón el miedo era aún más latente, y Katia tuvo la impresión de que el comandante del batallón no había bebido para divertirse sino para aplacar un pavor insoportable, para olvidar que su vida era tan frágil como el cristal.

Y ahora permanecía sentada sobre un montón de ladrillos en la casa 6/1. Por alguna razón no experimentaba temor; pensaba en su fabulosa, bellísima vida antes de la guerra.

Los hombres de la casa cercada parecían extraordinariamente fuertes y seguros de sí mismos. Su aplomo la tranquilizaba. Era esa misma seguridad propia de los grandes médicos, los obreros cualificados de un taller de laminado, los sastres cortando un paño preciado, los bomberos y los viejos maestros explicando la lección junto a la pizarra.

Antes de la guerra Katia se imaginaba condenada a tener una vida desdichada. Antes de la guerra pensaba que sus amigos y conocidos que viajaban en autobús eran derrochadores. Las personas que veía salir de restaurantes mediocres le parecían seres fabulosos; a veces había seguido a un pequeño grupo que salía del Darial o del Terek y había intentado escuchar su conversación. Al volver a casa de la escuela decía solemnemente a su madre:

−¿Sabes lo que ha pasado hoy? Una chica me ha invitado a un vaso de gaseosa con jarabe: jarabe auténtico que olía a grosella.

No era fácil que salieran las cuentas con el dinero restante de los cuatrocientos rublos que su madre recibía tras deducir el impuesto sobre la renta, el impuesto cultural y el empréstito del Estado. No podían permitirse ropa nueva, así que remendaban las prendas viejas; no participaban en el pago de la portera Marusia, que hacía la limpieza en las zonas comunes del apartamento, y cuando les tocaba el turno de la limpieza, Katia fregaba el suelo y vaciaba las basuras; no compraban la leche en la lechería, sino en las tiendas estatales donde las colas eran enormes, pues de ese modo ahorraban seis rublos al mes; y cuando no había leche en las tiendas estatales, la madre de Katia iba por la tarde al mercado, donde los lecheros que tenían prisa por coger el tren vendían la leche más barata que por la mañana, y costaba casi lo mismo que en las tiendas estatales. Nunca utilizaban el autobús, era demasiado caro, y sólo tomaban el tranvía los días que debían recorrer largas distancias. Katia no iba a la peluquería; el cabello se lo cortaba su madre. Naturalmente hacían ellas solas la colada, y en su habitación tenían una lámpara que daba una luz tenue, apenas un poco más luminosa que la que había en las zonas de uso común de la casa.

Preparaban comida para tres días: una sopa y a veces gachas con un poco de carne magra; un día Katia, después de comerse tres platos de sopa seguidos, dijo:

—Hoy hemos tenido una comida de tres platos.

La madre nunca mencionaba cómo eran las cosas cuando su padre todavía vivía con ellas y Katia no se acordaba siquiera. Sólo a veces Vera Dmítrievna, una amiga de la madre, decía mientras miraba a madre e hija preparar la comida: «Sí, nosotras también tuvimos nuestra hora de gloria».

Pero la madre se enfurecía y Vera Dmítrievna no se extendía más sobre cómo era la vida cuando Katia y su madre conocieron su hora de gloria.

Un día Katia encontró en el armario una foto de su padre. Era la primera vez que veía su cara en una fotografía, pero inmediatamente, como si alguien se lo hubiera soplado, comprendió que era su padre. En el reverso de la fotografía estaba escrito: «A Lidia: pertenezco a la tribu de los asra, que mueren cuando aman»[1].

Katia no dijo nada a su madre, pero al volver de la escuela, sacaba la fotografía y durante largo rato contemplaba aquellos ojos oscuros, que le parecían tristes.

Un día preguntó:

—¿Dónde está papá ahora?

Su madre respondió:

—No lo sé.

Sólo cuando Katia estaba a punto de partir para el ejército, su madre le habló por primera vez de él, y así Katia se enteró de que había sido arrestado en 1937, y conoció la historia de su segundo matrimonio.

No durmieron en toda la noche, siguieron hablando hasta el amanecer. Todo se había vuelto del revés: la madre, por lo general reservada, contaba a su hija cómo el marido la había abandonado, le habló de sus propios ce-

1. Cita del poema de Heine, *El asra*.

los, de su humillación, ofensa, amor, piedad. Y Katia se asombraba de que el mundo del alma humana fuera tan grande, hasta el punto de que ante él retrocedía incluso el rugido de la guerra. Por la mañana se despidieron. La madre atrajo la cabeza de Katia hacia sí, pero el saco a su espalda le tiraba hacia atrás los hombros. Katia dijo:

–Mamá, pertenezco a la tribu de los asra, que mueren cuando aman...

Luego su madre le tocó suavemente el hombro.

–Es hora, Katia. Anda, ve.

Y Katia se fue, como se iban en aquella época millones de jóvenes y viejos; se fue de la casa materna tal vez para no volver nunca más, o tal vez para volver cambiada, separada para siempre de su difícil y querida infancia.

Y ahora estaba ahí sentada, al lado del responsable de la casa 6/1 de Stalingrado, Grékov, y miraba su gruesa cabeza, el ceño fruncido, los labios prominentes.

59

Aquel primer día la comunicación telefónica funcionaba.

La larga inactividad y el aislamiento de la vida de la casa 6/1 pesaban en la joven radiotelegrafista con una tristeza insoportable. Sin embargo, aquel primer día la preparó para entender cuál era la vida que le esperaba.

Supo que los puestos de observación que transmitían los datos a la artillería de la orilla izquierda del Volga estaban situados en las ruinas del primer piso, y que el superior del primer piso era un teniente que llevaba una guerrera sucia y unas gafas que le resbalaban continuamente por su nariz respingona.

Comprendía que aquel viejo enfadado que soltaba tacos había sido trasladado desde la milicia; estaba orgulloso de ser jefe de pieza. Entre un muro alto y una montaña de cascotes estaban dispuestos los zapadores a las órdenes de un hombre que caminaba gruñendo y torciendo el gesto, como si le dolieran los juanetes de los pies.

El jefe del único cañón era un hombre calvo con una camiseta de marinero a rayas. Se llamaba Koloméitsev. Katia había oído a Grékov gritar:

–¡Koloméitsev! ¡Despierta! ¡Has vuelto a perder una oportunidad!

La infantería y las ametralladoras estaban al cargo de un suboficial de barba clara. Su cara enmarcada por una barba acentuaba su juventud pero el suboficial debía de hacerse ilusiones de que la barba le daba el aspecto de un hombre maduro, al menos en la treintena.

Por la tarde le dieron de comer pan y salchichón de cordero. Después se acordó de que en el bolsillo de su chaqueta tenía un caramelo y se lo introdujo furtivamente en la boca. Luego le entraron ganas de dormir, a pesar de que los disparos resonaban cerca. Se quedó dormida todavía chupando el caramelo, pero el sufrimiento y la angustia no la abandonaron. De repente llegó a sus oídos una voz lánguida. Sin abrir los ojos, escuchó:

> Pero como un vino, la pena de los días idos
> acrecienta su fuerza a medida que envejece...[1]

Junto al pozo de piedra iluminado por una luz ámbar vespertina se hallaba un chico sucio, con los cabellos desgreñados, que tenía ante sí un libro. Sobre los ladrillos rojos estaban sentados cinco o seis hombres. Grékov estaba tumbado sobre su abrigo con la barbilla apoyada sobre los puños. Un joven de aspecto georgiano escuchaba con incredulidad, como si dijera: «Déjalo, a mí no me comprarás con estas tonterías».

Una explosión cercana levantó una nube de polvo de cascotes, como si se hubiera arremolinado una niebla de fábula; los hombres sentados sobre aquellos montones san-

1. A. Pushkin, *Poemas*, Madrid, Gredos, 2005, traducción de Víctor Gallego.

grientos de ladrillo y sus armas en medio de aquella neblina rojiza parecían venir del día terrible del que habla el *Cantar de las huestes de Ígor*[1]. Inesperadamente, el corazón de la chica se estremeció ante la absurda certeza de una felicidad futura.

Al día siguiente tuvo lugar un acontecimiento que aterrorizó a todos los habitantes de la casa, aunque ya estaban curados de espanto.

El «inquilino» de mayor rango del primer piso, el teniente Batrakov, tenía bajo su mando a un observador y un calculador. Katia los veía varias veces al día: el triste Lampásov, el ingenioso y cándido Bunchuk y el extraño suboficial gafudo que sonreía continuamente ante sus propios pensamientos.

En los momentos de silencio, sus voces se oían a través de un boquete en el techo.

Lampásov había criado pollos antes de la guerra y le describía a Bunchuk la inteligencia y las pérfidas costumbres de sus gallinas. Bunchuk, pegado al visor, hablaba como cantando y arrastrando las palabras: «Sí, hay una columna de vehículos de *fritzes* que viene desde Kalach... Un tanque en el medio... Algunos *fritzes* más a pie, todo un batallón... Y tres cocinas de campaña, como ayer, echan humo y los *fritzes* van con cacerolas...». Algunas de sus observaciones no tenían importancia estratégica, sólo presentaban un interés costumbrista. Canturreaba: «El comandante de los *fritzes* pasea un perro, el perro husmea un poste, probablemente quiere orinar... Lo está haciendo... y el oficial espera». Y luego: «Ahora veo a dos chicas hablando con varios *fritzes*... les ofrecen cigarrillos a las chicas... Una chica coge uno, lo enciende, la otra sacude la cabeza, parece que diga: "yo no fumo..."».

De repente Bunchuk, con el mismo tono cantarín, anunció: «La plaza está llena de soldados... Hay una orquesta... Hay una tarima en el medio... no, una pila de madera...». Luego guardó silencio un buen rato y, cuando

---

1. Poema épico anónimo de finales del siglo XII.

volvió a hablar, su voz cantarina estaba llena de desesperación: «Ay, camarada teniente, veo que conducen a una mujer de unos cuarenta años que grita algo... La orquesta suena... Atan a la mujer a un poste... a su lado hay un niño, también lo atan. Camarada teniente, no puedo soportar ver esto... Dos *fritzes* están vaciando bidones de gasolina...».

Batrakov transmitió por teléfono lo que estaba sucediendo al otro lado del Volga.

Se acercó al visor y con sus maneras de lugareño de Kaluga, imitando la voz de Bunchuk, vociferó: «Ay, todo está cubierto de humo y la orquesta toca...».

–¡Fuego! –gritó después con una voz terrible, y se giró en dirección a la orilla izquierda del Volga.

Ni el menor ruido al otro lado del Volga...

Unos minutos más tarde el lugar de la ejecución cayó bajo el fuego concentrado de la artillería pesada del regimiento. La plaza quedó envuelta en polvo y humo.

Unas horas más tarde supieron por el explorador Klímov que los alemanes se disponían a quemar a una mujer y un niño gitanos sospechosos de espionaje. El día antes Klímov había dejado algo de ropa sucia a una vieja que vivía en una cueva con su nieta y una cabra; le prometió que volvería más tarde para recoger la ropa limpia. Ahora tenía la intención de preguntarle qué había pasado con los dos gitanos, si habían sido quemados por los alemanes o abatidos por los obuses soviéticos. Klímov se arrastró entre las ruinas por senderos que sólo él conocía, pero en el lugar donde se encontraba la cueva, de noche, un bombardeo soviético había destruido todo: no había ni rastro de la abuela, la nieta, la cabra, ni de sus camisas y calzoncillos. Sólo descubrió, entre los troncos partidos y los trozos de estucado, un gatito sucio. El pequeño felino se hallaba en un estado deplorable, pero no pedía nada, no se quejaba, tal vez pensaba que la vida sobre la tierra consistía en eso: estruendo, hambre, fuego.

Klímov no se explicaba por qué, de repente, se metió el gatito en el bolsillo.

A Katia le sorprendían las relaciones que había entre los hombres de la casa 6/1. En lugar de dar su informe en posición de firmes, como exige el reglamento, Klímov se había sentado al lado de Grékov y hablaban como dos viejos amigos. Klímov encendió su cigarrillo con el de Grékov.

Cuando acabó su relato, Klímov se acercó a Katia y dijo:

–Así es, señorita. En este mundo pasan cosas terribles.

Al sentir su mirada dura y penetrante, Katia suspiró y se ruborizó.

Sacó del bolsillo el gatito y lo puso sobre un ladrillo al lado de Katia.

Aquel día una decena de hombres se le acercaron para hablarle de temas felinos, sin embargo nadie hablaba del caso de la gitana, a pesar de que todos estaban impresionados. Los que deseaban mantener con ella una conversación sensible, con el corazón en la mano, adoptaban en cambio un tono burlón, grosero. Los que sencillamente querían pasar la noche con ella se le dirigían ceremoniosamente, con delicadeza almibarada.

El gatito no dejaba de temblar, con todo el cuerpo: evidentemente, estaba conmocionado por la explosión.

El viejo operador de mortero dijo frunciendo el ceño:

–Mátalo y asunto resuelto. De él sólo sacarás pulgas.

El segundo operador de mortero, el voluntario Chentsov, apuesto y con la tez morena, aconsejó a Katia:

–Tire esa porquería, señorita. Si al menos fuera siberiano...

El lúgubre Liájov, un zapador de labios finos y cara de perro, era el único que se interesaba realmente por el gato, indiferente a los encantos de la radiotelegrafista.

–Una vez, cuando estábamos en las estepas –dijo a Katia–, algo me golpeó de repente. Pensé que era una bala perdida, pero era una liebre. Se quedó conmigo hasta la noche y, cuando todo se hubo calmado, se fue.

A continuación añadió:

–Usted es una señorita, pero al menos comprende: aquello es un 108 milímetros, ése es el sonido de un Vaniusha, aquello es un avión de reconocimiento sobrevolando el Volga. Mientras que la liebre, la estúpida, no entendía nada. No podía distinguir un mortero de un obús. Si los alemanes lanzan una bengala, la liebre se sobresalta. Pero ¿cómo haces para explicárselo? Eso es lo que me da pena de esos animales.

Katia, dándose cuenta de que su interlocutor hablaba en serio, le respondió con la misma seriedad:

–No estoy de acuerdo del todo. Los perros, por ejemplo, entienden de aviación. Cuando estábamos acantonados en un pueblo, había un perro bastardo que se llamaba *Kerzon*, y si nuestros IL estaban volando, él se quedaba tumbado, sin levantar la cabeza siquiera. Pero en cuanto oía el ruido de los Junkers, *Kerzon* buscaba refugio. Nunca se equivocaba.

El aire se estremeció atravesado por un penetrante aullido: un Vaniusha alemán. Se oyó un estruendo metálico, y un humo negro se mezcló con el polvo sangriento de ladrillos y una lluvia estruendosa de cascotes. Un minuto después, cuando el polvo se posó en el suelo, la radiotelegrafista y Liájov retomaron la conversación como si fueran otras personas y no ellos los que acababan de caer al suelo. A Katia se le había contagiado la seguridad que irradiaban los hombres de la casa cercada. Parecía que estuvieran convencidos de que en aquella casa todo era frágil, quebradizo, también el hierro y la piedra; todo menos ellos.

Por encima de sus cabezas se oyó una ráfaga de ametralladora, y justo después una segunda.

Liájov dijo:

–Esta primavera estábamos en los alrededores de Sviatogorsk y de pronto empezamos a oír silbidos por encima de nuestras cabezas, pero no las detonaciones. No comprendíamos nada. Después resultó que eran estorninos que habían aprendido a hacer el silbido de las balas... También nuestro comandante, que era teniente mayor, cayó en el error.

–En casa me imaginaba que la guerra eran gatos corriendo, gritos de niños, todo alrededor en llamas... Al llegar a Stalingrado vi que realmente era así.

El siguiente hombre en acercarse a la radiotelegrafista fue el barbudo Zúbarev.

–Y bien –preguntó con interés–, ¿cómo está nuestro jovencito con bigotes? –Levantó un extremo del trapo que cubría al gatito–. ¡Oh, pobre animal! ¡Qué débil está! –dijo mientras los ojos le brillaban con insolencia.

Por la noche, después de un breve combate, los alemanes lograron avanzar una corta distancia hacia un ala de la casa 6/1; ahora las ametralladoras cubrían el camino que unía la casa con la defensa soviética. La conexión telefónica con el puesto de mando del regimiento de fusileros quedó interrumpida. Grékov ordenó que se abriera un paso que conectara el sótano con un túnel subterráneo de la fábrica cercano a la casa.

–Tenemos explosivos –comunicó a Grékov el sargento Antsíferov, un hombre corpulento que sostenía en la mano una taza de té y en la otra un terrón de azúcar.

Los habitantes de la casa, sentados en un foso junto a la pared maestra, conversaban. La ejecución de la gitana los había conmovido, pero nadie hablaba de ello. Parecían indiferentes al cerco.

A Katia le parecía extraña esa tranquilidad, pero se sometía a ella, e incluso la espantosa palabra cerco ya no le infundía miedo entre los valientes soldados de la casa 6/1. Ni siquiera tuvo miedo cuando oyó, allí mismo, a su lado, el tableteo de una ametralladora y Grékov gritó:

–¡Disparad, disparad! Están ahí.

Y tampoco sintió miedo cuando Grékov dijo:

–Cada uno con lo que más guste: granadas, cuchillos, palas... Ya conocéis vuestro trabajo. Dadles, no importa cómo.

En los minutos de tregua los habitantes de la casa se enzarzaban en una conversación animada sobre el aspecto físico de la radiotelegrafista. Batrakov, que parecía estar en otro mundo y además era miope, reveló inesperadamente sus conocimientos sobre los atributos de Katia.

–La chica tiene lo que se dice un buen busto –dijo él.

Koloméitsev, el artillero, no era de la misma opinión. En expresión de Zúbarev, a él le gustaba llamar al pan, pan y al vino, vino.

–¿Os habéis aprovechado del gato para hablar con ella? –preguntó Zúbarev.

–¿Cómo no? –respondió Batrakov–. A través del corazón del niño se conquista a la madre. Incluso nuestro papaíto le habló del gato.

El viejo operador de mortero escupió y se pasó la palma de la mano por el pecho.

–¿Dónde tiene lo que debe tener una mujer digna de merecer ese nombre? Vamos, ¡responded!

Pero lo que más enfureció a Zúbarev fueron las alusiones al hecho de que Grékov había echado el ojo a la radiotelegrafista.

–Claro que en nuestras condiciones incluso una Katia cualquiera nos resolvería la papeleta. En el país de los ciegos... Tiene las piernas largas como una cigüeña, el trasero plano y los ojos grandes como una vaca. ¿A eso le llamas mujer?

Chentsov le objetó:

–A ti te basta con que sea tetuda. Ese punto de vista está pasado de moda, es de antes de la Revolución.

Koloméitsev, un hombre obsceno y chabacano que acumulaba en su cabezota calva una infinidad de particularidades sorprendentes, reía entornando sus ojos de un gris turbio.

–La chica no está mal –dijo–. Pero tengo un enfoque particular de la cuestión. Me gustan pequeñas, preferiblemente armenias y judías, con el pelo corto y los ojos grandes y vivarachos.

Zúbarev miró pensativo el cielo oscuro iluminado por los haces de rayos de los reflectores y preguntó en voz baja:

–Me preguntó cómo acabará todo esto.

–¿Te refieres a con quién acabará ella? Con Grékov, por supuesto.

–Ni mucho menos. No está tan claro –dijo Zúbarev, y tras coger del suelo un trozo de ladrillo lo estrelló con fuerza contra el muro.

Los compañeros le miraron a él y su barba, y se rieron.

–¿Cómo vas a seducirla? ¿Con tu barba? –se interesó Batrakov.

–¡Con el canto! –corrigió Koloméitsev–. Sala de transmisión: el soldado de infantería al micrófono. Él cantará, ella transmitirá la emisión. Formarán uno de esos dúos; lo digo yo. ¡Harán una buena pareja!

Zúbarev se giró hacia el compañero que el día antes recitaba poesía.

–¿Y tú qué piensas?

El viejo operador de mortero dijo con acritud:

–No dice nada, por tanto no tiene ganas de hablar. –Y con el tono de un padre que amonesta a su hijo porque escucha la conversación de los adultos, añadió–: Sería mejor que fueras a dormir al sótano mientras la situación lo permita.

–Allí está ahora Antsíferov enfrascado en abrir un paso con trilita –dijo Batrakov.

En aquel momento Grékov estaba dictando un informe a Katia. Comunicaba al Estado Mayor del ejército que, a juzgar por los indicios, los alemanes estaban preparando un ataque y que con toda probabilidad lo lanzarían contra la fábrica de tractores. Pero pasó por alto un detalle: que la casa donde él se encontraba con sus hombres parecía ser el mismo eje de la ofensiva. Mientras observaba el cuello de la chica, sus labios y sus pestañas medio bajadas imaginaba, y lo imaginaba muy vivamente, aquel frágil cuello roto, con una vértebra asomándole de la piel nacarada desgarrada, y aquellas pestañas sobre unos ojos de pescado vidriosos, y sus labios muertos como hechos de caucho gris y polvoriento.

Y tenía ganas de abrazarla, de sentir su calor, su vida, antes de que fuera demasiado tarde, antes de que los dos desaparecieran, mientras aquella belleza habitara su cuerpo femenino, pletórico de juventud.

Le parecía que deseaba abrazarla sólo por compasión, pero ¿acaso la compasión hace zumbar los oídos y pulsar la sangre en las sienes?

El Estado Mayor no respondió de inmediato.

Grékov se estiró hasta sentir crujir dulcemente los huesos, emitió un jadeante respiro mientras pensaba: «Está bien, está bien, queda toda la noche por delante», y preguntó con dulzura:

–¿Cómo está el gatito que trajo Klímov? ¿Está mejor? ¿Ha recobrado fuerzas?

–¿Y cómo iba a coger fuerzas? –respondió la radiotelegrafista.

Cuando Katia se acordaba de la mujer y el niño gitanos en la hoguera, le empezaban a temblar los dedos y miraba a Grékov con el rabillo del ojo para ver si se había dado cuenta.

Ayer mismo le había parecido que nadie le hablaría en la casa 6/1, pero hoy, mientras comía las gachas, había pasado por su lado el chico barbudo con un subfusil en la mano y le había gritado como a una vieja amiga:

–Katia, ¡un poco más de energía! –Y, con un golpe preciso, le mostró cómo debía hundir la cuchara en la escudilla.

Volvió a ver al chico que el día antes leía poesía mientras él mismo trasladaba unos obuses con una lona impermeable. Más tarde se giró y lo vio de pie frente a un perol lleno de agua; había sentido cómo posaba su mirada sobre ella y justo por eso se había girado, pero él había desviado la mirada a tiempo.

Ahora Vera ya imaginaba quién le enseñaría mañana sus cartas y fotografías, quién daría suspiros y la miraría en silencio, quién le traería regalitos –una cantimplora medio llena de agua, algunos mendrugos de pan blanco–, quién le confesaría que ya no creía en el amor de las mujeres y que no se volvería a enamorar. Por lo que respecta al soldado de infantería barbudo, seguro que intentaba ponerle las manos encima.

Al fin el Estado Mayor respondió, y Katia comenzó a

transmitir la respuesta a Grékov: «Le ordeno que dé un informe detallado cada día a las doce horas en punto...».

De pronto Grékov le dio un golpe en la mano haciéndole retirar la palma del conmutador. Ella gritó asustada.

Grékov sonrió y dijo:

–Un fragmento de obús ha dejado fuera de servicio el radiotransmisor, restableceremos el contacto cuando convenga a Grékov.

La chica lo miró, confusa.

–Perdóname, Katiusha –dijo Grékov y le cogió la mano.

60

Al despuntar el alba, el regimiento de Beriozkin comunicó al puesto de mando de la división que los hombres de la casa 6/1 habían abierto un paso subterráneo que la conectaba con un túnel de hormigón de la fábrica de tractores, y de hecho algunos soldados ya se encontraban en el taller de la fábrica. El oficial de guardia de la división transmitió la información al Estado Mayor del ejército, que a su vez informó al general Krilov, y Krilov ordenó que le trajeran a uno de esos hombres de la fábrica para interrogarlo. El oficial de enlace condujo al cuartel general del ejército al joven que había escogido el oficial de servicio del puesto de mando. Avanzaron por un desfiladero que llevaba a la orilla, y durante el trayecto el chico le daba vueltas a la cabeza, hacía preguntas, se mostraba inquieto.

–Tengo que volver a la casa. Tenía instrucciones de efectuar un reconocimiento del túnel para ver cómo podemos evacuar a los heridos.

–No te preocupes por eso –respondió el oficial–. Vas a ver a un comandante superior al tuyo; harás lo que él te ordene.

De camino, el chico contó al oficial que llevaban más de dos semanas en la casa 6/1 y que durante ese tiempo se habían alimentado de las patatas que habían encontrado en el sótano y bebido el agua del circuito de calefacción central, y hasta tal punto se las habían hecho pasar moradas a los alemanes, que éstos les habían enviado a un negociador ofreciéndoles dejarles salir del cerco hasta la fábrica, pero que obviamente el comandante –el chico lo llamaba el «gerente de la casa»– había respondido con la orden de abrir fuego. Cuando alcanzaron el Volga, el chico se tumbó y empezó a beber agua y, una vez que se hubo saciado, sacudió cuidadosamente con la palma de la mano las gotas de agua que se le habían quedado adheridas a la chaqueta y las lamió como hace un hambriento con unas migajas de pan. Le contó que el agua del circuito de la calefacción central estaba podrida y que durante los primeros días todos habían padecido trastornos intestinales, pero que luego el gerente había ordenado que se hirviera el agua y los síntomas desaparecieron. Luego caminaron en silencio. El chico prestaba atención a los bombarderos nocturnos, miraba el cielo coloreado por las bengalas rojas y verdes, surcado por las trayectorias de las balas trazadoras y los proyectiles. Vio las llamas moribundas de los incendios de la ciudad que todavía no se habían extinguido, los blancos fogonazos de los cañones, las explosiones azules de las bombas contra el Volga y continuó aminorando el paso hasta que el oficial le gritó:

–¡Vamos, un poco más de brío!

Caminaban entre las rocas de la orilla; los proyectiles silbaban por encima de sus cabezas, los centinelas los llamaban. Luego subieron por un sendero a lo largo de la ladera, entre los refugios encajados en la montaña de arcilla, ahora subían los escalones de tierra, ahora golpeaban con los tacones contra las tablas de madera. Por fin llegaron a un pasaje cubierto de alambre de espino: el cuartel general del 62.º Ejército. El oficial de enlace se ajustó el cinturón y entró por una trinchera de comunicación que conducía a los refugios del Consejo Militar, que se distinguían por el grosor de sus troncos.

El centinela fue a buscar al ayudante de campo y por

un instante brilló suavemente, a través de la puerta entreabierta, la luz de la lámpara eléctrica de mesa cubierta por una pantalla.

El ayudante de campo los iluminó con una linterna, preguntó el nombre del chico y les ordenó que aguardaran.

—Pero ¿cómo regresaré a la casa? —preguntó el muchacho.

—No te preocupes, todos los caminos conducen a Kiev —respondió el ayudante de campo.

Luego añadió con severidad:

—Entra. Si te mata un disparo de mortero seré yo quien tenga que responder ante el general.

El chico se sentó en la tierra cálida y oscura de la entrada, se inclinó contra la pared y se quedó dormido.

Una mano lo sacudió violentamente y en la confusión del sueño, donde se mezclaban los gritos atroces de los últimos días de combate y el susurro apacible de su propia casa —una casa que ya no existía—, irrumpió una voz enojada:

—Sháposhnikov, el general le espera. Dese prisa...

61

Seriozha Sháposhnikov pasó dos días enteros en el búnker de la sección de defensa del Estado Mayor. La vida en aquel cuartel general le atormentaba. Parecía que aquella gente se entretuviera, de la mañana a la noche, en no hacer nada.

Le vino a la cabeza un día en que, en compañía de su abuela, había esperado durante ocho horas un tren que partía de Rostov en dirección a Sochi, y pensó que la espera de ahora se parecía a la de entonces, cuando aguardaba en una estación antes de la guerra. Luego sonrió ante lo absurdo de comparar la casa 6/1 con un balneario de Sochi. Pidió al comandante del Estado Mayor que le dejara marcharse, pero éste prorrogó su estancia, puesto que no había recibido instrucciones explícitas por parte del general. Éste, después de haber llamado a Sháposhnikov, le había hecho un par de preguntas; luego el interrogatorio se había interrumpido por una llamada telefónica. El comandante del Estado Mayor había decidido no liberar al chico por el momento: tal vez el general se acordara de él.

Al entrar en el búnker, el comandante interceptaba la mirada de Sháposhnikov y le decía:

–No te preocupes. No me he olvidado.

A veces los ojos suplicantes del soldado le irritaban y entonces decía:

–¿Qué es lo que no te gusta de aquí, eh? Te damos de comer de primera y además estás caliente. Tendrás tiempo más que suficiente para que te maten.

Cuando el día está lleno de estruendo y el soldado vive inmerso hasta las orejas en el caldero de la guerra no está en condiciones de comprender ni de ver su propia vida; debe distanciarse aunque sea sólo unos pasos. Y entonces, como si se encontrara en la orilla, capta con la mirada el río en toda su inmensidad. ¿Era realmente él quien, sólo un momento antes, nadaba en medio de aquellas aguas embravecidas?

A Seriozha le parecía apacible la vida en su regimiento de milicianos acantonado en la estepa: las guardias nocturnas, el resplandor lejano en el cielo, las conversaciones de los soldados...

Sólo tres de esos milicianos voluntarios se habían encontrado en el sector de la fábrica de tractores. Poliakov, a quien no le gustaba Chentsov, decía: «De todo el ejército de voluntarios sólo han quedado un viejo, un joven y un estúpido».

La vida en la casa 6/1 había ofuscado todo lo que había existido antes. Aunque esta vida era inverosímil, era la única real y todo lo que había ocurrido con anterioridad se había vuelto irreal.

Sólo a veces, por la noche, emergía en su memoria la cabeza gris de Aleksandra Vladímirovna, los ojos juguetones de tía Zhenia, y el corazón le oprimía, inundado por el amor.

Durante los primeros días que había pasado en la casa 6/1 pensaba que la irrupción de Grékov, Koloméitsev, Antsíferov en su vida familiar habría resultado extraña, horrible... Pero ahora a veces se imaginaba que su tía, su prima, el tío Víktor Pávlovich estarían completamente fuera de lugar en su vida actual.

Ay, si su abuela hubiera escuchado cómo blasfemaba ahora Seriozha...

¡Grékov!

No tenía del todo claro si en la casa 6/1 se habían reunido personas sorprendentes, especiales, o bien si la gente corriente al caer allí, se volvía extraordinaria...

El voluntario Kriakin aquí no habría mandado ni un día. Y Chentsov, aunque no fuese querido, seguía allí... Pero ya no era el mismo que en los tiempos de voluntario: le había salido la vena administrativa.

¡Grékov! Qué extraordinaria conjunción de fuerza, audacia, autoridad y sentido práctico para la vida cotidiana. Recordaba cuál era el precio de los zapatos de niño antes de la guerra y el salario de un mecánico o una mujer de la limpieza, la cantidad de trigo y la suma de dinero por una jornada de trabajo en el koljós donde trabajaba su tío.

O bien se ponía a hablar de qué había ocurrido en el ejército antes de la guerra, de las purgas, de los exámenes constantes, de los favoritismos en la distribución de los apartamentos; hablaba de algunas personas que durante 1937 habían ascendido a generales porque habían escrito decenas de denuncias y declaraciones que desenmascaraban a falsos enemigos del pueblo.

A veces parecía que su fuerza residía en una valentía animal, en la alegre desesperación con la que, dando un salto a través del boquete en la pared, gritaba:

—¡No pasaréis, hijos de puta! —y lanzaba granadas de mano contra los alemanes, que ponían pies en polvorosa.

Otras veces parecía que su fuerza consistía en las relaciones amistosas que mantenía con los otros integrantes de la casa.

Su vida, antes de la guerra, no era nada del otro mundo: había sido capataz de mina, después se convirtió en técnico de construcción, luego en capataz de infantería de una unidad militar acantonada en los alrededores de Minsk; daba clases en el cuartel y en el campo de maniobras; seguía cursos de reciclaje en Minsk; por la noche leía, bebía vodka, iba al cine, jugaba a las cartas con los amigos, discutía con su mujer que con sobrada razón estaba celosa de infinidad de damas y señoritas de la región. Todo esto lo había contado él mismo. Y de pronto, en la imaginación de Seriozha, y no sólo de Seriozha, se había forjado la imagen de un héroe épico, de un defensor de la justicia.

Nuevas personas habían entrado en la vida de Seriozha, que habían suplantado en su corazón el lugar que antes ocupaban los suyos.

El artillero Koloméitsev era de oficio marinero y había navegado en buques de guerra; tres veces se había ido a pique en el mar Báltico.

A Seriozha le gustaba de Koloméitsev que a menudo hablaba con desprecio de la gente de la que no se solía hablar mal y que manifestara un insólito respeto hacia los científicos y los escritores. Todos los superiores, fuera cual fuese la dignidad o el rango que ostentaran, a su parecer no eran nada en comparación con el calvo Lobachevski o el viejo Romain Rolland.

De vez en cuando Koloméitsev hablaba de literatura. Sus palabras no se parecían en nada a los discursos de Chentsov sobre literatura edificante o patriótica. Le gustaba en especial un escritor inglés o americano. Aunque Seriozha nunca había leído a ese autor, y el propio Koloméitsev había olvidado su apellido, Seriozha estaba convencido de que escribía bien, tal era el placer, la alegría y las palabras obscenas con que lo elogiaba Koloméitsev.

–Lo que me gusta de él –decía– es que no me alecciona. Un hombre se abalanza sobre una mujer, punto y aparte; un soldado se emborracha, punto y aparte; a un viejecito se le muere su viejita, punto y aparte: es pura descripción. Es excitante, ríes, lloras, pero sigues sin saber por qué la gente vive.

Vasia Klímov, el explorador, había trabado amistad con Koloméitsev.

Un día Klímov y Sháposhnikov se infiltraron en las posiciones enemigas franqueando el terraplén de la vía férrea. Se arrastraron hasta el cráter que había producido una bomba alemana y que daba cobijo a una escuadra de ametralladores y a un oficial de artillería enemigos. Arrimados al borde del cráter, observaron la vida de campaña de los alemanes. Un joven ametrallador con la chaqueta desabotonada se había puesto un pañuelo rojo a cuadros por debajo del cuello de la camisa y se estaba afeitando. Seriozha oía cómo la barba dura y polvorienta crujía bajo la navaja. Otro alemán estaba comiendo algo de una pequeña lata de conservas; por un instante, Seriozha miró la expresión de intenso placer en su cara ancha. El oficial estaba dando cuerda a su reloj de pulsera, y Seriozha sintió el impulso de preguntarle en un susurro, para no asustarle: «Perdone, ¿qué hora es?».

Klímov arrancó la anilla de una granada y la lanzó al interior del cráter. Aún no se había asentado el polvo cuando Klímov lanzó una segunda granada para poco después saltar dentro del cráter. Los alemanes yacían muertos; parecía mentira que unos segundos antes estuvieran llenos de vida. Klímov, entre estornudos provocados por el gas de la explosión y el polvo, cogió todo aquello que pudiera servirle: el obturador de una ametralladora pesada, un binóculo, el reloj, que quitó con sumo cuidado de la mano todavía caliente del oficial para no mancharse de sangre; y luego sacó las cartillas militares de los uniformes despedazados de los ametralladores.

De regreso de la misión, Klímov entregó los trofeos requisados y, mientras explicaba lo que había sucedido, pidió a Seriozha que le echara un poco de agua en las manos, se sentó al lado de Koloméitsev y dijo:

—Vamos a fumarnos un cigarrillo.

En ese instante llegó corriendo Perfíliev, que se definía como «un apacible habitante de Riazán amante de la pesca».

–Eh, Klímov, ¿qué haces ahí sentado? –gritó Perfíliev–. El gerente de la casa te busca, debes volver otra vez a las posiciones alemanas.

–Ahora, ahora voy –respondió Klímov en un tono ligeramente culpable, y comenzó a recoger sus bártulos: un subfusil y una bolsa de lona impermeable con granadas.

Tocaba los objetos con delicadeza, como si temiera hacerles daño. A muchos colegas los trataba de usted, nunca soltaba tacos.

–No serás baptista, ¿no? –preguntó un día el viejo Poliakov a Klímov, que había matado a ciento diez personas.

Klímov no era un tipo callado, le gustaba hablar, en particular de su infancia. Su padre era obrero en la fábrica Putílov. Klímov, a su vez, era un tornero cualificado: antes de la guerra daba clases en una escuela de artes y oficios. Seriozha se divertía escuchándole contar la vez en que uno de sus alumnos se había atragantado con un tornillo y tuvo que sacárselo de la garganta con ayuda de unas pinzas antes de que llegara el servicio de emergencias, porque se había puesto todo azul y estaba a punto de ahogarse.

Pero un día Seriozha vio cómo Klímov se emborrachaba con el Schnapps que había cogido como botín de guerra a los alemanes, y daba tanto miedo que incluso Grékov se sintió intimidado.

El más desaliñado de la casa era el teniente Batrakov, que nunca limpiaba sus botas y golpeaba tanto una suela contra el suelo al andar que los otros soldados lo reconocían sin necesidad de levantar la cabeza. En cambio, decenas de veces al día, el teniente limpiaba sus gafas con un trozo de gamuza; las gafas no correspondían a su graduación y a Batrakov le parecía que el polvo y el humo de las explosiones le empañaban los cristales. Klímov le había llevado más de una vez las gafas que sustraía a los alemanes muertos. Pero Batrakov no tenía suerte: las monturas eran buenas, pero los cristales nunca eran los apropiados.

Antes de la guerra Batrakov enseñaba matemáticas en un instituto técnico; se distinguía por la gran seguridad que tenía en sí mismo: hablaba de la mediocridad de los estudiantes en un tono de voz arrogante.

En una ocasión improvisó un examen de matemáticas para Seriozha del que éste salió muy mal parado. Los habitantes de la casa se echaron a reír y amenazaron al joven Sháposhnikov con hacerle repetir curso.

Un día que hubo una incursión aérea alemana, mientras los herreros martilleaban enloquecidos contra las piedras, la tierra, el hierro, Grékov vio que Batrakov estaba sentado en lo que quedaba de la escalera leyendo un libro.

Grékov dijo:

–No tienen nada que hacer. No se saldrán con la suya. ¿Qué queréis que hagan con un cretino semejante?

Toda iniciativa de los alemanes suscitaba en los soldados que defendían la casa, no tanto un sentimiento de miedo como una burla condescendiente: «Vaya, parece que los *fritzes* se están esforzando hoy...». «Mira, mira lo que se han inventado los granujas...» «Qué idiota, fíjate dónde va a soltar las bombas...»

Batrakov se había hecho amigo del comandante del pelotón de zapadores, Antsíferov, un hombre de unos cuarenta años al que le gustaba mucho hablar de sus enfermedades crónicas. En el frente sucedía algo insólito: bajo el fuego las úlceras y las ciáticas se curaban por sí solas.

Pero Antsíferov continuaba sufriendo en el infierno de Stalingrado la infinidad de enfermedades que anidaban en su voluminoso cuerpo. La medicina alemana no surtía efecto.

Cuando bebía el té con sus soldados reposando plácidamente, iluminado por la reverberación lúgubre de los incendios, aquel hombre de cara llena, con la cabeza redonda calva y los ojos como platos, parecía un ser irreal. A menudo se sentaba descalzo dado que le dolían los callos de los pies, y sin chaqueta porque siempre tenía calor. Y allí se quedaba sentado, bebiendo a sorbos un té caliente de una taza decorada con diminutas flores azules, enjugándose el sudor de la calvicie con un amplio pañuelo; suspiraba, sonreía y de nuevo soplaba sobre la taza, mientras el lúgubre soldado Liájov, con la cabeza enrollada en una venda, le servía a cada momento, de una enorme tetera humeante, un chorro hirviente. A veces Antsíferov, sin calzarse las botas, se subía a un montón de ladrillos gruñendo descontento y mirando qué sucedía fuera. Estaba de pie, descalzo, sin chaqueta ni gorro, como un campesino que se asoma al umbral de su isba en medio de una violenta tempestad para controlar su huerto.

Antes de la guerra trabajaba como jefe de obra. Su experiencia en la construcción ahora demostraba ser útil para otros propósitos. Su cabeza no paraba de elucubrar sistemas para destruir paredes, sótanos, casas enteras.

La mayor parte de las conversaciones entre Batrakov y Antsíferov giraban en torno a cuestiones filosóficas. Antsíferov, que había pasado de la edificación a la destrucción, sentía la necesidad imperiosa de comprender aquella insólita transición.

A veces, sin embargo, abandonaban las alturas de la filosofía –¿cuál es el fin de la vida? ¿Existe el poder soviético en otras galaxias? ¿En qué radica la superioridad de la estructura mental de los hombres respecto a la mujer?– para tocar otros temas más mundanos.

Entre las ruinas de Stalingrado todo asumía un significado diferente y la sabiduría de la que sentían necesidad los hombres a menudo estaba del lado de aquel pelmazo de Batrakov.

–Créeme, Vania –decía Antsíferov a Batrakov–, sólo gracias a ti he comenzado a entender algo. Antes pensaba que entendía la mecánica de la vida: a quién era necesario obsequiar con una botella de vodka, a quién procurarle neumáticos nuevos, a quién simplemente untarle la mano con cien rublos.

Batrakov estaba seriamente convencido de que habían sido sus nebulosos razonamientos y no Stalingrado los que habían cambiado la actitud de Antsíferov respecto a las personas, y le decía con indulgencia:

–Sí, amigo mío. Es una pena que no nos hayamos conocido antes de la guerra.

En el sótano se alojaba la infantería; aquellos que repelían los ataques enemigos eran los mismos que iban al contraataque arengados por la voz estridente de Grékov.

Al frente de la infantería estaba el teniente Zúbarev, que antes de la guerra había estudiado canto en el conservatorio. A veces, por la noche, se acercaba con sigilo hasta las líneas alemanas y entonaba «Oh, efluvios de la primavera, no me despertéis» o el aria de Lenski de *Eugenio Oneguin*.

Cuando le preguntaban qué le empujaba a subirse a un montón de cascotes para cantar, aun a riesgo de poner en peligro su propia vida, Zúbarev eludía dar una respuesta. Quizás allí, donde el hedor de los cadáveres flotaba en el aire día y noche, quería demostrar, no sólo a sí mismo y a sus camaradas sino también a los enemigos, que las fuerzas destructoras, por poderosas que fueran, nunca podrían borrar la belleza de la vida.

¿De veras había sido posible vivir sin conocer a Grékov, Koloméitsev, Poliakov, Klímov, Batrakov, el barbudo Zúbarev?

Seriozha, que había crecido en un ambiente de intelectuales, ahora había comprobado que su abuela llevaba razón cuando afirmaba repetidamente que los trabajadores sencillos eran gente estupenda.

Pero Seriozha, que también era un chico inteligente, se había dado cuenta del error de la abuela: ella siempre había pensado que la gente sencilla era simple.

En la casa 6/1 los hombres no eran tan simples. Una aseveración de Grékov había impresionado particularmente a Seriozha:

–No se puede guiar a los hombres como a un rebaño de ovejas, y esto Lenin, a pesar de ser una persona inteligente, no lo comprendió. El objetivo de la revolución es liberar a los hombres. Pero Lenin decía: «Antes os dirigían de modo estúpido, yo lo haré de modo inteligente».

Seriozha nunca había oído unas condenas tan audaces contra los jefes del NKVD que en 1937 habían aniquilado a decenas de miles de inocentes. No había oído hablar antes con un dolor tan auténtico sobre las desgracias y sufrimientos que el campesinado había padecido durante la colectivización. El orador más ducho en esos temas era el mismo Grékov, pero a menudo también Koloméitsev y Batrakov tocaban esos temas.

Ahora que Sháposhnikov se encontraba en el búnker del Estado Mayor; cada minuto que pasaba fuera de la casa 6/1 le parecía una eternidad. Le resultaba increíble que se pudiera hablar tanto sobre las horas de guardia y sobre quién había sido llamado para ver a qué comandante.

Intentaba imaginar qué estarían haciendo ahora Poliakov, Koloméitsev, Grékov.

Era una hora avanzada, todo se habría calmado y debían de estar hablando de la radiotelegrafista.

Cuando Grékov se proponía algo, nada ni nadie podía detenerle, ni siquiera Chuikov o Buda en persona.

Aquella casa alojaba a un puñado de hombres extraordinarios, fuertes, temerarios. Probablemente Zúbarev también esa noche entonaría sus arias... Y ella estaría sentada allí, indefensa, aguardando su destino.

–Los mataré –pensó Seriozha sin saber a qué se refería exactamente.

¿Qué esperanzas podía albergar? No había besado nunca a una chica y en cambio aquellos diablos eran hombres experimentados: sabrían cómo engatusarla, hacerle perder la cabeza.

Había oído un sinfín de historias sobre enfermeras, telefonistas, telemetristas, chicas acabadas de salir de la escuela que se convertían de mala gana en amantes de los comandantes de regimiento o de división. Unas historias que a él le traían sin cuidado.

Miró la puerta. ¿Cómo no se le había pasado antes por la cabeza que sencillamente podía levantarse e irse, sin pedir permiso a nadie?

Se levantó, abrió la puerta y se fue.

En ese preciso instante el oficial de servicio del Estado Mayor fue avisado por teléfono de que el jefe de la sección política Vasíliev había ordenado que le enviaran de inmediato al soldado de la casa cercada.

La historia de Dafnis y Cloe continúa conmoviendo los corazones de los hombres, pero no porque su amor naciera entre viñas bajo el cielo azul.

La historia de Dafnis y Cloe se repite siempre y por doquier, ya sea en un sótano sofocante impregnado de olor a bacalao frito, en el búnker de un campo de concentración, entre los chasquidos de los ábacos en una oficina de contabilidad o en el almacén polvoriento de una hilandería.

Y esta historia había brotado por enésima vez entre ruinas, bajo el aullido de los bombarderos alemanes, en un lugar donde los hombres no alimentan sus cuerpos cubiertos de mugre y sudor con miel, sino con patatas podridas y agua de una vieja caldera, allí donde no existe aquella paz que te permite reflexionar, sólo piedras rotas, estruendo y pestilencia.

62

Pável Andréyevich Andréyev, un hombre viejo que trabajaba como vigilante en la central eléctrica de Stalingrado, recibió una nota de su nuera desde Leninsk donde le comunicaba que su mujer, Várvara Aleksándrovna, había fallecido a causa de una pulmonía.

Tras la noticia de la muerte de su mujer, Andréyev se volvió más taciturno; raramente iba a casa de los Spiridónov, por las tardes se sentaba en la entrada de la residencia para obreros y miraba los fogonazos de la artillería y los haces de luces de los proyectores en el cielo encapotado. En la residencia, a veces, intentaban entablar conversación con él, pero Andréyev se quedaba callado. Entonces, acaso creyendo que el viejo oía mal, su interlocutor subía el tono de voz para repetirle la pregunta. A lo que Andréyev contestaba con aire sombrío:

–Le oigo, le oigo, no estoy sordo. –Y de nuevo se encerraba en su mutismo.

La muerte de su mujer le había trastornado. Su vida entera se había reflejado en la de ella; todo lo bueno o lo malo que le había pasado, sus sentimientos de felicidad o tristeza existían en la medida que se reflejaban en el alma de Várvara Aleksándrovna.

Durante un bombardeo demoledor, entre las explosiones de bombas de varias toneladas, Pável Andréyevich miraba las columnas de tierra y humo que se levantaban entre los talleres de la central y pensaba: «Si mi viejita pudiera ver esto... Ay, Várvara, qué desgracia...».

Pero ella, en ese momento, ya no estaba entre los vivos.

Era como si las ruinas de los edificios destruidos por las bombas y los obuses, aquel patio arado por la guerra, los montículos de tierra, los hierros retorcidos, el humo acre y húmedo, la llama amarilla, reptil, trepadora de los aisladores de aceite ardiendo representaran su vida, y lo que ésta de ahora en adelante le reservaba.

¿De veras era el mismo hombre que tiempo atrás se sentaba en una habitación iluminada y tomaba el desayuno antes del trabajo junto a su mujer que le miraba, atenta, dispuesta a servirle una porción más?

Sí, sólo le quedaba morir solo.

Y de repente la recordó de joven, con los ojos vivarachos y los brazos bronceados.

Bueno, pronto llegaría la hora, no tardaría demasiado...

Una tarde bajó lentamente, haciendo crujir los peldaños, al refugio de los Spiridónov. Stepán Fiódorovich miró la cara del viejo y dijo:

—¿Se encuentra mal, Pável Andréyevich?

—Usted es joven todavía, Stepán Fiódorovich —respondió—, pero no es tan fuerte como yo. Puede encontrar un modo de consolarse. Yo, en cambio, soy fuerte: llegaré solo hasta el final.

Vera, que fregaba los platos, se volvió para mirarlo sin comprender enseguida el significado de sus palabras.

Andréyev, que no necesitaba la compasión ajena, cambió de conversación:

–Es hora de que se vaya, Vera. Aquí no hay hospitales, sólo tanques y aviones.

Ella rió y se encogió de hombros.

Stepán profirió, con visible enojo:

–Hasta los desconocidos que se la cruzan por la calle le dicen que ya es hora de que se traslade a la orilla izquierda. Ayer vino un miembro del Consejo Militar, nos hizo una visita aquí, en el refugio; miró a Vera sin decir nada, pero cuando se subió a su coche me puso como un trapo: «¿En qué está pensando? ¿Es usted padre, sí o no? Si quiere la pasaremos a la otra orilla en lancha blindada». ¿Qué puedo hacer yo? Ella no quiere, y punto.

Stepán Fiódorovich hablaba con la fluidez de alguien que se pasa día y noche discutiendo la misma cuestión. Andréyev no decía nada; miraba un zurcido familiar en la manga de su chaqueta ahora descosido.

–Pero ¿qué carta va a recibir aquí de Víktorov? –prosiguió Stepán Fiódorovich–. Si no hay servicio de correo. ¿Cuánto tiempo llevamos aquí? Y ni una sola noticia de la abuela, ni de Yevguenia, ni de Liudmila... No tenemos la menor idea de lo que ha pasado con Tolia y Seriozha.

Vera intervino:

–Pável Andréyevich sí que ha recibido una carta.

–Sí, una notificación de fallecimiento. –Stepán Fiódorovich se asustó de sus propias palabras y se puso a hablar irritado, señalando con la mano las paredes estrechas del refugio, la cortina que separaba la cama de Vera–: ¡Cómo puede vivir aquí una chica, una mujer! Todo el tiempo es un ir y venir de hombres, día y noche, obreros, guardias que se agolpan ahí, gritando, fumando.

–Tened piedad del bebé al menos –dijo Andréyev–, aquí morirá enseguida.

–¿Qué pasará si irrumpen los alemanes? ¿Entonces, qué? –dijo Stepán Fiódorovich.

Vera no respondía. Estaba convencida de que un día Víktorov entraría por el pórtico en ruinas de la central. Le vería a lo lejos, en su mono de piloto, con sus botas de piel, el portaplanos en bandolera.

A veces salía a la calle para ver si había llegado. Los soldados que pasaban le gritaban desde los camiones:

–Eh, preciosa, ¿a quién esperas? ¡Ven con nosotros!

Por un momento se alegraba y respondía:

–Vuestro camión no puede llevarme a donde yo voy.

Cuando los aviones soviéticos reconocían la zona, observaba las formaciones de los cazas que sobrevolaban bajo, por encima de la central, sintiendo que de un momento a otro reconocería a Víktorov.

Una vez el piloto de un caza hizo batir sus alas a modo de saludo. Vera lanzó un grito como un pajarillo desesperado; corrió, tropezó y cayó. Después, tuvo dolor de espalda durante varios días.

A finales de octubre vio un combate aéreo sobre la central eléctrica. No fue más que una refriega: los aviones soviéticos desaparecieron en una nube y los alemanes dieron media vuelta hacia el oeste. Pero Vera, inmóvil, miraba fijamente el cielo vacío. Sus ojos estaban llenos de una tensión tan desbordante que un mecánico que pasaba por el patio dijo:

–¿Qué le pasa, camarada Spiridónova? ¿No estará herida?

Estaba convencida de que se encontraría con Víktorov justamente allí, en la central, pero el encuentro estaba condicionado por una especie de superstición: no podía decir nada a su padre, de lo contrario el destino se le volvería en contra. A veces la convicción de que en cualquier momento llegaría era tan absoluta que se ponía a cocinar pastelillos de patata y centeno, barría el suelo, cambiaba los muebles de sitio, sacaba brillo a los zapatos... A veces, sentada a la mesa con su padre, aguzaba el oído y exclamaba:

–Espera, vuelvo enseguida...

Y, echándose el abrigo sobre los hombros, salía a mirar a la calle, no fuera a ser que hubiera un piloto en el patio preguntando dónde vivía la familia Spiridónov.

Nunca, ni siquiera un instante, se le había pasado por la cabeza que él hubiera podido olvidarla. Estaba segura de que Víktorov pensaba en ella noche y día con la misma intensidad y perseverancia.

La central era atacada por la artillería alemana casi a diario. Los alemanes le habían tomado la medida y no erraban el blanco: los obuses caían sobre los talleres, el estruendo de las explosiones hacía temblar el suelo a cada momento. A menudo bombarderos solitarios sobrevolaban la central y lanzaban bombas. Los Messerschmitts volaban casi a ras de suelo y cuando estaban encima de la central disparaban ráfagas de ametralladora. A veces, a lo lejos, se perfilaban sobre las colinas tanques alemanes, se oía claramente el rápido traqueteo de sus armas.

Stepán Fiódorovich se había acostumbrado a los disparos y a las bombas, igual que el resto de los trabajadores de la central, pero todos lo vivían con sus últimas reservas de fuerza. A veces Spiridónov sentía que le vencía el agotamiento, sólo deseaba acostarse, enrollarse la cabeza con el abrigo y permanecer así, inmóvil, con los ojos cerrados. A veces se emborrachaba. A veces tenía ganas de correr hasta la orilla del Volga, ir a Tumak y adentrarse en la estepa de la orilla izquierda, sin volverse ni una vez a mirar la central, dispuesto a aceptar la deshonra de la deserción con tal de no oír el terrorífico aullido de los bombarderos alemanes. Cuando Stepán Fiódorovich telefoneaba a Moscú, a través del Estado Mayor destacado muy cerca del 64.º Ejército, el responsable militar y adjunto del comisario del pueblo le decía: «Camarada Spiridónov, transmita nuestros saludos al heroico colectivo que está bajo su mando». Y Stepán Fiódorovich se sentía avergonzado: ¿dónde estaba aquel heroísmo? Además corría la voz de que los alemanes se disponían a efectuar un ataque aéreo en masa contra la central, que tenían el propósito de arrasar con bombas gigantescas y monstruosas. Estos rumores les helaban la sangre. Durante el día no dejaban de mirar de reojo el cielo gris, al acecho de las eventuales patrullas enemigas. Por la noche se sobresaltaba, le parecía oír constantemente aproximarse el sordo zumbido de las hordas aéreas. Del miedo, la espalda y el pecho se le empapaban de sudor.

Evidentemente no era el único que tenía los nervios de punta. Kamishov, el ingeniero jefe, una vez le había confesado a Spiridónov: «Siento que me fallan las fuerzas, me parece ver el infierno, miro la carretera y pienso: ¡ojalá pudiera largarme!».

El secretario de organización del Comité Central, Nikoláyev, una tarde que pasó a verle le pidió:

—Sírvame un vasito de vodka, Stepán Fiódorovich. Se me ha acabado el mío y últimamente no puedo dormirme sin ese antídoto contra las bombas.

Mientras le servía el vodka, Stepán Fiódorovich le dijo:

—A la cama no te irás sin saber una cosa más. Debería haber escogido un oficio cuyo material pudiera evacuarse fácilmente; en cambio, como ves, las turbinas no se pueden mover y no tenemos otro remedio que quedarnos con ellas. Los de las otras fábricas ya hace tiempo que se pasean por Sverdlovsk.

Mientras trataba de convencer una vez más a Vera de que partiera, le dijo:

—Francamente, me dejas pasmado. Cada día viene a verme gente pidiéndome que les deje marcharse de aquí con cualquier pretexto; a ti, en cambio, te lo pido encarecidamente, y ni caso. Si yo tuviera elección, no me quedaría ni un minuto más aquí.

—Me quedo aquí por ti —respondió bruscamente Vera—. Sin mí te darías definitivamente a la bebida.

Era obvio que Stepán Fiódorovich no se limitaba únicamente a temblar bajo el fuego enemigo. En la central existía también el coraje, el trabajo constante, la risa y las bromas, la percepción omnipresente de un destino despiadado.

Vera no dejaba de atormentarse por su futuro bebé. Tenía miedo de que naciera enfermo, que fuera nocivo para él que su madre viviera en aquel sótano asfixiante y lleno de humo cuyo suelo temblaba a diario bajo los bombardeos. En los últimos tiempos a menudo sentía náuseas, la cabeza le daba vueltas. Qué triste y asustadizo sería el bebé que daría a luz si los ojos de su madre no hacían más que ver ruinas, fuego y tierra torturada, el cielo gris lleno de aviones con cruces negras. Tal vez el niño incluso oía el rugido de las explosiones; tal vez su cuerpecito acurrucado se quedaba petrificado ante el aullido de las bombas y hundía su pequeña cabeza entre los hombros. Pasaban por su lado hombres con abrigos sucios de grasa, ceñidos a la cintura con cinturones militares de lona impermeabilizada, la saludaban con la mano a su paso, le sonreían y gritaban:

–¿Qué tal, Vera? Vera, ¿piensas en mí?

Sí, podía sentir la ternura con que se dirigían a ella, una futura madre. Quizá su pequeño también sentía aquella ternura, y su corazón sería puro y bueno.

A veces se asomaba por el taller donde reparaban los carros de combate. Allí trabajaba Víktorov antes de la guerra, y Vera trataba de adivinar cuál era su máquina. Se esforzaba por imaginárselo en su mono de trabajo o en su uniforme de aviador; sin embargo se le aparecía obsesivamente la visión de él en bata de hospital.

En el taller no sólo la conocían los trabajadores de la central, sino también los tanquistas de la base. Prácticamente era imposible distinguirlos: los trabajadores civiles de la fábrica y los militares se parecían mucho con sus chaquetas acolchadas grasientas, sus gorros arrugados y sus manos negras.

Vera se hallaba absorta en sus pensamientos sobre Víktorov y el hijo de ambos, que sentía vivir en su interior día y noche; la zozobra por su abuela, la tía Zhenia, Seriozha y Tolia había abandonado su corazón, sólo experimentaba pena cuando pensaba en ellos.

Por la noche echaba de menos a su madre, la llamaba, se lamentaba, le pedía ayuda, murmuraba: «Querida mamá, ayúdame».

En esos momentos se sentía débil, impotente, nada que ver con aquella que decía tranquilamente a su padre:

–No insistas, de aquí no me voy.

333

63

Durante el desayuno Nadia dijo pensativa:

—A Tolia le gustaban más las patatas cocidas que fritas.

Liudmila Nikoláyevna señaló:

—Mañana habría cumplido exactamente diecinueve años y siete meses.

Por la noche dijo:

—Cómo habría sufrido Marusia al enterarse de las atrocidades cometidas por los fascistas en Yásnaia Poliana.

Poco después Aleksandra Vladímirovna llegó de una reunión en la fábrica y dijo a Shtrum, que la estaba ayudando a quitarse el abrigo:

—Hace un tiempo excelente, Vitia, el aire es seco y frío. Tu madre decía: «Como el vino».

Shtrum le respondió:

—Y cuando comía un buen *chucrut* lo llamaba «uva».

La vida se movía como un iceberg en el mar, la parte inferior, sumergida en las tinieblas gélidas, confería estabilidad a la parte superior, aquella que reflejaba las olas, respiraba, escuchaba el rumor y el chapoteo del agua...

Cuando los hijos de cualquier familia de amigos ingresaban en los cursos de doctorado, defendían una tesis, se enamoraban o se casaban, en las conversaciones familiares se mezclaba, junto a las felicitaciones, la tristeza.

Cuando Shtrum se enteraba de que algún conocido había muerto en el frente era como si alguna partícula de vida muriera dentro de él, como si algún color palideciera. Pero la voz del muerto seguía sonando en el ruido de la vida.

La época a la que estaban ligados el pensamiento y el alma de Shtrum era terrible, una época que se había levantado contra las mujeres y los niños. Sólo en su familia habían sido asesinados un chico, casi un niño, y dos mujeres.

A menudo le venían a la mente los versos de Mandelshtam que en una ocasión había oído citar a un pariente de Sokolov, el historiador Madiárov:

Me salta a las espaldas el siglo perro-lobo
pero yo no tengo sangre de lobo...

Pero aquella época era la suya, vivía con ella, y a ella permanecería ligado también después de la muerte.

Shtrum seguía sin progresar en el trabajo. Los experimentos que había comenzado mucho antes de la guerra no daban los resultados previstos en la teoría. Había algo absurdo y descorazonador en el caos de datos experimentales y la terca obstinación con que contradecían la teoría.

En un primer momento Shtrum estaba convencido de que la causa de su fracaso se debía a sus condiciones de trabajo insatisfactorias y a la falta de nuevos aparatos. Después se había enfadado con los colegas del laboratorio porque tenía la sensación de que no se aplicaban lo suficiente en el trabajo y se distraían con trivialidades.

No obstante, sus problemas no consistían en el hecho de que el alegre y encantador Savostiánov, lleno de talento, no cejara de hacer gestiones para conseguir cupones de vodka y que el sabelotodo de Márkov impartiera conferencias en horas de trabajo o que explicara a los colaboradores qué raciones alimenticias recibía uno u otro científico, y que tal científico dividía su ración entre sus dos ex mujeres y la actual. Anna Naumovna explicaba con una cantidad de detalles insoportable su relación con la casera.

El pensamiento de Savostiánov era vivo, claro. Márkov, como de costumbre, dejaba maravillado a Shtrum por la amplitud de sus conocimientos, por su capacidad artística para realizar los experimentos más sofisticados, por su lógica serena. Anna Naumovna, aunque vivía en una fría y decadente habitación de paso, trabajaba con una tenacidad y una escrupulosidad sobrehumanas. Y, como siempre, Shtrum estaba orgulloso de contar con Sokolov como uno de sus colaboradores.

Ni el rigor en la observancia de las condiciones experimentales, ni la determinación doble, ni las repeticiones de calibración de los instrumentos de medición aportaban claridad a su trabajo. El caos había irrumpido en el estudio de las sales orgánicas de los metales sometidos a una violenta radiación. Alguna vez Shtrum se imaginaba aquella partícula de sal como una especie de enano que hubiera perdido la decencia y la razón, un enano con un gorro cónico de través, de cara roja, que gesticulaba y realizaba movimientos obscenos, un enano que con sus minúsculos miembros hacía un corte de mangas al rostro severo de la teoría.

En la elaboración de la teoría habían participado físicos de fama mundial, los razonamientos matemáticos eran impecables, los datos experimentales acumulados durante décadas en reputados laboratorios alemanes e ingleses se ajustaban perfectamente en su estructura. Poco antes de la guerra se había realizado un experimento en Cambridge que debía confirmar el comportamiento de las partículas en ciertas condiciones. El éxito de dicho experimento había sido el máximo triunfo de la teoría. A Shtrum le había parecido tan poético y noble como el experimento de la relatividad que había confirmado la desviación de la luz procedente de una estrella cuando entraba en el campo gravitacional del Sol, preanunciada ya por la teoría de la relatividad. Atentar contra la teoría parecía impensable, como para un soldado arrancar las charreteras doradas de los hombros de un mariscal.

Entretanto el enano seguía haciendo muecas y obscenidades, y era imposible hacerlo entrar en razón. Poco antes de que Liudmila Nikoláyevna llegara a Sarátov, Shtrum había pensado que era posible ampliar el marco de la teoría, para lo cual había tenido que admitir dos hipótesis arbitrarias y recargar el aparato matemático.

Las nuevas ecuaciones concernían a la rama de las matemáticas en la que Sokolov estaba más fuerte y Shtrum le pidió ayuda aduciendo que en aquel campo no se sentía demasiado seguro. Sokolov, en efecto, logró en poco tiempo deducir nuevas ecuaciones para la teoría ampliada.

El problema parecía resuelto: los datos experimentales no contradecían la teoría. Shtrum estaba contento por el éxito y felicitó a Sokolov. Éste a su vez felicitó a Shtrum, pero la inquietud y la insatisfacción persistían.

Pronto el abatimiento hizo mella en Shtrum, que confió a Sokolov:

–He notado, Piotr Lavréntievich, que el humor se me agria todas las tardes que veo a mi mujer remendar las medias. Me hace pensar en nosotros, que hemos remendado una teoría: un trabajo burdo, con hilos de otros colores, una verdadera chapuza.

Las dudas de Shtrum eran cada vez más acuciantes. Por suerte, no sabía mentirse a sí mismo e instintivamente intuía que el autoconsuelo le conduciría a la derrota.

En aquella ampliación de la teoría no había nada bueno. Una vez remendada había perdido su armonía interna, las hipótesis introducidas le habían restado fuerza y autonomía, y las ecuaciones se habían vuelto demasiado engorrosas para operar con ellas. Tenía algo rígido, anémico, talmúdico. Estaba como privada de una musculatura viva.

Y la nueva serie de experimentos realizados por el brillante Márkov entraban de nuevo en contradicción con las ecuaciones deducidas inicialmente. Para explicar esta nueva contradicción habría sido necesario elaborar una novedosa suposición teórica, también ésta infundada, apuntalar una vez más la teoría con cerillas y astillas de madera.

«Es absurdo», se dijo a sí mismo. Comprendía que había seguido un camino equivocado.

Recibió una carta de los Urales, del ingeniero Krímov, donde éste le notificaba que no tenía más remedio que posponer el trabajo de fundición y torneado de los aparatos que le había encargado, la fábrica estaba saturada de encargos militares; la preparación de los aparatos se retrasaría entre seis u ocho semanas del plazo estipulado.

La carta no entristeció a Shtrum, que no esperaba el nuevo material con la impaciencia de antes y no tenía confianza en que pudiera introducir modificaciones significativas en el resultado de los experimentos. A veces se apoderaba de él la rabia y entonces le entraban ganas de recibir lo antes posible los nuevos aparatos para convencerse de una vez por todas que los abundantes datos experimentales que habían recopilado contradecían de manera irrevocable y sin esperanza la teoría.

El fracaso en el trabajo se unía, en su mente, con sus desgracias personales y todo acababa por fundirse en una oscuridad grisácea.

Esta depresión se prolongó durante semanas. Víktor Pávlovich se había vuelto irascible, manifestaba un interés repentino por la rutina doméstica, se inmiscuía en las tareas de la cocina y no dejaba de sorprenderse de que Liudmila despilfarrara tanto dinero.

Incluso comenzó a interesarse por las discusiones entre Liudmila y los propietarios de la casa, que le exigían el pago de un suplemento en el alquiler por utilizar la leñera.

–Bueno, ¿cómo van las negociaciones con Nina Matvéyevna? –le preguntaba y, después de escuchar el relato de Liudmila, exclamaba–: Ay, demonios, qué maldita bruja...

Ahora ya no reflexionaba sobre los vínculos existentes entre la ciencia y la vida de los hombres, si ésta constituía un motivo de felicidad o de sufrimiento. Para ese tipo de pensamientos tendría que haberse sentido dueño, triunfador. Pero esos días se consideraba un aprendiz desafortunado, tenía la impresión de que nunca más podría trabajar como en el pasado, que la amargura sufrida lo había privado de su estímulo de investigador.

Repasaba en la memoria los nombres de físicos, matemáticos, escritores cuyas obras más importantes habían sido llevadas a cabo en los años de juventud; después de los treinta y cinco o cuarenta años ya no habían producido nada significativo. Ellos tenían de qué sentirse orgullosos, mientras que él debería pasar el resto de su vida sin haber hecho nada en su juventud de lo que pudiera sentirse satisfecho. Galois, cien años antes, había abierto muchas vías para el desarrollo de las matemáticas, y había muerto a los veintiún años; Einstein, con veintiséis años, publicó su obra *Sobre la electrodinámica de los cuerpos en movimiento*; Herz había muerto antes de cumplir los cuarenta. ¡Qué abismo se abría entre aquellos hombres y Shtrum!

Shtrum anunció a Sokolov su intención de interrumpir temporalmente el trabajo de laboratorio. Pero Piotr Lavréntievich consideraba que había que seguir la investigación, esperaba mucho de los nuevos aparatos. Sin embargo, Shtrum se había olvidado de hablarle de la carta que había recibido de la fábrica.

Víktor Pávlovich se daba cuenta de que su mujer estaba al corriente de sus fracasos, pero ella evitaba hacerle preguntas sobre el trabajo. Era evidente que no se interesaba por aquello que era lo más importante de su vida; en cambio encontraba tiempo para los quehaceres domésticos, para conversar con Maria Ivánovna, para discutir con los propietarios de la casa, para coser los vestidos de Nadia, para encontrarse con la mujer de Postóyev. Víktor se enfurecía con Liudmila, sin entender cuál era su verdadero estado de ánimo.

Víktor pensaba que su mujer había vuelto a su vida habitual; de hecho ella era capaz de realizar esas tareas precisamente porque eran habituales y no requerían ningún esfuerzo por su parte.

Preparaba sopa de fideos y hablaba de los zapatos de Nadia porque durante años se había ocupado de hacerlo, y ahora repetía de manera mecánica los gestos de siempre. Y él no se daba cuenta de que su mujer, aunque había reanudado su vida anterior, le resultaba del todo extraña. Era como un viandante que, absorto en sus pensamientos, camina por una calle conocida evitando los hoyos, subiendo peldaños, sin darse cuenta siquiera de ellos.

Para hablar con el marido sobre su trabajo habría necesitado una fuerza nueva, un estímulo espiritual nuevo. Fuerza de la que Liudmila no disponía. En cambio Shtrum tenía la impresión de que su mujer continuaba interesándose por todo menos por su trabajo.

Estaba resentido porque Liudmila recordaba a menudo las ocasiones en que él no había sido demasiado amable con Tolia. Era como si hiciera el balance de las relaciones de Tolia con el padrastro y el resultado no fuera para él en absoluto favorable.

Liudmila decía a su madre:

−¡Pobre, cómo le atormentaba tener la cara llena de granos! Había llegado a pedirme que le comprara una crema en una tienda de cosmética. Y Víktor todo el rato tomándole el pelo.

Y así era.

A Shtrum le gustaba meterse con Tolia, y cuando al llegar a casa el chico saludaba al padrastro, Víktor Pávlovich se lo quedaba mirando fijamente y sacudiendo la cabeza decía pensativo:

−Vaya, hermano, ¡tu cara parece un firmamento!

En los últimos tiempos Shtrum prefería no pasar las tardes en casa. Solía ir a casa de Postóyev a jugar una partida de ajedrez o a escuchar música, dado que la mujer de su anfitrión no era mala pianista. Otras, iba a ver a un nuevo conocido de Kazán, Karímov. Pero casi siempre terminaba en casa de los Sokolov.

Le gustaba la pequeña salita de la pareja, la dulce sonrisa de la hospitalaria Maria Ivánovna, y, por encima de todo, las conversaciones que tenían lugar en la mesa.

Cuando, después de la visita, avanzada la noche, caminaba de regreso a casa, la angustia, que por un momento se había apaciguado, volvía a apoderarse de él.

64

En lugar de ir a casa después del instituto, Shtrum se dirigió a buscar a su nuevo amigo, Karímov, para ir a ver juntos a los Sokolov.

Karímov era un hombre feo, con la cara picada de viruelas. Su tez morena le resaltaba los cabellos canos, y los cabellos canos hacían que su piel pareciera aún más oscura.

Karímov hablaba un ruso correcto, y sólo si se le escuchaba atentamente se notaba un leve acento en su pronunciación y matices diversos en la construcción de las frases.

Shtrum no había oído antes su apellido, pero luego supo que era conocido incluso fuera de Kazán. Karímov había traducido al tártaro la *Divina Comedia* y *Los viajes de Gulliver*, y ahora estaba traduciendo la *Ilíada*.

Cuando todavía no se conocían, a menudo se encontraban, al salir de la sala de lectura de la universidad, en la habitación reservada a los fumadores. La bibliotecaria, una vieja charlatana con los labios pintados vestida con negligencia, reveló a Shtrum muchos detalles sobre Karímov: había estudiado en la Sorbona, poseía una dacha en Crimea y antes de la guerra pasaba la mayor parte del año a orillas del mar. En Crimea habían quedado bloqueadas por la guerra su mujer y su hija, de las que no había vuelto a tener noticias. La vieja insinuó a Shtrum que la vida de aquel hombre había estado cuajada de penosos sufrimientos durante ocho años, pero Shtrum acogió la noticia con la mirada perpleja. Estaba claro que aquella vieja mujer también le había hablado a Karímov de él. Teniendo conocimiento el uno del otro se sentían incómodos por no haberse conocido personalmente, y cuando se encontraban, en lugar de sonreír fruncían el ceño. Finalmente un día tropezaron en el vestíbulo de la biblioteca, los dos rieron y se pusieron a hablar.

Shtrum no sabía si lo que decía suscitaba el interés de Karímov, pero a Shtrum le gustaba hablar cuando Karímov le escuchaba. Tenía presente, por triste experiencia personal, que muy a menudo se encontraban interlocutores inteligentes e ingeniosos, pero que al mismo tiempo eran insoportablemente aburridos.

Había personas en cuya presencia a Shtrum le resultaba incluso difícil pronunciar alguna palabra, la lengua se le volvía de madera, el diálogo adquiría tintes absurdos e incoloros, como entre sordomudos.

Había otras personas en cuya presencia cualquier palabra sincera sonaba falsa.

Y había personas, viejos conocidos, en cuya presencia Shtrum percibía su soledad de particular modo.

¿Cuál era el motivo? Quizás el mismo por el cual, a veces, se encuentra casualmente a alguien –el compañero de un breve viaje, el vecino de camastro, un interlocutor fortuito– en cuya presencia el mundo interior rompe su silencio y soledad.

Caminaban el uno al lado del otro, charlaban, y Shtrum se dio cuenta de que había momentos ahora en que, durante horas, no pensaba en su trabajo, especialmente durante las conversaciones vespertinas en casa de los Sokolov. Nunca antes le había pasado una cosa parecida, él siempre pensaba en su trabajo: en el tranvía, durante la comida, escuchando música, secándose la cara tras el aseo matutino.

Debía de ser que el callejón sin salida al que había desembocado era tan opresivo que inconscientemente alejaba cualquier pensamiento referente al trabajo.

–¿Cómo le ha ido hoy el trabajo, Ajmet Usmánovich? –preguntó.

–Tengo la cabeza vacía, no consigo concentrarme –respondió Karímov–. No hago otra cosa que pensar en mi mujer y mi hija, y a veces me digo que todo acabará bien, que las volveré a ver. Hay momentos, en cambio, en que tengo el presentimiento de que están muertas.

–Le entiendo –dijo Shtrum.

–Lo sé –respondió Karímov.

Shtrum pensó que era extraño que se sintiera dispuesto a hablar de lo que ni siquiera hablaba con su mujer e hija con una persona a la que conocía desde hacía pocas semanas.

En la pequeña sala de los Sokolov se congregaban casi cada noche alrededor de la mesa personas que, de estar en Moscú, es poco probable que se hubieran encontrado.

Sokolov, un hombre de un talento extraordinario, expresaba sus ideas con verbo grácil. Por los cultismos y la corrección de su discurso costaba creer que su padre fuera un marinero del Volga. Era un hombre bueno y noble, pero la expresión de su cara era astuta y cruel.

Piotr Lavréntievich tampoco parecía un marinero del Volga: no probaba una gota de alcohol, temía las corrientes de aire y las enfermedades infecciosas, tenía la manía de lavarse las manos constantemente y cortaba la corteza del pan por la parte donde la había tocado con los dedos.

Shtrum, cuando leía sus trabajos, no dejaba de sorprenderse: ¿cómo era posible que un hombre que sabía pensar de un modo tan refinado y audaz y que exponía y demostraba sucintamente las ideas más complejas y sutiles se convirtiera en un absoluto pelmazo durante sus conversaciones nocturnas?

A Shtrum, como a muchas otras personas educadas en un círculo intelectual y literario, le gustaba introducir en su discurso palabras como «chorradas», «bulla», y a veces, en presencia de un venerable académico, tildar a una científica docta y huraña de «infame» y «pelandusca».

Antes de la guerra Sokolov no soportaba las conversaciones sobre política. En cuanto Shtrum sacaba a colación el argumento, Sokolov se callaba, se encerraba en sí mismo o bien cambiaba deliberadamente de tema.

En él se había revelado una extraña sumisión, una mansedumbre ante los crueles acontecimientos de la época de la colectivización y del año 1937. Parecía aceptar la ira del Estado como se acepta la ira de la naturaleza o de Dios. Shtrum tenía la impresión de que Sokolov creía en Dios y de que esa fe se manifestaba en su trabajo, en su obediencia humilde ante los poderosos de este mundo y en sus relaciones personales.

Un día Shtrum le preguntó directamente:

−¿Cree en Dios, Piotr Lavréntievich?

Pero Sokolov se limitó a fruncir el ceño, sin responder nada.

Era sorprendente que ahora en casa de Sokolov se reuniera gente por las tardes y se mantuvieran conversaciones sobre política; Sokolov no sólo las soportaba sino que a veces también participaba.

Maria Ivánovna, pequeña, menuda, con gestos torpes de adolescente, escuchaba a su marido con una particular atención: una mezcla del tímido respeto de una estudiante, la admiración de una mujer enamorada y el cuidado condescendiente de una madre.

Por supuesto, las conversaciones comenzaban con los boletines militares, pero enseguida se alejaban de la guerra. No obstante, fuera cual fuese el tema de la conversación, todo estaba ligado al hecho de que los alemanes habían llegado hasta el Cáucaso y la cuenca baja del río Volga.

Paralelamente a los pensamientos tristes engendrados por los reveses militares, era palpable un sentimiento de desesperación, de temeridad: ¡lo que tenga que ser será...!

Por las noches, en aquella pequeña sala, abordaban una infinidad de temas; parecía que los muros cayeran en aquel espacio confinado y reducido, y que la gente dejara de hablar como de costumbre.

El marido de la difunta hermana de Sokolov, el historiador Madiárov, de cabeza grande y labios gruesos, con una piel morena ligeramente azulada, evocaba a veces episodios de la guerra civil que no recogían las páginas de la historia: el húngaro Gavro, comandante del regimiento internacional, el comandante del cuerpo de ejército Krivoruchko, Bozhenko, el joven oficial Schors, que había dado la orden de azotar, en su vagón, a los miembros de una comisión enviada por el Consejo Revolucionario de Guerra para controlar su Estado Mayor. Narraba el extraño y terrible destino de la madre de Gavro, una vieja campesina húngara que no sabía ni una sola palabra de ruso. Había llegado a la Unión Soviética junto con su hijo y, una vez que éste fue arrestado, todos la marginaron, la temían y ella, como una loca, vagaba por Moscú sin conocer el idioma.

Madiárov hablaba de los sargentos de caballería y los oficiales, enfundados en pantalones de montar bermejos con retazos de piel y las cabezas afeitadas azuladas, que se convertían en comandantes de división y de cuerpos del ejército. Contaba cómo esos hombres castigaban o perdonaban, y, bajándose de sus caballerías, se lanzaban sobre una mujer de la que se habían encariñado... Recordaba a los comisarios de los regimientos y las divisiones, tocados con sus *budiónovki*[1] que leían *Así habló Zaratustra* y ponían en guardia a los combatientes contra la herejía bakuniana... Hablaba de los oficiales del ejército zarista convertidos en mariscales y comandantes del ejército de primera clase.

Una vez, bajando la voz, dijo:

—Fue en la época en que Trotski todavía era Lev Davídovich...

Y en sus tristes ojos, en esos ojos que suelen tener los hombres corpulentos, inteligentes y enfermos, apareció una expresión particular.

Después sonrió y dijo:

—Montamos una orquesta en nuestro regimiento. Siempre tocaba el mismo tema: «Por la calle se paseaba un gran cocodrilo, un gran cocodrilo verde...». En todos los casos, ya fuera yendo al ataque o enterrando a los héroes, se tocaba la canción del cocodrilo verde. En un momento de siniestro repliegue Trotski vino a levantar el ánimo a las tropas. Movilizó a todo el regimiento. Estábamos en un villorrio polvoriento, triste, con perros vagabundos. Se montó una tribuna en medio de la plaza. Veo ahora mismo la escena: un calor sofocante, hombres adormilados, y ahí estaba Trotski con un gran lazo rojo, los ojos brillantes, proclamando: «Camaradas soldados del Ejército Rojo», con una voz tan atronadora que parecía que nos iba a caer una tormenta encima... Luego la orquesta empezó a tocar el *Cocodrilo*... Era una pieza extraña, pero este *Cocodrilo* con balalaica es más que una orquesta formada por varias bandas tocando la *Internacional*. Ella me llevará a coger con las manos vacías Varsovia, Berlín...

Madiárov hablaba tranquilo, sin apresurarse, no justificaba a los comandantes del Ejército Rojo que habían sido

---

1. La *budiónovka* es un gorro de paño de forma pontiaguda que utilizaban los soldados del 1.º de Caballería del Ejército Rojo comandados por Semión Budioni.

fusilados como enemigos del pueblo y traidores a la patria, no justificaba a Trotski, pero en su admiración hacia Krivoruchko y Dúbov, en el modo respetuoso y sencillo con el que pronunciaba los nombres de los jefes militares y de los comisarios del ejército fusilados en 1937, era evidente que no creía que los mariscales Tujachevski, Bliújer y Yegórov, que Murálov, responsable del distrito militar de Moscú, Levandovski, Gamárnik, Dibenko y Búbnov, o Unshlijt, o el primer sustituto de Trotski, Slianski, fueran enemigos del pueblo y traidores a la patria.

La tranquilidad en el tono de voz de Madiárov no parecía de este mundo. El poder del Estado había construido un nuevo pasado; hacía intervenir de nuevo a la caballería a su manera, exhumaba nuevos héroes para acontecimientos ya sepultados y destituía a los verdaderos. El Estado tenía poder para recrear lo que una vez había sido, para transformar figuras de granito y bronce, para manipular discursos pronunciados hacía tiempo, para cambiar la disposición de los personajes en una fotografía.

Se forjaba realmente una nueva historia. Incluso los hombres que habían sobrevivido a aquellos tiempos volvían a vivir la existencia pasada, de valientes se transformaban en cobardes, de revolucionarios en agentes extranjeros.

Pero escuchando a Madiárov parecía evidente que todo aquello acabaría dando lugar a una lógica más poderosa: la lógica de la verdad. Nunca se había hablado de estas cosas antes de la guerra.

Una vez Madiárov había dicho:

–Todos esos hombres habrían luchado hoy contra el fascismo. Habrían sacrificado sus propias vidas. Los mataron sin motivo...

El ingeniero químico Vladímir Románovich Artelev, originario de Kazán, era propietario del apartamento que los Sokolov tenían alquilado. La mujer de Artelev volvía del trabajo por la noche. Sus dos hijos estaban en el frente. Artelev era jefe del taller de una fábrica química, iba mal vestido, sin abrigo y gorro de invierno y, para resguardarse del frío, se ponía un chaleco forrado bajo el impermeable. En la cabeza llevaba una gorra mugrienta y arrugada que, cuando iba al trabajo, se calaba hasta las orejas.

Al entrar en casa de los Sokolov, soplándose los dedos rojos y congelados, dirigía tímidas sonrisas a los invitados sentados a la mesa, y Shtrum se sorprendía de que fuera el dueño de la casa, el jefe de un taller importante de una gran fábrica; más bien daba la impresión de ser un vecino pobre que viniera a pedir limosna.

Y también aquella tarde, con las mejillas hundidas e hirsutas, casi temiendo hacer ruido al pisar las tarimas, se quedó de pie al lado de la puerta para escuchar lo que decía Madiárov.

Maria Ivánovna, que se dirigía a la cocina, se le acercó y le susurró algo al oído. Éste sacudió la cabeza con aire asustado: evidentemente declinaba su oferta de tomar un refrigerio.

–Ayer –decía Madiárov– un coronel que está aquí sometiéndose a una cura me contó que debe presentarse ante una comisión de investigación del Partido por haber golpeado a un teniente. Durante la guerra civil no sucedían estas cosas.

–Sin embargo usted mismo contó –objetó Shtrum– que Schors ordenó azotar a los miembros de una comisión enviada por el Consejo Revolucionario de Guerra.

–En aquel caso se trataba de un subordinado que daba latigazos a sus superiores –respondió Madiárov–. Es diferente.

–Lo mismo pasa en la fábrica –intervino Artelev–. Nuestro director tutea a todo el mundo y si le llamas camarada Shuriev se ofende. Hay que llamarle Leonti Kuzmich. Hace unos días, en el taller, se enfadó con un viejo químico. Shuriev gritó a voz en cuello: «Haz lo que yo diga o te daré tal patada en el culo que te sacaré volando de la fábrica», y el viejo va para los setenta y dos años.

–¿El sindicato no interviene? –preguntó Sokolov.

–¿Qué va a hacer el sindicato? –dijo Madiárov–. Su trabajo es exhortarnos a hacer sacrificios: antes de la guerra te preparan para la guerra, durante la guerra «todo es para el

347

frente», y después de la guerra nos incitarán a remediar las consecuencias de la guerra. No tienen tiempo para ocuparse de un viejo.

Maria Ivánovna preguntó a media voz a su marido:

–¿Qué te parece? ¿Es hora de servir el té?

–Sí, claro –respondió Sokolov–. Sírvenos té.

«Qué manera tan extraordinariamente silenciosa de moverse», pensó Shtrum mirando distraídamente la espalda delgada de Maria Ivánovna, que se deslizaba por la puerta entreabierta de la cocina.

–Ah, queridos amigos –exclamó de repente Madiárov–, ¿os imagináis lo que es la libertad de prensa? Una hermosa mañana después de la guerra abrís el periódico y en lugar de encontrar un editorial exultante, o la habitual carta de los trabajadores al gran Stalin, o un artículo acerca de la brigada de fundidores de obreros que ha trabajado un día extra en honor a las elecciones del Sóviet Supremo, o las historias sobre los trabajadores de Estados Unidos que han acogido el nuevo año en una situación de desesperación por el paro creciente y la miseria, imaginad que encontráis... ¡Información! ¿Os imagináis un periódico así? ¡Un periódico que ofrece información!

»Empezáis a leer un artículo sobre la mala cosecha en la región de Kursk, un artículo sobre una inspección para determinar las condiciones en la prisión de Butirka, una discusión sobre si la construcción del canal entre el mar Blanco y el Báltico es necesaria, la noticia de que un obrero llamado Golopuzov se ha manifestado en contra de la imposición de un nuevo empréstito.

»En pocas palabras, os enteráis de todo lo que pasa en el país: buenas y malas cosechas; arrebatos de entusiasmo cívico y robos a mano armada; la apertura de una nueva mina y un accidente en otra mina; las discrepancias entre Mólotov y Malenkov; leéis un reportaje sobre la marcha de una huelga porque el director de una fábrica ha ofendido a un viejo químico de setenta y dos años, leéis los discursos de Churchill, Blum, y no que «han declarado que...»; leéis un artículo sobre los debates en la Cámara de los

Comunes; os enteráis de cuántas personas se suicidaron ayer en Moscú y cuántas resultaron heridas en accidentes de tráfico y están hospitalizadas. Os enteráis de por qué no hay trigo sarraceno y no sólo de que han ido las primeras fresas por avión de Tashkent a Moscú. Averiguáis por los periódicos, y no por la señora de la limpieza cuya sobrina ha venido a Moscú a comprar pan, cuántos gramos de grano conceden a los trabajadores del koljós por un día de trabajo.

»Sí, y al mismo tiempo continuáis siendo verdaderos ciudadanos soviéticos.

»Entráis en una librería, compráis un libro y seguís siendo ciudadanos soviéticos, leéis a filósofos americanos, ingleses, franceses, a historiadores, economistas, comentadores políticos. Distinguís por vosotros mismos en qué tienen razón y en qué se equivocan; podéis pasear por el parque solos, sin niñera.

Justo cuando Madiárov finalizaba su discurso, Maria Ivánovna entró en la habitación con una montaña de tazas y platillos.

De repente Sokolov golpeó con un puño contra la mesa y dijo:

—¡Basta! —exclamó—. Pido encarecidamente que se ponga fin a este tipo de conversaciones.

Maria Ivánovna miraba fijamente a su marido con la boca abierta. Un temblor repentino hizo tintinear la vajilla que llevaba en sus manos.

—¡He aquí cómo Piotr Lavréntievich ha liquidado la libertad de prensa! —observó Shtrum—. No ha durado mucho tiempo que digamos. Menos mal que Maria Ivánovna no ha escuchado este discurso subversivo.

—Nuestro sistema —sentenció irritado Sokolov— ha demostrado su fuerza. Las democracias burguesas se han hundido.

—Sí, efectivamente, lo ha demostrado —confirmó Shtrum—, pero la democracia burguesa y degenerada de Finlandia desafió, en los años cuarenta, nuestro centralismo, y las cosas no acabaron demasiado bien para nosotros. No soy admirador de la democracia burguesa, pero los hechos son los hechos. Y además, ¿qué tiene que ver el viejo químico con todo esto?

Dicho esto se volvió y se encontró con los ojos atentos y penetrantes de Maria Ivánovna, que le escuchaba.

–No fue Finlandia, sino el invierno finlandés –puntualizó Sokolov.

–Déjalo, Petia –cortó Madiárov.

–Digámoslo así, entonces –propuso Shtrum–. Durante la guerra el Estado soviético demostró sus puntos fuertes y los débiles.

–¿Qué puntos débiles? –quiso saber Sokolov.

–Bueno –respondió Madiárov–, para empezar que muchos de los que ahora podrían estar combatiendo se encuentran en la cárcel. ¿Por qué pensáis que estamos luchando a orillas del Volga?

–¿Y qué tiene que ver el sistema con eso? –preguntó Sokolov.

–¿Qué tiene que ver? –replicó Shtrum–. Según Piotr Lavréntievich, ¿la viuda del suboficial se disparó a sí misma en 1937?[1]

Y de nuevo sintió la mirada penetrante de Maria Ivánovna. Se dijo para sus adentros que se estaba comportando de una manera extraña en esa discusión: cuando Madiárov se había lanzado a criticar al Estado soviético Shtrum le había contradicho, y cuando Sokolov la había tomado con Madiárov, se había puesto a criticar a Piotr Lavréntievich.

A Sokolov le gustaba burlarse a veces de un artículo especialmente estúpido o de un discurso incorrecto, pero de inmediato se ponía rígido en cuanto la discusión tocaba la línea del Partido. En cambio Madiárov no ocultaba sus propias opiniones.

–Usted intenta buscar en las carencias del sistema soviético una explicación a nuestros reveses –señaló Soko-

1. Alusión a *El inspector general* de Gógol: el gobernador intenta hacer creer que una viuda, a la que ha azotado, se ha azotado a sí misma.

lov–, pero el golpe que los alemanes han infligido a nuestro país ha sido de tal calibre que el Estado, al resistirlo, ha demostrado con creces su fuerza, y no su debilidad. Usted ve la sombra proyectada por un gigante y dice: «Mira qué sombra», pero se olvida del gigante de carne y hueso. En el fondo, nuestro centralismo es un motor social de una potencia incomparable, permite realizar milagros. Y ahora los ha cumplido, y los cumplirá también en el futuro.

–Si no fuera necesario al Estado –dijo Karímov–, se desharía de usted; le tiraría junto con sus planes, creaciones e ideas, pero si su idea concuerda con los intereses del Estado, pondrá a su servicio una alfombra voladora.

–Eso, eso –dijo Artelev–. Yo fui destinado durante un mes a una fábrica de especial relevancia militar. El propio Stalin seguía la puesta en marcha de los talleres, telefoneaba al director. ¡Qué equipamiento! Materia prima, piezas de recambio, todo aparecía como por arte de magia. No hablemos ya de las condiciones de vida. ¡Teníamos bañera y cada mañana te llevaban la crema de leche a casa! Nunca antes había vivido así. ¡Qué abastecimiento tan extraordinario de los instrumentos de trabajo! Y lo principal: nada de burocracia.

–Probablemente el burocratismo estatal, como el gigante del cuento, estaba al servicio de los hombres –afirmó Karímov.

–Si se ha podido alcanzar semejante perfección en las fábricas de relevancia militar –dijo Sokolov–, es obvio que finalmente se aplicará el mismo sistema en todas las fábricas.

–No –dijo Madiárov–. Son dos principios totalmente diferentes. Stalin no construye lo que la gente necesita: construye lo que necesita el Estado. Es el Estado, y no la gente, el que necesita la industria pesada. El canal que une el mar Blanco con el Báltico es inútil para la gente; en un plato de la balanza están las necesidades del Estado; en el otro, las necesidades del individuo. ¡Estos platos no lograrán equilibrarse!

–Eso es –aprobó Artelev–. Y fuera de esas fábricas especiales reina el caos total. Según el plan, debo enviar la producción necesaria para nuestros vecinos de Kazán a Chitá, y de Chitá la vuelven a enviar a Kazán. Necesito operarios y todavía no he agotado el crédito para las guarderías infantiles. ¿Qué hago? Traigo a los operarios haciéndoles pasar por puericultoras. ¡La centralización nos asfixia! Un inventor encontró un medio de producir mil quinientas piezas en lugar de doscientas y el director lo echó a patadas: el plan está calculado de acuerdo con el peso total de lo que producimos. Es mejor dejar las cosas como están. Y si la fábrica se paraliza por la falta de un material que se puede adquirir en el mercado por treinta rublos, prefiere asumir un descalabro económico de dos millones. No se arriesgará a pagar treinta rublos en el mercado negro.

Artelev echó una fugaz ojeada al auditorio y retomó la palabra sin dilación, como si temiera que no le dejaran acabar:

—Un obrero cobra poco, pero cobra en función del trabajo realizado. Un vendedor de agua con sirope cobra cinco veces más que un ingeniero. Los dirigentes, los directores, los comisarios del pueblo sólo saben decir una cosa: ¡cumplid con el plan! ¡No importa si te mueres de hambre, debes cumplir el plan! Por ejemplo, teníamos un director, un tal Shmatkov, que durante las reuniones gritaba: «¡La fábrica es más importante que vuestra propia madre! Hay que dejarse el pellejo si es preciso, pero el plan debe cumplirse. Y a los que no lo hagan, yo mismo los despellejaré». Y un buen día nos enteramos de que Shmatkov ha sido destinado a Voskresenk. «Afanasi Lukich, ¿cómo puede dejar la fábrica con el trabajo a la mitad?» Me respondió sencillamente, sin demagogia: «Mire, nuestros hijos estudian en un instituto de Moscú, y Voskresenk queda más cerca. Además, nos han ofrecido un buen piso, con jardín. Mi mujer siempre está enferma y necesita aire puro». Me sorprende que el Estado confíe en gente así, mientras que los obreros, y los científicos famosos, si no son miembros del Partido, siempre están a dos velas.

—Es muy sencillo —dijo Madiárov—. A estos personajes

se les confía mucho más que a los institutos y las fábricas, se les confía el corazón del sistema, el sanctasanctórum: la vivificante fuerza del burocratismo soviético.

–Es lo que yo digo –continuó Artelev sin hacer caso a la broma de Madiárov–. Me gusta mi taller. No escatimo esfuerzos. Pero me falta lo esencial: no puedo despellejar viva a la gente, a mis operarios. Yo puedo dejarme el pellejo, pero no el de los otros obreros.

Shtrum, adoptando una actitud que ni siquiera él mismo comprendía, sintió la necesidad de contradecir a Madiárov, aunque compartía punto por punto sus observaciones.

–Hay algo en su razonamiento que no encaja –dijo–. ¿Cómo puede afirmar que los intereses del hombre no coinciden, no confluyen plenamente con los intereses del Estado que ha creado una industria bélica para la defensa? Creo que los cañones, los tanques, los aviones con los que se envía a combatir a nuestros hijos, nuestros hermanos, son necesarios para todos y cada uno de nosotros.

–Rigurosamente exacto –dijo Sokolov.

66

Maria Ivánovna sirvió el té. Ahora hablaban de literatura.

–Dostoyevski ha caído en el olvido –observó Madiárov–. Las editoriales no lo reeditan y las bibliotecas no lo dejan en préstamo así como así.

–Porque es un reaccionario –sentenció Shtrum.

–Es cierto. No debería haber escrito *Los demonios* –aprobó Sokolov.

–¿Está seguro, Piotr Lavréntievich, de que no debería haber escrito *Los demonios*? –preguntó Shtrum–. ¿Tal vez es el *Diario de un escritor* lo que no debería haber escrito?

–No se puede castrar a los genios –dijo Madiárov–. Dostoyevski sencillamente no encaja con nuestra ideología. No es como Mayakovski, al que Stalin definió como el mejor y más dotado de nuestros poetas... Mayakovski es el Estado personificado, hecho emoción, mientras que Dostoyevski, incluso en su culto al Estado, es la misma humanidad.

–Si así lo cree –intervino Sokolov–, nada de la literatura del siglo XIX tiene cabida en nuestra ideología.

–¡Ni mucho menos! –discrepó Madiárov–. ¿Qué hay de Tolstói? Él poetizó la idea de guerra del pueblo, y el Estado ahora se ha puesto al frente de la justa guerra del pueblo. Como ha dicho Ajmet Usmánovich, cuando las ideas coinciden aparece la alfombra voladora: se habla de Tolstói por la radio, en las veladas de lectura, sus obras se editan; incluso nuestros jefes lo citan.

–Con Chéjov no ha habido ningún obstáculo. Fue reconocido tanto en su época como en la nuestra.

–¡Qué despropósito! –exclamó Madiárov golpeando las palmas de las manos contra la mesa–. Chéjov ha sido reconocido por un malentendido. De la misma manera que ha sido reconocido por un malentendido su continuador, Zóschenko.

–No lo entiendo –objetó Sokolov–. Chéjov es un realista. Son los decadentistas a los que criticamos.

–¿No lo entiendes? –replicó Madiárov–. Espera, te lo explicaré.

–No se atreva a decir nada contra Chéjov –dijo Maria Ivánovna–. Lo amo por encima de todos los escritores.

–Haces muy bien, Mashenka –dijo Madiárov–. Pero tú, Piotr Lavréntievich, ¿acaso buscas una expresión de humanismo entre los decadentes?

Sokolov hizo un gesto de negación con la mano, con aire enfadado.

Pero Madiárov tampoco hacía caso a Sokolov, necesitaba expresar sus propias convicciones y para ello necesitaba un Sokolov que buscara humanidad entre los decadentes.

–¡El individualismo no es humanidad! Usted se confunde; todos se confunden. ¿Le parece que ahora critican a los decadentes? ¡Tonterías! No son dañinos para el Estado, simplemente son irrelevantes, inútiles. Estoy convencido de que no hay un abismo entre el realismo socialista y el decadentismo. Mucho se ha discutido sobre la definición del realismo socialista. Es un espejo al que el Partido o el gobierno pregunta: «Espejito, espejito, di: ¿quién es el más bello de todos los reinos?», y el realismo socialista responde: «¡Tú, tú, Partido, gobierno, Estado, el más bello de todos los reinos!».

»Los decadentistas a la misma pregunta responden: "Yo, yo, yo, decadente, soy el más bello de todos". Pero no existe una gran diferencia. El realismo socialista es la afirmación de la superioridad del Estado y el decadentismo es la afirmación de la superioridad del individuo. Los métodos son diferentes, pero la esencia es la misma: el éxtasis ante la propia superioridad. El Estado genial, sin defectos, menosprecia a todos los que no se le parecen. Y la personalidad del decadente, preciosa como el encaje, es profundamente indiferente al resto de las personalidades, a todas excepto dos: con una mantiene una disputa refinada, con la otra se da besitos y carantoñas. En apariencia parece que el individualismo, el decadentismo luchan por el hombre. ¡Mentira! Los decadentes son indiferentes respecto al hombre, y el Estado también lo es. No hay ningún abismo entre ellos.

Sokolov, frunciendo el ceño, escuchaba a Madiárov e intuyendo que se iba a poner a hablar de temas totalmente prohibidos, lo interrumpió:

–Permíteme un instante, ¿qué tiene eso que ver con Chéjov?

–Claro que tiene que ver, no faltaría más. Entre él y los contemporáneos hay un abismo infranqueable. En el fondo Chéjov se cargó a las espaldas la inexistente democracia rusa. El camino de Chéjov es el camino de la libertad de Rusia. Nosotros tomamos otro camino. Intentad abarcar todos sus personajes. Tal vez sólo Balzac introdujo en la conciencia colectiva una masa de gente tan enorme. No, ni siquiera Balzac. Pensad: médicos, ingenieros, abogados, maestros, profesores, terratenientes, tenderos, industriales, institutrices, lacayos, estudiantes, funcionarios de toda clase, comerciantes de ganado, conductores, casamenteras, sacristanes, obispos, campesinos, obreros, zapateros, modelos, horticultores, zoólogos, actores, posaderos, prostitutas, pescadores, tenientes, suboficiales, artistas, cocineros, escritores, porteros, monjas, soldados, comadronas, prisioneros de Sajalín...

–¡Basta, basta! –gritó Sokolov.

–¿Ya basta? –rebatió Madiárov con un aire de amenaza cómico–. No, ¡no basta! Chéjov introdujo en nuestra conciencia toda la enorme Rusia, todas las clases, estamentos, edades... ¡Pero eso no es todo! Introdujo a esos millones de personas como demócrata, ¿lo entiende? Habló como nadie antes, ni siquiera Tolstói, había hablado: todos nosotros, antes que nada, somos hombres, ¿comprende? Hombres, hombres, hombres. Habló en Rusia como nadie lo había hecho antes. Dijo que lo principal era que los hombres son hombres, sólo después son obispos, rusos, tenderos, tártaros, obreros. ¿Lo comprende? Los hombres no son buenos o malos según si son obreros u obispos, tártaros o ucranianos; los hombres son iguales en tanto que hombres. Cincuenta años antes la gente, obcecada por la estrechez de miras del Partido, consideraba que Chéjov era portavoz de un *fin de siècle*. Pero Chéjov es el portador de la más grande bandera que haya sido enarbolada en Rusia durante toda su historia: la verdadera, buena democracia rusa. Nuestro humanismo ruso siempre ha sido cruel, intolerante, sectario. Desde Avvakum a Lenin nuestra concepción de la humanidad y la libertad ha sido siempre partidista y fanática. Siempre ha sacrificado sin piedad al individuo en aras de una idea abstracta de humanidad. Incluso Tolstói nos resulta intolerable con su idea de no oponerse al mal mediante la violencia, su punto de partida no es el hombre, sino Dios. Le interesa que triunfe la idea que afirma la bondad, de hecho los «portadores de Dios» siempre se han esforzado, por medio de la violencia, en introducir a Dios en el hombre, y en Rusia, para conseguir este objetivo, no retrocederán ante nada ni nadie; torturarán y matarán, si es preciso.

»Chéjov dijo: dejemos a un lado a Dios y las así llamadas grandes ideas progresistas; comencemos por el hombre, seamos buenos y atentos para con el hombre sea éste lo que sea: obispo, campesino, magnate industrial, prisionero de Sajalín, camarero de un restaurante; comencemos por amar, respetar y compadecer al hombre; sin eso no funcionará nada. A eso se le llama democracia, la democracia que todavía no ha visto la luz en el pueblo ruso.

»El hombre ruso ha visto todo durante los últimos mil años, la grandeza y la supergrandeza, sólo hay una cosa que no ha visto: la democracia. He aquí la diferencia entre el decadentismo y Chéjov. El Estado puede asestar un golpe en la nuca al decadente por rabia, puede darle un puntapié en el trasero. Pero el Estado no comprende la esencia de Chéjov, por eso lo tolera. En nuestro régimen la democracia verdadera, humana, no se admite.

Era evidente que la audacia de las palabras de Madiárov disgustaba profundamente a Sokolov.

Y Shtrum, que se había apercibido de ello, con una satisfacción particular, incomprensible incluso para él mismo, afirmó:

—Muy bien dicho. Es cierto y muy inteligente. Sólo pido un poco de indulgencia para con Skriabin que, por lo que parece, entra dentro de los decadentistas, pero me gusta.

Hizo un gesto de rechazo hacia la mujer de Sokolov, que le había ofrecido un platito con mermelada, y dijo:

—No, gracias, no me apetece.

—Es de grosella negra —explicó ella.

Él miró sus ojos castaños salpicados de puntos dorados y preguntó:

—¿Es que le he confesado mi debilidad por las grosellas?

Ella sonrió y asintió con la cabeza. Tenía los dientes torcidos, los labios finos, sin brillo. Y al sonreír su cara ligeramente gris se tornó agradable, atractiva.

«Es una mujer agradable, buena —pensó Shtrum—. Es una lástima que siempre tenga la nariz roja.»

Karímov se volvió a Madiárov:

–Leonid Serguéyevich, ¿cómo conciliar su apasionado discurso sobre el humanismo de Chéjov con su himno a Dostoyevski? Para Dostoyevski, no todos los hombres en Rusia son iguales. Hitler ha llamado a Tolstói degenerado, pero se dice que tiene colgado en su despacho un retrato de Dostoyevski. Yo pertenezco a una minoría nacional, soy tártaro, pero nací en Rusia y no perdono a un escritor ruso su odio por los polacos y los judíos. No, no puedo, aunque se trate de un genio. Nos ha bastado con el derramamiento de sangre en la Rusia zarista, los escupitajos en los ojos, los pogromos. En Rusia un gran escritor no tiene derecho a perseguir a los extranjeros, despreciar a los polacos y los tártaros, a los armenios y los chuvachos.

El viejo tártaro de ojos oscuros esbozó una sonrisa maliciosa y altanera típicamente mongol, y continuó:

–¿Ha leído la obra de Tolstói *Hadjí Murat*? ¿Tal vez haya leído *Los cosacos*? ¿O su relato, *El prisionero del Cáucaso*? Todo eso lo ha escrito un conde ruso, más ruso que el lituano Dostoyevski. Mientras los tártaros vivan, rezarán a Alá por Tolstói.

Shtrum miró a Karímov, pensando: «Bien, así es como tu piensas. Te has descubierto».

–Ajmet Usmánovich –intervino Sokolov–, respeto profundamente el amor que siente por su pueblo, pero permítame estar a mí también orgulloso del mío. Permítame que me sienta orgulloso de ser ruso, que me guste Tolstói no sólo porque escribiera bien de los tártaros. A nosotros los rusos, quién sabe por qué, no se nos permite estar orgullosos de nuestro pueblo, si no enseguida te toman por miembro de las Centurias Negras.

Karímov se levantó con la cara perlada de sudor y dijo:

–Os diré la verdad –comenzó–. En efecto, ¿por qué iba a mentir si existe una verdad? Si se recuerda cómo ya en los años veinte se exterminaba a todos aquellos de los que el pueblo tártaro se sentía orgulloso, todas las grandes personalidades de nuestra cultura, entonces se explica por qué se debe prohibir también el *Diario de un escritor*.

–No sólo a los vuestros, también a los nuestros –corrigió Artelev.

Karímov insistió:

–No sólo aniquilaron a nuestros hombres, sino también la cultura nacional. Los actuales intelectuales tártaros son salvajes en comparación con los que desaparecieron.

–Ya, ya –dijo Madiárov con aire de burla–. Los otros habrían podido crear no sólo una cultura, sino también una política interna y externa. Eso no convenía.

–Ahora tenéis vuestro propio Estado –afirmó Sokolov–. Tenéis institutos, escuelas, óperas, libros, periódicos en vuestra lengua, y es la Revolución la que os ha dado todo eso.

–Es cierto, tenemos una ópera del Estado y un Estado de opereta. Pero nuestra cosecha la recoge Moscú, y es Moscú la que nos mete en la cárcel.

–¿Sería mejor que les metiera en la cárcel un tártaro en lugar de un ruso? –preguntó Madiárov.

–¿Y si nadie encarcelara a nadie? –preguntó Maria Ivánovna.

–Mashenka –dijo Madiárov–. ¿Y qué más quieres? –Luego miró su reloj y dijo–: Vaya, es tarde.

–Quédese a dormir aquí –le propuso rápidamente Maria Ivánovna–. Le prepararemos la cama plegable.

En una ocasión se había lamentado a Maria Ivánovna de que se sentía especialmente solo cuando volvía por la noche a casa y no encontraba a nadie esperándole en la habitación vacía y oscura.

–No diré que no –respondió Madiárov–. ¿Está usted de acuerdo, Piotr Lavréntievich?

–Claro que sí, por supuesto –respondió Sokolov.

Y Madiárov añadió, en broma:

–... dijo el dueño de la casa sin el menor entusiasmo.

Todos se levantaron de la mesa y comenzaron a despedirse.

Sokolov salió para acompañar a sus invitados y Maria Ivánovna, bajando la voz, dijo a Madiárov:

–Qué contenta estoy de que Piotr Lavréntievich no evite este tipo de conversaciones. En Moscú bastaba con que se hiciera la menor alusión en su presencia para que se callara, se encerrara en sí mismo.

Había pronunciado con una entonación particularmente cariñosa y respetuosa el nombre y el patronímico de su marido. Por la noche transcribía los manuscritos de sus trabajos, conservaba las copias sucias y pegaba sobre cartones sus notas fortuitas. Lo consideraba un gran hombre y al mismo tiempo le parecía un niño indefenso.

–Me gusta este Shtrum –dijo Madiárov–. No comprendo por qué se le considera un hombre desagradable. –Después añadió en tono de burla–: Me he dado cuenta de que ha pronunciado todos los discursos en su presencia, Mashenka. Cuando usted estaba ocupada en la cocina, se ahorraba su elocuencia.

Ella estaba de cara a la puerta, en silencio, como si no hubiera oído a Madiárov. Después dijo:

–¿Qué quiere decir, Lenia? No me presta más atención que a un insecto. Petia considera que es un hombre descortés, burlón, arrogante; por eso los físicos no le quieren y algunos le temen. Pero yo no estoy de acuerdo, a mí, en cambio, me parece que es muy bueno.

–En mi opinión es cualquier cosa menos bueno –replicó Madiárov–. Dice sarcasmos a todo el mundo, no está de acuerdo con nadie. Pero tiene una mente abierta y no está adoctrinado.

–No, es bueno. Y vulnerable.

–Pero hay que reconocer –siguió Madiárov– que tampoco hoy Pétenka ha dicho ni una sola palabra de más.

Entretanto, Sokolov entró en la habitación, a tiempo de oír las últimas palabras de Madiárov.

–Le pido dos cosas, Leonid Serguéyevich. En primer lugar que no me dé lecciones y, segundo, que no vuelva a mantener este tipo de conversaciones en mi presencia.

Madiárov replicó:

–Sabe, Piotr Lavréntievich, yo tampoco necesito lecciones suyas. Y respondo por mis palabras, igual que usted responde por las suyas.

Sokolov, evidentemente, habría querido responder con brusquedad, pero se contuvo y volvió a salir de la habitación.

–Bueno, tal vez es mejor que me vaya a casa –dijo Madiárov.

–Me daría usted un disgusto –dijo Maria Ivánovna–. Usted sabe que es bueno. Se atormentará durante toda la noche.

Y se puso a explicarle que Piotr Lavréntievich tenía un alma herida, que había sufrido mucho en 1937 cuando fue sometido a crueles interrogatorios, y, como consecuencia, pasó cuatro meses en una clínica para enfermedades nerviosas.

Madiárov escuchaba, asintiendo con la cabeza.

–De acuerdo, de acuerdo, Masha, me ha convencido. –Pero de repente, enfurecido, añadió–: Todo esto es cierto, pero su Petrusha no es el único que ha soportado interrogatorios. ¿Se acuerda de cuando me encerraron once meses en la Lubianka? Durante todo ese tiempo Piotr sólo llamó a Klava una vez. ¿Acaso no era su propia hermana? Y si recuerda bien también le prohibió a usted, Mashenka, que la telefoneara. Klava sufrió mucho... Tal vez sea un gran físico, pero con alma de lacayo.

Maria Ivánovna se cubrió la cara con las manos y permaneció sentada, en silencio.

–Nadie, nadie comprenderá el daño que me hace todo esto –dijo en voz baja.

De hecho, solamente ella sabía cuánto repugnaban a su marido las atrocidades cometidas durante la colectivización y el año 1937, qué pura era su alma. Y sólo ella sabía qué grande era su sumisión, su obediencia servil al poder.

Por eso, en casa, Piotr era tan tiránico, caprichoso, consentido, acostumbrado a que Mashenka le limpiara los zapatos, le diera aire con un pañuelo para que estuviera fresco, y durante los paseos alrededor de la dacha, le ahuyentara los mosquitos con ayuda de una ramita.

67

Una vez, durante su último año de universidad, Shtrum había lanzado al suelo un ejemplar del *Pravda* y dicho a un compañero de curso:

–¡Es un aburrimiento mortal! ¿Cómo puede leerlo alguien?

Apenas hubo pronunciado estas palabras, el miedo se apoderó de él. Recogió el periódico, lo sacudió y esbozó una sonrisa extraordinariamente abyecta, tanto que muchos años más tarde se le subía la sangre a la cabeza cada vez que recordaba aquella sonrisa perruna.

Unos días después le extendió a aquel mismo compañero un número del *Pravda* y le dijo en tono jovial:

–Grisha, léete el editorial, está muy bien escrito.

Su compañero, cogiendo el periódico, le dijo con voz compasiva:

–Estaba lleno de miedo el pobre Vitia... ¿Piensas que voy a denunciarte?

Entonces, todavía estudiante, Shtrum se hizo el juramento de callarse, de no expresar en voz alta pensamientos peligrosos o, si lo hacía, no acobardarse. Pero no mantuvo su palabra. A menudo perdía la prudencia, se encendía, metía la pata, y, metiendo la pata, perdía el coraje e intentaba apagar el fuego que él mismo había encendido.

En 1938, después del proceso de Bujarin, le comentó a Krímov:

–Diga usted lo que quiera, pero yo a Bujarin lo conozco personalmente, hablé con él dos veces. Un tipo con cerebro, una sonrisa inteligente y agradable; en conjunto, un hombre honestísimo, extremadamente fascinante.

Y al instante, turbado por la mirada sombría de Krímov, farfulló:

–Por lo demás, el diablo sabrá... Espía, agente de la Ojrana[1], ¿dónde está aquí la honestidad y la fascinación? ¡Qué infamia!

Y de nuevo, el desconcierto. Krímov, con la misma expresión lúgubre con que le había escuchado, le dijo:

–Ya que somos parientes permíteme que te diga una cosa: no puedo, y nunca podré, asociar el nombre de Bujarin con el de la Ojrana.

Y Shtrum, presa de una rabia repentina contra sí mismo, contra la fuerza que impedía a los hombres ser hombres, gritó:

–Dios mío, no doy crédito a todo este horror. Esos procesos son una pesadilla. Pero ¿por qué confiesan todos? ¿Con qué fin?

Pero Krímov no dijo nada más. Evidentemente ya había dicho demasiado...

¡Oh, maravillosa y clara fuerza del diálogo sincero, fuerza de la verdad! ¡Qué precio tan terrible han tenido que pagar a veces los hombres por decir algunas palabras valientes, sin guardarse las espaldas!

¡Cuántas veces por la noche Shtrum, acostado en la cama, prestaba atención al rumor de los automóviles que circulaban por la calle! De repente Liudmila Nikoláyevna, con los pies descalzos, se acercaba a la ventana, corría la cortina. Y miraba, esperaba; después, sin hacer ruido, creyendo que Víktor Pávlovich dormía, se iba a la cama y se acostaba. Por la mañana ella le preguntaba:

–¿Qué tal has dormido?

–Bien, gracias. ¿Y tú?

–Hacía un poco de calor, estuve un rato junto a la ventana.

–Ah.

¿Cómo transmitir ese sentimiento nocturno de inocencia y perdición al mismo tiempo?

1. Nombre de la policía secreta durante el régimen zarista.

–Recuerda, Vitia, cada palabra llega hasta ellos. Te buscarás tu perdición, la mía y la de tus hijos.

Y otro día:

–No puedo explicártelo todo, pero por el amor de Dios, escucha: ni una palabra a nadie. Víktor, vivimos una época terrible, no puedes imaginarte hasta qué punto. Recuerda, Víktor, ni una palabra a nadie...

A veces Víktor Pávlovich veía los ojos opacos, llenos de sufrimiento, de alguien que conocía desde la infancia. Y no le asustaba lo que su viejo amigo le decía, sino lo que no le decía. Por supuesto, Víktor Pávlovich no se atrevía a preguntarle directamente: «¿Eres un agente? ¿Te han interrogado?».

Recordaba la cara de su ayudante cuando, sin reflexionar, se le había escapado la broma de que Stalin había enunciado las leyes de la gravitación antes que Newton.

–No ha dicho usted nada, no he oído nada –exclamó alegremente el joven físico.

¿Cuál era el sentido de todas aquellas bromas? Bromear, en cualquier caso, era una idiotez, como divertirse dando un manotazo a un frasco de nitroglicerina.

¡Qué poder y claridad hay en la palabra, la palabra libre y desinhibida! La palabra que se pronuncia a pesar de todos los temores.

¿Era consciente Víktor de la tragedia oculta en aquellas conversaciones? Todos los que participaban en ellas odiaban el fascismo alemán y estaban aterrorizados por él... ¿Por qué sólo habían comenzado a hablar con franqueza en los días en que la guerra había llegado hasta las orillas del Volga, cuando todos sufrían por las derrotas militares y presagiaban la odiada esclavitud bajo Alemania?

Shtrum caminaba en silencio al lado de Karímov.

–Es sorprendente –dijo de pronto– lo que se lee en las novelas extranjeras sobre los intelectuales. Por ejemplo, he estado leyendo a Hemingway, y en sus libros los intelectuales, durante sus conversaciones, no hacen más que beber. Cócteles, whisky, ron, coñac, después de nuevo cócteles y whisky de todo tipo. En cambio los intelectuales rusos siempre han mantenido sus conversaciones más importantes ante un vaso de té. Los miembros de Naródnaya Volia, los populistas, los socialdemócratas, todos ellos se reunían en torno a un vaso de té. Lenin y sus amigos planearon la Revolución delante de un vaso de té. A decir verdad, parece que Stalin prefiere el coñac.

–Sí, sí –aprobó Karímov–, tiene razón. Y la conversación que hoy hemos mantenido también ha sido ante un vaso de té.

–Es lo que digo... ¡Qué inteligente es Madiárov! ¡Y valiente! Me entusiasman sus insólitas afirmaciones.

Karímov cogió a Shtrum por el brazo.

–Víktor Pávlovich, ¿ha observado que incluso la observación más inocente de Madiárov suena como una conclusión general? Eso me inquieta. Fue arrestado en 1937 durante algunos meses y luego liberado. En aquella época no soltaban a nadie. Tiene que haber un motivo. ¿Me sigue?

–Le sigo –dijo Shtrum despacio–, ¿cómo no voy a seguirle? Usted piensa que es un *provocateur*.

Se separaron en la esquina y Shtrum se dirigió a casa.

«Al diablo, basta, basta –pensaba–, al menos hemos hablado civilizadamente, sin tener miedo de todo, llamando a las cosas por su nombre, sin convencionalismos. París bien vale una misa.»

Menos mal que todavía existen hombres como Madiárov, hombres que no han perdido su independencia. Las palabras de advertencia que había dicho Karímov no helaron, como de costumbre, el corazón de Víktor.

Pensó que otra vez se había olvidado de hablarle a Sokolov de la carta que había recibido de los Urales.

Víktor Pávlovich caminaba en la oscuridad, por la calle desierta. De repente le vino a la cabeza un pensamiento inesperado. Y enseguida, sin dudarlo, supo que ese pensamiento era cierto. Tenía una nueva explicación para el fenómeno atómico que hasta ahora parecía no tener explicación y los abismos se habían transformado en puentes. ¡Qué sencillez, qué luz!

Aquella idea era sorprendentemente bella. Parecía que

ni siquiera la hubiera engendrado él, como un nenúfar blanco que emergiera de la oscuridad serena de un lago. Exclamó, admirando su belleza...

Qué extraña coincidencia, pensó de repente, que aquella idea se le hubiera ocurrido cuando su mente estaba tan alejada de las reflexiones científicas, cuando las discusiones sobre el sentido de la vida le tenían absorbido; discusiones de un hombre libre, cuando sus palabras y las de sus interlocutores habían sido determinadas por la libertad, la amarga libertad.

68

La estepa calmuca parece triste y melancólica cuando se ve por primera vez, cuando vas en el automóvil lleno de preocupación e inquietud y tus ojos siguen distraídamente las colinas emergiendo despacio en el horizonte para luego ser poco a poco engullidas... Darenski tenía la impresión de que era siempre la misma colina azotada por el viento la que aparecía frente a él, que era la misma curva la que se abría, giraba y huía por encima de la capota de tela elástica del automóvil. Y los jinetes de la estepa también parecían idénticos, a pesar de que los había jóvenes e imberbes, otros de cabellos canos, algunos montados sobre bayos, otros sobre caballos moros voladores...

El coche atravesaba aldeas y grupos de casuchas con ventanas diminutas detrás de las cuales, como en un acuario, se arracimaban los geranios: parecía como si se hubiera roto el cristal de la ventana y aquel aire vivo se hubiera derramado en el desierto circundante y que el verde de los geranios se hubiese marchitado y muerto; el coche circulaba junto a las yurtas[1] de forma cilíndrica y recubiertas de arcilla, avanzaba entre plantas de flores en panoja llenas

1. Vivienda desmontable de los pueblos nómadas asiáticos.

de filamentos largos y blancos, la vegetación de la estepa, entre hierba de camello, entre las manchas de las tierras salinas, entre las polvorientas y pequeñas patas de las ovejas, entre las hogueras sin humo que danzaban al viento...

Ante la mirada del viajero acostumbrado a desplazarse sobre los neumáticos hinchados con el aire contaminado de la ciudad, todo se fundía aquí en un gris uniforme, todo era monótono y repetitivo...

Salsolas, cardos, plantas gramináceas, ajenjo...

Las colinas se extendían por la llanura, aplanadas por el rodillo de épocas infinitas. La estepa calmuca del sureste posee una extraordinaria particularidad que traspasa gradualmente al desierto arenoso, que se extiende de Elista a Yashul hasta alcanzar la desembocadura del Volga y la orilla del mar Caspio...

En esta estepa la tierra y el cielo se han mirado recíprocamente tanto tiempo que se parecen como marido y mujer, dos seres que han pasado toda la vida juntos. Y es imposible saber si son los filamentos largos y blancos de las plantas gramináceas los que se abren camino en el monótono y tímido azul del cielo de la estepa, o si es la estepa la que se ha impregnado de cielo; cielo y tierra se han fundido en un polvo atemporal. De la misma manera, el agua gruesa y pesada de los lagos Tsatsa y Barmantsak parece una sábana de sal, mientras que las salinas no parecen tierra, sino agua de un lago.

Cuando no está nevado, en los días de noviembre y diciembre, el camino que atraviesa la estepa calmuca es extraordinario: la misma vegetación verde grisácea, el mismo polvo que se arremolina en la carretera no permite comprender si la estepa está seca y recalentada a causa del sol o del frío.

Tal vez por eso es una tierra de espejismos: la frontera entre tierra y cielo, entre agua y salinas, se ha borrado. La mente de un viajero sediento puede transformar ese mundo con facilidad: el aire bochornoso se convierte en piedras elegantes y estilizadas, y de la tierra árida brota un río de agua, los oasis de palmeras se extienden hasta el horizonte y los rayos del terrible y devastador sol se transforman en cúpulas doradas de templos y palacios... En un momento de extenuación es el hombre quien, a partir de la tierra y el cielo, crea el mundo de sus deseos.

El automóvil prosigue el viaje a lo largo del camino abierto en la estepa uniforme.

Y de repente esa región desértica se muestra al hombre bajo una luz completamente diferente.

¡La estepa calmuca! Antigua, noble creación de la naturaleza donde no existe ni un color estridente, ni un solo trazo duro, abrupto, incisivo en su relieve, donde la sobria melancolía de los matices que van del gris al azul pueden competir con el titánico torrente de colores del bosque ruso otoñal, la estepa donde las mórbidas y apenas onduladas líneas de las colinas ejercen una fascinación mayor que las cordilleras del Cáucaso, donde los lagos avaros atesoran en su seno aguas antiguas, oscuras, tranquilas que parecen expresar la esencia del agua mejor que todos los mares y los océanos...

Todo pasa, pero ese enorme y pesado sol de hierro fundido, en la niebla vespertina, ese viento amargo, impregnado de ajenjo, no puede ser olvidado... Y la estepa se yergue, pero no en su pobreza, sino en su riqueza.

En primavera la estepa joven, cubierta de tulipanes, es un océano donde no rugen las olas sino los colores. Los arbustos espinosos de la hierba de los camellos teñida de verde, y las jóvenes espinas con las puntas todavía tiernas y suaves, todavía no endurecidas...

Y en las noches de verano en la estepa puedes ver alzarse en toda su altura el rascacielos galáctico, desde los bloques de estrellas azules y blancas del fundamento hasta las nebulosidades humeantes y las ligeras cúpulas de las aglomeraciones esféricas que se hunden bajo el lecho del universo... La estepa tiene una particularidad maravillosa. Esa particularidad vive en ella, invariablemente, ya sea al alba, en invierno, en verano, en sombrías noches de lluvia o bajo el claro de luna. Siempre y por encima de todas las cosas la estepa habla al hombre de la libertad... La estepa se la recuerda a aquellos que la han perdido.

Darenski salió del coche y miró a un hombre montado a caballo que se dirigía a la colina. Con la vestimenta ceñida mediante una cuerda, estaba sentado sobre su cabalgadura de pelo largo y desde la colina contemplaba la estepa. Era viejo y su cara parecía de piedra.

Darenski llamó al viejo y, tras ir a su encuentro, le ofreció su pitillera. Éste, girando de golpe todo su cuerpo sobre la silla, con la vivacidad de la juventud y la reflexiva lentitud de la edad madura, se volvió a mirar la mano que le tendía la pitillera; luego la cara de Darenski, luego la pistola colgada al cinto, los tres distintivos de teniente coronel y sus elegantes botas. Entretanto, con los finos dedos oscuros, tan pequeños y delgados que se podría haber dicho tranquilamente que pertenecían a un niño, tomó un cigarrillo y le dio vueltas en el aire.

El rostro de pómulos prominentes, duro como la piedra, del viejo calmuco se transformó por completo y, entre las arrugas, dos ojos buenos e inteligentes escrutaron a Darenski. Y la mirada de esos viejos ojos marrones, al mismo tiempo escudriñadores y confiados, ocultaba algo espléndido. Darenski, sin razón aparente, se sintió alegre y cómodo. El caballo del viejo que había tensado hostilmente las orejas mientras Darenski se aproximaba se calmó de improviso, apuntó hacia él una oreja curiosa, luego la otra, después sonrió con su morro de dientes grandes y con unos ojos maravillosos.

–Gracias –dijo el viejo con un hilo de voz.

Pasó la palma de la mano sobre el hombro de Darenski y añadió:

–Tenía dos hijos en la división de caballería. El mayor –levantó la mano ligeramente por encima de la cabeza del caballo– está muerto, y el pequeño –bajó la mano ligeramente por debajo de la cabeza del caballo– es ametrallador: tiene tres medallas –luego le preguntó–: ¿Tienes padre?

–Mi madre todavía vive, pero mi padre está muerto.

–Ay, eso es malo –movió la cabeza el viejo, y Darenski

comprendió que el viejo no se había entristecido por cortesía, sino de corazón, al enterarse de que el coronel ruso que le había ofrecido un cigarrillo había perdido a su padre.

De improviso el calmuco lanzó un grito, agitó la mano en el aire y galopó colina abajo con una gracia y una velocidad extraordinarias. ¿Qué estaría pensando mientras galopaba a través de la estepa? ¿En sus hijos? ¿En que el coronel ruso que se había quedado junto a su coche averiado había perdido a su padre?

Darenski siguió el impetuoso galope del viejo y en las sienes no era la sangre lo que le latía, sino una única palabra: libertad, libertad, libertad.

Una envidia irrefrenable hacia el viejo calmuco se apoderó de él.

69

Darenski había sido enviado por el Estado Mayor del frente a una larga misión en las fuerzas militares desplegadas en el flanco izquierdo del frente. Esas misiones estaban particularmente mal vistas entre los oficiales debido a la escasez de agua, las pésimas condiciones de alojamiento, la precariedad de las provisiones, las grandes distancias y el mal estado de las carreteras.

El mando no tenía informaciones precisas respecto a la situación de las tropas esparcidas por las dunas a lo largo del mar Caspio y la estepa calmuca, y los superiores que habían enviado a Darenski a esta zona le habían confiado infinidad de tareas.

Después de recorrer cientos de kilómetros por la estepa, Darenski se sintió vencido por el aburrimiento. Allí nadie pensaba en la ofensiva; la situación de las tropas empujadas por los alemanes al extremo del mundo parecía desesperada...

¿Acaso era una ilusión el esfuerzo que soportaba el Estado Mayor día y noche, los informes sobre la inminencia de una ofensiva enemiga, la movilización de las reservas, los telegramas, los mensajes cifrados, el trabajo incesante del centro de transmisiones del frente, el ruido sordo de las columnas de blindados y camiones procedentes del norte...?

Mientras escuchaba las conversaciones poco optimistas entre los comandantes, reunía y comprobaba los datos sobre las condiciones del material, inspeccionaba las divisiones y las baterías, observaba las caras sombrías de los soldados y los jefes, y miraba cómo avanzaban, despacio, con indolencia, los hombres en el polvo de la estepa, Darenski poco a poco sucumbió a la angustia monótona de aquel lugar. «Es como si Rusia hubiera llegado hasta las estepas de los camellos, hasta las dunas de arena, y allí estuviera, extendida sobre la tierra dura, impotente, incapaz de alzarse de nuevo», pensaba.

Darenski llegó al Estado Mayor del ejército y se dirigió al oficial al mando.

En una habitación semioscura y amplia, un joven con el rostro abotargado, que se estaba quedando calvo y vestía una chaqueta sin insignias de rango, jugaba a las cartas con dos mujeres uniformadas, las dos tenientes. En lugar de interrumpir el juego cuando el teniente coronel entró en la habitación, le miraron con aire distraído y continuaron hablando animadamente:

—¿No quieres triunfos? ¿Y una jota?

Darenski esperó a que terminara el reparto y preguntó:

—¿Está alojado aquí el comandante del ejército?

Una de las dos jóvenes mujeres le respondió:

—Ha ido al flanco derecho, volverá hacia la noche.

Miró a Darenski con ojo experto, de militar, y afirmó más que preguntar:

—Camarada teniente coronel, viene del Estado Mayor del frente, ¿no es así?

—Exacto —respondió Darenski. Y, guiñando imperceptiblemente un ojo, le preguntó—: Disculpe, ¿puedo ver al miembro del Consejo Militar?

—Está con el comandante del ejército, no regresará hasta la noche —respondió la segunda joven, que después añadió—: ¿Es usted del Estado Mayor de la artillería?

—Exacto —repitió Darenski.

La primera, que había respondido a la pregunta sobre el comandante, le pareció a Darenski particularmente atractiva, aunque era más entrada en años que la última en responder. Pertenecía a ese tipo de mujeres que parecían bellas, pero que un movimiento casual de la cabeza bastaba para que de repente revelaran un aspecto ajado, poco interesante, demasiado viejo. Tenía una bonita nariz recta y unos ojos azules fríos que parecían traslucir que conocía el valor exacto de sí misma y los demás.

Su cara parecía decididamente joven, no se le habrían puesto más de veinticinco años, pero apenas fruncía la frente o adoptaba una expresión pensativa, se hacían visibles las arrugas en las comisuras de los labios y la piel que le colgaba del cuello; por lo menos debía de tener unos cuarenta y cinco. Sin embargo sus piernas, vestidas con unas botas elegantes, hechas a medida, eran magníficas.

Todos esos detalles, que se tarda tanto en describir, fueron captados en un instante por el ojo experto de Darenski.

La segunda mujer era joven, pero rellenita, robusta. Tomados por separado, sus rasgos no tenían nada de extraordinario: su pelo carecía de volumen, tenía los pómulos prominentes y los ojos de un color incierto, pero era joven y femenina, hasta tal punto que incluso un ciego sentado a su lado lo habría notado.

Y Darenski también percibió esos detalles al instante. Más aún, en un abrir y cerrar de ojos había comparado inmediatamente las cualidades de la primera, que le había respondido sobre el comandante, y de la segunda, que le había respondido a propósito del miembro del Consejo Militar; y había hecho una elección, una elección casi sin consecuencias prácticas, la misma que hacen casi todos los hombres al mirar a las mujeres. A pesar de que una infinidad de pensamientos le ocupaban la cabeza —¿dónde encontraría al comandante? ¿Lograría obtener la información que necesitaba de él? ¿Dónde podría comer y dormir? ¿Habría un camino largo y difícil desde la división hasta el extremo flanco derecho?–, decidió íntimamente: «¡La elijo a ella!».

Y así fue que en lugar de ir a ver al jefe del Estado Mayor se quedó jugando a las cartas.

Durante la partida, en la que jugó como compañero de la mujer de ojos azules, Darenski se enteró de muchas cosas: su compañera de juego se llamaba Alla Serguéyevna; la segunda, la más joven, trabajaba en la enfermería; el chico de la cara llena, Volodia, era cocinero en la cantina del Consejo Militar y probablemente estaba emparentado con alguien del mando.

Darenski notó enseguida el poder que ejercía Alla Serguéyevna; era obvio por la manera en que la gente se dirigía a ella cuando entraban a la habitación. Lo más probable es que el comandante fuera su marido, no sólo su amante, como pensó de entrada.

Al principio no comprendía por qué Volodia se comportaba de una manera tan familiar con ella. Luego se le ocurrió de repente que Volodia debía de ser el hermano de la primera mujer del comandante. Lo que no estaba claro era si la primera mujer del comandante estaba todavía viva; y si así era, si habían formalizado el divorcio.

Era evidente que la joven, Klavdia, no estaba casada con el miembro del Consejo Militar. Había ciertos matices de arrogancia y condescendencia en la manera en que Alla Serguéyevna le hablaba: «Sí, estoy jugando a las cartas contigo, nos tuteamos, pero son sólo exigencias de la guerra en la que tú y yo participamos».

Por su parte, Klavdia, también tenía un cierto sentido de superioridad respecto a Alla Serguéyevna. Darenski lo entendía así: «Muy bien, tal vez no estoy legalmente casada, pero al menos soy una compañera de guerra, soy fiel al miembro del Consejo; de ti, en cambio, aunque seas esposa legítima, sé dos o tres cosas... Atrévete a llamarme "amante del guerrero"...».

Volodia no se esforzaba en disimular lo mucho que le

gustaba Klavdia. Parecía decir: «El mío es un amor desesperado; ¿cómo puedo, yo, un cocinero, competir con un miembro del Consejo Militar...? Pero aunque sólo sea un cocinero, te amo con un amor puro, tú misma lo debes de notar. Me basta con poder mirar tus ojos negros por los que te ama el miembro del Consejo Militar, nada más».

Darenski jugaba mal a las cartas y Alla Serguéyevna le tomó bajo su protección. A la mujer le gustaba el enjuto teniente coronel que decía «se lo agradezco»; balbuceaba «le ruego que me excuse», cuando al repartir las cartas sus manos se tocaban; miraba desolado a Volodia que se hurgaba la nariz con los dedos y luego se secaba con un pañuelo; sonreía amablemente ante las bromas de los compañeros de juego y él mismo era muy ingenioso.

Después de hacer una de sus bromas, ella le dijo:

—Muy agudo, al principio no caía. Esta vida en la estepa me ha vuelto estúpida.

Pronunció estas palabras en voz baja, como para darle a entender, o mejor hacer que intuyera, que entre los dos se podía entablar una conversación íntima, de carácter privado, capaz de provocar escalofríos en la espalda, el único tipo de conversación que tiene importancia entre un hombre y una mujer.

Darenski continuó cometiendo errores y ella continuó corrigiéndole, pero entre ellos, mientras tanto, se había iniciado otro juego, un juego en el que Darenski no cometía errores, un juego que conocía perfectamente... Y aunque no hubieran hablado excepto para decirse «deshágase de las picas», «tire, tire, no tenga miedo, no se ahorre los triunfos», ella ya había visto y apreciado todos los atractivos que había en él: la suavidad y la fuerza, la reserva y la audacia, la timidez...

Alla Serguéyevna notaba todas esas cualidades por su propia perspicacia y porque Darenski sabía cómo mostrarlas. Y ella sabía demostrarle que entendía las miradas que él dirigía a su sonrisa, al movimiento de sus manos, a la manera como contraía la espalda, a su pecho bajo la elegante gabardina, a sus piernas, a sus cuidadas uñas. Da-

374

renski percibía que la voz de Alla era más cantarina y forzada, y su sonrisa era más amplia que de costumbre para permitirle apreciar la belleza de su voz, la blancura de sus dientes, la seducción de sus hoyuelos...

Darenski estaba emocionado y agitado por aquella atracción que se había despertado en él. Nunca se acostumbraba a una sensación así, y cada vez le parecía la primera. Su gran experiencia en las relaciones con las mujeres nunca se había transformado en costumbre. Su experiencia era una cosa, el placer y la excitación otra bien diferente. Precisamente eso le convertía en un verdadero amante de las mujeres.

Al final acabó pasando la noche en el cuartel general del ejército.

Por la mañana fue a ver al jefe del Estado Mayor, un coronel taciturno que no le hizo ni una pregunta sobre Stalingrado, sobre las novedades en el frente, sobre la situación al noroeste. Después de la conversación Darenski comprendió que aquel coronel podía ofrecer poca satisfacción a su curiosidad de inspector, le pidió que estampara un sello en sus documentos y salió a inspeccionar las tropas.

Se sentó en el coche con una extraña sensación de vacío y debilidad en las piernas y en las manos, sin un solo pensamiento, sin deseo, reuniendo en sí la saciedad y el vacío total... Le parecía que a su alrededor todo se había vuelto insípido y vacío: el cielo, la vegetación de las estepas, las dunas que el día antes le habían gustado tanto. No tenía ganas de hablar ni de bromear con el conductor, el pensamiento de los suyos, incluso de su madre, que Darenski quería y admiraba, le aburría y le dejaba indiferente...

Las reflexiones sobre la batalla en el desierto, en los confines de la tierra rusa, no le preocupaban, pero se sucedían con indolencia.

De vez en cuando Darenski escupía, movía la cabeza, y con una especie de inexpresivo asombro susurraba: «Pero qué mujer...».

En aquellos momentos se agolpaban en su cabeza pensamientos de arrepentimiento y la constatación de que aquel tipo de caprichos pasajeros no traían nada bueno, y se acordaba de haber leído alguna vez en un escrito de Kuprín, o en alguna novela extranjera, que el amor se parece al carbón: cuando está candente, quema; cuando está frío, ensucia.

Sentía incluso asomar las lágrimas a sus ojos, no es que tuviera deseos de llorar, sino de lloriquear, quejarse a alguien... No era una elección propia, era la voluntad del destino... Luego se durmió. Cuando se despertó, decidió al instante: «Si no me matan, a mi regreso tengo que ver sin falta a Állochka».

70

Tras volver del trabajo, el comandante Yershov se detuvo ante la litera de Mostovskói y le dijo:

—Un americano ha oído por la radio que nuestra resistencia en Stalingrado ha desbaratado la estrategia de los alemanes.

Después, arrugando la frente, añadió:

—Además hay una información de Moscú... algo sobre la liquidación del Komintern.

—¿Está de broma? ¿Se ha vuelto loco? —preguntó Mostovskói escrutando los ojos inteligentes de Yershov, fríos como el agua turbia de primavera.

—Quizás el americano se haya confundido —respondió Yershov rascándose el pecho con las uñas—. Quizá sea al contrario, que estén ampliando el Komintern.

Durante su vida Mostovskói había conocido varias personas parecidas, personas que se habían convertido en la membrana sensible, los portavoces de ideales, pasiones y pensamientos de toda la sociedad. Parecía que ningún acontecimiento serio en Rusia pudiera pasarles inadvertido. En la comunidad del campo de concentración ese portavoz de pensamientos y aspiraciones era Yershov. Pero el rumor sobre la liquidación del Komintern no presentaba el menor interés para este «director de conciencias» del campo.

El comisario de brigada Ósipov, que había sido responsable de la educación política de una gran unidad militar, se mostró asimismo indiferente a esta noticia.

–¿Sabe lo que me ha dicho el general Gudz? –dijo Ósipov dirigiéndose a Mostovskói–. Me ha dicho: «Es culpa de su educación internacionalista, camarada comisario, que hayamos conocido la desbandada. Deberíamos educar al pueblo en el espíritu del patriotismo, el espíritu de Rusia».

–¿Se refiere a Dios, el zar y la patria? –se rió maliciosamente Mostovskói.

–Todo eso son estupideces –dijo Ósipov bostezando nerviosamente–. Aquí la ortodoxia no cuenta, el problema es que los alemanes nos están despellejando vivos, querido camarada Mostovskói.

Un soldado español al que los rusos llamaban Andriushka, que dormía en la tercera fila de literas, había escrito «Stalingrado» en una tablilla de madera: por la noche miraba esa inscripción y por la mañana le daba la vuelta para que el kapo no la viera durante la inspección.

El mayor Kiríllov dijo a Mostovskói:

–Cuando no me enviaban a trabajar solía pasarme días enteros tumbado en la litera. Ahora me lavo la camisa y mastico astillas de pino contra el escorbuto.

Los oficiales de las SS, apodados «los alegres muchachos» porque siempre iban a trabajar cantando, increpaban a los rusos con más crueldad que de costumbre.

Lazos invisibles unían a los habitantes de los barracones del campo de concentración con la ciudad del Volga. Pero nadie estaba interesado en el Komintern.

Fue entonces cuando por primera vez Mostovskói fue abordado por el emigrado Chernetsov.

Cubriéndose con la palma de la mano la cuenca vacía

de su ojo, aludió a la radioemisión que había escuchado el americano.

Era tanta su necesidad de hablar del tema que Mostovskói se alegró de que se le presentara aquella ocasión.

—Las fuentes no son fiables —señaló Mostovskói—. Probablemente sólo se trate de un rumor.

Con un tic neurasténico Chernetsov enarcó las cejas en señal de perplejidad, lo cual resaltaba desagradablemente su cuenca vacía.

—¿Por qué? —preguntó el menchevique tuerto—. ¿Por qué es poco fiable? Los señores bolcheviques han fundado la Tercera Internacional, los señores bolcheviques han fundado la teoría del así llamado socialismo en un solo país. La unión de esos dos términos es la quintaesencia de lo absurdo. Como hielo frito... Gueorgui Valentínovich Plejánov escribió en uno de sus últimos artículos: «El socialismo o existe como sistema mundial, internacional, o no existe en absoluto».

—¿El así llamado socialismo? —preguntó Mostovskói.

—Sí, sí, el «así llamado». El socialismo soviético.

Chernetsov sonrió y vio que Mostovskói también sonreía. Sonreían porque reconocían su pasado en aquellas palabras rencorosas, en aquellas entonaciones burlonas y odiosas.

La cuchilla afilada de su enemistad juvenil refulgió de nuevo a través de las décadas, y aquel encuentro en un campo de concentración nazi les recordó no sólo su antiguo odio, sino los tiempos de su juventud.

El prisionero extraño y enemigo conocía y amaba lo que Mostovskói durante su juventud había conocido y amado. Era Chernetsov, y no Ósipov o Yershov, quien recordaba el Primer Congreso del Partido, los nombres de personas que sólo a ellos les interesaban. Hablaban emocionados sobre las relaciones entre Marx y Bakunin, de qué habían dicho Lenin y Plejánov sobre los moderados y los radicales del periódico *Iskra*. Con qué afecto Engels, viejo y ciego, daba la bienvenida a los jóvenes socialdemócratas rusos que acudían a visitarle. ¡Qué insoportable había sido Liúbochka Akselrod en Zúrich!

Compartiendo evidentemente los mismos sentimientos que Mostovskói, el tuerto menchevique sonrió mientras decía:

–Los escritores han descrito de manera conmovedora el encuentro entre amigos de juventud. Pero ¿qué hay del encuentro entre enemigos de juventud, de perros viejos, de pelo gris y extenuados como usted y yo?

Mostovskói vio una lágrima corriendo por la mejilla de Chernetsov. Los dos comprendían que la muerte en el campo pronto anularía, cubriría de tierra, todos los acontecimientos de una larga vida: su enemistad, sus convicciones y sus errores.

–Sí –confirmó Mostovskói–, los que luchan contigo en el curso de toda una vida, se convierten a la fuerza en parte de tu propia vida.

–Es extraño –admitió Chernetsov– encontrarse en este pozo de lodo. –Después añadió inesperadamente–: Trigo, cereales, lluvia con sol... ¡Qué maravillosas palabras!

–Este campo es un sitio horrible –dijo Mostovskói; luego rió–. Todo parece bueno en comparación con él, incluso el encuentro con un menchevique.

Chernetsov movió tristemente la cabeza:

–Sí, no debe de ser fácil para usted.

–El hitlerismo... –dijo Mostovskói–. ¡El hitlerismo! Nunca imaginé que pudiera existir semejante infierno.

–No sé de qué se asombra –declaró Chernetsov–. El terror no debería sorprenderle.

Era como si el viento hubiera barrido todo lo bueno y melancólico que había nacido entre los dos, y enseguida se enzarzaron en una discusión violenta y despiadada.

Las difamaciones de Chernetsov eran horribles porque no sólo se alimentaban de mentiras. Las atrocidades que se habían cometido durante la construcción del socialismo, los pequeños y aislados errores, Chernetsov los elevaba a reglas generales. Así el menchevique recriminó a Mostovskói:

–Por supuesto le conviene pensar que los hechos de 1937 no fueron más que «excesos» y que los crímenes cometidos durante la colectivización se debieron al «vértigo del éxito», que vuestro gran y querido líder sólo peca de una leve crueldad y ambición. Pero en realidad es todo lo contrario: la monstruosa inhumanidad de Stalin ha hecho de él el continuador de Lenin. De hecho a ustedes les gusta escribir: Stalin es el Lenin de nuestros tiempos. Ustedes creen que la miseria de los pueblos y el hecho de que los obreros estén privados de derechos no son más que elementos transitorios, dificultades del crecimiento. Ustedes son los verdaderos kulaks, los verdaderos monopolistas: el trigo que compráis a un campesino a cinco kopeks el kilo y luego volvéis a venderle a un rublo el kilo es la base de todo el edificio soviético.

–¡Incluso usted, un emigrado y un menchevique, admite que Stalin es el Lenin de nuestros tiempos! –exclamó Mostovskói–. Somos los herederos de todas las generaciones de revolucionarios rusos desde Pugachev a Razin. Los herederos de Pugachev, Razin, Dobroliúbov y Herzen no sois vosotros, renegados mencheviques que habéis huido al extranjero, sino Stalin.

–¡Sí, los herederos! –dijo Chernetsov–. ¿Se da cuenta del significado de las elecciones para la Asamblea Constituyente? ¡Después de mil años de esclavitud! Durante todo un milenio Rusia ha sido libre poco más de seis meses. Su Lenin no heredó la libertad rusa: la mató. Cuando pienso en los procesos de 1937 me viene a la mente otro legado completamente diferente: ¿se acuerda usted del coronel Sudeikin, el jefe de la Tercera Sección, que junto con Degáyev quería atemorizar al zar montando falsos complots y, por este medio, usurpar el poder? ¿Y usted piensa que Stalin es el heredero de Herzen?

–¿Es que estoy hablando con un idiota? –preguntó Mostovskói–. ¿Dice en serio lo de Sudeikin? ¿Y la revolución social más grande de todos los tiempos, la expropiación a los expropiadores, las fábricas sustraídas a los capitalistas y las tierras arrebatadas a los terratenientes? ¿Es que no se ha dado cuenta? ¿Es que es eso herencia de Sudeikin? ¿Y la alfabetización general? ¿Y la industria pesada? ¿Y la irrupción del cuarto estado, obreros y campesinos, en todos los campos de la actividad humana? ¿Dónde está aquí la herencia de Sudeikin? Qué lástima me da.

–Lo sé, lo sé –dijo Chernetsov–, no se pueden discutir los hechos. Se explican. Sus mariscales y escritores, sus doctores en ciencias, artistas y comisarios del pueblo no están al servicio del proletariado. Están al servicio del Estado. Por lo que respecta a los que trabajan en los campos o las fábricas, espero que no se atrevan ustedes a decir que son los amos. ¡Vaya amos están hechos!

Se inclinó de repente hacia Mostovskói y dijo:

–Permítame que le diga que al único que respeto de todos ustedes es a Stalin. Él es un albañil y ustedes, unos señoritos. Stalin entiende cuál es la verdadera base del socialismo en un solo país: el terror, los campos penitenciarios, los procesos de brujas medievales.

Mijaíl Sídorovich replicó a Chernetsov:

–Querido, todas esas calumnias no son nuevas. Pero debo decirle que usted lo dice de una manera especialmente repulsiva. Sólo un hombre que haya vivido en su casa desde niño y que luego lo hayan echado a la calle puede ser tan despreciable. ¿Se da cuenta de qué tipo de hombre es ése? ¡Un lacayo!

Miró fijamente a Chernetsov y dijo:

–No le ocultaré que más bien tenía ganas de recordar lo que nos unía en 1898 y no lo que nos separó en 1903[1].

–¿Conversar sobre la época en que todavía no se había echado al lacayo de su casa?

Llegados a ese punto, Mijaíl Sídorovich montó en cólera:

–Sí, sí, ¡así es! ¡Un lacayo al que se ha expulsado, que ha huido! ¡Con guantes de hilo! Nosotros no llevamos guantes, no tenemos nada que ocultar. ¡Nuestras manos están sucias de sangre, de barro! ¿Y entonces? Hemos llegado al movimiento obrero sin los guantes de Plejánov...

1. 1898: año de la fundación del Partido Obrero Socialdemócrata Ruso. 1903: fecha de la escisión entre bolcheviques y mencheviques.

¿Qué os han dado vuestros guantes de lacayo? ¿Las monedas de plata de Judas que recibís por vuestros miserables artículos en *Sotsialistícheski Véstnik*? Aquí, en el campo de concentración, los ingleses, los franceses, los polacos, los noruegos, los holandeses creen en nosotros. ¡La salvación del mundo está en nuestras manos! En la fuerza del Ejército Rojo. ¡Es el ejército de la libertad!

–¿Y es así como ha sido siempre? –le interrumpió Chernetsov–. ¿Y qué me dice del pacto con Hitler y la invasión de Polonia en 1939? ¿Y de cómo vuestros carros aplastaron a Lituania, Estonia, Letonia? ¿Y la invasión de Finlandia? Vuestro ejército y Stalin han robado a los pueblos pequeños lo que la Revolución les había dado. ¿Y la represión de las sublevaciones campesinas en Asia Central? ¿Y la represión de Kronstadt? ¿Todo eso en nombre de la libertad y la democracia?

Mostovskói levantó las manos a la altura de la cara de Chernetsov:

–Aquí están: ¡sin guantes de lacayo!

–¿Recuerda a Strelnikov, el jefe de la policía política? También él trabajaba sin guantes. Escribía falsas confesiones en nombre de los revolucionarios a los que mandaba golpear casi hasta la muerte. ¿De qué os ha servido 1937? ¿Os habéis estado preparando para luchar contra Hitler, tal vez? ¿Quién os lo ha enseñado, Marx o Strelnikov?

–No me sorprenden en absoluto sus palabras nauseabundas –dijo Mostovskói–. No esperaba menos de usted. Pero ¿sabe lo que me sorprende? ¿Por qué los nazis le han hecho prisionero en un campo? ¿Por qué? A nosotros nos odian a muerte. Eso está claro. Pero ¿por qué Hitler le ha metido a usted y a sus amigos en el campo?

Chernetsov sonrió, y su cara adoptó la expresión que tenía al principio de la conversación.

–Ya, como usted ve, aquí me tienen –respondió–. No me sueltan. Intervenga a mi favor, tal vez me liberen.

Pero Mostovskói no estaba para bromas.

–Con el odio que usted nos tiene no debería estar preso en un campo de concentración nazi. Y no hablo sólo de usted, sino también de ese tipo –dijo señalando a Ikónni-kov-Morzh, que se aproximaba.

La cara y las manos de Ikónnikov estaban manchadas de barro. Éste alargó a Mijaíl Sídorovich algunas hojas de papel sucias escritas a mano y dijo:

–Léalas. Quizá mañana estemos muertos.

Mostovskói, escondiendo las hojas bajo el jergón, exclamó furioso:

–Las leeré, pero ¿qué es eso de que mañana estaremos muertos?

–¿Sabe lo que he oído? Que las fosas que hemos cavado están destinadas a cámaras de gas. Hoy han comenzado a verter hormigón en los cimientos.

–Sí –dijo Chernetsov–. Ese rumor ya corría cuando estábamos instalando la vía férrea.

Miró a su alrededor, y Mostovskói pensó que Chernetsov estaba interesado en comprobar si los compañeros que llegaban del trabajo advertían que estaba hablando en tono desenfadado con un viejo bolchevique. Con toda probabilidad se sentía orgulloso de que le vieran así los italianos, los noruegos, los españoles, los ingleses, pero sobre todo, los prisioneros rusos.

–¿Y tenemos que continuar trabajando? –preguntó Ikónnikov-Morzh–. ¿Participar en la preparación del horror?

Chernetsov se encogió de hombros.

–¿Qué cree, que estamos en Inglaterra? Aunque ocho mil personas se negaran a trabajar, no cambiaría nada. Las matarían en menos de una hora.

–No, no puedo –dijo Ikónnikov-Morzh–. No iré, no iré.

–Si no quiere trabajar, acabarán con usted –afirmó Mostovskói.

–Así es –dijo Chernetsov–. Puede creer estas palabras, el camarada aquí presente sabe qué significa incitar a la huelga en un país donde no existe democracia.

La conversación con Mostovskói lo había apesadumbrado. Ahí, en el campo nazi, las palabras que había pronunciado infinidad de veces en su apartamento de París le sonaban falsas, absurdas. Escuchando las conversaciones entre los reclusos a menudo descubría la palabra «Stalingrado». A eso, tanto si le gustaba como si no, estaba ligado el destino del mundo.

Un joven inglés le hizo el signo de la victoria y añadió:

—Rezaré por vosotros. Stalingrado ha detenido la avalancha.

Chernetsov, al oír esas palabras, sintió una feliz emoción y, dirigiéndose a Mostovskói, dijo:

—¿Sabe? Heine decía que sólo los idiotas demuestran su propia debilidad ante el enemigo. Bueno, seré un idiota, tiene razón: veo claramente el gran significado de la lucha que mantiene el Ejército Rojo. Para un socialista ruso es duro comprenderlo, y al comprenderlo, estar orgulloso y sufrir, y al mismo tiempo, odiaros.

Miró a Mostovskói. Por un momento pareció como si el ojo sano de Chernetsov también estuviera inyectado en sangre.

—Pero ¿no entiende, incluso aquí, que un hombre no puede vivir sin democracia ni libertad? —preguntó Chernetsov.

—Basta, basta ya de crisis nerviosas.

Miró alrededor, y Chernetsov pensó que Mostovskói se preocupaba de que los que llegaban del trabajo lo vieran charlando amistosamente con un emigrado menchevique. Con toda probabilidad se avergonzaba incluso ante los extranjeros. Pero sobre todo ante los prisioneros rusos.

La órbita vacía y sangrienta miraba fijamente a Mostovskói.

Ikónnikov sacudió el pie descalzo del sacerdote que se sentaba en la litera de la segunda fila.

—*Que dois-je faire, mio padre? Nous travaillons dans une Vernichtungslager.*

Los ojos de antracita de Guardi escrutaron las caras de los allí presentes.

—*Tout le monde travaille là-bas. Et moi je travaille là-*

384

bas. Nous sommes des esclaves –dijo lentamente–. *Dieu nous pardonnera.*

–*C'est son métier* –añadió Mostovskói.

–*Mais ce n'est pas votre métier* –contestó Guardi en tono de reproche.

Ikónnikov-Morzh dijo a toda prisa:

–Sí, eso es lo que dice Mijaíl Sídorovich, pero yo no quiero la absolución de mis pecados. No diga que son culpables los que te obligan, que tú eres un esclavo, y que no eres culpable porque no eres libre. ¡Yo soy libre! Soy yo el que está construyendo un *Vernichtungslager,* yo el que responde ante la gente que morirá en las cámaras de gas. Yo puedo decir: «¡No!». ¿Qué poder puede prohibírmelo si encuentro dentro de mí la fuerza para no tener miedo a la muerte? ¡Yo diré «no»! *Je dirai non, mio padre, je dirai non.*

Guardi puso su mano sobre la cabeza gris de Ikónnikov.

–*Donnez-moi votre main* –dijo.

–Bien. Ahora el pastor amonestará a su oveja extraviada por su orgullo –dijo Chernetsov.

Mostovskói asintió.

Pero Guardi no amonestó a Ikónnikov: se llevó a los labios la mano sucia de Ikónnikov y la besó.

71

Al día siguiente Chernetsov estaba hablando con uno de sus pocos conocidos soviéticos, el soldado del Ejército Rojo Pavliukov que trabajaba como enfermero en el *Revier.*

Pavliukov se estaba quejando de que pronto tendría que dejar su puesto actual para ir a cavar fosas.

–Es por culpa de los miembros del Partido –aseguró–, no soportan que tenga un buen puesto porque he sabido sobornar a la gente acertada. Pero ellos saben guardarse las espaldas: siempre acaban trabajando en la cocina, en el *Waschraum,* como barrenderos. ¿Recuerda lo que pasaba antes de la guerra? El comité de distrito es mío. El sindicato es mío. ¿No es cierto? Aquí es lo mismo. Ponen a sus hombres en la cocina para tener raciones de comida más abundantes. Mantienen a un viejo bolchevique como si estuviera en una casa de reposo, mientras que vosotros ya os podéis estar muriendo como perros que no os mirarán siquiera. ¿Es justo? Después de todo nosotros también hemos trabajado duro por el poder soviético.

Chernetsov, confuso, admitió que hacía veinte años que no vivía en Rusia. Había notado que palabras como «emigrado» y «extranjero», alejaban al instante a los detenidos soviéticos. Pero la respuesta de Chernetsov no puso en alerta a Pavliukov.

Se sentaron sobre un montón de tablas. Pavliukov, que tenía el aspecto de un verdadero hijo del pueblo, con su nariz y frente ancha –como observó Chernetsov–, miró al centinela que se estaba dirigiendo a la torre de hormigón, y dijo:

–No tengo otra elección. Me uniré al ejército de voluntarios. De lo contrario será mi fin.

–¿Para salvar el pellejo? –preguntó Chernetsov.

–Yo no soy un kulak –dijo Pavliukov–, y nunca he sido enviado a las talas forestales para cortar árboles, pero tengo mis reservas contra los comunistas. No te dejan vivir a tu manera. No, eso no lo siembres; con ésa no te cases; éste no es tu trabajo. El hombre acaba pareciéndose a un loro. Desde niño he querido abrir una tienda propia, una donde se pudiera comprar todo lo que uno quisiera. Y al lado de la tienda, un pequeño restaurante donde, después de las compras, poder tomar una copita, meterte algo caliente en el cuerpo, o si te apetece, una cerveza. ¿Sabe? Lo habría hecho a buen precio. Habría servido platos sencillos. ¡Patatas al horno! ¡Tocino con ajo! ¡Col en salmuera! ¿Sabe lo que le serviría a la gente con el vodka? ¡Huesos de tuétano! Los tendría todo el rato cociéndose en la olla. Así, tú pagas por el vodka, y yo te ofrezco un trozo de pan negro, un hueso, y sal, por supuesto. Y por todas partes, sillones de piel para evitar piojos. Te sientas ahí, tranquilamente, y nosotros te servimos. Pero si le hubiera contado a alguien esa idea, me habrían enviado a Siberia. No veo dónde está el daño para el pueblo. Los precios serían la mitad que los del Estado.

Pavliukov miró de reojo a su interlocutor.

—En nuestro barracón se han inscrito cuarenta tipos como voluntarios.

—¿Por qué motivo?

—Por un plato de sopa, por un abrigo, para no trabajar hasta que te reviente el cráneo.

—¿Y qué más?

—Algunos empujados por razones ideológicas.

—¿Cuáles?

—Bueno, diferentes... La gente asesinada en los campos. La pobreza en los pueblos. Ya no soportan el comunismo.

—¡Eso es despreciable! —exclamó Chernetsov.

El soviético lanzó una mirada de curiosidad al emigrado, y éste advirtió en su curiosidad una sorpresa burlona.

—Es vergonzoso, bajo, inmoral —dijo Chernetsov—. No es momento de ajustar cuentas; así no es como se arreglan las cosas. Es algo inmoral para uno mismo y para su país.

Se levantó y se sacudió el trasero.

—Nadie puede acusarme de sentir simpatía hacia los bolcheviques —dijo—. Pero, créame, no es momento para ajustar cuentas. No se una a Vlásov —comenzó a tartamudear en su excitación, y añadió—: Escuche, camarada. No vaya.

Después de pronunciar la palabra «camarada», como en los tiempos de su juventud, no pudo ocultar su emoción:

—Dios mío —balbuceó—, si hubiera podido...

... El tren se alejó del andén. El aire, cargado de polvo, estaba impregnado de olores dispares: lilas, humo de la locomotora y de la cocina del restaurante de la estación, el hedor del basurero de la ciudad.

El farol continuaba alejándose, cada vez más distante, hasta que pareció inmovilizarse entre otras luces verdes y rojas.

El estudiante permaneció un instante en el andén antes

de salir por la puerta lateral de la estación. Mientras ella se despedía de él, le había rodeado el cuello con sus brazos y le había besado en la frente, los cabellos, se sentía confusa, al igual que él, por la violencia repentina de sus sentimientos... Salía de la estación y la felicidad que había nacido en su interior le hacía girar la cabeza; parecía que aquél era el inicio de algo que llenaría toda su vida...

Había recordado aquel instante la tarde que finalmente abandonó Rusia, de camino a Slavuta. Se acordó más tarde, en un hospital de París, después de la operación en que le extrajeron el ojo afectado de glaucoma, y lo recordaba también cuando penetraba en el porche, siempre en penumbra, del banco donde trabajaba.

El poeta Jodásevich, que también había abandonado Rusia para instalarse en París, había escrito:

Va un peregrino, apoyado en un báculo:
quién sabe por qué me acuerdo de ti.
Va una carroza con las ruedas rojas:
quién sabe por qué me acuerdo de ti.
Se enciende una luz en el pasillo de noche:
quién sabe por qué me acuerdo de ti.
Siempre, en todas partes, por tierra y por mar,
o incluso en el cielo, me acordaré de ti...

Sentía de nuevo deseos de acercarse a Mostovskói y preguntarle:

—¿No conocerá por casualidad a una tal Natasha Zadónskaya? ¿Sabe si está viva? ¿De veras ha caminado usted por la misma tierra que ella durante todas estas décadas?

72

El *Stubenälteste* Keize, un ladrón de Hamburgo que llevaba polainas amarillas y una chaqueta a cuadros color crema con los bolsillos de parche, estaba de buen humor durante el pase de lista nocturno. Deformando las palabras rusas, canturreaba: *Kali zavtra voina, esli zavtra v pochod...*[1]

Su cara arrugada, color azafrán, los ojos marrones como de plástico, aquella noche expresaban bondad. Su mano regordeta, blanca como la nieve, sin un solo pelo, cuyos dedos eran capaces de estrangular a un caballo, daba golpecitos en la espalda y los hombros de los detenidos. Para él matar era tan sencillo como poner una zancadilla a modo de broma. Siempre mantenía un punto de excitación después de un asesinato, como un gato que ha estado jugando con un abejorro.

Casi siempre mataba por orden del *Sturmführer* Drottenhahr, el responsable de la sección sanitaria en el bloque oriental. Lo más difícil era acarrear los cuerpos hasta los crematorios, pero de eso no se ocupaba Keize: nadie se había atrevido a pedirle una tarea semejante. Drottenhahr era demasiado experto y no permitía que los hombres se debilitaran hasta el punto de que tuvieran que ser llevados al lugar de la ejecución en camilla.

Keize no apremiaba a los que estaban destinados a la «operación», no les hacía observaciones maliciosas, nunca los empujaba o golpeaba. Aunque había subido más de cuatrocientas veces los dos escalones de hormigón que conducían a las cámaras especiales siempre sentía un vivo interés por el hombre que iba a ser sometido a la operación: por la mirada de terror e impaciencia, de sumisión, sufrimiento, timidez y apasionada curiosidad con que el condenado iba al encuentro del hombre que iba a matarle.

Keize no lograba entender por qué le gustaba tanto lo prosaico de su trabajo. La cámara especial tenía una apariencia anodina: un taburete, un suelo de piedra gris, un desagüe, un grifo, una manguera, un despacho con un libro de registro.

La operación se efectuaba con absoluta naturalidad,

1. «Si mañana comienza la guerra, hay que ponerse en camino...»

siempre se hablaba de ella en tono de broma. Si se llevaba a cabo con ayuda de una pistola, Keize decía «disparar en la cabeza un grano de café»; si se hacía mediante una inyección de fenol, Keize lo llamaba «pequeña dosis de elixir».

Le parecía asombroso y sencillo el modo en que se revelaba el secreto de la vida en un grano de café y una dosis de elixir.

Sus ojos marrones de plástico fundido parecían no pertenecer a un ser vivo. Era una resina amarilla pardusca que se había petrificado... Y cuando en los ojos de hormigón de Keize aparecía una expresión de alegría, inspiraban terror, probablemente el mismo terror que siente un pececito que se aproxima a un tronco aparentemente cubierto de arena para descubrir de repente que la oscura masa viscosa tiene ojos, dientes, tentáculos.

Allí, en el campo de concentración, Keize experimentaba un sentimiento de superioridad respecto a los pintores, revolucionarios, científicos, generales, religiosos que poblaban los barracones. Ya no se trataba del grano de café o la dosis de elixir. Era un sentimiento de superioridad natural, y ese sentimiento le colmaba de alegría.

No gozaba de su enorme fuerza física, ni de su capacidad para apartar los obstáculos a su paso, de llevarse a la gente por delante o para forzar cajas fuertes. Se sentía orgulloso de los complejos enigmas que encerraba su alma. Había algo particular en su ira que se desataba sin lógica aparente. Una vez, en primavera, cuando los prisioneros de guerra rusos seleccionados por la Gestapo fueron descargados del convoy en el barracón especial, Keize les pidió que cantaran sus canciones preferidas.

Cuatro rusos con mirada de ultratumba y las manos hinchadas entonaron: «¿Dónde estás, oh, Suliko mía?». Keize escuchaba melancólico y miraba a un hombre de pómulos prominentes que estaba en un rincón. Por respeto a los artistas no interrumpió la canción, pero cuando los cantantes se callaron, dijo al hombre de pómulos salientes que no había participado en el coro que cantara como solista. Echando una ojeada al cuello sucio de la guerrera del soldado, donde quedaban las marcas de los galones descosidos, Keize preguntó:

–*Verstehen Sie, Herr Major*, ¿has comprendido, cerdo?

El hombre asintió. Había comprendido.

Keize le cogió por el cuello y lo zarandeó como se sacude un despertador estropeado. El prisionero de guerra le asestó un puñetazo en el pómulo y le insultó.

Parecía que le había llegado su hora. Pero el *Gauleiter* del barracón especial no mató al mayor Yershov, le asignó el catre del rincón, en el fondo, junto a la ventana. El lugar estaba vacío a la espera de alguien que resultara del agrado de Keize. Ese mismo día Keize llevó a Yershov un huevo de oca cocido y riéndose se lo dio.

–*Ihre Stimme wird schön!*[1]

Desde entonces Keize se comportó bien con Yershov. También en el barracón todo el mundo respetaba a aquel prisionero cuya firmeza inflexible se asociaba a un carácter dulce y alegre.

Después del incidente con Keize, sólo uno de los intérpretes de *Suliko* estaba resentido con Yershov: el comisario de brigada Ósipov.

–Es un tipo difícil –decía.

Poco después de este suceso Mostovskói bautizó a Yershov como director de conciencias.

Además de Ósipov, otro hombre que sentía antipatía por Yershov era Kótikov, un prisionero de guerra taciturno que parecía saberlo todo de todo el mundo. Kótikov era incoloro; todo lo que tenía que ver con él –sus ojos, los labios, incluso la voz– carecía de color. La ausencia de color era tan pronunciada que se convertía en un color inolvidable.

Aquella noche la alegría de Keize durante el pase de lista hizo aumentar la tensión y el miedo entre los detenidos. Los habitantes de los barracones siempre vivían en estado de alerta, a la espera de que algo malo sucediera, y el miedo, los presentimientos, la angustia que experimentaban

---

1. «¡Te pondrá la voz hermosa!»

día y noche, ora se hacían más intensos, ora amainaban, pero nunca les abandonaban.

Hacia el final del pase de lista, ocho kapos fueron a los barracones especiales. Vestían una ridícula gorra de visera propia de un payaso y un brazalete de un amarillo vivo. A juzgar por sus caras, se adivinaba que no llenaban su escudilla de la olla del resto de los reclusos.

El hombre al mando, König, era alto, rubio y apuesto. Vestía un abrigo de color acerado al que le habían descosido todos los distintivos. Por debajo del abrigo asomaban un par de botas que relucían como diamantes. Era un antiguo oficial de las SS que había sido degradado y relegado al campo por varios delitos criminales. Ahora era el jefe de la policía del campo.

–*Mütze ab!*[1] –gritó Keize.

Así dio inicio el registro. Los kapos, con los gestos entrenados y aprendidos de los obreros de una fábrica, palpaban las mesas en busca de cavidades, sacudían los harapos, comprobaban con sus dedos ágiles e inteligentes las costuras de las ropas de los detenidos, y miraban dentro de las escudillas. A veces, a modo de broma, propinaban un rodillazo en el trasero a un detenido y decían: «A tu salud».

De vez en cuando los kapos se volvían hacia König y le tendían algún objeto encontrado: unos apuntes, un cuaderno, una cuchilla de afeitar. König, con un movimiento brusco de guantes, les hacía saber si le parecía digno de interés o no.

Durante el registro los detenidos permanecían de pie, alineados en fila.

Mostovskói y Yershov estaban uno al lado del otro, mirando a König y Keize. Las figuras de los dos alemanes parecían fundidas en bronce.

Mostovskói se tambaleaba, la cabeza le daba vueltas. Apuntando con el dedo en dirección a Keize, dijo a Yershov:

–¡Ay, qué individuo!

1. «¡Gorros fuera!»

–Un magnífico ejemplar ario –respondió Yershov. Y para que Chernetsov no le oyera murmuró al oído de Mostovskói–: Pero algunos de nuestros muchachos no se quedan cortos.

Chernetsov se entrometió en la conversación que no había oído y dijo:

–Cada pueblo tiene el derecho sagrado de poseer sus héroes, sus santos y sus villanos.

Mostovskói se volvió hacia Yershov, pero lo que dijo también iba para Chernetsov.

–Por supuesto, nosotros también tenemos a nuestros canallas, pero en el asesino alemán hay algo irrepetible.

El registro concluyó. Dieron la orden de echarse a dormir. Los prisioneros se encaramaron a sus literas.

Mostovskói se acostó y estiró las piernas. Luego recordó que no había comprobado si todas sus cosas seguían en orden. Se levantó con un gemido y empezó a examinar sus pertenencias. Parecía que no había desaparecido la bufanda, ni tampoco los trozos de tela que utilizaba como calcetines, pero la sensación de ansiedad no remitió.

Yershov se le aproximó y le dijo en voz baja:

–El kapo Nedzelski va diciendo por ahí que nuestro bloque se disolverá. Algunos de los hombres serán retenidos para ser sometidos a más interrogatorios y la mayor parte irá a parar a campos comunes.

–Qué más da –respondió Mostovskói.

Yershov se sentó en el catre y dijo, con una voz baja y sin embargo clara:

–¡Mijaíl Sídorovich!

Mostovskói se incorporó sobre el codo y le miró.

–Mijaíl Sídorovich, he estado pensando en algo importante y necesito hablar con usted. Si vamos a morir quiero que sea haciendo ruido.

Hablaba en un susurro y Mostovskói, escuchando a Yershov, comenzó a sentirse embargado por la emoción. Era como si una brisa mágica soplara sobre él.

–El tiempo es oro –dijo Yershov–. Si los alemanes consiguen tomar ese diabólico Stalingrado, todo el mundo se instalará en la apatía. Sólo tiene que echar un vistazo a tipos como Kiríllov para convencerse.

El plan de Yershov consistía en formar una alianza militar entre los prisioneros de guerra. Repasó el plan punto por punto de memoria, como si estuviera leyendo un documento.

–... instauración de la disciplina y de la solidaridad entre todos los ciudadanos soviéticos presentes en el campo; expulsión de los traidores del propio círculo; sabotaje al enemigo; creación de comités de lucha entre prisioneros polacos, franceses, yugoslavos y checos...

Mirando sobre las literas la confusa penumbra del barracón, dijo:

–Algunos de los hombres de la fábrica militar confían en mí: reuniremos armas. Haremos las cosas a lo grande. Disponemos de enlaces con decenas de otros campos. Terror contra los traidores. Nuestro objetivo final: una sublevación general, una Europa libre y unida.

–¡Una Europa libre y unida! Ay, Yershov, Yershov...

–No estoy hablando por hablar. Nuestra conversación es sólo el inicio de la lucha.

–Me alisto en su ejército –dijo Mostovskói y, moviendo la cabeza, repitió–: Una Europa libre... Aquí, en nuestro campo, habrá una sección de la Internacional Comunista, compuesta sólo por dos personas, una de las cuales ni siquiera está afiliada al Partido.

–Usted tiene conocimientos de alemán, inglés y francés, conseguiremos miles de contactos –afirmó Yershov–. ¿Qué Komintern necesita? Prisioneros de todos los países, ¡uníos!

Mostovskói, mirando a Yershov, pronunció unas palabras que creía haber olvidado hacía mucho tiempo:

–¡La voluntad del pueblo! –Y se sorprendió de haber recordado justamente esas palabras.

–Tenemos que hablar con Ósipov y el coronel Zlatokrilets –prosiguió Yershov–. Ósipov tiene una gran energía. Pero no le gusto, es mejor que hable usted con él. Y yo hablaré con el coronel hoy mismo. Con ellos seremos cuatro.

73

El cerebro del mayor Yershov trabajaba sin tregua, día y noche, elaborando un plan para articular un movimiento clandestino que abarcara todos los campos alemanes. Pensaba en los medios de enlace entre ellos, reteniendo los nombres de los campos de trabajo, los campos de concentración y las estaciones ferroviarias. Pensaba en la creación de un código secreto, en la posibilidad de incluir en las listas de transporte, con ayuda de los detenidos que trabajaban en la administración, a los miembros de la organización secreta que tendrían que desplazarse de campo en campo.

¡Su alma acariciaba un sueño! La obra de miles de agitadores clandestinos y heroicos saboteadores culminaría con una insurrección armada en los campos. Quienes se involucraran en el alzamiento deberían hacerse con la artillería antiaérea, utilizada para la defensa del campo, para transformarla en medios antitanque y antiinfantería. Era preciso identificar a los artilleros reclusos y afrontar los cálculos relativos a las piezas incautadas por los grupos de asalto.

El mayor Yershov conocía bien la vida del campo; sabía valorar la potencia de la corrupción, del miedo, de la necesidad de llenar el estómago. Había visto a muchos hombres cambiar sus honestas guerreras por los capotes azul claro con hombreras de los voluntarios de Vlásov.

Presenciaba el abatimiento, el servilismo, la deslealtad y la sumisión. Constataba el horror ante el horror. Veía a hombres petrificados de miedo ante los aterradores oficiales de las SS.

Al mismo tiempo, en los pensamientos del harapiento mayor hecho prisionero no había fantasías.

Durante los tiempos oscuros del implacable avance alemán hacia el frente oriental, él sostenía a sus compañeros con palabras alegres y valientes, convencía a aquellos que estaban hinchados por el hambre a luchar por su salud. En él habitaba un desprecio inextinguible, provocador e indestructible por la violencia.

Los hombres captaban el fuego vivo que Yershov emanaba; un fuego sencillo y necesario a todos, igual al de la estufa rusa donde arde la leña de abedul.

Debía de ser aquella calidez, unida a la fuerza de su mente y coraje, la que había erigido a Yershov como líder indiscutible de los oficiales soviéticos en el campo. Yershov había comprendido hacía tiempo que Mijaíl Sídorovich sería el primer hombre al que confiaría sus pensamientos.

Tendido en el catre miraba fijamente las tablas rugosas del techo como si observara la tapa de su ataúd con el corazón aún latiéndole.

Aquí, en el campo, como nunca antes en sus treinta y tres años de vida, era consciente de su propia fortaleza. Su vida no había sido fácil antes de la guerra. Su padre, un campesino de Vorónezh, había sido deskulakizado en 1930. En aquella época, Yershov servía en el ejército. No rompió la relación con su padre. No fue admitido en la Academia Militar, aunque había pasado el examen de ingreso con calificación de sobresaliente. Después de conseguir con no pocas dificultades graduarse en la Escuela Militar fue destinado a una oficina de reclutamiento de distrito. Su padre y el resto de la familia fueron confinados al norte de los Urales. Yershov pidió un permiso y fue a visitarle. Desde Sverdlovsk recorrió doscientos kilómetros por una vía estrecha. A lo largo de ambos lados de la vía se extendían vastas extensiones de bosques y pantanos, pilas de leña, el alambre espinoso del campo, las barracas y los refugios cavados en la tierra. Las altas torres de vigilancia se erguían como hongos venenosos con piernas gigantes. El convoy fue detenido dos veces: un pelotón de guardias buscaba a un prisionero fugado. Por la noche el tren se detuvo en un apartadero y esperó el paso de otro convoy en dirección opuesta. Yershov no lograba conciliar el sueño, oía los ladridos de los perros de la OGPU[1],

1. OGPU: *Obiediniónnoye Gosudárstvennoye Politícheskoye Upravlenie* (Dirección Política Estatal Unificada). Órgano de la seguridad del Estado entre 1923 y 1934, sucesora de la GPU y predecesora del NKVD.

los silbidos de los centinelas de un enorme campo penitenciario que se encontraba en las inmediaciones.

Llegó al final de la línea tres días después y, aunque llevaba en el cuello el distintivo de teniente, le pedían a menudo el pase ferroviario y los documentos reglamentarios y en cada control esperaba que le dijeran «venga, coge tus cosas» y le condujeran a un campo... Evidentemente también el aire de aquel lugar tenía algo de concentracionario.

Prosiguió su viaje por una carretera entre pantanos, recorriendo setenta kilómetros en la parte trasera de un camión. El vehículo pertenecía al sovjós OGPU donde trabajaba su padre. Iba atestado de trabajadores deportados a los que enviaban a talar árboles. Yershov les hizo algunas preguntas pero sólo recibió monosílabos como respuesta, evidentemente tenían miedo de su uniforme militar.

Al atardecer llegaron a una diminuta aldea encajonada entre la linde de un bosque y el borde de un pantano. Más tarde recordaría la dulce tranquilidad de la puesta de sol en las inmensas extensiones del norte. Bajo la luz del crepúsculo las isbas parecían completamente negras, como si las hubieran hecho hervir en alquitrán.

Cuando entró en la chabola, con él penetró la última luz del día. La humedad, el bochorno, el olor a comida de pobre, la ropa miserable y las camas, el calor del humo le salieron al encuentro.

De aquella oscuridad emergió su padre, la cara demacrada, ojos espléndidos que golpearon a Yershov por su indescriptible expresión.

Los brazos viejos, delgados, rudos envolvieron al hijo en un abrazo, y en ese movimiento convulso de los viejos brazos extenuados que colgaban del cuello del joven oficial se expresaba un tímido lamento y tanto dolor, una petición de defensa tan confiada, que Yershov sólo encontró un modo de responder: se echó a llorar.

Después visitaron tres tumbas: la madre había muerto en el primer invierno, la hermana mayor, Aniuta, en el segundo y Marusia, en el tercero.

Allí, en el mundo de los campos, los cementerios y los

pueblos se fundían en uno. El mismo musgo cubría las paredes de madera de las isbas y las pendientes de los refugios, los túmulos y los terrones de los pantanos. La madre y las hermanas de Yershov descansarían por siempre bajo ese cielo: en invierno, cuando el hielo congela la humedad, y en otoño, cuando la tierra del cementerio se hincha con el agua sucia de los pantanos desbordados.

Padre e hijo permanecieron allí de pie, en silencio. Después el padre levantó la mirada hacia su hijo y abrió los brazos: «Perdonadme, vivos y muertos, porque no supe salvar a los que amaba».

Aquella noche el padre se confió al hijo. Habló con calma, tranquilo. Lo que le contó sólo podía ser dicho con tranquilidad, nunca expresado con lágrimas o gritos.

En una pequeña caja cubierta con un periódico Yershov le había llevado algunos obsequios y medio litro de vodka. El anciano habló, y el hijo se sentó a su lado y escuchó.

Le habló sobre el hambre, sobre la gente del pueblo que había muerto, sobre los niños cuyos cuerpos llegaron a pesar menos que una gallina o una balalaica.

Narró los cincuenta días de travesía, en invierno, en un vagón de ganado con goteras; día tras día los muertos viajaron al lado de los vivos. Prosiguieron el viaje a pie, las mujeres llevaban a los niños en brazos. La madre de Yershov deliraba de fiebre. Fueron conducidos al interior del bosque, donde no había ni una sola choza o refugio; comenzaron una nueva vida en pleno invierno, encendiendo hogueras, construyendo camas con ramas de abeto, derritiendo nieve en cacerolas, enterrando a los muertos...

«Es la voluntad de Stalin», afirmó el padre sin un ápice de ira o resentimiento. Así hablaba la gente sobre la fuerza del destino, una fuerza que no conoce la indecisión.

A su regreso del permiso, Yershov escribió a Kalinin, rogándole misericordia hacia un anciano inocente; pidió que permitieran al viejo vivir con su hijo. Pero su carta aún no había llegado a Moscú cuando Yershov fue citado ante las autoridades, que habían recibido la comunicación, o mejor dicho, la denuncia, de su viaje a los Urales.

Se le expulsó del ejército. Encontró trabajo en una obra. Su plan era ahorrar dinero y reunirse con su padre. Muy pronto, sin embargo, recibió una carta desde los Urales informándole de que su padre había muerto.

El día después del estallido de la guerra, el teniente de reserva Yershov fue movilizado.

En una batalla cerca de Roslavl, su comandante de batallón cayó muerto y Yershov tomó el mando. Reagrupó a sus hombres, lanzó un contraataque, recuperó el control del paso del río y aseguró la retirada de la artillería pesada de las reservas del Estado Mayor.

Cuanto más grande era la carga, más fuertes eran sus hombres. No era consciente de su fuerza. La sumisión no era inherente a su naturaleza. Cuanto más fuerte era el ataque, más furiosas eran sus ganas de luchar.

A veces se preguntaba de dónde procedía su odio contra los vlasovistas. Los llamamientos de Vlásov proclamaban lo mismo que su padre le había contado. Sí, sabía que aquélla era la verdad. Pero sabía también que aquella verdad puesta en boca de los alemanes y los vlasovistas se transformaba en mentira.

Sentía, le resultaba totalmente claro, que al luchar contra los alemanes, luchaba por una vida libre en Rusia, la victoria sobre Hitler se convertiría en la victoria sobre los campos de la muerte donde su padre, su madre y sus hermanos habían perecido.

Yershov experimentaba al mismo tiempo un sentimiento de dolor y felicidad: allí, en el campo, donde los datos biográficos de nada servían, él se había convertido en una fuerza, le seguían. Allí no eran relevantes las condecoraciones, ni las más altas insignias, ni las medallas, ni la sección especial, ni el servicio de personal, ni las comisiones de clasificación, ni las llamadas telefónicas del comité de distrito, ni la opinión del adjunto de la sección política.

Mostovskói le dijo un día:

–Como decía Heinrich Heine, «todos estamos desnudos bajo nuestras ropas»; pero mientras uno deja a la vista un cuerpo anémico, miserable cuando se quita el uniforme, otros parecen desfigurados por la ropa ceñida, se la quitan y se ve dónde está la verdadera fuerza.

El sueño de Yershov se había transformado en realidad, se había convertido en una tarea concreta: a quién hacer participar, a quién reclutar; y seleccionaba mentalmente, sopesando lo que había de bueno y malo en diversos hombres.

¿Quién entraría a formar parte del Estado Mayor clandestino? Cinco nombres le venían a la cabeza. Las debilidades humanas de cada día adquirieron de repente una dimensión nueva, lo insignificante cobraba sentido.

El general Gudz tenía la autoridad propia del rango, pero era indeciso, cobarde y, a todas luces, tenía poca instrucción; era válido cuando a su lado había un segundo inteligente, un Estado Mayor; siempre esperaba que el resto de los oficiales le prestaran sus servicios y le ofrecieran comida, y aceptaba dichos servicios como si se los debieran, sin reconocimiento. Parecía acordarse más de su cocinera que de su mujer e hijas. Hablaba mucho de caza: patos, gansos. Se acordaba de haber prestado servicio en el Cáucaso por los jabalíes y las cabras. Era evidente que le gustaba beber. No era más que un fanfarrón. A menudo hablaba de las batallas de 1941. Todos los que tenía alrededor se habían equivocado: ya fuera el colega de la derecha, ya el de la izquierda; el único que siempre tenía razón era el general Gudz. Pero nunca echaría la culpa de los fracasos al comando militar superior. En cuestiones cotidianas era experto y sabía cómo llevarse bien con las personas influyentes, sutil como un notario. En cualquier caso, si hubiera estado en sus manos, no habría confiado nunca a Gudz el comando de un regimiento y todavía menos un cuerpo del ejército.

El comisario de brigada Ósipov era un hombre brillante. Podía soltar una broma sarcástica sobre los que creen posible que se pueda librar una batalla en territorio enemigo sin apenas derramamiento de sangre, mirándote fijamente con sus ojos marrones. Pero una hora más tarde, duro como una piedra, reprendía a aquel que le había mostrado un atisbo de duda. Y el día después, aleteando las narices, decía entre dientes:

–Sí, camaradas, volamos más alto que nadie, más lejos, más rápido, y mirad dónde hemos llegado.

Sobre las derrotas militares de los primeros meses hacía un análisis lúcido, sin remordimiento, como un despiadado jugador de ajedrez.

Con la gente se expresaba libremente, con una desenvoltura afectada, poco sincera. Lo que más le interesaba eran las conversaciones con Kótikov.

¿Qué tenía este Kótikov que pudiera interesar tanto al comisario de brigada?

Ósipov atesoraba una larga experiencia. Conocía a los hombres y eso era de capital importancia para un Estado Mayor clandestino; sin un Ósipov no se las apañarían. Pero la experiencia no sólo era una ayuda, también podía ser un obstáculo.

A Ósipov le gustaba contar anécdotas sobre celebridades militares y los llamaba familiarmente por sus nombres: Semión Budionni, Andriushka Yeremenko...

Una vez le dijo a Yershov: «Tujachevski, Yegórov y Bliújer no son más culpables que usted o yo».

Kiríllov, sin embargo, contó a Yershov que en 1937, cuando Ósipov era subjefe de la Academia Militar, denunció sin piedad a docenas de hombres acusándoles de ser enemigos del pueblo.

Tenía un miedo cerval a las enfermedades: se palpaba constantemente, sacaba la lengua y bizqueaba para comprobar si la tenía sucia. Pero no temía a la muerte.

El coronel Zlatokrilets, lúgubre, franco, sencillo, era comandante del regimiento. Juzgaba que el Alto Mando era culpable de lo que pasó en 1941. Todos percibían su fuerza combativa de comandante y soldado. Era físicamente fuerte. También su voz era poderosa. Sólo una voz así puede detener al que se escapa e incitarlo al ataque. Soltaba tacos sin parar.

Él a los hombres no les daba explicaciones: les daba

órdenes. Un camarada. Dispuesto a dar sopa a un soldado de su propio plato de campaña. Pero era muy grosero.

Los hombres comprendían siempre lo que quería. En el trabajo era el jefe: gritaba y nadie desobedecía.

No cedía un ápice, no se la pegaban. Con él se podía trabajar codo con codo. Pero vaya si era grosero.

Kiríllov era inteligente, pero en él había cierto relajamiento. No se le escapaba el menor detalle, pero miraba con ojos cansados... Indiferente, no le gustaban las personas, pero les perdonaba sus debilidades y cobardías. No temía a la muerte, a veces parecía que la buscara.

Durante la retirada había hablado de manera más inteligente que el resto de los comandantes. Él, sin ser miembro del Partido, una vez dijo:

—No creo que los comunistas puedan hacer mejores a los hombres. Nunca ha pasado un caso así en el curso de la historia.

Parecía indiferente a todo, pero una noche lloró en las literas; a la pregunta de Yershov se calló durante largo rato, después susurró: «Rusia me da pena». En cierta manera, era tierno. En otra ocasión dijo: «Añoro la música». Ayer con una sonrisa de loco había dicho: «Yershov, escucha, voy a recitarte un poema». A él no le habían gustado los versos, pero los recordaba y se le habían quedado molestamente grabados en la memoria:

> Camarada mío, en la larga agonía,
> no llames a nadie pidiendo ayuda.
> Deja que me caliente las manos,
> con tu sangre humeante.
> Y no llores de miedo como un niño,
> no estás herido, sólo estás muerto.
> Trae para aquí, es mejor que coja tus botas,
> a mí todavía me tocará ir a la lucha.

¿De veras los había escrito él?

No, Kiríllov no era una buena opción. ¿Cómo podía liderar a los demás si apenas podía consigo mismo?

¡Mostovskói era de otra casta! Tenía una educación exquisita y una voluntad de hierro. Se rumoreaba que en los interrogatorios no había dado su brazo a torcer. Pero en fin, no había nadie a quien Yershov no le encontrara una pega. El otro día le había dicho a Mostovskói:

–¿Por qué desperdicia el tiempo chismorreando con esa gentuza, Mijaíl Sídorovich? ¿Por qué molestarse con Ikónnikov-Morzh y ese emigrado tuerto, el sinvergüenza?

–¿Cree que mis convicciones se tambalearán? –le preguntó Mostovskói de manera burlona–. ¿Que puedo convertirme en un evangelista o en un menchevique?

–El diablo lo sabe –respondió Yershov–. Si no quieres oler a mierda, no la toques... Ese Ikónnikov estuvo recluso en nuestros campos. Ahora los alemanes lo arrastran de interrogatorio en interrogatorio. Se venderá, le venderá a usted y a todos los que le rodean...

La conclusión era sólo una: no existen hombres ideales para una empresa secreta, hay que sopesar las fuerzas y las debilidades de cada uno, lo cual no era demasiado difícil; sólo la esencia de un hombre puede decidir si es idóneo o no. Pero la esencia no puede ser medida. Se puede adivinar, presentir. Y fue así que decidió comenzar por Mostovskói.

74

Respirando con dificultad, el general Gudz se acercó hasta Mostovskói. Arrastraba los pies, resollaba y sacaba el labio inferior hacia delante, los pliegues de piel flácida en las mejillas y el cuello le temblaban; todos esos movimientos, gestos, sonidos, que conservaba como vestigio de su vigorosa corpulencia, producían un efecto extraño teniendo en cuenta su actual delgadez.

–Querido padre –le dijo a Mostovskói–, si me permitiera hacerle alguna observación sería absurdo. No tengo más derecho a criticarle que un general tiene a criticar a un coronel general. Pero se lo diré sin rodeos: es un error confraternizar con Yershov. Es un tipo ambiguo. Sin conocimientos militares. Por su cabeza es un teniente, pero le gusta dar consejos a los coroneles. Debería andarse con cuidado.

–Está diciendo tonterías, excelencia –señaló Mostovskói.

–Tal vez lo sean –dijo Gudz, casi sin aliento–. Son tonterías, claro. Me han informado de que en el barracón común ayer se inscribieron doce hombres al Ejército de Liberación Ruso. ¿Sabe cuántos de ellos eran kulaks? No expreso sólo mi opinión personal, represento a alguien de probada experiencia política.

–¿No será Ósipov?

–Tal vez lo sea. Usted es un teórico, no comprende todo el estiércol que hay aquí.

–Ha iniciado una conversación muy curiosa –dijo Mostovskói–. Comienzo a sospechar que no queda nada de los hombres, salvo la vigilancia. ¿Quién podría habérselo imaginado?

Gudz oyó la bronquitis en su pecho crujir y hacer gluglú y respondió con una angustia terrible:

–No viviré para ver la libertad, no la veré.

Mostovskói, siguiéndolo con la mirada, de repente se dio un puñetazo con fuerza en la rodilla: acababa de comprender por qué se sentía tan inquieto y angustiado. Durante el registro habían desaparecido los papeles que le había entregado Ikónnikov.

–A saber lo que había escrito ese granuja. Tal vez Yershov tenga razón y ese miserable de Ikónnikov es un *provocateur*. Tal vez me los endosó a propósito para incriminarme.

Se dirigió a la litera de Ikónnikov. No se encontraba allí y sus vecinos no sabían su paradero. Maldita sea... todo aquello, el catre vacío de Ikónnikov, la desaparición de los papeles, le hizo ver que no se había comportado adecuadamente, no debería haber hablado con aquel *yuródivi*, aquel buscador de Dios.

En sus discusiones con Chernetsov, Ikónnikov a menudo se oponía al menchevique, pero esto no quería decir nada. Sin embargo, el *yuródivi* había entregado los papeles a Mostovskói mientras Chernetsov estaba presente... así que ahí estaban, el delator y el testigo.

Su vida ahora era necesaria para la causa, para la lucha, y él podía perderla inútilmente.

«Viejo idiota... codeándote con la basura y echando tu vida a perder cuando eres necesario para luchar por la Revolución», pensaba, mientras una angustia dolorosa continuaba creciendo en su interior.

En las letrinas se encontró con Ósipov: el comisario de brigada lavaba algunas prendas en los canalones de hojalata, a la tenue luz de una lámpara anémica.

—Me alegra encontrarle aquí —dijo Mostovskói—. Tengo que hablar con usted.

Ósipov asintió, miró a su alrededor y se secó las manos en los costados.

Los dos hombres se sentaron en la repisa de cemento que sobresalía de la pared.

—Es lo que me temía. Ese canalla no pierde el tiempo —le comentó Ósipov cuando Mostovskói empezó a hablarle de los planes de Yershov.

Acarició la mano de Mostovskói con su palma húmeda.

—Camarada Mostovskói —le dijo—, me maravilla su firmeza. Es un bolchevique de la cohorte de Lenin. Por usted no pasan los años. Es un ejemplo para todos nosotros.

Bajó la voz.

—Camarada Mostovskói, nuestra organización militar ya ha sido fundada; habíamos decidido no contárselo de momento, no queríamos poner su vida en peligro. Aun así debo decirle una cosa: no se puede confiar en Yershov. Pero, por lo visto, el tiempo no hace mella en los compañeros de lucha de Lenin. Se lo digo claramente: no podemos confiar en Yershov. Como se dice, tiene una biografía mediocre: un pequeño kulak, rencoroso por las represiones. Pero somos realistas. De momento no podemos prescindir de él. Se ha granjeado el reconocimiento gracias a su populachería. Usted sabe mejor que yo cómo el Partido ha sabido servirse de personas como él para sus propios fines.

Pero debe estar al corriente de la opinión que nos merece: confiamos en él, pero prudentemente y sólo por algún tiempo.

–Camarada Ósipov, llegará hasta el fondo, no dudo de él.

Las gotas repiqueteaban contra el suelo de cemento.

–Escuche, camarada Mostovskói –dijo Ósipov despacio–. No tenemos secretos con usted. Aquí hay un camarada enviado desde Moscú. Éste no es sólo mi punto de vista, es también el suyo. Sus directivas son para nosotros, los comunistas, incuestionables: órdenes que nos da el Partido, órdenes de Stalin en circunstancias excepcionales. Colaboraremos con su ahijado, el «director de conciencias»; lo hemos decidido y así lo haremos. Sólo es importante una cosa: ser realista, pensar dialécticamente. Pero no es tarea mía enseñárselo.

Mostovskói guardó silencio. Ósipov le abrazó y le besó tres veces en los labios. En sus ojos brillaron las lágrimas.

–Le beso como besaría a mi padre –le dijo–, y siento la necesidad de santiguarle, como mi madre solía bendecirme.

Y Mijaíl Sídorovich sintió que la sensación insoportable, dolorosa, de la complejidad de la vida se desvanecía.

Una vez más, como en su juventud, el mundo parecía sencillo y diáfano, claramente dividido entre los «nuestros» y «ellos».

Aquella noche, los SS entraron en el barracón especial y se llevaron a seis hombres, Mijaíl Sídorovich Mostovskói entre ellos.

SEGUNDA PARTE

I

Cuando la gente en la retaguardia ve pasar los convoyes de refresco hacia el frente les invade un sentimiento de angustiosa felicidad; les parece que aquellos cañones, aquellos tanques recién pintados están destinados a asestar el anhelado golpe decisivo que precipitará el feliz desenlace de la guerra.

Los soldados que suben a los convoyes después de pasar una larga temporada en la reserva sienten una tensión especial. Los jóvenes oficiales sueñan con recibir órdenes de Stalin en sobres lacrados... Los hombres con experiencia, por supuesto, no piensan en nada semejante: beben agua caliente, ablandan el pescado seco golpeándolo contra la mesa o las suelas de las botas, discuten sobre la vida privada del mayor, las perspectivas de intercambio de mercancías que habrá en la próxima estación. Los veteranos ya saben cómo funcionan las cosas: se desembarca a las tropas en alguna zona cercana al frente, en una recóndita estación cuyo emplazamiento sólo parecen conocer los aviones alemanes, y bajo el primer bombardeo, los novatos pierden parte de su humor festivo... Los hombres, que durante el trayecto han dormido como lirones, ahora ni siquiera tienen una hora de reposo; la marcha se prolonga durante días enteros; no hay tiempo de comer ni de beber, mientras las sienes parecen a punto de estallar por el incesante rugido de los motores recalentados; las manos tampoco tienen fuerza para sujetar las palancas de mando. Por su parte, el comandante está harto de mensajes cifrados y de la ración generosa de gritos e improperios que le llegan a través del radiotransmisor; los superiores necesitan tapar agujeros en el frente lo más pronto posible, poco importa cuáles hayan sido los resultados de las tropas durante los ejercicios de tiro. «Adelante, adelante.» Es la única arenga que retumba en los oídos del comandante de la unidad y éste avanza, no se detiene, ataca con todas sus fuerzas. Y, a veces, nada más llegar, sin haber explorado previamente el terreno, la unidad se ve obligada a entrar en combate; la voz cansada y nerviosa de alguien grita: «¡Contraatacad, rápido! ¡A lo largo de esas colinas! No hay ni uno de los nuestros y el enemigo arremete con fuerza. Nos vamos al garete».

En las cabezas de los conductores, los radiotelegrafistas y los artilleros se confunde el rugido de la larga marcha con el silbido de los obuses alemanes y el estallido de las bombas de mortero.

Entonces la locura de la guerra se hace tangible. Pasa una hora, y he aquí el resultado de la ingente empresa: tanques destrozados y en llamas, piezas de artillería retorcidas y orugas arrancadas.

¿Dónde han ido a parar los duros meses de entrenamiento? ¿En qué se ha convertido el trabajo paciente y diligente de los fundidores de acero y los electricistas?

Y el oficial superior, para encubrir la precipitación irreflexiva con la que ha lanzado al combate a la unidad recién llegada de la retaguardia, para ocultar su inútil pérdida, redacta un informe estándar: «La acción de las reservas llegadas de la retaguardia ha frenado momentáneamente el avance del enemigo y ha permitido reagrupar las fuerzas bajo mi mando».

Si no hubiera gritado «adelante, adelante», si les hubiera permitido hacer un reconocimiento previo del terreno no habrían ido a parar a un campo de minas. Y los tanques, aunque no hubieran obtenido un resultado decisivo, al menos habrían podido entrar en combate y ocasionar daños en las filas alemanas.

El cuerpo de tanques de Nóvikov se dirigía al frente.

Los ingenuos y poco aguerridos soldados que conducían los tanques estaban convencidos de que precisamente recaería sobre ellos la misión de participar en los combates decisivos. Los *frontoviki*[1], que ya sabían lo que era pasarlas moradas, se reían de ellos; Makárov, el comandante de la primera brigada, y Fátov, el mejor comandante del batallón, ya habían visto todo aquello muchas veces.

Los escépticos y pesimistas eran hombres realistas, de probada experiencia, y habían pagado con sangre y sufrimiento su comprensión de la guerra. En eso consistía su superioridad sobre los mozalbetes imberbes. Sin embargo, se equivocaban. Los tanques del coronel Nóvikov iban a participar en una acción que sería decisiva para el curso de la guerra y la vida de cientos de millones de personas después de la contienda.

2

Nóvikov había recibido la orden de ponerse en contacto con el general Riutin en cuanto llegara a Kúibishev a fin de dar respuesta a una serie de cuestiones de interés para la Stavka.

Nóvikov pensaba que alguien iría a buscarlo a la estación, pero el oficial de servicio, un mayor de mirada salvaje, extraviada y al mismo tiempo soñolienta, le dijo que nadie había preguntado por él. Tampoco pudo telefonear al general; su número era estrictamente confidencial.

Al final se dirigió a pie al Estado Mayor. En la plaza de la estación experimentó aquella sensación de malestar que se apodera de los militares en servicio activo cuando de repente se encuentran en las inmediaciones de una ciudad desconocida. De pronto, se había desmoronado la sensación de encontrarse en el centro del mundo: allí no había telefonistas dispuestos a tenderle el auricular ni conductores apresurándose a poner el coche en marcha.

1. Nombre que se daba a los soldados veteranos en el Ejército Rojo con experiencia en el combate en primera línea.

La gente corría por una calle curva, adoquinada, en dirección a una cola que acababa de formarse ante una tienda: «¿Quién es el último...? Después de usted voy yo...». Se diría que para aquellas personas pertrechadas con sus cantimploras tintineantes no había nada más importante que la cola alineada frente a la vetusta puerta de la tienda de comestibles. Nóvikov se irritaba particularmente al ver a los militares; casi todos llevaban una maleta o un paquete en las manos. «Habría que coger a todos estos hijos de perra y enviarlos al frente en un convoy», pensó.

¿De veras la vería hoy? Caminaba por la calle y pensaba en ella: «¡Hola, Zhenia!».

El encuentro con el general Riutin en su despacho del puesto de mando fue breve. Apenas había dado inicio la conversación cuando éste recibió una llamada telefónica del Estado Mayor General: tenía que volar de inmediato a Moscú.

Riutin se disculpó con Nóvikov e hizo una llamada local.

—Masha, hay cambio de planes. El Douglas despega de madrugada, díselo a Anna Aristárjovna. No tendremos tiempo de ir a buscar las patatas, los sacos están en el sovjós... —Su cara, pálida, se arrugó en una repugnante mueca de impaciencia. Luego, interrumpiendo evidentemente el torrente de palabras que le llegaba desde el otro lado de la línea telefónica, gritó—: ¿Qué quieres? ¿Que le diga a la Stavka que no puedo irme porque el abrigo de mi mujer no está cosido todavía?

El general colgó y se volvió hacia Nóvikov:

—Camarada coronel, deme su opinión sobre el mecanismo de tracción de los tanques. ¿Cumple con las exigencias que presentamos a los técnicos?

A Nóvikov le agobiaba aquella conversación. Durante los meses que llevaba como comandante había aprendido a juzgar en su justa medida a las personas, o mejor dicho, su capacidad operativa. Al instante y con un olfato infalible sopesaba la importancia de los inspectores, instructores, jefes de comisión y otros representantes que iban a verle. Conocía el significado de frasecitas modestas como:

«El camarada Malenkov me ha pedido que le transmita...», y sabía que había hombres que exhibían condecoraciones, enfundados en su uniforme de general, elocuentes y ruidosos, que eran incapaces de obtener una tonelada de gasoil, nombrar a un almacenero o destituir a un oficinista.

Riutin no estaba en la cima de la pirámide estatal. Era un mero estadista, un proveedor de información, y Nóvikov, mientras hablaba con él, no dejaba de mirar el reloj.

El general cerró su gran libreta de notas.

–Lamentándolo mucho tengo que dejarle, camarada coronel. Mi avión sale al amanecer. Es una verdadera pena. Quizá podría venir a Moscú...

–Sí, por supuesto, camarada general, a Moscú. Con los tanques que tengo bajo mi mando –dijo fríamente Nóvikov.

Luego se despidió. Riutin le pidió que transmitiera sus saludos al general Neudóbnov; en otros tiempos habían servido juntos. Nóvikov todavía no había llegado al final del estrecho pasillo verde cuando oyó a Riutin decir al teléfono:

–Póngame con el jefe del sovjós número 1.

«Va en busca de sus patatas», pensó Nóvikov.

Se dirigió a casa de Yevguenia Nikoláyevna. En una sofocante noche de verano se había acercado a su casa en Stalingrado; venía de la estepa, cubierto del humo y el polvo de la retirada. Y ahora, de nuevo, se dirigía a su casa. Tenía la sensación de que entre el hombre de hoy y el de entonces se había abierto un abismo.

«Serás mía –pensó–. Serás mía.»

3

Era una casa de dos pisos de construcción antigua, uno de esos consistentes edificios de paredes gruesas que nunca van acorde con las estaciones: en verano conservan un frescor húmedo y durante los días fríos del otoño retienen un calor asfixiante y polvoriento.

Llamó al timbre. La puerta se abrió y de pronto le azotó un ambiente cargado; en el pasillo, atestado de baúles y cestos, apareció Yevguenia Nikoláyevna. La veía ante sí sin ver el pañuelo blanco en sus cabellos, ni el vestido negro, ni sus ojos, ni su cara, ni sus manos, ni sus hombros... Era como si no la viera con los ojos, sino con el corazón. Ella lanzó un grito de sorpresa, pero no dio unos pasos hacia atrás, como suelen hacer las personas cuando las sacude un hecho inesperado.

Él la saludó, ella le respondió algo.

Caminó hacia ella con los ojos cerrados. Se sentía feliz de vivir, pero al mismo tiempo estaba dispuesto a morir en el acto. El calor de la mujer le acariciaba. Y de pronto descubrió que para saborear aquella sensación desconocida, esa sensación de felicidad que no había conocido antes, no hacía falta la vista, ni las palabras ni los pensamientos.

Ella le preguntó algo, y él respondió, siguiéndola por el pasillo oscuro y cogiéndole la mano como si fuera un niño que temiera perderse en medio de la multitud.

«¡Qué pasillo tan ancho! –pensó Nóvikov–. Por aquí pasaría un tanque KV.»

Entraron en una habitación con una ventana que daba a la pared ciega del edificio vecino.

En la estancia había dos camas, una con una sábana gris y una almohada arrugada y plana; la otra con un cubrecama de encaje blanco y una montaña de cojines mullidos. Sobre la cama blanca había colgadas postales de felicitación de Año Nuevo ilustradas con hombres apuestos vestidos de esmoquin y pollitos saliendo del cascarón.

En el rincón de la mesa, cubierta de rollos de papel de dibujo, había una botella de aceite, un trozo de pan y media cebolla de aspecto lánguido.

–Yevguenia... –dijo él.

La mirada de la mujer, de ordinario irónica y observadora, tenía en aquel momento una expresión particular, extraña.

–¿Tiene hambre? –le preguntó–. ¿Acaba de llegar?

Parecía querer destruir aquel sentimiento nuevo que había surgido entre los dos y que ya era imposible de romper. Él había cambiado, ya no era el mismo; aquel hombre al que habían confiado cientos de soldados y sombrías máquinas de guerra tenía ahora los ojos implorantes de un muchacho infeliz. Ella se sentía confusa ante aquella incongruencia, quería mostrarse condescendiente, compadecerle, olvidar su fuerza. Su felicidad era la libertad. Pero ahora la libertad la estaba abandonando y aun así, se sentía feliz.

–Pero bueno, ¿tan difícil es de comprender? –dijo Nóvikov de repente.

Y una vez más dejó de percibir sus propias palabras y las de ella. De nuevo se adueñó de él un sentimiento de felicidad y, junto a éste, otro sentimiento vinculado de alguna manera al primero: su disposición a morir en aquel preciso instante. Ella le rodeó el cuello con los brazos, y sus cabellos como agua tibia le tocaron la frente, las mejillas, y entre la penumbra de sus cabellos esparcidos, él pudo ver los ojos de Yevguenia.

El tenue susurro de su voz apagó el fragor de la guerra, el rumor de los tanques...

Por la noche bebieron agua caliente y comieron un poco de pan.

–Nuestro oficial se ha olvidado de lo que es el pan negro –dijo Yevguenia.

Cogió de fuera de la ventana una cacerola de papilla de alforfón. Los grandes granos cubiertos de hielo se habían puesto lívidos, violetas; estaban perlados de gotas de sudor frío.

–Parece lila de Persia.

Nóvikov probó el «lila de Persia» y pensó: «Qué horror».

–Nuestro oficial se ha olvidado del sabor del alforfón –repitió Zhenia.

«Menos mal que no he escuchado a Guétmanov y no he traído nada de comer», pensó Nóvikov.

–Cuando estalló la guerra estaba con un regimiento de aviación cerca de Brest. Los pilotos corrimos hacia el aeropuerto y oí a una polaca gritar: «¿Quién es ese de ahí?»; un niño polaco respondió: «Un *żołnierz*[1] ruso», y en ese preciso instante sentí vivamente que era ruso, ruso... Por supuesto siempre he sabido que no era turco, pero en ese momento es como si toda mi alma cantara: «¡Soy ruso, ruso...!». A decir verdad antes de la guerra nos habían educado con otra mentalidad. Y hoy, el día más feliz de mi vida porque vuelvo a verte, pienso de nuevo en la desgracia rusa, en la felicidad rusa... Eso es lo que quería decirte... Pero ¿qué tienes? –le preguntó de repente.

A Yevguenia le asaltó la imagen de la cabeza despeinada de Krímov. Dios, ¿era posible que se hubieran separado para siempre? Y precisamente en aquellos minutos de felicidad la idea de no volver a verle jamás le pareció insoportable.

Por un instante tuvo la impresión de que iba a reconciliar el tiempo presente, las palabras del hombre que ahora la besaba, con el tiempo pasado; que estaba a punto de comprender el curso secreto de su vida, que vería aquello que nunca le había sido dado ver: las profundidades de su propio corazón, allí donde se decide el destino.

–Esta habitación –explicó Zhenia– pertenece a una alemana que me dio cobijo. Esa camita blanca y angelical es la suya. Nunca he conocido a un ser más inofensivo, más inocente... Es extraño que, pese a que estamos en guerra con los alemanes, esté convencida de que no hay persona más buena que ella en toda la ciudad. Extraño, ¿no es cierto?

–¿Volverá pronto? –preguntó Nóvikov.

–No, la guerra ha acabado para ella. La han deportado.

–Tanto mejor –dijo Nóvikov.

Yevguenia hubiera querido hablarle de la piedad que sentía hacia Krímov, al que había abandonado; ahora él no tenía a nadie a quien escribir, ni casa a la que acudir, sólo le quedaba la melancolía, una melancolía sin esperanza, y la soledad.

1. «Soldado», en polaco.

A ello se unía su deseo de hablarle de Limónov, de Sharogorodski, de todas las cosas nuevas e incomprensibles que la vinculaban con esa gente. También quería hablarle del cuaderno de Jenny Guenríjovna donde ésta escribía todas las palabras divertidas que decían los pequeños Sháposhnikov; si quería podía leerlo ahora mismo, estaba encima de la mesa. Quería contarle la historia del permiso de residencia y Grishin, el jefe de la sección de pasaportes. Pero todavía no tenía suficiente confianza en él, se sentía cohibida. ¿Le interesarían aquellas historias?

Increíble... Le parecía revivir su ruptura con Krímov. En el fondo siempre había creído que todo se arreglaría, que podría volver al pasado. Y aquello la tranquilizaba. Pero ahora que se sentía avasallada por una fuerza nueva, volvía la inquietud, el tormento. ¿De veras aquello era para siempre? ¿Es posible que fuera irreparable? Pobre, pobre Nikolái Grigórievich. ¿Qué había hecho para merecer tanto sufrimiento?

–¿Qué va a ser de nosotros? –preguntó.

–Te convertirás en Yevguenia Nikoláyevna Nóvikova –respondió él.

Ella se echó a reír, mirándole fijamente.

–Pero tú eres un extraño, un perfecto extraño para mí. ¿Quién eres en realidad?

–Eso no lo sé. Pero tú eres Nóvikova, Yevguenia Nikoláyevna.

En ese momento Yevguenia dejó de contemplar su vida desde aquella atalaya. Le sirvió agua caliente en una taza y preguntó:

–¿Un poco más de pan?

Luego de repente añadió:

–Si le pasa algo a Krímov, si le mutilan o lo meten en la cárcel, volveré con él. Tenlo en cuenta.

–¿Por qué iban a meterlo en la cárcel? –preguntó él con aire sombrío.

–Nunca se sabe. Es un viejo miembro del Komintern, Trotski le conocía y una vez, leyendo uno de sus artículos, exclamó: «¡Es puro mármol!».

–Adelante, intenta volver con él. Te echará de su lado.

–No te preocupes. Eso es asunto mío.

Nóvikov le dijo que después de la guerra sería dueña de una casa grande, hermosa, con jardín.

¿Es posible que fuera para siempre, para toda la vida?

Por alguna razón quería que Nóvikov comprendiera que Krímov era un hombre inteligente y lleno de talento, que le tenía cariño, más aún, que le amaba. No es que quisiera ponerle celoso deliberadamente, pero estaba haciendo todo lo posible para despertar sus celos. Incluso le había contado a él, y sólo a él, lo que Krímov una vez le había dicho a ella, y sólo a ella: las palabras de Trotski. «Si esta historia hubiera llegado a oídos de cualquier otro, probablemente Krímov no habría sobrevivido al terror del 37.» Su sentimiento hacia Nóvikov le exigía una confianza plena y por ese motivo le confiaba el destino de un hombre al que había ofendido.

Yevguenia tenía la cabeza llena de pensamientos, pensaba en el futuro, en el presente, en el pasado. Se asombraba, se alegraba, sentía vergüenza, se inquietaba, se ponía melancólica, se aterrorizaba. La madre, las hermanas, los sobrinos, Vera, decenas de personas estaban involucradas en aquella mutación que había ocurrido en su vida. ¿Qué le habría dicho Nóvikov a Limónov? ¿Qué habría pensado de sus conversaciones sobre arte y poesía? No se habría sentido fuera de lugar, aunque desconociera quiénes eran Chagall y Matisse... Él era fuerte, fuerte, fuerte. Y ella se había sometido a su fuerza. La guerra pronto acabaría. ¿Es posible que nunca, nunca más, volviera a ver a Nikolái? ¿Qué había hecho? Era mejor no pensar en eso ahora. Quién sabe lo que les deparaba el futuro.

–Me acabo de dar cuenta de que no te conozco en absoluto, y no bromeo: eres un extraño. Una casa, un jardín... ¿Para qué? ¿Hablas en serio?

–Muy bien. Pues dejaré el ejército y trabajaré como capataz en una obra de Siberia oriental. Viviremos en un barracón para obreros casados.

Nóvikov hablaba en serio, no estaba bromeando.

–No necesariamente casados.

–Sí, es completamente necesario.

–Pero ¿te has vuelto loco? ¿Por qué me estás diciendo todo esto? –Y mientras lo decía, pensaba: «Nikolái».

–¿Cómo que por qué? –preguntó él, asustado.

Nóvikov no pensaba ni en el futuro ni en el pasado. Era feliz. No le espantaba ni siquiera la idea de que en pocos minutos se separarían. Estaba sentado a su lado, la miraba... Yevguenia Nikoláyevna Nóvikova... Era feliz. Poco importaba que fuera joven, bella, inteligente. La amaba de verdad. Al principio no se atrevía a soñar en que se convertiría en su mujer. Luego lo soñó muchos años. Pero ahora, como antes, reaccionaba a sus sonrisas y palabras irónicas con temor y humildad. Sin embargo, se daba cuenta de que había nacido algo nuevo.

Se estaba preparando para partir y ella le seguía con la mirada.

–Ha llegado la hora de que te unas a tus valientes compañeros y para mí de lanzarme a las olas que rompen[1].

Mientras Nóvikov se despedía, comprendió que ella no era tan fuerte, que una mujer es siempre una mujer, aunque Dios la haya dotado de un espíritu lúcido y burlón.

–Quería decirte tantas cosas, pero no he dicho nada –decía ella.

Pero no era cierto. Durante el encuentro, había comenzado a perfilarse lo más importante, aquello que decide el destino de las personas. Él la amaba de verdad.

4

Nóvikov caminaba hacia la estación.

... Zhenia, su susurro confuso, sus pies desnudos, su susurro tierno, sus lágrimas en el momento de la despedi-

1. Alusión a una célebre canción sobre el jefe cosaco Stenka Razin.

da, su poder sobre él, su pobreza y su pureza, el olor de sus cabellos, su enternecedor pudor, la calidez de su cuerpo... Y la propia timidez de ser sólo un obrero soldado, y el orgullo de ser un simple obrero soldado.

Nóvikov caminaba por las vías del tren cuando una aguja afilada perforó la nube cálida y turbia de sus pensamientos. Como todo soldado en filas, temía que su unidad hubiera partido sin él.

A lo lejos divisó el andén de la estación, los tanques de formas angulosas con sus músculos metálicos que resaltaban debajo de los toldos, los centinelas con cascos negros, el vagón del Estado Mayor con las ventanas cubiertas por cortinas blancas.

Dejó atrás a un centinela que se cuadró a su paso y subió al vagón.

Vershkov, su ayudante de campo, ofendido porque Nóvikov no le había llevado con él a Kúibishev, depositó en silencio sobre la mesa un mensaje cifrado de la Stavka: debían dirigirse a Sarátov y luego tomar la bifurcación de Astracán... El general Neudóbnov entró en el compartimento, posó la mirada no en Nóvikov sino en el telegrama que tenía en las manos y dijo:

—Itinerario confirmado.

—Sí, Mijaíl Petróvich[1], pero no sólo el itinerario, también la destinación: Stalingrado —y añadió—: el general Riutin le manda saludos.

—Aaah —dijo Neudóbnov, aunque no estaba claro a qué se refería con ese apático «aaah», si al saludo de Riutin o a Stalingrado.

Era un extraño individuo que a veces inquietaba a Nóvikov. Ante el menor incidente en un viaje —un retraso causado por un tren en dirección contraria, un cojinete defectuoso en uno de los vagones, un controlador que no diera la señal de partida—, Neudóbnov decía excitado: «¡El apellido! ¡Apunte el apellido! Esto es sabotaje intencionado, hay que meter en la cárcel a ese canalla».

1. Así en el original. *Véase* página 125.

En el fondo de su corazón Nóvikov no sentía odio, sino más bien indiferencia hacia los hombres que llamaban kulaks, saboteadores, enemigos del pueblo. Nunca había sentido el deseo de meter a alguien en la cárcel, de conducirle ante un tribunal o de desenmascararle en una reunión pública, pero atribuía aquella indiferencia benévola a su escasa conciencia política.

Neudóbnov, por el contrario, parecía estar siempre al acecho. Era como si apenas ver a alguien se preguntara con recelo: «¿Y cómo voy a saber yo, querido camarada, si eres o no un enemigo?». El día antes había contado a Nóvikov y a Guétmanov la historia de unos arquitectos saboteadores que habían intentado transformar las grandes calles y avenidas de Moscú en improvisadas pistas de aterrizaje para la aviación enemiga.

–En mi opinión, todo eso no es más que un disparate –dijo Nóvikov–. Desde el punto de vista técnico no tiene el menor sentido.

Ahora Neudóbnov se había enfrascado en una conversación sobre otro de sus temas preferidos: la vida doméstica. Después de palpar los tubos de la calefacción se puso a hablar del sistema de calefacción central que había hecho instalar en su dacha poco antes de la guerra.

De repente Nóvikov lo encontró sorprendentemente interesante; pidió a Neudóbnov que le dibujara un esquema de la calefacción central de la dacha y, tras doblar el croquis, lo guardó en el bolsillo interior de su chaqueta.

–¿Quién sabe? Es posible que algún día pueda serme útil –dijo.

Poco después Guétmanov entró en el compartimento. Saludó a Nóvikov con voz estentórea:

–Así que aquí está de nuevo el comandante. Empezábamos a pensar que íbamos a tener que elegir a un nuevo atamán. Temíamos que Stenka Razin hubiera abandonado a sus compañeros.

Entornó los ojos mirando afablemente a Nóvikov y éste respondió a la broma riéndose, aunque en su interior advirtió cierta tensión que se estaba convirtiendo en habitual.

Sí, en las bromas de Guétmanov había una particularidad extraña, como si a través de sus chanzas el comisario quisiera dar a entender que sabía muchas cosas de Nóvikov. Ahora, por ejemplo, había repetido las palabras de Zhenia durante la despedida, pero era una pura casualidad.

Guétmanov miró el reloj y dijo:

–Bueno, señores, llegó mi turno de ir a la ciudad. ¿Alguna objeción?

–Adelante –dijo Nóvikov–. Encontraremos la manera de divertirnos sin usted.

–No lo dudo –respondió Guétmanov–. Usted no suele aburrirse en Kúibishev.

Y esta broma ya no era ninguna coincidencia.

Cuando alcanzó la puerta del compartimento, Guétmanov le preguntó:

–Bueno, Piotr Pávlovich, ¿cómo está Yevguenia Nikoláyevna?

La seria actitud de Guétmanov no dejaba lugar a dudas, sus ojos no reían.

–Muy bien, gracias –dijo Nóvikov–, pero tiene mucho trabajo.

Y, deseando cambiar de conversación, se dirigió a Neudóbnov:

–Y usted, Mijaíl Petróvich, ¿por qué no va a darse una vuelta por Kúibishev?

–¿Qué me queda por ver allí? –respondió Neudóbnov.

Estaban sentados el uno al lado del otro. Mientras Nóvikov escuchaba a Neudóbnov, examinaba los papeles, los dejaba a un lado, repitiendo de vez en cuando:

–Muy bien... Continúe...

Durante toda su vida Nóvikov había hecho informes a sus superiores y éstos, durante la lectura, hojeaban documentos y de vez en cuando dejaban caer distraídamente: «Muy bien... Continúe...». Siempre le había ofendido ese tipo de comportamiento; él nunca haría algo así, se decía.

–Escuche un momento –dijo Nóvikov–, debemos hacer una solicitud por anticipado al servicio de reparaciones:

tenemos carreteros, pero casi no disponemos de especialistas en orugas.

–Ya la he redactado y creo que lo mejor será enviarla directamente al general. De todas maneras se la darán a él para que la firme.

–Bien –dijo Nóvikov, firmando la solicitud–. Quiero que cada brigada compruebe sus armas antiaéreas. Es posible que se produzcan ataques aéreos una vez dejemos Sarátov.

–He dado órdenes en ese sentido al Estado Mayor.

–No es suficiente. Quiero que sea responsabilidad personal de los comandantes de los convoyes, que hagan un informe para las 16 horas. En persona.

–Ha llegado la confirmación del nombramiento de Sazónov como comandante de brigada del Estado Mayor.

–Qué rápido –dijo Nóvikov.

En lugar de apartar la mirada, Neudóbnov sonreía. Se percataba del enfado y la incomodidad de Nóvikov.

Normalmente a Nóvikov le faltaba coraje para defender con tesón a las personas que consideraba particularmente idóneas para ostentar cargos de mando. En cuanto se comenzaba a hablar de la lealtad política de los comandantes, Nóvikov se desalentaba y de repente la competencia personal de esos oficiales parecía algo irrelevante.

Pero aquel día no ocultaba su irritación. No quería resignarse. Mirando fijamente a Neudóbnov dijo:

–Es culpa mía. He dado más importancia a los datos biográficos que a las capacidades militares. En el frente pondremos las cosas en su sitio. Para luchar contra los alemanes se necesita algo más que un pasado impoluto. Si pasa cualquier cosa, destituiré a Sazónov. ¡Que se vaya al diablo!

Neudóbnov se encogió de hombros.

–Personalmente no tengo nada en contra de ese calmuco de Basángov –dijo–, pero hay que dar preferencia a un ruso. La amistad entre los pueblos es un asunto sagrado, pero compréndalo, entre la población de las minorías nacionales hay un alto porcentaje de hombres poco fiables o claramente hostiles.

–Tendríamos que haber pensado en eso en 1937 –dijo Nóvikov–. Conocí a un hombre, Mitka Yevséyev, que siempre gritaba: «Soy ruso, eso ante todo». No le sirvió de nada: lo metieron en la cárcel.

–Cada cosa a su tiempo –dijo Neudóbnov–. En la cárcel acaban los canallas, los enemigos, no meten a nadie así como así. En el pasado firmamos el tratado de paz de Brest-Litovsk con los alemanes, y aquello era bolchevismo. Ahora el camarada Stalin nos ha ordenado aniquilar a los invasores alemanes que han atacado nuestra patria soviética, del primero al último. Y esto también es bolchevismo.

Y añadió en un tono de voz aleccionador:

–El bolchevique de nuestros tiempos es ante todo un patriota ruso.

Todo aquello irritaba a Nóvikov. Él se había trabajado su lealtad a la patria rusa a costa de sufrimientos en los duros días de guerra, mientras que Neudóbnov parecía haberla tomado prestada en alguna oficina a la que él no tenía acceso.

Continuó hablando con Neudóbnov, pero se sentía irritado, pensaba en mil cosas diferentes, se inquietaba. Las mejillas le ardían como por efecto del sol y el viento, y el corazón le latía con fuerza, sin querer calmarse. Era como si un batallón marchara sobre su corazón, como si miles de botas golpearan las palabras: «Zhenia, Zhenia, Zhenia».

En la puerta del compartimento asomó Vershkov que, enfatizando el perdón ya otorgado a Nóvikov con el tono melifluo de su voz, dijo:

–Camarada coronel, permítame que le diga que el cocinero no me deja en paz; dice que hace más de dos horas que la comida está lista.

–Muy bien, pero que sea rápido.

Sin más dilación entró el cocinero, empapado en sudor, y con una expresión que era mezcla de sufrimiento, felicidad y ofensa comenzó a disponer los platitos con salazones procedentes de los Urales.

–A mí deme una botella de cerveza –pidió Neudóbnov, lánguido.

–Por supuesto, camarada general –respondió contento el cocinero.

Nóvikov sentía tantas ganas de comer después de su largo ayuno que las lágrimas brotaron en sus ojos. «El señor comandante se ha olvidado de lo que es comer», le vino a la cabeza y recordó el reciente lila de Persia gélido.

Nóvikov y Neudóbnov miraron al mismo tiempo por la ventana: a lo largo de la vía, un tanquista borracho sostenido por un miliciano que llevaba un fusil en bandolera avanzaba dando bandazos y tropezando, lanzando gritos penetrantes. El tanquista trataba de zafarse y golpear al miliciano, pero éste lo tenía firmemente agarrado por los hombros. Entonces el militar, en cuya cabeza debía de reinar una confusión total, olvidó sus ansias de pelea y empezó a besar la mejilla del miliciano con una ternura repentina.

–Averigüe qué es ese escándalo e infórmeme enseguida –ordenó Nóvikov a su ayudante de campo.

–Hay que fusilar a ese canalla alborotador –dijo Neudóbnov corriendo la cortina.

En la cara sencilla de Vershkov se reflejó un sentimiento complejo. Ante todo lamentaba que el comandante del regimiento perdiera el apetito. Pero al mismo tiempo compadecía al tanquista, una compasión que encerraba diferentes matices: diversión, aprobación, admiración de camarada, ternura paternal, tristeza, sincera inquietud.

–¡A sus órdenes! –dijo, pero al instante improvisó–: Su madre vive aquí, estaba desconcertado, quería despedirse de la viejita con un poco de calor, tal vez demasiado apasionado... Los rusos no tienen sentido de la medida, y él ha calculado mal la dosis.

Nóvikov se rascó la nuca, luego se acercó el plato. «¡De eso nada! No volveré a abandonar el convoy», pensó, mientras su mente se dirigía hacia la mujer que le esperaba.

Guétmanov regresó poco antes de la partida del convoy, acalorado y alegre; rechazó la cena, y se limitó a pedir al ordenanza que le abriera una botella de gaseosa de mandarina, su preferida. Se quitó las botas con un gemido, se recostó en el diván, y cerró la puerta del compartimento con el pie.

Comenzó a contar a Nóvikov las novedades que un viejo camarada, secretario de un *obkom*, le había explicado; había vuelto de Moscú el día antes y había sido recibido por uno de esos hombres que tienen un lugar asignado en el mausoleo de la Plaza Roja los días de fiesta, aunque no se sitúan junto al micrófono al lado de Stalin. Aquel hombre obviamente no lo sabía todo y, huelga decirlo, no había contado todo lo que sabía al secretario del *obkom*, al que había conocido en la época en que sólo era un instructor de *raikom* en una pequeña ciudad a orillas del Volga. El secretario del *obkom*, no sin antes ponderar en una pesa invisible a su interlocutor, le había narrado una pequeña parte de lo que había oído. Y a su vez Guétmanov contó a Nóvikov una pequeña parte de lo que le habían contado...

Sin embargo, aquella noche Guétmanov habló a Nóvikov en un tono particularmente confidencial, que nunca antes había utilizado con él. Parecía que daba por hecho que estaba al tanto de los secretos de los grandes: que Malenkov gozaba de un enorme poder ejecutivo, que Beria y Mólotov eran las únicas personas que tuteaban al camarada Stalin, y que al camarada Stalin le disgustaban enormemente las iniciativas personales no autorizadas; que al camarada Stalin le gustaba el *suluguni*, un queso georgiano; que dado el mal estado de la dentadura del camarada Stalin éste siempre mojaba su pan en vino; que, entre otras cosas, tenía la cara picada por la viruela que había tenido de niño; que el camarada Mólotov hacía tiempo que había perdido su posición de número dos del Partido, que en los últimos tiempos Iósif Vissariónovich no tenía en demasiada estima a Jruschov y que incluso hacía poco le había gritado a voz en cuello por teléfono...

El tono confidencial de aquellas observaciones sobre personas que ostentaban una posición de privilegio de poder supremo dentro del Estado –sobre la manera en que Stalin había bromeado persignándose durante una conver sación con Churchill, sobre el descontento de Stalin por la confianza desmedida de uno de sus mariscales en sí mismo–, parecía más importante que ciertas palabras veladas del hombre del mausoleo, palabras que Nóvikov codiciaba y que su alma casi podía adivinar... Sí, se estaba acercando el momento de la ofensiva. Con una risa burlona interna de estúpida autocomplacencia de la que enseguida se avergonzó, Nóvikov pensó: «Vaya, parece que formo parte de la *nomenklatura*».

Sin previo aviso, el convoy se puso en marcha.

Nóvikov salió a la plataforma del vagón, abrió la puerta y fijó la mirada en la oscuridad en que estaba sumergida la ciudad. Y de nuevo oyó botas de infantería marchando sobre su corazón con el incesante retumbo: «Zhenia, Zhenia, Zhenia». Desde la cabeza del tren le llegaron, a través del estruendo, fragmentos de la canción de Yermak.

El estampido de las ruedas de acero sobre los raíles, el rechinar de los vagones que transportaban velozmente al frente masas de acero de los tanques, las voces jóvenes que cantaban, el viento frío del Volga, el inmenso cielo estrellado, todo afloraba con nuevos matices, distintos a cuantos percibiera un segundo antes, a aquello que había sentido en el transcurso del primer año de guerra. En su alma resplandecía una arrogante alegría, una sensación exultante por su propia fuerza, por el espíritu combativo que sentía en el cuerpo, como si la cara de la guerra hubiera cambiado, como si no expresara solamente sufrimiento y odio... Las tristes notas de aquella canción que emergía de la oscuridad de repente sonaron orgullosas y amenazadoras.

Era extraño, pero su felicidad no despertaba en él bondad ni deseos de perdonar. Más bien al contrario: le suscitaba odio, ira, ambición de demostrar su fuerza, de aniquilar todo lo que se interpusiera en su camino.

Volvió al compartimento, y de la misma manera que antes le había subyugado el encanto de la noche de otoño, ahora lo apabulló el calor sofocante del vagón, el humo de tabaco, el olor a mantequilla rancia, el betún derretido, el sudor de los cuerpos robustos de los oficiales del Estado Mayor. Guétmanov, con un pijama abierto sobre su pecho blanco, estaba reclinado en el diván.

–Bueno, ¿jugamos un partida de dominó? El cuerpo de generales ha dado el visto bueno.

–Claro que sí –respondió Nóvikov–. ¿Por qué no?

Guétmanov eructó discretamente y dijo preocupado:

–Me temo que tengo una úlcera. Después de comer siento ardor de estómago.

–No tendríamos que haber permitido al médico que viajara en el segundo tren –observó Nóvikov.

Y con creciente enojo, se dijo para sus adentros: «Cuando decidí promover a Darenski, Fedorenko frunció el entrecejo y yo di marcha atrás; se lo dije a Guétmanov y Neudóbnov, pero también ellos fruncieron el ceño porque era un ex condenado, y yo me amedrenté. Propuse a Basángov... y no les pareció bien porque no era ruso, y de nuevo me batí en retirada... ¿Puedo pensar por mí mismo o no?». Mientras miraba a Guétmanov, seguía con sus reflexiones hasta el punto de casi caer en el absurdo: «Hoy me ofrece mi propio coñac y mañana, cuando venga mi mujer, pretenderá irse con ella a la cama».

Pero ¿por qué justamente él, que no albergaba dudas sobre su capacidad de romper la columna vertebral de la maquinaria de guerra alemana, al conversar con Guétmanov o Neudóbnov se sentía invariablemente débil y tímido?

En aquel día feliz sintió cómo el odio acumulado durante largos años caía con todo su peso al tener que enfrentarse a una situación ahora habitual para él, en que ciertos tipos incompetentes en materia militar pero avezados al poder, la buena mesa, las condecoraciones, escuchaban sus informes, intervenían con gentileza para ayudarle a obtener una habitación en la residencia de oficiales o le daban palmaditas en la espalda. Hombres que desconocían incluso el calibre de las piezas de artillería, que no sabían leer correctamente los discursos que otros les escribían, que eran incapaces de orientarse en un plano, que se equivocaban en el acento de las palabras y cometían errores gramaticales, esos hombres siempre habían sido sus superiores. Tenía que rendir cuentas ante aquella gente, pero su ignorancia no se debía a su extracción obrera: también el padre de Nóvikov era minero, y su abuelo, y su hermano... A veces tenía la impresión de que la fuerza de aquellos oficiales residía precisamente en su ignorancia; que sus conocimientos, su lenguaje correcto, su interés hacia los libros constituían su debilidad. Antes de la guerra le parecía que aquellos hombres le superaban en voluntad y fe. Pero la guerra le había mostrado que no era así.

La guerra lo había colocado en un puesto de mando, pero no se sentía jefe. Al igual que antes se sometía a una fuerza cuya presencia percibía constantemente pero que no lograba comprender. Los dos hombres que oficialmente estaban subordinados a él, sin derecho a dar órdenes, eran la expresión misma de aquella fuerza. Ahora mismo paladeaba el placer que le procuraban las confidencias de Guétmanov sobre ese mundo en que palpitaba la fuerza, al que era imposible no someterse.

La guerra se encargaría de demostrar a quién debía estar agradecida Rusia: a los hombres como Guétmanov o a los hombres como él.

El sueño tan largamente acariciado se había cumplido: la mujer que había amado durante tantos años se convertiría en su esposa... Y ese mismo día sus tanques habían recibido la orden de dirigirse a Stalingrado.

–Piotr Pávlovich –soltó de sopetón Guétmanov–, mientras usted estaba en la ciudad, Mijaíl Petróvich y yo mantuvimos una discusión.

Antes de proseguir, se reclinó contra el respaldo del diván y dio un trago de cerveza.

–Soy un hombre campechano y se lo diré sin rodeos. Hemos hablado de la camarada Sháposhnikova. Su hermano cayó en 1937. –Guétmanov señaló con un dedo al suelo–. Resulta que Neudóbnov lo conoció en aquella época, y yo conocía a su primer marido, Krímov, del que se puede decir que se ha salvado de milagro. Formaba parte del grupo de conferenciantes del Comité Central. Bueno, Neudóbnov ha dicho que el camarada Nóvikov, en quien el pueblo soviético y el camarada Stalin han depositado su confianza, hace mal al vincularse en el terreno personal con una persona que procede de un ámbito político y social tan poco claro.

–¿Y a él qué le importa mi vida personal? –preguntó Nóvikov.

–¡Exactamente! –le secundó Guétmanov–. Son vestigios de 1937, hay que tener cierta amplitud de miras. Pero no malinterprete lo que acabo de decirle. Neudóbnov es un hombre extraordinario, de una honestidad cristalina, un comunista inflexible de mentalidad estaliniana. Pero tiene un pequeño defecto: no ve los gérmenes de lo nuevo, no es sensible a los cambios. Lo importante para él son las citas de los clásicos. A veces parece tan atiborrado de citas que no sabe entender el Estado donde vive. Pero la guerra nos está enseñando muchas cosas. El teniente general Rokossovski, el general Gorbátov, el general Pultus, el general Belov..., todos estuvieron en algún campo. Y eso no ha impedido que el camarada Stalin les haya asignado cargos de responsabilidad. Mitrich, el hombre al que he ido a ver hoy, me ha explicado que a Rokossovski lo sacaron del campo para ponerlo directamente como comandante del ejército: estaba en el lavadero del barracón lavando sus polainas cuando llegaron a buscarlo corriendo: ¡rápido, rápido! «Bueno», pensó, «no me dejan ni terminar de lavarme las calzas.» El día antes le habían magullado un poco durante un interrogatorio, y ahora le metían en un Douglas en vuelo directo al Kremlin. Debemos sacar conclusiones de historias como éstas. Pero nuestro Neudóbnov es un entusiasta de los métodos de 1937, un dogmático, y nada le hará cambiar. Ignoro qué hizo el hermano de Yevguenia Nikoláyevna, pero tal vez el camarada Beria también hoy lo habría liberado y estaría al mando de algún ejército... En cuanto a Krímov, él ahora está en el frente. Tiene su carné del Partido, su actitud es intachable. Así que ¿dónde está el problema?

Pero fueron precisamente esas últimas palabras las que hicieron explotar a Nóvikov.

–¡Me importa un bledo! –dijo sorprendido por el estruendo y la energía de su voz–. Me trae sin cuidado si Sháposhnikov era un enemigo o no. ¡No tengo la menor idea! En cuanto a Krímov, Trotski dijo de uno de sus artículos que era puro mármol. Y a mí me importa un comino. Si es mármol, es mármol. Y si era el ojito derecho de Trotski, Ríkov, Bujarin, Pushkin, ¿a mí qué más me da? ¿Es que tiene que ver con mi vida? Yo no leo sus artículos de mármol. Y Yevguenia Nikoláyevna, ¿es que ella tiene algo que ver? ¿Acaso trabajó en el Komintern hasta 1937? Dirigir sabe hacerlo todo el mundo, camaradas, pero intentad combatir un poco y cumplir con vuestro trabajo. ¡Estoy harto de todo eso! ¡Me pone enfermo!

Las mejillas le ardían, el corazón le palpitaba desbocado, los pensamientos eran claros, nítidos, terribles, precisos, pero su cabeza estaba llena de niebla: «Zhenia, Zhenia, Zhenia».

Se escuchaba a sí mismo y no salía de su asombro. Apenas podía creerlo: por primera vez en su vida había dicho lo que pensaba sin miedo a un alto funcionario del Partido. Miró a Guétmanov, sintiéndose feliz, reprimiendo cualquier remordimiento, cualquier temor. De repente éste se puso en pie y exclamó abriendo sus gruesos brazos:

–Piotr Pávlovich, deja que te abrace, eres un verdadero hombre.

Nóvikov, desconcertado, abrazó a Guétmanov, se besaron, y Guétmanov gritó en el pasillo:

–Vershkov, tráenos coñac, el comandante del cuerpo y el comisario han decidido tutearse. Vamos a beber en confraternización.

5

Yevguenia Nikoláyevna terminó de limpiar la habitación y se dijo con satisfacción: «Bueno, ya está», como si al mismo tiempo hubiera puesto orden en el cuarto y en su alma. La cama estaba hecha, había alisado las arrugas de la almohada, no quedaba ni rastro de ceniza en el suelo junto a la cabecera de la cama ni tampoco una sola colilla en el extremo de la estantería. Pero fue entonces cuando Zhenia se dio cuenta de que estaba intentando engañarse, que sólo había una cosa que necesitaba en el mundo, y era Nóvikov. De pronto le entraron ganas de explicar a Sofia Ósipovna lo que había pasado en su vida, a ella, y no a su madre, ni a su hermana. Y comprendía de manera confusa por qué quería hablar precisamente con Sofia Ósipovna.

–Ay, Sóniechka, Sóniechka, mi pequeña Levinton –dijo en voz alta.

Luego recordó que Marusia estaba muerta. Comprendía que no podía vivir sin Nóvikov y, desesperada, golpeó el puño contra la mesa. «Maldita sea. No necesito a nadie», se dijo. A continuación se arrodilló en el lugar donde hacía poco colgaba su abrigo, y susurró: «No mueras». Y enseguida pensó: «Todo esto es una comedia. Soy una mujer indecente». Quiso torturarse adrede, y dentro de su cabeza oyó a una criatura pérfida de sexo indefinido soltar un aluvión de recriminaciones:

«Claro, la señora se aburría sin un hombre, está acostumbrada a que la complazcan, y éstos son los mejores años... A uno lo plantó, por supuesto, pero ese Krímov no cuenta, incluso querían expulsarlo del Partido. Y ahora se convertirá en la mujer de un comandante de un cuerpo del ejército. ¡Y qué hombre! Cualquier mujer le echaría de menos... Pero ¿cómo vas a retenerlo ahora que te has entregado? Bueno, ahora te esperan noches en blanco preguntándote si no lo habrán matado, si habrá encontrado a una telefonista de diecinueve años.»

Y como cogiendo al vuelo un pensamiento desconocido para Zhenia, la criatura cínica y maligna añadió:

«No te preocupes, pronto echarás a correr detrás de él.»

No comprendía por qué había dejado de amar a Krímov, pero llegados a ese punto no era necesario comprenderlo. Ahora era feliz. Luego se dijo que Krímov representaba un obstáculo para su felicidad. Se interponía siempre entre Nóvikov y ella, envenenando su dicha. Seguía arruinándole la vida. ¿Por qué debía torturarse sin pausa? ¿A qué venían esos remordimientos de conciencia? Había dejado de quererle, ya está. Y él, ¿qué quería de ella? ¿Por qué la perseguía con tanta insistencia? Ella tenía derecho a ser feliz. Tenía derecho a amar al hombre que la amaba. ¿Por qué Nikolái Grigórievich le parecía siempre tan débil e impotente, tan perdido, tan solo? ¡No era tan débil! ¡Tampoco era tan bueno!

Cada vez se sentía más furiosa con Krímov. ¡No, no! No iba a sacrificar su felicidad por él... Era un hombre cruel, estrecho de miras, un fanático recalcitrante. Ella nunca había podido aceptar su indiferencia ante el sufrimiento humano. ¡Qué extraño resultaba todo aquello para ella, su madre, su padre...! «No puede haber piedad para los kulaks», decía cuando decenas de miles de mujeres y niños morían de inanición en los pueblos de Rusia y Ucrania. «A los inocentes no se les arresta», había dicho en los tiempos de Yezhov y Yagoda. Aleksandra Vladímirovna había relatado una vez una historia que había tenido lugar en Kamishin en 1918. Varios comerciantes y propietarios de casas fueron colocados junto a sus hijos en una barcaza y ahogados en las aguas del Volga. Algunos niños eran amigos y compañeros de colegio de Marusia: Mináyev, Gorbunov, Kasatkin, Sapóshnikov. Nikolái Grigórievich había dicho airado: «Bueno, ¿qué quieres que se haga con los enemigos de la Revolución, que se les alimente con repostería?». ¿Por qué entonces Zhenia no debía tener derecho a ser feliz? ¿Por qué motivo debía seguir atormentándose y compadeciendo a un hombre que siempre había sido tan despiadado con los débiles?

Pero aunque se enfadara y exasperara, en el fondo de su alma sabía que estaba siendo injusta, que Nikolái Grigórievich no era tan perverso.

Se quitó la falda de invierno que había obtenido mediante trueque en el mercado de Kúibishev y se puso su vestido de verano, el único que le había quedado tras el incendio de Stalingrado. Era el mismo vestido que llevaba aquella noche con Nóvikov, cuando pasearon por el malecón, bajo el monumento a Jolzunov.

Poco antes de que fuera deportada le había preguntado a Jenny Guenríjovna si alguna vez había estado enamorada. Jenny, visiblemente avergonzada, le respondió: «Sí, de un chico con unos rizos de oro y los ojos azul claro. Vestía una chaqueta de terciopelo, el cuello blanco. Tenía once años y lo conocía sólo de vista». ¿Dónde estaba ahora aquel chico de cabellos rizados, vestido de terciopelo, dónde estaba Jenny Guenríjovna?

Yevguenia Nikoláyevna se sentó en la cama y miró el reloj. Sharogorodski solía pasar a visitarla a esa hora. No, no estaba de humor para conversaciones inteligentes.

Se puso a toda prisa el abrigo y un pañuelo. Era absurdo: el tren hacía horas que había partido. Había un gentío enorme alrededor de la estación, todos estaban sentados sobre sus hatillos y petates. Yevguenia deambuló por los callejones próximos. Una mujer le preguntó si tenía cupones de racionamiento, otra le pidió billetes de tren... Ciertos individuos la recorrían con la mirada soñolienta, suspicaces. Un tren de mercancías pasó con gran estruendo por la vía número 1. Los muros de la estación se estremecieron y los cristales de las ventanas tintinearon. Ella sintió que su corazón también temblaba. Pasaron algunos vagones abiertos que transportaban tanques. De repente, la invadió un sentimiento de felicidad. Los tanques siguieron desfilando. Los soldados sentados en la parte superior con sus cascos y las ametralladoras sobre el pecho parecían forjados en bronce.

Yevguenia caminó a casa, meciendo los brazos como un muchachito. Se había desabotonado el abrigo y de vez en cuando echaba una ojeada a su vestido de verano. De repente el sol crepuscular bañó las calles de luz y la ciudad gastada y ruda, que aguardaba el invierno en el frío y el polvo, apareció majestuosa, rosa, clara... Entró en casa y Glafira Dmítrievna, la inquilina más veterana que horas antes había visto al coronel en el pasillo mientras iba a ver a Zhenia, le dijo con una sonrisa aduladora.

–Hay una carta para usted.

«Hoy es mi día de suerte», pensó Yevguenia mientras abría el sobre. Era una carta de su madre, de Kazán.

Leyó las primeras líneas, emitió un débil grito y llamó, confusa:

–¡Tolia, Tolia!

6

En la base de la nueva teoría de Shtrum estaba la idea que le había sorprendido aquella noche por la calle. Las ecuaciones que había deducido fruto de varias semanas de trabajo no eran una ampliación ni un apéndice de la teoría clásica aceptada unánimemente por los físicos. En lugar de eso, la teoría clásica, supuestamente global, se había convertido en un caso particular incluido en el marco de una teoría más amplia elaborada por Víktor.

Durante un tiempo dejó de ir al instituto, y Sokolov se hizo cargo de la supervisión del trabajo del laboratorio. Shtrum apenas salía de casa. Deambulaba por la habitación o se pasaba horas sentado en su escritorio. Sólo a veces, por la noche, salía a pasear escogiendo las calles desiertas cerca de la estación para no encontrarse con ningún conocido. En casa se comportaba como de costumbre: bromeaba durante las comidas, leía los periódicos, escuchaba los boletines de la Oficina de Información Soviética, le buscaba las cosquillas a Nadia, preguntaba a Aleksandra Vladímirovna por su trabajo en la fábrica, hablaba con su mujer.

Liudmila Nikoláyevna tenía la sensación de que en aquellos días su marido había comenzado a parecerse a ella. Hacía todo lo que se suponía que debía hacer, pero sin participar plenamente en la vida que le rodeaba, algo que le resultaba fácil porque era mera rutina. Y sin embargo aquella similitud no acercaba a los dos cónyuges, era sólo aparente. Las causas que determinaban la alienación de ambos respecto a la vida familiar eran radicalmente opuestas: la vida y la muerte.

Shtrum no tenía dudas acerca de los resultados de su investigación. Tal seguridad era algo atípico en él, pero ahora que había hecho el descubrimiento científico más importante de su vida tenía la certeza absoluta de su veracidad.

Ahora que llegaba al término de su complejo trabajo matemático, comprobando una y otra vez el desarrollo de sus razonamientos, no se sentía más seguro que cuando, en la calle desierta, le había iluminado una intuición repentina.

A veces intentaba comprender el camino que había seguido para llegar a aquel resultado. En apariencia todo era bastante sencillo. Los experimentos del laboratorio debían confirmar las hipótesis de la teoría. Pero no había sido así. La contradicción entre los datos experimentales y la teoría había suscitado en él, naturalmente, serias dudas sobre la fiabilidad de los experimentos. La teoría que había sido formulada sobre la base de los resultados obtenidos por numerosos investigadores durante décadas de trabajo y que, a su vez, arrojaba luz sobre muchas cuestiones relacionadas con los nuevos estudios experimentales, parecía incontestable. Reiterados experimentos habían mostrado una y otra vez que las desviaciones de las partículas cargadas en la interacción nuclear seguían sin corresponderse con las predicciones de la teoría. Ni siquiera las más generosas correcciones introducidas para compensar la imprecisión de los experimentos, así como la imperfección de los aparatos de medición y la emulsión fotográfica utilizada para captar las fisiones nucleares, podían explicar una disparidad tan grande.

Al darse cuenta de que no podía haber duda respecto a la precisión de los resultados, Víktor había intentado reformular la teoría asumiendo como premisa varias hipótesis arbitrarias que permitieran asumir los nuevos datos experimentales obtenidos en el laboratorio.

Todo lo que había hecho hasta el momento partía de una creencia fundamental: que la teoría se había deducido de datos experimentales, y por tanto era imposible que un experimento la contradijera. Se había despilfarrado una enorme cantidad de trabajo intentando hallar una conexión entre la teoría y los nuevos experimentos. Sin embargo, la teoría modificada, de la que parecía imposible alejarse, seguía fracasando a la hora de explicar los nuevos y contradictorios datos que afluían del laboratorio. La teoría modificada resultó ser tan ineficaz como la primera.

Fue en ese momento cuando sobrevino un nuevo hecho.

La vieja teoría dejó de ser fundamental, un todo omnicomprensivo, no porque fuera un error garrafal o un disparate, sino porque quedó insertada como un caso particular en el nuevo sistema... La reina madre arropada con un manto púrpura inclinó de modo respetuoso la cabeza ante la nueva emperatriz. Todo ocurrió en un abrir y cerrar de ojos.

Cuando Shtrum comenzó a reflexionar sobre cómo había dado con la nueva teoría, le sacudió algo inesperado. Se dio cuenta de que parecía no haber ninguna conexión lógica entre la teoría y los experimentos. Era como si las huellas en el suelo hubieran desaparecido y no pudiera rehacer el camino seguido.

Antes siempre había creído que las teorías nacían de la experiencia. Pensaba que las contradicciones entre una teoría existente y nuevos datos experimentales conducían naturalmente a una teoría nueva, más amplia. Pero, por extraño que pareciera, acababa de convencerse de que no era así. Había tenido éxito en el momento en que no había intentado relacionar la experiencia con la teoría, o viceversa.

La nueva teoría no procedía de la experiencia, sino de

la cabeza de Shtrum. Lo veía con una claridad pasmosa. Lo nuevo había surgido de una absoluta libertad. Había brotado de su cabeza. La lógica de esa teoría, su línea de razonamiento, no estaba conectada a los experimentos efectuados por Márkov en el laboratorio. Daba la impresión de que la teoría había nacido espontáneamente, del libre juego del pensamiento, y aquel juego desarticulado de la experiencia permitía explicar toda la riqueza de los viejos y los nuevos datos. Los experimentos no habían sido sino un impulso exterior que le había obligado a pensar, pero no determinaban su contenido. Era sorprendente...

Su cabeza estaba llena de relaciones matemáticas, ecuaciones diferenciales, cálculos de probabilidad, leyes de álgebra superior y algoritmia. Aquellas relaciones matemáticas existían por sí mismas en el vacío, en la nada, fuera del mundo de los átomos y las estrellas, fuera de los campos electromagnéticos y gravitacionales, fuera del tiempo y el espacio, fuera de la historia del hombre y la historia geológica de la Tierra. Pero esas relaciones estaban dentro de su cabeza...

Y al mismo tiempo su cabeza estaba llena de otras relaciones y leyes: interacciones cuánticas, campos de fuerzas, constantes que determinaban los procesos nucleares, el movimiento de la luz, la contracción y dilatación del tiempo y el espacio. ¡Increíble! En su cabeza de físico teórico los procesos del mundo real sólo eran un reflejo de las leyes que habían nacido en el desierto de las matemáticas. En la mente de Shtrum las matemáticas no eran el reflejo del mundo, sino que el mundo se configuraba como proyecciones de las ecuaciones diferenciales. El mundo era un reflejo de las matemáticas.

Y al mismo tiempo su cabeza estaba llena de datos de contadores y otros instrumentos diferentes, de las líneas punteadas que sobre el papel fotográfico describen las trayectorias de las partículas y las fisiones de los núcleos...

Y aún quedaba espacio en su cabeza para el susurro de las hojas, la luz de la luna, las gachas de mijo con leche, el crepitar del fuego en la estufa, fragmentos de melodías, ladridos de perros, el Senado de Roma, los boletines de la Oficina de Información Soviética, el odio hacia la esclavitud, y la pasión por las semillas de calabaza.

Y de ahí, de esa amalgama, había nacido su teoría, había subido a la superficie emergiendo de lo más profundo, donde no existen matemáticas, ni física, ni experimentos en un laboratorio de física, ni experiencia de vida, donde no hay consciencia sino sólo la turba inflamable del inconsciente...

Y la lógica de las matemáticas, privada de los vínculos con el mundo, se reflejó, se expresó, se encarnó en una teoría física real que, con exactitud divina, se plasmó en un complicado trazado de líneas punteadas sobre el papel fotográfico.

El hombre en cuya cabeza había tenido lugar todo aquello, mirando las ecuaciones diferenciales y el papel fotográfico que confirmaba la verdad engendrada por él, lloraba secándose los ojos radiantes de felicidad y bañados en lágrimas...

Sin embargo, de no ser por aquellos experimentos infructuosos, de no ser por el caos y el absurdo, Sokolov y Shtrum habrían seguido reformulando la teoría vieja e incurriendo en el mismo error.

¡Qué felicidad que el absurdo no hubiera cedido ante su insistencia!

Esa nueva explicación había nacido de su cabeza, pero estaba relacionada con los experimentos de Márkov. En efecto, si los núcleos atómicos y los átomos no formaran parte de la realidad, tampoco existirían en el cerebro del hombre. Más aún: si no hubiera admirables sopladores de vidrio como los Petushkov, si no hubiera centrales eléctricas, ni altos hornos en los establecimientos metalúrgicos, ni producción de reactivos puros, no habría matemáticas dentro de la cabeza de un físico teórico.

Lo que más le sorprendía era que había logrado su máximo logro científico en un momento de la vida en que se sentía abrumado por el dolor y una lúgubre melancolía le oprimía el cerebro. ¿Cómo era posible?

¿Y por qué justo después de aquellas conversaciones –temerarias, peligrosas, que tanto le habían inquietado y que no guardaban ninguna relación con su trabajo– lo insoluble había hallado de repente una solución? Pero eso no era más que una banal coincidencia.

Difícil poner orden en todas esas cosas...

Ahora, una vez concluido, Víktor quiso hablar de su trabajo. Hasta ese momento no se había preguntado a quién podía confiarse.

Quería ver a Sokolov, escribir a Chepizhin... Trataba de imaginarse cómo acogerían sus nuevas ecuaciones Mandelshtam, Ioffe, Landau, Tamm, Kurchatov, cómo las interpretarían sus colaboradores del laboratorio, qué impresión causarían sobre los de Leningrado. Pensaba en el título que daría a su trabajo. Se preguntó qué pensarían Bohr y Fermi. Tal vez el propio Einstein lo leería y le escribiría algunas líneas. Y se preguntó también quiénes serían sus adversarios, y qué problemas ayudaría a resolver.

Pero no le apetecía hablar a su mujer del trabajo. Por lo general, antes de enviar una carta importante, se la leía a Liudmila. Cuando se encontraba por casualidad a un viejo amigo en la calle, el primer pensamiento que le venía a la mente era: «¡Qué sorpresa se llevará Liudmila!». Después de discutir con el director del instituto al que había dirigido una réplica cortante, pensaba: «Luego le contaré a Liudmila cómo le he puesto en su sitio». No concebía siquiera la idea de ir al cine o al teatro sin Liudmila, sin sentir su presencia al lado y poder susurrarle: «Dios mío, ¡qué basura!». Compartía con ella cualquier cosa que le inquietara; cuando todavía era estudiante, le decía: «¿Sabes? A veces creo que soy idiota». ¿Por qué ahora no le decía nada? ¿Acaso su necesidad compulsiva de compartir su vida con ella se basaba en la certeza de que Liudmila vivía más la vida de su marido que la suya propia, que la vida de él era la de ella? Pero ahora aquella certidumbre había desaparecido. ¿Su mujer había dejado de amarle? ¿O tal vez era él el que ya no la amaba? Al final, aunque no tenía ganas de hacerlo, le habló de su trabajo.

–Es una sensación indefinible, extraña –le dijo–: ahora podría pasarme cualquier cosa y el corazón me diría que no he vivido en vano. ¿Sabes? Por primera vez en la vida, no tengo miedo a morir, porque ahora eso existe, ¡ha nacido!

Le mostró una hoja llena de garabatos que había sobre la mesa.

–No exagero: es una nueva visión de la naturaleza, de las fuerzas nucleares, un nuevo principio que será la llave para muchas puertas que hasta ahora han estado cerradas... ¿Entiendes?, cuando era niño... No, quería decir... Es un sentimiento como si... de las aguas oscuras y quietas aflorase a la superficie un nenúfar... ¡Ay, Dios mío!

–Estoy muy contenta, Vítenka, muy contenta –decía ella sonriendo.

Pero Víktor veía claramente que estaba absorta en sus pensamientos, que no compartía su alegría ni su excitación. Y no dijo ni una sola palabra de ello a su madre ni a Nadia. Lo más probable era que ya ni se acordase.

Por la noche Víktor fue a casa de los Sokolov. No sólo para hablar con Sokolov sobre su trabajo, sino también para contarle lo que sentía. Piotr Lavréntievich le entendería, era amable, inteligente, y tenía un corazón bueno, puro.

Pero al mismo tiempo temía que Sokolov le hiciera algún reproche, que le recordara su falta de fe. A Sokolov le gustaba comentar el comportamiento ajeno y pronunciar locuaces sermones.

Hacía tiempo que no iba a casa de los Sokolov. Probablemente sus amigos se habían reunido al menos tres veces desde su última visita. De repente vio los ojos saltones de Madiárov. «Es valiente, el demonio», pensó Víktor. Qué extraño era que, durante todo ese tiempo, no se hubiera acordado ni una sola vez de las «asambleas» nocturnas. Tampoco ahora tenía ganas. Asociaba a aquellas conversaciones cierta inquietud, ansiedad, el presentimiento de una desgracia inminente. Lo cierto es que se habían pasado de la raya: graznaban como pájaros de mal agüero, y en cambio Stalingrado resistía, el avance alemán había sido detenido, los evacuados regresaban a Moscú.

Anoche le había dicho a Liudmila que no tenía miedo a morir, ni siquiera en ese mismo momento. Sin embargo le aterrorizaba recordar las críticas que había expresado. Madiárov se había desahogado a gusto, tanto que pensarlo le provocaba pavor. ¿Y las sospechas de Karímov? Espantosas. ¿Y si Madiárov fuera en realidad un *provocateur*?

«Sí, morir no da miedo –pensó Víktor–, pero en este momento soy un proletario que puede perder algo más que sus cadenas.»

Sokolov, con una chaqueta de andar por casa, leía un libro, sentado a la mesa.

–¿Dónde está Maria Ivánovna? –preguntó Shtrum, sorprendido, a la vez que se maravillaba de su propio asombro.

Al no encontrarla en casa se había sentido perdido, como si hubiera ido allí para hablar de física teórica con ella y no con Piotr Lavréntievich. Sokolov colocó las gafas en la funda y le respondió, sonriendo:

–¿Por qué?, ¿es que Maria Ivánovna está obligada a estar siempre encerrada en casa?

Entre toses y tartamudeos propios de la excitación, Víktor comenzó a exponer sus ideas, a desarrollar sus ecuaciones. Sokolov era la primera persona en el mundo a la que Víktor confiaba su teoría, y mientras hablaba revivía todo de nuevo, aunque con sentimientos diferentes.

–Bueno, eso es todo –dijo Víktor con voz trémula, sintiendo la emoción del amigo.

Permanecieron callados, y a Víktor aquel silencio le pareció sublime. Estaba sentado, con la cabeza gacha, frunciendo la frente, meneando tristemente la cabeza. Por fin lanzó a Sokolov una mirada rápida, y le pareció ver lágrimas en los ojos de Piotr Lavréntievich.

Mientras el mundo entero era devastado por una guerra espantosa, dos hombres estaban sentados en una habitación miserable. Un vínculo inefable les unía entre sí, un vínculo que a su vez les unía con otros hombres de diferentes países, y con otros que habían vivido siglos atrás, cuyo pensamiento había aspirado a lo más elevado y grande que un ser humano pueda perseguir.

Shtrum deseaba que Sokolov continuara callado. En aquel silencio había algo divino...

Permanecieron así durante un largo rato. Después Sokolov se acercó a Shtrum, le puso una mano sobre el hombro, y Víktor Pávlovich sintió que estaba a punto de echarse a llorar. Al final Piotr Lavréntievich habló:

–Qué maravilla, qué milagro, qué elegancia. Le felicito de todo corazón. Una fuerza extraordinaria, qué lógica, qué elegancia. Incluso desde el punto de vista estético su razonamiento es perfecto.

Todavía temblando de la excitación, Víktor pensó: «Por el amor de Dios, esto no es una cuestión de elegancia, se trata del pan de cada día, de la realidad».

–Ve ahora, Víktor Pávlovich –dijo Sokolov–, lo equivocado que estaba cuando perdió el ánimo, cuando quería aplazarlo todo hasta el regreso a Moscú. –Y con el tono de un profesor de teología, que Shtrum no soportaba, continuó–: Tiene poca fe, le falta paciencia. A menudo esto le bloquea...

–Sí, sí –respondió deprisa Shtrum–, lo sé. Me deprimía tanto encontrarme en ese callejón sin salida. Me repugnaba todo.

Luego Sokolov se puso a disertar, pero cualquier cosa que decía desagradaba a Víktor, aun cuando su colega hubiera entendido inmediatamente la importancia de su trabajo y lo valorara en términos superlativos. Víktor encontraba todas sus apreciaciones insulsas, estereotipadas.

«Su trabajo promete resultados notables.» «Promete», qué palabra tan estúpida. No necesitaba a Piotr Lavréntievich para saber que su trabajo «prometía». Pero ¿por qué «promete resultados»? Más que prometer, ya era un resultado. «Ha aplicado un método original.» ¿Qué tenía que ver la originalidad? Era pan, pan, sólo pan negro.

Shtrum desvió intencionadamente la conversación hacia los asuntos del laboratorio.

–A propósito, Piotr Lavréntievich, olvidé comentarle

que recibí una carta de los Urales: la entrega de nuestro pedido se retrasa.

—Bien —dijo Sokolov—, eso quiere decir que ya estaremos en Moscú cuando llegue el material. Hay un aspecto positivo: en Kazán nunca habríamos podido instalarlo y nos habrían acusado de no cumplir con el plan de trabajo.

Sokolov comenzó a pronunciar un discurso pomposo acerca de los asuntos del laboratorio. Aunque Víktor había sido el artífice del cambio de tema le entristeció que Sokolov hubiera abandonado con tanta facilidad el gran tema, el más importante. En ese momento sintió su soledad con particular intensidad. ¿Acaso Sokolov no entendía que su trabajo era infinitamente más importante que la rutina del laboratorio? Se trataba, sin duda, de la contribución más importante que Shtrum había hecho a la ciencia, una obra que tendría un peso determinante en el desarrollo de la física teórica. Sokolov advirtió, por la cara de Víktor, que había desviado la conversación con demasiada facilidad y ligereza hacia asuntos de puro trámite.

—Es curioso —observó—. Usted ha confirmado de manera absolutamente novedosa la cuestión de los neutrones y del núcleo pesado. —Con la palma de la mano imitó el movimiento de un trineo deslizándose veloz a lo largo de una pendiente—. Y ahora es cuando necesitaríamos los nuevos aparatos.

—Sí, es posible —respondió Víktor—. Pero es sólo un detalle.

—Venga, no diga eso —objetó Sokolov—, es un detalle suficientemente relevante. Una energía titánica, admítalo.

—¿Y a mí qué más me da eso? —replicó Shtrum—. Lo que me interesa es el nuevo punto de vista sobre la naturaleza de las microfuerzas. Es algo que puede alegrar a un cierto número de personas y que posibilita el poder acabar con algunas búsquedas a ciegas.

—Sí, claro que se alegrarán. Como un deportista se alegra cuando es otro el que bate un récord.

Shtrum no respondió. Sokolov había tocado un tema que hacía poco se había discutido en el laboratorio. En aquella ocasión Savostiánov había establecido un paralelismo entre científicos y deportistas: también los científicos se preparan, se entrenan, y la resolución de los problemas científicos conlleva la misma tensión que se encuentra en el deporte. Y además en ambos casos es una cuestión de récords.

Víktor, y sobre todo Sokolov, se habían enfadado con Savostiánov por aquel extraño parangón. Sokolov incluso pronunció un discursito tildando a Savostiánov de joven cínico y afirmó que la ciencia era una especie de religión, que el trabajo científico expresaba la aspiración del hombre hacia lo divino.

Víktor, en cambio, sabía que si se había irritado con Savostiánov no era tanto porque considerara errónea su afirmación. De hecho, más de una vez había sentido la alegría del deportista, el mismo anhelo, la misma pasión.

No obstante, sabía que la competitividad, el entusiasmo y el deseo de marcar récords no constituían la esencia, sino únicamente la superficie de su relación con la ciencia, y había montado en cólera con Savostiánov tanto porque llevaba razón como porque se equivocaba con su diagnóstico.

Nunca había hablado con nadie, ni siquiera con Liudmila, sobre su verdadero sentimiento hacia la ciencia, un sentimiento que había aflorado en los tiempos de su juventud. Y le resultó placentero que, en la discusión con Savostiánov, Sokolov hablara sobre la ciencia con tanta justicia y en términos tan elevados.

¿Por qué ahora, sin embargo, Sokolov había mencionado de improviso la analogía entre científicos y deportistas? ¿Por qué había dicho una cosa semejante precisamente en un instante tan crucial para Shtrum?

Perplejo y ofendido, le preguntó con brusquedad a su colega:

—Piotr Lavréntievich, ¿es que no está contento por mí, puesto que no ha sido usted el que ha establecido el récord?

Justo en aquel instante Sokolov estaba pensando que la

solución encontrada por Shtrum era sencillísima, evidente en sí misma, que estaba presente desde hacía tiempo en su cabeza y que a la primera ocasión ineludiblemente la habría formulado.

—Así es —confesó Sokolov—. De la misma manera que Lawrence no se entusiasmó cuando fue Einstein y no él el que transformó las ecuaciones del propio Lawrence.

La candidez de este reconocimiento desarmó hasta tal punto a Shtrum que se arrepintió de su propia animosidad. Sin embargo, Sokolov se apresuró a añadir:

—Estoy bromeando, por supuesto. Lawrence no viene al caso. No siento nada parecido. Pero de todas formas, aunque no sienta nada parecido, soy yo quien tiene razón y no usted.

—Claro, claro. Está de broma —dijo Víktor, pero seguía irritado. Había entendido perfectamente que eso era lo que pensaba Sokolov.

«Hoy no es sincero —pensó—, pero es transparente como un niño. Se ve enseguida cuando no está diciendo la verdad.»

—Piotr Lavréntievich —añadió Víktor—, ¿nos reunimos el sábado en su casa como de costumbre?

Sokolov arrugó su gruesa nariz de bandolero, hizo ademán de ir a decir algo, pero permaneció callado.

Víktor lo miró con aire interrogador.

—Víktor Pávlovich —dijo Sokolov al final—, dicho sea entre nosotros, esas veladas han dejado de gustarme.

Ahora era él quien miraba con cierta curiosidad a Shtrum, pero como éste callaba, prosiguió:

—Me preguntará por qué. Usted sabe muy bien a qué me refiero... No es cosa de broma. Se nos fue demasiado la lengua.

—A usted no —replicó Shtrum—. La mayor parte del tiempo estuvo callado.

—Exacto, ése es el problema.

—Entonces reunámonos en mi casa, estaría encantado de que así fuera —propuso Víktor.

¡Increíble! Ahora el hipócrita era él. ¿Por qué había

mentido? ¿Por qué discutía con Sokolov cuando en su fuero interno era de la misma opinión? Sí, porque también él había comenzado a temer aquellos encuentros, no deseaba que se produjeran.

–¿Por qué en su casa? –preguntó Sokolov–. No se trata de eso. Permita que se lo diga sin rodeos: he reñido con mi cuñado, con nuestro principal orador, Madiárov.

Víktor se moría de ganas de preguntarle: «Piotr Lavréntievich, ¿está usted seguro de que Madiárov es un hombre de confianza? ¿Pondría la mano en el fuego por él?». En cambio, dijo:

–¿Por qué hacer una montaña de un grano de arena? Es usted el que se ha metido en la cabeza que cualquier palabra un poco atrevida pone en peligro al Estado. Es una pena que haya discutido con Madiárov, es una persona que me gusta. Mucho, además.

–Es innoble que en unos tiempos tan duros para nuestra patria algunos rusos se dediquen a criticar a diestra y siniestra –sentenció Sokolov.

Y Shtrum de nuevo sintió el deseo de preguntarle: «Piotr Lavréntievich, es un asunto serio. ¿Está seguro de que Madiárov no es un delator?». Pero en su lugar, dijo:

–Con su permiso le diré que las cosas están mejorando. Stalingrado es la golondrina que anuncia la primavera. Usted y yo acabamos de confeccionar las listas para la vuelta a Moscú. ¿Recuerda lo que pensábamos hace dos meses? Los Urales, la taiga, Kazajstán, eso es lo que teníamos en la cabeza.

–Razón de más –replicó Sokolov–, no veo motivo para estar graznando.

–¿Graznando? –repitió Víktor.

–Sí, sí, graznando.

–Por el amor de Dios, Piotr Lavréntievich, ¿por qué dice esas cosas?

Cuando se despidió de Sokolov, Víktor estaba en un estado de perplejidad y melancolía. Por encima de todo le atenazaba una soledad insoportable. Desde la mañana se había consumido pensando en su encuentro con Sokolov, presintiendo que sería una reunión especial. Pero casi todo lo que éste había dicho le había parecido poco sincero, insulso. Y él tampoco había sido sincero. El sentimiento de soledad no le abandonaba; es más, se agudizaba.

Salió a la calle. Se encontraba todavía en la puerta de entrada cuando oyó una voz suave de mujer que le llamaba. Víktor la reconoció al instante.

El farol de la calle alumbraba la cara de Maria Ivánovna, sus mejillas y su frente brillaban por la lluvia. Con su viejo abrigo y el pañuelo de lana cubriéndole la cabeza, aquella mujer, esposa de un profesor universitario y doctor en ciencias, era la viva estampa de los evacuados en tiempo de guerra.

«Como la revisora de un tranvía», pensó Víktor.

–¿Cómo está Liudmila Nikoláyevna? –le preguntó mirándole fijamente con sus ojos oscuros.

Hizo un gesto de despreocupación con la mano y respondió:

–Sin novedades.

–Mañana a primera hora pasaré a visitarles –dijo Maria Ivánovna.

–Es usted su ángel de la guardia, su enfermera –dijo Víktor–. Menos mal que Piotr Lavréntievich lo soporta. Pasa mucho tiempo con Liudmila Nikoláyevna, y él es como un niño, a duras penas puede estar una hora sin usted.

Ella seguía mirándole con aire pensativo, como si estuviera escuchándole sin prestar atención a sus palabras. Luego dijo:

–Víktor Pávlovich, hoy tiene una expresión particular en la cara. ¿Le ha ocurrido algo bueno?

–¿Por qué piensa eso?

–No tiene los mismos ojos que de costumbre. Debe de ser a causa del trabajo –dijo de repente–. Su trabajo va bien, ¿verdad? Y usted pensaba que la desgracia que le había ocurrido le anularía la capacidad de trabajar.

–Pero ¿de dónde ha sacado eso? –le preguntó mientras pensaba: «Hay que ver lo charlatanas que son estas mujeres. ¿Es posible que Liudmila se lo haya explicado todo?»–.

¿Y qué es lo que ha visto en mis ojos? –preguntó con manifiesta ironía a fin de ocultar su irritación.

Maria Ivánovna permaneció callada, reflexionando sobre las palabras de Shtrum. Después le dijo seria, sin haber captado su tono irónico:

–En sus ojos siempre se lee sufrimiento, pero hoy no.

–Maria Ivánovna, qué extraño es el mundo. Mire, siento que he cumplido la gran obra de mi vida. La ciencia es pan, el pan del alma. Y ha sucedido en estos tiempos amargos, difíciles. Qué extrañamente enmarañada es la vida. Ay, cómo quisiera... Basta, es inútil hablar...

Maria Ivánovna le escuchaba sin apartar la mirada de sus ojos. Después le dijo en un susurro:

–Si pudiera ahuyentar la desgracia de su casa...

–Gracias, querida Maria Ivánovna –dijo Shtrum, despidiéndose.

Se apaciguó al instante, como si hubiera ido a visitarla a ella en lugar de a su marido, y él hubiera dicho lo que deseaba decir.

Un minuto más tarde, mientras caminaba por la sombría calle, Víktor se había olvidado de los Sokolov. Los oscuros portales vomitaban corrientes de aire frío, en los cruces de camino el viento levantaba los faldones de su abrigo. Shtrum encogía los hombros, arrugaba la frente... ¿Es posible que su madre nunca supiera lo que su hijo había logrado?

7

Shtrum reunió al personal del laboratorio, los físicos Márkov, Savostiánov y Anna Naumovna Weisspapier, el mecánico Nozdrín y el electricista Perepelitsin, para anunciarles que las dudas sobre la imprecisión de los aparatos eran infundadas. De hecho, había sido la exactitud de las medidas lo que había permitido obtener resultados homogéneos, a pesar de las variaciones en las condiciones de los experimentos.

Shtrum y Sokolov eran teóricos, así que los experimentos de laboratorio estaban bajo la supervisión de Márkov. Dotado de un talento asombroso para resolver los problemas más intrincados, siempre determinaba con precisión los criterios de funcionamiento del nuevo instrumental.

Shtrum admiraba la seguridad con la que Márkov se acercaba a un nuevo aparato y, al cabo de pocos minutos, sin necesidad de instrucciones, era capaz de comprender tanto los principios esenciales como los más nimios detalles de su mecanismo. Parecía percibir los instrumentos físicos como organismos vivos, como si mirando un gato le bastara una ojeada para distinguir los ojos, la cola, las orejas, las garras, advertir sus latidos, determinar la función de cada parte de su cuerpo felino.

Cuando montaban en el laboratorio un nuevo aparato y necesitaban a alguien con una especial destreza, era el altivo mecánico Nozdrín quien se hacía dueño de la situación. Savostiánov solía bromear sobre Nozdrín diciendo: «Cuando Stepán Stepánovich muera, llevarán sus manos al Instituto del Cerebro como objeto de estudio».

A Nozdrín no le gustaban las bromas, miraba por encima del hombro a sus colegas científicos, consciente de que sin sus robustas manos de obrero no podrían hacer gran cosa en el laboratorio.

El favorito del laboratorio era Savostiánov. Era tan hábil con el trabajo teórico como con el de laboratorio. Todo lo hacía bromeando, con presteza, sin apenas esfuerzo. Incluso en los días más nublados, sus cabellos claros, color trigo, parecían iluminados por el sol. Shtrum admiraba a Savostiánov y pensaba que su pelo reflejaba el brillo y la claridad de su mente. Sokolov también le apreciaba.

–No, Savostiánov no es como nosotros, descarados y dogmáticos. Él vuela más alto. Cuando nosotros hayamos muerto, sólo quedará su nombre, y tras él, ocultos, el suyo, el mío, el de Márkov.

Por lo que respecta a Anna Naumovna, los graciosos

del laboratorio la habían apodado «la gallina semental». Poseía una capacidad de trabajo y una paciencia casi sobrehumanas: una vez se había pasado dieciocho horas seguidas ante el microscopio estudiando emulsiones fotográficas.

Muchos directores de otras secciones del instituto consideraban que Shtrum era sumamente afortunado por contar con un personal de laboratorio tan brillante. A tales comentarios Víktor solía replicar en broma: «Cada jefe de departamento tiene los colaboradores que se merece».

–Hemos pasado por un periodo de depresión y ansiedad –dijo aquel día Víktor–, pero ahora podemos estar contentos: el profesor Márkov ha llevado a cabo un trabajo impecable. El mérito, evidentemente, también corresponde al taller de mecánica y a los ayudantes de laboratorio, que han llevado a cabo una enorme cantidad de observaciones, cientos y miles de cálculos.

Después de carraspear, Márkov intervino:

–Víktor Pávlovich, nos gustaría que nos expusiera su teoría con el mayor detalle posible. –Bajando la voz, añadió–: He oído que la investigación de Kochkúrov en un área similar ofrece grandes posibilidades prácticas. También me han dicho que ha llegado desde Moscú una solicitud de información sobre los resultados que usted ha obtenido.

Márkov siempre estaba al corriente de los pormenores de todo cuanto ocurría. Cuando los colaboradores del instituto estaban a punto de ser evacuados, Márkov llegó al tren con una avalancha de información acerca de las paradas, los cambios de locomotora, los puntos de abastecimiento durante el itinerario.

Savostiánov, que había asistido a la reunión sin afeitarse, dijo con aire pensativo:

–Tendré que beberme todo el alcohol del laboratorio para celebrarlo.

Anna Naumovna, siempre rebosante de iniciativas de carácter social, observó:

–Vaya, ¡qué alegría! En las reuniones de producción y

451

en el sindicato local nos acusaban ya de toda clase de pecados mortales.

Nozdrín, el mecánico, guardaba silencio y se frotaba las mejillas hundidas. El joven electricista Perepelitsin, mutilado de una pierna, se ruborizó lentamente hasta ponerse como un tomate y dejó caer la muleta al suelo con gran estruendo.

Fue un buen día para Víktor.

Pímenov, el joven director del instituto, le había telefoneado por la mañana, cubriéndolo de elogios. Pímenov debía tomar un avión para Moscú; estaban ultimando los preparativos para la vuelta a esa ciudad de casi todos los departamentos del instituto.

–Víktor Pávlovich –le había dicho Pímenov al despedirse–, pronto nos veremos en Moscú. Me siento feliz y orgulloso de ser el director del instituto durante el periodo en que usted ha concluido esta excelente investigación.

Ahora, en la reunión del personal del laboratorio, Víktor encontraba todo sumamente agradable.

Márkov, que tenía por costumbre bromear acerca de las normas del laboratorio, decía:

–Tenemos un regimiento de doctores y profesores; un batallón de jóvenes investigadores; y como soldado... sólo uno: ¡Nozdrín! –Con esta broma expresaba su desconfianza hacia los físicos teóricos–. Somos como una pirámide invertida, con una parte superior ancha y una base estrechísima. El equilibrio es precario. Lo que necesitamos es una base firme, un regimiento de gente como Nozdrín.

Y después del informe de Víktor, Márkov dijo:

–Bien, ¡ya podía seguir hablando de regimientos y de pirámides!

En cuanto a Savostiánov, el que había comparado la ciencia con el deporte, miraba a Shtrum después de su charla con una expresión en los ojos sorprendentemente cálida y alegre.

Víktor comprendió que en aquel momento Savostiánov le miraba no como un futbolista mira a su entrenador, sino como un creyente contempla a un apóstol. Recordó la discusión de Savostiánov con Sokolov, así como su reciente conversación con Sokolov, y se dijo a sí mismo: «Tendré alguna idea de la naturaleza de las fuerzas nucleares, pero no entiendo ni torta de la naturaleza humana».

Hacia el final de la jornada laboral, Anna Naumovna entró en el despacho de Shtrum y le dijo:

—Víktor Pávlovich, acabo de ver la lista de las personas que regresan a Moscú. El nuevo jefe del departamento de personal no ha incluido mi nombre.

—Lo sé, lo sé; no se preocupe —dijo Víktor—. Se han redactado dos listas. Usted está en el segundo turno. Partirá unas semanas más tarde, eso es todo.

—Por alguna razón soy la única persona de nuestro grupo que no está incluida en la primera lista. Creo que me volveré loca, no soporto vivir aquí. Sueño con Moscú cada noche. Y además, ¿eso quiere decir que montarán el laboratorio en Moscú sin mí?

—Sí, en efecto. Pero entiéndalo, la lista ya está confirmada, sería difícil modificarla. Mire, Svechín, del laboratorio de magnetismo, ya ha consultado el tema a propósito de Borís Izraílevich, a quien le ha ocurrido lo mismo que a usted, pero por lo visto tenemos que conformarnos. Lo mejor que puede hacer es tener paciencia.

De repente Víktor montó en cólera y se puso a gritar:

—A saber con qué parte del cuerpo razona esta gente. Han incluido personas en la lista que no necesitamos para nada y en cambio se han olvidado de usted, que nos sería muy útil para el montaje principal.

—No me han olvidado —dijo Anna Naumovna con los ojos bañados en lágrimas—, peor... —Lanzó una extraña mirada rápida, temerosa, hacia la puerta entreabierta y añadió—: Víktor Pávlovich, por alguna razón sólo han suprimido de la lista al personal judío. Me ha dicho Rimma, la secretaria del departamento de personal, que en la Academia Ucraniana de Ufá han tachado a casi todos los judíos de la lista: sólo han dejado a los doctores en ciencias.

Víktor, boquiabierto, la miró por un instante sin salir de su asombro. Después se echó a reír.

—Pero qué cosas dice, querida. ¡Ha perdido el juicio!

453

Gracias a Dios no vivimos en la Rusia de los zares. ¿A qué viene ese complejo de inferioridad de judío de *shtetl*? ¡Quítese de la cabeza esas tonterías!

8

¡La amistad! Existen tantos tipos...

La amistad en el trabajo. La amistad en la actividad revolucionaria, la amistad en un largo viaje, entre soldados, en una prisión de tránsito, donde entre el encuentro y la separación discurren sólo dos o tres días, pero el recuerdo de esas horas se conserva durante años. La amistad en la alegría, la amistad en el dolor. La amistad en la igualdad y la desigualdad.

¿En qué consiste la amistad? ¿En una simple comunidad de trabajo y destino? A veces el odio entre miembros de un mismo partido cuyas ideas sólo se diferencian en pequeños matices es mayor que hacia los enemigos del partido. A veces los hombres que van juntos a la batalla se detestan más entre ellos que al enemigo común. Y del mismo modo a veces el odio entre prisioneros supera al odio que éstos sienten por sus carceleros.

Lo cierto es que los amigos se encuentran la mayoría de veces entre aquellos que comparten el mismo destino, la misma profesión, los mismos objetivos, pero concluir que es esa comunidad lo que determina la amistad sería un tanto prematuro.

¿Pueden establecer lazos de amistad dos caracteres completamente diferentes? ¡Por supuesto!

La amistad a veces es una relación desinteresada.

La amistad a veces es egoísta, otras está marcada por el espíritu de sacrificio; pero lo extraño es que el egoísmo de la amistad aporta un beneficio desinteresado a aquel del que se es amigo, mientras que el sacrificio de la amistad es esencialmente egoísta.

La amistad es un espejo en el que el hombre se contempla a sí mismo. A veces, mientras conversas con un amigo, te reconoces a ti mismo: es contigo mismo con quien hablas, es contigo con quien te relacionas.

La amistad es igualdad y afinidad. Pero al mismo tiempo es desigualdad y diferencia.

Existe una amistad práctica, eficaz cuando hay un trabajo colectivo, en la lucha común por la vida, por un trozo de pan.

También está la amistad por un ideal elevado, la amistad filosófica entre interlocutores contemplativos, entre personas que trabajan en campos diferentes, cada uno por su cuenta, pero que juzgan la vida con criterios idénticos.

Es posible que una amistad elevada aúne la amistad activa –la del esfuerzo y la lucha– y la amistad de los interlocutores contemplativos.

Los amigos siempre se necesitan el uno al otro, pero no siempre piden lo mismo a la amistad. Los amigos no siempre quieren la misma cosa de la amistad. Uno ofrece al otro su experiencia, el otro se enriquece con esa experiencia. Uno, al ayudar a un joven amigo, débil e inexperto, toma conciencia de su propia fuerza y madurez, en tanto el otro reconoce en el amigo su ideal: fuerza, madurez, experiencia. Así, en la amistad uno da, mientras que el otro se alegra por los regalos.

Ocurre que un amigo es una instancia tácita que ayuda al hombre a entrar en relación consigo mismo, a encontrar la felicidad en sí mismo, en sus propios pensamientos que se vuelven inteligibles, tangibles gracias a que encuentran un eco en el alma del amigo.

La amistad de la razón, la amistad contemplativa, filosófica, a menudo exige de los amigos unidad de pensamiento, pero esta afinidad puede no ser total. A veces la amistad se expresa en la disputa, en las divergencias.

Cuando los amigos son idénticos en todos los aspectos, cuando se reflejan el uno en el otro, la disputa con el amigo será una disputa con uno mismo.

Amigo es aquel que justifica tus debilidades, tus defectos e incluso tus vicios; es aquel que confirma tu equidad, tu talante, tus méritos.

Amigo es aquel que, amando, desenmascara tus debilidades, tus defectos y vicios.

La amistad es, pues, aquello que, fundado sobre lo semejante, se manifiesta en las diferencias, las contradicciones, las desemejanzas. En la amistad el hombre aspira a recibir de forma egoísta aquello que él no posee. En la amistad el hombre aspira a dar aquello que posee.

El deseo de amistad es inherente a la naturaleza humana, y aquel que no sabe establecer vínculos de amistad con personas, los tendrá con animales: perros, caballos, gatos, ratones, arañas.

Un ser dotado de una fuerza absoluta no necesita amigos; evidentemente, ese ser sólo puede ser Dios.

La verdadera amistad no depende de que el amigo se siente en un trono o que, derrocado de dicho trono, vaya a parar a prisión. La verdadera amistad se corresponde con las cualidades del alma y es indiferente a la gloria, a la fuerza exterior.

Múltiples son las formas de la amistad y múltiple es su contenido, pero hay un fundamento sólido en ella: la fe en el carácter inquebrantable del amigo, en su fidelidad. Por ello es particularmente bella la amistad allí donde el hombre celebra el sabbat. Allí donde el amigo y la amistad son sacrificados en nombre de los más altos intereses, el hombre, declarado enemigo del ideal supremo, pierde a todos sus amigos, pero conserva su fe en su único amigo.

9

Cuando llegó a casa, Shtrum vio en el colgador un abrigo que conocía bien: era el de Karímov, que había pasado a verle y estaba esperándole.

Karímov puso a un lado el periódico y Shtrum pensó

que, a juzgar por las apariencias, Liudmila Nikoláyevna no había querido conversar con el invitado.

–Vengo directamente de un koljós, he dado una conferencia –dijo Karímov–. Pero, se lo ruego, no se moleste, en el koljós me han ofrecido comida en abundancia. Nuestro pueblo es sumamente hospitalario.

Y Shtrum pensó que Liudmila no había ofrecido a Karímov ni siquiera una taza de té.

Sólo después de examinar con detenimiento la cara aplastada y de nariz ancha de Karímov, Shtrum advertía en sus rasgos diferencias apenas perceptibles respecto al modelo clásico del eslavo ruso. Pero en ciertos instantes, bastaba con un repentino movimiento de cabeza de Karímov para que todos esos ínfimos detalles se fusionaran y su cara adquiriese una fisonomía típicamente mongola.

De la misma manera, a veces, cuando caminaba por la calle, Shtrum podía reconocer a judíos entre individuos rubios, de ojos claros y nariz respingona. Los detalles que revelaban la procedencia judía de un hombre eran prácticamente invisibles: una sonrisa, la manera en que fruncía la frente para expresar sorpresa o el modo en que se encogía de hombros.

Karímov le estaba explicando que había conocido a un teniente que, tras resultar herido, había vuelto al campo a casa de sus padres. Por lo visto, había visitado a Shtrum sólo para contarle ese encuentro.

–Un chico estupendo –dijo Karímov–, me ha hablado de todo con absoluta franqueza.

–¿En tártaro? –preguntó Shtrum.

–Por supuesto.

Shtrum pensó que si se hubiera encontrado con un teniente judío herido no habría podido hablarle en yiddish, puesto que apenas conocía una decena de palabras en ese idioma, como *bekitser* o *haloimes*, empleadas en tono de broma.

El teniente había sido hecho prisionero cerca de Kerch en otoño de 1941. Los alemanes le habían ordenado que recogiera el grano abandonado en la nieve para dárselo de forraje a los caballos. El teniente supo aprovechar el momento propicio y, oculto en el crepúsculo invernal, logró escapar. La población local, rusos y tártaros, le había dado cobijo.

–Tengo grandes esperanzas de volver a ver a mi mujer y a mi hija –dijo Karímov–. Parece que los alemanes, al igual que nosotros, tienen diferentes cartillas de racionamiento. El teniente me contó que muchos tártaros de Crimea han huido a las montañas, aunque los alemanes les dejan en paz.

–Cuando era estudiante escalé las montañas de Crimea –dijo Shtrum, y de pronto recordó que su madre le había enviado dinero para aquel viaje–. ¿Y ha visto judíos su teniente?

Liudmila Nikoláyevna asomó la cabeza por la puerta.

–Mamá no ha vuelto todavía –dijo–. Estoy preocupada.

–¿Ah, sí?, quién sabe dónde andará –respondió Shtrum, distraído; y cuando Liudmila Nikoláyevna cerró la puerta, preguntó por segunda vez–: ¿Qué dice su teniente sobre los judíos?

–Vio cómo se llevaban a una familia judía, una vieja y dos chicas, para ser fusiladas.

–¡Dios mío! –exclamó Shtrum.

–Sí, además oyó hablar de unos campos en Polonia adonde transportan a los judíos; los matan y luego descuartizan sus cuerpos como en un matadero. Pero estoy seguro de que no son más que fantasías. Me he informado en especial sobre los judíos porque sabía que le interesaría.

«¿Por qué sólo a mí? –pensó Shtrum–. ¿Acaso no interesa también a los demás?»

Karímov se quedó absorto un instante y luego dijo:

–Ah, sí, lo olvidaba; me ha contado que los alemanes ordenan llevar a la Kommandantur a los bebés judíos, a los que untan los labios con un compuesto incoloro que les hace morir al instante.

–¿Bebés? –repitió Shtrum.

–Creo que es una invención, como la historia de los campos donde descuartizan cadáveres.

Shtrum comenzó a dar vueltas por la habitación y dijo:

—Cuando uno piensa que en nuestros días se mata a los recién nacidos, todos los esfuerzos de la cultura parecen inútiles. ¿Qué nos han enseñado Goethe, Bach? ¡Están matando a recién nacidos!

—Sí, es terrible —dijo Karímov.

Shtrum sentía el pesar y la compasión en Karímov, pero también se daba cuenta de su alegría: el relato del teniente había fortalecido sus esperanzas de encontrar a su mujer, mientras que Shtrum sabía de sobra que, después de la victoria, nunca más vería a su madre.

Karímov se disponía a volver a casa. Víktor no tenía ganas de despedirse, así que decidió acompañarle parte del camino.

—¿Sabe una cosa? —dijo de repente Shtrum—. Nosotros, los científicos soviéticos, somos muy afortunados. ¿Qué deben de sentir los físicos y químicos alemanes honrados sabiendo que sus descubrimientos van en provecho de Hitler? Imagínese a un físico judío cuya familia es asesinada como si fueran perros rabiosos. Es feliz porque ha hecho un descubrimiento, pero éste, contra su voluntad, confiere potencia militar al fascismo. Él lo ve todo, lo comprende todo, y sin embargo, no puede evitar alegrarse por su descubrimiento... ¡Es horrible!

—Sí, sí —ratificó Karímov—, un hombre que siempre ha pensado no puede obligarse a dejar de pensar.

Salieron a la calle.

—Me da reparo que quiera acompañarme con este tiempo de perros —dijo Karímov—. Hacía poco que estaba en casa y ahora ha tenido que salir otra vez.

—No importa —respondió Shtrum—. Sólo le acompañaré hasta la esquina.

Miró a la cara de su compañero y añadió:

—Me complace pasear con usted por la calle, a pesar de este tiempo desapacible.

Karímov caminaba en silencio y Shtrum tuvo la impresión de que estaba absorto en sus pensamientos y no le escuchaba. Al llegar a la esquina, Shtrum se detuvo.

–Bueno –dijo–, despidámonos aquí.

Karímov le apretó la mano con fuerza y, alargando las palabras, dijo:

–Pronto regresará a Moscú y tendremos que separarnos. Nuestros encuentros han significado mucho para mí.

–Créame, a mí también me da pena –dijo Shtrum.

Cuando Shtrum caminaba de regreso a casa alguien lo llamó, pero él no se dio cuenta. Luego vio los ojos oscuros de Madiárov, mirándole fijamente. Llevaba levantado el cuello del abrigo.

–¿Qué ha pasado? –le preguntó–. ¿Se han acabado nuestras reuniones? Piotr Lavréntievich está enfadado conmigo.

–Sí, claro, es una lástima –respondió Shtrum–. Pero en el calor de la discusión hemos dicho una sarta de tonterías.

–¿Quién da importancia a las palabras dichas en caliente? –replicó Madiárov.

Madiárov acercó la cara a Shtrum, y sus ojos grandes, amplios, llenos de tristeza, se tornaron aún más tristes.

–En cierta manera no está mal que se hayan interrumpido nuestros encuentros.

–¿Por qué? –quiso saber Shtrum.

–Tengo que decírselo –dijo Madiárov, casi jadeando–. Creo que el viejo Karímov colabora. ¿Me entiende? Y usted, me parece, lo ha visto a menudo.

–¡Tonterías! No me creo ni una sola palabra –dijo Shtrum.

–¿No se ha dado cuenta? Todos sus amigos y los amigos de sus amigos han sido reducidos a polvo, todo su entorno ha desaparecido sin dejar huella. Sólo él ha sobrevivido, y bien que ha prosperado: lo han hecho académico.

–¿Y qué? Yo también soy académico, y usted.

–Reflexione un poco sobre esa suerte extraordinaria. Ya no es usted un niño, señor mío.

10

–Vitia, mamá acaba de llegar –dijo Liudmila.

Aleksandra Vladímirovna estaba sentada a la mesa con un chal sobre los hombros. Se llevó una taza de té a los labios y tras dejarla a un lado dijo:

–Bueno, he hablado con una persona que vio a Mitia[1] justo antes de que estallara la guerra.

Con una calma deliberada y midiendo el tono de su voz a causa de la excitación, les explicó que los vecinos de una compañera suya del trabajo, ayudante de laboratorio, habían recibido la visita de un paisano. Su compañera había pronunciado por casualidad, en presencia del invitado, el apellido de Aleksandra Vladímirovna, a lo que éste preguntó si aquella Sháposhnikova no tendría algún pariente llamado Dmitri. Después del trabajo, Aleksandra Vladímirovna se había dirigido a casa de la ayudante de laboratorio. Allí se enteró de que el visitante, corrector de profesión, acababa de ser liberado de un campo penitenciario, donde había pasado siete años por haber dejado escapar una errata en el editorial del periódico: en el apellido del camarada Stalin los tipógrafos se habían equivocado en una letra. Antes de la guerra lo habían trasladado de un campo en la República Autónoma de Komi a otro más severo en el Extremo Oriente por infringir la disciplina, y allí, entre sus compañeros de barracón figuraba Sháposhnikov.

–Desde la primera palabra comprendí que se trataba de Mitia. Aquel hombre me dijo: «Se tumbaba en las literas y silbaba: *Chízhyk-Pízhik, gdie ti bil*»[2]. Poco antes de que le arrestaran, Mitia vino a verme y respondió a todas mis preguntas sonriendo y silbando *Chízhyk-Pízhik*... Esta noche el hombre se marcha en un camión a Laishevo, donde vive toda su familia. Según dice, Mitia está enfermo

1. Diminutivo de Dmitri.
2. «Chízhik-Pízhik, ¿dónde has estado?», canción infantil rusa.

de escorbuto y del corazón. No cree que salga en libertad. Le había hablado de mí y de Seriozha. Dice que trabaja en la cocina, que tiene un buen puesto.

–Sí –dijo Shtrum–, para eso se sacó dos títulos.

–No podemos fiarnos de ese hombre; ¿y si fuese un *provocateur* mandado intencionadamente? –preguntó Liudmila.

–¿Por qué iba a perder el tiempo un *provocateur* con una vieja como yo?

–Pues bien que se interesa cierta organización por Víktor.

–Pero qué tonterías dices, Liudmila –replicó Víktor, irritado.

–¿Y por qué está él en libertad? ¿Te lo ha explicado? –preguntó Nadia.

–Lo que me ha contado es increíble. Parece un mundo diferente, o más bien una pesadilla. Se diría que viene de otro país, con sus propias costumbres, su historia medieval y su historia moderna, sus proverbios... Le pregunté por qué le habían puesto en libertad. Él pareció bastante sorprendido: «¿No lo sabe? Me han dado la baja por invalidez». Por lo que he entendido, a veces liberan a los *dojodiaga*, es decir a los moribundos. Dentro del campo tienen una jerga especial para las diversas categorías de prisioneros: los *trabajadores*[1], los *enchufados*, los *perros*... Le pregunté acerca de esa extraña condena de diez años sin derecho a correspondencia que habían dictado contra miles de personas en 1937. Me contestó que no había conocido a ningún prisionero que estuviera cumpliendo aquella pena, y eso que había estado en decenas de campos. «Entonces ¿qué le ha pasado a esa gente?», pregunté. «No lo sé», respondió él. «Desde luego en los campos no están.»

»La tala forestal, los deportados a zonas de población especial, los prisioneros a los que se les multiplica la condena... De pronto me sentí acongojada. Y pensar que Mi-

---

1. Presos que realizan los trabajos comunes, los más duros físicamente, como la construcción de minas, la tala forestal, la extracción de oro, etc.

tia ha estado viviendo en un sitio así y hablando en esa jerga: los *moribundos*, los *enchufados*, los *perros*... Ese hombre me habló también de cómo se suicidan algunos prisioneros: no comen durante varios días, sólo beben agua de los pantanos de Kolymá y así mueren de edema, de hidropesía. Entre ellos dicen "ha bebido agua", o "ha comenzado a beber". Por supuesto, eso sólo ocurre cuando tienen el corazón enfermo.

Aleksandra Vladímirovna veía la cara tensa y angustiada de Shtrum, la frente surcada de arrugas de su hija. Perturbada, sintiendo la boca seca y que la cabeza le ardía, continuó con su relato:

—Dice que el viaje de traslado en los convoyes es aún más duro que el campo. Ahí los delincuentes comunes son todopoderosos: te desnudan, te quitan la comida, se juegan a las cartas la vida de los prisioneros políticos; el que pierde tiene que matar a un hombre con un cuchillo, y la víctima no sabe hasta el último minuto que han apostado su vida en una partida de cartas... Todavía más terrible es que en los campos todos los puestos de mando están en manos de delincuentes comunes: son los *síndicos*[1] de los dormitorios, los jefes de brigada en los trabajos del bosque. Los prisioneros políticos no tienen derechos, les tutean. *Fascista*[2], así es como llamaban los delincuentes comunes a Mitia.

Aleksandra Vladímirovna añadió con voz estentórea, como si se dirigiera a un auditorio:

—Ese hombre fue trasladado del campo donde se encontraba Mitia a otro situado en Siktivkar. Y dice que durante el primer año de guerra enviaron al grupo de campos donde se había quedado Mitia a un tipo llamado Kashketin, que organizó la ejecución de diez mil detenidos.

1. *Síndico (stárosta)*: responsable de un barracón, portavoz de un grupo de presos.

2. «Fascista» era el apodo que se le daba a los condenados en los campos en virtud del famoso artículo 58, que sancionaba diferentes tipos de actividades contrarrevolucionarias.

–Dios mío –exclamó Liudmila Nikoláyevna–. Pero ¿es que Stalin está al corriente de estas atrocidades?

–Dios mío –dijo Nadia irritada, imitando a su madre–; ¿no lo entiendes? Fue Stalin el que dio la orden de matarlos.

–¡Nadia! –explotó Shtrum–. ¡Basta ya!

Como suele pasar con las personas que se dan cuenta de que alguien ha descubierto sus puntos débiles, Víktor se enfureció y le gritó a Nadia:

–No te olvides de que Stalin es el comandante supremo de un ejército que combate contra el fascismo. Tu abuela confió en Stalin hasta el último día de su vida, nosotros vivimos y respiramos gracias a Stalin y el Ejército Rojo... Primero aprende a sonarte la nariz sola, y luego ya podrás atacar a Stalin, el hombre que ha cerrado el paso al fascismo en Stalingrado.

–Stalin está en Moscú –replicó Nadia–. Sabes muy bien quién ha detenido a los fascistas en Stalingrado. No acabo de entenderte: cuando venías de casa de los Sokolov decías las mismas cosas que yo...

Shtrum sintió un nuevo acceso de rabia contra Nadia, tan exacerbado que pensó que le duraría el resto de su vida.

–Nunca he dicho nada parecido después de visitar a los Sokolov. Te lo ruego, no inventes historias.

–¿Qué sentido tiene recordar todos estos horrores –intervino Liudmila Nikoláyevna– cuando tantos jóvenes soviéticos están sacrificando su vida por la patria?

Llegados a este punto, Nadia demostró explícitamente que estaba al tanto de las debilidades que encerraba el alma de su padre.

–Sí, claro, ¡no has dicho nada! Ahora que te va bien el trabajo y que han frenado el avance del ejército alemán.

–Pero ¿cómo...? –respondió Víktor Pávlovich–, ¿cómo te atreves a sospechar de la honestidad de tu padre? Liudmila, ¿oyes lo que está diciendo?

Esperaba que su mujer lo apoyara, pero Liudmila no lo hizo.

–¿De qué te sorprendes? –dijo ella en cambio–. Está cansada de escucharte; son las mismas cosas de las que hablabas con tu Karímov y con ese repugnante de Madiárov. Maria Ivánovna me ha puesto al corriente de vuestras conversaciones. En cualquier caso, ya has hablado más que suficiente. Ay, ojalá salgamos pronto hacia Moscú.

–Basta –dijo Shtrum–. Ya me conozco las lindezas que quieres decirme.

Nadia se calló; su rostro marchito y feo parecía el de una anciana. Le había dado la espalda, pero cuando al fin Víktor logró captar la mirada de su hija, el odio que percibió en ella le dejó estupefacto.

El ambiente estaba tan cargado, tan enrarecido que apenas se podía respirar. Todo lo que durante años vive en la sombra en el seno de casi todas las familias, y que aflora sólo de vez en cuando para ser aplacado al instante por el amor y la confianza sincera, acababa de salir a la superficie, se había desatado, desbordado para llenar sus vidas. Como si no existiera nada más entre padre, madre e hija que incomprensión, sospecha, odio, reproches.

¿Acaso su destino común sólo había engendrado discordia y alienación?

–¡Abuela! –dijo Nadia.

Shtrum y Liudmila miraron al mismo tiempo a Aleksandra Vladímirovna, que apretaba sus manos contra la frente, como aquejada por un dolor de cabeza insoportable.

Había algo indescriptiblemente penoso en su impotencia. Ni ella ni su aflicción parecían ser necesarios a nadie, sólo servían para molestar, irritar, alimentar la discordia familiar. Fuerte y severa durante toda su vida, ahora estaba allí sola, indefensa.

De pronto Nadia se arrodilló y apretó la frente contra las piernas de Aleksandra Vladímirovna.

–Abuela –susurró–. Abuela querida, buena...

Víktor Pávlovich se aproximó a la pared y encendió la radio; el altavoz de cartón comenzó a ronquear, aullar, silbar. Parecía que la radio transmitiera el desapacible tiempo de la noche otoñal que arreciaba sobre la primera línea del frente, sobre los pueblos incendiados, sobre las tumbas de los soldados, sobre Kolymá y Vorkutá, sobre los cam-

pos de aviación, sobre los húmedos techos de lona alquitranada que cubrían los hospitales de campaña.

Shtrum miró el rostro sombrío de su mujer, se acercó a
Aleksandra Vladímirovna, tomó sus manos entre las suyas
y las besó. Luego se inclinó y acarició la cabeza de Nadia.

Daba la impresión de que nada hubiera ocurrido en
aquellos minutos; en la habitación estaban las mismas personas oprimidas por el mismo dolor y guiadas por un mismo destino. Sólo ellos sabían qué extraordinaria calidez
colmaba en esos momentos sus corazones endurecidos...

De pronto resonó en la habitación una voz atronadora:

–En el transcurso del día nuestras tropas han luchado
contra el enemigo en las regiones de Stalingrado, el nordeste de Tuapsé y Nálchik. No se ha producido ningún
cambio en el resto de los frentes.

11

El teniente Peter Bach había ido a parar al hospital a causa de una herida de bala en el hombro. La herida no era
grave, y los camaradas que lo habían acompañado en el
furgón sanitario le felicitaron por su buena suerte.

Con una sensación de felicidad suprema y al mismo
tiempo gimiendo de dolor, Bach se levantó, sostenido por
un enfermero, para ir a tomar un baño.

El placer que sintió al entrar en el agua fue enorme.

–¿Mejor que en las trincheras? –preguntó el enfermero,
y deseando decir algo agradable al herido, añadió–: Cuando le den el alta, seguro que todo estará en orden por allí.

Y apuntó con la mano en dirección al lugar de donde
llegaba un estampido regular, continuo.

–¿Hace poco que está aquí? –preguntó Bach.

El enfermero frotó la espalda del teniente con una esponja y luego respondió:

–¿Qué es lo que le hace pensar eso?

–Allí nadie piensa que la guerra vaya a terminar pronto. Al contrario, creen que va para largo.

El enfermero miró al oficial desnudo en la bañera. Bach recordó que el personal de los hospitales tenía instrucciones de informar sobre las opiniones de los heridos, y las palabras que él acababa de pronunciar ponían de manifiesto su escepticismo respecto al poder de las fuerzas armadas.

Sin embargo repitió con total claridad:

–Sí, enfermero, de momento nadie sabe cómo acabará todo esto.

¿Por qué había repetido aquellas palabras tan peligrosas? Sólo un hombre que vive en un imperio totalitario puede entenderlo. Las había repetido porque le enfurecía el miedo que había sentido al pronunciarlas la primera vez. Las había repetido como mecanismo de autodefensa, para engañar con su despreocupación a su presunto delator.

Luego, para borrar la mala impresión que pudiera haberle causado, declaró:

–Probablemente nunca, ni siquiera en el comienzo de la guerra, ha habido semejante concentración de fuerzas. Créame, enfermero.

Asqueado por la esterilidad de aquel juego inútil y complejo, se entregó a un divertimento infantil, tratando de encerrar en su puño el agua tibia y jabonosa que salía disparada bien contra el borde de la bañera, bien contra su propio rostro.

–El principio del lanzallamas –explicó al enfermero.

¡Qué delgado estaba! Examinaba sus brazos desnudos, el pecho, y pensaba en la joven rusa que dos días antes le había besado. ¿Acaso podía haber imaginado que en Stalingrado viviría una historia de amor con una mujer rusa? La verdad es que llamar a aquello historia de amor resultaba un tanto difícil. Se trataba más bien de una aventura fortuita en tiempo de guerra. Con un telón de fondo insólito, extraordinario: se habían encontrado en un sótano; él se había abierto paso entre las ruinas iluminadas por los destellos de las explosiones. Uno de esos encuentros que quedan tan bien descritos en los libros. Ayer tenía que haber ido a verla. Probablemente la chica creería que lo habían matado. Cuando estuviera restablecido, volvería a verla. ¿Quién habría ocupado ahora su lugar? La naturaleza aborrece el vacío...

Inmediatamente después del baño lo llevaron a la sala de radiología, donde el doctor lo colocó ante la pantalla.

–Allí la cosa está que arde, ¿no es así, teniente?

–Más para los rusos que para nosotros –respondió Bach, deseando agradar al radiólogo y recibir un buen diagnóstico que hiciera la operación rápida e indolora.

Entró el cirujano. Los dos médicos observaron las radiografías; sin duda debían de ver la venenosa disidencia que en los últimos años se había ido acumulando en su caja torácica.

El cirujano cogió el brazo de Bach y se puso a manipularlo, ora acercándolo a la pantalla, ora alejándolo. Sólo le interesaba la herida; el hecho de que ésta estuviera unida a un hombre con estudios superiores era una circunstancia del todo casual.

Los dos médicos comenzaron a hablar mezclando latinismos con burlones tacos en alemán, y Bach comprendió que su herida no era tan grave: no perdería el brazo.

–Prepare al teniente para la intervención –dijo el cirujano–. Entretanto iré a examinar esa herida de cráneo. Es un caso difícil.

El enfermero despojó a Bach de la bata y la ayudante del cirujano le mandó sentarse en un taburete.

–Maldita sea –exclamó Bach con una sonrisa lastimosa, avergonzado por su desnudez–. Deberían haber calentado la silla, *Fräulein*, antes de hacer posar el trasero desnudo a un combatiente de la batalla de Stalingrado.

La mujer le respondió sin esbozar siquiera una sonrisa.

–Eso no forma parte de nuestras obligaciones.

Luego comenzó a sacar de un pequeño armario de cristal instrumentos que causaron pavor al teniente Bach.

Sin embargo, la extracción del casco de metralla resultó rápida y fácil. Bach incluso se sintió ofendido con el ci-

468

rujano, cuyo desprecio hacia aquella operación insignificante parecía hacerse extensible al herido.

La enfermera le preguntó a Bach si necesitaba que le acompañara a su habitación.

—No, iré yo solo —respondió.

—No tendrá que permanecer mucho tiempo en el hospital —añadió ella con voz reconfortante.

—Bien, ya comenzaba a aburrirme.

La mujer sonrió.

Evidentemente, la enfermera se había formado su propia opinión de los heridos a partir de los artículos que había leído en la prensa, donde escritores y periodistas relataban historias de soldados convalecientes que huían a hurtadillas de los hospitales para reincorporarse a sus queridos batallones y regimientos, movidos por un deseo imperioso de disparar contra el enemigo; de lo contrario, su vida no tenía sentido.

Es posible que los periodistas se encontraran con gente así en los hospitales, pero Bach, por su parte, sintió una vergonzosa felicidad cuando pudo tumbarse en una cama cubierta de sábanas limpias, comer un plato de arroz y, dando una calada a su cigarrillo (pese a que en las habitaciones del hospital estaba estrictamente prohibido fumar), entablar conversación con sus vecinos.

En la sala había cuatro heridos: tres eran oficiales que servían en el frente y el cuarto, un funcionario con el pecho hundido y el vientre hinchado que, enviado en comisión de servicio desde la retaguardia, había sufrido un accidente automovilístico en la región de Gumrak. Cuando se tumbaba boca arriba, con las manos apoyadas sobre el estómago, parecía que al viejo esmirriado le hubieran metido debajo de la colcha, a guisa de broma, una pelota de fútbol.

Sin duda éste era el motivo por el que le habían colgado el apodo de *portero*.

El Portero era el único que se quejaba de que la herida lo hubiera puesto fuera de combate. Hablaba en tono exaltado del deber, el ejército, la patria, y del orgullo que constituía para él haber sido herido en Stalingrado.

Los oficiales del frente, que habían vertido su sangre por el pueblo, se mostraban sarcásticos respecto a su patriotismo. Uno de ellos, echado boca abajo a consecuencia de una herida en las nalgas, era el comandante Krapp, que estaba al mando de un destacamento de exploradores. Tenía la tez pálida y los labios tan prominentes como sus ojos marrones.

—Por lo visto usted es de ese tipo de porteros que no hacen ascos a meter un gol —dijo Krapp—. No se contenta con detener la pelota.

Krapp estaba obsesionado con el sexo. Era su principal tema de conversación.

El Portero, ansioso de pagar con la misma moneda a su ofensor, le preguntó:

—¿Por qué está tan pálido? Supongo que trabaja en algún despacho.

Pero Krapp no trabajaba en las oficinas.

—Yo —dijo— soy un ave nocturna. Me lanzo a la caza por la noche. Con las mujeres, a diferencia de usted, me acuesto durante el día.

En la sala juzgaban con acritud a los burócratas que todas las noches cogían los automóviles y se escapaban de Berlín a sus casas de campo; insultaban también a los intendentes más veteranos que eran condecorados antes que los soldados del frente; hablaban de las penurias que soportaban sus familias, cuyas casas habían sido destruidas por las bombas; maldecían a los donjuanes de la retaguardia que aprovechaban su situación para conquistar a las mujeres de los soldados; vituperaban las tiendas del frente donde sólo se vendía agua de colonia y cuchillas de afeitar.

Al lado de Bach estaba el teniente Gerne. Al principio aquél creyó que se trataba de un aristócrata, pero luego supo que era uno de esos campesinos promovidos por el nacionalsocialismo. Era subjefe del Estado Mayor del regimiento y había resultado herido por un casco de bomba durante un ataque aéreo nocturno.

Cuando el Portero fue conducido a la sala de operaciones, el teniente Fresser, un hombre más bien vulgar cuya cama estaba situada en la esquina, dijo:

–Llevan disparándome desde el 39, y nunca he proclamado mi patriotismo. Me dan de comer y de beber, me visten, y yo combato. Sin filosofías.

–No es del todo cierto –replicó Bach–. Cuando los oficiales del frente hablan de la hipocresía de hombres como el *portero*, eso ya es una filosofía.

–Exacto –dijo Gerne–. ¿Nos puede decir de qué clase de filosofía se trata?

Por la expresión hostil en la mirada de Gerne, Bach intuyó que era uno de esos hombres que odiaban a la clase intelectual anterior a Hitler. Bach había leído y escuchado multitud de discursos en los que se atacaba a la vieja clase intelectual por su afinidad con la plutocracia americana, sus simpatías ocultas por el talmudismo y las teorías hebraicas, por el estilo judaizante en la pintura y la literatura. La rabia se apoderó de él. Ahora que estaba dispuesto a inclinarse ante la fuerza bruta de los hombres nuevos, ¿por qué lo miraban con gesto lúgubre, felino? ¿Acaso no le habían comido también a él los piojos? ¿Es que no le había devorado el frío igual que a ellos? ¡A él, un oficial de primera línea, no le consideraban alemán! Bach cerró los ojos y se volvió hacia la pared...

–¿A qué viene ese veneno en su pregunta? –farfulló, resentido.

Gerne replicó con una sonrisa de despreciativa superioridad:

–¿De verdad no lo entiende?

–Acabo de decírselo, no lo entiendo –respondió Bach en tono airado, y añadió–: Pero me lo imagino.

Gerne, por supuesto, se echó a reír.

–¿Me acusa de duplicidad? –gritó Bach.

–Eso es. De duplicidad –dijo Gerne.

–¿Impotencia moral?

En ese instante Fresser se echó a reír, y Krapp, levantándose sobre los codos, miró a Bach con insolencia.

—Degenerados —dijo Bach con voz atronadora—. Estos dos se encuentran fuera de los límites del pensamiento humano, pero usted, Gerne, se halla a medio camino entre el simio y el hombre... Hay que ser serio.

Entumecido por el odio, apretó con fuerza los ojos cerrados.

«Basta con que haya escrito un miserable opúsculo sobre la cuestión más trivial para pensar que eso le da derecho a odiar a los que sentaron las bases y levantaron los muros de la ciencia alemana. Sólo tiene que publicar una novela anodina para poder escupir sobre la gloria de la literatura alemana. Usted cree que la ciencia y el arte son una especie de ministerios: lugares donde los empleados de la vieja generación no le dan la oportunidad de hacer carrera. A usted y a su librito les falta espacio, y Koch, Nernst, Planck y Kellerman le estorban... La ciencia y el arte no son cosa de burócratas; el monte Parnaso está bajo el cielo infinito, donde siempre, a lo largo de la historia de la humanidad, ha habido espacio para todos los talentos. Si no hay sitio para usted y sus estériles frutos, no es por falta de espacio; simplemente no es ése su lugar. Os esforzáis por abriros hueco, pero vuestros globos escuálidos y medio inflados no se elevarán de la tierra ni un metro. Expulsaréis a Einstein, pero no ocuparéis su lugar. Sí, Einstein será judío pero, disculpe por lo que voy a decir, es un genio. No hay poder en el mundo que pueda ayudarles a ocupar su lugar. Reflexione. ¿Vale la pena gastar tantas fuerzas en eliminar a aquellos cuyos sitios quedarán vacíos por siempre? Si su insuficiencia les impide recorrer el camino abierto por Hitler, la culpa es sólo suya, y no la tome con gente válida. ¡Con el método del odio policial en el campo de la cultura no se puede obtener nada! ¿No ve qué bien comprenden Hitler y Goebbels este punto? Debería aprender de ellos. Mire con qué amor, con qué tacto y tolerancia cuidan la ciencia, la pintura, la literatura alemanas. Siga su ejemplo. Tome el camino de la consolidación, no siembre la discordia en nuestra causa común.»

Después de pronunciar aquel discurso imaginario, Bach volvió a abrir los ojos. Sus vecinos estaban acostados bajo las mantas.

–Mirad, camaradas –les llamó Fresser, y con el gesto de un prestidigitador sacó de debajo de la almohada una botella de coñac italiano Tres Valets.

Una suerte de sonido gutural salió de la boca de Gerne; sólo un auténtico borracho, y además campesino, puede contemplar una botella con semejante mirada.

«No es mal tipo, salta a la vista que no lo es», pensó Bach, sintiéndose avergonzado por su histérico discurso.

Fresser saltó sobre una sola pierna y empezó a servir el coñac en los vasos que había sobre las mesitas de noche.

–¡Es usted una fiera! –sonrió Krapp.

–He aquí un verdadero soldado –dijo Gerne.

Fresser se puso a explicar:

–Uno de los medicuchos vio mi botella y me preguntó: «¿Qué lleva ahí envuelto en el periódico?». Y yo le repliqué: «Las cartas de mi madre; nunca me separo de ellas». –Y levantó el vaso.

–Pues con saludos del frente, ¡a su salud, teniente Fresser! Todos bebieron.

Gerne, que al instante sintió deseos de vaciar otro vaso, dijo:

–Maldita sea, hay que dejar algo para el Portero.

–Al diablo con el Portero, ¿verdad, teniente? –preguntó Krapp.

–Deja que cumpla su deber con la patria; a nosotros nos basta con beber –dijo Fresser–. Después de todo, nos merecemos un poco de diversión.

–Mi trasero está volviendo a la vida –dijo Krapp–. Ahora sólo me falta una dama entradita en carnes.

Reinaba un ambiente alegre y distendido.

–Bueno, allá vamos –dijo Gerne alzando su vaso.

De nuevo bebieron todos.

–¡Qué bien que hayamos ido a parar a la misma habitación!

–Nada más veros lo comprendí. «Éstos son hombres de pelo en pecho, curtidos en el frente», me dije.

–Yo, para ser sincero, tuve mis dudas respecto a Bach –dijo Gerne–. Pensé: «Bah, éste debe de ser del Partido».

–No, nunca me afilié.

Estaban acostados, con las colchas apartadas a un lado porque habían empezado a tener calor. Se pusieron a hablar del frente.

Fresser había combatido en el flanco izquierdo, cerca de Okatovka.

–El demonio sabrá por qué –dijo–, pero estos rusos no saben avanzar. Aunque estamos ya a comienzos de noviembre y nosotros tampoco nos hemos movido. ¿Se acuerda de la cantidad de vodka que nos bebimos en agosto? Brindábamos todo el rato por lo mismo: «Que no se pierda nuestra amistad después de la guerra; hay que crear una asociación de veteranos de Stalingrado».

–Puede que no sepan cómo lanzar un ataque –dijo Krapp, que había combatido en el distrito fabril–. Sin duda no saben defender las posiciones conquistadas. Te expulsan de un edificio y al rato se echan a dormir o comen hasta hartarse, mientras los comandantes se emborrachan.

–No son más que salvajes –sentenció Fresser, guiñando un ojo–. Hemos gastado más hierro con estos salvajes de Stalingrado que en todo el resto de Europa.

–No sólo hierro –objetó Bach–. En nuestro regimiento hay algunos que lloran sin razón y cantan como gallos.

–Si la cosa no se decide antes del invierno –advirtió Gerne–, esto será una guerra china. Sí, un barullo sin sentido.

–¿Sabéis que se está preparando una ofensiva en el distrito fabril y que se ha concentrado allí una cantidad de fuerzas nunca vista antes? –dijo Krapp a media voz–. Estallará cualquier día de éstos. El veinte de noviembre dormiremos con las chicas de Sarátov.

Detrás de las ventanas cubiertas con cortinas se oía el majestuoso y grave fragor de la artillería, el zumbido de los bombarderos nocturnos.

–Ahí van los cucús[1] rusos –dijo Bach–. A esta hora es cuando bombardean. Algunos los llaman los «sierra nervios»

–Nosotros, en el Estado Mayor, los llamamos los suboficiales de servicio.

–¡Silencio! –dijo Krapp, levantando un dedo–. ¡Escuchad! ¡Es la artillería pesada!

–Y nosotros poniéndonos finos en la sala de heridos leves.

Por tercera vez en aquel día se sintieron alegres.

Hablaron de las mujeres rusas; todos tenían alguna historia que contar. A Bach no le gustaba ese tipo de conversaciones, pero de repente, aquella noche se encontró hablándoles de Zina, la chica que vivía en el sótano de una casa semiderruida. Y habló con tanto atrevimiento que hizo reír a todos.

Entró el enfermero. Después de haber escudriñado aquellas caras alegres, empezó a recoger las sábanas de la cama del Portero.

–¿Es que le habéis dado el alta al defensor de la patria por fingirse enfermo? –preguntó Fresser.

–¿Por qué no responde, enfermero? –insistió Gerne–. Aquí todos somos hombres. Si ha ocurrido algo, puede decírnoslo.

–Ha muerto –dijo el enfermero–. Un paro cardíaco.

–Mirad adónde conducen los discursos patrióticos –dijo Gerne.

–No se debe hablar en esos términos de un muerto –replicó Bach–. No nos mintió, no tenía motivos para hacerlo. Por tanto, fue sincero. No, camaradas, no está bien.

–Ay –suspiró Gerne–, ya me parecía a mí que el teniente nos vendría con los discursos del Partido. Enseguida comprendí que pertenecía a la nueva raza ideológica.

1. Los Polikarkov U-2.

12

Aquella noche Bach no pudo conciliar el sueño, estaba demasiado cómodo. Le resultaba extraño recordar el búnker, a los camaradas, la llegada de Lenard; con él contemplaba la puesta de sol a través de la puerta abierta del refugio, bebían café del termo, fumaban.

El día antes, mientras se acomodaba en el furgón sanitario, había pasado su brazo sano alrededor del hombro de Lenard, y al mirarse a los ojos, ambos se habían echado a reír.

¿Cómo podría haber imaginado que algún día bebería en compañía de un SS en un búnker de Stalingrado, que caminaría hacia su amante rusa entre las ruinas iluminadas por el resplandor de los incendios?

Había experimentado un cambio sorprendente. Durante largos años había odiado a Hitler. Cuando escuchaba las palabras impúdicas de canosos profesores que declaraban que Faraday, Darwin y Edison no eran más que un hatajo de ladrones que habían usurpado las ideas de los científicos alemanes, que Hitler era el sabio más grande de todos los tiempos y todos los pueblos, pensaba con alegría maliciosa: «Tarde o temprano este disparate acabará saltando por los aires». La misma sensación suscitaban en él las novelas donde, con sorprendente desfachatez, se describía a gente sin ningún defecto, la felicidad de obreros y campesinos ideales, o el sabio trabajo educativo llevado a cabo por el Partido. ¡Ay, qué poemas tan deplorables se publicaban en las revistas! Eso era quizá lo que más le mortificaba: cuando iba al colegio, él también había escrito versos.

Y ahora allí, en Stalingrado, estaba deseando ingresar en el Partido. De niño, cuando discutía con su padre, se tapaba los oídos por miedo a cambiar de opinión, y gritaba: «No quiero escucharte, no quiero, no quiero». Bueno, ahora sí que había escuchado. El mundo estaba del revés.

Al igual que antes, las obras teatrales y las películas

mediocres le hastiaban. Quién sabe, tal vez el pueblo debería pasar sin poesía durante varios años, una década incluso. Sin embargo, hoy mismo era posible escribir la verdad. ¡Qué gran verdad puede albergar el alma alemana, esa alma que da sentido al mundo! Los maestros del Renacimiento habían sabido expresar en sus obras, creadas por encargo de príncipes y obispos, el valor supremo del alma...

El explorador Krapp combatía incluso cuando estaba dormido; vociferaba tan fuerte que sus gritos, probablemente, llegaban hasta la calle: «¡Lánzale una granada, sí, una granada!». Quiso avanzar a rastras, se giró torpemente, lanzó un grito de dolor y luego se volvió a dormir entre ronquidos.

A pesar del estremecimiento que le producía la aniquilación de los judíos, ahora se le presentaba bajo una nueva luz. Cierto, si en aquel momento hubiera detentado el poder habría interrumpido de inmediato la masacre. «Pero digámoslo con franqueza», pensó para sus adentros; aunque tenía amigos judíos, no podía dejar de reconocer que existía un carácter alemán, un alma alemana y, por tanto, un carácter y un alma judíos.

El marxismo había fracasado. Eso era algo difícil de admitir para un hombre cuyos padres habían sido socialdemócratas.

Marx no era más que un físico que había basado su teoría de la estructura de la materia sobre fuerzas centrífugas sin tener en cuenta la atracción gravitacional. Había formulado la definición de las fuerzas centrífugas entre las diferentes clases sociales y había demostrado mejor que nadie cómo habían funcionado a lo largo de la historia de la humanidad. Pero, como a menudo ocurre con los artífices de grandes descubrimientos, Marx se había endiosado hasta el punto de creer que las fuerzas definidas por él como lucha de clases determinarían por sí solas el desarrollo de la sociedad y el curso de la historia. No vio las potentes fuerzas que mantienen unida una nación al margen de las clases, y su física social construida sobre el desprecio a la ley universal de la atracción nacional era un disparate.

El Estado no es una consecuencia, ¡es la causa!

La ley que determina el nacimiento de un Estado-nación es maravillosa, un misterio. El Estado es una unidad viva, la única que puede expresar lo que millones de hombres consideran más precioso, inmortal: el carácter alemán, el hogar alemán, la voluntad alemana, el espíritu de sacrificio alemán.

Bach permaneció tumbado durante algún tiempo con los ojos cerrados. Para adormecerse se puso a contar ovejas: una blanca, una negra, de nuevo una blanca, una negra, y luego otra blanca, otra negra...

A la mañana siguiente, después de tomar el desayuno, empezó a escribir una carta a su madre. Arrugaba la frente, suspiraba: no le gustaría lo que estaba escribiendo. Pero precisamente a ella debía confesarle lo que ahora sentía. No le había contado nada durante su último permiso, pero ella se había dado cuenta de su irritabilidad, de su falta de interés en los interminables recuerdos sobre el padre: siempre la misma cantinela.

Ella lo consideró un apóstata de la fe del padre. Pero no era así. Él rechazaba ser un renegado.

Los enfermos, cansados por las curas matinales, yacían en silencio. Durante la noche habían asignado a un herido grave la cama vacía del Portero. Todavía estaba inconsciente y no sabían a qué unidad pertenecía.

¿Cómo podría explicar a su madre que los hombres de la nueva Alemania le eran más cercanos que los amigos de la infancia?

El enfermero entró y dijo en tono interrogativo:

—¿El teniente Bach?

—Soy yo —respondió él, tapando con una mano la carta que había comenzado.

—Señor teniente, le busca una rusa.

—¿A mí? —dijo asombrado Bach, y al instante entendió que se trataba de Zina, su amiga de Stalingrado.

¿Cómo había averiguado dónde se encontraba? Enseguida intuyó que se lo había dicho el conductor del furgón sanitario. Se alegró, conmovido en lo más íntimo: debía de haber salido en plena noche, se habría subido a cualquier coche de paso y luego caminado siete u ocho kilómetros. Se imaginó su cara pálida de ojos grandes, su estilizado cuello y el pañuelo gris cubriéndole la cabeza.

En la sala se armó un alboroto.

–¡Caramba, teniente Bach! –exclamó Gerne–. ¡Esto sí que es trabajar con la población local!

Fresser agitó los brazos en el aire, como si se estuviera sacudiendo gotas de agua de los dedos, y dijo:

–Enfermero, hágala pasar. La cama del teniente es bastante ancha. Vamos a casarlos ahora mismo.

–Las mujeres son como los perros –dijo Krapp–. Siempre van detrás del hombre.

De repente Bach se indignó. ¿Qué tenía en la cabeza? ¿Cómo se había atrevido a presentarse en el hospital? A los oficiales alemanes les estaba prohibido mantener relaciones con mujeres rusas. ¿Y si en el hospital hubiera estado trabajando algún miembro de su familia o cualquier conocido de la familia Forster? Después de una relación tan insignificante, ni siquiera una alemana se habría atrevido a ir a visitarlo.

Hasta el herido grave que yacía inconsciente parecía reírse con repugnancia.

–Dígale a esa mujer que no puedo salir a verla –dijo con aire sombrío, y para evitar participar en el jolgorio de la conversación volvió a coger el lápiz y releyó lo que llevaba escrito.

«... Lo más sorprendente es que durante muchos años creí que el Estado me oprimía. Pero ahora he comprendido que es él precisamente el que expresa mi alma... No quiero un destino fácil. Si es necesario, romperé con mis viejos amigos. Me doy cuenta de que aquellos a los que volveré no me considerarán uno de los suyos. Pero estoy preparado para sufrir en aras de la creencia más importante que hay en mí...»

El bullicio en la sala no se había apaciguado.

–Silencio, no le molestéis. Está escribiendo una carta a su novia –dijo Gerne.

Bach se echó a reír. Durante algunos segundos, la risa contenida pareció un sollozo; se dio cuenta de que de la misma manera que se estaba riendo, habría podido llorar.

13

Los generales y oficiales que no veían con asiduidad a Friedrich Paulus, el comandante del 6.° Ejército, juzgaban que no se había producido ningún cambio en las ideas o el estado de ánimo del general. Su forma de comportarse, el estilo de sus órdenes, la sonrisa con la que escuchaba tanto las conversaciones personales como los informes importantes testimoniaban que, como de costumbre, el general sometía a su propia autoridad los avatares de la guerra.

Sólo dos hombres estrechamente ligados al comandante, su ayudante de campo, el coronel Adam, y el general Schmidt, jefe del Estado Mayor del ejército, comprendían hasta qué punto Paulus había cambiado en el curso de los combates de Stalingrado.

Como antes, podía mostrarse arrogante, condescendiente, encantadoramente ingenioso, o amistoso y partícipe en los acontecimientos de la vida de los oficiales. Como antes, tenía el poder de guiar en combate a regimientos y divisiones, podía ascender o degradar a sus hombres, otorgar condecoraciones. Como antes, seguía fumando los mismos cigarrillos de siempre... Pero lo más importante, el fondo secreto de su alma, cambiaba día tras día, y se preparaba para mutar definitivamente.

El general Paulus estaba perdiendo la sensación de estar al mando de las circunstancias y del tiempo. Aún en fecha reciente su mirada tranquila recorría los informes del servicio de inteligencia del Estado Mayor del ejército: ¿a él qué más le daba lo que pensaran los rusos o los movimientos de sus reservas?

Ahora Adam había observado que entre los diferentes informes y documentos guardados en la carpeta que cada mañana le dejaba sobre la mesa al comandante, Paulus examinaba en primer lugar los datos referentes a los movimientos que las tropas rusas habían efectuado por la noche.

Un día Adam invirtió el orden según el cual estaban dispuestos los documentos y antepuso los informes del servicio de inteligencia. Paulus abrió la carpeta y estudió el primer folio. Enarcó sus largas cejas y la cerró bruscamente.

Sorprendido por la mirada fulminante y más bien patética del general, el coronel Adam comprendió que había actuado con poco tacto.

Unos días más tarde, después de revisar los informes y los documentos, esta vez dispuestos según el orden habitual, Paulus sonrió y dijo a su ayudante de campo:

—Señor innovador, parece que es usted un hombre dotado de espíritu de observación.

Aquella apacible tarde de otoño, el general Schmidt se dirigió a presentar un informe a Paulus en un estado de ánimo bastante festivo.

Schmidt anduvo por una calle amplia que atravesaba el pueblo, directo a casa del comandante; aspiraba con placer el aire frío que le aclaraba la garganta impregnada del tabaco fumado por la noche, y miraba el cielo de la estepa, coloreado por las tonalidades oscuras del ocaso. Su corazón estaba sereno; pensaba en la pintura, y el ardor de estómago había cesado de importunarle.

Caminaba por la calle vacía y silenciosa, y en su cabeza, bajo su gorra en forma de pico, se desarrollaban los planes de lo que ocurriría en la ofensiva más cruel lanzada en Stalingrado. Lo dijo precisamente así, cuando el comandante le invitó a tomar asiento y se dispuso a escucharle.

—Sin duda la historia militar alemana ha conocido ofensivas en las que se han movilizado cantidades mucho más elevadas de hombres y equipamientos. Pero por lo que a mí respecta nunca he recibido instrucciones de organizar una concentración tan densa, tanto por tierra como por aire, en un sector del frente tan reducido.

Mientras escuchaba al jefe del Estado Mayor, Paulus permanecía sentado, con la espalda curvada, en una pose que no era digna de un verdadero general, y movía la cabeza deprisa y con gesto sumiso, siguiendo los dedos de Schmidt que señalaban diferentes columnas de los gráficos y sectores del mapa. Era Paulus quien había concebido aquella ofensiva. Era Paulus quien había definido las directrices básicas. Pero ahora, mientras escuchaba a Schmidt, el jefe de Estado Mayor más brillante con el que había tenido ocasión de trabajar, no reconocía sus propias ideas en la detallada elaboración de la operación inminente.

Paulus tenía la impresión de que Schmidt, en lugar de exponer las concepciones que él había enunciado en el programa táctico, le estaba imponiendo su voluntad, preparando la infantería, los tanques y los batallones de ingenieros para la ofensiva contra su propia voluntad.

–Sí, sí –dijo Paulus–, esa densidad llama aún más la atención cuando se compara con el vacío de nuestro flanco izquierdo.

–No hay nada que hacer –replicó Schmidt–. En dirección este hay demasiada tierra y muy pocos soldados.

–No soy el único al que le preocupa. Von Weichs me ha dicho: «No hemos dado con el puño, sólo hemos asestado una bofetada con los dedos abiertos por el infinito espacio oriental». Otros aparte de Weichs también se preocupan. El único que no se preocupa es...

No terminó la frase.

Todo iba como debía ir, y en cierta forma nada iba como debería.

En las imprecisiones debidas al azar y en los funestos detalles de las últimas semanas de combate parecía que estaba a punto de desentrañarse la verdadera esencia de la guerra, una esencia tétrica y desesperada.

El servicio de inteligencia continuaba informando con insistencia sobre la concentración de tropas soviéticas al noroeste. Los bombardeos aéreos parecían incapaces de impedirlo. Weichs no tenía reservas alemanas para cubrir los flancos del ejército de Paulus, y trataba de confundir a los rusos instalando estaciones de radio alemanas en las unidades rumanas.

La campaña en África, que al principio parecía victoriosa, y la brillante represión contra los ingleses en Dunkerque, en Noruega y en Grecia no habían sido coronadas con el éxito en las islas Británicas. Habían cosechado victorias rotundas en el este, habían marchado miles de kilómetros en dirección al Volga, pero no habían conseguido aplastar al ejército soviético. Siempre parecía que habían logrado lo más importante, que si la acción no se había llevado hasta el fin era debido a un contratiempo fortuito, una demora sin importancia.

¿Qué importancia tenían aquellos pocos cientos de metros que le separaban del Volga, con fábricas semidestruidas, casas reducidas a armazones, devoradas por las llamas, en comparación con los vastos espacios conquistados durante la ofensiva del verano? Pero también a Rommel le separaban del oasis egipcio unos pocos kilómetros de desierto. Y en Dunkerque, sólo por pocas horas y pocos kilómetros no habían triunfado sobre Francia... Siempre eran esos mismos pocos kilómetros los que los separaban de la derrota completa del enemigo; siempre faltaban reservas y un vacío abismal se abría en la retaguardia y en los flancos de las tropas victoriosas.

¡Aquel verano de 1942! Probablemente cualquier hombre sólo tiene una oportunidad en la vida para experimentar lo que él había vivido aquellos días. Había sentido contra su rostro la respiración de la India. En aquel periodo había sentido lo mismo que sentiría una avalancha si tuviera sentimientos al barrer bosques y desbordar ríos.

De pronto se le ocurrió que el oído alemán se había familiarizado con el nombre de Friedrich; una idea ridícula, es cierto, petulante, pero le había venido a la mente. Sin embargo era en aquellos días cuando rugosos y ásperos granos de arena rechinaban, bien bajo sus pies, bien contra sus dientes. En el cuartel general reinaba la exultación del triunfo. De los comandantes de las unidades recibía informes escritos, orales, radiofónicos o telefónicos. Daba la impresión de que el trabajo militar ya no era algo duro, sino la expresión simbólica del triunfo alemán...

Pero un día sonó el teléfono. Paulus descolgó el auricular.

«*Herr* comandante...» Reconoció la voz que le hablaba: era la entonación de la vida prosaica de la guerra, que desarmonizaba con los repiqueteos de triunfo que llenaban el aire. Weller, comandante de una división, le comunicaba que en su sector los rusos habían pasado al ataque. Un destacamento de infantería, equivalente en tamaño a un batallón reforzado, había logrado abrirse paso por el oeste y hacerse con la estación de Stalingrado.

A aquel acontecimiento en apariencia insignificante estaba ligada la primera punzada de angustia que había sentido Paulus.

Schmidt leyó el plan de operaciones en voz alta, enderezó ligeramente la espalda y levantó la barbilla, señal de que se daba cuenta del carácter oficial del momento, si bien el comandante y él mantenían unas relaciones excelentes.

E inesperadamente, en voz baja y en un tono que poco tenía que ver con el de un militar y menos aún con el de un general, Paulus pronunció unas palabras extrañas que dejaron a Schmidt contrariado:

–Confío en el éxito. Pero ¿sabe una cosa? Nuestra lucha en esta ciudad es absurda e innecesaria.

–Es una afirmación un tanto inesperada viniendo del comandante de las tropas de Stalingrado –dijo Schmidt.

–¿La considera inesperada? Stalingrado ha dejado de ser el centro de las comunicaciones o de la industria pesada. ¿Qué hacemos aquí ahora? Podemos cubrir el flanco nordeste del ejército del Cáucaso a lo largo de la línea Astraján-Kalach. Para eso, Stalingrado no nos hace ninguna falta. Estoy seguro de la victoria, Schmidt, tomaremos la fábrica de tractores. Pero eso no nos ayudará a cubrir nuestro flanco. Von Weichs no tiene duda de que los rusos van a atacar. Una jugada de farol no les va a detener.

–El curso de los acontecimientos puede cambiar de sentido –repuso Schmidt–, pero el Führer nunca se ha batido en retirada sin lograr su objetivo.

Paulus creía que era una lástima que las victorias más brillantes no hubieran dado los frutos esperados por no haber sido llevadas con decisión y obstinación hasta el final. Pero al mismo tiempo creía que la verdadera fuerza de un comandante se demostraba en la capacidad de abandonar un objetivo cuando éste había perdido su sentido.

Miró los ojos insistentes y perspicaces del general Schmidt, y dijo:

–No se espera de nosotros que impongamos nuestra voluntad en una gran estrategia.

Cogió de la mesa la orden de ataque y la firmó.

–Haga sólo cuatro copias; es estrictamente confidencial –dijo Schmidt.

14

Después de la visita al Estado Mayor del ejército de la estepa, Darenski se dirigió a una unidad desplegada en el flanco sureste del frente de Stalingrado, entre las áridas arenas del mar Caspio. Las estepas, con sus pequeños ríos y sus lagos, eran una especie de tierra prometida: por allí crecía la hierba, algún árbol ocasional, relinchaban los caballos.

Miles de hombres acostumbrados al aire húmedo, al rocío matutino y al susurro del heno estaban instalados en la desierta llanura de arena. Una arena que les azotaba la piel, se les metía por las orejas, rechinaba cuando masticaban el pan y el mijo; había arena en la sal, en los obturadores de los fusiles, en los mecanismos de los relojes, en los sueños de los soldados... Para un cuerpo humano, para la garganta, la nariz, las pantorrillas, la vida es dura aquí. En estas latitudes, el cuerpo vive como un carro que se desviara de una carretera y fuera obligado a rodar por un camino intransitable.

Darenski pasó el día recorriendo las posiciones de la artillería. Habló con los hombres, tomó notas, hizo esquemas, revisó las armas de la dotación y los depósitos de municiones. Al anochecer estaba agotado; la cabeza le zumbaba y le dolían las piernas, poco acostumbradas a andar por aquellas áridas arenas movedizas.

Hacía tiempo que se había dado cuenta de que, cuando el ejército se bate en retirada, los generales se muestran particularmente atentos con las necesidades de sus subordinados, mientras que los comandantes y los miembros del Consejo Militar dan amplias muestras de autocrítica, escepticismo y modestia.

Nunca un ejército parece disponer de tantos hombres inteligentes y comprensivos como durante una retirada desesperada, cuando el enemigo avanza y el cuartel general busca a los culpables del fracaso para desatar su ira contra ellos.

Pero allí, en el desierto, los hombres se hallaban bajo el influjo de una soñolienta apatía. Los comandantes del Estado Mayor y los soldados de la unidad se comportaban como si estuvieran convencidos de que en aquel mundo no hubiera nada que mereciera su interés, que todo daba igual porque mañana, pasado mañana y al cabo de un año sería exactamente igual; sólo habría arena.

A Darenski le invitó a pasar la noche en su casa el jefe del Estado Mayor del regimiento de artillería, el teniente coronel Bova. Pese a su épico nombre[1], Bova era un hombre encorvado, calvo y sordo de un oído. En cierta ocasión lo llamaron del Estado Mayor de la artillería y dejó sorprendidos a todos por su prodigiosa memoria. Daba la impresión de que su cabeza calva, asentada sobre unos

1. Existe un relato épico del folclore ruso cuyo héroe se llama Bova.

hombros estrechos y encorvados, no pudiera contener otra cosa que cifras, números de baterías y divisiones, nombres de poblaciones, apellidos de comandantes, indicaciones de niveles.

Bova vivía en un cuchitril hecho de tablas con las paredes revestidas de arcilla y estiércol, y el suelo cubierto de papeles alquitranados rotos. Su casucha no se diferenciaba en nada de las otras chabolas de los oficiales diseminadas por la planicie de arena.

–¡Hola! –dijo Bova, estrechando enérgicamente la mano a Darenski–. Bonito, ¿verdad? –y señaló las paredes–. Aquí invernaremos, en esta perrera embadurnada de mierda.

–¡Sí, las viviendas dejan bastante que desear! –dijo Darenski, sorprendido por la transformación que había sufrido el apacible Bova.

El anfitrión le ofreció asiento en una caja vacía de conservas americanas, le sirvió vodka en un vaso tallado cuyo borde estaba manchado de polvos dentífricos secos y le ofreció un tomate verde macerado sobre un trozo de periódico húmedo.

–Siéntase como en casa, camarada teniente coronel. Aquí tiene, ¡vino y fruta! –exclamó.

Darenski se mojó los labios con cautela, como hacen todos los que no están habituados a beber, posó el vaso bastante lejos de él y comenzó a interrogar a Bova sobre la situación del ejército. Pero Bova no tenía ganas de hablar de trabajo.

–Camarada teniente coronel –dijo–, trabajo he tenido más que suficiente; no me he tomado un respiro ni cuando estábamos en Ucrania, con todas esas mujeres espléndidas, y no digamos en Kubán, Dios mío... Y se entregaban de buena gana, créame, bastaba con que les guiñaras un ojo. Pero yo, tonto de mí, todo el rato con el culo pegado a la silla en la sección de operaciones; me di cuenta demasiado tarde, cuando ya estaba en el desierto.

Darenski, en un principio molesto porque Bova no deseaba discutir sobre el promedio de densidad de tropas por kilómetro de frente, o sobre la superioridad de los morteros respecto a la artillería en zonas desérticas, acabó interesándose por el nuevo giro que había tomado la conversación.

–¡Ya lo creo! –dijo–. En Ucrania hay mujeres magníficas. En 1941, cuando nuestro Estado Mayor se instaló en Kiev, solía visitar a una auténtica belleza, la mujer de un funcionario de la fiscalía. En cuanto a Kubán, no pienso rebatírselo. Por lo que a estas cuestiones se refiere, puede situarse entre los primeros puestos, con un porcentaje de bellezas tan elevado que es digno de mención.

Las palabras de Darenski causaron una gran impresión en Bova, que blasfemó y gritó con voz lastimera:

–¡Y ahora las calmucas!

–No diga eso –le interrumpió Darenski y pronunció un discurso armonioso sobre el atractivo de aquellas mujeres de tez morena y pómulos salientes que olían a ajenjo y al humo de la estepa. Se acordó de Alla Serguéyevna, del Estado Mayor del ejército de la estepa, y concluyó su perorata–: Usted está equivocado. En todas partes hay mujeres. Puede que no haya agua en el desierto, pero mujeres siempre hay.

Bova no le respondió. En aquel momento Darenski se dio cuenta de que se había quedado dormido. Sólo entonces comprendió que su anfitrión estaba borracho como una cuba. Roncaba tanto que sus resoplidos parecían los gemidos de un moribundo, y la cabeza le colgaba de la cama.

Darenski, con esa paciencia y suma bondad que siente un ruso ante un borracho, colocó bajo la cabeza de Bova una almohada, le puso un periódico bajo los pies y le limpió la saliva que le asomaba por la boca.

Luego extendió en el suelo el capote de su anfitrión, cubriéndolo seguidamente con el suyo, y en el lugar de la cabeza colocó su mochila a modo de almohada. Cuando estaba en misión, la mochila le servía tanto de oficina como de almacén de víveres y de neceser.

Salió al exterior, aspiró el aire frío de la noche y jadeó mientras contemplaba las llamas sobrenaturales en el negro cielo asiático; hizo una pequeña necesidad sin dejar de mirar las estrellas, pensando: «Sí, el cosmos», y se fue a dormir.

Se tumbó sobre el capote de su anfitrión y se tapó con el suyo. En lugar de cerrar los ojos, fijó la vista en la oscuridad, golpeado por un pensamiento triste.

¡Qué pobreza tan lúgubre! Acostado en el suelo miraba las sobras de los tomates macerados y una maleta de cartón donde probablemente había una toalla raquítica con una marca impresa grande y negra, cuellos sucios, una funda vacía, una jabonera desportillada.

La isba de Verjne-Pogromnoe donde había dormido durante aquel otoño le parecía, en comparación, todo un palacio. Y tal vez dentro de un año aquel tugurio le parecería lujoso, se acordaría de él con nostalgia desde algún agujero donde ya no tendría navaja de afeitar ni mochila ni polainas harapientas.

Darenski había cambiado en el curso de los meses que había servido en el Estado Mayor de artillería. Había satisfecho su necesidad de trabajar, que se había manifestado con una exigencia tan fuerte como la necesidad de comer. Ahora ya no se sentía feliz cuando trabajaba, al igual que no se siente feliz un hombre que siempre está saciado.

Darenski trabajaba bien y era muy apreciado por sus superiores. Al principio esa estima le había causado una gran alegría; no estaba acostumbrado a que le consideraran irreemplazable, pues durante largos años se había habituado justo a lo contrario.

No se preguntaba por qué el sentido de superioridad respecto a sus colegas no había provocado también una especie de condescendencia hacia sus camaradas, rasgo habitual en las personas verdaderamente fuertes. Pero, por lo visto, él no era fuerte.

A menudo se irritaba, gritaba e insultaba; después miraba con aire afligido a quienes había ofendido, pero nunca pedía perdón. Aunque se enfadaban con él, no le consideraban un mal hombre. En el Estado Mayor del frente de Stalingrado tenían muy buen concepto de él, mejor incluso que el que, en su tiempo, tuvieron de Nóvikov en el Estado Mayor del sureste. Corría el rumor de que páginas enteras de sus informes eran transcritas literalmente en los informes que gente importante dirigía a gente todavía más importante en Moscú. En una época crítica, su trabajo e inteligencia resultaban útiles y de vital importancia. Pero cinco años antes de la guerra, su mujer le había abandonado porque le consideraba un enemigo del pueblo que había sido capaz de esconder mediante engaño la flacidez e hipocresía que anidaban en su alma. Con frecuencia sus orígenes familiares, tanto por línea materna como paterna, habían sido un obstáculo a la hora de encontrar trabajo. Al principio se ofendía al enterarse de que el puesto que a él le habían negado había sido asignado a un hombre que se distinguía por su estupidez o su ignorancia. Al final acabó creyendo que en realidad no merecía que se le confiaran puestos de responsabilidad. Tras la temporada que había pasado en el campo se había convencido por completo de su ineptitud.

Pero el estallido de esta terrible guerra había demostrado que no era así.

Estiró el capote hacia sus hombros, exponiendo sus pies al aire frío que se filtraba a través de la puerta. Darenski se dijo que ahora que sus conocimientos y aptitudes por fin habían sido reconocidos, se encontraba acostado en el suelo de un gallinero escuchando los gritos penetrantes y aborrecibles de los camellos, sin soñar en dachas o balnearios, sino en un par de calzoncillos limpios y en la posibilidad de lavarse con un pedazo de jabón decente.

Se sentía orgulloso de que su ascenso no comportara beneficios materiales, pero al mismo tiempo le irritaba. Su seguridad y arrogancia estaban asociadas a una acusada timidez en la vida cotidiana. En lo más íntimo creía que no era merecedor de los placeres materiales. La inseguridad constante, la falta de dinero, la sensación de llevar ropa usada y vieja le resultaban familiares desde la infancia. Tampoco ahora, cuando disfrutaba del éxito, le abandonaban aquellas sensaciones.

Le aterrorizaba la idea de presentarse un día en la cantina del Consejo Militar y que la chica de detrás del mostrador le dijera: «Camarada teniente coronel, usted debe comer en la cantina común». Y también que algún general bromista le dijera en una reunión, guiñándole el ojo: «Díganos, teniente coronel, ¿está espeso el *borsch* que dan en la cantina del Consejo Militar?». Siempre se sorprendía ante la seguridad autoritaria que exhibían los generales, pero también los fotógrafos de los periódicos, cuando comían, bebían, exigían gasolina, ropa y cigarrillos en lugares donde se suponía que no había ninguna de esas cosas.

Así era la vida. Durante años su padre no había logrado colocarse en ningún puesto, y la que sacaba la casa adelante era su madre, que trabajaba como taquígrafa.

A medianoche Bova dejó de roncar y Darenski, aguzando el oído ante el silencio que procedía de su catre, comenzó a inquietarse.

–¿No duerme, camarada teniente coronel? –preguntó de improviso Bova.

–No, estoy desvelado.

–Perdone que ayer no le acomodara mejor; bebí más de la cuenta –le explicó Bova–. Pero ahora tengo la cabeza despejada, como si no hubiera probado ni gota. Y estoy aquí preguntándome: ¿cómo hemos venido a parar a este rincón de mala muerte? ¿Quién tiene la culpa de que hayamos acabado en este agujero olvidado por Dios?

–¿Quién? Los alemanes, por supuesto.

–Échese en el catre, yo me tumbaré en el suelo –dijo Bova.

–Qué dice, estoy bien aquí.

–No, no está bien. La hospitalidad del Cáucaso no admite que el anfitrión ocupe la cama y el invitado duerma en el suelo.

–No importa, no somos caucásicos.

–Ya casi lo somos. Estamos cerca de las estribaciones del Cáucaso. Los alemanes, dice usted, son los responsables de que estemos aquí, pero no sólo ellos: nosotros también hemos puesto nuestro granito de arena.

Se oyó chirriar el catre: Bova, probablemente, se había levantado.

–Sí –dijo Bova, alargando la palabra con aire pensativo.

–Sí, sí, sí –dijo desde el suelo Darenski.

Bova había dado un rumbo insólito a la conversación. Los dos guardaron silencio, reflexionando si debían dar rienda suelta a semejante discurso con un desconocido. Al parecer llegaron a la misma conclusión: no valía la pena.

Bova se encendió un cigarrillo. A la luz de la cerilla, Darenski vio el rostro de Bova, arrugado, sombrío, extraño.

Darenski también prendió un cigarrillo. A la luz de la cerilla, Bova vio la cara de Darenski, apoyada sobre el codo; le pareció fría, altiva, extraña.

Y justo después de aquel reconocimiento mutuo dio inicio la conversación que no debería haber tenido lugar.

–Sí –dijo Bova, pero esta vez ya no alargó la palabra, sino que la pronunció de forma tajante y concisa–. La burocracia y los burócratas, eso es lo que nos ha traído hasta aquí.

–Sí –corroboró Darenski–, la burocracia es terrible. Mi conductor me ha contado que, antes de la guerra, en el campo no se podía obtener ningún documento si previamente no se regalaba medio litro de vodka.

–No es cosa de broma, no se ría –le interrumpió Bova–. La burocracia no es un chiste, ¿sabe? En tiempo de paz el diablo ha conducido a los hombres sabe adónde, pero en el frente..., en el frente la burocracia es aún más perniciosa. Mire, esto es lo que ocurrió en una unidad aérea: un piloto saltó de su avión en llamas, un Messer le había derribado; él salió intacto, pero se le quemaron los pantalones. ¿Y sabe qué sucedió? No querían proporcionarle otro par. El oficial de intendencia, dándoselas de amo y señor, le dijo que el plazo de uso de los anteriores no había vencido, ¡y asunto zanjado! El piloto estuvo tres días sin pantalones, hasta que el caso llegó a oídos del comandante de la escuadrilla.

–Eso, si me lo permite, es una estupidez –dijo Darenski–. No hemos retrocedido desde Brest hasta el desierto del Caspio sólo porque un idiota se haya negado a dar un par de pantalones nuevos. No vale la pena ni comentarlo. Son los tejemanejes burocráticos habituales.

Bova gimió con acritud y dijo:

–Yo no he dicho que fuera por culpa de los pantalones. Deje que le ponga otro ejemplo: una unidad de infantería que había sido rodeada no tenía nada que comer. Entonces se ordenó a una escuadrilla que les lanzara víveres con paracaídas; pero la intendencia se negó a suministrar los comestibles. Es imprescindible, decían, que alguien firme el comprobante de entrega, y ¿cómo iban a firmar ellos si las provisiones eran lanzadas desde los aviones? El intendente se empecinó y se mantuvo en sus trece. Al final recibió una orden del alto mando.

Darenski sonrió.

–Es un caso cómico, pero de nuevo una minucia. Una pedantería. En primera línea la burocracia puede tener efectos mucho más monstruosos. ¿Conoce usted la orden «ni un paso atrás»? En cierto lugar los alemanes estaban machacando a cientos de los nuestros. Bastaba con replegarse a la otra pendiente de la colina para que los hombres estuvieran a resguardo. Desde el punto de vista táctico no se salía perdiendo, y habrían conservado intacto el equipamiento. Pero la orden era «ni un paso atrás», así que los dejaron bajo el fuego: los hombres perecieron y el material fue destruido.

–Sí, tiene razón –dijo Bova–. En 1941 enviaron a nuestro ejército a dos coroneles de Moscú para verificar esa misma orden. Pero no tenían coche, y en los últimos tres días habíamos retrocedido unos doscientos kilómetros desde Gomel. Recogí a los coroneles con el camión para que los alemanes no los capturasen, y ellos, estremeciéndose en la parte trasera, me preguntaron: «¿Qué medidas ha tomado para aplicar la orden "ni un paso atrás"?». Dichosos informes, qué se le va a hacer.

Darenski inspiró una gran bocanada de aire, como si se dispusiera a zambullirse más hondo y, evidentemente, se zambulló:

–Yo le diré cuándo es terrible la burocracia: cuando un solo ametrallador del Ejército Rojo defiende una posición contra setenta alemanes y logra retrasar la ofensiva enemiga; el soldado muere y todo el ejército se inclina ante él, pero a su mujer, enferma de tisis, la echan de casa mientras un oficial del sóviet del distrito le grita: «¡Fuera de aquí, pelandusca!». Burocracia es que un hombre tenga que rellenar veinticuatro formularios y que al final termine autoinculpándose en una reunión: «Camaradas, no soy uno de los vuestros». Es cuando un hombre reconoce que nuestro Estado está formado por obreros y campesinos, mientras que sus padres son nobles, parásitos, degenerados. «Adelante, arrojadme a la calle», dice. Entonces todo está en orden.

—Yo no interpreto eso como burocracia —dijo Bova—. En efecto, el Estado pertenece a los obreros y los campesinos, y es gobernado por ellos. ¿Qué hay de malo? Así es como debe ser. El Estado burgués no merece confianza.

Darenski se quedó estupefacto; su interlocutor, evidentemente, no compartía su punto de vista.

Bova encendió una cerilla pero en lugar de prender su cigarrillo iluminó en dirección a Darenski. Éste entornó los ojos con la sensación de quien cae en el campo de batalla bajo la luz del proyector enemigo.

—Yo soy de pura cepa proletaria —dijo Bova—; mi padre era obrero; mi abuelo, también. Mi historial está limpio como los chorros del oro. Pero por lo que parece, yo no servía para nada antes de la guerra.

—¿Por qué no? —se asombró Darenski.

—No interpreto como burocracia el hecho de que un Estado obrero y campesino mire con recelo a los nobles. Pero ¿por qué a mí, que soy proletario, me agarraron del cuello antes de la guerra? Pensé que iba acabar recogiendo patatas o barriendo las calles. Y, sin embargo, sólo había expresado un punto de vista de clase: había criticado a los jefes por vivir con lujos. Y la emprendieron a golpes conmigo. Ahí está, en mi opinión, la raíz de la burocracia: un obrero sufriendo en su propio Estado.

Darenski sintió al instante que con estas palabras su interlocutor había planteado algo muy importante, y puesto que no estaba acostumbrado a hablar de lo que le conmovía, ni tampoco a oír a otros hacerlo, experimentó una emoción indescriptible: la felicidad de quien habla sin tener que mirar a su espalda, sin temor a emitir su propia opinión, la felicidad de poder discutir sobre aquello que inquieta y agita sobremanera a la mente, y que precisamente porque inquieta y agita no se comenta con nadie.

Pero allí, echado sobre el suelo de la miserable casucha, mientras discutía con un simple soldado que acababa de despejarse de la borrachera, sintiendo a su alrededor la presencia de las tropas que desde la Ucrania occidental habían llegado a aquella tierra árida, Darenski sintió que todo era diferente. Se había producido un acontecimiento sencillo, natural, deseado y necesario; un acontecimiento inaccesible, inconcebible: una conversación sincera entre dos hombres.

–¿Sabe en qué se equivoca? –dijo Darenski–. Yo se lo diré. La burguesía no permite a los desarrapados acceder al Senado, es cierto; pero si un paria se convierte en millonario, lo dejan entrar. Los Ford comenzaron como simples trabajadores. Nosotros, en cambio, no confiamos en miembros de la burguesía ni de la aristocracia para los puestos de responsabilidad; es justo. Pero estigmatizar con el sello de Caín a un trabajador sólo porque su padre o su abuelo eran kulaks o sacerdotes es otra historia. Aquí el punto de vista de clase nada tiene que ver. ¿Cree que durante mis años en el campo no me encontré con obreros de la fábrica de Putílov o mineros del Donets? ¡A puñados! Nuestra burocracia da miedo cuando se comprende que no es un tumor en el cuerpo sano del Estado (un tumor siempre puede ser extirpado), sino el cuerpo mismo del Estado. En tiempo de guerra nadie quiere sacrificar su vida por la clase dirigente. Timbrar una solicitud con un «rechazado» o expulsar de un despacho a la viuda de un soldado puede hacerlo cualquier lacayo, pero para expulsar a los alemanes es preciso ser fuerte, hace falta ser un verdadero hombre.

–Sí, es cierto –asintió Bova.

–No crea que estoy resentido –dijo Darenski–. No, hago

una reverencia y me quito el sombrero. ¡Gracias! Soy feliz. Lo malo es que para que yo pueda ser feliz y ofrecer a Rusia mis fuerzas tengamos que sufrir esta época tan terrible. Es una constatación amarga. Si ése es el precio, que se vaya a paseo mi felicidad, que sea maldita.

Darenski sentía que no había logrado llegar a lo más importante, a lo que constituía la esencia de la conversación, aquello que habría iluminado su vida con una luz clara y sencilla. Pero cuando menos, había tenido la posibilidad de pensar y hablar de cosas sobre las que a menudo ni se pensaba ni se hablaba, y aquello le procuraba una inmensa felicidad.

–¿Sabe?, pase lo que pase, nunca en mi vida lamentaré la conversación que hemos mantenido esta noche.

15

Mijaíl Sídorovich pasó más de tres semanas en una celda de aislamiento cerca del *Revier*. Estaba bien alimentado y dos veces al día le visitaba un médico de las SS que le había prescrito inyecciones de glucosa.

Durante las primeras horas de reclusión, cuando esperaba que lo llamaran para ser interrogado, Mijaíl Sídorovich no hacía otra cosa que enfurecerse consigo mismo: ¿por qué había hablado con Ikónnikov? Era evidente que el *yuródivi* le había traicionado endosándole aquellos papeles comprometedores antes del registro.

Pero los días transcurrían y Mostovskói seguía sin ser llamado. Entretanto repasaba mentalmente las conversaciones políticas mantenidas con otros prisioneros, preguntándose cuál de ellos podía ser reclutado para la organización secreta. Por la noche, cuando no lograba conciliar el sueño, redactaba el texto de las octavillas y empezó a compilar una guía de conversación del *Lager* para facilitar la comunicación entre detenidos de distintas nacionalidades.

Trataba de recordar las viejas leyes de la conspiración que habrían de evitar la debacle total en caso de denuncia por parte de un *provocateur*.

Mijaíl Sídorovich sentía el deseo de interrogar a Yershov y Ósipov sobre los primeros pasos de la organización. Estaba seguro de que conseguiría que Ósipov superara los prejuicios respecto a Yershov.

Chernetsov, que odiaba el bolchevismo y al mismo tiempo anhelaba la victoria del Ejército Rojo, le parecía una figura patética. Ahora, mientras esperaba el inminente interrogatorio, estaba casi tranquilo.

Una noche Mostovskói sufrió un ataque al corazón. Yacía con la cabeza contra la pared, sintiendo la horrenda angustia que atenaza a aquel que está a punto de morir encarcelado. Por un momento perdió el conocimiento a causa del dolor. Después volvió en sí; el dolor había remitido; tenía el pecho, la cara, las manos cubiertas de sudor. Sus pensamientos, aparentemente, recobraron la lucidez.

La conversación sobre el mal que había mantenido con el cura italiano se asociaba en su mente con la felicidad que había experimentado de niño, cuando de improviso empezó a llover a cántaros y se refugió en la habitación donde su madre estaba cosiendo; con el recuerdo de la mujer que había ido a visitarle durante su deportación a Yeniséi y con sus ojos anegados de lágrimas, pero lágrimas de felicidad; con el pálido Dzerzhinski, a quien, en un congreso del Partido, había preguntado sobre la suerte que había corrido un joven eserista muy amable. «Fusilado», dijo Dzerzhinski. Los ojos tristes del mayor Kiríllov... Cubierto con una sábana arrastraban sobre un trineo el cadáver de un amigo que había rechazado su ayuda durante el sitio de Leningrado.

La cabeza desgreñada del niño, llena de sueños, era la misma que aquel gran cráneo calvo, apoyado contra las tablas ásperas del *Lager*.

Al cabo de un rato los recuerdos comenzaron a desvanecerse, a perder su color, sus formas. Tenía la sensación de que se sumergía despacio en agua gélida. Se adormeció para escuchar de nuevo, en la oscuridad que precede al alba, el aullido de las sirenas.

Por la tarde Mijaíl Sídorovich fue conducido al baño del *Revier*. Suspirando con gesto descontento, examinó sus brazos delgados, el pecho hundido.

«Sí, contra la vejez no hay nada que hacer», pensó.

Cuando el soldado que le escoltaba desapareció tras la puerta dándole vueltas a un cigarrillo entre sus dedos, un prisionero estrecho de espaldas y picado de viruelas que estaba limpiando el suelo de cemento con un cepillo le dijo a Mostovskói:

—Yershov me ha ordenado que le transmita las noticias. En Stalingrado los nuestros están rechazando todos los ataques de los *fritzes;* todo está en orden. El mayor le pide que escriba una octavilla y que la entregue en el próximo baño.

Mostovskói quiso decirle que no tenía lápiz ni papel, pero en ese momento entró el guardia.

Mientras se vestía, Mostovskói sintió en el bolsillo un paquete. Contenía diez terrones de azúcar, un trozo de tocino envuelto en un trapito, un pedazo de papel blanco y el cabo de un lápiz.

La felicidad se apoderó de él. ¿Acaso podía desear algo más? Tenía la fortuna de vivir sus últimos días sin preocuparse por la esclerosis, el estómago, los espasmos cardíacos.

Estrechó contra el pecho los terrones de azúcar, el trozo de lápiz.

Aquella noche un suboficial de las SS le hizo salir del *Revier* y lo condujo a la calle del campo. Frías ráfagas de viento le azotaron en la cara. Mijaíl Sídorovich se volvió a mirar los barracones durmientes y pensó: «No os preocupéis muchachos, los nervios del camarada Mostovskói no cederán; dormid tranquilos».

Cruzaron las puertas de la dirección del campo. Allí, en lugar del tufo a amoníaco, flotaba en el aire un fresco olor a tabaco. Mostovskói vio en el suelo una colilla larga y sintió deseos de cogerla.

Dejaron atrás el segundo piso y subieron al tercero. El

guardia ordenó a Mostovskói que se limpiara los pies en la alfombrilla y él mismo frotó sus suelas repetidas veces. Mostovskói, jadeando después de aquella subida, se esforzaba por recobrar el aliento.

Penetraron en un pasillo estrecho cubierto por una alfombra. Las lámparas semitransparentes en forma de tulipán difundían una luz tenue, suave. Pasaron por delante de una puerta pulida con una pequeña tablilla donde se leía «Comandante» y se detuvieron frente a otra puerta con la inscripción «*Obersturmbannführer* Liss».

Mostovskói había oído pronunciar a menudo aquel nombre: se trataba del representante de Himmler en la dirección del campo. A Mostovskói le había divertido que el general Gudz se enfadara porque Ósipov había sido interrogado por el propio Liss, mientras que a él le habían enviado con uno de sus subalternos. Gudz lo había interpretado como una falta de consideración. Ósipov contaba que Liss le había interrogado sin intérprete: Liss era un alemán de Riga con un buen dominio del ruso. Un joven oficial salió al pasillo, le dijo unas pocas palabras al guardia e hizo entrar a Mijaíl Sídorovich en el despacho, dejando la puerta abierta.

El despacho estaba vacío. Tenía el suelo cubierto por una alfombra, flores en un jarrón y un cuadro colgado de la pared, en el que podía verse la linde de un bosque y los tejados rojos de las casas campesinas. Mostovskói pensó que era como estar en el despacho del director de un matadero: alrededor, el estertor de las bestias moribundas, las vísceras humeantes, los hombres manchados de sangre, mientras que en el despacho del director todo estaba tranquilo y sólo los teléfonos negros sobre la mesa evocaban la comunicación existente entre el matadero y el despacho.

¡Enemigo! Qué palabra tan clara y sencilla. Volvió a pensar en Chernetsov, en su miserable destino durante esa época de *Sturm und Drang*. Pero con guantes de hilo... Mostovskói se miró las manos, los dedos.

Una puerta se abrió al fondo del despacho y a continuación la puerta que daba al pasillo se cerró con un chirrido; el guardia debía de haberla cerrado cuando vio entrar a Liss.

Mostovskói aguardaba de pie, con el ceño fruncido.

—Buenos días —dijo en voz baja un hombre no demasiado alto con el emblema de las SS en la manga de su uniforme gris.

En el rostro de Liss no había nada repulsivo, y por esa razón a Mijaíl le daba miedo mirarlo: su nariz aguileña, sus ojos vigilantes de un gris oscuro, la frente alta, las mejillas pálidas y demacradas... todo confería a su rostro una expresión ascética.

Liss esperó a que Mostovskói acabara de toser y luego dijo:

—Deseo hablar con usted.

—Yo, en cambio, no lo deseo —le respondió Mostovskói mientras miraba de reojo al rincón del despacho donde esperaba ver aparecer a los ayudantes de Liss: los torturadores que le molerían a golpes.

—Le comprendo perfectamente —dijo Liss—. Siéntese.

Ofreció asiento a Mostovskói en un sillón y se sentó a su lado.

Liss hablaba un ruso descarnado, esa lengua con regusto a cenizas frías de la que se nutren los folletos de divulgación científica.

—¿Se encuentra mal?

Mostovskói se encogió de hombros, sin decir nada.

—Sí, sí, lo sé. He enviado a un médico que me ha informado. Le he molestado en mitad de la noche. Pero tenía muchas ganas de hablar con usted.

«Sí, sí, claro», pensó Mostovskói, y dijo:

—Me han traído aquí para interrogarme. Usted y yo no tenemos nada de que hablar.

—¿Por qué? —preguntó Liss—. Todo lo que ve es mi uniforme; pero no nací dentro de él. El Führer, el Partido disponen, y nosotros, los soldados del Partido, obedecemos. Yo siempre he sido un teórico, me interesan las cuestiones filosóficas, la historia, pero soy un miembro del Partido. ¿Es que acaso a todos los agentes del NKVD les gusta su trabajo?

Mostovskói observó el rostro de Liss con detenimiento y pensó que aquella cara pálida de frente alta debería estar dibujada en la raíz del árbol de la evolución, que la evolución partía de él y daba origen al hombre peludo de Neanderthal.

—Si el Comité Central le hubiera ordenado que apoyara el trabajo de la Cheká, ¿habría podido negarse? No, habría apartado a Hegel a un lado y se habría puesto a trabajar. Es lo que yo he hecho.

Mijaíl Sídorovich volvió la mirada hacia su interlocutor: el nombre de Hegel, pronunciado por aquellos labios inmundos, sonaba extraño, sacrílego...

Si en un tranvía abarrotado se le hubiera acercado un ladrón peligroso, experto, y hubiera entablado conversación con él, no le habría escuchado; se habría limitado a seguir con la mirada sus manos, esperando ver de un momento a otro centellear la navaja de afeitar y dispuesto a golpearle en los ojos.

Liss levantó las palmas de sus manos, las miró y dijo:

—Nuestras manos son como las vuestras: aman el trabajo duro, no tienen miedo de ensuciarse.

En el rostro de Mijaíl Sídorovich apareció una mueca; le resultaba insoportable reconocer en aquel hombre sus propios gestos, sus palabras.

Liss comenzó a hablar deprisa, animadamente, como si ya hubiera charlado antes con Mostovskói y ahora se alegrara de tener la oportunidad de concluir la conversación interrumpida.

—Bastan veinte horas de vuelo para que pueda sentarse en el sillón de su despacho en la ciudad soviética de Magadán. Para nosotros usted está en su casa, pero no ha tenido suerte. Me apena cuando su propaganda hace coro a la propaganda de la plutocracia y habla de justicia partidista.

Liss meneó la cabeza. Y las palabras que siguieron fueron todavía más turbadoras, inesperadas, espantosas y disparatadas:

—Cuando nos miramos el uno al otro, no sólo vemos un rostro que odiamos, contemplamos un espejo. Ésa es la tragedia de nuestra época. ¿Acaso no se reconocen a ustedes mismos, su voluntad, en nosotros? ¿Acaso para ustedes el mundo no es su voluntad? ¿Hay algo que pueda hacerles titubear o detenerse?

Liss aproximó su rostro al de Mostovskói:

–¿Me comprende? No domino el ruso a la perfección, pero deseo tanto que me comprenda... Ustedes creen que nos odian, pero es sólo una apariencia: se odian a ustedes mismos en nosotros. Terrible, ¿no es cierto? ¿Me comprende?

Mijaíl Sídorovich decidió guardar silencio; no dejaría que Liss le arrastrara a aquella conversación.

Pero por un instante le dio la impresión de que el hombre que le miraba a los ojos no trataba de engañarle, que se esforzaba de verdad y escogía con tino las palabras. Parecía lamentarse, pidiéndole ayuda para encontrar el sentido a algo que le atormentaba.

Mostovskói se sentía mal. Tenía la sensación de que una aguja le estaba atravesando el corazón.

–¿Me comprende? –repitió enseguida Liss, demasiado excitado ya para ver a Mostovskói–. Cuando damos un golpe a su ejército lo infligimos contra nosotros mismos. Nuestros tanques no sólo han roto sus defensas, han quebrado también las nuestras; las orugas de nuestros tanques aplastan al nacionalsocialismo. Es horrible, es una especie de suicidio cometido en un sueño. Para nosotros puede acabar de manera trágica. ¿Lo comprende? Si ganamos, nosotros, los vencedores, nos quedaremos sin ustedes, solos contra un mundo que nos es extraño, que nos odia.

Habría sido fácil refutar las palabras de aquel hombre. Pero sus ojos se acercaron aún más a Mostovskói. Sin embargo había algo todavía más repugnante y peligroso que las palabras de aquel astuto *provocateur* de las SS, y es que, a veces, ya fuera con timidez o con malicia, Liss rasguñaba el corazón y el cerebro de Mostovskói. Eran dudas abominables y sucias que Mostovskói no encontraba en las palabras del otro, sino en su propia alma.

Como un hombre que tiene miedo a la enfermedad, que teme sufrir un tumor maligno, pero en lugar de ir al médico, finge no sentir malestar y trata de evitar las conversaciones sobre enfermedades con sus allegados. Y de repente, un día alguien le dice: «Oiga, usted siente estos dolores, ¿verdad? Especialmente por las mañanas, después de... sí, sí...».

–¿Me comprende, maestro? –preguntó Liss–. Un pensador alemán, seguro que usted conoce sus brillantes estudios, dijo que la tragedia de Napoleón consistía en que expresaba el alma de Inglaterra, y precisamente en Inglaterra tenía a su enemigo mortal.

«Ay, sería mejor que me molieran a golpes», pensó Mijaíl Sídorovich. Y luego: «Ah, se refiere a Spengler».

Liss encendió un cigarrillo y alargó su pitillera a Mostovskói.

–No quiero –dijo Mijaíl Sídorovich con la voz entrecortada.

Se sintió más tranquilo cuando reparó en que todos los policías del mundo, ya fueran los que le habían interrogado cuarenta años atrás, ya fuera este que hablaba de Hegel y Spengler, utilizaban la misma estúpida técnica: ofrecer un cigarrillo al prisionero. Claro, es cierto, la desorientación se produce a causa del agotamiento nervioso, de la sorpresa: él esperaba recibir una paliza, y de repente se enfrentaba a aquella conversación repulsiva y absurda. Pero incluso la policía zarista entendía un poco de cuestiones políticas, y entre sus filas había personas verdaderamente cultas; uno incluso había leído *El capital*. Sin embargo lo más interesante sería saber si a aquel policía que había estudiado a Marx, de pronto, en lo más íntimo, le habría asaltado la duda de si Marx tenía razón. ¿Qué había sentido entonces aquel policía? ¿Aversión, horror ante sus propias dudas? En cualquier caso un policía no puede convertirse en un revolucionario: aplaca sus dudas y sigue siendo policía... «Pero yo, en el fondo también yo, aplaco mis dudas. Pero es diferente, yo soy un revolucionario.»

Y Liss, sin darse cuenta de que Mostovskói había rechazado el cigarrillo, masculló:

–Sí, sí, tenga la bondad, es un tabaco muy bueno.

Cerró la pitillera, totalmente apesadumbrado.

–¿Por qué encuentra esta conversación tan sorprendente? ¿Esperaba que le dijera algo diferente? Seguro que ustedes, en la Lubianka, también tienen a hombres instruidos. Gente que pueda hablar con el académico Pávlov o con Oldenburg. Pero ellos persiguen un objetivo, mientras que yo no persigo ningún fin secreto con esta conversación. Le doy mi palabra. Me atormentan las mismas cosas que a usted.

Sonrió y añadió:

–Palabra de honor de un oficial de la Gestapo, y no es ninguna broma.

Mijaíl Sídorovich se repetía a sí mismo: «No digas nada, lo principal es estar callado, no intervenir en la conversación, no objetar».

Liss siguió hablando, casi como si se hubiera olvidado de la presencia de Mostovskói:

–¡Dos polos! ¡Eso es! Si no fuera así, esta terrible guerra no existiría. Nosotros somos sus enemigos mortales, sí. Pero nuestra victoria será su victoria. ¿Lo comprende? Si ustedes ganan, nosotros moriremos y viviremos en vuestra victoria. Es algo paradójico: si perdemos la guerra, seremos los vencedores, continuaremos desarrollándonos bajo otra forma, pero conservando la misma esencia.

¿Por qué razón ese omnipotente Liss, en lugar de mirar películas galardonadas, beber vodka, escribir informes a Himmler, leer libros de jardinería, releer las cartas de su hija, entretenerse con las mujeres jóvenes seleccionadas en el último convoy, o bien irse a dormir a su espacioso dormitorio después de tomarse un medicamento para facilitar la digestión, había mandado llamar de noche a un viejo bolchevique ruso impregnado del hedor a *Lager*?

¿Qué tenía en mente? ¿Por qué escondía sus fines? ¿Qué trataba de averiguar?

Mijaíl Sídorovich no tenía miedo a las torturas; lo que le aterrorizaba era pensar que el alemán no mentía, que le estuviera hablando con sinceridad. Que simplemente fuera un hombre con ganas de conversar.

Qué pensamiento tan odioso: eran dos seres enfermos, ambos consumidos por la misma enfermedad, pero uno no se contenía y hablaba, se confiaba al otro, y el segundo callaba, se escondía mientras escuchaba, escuchaba...

Y Liss, como si por fin respondiera a la tácita pregunta de Mostovskói, abrió la carpeta que descansaba sobre la mesa y sacó con aprensión, sirviéndose de dos dedos, unos papeles sucios. Mostovskói los reconoció al instante: eran los garabatos de Ikónnikov.

Liss, al parecer, creía que cuando el prisionero viera de improviso aquellos folios que Ikónnikov le había dado furtivamente el desaliento se apoderaría de él.

Pero Mijaíl Sídorovich no perdió la cabeza. Miró las páginas cubiertas de la caligrafía de Ikónnikov casi con alegría: todo se había aclarado de un modo estúpido y sencillo, como siempre ocurre en los interrogatorios de la policía.

Liss acercó al borde de la mesa los garabatos de Ikónnikov, después colocó de nuevo las hojas manuscritas ante sí. De pronto se puso a hablar en alemán.

–Mire, le encontraron estos papeles durante el registro. En cuanto leí las primeras palabras comprendí que semejante basura no podía ser obra suya, a pesar de que no conozco su escritura.

Mostovskói permaneció callado.

Liss tamborileó con un dedo sobre los papeles. Le estaba invitando a hablar de modo amistoso, con buena voluntad.

Mostovskói continuó callado.

–¿Me equivoco? –preguntó Liss, sorprendido–. No, no me equivoco. Usted y yo sentimos el mismo asco hacia lo que aquí está escrito. ¡Usted y yo estamos juntos, del mismo lado, y al otro se encuentra esta porquería! –y señaló los papeles de Ikónnikov.

–Venga, venga –espetó Mostovskói atropelladamente y con furia–. Vayamos al grano. ¿Estos papeles? Sí, sí, me los han confiscado. ¿Quiere saber quién me los ha dado? No es asunto suyo. Tal vez sea yo quien los ha escrito.

O tal vez usted haya ordenado a un agente suyo que me los metiera a escondidas debajo del colchón. ¿Está claro?

Por un instante pensó que Liss aceptaría su desafío, que perdería la calma y le gritaría: «¡Tengo medios para obligarle a hablar!». Mostovskói lo deseaba con todas sus fuerzas, así todo resultaría claro y sencillo. ¡Enemigo! Qué palabra tan clara, tan nítida.

Pero Liss dijo:

–¿A quién le importan esos papeles deplorables? ¡Qué más da quién los haya escrito! Sólo sé que no hemos sido ni usted ni yo. Cómo lo siento. ¡Piénselo! ¿Quién estaría en nuestros *Lager* si no hubiera guerra, si no tuviéramos prisioneros de guerra? Los enemigos del Partido, los enemigos del pueblo. Es una especie que usted conoce, ustedes los tienen en sus campos. Sí, y si la Dirección de Seguridad del Reich acoge prisioneros suyos en tiempo de paz, no los dejará marchar: sus prisioneros son nuestros prisioneros.

Liss esbozó una amplia sonrisa.

–Los comunistas alemanes que enviamos a los campos también fueron enviados a sus campos en 1937. Yezhov los encarceló, y el *Reichsführer* Himmler también. Sea más hegeliano, maestro.

Guiñó el ojo a Mostovskói.

–A menudo pienso que el conocimiento de lenguas en sus campos podría ser tan útil como en los nuestros. Hoy le asusta nuestro odio a los judíos. Mañana puede darse que ustedes sigan nuestro ejemplo. Y pasado mañana nos volveremos más indulgentes. He recorrido un largo camino, guiado por un gran hombre. A usted también le ha guiado un gran hombre, también ha recorrido un largo camino, difícil. ¿Cree usted que Bujarin era un *provocateur*? Sólo un gran hombre podía guiar a los demás por un camino como aquél. Yo también conocía a Röhm, confiaba en él, y así debía ser. Pero hay algo que me tortura: el terror de ustedes ha matado a millones de personas, y en todo el mundo, sólo nosotros, los alemanes, hemos comprendido que era algo necesario. Así es, no tiene vuelta de hoja. Trate de comprenderme, como yo le comprendo a usted. Esta guerra debe de horrorizarle. Napoleón no tenía que haber combatido contra Inglaterra.

Un nuevo pensamiento sacudió a Mostovskói. Incluso cerró los ojos, tal vez por el dolor vivo y repentino que sintió en los ojos, tal vez para escapar a ese pensamiento angustioso. ¿Y si sus dudas no eran signo de debilidad, de impotencia, de cansancio, de desconfianza? ¿Y si aquellas dudas que irrumpían en su ánimo, ahora tímidamente, ahora con ímpetu, constituyeran lo más honesto y limpio que había en su interior, y él las aplastaba, las repelía, las odiaba? ¿Qué pasaría si ellas contuvieran la semilla de la verdad revolucionaria? ¡La dinamita de la libertad!

Para rechazar a Liss, sus dedos pegajosos y resbaladizos, bastaba con dejar de odiar a Chernetsov, dejar de despreciar al *yuródivi* Ikónnikov. No, no, más aún. Tenía que renunciar a todo lo que daba sentido a su vida, condenar todo lo que había defendido y justificado.

Pero no, no, todavía más. No sólo condenar, sino odiar con toda su alma, con toda su pasión revolucionaria el *Lager*, la Lubianka, al sangriento Yezhov, a Yagoda, a Beria. No, no bastaba, ¡tenía que odiar a Stalin y su dictadura!

¡No, no, mucho más! Tenía que condenar a Lenin. Estaba al borde del abismo.

Sí, aquélla era la victoria de Liss, no una victoria ganada en el campo de batalla, sino en la guerra sin disparos, preñada de veneno, que el oficial de las SS estaba librando contra él.

Sentía que estaba al filo de la locura. Después, de repente, lanzó un alegre suspiro de alivio. El pensamiento que por un instante le había aterrorizado y obnubilado la mente se había convertido en polvo, parecía absurdo y patético. La alucinación había durado sólo algunos segundos. Pero ¿cómo había podido, aunque sólo fuera por algunos segundos o una fracción de segundo, dudar de la justicia de su gran causa?

Liss le miró fijamente, movió los labios y continuó hablando:

–¿Cree que el mundo nos mira a nosotros con horror y a ustedes con amor y esperanza? Créame, quien ahora nos mira con horror a nosotros, también les mirará con horror a ustedes.

Ahora nada podía espantar a Mijaíl Sídorovich. Ahora conocía el precio de sus dudas. No conducían a una ciénaga, como había podido pensar antes: conducían al abismo.

Liss cogió los papeles de Ikónnikov.

–¿Por qué se implica con gente así? Esta maldita guerra lo ha confundido todo, lo ha puesto del revés. ¡Ay, si tuviera fuerzas para desenredar esta madeja!

«No, señor Liss, no hay nada que desenmarañar. Todo está claro, todo es sencillo. No es uniéndonos con los Ikónnikov y los Chernetsov como os hemos vencido. Somos lo bastante fuertes para ocuparnos de unos y otros.»

Mostovskói se percató de que Liss reunía en sí todo lo que era oscuro. Todos los vertederos huelen del mismo modo, todos los despojos, las astillas, los cascotes de ladrillo son idénticos. Pero no es en las inmundicias, en los escombros donde hay que buscar diferencias y semejanzas, sino en el proyecto del constructor, en la idea original.

Y de pronto le invadió una rabia feliz y triunfante, no sólo contra Liss y Hitler, sino también contra el oficial inglés de ojos incoloros que le había preguntado acerca de la crítica del marxismo en Rusia, contra los repugnantes discursos del menchevique tuerto, contra el predicador amargo que se había enmascarado bajo la figura de agente de policía. ¿Dónde, dónde encontrará esta gente a idiotas dispuestos a creer que existe una sombra de semejanza entre un Estado socialista y el Reich fascista? Liss, el oficial de la Gestapo, era el único consumidor de aquella mercancía putrefacta. En aquellos momentos Mijaíl Sídorovich comprendió como nunca antes la relación interna entre el fascismo y sus agentes.

«¿No es ése –pensó– el verdadero rasgo de la genialidad de Stalin? Él odia y extermina a individuos como ésos porque ha sabido ver por sí mismo la secreta hermandad entre el fascismo y los fariseos predicadores de una libertad falsa.» Esta idea le pareció tan evidente que sintió deseos de compartirla con Liss, para explicarle la absurdidad de sus elucubraciones. Pero se limitó a sonreír; él era un viejo zorro, no como el tonto de Goldenberg que se había puesto a hablar de idioteces sobre Naródnaya Volia cuando lo llamó el fiscal.

Clavó su mirada en los ojos de Liss y, con una voz tan estentórea que debieron de oírla incluso los guardias al otro lado de la puerta, dijo:

–Le aconsejo que no pierda el tiempo conmigo. Póngame contra la pared, cuélgueme, vuéleme la tapa de los sesos.

–Nadie quiere matarle –repuso Liss de inmediato–. Cálmese, por favor.

–Estoy tranquilo –replicó alegremente Mostovskói–, no estoy preocupado por nada.

–Pues debería estarlo. Tendría que compartir mi insomnio. Pero ¿cuál es la razón de nuestra enemistad?; no puedo entenderlo... ¿Tal vez porque Adolf Hitler no es un Führer, sino el lacayo de los Krupp y los Stinnes? ¿Porque no hay propiedad privada en su país? ¿Porque las fábricas y los bancos pertenecen al pueblo? ¿Porque son internacionalistas mientras nosotros predicamos el odio racial? ¿Porque hemos provocado el incendio y ustedes se esfuerzan por apagarlo? ¿Por qué somos odiados mientras que la humanidad mira con esperanza hacia su Stalingrado? ¿Es eso lo que ustedes dicen? ¡Tonterías! ¡No existen abismos entre nosotros! ¡Los han inventado! Somos formas diferentes de una misma esencia: el Estado de Partido. Nuestros capitalistas no son los verdaderos amos, el Estado les asigna un plan y un programa. El Estado toma su producción y sus beneficios. Como salario se quedan con el seis por ciento de los beneficios. Su Estado-Partido, exactamente del mismo modo que el nuestro, establece un plan, un programa, y se apodera de la producción. Y aquellos a los que ustedes llaman amos, los obreros, también reciben un salario de su Estado-Partido.

Mijaíl Sídorovich observaba a Liss y pensaba: «¿Es posible que esta vulgar palabrería me haya confundido por un instante? ¿Cómo he podido ahogarme en este torrente de veneno y de lodo pestilente?».

Liss hizo un gesto de desaliento con la mano.

–También sobre nuestro Estado ondea la bandera roja del proletariado, también nosotros apelamos a la unidad nacional y al esfuerzo de los trabajadores, también nosotros proclamamos que el Partido expresa las aspiraciones del obrero alemán. Y ustedes también apelan al «nacionalismo», al «trabajo». Ustedes saben tan bien como nosotros que el nacionalismo es la fuerza más poderosa del siglo xx. ¡El nacionalismo es el alma de nuestra época! ¡El socialismo en un solo país es la expresión suprema del nacionalismo!

»No veo razón para nuestra enemistad. Pero el genial maestro y líder del pueblo alemán, nuestro padre, el mejor amigo de las madres alemanas, el estratega más grande de todos los tiempos y todos los pueblos es quien ha empezado esta guerra. ¡Y yo creo en Hitler! Sé que la mente de vuestro Stalin no está nublada por la cólera y el dolor. A través del fuego y el humo de la guerra puede ver la verdad. Sabe quiénes son sus enemigos. Lo sabe, sí, lo sabe incluso ahora, cuando estudia con ellos la estrategia militar que desplegará contra nosotros, y se bebe una copa a nuestra salud. En el mundo existen dos grandes revolucionarios: Stalin y nuestro Führer. Es la voluntad de ambos la que ha dado origen al socialismo nacional del Estado. Para mí la fraternidad con ustedes es más importante que la guerra que libramos por los territorios del Este. Construimos dos casas que deben estar la una al lado de la otra. Ahora, maestro, quiero que durante un tiempo viva en una soledad tranquila y que reflexione, que reflexione antes de nuestra próxima conversación.

–¿Para qué? ¡Es estúpido! ¡Absurdo! ¡Un disparate! –gritó Mostovskói–. ¿Y a qué viene esa estupidez de llamarme «maestro»?

–No hay nada de estúpido en ello –replicó Liss–. Usted y yo debemos comprender que el futuro no se decide en los campos de batalla. Usted conoció personalmente a Lenin. Él fundó un nuevo tipo de partido. Fue el primero en comprender que sólo el Partido y su líder son los que expresan el impulso de la nación. Por eso puso fin a la Asamblea Constituyente. Pero así como Maxwell destruyó la mecánica newtoniana pensando que estaba confirmándola, Lenin se consideró el fundador de la Internacional cuando en realidad había creado el gran nacionalismo del siglo xx. Después Stalin nos ha enseñado muchas cosas. Para construir el socialismo en un solo país era necesario privar a los campesinos del derecho a sembrar y vender libremente, y Stalin no vaciló: liquidó a millones de campesinos. Nuestro Hitler advirtió que al movimiento nacionalsocialista alemán le estorbaba un enemigo, el judaísmo, y decidió liquidar a millones de judíos. Pero Hitler no es sólo un discípulo, es también un genio. Fue en la Noche de los cuchillos largos donde Stalin encontró la idea para las grandes purgas del Partido en 1937. Debe creerme. Yo he hablado, usted ha callado, pero sé que para usted soy un espejo.

–¿Un espejo? –replicó Mostovskói–. Todo lo que ha dicho es mentira, desde la primera a la última palabra. Sería indigno de mi parte refutar su charlatanería sucia, nauseabunda, provocadora. ¿Un espejo? ¿Qué le sucede? ¿Ha perdido la cabeza? Stalingrado le hará volver en sí.

Liss se puso en pie y Mostovskói, presa de la confusión, lleno de odio y éxtasis al mismo tiempo, pensó: «Ahora va a fusilarme, se acabó».

Pero Liss parecía no haber oído a Mostovskói. Se inclinó e hizo una profunda y respetuosa reverencia.

–Maestro –dijo–, ustedes nos enseñarán siempre y serán nuestros discípulos. Pensaremos juntos.

Su semblante estaba serio, triste, pero tenía los ojos risueños.

De nuevo aquella aguja venenosa pinchó el corazón de Mijaíl Sídorovich. Liss miró el reloj.

–El tiempo no pasa en vano.

Tocó el timbre y le dijo en voz baja:

–Coja esto si lo necesita. Pronto volveremos a vernos. *Gute Nacht.*

Mostovskói, sin saber por qué, cogió las hojas de la mesa y se las guardó en el bolsillo.

Lo condujeron fuera del edificio de la dirección y aspiró una bocanada de aire frío. ¡Qué agradable era aquella noche húmeda, el aullido de las sirenas en la oscuridad que precede al alba, después del despacho de la Gestapo y la voz suave del teórico del nacionalsocialismo!

Mientras era escoltado al *Revier*, vio pasar sobre el asfalto sucio un coche con los faros violetas. Mostovskói comprendió que Liss se iba a descansar y la angustia volvió a atenazarle con una fuerza renovada.

El guardia le hizo entrar en su celda y cerró la puerta con llave.

Mijaíl Sídorovich se sentó sobre el catre. «Si creyera en Dios pensaría que me ha enviado a este extraño interlocutor para castigarme por mis dudas.»

No podía dormir, ya comenzaba un nuevo día. Con la espalda apoyada en la pared, hecha de tablones de pino rugosos, Mijaíl Sídorovich comenzó a leer con atención los garabatos de Ikónnikov.

16

La mayoría de los hombres que viven en la Tierra no se proponen como objetivo definir el «bien». ¿En qué consiste el bien? ¿Bien para quién? ¿De quién? ¿Existe un bien común, aplicable a todos los seres, a todas las tribus, a todas las circunstancias? ¿O tal vez mi bien es el mal para ti y el bien de mi pueblo, el mal para el tuyo? ¿Es eterno e inmutable el bien, o quizás el bien de ayer es el vicio de hoy, y el mal de ayer se ha transformado en el bien de hoy?

Cuando se aproxima el momento del Juicio Final, no sólo los filósofos y los predicadores, también los hombres de toda condición, cultivados y analfabetos, se plantean el problema del bien y el mal.

¿Han asistido los hombres durante miles de años a una evolución del concepto del bien? ¿Es un concepto común a todos los pueblos, a griegos y judíos, como decía el apóstol? ¿No deberíamos tener en cuenta las clases, naciones, Estados? ¿O acaso se trata de un concepto más amplio que engloba también a los animales, a los árboles, a los líquenes, como Buda y sus discípulos aseveraron? El mismo Buda tuvo que negar el bien y el amor de la vida antes de abrazarlos.

He constatado que los diferentes sistemas morales y filosóficos de los guías de la humanidad que se han ido sucediendo en el transcurso de los milenios han limitado el concepto del bien.

La doctrina cristiana, cinco siglos después del budismo, restringió el mundo viviente al cual es aplicable la noción de bien: no contenía a todos los seres vivos, sino sólo a los hombres.

El bien de los primeros cristianos, que abrazaba a toda la humanidad, dio paso al bien exclusivo de los cristianos, mientras que junto a él coexistía el bien de los musulmanes, el bien de los judíos.

Con el transcurso de los siglos, el bien de los cristianos se escindió y surgió el bien de los católicos, el de los protestantes y el de los ortodoxos. Luego, del bien de los ortodoxos nació el bien de los nuevos y los viejos creyentes.

Y existían también el bien de los ricos y el bien de los pobres. Y el bien de los amarillos, los negros, los blancos.

Y esa fragmentación continua dio lugar al bien circunscrito a una secta, una raza, una clase; todos los que se encontraban más allá de tan estrecho círculo quedaban excluidos.

Y los hombres tomaron conciencia de que se había vertido mucha sangre a causa de ese bien pequeño, malo, en nombre de la lucha que ese bien libraba contra todo lo que consideraba como mal.

Y a veces el concepto mismo de ese bien se convertía en un látigo, en un mal más grande que el propio mal.

Un bien así no es más que una cáscara vacía de la que

ha caído y se ha perdido la semilla sagrada. ¿Quién restituirá a los hombres la semilla perdida?

¿Qué es el bien? A menudo se dice que es un pensamiento y, ligado a este pensamiento, una acción que conduce al triunfo de la humanidad, o de una familia, una nación, un Estado, una clase, una fe.

Aquellos que luchan por su propio bien tratan de presentarlo como el bien general. Por eso proclaman: mi bien coincide con el bien general, mi bien no es sólo imprescindible para mí, es imprescindible para todos. Realizando mi propio bien persigo también el bien general.

Así, tras haber perdido el bien su universalidad, el bien de una secta, de una clase, de una nación, de un Estado asume una universalidad engañosa para justificar su lucha contra todo lo que él conceptúa como mal.

Ni siquiera Herodes derramó sangre en nombre del mal: la derramó en nombre de su propio bien. Una nueva fuerza había venido al mundo, una fuerza que amenazaba con destruirle a él y a su familia, destrozar a sus amigos y favoritos, su reino, su ejército.

Pero no era el mal lo que había nacido, era el cristianismo. Nunca antes la humanidad había oído estas palabras: «No juzguéis, y no seréis juzgados. Porque con el juicio con que juzguéis seréis juzgados, y con la medida con que midáis seréis medidos... Amad a vuestros enemigos; bendecid a los que os maldicen, haced el bien a los que os aborrecen, y rogad por aquellos que os ultrajan y os persiguen... Todas las cosas que queráis que los hombres hagan con vosotros, así también haced vosotros con ellos; porque esto es la ley y los profetas».

¿Qué aportó a los hombres esa doctrina de paz y amor?

La iconoclastia bizantina, las torturas de la Inquisición, la lucha contra las herejías en Francia, Italia, Flandes, Alemania, la lucha entre protestantismo y catolicismo, las intrigas de las órdenes monásticas, la lucha entre Nikón y Avvakum, el yugo aplastante al que fueron sometidas durante siglos la ciencia y la libertad, las persecuciones cristianas de la población pagana de Tasmania, los malhechores que incendiaron en África pueblos negros. Todo esto provocó sufrimientos mayores que los delitos de los bandidos y criminales que practicaban el mal por el mal...

Ése es el terrible destino, que hace arder al espíritu, de la más humana de las doctrinas de la humanidad; ésta no ha escapado a la suerte común y también se ha descompuesto en una serie de moléculas de pequeños «bienes» particulares.

La crueldad de la vida engendra el bien en los grandes corazones, y éstos llevan ese bien a la vida, estimulados por el deseo de cambiar el mundo a imagen del bien que vive en ellos. Pero no son los círculos de la vida los que cambian a imagen y semejanza de la idea del bien, sino la idea del bien la que se hunde en el fango de la vida, se quiebra, pierde su universalidad, se pone al servicio de la cotidianidad y no esculpe la vida a su hermosa pero incorpórea imagen.

El flujo de la vida siempre es percibido en la conciencia del hombre como una lucha entre el bien y el mal, pero no es así. Los hombres que velan por el bien de la humanidad son impotentes para reducir el mal en la Tierra.

Las grandes ideas son necesarias para abrir nuevos cauces, retirar piedras, desplazar rocas, derribar acantilados, desbrozar bosques. Los sueños del bien universal son necesarios para que las grandes aguas corran impetuosas en un único torrente. Si el mar estuviera dotado de pensamiento, en cada tempestad la idea y el sueño de la felicidad nacerían en sus aguas, y cada ola, al romper contra las rocas, pensaría que perece por el bien de las aguas del mar, y no advertiría que es levantada por la fuerza del viento, del mismo modo que levantó a miles antes que ella y que levantará a miles después.

Muchos libros se han escrito sobre cómo combatir el mal, sobre la naturaleza del bien y el mal.

Pero lo más triste de todo esto es lo siguiente, y es un hecho indiscutible: cada vez que asistimos al amanecer de un bien eterno que nunca será vencido por el mal, ese mismo mal que es eterno y que nunca será vencido por el bien, cada vez que asistimos a ese amanecer mueren niños y ancianos, corre la sangre. No sólo los hombres, también Dios es impotente para reducir el mal sobre la Tierra.

«Se oye un grito en Ramá, lamentos y un amargo llanto. Es Raquel que llora por sus hijos y no quiere ser consolada; ¡sus hijos ya no existen!¹» Y a ella, que ha perdido a sus hijos, poco le importa lo que los sabios consideren qué es el bien y qué el mal.

Pero ¿acaso la vida es el mal?

Yo vi la fuerza inquebrantable de la idea del bien social que nació en mi país. Vi esa fuerza en el periodo de la colectivización total, la vi en 1937. Vi cómo se aniquilaba a las personas en nombre de un ideal tan hermoso y humano como el ideal del cristianismo. Vi pueblos enteros muriéndose de hambre, vi niños campesinos pereciendo en la nieve siberiana. Vi trenes con destino a Siberia que transportaban a cientos y miles de hombres y mujeres de Moscú, Leningrado, de todas las ciudades de Rusia, acusados de ser enemigos de la grande y luminosa idea del bien social.

Esa idea grande y hermosa mataba sin piedad a unos, destrozaba la vida a otros, separaba a los maridos de sus mujeres, a los hijos de sus padres.

Ahora el gran horror del fascismo alemán se ha levantado sobre el mundo. El aire está lleno de los gritos y los gemidos de los torturados. El cielo se ha vuelto negro, el sol se ha apagado en el humo de los hornos crematorios.

Pero estos crímenes sin precedentes, nunca antes vistos en la Tierra ni en el universo, fueron cometidos en nombre del bien.

Hace tiempo, cuando vivía en los bosques del norte, pensé que el bien no se hallaba en el hombre, ni tampoco en el mundo rapaz de los animales y los insectos, sino en el reino silencioso de los árboles. No era cierto. Vi el movimiento del bosque, la lucha cruenta que entablan los ár-

1. Jeremías 31, 15.

boles contra las hierbas y matorrales por la conquista de la tierra. Miles de millones de semillas vuelan a través del aire y comienzan a germinar, destruyendo la hierba y los arbustos. Millones de brotes de hierba nueva entran en liza unos contra otros. Y sólo los supervivientes constituyen una alianza de iguales para formar la única fronda del joven bosque fotófilo. Abetos y hayas vegetan en un presidio crepuscular, encerrados en la fronda del bosque. Pero para los vencedores también llega el momento de la decrepitud, y vigorosos abetos se yerguen hacia la luz, matando los alisos y los abedules.

Así es la vida del bosque, una lucha constante de todos contra todos. Sólo los ciegos pueden imaginar el reino de los árboles y la hierba como el mundo del bien.

¿Acaso la vida es el mal?

El bien no está en la naturaleza, tampoco en los sermones de los maestros religiosos ni de los profetas, no está en las doctrinas de los grandes sociólogos y líderes populares, no está en la ética de los filósofos. Son las personas corrientes las que llevan en sus corazones el amor por todo cuanto vive; aman y cuidan de la vida de modo natural y espontáneo. Al final del día prefieren el calor del hogar a encender hogueras en las plazas.

Así, además de ese bien grande y amenazador, existe también la bondad cotidiana de los hombres. Es la bondad de una viejecita que lleva un mendrugo de pan a un prisionero, la bondad del soldado que da de beber de su cantimplora al enemigo herido, la bondad de los jóvenes que se apiadan de los ancianos, la bondad del campesino que oculta en el pajar a un viejo judío. Es la bondad del guardia de una prisión que, poniendo en peligro su propia libertad, entrega las cartas de prisioneros y reclusos, con cuyas ideas no congenia, a sus madres y mujeres.

Es la bondad particular de un individuo hacia otro, es una bondad sin testigos, pequeña, sin ideología. Podríamos denominarla bondad sin sentido. La bondad de los hombres al margen del bien religioso y social.

Pero si nos detenemos a pensarlo, nos damos cuenta de

que esa bondad sin sentido, particular, casual, es eterna. Se extiende a todo lo vivo, incluso a un ratón o a una rama quebrada que el transeúnte, parándose un instante, endereza para que cicatrice y se cure rápido.

En estos tiempos terribles en que la locura reina en nombre de la gloria de los Estados, las naciones y el bien universal, en esta época en que los hombres ya no parecen hombres y sólo se agitan como las ramas en los árboles, como piedras que arrastran a otras piedras en una avalancha que llena los barrancos y las fosas, en esta época de horror y demencia, la bondad sin sentido, compasiva, esparcida en la vida como una partícula de radio, no ha desaparecido.

Unos alemanes llegaron a un pueblo para vengar el asesinato de dos soldados. Por la noche reunieron a las mujeres del lugar y les ordenaron cavar una fosa en el lindero del bosque. Varios soldados se instalaron en la casa de una anciana. Su marido había sido conducido por un *politsai* a la comisaría donde ya habían detenido a veinte campesinos. La anciana no pudo conciliar el sueño durante toda la noche. Los alemanes encontraron en el sótano un cesto de huevos y un tarro de miel, encendieron ellos mismos el fogón, se hicieron una tortilla y bebieron vodka. Luego, el mayor de todos se puso a tocar la armónica y los otros, golpeando con los pies, entonaron una canción. A la propietaria de la casa ni siquiera la miraban, como si fuera un gato. Cuando hubo amanecido, empezaron a comprobar sus subfusiles, y el mayor de los soldados, apretando por equivocación el gatillo, se disparó en el estómago. Todos se pusieron a gritar, se armó un gran revuelo. Vendaron de cualquier modo al herido y lo colocaron en la cama. En aquel momento llamaron a los soldados desde fuera. Con gestos ordenaron a la mujer que cuidara del herido. La mujer pensó lo fácil que le resultaría estrangularlo: el hombre musitaba palabras incomprensibles, cerraba los ojos, lloraba, chasqueaba los labios. De repente el alemán abrió los ojos y dijo con voz clara: «Madre, agua».

–Ay, maldito seas –dijo la mujer–. Lo que tendría que hacer es estrangularte.

Y le dio agua. Él le sujetó la mano y le dio a entender que quería sentarse, que la sangre no le dejaba respirar. La mujer lo levantó, mientras él se sostenía con los brazos alrededor de su cuello. De pronto se oyó un tiroteo fuera y la mujer se estremeció.

Después explicó a la gente lo que había pasado, pero nadie la comprendió; ni ella misma sabía explicárselo.

Esa especie de bondad es condenada por su sinsentido en la fábula del ermitaño que calentó a una serpiente en su pecho. Es la bondad que tiene piedad de una tarántula que ha mordido a un niño. ¡Bondad ciega, insensata, perjudicial!

A la gente le gusta buscar en las historias y fábulas ejemplos del peligro de esta bondad sin sentido. ¡No hay que tener miedo! Temerla es lo mismo que temer un pez de agua dulce que por casualidad ha caído del río hacia el océano salado.

El daño que esa bondad sin sentido a veces puede ocasionar a la sociedad, a la clase, a la raza, al Estado, palidece ante la luz que irradian los hombres que están dotados de ella.

Esa bondad, esa absurda bondad, es lo más humano que hay en el hombre, lo que le define, el logro más alto que puede alcanzar su alma. La vida no es el mal, nos dice.

Esta bondad es muda y sin sentido. Es instintiva, ciega. Cuando la cristiandad le dio forma en el seno de las enseñanzas de los Padres de la Iglesia, comenzó a oscurecerse; su semilla se convirtió en cáscara. Es fuerte mientras es muda, inconsciente y sin sentido, mientras vive en la oscuridad viva del corazón humano, mientras no se convierte en instrumento y mercancía en manos de predicadores, mientras que su oro bruto no se acuña en moneda de santidad. Es sencilla como la vida. Incluso las enseñanzas de Jesús la privaron de su fuerza; su fuerza está en el silencio del corazón humano.

Pero, perdida la fe en el bien, comencé a dudar también de la bondad. Me da pena su impotencia. ¿Para qué sirve entonces? No es contagiosa.

Me pareció que era tan bella e impotente como el rocío.

¿Cómo se puede transformar su fuerza sin echarla a perder, sin sofocarla como hizo la Iglesia? ¡La bondad es fuerte mientras es impotente! Si el hombre trata de transformarla en fuerza, languidece, se desvanece, se pierde, desaparece.

Ahora veo la auténtica fuerza del mal. Los cielos están vacíos. El hombre está solo en la Tierra. ¿Cómo sofocar, pues, el mal? ¿Con gotas de rocío vivo, con bondad humana? No, esa llama no puede apagarse ni con el agua de todos los mares y las nubes, no puede apagarse con un pobre puñado de rocío recogido desde los tiempos evangélicos hasta nuestro presente de hierro...

Así, habiendo perdido la esperanza de encontrar el bien en Dios, en la naturaleza, comencé a perder la fe en la bondad.

Pero cuanto más se abren ante mí las tinieblas del fascismo, más claro veo que lo humano es indestructible y que continúa viviendo en el hombre, incluso al borde de la fosa sangrienta, incluso en la puerta de las cámaras de gas.

Yo he templado mi fe en el infierno. Mi fe ha emergido de las llamas de los hornos crematorios, ha traspasado el hormigón de las cámaras de gas. He visto que no es el hombre quien es impotente en la lucha contra el mal, he visto que es el mal el que es impotente en su lucha contra el hombre. En la impotencia de la bondad, en la bondad sin sentido, está el secreto de su inmortalidad. Nunca podrá ser vencida. Cuanto más estúpida, más absurda, más impotente pueda parecer, más grande es. ¡El mal es impotente ante ella! Los profetas, los maestros religiosos, los reformadores, los líderes, los guías son impotentes ante ella. El amor ciego y mudo es el sentido del hombre.

La historia del hombre no es la batalla del bien que intenta superar al mal. La historia del hombre es la batalla del gran mal que trata de aplastar la semilla de la humanidad. Pero si ni siquiera ahora lo humano ha sido aniquilado en el hombre, entonces el mal nunca vencerá.

Una vez terminada la lectura, Mostovskói permaneció sentado unos minutos, con los ojos entornados.

Sí, el hombre que había escrito aquel texto estaba desequilibrado. La crisis de un espíritu débil.

Eso de que los cielos están vacíos... Veía la vida como una guerra de todo contra todo. Y al final entonaba la vieja cantinela de la bondad de las viejecitas y esperaba extinguir el fuego universal con una jeringa de lavativa. ¡Menuda basura!

Mientras miraba la pared gris de la celda, Mijaíl Sídorovich recordó el sillón azul, el diálogo con Liss, y una sensación de opresión se apoderó de él. No se trataba de una angustia mental, sino del corazón, y apenas podía respirar. Estaba claro que había sospechado injustamente de Ikónnikov. Los escritos del *yuródivi* habían suscitado su desprecio, pero también el de su repugnante interlocutor de aquella noche. De nuevo pensó en lo que sentía por Chernetsov, y sobre el desprecio y el odio con el que hablaba el oficial de la Gestapo de gente como él.

Se apoderó de él una angustia turbia, más insoportable que los sufrimientos físicos.

17

Seriozha Sháposhnikov señaló un libro que reposaba sobre un ladrillo, al lado de un macuto.

–¿Lo has leído? –preguntó a Katia.

–Lo estaba releyendo.

–¿Te gusta?

–Prefiero a Dickens.

–Ah, Dickens –dijo Seriozha en tono de burla y condescendencia.

–Y *La cartuja de Parma*, ¿te gusta?

–No mucho –respondió Seriozha después de reflexionar un instante, y añadió–: Hoy voy con la infantería a limpiar de alemanes la choza de al lado.

Katia le miró y Seriozha, intuyendo el significado de su mirada, explicó:

—Son órdenes de Grékov, por supuesto.

—¿Envía también a otros operadores de mortero? ¿A Chentsov?

—No, sólo a mí.

Guardaron silencio.

—¿Va detrás de ti? —le preguntó Seriozha.

Ella asintió con la cabeza.

—¿Y a ti qué te parece?

—Lo sabes muy bien —le dijo, y pensó en los asra, que mueren cuando aman.

—Tengo la impresión de que me matarán hoy.

—¿Por qué te envían con la infantería? Eres un operador de mortero.

—¿Y por qué Grékov te retiene aquí? El transmisor está roto en mil pedazos. Hace tiempo que debería haberte devuelto al regimiento. Deberías estar en la orilla izquierda. Aquí no haces nada.

—Al menos nos vemos cada día.

Seriozha hizo un gesto con la mano y se marchó.

Katia se volvió y vio a Bunchuk mirar desde el segundo piso y reírse. Sháposhnikov también debía de haberlo visto, por eso se había marchado a toda prisa.

Los alemanes habían sometido la casa a fuego de artillería hasta la noche; tres soldados resultaron levemente heridos; una pared interna se derrumbó, bloqueando la salida del sótano. Despejaron la salida, pero un obús derribó de nuevo un trozo de pared, volviendo a bloquear la salida del sótano. Tuvieron que despejarla otra vez.

Antsíferov lanzó una ojeada a la penumbra polvorienta y preguntó:

—Eh, camarada radiotelegrafista, ¿está viva?

—Sí —respondió Véngrova sumida en la oscuridad, estornudando y escupiendo polvo rojo.

—Salud —dijo el zapador.

Al anochecer, los alemanes lanzaron bengalas luminosas y abrieron fuego con las ametralladoras. Un bombardero sobrevoló varias veces la casa lanzando su carga mortífera. Nadie dormía. El propio Grékov disparaba con la ametralladora y en dos ocasiones la infantería tuvo que salir a rechazar el avance de los alemanes, soltando tacos y cubriéndose el rostro con las palas de los zapadores.

Los alemanes parecían presentir el ataque inminente contra aquella casa sin dueño que hacía poco habían ocupado.

Cuando cesó el tiroteo, Katia oyó los gritos de los alemanes e incluso sus risas con bastante nitidez.

Los alemanes hablaban una lengua gutural cuya pronunciación no se parecía a la de los profesores de los cursos de lenguas extranjeras. Katia se dio cuenta de que el gatito había abandonado su lecho. Tenía las patas traseras inmóviles, pero arrastrándose con las delanteras se apresuraba a llegar hasta donde estaba Katia.

Luego se detuvo, abrió y cerró la mandíbula varias veces. Katia intentó levantarle un párpado. «Está muerto», pensó con repugnancia. De pronto comprendió que el gato había pensado en ella al sentir próxima su muerte, que se había arrastrado hacia ella con el cuerpo medio paralizado... Puso el cuerpo en un agujero y lo cubrió con trozos de ladrillo.

La luz inesperada de una bengala inundó el sótano y tuvo la sensación de una completa ausencia de aire; le pareció respirar un líquido sangriento que fluía del techo y se filtraba entre los ladrillos.

Ahí estaban los alemanes, saliendo de rincones recónditos, acercándose a ella con sigilo; ahora la cogerían y se la llevarían a rastras. Muy cerca, casi al lado, oía el ruido de sus fusiles. Quizá los alemanes estaban rastrillando el segundo piso. Quizá no irrumpieran desde abajo, sino que caerían desde lo alto a través del agujero en el techo.

Para calmarse trataba de reconstruir mentalmente la lista de inquilinos clavada en la puerta de su casa: «Tijomírov, un timbrazo; Dziga, dos timbrazos; Cheremushkin, tres timbrazos; Feinberg, cuatro timbrazos; Véngrova, cinco timbrazos; Andriuschenko, seis timbrazos; Pegov, uno largo»[1]. Se esforzaba en visualizar la gran cacerola de los Feinberg sobre el hornillo de gas cubierta con una tablilla de madera, el barreño para la colada de Anastasia Stepánovna Andriuschenko, la palangana de esmalte desportillada de los Tijomírov colgada de un trozo de cordel. Ahora se veía haciéndose la cama y deslizándose bajo las sábanas, donde los muelles eran especialmente molestos; veía el pañuelo marrón de su madre, un trozo de guata, un abrigo de entretiempo descosido.

Después pensó en la casa 6/1. Ahora que los alemanes estaban tan cerca, saliendo de debajo de la tierra, el lenguaje vulgar de los soldados ya no le molestaba tanto y la mirada de Grékov, que antes le sacaba los colores no sólo de la cara, sino del cuello y los hombros ocultos bajo su chaqueta, ya no le asustaba. ¡Cuántas obscenidades había oído en aquellos meses de guerra! Qué conversación tan desagradable había mantenido con un teniente coronel calvo que, haciendo tintinear sus dientes de metal, le había insinuado lo que tenía que hacer si quería quedarse en el centro de comunicaciones de la orilla izquierda del Volga... Había una canción triste que las chicas cantaban a media voz:

> Una bella noche de otoño
> el comandante se la llevó a su cama.
> La acarició hasta rayar el alba,
> luego ella pasó de mano en mano...

La primera vez que Katia había visto a Sháposhnikov él estaba leyendo poesía, y pensó: «¡Qué idiota!». Después Seriozha desapareció durante dos días y a ella le daba vergüenza pedir noticias suyas, pero todo el rato temía que le hubieran matado. Reapareció una noche, de improviso, y oyó que le contaba a Grékov que se había ido sin permiso del refugio del Estado Mayor.

---

1. Código que se empleaba en los apartamentos comunales o *kommunalkas*.

–Bien hecho –lo elogió Grékov–. Has desertado para reincorporarte a nuestro infierno.

Mientras se alejaba de Grékov, Sháposhnikov pasó delante de ella sin mirarla, sin volverse. Al principio Katia se puso triste, luego pensó de nuevo: «Idiota».

Otro día escuchó una conversación entre los habitantes de la casa sobre quién tenía más posibilidades de acostarse con ella, y uno había dicho: «Grékov, está claro». Un segundo rebatió: «No está decidido. Pero lo que sí sé es quién ocupa el último lugar de la lista: Seriozha, el operador de mortero. Cuanto más joven es una chica, más atraída se siente por los hombres maduros».

Después notó que los hombres dejaron de bromear y flirtear con ella. Grékov dejó muy claro que no le gustaba que el resto de los inquilinos de la casa intentara conquistar a Katia.

Una vez el barbudo Zúbarev la llamó diciendo: «Eh, esposa del gerente de la casa».

Grékov no tenía prisa, pero estaba muy seguro de sí mismo y ella lo sentía con nitidez. Después de que la radio quedara hecha añicos a causa de una bomba, le ordenó que se instalara en la esquina más alejada del sótano.

El día antes le había dicho: «Jamás había visto a una chica como tú. Si te hubiera conocido antes de la guerra, me habría casado contigo». Quería replicarle que ella tendría que haber dado su consentimiento, pero no se atrevió.

Él no se había propasado, no le había dicho ninguna palabra grosera, pero cuando Katia pensaba en Grékov le atenazaba un miedo pavoroso.

El día antes también le había dicho con tristeza: «Pronto los alemanes lanzarán una ofensiva. Lo más probable es que ninguno de nosotros salga vivo: nuestra casa está en el centro de su ofensiva».

La examinó con una mirada lenta, penetrante, y Katia tuvo miedo, pero no del inminente ataque alemán, sino de aquella mirada tranquila y lenta. «Vendré a verte», le había dicho Grékov. Daba la impresión de que no hubiera ninguna relación entre esas palabras y las precedentes a propósito del inminente ataque alemán y las escasas posibilidades que tenían de salir con vida, pero la relación existía y Katia la había intuido.

Grékov no era como los oficiales que había visto cerca de Kotlubán. Nunca amenazaba a la gente ni gritaba, y sin embargo le obedecían. Ahí estaba sentado, fumando y charlando como un soldado más. Pero su autoridad era inmensa.

Katia apenas había intercambiado unas palabras con Seriozha. A veces le daba la impresión de que estaba enamorado de ella, pero que se sentía tan impotente como ella ante aquel hombre al que ambos temían y admiraban. Sháposhnikov era débil, inexperto, pero ella deseaba pedirle ayuda, decirle: «Siéntate a mi lado». A veces era ella quien quería consolarlo. Cuando hablaba con él tenía una extrañísima sensación, como si no existiera la guerra ni la casa 6/1. Seriozha, como si se diera cuenta, intentaba adoptar unas maneras rudas. Un día incluso había blasfemado en su presencia.

Ahora tenía la impresión de que existía una relación cruel entre sus pensamientos, sus sensaciones confusas y el hecho de que Grékov quisiera mandar a Sháposhnikov al asalto de la casa ocupada por los alemanes.

Al oír el tiroteo de los subfusiles imaginaba a Sháposhnikov yaciendo sobre un montón de ladrillos rojos, con su cabeza sin rasurar colgando inerte.

La embargó un sentimiento de compasión desgarrador hacia Seriozha, mientras en su alma se confundían las variadas llamaradas nocturnas, el horror y la admiración por Grékov, que había iniciado el ataque contra las divisiones acorazadas alemanas, y los recuerdos de la madre.

Se dijo que estaría dispuesta a sacrificarlo todo por volver a ver a Seriozha vivo.

«¿Y si te dijeran: tu madre o él?», pensó. Luego oyó pasos y se aferró con los dedos a los ladrillos, aguzando el oído.

El tiroteo se extinguió. El silencio lo engulló todo.

Comenzó a sentir una picazón en la espalda, en los

hombros y la parte baja de las piernas, pero tenía miedo de rascarse y hacer el menor ruido.

Todos preguntaban a Batrakov por qué siempre se estaba rascando, y él respondía: «Son los nervios». Pero ayer había confesado: «Me he encontrado once piojos». Y Koloméitsev se había burlado de él: «Un piojo nervioso ha atacado a Batrakov».

A ella la han matado. Los soldados arrastran su cadáver a una fosa, diciendo: «Pobre chica. Está cubierta de piojos».

Pero ¿es posible que se tratara realmente de nervios? Comprendió que en la oscuridad un hombre se acercaba a ella, un hombre de carne y hueso, que no era un producto de su imaginación, ni el resultado de los haces de luz y los fragmentos de tiniebla, ni de esperar con el alma en un hilo.

—¿Quién es?

—No tengas miedo. Soy yo —respondió la oscuridad.

18

—El ataque no será hoy. Grékov lo ha aplazado hasta mañana. Hoy son los alemanes los que avanzan. Y además quería decirte que nunca he leído la *Cartuja* esa.

Katia no respondió.

Seriozha intentó distinguirla en la oscuridad y el fuego de una explosión llegó para cumplir su deseo, iluminando el rostro de la chica. Un segundo después se hizo el silencio otra vez, y ellos, por un acuerdo tácito, se pusieron a esperar una nueva explosión, otro destello de luz. Seriozha le cogió la mano y le apretó los dedos. Era la primera vez en su vida que le cogía la mano a una chica.

La radiotelegrafista sucia, infestada de piojos, permanecía sentada en silencio. Seriozha pudo ver su cuello blanco en la oscuridad.

Otra bengala los iluminó y sus cabezas se aproximaron. Él la tomó entre sus brazos y ella cerró los ojos. Los dos conocían esa historia que se contaba en la escuela: quien besa con los ojos abiertos es que no está enamorado.

–No es una broma, ¿verdad? –preguntó Seriozha.

Katia presionó las manos contra las sienes del chico y le obligó a volver la cabeza hacia ella.

–Es para toda la vida –se respondió a sí mismo Seriozha lentamente.

–Es extraño –dijo ella–. Tengo miedo de que entre alguien. Y hasta ahora siempre me alegraba cuando venía alguien: Liájov, Koloméitsev, Zúbarev...

–Grékov –añadió Seriozha.

–Oh, no –se rebeló Katia.

Seriozha le besó el cuello, desabrochó el botón metálico del cuello de su guerrera, rozó con los labios el hueco de su garganta sin atreverse a deslizarse por sus pechos. Ella acariciaba sus cabellos hirsutos y sucios como si fuera un niño, y se daba cuenta de que todo lo que estaba pasando era inevitable, era preciso que ocurriera así.

Él miró la esfera luminosa de su reloj.

–¿Quién os guiará mañana? –preguntó ella–. ¿Grékov?

–¿Por qué preguntas eso ahora? Iremos nosotros solos, ¿por qué debería guiarnos?

Volvió a abrazarla y sintió un frío repentino en los dedos y en el pecho por la determinación y la emoción. Ella estaba medio acostada sobre su abrigo y parecía que no respiraba. Seriozha sintió bajo sus dedos el tejido burdo y polvoriento de la guerrera y la falda, el material áspero de sus botas. Sintió en las manos el calor de su cuerpo. Ella intentó sentarse, pero él comenzó a besarla otra vez. Una explosión de bengala iluminó por unos instantes la gorra de la chica, que se había deslizado sobre los ladrillos, y su rostro, que en esos segundos le pareció el de una desconocida. Luego se sumieron en la oscuridad, una oscuridad espesa...

–¡Katia!

–¿Qué?

–Nada, sólo quería oír tu voz. ¿Por qué no me miras?

–¡No, no quiero!

Katia pensó de nuevo en él y en su madre, ¿a quién quería más?

–Perdóname –dijo Katia.

Sin entender a qué se refería, Seriozha dijo:

–No tengas miedo, esto es para toda la vida, si es que vivimos.

–No, es que pensaba en mi madre.

–La mía está muerta. Hasta ahora no me había dado cuenta; la deportaron por mi padre.

Se durmieron sobre el abrigo, abrazados; Grékov se acercó a ellos y los miró mientras dormían: la cabeza del operador de mortero Sháposhnikov descansaba sobre el hombro de la radiotelegrafista; su brazo la rodeaba por la espalda, como si tuviera miedo de perderla. Estaban tan inmóviles y silenciosos que a Grékov le parecieron muertos.

Al amanecer Liájov se asomó al sótano y gritó:

–¡Oye, Sháposhnikov! ¡Eh, Véngrova! El jefe quiere veros. Rápido, moveos.

En la fría y brumosa penumbra el rostro de Grékov era duro, despiadado. Apoyaba sus anchas espaldas contra la pared mientras los cabellos desgreñados le caían sobre su frente baja.

Estaban delante de él, apoyándose ahora sobre un pie ahora sobre el otro, sin darse cuenta de que estaban cogidos de la mano.

–¡Bien, veamos! –dijo Grékov, y las aletas de su nariz aplastada se le hincharon–. Sháposhnikov, tú irás al Estado Mayor del regimiento, te destaco allí.

Seriozha sintió cómo se estremecían los dedos de la joven y los apretó; ella, a su vez, sintió que sus dedos temblaban. Tragó una bocanada de aire; la lengua y el paladar estaban secos.

El silencio invadió el cielo encapotado y la tierra. Parecía que los hombres que yacían hacinados, cubiertos con sus abrigos, no durmieran, sino que esperaran aguantando la respiración.

Todo alrededor era maravilloso y familiar. Seriozha pensó: «Nos expulsan del paraíso, nos separan como esclavos», al tiempo que miraba a Grékov con unos ojos llenos de odio y súplica.

Grékov entornó los ojos mientras estudiaba el rostro de Katia, y su mirada le pareció a Seriozha repugnante, despiadada, insolente.

–Eso es todo –concluyó Grékov–. La radiotelegrafista irá contigo. Aquí no tiene nada que hacer sin el transmisor. La acompañarás al Estado Mayor del regimiento.

Seriozha sonrió.

–Una vez allí vosotros mismos encontraréis el camino. Coged este papel. No me gusta el papeleo, así que he escrito uno para los dos. ¿Entendido?

Y de repente Seriozha se dio cuenta de que le estaban mirando dos ojos maravillosos, dos ojos humanos, inteligentes y tristes como nunca había visto.

19

Al final, el comisario del regimiento de fusileros Pivovárov nunca visitó la casa 6/1.

La comunicación por radio con la casa se había interrumpido. Nadie sabía si era porque el aparato había quedado fuera de combate o porque el capitán Grékov se había hartado de las severas admoniciones del comandante.

De todos modos habían logrado ponerse al corriente de cuál era la situación en la casa sitiada a través de un operador de mortero miembro del Partido, el comunista Chentsov; éste había informado que el «gerente de la casa» había perdido el control sobre sí, que decía toda clase de disparates a sus soldados. Pero, a decir verdad, Grékov combatía contra los alemanes con gallardía, circunstancia que el informador no negaba.

La noche en que Pivovárov debía dirigirse a la casa 6/1, Beriozkin, el comandante del regimiento, cayó gravemente enfermo. Yacía en el refugio; su cara ardía y sus ojos, transparentes como el cristal, tenían una expresión ausente, inhumana.

El doctor, tras examinar a Beriozkin, se quedó desconcertado. Acostumbrado a tratar con extremidades amputadas, con cráneos fracturados, ahora tenía que enfrentarse al caso de un hombre que había caído enfermo por sí mismo.

–Hay que ponerle ventosas –dijo el doctor–. Pero aquí, ¿dónde vamos a encontrarlas?

Pivovárov estaba a punto de informar a los superiores acerca de la enfermedad del comandante del regimiento, pero el comisario de la división le telefoneó ordenándole que se presentara de inmediato en el Estado Mayor.

Cuando Pivovárov entró en el refugio, un tanto sofocado debido a que las explosiones cercanas le habían hecho caerse un par de veces, el comisario estaba hablando con un comisario de batallón al que habían ordenado venir desde la orilla izquierda. Pivovárov había oído hablar de ese hombre: daba conferencias a las unidades desplegadas en las fábricas.

Pivovárov se anunció con voz estentórea:

–A sus órdenes, comisario.

Acto seguido, informó de la enfermedad de Beriozkin.

–Sí, es un contratiempo –dijo el comisario de la división–. Camarada Pivovárov, deberá asumir el mando del regimiento.

–¿Y la casa sitiada?

–Ese asunto ya no está en sus manos –dijo el comisario de la división–. No se imagina el jaleo que se ha montado aquí, alrededor de esa casa. La noticia ha llegado hasta el Estado Mayor del ejército.

Y agitó ante las narices de Pivovárov un mensaje cifrado.

–Lo he mandado llamar precisamente por este asunto. Aquí el camarada Krímov ha recibido órdenes por parte de la dirección política de dirigirse a la casa sitiada, restablecer el orden bolchevique y asumir el control como comisario. Si surgiera algún problema, tendrá que destituir a

Grékov, tomar el mando... Dado que se encuentra en el sector de su regimiento, debe facilitar al camarada Krímov todo lo que necesite, ya sea el paso a la casa o los posteriores enlaces. ¿Entendido?

–Así se hará –dijo Pivovárov.

Después, recuperando su tono de voz habitual, no oficial sino cotidiano, preguntó a Krímov:

–Camarada comisario del batallón, ¿ha tratado antes con tipos así?

–Desde luego –afirmó con una sonrisa el comisario–. En el verano de 1941 guié a doscientos hombres sitiados en Ucrania; conozco la mentalidad del partisano.

–Bien –dijo el comisario de la división–. Actúe, camarada Krímov. Manténgase en contacto conmigo. No podemos aceptar que exista un Estado dentro del Estado.

–Sí, además hay un asunto turbio con una joven radiotelegrafista –dijo Pivovárov–. Nuestro Beriozkin está preocupado porque el radiotransmisor no da señales. Y esos chicos son capaces de cualquier cosa.

–Muy bien, cuando ocupe su puesto ya pondrá orden. ¡Buena suerte! –dijo el comisario de la división.

20

Un día después de que Grékov despachara a Sháposhnikov y Véngrova, Krímov, acompañado por un soldado, se puso en camino hacia la famosa casa sitiada por los alemanes.

Cuando salieron del Estado Mayor del regimiento la tarde era fría y luminosa. Apenas puso un pie en el patio asfaltado de la fábrica de tractores, Krímov sintió el peligro de muerte con mayor nitidez e intensidad que nunca antes en su vida. Al mismo tiempo, se sentía preso de entusiasmo y felicidad. El mensaje cifrado llegado de improviso del Estado Mayor del frente parecía confirmarle que en Stalingrado todo era diferente; allí existían otras relaciones, otros valores, otras exigencias respecto a las personas. Krímov volvía a ser Krímov, ya no era un mutilado en un batallón de inválidos sino un comisario de guerra bolchevique. Aquella misión, difícil y peligrosa, no le daba miedo. Era tan dulce y agradable leer de nuevo en los ojos del comisario de la división, en los ojos de Pivovárov, la expresión que siempre había visto en los colegas del Partido...

Un soldado yacía muerto en el suelo entre los restos de un mortero y el asfalto levantado por una explosión.

Quién sabe por qué, ahora que Krímov se sentía rebosante de esperanza, exultante, la visión de este cadáver le impresionó. Había visto muchos cadáveres antes, tantos que se había vuelto indiferente, pero en ese momento se estremeció: aquel cuerpo, tan lleno de muerte eterna, yacía como un pájaro, indefenso, con las piernas dobladas, como si tuviera frío.

Un instructor político vestido con un impermeable gris pasó corriendo, sosteniendo en lo alto un macuto bien lleno, mientras los soldados arrastraban con una lona impermeable minas antitanque entremezcladas con hogazas de pan.

El muerto, sin embargo, ya no necesitaba ni pan ni armas, no esperaba las cartas de su fiel esposa. Su muerte no le había hecho fuerte, sino más débil, un gorrión muerto al que no temen las moscas ni las mariposas.

Algunos artilleros estaban instalando un cañón en la abertura de un muro y discutían con los operadores de una ametralladora pesada. Por sus gestos Krímov pudo hacerse una idea aproximada de lo que estaban discutiendo.

–¿Sabes cuánto tiempo lleva aquí nuestra ametralladora? Vosotros todavía estabais holgazaneando en la orilla izquierda cuando nosotros ya habíamos comenzado a disparar.

–¡Un puñado de sinvergüenzas, eso es lo que sois!

Se oyó un aullido en el aire y un obús impactó en un

rincón del taller. Los cascos golpearon contra las paredes. El soldado que abría paso a Krímov se volvió a mirar para asegurarse de que el comisario seguía vivo. En espera de que le alcanzara, dijo:

–No se preocupe, camarada comisario; nosotros consideramos esto la segunda línea, la profunda retaguardia.

Poco después Krímov comprendió que el patio junto al muro del taller era un lugar tranquilo.

Tuvieron que correr, tirarse boca abajo, luego volver a correr y de nuevo echarse cuerpo a tierra. Dos veces se vieron obligados a saltar a las trincheras ocupadas por la infantería, corrieron a través de los edificios en llamas donde en lugar de haber gente sólo silbaba el hierro...

–Al menos no hay bombarderos lanzándose en picado –dijo el soldado para reconfortar a Krímov, y añadió–: Vamos, camarada comisario, metámonos en aquel cráter.

Krímov se dejó caer en el fondo de aquella fosa producida por una bomba, y miró hacia arriba: el cielo azul seguía estando sobre su cabeza y su cabeza estaba todavía sobre sus hombros. Causaba una extraña impresión sentir la presencia humana sólo a través de la muerte que los hombres enviaban desde todas partes, que aullaba y cantaba sobre su cabeza.

Y no resultaba menos extraño sentirse tan protegido en un cráter que había sido excavado precisamente por la pala de la muerte.

El soldado, sin darle tiempo a recobrar el aliento, le ordenó:

–¡Sígame!

Y se arrastró a través de un pasadizo oscuro que apareció en el fondo de la fosa. Krímov se metió con dificultad detrás de él. Enseguida el estrecho pasadizo se ensanchó, el techo se hizo más alto y penetraron en un túnel. Bajo tierra aún se oía el rumor sordo de la tormenta que se desencadenaba en la superficie, el techo tembló y se oyeron repetidos estruendos en el túnel. Allí, donde se apiñaban tubos de hierro fundido y se ramificaban cables oscuros del grosor de un brazo humano, alguien había escrito con letras rojas sobre la pared: «Majov es un burro». El soldado encendió la linterna un momento y dijo:

—Los alemanes están justo encima de nosotros.

Enseguida se desviaron por un pasadizo estrecho y se abrieron paso hacia una mancha gris pálido apenas perceptible. La mancha se hizo cada vez más clara y luminosa al fondo del pasadizo al mismo tiempo que las ráfagas de las metralletas y el rugido de las explosiones se volvía más fiero.

Por un instante a Krímov le pareció que estaba a punto de subir al patíbulo. Pero de pronto salieron a la superficie y lo primero que vio fue el rostro de varios hombres que estaban divinamente tranquilos.

Experimentó un sentimiento indescriptible, una mezcla de felicidad y alivio. Y ya no percibió aquella guerra furiosa como una frontera fatal entre la vida y la muerte, sino como un aguacero que caía lleno de fuerza y de vida sobre la cabeza de un joven viajero.

Tuvo la certeza lúcida y penetrante de que su destino estaba dando un nuevo y feliz viraje. Era como si viese su futuro a la clara luz del día: volvería a vivir con toda la fuerza de la mente, de la voluntad y de su ardor bolchevique.

La sensación de juventud y seguridad se mezclaba con la tristeza que le causaba el abandono de su mujer, la infinitamente dulce Yevguenia. Pero ahora no le parecía que la hubiera perdido para siempre. Volvería, al igual que habían vuelto su fuerza y su vida anterior. ¡La seguiría!

Un viejo con un gorro calado hasta las orejas estaba sentado frente a un fuego encendido en el suelo y con una bayoneta daba vueltas a los buñuelos de patatas que freía en una lámina de chapa; los que ya estaban cocinados los iba metiendo en un casco de metal. Cuando vio al agente de enlace que acompañaba a Krímov, el viejo soldado preguntó:

—¿Está Seriozha con vosotros?

—Acompaño a un superior —dijo el agente de enlace en tono arrogante.

—¿Cuántos años tiene, padre? —preguntó Krímov.

–Sesenta –respondió el viejo, y explicó–: Soy de la milicia obrera.

De nuevo miró al soldado.

–¿Está Seriozha con vosotros?

–En el regimiento no está, han debido de enviarle con el vecino.

–Lástima –dijo el viejo, enojado–. ¿Quién sabe qué será de él?

Krímov saludó a los soldados, se volvió a mirar y examinó las estancias del subterráneo con sus particiones de madera medio desmanteladas. En un rincón había un cañón de campaña apuntando a través de una tronera practicada en la pared.

–Como en un acorazado –dijo Krímov.

–Sí, sólo que aquí no hay mucha agua –replicó un soldado.

Un poco más a lo lejos, los morteros estaban dispuestos en las aberturas y agujeros de los muros. En el suelo había algunos obuses. En el mismo lugar, todavía más lejos, un acordeón estaba colocado cuidadosamente sobre una tela alquitranada.

–Aquí está la casa 6/1, que resiste y no se rinde a los fascistas –pronunció Krímov en voz alta–. Todo el mundo, millones de hombres, tiene los ojos puestos en vosotros y se alegra.

Nadie respondió.

El viejo Poliakov le tendió el casco metálico lleno de buñuelos.

–¿Y nadie escribe sobre cómo prepara Poliakov los buñuelos?

–Está de broma –dijo Poliakov–. Entretanto han echado de aquí a nuestro Seriozha.

–¿No han abierto todavía el segundo frente? –preguntó un operador de mortero–. ¿Se sabe algo?

–De momento no –respondió Krímov.

–Un día en que la artillería pesada abrió fuego desde el otro lado del Volga –explicó un hombre en camiseta con la chaqueta desabotonada–, Koloméitsev cayó derribado por la onda expansiva. Luego se levantó y dijo: «Bien, muchachos, se ha abierto el segundo frente».

–No digas tonterías –dijo un joven de cabellos oscuros–. Si no hubiera artillería no estaríamos aquí. Los alemanes nos habrían engullido hace tiempo.

–¿Dónde está vuestro comandante? –preguntó Krímov.

–Ahí lo tiene, se ha puesto en primera línea.

Grékov yacía sobre una montaña alta de ladrillos y miraba a través de los prismáticos. Cuando Krímov le llamó, volvió la cara con desgana y maliciosamente hizo una señal de advertencia llevándose un dedo a los labios; después volvió a concentrarse en sus prismáticos. Unos instantes después le comenzaron a temblar los hombros: se estaba riendo. Se deslizó y dijo sonriendo:

–Peor que en el ajedrez –y, después de observar los distintivos verdes y la estrella de comisario en la guerrera de Krímov, añadió–: Bienvenido a nuestra casa, camarada comisario de batallón. –Luego se presentó–: Grékov, el gerente de la casa. ¿Ha venido por nuestro pasadizo?

Todo en él –su mirada, sus movimientos rápidos y las ventanas anchas de su nariz chata– tenía algo insolente; el gerente de la casa era la insolencia en persona.

«No importa, ya te bajaré los humos», pensó Krímov.

Krímov comenzó a interrogarle. Grékov respondía perezoso, con gesto ausente, bostezando y mirando alrededor, como si las preguntas de Krímov le impidieran recordar algo verdaderamente serio e importante.

–¿Le gustaría ser relevado? –preguntó Krímov.

–No se moleste –respondió Grékov–. Mándenos sólo tabaco. Bueno, por supuesto, necesitamos bombas de mortero, granadas de mano y, si no es mucho pedir, un poco de vodka y manduca para un *kukurúznik*...[1]

Mientras enumeraba, contaba con los dedos de la mano.

–¿Así que no tiene intención de marcharse? –preguntó Krímov irritado pero admirando, muy a su pesar, la fea cara de Grékov.

1. Un apodo más para referirse a los biplanos U-2.

Guardaron silencio y en aquel breve instante en que permanecieron callados, Krímov se sobrepuso al sentimiento de ser moralmente inferior a los hombres de la casa sitiada.

–¿Lleva un diario de las operaciones? –preguntó.

–No tengo papel –respondió Grékov–. No tengo dónde escribir, no hay tiempo, y de todas maneras no sirve para nada.

–Ahora se encuentra bajo el mando del comandante del 176.º Regimiento de Fusileros –dijo Krímov.

–A sus órdenes, camarada comisario del batallón –respondió Grékov y añadió con aire burlón–: Cuando los alemanes cortaron este sector, yo reuní en este edificio hombres y armas, rechacé treinta ataques e incendié ocho carros, y por encima de mí no había ningún comandante.

–A fecha de hoy, ¿conoce el número exacto de soldados que están bajo su mando? ¿Lo tiene controlado?

–¿Para qué? No presento informes, no recibo raciones de la intendencia. Vivimos de patatas y agua podridas.

–¿Hay mujeres en la casa?

–Dígame, camarada comisario, ¿me está sometiendo a un interrogatorio?

–¿Alguno de sus hombres ha sido hecho prisionero?

–No.

–Bueno, ¿dónde está la radiotelegrafista?

Grékov se mordió el labio, enarcó las cejas.

–Aquella chica resultó ser una espía alemana. Intentó reclutarme. Luego la violé y la maté.

Estiró el cuello y le preguntó con sarcasmo:

–¿Es el tipo de respuesta que espera de mí? Veo que el asunto empieza a oler a batallón disciplinario. No es así, ¿camarada comisario?

Krímov le miró unos instantes sin decir nada.

–Grékov, está llevando las cosas demasiado lejos. Yo también he estado sitiado. Y a mí también me han interrogado.

Tras una pausa prosiguió:

–He recibido la orden de que, en caso de necesidad,

debo destituirlo y asumir yo el mando. ¿Por qué me pone en este brete y me obliga a escoger ese camino?

Grékov estaba callado, pensaba, escuchaba, y al final observó:

—Llega la calma, los alemanes se han apaciguado.

21

—Bien —dijo Krímov—. Vamos a sentarnos nosotros dos y a decidir la próxima acción.

—¿Por qué tenemos que sentarnos los dos? —replicó Grékov—. Aquí combatimos todos juntos y las acciones sucesivas las precisaremos todos juntos.

A Krímov le gustaba la insolencia de Grékov, pero al mismo tiempo le irritaba. Le entraban ganas de contarle el cerco al que había estado sometido en Ucrania, de hablarle de su vida antes de la guerra, para que Grékov no lo tomara por un burócrata. Pero intuía que si le dijera todo eso, pondría al descubierto su debilidad. Y él había ido a esa casa a mostrar su fuerza, no su debilidad. Él no era un funcionario de la sección política, sino un comisario militar.

«No pasa nada —se dijo a sí mismo—. El comisario sabe lo que tiene que hacer.»

Ahora que había un momento de calma, los hombres estaban sentados o medio acostados sobre los montones de ladrillos. Grékov se volvió a Krímov.

—Los alemanes ya no avanzarán más hoy. ¿Qué tal si comemos, camarada comisario?

Krímov se sentó al lado de Grékov, entre los hombres que descansaban.

—Mientras os miro a todos vosotros —dijo Krímov—, no dejo de pensar en ese viejo dicho: «Los rusos siempre han ganado a los prusianos».

Una voz indolente confirmó en un leve susurro:

—Ya lo creo.

Y ese «ya lo creo» expresaba tal ironía condescendiente hacia las frases hechas que provocó la risa generalizada de todos los presentes. Aquellos hombres conocían la fuerza que encerraban los rusos igual de bien que el hombre que en primer lugar había recordado que los rusos siempre han ganado a los prusianos. Por otra parte, ellos eran la expresión más directa de esa fuerza. Pero sabían y comprendían que los prusianos habían llegado hasta el Volga y Stalingrado porque los rusos no siempre habían ganado.

Krímov se sentía confuso. Por regla general no le gustaba que los instructores políticos alabaran a los jefes militares de tiempos pasados; las alusiones a Dragomírov en la *Estrella Roja*[1] herían su alma de revolucionario; encontraba inútil la introducción de las órdenes de Suvórov, Kutúzov, Bogdán Jmelnitski. La revolución era la revolución, y su ejército no necesitaba más que una sola bandera: la roja.

En otro tiempo, cuando trabajaba en el seno del Comité Revolucionario de Odessa, había participado en la manifestación de estibadores y de los jóvenes comunistas venidos para bajar del pedestal la estatua de bronce del gran jefe del ejército que había encabezado la marcha de las tropas siervas rusas hasta Italia[2].

Y fue precisamente allí, en la casa 6/1, donde Krímov, tras pronunciar las palabras de Suvórov por primera vez en su vida, percibió la gloria, idéntica a lo largo de los siglos, del pueblo ruso en la batalla. Le daba la impresión de que sentía de una manera totalmente nueva no sólo el tema de sus conferencias sino también su vida entera. Pero ¿por qué precisamente hoy, cuando había recobrado el espíritu de la Revolución y de Lenin, tenían que apoderarse de él semejantes reflexiones y sentimientos?

Aquel indolente y burlón «ya lo creo» lanzado por uno de los soldados le había herido.

1. *Estrella Roja [Krásnaya Zvezdá]*, el periódico de las fuerzas armadas soviéticas.
2. Alusión a la campaña de Italia (1799) comandada por Suvórov.

—Bueno, camaradas, no hace falta enseñaros a combatir —profirió Krímov—. Sois vosotros los que podéis dar clases a cualquiera. Pero ¿por qué el mando ha estimado necesario enviarme entre vosotros? En definitiva, ¿por qué estoy aquí?

—¿Por la sopa? —preguntó una voz tímida, sin malicia.

Pero la risa con que la compañía acogió esta proposición timorata fue cualquier cosa menos contenida. Krímov miró al gerente de la casa.

Grékov se reía como el que más.

—Camaradas —gritó Krímov, rojo de ira—. Pongámonos serios un momento; he sido enviado por el Partido.

¿Qué era todo aquello? ¿Un humor pasajero o una sedición? Las pocas ganas que aquellos hombres tenían de oír al comisario, ¿estaban generadas por la percepción de sus propias fuerzas, de su experiencia...? Tal vez la alegría de los soldados no contenía en sí nada subversivo, sino que nacía simplemente de la sensación de igualdad, tan fuerte en Stalingrado.

Pero ¿por qué esa sensación de igualdad, que antes encantaba a Krímov, ahora sólo le suscitaba un sentimiento de rabia, el deseo de sofocarla y reprimirla?

Si la relación de Krímov con los soldados no cuajaba no era debido a que éstos estuvieran abatidos, preocupados o atemorizados. Allí los hombres conocían su propia fuerza, y ¿cómo era posible que ese sentimiento de fuerza que había surgido en ellos hubiera acabado por debilitar la relación con el comisario Krímov, que provocara extrañamiento y hostilidad de una y otra parte?

El viejo que había cocinado los buñuelos dijo:

—Hay algo que hace tiempo que quiero preguntar a algún miembro del Partido. Se dice, camarada comisario, que con el comunismo todo el mundo recibirá según sus necesidades, pero si la necesidad de todos es emborracharse desde la mañana, ¿cómo lo haremos? Todo el mundo estará borracho, ¿no?

Al girarse hacia el viejo, Krímov vio una preocupación no fingida en su rostro. Grékov, en cambio, se reía; reían sus ojos y las anchas ventanas de la nariz se le ensancharon todavía más.

Un zapador con la cabeza envuelta en una venda sucia y ensangrentada le preguntó:

–A propósito de los koljoses, camarada comisario. Estaría bien que los suprimieran después de la guerra.

–No estaría mal que nos diera una pequeña charla sobre el tema –dijo Grékov.

–No me han enviado para dar conferencias –dijo Krímov–. Soy un comisario militar y he venido a acabar con ciertas actitudes de partisano inaceptables que han arraigado en este edificio.

–Acabe con ellas –dijo Grékov–. Pero ¿quién acabará con los alemanes?

–No se preocupe, encontraremos la manera. No he venido aquí por la sopa, como alguno de vosotros ha dicho, sino para daros a probar la cocina bolchevique.

–Adelante, acabe con las maniobras y prepare su cocina bolchevique.

Krímov, medio en broma pero al mismo tiempo serio, le interrumpió:

–Y si es necesario, camarada Grékov, le comeremos también a usted.

Ahora Nikolái Grigórievich se sentía tranquilo y seguro de sí mismo. Las dudas sobre cuál era la decisión más oportuna que tomar se habían disipado. Había que destituir al comandante Grékov.

Era evidente que Grékov constituía un elemento ajeno y hostil al poder soviético. Todo el heroísmo que se percibía en la casa sitiada no podía disminuir el hecho ni sofocarlo. Krímov sabía que acabaría con él.

Al caer la noche Krímov se acercó de nuevo a él y le dijo:

–Grékov, quiero hablar seriamente con usted, sin rodeos. ¿Qué quiere?

Éste, que permanecía sentado, lanzó una rápida ojeada de abajo arriba a Krímov, que estaba de pie frente a él, y le dijo en tono despreocupado:

–Quiero la libertad, eso es por lo que lucho.

—Todos queremos la libertad.

—¡Basta! —cortó Grékov—. A usted tanto le da la libertad. Lo único que le importa es dominar a los alemanes.

—No es momento para bromas, camarada Grékov —dijo Krímov—. ¿Por qué tolera las declaraciones políticamente incorrectas de algunos soldados, eh? Con la autoridad de la que goza podría ponerles fin igual de bien que un comisario. Pero la impresión que tengo es que los hombres sueltan sus fanfarronadas y le miran, esperando su aprobación. Por ejemplo, el hombre que se pronunció sobre los koljoses. ¿Por qué lo ha apoyado usted? Déjeme que le sea sincero. Si usted quiere, podemos arreglar todo esto juntos. Pero si no está dispuesto, debo advertirle que no estoy para bromas.

—En cuanto a los koljoses, ¿qué tiene de extraordinario lo que ha dicho ese hombre? A la gente no le gustan. Usted lo sabe igual que yo.

—¿Qué le pasa, Grékov? ¿Es que quiere cambiar el curso de la historia?

—¿Y usted quiere que todo vuelva a ser igual que antes?

—¿A qué se refiere con «todo»?

—Justamente a eso: todo. Volver a los trabajos forzados.

Grékov hablaba con voz indolente, dejando caer las palabras a regañadientes y con una buena dosis de sarcasmo.

De repente se levantó y dijo:

—Ya basta, camarada comisario. No estoy maquinando nada. Sólo le estaba tomando un poco el pelo. Soy tan soviético como usted. Su desconfianza me ofende.

—Muy bien, Grékov. Entonces, hablemos en serio. Debemos eliminar el mal espíritu anárquico y antisoviético que reina en la casa. Usted lo ha generado; ayúdeme a eliminarlo. Tendrá más oportunidades de combatir con gloria.

—Ahora tengo ganas de dormir. Y usted también tendría que descansar. Ya verá lo que sucede aquí mañana por la mañana.

—De acuerdo, Grékov. Continuaremos mañana. No tengo ninguna prisa, no voy a irme a ninguna parte.

Grékov se echó a reír.

–Encontraremos la manera de ponernos de acuerdo, ya verá.

«Está claro –pensó Krímov–. No es momento para curas de homeopatía. Trabajaré con el bisturí. A los jorobados políticos no se les endereza con la persuasión.»

–En sus ojos hay bondad –soltó de repente Grékov–. Sin embargo usted sufre.

Krímov se quedó de una pieza, pero no dijo nada. Considerando que su reacción confirmaba sus palabras, Grékov confesó:

–Sabe, yo también sufro. Pero no es nada, un asunto personal. No es algo de lo que se pueda dar parte en un informe.

Por la noche, mientras dormía, Krímov fue herido en la cabeza por una bala perdida. La bala le desgarró la piel y le arañó el cráneo. La herida no era grave, pero la cabeza le daba vueltas y no podía ponerse en pie. Todo el rato sentía náuseas.

Grékov ordenó que improvisaran una camilla y el herido fue evacuado de la casa sitiada.

Krímov, tumbado en la camilla, sentía que la cabeza le zumbaba y le daba vueltas y tenía punzadas constantes en las sienes.

Grékov acompañó al herido hasta la entrada del subterráneo.

–Mala suerte, camarada comisario –dijo.

De repente una sospecha asaltó a Krímov: ¿y si hubiera sido Grékov el que había disparado contra él aquella noche?

Al anochecer comenzó a vomitar y el dolor de cabeza se le intensificó. Pasó dos días en un batallón de sanidad de la división; luego fue trasladado a la orilla izquierda del Volga y alojado en un hospital de campaña.

22

El comisario Pivovárov se abrió paso por las estrechas cuevas donde estaba instalado el batallón de sanidad y vio a los heridos que yacían hacinados. No encontró allí a Krímov, que había sido evacuado la noche antes a la orilla izquierda.

«¡Qué extraño que le hayan herido tan rápido! –pensó Pivovárov–. No tiene suerte, o tal vez tenga mucha.»

Pivovárov también había ido al batallón de sanidad para valorar si valía la pena trasladar allí al comandante del regimiento Beriozkin.

Mientras recorría el camino inverso hacia el refugio del Estado Mayor, Pivovárov, que por poco no había muerto durante la marcha a causa del casco de una granada alemana, explicó al artillero Glushkov, el ayudante de campo de Beriozkin, que en el batallón de sanidad no había las condiciones necesarias para la cura del enfermo. Allí se amontonaban por doquier gasas ensangrentadas, vendas, algodones; sólo verlo daba miedo.

–Por supuesto, camarada comisario –dijo Glushkov–. Está mejor en su refugio.

–Sí –asintió el comisario–. Además, allí ni siquiera hacen distinciones entre un comandante de regimiento y un soldado raso: todos están en el suelo.

Y Glushkov, al que por rango le correspondía ser atendido en el suelo, dijo:

–Desde luego, eso no es conveniente.

–¿Ha hablado? –preguntó Pivovárov refiriéndose al enfermo.

–No –dijo Glushkov, haciendo un gesto con la mano–. Pero ¿cómo quiere que hable, camarada comisario? Le han traído una carta de su mujer y ni siquiera la ha mirado.

–¿Qué dices? –exclamó Pivovárov–. Debe de estar muy enfermo. Mal asunto, si no la lee.

Cogió la carta, la sopesó en la mano, la puso frente a la cara de Beriozkin y dijo con tono severo:

–Iván Leóntievich, ha recibido carta de su esposa. –Hizo una pausa y añadió en un tono totalmente diferente–: Vania, mira, una carta de tu esposa, ¿es que no lo entiendes? ¡Eh, Vania!

Pero Beriozkin no comprendía. Tenía la cara morada; sus ojos brillantes, penetrantes y dementes miraban fijamente a Pivovárov.

Durante todo el día la guerra golpeó obstinadamente el refugio donde yacía enfermo el comandante del regimiento. Casi todas las comunicaciones telefónicas habían quedado interrumpidas durante la noche. Sin embargo, el teléfono de Beriozkin seguía funcionando y no dejaban de llamar de la división, de la sección de operaciones del Estado Mayor; llamó Guriev, el comandante del regimiento de la división vecina, y telefonearon los jefes de batallón de Beriozkin: Podchufárov y Dirkin.

Los hombres trajinaban por el refugio, la puerta chirriaba y el toldo que Glushkov había colgado en la puerta golpeaba con furia.

Los soldados estaban atenazados por una sensación de inquietud y expectación desde la mañana. Aquel día, a pesar de estar caracterizado por los esporádicos disparos de artillería y los infrecuentes e inexactos ataques aéreos, hizo nacer en muchos la angustiosa certeza de que los alemanes iban a lanzar la ofensiva. Esa certeza atormentaba por igual a Chuikov, al comisario del regimiento Pivovárov, a los soldados de la casa 6/1 y al comandante del pelotón de fusileros desplegado en la fábrica de tractores que llevaba bebiendo vodka desde la mañana para celebrar su cumpleaños en Stalingrado.

Cada vez que alguien en el refugio decía algo interesante o divertido, todos se giraban a mirar a Beriozkin: ¿es que no les oía?

El comandante de la compañía, Jrénov, explicaba a Pivovárov, con una voz ronca por el frío de la noche, que había salido antes del amanecer del subterráneo donde se encontraba su puesto de mando, se había sentado sobre una piedra y había aguzado el oído para saber si los alemanes estaban haciendo de las suyas. De repente una voz furiosa, perversa había resonado en el cielo:

–Eh, Jren[1], ¿por qué no has encendido los faroles?

Por un instante Jrénov se quedó asombrado, luego sintió pánico: ¿quién podía saber su apellido en el cielo? Después se dio cuenta de que era el piloto de un *kukurúz-nik*, que había encendido el motor y volaba por encima de él; por lo visto, quería lanzar víveres sobre la casa 6/1 y estaba enfadado porque no había ninguna indicación.

Todos los presentes en el refugio se giraron hacia Beriozkin: ¿había sonreído, tal vez? Pero sólo a Glushkov le pareció que en los brillantes ojos vítreos del enfermo había aparecido una chispa de vitalidad. A la hora de comer el refugio se vació. Beriozkin continuaba acostado en silencio y Glushkov suspiraba: Beriozkin yacía y la tan esperada carta estaba a su lado, sin ser leída. Pivovárov y el mayor, el sustituto de Koshenkov, recientemente muerto, habían ido a atiborrarse de un *borsch* fabuloso y a pimplarse su ración de vodka. Glushkov sabe que ese *borsch* es excelente porque el cocinero ya se lo ha hecho probar. Y entretanto el comandante del regimiento, el jefe, no prueba bocado; apenas ha bebido un sorbo de agua de la jarra...

Glushkov abrió el sobre y, arrimándose al catre, leyó en voz baja, lenta y clara: «Hola, mi querido Vania, hola, amor mío, mi adorado...». Frunció el ceño y continuó descifrando en voz alta lo escrito. Leía al comandante, que yacía inconsciente, la carta de su mujer. Una carta que ya había sido leída por la censura militar, una carta tierna, triste y buena, una carta que sólo debería haber sido leída por un hombre en el mundo: Beriozkin.

Glushkov no se sorprendió demasiado cuando Beriozkin volvió la cabeza, alargó la mano y dijo:

–Deme eso.

Las líneas y las hojas de la carta temblaron en sus grandes y temblorosos dedos:

---

1. *Jren*, que en ruso significa «rábano picante», también tiene una acepción obscena, ampliamente utilizada en el registro coloquial.

... Vania, aquí todo es muy bello. Vania, cuánto te echo de menos. Liuba no deja de preguntarme por qué papá no está con nosotras. Vivimos a orillas de un lago, la casa es cálida, la dueña tiene una vaca, leche, tenemos el dinero que nos enviaste, y yo por las mañanas salgo, y sobre el agua fría flotan las hojas amarillas y rojas de los arces, y todo alrededor está cubierto de nieve, por eso el agua es de un azul intenso, y las hojas son increíblemente amarillas, increíblemente rojas. Y Liuba me pregunta: ¿por qué lloras? Vania, Vania, querido mío, gracias por todo, por todo, por tu bondad. ¿Por qué lloro? Es difícil explicarlo. Lloro porque vivo, lloro de pena porque Slava no está, y yo vivo; lloro de felicidad porque tú estás vivo, lloro cuando pienso en mamá, en mis hermanas, lloro por la luz de la mañana, porque todo alrededor es tan bello y hay tanta tristeza en todas partes, en mí, en todos. Vania, Vania, querido mío, mi bien amado...

Y ahora la cabeza le daba vueltas, todo alrededor se confundía, le temblaban los dedos y la carta temblaba en el aire candente.

–Glushkov –dijo Beriozkin–, hoy debo ponerme en condiciones. (A Tamara le disgustaba esa expresión.) Dime, ¿funciona la caldera?

–La caldera está intacta. Pero ¿cómo piensa que va a ponerse mejor en un solo día? Tiene cuarenta grados, como el vodka; ¿cree que desaparecerán de golpe?

Con gran estruendo los soldados metieron rodando en el refugio un tonel de gasolina vacío. Llenaron el tonel metálico hasta la mitad con el agua turbia del río que, tras ser calentada, despedía un vapor caliente.

Glushkov ayudó a Beriozkin a desvestirse y lo acompañó hasta el tonel.

–Está ardiendo, camarada teniente coronel –dijo, tocando con la mano la pared del recipiente y retirando la mano–. Se va a asar ahí dentro. He llamado al camarada comisario, pero estaba en una reunión con el comandante de la división. Sería mejor esperarlo.

—¿Para qué?

—Si le pasara cualquier cosa, me pegaría un tiro. Y si no tuviera agallas, el camarada Pivovárov lo haría por mí.

—Venga, ayúdeme.

—Permítame al menos que llame al jefe del Estado Mayor.

—Ahora —dijo Beriozkin y, a pesar de que ese ronco y breve «ahora» había sido pronunciado por un hombre desnudo que apenas se tenía en pie, Glushkov dejó al instante de discutir.

Mientras se metía en el agua, Beriozkin gimió, lanzó un quejido, y Glushkov, sin perderle de vista, comenzó a gemir también y dio un paso hacia el recipiente.

«Como en una maternidad», se le ocurrió, quién sabe por qué.

Beriozkin perdió el conocimiento por un instante; su preocupación por la guerra, el calor de la fiebre, todo se confundió en una espesa niebla. De improviso se le paró el corazón y el agua insoportablemente caliente dejó de dolerle. Después volvió en sí y dijo a Glushkov:

—Hay que secar el suelo.

Pero Glushkov no perdió el tiempo con el agua que se desbordaba del recipiente. La cara amoratada del comandante del regimiento de pronto se volvió pálida, abrió la boca y sobre su cráneo afeitado asomaron gruesas gotas de sudor que a Glushkov le parecieron azuladas. Beriozkin estaba a punto de perder el conocimiento, pero cuando Glushkov intentó sacarlo del agua, dijo con voz firme:

—No, todavía no estoy listo.

Tuvo un acceso de tos, tras el cual Beriozkin ordenó sin tomar aliento:

—Añada un poco más de agua caliente.

Finalmente salió y Glushkov, al mirarlo, se sintió aún más desanimado.

Lo ayudó a secarse y a tumbarse en el catre, lo tapó con la colcha y varios capotes, y después lo arropó con todo lo que encontró en el refugio: lonas impermeables, chaquetones y pantalones guateados.

Cuando Pivovárov regresó al refugio, todo estaba en orden. Sólo flotaba el aire húmedo del vapor como en una casa de baños. Beriozkin yacía en silencio, adormecido.

Pivovárov se inclinó sobre él.

«Tiene cara de hombre bueno –pensó Pivovárov–. Estoy seguro de que nunca ha firmado una delación.»

Durante todo el día a Pivovárov le había atormentado el recuerdo de su camarada de promoción, Shmelev, al que cinco años antes había ayudado a desenmascarar como enemigo del pueblo. Durante esa siniestra y abrumadora calma le venía a la cabeza toda clase de tonterías, entre ellas Shmelev, que durante la reunión pública le miraba de reojo con lástima y tristeza mientras escuchaba la lectura de la denuncia de su buen amigo Pivovárov.

A las doce en punto, Chuikov, pasando por encima del comandante de la división, telefoneó personalmente al regimiento acuartelado en la fábrica de tractores. Ese regimiento le daba muchas preocupaciones: el servicio de información le había comunicado que en ese distrito se estaban concentrando tanques y tropas de infantería alemanas.

–Y bien, ¿cómo están las cosas? –preguntó irritado–. ¿Quién dirige el regimiento? Batiuk me ha dicho que el comandante del regimiento tiene neumonía o algo así, y que quiere evacuarlo a la orilla izquierda.

Una voz afónica le respondió:

–Soy yo, el teniente coronel Beriozkin, el que está al mando del regimiento. He tenido un resfriado, pero ahora estoy bien.

–Perfecto –dijo Chuikov como si se alegrara de la desgracia ajena–. Estás muy ronco, ya se encargarán los alemanes de darte leche caliente. Lo tienen todo preparado, no tardarán en atacar.

–Comprendido, camarada –dijo Beriozkin.

–Ah, ¿has comprendido? –preguntó amenazante Chuikov–. Conviene que sepas que si se te pasa por la cabeza retroceder mi ponche de huevo no tendrá nada que envidiar a la leche de los alemanes.

23

Poliakov había acordado con Klímov dirigirse al regimiento durante la noche: el viejo deseaba tener noticias de Sháposhnikov.

Poliakov expresó sus intenciones a Grékov, que dijo en tono alegre:

—Vete, vete, padre, así descansarás un poco en la retaguardia y después nos explicarás cómo van las cosas por allí.

—¿Con Katia? —preguntó Poliakov, imaginando por qué Grékov había dado tan rápido su consentimiento.

—Ya no están en el regimiento —dijo Klímov—. He oído que el comandante los envió al otro lado del Volga. Probablemente ya hayan visitado el registro civil en Ájtuba.

—¿Es preciso que aplacemos el viaje? —preguntó Poliakov a Grékov con mordacidad—. ¿O quiere mandar una carta?

Grékov le lanzó una mirada rápida, pero respondió con voz calma:

—Ya lo habíamos acordado. Puede irse.

«Muy bien», pensó Poliakov. A las cinco de la madrugada salieron a través del estrecho pasadizo. A cada paso Poliakov se golpeaba con la cabeza contra los soportes y maldecía a Seriozha Sháposhnikov. Se sentía irritado y desconcertado por la intensidad del afecto que profesaba al muchacho.

El pasadizo se ensanchó y se sentaron a descansar un rato. Klímov le dijo, tomándole el pelo:

—¿Qué llevas en la bolsa, un regalito?

—Que se vaya al infierno ese mocoso —dijo Poliakov—. Debería haber cogido un ladrillo para estampárselo en la cabeza.

—Sí, claro —dijo Klímov—. Por eso has querido venir conmigo y estás dispuesto a cruzar el Volga a nado. ¿O es a Katia a la que quieres ver? ¿Te estás muriendo de celos?

—Vamos —dijo Poliakov.

Pronto salieron a la superficie y tuvieron que caminar por tierra de nadie. Todo estaba completamente silencioso.

«¿Es posible que haya terminado la guerra?», pensó Poliakov, y le vino a la cabeza con una vivacidad extraordinaria su habitación: un plato de *borsch* sobre la mesa mientras su mujer limpiaba el pez que él había pescado. Le embistió una ola de calor.

Aquella noche el general Paulus dio la orden de atacar el sector de la fábrica de tractores de Stalingrado. Dos divisiones de infantería debían avanzar a través de la brecha abierta por los bombarderos, la artillería y los tanques. Desde medianoche los cigarrillos habían resplandecido en las manos ahuecadas de los soldados.

Noventa minutos antes del amanecer los motores de los Junkers empezaron a zumbar sobre los talleres de las fábricas. Una vez hubo comenzado el bombardeo no se produjeron suspensiones ni treguas, y si había una brevísima pausa en medio de aquel fragor incesante enseguida se llenaba con los silbidos de las bombas que impactaban contra el suelo con su carga de hierro. Daba la impresión de que el estruendo continuo y denso, como el hierro fundido, podía partir el cerebro a un hombre, partirle la columna vertebral.

Comenzaba a clarear, pero en el sector fabril la noche persistía. Parecía que fuera la tierra misma la que lanzara relámpagos, estruendo, humo y polvo negro.

El golpe más violento cayó sobre el regimiento de Beriozkin y la casa 6/1. En todos los lugares donde el regimiento estaba desplegado, los hombres ensordecidos se levantaban sobresaltados, comprendiendo que esta vez los alemanes habían desatado su vandalismo con una potencia inusitada, sembradora de muerte.

Klímov y el viejo, sorprendidos en el bombardeo, se precipitaron hacia tierra de nadie, donde había cráteres producidos por bombas de una tonelada que habían explotado a finales de septiembre. Algunos soldados del batallón de Podchufárov habían tenido tiempo de escapar de las trincheras cubiertas de tierra y corrían en la misma dirección.

La distancia entre las trincheras rusas y alemanas era tan ínfima que el bombardeo cayó en parte sobre la primera línea alemana, donde tropas de asalto aguardaban el ataque.

Poliakov tuvo la impresión de que a lo largo del Volga encrespado se había desencadenado, con toda su fuerza, el viento bajo de Astraján. Poliakov cayó de bruces varias veces y, al caer, olvidaba en qué mundo se encontraba, si era joven o viejo, qué había arriba y qué abajo. Pero Klímov continuaba arrastrándolo y dándole ánimos. Al final se refugiaron en un cráter enorme y se deslizaron hasta el fondo, húmedo y pegajoso. Allí la oscuridad era triple: se mezclaban la negrura de la noche, del humo y del polvo. Era la oscuridad de una cueva.

Yacían el uno al lado del otro; en la cabeza del viejo y del joven vivía una dulce luz, la sed de vivir. Y aquella luz, aquella conmovedora esperanza, era la que ardía en todas las cabezas, en todos los corazones, pero no sólo en los de los hombres: también en los corazones sencillos de las fieras y los pájaros.

Poliakov renegaba en voz baja, echando toda la culpa a Seriozha Sháposhnikov, y musitó: «Aquí es donde me ha traído ese Seriozha». Pero en su corazón era como si rezara.

Aquella explosión de violencia parecía demasiado extrema para poder prolongarse. Pero el tiempo pasaba y el rugido de las explosiones no cesaba; la niebla de humo negro en lugar de despejarse se espesaba, uniendo cada vez más estrechamente cielo y tierra.

Klímov encontró a tientas la áspera mano de trabajador del viejo soldado y la apretó, y el movimiento afectuoso que obtuvo como respuesta le consoló por un instante en aquella tumba descubierta. Una explosión cercana hizo que cayera sobre sus cabezas una lluvia de terrones y piedras. Varios fragmentos de ladrillo golpearon al viejo en la espalda. Cuando grandes capas de tierra se desprendieron de las paredes del agujero, les entraron náuseas. Allí estaban, en el agujero donde habían ido a esconderse para no volver a ver la luz; pronto los alemanes vendrían del cielo a cubrirlo de tierra, nivelando los bordes.

Por lo general, cuando iba en misión de reconocimiento, a Klímov no le gustaba llevarse compañía y se alejaba hacia la oscuridad lo más rápido posible, como un experimentado nadador parte de la orilla arenosa y se lanza a la lúgubre profundidad del mar abierto. Pero allí, en la fosa, estaba contento de tener a Poliakov a su lado.

El tiempo había perdido su flujo uniforme, se había vuelto loco, se lanzaba hacia delante, como una onda expansiva; de repente se congelaba, daba vueltas sobre sí mismo como los cuernos de un carnero.

Sin embargo, al final los hombres levantaron la cabeza: el viento había arrastrado el humo y el polvo y flotaba una penumbra confusa. La tierra se apaciguó y aquel rugido continuo y compacto fue espaciándose en explosiones separadas. Un desagradable cansancio se apoderó de sus almas; parecía que hubieran exprimido de su interior todas sus fuerzas vivas para no dejar más que la angustia.

Cuando Klímov se puso en pie, vio a un soldado alemán que yacía a su lado. Allí estaba, cubierto de polvo y maltratado por la guerra, un alemán de pies a cabeza. Klímov no temía a los alemanes, estaba seguro de su propia fuerza, de su asombrosa capacidad para apretar el gatillo, lanzar granadas, asestar un golpe de culata o acuchillar un segundo antes que su adversario.

Pero ahora estaba desconcertado, asombrado ante el pensamiento de que, ensordecido y cegado, se había sentido consolado por la presencia de aquel alemán, cuya mano había confundido con la de Poliakov. Se miraron. Ambos habían sido abatidos por la misma fuerza, y ninguno de los dos se sentía capaz de luchar contra ella; parecía que esa fuerza no protegía a ninguno de los dos, sino que constituía una terrible amenaza para ambos.

Se examinaban en silencio, los dos habitantes de la guerra. El automatismo perfecto e infalible, el instinto de matar, que tanto el uno como el otro poseían, no había funcionado.

Poliakov, sentado algo más lejos, miraba también la cara barbuda del alemán. Y aunque no le gustara quedarse callado durante mucho rato, esta vez guardaba silencio.

La vida era terrible. Era como si pudieran comprender, como si cada uno pudiera leer en los ojos del otro que la fuerza que los había empujado a aquel foso y les había hundido la cara en el barro continuaría oprimiéndoles después de la guerra, tanto a los vencedores como a los vencidos.

Como obedeciendo un acuerdo tácito se apresuraron a trepar al exterior del cráter exponiendo la espalda y la nuca a un tiro fácil, pero absolutamente seguros de que aquello no iba a ocurrir.

Poliakov resbaló, pero el alemán que se arrastraba a su lado no le ayudó y el viejo rodó hasta el fondo, renegando y maldiciendo la luz clara, hacia la cual se encaramó con renovada obstinación. Cuando Klímov y el alemán alcanzaron la superficie, los dos se pusieron a mirar —uno hacia el este, el otro hacia el oeste—, no fuera a ser que sus jefes hubieran visto que los dos habían salido del mismo agujero sin haberse disparado. Luego, sin volverse, sin ni siquiera un adiós, ambos se dirigieron a sus respectivas trincheras a través de las colinas y los valles recién labrados, todavía humeantes.

—Nuestra casa ya no está, la han arrasado —dijo asustado Klímov a Poliakov, que se afanaba en llegar a su lado—. ¿Es posible que os hayan matado a todos, hermanos míos?

En aquel instante los cañones y las metralletas abrieron fuego y la infantería alemana comenzó a avanzar. Las tropas alemanas habían dado inicio a la gran ofensiva. Aquél fue el día más duro de Stalingrado.

—Toda la culpa es de ese maldito de Seriozha —farfulló Poliakov.

Aún no comprendía lo que había pasado, que todos habían muerto en la casa 6/1; los sollozos y las exclamaciones de Klímov le irritaban.

24

Durante el ataque aéreo una bomba golpeó el local subterráneo donde estaba instalado el puesto de mando del batallón y enterró al comandante de regimiento Beriozkin, al comandante de batallón Dirkin y al telefonista, que se encontraban allí en ese momento. Sumidos en una oscuridad espesa, ensordecidos, ahogados por el polvo de ladrillo, Beriozkin en un primer momento pensó que estaba muerto, pero Dirkin, tras un breve momento de silencio, estornudó y preguntó:

—¿Está vivo, camarada mayor?

—Sí —respondió Beriozkin.

Al oír la voz de su comandante, Dirkin recuperó su buen humor de siempre.

—Entonces, todo está en orden —dijo ahogándose por el humo, tosiendo y escupiendo, aunque a su alrededor no hubiera ningún orden.

Dirkin y el telefonista estaban cubiertos de cascajos y todavía no sabían si tenían algún hueso roto; no podían palparse. Una viga de hierro se combaba sobre sus cabezas y les impedía erguirse, pero era evidente que esa viga les había salvado la vida. Dirkin encendió una linterna. Envueltos en polvo, vieron algo espantoso. Sobre sus cabezas se agolpaban piedras, hierros retorcidos, cemento dilatado cubierto de aceite lubricante, cables rotos. Una sacudida de bomba más y de aquel estrecho refugio no quedaría nada en pie: el hierro y las piedras cederían sobre ellos.

Durante un rato permanecieron en silencio, acurrucados, mientras una fuerza frenética aporreaba contra los talleres.

«Estos talleres —pensó Beriozkin—, incluso muertos trabajan para la defensa: no resulta fácil quebrar cemento y hierro, destrozar un armazón.»

Después auscultaron las paredes, las palparon y comprendieron que no podrían salir por sus propias fuerzas.

El teléfono estaba intacto, pero mudo: el cable había sido cortado.

Apenas podían hablar porque el estruendo de las explosiones cubría sus voces y, a causa del polvo, les asaltaban continuos accesos de tos.

Beriozkin, que el día antes yacía en cama con fiebre alta, ahora no sentía debilidad. En la batalla su fuerza doblegaba a comandantes y oficiales. Pero no se trataba de una fuerza militar y guerrera: era la fuerza sencilla y razonable de un hombre. Pocos eran los que la conservaban y manifestaban en el infierno del combate, y precisamente los hombres que poseían esa fuerza humana, civil, familiar y razonable eran los verdaderos maestros de la guerra.

El bombardeo cesó y los tres hombres atrapados bajo las ruinas oyeron un zumbido metálico. Beriozkin se sonó la nariz, tosió y dijo:

—Aúlla una manada de lobos, los tanques se dirigen a la fábrica de tractores —y añadió—: Nosotros estamos en su camino.

Tal vez porque las cosas no podían ir peor, el comandante de batallón Dirkin entonó entre accesos de tos, con voz alta y enérgica, la canción de una película:

Qué alegría, hermanitos, qué bella es la vida.
Con nuestro jefe no se puede sufrir...

El telefonista pensó que el comandante de batallón había perdido la cabeza; pero, de todos modos, tosiendo y escupiendo, se unió a su canto:

Mi mujer me llorará, pero se volverá a casar.
Se volverá a casar; pronto me olvidará...

Mientras tanto, en la superficie, entre el estruendo del taller, rodeado de humo, polvo y el rugido de los tanques, Glushkov se despellejaba las manos y con los dedos ensangrentados retiraba piedras, trozos de hormigón, doblaba las barras del armazón. Glushkov trabajaba febrilmente, como un loco; sólo la locura podía ayudarle a mover pesadísimas vigas de hierro, a realizar un trabajo para el cual se necesitaría la fuerza de diez hombres.

Beriozkin volvió a ver la luz polvorienta y sucia, mezclada con el fragor de las explosiones, con el rugido de los tanques alemanes, los disparos de los cañones y las ametralladoras. Y sin embargo era la luz del día, suave y clara; y al verla, el primer pensamiento de Beriozkin fue: «Ves, Tamara, no tienes de qué preocuparte, ya te dije que no es nada terrible».

Los brazos firmes y vigorosos de Glushkov le rodearon.

Con la voz entrecortada por los sollozos, Dirkin gritó:

–Camarada comandante del regimiento, soy el comandante de un batallón muerto.

Hizo un círculo con la mano alrededor.

–Vania está muerto. Nuestro Vania está muerto.

Señaló el cadáver del comisario del batallón que yacía de costado en un aterciopelado charco de sangre negra y aceite.

En comparación, el puesto de mando del regimiento había sufrido pocos daños; sólo la mesa y la cama habían quedado sepultados bajo la tierra.

Al ver a Beriozkin, Pivovárov maldijo alegremente y se precipitó hacia él.

–¿Estamos en contacto con los batallones? –le preguntó Beriozkin–. ¿Qué hay de la casa 6/1? ¿Cómo está Podchufárov? Dirkin y yo quedamos atrapados en una ratonera, sin comunicación, sin luz. No sé quién está vivo y quién muerto, dónde estamos, dónde están los alemanes... No sé nada. ¡Deme un informe! Mientras vosotros combatíais, nosotros cantábamos.

Pivovárov le comunicó las pérdidas. Todos los ocupantes de la casa 6/1 habían muerto, incluido aquel escandaloso Grékov; sólo se habían salvado dos: un explorador y un viejo miliciano. Pero el regimiento había resistido el asalto alemán, y los hombres que todavía estaban vivos, *vivían*.

El teléfono sonó, y los oficiales, que se habían girado a mirar al soldado de transmisiones, comprendieron por su cara que al otro lado de la línea estaba el comandante supremo de Stalingrado.

El soldado pasó el auricular a Beriozkin; la recepción era nítida y los soldados, que entretanto permanecían callados, oyeron con claridad la voz grave y fuerte de Chuikov.

–¿Beriozkin? El comandante de la división está herido, el segundo jefe y el jefe del Estado Mayor han muerto. Le ordeno que asuma el mando de la división.

Después de una pausa, añadió con voz autoritaria y comedida:

–Has comandado el regimiento en condiciones imposibles, infernales, pero has aguantado el golpe. Te doy las gracias. Te abrazo, querido. Buena suerte.

Había comenzado la guerra en los talleres de la fábrica de tractores. Los vivos seguían vivos.

En la casa 6/1 se había hecho el silencio. De las ruinas no salía ni un disparo. Era evidente que la fuerza principal del ataque aéreo había recaído sobre la casa. Las paredes que aún quedaban en pie se habían derrumbado y el montículo de piedras se había nivelado. Los tanques alemanes abrían fuego contra el batallón de Podchufárov, mimetizándose con los restos de la casa muerta.

Las ruinas de la casa, que hasta hace poco constituían un terrible peligro para los alemanes, se habían transformado en un refugio seguro.

A lo lejos, los montones de ladrillos parecían enormes trozos de carne mojada y humeante, y los soldados alemanes de uniforme gris verdoso pululaban, como insectos zumbantes y excitados, entre los bloques de ladrillos de aquella casa desolada.

–Ahora mismo asumirás el mando del regimiento –dijo Beriozkin a Pivovárov, y añadió–: Durante toda la guerra mis superiores jamás se han sentido satisfechos conmigo. Y ahora que me he quedado sentado sin hacer nada, bajo tierra, cantando canciones, voy y recibo el agradecimiento de Chuikov, que me confía el mando de una división entera. Pero cuidado, no te dejaré pasar una.

25

Shtrum, Liudmila y Nadia llegaron a Moscú en unos días fríos en que la ciudad estaba cuajada de nieve. Aleksandra Vladímirovna no había querido interrumpir su trabajo en la fábrica y se había quedado en Kazán, a pesar de que Shtrum le había prometido que le conseguiría un trabajo en el Instituto Kárpov.

Eran días extraños, días en que la felicidad y la inquietud coexistían en los corazones. Parecía que los alemanes continuaban siendo fuertes y amenazadores, como si estuvieran preparando una nueva ofensiva.

No había ningún signo evidente de que la guerra hubiera experimentado un giro decisivo. No obstante, todo el mundo quería regresar a Moscú. Era lógico y natural, así como legítima era la decisión del gobierno de trasladar a la capital algunas instituciones que habían sido evacuadas.

La gente presagiaba ya el signo secreto de aquella primavera de guerra. Y con todo, la capital parecía triste y lúgubre en aquel segundo invierno de guerra.

Montones de nieve sucia cubrían las aceras. A las afueras de la ciudad había, como en el campo, pequeños senderos que comunicaban cada una de las casas con las paradas del tranvía y las tiendas de comestibles. A menudo se veían los tubos de hierro de estufas improvisadas echando humo a través de las ventanas, y las paredes de los edificios estaban cubiertas por una capa de hollín amarillo y congelado.

Los moscovitas, ataviados con pellizas cortas y pañuelos, tenían un aire provinciano, casi campesino.

En el trayecto desde la estación, Víktor Pávlovich miraba el rostro sombrío de Nadia. Estaban sentados sobre el equipaje en la parte trasera de un camión.

–¿Y bien, *mademoiselle*? –preguntó Shtrum–. ¿Te imaginabas así Moscú en tus sueños de Kazán?

Nadia, molesta porque su padre había adivinado su estado de ánimo, no contestó.

Víktor Pávlovich se puso a disertar:

–El hombre no entiende que las ciudades construidas por él no son parte integrante de la naturaleza. Si quiere defender su cultura de los lobos, de las tormentas de nieve o de las malas hierbas no puede permitirse soltar el fusil, la pala o la escoba. Basta con que se quede mirando las musarañas, que se distraiga uno o dos años, para que todo se vaya a pique: los lobos salen del bosque, los cardos florecen y todo queda sepultado bajo la nieve y el polvo. ¡Cuántas grandes capitales han sucumbido bajo el polvo, la nieve y la maleza!

Shtrum deseaba que también Liudmila, sentada en la cabina al lado del conductor, escuchase sus divagaciones. Se inclinó sobre un lado del camión y preguntó a través de la ventana medio bajada:

–¿Estás cómoda, Liuda?

–Es bien sencillo –replicó Nadia–, los barrenderos no han quitado la nieve. ¿A qué viene esa historia de la muerte de las culturas?

–No seas tonta –respondió Shtrum–. Mira esos bancos de hielo.

El camión dio una sacudida repentina y todos los bultos y las maletas saltaron en el aire, junto con Nadia y Shtrum. Se miraron y se echaron a reír.

¡Qué extraño era todo! ¿Cómo podría haber imaginado que lograría realizar su obra más importante en Kazán, durante un año de guerra, con todos los sufrimientos y vagabundeos que eso comportaba?

Esperaba sentir sólo una emoción solemne mientras se acercaba a Moscú. Esperaba que su pesar por su madre Anna Semiónovna, Tolia, Marusia, el pensamiento de las víctimas que había en el seno de casi todas las familias, se mezclaría con la felicidad del regreso y llenaría su alma. Pero nada había sucedido según las expectativas.

Durante el viaje Shtrum se había enfadado por toda clase de tonterías. Le había irritado que Liudmila Nikoláyevna se pasara todo el trayecto durmiendo y no mirara por la ventana aquella tierra que su hijo había defendido. Mientras dormía, Liudmila roncaba con fuerza, y un herido de guerra que pasó por delante del vagón exclamó al oírla:

—¡Vaya, aquí sí que tenemos a un auténtico soldado de la guardia!

Nadia también le sacaba de sus casillas: con un egoísmo atroz elegía de la bolsa los bizcochos más dorados mientras que su madre recogía con escrúpulo los restos de la comida que dejaba. Y además, en el tren, Nadia había adoptado un tono estúpido y burlón en relación con su padre. Shtrum había oído por casualidad cómo decía en el compartimento vecino: «Mi papá es un gran entendido en música e incluso sabe tocar el piano».

Las personas con las que viajaban en el compartimento hablaban del alcantarillado de Moscú y la calefacción central, de la gente descuidada que no pagaba el alquiler y acababa perdiendo su alojamiento, y también acerca de los productos alimenticios que más convenía llevar a Moscú. A Shtrum le irritaban las conversaciones sobre temas domésticos, pero también él hablaba del administrador de la casa, de las cañerías del agua, y por la noche, cuando no podía conciliar el sueño, se preguntaba si no habrían cortado el teléfono y pensaba que tenía que conseguir cartillas de racionamiento.

Una vieja huraña encargada de hacer la limpieza en los vagones había encontrado, cuando barría el compartimento, un hueso de gallina lanzado por Shtrum debajo de un asiento.

—Hay que ver —dijo—, menudos cerdos; y luego se hacen pasar por gente culta.

En Múrom, mientras caminaban por el andén, Shtrum y Nadia pasaron por delante de unos muchachos vestidos con chaquetas de cuello de astracán. Uno de los más jóvenes dijo:

–Mira, ahí tenemos un Abraham que vuelve de la evacuación.

–Sí –especificó otro–, Abraham se da prisa por recibir la medalla de la defensa de Moscú.

En la estación de Kanash, el tren se detuvo frente a un convoy de prisioneros. Los centinelas patrullaban a lo largo de los vagones de ganado, y contra las minúsculas ventanas enrejadas se apretaban las caras pálidas de los prisioneros, que gritaban: «Tabaco», «dadnos de fumar». Los centinelas los insultaban y les obligaban a apartarse de las ventanillas.

Por la noche Shtrum se acercó al vagón vecino, donde viajaban los Sokolov. Maria Ivánovna, con la cabeza cubierta por un pañuelo de colores, estaba preparando las camas; Piotr Lavréntievich dormiría en la litera inferior, ella, en la superior. Absorbida por la preocupación de si su marido estaría cómodo, respondía a las preguntas de Shtrum con aire distraído, olvidándose incluso de preguntar por Liudmila Nikoláyevna.

Sokolov bostezaba, se quejaba de que el calor del vagón le tenía agotado. Por alguna razón a Víktor le ofendió que Sokolov se mostrara ausente, por no hablar de la tibia bienvenida que le había dispensado.

–Es la primera vez en mi vida –dijo Shtrum– que veo a un marido obligar a su mujer a dormir en la litera de arriba, mientras que él se queda la de abajo.

Pronunció aquellas palabras en un tono irritado, y se asombró de que esa circunstancia le crispara hasta tal punto.

–Es lo que hacemos siempre –dijo Maria Ivánovna–. Piotr Lavréntievich se ahoga si duerme arriba, pero a mí me da igual.

Y le dio un beso en la sien a Sokolov.

–Bueno, me voy –dijo Shtrum. Y volvió a sentirse ofendido de que los Sokolov no intentaran retenerle.

Por la noche, hacía un calor sofocante en el vagón. Le venían a la mente toda clase de recuerdos: Kazán, Karímov, Aleksandra Vladímirovna, las conversaciones con Madiárov, su estrecho despacho en la universidad... Qué ojos tan encantadores y angustiados tenía Maria Ivánovna cuando Shtrum visitaba la casa de los Sokolov y pasaban la velada discutiendo de política. No había en ellos ese aire distraído y extraño que tenían hoy en el vagón.

«¡No hay derecho! –pensó–. Él duerme abajo, donde se está más cómodo y hace menos calor. Eso sí que es aplicar el *Domostrói*[1].»

Y enfadado con Maria Ivánovna, a la que consideraba la mejor de las mujeres, buena y dulce, pensó: «Es una coneja con la nariz roja. Piotr Lavréntievich es un hombre difícil donde los haya. Parece amable y comedido, pero en realidad es arrogante, reservado y vengativo. Sí, menuda cruz aguanta la pobre».

Sin lograr conciliar el sueño, se esforzaba en pensar en los amigos que pronto vería de nuevo, en Chepizhin y muchos otros que ya conocían su trabajo. ¿Cómo le acogerían? ¿Qué dirían Gurévich y Chepizhin? A fin de cuentas, volvía como vencedor.

Recordó que Márkov, que se había ocupado de todos los pormenores de la nueva planta experimental, no llegaría a Moscú hasta dentro de una semana y que sin él no podría comenzar el trabajo. «Es una lástima que Sokolov y yo sólo seamos unos desmañados, unos teóricos con las manos torpes, inútiles...»

Sí, vencedor, vencedor.

Pero estos pensamientos discurrían perezosos, se interrumpían.

Todavía veía en su cabeza las imágenes de aquellos hombres que gritaban «tabaco», «cigarrillos», y los jóvenes que le habían llamado Abraham. Un día, Postóyev había formulado en su presencia un extraño comentario a Sokolov; le estaba hablando del trabajo de un joven físico, Landesman, y Postóyev dijo: «¿Y qué más nos aporta Landesman ahora que Víktor Pávlovich ha sorprendido al

---

1. Recopilación de textos del siglo XVI donde se recogen las reglas fundamentales de la vida doméstica, que propugnaba una sumisión total al cabeza de familia.

mundo con un descubrimiento de primer orden?». Luego abrazó a Sokolov y añadió: «En cualquier caso, lo más importante es que usted y yo somos rusos».

¿Habrían cortado el teléfono? ¿Funcionaría el gas? ¿Acaso la gente, más de cien años antes, cuando regresaba a Moscú tras la derrota de Napoleón, pensaría en estas tonterías?

El camión paró muy cerca de su casa, y los Shtrum volvieron a ver las cuatro ventanas de su apartamento con las cruces de papel azul que habían pegado en los cristales durante el pasado verano, la puerta principal, los tilos en los márgenes de las aceras, el letrero con la inscripción «leche» y la placa del administrador de la casa en la puerta.

—Bueno, no creo que el ascensor funcione —dijo Liudmila Nikoláyevna, y volviéndose al conductor, le preguntó—: Camarada, ¿no podría ayudarnos a subir las cosas al segundo piso?

—Claro que sí —respondió el conductor—. Pero tendrán que pagarme con pan.

Descargaron el coche y dejaron a Nadia al cuidado del equipaje, mientras Shtrum y su mujer subían al apartamento. Ascendieron las escaleras despacio, sorprendiéndose de que nada hubiera cambiado: la puerta del primer piso revestida aún de hule negro, los familiares buzones... Qué extraño que las calles, las casas, las cosas que uno olvidaba no desaparecieran; qué extraño reencontrarlas, y volverse a ver entre ellas.

Una vez Tolia, cansado de esperar el ascensor, había subido corriendo al segundo piso y desde lo alto había gritado a Shtrum: «¡Eh, ya estoy en casa!».

—Descansemos en el rellano, te estás ahogando —dijo Víktor Pávlovich.

—Dios mío —exclamó Liudmila Nikoláyevna—. Mira en qué estado se encuentra la escalera. Mañana iré a ver al administrador. Obligaré a Vasili Ivánovich a organizar los turnos de limpieza.

Ahí estaban de nuevo, frente a la puerta de su casa, el marido y su mujer.

—¿Quieres abrir tú la puerta?

–No, no, ¿por qué? Abre tú; eres el dueño de la casa.

Entraron en el piso e inspeccionaron todas las habitaciones sin quitarse los abrigos.

Liudmila tocó con la mano el radiador, levantó el auricular del teléfono, sopló y dijo:

–Bueno, ¡parece que el teléfono funciona!

Después entró en la cocina y dijo:

–Hay agua; podemos utilizar los lavabos.

Se acercó al hornillo e intentó encender el gas, pero lo habían cortado.

Señor, Señor, al fin había acabado todo. El enemigo había sido detenido. Habían vuelto a casa. Parecía que fuera ayer aquel sábado 21 de junio de 1941... ¡Todo estaba igual, y todo había cambiado! Eran personas diferentes las que habían franqueado el umbral de la casa, tenían otros corazones, otro destino, vivían en otra época. ¿Por qué todo era tan cotidiano y al mismo tiempo generaba tanta ansiedad? ¿Por qué la vida de antes de la guerra, la vida que habían perdido, les parecía ahora tan bella y feliz? ¿Por qué les atormentaba tanto el pensamiento del mañana? Cartillas de racionamiento, permisos de residencia, el cupo de electricidad, el ascensor que funciona, el ascensor averiado, la suscripción a los periódicos... De nuevo, por la noche, oír desde la cama el viejo reloj dando las horas.

Mientras seguía a su mujer, Shtrum se acordó de repente de aquel día de verano en que había viajado a Moscú, cuando la hermosa Nina había bebido vino con él; la botella vacía todavía estaba en la cocina, cerca del fregadero.

Recordó la noche en que leyó la carta de su madre que le había traído el coronel Nóvikov, y su partida repentina a Cheliábinsk. Era allí donde había besado a Nina, donde una horquilla se le desprendió de los cabellos y no lograron encontrarla. De pronto le sobrecogió el miedo. ¿Y si aparecía la horquilla en el suelo? ¿Y si Nina se había olvidado la barra de labios o la polvera?

En aquel instante el conductor, respirando pesadamente, soltó la maleta y tras mirar la habitación preguntó:

–¿Todo este espacio es vuestro?

–Sí –respondió Shtrum con aire culpable.

–Nosotros tenemos ocho metros cuadrados para seis personas –dijo el conductor–. Mi vieja mujer duerme durante el día, cuando todo el mundo está en el trabajo, y se pasa la noche sentada en una silla.

Shtrum se aproximó a la ventana. Nadia estaba haciendo guardia junto al equipaje que habían descargado del camión, dando saltos y soplándose los dedos.

«Querida Nadia, querida hija indefensa, ésta es la casa donde naciste.»

El conductor subió una bolsa de comida y un portamantas lleno de ropa de cama; se sentó en una silla y comenzó a liarse un cigarrillo.

Parecía tan preocupado por la cuestión de la vivienda que incluso obsequió a Shtrum con comentarios acerca de las recomendaciones oficiales en materia de higiene y sobre los empleados de la Dirección Regional de la Vivienda que aceptaban sobornos.

De la cocina llegaba ruido de cacerolas.

–Una auténtica ama de casa –dijo el conductor, y le guiñó el ojo a Shtrum.

Shtrum miró otra vez por la ventana.

–Todo en orden –dijo el conductor–. Les daremos una tunda a los alemanes en Stalingrado, la gente volverá en masa de la evacuación y el tema de la vivienda empeorará aún más. Hace poco volvió a la fábrica un obrero que había resultado herido dos veces. Su casa, naturalmente, había sido bombardeada, así que a él y a su familia los instalaron en un sótano insalubre; y su mujer, por supuesto, estaba encinta, y sus dos hijos eran tuberculosos. El sótano se les inundó y el agua les llegaba a la altura de las rodillas. Pusieron tablas sobre los taburetes y así se desplazaban de la cama a la mesa, de la mesa al hornillo. Luego el hombre comenzó a presentar solicitudes. Escribió al comité del Partido, al *raikom;* escribió incluso a Stalin;

pero no obtuvo más que promesas. Una noche cogió a su mujer, sus hijos y sus trastos y se instaló en el cuarto piso que estaba reservado para el sóviet del distrito. Una habitación de ocho metros y cuarenta y tres centímetros. ¡Vaya escándalo se armó! Fue llamado por el fiscal, que le dijo que debía desalojar la habitación en veinticuatro horas o le caerían cinco años en un campo y sus hijos serían internados en un orfanato. ¿Qué hizo él? Había recibido condecoraciones en la guerra, de modo que se las clavó en el pecho, en carne viva, y se colgó allí mismo, en el taller, durante la pausa del almuerzo. Los muchachos se dieron cuenta, cortaron la cuerda y la ambulancia se lo llevó a toda prisa al hospital. En un abrir y cerrar de ojos le dieron lo que pedía, antes incluso de que saliera del hospital. Ha tenido suerte: el espacio es pequeño, pero con todas las comodidades. Le salió bien la jugada.

Cuando el conductor terminó de contar la historia, hizo su entrada Nadia.

—Y si roban el equipaje, ¿quién se hace responsable? —preguntó el conductor.

Nadia se encogió de hombros y dio una vuelta por las habitaciones, soplándose los dedos congelados.

En cuanto Nadia entró en la casa, Shtrum se sintió de nuevo irritado.

—Al menos desabróchate el cuello —le dijo, pero Nadia le dio la espalda y gritó en dirección a la cocina:

—¡Mamá, me muero de hambre!

Liudmila Nikoláyevna desplegó una energía tan extraordinaria aquel día que Shtrum pensó que, si hubieran dispuesto de semejante fuerza en el frente, los alemanes habrían retrocedido cien kilómetros más desde Moscú.

El fontanero encendió la calefacción; las tuberías se hallaban en buen estado, aunque, a decir verdad, apenas calentaban. Llamar al hombre del gas no fue tarea fácil. Liudmila Nikoláyevna logró hablar por teléfono con el director de la red de gas, que envió a un empleado del servicio de reparaciones. Liudmila Nikoláyevna encendió todos los quemadores, colocó encima las planchas y, aunque la llama era débil, pudieron quitarse los abrigos. Después de los servicios del conductor, el fontanero y el hombre del gas, la bolsa del pan se había aligerado considerablemente.

Hasta bien entrada la noche, Liudmila Nikoláyevna se ocupó de las tareas domésticas. Envolvió la escoba con un trapo y quitó el polvo del techo y las paredes. Limpió la araña, sacó las flores secas a la escalera de servicio, reunió un montón de cachivaches, papeles viejos y trapos; Nadia, refunfuñando, tuvo que bajar tres veces el cubo de la basura.

Liudmila Nikoláyevna lavó toda la vajilla de la cocina y el comedor, y Víktor Pávlovich, bajo sus órdenes, secó los platos, los tenedores y los cuchillos, pero su mujer no le confió el servicio de té. Se puso a hacer la colada en el lavabo, desheló la mantequilla sobre el fuego y seleccionó las patatas que habían traído de Kazán.

Shtrum llamó por teléfono a Sokolov y respondió Maria Ivánovna.

–He mandado a Piotr Lavréntievich a la cama; estaba cansado del viaje, pero si se trata de un asunto urgente, lo despierto.

–No, no, sólo quería charlar con él –explicó Shtrum.

–Estoy tan contenta –dijo Maria Ivánovna–. Sólo tengo ganas de llorar.

–Venga a vernos –le propuso Shtrum–. ¿Quiere visitarnos esta noche?

–Ni hablar; hoy, imposible –dijo riendo Maria Ivánovna–. ¡Con todo el trabajo que tenemos Liudmila y yo!

Maria le preguntó sobre el racionamiento de la electricidad, las cañerías del agua, y Víktor, inesperadamente brusco, la interrumpió:

–Ahora llamo a Liudmila; ella continuará con usted esta conversación sobre tuberías.

Y enseguida añadió en tono jocoso:

–¡Qué pena tan grande que no pueda venir! Habríamos leído el poema de Flaubert *Max y Maurice*.

Pero ella no respondió a la broma.

–La llamaré más tarde –replicó–. Con todo el trabajo que me está dando una sola habitación, me imagino lo que será para Liudmila.

Shtrum comprendió que la había ofendido con su tono grosero. Y de repente deseó estar en Kazán. ¡Qué extraño es el ser humano!

Después Shtrum intentó llamar a los Postóyev, pero su teléfono parecía estar cortado.

Telefoneó a su colega, el doctor en ciencias Gurévich, pero los vecinos le dijeron que se había ido con su hermana a Sokólniki.

Llamó a Chepizhin, pero nadie contestó.

De repente sonó el teléfono y una voz de chico preguntó por Nadia, que en ese momento estaba haciendo su enésimo viaje con el cubo de basura.

–¿De parte de quién? –preguntó Shtrum, severo.

–No tiene importancia, un conocido.

–Vitia, ya has hablado demasiado por teléfono, ayúdame a mover el armario –le llamó Liudmila Nikoláyevna.

–¿Con quién quieres que hable? Nadie me necesita en Moscú –dijo Shtrum–. Si al menos me dieras algo que llevarme al estómago... Sokolov se ha llenado la panza y se ha ido a dormir ya.

Daba la impresión de que Liudmila sólo había aportado más desorden a la casa: había pilas de ropa por doquier, platos fuera de las estanterías amontonados en el suelo; cacerolas, tinas y sacos impedían el paso por las habitaciones y el pasillo.

Shtrum pensaba que Liudmila tardaría un tiempo en entrar en la habitación de Tolia, pero estaba equivocado.

Con los ojos inquietos y las mejillas sonrosadas, Liudmila le dijo:

–Vitia, Víktor, deja el jarrón chino en la habitación de Tolia, sobre la estantería. Lo he lavado.

El teléfono volvió a sonar. Oyó a Nadia responder:

–¡Hola! No, no había salido. Mi madre me mandó bajar la basura.

Pero Liudmila Nikoláyevna le apremiaba:

–Échame una mano, Vitia, no te duermas, hay mucho que hacer.

¡Qué poderoso instinto anida en el alma femenina! ¡Qué instinto más fuerte y sencillo!

Por la noche el caos había sido vencido, las habitaciones estaban caldeadas y habían comenzado a mostrar el aspecto que tenían antes de la guerra.

Cenaron en la cocina. Liudmila Nikoláyevna horneó algunas tortas secas y cocinó albóndigas de mijo con las gachas preparadas por la tarde.

–¿Quién te ha llamado? –preguntó Shtrum a su hija.

–Bueno, un chico –respondió Nadia, y se echó a reír–. Hace cuatro días que me estaba llamando y hoy por fin me ha encontrado.

–¿Le escribías o qué? ¿Le has avisado de que llegábamos? –preguntó Liudmila Nikoláyevna.

Nadia, irritada, arrugó la frente y se encogió de hombros.

–Yo estaría contento incluso si me telefoneara un perro –dijo Shtrum.

Durante la noche Víktor Pávlovich se despertó. Liudmila, en camisón, estaba ante la puerta abierta de la habitación de Tolia, y decía:

–Ya ves, Tólenka, he tenido tiempo de arreglar también tu habitación, y al verla, nadie pensaría que ha habido una guerra, mi querido niño...

26

A su regreso de la evacuación, los científicos se reunieron en una de las salas de la Academia de las Ciencias. Todos aquellos hombres, viejos y jóvenes, pálidos, calvos, de ojos grandes o pequeños y penetrantes, de frente alta o baja, al reunirse, percibían una de las formas más elevadas de poesía que existe, la poesía de la prosa.

Sábanas húmedas y páginas enmohecidas de libros abandonados durante demasiado tiempo en habitaciones sin caldear, clases impartidas con el abrigo puesto y el cuello subido, fórmulas escritas con los dedos rojos y congelados, ensalada moscovita hecha a base de patatas viscosas y algunas hojas de col rotas, los empujones por los cupones de comida, el pensamiento tedioso de las listas en las que había que inscribirse para obtener pescado salado, una ración suplementaria de aceite... Todo aquello de repente perdió importancia. Los conocidos, al encontrarse, se profesaban ruidosas muestras de afecto.

Shtrum vio a Chepizhin en compañía del académico Shishakov.

–¡Dmitri Petróvich! ¡Dmitri Petróvich! –repitió Shtrum, mirando aquella cara que le era tan querida.

Chepizhin lo abrazó.

–¿Le escriben sus chicos desde el frente? –preguntó Shtrum.

–Sí, sí, están bien.

Y por la manera en que Chepizhin frunció el ceño, sin sonreír, Shtrum entendió que estaba al corriente de la muerte de Tolia.

–Víktor Pávlovich –dijo–. Transmita a su mujer mis más profundos respetos. Los míos y los de Nadiezhda Fiódorovna.

Y enseguida añadió:

–He leído su trabajo, es muy interesante, es un trabajo importante, mucho más de lo que pueda parecer a primera vista. ¿Comprende?, más interesante de lo que actualmente podamos imaginarnos.

Y besó a Shtrum en la frente.

–Pero qué dice; tonterías, tonterías –rebatió Shtrum, sintiéndose confuso y feliz al mismo tiempo.

Mientras se dirigía a la reunión, le asaltaban los pensamientos más variados: ¿quién habría leído su trabajo? ¿Qué habrían dicho de él? ¿Y si nadie lo había leído?

Ahora, tras las palabras de Chepizhin, le invadió la certeza de que sólo se hablaría de él y de su descubrimiento.

Shishakov estaba allí al lado, y Shtrum tenía ganas de contarle a su amigo infinidad de cosas que no pueden decirse en presencia de un extraño, especialmente en presencia de Shishakov.

Cuando Shtrum miraba a Shishakov, a menudo le venía a la cabeza la graciosa definición de Gleb Uspenski: «Un búfalo piramidal».

La cara cuadrada y carnosa de Shishakov, su boca arrogante e igualmente carnosa, sus dedos rechonchos con las uñas pulidas, sus cabellos de erizo color gris plata, sus trajes siempre bien cortados: todo aquello apabullaba a Shtrum. Cada vez que se encontraba con él se descubría pensando: «¿Me reconocerá?», «¿Me saludará?». Y furioso consigo mismo, se alegraba cuando Shishakov pronunciaba despacio, con sus labios carnosos, palabras que tenían algo bovino, pulposo.

–¡Un toro altivo! –había dicho Shtrum a Sokolov una vez, refiriéndose a Shishakov–. Me hace sentir tan intimidado como un judío de *shtetl* en presencia de un coronel de caballería.

–Y pensar –proseguía Sokolov– que es conocido en todas partes por no haber reconocido un positrón en una fotografía. ¡Todos los estudiantes de doctorado están al corriente del error del académico Shishakov!

Sokolov muy raramente hablaba mal de la gente, en parte por prudencia, en parte por un sentido religioso que le prohibía juzgar al prójimo. Pero Shishakov le causaba a Sokolov una irritación irrefrenable, y Piotr Lavréntievich a menudo lo criticaba, se mofaba de él. No podía contenerse.

Se pusieron a hablar de la guerra.

–El avance alemán ha sido frenado en el Volga –dijo Chepizhin–. Ahí está la fuerza del Volga. ¡Agua viva, una fuerza viva!

–Stalingrado, Stalingrado –dijo Shishakov–. El triunfo de nuestra estrategia y la determinación de nuestro pueblo.

–Alekséi Alekséyevich, ¿está enterado de la última obra de Víktor Pávlovich? –le preguntó Chepizhin de repente.

–He oído hablar de ella, por supuesto, pero todavía no la he leído.

La cara de Shishakov no dejaba entrever qué era lo que había oído decir exactamente de la obra de Shtrum.

Shtrum miró largo rato a los ojos de Chepizhin. Quería que su viejo amigo y maestro comprendiera todo por lo que había pasado, que adivinara sus privaciones y sus dudas. Pero los ojos de Shtrum también descubrieron tristeza, los pensamientos lúgubres y el cansancio senil de Chepizhin.

Sokolov se les acercó y mientras Chepizhin le estrechaba la mano, el académico Shishakov deslizó su mirada despectiva sobre la vieja chaqueta de Piotr Lavréntievich. En cambio, cuando Postóyev se unió a ellos, Shishakov sonrió satisfecho con toda la carne de su gruesa cara y exclamó:

–¡Buenos días, buenos días, amigo! He aquí alguien a quien me alegro de ver.

Intercambiaron información sobre sus respectivas mujeres, hijos, dachas, estado de salud, como grandes, grandísimos señores.

Shtrum susurró a Sokolov:

–¿Qué tal se han instalado? ¿Su casa está caldeada?

–De momento no estamos mejor que en Kazán. Masha ha insistido en que le saludara de su parte. Lo más probable es que mañana pase a visitarles.

–Estupendo –dijo Shtrum–. Comenzábamos a echarla de menos, acostumbrados como estábamos en Kazán a verla cada día.

–Ya, cada día –repitió Sokolov–. Para mí que Masha iba a verles al menos tres veces al día. Llegué a proponerle que se fuera a vivir con ustedes.

Shtrum se echó a reír y pensó que su risa no sonaba del todo espontánea. El académico Leóntiev, un matemático narigudo, con un imponente cráneo calvo y unas gafas enormes de montura amarilla, entró en la sala. Una vez, cuando Shtrum y él vivían en Gaspra, habían ido juntos a Yalta. Habían bebido mucho vino en una tienda; luego habían entrado tambaleándose en la cantina de Gaspra y entonado una canción indecente, que alarmó al personal y provocó las risas de los veraneantes. Al ver a Shtrum, Leóntiev sonrió. Víktor bajó ligeramente la mirada, esperando a que Leóntiev le dijera algo acerca de su trabajo.

Pero al académico, en cambio, le vinieron a la cabeza sus aventuras en Gaspra; hizo un gesto con la mano y gritó:

—Bueno, Víktor Pávlovich, ¿qué tal si cantáramos un poco?

Entró un joven con el pelo oscuro que llevaba puesto un traje negro, y Shtrum se dio cuenta de que el académico Shishakov se precipitaba a saludarlo.

Al joven también se le acercó Suslakov, encargado de asuntos importantes a la par que misteriosos en el presídium de la Academia: se sabía que su ayuda era más útil que la del presidente para poder trasladar a un doctor en ciencias de Alma-Ata a Kazán o para obtener un apartamento. Era un hombre de rostro cansado, de esos que trabajan por la noche, con las mejillas ajadas de color ceniza; pero todo el mundo necesitaba de su apoyo.

Todos se habían acostumbrado a que Suslakov fumara Palmira durante las asambleas, mientras que los académicos fumaban tabaco ordinario, y que al salir de la Academia no fueran las celebridades las que se ofrecieran a llevarle en su automóvil sino que fuera él quien, encaminándose a su ZIS, invitara a las celebridades con un «Venga, que le doy un paseo».

Ahora Shtrum, observando la conversación entre Suslakov y el joven de pelo oscuro, se daba cuenta de que este último no le estaba pidiendo ningún favor: por elegante que sea la manera de pedir siempre se puede adivinar quién está pidiendo a quién; aun al contrario, el joven parecía estar deseando que la conversación acabara lo antes posible. El joven saludó a Chepizhin con un respeto reverencial, pero ese respeto estaba teñido de un desprecio imperceptible, y sin embargo, al mismo tiempo, perfectamente palpable.

—A propósito, ¿quién es ese joven con aires de gran señor? —preguntó Shtrum.

Postóyev le respondió a media voz:

–Trabaja desde hace poco en la sección científica del Comité Central.

–¿Sabe? –dijo Shtrum–, tengo una sensación asombrosa. Me parece que nuestra tenacidad en Stalingrado es la misma tenacidad que la de Newton y Einstein, que la victoria en el Volga significa el triunfo de las ideas de Einstein. Bueno, ya entiende lo que quiero decir.

Shishakov soltó una risa de perplejidad y negó ligeramente con la cabeza.

–¿Es posible que no me entienda, Alekséi Alekséyevich? –dijo Shtrum.

–Oscuras aguas nebulosas –dijo sonriendo el joven de la sección científica, que apareció de improviso al lado de Shtrum–. Supongo que la supuesta teoría de la relatividad nos permite establecer un vínculo entre el Volga ruso y Albert Einstein.

–¿Por qué supuesta? –preguntó Shtrum asombrado, y arrugó el entrecejo ante la hostilidad maliciosa de la que estaba siendo objeto.

Miró al piramidal Shishakov en busca de apoyo, pero evidentemente el plácido desprecio de Shishakov se extendía hasta Einstein.

Shtrum fue presa de una irritación incontenible, un sentimiento dañino se apoderó de él. Aquello le pasaba a veces: algo le infligía una ofensa lacerante y debía hacer un gran esfuerzo para contenerse. Por la noche, de regreso a casa, se permitía desahogarse verbalmente contra aquellos que le habían ultrajado, con el corazón en un puño. A veces incluso se olvidaba de sí mismo y se ponía a gritar, a gesticular, mientras defendía con esos discursos imaginarios su amor propio, ridiculizando a sus enemigos. Liudmila Nikoláyevna le decía entonces a Nadia: «Papá está soltando otra vez un discursito».

En aquel momento se sentía injuriado no sólo por Einstein. A su modo de ver, todos sus conocidos deberían estar hablando de su trabajo, él mismo tendría que ser el centro de atención. Se sentía humillado, mortificado. Comprendía que era ridículo ponerse así por semejante cosa, pero igualmente se sentía ofendido. Nadie excepto Chepizhin le había hablado de su trabajo.

Con voz tímida, comenzó a explicar:

–Los fascistas han expulsado al genial Einstein, y su física se ha convertido en una física de simios. Pero gracias a Dios hemos detenido el avance del fascismo. Y todo esto va a la par: el Volga, Stalingrado, el primer genio de nuestra época, Albert Einstein, el pueblo más remoto, una vieja campesina analfabeta, y la libertad que todos necesitamos... Todo está conectado. Puede que lo exprese de una manera un tanto confusa, pero es probable que no haya nada más claro que este enredo...

–Me parece, Víktor Pávlovich, que su panegírico sobre Einstein es una burda exageración –replicó Shishakov.

–Totalmente de acuerdo –intervino alegremente Postóyev–. Una exageración evidente.

El joven de la sección científica miró a Víktor con tristeza.

–Mire, camarada Shtrum –comenzó, y Shtrum percibió de nuevo malevolencia en su voz–. En estos días tan importantes para nuestro pueblo a usted le parece natural unir en su corazón a Einstein y al Volga. Lo que ocurre es que los corazones de sus opositores albergan, en estos días, sentimientos completamente diferentes. Sobre el corazón no se manda, por tanto no hay nada que discutir. Pero, en cambio, sí se puede discutir en cuanto a su valoración sobre Einstein, porque no me parece adecuado presentar una teoría idealista como la cumbre de los logros científicos.

–Ya basta –le interrumpió Shtrum, y continuó con un tono de voz arrogante y didáctico–: Alekséi Alekséyevich, la física contemporánea sin Einstein sería una física de simios. No tenemos derecho a bromear con los nombres de Einstein, Galileo o Newton.

Amonestó con el dedo a Alekséi Alekséyevich y vio que Shishakov pestañeaba.

Poco después, Shtrum, delante de la ventana, unas veces murmurando, otras alzando la voz, contaba a Sokolov aquel inesperado encontronazo.

–Y usted, que estaba tan cerca, ni siquiera se ha enterado –dijo Shtrum.

Y Chepizhin, ni hecho adrede, se había alejado y tampoco había oído nada.

Frunció el ceño y se calló. ¡De qué manera tan ingenua e infantil había imaginado su día de triunfo! Al final no había sido él quien había suscitado el alboroto general sino la llegada de un joven burócrata cualquiera.

–¿Conoce el apellido de ese jovenzuelo? –le preguntó de repente Sokolov como si le estuviera leyendo el pensamiento–. ¿Sabe de quién es pariente?

–No tengo ni idea –respondió Shtrum.

Sokolov se inclinó hacia él y le susurró al oído.

–¡Qué me dice! –exclamó Shtrum.

Y recordando la actitud, a su modo de ver inexplicable, del académico piramidal y de Suslakov con respecto a un joven en edad universitaria, añadió alargando las palabras:

–¡A-a-ah, bueno! Así que era eso. Ya me extrañaba a mí.

Sokolov se rió.

–Desde el primer día tiene usted aseguradas las relaciones amistosas tanto en la sección científica como en la dirección académica. Es usted como aquel personaje de Mark Twain que se jacta de sus ingresos ante el inspector de hacienda.

Pero aquella broma no le hizo ninguna gracia a Shtrum, que preguntó:

–¿De veras no ha oído nuestra discusión, usted que se encontraba a mi lado? ¿O acaso no deseaba intervenir en mi conversación con el inspector de hacienda?

Los pequeños ojos de Sokolov sonrieron a Shtrum, y se volvieron buenos y hermosos.

–No se disguste, Víktor Pávlovich. No esperaría que Shishakov apreciara su trabajo, ¿verdad? Ay, Dios mío, Dios mío. Pura vanidad cotidiana, mientras que su trabajo es auténtico.

En sus ojos, en su voz, había aquella gravedad, aquella calidez que Shtrum había esperado encontrar cuando lo visitó una noche de otoño, en Kazán. Entonces Víktor se había ido con las manos vacías.

La reunión comenzó. Los ponentes hablaron de las tareas de la ciencia en los penosos tiempos de la guerra, de la disposición a consagrar las propias fuerzas a la causa del pueblo, a ayudar al ejército en su lucha contra el fascismo alemán. Hablaron del trabajo de varios institutos de la Academia, sobre la ayuda que el Comité Central del Partido brindaría a los científicos, y del camarada Stalin, que mientras dirigía el ejército y el pueblo, todavía encontraba tiempo para interesarse por las cuestiones científicas, y de los científicos, que debían mostrarse dignos de la confianza del Partido y del propio camarada Stalin.

Se debatieron también algunos cambios en la organización requeridos por la nueva situación. Para gran asombro de los físicos, éstos descubrieron que no estaban satisfechos con los planes de su instituto; se prestaba demasiada atención a las cuestiones puramente teóricas. En la sala se repetía en un murmullo la sentencia de Suslakov: «El instituto está distanciado de la vida».

27

En el Comité Central se había discutido la situación de la investigación científica en el país. Se anunció que el Partido, desde ese momento en adelante, concentraría su atención en el desarrollo de la física, las matemáticas y la química.

El Comité Central consideraba que la ciencia debía orientarse hacia la producción, acercarse a la vida, unirse estrechamente a ella.

El mismísimo Stalin había asistido a la reunión, y por lo visto se había paseado por la sala como de costumbre, pipa en mano, interrumpiendo de vez en cuando su paseo con aire pensativo para escuchar a algún orador o bien absorto en sus propios pensamientos.

Los participantes de la reunión se habían pronunciado en contra del idealismo y de la infravaloración de la ciencia y la filosofía rusas.

Stalin sólo había hablado dos veces. Cuando Scherbakov abogó por una reducción en el presupuesto de la Academia, Stalin negó con la cabeza y dijo:

–Hacer ciencia no es como fabricar pastillas de jabón. No vamos a ahorrar con la Academia.

Luego intervino una segunda vez, cuando en la reunión se abordaba el problema de ciertas teorías idealistas nocivas y la excesiva admiración por parte de algunos científicos hacia la ciencia occidental. Stalin asintió con la cabeza y dijo:

–Sí, pero debemos proteger a nuestra gente de los epígonos de Arakchéyev[1].

Los científicos presentes en la reunión se lo contaron a sus amigos, bajo el solemne juramento de que no se irían de la lengua. Al cabo de tres días todo el Moscú científico –en decenas de familias y círculos de amigos– discutía a media voz los pormenores de la reunión. Cuchicheaban que a Stalin le habían salido canas, que tenía los dientes negros, estropeados, que los dedos de sus manos eran finos y bellos, y que tenía la cara picada de viruelas. A los jovencitos que escuchaban estas descripciones se les advertía: «Cuidado, mantened la boca cerrada, mira que no os buscáis sólo vuestra ruina, sino la de todos».

Todos esperaban que la situación de los científicos mejorara sensiblemente; las palabras de Stalin sobre Arakchéyev habían arrojado grandes esperanzas.

Unos días más tarde arrestaron a un famoso botánico, el genetista Chetverikov. Sobre el motivo del arresto corrían diversos rumores: algunos sostenían que era un espía; otros, que durante sus viajes al extranjero se había reunido con emigrados rusos; los terceros, que su mujer, alemana, se carteaba antes de la guerra con su hermana que vivía en Berlín; los cuartos afirmaban que el genetista

---

1. Ministro en tiempos de Alejandro I y símbolo, aquí, de una burocracia estrecha de miras y despótica.

había intentado introducir en el mercado una clase nociva de trigo para provocar plagas y malas cosechas; los quintos relacionaban su arresto con una frase pronunciada por él sobre el «dedo de Dios»; los sextos, con un chiste de contenido político que había contado a un compañero de la infancia.

Desde que había comenzado la guerra se oía hablar relativamente poco de arrestos políticos, y muchos, Shtrum incluido, comenzaron a pensar que aquellas espantosas prácticas eran agua pasada.

Todo el mundo se acordaba de 1937, cuando casi a diario se citaban nombres de personas arrestadas la noche antes. La gente se telefoneaba para contarse las novedades: «Hoy por la noche se ha puesto enfermo el marido de Anna Andréyevna...». Le venía a la mente cómo hablaban por teléfono los vecinos sobre los que habían sido arrestados: «Se fue y no se sabe cuándo regresará». Volvían a aflorar los relatos sobre las circunstancias de los arrestos: «Llegaron a su casa en el momento en que estaba bañando al niño; lo apresaron en el trabajo, en el teatro, en plena noche...». Recordaban: «El registro duró cuarenta y ocho horas, lo pusieron todo patas arriba, incluso rompieron el suelo... Apenas han revisado nada; han hojeado los libros sólo para salvar las apariencias...».

Rememoraban a decenas de familias desaparecidas que nunca habían vuelto: el académico Vavílov, Vize, el poeta Ósip Mandelshtam, el escritor Bábel, Borís Pilniak, Meyerhold, los bacteriólogos Kórshunov y Zlatogórov, el profesor Pletniov, el doctor Levin...

Pero el hecho de que los arrestados fueran eminentes y conocidos carecía de importancia. La cuestión era que célebres o anónimas, modestas e insignificantes, aquellas personas eran inocentes, y realizaban su trabajo honestamente.

¿Es que todo aquello iba a comenzar de nuevo? ¿Era posible que después de la guerra a uno le tuviera que dar un vuelco el corazón cada vez que oía pasos en la noche, ante cada toque de claxon?

Qué difícil era encontrar un vínculo entre la guerra por la libertad y todo aquello... Sí, sí, en Kazán se habían equivocado hablando tan a la ligera.

Una semana después del arresto de Chetverikov, Chepizhin declaró que se marchaba del Instituto de Física. Shishakov fue asignado para cubrir su puesto.

El presidente de la Academia había visitado a Chepizhin en su casa y se decía que el científico, apremiado no se sabe si por Beria o por Malenkov, se había negado a introducir cambios en el programa de trabajo del instituto.

Considerando los servicios que Chepizhin había brindado a la ciencia, en un principio no quisieron adoptar medidas extremas contra él. Al mismo tiempo había sido relevado de sus funciones administrativas el joven liberal Pímenov, declarado no idóneo para el puesto.

Al académico Shishakov le fueron confiadas la responsabilidad científica y la función de director, cargo que hasta ese momento desempeñaba Chepizhin.

Circulaba el rumor de que Chepizhin, después de estos acontecimientos, había sufrido un ataque al corazón. Shtrum se dispuso a visitarlo enseguida pero antes quiso avisarlo por teléfono; respondió la asistenta doméstica, que le informó de que Dmitri Petróvich se había encontrado muy mal en los últimos días y que, por consejo médico, había salido de la ciudad en compañía de Nadiezhda Fiódorovna; no regresaría hasta dentro de dos o tres semanas.

Shtrum dijo a Liudmila:

—Es como si empujaran a un niño desde un tranvía. Y a eso le llaman defendernos de los Arakchéyev. ¿Qué importancia tiene para la física si Chepizhin es marxista, budista o lamaísta? Chepizhin ha fundado una escuela. Chepizhin es amigo de Rutherford. Cualquier barrendero conoce las ecuaciones de Chepizhin.

—En eso de los barrenderos, papá, creo que exageras un poco —dijo Nadia.

—Vigila bien lo que dices por ahí —le espetó Shtrum—. Mira que no te buscas sólo tu ruina, sino la de todos.

–Lo sé. Estas conversaciones sólo se tienen de puertas para adentro.

–Ay, querida Nadia –dijo Shtrum dócilmente–, ¿qué puedo hacer para que el Comité Central revoque su decisión? ¿Darme con la cabeza contra la pared? En el fondo ha sido el propio Dmitri Petróvich el que ha dicho que quería renunciar. Aunque, como se suele decir, lo ha hecho «contra la voluntad del pueblo».

Liudmila Nikoláyevna reprochó a su marido:

–No debes sulfurarte. Además, tú siempre andabas discutiendo con Dmitri Petróvich.

–Si no se discute, no hay verdadera amistad.

–Ése es el problema –dijo Liudmila Nikoláyevna–. Con esa lengua tuya tan larga acabarán destituyéndote a ti también de la dirección del laboratorio.

–Eso no me preocupa –respondió Shtrum–. Nadia tiene razón, todas mis conversaciones son de uso interno, papel mojado. Tendrías que llamar a la mujer de Chetverikov, ¡ir a visitarla! Después de todo os conocéis.

–Eso sencillamente queda fuera de lugar –replicó Liudmila Nikoláyevna–. En cualquier caso, tampoco la conozco tanto. ¿En qué puedo ayudarla? ¿Por qué debería ella tener ganas de verme? ¿Cuándo has llamado tú a alguien en una situación parecida?

–A mi modo de ver, hay que hacerlo –intervino Nadia.

Shtrum frunció el ceño.

–Las llamadas telefónicas, en realidad, son tres cuartos de lo mismo.

Era con Sokolov, no con Liudmila y su hija, con quien tenía ganas de hablar de la marcha de Chepizhin. Pero se obligó a no telefonear a Piotr Lavréntievich. No era una conversación que pudieran mantener por teléfono.

Sin embargo, era extraño. ¿Por qué Shishakov? Estaba claro que la última obra de Shtrum constituía un acontecimiento para la ciencia. Chepizhin había manifestado en el Consejo Científico que se trataba del acontecimiento más significativo de la última década en el campo de la física teórica soviética. Pero habían puesto a Shishakov como jefe del instituto. ¿Era una broma? Un hombre que había observado cientos de fotografías con las trayectorias de los electrones desviándose a la izquierda, y que luego había visto fotografías con las mismas trayectorias desviándose a la derecha... ¡Es como si se le hubiera servido en bandeja de plata la oportunidad de descubrir el positrón! ¡Hasta el joven Savostiánov lo habría comprendido! Pero Shishakov había adelantado los labios como un pez y apartado las fotografías a un lado como defectuosas. «¡Eh! –exclamó Selifán–. Es a la derecha. No sabes dónde tienes la derecha y dónde la izquierda[1].»

Pero lo más sorprendente es que nadie se asombraba por este tipo de cosas. En cierto modo estas situaciones se habían vuelto naturales. Y todos los amigos de Víktor Pávlovich, también su mujer e incluso él mismo, consideraban legítimo ese estado de cosas. Shtrum no convenía como director; y Shishakov, sí.

¿Cómo había dicho Postóyev? Ah, sí: «Lo principal es que somos rusos».

Pero ser más ruso que Chepizhin parecía muy difícil.

Por la mañana, mientras se dirigía al instituto, Shtrum se imaginaba que todos los colaboradores, desde los doctores hasta los ayudantes de laboratorio, sólo hablarían de Chepizhin.

Frente a la entrada principal había estacionada una limusina ZIS; el chófer, un hombre entrado en años y con gafas, leía el periódico.

El viejo vigilante con el que Shtrum bebía té en verano en el laboratorio le abordó en las escaleras.

–Ha llegado el nuevo director –le anunció, y con aire compungido añadió–: ¿Qué será de nuestro Dmitri Petróvich?

Los ayudantes de laboratorio discutían sobre la instalación del equipamiento que había llegado el día antes de

1. Alusión a una réplica del cochero de Chíchikov, en *Almas muertas*, de Gógol, a una campesina que quiso mostrarle el camino sin saber distinguir el lado derecho del izquierdo.

Kazán. Pilas enormes de cajas obstaculizaban el paso en la sala de laboratorio. Al viejo instrumental se había sumado el nuevo fabricado en los Urales. Nozdrín, con un semblante que Shtrum estimó arrogante, estaba de pie al lado de una caja de madera.

Perepelitsin saltaba a la pata coja alrededor de la caja, con una muleta bajo el brazo.

Anna Stepánovna, señalando las cajas, exclamó:

—¿Ha visto esto, Víktor Pávlovich?

—Hasta un ciego lo vería —respondió Perepelitsin.

Pero Anna Stepánovna no se refería a las cajas.

—Ya lo creo que lo veo —dijo Shtrum.

—Dentro de una hora llegarán los obreros —comunicó Nozdrín—. El profesor Márkov y yo lo hemos arreglado todo.

Pronunció aquellas palabras con la voz serena y lenta de un hombre que sabe quién es el jefe. Había llegado su hora de gloria.

Shtrum entró en su despacho. Márkov y Savostiánov estaban sentados en el sofá, Sokolov permanecía de pie al lado de la ventana y Svechín, el responsable del laboratorio de magnetismo vecino, se había acomodado sobre el escritorio y fumaba un pitillo de fabricación casera.

Cuando Shtrum apareció por la puerta, Svechín se levantó y le cedió el sillón:

—Éste es el sitio del jefe.

—No, no, no pasa nada, siéntese —dijo Shtrum—. ¿Cuál es el tema de esta conversación en las altas esferas?

—Hablábamos del racionamiento —respondió Márkov—. Por lo visto los académicos tendrán derecho a mil quinientos rublos al mes, mientras que los simples mortales, como los artistas del pueblo o los grandes poetas del tipo Lébedev-Kumach, deberán conformarse con quinientos.

—Comenzamos a instalar el material —le interrumpió Shtrum—, y Dmitri Petróvich no está ya en el instituto. Como se suele decir, la casa se quema, pero el reloj sigue funcionando.

Pero los allí presentes no mostraron ningún interés por el tema de conversación propuesto por Shtrum.

–Ayer vino a verme mi primo. Salía del hospital y volvía a partir para el frente –dijo Savostiánov–. Había que celebrarlo, así que compré medio litro de vodka a la vecina por trescientos cincuenta rublos.

–¡Increíble! –exclamó Svechín.

–Hacer ciencia no es como fabricar pastillas de jabón –dijo Savostiánov alegremente, pero por las caras de sus interlocutores comprendió que su chiste estaba fuera de lugar.

–El nuevo jefe ya ha llegado –dijo Shtrum.

–Un hombre de gran energía –elogió Svechín.

–Con Alekséi Alekséyevich todo irá a pedir de boca –añadió Márkov–. Ha tomado el té en casa del camarada Zhdánov.

Márkov era un tipo sorprendente; parecía que apenas tuviera conocidos, pero siempre estaba al tanto de todo: que en el laboratorio de al lado Gabrichévskaya, la candidata a la Academia de las Ciencias, se había quedado embarazada; que al marido de la mujer de la limpieza, Lida, de nuevo lo habían hospitalizado; y que a Smoródintsev no le habían concedido el título de doctor.

–Está bien –dijo Savostiánov–. Todos conocemos el famoso error de Shishakov. Pero, en general, no es mal tipo. Por cierto, ¿sabe cuál es la diferencia entre un buen tipo y uno malo? Que el buen tipo hace canalladas de mala gana.

–Tanto si hubo error como si no –replicó el director del laboratorio de magnetismo–, no le nombran a uno académico así como así.

Svechín era miembro del buró del Partido del instituto. Se había inscrito en otoño de 1941 y, como muchos otros que prácticamente acababan de integrarse en la vida del Partido, con respecto a las misiones políticas se comportaba con veneración religiosa.

–Víktor Pávlovich –dijo–, tengo un encargo para usted: el buró del Partido le pide que intervenga en la asamblea que se celebrará sobre el nuevo programa.

–¿Se refiere a criticar a la vieja dirección, el trabajo de Chepizhin? –preguntó Shtrum, irritado porque la conversación tomaba unos derroteros diferentes a los que hubiera querido–. No sé si soy un buen o un mal tipo, pero las canalladas las hago de mala gana.

Y volviéndose a los colegas del laboratorio, preguntó:

–Ustedes, por ejemplo, camaradas, ¿están de acuerdo con la partida de Chepizhin?

Estaba convencido de antemano de que contaría con el apoyo de todos ellos y, cuando Savostiánov se encogió de hombros en señal de indiferencia, se quedó contrariado.

–Cuando uno es viejo, ya no es bueno para nada.

Svechín se limitó a añadir:

–Chepizhin declaró que no iba a emprender nuevos proyectos. ¿Qué iban a hacer? Y después fue él quien se negó cuando todo el mundo le pedía que se quedara.

–¿Así que al final han desenmascarado a un Arakchéyev? –preguntó Shtrum.

–Víktor Pávlovich –dijo Márkov, bajando la voz–, tengo entendido que una vez Rutherford juró que nunca trabajaría en investigaciones sobre neutrones ante el temor de que aquello condujera al desarrollo de una enorme fuerza explosiva. Noble argumento, no lo niego, pero de una pulcritud exagerada y absurda. Por lo que cuentan, Dmitri Petróvich había pronunciado discursos del mismo estilo mojigato.

«Dios mío –pensó Shtrum–. ¿Cómo diantres saben todo eso?»

–Piotr Lavréntievich, parece que usted y yo estamos en minoría –dijo Shtrum, buscando apoyo.

Sokolov negó con la cabeza.

–Víktor Pávlovich, me parece que no es momento para individualismos, y la insubordinación es inaceptable. Estamos en guerra. Chepizhin se equivocó al pensar sólo en él y en sus intereses personales cuando fue citado por sus superiores.

Sokolov se enfurruñó, y todo lo que había de feo en su cara se acentuó aún más.

–Ah, claro, ¿quién eres tú, Brutus? –bromeó Shtrum para camuflar su confusión.

Pero lo más desconcertante es que Shtrum no se sintió sólo confuso, sino también contento en cierto sentido: «Desde luego, ya me lo esperaba». Pero ¿por qué «desde luego»? A decir verdad, él no se imaginaba que Sokolov pudiera responder de aquella manera. Y aun cuando se lo imaginara, ¿de qué se alegraba?

–Debe usted intervenir –dijo Svechín–. No es en absoluto necesario que critique a Chepizhin, pero qué menos que pronunciar algunas palabras sobre las perspectivas de su trabajo en vista de las nuevas resoluciones del Comité Central.

Antes de la guerra Shtrum había coincidido varias veces con Svechín en los conciertos sinfónicos del conservatorio. Se decía que cuando era joven y estudiaba en la Facultad de Física, Svechín escribía versos incomprensibles y llevaba un crisantemo en el ojal. Ahora hablaba de las decisiones del buró del Partido como si formulara verdades absolutas.

A veces Shtrum tenía ganas de guiñarle un ojo, empujarle con un dedo en el costado y decirle: «Eh, viejo, hablemos lisa y llanamente». Pero sabía que Svechín ahora ya no hablaba lisa y llanamente.

Y, aunque asombrado por las palabras de Sokolov, Shtrum sí que habló sin rodeos:

–El arresto de Chetverikov –preguntó–, ¿está también relacionado con los nuevos proyectos? ¿Es ése el motivo de que hayan metido a Vavílov en la cárcel? ¿Y si me permitiera afirmar que considero a Dmitri Petróvich una autoridad mayor en el campo de la física que el camarada Zhdánov, o incluso...?

Vio los ojos que ponían todos mientras le miraban fijamente esperando a que pronunciara el nombre de Stalin. Hizo un gesto de desdén y se contuvo:

–Bueno, ya basta, vayamos al laboratorio.

Las cajas con el nuevo material procedente de los Urales ya estaban abiertas y la pieza fundamental de la instalación, que pesaba tres cuartos de tonelada, había sido cuidadosamente liberada del serrín, del papel y de las toscas planchas de madera que la protegían. Shtrum pasó la palma de la mano sobre la superficie pulida de metal.

Un torrente de partículas fluiría a chorros de aquel vientre de metal, como el Volga brota de la pequeña cavidad del lago Seliguer.

En aquel instante había algo bueno en los ojos de todos. Sí, era bueno saber que en el mundo existía una máquina tan maravillosa. ¿Qué más se podía pedir?

Cuando hubo acabado la jornada laboral, Shtrum y Sokolov se quedaron solos en el laboratorio.

—Víktor Pávlovich, ¿por qué se pone gallito? Le falta humildad. Le expliqué a Masha su proeza en la Academia, cuando en sólo media hora se las apañó para estropear las relaciones con el nuevo director y el jovenzuelo de la sección científica. Masha se llevó un disgusto enorme, tanto que no ha podido dormir en toda la noche. Sabe en qué tiempos vivimos. Mañana instalaremos la nueva máquina. He visto la cara que ponía mientras la miraba. ¿Qué quiere, sacrificarlo todo por una frase hueca?

—Espere, espere —dijo Shtrum—. Déjeme respirar.

—Ay, Señor —le cortó Sokolov—. Nadie va a interferir en su trabajo. Respire tanto como le plazca.

—Escuche, amigo mío —dijo Shtrum, sonriendo con acritud—. Usted tiene buenas intenciones hacia mí y se lo agradezco de todo corazón. Permítame que le sea igual de sincero. ¿Por qué, por el amor de Dios, habló así de Dmitri Petróvich delante de Svechín? Me duele especialmente después de la libertad de pensamiento de la que disfrutamos en Kazán. Por lo que a mí respecta, me temo que no soy tan temerario como usted me pinta. No soy Danton, como solíamos decir en mis tiempos de estudiante.

—Menos mal que no es usted Danton. Francamente, siempre he considerado que los oradores políticos son personas incapaces de expresarse de forma creativa. En cambio, nosotros sí que podemos.

—¡Anda! ¡Esa sí que es buena! —dijo Shtrum—. ¿Y qué

hay de ese francesito llamado Galois? ¿Y qué me dice de Nikolái Kibálchich?

Sokolov apartó la silla y dijo:

—Kibálchich, como usted bien sabe, acabó en el patíbulo. Yo estoy hablando de toda esa palabrería hueca. Como la que soltaba en sus charlas con Madiárov.

—¿Me está llamando charlatán?

Sokolov se encogió de hombros y no contestó.

Se hubiera podido esperar que aquella discusión pronto quedaría olvidada como muchas otras antes. Pero por alguna razón aquel insignificante arrebato no pasó sin dejar huella, no cayó en el olvido. Cuando las vidas de dos hombres están en armonía, éstos pueden discutir, mostrarse injustos el uno con el otro, y sin embargo, las ofensas mutuas se desvanecen sin dejar secuelas. Pero si en su interior anidan desavenencias profundas, aunque todavía no tengan conciencia de ellas, cualquier palabra fortuita, el más leve descuido puede transformarse en un puñal letal para su amistad.

Y a menudo las discrepancias se alojan tan profundamente que nunca salen a la luz, a veces ni siquiera se toma conciencia de ellas. Una riña violenta por una nadería donde se deja caer una mala palabra asesta el golpe fatídico que acaba destruyendo una amistad de largos años.

No, Iván Ivánovich e Iván Nikíforovich no se pelearon por un ganso[1].

28

Del nuevo subdirector del instituto, Kasián Teréntievich Kovchenko, se decía que era «uno de los hombres de Shishakov». Afable, intercalaba en sus discursos muchas palabras ucranianas y se las había ingeniado con una rapidez extraordinaria para obtener un apartamento y un coche.

1. Argumento de un famoso cuento de Gógol.

Márkov, que conocía un arsenal de historias sobre los académicos y lo más florido de la Academia, contaba que Kovchenko había recibido el premio Stalin por una obra que éste sólo había leído de cabo a rabo una vez ya publicada: su participación en el trabajo había consistido en proporcionar materiales de difícil acceso y en agilizar los trámites burocráticos ante diversas instancias.

Shishakov había encomendado a Kovchenko que organizara un concurso para cubrir las plazas que habían quedado vacantes. Se anunció la contratación de jefes de investigación. También estaban vacantes las plazas de jefes de los laboratorios de vacío y de bajas temperaturas.

El Departamento de Guerra proporcionó materiales y obreros, se reformaron los talleres de mecánica, se restauró el edificio del instituto, la central eléctrica abastecía de energía sin restricciones y fábricas especiales reservaron para el instituto materiales que escaseaban. Todo esto también fue dispuesto por Kovchenko.

Cuando un nuevo director asume el cargo, se suele decir de él con respeto: «Llega al trabajo primero que todos y es el último en marcharse». Así se hablaba de Kovchenko. Pero un nuevo director es aún más respetado por sus subordinados cuando se dice de él: «Hace dos semanas que fue nombrado y sólo ha venido un día media horita. No se le ve el pelo». Ésa es la prueba de que el director dicta las nuevas leyes y que frecuenta las altas esferas gubernamentales.

Así se hablaba al principio del académico Shishakov.

En cuanto a Chepizhin, se había ido a trabajar a su dacha o, como él decía, a su granja-laboratorio. El profesor Feinhard, un famoso cardiólogo, le había aconsejado no realizar movimientos bruscos ni levantar peso. Sin embargo, Chepizhin cortaba leña, cavaba zanjas y se sentía en plena forma. Escribió al profesor Feinhard que el estricto régimen de vida le estaba resultando de gran ayuda.

En el Moscú azotado por el hambre y el frío el instituto parecía un oasis de calor y lujo. Cuando los miembros del personal entraban a trabajar sentían un enorme placer al calentarse las manos junto a los caldeados radiadores después de haberse congelado durante la noche en sus húmedos apartamentos.

A los empleados del instituto les gustaba en particular la nueva cantina instalada en el sótano. Disponía de un bufé donde se podía tomar yogur, café dulce y salchichón. Y al servir la comida, la mujer de detrás del mostrador no cortaba los cupones de la carne y la grasa de las cartillas de racionamiento, gesto que era muy apreciado entre el personal del instituto.

La cantina ofrecía seis tipos de menú: para los doctores en ciencias, para los jefes de investigación, para los jóvenes investigadores, para los ayudantes de laboratorio, para el personal técnico y para el de servicio.

Las pasiones más desbordantes se desataban alrededor de las comidas de las dos categorías superiores, que se distinguían por constar de un postre: compota de frutos secos o jalea en polvo. También suscitaban emoción los paquetes de comida que se entregaban a domicilio a los doctores y los responsables de las secciones. Savostiánov solía bromear diciendo que probablemente la teoría copernicana había generado muchos menos comentarios que aquellos paquetes de comida.

A veces parecía que la elaboración de las normas referentes a la asignación de las raciones no dependiera sólo de la dirección y del comité del Partido, sino que en ella participaran fuerzas más elevadas y misteriosas.

Una noche Liudmila Nikoláyevna dijo:

–Es extraño, ¿sabes? Hoy he recibido tu paquete. A Svechín, esa nulidad en el campo científico, le han dado dos decenas de huevos mientras que a ti, por alguna razón, sólo te han tocado quince. Incluso he comprobado la lista. A Sokolov y a ti os corresponden quince.

Shtrum pronunció un discurso sarcástico:

–¡Dios mío! ¿Qué querrá decir eso? Todo el mundo sabe que a los científicos se les clasifica según diferentes categorías: supremos, grandes, ilustres, eminentes, notables, experimentados, calificados y, por último, viejos.

Dado que los supremos y los grandes no se encuentran entre los vivos, no hace falta darles huevos. Todos los demás reciben col, sémola y huevos en función de su peso científico. Pero entre nosotros todo se embrolla con otras cuestiones: se tiene en cuenta si uno es activo socialmente, si se dirige un seminario de marxismo, si se está próximo a la dirección. El resultado es un absoluto disparate. El encargado del garaje de la Academia es colocado al mismo nivel que Zelinski: recibe veinticinco huevos. Ayer en el laboratorio de Svechín una mujer encantadora incluso se echó a llorar de la humillación y se negó a ingerir alimentos, como Gandhi.

Nadia, escuchando a su padre, se desternillaba de risa.

–Sabes, papá, es increíble que no te avergüences de zamparte tus costillas delante de las mujeres de la limpieza. La abuela nunca habría hecho eso.

–A cada uno según su trabajo –dijo Liudmila Nikoláyevna–. ¿Lo entiendes? Ése es el principio del socialismo.

–Pamplinas. En la cantina no huele demasiado a socialismo –exclamó Shtrum, y añadió–: De todos modos, me importa un bledo toda esta historia. ¿Sabéis lo que me ha contado hoy Márkov? El personal de nuestro instituto y también los del Instituto de Matemáticas copian a máquina mi obra y se la pasan de mano en mano.

–¿Como los poemas de Mandelshtam? –preguntó Nadia.

–No te burles –dijo Shtrum–. Los estudiantes de los últimos cursos han solicitado una conferencia especial sobre el tema.

–¡Vaya! –replicó Nadia–. A ver si tenía razón Alka Postóyeva cuando decía: «Tu papá es todo un genio».

–Bueno –rectificó Víktor–. Estoy lejos de ser un genio.

Se marchó a su habitación, pero no tardó en volver y decirle a su mujer:

–No me saco esa tontería de la cabeza. ¡Darle dos decenas de huevos a Svechín! ¡Qué formas más sorprendentes que tienen de humillar a la gente!

Era vergonzoso, pero a Shtrum le dolía que hubieran colocado a Sokolov en la misma categoría que a él. «Tendrían que haber reconocido mi superioridad, aunque sólo hubiera sido con un huevo adicional. Podrían haber dado catorce a Sokolov, hacer una distinción simbólica».

Intentaba reírse de sí mismo, pero su penosa irritación no se templaba: estar equiparado a Sokolov en la distribución de víveres le ofendía más que la supremacía de Svechín. En el caso de Svechín todo estaba claro: él era miembro del buró del Partido, su ventaja obedecía a cuestiones de orden político. Y eso no le daba ni frío ni calor.

Pero con Sokolov entraba en juego la capacidad científica, sus méritos como investigador. Y a eso sí que no era indiferente. Una sensación de exasperación que nacía en lo más profundo de su alma se apoderó de él. ¡Qué forma tan ridícula y deplorable habían encontrado para valorar a las personas! Pero ¿qué podía hacer si el hombre no era siempre noble y tenía sus momentos de ruindad?

Mientras se acostaba, Shtrum recordó su reciente conversación con Sokolov acerca de Chepizhin y dijo en voz alta, fuera de sí por la ira:

–¡*Homo laqueus*!

–¿De quién hablas? –preguntó Liudmila Nikoláyevna, que estaba leyendo un libro en la cama.

–De Sokolov –dijo Shtrum–. Es un lacayo.

Liudmila puso un dedo en el libro para marcar la página donde se había quedado y sin girar la cabeza hacia su marido dijo:

–Terminarán por echarte del instituto, y todo por tus discursitos ingeniosos. Eres irritante, aleccionas a todo el mundo... Te has enemistado con todos y ya veo que ahora quieres hacer tres cuartos de lo mismo con Sokolov. Pronto nadie pondrá los pies en nuestra casa.

–No, Liuda, querida –se defendió Shtrum–, no te pongas así. ¿Cómo puedo explicártelo? Hay el mismo miedo que antes de la guerra, el miedo ante cada palabra que se pronuncia, la misma impotencia. ¡Chepizhin! Ese sí que es un gran hombre, Liuda. Pensé que el instituto sería pura ebullición, pero la única persona que hizo un comentario compasivo hacia él fue el viejo vigilante. Y luego lo que

Postóyev le dijo a Sokolov: «Lo más importante es que usted y yo somos rusos». ¿A qué venía eso?

Deseaba hablar un largo rato con Liudmila, hacerla partícipe de sus pensamientos. Le avergonzaba preocuparse, muy a su pesar, de todas esas historias de la distribución de comida. ¿Por qué? ¿Por qué en Moscú tenía la impresión de haberse vuelto viejo, apagado? ¿Por qué todas esas menudencias del día a día, intereses pequeñoburgueses e historias del servicio se habían vuelto de repente tan importantes? ¿Por qué su vida espiritual en Kazán era más profunda, más pura, más rica? ¿Por qué incluso su trabajo científico, su alegría, se veía empañado por pensamientos ambiciosos y mezquinos?

—Todo es muy difícil; no me encuentro bien. Liuda, ¿por qué no dices nada? Eh, ¿Liuda? ¿Comprendes lo que te digo?

Liudmila Nikoláyevna no contestó. Se había quedado dormida.

Víktor se rió en voz baja. Le parecía cómico que de las dos mujeres que conocían sus problemas una se hubiera dormido y la otra no pegara ojo. Después imaginó el rostro delgado de Maria Ivánovna y le repitió las mismas palabras que hacía un momento le había dicho a su mujer:

—¿Me comprendes, Masha?

«Caramba, qué disparates se me pasan por la cabeza», pensó mientras se dormía.

En efecto, por la cabeza se le había pasado un verdadero disparate.

Shtrum era un inepto para cualquier actividad manual. En casa, cuando la plancha eléctrica se quemaba o saltaba la luz por un cortocircuito, era Liudmila Nikoláyevna quien se ocupaba de las reparaciones.

Durante los primeros años de vida en común con Víktor, a Liudmila le enternecía su torpeza. Pero en los últimos tiempos la desesperaba, y un día que puso la tetera vacía en el fuego exclamó:

—¿Qué te pasa? ¿Tienes las manos de mantequilla? Eres más tonto que el asa de un cubo.

Luego, mientras instalaban los nuevos aparatos en el laboratorio, aquellas palabras de Liudmila, que tanto le habían irritado y ofendido, le volvían constantemente a la mente.

En el laboratorio reinaban Márkov y Nozdrín. Savostiánov fue el primero en percatarse y dijo en una reunión de producción:

–¡No hay otro Dios que el profesor Márkov y Nozdrín es su profeta!

La arrogancia y la reticencia de Márkov desaparecieron. Márkov maravillaba a Shtrum por su audacia de pensamiento, por la extrema facilidad con que solucionaba todos los problemas. Shtrum tenía la impresión de que era como un cirujano que, bisturí en mano, operaba entre una red de vasos sanguíneos y centros nerviosos. Parecía que de sus manos naciera un ser inteligente de mente poderosa y penetrante, un nuevo organismo de metal dotado, por primera vez en el mundo, de corazón y sentimientos, capaz de alegrarse y sufrir al mismo nivel que las gentes que lo habían creado.

A Shtrum siempre le había divertido un poco la inquebrantable seguridad de Márkov en su trabajo, convencido de que los instrumentos que creaba con sus manos tenían mayor importancia que las fútiles cuestiones de las que se habían ocupado Buda o Mahoma, o que los libros escritos por Tolstói o Dostoyevski.

¡Tolstói dudaba del valor de su inmenso trabajo como escritor! El genio no estaba convencido de estar creando algo necesario para la gente. Pero los físicos sí lo estaban. Ellos no dudaban. Y Márkov, mucho menos.

Sin embargo, ahora esta seguridad suya no le parecía tan divertida. A Shtrum también le gustaba observar a Nozdrín trabajando con la lima, las pinzas, el destornillador o mientras escogía, con aire pensativo, entre diversas terminaciones de cables para echar una mano a los electricistas que conectaban el circuito eléctrico con los nuevos aparatos.

El suelo estaba cubierto de manojos de cables y hojas de plomo opacas y azuladas. En medio de la sala, sobre una plancha de hierro fundido, se erguía la pieza maestra llegada de los Urales, que se distinguía por sus formas circulares y triangulares perforadas sobre el metal. Qué belleza tan abrumadora e inquietante encerraba aquel bloque de metal que les permitiría estudiar la naturaleza con una perfección fantástica...

A orillas del mar, mil o dos mil años antes, un puñado de hombres construyeron una balsa con troncos gruesos sujetos por cuerdas y ganchos. Sobre la arena habían dispuesto sus tornos y bancos de carpintero y en las hogueras fundían el alquitrán en vasijas... Pronto se harían a la mar.

Por la noche los constructores de la balsa habían vuelto a sus casas, habían respirado el aroma del hogar, sentido el calor en torno al brasero, oído los improperios y las risas de sus mujeres. A veces se entrometían en las riñas domésticas, hacían ruido, levantaban la mano a sus hijos, discutían con los vecinos. Y por la noche, en la cálida oscuridad, el rumor del mar se volvía cada vez más audible, y el corazón se les encogía en el presentimiento del próximo viaje a lo desconocido...

Cuando estaba concentrado en el trabajo, Sokolov por lo general no articulaba palabra. En ocasiones Shtrum se volvía a mirarlo, se cruzaba con su mirada seria y atenta, y tenía la impresión de que todo cuanto había habido de bueno e importante entre ellos seguía muy vivo.

Shtrum deseaba mantener una conversación sincera con Piotr Lavréntievich. En realidad, todo era muy extraño. Todas aquellas pasiones humillantes desencadenadas por la distribución de las raciones, los pensamientos mezquinos sobre el modo de medir la estima y la consideración que te tenían los superiores. Pero todavía continuaban palpitando en el corazón sentimientos que no dependían de las autoridades, de los éxitos o fracasos profesionales, de los premios.

De nuevo las veladas de Kazán parecían jóvenes y maravillosas, tenían algo de las reuniones estudiantiles de antes de la Revolución. Si al menos Madiárov pudiera revelarse como un hombre honesto. Era extraño: Karímov desconfiaba de Madiárov, Madiárov de Karímov... ¡Y los dos eran honrados! De eso estaba seguro. Después de todo, como decía Heine: *Die beiden stinken*[1].

A veces recordaba una conversación que había tenido con Chepizhin acerca del «magma». ¿Por qué ahora que había vuelto a Moscú se removían en su alma todas esas cosas mezquinas e insignificantes? ¿Por qué pensaba tan a menudo en personas a las que no respetaba? ¿Por qué las personas más talentosas, fuertes y honestas eran incapaces de ayudarle?

–Es curioso –dijo Shtrum a Sokolov–. Viene gente de todos los laboratorios para ver el montaje de nuestro nuevo aparato. En cambio Shishakov no se ha dignado honrarnos con su presencia.

–Está muy ocupado –respondió Sokolov.

–Claro, claro –se apresuró a confirmar Shtrum.

Desde que habían regresado a Moscú era imposible mantener una conversación sincera y amistosa con Piotr Lavréntievich. Era como si ya no se conocieran.

Shtrum había dejado de discutir con Sokolov ante el mínimo pretexto. Por el contrario, trataba de evitar cualquier polémica. Aunque rehuir las discusiones no siempre era fácil; a veces surgían del modo más inesperado, en el momento que Shtrum menos lo esperaba.

Una vez Shtrum dejó caer:

–Me estaba acordando de nuestras conversaciones en Kazán... A propósito, ¿cómo está Madiárov? ¿Le escribe?

Sokolov negó con la cabeza.

–No lo sé. No sé nada sobre Madiárov. Ya le dije que dejamos de vernos antes de partir. Cada vez me resulta más desagradable recordar las conversaciones que teníamos en aquella época. Estábamos tan deprimidos que intentábamos echar la culpa de los contratiempos militares a presuntos vicios de la vida soviética. Todo lo que se nos antojaba una carencia del Estado soviético ha demostrado ser su fuerza.

1. «Los dos huelen mal.»

–¿Se refiere a 1937, por ejemplo? –preguntó Shtrum.

–Víktor Pávlovich –replicó Sokolov–, en los últimos tiempos transforma usted todas nuestras conversaciones en discusiones.

Shtrum quería decirle que, por el contrario, su predisposición era buena, que era él, Sokolov, quien estaba irritable, y que esa irritación interna le impulsaba a buscar pretextos para discutir.

En cambio, se limitó a decir:

–Es probable, Piotr Lavréntievich, que se deba a mi mal carácter, que empeora día tras día. También Liudmila Nikoláyevna se ha dado cuenta.

Al pronunciar estas palabras, Shtrum pensó: «Qué solo estoy. Ya sea en casa, en el trabajo o con mi amigo, estoy solo».

29

El *Reichsführer* Himmler había organizado una reunión para hablar sobre las medidas especiales que estaban siendo llevadas a cabo por la RSHA, la Oficina Central de Seguridad del Reich. La reunión era de especial importancia ya que estaba relacionada con el viaje de Himmler al cuartel general del Führer.

El *Obersturmbannführer* Liss había recibido órdenes desde Berlín de informar sobre el progreso de la construcción de un edificio especial situado cerca de la dirección del campo.

Antes de inspeccionar la marcha de la obra, Liss debía visitar las fábricas de maquinaria de la empresa Foss y la fábrica química encargada de servir los pedidos de la Dirección de Seguridad. Acto seguido, Liss viajaría a Berlín para informar al *Obersturmbannführer* Eichmann, responsable de la preparación de la reunión.

Liss estaba encantado de que le hubieran encargado

aquella misión. Se sentía hastiado de la atmósfera del campo, del continuo trato con hombres rudos y primitivos.

Al subirse al coche, se acordó de Mostovskói. Probablemente el viejo, confinado en su celda de aislamiento, se esforzaba día y noche en adivinar con qué propósito le había mandado llamar Liss y esperaba impaciente a que se produjera el próximo encuentro. Pero Liss sólo buscaba confirmar algunas hipótesis con la intención de escribir un ensayo: *La ideología del enemigo y sus líderes.*

¡Qué carácter tan interesante! En efecto, cuando penetras en el núcleo del átomo, las fuerzas de atracción comienzan a actuar tan poderosamente sobre ti como las fuerzas centrífugas.

El automóvil traspasó las puertas del campo, y Liss se olvidó de Mostovskói.

Al día siguiente, por la mañana temprano Liss llegó a las fábricas Foss. Después de desayunar, estuvo conversando en el despacho de Foss con el proyectista Praschke; luego habló con los ingenieros encargados de la producción y, en la oficina, el director comercial le informó del presupuesto de la maquinaria. Pasó varias horas en los talleres, deambulando entre el estruendo del metal, y al final del día estaba exhausto.

La fábrica Foss servía gran parte de los pedidos de la Dirección de Seguridad y Liss quedó satisfecho del trabajo que estaban llevando a cabo: los dirigentes de la empresa se tomaban muy en serio su cometido y respetaban escrupulosamente las especificaciones técnicas. Los ingenieros mecánicos habían perfeccionado incluso la construcción de las cintas transportadoras, y los técnicos termales habían desarrollado un sistema más económico para calentar los hornos.

Después de aquel largo día en la fábrica, la velada pasada en casa de los Foss fue particularmente agradable.

La visita a la fábrica química, en cambio, supuso una decepción: la producción apenas había alcanzado el cuarenta por ciento de lo previsto.

A Liss le habían irritado las innumerables quejas que

había recibido por parte del personal. La producción de esas sustancias químicas era compleja y problemática. El sistema de ventilación había sufrido daños durante un ataque aéreo y se había producido una intoxicación masiva entre los trabajadores. El kieselgur, tierra caliza porosa con que se impregnaba la producción estabilizada, no llegaba con regularidad; los envases herméticos sufrían retrasos en el transporte ferroviario...

Sin embargo la dirección de la empresa química parecía plenamente consciente de la importancia del pedido de la Dirección de Seguridad. El jefe químico, el doctor Kirchgarten, aseguró a Liss que el encargo se cumpliría dentro del plazo. Incluso habían tomado la decisión de retrasar la ejecución de los pedidos del Ministerio de Municiones, un hecho sin precedentes desde septiembre de 1939.

Liss rechazó una invitación para presenciar los experimentos que se realizaban en el laboratorio, pero revisó las páginas de registros firmadas por los fisiólogos, los químicos y los bioquímicos.

Aquel mismo día también se encontró con los jóvenes investigadores que efectuaban los experimentos: dos mujeres (una fisióloga y una bioquímica), un especialista en patología anatómica, un químico especializado en componentes orgánicos con un bajo punto de ebullición y el toxicólogo responsable del grupo, el profesor Fischer. Todos los presentes en aquella reunión causaron una excelente impresión en Liss.

Y aunque estaban interesados en que el método que habían elaborado contara con su aprobación, no ocultaron a Liss sus puntos débiles e incluso le confiaron todas sus dudas.

Al tercer día Liss tomó un avión, acompañado de los ingenieros de la empresa de montaje Oberstein, para dirigirse a la obra. Se sentía bien; aquel viaje le divertía. Por delante tenía la parte más agradable de su misión: ir a Berlín. Después de haber inspeccionado la obra viajaría allí junto con los responsables técnicos para presentar un informe a la RSHA.

El tiempo era pésimo, caía una fría lluvia de noviembre. El avión realizó un aterrizaje difícil en el aeródromo central del campo. Mientras volaban a poca altura las alas habían comenzado a congelarse, y sobre el suelo se extendía la niebla.

Al amanecer nevaba y por todos lados se veían terrones de arcilla gris, cubiertos de nieve resbaladiza que la lluvia no había logrado derretir. Las alas de los sombreros de fieltro de los ingenieros se doblaban, empapadas de una lluvia pesada como el plomo.

Habían tendido una vía férrea que conducía hasta el lugar de la obra y conectaba directamente con la vía principal. Cerca de la vía férrea se encontraban los almacenes y por allí empezaron la inspección. En el primer cobertizo se realizaba la selección del cargamento: estaba lleno de piezas sueltas de varios mecanismos, canalones, cintas transportadoras aún sin montar, tubos de diferentes diámetros, sopladores y ventiladores, trituradoras de huesos, medidores de gas y electricidad todavía pendientes de ser montados en paneles de control, bobinas de cable, cemento, vagonetas de volqueo automático, montañas de raíles, mobiliario de oficina.

En un local aparte, custodiado por suboficiales de las SS y dotado con una gran cantidad de dispositivos de extracción de aire y ventilación que producían un ruido sordo, estaba situado el almacén donde se iba colocando la mercancía que llegaba de la fábrica química: bombonas con válvulas rojas y latas de quince kilos con etiquetas rojas y azules que a lo lejos parecían tarros de mermelada búlgara.

Al salir de aquel lugar medio enterrado en el suelo, Liss y sus compañeros se encontraron con el profesor Stahlgang, el proyectista principal del complejo, que acababa de llegar en tren desde Berlín, y el ingeniero en jefe de la obra, Von Reineke, un hombre enorme vestido con una chaqueta de piel amarilla.

Stahlgang respiraba con dificultad; el aire húmedo le había provocado un ataque de asma. Los ingenieros que le rodeaban comenzaron a reprocharle que no se cuidara lo suficiente: todos sabían que el catálogo de obras de Stahlgang formaba parte de la biblioteca personal de Hitler.

El lugar de la obra no se diferenciaba en nada de cualquier otra construcción gigantesca de mediados del siglo xx.

En torno a las excavaciones se oían los silbidos de los centinelas, el rugido de las perforadoras, el movimiento de las grúas y los graznidos de las locomotoras.

Liss y su séquito se aproximaron a un edificio rectangular, gris y sin ventanas. El complejo de aquellos edificios industriales, los hornos de ladrillo rojo, las chimeneas de boca ancha, las salas de control, las torres de observación con campanas de cristal: todo tendía hacia aquel edificio gris, ciego y sin rostro.

Los peones estaban acabando de asfaltar los caminos y de debajo de las apisonadoras se levantaba un humo gris, ardiente, que se mezclaba con la niebla gris y fría.

Von Reineke informó a Liss de que las pruebas de evaluación de la hermeticidad de la obra n.º 1 no habían sido satisfactorias. Stahlgang, con voz ronca y exaltada, olvidándose de su asma, expuso a Liss la idea arquitectónica del nuevo proyecto.

En contraste con su aparente simplicidad y sus reducidas dimensiones, la turbina hidráulica tradicional es el punto de concentración de enormes masas, fuerzas y velocidades. En sus espiras, el poder geológico del agua se transforma en trabajo.

La obra n.º 1 estaba construida según el principio de la turbina. Era capaz de transformar la vida y todas las formas de energía relacionadas con ella en materia inorgánica. La nueva turbina tenía que vencer la fuerza física, nerviosa, respiratoria, cardíaca, muscular y circulatoria. Aquel edificio reunía los principios de la turbina, del matadero y de la incineración. Lo más difícil había sido encontrar la manera de integrar todos aquellos factores en una sencilla solución arquitectónica.

–Como usted bien sabe –dijo Stahlgang–, nuestro amado Hitler nunca se olvida del aspecto arquitectónico cuando inspecciona los complejos industriales más banales.

Bajó la voz para que sólo Liss pudiera oírle.

–Seguramente estará al corriente de que los excesos místicos en la estructura arquitectónica de los campos cercanos a Varsovia han acarreado no pocos disgustos al *Reichsführer*. Todo eso debe ser tenido en cuenta.

En el interior, el aspecto de la cámara de hormigón se correspondía totalmente con la época de la industria de masas y de la velocidad.

Una vez que la vida, como si fuera agua, fluía por los canales aductores, ya no podía detenerse ni refluir; la velocidad de su flujo a lo largo del pasillo de hormigón estaba determinada por fórmulas análogas a la de Stokes referente al movimiento de un líquido en un tubo, que depende de su densidad, peso específico, viscosidad, fricción y temperatura. Las lámparas eléctricas, protegidas por cristales gruesos y casi opacos, estaban encajadas en el techo.

Cuanto más se adentraba uno en el interior de la construcción, más brillante se volvía la luz, y a la entrada de la cámara, cerrada por una puerta de acero pulida, la luz era fría y cegadora.

En torno a la puerta flotaba aquella excitación particular que siempre se apodera de los constructores y montadores antes de la puesta en marcha de una nueva maquinaria. Algunos peones limpiaban el suelo con mangueras. Un anciano químico enfundado en una bata blanca efectuaba las mediciones de presión delante de la puerta. Von Reineke le ordenó que abriera la puerta de la cámara. Cuando entraron en la espaciosa sala con el techo bajo de hormigón, varios ingenieros se quitaron el sombrero. El suelo de la cámara estaba compuesto por pesadas losas corredizas sujetas firmemente entre sí por bastidores metálicos. Al accionar el mecanismo desde la sala de control las losas que formaban el suelo se ponían en posición vertical y el contenido de la cámara desaparecía en los locales subterráneos. Allí la materia orgánica era manipulada por equipos de odontólogos que extraían los metales preciosos de las prótesis. A continuación, se ponía en marcha la cinta transportadora que conducía la materia orgánica, privada ya de pensamiento y sensibilidad, a los hornos crematorios, donde sufría el último proceso de destrucción bajo la acción de la energía térmica para transformarse en abono fosfórico, en cal y cenizas, en amoníaco, en gas carbónico y sulfuroso.

Un oficial de enlace se acercó a Liss y le alargó un telegrama. Todos vieron que, al leerlo, la cara del *Obersturmbannführer* se ensombrecía. El telegrama le comunicaba que el *Obersturmbannführer* Eichmann viajaba en coche por la autopista de Múnich para entrevistarse con él aquella misma noche en la obra.

El viaje de Liss a Berlín se había ido al traste. ¡Y él que contaba con pasar la noche siguiente en su casa de campo, donde vivía su mujer enferma que tanto le echaba de menos! Antes de irse a dormir se habría sentado una o dos horas en su sillón, en el calor y la comodidad del hogar, con sus suaves zapatillas en los pies, olvidándose de aquella época funesta. ¡Qué agradable era escuchar de noche, en la cama de su casa de campo, el rumor lejano de los cañones antiaéreos de Berlín!

Ya se veía la noche siguiente en Berlín, después de haber presentado su informe en la Prinz Albertstrasse y antes de partir de nuevo para el campo, en la hora de tregua, cuando no suele haber ni alarmas ni ataques aéreos... Habría visitado a la joven investigadora del Instituto de Filosofía; sólo ella sabía qué dura era su vida, qué inquietud turbaba su alma. En el fondo de su cartera, preparadas para ese encuentro, llevaba una botella de coñac y una caja de bombones. Ahora sus planes se habían ido al traste.

Los ingenieros, los químicos y los arquitectos le miraban preguntándose cuáles eran las preocupaciones que hacían fruncir el ceño al inspector de la Dirección General de Seguridad. ¿Quién podía saberlo?

En algunos momentos tenían la impresión de que la cámara no se subordinaba a sus creadores, que había cobrado vida propia, una vida de hormigón, que sentía apetito y estaba a punto de segregar toxinas, masticar con su mandíbula de acero e iniciar el proceso de digestión.

Stahlgang guiñó un ojo a Von Reineke y le susurró:

–Por lo visto Liss acaba de enterarse de que el *Obersturmbannführer* escuchará aquí su informe. Yo lo sé desde esta mañana. Se han frustrado sus perspectivas de descanso en familia y, seguramente, la cita con una amable señorita.

30

Liss se encontró con Eichmann aquella noche.

Eichmann tenía unos treinta y cinco años. Sus guantes, su gorra y sus botas, encarnaciones materiales de la poesía, de la arrogancia y la superioridad del ejército alemán, se parecían a los que llevaba el *Reichsführer* Himmler.

Liss conocía a la familia de Eichmann desde antes de la guerra; ambos eran de la misma ciudad. Cuando Liss estudiaba en la Universidad de Berlín, al tiempo que trabajaba primero en un periódico y luego en una revista de filosofía, realizaba visitas esporádicas a su ciudad natal, donde se enteraba de la suerte que habían corrido sus compañeros de instituto. Algunos habían sido empujados por la ola del éxito hacia la cumbre de la sociedad; luego la ola retrocedía y la fortuna y la fama sonreían a otros. Pero el joven Eichmann seguía llevando la misma vida, monótona y uniforme.

Las piezas de artillería en las inmediaciones de Verdún, la aparente victoria inminente, la derrota final y la inflación resultante, las contiendas políticas en el Reichstag, el torbellino de los movimientos izquierdistas y ultraizquierdistas en la pintura, el teatro, la música, las nuevas modas y el desmoronamiento de las nuevas modas... Nada de eso había cambiado la uniforme existencia de Eichmann.

Trabajó como agente en una empresa de provincias. Con la familia y en las relaciones sociales se comportaba con moderada brutalidad y cautela. En todas las calles de la vida se cruzaba con una muchedumbre ruidosa, gesticulante, hostil. Adondequiera que fuera se veía rechazado por personas enérgicas y perspicaces, de ojos brillantes y oscuros, hábiles y experimentadas, que le dirigían miradas condescendientes...

En Berlín, después de terminar sus estudios en el instituto, no logró encontrar trabajo. Los directores de oficina y los propietarios de las empresas de la capital le decían que, por desgracia, no había puestos vacantes, pero Eichmann no tardaba en enterarse por otras vías de que el puesto al que aspiraba se lo habían dado a cualquier depravado de nacionalidad indefinida, polaca o italiana. Intentó matricularse en la universidad, pero la injusticia allí reinante se lo impidió. Se percató de que los examinadores perdían el interés en el momento en que posaban la mirada en su cara redonda de ojos claros, sus rubios cabellos de erizo, su nariz corta y recta. Le parecía, en cambio, que sentían predilección por aquellos de cara alargada, ojos oscuros, espalda curvada y estrecha; en definitiva, por los degenerados. No era el único, sin embargo, al que habían enviado de vuelta a la provincia. Era el destino de muchos. La raza de hombres que reinaba en Berlín procedía de todos los extractos sociales, pero sobre todo proliferaba en la clase intelectual, cosmopolita, despojada de rasgos nacionales e incapaz de distinguir entre un alemán y un italiano, un alemán o un polaco.

Se trataba de una raza particular, extraña, que aplastaba con indiferencia burlona a todos aquellos que intentaban rivalizar con ella en el plano cultural e intelectual. Era tremenda la sensación de potencia intelectual viva, superior, no agresiva que ésta irradiaba; aquella potencia se manifestaba en sus gustos exóticos de esa gente, en su modo de vida donde la observancia de la moda se mezclaba con la negligencia e indiferencia hacia ella, en su amor hacia los animales asociado a un estilo de vida completamente urbano, en el talento para la especulación abstracta unido a la pasión por todo lo burdo en la vida y el arte...

Estas mismas personas eran las responsables de los avances que se producían en Alemania en el ámbito de la química de los colorantes, la síntesis del nitrógeno, la investigación de los rayos gamma, la producción de acero de alta calidad. Sólo para verlos a ellos llegaban a Alemania desde el extranjero científicos, pintores, filósofos e ingenieros. Pero precisamente aquella gente era la que menos se parecía a los alemanes; habían viajado por todo el mundo, sus amistades no eran alemanas, sus orígenes alemanes eran inciertos.

¿Qué oportunidad se le presentaba en tales condiciones al empleado de una empresa de provincias que intentaba labrarse una vida mejor? Se podía considerar afortunado por no pasar hambre.

Y helo aquí ahora, saliendo de su despacho después de haber guardado en la caja fuerte los documentos cuyo contenido sólo conocen tres personas en el mundo: Hitler, Himmler y Kaltenbrunner. Un gran coche negro le aguarda en la puerta. Los centinelas le saludan, el ayudante le abre con brío la portezuela: el *Obersturmbannführer* Eichmann parte. El chófer pisa el acelerador y la potente limusina de la Gestapo, saludada con respeto por la policía que se apresura a poner el disco del semáforo en verde, atraviesa las calles de Berlín y toma la autopista. Lluvia, niebla, señales de tráfico, curvas suaves en la autopista...

Smolevichi está lleno de casas apacibles con jardín, y la hierba crece en las aceras. En las calles de los modestos barrios de Berdíchev corretean entre el polvo gallinas sucias con sus patas color azufre marcadas con tinta roja y lila. En Kiev, en el barrio de Podol y la avenida Vasilkovskaya, hay edificios altos con las ventanas sucias y escaleras cuyos peldaños han sido desgastados por millones de botas de niños y chancletas de ancianos.

En los patios de Odessa se alzan plátanos con los troncos desconchados; se secan camisas y calzoncillos, sábanas de colores; peroles de mermelada de frutos del bosque humean en los braseros; recién nacidos de piel oscura que todavía no han visto el sol lloran en sus cunas.

En Varsovia, en un edificio de seis pisos delgado y de espaldas estrechas, viven costureras, encuadernadores, preceptores, cantantes de cabaré, estudiantes, relojeros.

En Stalindorf, por la noche se enciende el fuego en las isbas, el viento que sopla de Perekop huele a sal y a polvo caliente, las vacas sacuden sus pesadas cabezas y mugen...

En Budapest, en Fástov, en Viena, en Melitópol, en Amsterdam, en palacetes de relucientes ventanas acristaladas, en casuchas envueltas en el humo de las fábricas vivían personas que pertenecían a la nación judía.

Las alambradas del campo, los muros de las cámaras de gas, la arcilla de un foso antitanque unían ahora a millones de personas de edades, profesiones y lenguas diferentes, con intereses materiales y espirituales dispares, creyentes fanáticos y fanáticos ateos, trabajadores, parásitos, médicos y comerciantes, sabios e idiotas, ladrones, idealistas, contempladores, buenos, santos y crápulas. Todos estaban destinados al exterminio.

La limusina de la Gestapo engullía kilómetros y giraba por las autopistas otoñales.

31

Eichmann entró en la oficina para su encuentro nocturno con Liss y comenzó a bombardearle a preguntas antes incluso de sentarse en el sillón.

–Tengo poco tiempo. Mañana como muy tarde debo estar en Varsovia.

Ya había visto al comandante del campo y había hablado con el jefe de obra.

–¿Qué tal funcionan las fábricas? ¿Qué impresión le ha causado Foss? ¿Cree que los químicos están a la altura? –le preguntó a toda prisa.

Sus grandes dedos blancos con sus correspondientes grandes uñas rosadas removían los papeles sobre la mesa y de vez en cuando el *Obersturmbannführer* tomaba notas con una estilográfica. Liss tenía la sensación de que para Eichmann aquella empresa no tenía nada de especial, aunque ésta despertaba un secreto sobresalto de espanto hasta en los corazones más duros.

Liss había bebido mucho durante los últimos días. Le costaba respirar y por las noches sentía latir su corazón. Así y todo le parecía que el alcohol tenía un efecto menos nocivo en su salud que la tensión nerviosa a la que estaba sometido constantemente.

Soñaba con volver a su investigación sobre los líderes que se habían mostrado hostiles al nacionalsocialismo y encontrar la solución de problemas crueles y complejos, pero que podían ser resueltos sin derramamiento de sangre. Entonces dejaría de beber y fumaría sólo dos o tres cigarrillos al día. Hacía poco tiempo que había mandado llamar a su despacho a un viejo bolchevique ruso con quien había jugado una partida de ajedrez político. Al volver a su casa había dormido sin tomar somníferos y no se había despertado hasta las nueve de la mañana.

La inspección nocturna del *Obersturmbannführer* y Liss a la cámara de gas les tenía reservada una pequeña sorpresa. Los ingenieros habían colocado en medio de la cámara una mesita con vino y entremeses, y Reineke invitó a los dos dirigentes a tomar una copa.

Aquella encantadora idea hizo reír a Eichmann, que afirmó:

—Con mucho gusto tomaré un tentempié.

Entregó la gorra al guardia y se sentó a la mesa. De repente su enorme cara adquirió una expresión de bondadosa concentración, la misma que adoptan millones de hombres amantes de la buena comida cuando se sientan a una mesa servida.

Reineke, de pie, sirvió el vino, y todos alzaron su copa con la mano, esperando a que Eichmann propusiera un brindis.

En aquel silencio de hormigón, en aquellas copas llenas, había tanta tensión que Liss pensó que su corazón no

iba a poder resistirlo. Deseaba que un brindis grandilo-
cuente por el triunfo del ideal alemán ayudara a descargar
la atmósfera. Pero la tensión, en lugar de mitigarse, seguía
creciendo mientras el *Obersturmbannführer* masticaba un
bocadillo.

–¿A qué esperan, señores? –preguntó Eichmann–. El ja-
món es excelente.

–Estamos esperando a que el maestro de ceremonias
proponga un brindis –dijo Liss.

El *Obersturmbannführer* levantó la copa.

–Por nuestro trabajo, que siga cosechando éxitos. Sí,
me parece que verdaderamente esto merece un brindis.

Eichmann era el único que comía con avidez y apenas
bebía.

Por la mañana Eichmann hacía gimnasia en calzoncillos delante de la ventana abierta. En la niebla se distinguían las filas rectas de los barracones del *Lager* y llegaba
el sonido de los pitidos de la locomotora.

Liss no envidiaba a Eichmann. También él gozaba de
una posición elevada sin excesivas responsabilidades. Se le
consideraba uno de los hombres más inteligentes de la
Gestapo. A Himmler le gustaba conversar con él.

Los altos dignatarios, por lo general, evitaban hacer
ostentación de su superioridad jerárquica en su presencia.
Estaba acostumbrado a que le trataran con respeto, y no
sólo en los servicios de seguridad. La Gestapo se respiraba
y vivía en todas partes: en la universidad, en la firma del
director de un sanatorio infantil, en las audiciones de los
jóvenes cantantes de ópera, en las decisiones del jurado
encargado de escoger los cuadros para la exposición de
primavera, en la lista de candidatos para las elecciones del
Reichstag.

Era el eje en torno al cual se articulaba la vida. Era gracias a la Gestapo que la justicia del Partido siempre era infalible, que su lógica –o su falta de lógica– triunfaba sobre
cualquier otra lógica, su filosofía sobre cualquier otra filosofía. ¡Era la varita mágica! Bastaba con dejarla caer para
que toda la magia desapareciera: un gran orador se con-

vertiría en un simple charlatán, un célebre científico, en un popularizador de ideas ajenas. Era preciso que aquella varita mágica nunca se cayera de la mano.

Aquella mañana, al mirar a Eichmann, Liss sintió por primera vez en su vida que le carcomía una envidia irrefrenable.

Unos minutos antes de partir Eichmann dijo pensativo:

—Usted y yo somos paisanos, ¿verdad?

Comenzaron a recitar de memoria los nombres de las calles que les gustaban de su ciudad, los restaurantes, los cines.

—Hay lugares, por supuesto, donde nunca he puesto un pie —dijo Eichmann, y pronunció el nombre de un club donde no admitían a los hijos de los artesanos.

Liss, cambiando de tema, preguntó:

—Dígame, ¿es posible tener una idea aproximada del número de judíos del que estamos hablando?

Era consciente de que le había formulado una pregunta trascendental, una pregunta a la que tal vez sólo tres personas en el mundo, además de Himmler y el Führer, podían responder.

Pero después de rememorar los años duros de la juventud en la época de la democracia y el cosmopolitismo era el momento idóneo para que Liss confesara su ignorancia y pidiera información.

Eichmann respondió.

—¿Millones? —inquirió Liss, aturdido.

Eichmann se encogió de hombros.

Durante unos instantes guardaron silencio.

—Lamento mucho que no nos hayamos conocido en nuestra época de estudiantes —dijo Liss—; en nuestros años de aprendizaje, como dijo Goethe.

—Yo estudié en provincias, no en Berlín. No lamente nada —replicó Eichmann, y añadió—: Es la primera vez que digo esta cifra en voz alta. Contando Berchtesgaden, la cancillería del Reich y la oficina de nuestro Führer, quizás haya sido pronunciada siete u ocho veces en total.

—Lo entiendo; no es algo que mañana vayamos a leer en los periódicos.

–Eso es precisamente a lo que me refería –corroboró Eichmann.

Lanzó una mirada irónica a Liss, y éste tuvo la inquietante sensación de que su interlocutor era más inteligente que él.

Eichmann prosiguió:

–Aparte del vínculo con nuestra tranquila ciudad cubierta de verdor, hay otra razón por la que le he dicho esa cifra. Desearía que nos uniera en nuestro futuro trabajo en común.

–Gracias –dijo Liss–. Lo pensaré; se trata de un asunto muy serio.

–Por supuesto. La propuesta no es sólo mía. –Eichmann apuntó con el dedo hacia arriba–. Si usted se une conmigo en esta tarea y Hitler pierde, a usted y a mí nos colgarán juntos.

–Una perspectiva encantadora. Vale la pena meditarlo –dijo Liss.

–¿Se imagina? Dentro de dos años estaremos de nuevo sentados en esta misma cámara ante una confortable mesa y diremos: «¡En veinte meses hemos resuelto un problema que la humanidad no había resuelto en veinte siglos!».

Se despidieron. Liss siguió la limusina con la mirada.

Tenía sus propias ideas sobre las relaciones personales en el seno de un Estado. La vida en el Estado nacionalsocialista no podía desarrollarse libremente, había que calcular cada paso.

Y para controlar y organizar fábricas y ejércitos, círculos literarios, las vacaciones estivales de las personas, sus sentimientos maternales, cómo respiraban y cantaban, hacían falta líderes. La vida había perdido el derecho a crecer como la hierba, a agitarse como el mar. Liss consideraba que había cuatro tipos de líderes.

El primer tipo estaba formado por hombres de una pieza, a menudo desprovistos de una particular inteligencia o de capacidad de análisis. Estas personas adoptaban eslóganes y fórmulas de los periódicos y las revistas, citas de los discursos de Hitler y artículos de Goebbels, de los libros de Franck y Rosenberg. Sin tierra firme bajo sus pies, estaban perdidos. No reflexionaban sobre las relaciones entre diferentes fenómenos y, con cualquier pretexto, se mostraban crueles e intolerantes. Se lo tomaban todo en serio: la filosofía, la ciencia nacionalsocialista y sus oscuras revelaciones, los logros del nuevo teatro y la nueva música, o la campaña electoral del Reichstag. Como escolares, se reunían para empollar el *Mein Kampf*, hacían resúmenes de conferencias y folletos. Por lo general, llevaban una vida modesta, a veces pasaban necesidades, y estaban más dispuestos que el resto de las categorías a ofrecerse voluntarios para cubrir puestos que los separaran de sus familias. En un primer momento Liss había tenido la impresión de que Eichmann pertenecía a esta categoría.

El segundo tipo estaba constituido por los cínicos inteligentes, los hombres que estaban al corriente de la existencia de la varita mágica. En compañía de amigos de confianza, se reían de muchas cosas: de la ignorancia de los nuevos doctores y profesores, de los errores y la moral de los *Leiter* y los *Gauleiter*. El Führer y los ideales supremos eran la única cosa de la que no se reían. Estos hombres vivían normalmente a cuerpo de rey, bebían mucho, y su presencia era cada vez mayor en los peldaños superiores de la escala jerárquica del Partido que en la base, donde predominaban los jefes del primer tipo.

En la cúspide regía una tercera categoría: allí sólo había lugar para ocho o nueve personas, que admitían a unas quince o veinte más en el seno de sus reuniones. Se trataba de un mundo sin dogmas donde se podía discutir de todo con plena libertad. Allí, nada de ideales; sólo pura matemática y la alegría de los grandes maestros que no conocían la piedad.

A veces Liss tenía la sensación de que en Alemania todo giraba en torno a ellos, a su bienestar.

Liss también había constatado que la aparición en la cúspide de personas con facultades limitadas siempre presagiaba acontecimientos siniestros. Los controladores del mecanismo social elevaban a los dogmáticos sólo para confiarles las tareas más cruentas. Y éstos, necios, disfrutaban por un tiempo de la ebriedad del poder, pero luego, una vez cumplido el trabajo, eran borrados del mapa; a menudo corrían la misma suerte que sus víctimas. En la cima quedaban, como antes, los imperturbables maestros.

Los simplones, los que correspondían al primer tipo, estaban dotados de una cualidad excepcionalmente valiosa: eran del pueblo. No se limitaban a citar a los clásicos del nacionalsocialismo, también hablaban la lengua del pueblo. Su rudeza parecía sencilla, popular. Sus bromas provocaban la risa en las reuniones obreras.

El cuarto tipo era el de los ejecutores, hombres que eran completamente indiferentes al dogma, a las ideas, a la filosofía; también estaban privados de capacidad analítica. El nacionalismo les pagaba y ellos le servían. Su única gran pasión eran las vajillas, los trajes, las casas de campo, los objetos de valor, los muebles, los automóviles, los frigoríficos. No les gustaba demasiado el dinero porque no creían en su estabilidad.

Liss aspiraba a mezclarse con los altos dirigentes, soñaba con su compañía y su intimidad; allí, en el reino de la inteligencia y la ironía, de la lógica elegante, se sentía a gusto, bien, cómodo.

Pero a una altura aterradora, por encima de aquellos líderes, por encima de la estratosfera, había un mundo oscuro, incomprensible, confuso, cuya falta de lógica era inquietante, y en aquel mundo superior imperaba el Führer.

Lo que más aterrorizaba a Liss de Hitler era la inconcebible yuxtaposición que se daba en él de elementos contradictorios: era el maestro absoluto, el gran mecánico, dotado del cinismo y la crueldad matemática más refinada, superior a la de todos sus colaboradores más estrechos juntos. Pero, al mismo tiempo, poseía un frenesí dogmático, una fe fanática y ciega, una falta de lógica bovina que Liss sólo había encontrado en los niveles más bajos, casi subterráneos, de la dirección del Partido. Creador de la varita mágica y sumo sacerdote, era al mismo tiempo un feligrés oscuro y frenético.

Y ahora, mientras seguía con la mirada el coche que se alejaba, Liss sintió que Eichmann había suscitado en él aquel confuso sentimiento que al mismo tiempo aterrorizaba y atraía y que hasta el momento sólo le había provocado una sola persona en el mundo: el Führer del pueblo alemán, Adolf Hitler.

32

El antisemitismo se manifiesta de modos diversos, desde el desprecio burlesco hasta los sangrientos pogromos.

Puede asumir diferentes aspectos: ideológico, interior, oculto, histórico, cotidiano, fisiológico, y son varias sus formas: individual, social, estatal.

El antisemitismo se encuentra en el mercado y en las sesiones del presídium de la Academia de las Ciencias, en el alma de un hombre viejo y en los juegos infantiles. Sin perder un ápice de su fuerza, el antisemitismo ha pasado de la época de las lámparas de aceite, los barcos de vela y las ruecas a la época de los motores de reacción, las pilas atómicas y las máquinas electrónicas.

El antisemitismo nunca es un fin, siempre es un medio; es un criterio para medir contradicciones que no tienen salida.

El antisemitismo es un espejo donde se reflejan los defectos de los individuos, de las estructuras sociales y de los sistemas estatales. Dime de qué acusas a un judío y te diré de qué eres culpable.

El odio hacia el régimen de servidumbre de la patria, incluso en la mente del campesino Oleinichuk, combatiente por la libertad encarcelado en Schlisselburg, se transforma en odio hacia los polacos y los judíos. E incluso un genio como Dostoyevski vio un judío usurero allí donde debería haber visto los ojos despiadados del contratista, el fabricante y el esclavista rusos.

Y el nacionalsocialismo, al acusar al pueblo judío que él mismo había inventado de racismo, de ansia de dominar el mundo y de una indiferencia cosmopolita hacia la nación alemana, proyectaba sobre los judíos sus propios rasgos. Pero éste es sólo uno de los aspectos del antisemitismo.

El antisemitismo es la expresión de la falta de talento, de la incapacidad de vencer en una contienda disputada con las mismas armas; y eso es aplicable a todos los campos, tanto la ciencia como el comercio, la artesanía, la pintura. El antisemitismo es la medida de la mediocridad humana. Los Estados buscan la explicación de sus fracasos en las artimañas del judaísmo internacional. Pero éste es sólo uno de los aspectos del antisemitismo.

El antisemitismo es la expresión de la falta de cultura en las masas populares, incapaces de analizar las verdaderas causas de su pobreza y sufrimiento. Las gentes incultas ven en los judíos la causa de sus desgracias en lugar de verla en la estructura social y el Estado. Pero también el antisemitismo de las masas no es más que uno de sus aspectos.

El antisemitismo es la medida de los prejuicios religiosos que está latente en las capas más bajas de la sociedad. Pero éste, también, es sólo uno de los aspectos del antisemitismo.

La repugnancia hacia el aspecto físico de los judíos, hacia su manera de hablar y comer, no es ni mucho menos la causa real del antisemitismo fisiológico. De hecho, el mismo hombre que habla con desagrado de los cabellos rizados de los judíos, de su modo de gesticular, entra en éxtasis ante los niños de pelo oscuro y crespo de los cuadros de Murillo, y se muestra indiferente a la pronunciación gutural, al modo de gesticular de los armenios y mira sin aversión los gruesos labios de un negro.

El antisemitismo ocupa un lugar particular en la historia de la persecución a las minorías nacionales. Es un fenómeno único porque el destino histórico de los judíos es único.

Al igual que la sombra de un hombre da una idea de su figura, también el antisemitismo nos da una idea de la historia y el destino de los judíos. La historia del pueblo judío se encuentra ligada y mezclada con abundantes cuestiones políticas y religiosas a nivel mundial. Y ése es el primer rasgo que distingue a los judíos de otras minorías nacionales. Los judíos viven en casi todos los países del mundo. La insólita dispersión de una minoría nacional en los dos hemisferios constituye el segundo rasgo distintivo de los judíos.

Durante el apogeo del capital mercantil, aparecieron los comerciantes y los usureros judíos. Con el florecimiento de la industria muchos judíos emergieron como técnicos y emprendedores. En la era atómica, no pocos judíos dotados de talento se dedicaron a la física nuclear.

Durante las luchas revolucionarias un buen número de judíos se revelaron como destacados revolucionarios. Constituyen una minoría nacional que no se margina en la periferia social y geográfica, sino que se esfuerza en desempeñar un papel central en el desarrollo de las fuerzas ideológicas y productivas. En eso consiste la tercera particularidad de la minoría nacional judía.

Una parte de la minoría judía se asimila, se confunde en la población autóctona del país, mientras una amplia base popular conserva su religión, su lengua y sus costumbres. El antisemitismo toma como regla acusar sistemáticamente a los judíos asimilados de perseguir oscuras aspiraciones nacionalistas y religiosas, mientras que los judíos no asimilados, artesanos y trabajadores manuales en su mayoría, son acusados de las actividades de aquellos que han tomado parte en la revolución, que dirigen la industria, que crean reactores atómicos, empresas y bancos.

Cada uno de estos rasgos tomado por separado puede hacer referencia a cualquier otra minoría nacional, pero sólo los judíos han aglutinado en sí todos ellos.

El antisemitismo también refleja estas particularidades. También ha estado ligado a las principales cuestiones de la política mundial, de la vida económica, ideológica y religiosa. En eso consiste su siniestra peculiaridad. La llama de sus hogueras ha iluminado los períodos más terribles de la historia.

Cuando el Renacimiento irrumpió en el desierto del medievo católico, el mundo de las tinieblas fue iluminado por las hogueras de la Inquisición. Aquellas llamas no sólo alumbraron el poder del mal, también iluminaron el espectáculo de la destrucción.

En el siglo XX, un aciago régimen nacionalista encendió las hogueras de Auschwitz, de los hornos crematorios de Lublin y Treblinka. Estas llamas no sólo iluminaron el breve triunfo del fascismo, sino que también indicaron a la humanidad que el fascismo estaba condenado. Épocas históricas enteras, así como gobiernos reaccionarios fallidos e individuos con la esperanza de mejorar su suerte recurren al antisemitismo en un intento de escapar a un destino inexorable.

¿Ha habido casos en estos dos milenios en que la libertad y el humanitarismo se hayan servido del antisemitismo para alcanzar sus fines? Es probable, pero no los conozco.

El antisemitismo del día a día es un antisemitismo que no hace correr la sangre. Sólo atestigua que en el mundo existen idiotas, envidiosos y fracasados.

En los países democráticos puede nacer un antisemitismo de tipo social. Se manifiesta en la prensa que representa a estos o aquellos grupos reaccionarios; en las acciones de grupos del mismo tipo, por ejemplo mediante el boicot de la mano de obra o de los productos judíos; en la religión y en la ideología de los reaccionarios.

En los países totalitarios, donde no existe la sociedad civil, el antisemitismo sólo puede ser estatal.

El antisemitismo estatal es el indicador de que el Estado intenta sacar provecho de los idiotas, los reaccionarios, los fracasados, de la ignorancia de los supersticiosos y la rabia de los hambrientos. La primera etapa es la discriminación: el Estado limita las áreas en las que los judíos pueden vivir, la elección de profesión, su acceso a posiciones importantes y el derecho a matricularse en las universidades y obtener títulos académicos, grados, etcétera.

La siguiente etapa es el exterminio.

Cuando las fuerzas de la reacción entablan una guerra mortal contra las fuerzas de la libertad, el antisemitismo se convierte en una ideología de Partido y del Estado; eso es lo que ocurrió en el siglo XX con el fascismo.

33

Las unidades recién constituidas avanzaban hacia el frente de Stalingrado en secreto, durante la noche.

En el curso medio del Don, en la zona noroeste de Stalingrado, se estaban concentrando las fuerzas del nuevo frente. Los convoyes descargaban en plena estepa, en las vías férreas recién construidas.

A la primera luz del alba, los ríos de hierro que habían llenado la noche de ruido de repente se aquietaban, y en la estepa quedaba suspendida una ligera bruma polvorienta.

De día, los tubos de los cañones se cubrían con maleza seca y montones de paja, tanto que parecía que no hubiera en el mundo objetos más pacíficos que aquellas piezas de artillería fundidas en la estepa otoñal. Los aviones, con las alas extendidas, como insectos muertos y secos, yacían en los aeródromos, cubiertos bajo redes de camuflaje.

Cada día los triángulos, los rombos, los círculos se hacían más y más densos, y más densa se volvía la red de cifras sobre aquel mapa que sólo conocían unos pocos hombres. Los ejércitos del recién formado frente suroeste, ahora frente de ataque, tomaban posiciones en la línea de partida y se disponían a avanzar.

Entretanto, en la orilla izquierda del Volga, bordeando el humo y el estruendo de Stalingrado, los cuerpos de tanques y las divisiones de artillería avanzaban a través de las estepas desiertas hacia las apacibles ensenadas. Las tropas que habían cruzado el Volga tomaban posiciones en la estepa calmuca, en el terreno salino situado entre los lagos.

Aquellas fuerzas se estaban concentrando en el flanco derecho de los alemanes. El alto mando soviético estaba preparando el cerco de las divisiones de Paulus.

Durante las noches oscuras, bajo las nubes y estrellas otoñales, buques de vapor, transbordadores y barcazas trasladaban a la orilla derecha, la calmuca, más al sur de Stalingrado, los tanques de Nóvikov.

Miles de hombres vieron los nombres de famosos generales rusos –Kutúzov, Suvórov, Aleksandr Nevski– escritos con pintura blanca en las torres de los carros.

Millones de hombres vieron la artillería pesada, los morteros y las columnas de camiones Ford y Dodge, enviados por los aliados occidentales, avanzando en dirección a Stalingrado.

Y sin embargo, aunque este movimiento fuera evidente para millones de hombres, la concentración de enormes contingentes militares preparados para lanzar la ofensiva al noroeste y al sur de Stalingrado se hacía con el máximo secretismo.

¿Cómo era posible? Los alemanes también estaban al corriente de aquellas grandes maniobras. De hecho era imposible esconderlo, como es imposible que un hombre eluda el viento al atravesar la estepa.

Los alemanes sabían lo que estaba pasando, pero desconocían que el ataque era inminente. Cualquier teniente alemán, con solamente echar un vistazo al mapa donde estaban marcadas las posiciones aproximadas de las principales concentraciones de las fuerzas rusas, podría haber descifrado el secreto militar mejor guardado de la Unión Soviética, un secreto que sólo Stalin, Zhúkov y Vasilievski conocían.

No obstante, el cerco de las tropas alemanas en Stalingrado constituyó una sorpresa para los tenientes y los mariscales de campo alemanes.

¿Cómo era posible que aquello hubiera sucedido?

Stalingrado continuaba resistiendo. A pesar de los grandes contingentes desplegados, los ataques alemanes no conducían a la victoria decisiva. Algunos regimientos rusos sólo contaban con unas docenas de soldados. Fueron aquellos pocos hombres quienes, soportando todo el peso de la terrible batalla, indujeron los cálculos erróneos de los alemanes.

Los alemanes se negaban a creer que todos sus ataques serían rechazados por un puñado de hombres. Estaban convencidos de que las reservas soviéticas estaban destinadas a sostener y alimentar la defensa de Stalingrado. Los verdaderos estrategas de la ofensiva de Stalingrado fueron los soldados que repelieron los ataques de la división de Paulus a orillas del Volga.

Sin embargo, la implacable astucia de la historia se escondía todavía más profundamente; y en aquella profundidad, la libertad que hacía nacer la victoria, aun siendo el objetivo mismo de la guerra, se convertía con el roce de los dedos astutos de la historia en un medio de conducir la guerra.

34

Una vieja, cuya cara enfurruñada delataba su preocupación, se dirigió hacia su casa con una brazada de hierbas secas. Pasó por delante de un jeep cubierto de polvo y de un tanque del Estado Mayor protegido por una lona. Caminaba, huesuda y taciturna; se habría podido creer que no había nada más banal que aquella viejita que pasaba por delante de un tanque arrimado a su casa. Y sin embargo, no había nada más significativo en los acontecimientos del mundo que el vínculo que existía entre aquella vieja, su hija poco agraciada que había llevado a la vaca a cubierto para ordeñarla, su nieto de cabellos rubios que, metiéndose un dedo en la nariz, vigilaba los chorros que brotaban de las ubres de la vaca, y las tropas acantonadas en la estepa.

Todos aquellos hombres, los oficiales de los Estados

Mayores de varios cuerpos y ejércitos, los generales que fumaban bajo los rústicos y ennegrecidos iconos religiosos de una isba, los cocineros de los generales que asaban la carne de carnero en los hornos, las telefonistas que se enrollaban los mechones de pelo con cartuchos o clavos, el chófer que se afeitaba una mejilla en el patio sobre una palangana de hojalata, mirándose en el espejo con el rabillo del ojo mientras con el otro controlaba el cielo (no fuera a ser que llegaran los alemanes): todo aquel mundo de acero, electricidad y gasolina, todo ese mundo de guerra, era parte integrante de la larga serie de pueblos, aldeas y granjas diseminadas por la estepa.

Existía un hilo invisible que unía a la vieja, los jóvenes de hoy en sus tanques y aquellos que en verano habían llegado a pie, extenuados, pidiéndole que les dejara pasar la noche en su casa y que luego, llenos de miedo, no habían logrado conciliar el sueño y salían constantemente para comprobar que todo estuviera tranquilo.

Existía un hilo invisible que unía a aquella vieja en su pueblo de la estepa calmuca con aquella que, en los Urales, había posado un ruidoso samovar de cobre en el Estado Mayor del cuerpo blindado de la reserva; con aquella otra que en junio, cerca de Vorónezh, había instalado a un coronel sobre la paja del suelo y se había santiguado al mirar a través de la pequeña ventana el resplandor rojo de los incendios; pero aquel vínculo era tan familiar que no lo habían notado ni la vieja que acarreaba su carga para encender la estufa, ni el coronel acostado en el suelo.

En la estepa flotaba un silencio maravilloso, pero en cierto modo abrumador. ¿Sabían los hombres que iban y venían aquella mañana por la avenida Unter den Linden que Rusia había vuelto su rostro hacia Occidente y se disponía a atacar, a avanzar?

Nóvikov, desde el zaguán, llamó al chófer Jaritónov.

–Coge los capotes, el mío y el del comisario; volveremos tarde.

Guétmanov y Neudóbnov también salieron al zaguán.

–Mijaíl Petróvich –dijo Nóvikov–. Si pasa cualquier

cosa llame a Kárpov y después de las tres a Belov o Makárov.

–¿Qué cree que puede pasar aquí? –preguntó Neudóbnov.

–Nunca se sabe. Tal vez la visita inesperada de un superior –dijo Nóvikov.

Dos puntitos se alejaron del sol y descendieron volando hacia el pueblo. El quejido de los motores se hizo cada
vez más fuerte, su irrupción, más virulenta, sacando a la
estepa de su letargo.

Jaritónov bajó de un salto del jeep y corrió a refugiarse
tras la pared de un granero.

–Pero ¿qué te pasa, idiota? ¿Tienes miedo de los nuestros? –gritó Guétmanov.

En ese mismo momento uno de los aviones descargó una
ráfaga de ametralladora y el segundo lanzó una bomba.

El aire aulló, sonó un ruido de cristales rotos, una mujer lanzó un grito penetrante, un niño rompió a llorar, los
terrones levantados por la explosión aporrearon el suelo.

Nóvikov se agazapó al oír caer la bomba. En un segundo todo quedó sumergido en el polvo y el humo. Lo único
que veía era a Guétmanov, que estaba a su lado. La silueta de Neudóbnov emergió de la nube de polvo: erguido,
sacando pecho, la cabeza alta; era el único que no había
encogido el cuerpo para pegarse al suelo; permanecía inmóvil, como esculpido en madera.

Guétmanov, un poco pálido pero alegre y lleno de excitación, se sacudió el polvo de los pantalones y dijo con
una jactancia cautivadora:

–No pasa nada. Los pantalones, por lo visto, siguen secos y nuestro general no se ha movido siquiera.

Después, acompañado de Neudóbnov, fue a mirar a
qué distancia del cráter habían saltado los terrones y se
asombraron de que los cristales de las casas más lejanas
se hubieran roto mientras que los de la más cercana estaban intactos.

Nóvikov sentía curiosidad por las reacciones de aquellos hombres que asistían por primera vez a la explosión

de una bomba. Estaban visiblemente impresionados ante la idea de que aquella bomba se había fabricado, levantado en el aire y lanzado a la tierra con un único objetivo: matar al padre de los pequeños Guétmanov y al padre de los pequeños Neudóbnov. Eso era de lo que se ocupaban los hombres en la guerra.

Cuando se pusieron en camino, Guétmanov no dejó de hablar de la incursión aérea, pero de pronto se interrumpió:

–Debe de hacerte gracia escucharme, Piotr Pávlovich; sobre tu cabeza han caído miles de bombas, pero para mí ésta es la primera. –Volvió a interrumpirse, y dijo–: Dime, Piotr Pávlovich, ¿por casualidad Krímov ha sido hecho prisionero alguna vez?

–¿Krímov? ¿Por qué lo preguntas?

–Oí una conversación interesante al respecto en el Estado Mayor del frente.

–Creo que sufrió un cerco, pero no fue hecho prisionero. En cualquier caso, ¿de qué trataba la conversación?

Como si no le hubiera oído, Guétmanov golpeó ligeramente en el hombro a Jaritónov y dijo:

–El camino es por allí; lleva directamente al Estado Mayor de la primera brigada, evitando el barranco. He aprendido a orientarme, ¿eh?

Nóvikov ya estaba acostumbrado a que Guétmanov nunca siguiera el hilo de una conversación: ahora contaba una historia, ahora formulaba una pregunta repentina, después retomaba un relato interrumpido para intercalarlo con una nueva pregunta. Sus pensamientos parecían moverse en zigzag, sin orden ni concierto. Pero sólo en apariencia. En realidad no era así; se trataba sólo de una impresión.

Guétmanov hablaba a menudo de su mujer y de sus hijos. Siempre llevaba encima un grueso fajo de fotografías familiares y había enviado dos veces a un hombre a Ufá con paquetes de comida.

Sin embargo eso no le había impedido iniciar una relación con la doctora morena del puesto de socorro, Tamara Pávlovna, y no se trataba de un mero capricho. Una mañana Vershkov informó a Nóvikov con voz trágica:

—Camarada coronel, la doctora ha pasado la noche con el comisario y no se ha ido hasta el amanecer.

—No es asunto suyo, Vershkov —contestó Nóvikov—. Sería mejor que no viniera a traerme los dulces a escondidas.

Guétmanov no se esforzaba en esconder su relación con Tamara Pávlovna y ahora, mientras viajaban por la estepa, se inclinó hacia Nóvikov y le confesó en un susurro:

—Piotr Pávlovich, sé de un muchacho que se ha enamorado de la doctora —y miró a Nóvikov con ojos dulces y lastimeros.

—Un comisario, tengo entendido —dijo Nóvikov lanzando una mirada al conductor.

—Bueno, los bolcheviques no son monjes —le explicó Guétmanov bisbiseando—. La amo, ¿entiendes? Soy un viejo estúpido.

Guardaron silencio algunos minutos y Guétmanov, como si no acabara de hacerle una confidencia, le dijo en tono diferente:

—En cuanto a ti, Piotr Pávlovich, no adelgazas ni un gramo. Parece que estás como en casa en el frente. Yo, por ejemplo, estoy hecho para trabajar en el Partido. Llegué a mi *obkom* en el momento más difícil. A otro le hubiera dado un ataque al corazón. El plan para la entrega del trigo no se había cumplido y el camarada Stalin me telefoneó dos veces, pero yo como si nada, engordé igual que si estuviera de vacaciones. Tú también eres así.

—Sólo el demonio sabe para qué estoy hecho yo —replicó Nóvikov—. Tal vez esté hecho para la guerra, después de todo —y se echó a reír—. Me he dado cuenta de una cosa: cada vez que pasa algo interesante, lo primero que pienso es que debo recordarlo para contárselo a Yevguenia Nikoláyevna. Los alemanes os han tirado por primera vez una bomba a ti y a Neudóbnov e inmediatamente he pensado: «Tengo que contárselo».

–De modo que escribes informes, ¿eh? –preguntó Guétmanov.

–Así es.

–Lo entiendo, es tu mujer –dijo Guétmanov–. No hay nadie que esté tan cerca de uno como su mujer.

Llegaron a la primera brigada y se apearon del coche.

En la cabeza de Nóvikov pululaban apellidos, nombres de poblaciones, problemas pequeños y grandes, cosas claras u oscuras, órdenes que dar o referir.

De noche se despertaba sobresaltado, angustiado por las dudas: ¿valía la pena abrir fuego a una distancia superior a la escala del alza? ¿Tenía sentido disparar durante el avance? ¿Serían capaces los comandantes de las unidades de valorar con rapidez y precisión los cambios de situación durante el combate, de tomar decisiones autónomamente, de dar órdenes en el acto?

Luego imaginaba cómo, convoy tras convoy, sus tanques rompían la defensa germano-rumana, logrando abrir una brecha, perseguir al enemigo en combinación con el ataque aéreo, la artillería autopropulsada, la infantería motorizada, los zapadores; empujarían al enemigo cada vez más al oeste, apoderándose de los pasos de los ríos y los puentes, evitando los campos de minas, eliminando las bolsas de resistencia. Presa de una excitación alegre, sacaba los pies descalzos de la cama y, sentado en la oscuridad, con la respiración entrecortada, presentía la felicidad inminente.

Nunca había sentido deseos de hacer partícipe a Guétmanov de estos pensamientos nocturnos.

En la estepa, con mayor frecuencia que en los Urales, se irritaba con Neudóbnov y Guétmanov. «Han llegado aquí para los postres», pensaba.

Ya no era el mismo hombre que en 1941. Ahora bebía más, soltaba tacos, se irritaba. Una vez le había levantado la mano al oficial encargado del suministro de carburante. Había notado que le tenían miedo.

–Sólo el demonio sabe si estoy hecho para la guerra –repitió Nóvikov–. Lo mejor sería vivir con la mujer que uno ama en alguna isba perdida en lo más profundo del bosque. Saldría a cazar y regresaría por la noche. Ella haría la sopa y nos iríamos a la cama. No es la guerra lo que alimenta a un hombre.

Guétmanov, con la cabeza baja, lo miró atentamente.

El comandante de la primera brigada, el coronel Kárpov, era un hombre de carrillos abultados, cabellos rojos y ojos de aquel azul penetrante y claro típico de los pelirrojos. Recibió a Nóvikov y Guétmanov al lado del radiotransmisor.

Había combatido durante algún tiempo en el frente noroeste, donde más de una vez tuvo que enterrar sus tanques para transformarlos en posiciones de tiro estático.

Acompañó a Nóvikov y a Guétmanov durante su inspección de la primera brigada y, viendo sus gestos distendidos, se habría podido pensar que él era el superior.

A juzgar por su constitución, parecía un hombre bonachón aficionado a la cerveza y a las comidas copiosas. Pero su naturaleza era totalmente diferente: taciturna, fría, suspicaz, mezquina. No era hospitalario y tenía fama de avaro.

Guétmanov elogió el esmero con el que habían sido cavados los búnkeres y los refugios para los tanques y las armas.

Al comandante de la brigada no se le había escapado ningún detalle: la eventual dirección de un ataque enemigo, la posibilidad de un asalto por los flancos; lo único que no había tenido en cuenta era que la inminente batalla le obligaría a pasar a la ofensiva, romper el frente enemigo e iniciar la persecución.

A Nóvikov le irritaban sobremanera las inclinaciones de cabeza y las palabritas de aprobación de Guétmanov.

Y Kárpov, como si quisiera añadir más leña al fuego, dijo:

—Permítame, camarada coronel, que le cuente lo que pasó una vez en Odessa. Bueno, nosotros estábamos perfectamente atrincherados. Al anochecer pasamos al contraataque y les dimos un buen golpe a los rumanos. Por la noche, siguiendo órdenes del comandante, toda nuestra defensa, como si de un solo hombre se tratara, se dirigió al lugar convenido para embarcar. Los rumanos comenzaron a atacar las trincheras abandonadas a las diez de la mañana, pero nosotros ya estábamos en el mar Negro.

–Bien, sólo espero que no le suceda eso aquí, que no tenga que quedarse plantado delante de las trincheras rumanas vacías –dijo Nóvikov.

¿Sería capaz Kárpov, llegado el momento del ataque, de forzar el avance, día y noche, y dejar a sus espaldas las bolsas de resistencia del enemigo? ¿Sería capaz de arremeter dejando al descubierto la cabeza, la nuca, los flancos? ¿Se apoderaría de él la furia de la persecución? No, no era su carácter.

A su alrededor todo dejaba ver los rastros del reciente incendio y era extraño que el aire fuera tan gélido. Los tanquistas estaban absortos en las preocupaciones cotidianas de todo soldado: uno se afeitaba sentado sobre el carro después de haber acomodado un espejito sobre la torreta, otro limpiaba el fusil, otro escribía una carta y al lado, sobre una tela extendida en el suelo, otros jugaban a las cartas, mientras un nutrido grupo, suspirando de vez en cuando, formaba un círculo alrededor de la enfermera.

Y aquella escena trivial, bajo el cielo infinito, sobre la tierra infinita, se llenaba de una melancolía crepuscular.

De repente, un comandante de batallón se puso en pie, se ajustó la chaqueta y gritó:

–¡Batallón, firmes!

Nóvikov, como para contradecirle, replicó:

–Descansen, descansen.

Por allí donde pasaba el comisario soltando sus frasecitas, se oían estallidos de risas y los tanquistas intercambiaban miradas, mientras sus caras se volvían más alegres.

El comisario les preguntaba qué tal había ido la separación de las muchachas de los Urales, si habían gastado mucho papel escribiéndoles cartas, si recibían puntualmente en la estepa la *Estrella Roja*.

Luego, la tomó con el intendente:

–¿Qué han comido hoy los soldados? ¿Y ayer? ¿Y an-

teayer? ¿Tú también has comido sopa de cebada y tomates verdes tres días seguidos? ¡Mandad llamar al cocinero!
–ordenó entre las risas de los tanquistas–. Que venga y nos
diga qué ha preparado hoy de desayuno para el intendente.

Sus preguntas sobre las condiciones de vida de los tanquistas sonaban como un reproche a los comandantes de
las unidades. Era como si les estuviera diciendo: «¿Por qué
pensáis siempre en el material y nunca en los hombres?».

El intendente, un hombre delgado con unas viejas botas de lona polvorientas y las manos rojas como una la-
vandera que enjuaga la ropa en agua fría, estaba erguido
frente a Guétmanov y tosía.

A Nóvikov le dio pena y dijo:

–Camarada comisario, ¿vamos a ver a Belov?

Desde antes de la guerra Guétmanov siempre había sido
considerado, y con razón, un hombre de masas, un líder
nato. Sólo tenía que abrir la boca para que la gente co-
menzara a reír: su manera de hablar, directa y viva, su lenguaje a veces vulgar, borraban de un plumazo la distancia
que hay entre el secretario de un *obkom* y un hombre sucio en traje de faena.

Su interés siempre se dirigía a las cuestiones de la vida
cotidiana: si se había pagado el salario con retraso, si la
tienda del pueblo o de la fábrica estaba bien surtida, si
la residencia de los trabajadores estaba bien caldeada, si la
cocina del campamento estaba organizada como era debido.

Tenía un don particular para hablar con las ancianas
obreras de las fábricas y las koljosianas. A todos les gustaba que el secretario fuera un servidor del pueblo, que supiera defenderlos a capa y espada de los proveedores, los
gerentes de las residencias y, si era preciso, de los directores de las fábricas o los MTS[1], cuando éstos desatendían

1. Siglas de *Mashinno Tráktornaya Stantsia* (Estación de Máquinas
y Tractores), estación de material agrícola destinada a satisfacer las necesidades de los koljoses.

los intereses del obrero. Era hijo de campesinos, él mismo había trabajado de mecánico en una fábrica y los obreros lo notaban. Pero, en su despacho de secretario de *obkom,* sólo se preocupaba de su responsabilidad frente al Estado; las preocupaciones de Moscú eran su principal inquietud; los directores de las grandes fábricas y los secretarios de *raikom* rurales lo sabían muy bien.

–¿Te das cuenta de que estás incumpliendo el plan del Estado? ¿Quieres renunciar a tu carné del Partido? ¿Sabes por qué el Partido ha depositado su confianza en ti? ¿Hace falta que te lo explique?

En su despacho no se reía ni se bromeaba, no se hablaba del agua caliente de las residencias o de las zonas verdes de los talleres. En su despacho se determinaban severos planes de producción, se discutía sobre el aumento del ritmo de producción. Se decía que para la construcción de viviendas era preciso esperar todavía un poco, apretarse el cinturón, bajar el coste de producción, aumentar el precio de los artículos al por menor.

Durante las reuniones que se celebraban en su oficina era cuando la fuerza de Guétmanov se podía apreciar en su justa medida. Los demás asistentes parecían acudir a esas reuniones no para exponer sus ideas o sus quejas, sino para ayudar a Guétmanov, como si el curso de las reuniones estuviera ya decidido de antemano por su voluntad e inteligencia.

Hablaba en voz baja, sin apresurarse, convencido de la obediencia de aquellos a los que se dirigía.

–Háblanos un poco de tu distrito. En primer lugar, camaradas, cederemos la palabra al agrónomo. Y nos gustaría escuchar tu punto de vista, Piotr Mijaílovich. Creo que Lazko tiene algo que decirnos; él se está encontrando con varios problemas en esa área. Sí, Rodiónov, sé que tienes algo en la punta de la lengua. Para mí, camaradas, la cuestión está clara. Es hora de ir concluyendo, creo que no habrá objeciones a este respecto. Aquí, camaradas, está preparado el proyecto de resolución. Tal vez el camarada Rodiónov pueda leerlo en voz alta.

Y Rodiónov, que quería expresar algunas de sus dudas e incluso discutir, se ponía a leer con diligencia la resolución, mirando de vez en cuando al presidente para comprobar si estaba leyendo con suficiente claridad. «Bien, camaradas, parece que nadie tiene objeciones.»

Pero lo más sorprendente era que Guétmanov siempre parecía absolutamente sincero; seguía siendo él mismo cuando exigía la ejecución del plan a los secretarios de *raikom*, cuando retiraba a los trabajadores de un koljós los últimos granos de trigo, bajaba el salario a los obreros, exigía un abaratamiento del precio de coste, cuando subía los precios al por menor, pero también cuando hablaba, conmovido, con las mujeres del sóviet de la ciudad y las compadecía por su difícil vida y se afligía por las estrecheces con que vivían los obreros en las residencias.

Era algo difícil de comprender, pero ¿acaso en la vida todo es fácil de comprender?

Cuando Nóvikov y Guétmanov se acercaron al coche, este último dijo en tono de broma a Kárpov, que les había acompañado:

–Tendremos que comer con Belov; no esperábamos una invitación para comer por parte suya y de su intendente.

–Camarada comisario –replicó Kárpov–, hasta ahora nuestro intendente no ha recibido nada de los almacenes del frente. Y él mismo, entre otras cosas, casi no prueba bocado porque padece del estómago.

–¡Padece del estómago! Ay, ay, qué desgracia –dijo Guétmanov; luego bostezó y ordenó con la mano–. Venga, nos vamos.

La brigada de Belov estaba destacada algo más al oeste que la de Kárpov.

Belov, un hombre delgado, narigudo, con las piernas arqueadas de un jinete, de mente ágil y aguda, rápido como una ametralladora a la hora de hablar, era del agrado de Nóvikov, que lo consideraba el hombre ideal para efectuar un ataque repentino y penetrar en el frente enemigo.

Se tenía un alto concepto de él, a pesar de las pocas acciones militares que contaba en su haber. El pasado mes de diciembre, cerca de Moscú, había dirigido un ataque contra la retaguardia alemana.

Pero ahora Nóvikov, preocupado, sólo veía los defectos del comandante de la brigada: bebía como una esponja, era olvidadizo y frívolo, mujeriego y no gozaba de la simpatía de sus subordinados. No había organizado la defensa. Los problemas de logística no suscitaban su interés: se ocupaba sólo del abastecimiento de carburante y municiones, y no prestaba suficiente atención a la evacuación de los tanques averiados del campo de batalla para su posterior reparación.

–Pero ¿qué hace, camarada Belov? No estamos en los Urales, sino en la estepa –dijo Nóvikov.

–Sí, esto parece un campamento zíngaro –añadió Guétmanov.

–He tomado medidas contra los ataques aéreos –respondió enseguida Belov–. Pero a la distancia que estamos de la primera línea, un ataque por tierra parece poco probable.

Tomó una bocanada de aire y continuó:

–De todas formas, camarada coronel, estoy impaciente por pasar al ataque; estar a la defensiva no es lo mío.

–Bravo, bravo, Belov. Usted es el Suvórov soviético, un verdadero jefe militar –aplaudió Guétmanov, y pasando a tutearle, continuó en tono confidencial–: El jefe de la sección política me ha dicho que tienes una aventura con una enfermera. ¿Es verdad?

Belov, confundido por el tono campechano de Guétmanov, no entendió del todo la pregunta.

–Lo siento, ¿qué ha dicho?

Pero antes incluso de que Guétmanov le repitiera la frase captó el sentido de la pregunta y se sintió a disgusto.

–Soy un hombre, camarada comisario, cuando se está en campaña...

–Pero tienes mujer y un hijo.

–Tres –le corrigió Belov, con aire triste.

–Tres hijos, entonces. En la segunda brigada el mando ha destituido a Bulánovich, un buen oficial. Recurrieron a las medidas más radicales: cuando tuvieron que salir de la reserva, prefirieron sustituirlo por el comandante de batallón Kobilni, y todo por una aventura como la tuya. ¿Qué ejemplo les das a tus subordinados? Un comandante ruso, padre de tres hijos.

Belov, fuera de sí, protestó en voz alta:

–Eso a nadie le incumbe, puesto que no la he violado. Y por lo se refiere a dar ejemplo, eso lo han hecho otros antes que yo, antes que usted y antes que su padre.

Sin alzar el tono, Guétmanov volvió a dirigirse a él de usted.

–Camarada Belov, no olvide su carné del Partido. Compórtese como es debido cuando hable con un superior.

Belov se cuadró, adoptando una posición impecable, y dijo:

–Disculpe, camarada comisario, comprendo mi error.

–Estoy seguro de tu éxito –replicó Guétmanov–, el comisario del cuerpo tiene confianza en ti, pero que tu conducta no te deshonre. –Consultó su reloj y se volvió hacia Nóvikov–: Piotr Pávlovich, tengo que ir al Estado Mayor; no iré contigo a ver a Makárov. Cogeré el coche de Belov.

Cuando salieron del refugio, Nóvikov no pudo contenerse y le preguntó:

–¿No puedes esperar a ver a tu doctora?

Dos ojos de hielo le miraron perplejos y una voz irritada dijo:

–He sido convocado por un miembro del Consejo Militar del frente.

Nóvikov decidió pasar a ver a Makárov, el comandante de la primera brigada, su favorito.

Pasearon juntos hacia un lago en cuya orilla estaba desplegado un batallón. Makárov, pálido y con unos ojos tristes que no se correspondían con la imagen de un comandante de una brigada de tanques pesados, dijo:

–¿Se acuerda de aquel pantano bielorruso, camarada coronel, cuando los alemanes nos perseguían?

Nóvikov se acordaba, por supuesto.

Pensó un instante en Kárpov y en Belov. Obviamente no se trataba sólo de una cuestión de experiencia, sino de naturaleza. No se puede trasladar a un piloto de caza a una unidad de zapadores. No todos podían ser como Makárov, igual de competente en la defensa que en el ataque.

Guétmanov afirmaba que estaba hecho para trabajar en el Partido. Makárov, en cambio, era un verdadero soldado. ¡Un soldado de primera!

Nóvikov no necesitaba oír informes ni balances de Makárov. Deseaba sólo pedirle consejo, confiarle sus preocupaciones.

¿Cómo conseguir durante el ataque la plena armonía entre la infantería ligera y la infantería motorizada, entre los zapadores y la artillería autopropulsada? ¿Estaban de acuerdo respecto a las posibles acciones del enemigo después del inicio del ataque? ¿Tenían la misma opinión acerca de la fuerza de sus defensas antitanque? ¿Se habían definido correctamente las líneas del despliegue?

Llegaron a un barranco poco profundo donde estaba instalado el puesto de mando del batallón. Al ver a Nóvikov y Makárov, Fátov, el comandante del batallón, se sintió confuso: el refugio del Estado Mayor, a su modo de ver, era inadecuado para aquellos invitados tan distinguidos. Para colmo, un soldado había encendido fuego con pólvora y la estufa respondía con unos ruidos inconvenientes.

–Quiero que recuerden algo, camaradas –dijo Nóvikov–. A este cuerpo se le asignará un papel crucial en las misiones sucesivas; confiaré la parte más difícil a Makárov, y tengo la impresión de que Makárov le asignará la parte más difícil de su misión a Fátov. Les tocará a ustedes resolver sus propios problemas. No seré yo quien les brinde la solución durante el combate.

Preguntó a Fátov sobre la organización de las conexiones entre el Estado Mayor del regimiento y los comandantes de los escuadrones, sobre el funcionamiento de la radio, sobre las reservas de las municiones, sobre la calidad del carburante.

Antes de despedirse, Nóvikov preguntó:

—Makárov, ¿está preparado?

—No, no del todo, camarada coronel.

—¿Le basta con tres días?

—Sí, camarada coronel.

Mientras se subía al coche, Nóvikov dijo al chófer:

—Bueno, Jaritónov, parece que Makárov lo tiene todo controlado, ¿verdad?

Jaritónov miró a Nóvikov de reojo y respondió:

—Sí, todo controlado, camarada coronel. El responsable de aprovisionamiento se ha puesto como una cuba; han venido de un batallón para recoger sus raciones y él se había ido a dormir, cerrándolo todo con llave. Así que han tenido que darse media vuelta de vacío. Un sargento me ha contado que un comandante de su escuadrón celebró su onomástica pimplándose la ración entera de vodka de sus soldados. Yo quería reparar la cámara de aire y ni siquiera tenían parches.

35

Neudóbnov se alegró cuando, al asomarse por la ventana de la isba, vio llegar el jeep de Nóvikov en medio de una polvareda.

En su ausencia había experimentado la misma sensación que de niño, cuando sus padres salían y él se quedaba como dueño y señor de la casa. Se sentía feliz, pero en cuanto la puerta se cerraba empezaba a ver ladrones por todas partes, se imaginaba un incendio e iba corriendo de la puerta a la ventana, aguzando el oído, petrificado, y alzando la nariz en busca de olor a humo.

Se sentía impotente sin Nóvikov, ya que los métodos que aplicaba normalmente a las cuestiones importantes se habían probado ineficaces allí.

Los alemanes podían aparecer en cualquier momento.

Después de todo sólo había sesenta kilómetros hasta la línea del frente. ¿Qué haría entonces? Aquí de nada servía amenazar con destituciones o acusar de conspiración con enemigos del pueblo. Los tanques se abalanzaban, y ya está; ¿qué podían hacer para detenerlos? Una idea sacudió a Neudóbnov con una evidencia abrumadora: la terrible furia del Estado que hacía doblegarse y estremecerse a millones de hombres, allí, en el frente, mientras el enemigo acechaba, no surtía ningún efecto. No se podía obligar a los alemanes a rellenar cuestionarios, a contar su vida delante de una asamblea, a sentir miedo por tener que confesar cuál era la posición social de sus padres antes de 1917.

Todo lo que Neudóbnov amaba y sin lo cual no podía vivir, su destino, el destino de sus hijos, ya no se encontraba bajo la protección del gran y amenazador Estado donde había nacido. Y por primera vez pensó en Nóvikov con una mezcla de temor y admiración.

Nóvikov, que acababa de entrar en la isba del Estado Mayor, exclamó:

–Para mí, camarada general, está claro: ¡Makárov es nuestro hombre! Es capaz de tomar decisiones rápidas en cualquier circunstancia. Belov se precipita hacia delante sin entender nada ni mirar a los lados. A Kárpov hay que espolearlo: es un caballo de tiro pesado, lento.

–Sí, los cuadros de dirigentes son los que lo deciden todo; el camarada Stalin nos ha enseñado a estudiar los cuadros incansablemente –confirmó Neudóbnov, y añadió con vivacidad–: No dejo de pensar que tiene que haber un agente alemán en el pueblo. El cerdo debe de haber dado la posición de nuestro Estado Mayor a los bombarderos alemanes.

Neudóbnov contó a Nóvikov lo que había ocurrido en su ausencia.

–Nuestros vecinos y los comandantes de las unidades de refuerzo van a venir a saludarle, sólo para presentarse, en visita de cortesía.

–Qué lástima que Guétmanov no esté aquí, ¿qué habrá ido a hacer al Estado Mayor del frente? –preguntó Nóvikov.

Acordaron comer juntos y Nóvikov, entretanto, se marchó a su alojamiento para lavarse y cambiarse la chaqueta llena de polvo.

La calle principal del pueblo estaba desierta; solo junto al cráter producido por la bomba estaba plantado el viejo en cuya casa se había instalado Guétmanov. El viejo, como si el cráter hubiera sido cavado para algún propósito en particular, lo estaba midiendo con los brazos abiertos. Al llegar a su altura, Nóvikov le preguntó:

–¿Qué estás haciendo, padre?

El viejo le hizo el saludo militar y respondió:

–Camarada comandante, fui hecho prisionero por los alemanes en 1915 y allí trabajé para una alemana. –Señalando el foso y luego el cielo, guiñó un ojo–. Me pregunto si no habrá sido mi hijo, ese pequeño bastardo, quien ha venido en avión a hacerme una visita.

Nóvikov se echó a reír.

–¡Viejo diablo!

Miró los postigos cerrados de la ventana de Guétmanov, hizo una señal al centinela que estaba apostado en el porche y de repente pensó angustiado: «¿Qué demonios habrá ido a hacer Guétmanov al Estado Mayor del frente? ¿Qué asuntos le habrán llevado allí?». Por un instante fue presa del pánico: «Es un hipócrita: le echa una bronca a Belov por su conducta inmoral y luego se queda helado cuando le menciono a su doctora». Pero de repente aquellas suposiciones le parecieron infundadas. No era suspicaz por naturaleza.

Dobló la esquina y vio unas decenas de jóvenes sentados en un claro. Seguramente eran nuevos reclutas que estaban descansando al lado del pozo en su camino hacia el comisariado militar del distrito.

El soldado encargado de acompañar a los muchachos, extenuado, se había calado la gorra en la cara y dormía. A su lado se amontonaban desordenadamente bolsas y petates. Debían de haber caminado una larga distancia a lo largo de la estepa; tenían los músculos de las piernas doloridos y algunos se habían quitado el calzado. Aún no les habían cortado el pelo y de lejos parecían alumnos de una escuela de pueblo descansando durante el recreo. Las caras delgadas, los cuellos finos, los largos cabellos rubios, las ropas remendadas con retazos de pantalones y chaquetas de sus padres... Todo aquello les daba un aspecto decididamente infantil. Algunos se divertían con un juego de niños al que, en su época, también había jugado él: se trataba de lanzar una moneda de cinco kopeks dentro de un agujero; entornaban los ojos y hacían puntería. Los demás miraban, y sus ojos eran lo único que no parecía infantil: eran tristes e inquietos.

Vieron a Nóvikov y se volvieron hacia el soldado que dormía. Daban la impresión de querer preguntarle si podían continuar lanzando monedas y permanecer sentados en presencia de un oficial.

—Seguid, guerreros, adelante —dijo con voz suave y siguió su camino, haciéndoles un gesto con la mano.

Se sintió penetrado por un intenso sentimiento de piedad, tan hondo que le dejó estupefacto.

Aquellos ojos grandes que resaltaban en sus caritas delgadas e infantiles, aquel pobre modo de vestir, de campesinos, le revelaban con una claridad extraordinaria que los hombres que estaban a su mando también eran niños... Una vez en el ejército su condición de adolescentes desaparecía bajo el casco, la disciplina, el crujido de las botas, las palabras y movimientos pulidos y automáticos... Aquí el cambio era evidente.

Nóvikov entró en su alojamiento. Era extraño, entre la amalgama compleja e inquietante de impresiones y pensamientos que habían aflorado aquel día, lo que más le turbaba era el encuentro con aquellos jovencísimos reclutas.

—Hombres... —repitió para sí mismo Nóvikov—. Hombres, hombres.

Durante toda su vida como soldado había sentido miedo de tener que dar cuenta de la pérdida de medios técnicos, municiones, tiempo; miedo de tener que justificarse por haber abandonado una cima o una encrucijada sin antes recibir una orden...

Nunca había visto que un superior se enfureciera porque una operación hubiera resultado cara en términos de vidas humanas. A veces sucedía que un comandante mandaba a sus hombres bajo fuego enemigo para evitar la cólera de sus superiores; luego, para justificarse, abría los brazos y decía: «No he podido hacer nada, he perdido a la mitad de mis hombres, pero no he podido alcanzar el objetivo...».

Hombres, hombres...

También había visto cómo se mandaba a los hombres bajo el fuego letal no por una cautela excesiva o el cumplimiento formal de una orden, sino por temeridad, por tozudez. El misterio de los misterios de la guerra, su carácter trágico, consistía en el derecho que tenía un hombre de enviar a la muerte a otro hombre. Este derecho se basaba en la suposición de que los hombres iban a enfrentarse al fuego enemigo en nombre de una causa común.

Un oficial que Nóvikov conocía, un hombre lúcido y juicioso que estaba destacado en un puesto de observación de primera línea, no había querido renunciar a su costumbre de beber leche fresca por la mañana. Así que cada mañana, un soldado de segundo grado se adentraba bajo fuego enemigo y le traía un termo con leche. A veces, los alemanes mataban al soldado y entonces este conocido de Nóvikov, un buen hombre, se veía obligado a prescindir de la leche hasta el día siguiente, cuando un nuevo correo sustituía al anterior. Y quien así se comportaba era un buen hombre, justo, preocupado por sus subordinados, un hombre al que los soldados llamaban «padre». Intenta encontrar un sentido a esta contradicción.

Neudóbnov no tardó en llegar y Nóvikov, que se estaba peinando a toda prisa delante del espejo, dijo:

—La guerra es algo terrible, camarada general. ¿Ha visto a los nuevos reclutas?

—Sí, material humano de segunda categoría, mocosos. Despabilé al soldado que los acompañaba y le prometí que lo enviaría a un batallón disciplinario. Qué dejadez tan increíble, más que una unidad militar parecía una panda de borrachos.

Las novelas de Turguéniev a menudo describen escenas de vecinos que visitan a un terrateniente recién afincado en su hacienda...

En la oscuridad dos jeeps se acercaron al Estado Mayor, y los dueños de la casa salieron para recibir a sus invitados: el comandante de la división de artillería pesada, el comandante del regimiento de obuses y el comandante de la brigada de lanzacohetes.

«... Toma mi mano, amable lector, y dirijámonos juntos a la hacienda de Tatiana Borísovna, mi vecina...»

Nóvikov conocía a Morózov, el comandante de la división de artillería, por los relatos que circulaban sobre él en el frente y por los boletines del Estado Mayor. Incluso se lo había imaginado perfectamente: rostro encendido y cabeza redonda. En realidad era un hombre viejo y encorvado.

Daba la impresión de que sus ojos risueños se habían añadido, como sin venir a cuento, a una cara enfurruñada. A veces reían con un aire tan inteligente que parecía que constituyeran su verdadera esencia, mientras que las arrugas y la espalda encorvada no serían más que meros atributos accidentales.

El comandante del regimiento de obuses, Lopatin, habría podido pasar no sólo por el hijo, sino por el nieto de Morózov.

Maguid, el comandante de la brigada lanzacohetes, un hombre de tez oscura, con bigote negro sobre un labio superior pronunciado y la frente alta con una calvicie prematura, se reveló como un invitado ocurrente y locuaz.

Nóvikov hizo pasar a los recién llegados a la habitación donde la mesa ya estaba puesta.

–Saludos desde los Urales –dijo, señalando los champiñones marinados y salados servidos en los platos.

El cocinero, que estaba al lado de la mesa en una postura teatral, se ruborizó violentamente, lanzó un suspiro y abandonó la habitación: no soportaba los nervios.

Vershkov se inclinó hacia el oído de Nóvikov y le susurró algo mientras señalaba la mesa.

–Por supuesto, sírvalo –dijo Nóvikov–. ¿Para qué vamos a tener el vodka bajo llave?

El comandante de la división de artillería Morózov indicó con la uña algo más de un cuarto de vaso, y dijo:

–No puedo beber más, por mi hígado.

–¿Y usted, teniente coronel?

–Sin miedo, el mío está perfecto; llénelo hasta arriba.

–Nuestro Maguid es un cosaco.

–¿Y su hígado, coronel, cómo está?

Lopatin, el comandante del regimiento de obuses, cubrió su vaso con la palma de la mano:

–No, gracias, no bebo.

Luego retiró la mano y añadió:

–Bueno, una gota simbólica. Para brindar.

–Lopatin va a la escuela de párvulos; sólo le pierden los caramelos –dijo Maguid.

Levantaron los vasos por el éxito de su empresa conjunta. Luego, como suele ocurrir en estos casos, descubrieron amigos comunes, compañeros de las escuelas militares o la academia. Hablaron de sus jefes y de lo mal que se estaba en otoño en la estepa.

–Entonces, ¿habrá boda pronto? –preguntó Lopatin.

–Sí, no tardará –dijo Nóvikov.

–Sí, sí; si hay *Katiusha*[1] cerca seguro que hay boda –indicó Maguid.

Maguid tenía una elevada opinión del decisivo papel que desempeñaban sus lanzacohetes. Después del primer vaso se mostró condescendiente y benévolo, aunque también irónico, escéptico, distraído; y eso no le gustó ni un ápice a Nóvikov.

Últimamente, cada vez que se relacionaba con gente, Nóvikov trataba de imaginar qué actitud habría adoptado Yevguenia Nikoláyevna con ellos. También trataba de imaginar cómo se comportarían sus conocidos en presencia de Zhenia.

1. *Katiusha* era el nombre que recibían un tipo de potentes cohetes rusos.

Maguid, pensó Nóvikov, se habría puesto a cortejarla, dándose aires y contando historias.

De repente se sintió angustiado, consumido por los celos, como si en realidad Yevguenia estuviera escuchando las argucias que Maguid se afanaba en presentar con suma cortesía.

Y deseando demostrar a Zhenia que él también podía brillar, se puso a hablar de lo importante que era conocer a los hombres junto a los que uno combate y saber por anticipado cómo se comportarán en la batalla.

Dijo que a Kárpov había que espolearlo y a Belov, refrenarlo, mientras que Makárov sabía orientarse con extrema rapidez y desenvoltura, ya fuera en el ataque o en la defensa.

De aquellas observaciones bastante vacías nació una discusión que, aunque transcurría animada, era igual de vacía, como suele pasar cuando se reúne un grupo de oficiales que comandan divisiones distintas.

–Sí –dijo Morózov–, a veces se debe corregir un poco a los hombres, darles cierta orientación, pero nunca hay que forzar su voluntad.

–A los hombres hay que dirigirlos con pulso firme –rebatió Neudóbnov–. No hay que tener miedo de la responsabilidad, es necesario asumirla.

Lopatin cambió de tercio:

–Quien no ha estado en Stalingrado, no sabe qué es la guerra.

–Disculpe –exclamó Maguid–, pero ¿por qué Stalingrado? Nadie puede negar la perseverancia y el heroísmo de sus defensores; sería absurdo. Pero yo, que no he estado en Stalingrado, tengo la presunción de saber qué es la guerra. Soy un oficial de asalto. He participado en tres ofensivas y he roto la línea enemiga, he penetrado en la brecha. La artillería ha demostrado de lo que era capaz. Adelantamos a la infantería, incluso a los tanques y, por si les interesa saberlo, también a la aviación.

–Pero qué dice, coronel –exclamó Nóvikov, furioso–. ¡Todo el mundo sabe que el tanque es el rey de la guerra de maniobras! Eso no se discute siquiera.

–Hay otra posibilidad –dijo Lopatin–. En caso de éxito, uno se lo apropia. Pero si se fracasa, se echa la culpa al vecino.

–Ay, el vecino, el vecino –dijo Morózov–. Una vez el comandante de una unidad de infantería, un general, me pidió que le cubriese abriendo fuego. «Dale, amigo, un poco de fuego a aquella altura», me dijo. «¿Qué calibre?», le pregunto yo. Él me pone como un trapo y me repite: «Abre fuego, te he dicho, ¡déjate de historias!». Más tarde descubrí que no tenía ni idea de los calibres de las armas, ni del alcance, y que a duras penas sabía orientarse con un mapa. «Dispara, dispara, hijo de puta...», decía. Y a sus subordinados les gritaba: «Adelante, si no os hago saltar los dientes, ¡os mando fusilar!». Y, por supuesto, estaba convencido de que era un gran estratega. Ése sí que era un buen vecino; os ruego que lo apreciéis y lo compadezcáis. A menudo acabas bajo las órdenes de un hombre así. Después de todo, es un general.

–Me sorprende oírle hablar de ese modo –dijo Neudóbnov–. No hay en las fuerzas armadas soviéticas comandantes así, menos aún generales.

–¿Cómo que no? –insistió Morózov–. ¡En un año de guerra he conocido a un montón de esa calaña! Maldicen, amenazan con una pistola, mandan irreflexivamente a los hombres bajo fuego enemigo. Por ejemplo, hace poco el comandante de un batallón se me puso prácticamente a llorar: «¿Cómo puedo mandar a mis hombres directamente contra las ametralladoras?». Yo le apoyé: «Es verdad, neutralicemos primero los puntos de resistencia con la artillería». Pero ¿qué creen que hizo el comandante de la división, el general? Le amenazó con un puño y le gritó: «¡O te lanzas al ataque o te mando fusilar como un perro!». Así que llevó a sus hombres al matadero, como ganado.

–Sí, sí, a eso se le llama: «Haré lo que me dé la gana y no se atreva a contradecirme» –confirmó Maguid–. Y, por cierto, esos generales no se reproducen por gemación; ponen sus sucias manos sobre las telefonistas.

644

–Y no saben escribir dos palabras sin hacer cinco faltas –observó Lopatin.

–Bien dicho –corroboró Morózov, que no había oído el último comentario–. Intenta tener piedad con individuos como éstos a tu alrededor. A ellos no les importan sus hombres y en eso reside toda su fuerza.

Nóvikov estaba plenamente de acuerdo con lo que decía Morózov. Durante su vida militar había visto muchos incidentes de ese tipo.

Sin embargo, de repente dijo:

–¡Tener piedad de los hombres! ¿Cómo cree que puede tener piedad de sus hombres? Si eso es lo que quiere, es mejor que no haga la guerra.

Los jóvenes reclutas que había visto aquel día le habían contrariado profundamente y deseaba hablar de ellos. Pero en lugar de expresar lo que había de bueno en su corazón, Nóvikov repitió con una rabia y una grosería repentinas, que a él mismo le resultaron incomprensibles:

–¿Cómo va a tener piedad de sus hombres? En la guerra uno no se preocupa de sí mismo ni de los demás. Lo que a mí me perturba es que nos envían a novatos que apenas han salido del cascarón, y hay que depositar en sus manos un material precioso. Habría que preguntarse si es de los hombres por los que hay que velar.

Neudóbnov deslizaba la mirada de un interlocutor a otro. Había mandado a la muerte a no pocos hombres de valor, similares a los que estaban sentados a la mesa. A Nóvikov se le pasó por la cabeza que tal vez la desgracia que aguardaba a aquel hombre en el frente no era menor de la que esperaba en primera línea a Morózov, a él mismo, a Nóvikov, a Maguid, a Lopatin y a aquellos chicos procedentes del campo que había visto descansando en la calle.

Neudóbnov dijo en tono edificante:

–Eso no es lo que dice el camarada Stalin. El camarada Stalin dice que no hay nada más valioso que los hombres, nuestras tropas. Nuestro capital más valioso son los hombres y hay que cuidarlos como los ojos de la cara.

Nóvikov se dio cuenta de que el resto de los invitados acogía con simpatía las palabras de Neudóbnov y pensó: «¡Qué extraño! Ahora todos me considerarán un bruto y a Neudóbnov un hombre que cuida a sus hombres. Es una lástima que Guétmanov no esté aquí: él es todavía más santo».

Interrumpió a Neudóbnov en un tono extremadamente colérico y violento:

–No nos faltan hombres, tenemos más que suficientes. Lo que no tenemos es material. Cualquier idiota puede traer al mundo a un hombre. Otra cosa es fabricar un tanque o un avión. Si te apiadas de los hombres, no asumas la responsabilidad de mando.

36

El general Yeremenko, comandante en jefe del frente de Stalingrado, había emplazado a Nóvikov, Guétmanov y Neudóbnov.

El día antes Yeremenko había inspeccionado las brigadas, pero no había pasado por el Estado Mayor.

Los tres comandantes convocados estaban sentados y miraban con el rabillo del ojo a Yeremenko mientras se hacían cábalas sobre cuál era el motivo de aquella reunión.

Yeremenko captó la mirada de Guétmanov hacia el catre con la almohada arrugada.

–Me duele mucho la pierna –dijo, y soltó una imprecación contra el objeto de su dolor.

Todos le miraron fijamente sin decir nada.

–En general, vuestro cuerpo parece bien preparado. Por lo visto habéis aprovechado bien el tiempo.

Mientras pronunciaba estas palabras miró de reojo a Nóvikov, que contrariamente a sus expectativas no irradiaba alegría al oír la aprobación del general. Yeremenko manifestó cierta sorpresa de que el comandante del cuerpo blindado mostrara una actitud indiferente ante los elogios de un comandante que tenía fama de ser parco en alabanzas.

–Camarada general –dijo Nóvikov–, le he hecho ya un informe sobre las unidades de nuestra aviación de asalto que han bombardeado durante dos días la 137.ª Brigada de Tanques concentrada en el sector de los profundos cauces fluviales secos de la estepa, y que formaba parte de la reserva del cuerpo.

Yeremenko, entrecerrando los ojos, se preguntó si Nóvikov quería cubrirse las espaldas o desacreditar al jefe de la aviación.

Nóvikov frunció el ceño y añadió:

–Por suerte no han alcanzado sus objetivos. Todavía no han aprendido a bombardear.

–No importa –dijo Yeremenko–. Los necesitará más adelante; sabrán reparar su falta.

Guétmanov intervino en el diálogo:

–Por supuesto, camarada general. No tenemos intención de disputar con la aviación de Stalin.

–Claro, claro, camarada Guétmanov –asintió Yeremenko, y le preguntó–: Bueno, ¿ha visto a Jruschov?

–Nikita Serguéyevich me ha ordenado que le visite mañana.

–¿Lo conoció en Kiev?

–Sí. Trabajé con él casi dos años.

–Dime, camarada general –preguntó de repente Yeremenko volviéndose a Neudóbnov–, ¿no te vi una vez en casa de Titsián Petróvich?

–Así es –dijo Neudóbnov–. Titsián Petróvich le había invitado a usted junto al mariscal Vóronov.

–Sí, lo recuerdo.

–Yo, camarada general, estuve destinado por un tiempo en el Comisariado del Pueblo a petición de Titsián Petróvich. Por eso estaba en su casa.

–Ya decía que tu cara me resultaba familiar –dijo Yeremenko, y deseando dar muestras de su simpatía a Neudóbnov, añadió–: ¿No te aburres en la estepa, camarada general? Espero que estés bien instalado.

Sin esperar respuesta, Yeremenko inclinó la cabeza en señal de satisfacción.

Cuando los tres hombres abandonaban la habitación, Yeremenko llamó a Nóvikov.

–Coronel, venga aquí un momento.

Nóvikov, que estaba ya en la puerta, volvió al interior, y Yeremenko, poniéndose en pie, levantó de detrás de la mesa su cuerpo robusto de campesino y dijo con voz áspera:

–Ahí los tienes. Uno ha trabajado con Jruschov, el otro con Titsián Petróvich, y tú, hijo de perra, no olvides que serás tú el que guiará el cuerpo de tanques hacia la brecha abierta.

37

Una fría y oscura mañana Krímov fue dado de alta del hospital. Sin pasar por su alojamiento, se dirigió a ver al jefe del servicio político del frente, el general Toschéyev, para informarle de su viaje a Stalingrado.

Krímov tuvo suerte. Toschéyev se encontraba desde la mañana en su despacho, una casa revestida de tablas grises, y recibió a Nikolái Grigórievich sin dilación.

El jefe del servicio político, cuyo aspecto exterior se correspondía con su apellido[1], no dejaba de mirar de reojo su uniforme nuevo, que se había enfundado tras su reciente promoción a general, y de estirar hacia arriba la nariz, incómodo por el olor a fenol que desprendía su visitante.

–En cuanto a la casa 6/1, no pude concluir la misión a causa de la herida –dijo Krímov–. Ahora puedo volver allí.

Toschéyev miró a Krímov con aire irritado y descontento.

–No hace falta, hágame un informe detallado.

1. Juego de palabras con el adjetivo *toschi*, que significa «flaco, demacrado».

No formuló ni una pregunta y no criticó ni aprobó el informe de Krímov.

Como siempre el uniforme de general y las condecoraciones desentonaban con el telón de fondo de aquella humilde isba campesina. Pero aquello no era lo único que desentonaba. Nikolái Grigórievich no lograba comprender por qué su superior parecía tan abatido e insatisfecho.

Se acercó a la sección administrativa del servicio político para recoger los talones de comida, registrar su cartilla de raciones y despachar diversas formalidades relacionadas con su regreso a la misión y los días pasados en el hospital.

Mientras esperaba a que prepararan los documentos, sentado sobre un taburete, observaba las caras de los empleados y las empleadas de la oficina. Nadie parecía interesarse por él. Su visita a Stalingrado, su herida, todo lo que había visto y soportado no tenía sentido, no significaba nada. El personal de la sección estaba atareado con sus asuntos. Las máquinas de escribir crepitaban, los papeles susurraban, los ojos de los colaboradores se deslizaban hacia Krímov para sumergirse de nuevo en los expedientes abiertos y las hojas esparcidas por las mesas.

Cuántas frentes arrugadas, qué esfuerzo de concentración en aquellas miradas, en aquellos cejos fruncidos, qué absortos parecían todos en su trabajo, con qué rapidez y diligencia ordenaban sus manos los papeles. Sólo un bostezo irrefrenable, una ojeada furtiva al reloj para comprobar si pronto sería la hora de comer, la neblina gris y soñolienta que afloraba en estos o aquellos ojos revelaban el aburrimiento mortal que soportaba aquella gente confinada en una oficina mal ventilada.

Un conocido de Krímov, instructor en la séptima sección de la dirección política del frente, asomó por la puerta. Krímov salió al pasillo para fumar un cigarrillo con él.

–Así que ya has vuelto –dijo el instructor.

–Sí, ya lo ve.

Y como el instructor no le preguntó nada sobre Stalingrado, fue Krímov quien inquirió:

–¿Qué hay de nuevo en la dirección?

La principal novedad era que el comisario de brigada Toschéyev, con el nuevo sistema de revalidación, había obtenido finalmente el rango de general.

El instructor le contó entre risas que Toschéyev, mientras esperaba que el ascenso se hiciera efectivo, cayó enfermo de la agitación. Se había mandado hacer un uniforme de general por el mejor sastre del frente, y Moscú no se decidía a anunciar el nombramiento. No era un asunto que pudiera tomarse a broma. Corrían rumores alarmantes que decían que, con el nuevo sistema de revalidación, algunos comisarios de regimiento y batallón iban a ser nombrados capitanes y tenientes mayores.

–Imagíneselo –dijo el instructor–. Después de servir ocho años en los órganos políticos del ejército puedo encontrarme de un día para otro convertido en teniente en activo.

Había más noticias. El subjefe de la sección de información del frente, requerido en Moscú por la Dirección Política General, había sido ascendido y nombrado subjefe de la dirección política para el grupo de ejércitos de Kalinin.

Los jefes instructores de la sección política, que antes comían en la cantina de los jefes de sección, habían sido equiparados por orden de un miembro del Consejo Militar a los instructores rasos, y ahora comían en la cantina común. Los instructores enviados en misión habían tenido que devolver sus talones de comida sin ser compensados con raciones de campaña.

Los poetas de la redacción del frente, Katz y Talalayevski, habían sido propuestos para la orden de la *Estrella Roja*, pero según las nuevas directrices del camarada Scherbakov, las propuestas de condecoraciones para los colaboradores de la prensa debían pasar por la Dirección Política General, razón por la cual los expedientes de los dos poetas habían sido enviados a Moscú; pero entretanto, Yeremenko había firmado la lista de los candidatos del frente y todos los que aparecían en la lista ya lo estaban celebrando.

–¿Ha comido? –preguntó el instructor–. Vayamos juntos.

Krímov respondió que estaba esperando a que le dieran sus documentos.

–Entonces iré yo –dijo el instructor–. No hay tiempo que perder –añadió con ironía–. A este paso pronto nos veremos obligados a comer en la cantina para los asalariados y las mecanógrafas.

Poco después, cuando Krímov obtuvo sus documentos, salió a la calle y aspiró una bocanada de aire otoñal.

¿Por qué el jefe del departamento político le había recibido con tanta frialdad? ¿Por qué parecía tan descontento? ¿Porque Krímov no había concluido su misión? ¿Acaso Toschéyev desconfiaba de su herida y lo encontraba sospechoso de cobardía? ¿O se había molestado porque Krímov se hubiera dirigido directamente a él sin pasar a ver a su superior inmediato, y a una hora a la que por norma no recibía visitas? ¿Tal vez le había irritado que Krímov le hubiera llamado dos veces «camarada comisario de brigada» en lugar de «camarada general»? O quizá no tenía nada que ver con Krímov. Tal vez Toschéyev no hubiera sido propuesto para la orden de Kutúzov. O quizás hubiera recibido una carta comunicándole que su mujer estaba enferma. ¿Quién sabía por qué el jefe del departamento político del frente estaba de tan mal humor aquella mañana?

Durante las semanas que había pasado en Stalingrado, Krímov se había olvidado de cómo era Ájtuba. Había olvidado la mirada indiferente de los jefes del departamento político, de sus colegas instructores o de las camareras de la cantina. ¡En Stalingrado todo era diferente!

Por la noche se retiró a la habitación. El perro de la propietaria, que parecía hecho de dos mitades diferentes, un trasero cubierto de pelaje rojo y un largo hocico blanco y negro, se alegró mucho al verle. Sus dos mitades eran felices, y el animal meneaba la cola pelirroja que parecía de fieltro y metía el hocico blanco y negro entre las manos de Krímov, mirándole tiernamente con sus dulces ojos marrones. En la penumbra vespertina Krímov tenía la impresión de que el perro que se le arrimaba eran en realidad dos. El perro acompañó a Krímov hasta el zaguán. La propietaria, que andaba atareada por allí, le gritó en tono arisco: «¡Vete de aquí, maldito!», y luego adoptó el mismo aire sombrío que el jefe de la dirección política al saludar a Krímov.

Su habitación inmersa en el silencio, con la cama, la almohada forrada de tela blanca, las cortinas de encaje de las ventanas, le pareció poco confortable, solitaria después de sus queridas trincheras de Stalingrado, las guaridas cubiertas de lona impermeable, los refugios llenos de humo, húmedos.

Krímov se sentó a la mesa y se puso a redactar el informe. Escribía rápido, consultando fugazmente las notas tomadas en Stalingrado. La parte más difícil fue la de la casa 6/1. Se levantó, caminó por la habitación de un lado para otro, se volvió a sentar, se alzó de nuevo, salió al zaguán, tosió y aguzó el oído. ¿Era posible que aquella vieja endemoniada no le ofreciera té? Luego sacó agua del barril con un cazo; aquella agua era buena, mejor que la de Stalingrado. Volvió a la habitación, se sentó a la mesa, se quedó pensativo con la pluma en la mano. Después se echó en la cama y cerró los ojos.

¿Cómo había pasado? ¡Era Grékov quien le había disparado!

En Stalingrado se había fortalecido progresivamente la sensación de unión, de proximidad con los hombres. En Stalingrado respiraba mejor. Allí no había ojos apagados, indiferentes. En la casa 6/1 había esperado sentir el espíritu de Lenin con mayor intensidad. Pero nada más llegar había encontrado la mofa y la hostilidad, y le habían sacado de sus casillas. Entonces se puso a dar sermones, a amenazarles. ¿Por qué les había hablado de Suvórov? ¡Y luego Grékov le había disparado! Hoy advertía con particular angustia el pozo de la soledad, la soberbia y la presunción de individuos que a él le parecían semianalfabetos, majaderos, novatos del Partido. ¡Qué fastidio tener que inclinarse ante Toschéyev! ¿Qué derecho tenía Toschéyev a posar su mirada a veces irritada, otras irónica o despectiva, sobre él? En realidad, Toschéyev, con todos sus grados y sus condecoraciones, no le llegaba a la suela del zapato a Krímov desde el punto de vista del trabajo realizado en el Partido. Eran tipos advenedizos instalados en el seno del Partido, sin vínculos con la tradición leninista. Muchos de ellos habían entrado en escena en 1937, escribiendo denuncias y desenmascarando a los enemigos del pueblo. Y recordó aquel maravilloso sentimiento de fe, ligereza y fuerza que había sentido mientras avanzaba por el pasadizo subterráneo hacia la mancha de la luz del día.

Era Grékov quien le había desterrado de aquella vida que tanto anhelaba, y al pensarlo sintió que la rabia le estrangulaba. De camino a la casa había sentido crecer en su interior la felicidad por el nuevo destino que le aguardaba. Tenía la sensación de que el espíritu de Lenin estaba vivo allí. ¡Y luego Grékov había disparado contra un bolchevique leninista! Había enviado a Krímov de vuelta a las oficinas de Ájtuba, a una vida de naftalina. ¡El muy canalla!

Krímov volvió a sentarse a la mesa. En lo que llevaba escrito no había una sola palabra que no fuese verdad. Releyó su informe. Sin duda Toschéyev lo transmitiría a la sección especial. Grékov era un corruptor, había disgregado políticamente la unidad militar, había cometido un acto terrorista: había disparado contra un representante del Partido, un comisario militar. Krímov sería llamado a declarar. Seguramente le enfrentarían a un careo con Grékov una vez lo hubieran detenido.

Se imaginó a Grékov sentado frente al escritorio del juez instructor, sin afeitar, el rostro pálido y amarillento, sin cinturón.

¿Qué había dicho Grékov? «Usted sufre, pero no es algo de lo que se pueda dar parte en un informe.»

El secretario general del partido marxista-leninista había sido declarado infalible, casi divino. En 1937 Stalin no había perdonado a la vieja guardia leninista. Había destruido el espíritu leninista que conciliaba la democracia y la disciplina férrea. ¿Cómo podía Stalin haber castigado con tanta crueldad a los miembros del partido leninista? Grékov sería fusilado en su propio regimiento. Era terrible matar a hombres de un mismo bando, pero Grékov no estaba en su bando; Grékov era un enemigo.

Krímov no había dudado nunca del derecho del Partido a blandir la espada de la dictadura, del derecho sagrado de la Revolución a aniquilar a sus enemigos. Nunca había considerado que Bujarin, Zinóviev y Kámenev siguieran la vía leninista. Y Trotski, a pesar de su brillantez y ardor revolucionario, no había sabido eliminar su pasado menchevique, nunca había alcanzado la altura de Lenin. ¡Stalin sí que era un derroche de fuerza! Por algo le llamaban Amo. Nunca le había temblado el pulso. En él no había la flacidez intelectual de un Bujarin. El Partido fundado por Lenin, aplastando a sus enemigos, había seguido a Stalin. Los méritos militares de Grékov no significaban nada. No se discute con los enemigos. No se debía prestar oídos a sus argumentos.

Pero por mucho que se esforzara Nikolái Grigórievich en sentir odio hacia Grékov, ya no lo sentía.

De nuevo le vinieron a la cabeza las palabras de Grékov: «Usted sufre».

«Pero ¿qué es esto? —pensó—. ¿Habré escrito una denuncia? Aunque no sea mentira, no deja de ser una denuncia... No hay nada que hacer, camarada, eres un miembro del Partido, debes cumplir con tu deber.» Por la mañana, Krímov entregó su informe en el departamento político del frente de Stalingrado.

Al cabo de dos días fue llamado por el director de la sección de agitación y propaganda del frente, el comisario de regimiento Oguibálov, que sustituía al jefe del departamento político. Toschéyev no podía recibir a Krímov porque estaba ocupado con un comisario de un cuerpo de tanques que venía del frente.

El comisario Oguibálov, un hombre metódico y reflexivo cuya gran nariz resaltaba sobre su rostro macilento, dijo a Krímov:

—En pocos días le mandaremos de vuelta a la orilla derecha, camarada Krímov, pero esta vez se le destinará al 64.º Ejército de Shumílov. A propósito, un coche nuestro le llevará al puesto de mando del *obkom* del Partido. Desde allí se dirigirá hasta el lugar donde se encuentra

Shumílov. Los secretarios del *obkom* irán a Beketovka para la celebración de la Revolución de Octubre.

Sin apresurarse dictó a Krímov las instrucciones. Las tareas que le habían asignado eran insignificantes, hasta tal punto carentes de interés que resultaban humillantes. Consistían en recoger documentos administrativos en modo alguno trascendentes desde el punto de vista de la acción.

–¿Qué hay de mi conferencia? –preguntó Krímov–. He preparado, tal como ordenó, la conferencia para la celebración de Octubre, y deseaba leerla en varias unidades.

–Prescindiremos de ella por el momento –respondió Oguibálov, y se puso a explicarle el motivo.

Cuando Krímov se disponía a marcharse, el comisario le dijo:

–Con relación a su informe, el jefe de la sección política me ha puesto al corriente.

A Krímov le dio un vuelco el corazón: probablemente el caso de Grékov ya había sido abierto. El comisario del regimiento le dijo:

–Su guerrero Grékov ha estado de suerte: ayer el jefe de la sección política del 62.º Ejército nos comunicó que había muerto en la ofensiva alemana contra la fábrica de tractores, junto con todo su destacamento.

Y para consolar a Krímov, añadió:

–El comandante del ejército le había propuesto para ser nombrado a título póstumo héroe de la Unión Soviética. Está claro que dicha propuesta no prosperará.

Krímov se encogió de hombros, como diciendo: «Bueno, ha tenido un golpe de suerte. Que no se hable más».

Bajando la voz, Oguibálov le confesó:

–El jefe de la sección especial cree que podría estar vivo. Que se ha podido pasar al bando enemigo.

En casa, Krímov encontró una nota: le pedían que pasara por la sección especial. Por lo visto, el asunto Grékov no estaba concluido.

Krímov decidió posponer aquella desagradable conversación para cuando volviera. Después de todo, un caso póstumo no presentaba una urgencia apremiante.

38

El *obkom* del Partido había decidido celebrar el 25.º aniversario de la Revolución con una sesión solemne en la fábrica Sudoverf, en la aldea de Beketovka, situada al sur de Stalingrado.

El 6 de noviembre por la mañana, temprano, los responsables regionales del Partido se reunieron en el puesto de mando subterráneo del *obkom* de Stalingrado, que se hallaba en un robledo de la orilla occidental del Volga.

El primer secretario del *obkom*, los secretarios de sección y los miembros de la oficina del buró del *obkom* tomaron un exquisito desayuno caliente y salieron del robledo en diversos coches en dirección a la carretera que conducía al Volga.

Era la misma carretera que utilizaban por la noche las unidades de tanques y artillería que se dirigían al cruce de Tumansk. La estepa, roturada por la guerra, salpicada de terrones congelados que desprendían un barro sucio de color pardusco y cuya superficie cubierta de charcos helados parecía soldada con estaño, presentaba un aspecto desolador, triste.

A una decena de kilómetros de la orilla se oía el crujido del hielo que flotaba en el Volga. Un fuerte viento soplaba río abajo; la travesía del Volga a bordo de una barcaza de hierro descubierta se podía calificar de todo menos de divertida.

Los soldados que esperaban a ser trasladados a la otra orilla, protegidos con unos capotes zarandeados por el viento glacial del Volga, se apiñaban y trataban de evitar el contacto con el hierro helado. Los hombres producían un triste taconeo, doblaban las piernas; pero cuando sintieron el empuje de las gélidas ráfagas de Astraján no tuvieron ya fuerzas para soplarse las puntas de los dedos, ni para darse palmadas en los costados, ni siquiera para limpiarse la nariz: estaban entumecidos por el frío. Por encima de las aguas del Volga se expandían los jirones de humo que emanaba la chimenea del barco. Sobre el fondo del hielo, el humo parecía particularmente negro, y el hielo también parecía más blanco bajo la sutil cortina de humo. Daba la impresión de que el hielo traía la guerra de las orillas de Stalingrado.

Un cuervo con la cabeza grande se había posado sobre un bloque de hielo y estaba absorto en sus reflexiones. Por supuesto, tenía material de sobra para reflexionar. Sobre el bloque de al lado yacía un trozo de capote quemado; sobre otro se levantaba una bota de fieltro dura como una piedra y sobresalía una carabina cuyo cañón torcido estaba encastrado en el hielo. Los coches del *obkom* subieron a la barcaza. Los secretarios y los miembros del buró salieron de los coches y observaron, junto a la borda, los bancos de hielo que se deslizaban lentamente, crujiendo.

Un viejo de labios azulados tocado con un gorro del Ejército Rojo y ataviado con una corta pelliza negra, a todas luces el encargado de la barcaza, se acercó al secretario de transporte del *obkom*, Laktiónov, y con una voz increíblemente ronca a causa de la humedad del río y el consumo empedernido de vodka y de tabaco le dijo:

—En el primer viaje que hicimos esta mañana, camarada secretario, encontramos a un marinero sobre un bloque de hielo. Los chicos lo sacaron del agua, pero por poco no acaban en el fondo con él. Ha sido necesario trabajar con palas. Mire, allí está, en la orilla, bajo una lona impermeable.

El viejo señaló con una manopla sucia en dirección a la orilla. Laktiónov miró, pero sin alcanzar a ver el cadáver arrancado al hielo y, para ocultar su malestar, le preguntó a bocajarro, en tono grosero, apuntando hacia el cielo:

—¿Están golpeando fuerte estos días? ¿A qué horas sobre todo?

El viejo hizo un gesto de negación con la mano.

—Ahora los bombardeamos nosotros.

El viejo imprecó al enemigo, ahora debilitado, y mientras pronunciaba aquellas frases injuriosas, su voz perdió la ronquera; sonaba estentórea y alegre.

Entretanto, el remolcador arrastraba despacio la barcaza hacia Beketovka; la orilla de Stalingrado no parecía azotada por la guerra, sino igual que siempre, con su concentración de almacenes, garitas, barracas...

Los secretarios y miembros del buró, cansados de las embestidas del viento, volvieron a entrar en sus coches. Los soldados, a través de los cristales, los miraban como peces que nadaran calientes en su acuario.

Los dirigentes del Partido, sentados en sus coches, fumaban, se rascaban, hablaban entre sí...

La sesión solemne se celebró por la noche.

Las invitaciones, impresas con una tipografía militar, sólo se diferenciaban de las que circulaban en tiempo de paz en el papel gris y poroso, que era de pésima calidad, y en que no se precisaba el lugar del encuentro.

Los dirigentes del Partido en Stalingrado, los invitados del 64.º Ejército, los ingenieros y obreros de las fábricas vecinas se dirigían a la reunión guiados por aquellos que conocían bien el camino: «Aquí hay una curva, allí otra; cuidado, justo ahí hay un cráter de bomba, y ahora unos raíles; atención, nos acercamos a un foso de cal...».

En la oscuridad resonaban las voces y el paso firme de botas.

Krímov, que durante la tarde después de la travesía había tenido tiempo de visitar la sección política, llegó al lugar de la celebración con los representantes del 64.º Ejército.

Había algo en la manera en que aquella muchedumbre penetraba en el laberinto de la fábrica, en pequeños grupos y arropada por la oscuridad de la noche, que recordaba las celebraciones revolucionarias de la vieja Rusia.

Krímov casi jadeaba de emoción. Entendía que ahora, sin haberlo preparado previamente, sería capaz de pronunciar un discurso, y con el sentido adquirido durante varios años de experiencia como orador de masas, sabía que los hombres habrían experimentado la misma emoción y felicidad al comprender que la hazaña de Stalingrado estaba emparentada con la lucha revolucionaria de los obreros rusos.

Sí, sí, sí. La guerra que había movilizado las colosales fuerzas nacionales era una guerra por la Revolución. No había traicionado la causa de la Revolución recordando a Suvórov en la casa 6/1. Stalingrado, Sebastopol, el destino de Radíschev, la potencia del *Manifiesto* de Marx, los llamamientos de Lenin desde su automóvil blindado en la estación de Finlandia constituían una unidad.

Vio a Priajin, que caminaba con el mismo paso tranquilo y flemático de siempre. Era increíble que Krímov nunca consiguiera hablar con él.

Había ido a visitarle tan pronto como había llegado al puesto de mando subterráneo del *obkom*. Tenía muchas cosas que contarle. Pero no había sido posible; el teléfono había sonado casi sin cesar, y si no era el teléfono siempre había alguien que tenía necesidad de hablar con el primer secretario. De improviso Priajin preguntó a Krímov:

–¿Conoces a un tal Guétmanov?

–Sí –respondió Krímov–. Lo conocí en Ucrania, en el Comité Central del Partido. Era miembro del buró del Comité Central. ¿Por qué lo pregunta?

Priajin no contestó. Después comenzó el revuelo de la partida. Krímov se ofendió cuando Priajin no le ofreció asiento en su coche. Dos veces se habían encontrado frente a frente pero Priajin se comportaba como si no lo reconociese y sus ojos mostraban una expresión de fría indiferencia.

Los soldados andaban por el pasillo iluminado. Estaba el flácido comandante Shumílov, con su robusto pecho y su grueso vientre, y el general Abrámov, miembro del Consejo Militar, un pequeño siberiano con ojos saltones de color marrón. En aquella camaradería sencilla, en aquella aglomeración de hombres que fumaban enfundados en guerreras, chaquetones guateados y pellizas, avanzaban los generales, y Krímov tenía la impresión de revivir el espíritu de los primeros años de la Revolución, el espíritu leninista. Lo había experimentado nada más pisar la orilla derecha de Stalingrado.

Los miembros del presídium ocuparon sus puestos y el presidente del sóviet de Stalingrado, Piksin, apoyó las manos sobre la mesa como hacen todos los presidentes, tosió ligeramente hacia el lado donde había más alboroto y declaró abierta la sesión solemne del sóviet de Stalingrado, de las organizaciones del Partido, de los representantes de las unidades militares y de las fábricas de la ciudad, dedicada a conmemorar el 25.º aniversario de la Gran Revolución de Octubre.

Por el bullicio de la salva de aplausos se podía deducir que los que palmoteaban eran un público exclusivamente masculino compuesto por soldados y obreros.

Después, el primer secretario Priajin, pesado, lento, de frente alta, comenzó a pronunciar su conferencia. Cualquier conexión entre el momento presente y lo que había sucedido en el pasado se desvaneció de golpe. Era como si Priajin hubiera entrado en una polémica con Krímov, como si hubiera adoptado deliberadamente aquel tono pausado para refutar su emoción.

Las fábricas de la región estaban cumpliendo con el plan quinquenal. Las zonas rurales de la orilla izquierda, aunque con ligeros retrasos, habían abastecido de manera satisfactoria al Estado con sus correspondientes cuotas de grano.

Las fábricas ubicadas en la ciudad y un poco más al norte estaban situadas dentro de la zona de operaciones militares y, por ese motivo, era comprensible que no hubieran podido cumplir sus obligaciones para con el Estado.

Una vez, durante un mitin celebrado en el frente, aquel mismo hombre se había sacado el gorro de la cabeza en presencia de Krímov y había gritado: «¡Camaradas soldados, hermanos, abajo la guerra sanguinaria! ¡Viva la libertad!».

Ahora, mirando a la sala, explicaba que el descenso de la cantidad de cereal entregado al Estado se debía a que los distritos de Zimovniki y de Kotelnikovo no habían podido respetar sus compromisos ya que eran escenario de operaciones militares, y a que Kalach y Verjne-Kurmoyarsk habían sido tomadas total o parcialmente por el enemigo.

Luego, el conferenciante declaró que la población de la provincia, además de seguir trabajando para cumplir con sus obligaciones respecto al Estado, había participado activamente en las operaciones militares contra los invasores fascistas. Ofreció las cifras de participación de los obreros de la ciudad que se habían enrolado en unidades improvisadas de milicianos y, precisando que los datos no eran completos, leyó la lista de los habitantes de Stalingrado que habían sido condecorados por haber llevado a cabo de manera ejemplar misiones confiadas por el alto mando, y por el heroísmo que habían demostrado.

Al escuchar la voz serena del primer secretario, Krímov comprendió que la disparidad manifiesta entre sus pensamientos y sentimientos y las palabras de aquel que declamaba sobre agricultura e industria en las regiones que habían cumplido con sus obligaciones respecto al Estado no expresaba la absurdidad de la vida, sino el sentido de la vida.

El discurso de Priajin, frío como el mármol, constataba el indiscutible triunfo del Estado, que los hombres habían defendido con su sufrimiento y su pasión por la libertad.

Los soldados y los obreros tenían el semblante serio.

Qué extraño y penoso era recordar a los hombres que había conocido en Stalingrado, a Tarásov, a Batiuk, las conversaciones con la gente de la casa 6/1. ¡Qué desagradable y difícil era pensar en Grékov muerto en las ruinas de la casa cercada!

Pero ¿quién era para él aquel Grékov que le había hecho un comentario tan inquietante? Grékov había disparado contra él... ¿Y por qué las palabras de Priajin, su viejo camarada, primer secretario del *obkom* de Stalingrado, le sonaban frías, extrañas? ¡Qué sensación tan confusa, tan complicada!

Priajin se acercaba ya al final de su exposición:

—Nos sentimos felices de poder comunicar al gran Stalin que los obreros de la región han cumplido con sus obligaciones respecto al Estado soviético...

Concluida la conferencia, Krímov, abriéndose paso entre la multitud hacia la salida, buscó con la mirada a Priajin. No era así como debería haber presentado su conferencia, en los días que se libraba la batalla de Stalingrado.

De repente Krímov lo vio: Priajin había bajado del estrado y estaba de pie junto al comandante del 64.º Ejército. Priajin miró fijamente a Krímov, con los ojos pesados, y al darse cuenta de que Krímov también le estaba observando, desvió lentamente la mirada.

«¿Qué significa esto?», se preguntó Krímov.

39

De noche, después de la solemne sesión, Krímov paró un coche que se dirigía a la central eléctrica.

Aquella noche la central tenía un aspecto particularmente siniestro. El día antes había sido bombardeada por aviones alemanes. Las explosiones habían abierto cráteres y levantado masas de tierra compacta. Ciegos, sin cristales, los talleres habían cedido parte de su estructura a causa de las detonaciones; el edificio de tres plantas de la administración estaba en ruinas.

Los transformadores de aceite, humeantes, se consumían lentamente en pequeñas llamas dentelladas.

El guardia, un joven georgiano, condujo a Krímov a través del patio iluminado por las llamas. Krímov notó que los dedos de su acompañante, que se había encendido un cigarrillo, temblaban: no sólo los edificios de piedra habían sido devastados y quemados por las bombas, también el hombre ardía, partícipe del caos.

Desde el momento en que había recibido la orden de dirigirse a Beketovka, Krímov no había dejado de pensar en encontrarse con Spiridónov[1]. ¿Y si Zhenia estuviera allí, en la central? ¿Y si Spiridónov tuviera noticias de ella? Tal vez hubiera recibido una carta de ella con una posdata: «¿Tiene noticias de Nikolái Grigórievich?».

1. Director de la central eléctrica de Stalingrado, marido de la hermana de Yevguenia Nikoláyevna, Marusia.

Se sentía agitado y feliz. Quizá Spiridónov le dijera: «Yevguenia Nikoláyevna estaba siempre triste». O le confesaría: «Sabe, lloraba».

Desde la mañana sentía un deseo irresistible de dirigirse a la central. Deseaba intensamente acercarse hasta donde Spiridónov, aunque sólo fuera por unos minutos. Pero se había contenido y había ido al puesto de mando del 64.º Ejército, a pesar de que un instructor de la sección política le había murmurado al oído:

–No vale la pena que se dé prisa para ir a ver al miembro del Consejo Militar. Lleva borracho desde la mañana...

En efecto, había sido un error que Krímov se apresurara a visitar al general en lugar de ir a ver a Spiridónov. Mientras esperaba a ser recibido en el puesto de mando subterráneo, escuchó del otro lado del tabique de madera contrachapada la voz del general que dictaba a la mecanógrafa una carta de felicitación para su colega Chuikov.

–Vasili Ivánovich, ¡soldado y amigo! –exclamó solemnemente.

Después de pronunciar aquellas palabras, el general derramó algunas lágrimas y repitió varias veces entre sollozos: «Soldado y amigo, soldado y amigo».

Luego preguntó con tono severo:

–¿Qué ha escrito?

–«Vasili Ivánovich, soldado y amigo» –leyó la mecanógrafa.

Sin duda la entonación tediosa de la joven le pareció inapropiada ya que, en un tono más exaltado, la corrigió:

–Vasili Ivánovich, ¡soldado y amigo!

De nuevo, profundamente conmovido, balbuceó:

–Soldado y amigo, soldado y amigo.

Luego, el general, conteniendo las lágrimas, preguntó inflexible:

–¿Qué ha escrito?

–«Vasili Ivánovich, soldado y amigo» –repitió la mecanógrafa.

Krímov comprendió que habría podido ahorrarse las prisas.

La luz tenue de las llamas, que confundía el camino en lugar de iluminarlo, parecía surgir de las entrañas de la tierra; o tal vez era la misma tierra la que ardía, tan pesadas y húmedas eran aquellas débiles llamas.

Llegaron al puesto de mando subterráneo del director de la central. Las bombas que habían caído a poca distancia habían levantado grandes montañas de tierra, y la entrada al refugio a duras penas era visible puesto que el sendero que conducía hasta él todavía no había sido transitado.

Un guardia le dijo:

—Ha llegado justo a tiempo para la fiesta.

Krímov pensó que en presencia de extraños no podría decir lo que quería a Spiridónov, ni hacerle preguntas. Le pidió al guardia que hiciera salir al director, que le anunciara que había llegado el comisario del Estado Mayor del frente. Al quedarse solo le asaltó una angustia indefinible.

«¿Qué me pasa? —pensó—. Creía que estaba curado. ¿Es posible que la guerra no me haya ayudado a conjurar mis temores? ¿Qué puedo hacer?»

—¡Escapa, escapa de ella! Vete de aquí o será tu fin —se dijo en un susurro.

Pero no tenía fuerzas para irse, no tenía fuerzas para escapar.

Spiridónov salió del refugio.

—Y bien, camarada, ¿en qué puedo ayudarle? —le preguntó, nervioso.

—¿No me reconoce, Stepán Fiódorovich?

—¿Quién es? —preguntó alarmado Spiridónov; y al mirar la cara de Krímov, de repente gritó—: ¡Nikolái! ¡Nikolái Grigórievich!

Sus brazos rodearon el cuello de Krímov con una fuerza convulsa.

—¡Mi querido Nikolái! —le dijo entre sollozos.

Krímov, emocionado por aquel encuentro entre las ruinas, se dio cuenta de que por sus mejillas caían lágrimas. Estaba solo, completamente solo... La confianza, la alegría de Spiridónov le habían hecho sentir la proximidad con la familia de Yevguenia Nikoláyevna, y aquella proximidad le había devuelto la medida del dolor de su alma. ¿Por qué, por qué le había abandonado? ¿Por qué le había causado tanto sufrimiento? ¿Cómo había sido capaz de hacerlo?

–¿Sabes lo que ha hecho esta guerra? –le dijo Spiridónov–. Ha arruinado mi vida. Ha matado a mi Marusia.

Le habló de Vera, le dijo que unos días antes se había decidido al fin a abandonar la central y había pasado a la orilla izquierda del Volga.

–Es tonta.

–¿Y dónde está su marido? –le preguntó Krímov.

–Probablemente hace mucho tiempo que dejó este mundo. Es piloto de caza.

Krímov, incapaz de reprimirse por más tiempo, le preguntó:

–¿Cómo está Yevguenia Nikoláyevna? ¿Sigue viva? ¿Dónde está?

–Está viva, no sé si en Kúibishev o en Kazán.

Y, mirando a Krímov, añadió:

–Está viva, ¡eso es lo que importa!

–Sí, sí, por supuesto, eso es lo que importa –coincidió Krímov.

Pero en realidad ya no sabía qué era lo importante. Sólo sabía que el dolor, allí, en el alma, no desaparecía. Sabía que todo lo relacionado con Yevguenia Nikoláyevna le causaba dolor. Tanto si se enteraba de que estaba bien y tranquila, como de que sufría y tenía problemas, él se sentía igual de mal.

Stepán Fiódorovich hablaba de Aleksandra Vladímirovna, de Seriozha, de Liudmila, y Krímov asentía con la cabeza y mascullaba:

–Sí, sí, sí... Sí, sí, sí...

–¡Adelante, Nikolái! –dijo Stepán Fiódorovich–. Entremos al refugio. Ahora ya no tengo más casa que ésta.

Las pequeñas y oscilantes llamas de las lámparas de aceite no lograban iluminar el subterráneo, atestado de jergones, armarios, aparatos diversos, botellas y sacos de harina.

Sobre los camastros, los bancos o las cajas situadas a lo largo de las paredes estaban sentadas varias personas. En el aire sofocante vibraba el murmullo de las conversaciones.

Spiridónov sirvió alcohol en vasos, tazas y tapas de escudillas. Cesó el ruido y todos los presentes le siguieron con una mirada particular. Era una mirada profunda y seria, carente de angustia, y expresaba únicamente la fe en la justicia.

Al mirar los rostros de los soldados, Krímov pensó: «Es una lástima que Grékov no esté aquí; se merecería un trago». Pero Grékov ya había bebido todo lo que se suponía que tenía que beber, al menos en este mundo.

Spiridónov se levantó con el vaso en alto y Krímov se dijo: «Lo va a estropear todo, seguro que nos lanza un discurso parecido a los de Priajin».

Pero Stepán Fiódorovich trazó un ocho en el aire con el vaso y declaró:

–Bueno, muchachos, bebamos. Salud.

Se oyó el tintineo de los vasos y las tazas de hojalata. Los que ya habían bebido carraspeaban y meneaban la cabeza.

La gente allí reunida era de lo más variopinta; había sido el Estado el que antes de la guerra los había dividido, el que había hecho que no se sentaran a la misma mesa, que no intercambiaran palmaditas en la espalda, que no se dijeran: «Escucha lo que voy a decirte».

Pero allí, en un subterráneo sobre el cual había una central eléctrica destruida pasto de las llamas, había nacido una fraternidad sin pretensiones, tan genuina que cualquiera de ellos estaría dispuesto a dar la vida por ella.

Un anciano con el pelo cano, el vigilante nocturno, entonó la vieja canción que tanto gustaba cantar a los chicos de la fábrica francesa de Tsaritsin[1] antes de la Revolución, y como ya no estaba acostumbrado a aquel sonido, él mismo se escuchaba con el asombro divertido de un hombre que escucha a un borracho desconocido.

1. Nombre de Stalingrado hasta 1925.

Otro hombre viejo, con el cabello oscuro, frunció el ceño mientras escuchaba con semblante serio esa canción que hablaba del amor y sus sufrimientos.

Y era verdaderamente hermoso oír aquel canto, era bello aquel momento extraordinario y terrible que vinculaba al director y al ordenanza de la panadería, al vigilante nocturno y al centinela, que mezclaba al calmuco, al ruso y al georgiano.

En cuanto el vigilante acabó de cantar, el viejo con el cabello oscuro frunció aún más su ceño ya de por sí fruncido, y despacio, desafinando, sin voz, cantó: «Despidamos al viejo mundo, sacudamos su polvo de nuestros pies».

El delegado del Comité Central soltó una carcajada y sacudió la cabeza; Spiridónov hizo lo mismo.

También Krímov rió y dijo a Stepán:

—Seguro que en otro tiempo el viejo fue menchevique.

Spiridónov lo sabía todo sobre Andréyev y, por supuesto, le habría contado su historia a Krímov, pero ante el temor de que Nikoláyev le oyera, aquella sensación de fraternidad se desvaneció en un instante.

—¡Pável Andréyevich, esta canción aquí no pega ni con cola! —le interrumpió Spiridónov.

Andréyev se calló enseguida, le miró y dijo:

—Nunca lo hubiera pensado. Debía de estar soñando.

El centinela georgiano mostró a Krímov el punto de la mano donde se le había saltado la piel.

—Me lo hice desenterrando a mi amigo; Seriozha Vorobiov se llamaba.

Sus ojos negros brillaron y dijo con un jadeo que más bien era un grito agudo:

—Seriozha era más que un hermano para mí.

El vigilante nocturno de pelo cano, un poco achispado, empapado en sudor, no daba tregua a Nikoláyev, el miembro del Comité Central:

—No, mejor escúcheme a mí. Makuladze dice que quería a Seriozha Vorobiov más que a su propio hermano, ¿lo ha oído? Sabe, una vez estuve trabajando en una mina de antracita donde el jefe me tenía muchísimo cariño, me respetaba. Bebíamos juntos y luego yo le cantaba canciones. Me decía a la cara: «Para mí eres como un hermano, aunque sólo seas un minero». Charlábamos, comíamos juntos.

–¿Qué era, georgiano? –le preguntó Nikoláyev.

–¿A qué viene eso de si era georgiano? Era el señor Voskresenski, el dueño de todas las minas. No te puedes imaginar lo que me respetaba. Un hombre con un capital de millones. ¿Comprendes de qué tipo de hombre te hablo?

Nikoláyev intercambió una mirada con Krímov, y se guiñaron el ojo en plan de broma, moviendo ligeramente la cabeza.

–Bien, bien –dijo Nikoláyev–. En efecto, nunca te acostarás sin saber una cosa más.

–Pues ya sabes, aprende –respondió el viejo sin darse cuenta de que era él el objeto de sus burlas.

Fue una velada extraña. Entrada la noche, cuando la gente empezó a marcharse, Spiridónov le dijo a Krímov:

–No te molestes en buscar tu abrigo, Nikolái. Esta noche la pasarás aquí.

Le preparó la cama sin prisas, preocupándose por todos los detalles: la colcha, el cubrepiés enguatado, la lona impermeable para el suelo. Krímov salió del refugio, permaneció un momento en la oscuridad mirando la ondulación del fuego y regresó al subterráneo, donde Spiridónov todavía estaba haciéndole la cama.

Cuando se sacó las botas y se acostó, Spiridónov le preguntó:

–¿Estás cómodo?

Acarició la cabeza de Krímov a la vez que esbozaba una sonrisa amable, de borracho.

El fuego que se propagaba arriba por alguna razón recordó a Krímov las hogueras que ardían en Ojotni Riad aquella noche de enero de 1924 en que se celebró el entierro de Lenin. Todos los hombres que se habían quedado a pasar la noche en el subterráneo parecían estar ya dormidos. Las tinieblas eran impenetrables.

Krímov estaba tendido en la cama con los ojos abiertos sin apercibirse de la oscuridad; pensaba, recordaba...

El frío intenso había sido la tónica de aquellos días. El sombrío cielo invernal se cernía sobre las cúpulas del monasterio Strastnói, sobre cientos de personas que llevaban calados gorros con orejeras y sombreros puntiagudos, vestidas con capotes y cazadoras de cuero. De repente la plaza del monasterio se inundó de miles de folletos blancos con el comunicado oficial.

Los restos mortales de Lenin fueron transportados desde Gorki hasta la estación en un trineo de campesino. Los patines crujían, los caballos resoplaban. El féretro era seguido por su viuda, Krúpskaya, que llevaba en la cabeza un pequeño sombrero redondo de piel sujeto con un pañuelito gris; por las dos hermanas de Lenin, Anna y Maria; por sus amigos, por campesinos del pueblo de Gorki. Así es como se acompaña al reposo eterno a un agrónomo, a un respetable médico rural o a un profesor.

El silencio se hizo en Gorki. Los azulejos de la estufa holandesa brillaban; al lado de la cama cubierta con una sábana de verano blanca había un armario lleno de botellitas con etiquetas y olor a medicinas. En la habitación vacía entró una anciana con bata de enfermera. Por costumbre andaba de puntillas. La mujer pasó por delante de la cama y cogió de la silla un cordel en cuyo extremo había un trozo de periódico atado. El gatito que dormía sobre la silla, al oír el frufrú familiar de su juguete, levantó bruscamente la cabeza en dirección a la cama vacía y, bostezando, volvió a acurrucarse.

Mientras seguían el féretro, los parientes de Lenin y sus camaradas más allegados recordaban al difunto. Las hermanas se acordaban del niño rubio cuyo carácter difícil a veces le llevaba a ser mordaz y exigente hasta rayar la crueldad. Pero era bueno, amaba a su madre, a sus hermanas y hermanos.

Su esposa recordaba aquella ocasión en Zúrich en la que habló en cuclillas con la nieta de la casera, Tilli. La casera había dicho con aquel acento suizo que tanto divertía a Volodia[1]: «Deberían tener hijos». Y él había lanzado con malicia una rápida mirada desde abajo a Nadiezhda Konstantínovna.

Los obreros de la fábrica Dínamo recordaban que habían ido a Gorki, y Vladímir, que había ido a su encuentro, se aturdió. Quería hablar con ellos, pero todo cuanto pudo hacer fue emitir un gemido lastimoso y hacer un gesto con la mano, y los obreros que le rodeaban lloraron también al verle llorar. Y luego, aquella mirada que tenía antes del fin, asustada, implorante, como la de un niño frente a su madre.

A lo lejos comenzaban a perfilarse los edificios de la estación. La locomotora negra con la chimenea negra destacaba aún más entre la nieve blanca.

Los amigos políticos del gran Lenin –Ríkov, Kámenev, Bujarin–, que seguían el trineo a pie con las barbas escarchadas por el frío, miraban de vez en cuando con aire ausente a aquel hombre de tez morena y picado de viruelas que llevaba un largo capote y botas de cuero blando. Siempre miraban con desdén burlón su estilo de vestir caucásico. En realidad, si Stalin hubiera tenido delicadeza no debería haberse desplazado a Gorki, donde se habían reunido los parientes y amigos más íntimos del gran Lenin. Y ellos no comprendían que los apartaría con violencia a todos, hasta a los más cercanos, incluso a su mujer.

No eran Bujarin, Ríkov, Zinóviev los poseedores de la verdad leninista. Tampoco Trotski. Se habían equivocado. Ninguno de ellos se convertiría en el sucesor de Lenin. Ni siquiera Vladímir Uliánov intuyó en sus últimos días o alcanzó a entender que su obra se convertiría en la obra de Stalin.

Habían transcurrido casi dos décadas desde el día en que el cuerpo del hombre que había marcado el destino de Rusia, de Europa, de Asia y de la humanidad entera había sido transportado sobre un trineo que crujía sobre la nieve.

Los pensamientos de Krímov se obstinaban en volver a aquella época. Recordaba con nitidez los días gélidos de enero de 1924, el crepitar de las hogueras nocturnas, los

---

1. Diminutivo de Vladímir.

muros escarchados del Kremlin, un gentío compuesto por cientos de personas llorando, el aullido lacerante de las sirenas de las fábricas, la voz estentórea de Yevdokímov invocando, desde una tarima de madera, a todos los obreros del mundo, el reducido grupo de hombres que cargaba el féretro sobre sus espaldas hasta el mausoleo de madera construido a toda prisa.

Krímov subió la escalera alfombrada de la Casa de los Sindicatos, pasando por delante de los espejos adornados con cintas rojas y negras; en el aire tibio que olía a pino flotaba una música triste. Al entrar en la sala vio las cabezas inclinadas de los hombres que solía ver en la tribuna de Smolni o Stáraya Plóschad.

Después, allí mismo, en la Casa de los Sindicatos, volvería a ver las mismas cabezas inclinadas en 1937. Probablemente los acusados, al escuchar la voz inhumana y estridente de Vishinski[1], se acordarían de cuando marchaban detrás del trineo y montaban guardia junto al féretro de Lenin; tal vez resonaría en sus oídos el eco de la música fúnebre.

¿Por qué de repente en la central, en el aniversario de la Revolución, sus pensamientos volvían a aquellos días de enero?

Decenas de personas que habían fundado junto a Lenin el partido bolchevique fueron declarados *provocateurs*, agentes a sueldo de los servicios de inteligencia extranjeros, mientras un único hombre que no había ocupado una posición central en el Partido, desconocido como teórico, había sido el salvador de la causa del Partido, el portador de la verdad. ¿Por qué confesaron todos?

Preguntas como ésas era mejor olvidarlas. Pero esa noche Krímov no podía apartarlas de su mente. «¿Por qué confesaron? ¿Y por qué sigo callando? ¿Por qué nunca tuve el valor suficiente para decir: "Dudo que Bujarin sea un saboteador, un asesino, un *provocateur*"? En el momento de la votación, levanté la mano. Y después firmé. Hice un discurso y escribí un artículo. Y todavía creo que mi fervor era

1. Fiscal de los procesos de Moscú durante el Gran Terror.

671

genuino. Pero ¿dónde estaban mis dudas entonces, toda mi confusión? ¿Qué es lo que trato de decir? ¿Que soy un hombre con dos conciencias, o que viven en mí dos hombres diferentes y cada uno tiene su propia conciencia? ¿Cómo entenderlo? ¿Acaso no ha sido siempre así para todos y no sólo para mí?»

Grékov había expresado lo que muchos pensaban en su fuero interno, aquello que en el fondo de su alma guardaba solapadamente, inquietaba, interesaba y, a veces, atraía a Krímov. Pero en cuanto ese secreto había salido a la luz, Krímov había sentido odio y rabia, deseo de doblegar y destrozar a Grékov. Si hubiera tenido ocasión, Krímov, sin temblarle el pulso, le hubiera fusilado.

Priajin, por su parte, había hablado con el frío lenguaje del burócrata, había revisado, en nombre del Estado, las cuotas del abastecimiento de grano, las obligaciones de los obreros y los porcentajes del plan. Aquel tipo de discursos fríos, de burócrata desalmado, siempre disgustaban a Krímov. Pero esos burócratas despiadados eran sus viejos camaradas, los hombres con los que había marchado hombro con hombro y que ahora eran sus jefes y camaradas. La obra de Lenin había engendrado a Stalin, se había encarnado en aquellos hombres, en aquel Estado. Y Krímov, sin vacilar, estaba dispuesto a dar la vida por su gloria y su fuerza.

¡Y ese viejo bolchevique, Mostovskói! Nunca había salido en defensa de individuos de cuya honestidad revolucionaria estaba convencido. ¿Por qué?

¿Y el estudiante de los cursos superiores de periodismo donde Krímov había dado clases durante un tiempo, aquel chico amable y honesto que se llamaba Koloskov? El joven, que procedía del campo, le habló sobre la colectivización, sobre los canallas que incluían en las listas de kulaks los nombres de personas cuyas casas y jardines codiciaban, así como a sus enemigos personales. Le contó las terribles hambrunas que sufrían en el campo y la crueldad despiadada con que les habían confiscado hasta el último grano de trigo. Lloró al recordar a un maravilloso anciano que dio su vida para salvar a su esposa y su nieta... Resulta que poco después Krímov leyó en un periódico mural un artículo de Koloskov que trataba sobre los kulaks, donde los acusaba de enterrar el trigo y del que destilaba un odio feroz hacia todo lo nuevo.

¿Por qué había escrito eso Koloskov, el mismo que lloraba por el sufrimiento que le atenazaba el corazón? ¿Por qué callaba Mostovskói? ¿Era simple cobardía? ¿Cuántas veces había manifestado Krímov ciertas ideas que en realidad no compartía? Pero cuando las decía o las escribía, le parecía expresar su verdadera opinión, estaba convencido de afirmar lo que pensaba. De vez en cuando se consolaba diciéndose: «No se puede hacer nada, así lo quiere la Revolución».

Habían pasado cosas, cosas de todo tipo. Krímov había defendido mal a los amigos de cuya inocencia estaba seguro. A veces callaba, otras murmuraba. Otras veces hacía algo peor: ni callaba ni murmuraba. A veces era llamado al comité del Partido, al comité regional, al comité de la ciudad, al comité provincial, o bien por los órganos de seguridad para preguntarle acerca de alguno de sus conocidos, de otros miembros del Partido. Nunca había hablado mal de sus amigos, nunca había difamado, nunca había escrito denuncias o declaraciones...

¿Y Grékov? Bueno, Grékov era un enemigo. En cuanto a enemigos se refería, Krímov nunca se había andado con chiquitas; con ellos no conocía la piedad.

Pero ¿por qué evitó toda relación con las familias de los compañeros que habían sido víctimas de la represión? Había dejado de ir a verlos, de llamarlos por teléfono. Sí, pero también era cierto que cuando se encontraba por la calle con los familiares de amigos represaliados no cambiaba de acera, sino que iba a saludarlos.

Había ciertas personas, normalmente viejecitas, amas de casa, pequeñoburguesas apolíticas, a través de las cuales se podía hacer llegar paquetes a los campos. Recibían en sus direcciones cartas de los campos. Curiosamente, ellas no tenían miedo. A veces eran esas mismas ancianas, amas de casa, niñeras analfabetas, llenas de prejuicios religiosos, las que recogían a los niños cuyos padres habían sido arrestados, salvándoles del orfanato y los centros de acogida. En cambio, los miembros del Partido evitaban a esos niños como si de la peste se tratara. ¿Acaso esas mujeres eran más valientes o más honradas que los viejos bolcheviques como Mostovskói y Krímov?

Las personas saben cómo vencer el miedo; los niños caminan en la oscuridad, los soldados entran en combate, un joven da un paso adelante para saltar al vacío en paracaídas.

Pero aquel otro miedo, particular, atroz, insuperable para millones de personas, estaba escrito en letras siniestras de un rojo deslumbrante en el cielo plomizo de Moscú: el miedo al Estado...

¡No, no! El miedo no es capaz de realizar por sí solo semejante tarea. El fin superior de la revolución libera de la moral en nombre de la moral, justifica en nombre del futuro a los actuales fariseos, los delatores, los hipócritas; explica por qué un hombre, en aras de la felicidad del pueblo, debe empujar a los inocentes a la fosa. En nombre de la Revolución esa fuerza permite ignorar a los niños cuyos padres acaban en un campo penitenciario. Explica por qué la Revolución ha establecido que la esposa que se ha negado a denunciar al marido inocente debe ser apartada de sus hijos y enviada diez años a un campo de trabajo.

La fuerza de la revolución se había aliado con el miedo a la muerte, el terror a la tortura, con la angustia que atenaza a aquel que siente sobre sí el aliento de los campos lejanos.

Antes, cuando los hombres hacían la revolución sabían que se arriesgaban a la cárcel, a trabajos forzados, a años de exilio y de vida sin refugio, al patíbulo... Pero ahora lo más inquietante, confuso, desagradable era que la Revolución pagaba a sus fieles, a aquellos que servían a su gran causa, con raciones suplementarias, comidas en el Kremlin, paquetes de víveres, coches particulares, viajes y estancias en Barvija, billetes en coche cama.

—¿Todavía estás despierto, Nikolái Grigórievich? —le preguntó Spiridónov en la oscuridad.

–Casi. Me estoy quedando dormido –respondió Krímov.

–Ah, perdona, no quiero molestarte.

40

Había pasado más de una semana desde la noche en que Mostovskói fue llamado por el *Obersturmbannführer* Liss. La espera febril y la tensión habían dado paso a un hondo abatimiento. Por momentos Mostovskói tenía la impresión de que tanto sus amigos como sus enemigos se habían olvidado de él, que unos y otros le consideraban impotente, un viejo que había perdido la cabeza, un inútil moribundo.

Una mañana luminosa y sin viento lo condujeron al baño. Esta vez el SS que le escoltaba no entró en el bloque; se sentó en las escaleras, colocando el fusil a su lado, y se encendió un cigarrillo. Era un día sereno, el sol calentaba y el soldado, por lo visto, no deseaba entrar en el ambiente húmedo del baño.

El prisionero político que trabajaba en el baño se acercó a Mijaíl Sídorovich.

–Buenos días, querido camarada Mostovskói.

Mostovskói lanzó un grito de asombro: enfrente de él, con una chaqueta de uniforme y el brazalete del *Revier* en la manga, estaba el comisario de brigada Ósipov.

Se abrazaron, y Ósipov le dijo apresuradamente:

–He logrado que me destinen al baño; estoy sustituyendo al mozo de la limpieza. Quería verle. Kótikov y el general Zlatokrilets le mandan saludos. En primer lugar dígame cómo le va, cómo se encuentra, qué quieren de usted. Explíquemelo todo mientras se va quitando la ropa.

Mostovskói le habló del interrogatorio nocturno. Ósipov, mirándole fijamente con sus negros ojos saltones, le dijo:

–Esos imbéciles quieren trastornarle.

–Pero ¿para qué? ¿Con qué objetivo?

–Es posible que quieran sonsacarle alguna información de tipo histórico, sobre las características de los fundadores y los dirigentes del Partido. Tal vez tenga que ver con declaraciones, proclamas, cartas.

–Están perdiendo el tiempo –dijo Mostovskói.

–Le torturarán, camarada Mostovskói.

–Están perdiendo el tiempo, es estúpido –repitió Mostovskói, y preguntó–: Y a ustedes, ¿cómo les va?

Ósipov explicó en un susurro:

–Mejor de lo que esperábamos. Lo más importante es que hemos logrado ponernos en contacto con los que trabajan en la fábrica y hemos comenzado a recibir armas: granadas y metralletas. Los hombres traen las piezas una por una y nosotros las montamos de noche en los bloques. La verdad es que tenemos pocas hasta el momento.

–Esto es obra de Yershov. ¡Bravo por él! –exclamó Mostovskói.

Luego sacudió la cabeza compungido al quitarse la camisa y observarse el pecho y los brazos desnudos. Se sintió de nuevo furioso consigo mismo por ser tan viejo.

–Tengo el deber de informarle, como superior del Partido, que Yershov ya no está en nuestro campo.

–¿Cómo que no está?

–Ha sido trasladado a Buchenwald.

–¿Qué dice? –gritó Mostovskói–. ¡Era un tipo magnífico!

–Seguirá siendo magnífico en Buchenwald.

–Pero ¿por qué? ¿Qué ha pasado?

–Hubo una división en el liderazgo –replicó Ósipov con aire sombrío–. Un nutrido grupo sentía una inclinación espontánea hacia Yershov y a éste se le había subido a la cabeza. No se hubiera sometido a la dirección por nada del mundo. Es un individuo poco claro, no es uno de los nuestros. La situación se complicaba a cada paso. El primer mandamiento en la clandestinidad es la disciplina de hierro. Y nos habíamos encontrado con dos centros diferentes: los que son del Partido y los que no. Después de discutir la situación tomamos una decisión. Un camarada checo que trabaja en la administración del campo archivó la tarjeta de Yershov junto a las del grupo de trasladados a Buchenwald y automáticamente fue incluido en la lista.

–Nada más fácil –dijo Mostovskói.

–Fue la decisión unánime de todos los comunistas –concretó Ósipov.

Estaba de pie frente a Mostovskói con su ropa miserable, un trapo en la mano, severo, inquebrantable, seguro de su derecho férreo, de su terrible derecho, superior al de Dios, para convertir la causa a la que servía en el árbitro supremo del destino del hombre.

El viejo desnudo, delgado, uno de los fundadores del gran Partido, estaba sentado en silencio con la espalda encorvada y la cabeza inclinada.

Se le presentó con nitidez la noche pasada en el despacho de Liss. Y de nuevo se apoderó de él el miedo: ¿y si Liss no mentía? ¿Y si no perseguía un objetivo policial secreto y sólo quería mantener una conversación de hombre a hombre?

Se enderezó y ahora, como siempre, como diez años antes, durante la colectivización, durante los procesos políticos que condujeron al patíbulo a sus camaradas de juventud, declaró:

–Me someto a esta decisión. La acepto como miembro del Partido.

Cogió la chaqueta que reposaba sobre el banco y sacó del forro varios trozos de papel: eran los textos que había redactado para las octavillas.

De repente le vino a la cabeza la cara de Ikónnikov, sus ojos de vaca, y sintió el deseo de oír la voz del apóstol de la bondad sin sentido.

–Quería preguntarle sobre Ikónnikov –dijo Mijaíl Sídorovich–. ¿El checo también cambió su tarjeta?

–Ah, el viejo *yuródivi*, el trapo mojado, como le llamaba usted. Fue ejecutado. Se negó a trabajar en la construcción del campo de exterminio. Keize recibió la orden de matarle.

Aquella misma noche, se pegaron en las paredes de los barracones los folletos escritos por Mostovskói sobre la batalla de Stalingrado.

41

Poco después de la guerra se encontró en los archivos de la Gestapo de Múnich un expediente relacionado con la investigación de una organización clandestina en un campo de concentración de la Alemania occidental. El documento que cerraba el expediente informaba que la sentencia contra los miembros de dicha organización había sido ejecutada. Los cuerpos de los prisioneros habían sido quemados en un horno crematorio. El primer nombre de la lista era el de Mostovskói.

El estudio de los documentos no permitió establecer el nombre del *provocateur* que traicionó a sus camaradas. Probablemente fue ejecutado por la Gestapo junto a aquellos a los que había denunciado.

42

Los barracones del *Sonderkommando*, el escuadrón especial de trabajo destinado a operar en las cámaras de gas, el almacén de sustancias tóxicas y los crematorios, eran cálidos y tranquilos.

Los prisioneros que trabajaban de manera permanente en la obra n.º 1 gozaban de unas buenas condiciones de vida. Cada cama tenía una mesilla de noche con su correspondiente garrafa de agua hervida y había una alfombra en el pasillo central.

Los obreros que trabajaban en la cámara de gas estaban libres de escolta y comían en un local aparte. Los alemanes del *Sonderkommando* podían escoger su propio menú, igual que en un restaurante. Recibían un salario casi tres veces mayor que el de los soldados, homólogos en rango, que estaban en activo. Sus familias disfrutaban de reducciones de alquiler, de raciones de víveres superiores a las estipuladas y del derecho a evacuación prioritaria de las zonas sometidas a bombardeos.

El trabajo del soldado Roze consistía en observar a través de la mirilla de inspección, y cuando el proceso había concluido daba la orden de proceder a la descarga de la cámara de gas. Además debía controlar que los dentistas trabajaran con escrúpulo y esmero. Más de una vez había escrito informes al director del complejo, el *Sturmbannführer* Kaltluft, sobre la dificultad de realizar simultáneamente esa doble tarea; mientras Roze estaba arriba, supervisando el gaseamiento, abajo, donde trabajaban los dentistas y los trabajadores cargaban los cuerpos en las cintas transportadoras, se quedaban sin vigilancia, con la posibilidad de trampear y cometer hurtos.

Roze se había acostumbrado a su trabajo y ya no le inquietaba, como los primeros días, el espectáculo que se desarrollaba detrás del cristal. Su predecesor había sido sorprendido un día entretenido en un pasatiempo más propio de un chico de doce años que de un soldado de las SS al que se le ha confiado una acción especial. Al principio Roze no acertaba a comprender algunas alusiones a ciertas incorrecciones, y sólo más tarde comprendió a qué se referían.

A Roze no le gustaba su nuevo trabajo, pero ahora ya se había acostumbrado. Le inquietaba el insólito respeto del que estaba rodeado. Las camareras de la cantina le preguntaban por qué estaba pálido. Siempre, desde que tenía uso de razón, recordaba haber visto a su madre llorando. A su padre, por alguna razón, siempre le despedían de los trabajos; daba la impresión de que le habían despedido de más trabajos de los que en realidad había tenido. Roze había aprendido de sus padres a andar de una manera suave y furtiva que no debía molestar a nadie; regalaba la misma sonrisa inquieta y afable a los vecinos, a su casero, al gato del casero, al director de la escuela y al policía en la esquina de la calle. En apariencia la afabilidad y la cortesía eran los rasgos fundamentales de su carácter y él mismo se asombraba de cuánto odio anidaba en su cuerpo y de cuánto tiempo había permanecido oculto en su interior. Luego había ido a parar al *Sonderkommando;* el superior, buen conocedor del alma humana, había intuido enseguida su carácter gentil y afeminado.

No había nada agradable en observar cómo se contorsionaban los judíos en la cámara de gas. Roze sentía antipatía por los soldados que disfrutaban trabajando allí. El prisionero de guerra Zhuchenko, que trabajaba en el turno de la mañana cerrando las puertas de la cámara de gas, le desagradaba en particular. Tenía una sonrisa infantil perennemente estampada en su cara, y por eso era especialmente desagradable. A Roze no le gustaba su trabajo, pero conocía todas sus ventajas, las evidentes y las ocultas.

Cada día, al finalizar el trabajo, un dentista entregaba a Roze un pequeño paquete con varias coronas de oro. Aunque aquello representaba una parte insignificante del metal precioso que la dirección del campo recibía todos los días, Roze ya había enviado dos veces casi un kilo de oro a su mujer. Era la garantía de un futuro luminoso, la materialización de su sueño de una vejez tranquila. De joven, Roze había sido débil y tímido, incapaz de tomar parte activa en la lucha por la vida. Nunca había dudado de que el Partido tenía como único fin el bien de los hombres pequeños y débiles. Ahora experimentaba los beneficios de la política de Hitler, porque él era uno de esos hombres pequeños y débiles, y en esos momentos, su vida y la de su familia se había vuelto incomparablemente más fácil, mejor.

43

A veces Antón Jmélkov se sentía horrorizado por su trabajo, y por la noche, cuando se acostaba en el catre y oía las risas de Trofim Zhuchenko, un miedo frío y angustioso atenazaba su corazón.

Las manos de Zhuchenko, esas manos de dedos largos y gruesos que cerraban las compuertas herméticas de la cámara de gas, siempre le causaban la impresión de estar sucias, y por esa razón le daba asco coger el pan de la misma cesta que su compañero.

Zhuchenko parecía feliz y excitado cuando salía por la mañana para cumplir su turno de trabajo y esperaba la columna de personas procedentes de la vía férrea. Pero el movimiento de la columna le parecía insoportablemente lento. Emitía con la garganta un débil sonido lastimoso y tensaba la mandíbula como un gato acechando a los gorriones detrás del cristal.

Para Jmélkov aquel hombre se había convertido en una fuente de inquietud. Por supuesto, Jmélkov también podía beber más de la cuenta y pasar un buen rato con alguna mujer de la fila cuando estaba borracho. Había un pasillo a través del cual los miembros del *Sonderkommando* penetraban en el vestidor para escoger una mujer. Un hombre es un hombre, después de todo. Jmélkov escogía a una chica o una mujer, la conducía a un rincón vacío del barracón y al cabo de media horita la devolvía a los guardias. Ni él ni la mujer decían nada. Pero él no estaba allí por las mujeres y el vino, ni por los pantalones de montar de gabardina y las botas de piel de comandante.

Le habían hecho prisionero un día de julio de 1941. Le habían asestado golpes de culata en la cabeza y el cuello, había enfermado de disentería, le habían obligado a caminar por la nieve con las botas destrozadas, le habían dado de beber un agua amarillenta con manchas de gasoil, había arrancado con los dedos trozos de una fétida carne negra del cadáver de un caballo, había comido nabos podridos y mondas de patata. Sólo había elegido una cosa: vivir. No deseaba nada más. Había repelido decenas de muertes: por hambre, por frío, de disentería... No quería ser abatido con nueve gramos de plomo en la cabeza, no quería hincharse hasta que su corazón se ahogara con el líquido que le subía de las piernas. No era un criminal; había sido peluquero en la ciudad de Kerch, nunca nadie había pensado mal de él, ni sus familiares, ni los vecinos de patio, ni los colegas del trabajo, ni los conocidos con los que bebía vino, comía salmonete ahumado y jugaba al dominó. Pensaba que no tenía nada en común con Zhuchenko. Pero a veces también le daba la sensación de que la diferencia entre él y Zhuchenko consistía en una bagatela insignificante. ¿Qué importancia tenía para Dios y para los hombres el sentimiento con el que se dirigían al trabajo? ¿Qué importa que uno se sintiera feliz y el otro desgraciado cuando el trabajo que realizaban era el mismo?

No comprendía que Zhuchenko le inquietaba no porque fuera más culpable que él, sino porque su terrible monstruosidad innata le disculpaba, mientras que él, Jmélkov, no era un monstruo, sino un hombre.

Comprendía vagamente que, bajo el fascismo, al hombre que desea seguir siendo un hombre se le presenta una opción más fácil que la de conservar la vida: la muerte.

44

El jefe del *Sonderkommando*, el *Sturmbannführer* Kaltluft, había conseguido que el puesto de control le proporcionara cada noche un gráfico con la llegada de los convoyes del día siguiente. Así, Kaltluft podía dar instrucciones a sus subordinados por anticipado sobre el trabajo que debían realizar, en función del número de vagones y la cantidad de personas que se esperaba recibir. Según el país de procedencia del tren, se asignaba el *Kommando* auxiliar de prisioneros más conveniente; se necesitaban peluqueros, escoltas, cargadores.

A Kaltluft no le gustaba la vida desordenada: no bebía y se enfadaba cuando sorprendía a sus subordinados en estado de embriaguez. Sólo una vez le habían visto alegre y animado. Estaba a punto de partir para reunirse con su familia para las fiestas de Pascua y ya estaba montado en el coche cuando llamó al *Sturmführer* Hahn y se puso a enseñarle fotografías de su hija, una niña de cara alargada y ojos grandes como los de su padre.

A Kaltluft le gustaba trabajar y odiaba perder el tiempo. Después de cenar nunca se daba una vuelta por el club, no jugaba a las cartas, no asistía a las proyecciones de películas. En Navidad adornaron un abeto para el *Sonderkommando*, actuó un coro de aficionados y en la cena distribuyeron gratuitamente una botella de coñac francés para cada dos personas. En aquella ocasión Kaltluft se dejó caer media hora por el club y todos se dieron cuenta de que tenía en los dedos una mancha de tinta fresca, señal de que también había estado trabajando la noche de Navidad.

Hubo un tiempo en que vivía en la casa de campo de sus padres y creía que toda su vida transcurriría allí. Amaba la tranquilidad del campo y el trabajo no le daba miedo. Su sueño era ampliar la hacienda del padre y estaba convencido de que por grandes que fueran los ingresos que obtuviera con la cría de cerdos y la venta de nabos y trigo, nunca abandonaría la cómoda y tranquila casa de su infancia. Pero la vida había tomado otra dirección. Hacia el final de la Primera Guerra Mundial se había encontrado en el frente y había recorrido el camino que el destino le había reservado. Y, por lo visto, lo que el destino le había reservado era convertirse de campesino en soldado, pasar de las trincheras a guardia del Estado Mayor, de empleado en las oficinas a ayudante de campo, y después del puesto en la administración central de la RSHA había acabado como jefe de un *Sonderkommando* en un campo de exterminio.

Si Kaltluft hubiera tenido que responder ante un tribunal divino, habría justificado su alma contando de manera sincera que sólo el destino le había empujado a ser un verdugo, el asesino de quinientas noventa mil personas. ¿Qué podía hacer él frente a fuerzas tan potentes como la guerra mundial en curso, un movimiento nacional inmenso, la inflexibilidad del Partido, la coerción del Estado? ¿Quién habría estado en condiciones de nadar a contracorriente? Él era un ser humano, sólo deseaba vivir en la casa de su padre. No había intervenido por voluntad propia, le habían empujado; él no quería, se lo habían ordenado, el destino le había conducido de la mano como a un niño. Y del mismo modo, o casi del mismo modo, se habrían justificado ante Dios aquellos a los que Kaltluft había enviado a trabajar y aquellos que habían enviado a trabajar a Kaltluft.

Pero Kaltluft no había tenido que justificar su alma ante un tribunal divino. Por eso Dios no había tenido que confirmar a Kaltluft que en el mundo no hay culpables.

El juicio divino existe, y existe también el tribunal del Estado, de la sociedad; pero existe un juicio supremo y es el juicio de un pecador sobre otro pecador. El hombre que ha pecado conoce la potencia del Estado totalitario, que es infinitamente grande; sirviéndose de la propaganda, el hambre, la soledad, el campo, la amenaza de muerte, el ostracismo y la infamia, esa fuerza paraliza la voluntad del hombre. Pero en cada paso dado bajo la amenaza de la miseria, el hambre, el campo y la muerte, se manifiesta siempre, al mismo tiempo que lo condicionado, la libre voluntad del hombre. En la trayectoria vital recorrida por el jefe del *Sonderkommando*, del campo a las trincheras, de la condición de hombre sin partido a la de miembro consciente del partido nacionalsocialista, siempre y por doquier estaba impresa su voluntad. El destino conduce al hombre, pero el hombre lo sigue porque quiere y es libre de no querer seguirlo. El destino guía al hombre, que se convierte en un instrumento de las fuerzas de destrucción, pero cuando eso sucede no pierde nada; al contrario, gana. Éste lo sabe y va allí donde le esperan las ganancias; el terrible destino y el hombre tienen objetivos diversos, pero el camino es uno solo.

Quien pronuncie el veredicto no será un juez divino, puro y misericordioso, ni un sabio tribunal supremo que mire por el bien del Estado y la sociedad, ni un hombre santo y justo, sino un ser miserable destruido por el poder del Estado totalitario. Quien pronuncie el veredicto será un hombre que a su vez ha caído, se ha inclinado, ha tenido miedo y se ha sometido.

Ese hombre dirá:

–¡En este mundo terrible existen los culpables! ¡Tú eres culpable!

45

Y así había llegado el último día del viaje. Los vagones crujieron, los frenos rechinaron y después se hizo el silencio; de pronto descorrieron los cerrojos y retumbó la orden:

–*Alle heraus!*[1]

La gente empezó a descender al andén todavía mojado por la lluvia reciente.

¡Qué aspecto tan extraño tenían aquellos rostros familiares después de la oscuridad del vagón! Los abrigos y los pañuelos habían cambiado menos que las personas; las chaquetas y los vestidos les recordaban las casas donde se los habían puesto, los espejos ante los cuales se los habían probado.

La gente que salía de los vagones se apiñaba en grupos, y en aquella muchedumbre gregaria había algo conocido, tranquilizador: calor familiar, olor familiar, rostros cansados y ojos extenuados, una masa compacta de personas que han bajado de cuarenta y dos vagones de transporte de ganado.

Dos SS de patrulla vestidos con largos capotes caminaban lentamente haciendo resonar sobre el asfalto las botas

1. «¡Todo el mundo fuera!»

claveteadas. Marchaban arrogantes y absortos en sus pensamientos sin mirar siquiera a los jóvenes judíos que sacaban en brazos el cadáver de una anciana cuyos cabellos blancos caían sobre un rostro blanquecino, ni al barbudo de pelo rizado que lamía a gatas el agua de un charco, ni a la jorobada que se subía la falda para ajustarse el elástico de las medias.

De vez en cuando los SS intercambiaban miradas y algunas palabras. Se movían sobre el asfalto como el sol en el firmamento. El sol no se preocupa del viento, de las nubes, de las tormentas en el mar, del rumor de las hojas; pero en su movimiento uniforme, sabe que todo en la tierra existe gracias a él.

Hombres con monos azules, brazaletes blancos en las mangas y quepis de largas viseras gritaban y apuraban a los recién llegados en una extraña lengua, una mezcolanza de palabras rusas, alemanas, yiddish, polacas y ucranianas.

Los hombres del mono azul organizaban al gentío del andén con rapidez y práctica: seleccionaban a los que no se tenían en pie, obligaban a los más fuertes a cargar a los moribundos en los furgones, creaban dentro de ese caos de movimientos desordenados una columna y le marcaban una dirección y un sentido. La columna se divide en filas de seis, y por las filas corre la noticia: «¡A las duchas, primero nos llevan a las duchas!».

Parecía que Dios misericordioso no habría podido inventar nada mejor.

–¡Muy bien, judíos, andando! –gritó un hombre con quepis, el jefe del escuadrón encargado de la descarga de los convoyes y de la vigilancia de los deportados.

Hombres y mujeres cogieron sus bolsas, los niños se agarraron a las faldas de sus madres y a los pantalones de sus padres.

«Las duchas..., las duchas...»; esas palabras tenían un efecto hipnotizante en las conciencias.

En aquel hombre alto con el quepis había algo sencillo, atrayente, parecía más cercano al mundo de los infelices

686

que al de los cascos y los capotes grises. Una vieja acaricia con delicadeza religiosa la manga de su traje con la punta de los dedos y pregunta:

–*Ir sind a yid, a litvek, mein kind?*[1]

–*Da, da, mamenka, ij bin a id, prentko, prentko, panove!*[2]

De repente, con una voz ronca pero fuerte, funde en una frase las lenguas de los dos ejércitos enemigos:

–*Die Kolonne marsch! Shagom march!*[3]

El andén se queda vacío. Los hombres del mono azul retiran del asfalto trapos, trozos de venda, un zueco roto, un cubo que un niño ha abandonado, y cierran con estruendo las puertas de los vagones de mercancías. Un ruido metálico atraviesa los vagones mientras el tren se pone en marcha hacia la zona de desinfección.

Después de acabar el trabajo, el *Kommando* vuelve al campo a través de la puerta de servicio. Los trenes procedentes del Este son los peores: están infestados de piojos y llenos de muertos y enfermos que exhalan un hedor insoportable. En estos vagones no se encuentra, como en los procedentes de Hungría, Holanda o Bélgica, un frasco de perfume, un paquete de cacao o una lata de leche condensada.

46

Ante los deportados se abrió una gran ciudad. Sus límites, al oeste, se perdían en la niebla. El humo oscuro de las lejanas chimeneas de las fábricas se confundía con la bruma formando una neblina baja que cubría la cuadrícula de barracones, y la fusión de la niebla con la rectitud geomé-

1. En yiddish: «Eres judío, ¿verdad, pequeño?».
2. El hombre responde en una mezcla de ruso, yiddish y polaco: «Sí, madre, soy judío. Dese prisa, daos prisa todos».
3. «Columna, adelante» (en alemán); «Marchen» (en ruso).

trica de las calles de barracones producía una impresión sorprendente.

Al noreste se levantaba un resplandor rojo oscuro y el cielo húmedo del otoño, al calentarse, parecía estar ruborizándose. A veces del húmedo resplandor se escapaba una llama lenta, sucia, serpenteante.

Los viajeros salieron a una plaza espaciosa. En el centro, sobre un podio de madera como los que normalmente se colocan en las fiestas populares, había una decena de personas. Era una orquesta. Los músicos se diferenciaban claramente entre sí, al igual que sus instrumentos. Algunos se volvieron hacia la columna que llegaba, pero en ese momento un hombre canoso vestido con una capa colorida dijo algo y todos abrazaron sus instrumentos. De repente pareció que un pájaro hubiera lanzado un trino tímido e insolente, y el aire, un aire desgarrado por el alambre de espinas y el aullido de las sirenas, que apestaba a basura y vapores aceitosos, se llenó de música. Como si una cálida cascada de una lluvia de verano encendida por el sol se hubiera precipitado contra el suelo.

La gente de los campos, la gente de la cárcel, la gente que se ha escapado de la prisión, la gente que marcha hacia su muerte conoce el extraordinario poder de la música. Nadie siente la música como los que han conocido la prisión y el campo, como los que marchan hacia la muerte.

La música que roza al moribundo no resucita en su alma la esperanza ni la razón, sino el milagro agudo y sobrecogedor de la vida. De la columna brotó un sollozo. Parecía que todo se hubiera transformado, que todo se hubiera fundido en una unidad. Todo lo que se había fragmentado: la casa, el mundo, la infancia, el camino, el rumor de las ruedas, la sed, el miedo y esta ciudad que emergía de la niebla, esta aurora roja y pálida, todo se fundió de repente, pero no en la memoria o en un cuadro, sino en la percepción instintiva, ardiente, dolorosa de la vida pasada. Allí, en el resplandor de los hornos, en la plaza del campo, la gente percibía que la vida era algo más que la felicidad, que también era maldad. La libertad es difícil, a veces dolorosa: es la vida.

La música supo expresar la última agitación de sus almas, que unían en su ciega profundidad las alegrías y penas experimentadas a lo largo de la vida con aquella mañana brumosa, con el resplandor sobre sus cabezas. O tal vez no era así. Tal vez la música sólo era la llave que permitía acceder a los sentimientos de los hombres, no lo que les llenaba en aquel horrible instante, sino lo que les abría las entrañas.

Suele pasar que una canción infantil haga llorar a un anciano. Pero no es por la canción por lo que llora el anciano; ésa sólo es la llave que abre su alma.

Mientras la columna dibujaba lentamente un semicírculo alrededor de la plaza, por las puertas del campo entró un coche color crema. De él bajó un oficial de las SS con gafas y un capote de cuello de piel que hizo un gesto de impaciencia, y el director de la orquesta bajó en el acto las manos en un movimiento desesperado, haciendo cesar bruscamente la música.

Resonó repetidas veces un «*Halt!*».

El oficial se paseó entre las filas. Señalaba con el dedo y el jefe del grupo hacía salir de la fila a los indicados. El oficial observaba a las personas seleccionadas con una mirada indiferente, y el jefe de la columna les preguntaba en voz baja, para no turbar las reflexiones del SS:

–¿Cuántos años tienes? ¿Cuál es tu profesión?

Cerca de treinta personas fueron escogidas.

Una petición recorrió las filas:

–¡Médicos, cirujanos!

Nadie respondió.

–¡Médicos y cirujanos, un paso al frente!

De nuevo, silencio.

El oficial se acercó a su coche, perdido todo interés en los miles de personas que había congregadas en la plaza.

Los seleccionados fueron alineados en filas de cinco, de cara al cartel que había sobre las puertas del campo: *Arbeit macht frei*[1].

1. «El trabajo os hará libres.»

En las filas resonó el grito de un niño seguido del grito salvaje y penetrante de las mujeres. Los que habían sido seleccionados continuaban callados con la cabeza gacha.

¿Cómo se puede transmitir la sensación de un hombre que aprieta la mano de su mujer por última vez? ¿Cómo describir la última y rápida mirada al rostro amado? ¿Cómo se puede vivir cuando la memoria despiadada te recuerda que en el instante de aquella despedida silenciosa tus ojos parpadearon para esconder la grosera sensación de alegría que experimentaste por haber salvado la vida? ¿Cómo puede ese hombre enterrar el recuerdo de su esposa, que le depositó en la mano un paquete con el anillo de boda, algunos terrones de azúcar y unas galletas? ¿Cómo puede seguir viviendo al ver el resplandor rojo inflamarse en el cielo con fuerza renovada? Ahora las manos que él ha besado deben de estar ardiendo, los ojos que se iluminaban con su llegada, sus cabellos cuyo olor podía reconocer en la oscuridad; ahora arden sus hijos, su mujer, su madre. ¿Cómo es posible que pida un lugar más cercano a la estufa en el barracón, que sostenga la escudilla bajo el cucharón que sirve un litro de líquido grisáceo; que repare la suela rota de su bota? ¿Es posible que golpee con la pala, que respire, que beba agua? Y en los oídos resuenan los gritos de los hijos, el gemido de la madre.

Los destinados a sobrevivir son enviados en dirección a las puertas del campo. Hasta ellos llegan los gritos de la gente y ellos mismos también gritan, desgarrándose la camisa sobre el pecho, pero una nueva vida les sale al encuentro: alambradas eléctricas, torres de observación con ametralladoras, barracones, mujeres y niñas con semblante desvaído que les miran a través de las alambradas, columnas de hombres que marchan hacia el trabajo con retales rojos, amarillos y azules cosidos en el pecho.

La orquesta comienza de nuevo a tocar. Los hombres seleccionados para trabajar en el campo entran en la ciudad construida sobre un pantano. El agua oscura se abre camino entre las resbaladizas losas de hormigón y los pesados bloques de piedra. Es un agua negra rojiza que apesta a podredumbre y está compuesta de partículas de espuma verde, de jirones de trapos mugrientos, de harapos ensangrentados procedentes de las salas de operaciones del campo. El agua penetrará bajo el suelo del campo, luego emergerá a la superficie y de nuevo desaparecerá bajo la tierra. En aquella lúgubre agua del campo viven las olas del mar y el rocío de la mañana.

Entretanto los condenados iban al encuentro de la muerte.

47

Sofia Ósipovna avanzaba con paso pesado, cadencioso, y el niño se aferraba a su mano. Con la otra mano, el pequeño palpaba en el interior de su bolsillo la caja de cerillas donde guardaba entre algodones sucios una crisálida marrón oscura que hacía poco, en el vagón, había salido del capullo. A su lado caminaba balbuceando el mecánico Lázar Yankélevich y su mujer, Deborah Samuílovna, llevando a un bebé en brazos. A su espalda Rebekka Bujman susurraba: «¡Dios mío, Dios mío, Dios mío!». La quinta de la fila era la bibliotecaria Musia Borísovna. Tenía los cabellos bien peinados y su cuello de encaje parecía blanco. Durante el viaje había intercambiado varias veces su ración de pan por media taza de agua caliente. La tal Musia Borísovna siempre estaba dispuesta a darlo todo; en su vagón la tenían por una santa, y las viejas, que de hombres y santos entienden, iban a besarle el vestido. La fila de delante estaba compuesta por cuatro personas. Durante la selección el oficial había apartado de repente a dos miembros de la familia Slepoi, padre e hijo, que, al ser preguntados por su profesión, habían gritado: *Zahnarzt*[1]. Y el oficial asintió con la cabeza. Los Slepoi habían acertado,

---

[1]. Dentista, en alemán.

se habían ganado la vida. De los cuatro que habían quedado en la fila, tres caminaban balanceando los brazos, aquellos brazos que habían sido considerados inútiles; el cuarto andaba con paso seguro, el cuello de la chaqueta levantado, las manos en los bolsillos y la cabeza alta echada hacia atrás. Cuatro o cinco filas delante de ellos sobresalía la cabeza de un anciano tocado con una gorra de invierno del Ejército Rojo.

Justo detrás de Sofia Ósipovna marchaba Musia Vinokur, que había cumplido catorce años en el vagón de mercancías.

¡La muerte! Se había vuelto familiar y sociable, visitaba a la gente sin formalidades, en los patios, en los talleres; iba al encuentro de un ama de casa en el mercado y se la llevaba junto a su saco de patatas; se entrometía en los juegos de los niños más pequeños; echaba una ojeada en un local donde los modistos, canturreando, se afanaban en terminar de coser el abrigo de la esposa del comisario; hacía cola para comprar el pan; se sentaba junto a una viejita que zurcía unas medias...

La muerte hacía su trabajo y la gente, el suyo. A veces permitía acabar el cigarrillo, engullir la comida; otras veces sorprendía al hombre de manera grosera, entraba como ama y señora, dando palmadas en la espalda y con una risa estúpida.

Parecía que la gente, al fin, había comprendido la muerte, como si se les hubiera revelado lo prosaica, lo infantil y lo sencilla que era. Era tan fácil como cruzar un minúsculo arroyo sobre el cual se hubiera colocado una tabla de madera que comunicara una orilla, la del humo de las isbas, con la otra, de prados vacíos. Cinco, seis pasos, ¡eso era todo! ¿De qué tener miedo? Y he aquí que por el puente pasó un ternero, golpeando con los cascos, y pasaron corriendo unos niños, golpeando con los talones desnudos.

Sofia Ósipovna escuchó la música. Había oído aquella pieza por primera vez cuando era niña, luego en su época de estudiante, después ya como joven doctora. Al oírla siempre la asaltaba el vivo presentimiento del futuro. Sin embargo la música la había engañado. Sofia Ósipovna no tenía futuro, sólo una vida pasada.

Y el sentimiento de su vida pasada, particular, intransferible, por un instante ofuscó el presente inminente: su vida estaba al borde del abismo.

Era el más terrible de los sentimientos. Algo inefable, que no se puede compartir siquiera con la persona más cercana, la mujer, la madre, el hermano, el hijo, el amigo o el padre; es un secreto del alma, y el alma, aunque lo desee fervientemente, no puede desvelar su secreto. El hombre lleva consigo el sentido de su vida y no puede compartirlo con nadie. El milagro del individuo particular, en cuya conciencia e inconciencia acumula todo lo que ha habido de bueno, malo, divertido, agradable, vergonzoso, triste, tímido, tierno, sorprendente, desde la infancia hasta la vejez, está fusionado en ese sentimiento único, mudo, secreto de su vida única.

Cuando la música sonó de nuevo, David sintió el deseo de sacar la caja de cerillas del bolsillo, abrirla un instante, para que la crisálida no cogiera frío, y enseñársela a los músicos. Pero después de dar unos pasos no volvió a pensar en las personas que estaban sobre la tarima. Sólo habían quedado la música y el resplandor en el cielo. Aquella melodía triste y potente llenaba su corazón hasta el borde, como si fuera un tacita, del deseo de volver a ver a su madre, a esa madre que no era ni fuerte ni tranquila, que se avergonzaba de haber sido abandonada por el marido. Había cosido una camisita para David, y los vecinos del pasillo se reían de que el niño llevara una camisa de percal con florecitas y las mangas mal cosidas. Su madre era su único baluarte, su esperanza. Confiaba en ella sin reservas, ciegamente. Pero, tal vez, la música había obrado de tal manera que había dejado de tener confianza en su madre. La amaba, pero ella era débil e indefensa como los que ahora caminaban a su lado. La música, aletargada, suave, parecía compuesta de minúsculas olas; las había visto entre delirios, cuando le subía la fiebre y él se deslizaba desde la almohada caliente hasta la arena templada y húmeda.

La orquesta ululó; una garganta reseca se abrió, enorme, en un lamento.

La pared oscura que se levantaba del agua cuando enfermaba de anginas ahora se cernía sobre él e invadía todo el cielo.

Todo, todo lo que había aterrorizado a su corazoncito, se unió, se fusionó en uno. El miedo que se apoderaba de él cuando contemplaba la ilustración de la cabritilla que no veía la sombra del lobo entre los troncos de abetos; las cabezas de ojos azules de los terneros muertos en el mercado; la abuela muerta; aquella niña estrangulada por su madre, Rebekka Bujman; su primer miedo inconsciente que le hizo gritar y llamar desesperadamente a su madre durante la noche. La muerte se cernía sobre él, tan inmensa como el cielo, y el pequeño David caminaba hacia ella con sus pequeñas piernecitas. A su alrededor sólo quedaba la música, detrás de la cual no podía esconderse, a la que no podía aferrarse, contra la que no podía golpearse la cabeza.

La crisálida no tiene alas ni patas ni antenas, ni ojos siquiera; está en la cajita, estúpida, confiada, y espera.

¡Basta con ser judío, y ya está!

Tenía hipo, jadeaba. Si hubiera podido se habría estrangulado con sus propias manos. La música cesó. Sus pequeñas piernas y decenas de otras piernas se apresuraban, corrían. No le quedaban pensamientos, no podía gritar ni llorar. Sus dedos, bañados en sudor, apretaban en el bolsillo la cajita de cerillas, pero ya no se acordaba de la crisálida. Sólo era consciente de sus pequeñas piernas andando, andando, apresurándose, corriendo. Si el terror que le atenazaba se hubiera prolongado algunos minutos más, habría caído al suelo con el corazón roto.

Cuando cesó la música, Sofia Ósipovna se secó las lágrimas y dijo:

–Muy bien. Eso es todo.

Luego miró la cara del niño; incluso ahora, tan asustada, se distinguía por su expresión particular.

–¿Qué tienes? ¿Qué te sucede? –gritó Sofia Ósipovna,

694

tirándole bruscamente de la mano–. ¿Qué te pasa? Vamos al baño, eso es todo.

Cuando antes les habían preguntado si había algún médico entre ellos, Sofia Ósipovna no contestó, oponiéndose a una fuerza que le resultó repugnante.

A su lado caminaba la mujer del mecánico con su hijo en brazos, y aquel desafortunado bebé de cabeza grande miraba alrededor con ojos mansos y pensativos. Había sido esa mujer, Deborah, quien una noche había robado a otra un puñado de azúcar para su bebé. La víctima estaba demasiado débil para oponer resistencia, pero el viejo Lapidus, a cuyo lado nadie quería sentarse porque siempre se orinaba encima, salió en su defensa.

Y ahora Deborah, la mujer del mecánico, caminaba pensativa llevando en brazos a su hijo, y aquel bebé que lloraba día y noche ahora estaba callado. Los ojos tristes y oscuros de la mujer hacían olvidar la fealdad de su rostro sucio, de sus labios pálidos y flácidos.

«La Virgen y el Niño», pensó Sofia Ósipovna.

Un vez, dos años antes de la guerra, vio salir el sol por detrás de los pinos de Tian Shan, iluminando las ardillas y el lago sumergido en el crepúsculo, como esculpido en un azul tan condensado que alcanzaba la consistencia de la piedra. En aquel instante pensó que no había persona en el mundo que no la hubiera envidiado. Y al mismo tiempo, con una fuerza que abrasó su corazón quincuagenario, sintió que estaba dispuesta a darlo todo por que en cualquier parte del mundo, en una habitación oscura, miserable, de techo bajo, unos brazos de niño la estrecharan.

El pequeño David despertaba en ella una ternura particular que nunca había sentido respecto a otros niños, aunque siempre le habían gustado. En el vagón, cuando le daba un trozo de su pan, David volvía su cara hacia ella en la penumbra y ella sentía deseos de llorar, de estrecharlo contra sí, de cubrirle de besos rápidos y abundantes, como suelen hacer las madres con sus hijos pequeños; en un susurro, para que él no la oyera, repetía: «Come, hijo mío, come».

Le hablaba poco; un extraño pudor la empujaba a esconder el sentimiento maternal que suscitaba en ella. Pero se daba cuenta de que el niño la seguía con mirada inquieta si se cambiaba de sitio en el vagón y que se tranquilizaba cuando ella estaba a su lado.

Sofia Ósipovna no quería reconocer cuál era el motivo por el que no había respondido a la llamada de los médicos, por qué había permanecido en aquella columna, ni el sentimiento de exaltación que la había invadido en aquellos instantes.

La columna bordeó las alambradas, las fosas, las torres de hormigón con las ametralladoras, y a aquellas personas, que habían olvidado qué era la libertad, les parecía que las alambradas y las ametralladoras estaban allí no para impedir que los prisioneros huyeran, sino para que los condenados a muerte no pudieran encontrar refugio en el campo de trabajos forzados.

Luego el camino se alejaba de las alambradas y conducía a unas construcciones bajas de techo liso; desde lejos aquellos rectángulos de paredes grises y sin ventanas le recordaban a David sus enormes cubos de madera, esos cubos a los que se les habían despegado las imágenes.

La columna torció, y por el hueco que se había abierto entre las filas David vio las construcciones, que tenían las puertas abiertas de par en par. Sin saber por qué, sacó del bolsillo la cajita con la crisálida y, sin despedirse, la tiró a un lado. ¡Que viva!

–Gente estupenda, estos alemanes –dijo un hombre que caminaba delante, como si esperara que los guardias oyeran y apreciaran su lisonja.

El hombre que llevaba el cuello levantado se encogió de hombros de una manera particular, miró a un lado, luego a otro, pareció que se hacía más alto y más fuerte, y de repente dio un salto rápido, como si batiera las alas, asestó un puñetazo en la cara a un SS y lo tiró al suelo. Sofia Ósipovna lanzó un grito de odio y se precipitó hacia él, pero tropezó y cayó. Enseguida unos brazos la recogieron y la ayudaron a ponerse en pie. Las filas que iban detrás seguían avanzando y David, aunque temía perder el paso, giró la cabeza y vio fugazmente cómo los guardias se llevaban al hombre a rastras.

Sofia Ósipovna se había olvidado del niño durante el breve instante en que había tratado de lanzarse contra el guardia. Ahora lo tenía de nuevo cogido de la mano. David había visto qué luminosos, qué feroces y maravillosos pueden ser los ojos de un ser humano que por una fracción de segundo ha reconquistado la libertad.

En ese momento las primeras filas llegaron a una plaza asfaltada situada delante de la entrada a los baños, y los pasos de las personas que cruzaban las puertas abiertas resonaron de una manera distinta.

48

En el cálido vestuario del baño reinaba una penumbra silenciosa y húmeda; la luz tan sólo entraba a través de algunas pequeñas ventanas rectangulares.

Unos bancos hechos de tablas gruesas y toscas con unos números escritos en pintura blanca se perdían en la oscuridad. Desde el centro de la sala hasta el muro opuesto a la entrada se extendía un tabique no demasiado alto que dividía el recinto; los hombres tenían que desnudarse a un lado; las mujeres y los niños, al otro.

Aquella separación no despertó la inquietud de la gente, puesto que continuaban viéndose y llamándose los unos a los otros: «Mania, Mania, ¿estás ahí?», «Sí, sí, te veo». Otro gritó: «¡Matilda, ven con la esponja a frotarme la espalda!». La mayoría de la gente se sentía aliviada.

Varios hombres vestidos con batas y con el semblante serio recorrían las filas velando por el orden y aconsejaban cosas razonables: debían meter los calcetines y las medias dentro de los zapatos, y recordar siempre el número de la fila y del colgador.

Las voces sonaban sordas y amortiguadas.

Cuando un hombre se desnuda por completo, se acerca a sí mismo. Díos mío, qué tupido e hirsuto se ha vuelto el vello de mi pecho, y cuántos pelos blancos. ¡Qué feas las uñas de los pies! Un hombre desnudo que mira su cuerpo no saca más conclusiones que una: «Soy yo». Se reconoce, identifica el propio «yo», que siempre es el mismo. El niño que cruza los brazos delgados sobre el pecho huesudo mira su cuerpo de rana y piensa: «Soy yo». Y cincuenta años después, cuando examina las venas hinchadas de sus piernas, el pecho gordo y caído, se reconoce: «Soy yo».

Pero a Sofia Ósipovna la invadió una extraña sensación. En la desnudez de los cuerpos jóvenes y viejos; en el chico demacrado de nariz prominente del que una vieja, sacudiendo la cabeza, había dicho: «Ay, pobre *hassid*»; en la niña de catorce años que incluso allí es observada con admiración por cientos de ojos; en la fealdad y debilidad de viejos y viejas que suscitaban un respeto religioso; en la fuerza de las espaldas velludas de los hombres; en las piernas varicosas y los grandes senos de las mujeres, el cuerpo de un pueblo había salido a la luz. A Sofia Ósipovna le pareció intuir que, cuando se había dicho «soy yo», no se refería sólo a su cuerpo, sino a todo su pueblo. Era el cuerpo desnudo de un pueblo, al mismo tiempo joven y viejo, vivo, en crecimiento, fuerte y marchito, hermoso y feo, con el pelo rizado y el cabello cano. Sofia miró sus hombros fuertes y blancos; nadie los había besado, sólo su madre hacía mucho tiempo, cuando era una niña. Luego, con un sentimiento de ternura, desvió la mirada hacia el niño. ¿Es posible que durante algunos minutos se hubiera olvidado de él para abalanzarse ebria de rabia contra el SS...? «Un estúpido joven judío y su viejo discípulo ruso predicaban la no violencia –pensó–. Pero eso fue antes del fascismo.» Y sin avergonzarse ya de aquel sentimiento maternal que había nacido en ella, Sofia Ósipovna, una mujer soltera, cogió entre sus grandes manos de trabajadora la cara delgada de David. Era como si hubiera tomado entre sus manos sus ojos cálidos, y los besó.

–Sí, mi niño –dijo–. Hemos llegado a los baños.

En la penumbra del vestuario de hormigón le pareció que habían brillado los ojos de Aleksandra Vladímirovna Sháposhnikova. ¿Estaría aún viva? Se habían despedido, y Sofia Ósipovna había seguido su camino, y ahora había llegado al final, igual que Ania Shtrum...

La mujer del obrero quería mostrar el cuerpecito del niño desnudo a su marido, pero él estaba al otro lado del tabique; extendió a Sofia Ósipovna el bebé medio cubierto por un pañal y le dijo orgullosa:

–Ha sido desnudarle y dejar de llorar.

Y del otro lado del tabique, un hombre al que le había crecido una barba negra, que llevaba unos pantalones de pijama desgarrados en lugar de calzoncillos y al que le refulgían los ojos y los dientes falsos de oro, gritó:

–Mánechka, aquí venden trajes de baño. ¿Te compro uno?

Musia Borísovna se cubrió con la mano el pecho que despuntaba del amplio escote de su camisa y rió el chiste.

Sofia Ósipovna sabía ahora que aquellas bromas de los condenados no manifestaban el vigor de su ánimo; los tímidos y los débiles tienen menos miedo cuando se ríen de sus temores.

Rebekka Bujman, con su bellísima cara extenuada y demacrada, desviando de la gente sus ojos ardientes e inmensos, se deshacía sus voluminosas trenzas para esconder dentro anillos y pendientes.

La poseía un deseo de vivir ciego y cruel. El fascismo la había rebajado a su nivel; aunque era desgraciada e impotente nada podía detenerla ya en sus esfuerzos por salvar la vida. Y ahora, mientras escondía los anillos, no recordaba que con aquellas mismas manos había apretado el cuello de su bebé ante el temor de que su llanto descubriera su escondite en la buhardilla.

Pero cuando Rebekka Bujman suspiró aliviada, como un animal que ha logrado refugiarse al amparo de la espesura, vio a una mujer con una bata que cortaba a tijeretazos las trenzas de Musia Borísovna. A su lado estaban rapando la cabeza a una niña, y los mechones negros de seda brillaban silenciosos sobre el suelo de hormigón. Los cabellos cubrían el suelo y daba la impresión de que las mujeres se lavaban los pies en un agua oscura y clara.

La mujer de la bata apartó con calma la mano con la que Rebekka se estaba protegiendo la cabeza, le cogió los cabellos a la altura de la nuca y las tijeras chocaron contra un anillo escondido en los cabellos; la mujer, sin dejar de trabajar y desenredando hábilmente con los dedos los anillos atrapados en los rizos, se inclinó hacia el oído de Rebekka y le dijo: «Todo le será devuelto»; y luego le susurró en voz más baja todavía: «*Ganz ruhig*. Los alemanes están ahí». Rebekka no logró retener la cara de la mujer de la bata: no tenía ojos ni labios, sólo era una mano amarillenta con venitas azules.

Al otro lado del tabique apareció un hombre de cabellos blancos con las gafas torcidas apoyadas sobre una nariz torcida; parecía un diablo enfermo y triste. Recorrió con la mirada los bancos. Articulando cada sílaba como alguien que está acostumbrado a hablar a un sordo, preguntó:

—Mamá, mamá, ¿cómo estás?

Una viejecita arrugada, que de repente había oído la voz de su hijo entre la confusión de cientos de voces, le sonrió con ternura, y adivinando la pregunta habitual, le respondió:

—El pulso es bueno, no hay irregularidades, no te preocupes.

Al lado de Sofia Ósipovna alguien dijo:

—Es Herman. Un médico famoso.

Una joven desnuda que cogía de la mano a una niña con bragas blancas gritó:

—¡Nos van a matar, nos van a matar!

—Silencio, haced callar a esa loca —decían las mujeres.

Miraron a su alrededor: ni rastro de guardias. Los ojos y los oídos reposaban en la oscuridad y el silencio. Qué enorme felicidad, olvidada desde hacía meses, poder quitarse la ropa endurecida por el sudor y la mugre, los calcetines y las medias casi descompuestos. Las mujeres que habían acabado de cortar el pelo salieron y la gente respiró aún más libremente. Unos comenzaron a adormecerse, otros a examinar las costuras de su ropa, y otros a hablar en voz baja. Alguien dijo:

–Qué pena que no tengamos una baraja de cartas. Podríamos echar una partidita.

Pero en ese momento el jefe del *Sonderkommando*, con un cigarrillo entre los labios, descolgó el auricular del teléfono; el almacenero cargó en un carro de motor los botes de Zyklon B con etiquetas rojas como las de los tarros de mermelada, mientras el guardia de turno del departamento especial, sentado en el puesto de servicio, miraba fijamente la pared: de un momento a otro debía encenderse la lámpara roja.

Desde varios rincones del vestidor resonó la orden: «¡En pie!».

Allí donde se acababan los bancos había alemanes de uniforme negro. La gente penetró en un largo pasillo iluminado débilmente por lámparas encajadas en el techo, protegidas por un cristal grueso de forma ovalada. La fuerza musculosa del hormigón aspiraba en una curva progresiva al torrente humano.

En el silencio sólo se oía el rumor de pasos de los pies descalzos.

Una vez, antes de la guerra, Sofia Ósipovna le había dicho a Yevguenia Nikoláyevna Sháposhnikova: «Si una persona está predestinada a ser asesinada por otra, resulta interesante seguir esos caminos que se van acercando poco a poco. Al principio, tal vez estén terriblemente lejos. Por ejemplo, yo estoy en Pamir recogiendo rosas alpinas y saco fotografías con mi cámara, mientras ese otro hombre, mi muerte, se encuentra a ocho mil verstas de mí y, al salir de la escuela, pesca gobios en el río. Yo me preparo para ir a un concierto, y él compra un billete en la estación, va a casa de su suegra; pero de todos modos, nos encontraremos, y pasará lo que tiene que pasar». Y ahora esa extraña conversación había vuelto a la cabeza de Sofia Ósipovna mientras miraba al techo: con aquel espesor de cemento sobre la cabeza ya no podría oír las tormentas ni ver el cucharón invertido de la Osa Mayor... Iba descalza al encuentro de una nueva curva del pasillo, y el pasillo, sin ruido, se abría de manera insinuante; la procesión seguía su camino sin necesidad de ser empujada, por sí sola, en una especie de deslizamiento soñoliento, como si todo en torno a ella estuviera impregnado de glicerina y se deslizara en estado de hipnosis.

La entrada a la cámara de gas se abrió gradualmente pero de modo brusco. El flujo de gente se deslizó con lentitud. El viejo y la vieja que habían vivido juntos cincuenta años, separados durante la sesión de desnudamiento, caminaban de nuevo uno al lado del otro; la mujer del obrero llevaba a su hijo despierto en los brazos; madre e hijo miraban por encima de las cabezas de aquellos que caminaban, miraban el tiempo y no el espacio. Apareció la cara del médico; a su lado estaban los ojos llenos de bondad de Musia Borísovna, la mirada aterrorizada de Rebekka Bujman. Ahí está Liusia Shterental. No se puede atenuar, sofocar, la belleza de aquellos ojos jóvenes, de su nariz que respira levemente, del cuello, de los labios entrecerrados; a su lado camina el viejo Lapidus con la boca arrugada de labios azulados. Sofia Ósipovna apretó de nuevo contra sí la espalda del niño. Nunca había sentido en su corazón tanta ternura por la gente como ahora.

Rebekka, que caminaba a su lado, lanzó un grito aterrador, el grito de un ser humano que se transforma en cenizas.

En la entrada de la cámara de gas les esperaba un hombre con un tubo de plomo en la mano. Llevaba puesta una camisa marrón con las mangas cortas y cremallera. Había sido su sonrisa ambigua, infantil, demente, extasiada lo que había hecho gritar de manera tan espantosa a Rebekka Bujman.

Los ojos del hombre se deslizaron sobre la cara de Sofia Ósipovna: ahí estaba, ¡al final se habían encontrado!

Sintió que sus dedos debían apretar aquel cuello que sobresalía de la camisa abierta. Pero el hombre, que esbozaba una sonrisa, alzó con un gesto breve la porra, y a través del repique de campanas y el crujido de cristales que resonaban en su cabeza, oyó: «No me toques, cochina judía».

Consiguió tenerse en pie y con paso lento y pesado cruzó con David el umbral de acero de la puerta.

49

David pasó la palma de la mano por el marco de acero de la puerta y sintió su frío liso. Vio en el espejo de acero una mancha gris clara, confusa: el reflejo de su cara. Las plantas de sus pies determinaron que el suelo de la habitación era más frío que el del pasillo. Hacía poco que lo habían regado y lavado.

Caminaba con pasitos lentos por la caja de hormigón de techo bajo. No veía las lámparas, pero en la cámara brillaba una luz gris, difusa, como si el sol, filtrado a través de un cielo de cemento, proyectase una luz de piedra que no parecía hecha para los seres vivos.

Las personas que antes habían permanecido siempre juntas se dispersaron, se perdieron de vista entre sí. David entrevió el rostro de Liusia Shterental. Cuando David la miraba en el vagón de mercancías sentía la dulce tristeza de estar enamorado. Un instante después, en el lugar de Liusia apareció una mujer de baja estatura, sin cuello. Y enseguida, en el mismo lugar, un viejo de ojos azules con una pelusa blanca en la cabeza, que de repente fue sustituido por la mirada fija, los ojos desorbitados de un hombre joven.

Aquél no era un movimiento humano. Ni siquiera era la forma en que se movían las especies inferiores del reino animal. Era un movimiento sin sentido ni objetivo; en él no se manifestaba la voluntad de los vivos. La corriente de gente fluía hacia la cámara y los que estaban entrando empujaban a los que se encontraban ya dentro, que a su vez empujaban a sus vecinos; y de todos esos pequeños e incontables empujones con el codo, la espalda, el vientre, brotaba un movimiento que no se distinguía en nada del movimiento molecular descubierto por el botánico Robert Brown.

David tenía la impresión de que le guiaban, que le hacían avanzar. Llegó hasta la pared y tocó su fría superficie primero con la rodilla, luego con el pecho: ya no había más camino. Sofia Ósipovna también estaba allí, apoyada contra la pared.

Durante algunos instantes observaron el hormigueo de gente que seguía entrando por la puerta. Ésta quedaba lejos y sólo era posible percibir dónde estaba por la blancura particularmente densa de cuerpos humanos apretados, agolpados en la entrada, y que después se esparcían por el espacio de la cámara de gas.

David veía las caras de las personas. Desde que les habían hecho bajar del tren sólo había visto sus espaldas, y ahora todo el convoy parecía avanzar de frente hacia él. Sofia Ósipovna, de repente, se había vuelto extraña: su voz sonaba diferente en el espacio plano de hormigón; toda ella, al entrar en la cámara, había cambiado. Cuando le dijo: «Sujétate fuerte a mí, pequeño», David percibió que tenía miedo de soltarle y quedarse sola. Pero no pudieron permanecer al lado de la pared. Les apartaron de allí y les obligaron a moverse a pequeños pasos. David notó que él se movía más rápido que Sofia Ósipovna. La mano de la mujer se aferraba a la del niño, lo apretaba contra ella. Pero una especie de fuerza dulce e insensible estiraba gradualmente a David y los dedos de la mujer comenzaron a abrirse...

El gentío se volvía cada vez más denso, sus movimientos se ralentizaban y los pasitos eran más cortos. Nadie dirigía el movimiento en la caja de hormigón. A los alemanes tanto les daba si la gente estaba inmóvil en la cámara de gas o bien giraba en zigzag y semicírculos como locos. Y el niño desnudo daba pasitos minúsculos y absurdos. La curva de movimiento que efectuaba su cuerpecito ligero había dejado de coincidir con la curva de movimiento del cuerpo grande y pesado de Sofia Ósipovna, y de pronto se separaron. No tenía que sujetarlo de la mano, sino como hacían aquellas dos mujeres, madre e hija, que febrilmente, con la sombría obstinación del amor, se apretaban mejilla contra mejilla, pecho contra pecho, fundidas en un solo cuerpo indivisible.

El número de personas seguía creciendo, y a medida que aumentaba su densidad, el movimiento de los cuerpos dejaba de obedecer las leyes de Avogadro. Cuando perdió la mano de Sofia Ósipovna, el niño gritó. Pero de repente pasó a formar parte del pasado; ahora sólo existía el presente. Los labios de la gente respiraban cerca, los cuerpos se rozaban, los pensamientos y los sentimientos se unían, se entrelazaban.

David cayó en un remolino que, impulsado desde la pared, retrocedía hacia la puerta. David vio a tres personas unidas, dos hombres y una anciana. La mujer defendía a sus hijos que, a su vez, la sostenían. Y de repente se produjo un nuevo movimiento al lado de David. El ruido también era nuevo, no se confundía con el susurro y el murmullo general.

–¡Dejad libre el camino!

A través de la masa compacta se abría paso un hombre que, con los brazos robustos y tensos hacia delante, el cuello grueso y la cabeza inclinada, quería escapar de aquel ritmo hipnótico del cemento; su cuerpo se rebelaba ciega e irreflexivamente, como un pez en la mesa de una cocina. Enseguida se apaciguó, perdió el aliento y empezó a dar pasitos como hacía todo el mundo.

El desequilibrio que el cuerpo del hombre había causado cambió el rumbo del flujo rotatorio y David se encontró de nuevo junto a Sofia Ósipovna. La mujer se apretó contra el niño con una fuerza que sólo los obreros del *Sonderkommando* habrían podido valorar: cuando vaciaban la cámara de gas nunca intentaban separar los cuerpos de los seres queridos estrechamente abrazados.

Sonaban gritos cerca de la puerta; al ver la densa masa humana, la gente se negaba a pasar al interior.

David vio cómo se cerraba la puerta: el acero, suave y ligero, como atraído por un imán, encajó herméticamente con el acero del marco, hasta formar un solo cuerpo.

En lo alto, detrás de una reja metálica y cuadrada que

había en la pared, David vio algo que se movía. Le pareció que era una rata gris, pero enseguida comprendió que era un ventilador que se ponía en marcha. Sintió un tenue olor dulzón.

El rumor de pasos se calmó; a veces se oían palabras confusas, gemidos, lamentos. Hablar ya no servía para nada, moverse no tenía sentido: ésas son acciones que se proyectan hacia el futuro, y en la cámara de gas ya no hay futuro. Los movimientos que David hizo con la cabeza y el cuello no despertaron en Sofia Ósipovna el deseo de volverse y mirar qué estaba observando otro ser humano.

Sus ojos, que habían leído a Homero, el *Izvestia*, *Las aventuras de Huckleberry Finn*, a Mayne Reid, la *Lógica* de Hegel, que habían visto gente buena y mala, que habían visto gansos en los vastos prados de Kursk, estrellas en el observatorio de Púlkovo, el brillo del acero quirúrgico, *La Gioconda* en el Louvre, tomates y nabos en los puestos del mercado, las aguas azules del lago Issik-Kul, ahora ya no eran necesarios. Si alguien la hubiera cegado en ese instante, no habría notado la pérdida de la visión.

Respiraba, pero respirar se había convertido en un trabajo fatigoso, y ese acto tan sencillo la agotaba. Deseaba concentrarse en su último pensamiento a pesar del estruendo de campanas que resonaba en su cabeza. Pero no lograba concebir ningún pensamiento. Estaba de pie, muda, sin cerrar los ojos que ya no veían nada.

El movimiento del niño la colmó de piedad. Su sentimiento hacia el niño era tan sencillo que ya no hacían falta palabras ni miradas. El niño agonizante respiraba, pero el aire que inspiraba no le traía la vida, se la llevaba. Su cabeza se volvía: continuaba queriendo ver. Miraba a los que se habían desplomado en el suelo, las bocas desdentadas abiertas, bocas con dientes blancos y de oro, los hilos de sangre que manaban de la nariz. Vio los ojos curiosos que observaban la cámara de gas a través del cristal; los ojos contemplativos de Roze se cruzaron por un momento con los de David. Él todavía necesitaba su voz, le hubiera preguntado a tía Sonia qué eran esos ojos de lobo. Y necesitaba también el pensamiento. Sólo había dado unos pocos pasos en el mundo, había visto las huellas de los talones desnudos de los niños sobre la tierra caliente y polvorienta; en Moscú vivía su madre, la luna miraba desde arriba y desde abajo la miraban los ojos, en la cocina de gas hervía la tetera... Ese mundo, donde corría una gallina decapitada, el mundo donde vivían las ranas que hacía bailar sujetándolas por las patas delanteras y donde bebía la leche por la mañana; ese mundo continuaba interesándole.

Durante todo ese tiempo unos brazos fuertes y cálidos habían estrechado a David. El niño no entendía que en los ojos se le habían hundido las tinieblas, en el corazón, un desierto, y el cerebro se le empañó, invadido del sopor.

Sofia Ósipovna Levinton sintió el cuerpo del niño derrumbarse en sus brazos. Luego volvió a separarse de él. En las minas, cuando el aire se intoxica, son siempre las pequeñas criaturas, los pájaros y los ratones, las que mueren primero, y el niño con su cuerpecito de pájaro se había ido antes que ella.

«Soy madre», pensó.

Ése fue su último pensamiento.

Pero en su corazón todavía había vida: se comprimía, sufría, se compadecía de vosotros, tanto de los vivos como de los muertos. Sofia Ósipovna sintió náuseas. Presionó a David contra sí, ahora un muñeco, y murió, también muñeca.

50

Cuando un hombre muere, transita del reino de la libertad al reino de la esclavitud. La vida es la libertad, por eso la muerte es la negación gradual de la libertad. Primero la mente se debilita, luego se ofusca. Los procesos biológicos en un organismo cuya mente se ha apagado continúan funcionando durante cierto tiempo: la circulación de la sangre, la respiración, el metabolismo. Pero se produce una retirada inevitable hacia la esclavitud: la conciencia se ha extinguido, la llama de la libertad se ha extinguido.

Las estrellas del firmamento nocturno se apagan, la Vía Láctea desaparece, el Sol se ha apagado, Venus, Marte y Júpiter se esfuman, el océano se petrifica, millones de hojas mueren, el viento deja de soplar, las flores pierden su color y aroma, el pan desaparece, el agua desaparece, el frío y el calor del aire desaparecen. El universo que existía en un individuo ha dejado de existir. Ese universo es asombrosamente parecido al universo que existe fuera de las personas. Es asombrosamente parecido al universo que todavía se refleja en las cabezas de millones de seres vivos. Pero aún más sorprendente es el hecho de que ese universo tiene algo en él que distingue el rumor de sus océanos, el perfume de sus flores, el susurro de sus hojas, los matices de su granito, la tristeza de sus campos otoñales, y el hecho de que existe en el seno de las personas y, a la vez, existe eternamente fuera de ellas. La libertad consiste en el carácter irrepetible, único del alma de cada vida particular. El reflejo del universo en la conciencia del ser humano es el fundamento de la fuerza del ser humano, pero la vida se transforma en felicidad, libertad, se convierte en valor supremo sólo en la medida en que el individuo existe como mundo que nunca se repetirá en toda la eternidad. Sólo se puede experimentar la alegría de la libertad y la bondad cuando encontramos en los demás lo que hemos encontrado en nosotros mismos.

51

El conductor Semiónov, que había caído prisionero junto con Mostovskói y Sofia Ósipovna Levinton, había pasado diez semanas de hambre en un campo de la zona cercana al frente, antes de ser enviado junto a un numeroso contingente de prisioneros del Ejército Rojo hacia la frontera occidental.

En el campo cercano al frente nunca lo habían golpeado con el puño, con la culata de un fusil, con una bota.

En el campo azotaba el hambre.

El agua murmura en la acequia, chapotea, gime, se agita contra la orilla; el agua retumba, ruge, arrastra bloques de piedra, derriba troncos como si fueran briznas de paja; y el corazón se hiela cuando mira el río comprimido entre sus estrechas orillas que se retuerce, se estremece, y parece que no sea agua, sino una pesada masa de plomo transparente que, de repente, ha cobrado vida, se ha enfurecido, encabritado.

El hambre, como el agua, está ligada de una manera continua y natural a la vida. Como el agua, tiene el poder de destruir el cuerpo, arruinar y mutilar el alma, aniquilar millones de vidas.

La carestía de forraje, las heladas y nevadas, la sequía en estepas y bosques, las inundaciones y las epidemias diezman los rebaños de ovejas y las manadas de caballos; matan a lobos, zorros, pájaros cantarines, abejas salvajes, camellos, truchas, víboras. En los períodos de calamidad, los hombres, debido a sus sufrimientos, se vuelven parecidos a las bestias.

El Estado puede decidir, *motu proprio*, encerrar la vida con diques, y entonces, como el agua entre las orillas demasiado cercanas, la terrible fuerza del hambre mutila, ahoga, extermina a los seres humanos, a una tribu o a un pueblo.

El hambre extrae, molécula a molécula, la proteína y la grasa de las células del cuerpo, ablanda los huesos, curva las piernas raquíticas de los niños, agua la sangre, hace dar vueltas a la cabeza, consume los músculos, devora el tejido nervioso. El hambre aplasta el alma; ahuyenta la alegría, la fe; sofoca la fuerza del pensamiento; hace nacer la sumisión, la bajeza, la crueldad, la desesperación y la indiferencia.

Todo lo que hay de humano en el hombre a veces muere. El ser hambriento se transforma en un animal salvaje que mata y comete actos de canibalismo.

El Estado puede construir una muralla que separe el trigo y el centeno de aquellos que lo sembraron, y con ello, provocar una terrible hambruna similar a la que mató a millones de leningradenses durante el sitio alemán, a la que segó la vida de millones de prisioneros de guerra en los campos de concentración hitlerianos.

¡Comida! ¡Pitanza! ¡Manduca! ¡Víveres! ¡Abastecimiento y provisiones! ¡Condumio y viandas! ¡Pan! ¡Frituras! ¡Algo que llevarse a la boca! Una dieta abundante, de carne, de enfermo, frugal. Una mesa rica y copiosa, refinada, sencilla, campesina. Manjares. Una comilona. Comida...

Mondas de patata, perros, ranas, caracoles, hojas de col podridas, remolacha enmohecida, carne de caballo, carne de gato, carne de cuervos y cornejas, grano quemado y húmedo, piel de cinturones, cordones de botas, pegamento, tierra impregnada de grasa con los restos de la cocina de los oficiales: todo eso era comida. Aquello que se filtraba a través de la muralla.

Esta comida la conseguían, la compartían, la cambiaban, se la robaban los unos a los otros.

El undécimo día de viaje, cuando el convoy estaba detenido en la estación Jutor Mijáilovski, los guardias sacaron del vagón a Semiónov, que había perdido el conocimiento, y lo entregaron a las autoridades de la estación.

El comandante, un alemán entrado en años, observó al soldado agonizante, que estaba sentado contra la pared.

—Dejémosle que se arrastre hasta el pueblo. Mañana estará muerto. No hay necesidad de dispararle.

Semiónov caminó a rastras hasta el pueblo vecino.

En la primera *jata*[1] le negaron la entrada.

—No tenemos nada para ti. ¡Vete! —le respondió detrás de la puerta una voz de anciana.

En la segunda llamó durante mucho rato sin obtener respuesta. Debía de estar vacía o cerrada por dentro.

En la tercera, la puerta estaba entreabierta; entró en el zaguán. Nadie lo detuvo y Semiónov penetró en la *jata*. Le

---

1. *Jata*, cabaña o barraca en Ucrania.

embistió una ola de calor, la cabeza le dio vueltas, y se sentó en un banco al lado de la puerta.

Con respiración jadeante, rápida, miraba las paredes blancas, los iconos, la mesa y la estufa. Era algo perturbador, después de la reclusión en el campo.

En la ventana apareció una sombra y una mujer irrumpió en la habitación. Al ver a Semiónov gritó:

—¿Quién eres?

No respondió. Estaba claro quién era.

Aquel día no fueron las fuerzas despiadadas de los potentes Estados, sino un ser humano, la vieja Jristia Chuniak, quien decidió la vida y el destino de Semiónov.

El sol, entre las nubes grises, miraba de reojo la tierra horadada por la guerra, y el viento, el mismo que pasaba sobre las trincheras y los fortines, sobre las alambradas del campo, sobre los tribunales y los departamentos especiales, aullaba a través de la pequeña ventana de la jata.

La mujer le dio una taza de leche a Semiónov, que se puso a ingerirla con avidez, pero al mismo tiempo con dificultad. Cuando acabó de beber, le invadieron las náuseas. Se retorcía entre conatos de vómito, le lloraban los ojos; luego aspiró cada bocanada de aire como si fuera la última, y vomitó más y más.

Semiónov se esforzó por controlar los vómitos, preso de un temor: que la mujer le echara de casa, sucio e inmundo. Con los ojos inflamados vio que la vieja había cogido un trapo y se había puesto a limpiar el suelo. Quería decirle que él mismo lo limpiaría, que lo lavaría, con tal de que no le echara. Pero sólo podía farfullar, señalar con los dedos temblorosos. Entretanto el tiempo pasaba. La anciana entraba y salía de la jata. Por lo visto, no tenía intención de echar a Semiónov. ¿Acaso le había pedido a una vecina que fuera a buscar a una patrulla alemana o a la policía ucraniana?

La propietaria de la jata puso a calentar agua en un caldero. Comenzó a hacer calor porque del agua se elevaban nubes de vapor. La cara de la anciana parecía enfurruñada, mala.

711

«Me echará y luego desinfectará la habitación», pensó.

La mujer sacó de un baúl ropa interior y unos pantalones. Le ayudó a desnudarse e hizo un fardo con la ropa sucia. Le llegó el hedor de su cuerpo sucio, la pestilencia de sus pantalones manchados de orina y excrementos ensangrentados.

Ayudó a Semiónov a sentarse en una tina y su cuerpo devorado por los piojos percibió el contacto de las manos rugosas y enérgicas de la mujer, y sobre el pecho, el chorro de agua caliente y jabonosa. De repente se atragantó con el agua, empezó a temblar, y con la mente extraviada, tragándose los mocos, chilló:

–Mamá, *mamanka*, *mamanka*...

Con una toalla de lienzo gris le secó los ojos llorosos, los cabellos y la espalda. Cogió a Semiónov por las axilas, lo sentó en el banco e, inclinándose, le secó las piernas delgadas como palos, le puso una camisa y unos calzoncillos y le abrochó los botones blancos.

Vertió en un cubo el agua sucia de la tina y la sacó fuera. Extendió sobre la estufa una piel de cordero y la cubrió con una tela burda a rayas, tomó de la cama un cojín grande y lo puso en la parte de la cabecera. Luego levantó a Semiónov sin esfuerzo, como a un pollito, y le ayudó a encaramarse sobre la estufa[1].

Semiónov yacía en un estado de desvarío. Su cuerpo experimentaba un cambio inconcebible: la voluntad de un mundo despiadado que intenta aniquilar a una bestia moribunda dejó de actuar.

Pero ni en el campo ni en el convoy había vivido un sufrimiento parecido: las piernas extenuadas, los dedos doloridos al igual que los huesos, unas náuseas continuas; la cabeza tan pronto se le llenaba de un potaje crudo y negro como parecía, de repente, vacía y ligera, y empezaba a dar-

---

1. Las estufas se utilizaban tanto como cocina como para caldear la estancia. La parte superior de la estufa era el lugar privilegiado de la casa para dormir caliente y se solía ceder a las personas enfermas o mayores.

le vueltas; tenía picazón en los ojos, hipo, los párpados le escocían. De vez en cuando le oprimía el corazón, parecía que dejaba de latir y las entrañas se le llenaban de humo, como si estuviera a punto de morir.

Pasaron cuatro días. Semiónov bajó de la estufa y empezó a caminar por la habitación. Le asombraba ver que el mundo estaba lleno de comida. En el campo no había otra cosa que remolacha podrida; parecía que en el mundo sólo hubiera un brebaje turbio: la sopa del campo, esa sopa que apestaba a podrido.

Ahora veía mijo, patatas, col, tocino, y oía el canto del gallo. Y como un niño tenía la impresión de que en el mundo había dos magos, el bueno y el malo, y todo el rato tenía miedo de que el mago malo se impusiera sobre el bueno, y que el mundo bueno, cálido, repleto de comida desapareciera y él se viera obligado a arrancar con los dientes un trozo de piel del cinturón.

Se puso a reparar el molino de trigo que trituraba el grano de forma pésima; antes de conseguir moler un puñado de harina húmeda y gris la frente se le cubría de sudor. Semiónov limpió la transmisión con una lima y un trozo de papel de lija; luego apretó el perno que unía el mecanismo y las muelas hechas con piedras planas. Hizo todo esto con perfecta eficacia, como corresponde a un mecánico cualificado procedente de Moscú; había mejorado el trabajo rudimentario del artesano rural, pero el molino funcionaba aún peor que antes.

Semiónov, echado en la estufa, pensaba en qué podría hacer para moler mejor el trigo. A la mañana siguiente desmontó el molino e insertó ruedas y engranajes de un viejo reloj de pared.

–Mire, tía Jristia –exclamó con orgullo, y mostró cómo funcionaba el doble sistema de engranaje que acababa de instalar.

Apenas se dirigían la palabra. Ella no le habló de su marido muerto en 1930, de los hijos desaparecidos sin dejar rastro, de la hija que se había marchado a Priluki y había olvidado a su madre. No le preguntó por qué le habían hecho prisionero o si había nacido en el campo o en la ciudad.

Semiónov tenía miedo de salir a la calle, se pasaba largo rato mirando por la ventana antes de salir al patio y siempre se afanaba en volver enseguida a la jata. Se asustaba por un simple portazo o si se caía una taza al suelo. Creía que lo bueno se acabaría y la fuerza de la vieja Jristia Chuniak se desvanecería.

Cuando venía alguna vecina a la jata de tía Jristia, Semiónov subía a la estufa, se acostaba y se esforzaba por no respirar demasiado fuerte ni estornudar. Pero los vecinos rara vez aparecían por la cabaña.

Los alemanes no vivían en el pueblo, estaban acantonados en una población cercana a la estación.

Semiónov no tenía remordimientos por vivir a resguardo, bien calentito y en paz, mientras la guerra causaba estragos a su alrededor; su único temor era ser arrastrado nuevamente al mundo del *Lager* y del hambre.

Por la mañana, al despertarse, no se atrevía a abrir los ojos: temía que la magia se hubiera desvanecido durante la noche y volver a ver ante él la alambrada del campo, los guardias, oír de nuevo el ruido metálico de las escudillas vacías.

Permanecía un rato con los ojos cerrados y aguzaba el oído tratando de averiguar si Jristia todavía estaba allí.

Pensaba poco en el pasado reciente; no recordaba al comisario Krímov, ni Stalingrado, el campo alemán, el convoy. Pero todas las noches lloraba y gritaba en sueños. Una noche bajó de la estufa, gateó por el suelo, se acurrucó debajo de un banco y allí durmió hasta la mañana. Al despertarse no pudo recordar qué había soñado.

Más de una vez había visto pasar por la calle del pueblo camiones cargados de patatas y sacos de grano, y un día vio un automóvil Opel Kapitan. El motor tiraba bien y las ruedas no patinaban sobre el barro.

Se le encogía el corazón cuando imaginaba voces guturales gritando en el zaguán, y después la patrulla alemana que irrumpía en la jata.

Semiónov preguntó a tía Jristia sobre los alemanes.

–Algunos no son malos –respondió ella–. Cuando el frente pasó por aquí, se quedaron en mi casa dos alemanes: uno era estudiante; el otro, pintor. Jugaban con los niños. Después llegó un conductor, que tenía un gato. Cuando volvía, el gato iba a su encuentro. Debía de haberle acompañado durante todo el viaje desde la frontera. Cuando se sentaba a la mesa, lo cogía en brazos. Fue muy bueno conmigo. Me traía leña y una vez también harina. Pero hay alemanes que matan a los niños; aquí mataron a un anciano. No nos consideran seres humanos. Hacen sus necesidades dentro de la jata, se pasean desnudos delante de las mujeres... Y algunos de los nuestros, los *politsai*, también hacen de las suyas.

–No hay salvajes como los alemanes entre los nuestros –afirmó Semiónov, y preguntó–: Tía Jristia, ¿no le da miedo tenerme aquí?

Ella negó con la cabeza y le dijo que en el pueblo había muchos prisioneros liberados. La mayoría, por supuesto, eran ucranianos, gente del pueblo que había vuelto con los suyos. En cualquier caso, ella siempre podía decir que Semiónov era su sobrino, el hijo de la hermana emigrada a Rusia con su marido.

Semiónov ya conocía de vista a todos los vecinos y conocía también a la viejecita que le había negado la entrada en su casa el primer día. Sabía que por la noche las chicas iban al cine en la estación, que todos los sábados, también en la estación, tocaba una orquesta y había baile. Le interesaba mucho saber qué tipo de películas proyectaban los alemanes, pero a la tía Jristia sólo pasaba a verla gente mayor que nunca iba al cine. Y no tenía a nadie a quien preguntarle.

Una vecina llegó con una carta de su hija, que había sido reclutada para trabajar en Alemania. Semiónov no lograba comprender algunos pasajes de la carta y tuvieron que explicárselos. La muchacha escribía: «Han venido Grisha y Vania; han hecho añicos los cristales». Grisha y Vania prestaban servicio en la aviación. Significaba que en la ciudad alemana se había producido una incursión soviética.

En otro pasaje, escribía: «Llovió a cántaros, como en Bájmach». Y esto también significaba que había habido una incursión, porque al inicio de la guerra la estación de Bájmach había sido bombardeada.

Aquella misma noche se acercó a ver a Jristia un viejo alto y delgado. Miró fijamente a Semiónov y le preguntó en un ruso perfecto sin acento ucraniano:

–¿De dónde eres, héroe?

–Soy un prisionero –respondió Semiónov.

–Todos somos prisioneros.

En tiempos del zar Nicolás II había prestado servicio en el ejército como artillero y recordaba con una precisión pasmosa las diversas órdenes de mando. Se puso a enumerarlas para Semiónov. Para dar las órdenes ponía una voz ronca, de ruso, y para anunciar su ejecución, una voz joven, vibrante, con acento ucraniano. Obviamente había memorizado la entonación de su superior y la que él tenía hacía muchos años.

Después despotricó contra los alemanes.

Explicó a Semiónov que al principio la gente esperaba que los alemanes eliminaran los koljoses, pero éstos comprendieron que el sistema tenía sus ventajas. Habían formado grupos de cinco y diez personas que no se diferenciaban demasiado de las escuadras y las brigadas.

La tía Jristia, con voz triste y lánguida, repitió:

–¡Ay, los koljoses, los koljoses!

–¿Qué hay de malo? –preguntó Semiónov–. Nosotros tenemos koljoses en todas partes.

–Tú calla –instó la vieja mujer–. ¿Recuerdas en qué condiciones saliste del convoy? En 1930 toda Ucrania era un convoy. Cuando se acabaron las ortigas, comimos tierra. Se llevaron el pan, hasta el último grano de maíz. Mi marido murió. ¡Qué sufrimiento! Yo me hinché; perdí la voz y no podía caminar.

Semiónov se quedó estupefacto al saber que la vieja Jristia había pasado hambre como él. Había creído que el hambre y la muerte nada podían hacer contra la dueña de la jata.

–¿Erais kulaks? –le preguntó.

–Qué íbamos a ser kulaks. Todo el pueblo se moría, peor que en la guerra.

–¿Eres del campo? –preguntó el viejo.

–No, moscovita –respondió Semiónov–. Como mi padre.

–Eso es –dijo el viejo en tono jactancioso–. Si hubieras estado aquí durante la colectivización habrías estirado la pata. ¿Sabes por qué estoy vivo? Porque conozco la naturaleza. ¿Piensas que hablo de bellotas, hojas de tilo y ortigas? No, eso se acabó enseguida. Conozco cincuenta y seis plantas comestibles. Así es como sobreviví. La primavera acababa de comenzar, no había ni una hoja en los árboles y yo ya estaba desenterrando raíces. Yo, hermano, lo sé todo sobre las raíces, las cortezas y las flores, y conozco todas las hierbas. Las vacas, las ovejas o los caballos se morirán de hambre, pero yo no, yo soy más herbívoro que ellos.

–¿De Moscú? –volvió a preguntar Jristia muy despacio–. No sabía que eras de Moscú.

El vecino se fue, Semiónov se echó a dormir, y entretanto Jristia, sentada con la cara entre las manos, miraba el cielo negro de la noche.

Aquel año de hacía tanto tiempo la cosecha había sido buena. El trigo se alzaba como una pared compacta, alta; las espigas llegaban al hombro de su Vasili, mientras que ella podría haberse escondido por completo entre ellas.

Sobre el pueblo flotaba un gemido suave y lánguido; los niños, verdaderos esqueletos vivientes, se arrastraban por la tierra y emitían un quejido apenas perceptible; los hombres, con los pies hinchados, vagaban por los patios, exhaustos por el hambre, sin apenas fuerzas para respirar. Las mujeres buscaban algo para comer, pero todo se había acabado: ortigas, bellotas, hojas de tilo, pieles de oveja sin curtir, huesos viejos, pezuñas, cuernos... Y los individuos llegados de la ciudad iban de casa en casa, sorteando a muertos y moribundos, buscando en los sótanos; cavaban agujeros en los graneros; aguijoneaban el suelo con varillas de hierro buscando el grano que habían ocultado los kulaks.

Un día bochornoso de verano, Vasili Chuniak se apagó,

dejó de respirar. En ese momento volvieron a entrar en la *jata* los jóvenes que venían de la ciudad, y uno de ojos azules y un acento parecido al de Semiónov se acercó al cuerpo sin vida y dijo:

–Son testarudos estos kulaks. Prefieren morir antes que rendirse.

Jristia suspiró, se persignó y comenzó a prepararse la cama.

52

Víktor estaba convencido de que su trabajo sólo sería apreciado por un reducido círculo de físicos teóricos, pero los hechos desmintieron sus previsiones. En los últimos tiempos había recibido llamadas telefónicas no sólo de sus colegas físicos, sino también de matemáticos y químicos. Algunos incluso le habían pedido que aclarara algún paso de sus complejas deducciones matemáticas.

En el instituto se habían presentado algunos delegados de la universidad con la petición de que diera una conferencia a los estudiantes de matemáticas y física de los cursos superiores. La Academia ya había requerido su presencia en dos ocasiones. Márkov y Savostiánov le habían contado que su trabajo se discutía en muchos laboratorios del instituto.

En la tienda especial, Liudmila Nikoláyevna había oído a la mujer de un colega preguntar a otra: «¿Detrás de quién va en la cola?». Y cuando ésta respondió: «Detrás de la mujer de Shtrum», la otra comentó curiosa: «¿El famoso Shtrum?».

Víktor Pávlovich trataba de disimular hasta qué punto le satisfacía aquella fama repentina, pero no era indiferente a la gloria. El Consejo Científico del instituto lo nominó para el premio Stalin. Shtrum no asistió a la sesión pero aquella noche no apartó los ojos del teléfono en espera de la llamada de Sokolov. Sin embargo, el primero en telefonearle después de la reunión fue Savostiánov.

Por lo general irónico, incluso cínico, Savostiánov le habló en un tono totalmente diferente:

–¡Es un triunfo, un verdadero triunfo! –repetía.

Le resumió la intervención del académico Prásolov. El viejo había afirmado que, desde los tiempos de su difunto amigo Lébedev, que había estudiado la presión de la luz, las paredes del instituto no habían sido testigos de un trabajo tan relevante.

El profesor Svechín había expuesto el sistema matemático desarrollado por Shtrum, demostrando que el mismo método ofrecía elementos innovadores. Además había proclamado que sólo el pueblo soviético era capaz, en tiempo de guerra, de consagrar con tanta abnegación las propias fuerzas al servicio del pueblo.

Muchos otros tomaron la palabra, entre ellos Márkov, pero el discurso más brillante y eficaz lo había pronunciado Gurévich.

–Ha estado soberbio –dijo Savostiánov–. Ha sabido encontrar las palabras necesarias, se ha expresado sin reservas. Ha dicho que tu trabajo es una obra clásica; la ha situado al mismo nivel que los estudios de los fundadores de la física atómica, Planck, Bohr y Fermi.

«Caramba», pensó Shtrum.

Poco después le llamó Sokolov.

–Hoy es imposible comunicar con usted. Llevo veinte minutos llamándole y siempre está ocupado –dijo.

Piotr Lavréntievich también estaba excitado y contento.

–He olvidado preguntar a Savostiánov sobre la votación –dijo Víktor.

Sokolov contestó que el profesor Gavronov, un especialista en historia de la física, había votado contra él. Según éste, la obra de Shtrum carecía de verdaderos fundamentos científicos, dejaba entrever influencias de la concepción idealista de los físicos occidentales y, desde el punto de vista práctico, no ofrecía ninguna perspectiva.

–Es incluso mejor que Gavronov se haya opuesto –comentó Víktor.

–Sí, tal vez –coincidió Sokolov.

Gavronov era un hombre extraño. Se le apodaba en broma «la hermandad eslava» porque se empecinaba en demostrar con obstinación fanática que todos los grandes logros en el campo de la física estaban relacionados con descubrimientos de científicos rusos, anteponiendo nombres prácticamente desconocidos como Petrov, Úmov y Yákovlev a los de Faraday, Maxwell y Einstein.

–¿Ve, Víktor Pávlovich? –bromeó Sokolov–. Moscú ha reconocido la importancia de su trabajo. Pronto lo celebraremos en su casa.

Maria Ivánovna cogió el auricular y dijo:

–Felicidades; salude a Liudmila Nikoláyevna de mi parte, me siento tan feliz por los dos...

–No es nada –dijo Víktor–. Vanidad de vanidades.

Pero aquella vanidad de vanidades le alegraba y le emocionaba.

Por la noche, cuando Liudmila Nikoláyevna ya se estaba quedando dormida, llamó Márkov. Éste, que siempre estaba al corriente de los pormenores del mundo oficial, le dio una versión diferente a la de Savostiánov y Sokolov sobre la sesión del Consejo Científico. Después de la intervención de Gurévich, Kovchenko había afirmado entre las risas generales: «En el Instituto de Matemáticas tocan las campanas para celebrar el trabajo de Víktor Pávlovich. Todavía no ha empezado la procesión, pero ya se han alzado los gonfalones».

El suspicaz Márkov había detectado cierta hostilidad en la broma de Kovchenko. Las últimas observaciones concernían a Shishakov. Alekséi Alekséyevich no había expresado su opinión sobre la obra de Shtrum. Mientras escuchaba a los oradores se limitaba a asentir, pero no estaba claro si era en señal de aprobación o como para decir: «Vaya, así que ahora es tu turno, ¿eh?».

Ciertamente, Shishakov parecía más partidario de que el premio recayera en el joven profesor Molokanov, que había consagrado su investigación al análisis radiográfico del acero. Su estudio tenía una aplicación práctica inmediata en las pocas fábricas que producían metal de alta calidad.

Después Márkov le contó que, al término de la reunión, Shishakov se había acercado a Gavronov y había hablado con él.

—Viacheslav Ivánovich —dijo Shtrum—, usted debería trabajar en el cuerpo diplomático.

Márkov, que no tenía sentido del humor, le respondió:

—No, yo soy físico experimental.

Shtrum entró en la habitación de Liudmila y anunció:

—Me han propuesto para el premio Stalin. Se dicen muchas cosas agradables de mí.

Le explicó las intervenciones de los participantes en la sesión.

—Por supuesto todos estos reconocimientos oficiales son una memez. Pero ya sabes, mi eterno complejo de inferioridad me da náuseas. Entro en la sala de conferencias y, aunque queden asientos libres en la primera fila, no me decido a sentarme allí. En lugar de eso me escondo en alguna esquina apartada. En cambio Shishakov y Postóyev se dirigen a la mesa de la presidencia sin titubear. ¿Comprendes?, me importa un bledo ese sillón, pero me gustaría poder sentir que me lo merezco.

—Qué contento estaría Tolia —observó Liudmila Nikoláyevna.

—Y yo nunca podré contárselo a mi madre —dijo Víktor.

—Vitia, ya es medianoche y Nadia todavía no ha vuelto a casa. Ayer llegó a las once —dijo la mujer.

—¿Cómo?

—Ella dice que va a casa de una amiga, pero no estoy tranquila. Dice que el padre de Maika tiene un salvoconducto para circular en coche por la noche y que la acompaña hasta la esquina de casa.

—Entonces, ¿de qué te preocupas? —preguntó Víktor Pávlovich, y pensó: «Dios mío, estamos hablando de un verdadero éxito, el premio Stalin, ¿a qué viene interrumpir la conversación con problemas domésticos?».

Guardó silencio y emitió un leve suspiro.

Dos días después de la reunión del Consejo Científico, Shtrum telefoneó a casa de Shishakov. Quería preguntarle si podían contratar al joven físico Landesman. La dirección y el departamento de personal le seguían dando largas. Además quería pedirle que se agilizara el regreso de Anna Naumovna Weisspapier desde Kazán. Ahora que el instituto estaba contratando a gente nueva, era ridículo dejar a personal cualificado en Kazán.

Hacía mucho tiempo que quería hablar de este tema con Shishakov, pero creía que Alekséi Alekséyevich no tenía buena predisposición hacia él y que le respondería: «Diríjase a mi adjunto». Por eso había estado aplazando la conversación.

Pero ahora se encontraba en la cresta de la ola del éxito. Diez días antes no se habría atrevido a solicitar una entrevista a Shishakov en las horas de visita, pero hoy le parecía natural y sencillo llamarle a su casa.

Una voz de mujer preguntó:

–¿De parte de quién?

Shtrum respondió. Le satisfizo oír su propia voz, el tono tranquilo y distendido con el que se había presentado.

La mujer se demoró unos segundos en responder y luego dijo amablemente:

–Un momento.

Y unos instantes después respondió con la misma amabilidad:

–Por favor, tenga la bondad de llamar mañana a las diez al instituto.

–Gracias, perdone las molestias.

Sintió que por todo su cuerpo, por toda su piel, se extendía una vergüenza espantosa.

Humillado, aventuraba tristemente que aquel sentimiento no le abandonaría ni siquiera en sueños y que al despertar se preguntaría: «¿Por qué siento esta náusea?», y acto seguido se acordaría: «¡Ah, sí!, aquella maldita llamada telefónica».

Volvió a la habitación de Liudmila y le contó su intento fallido de hablar con Shishakov.

–Sí, sí, has apostado por el caballo perdedor, como decía tu madre de mí.

Víktor empezó a maldecir a la mujer que se había puesto al aparato.

–¡Al diablo con esa pelandusca! No soporto eso de preguntar quién llama para responder luego que el señor está ocupado.

Por lo general Liudmila Nikoláyevna compartía la indignación que él sentía en tales casos; por eso había ido a explicárselo.

–¿Te acuerdas? –dijo Shtrum–, yo creía que Shishakov se mostraba tan distante porque no podía sacar ningún provecho de mi trabajo. Ahora se ha dado cuenta de que hay una manera: desacreditándome. Sabe que Sadko no me ama[1].

–¡Señor, qué suspicaz eres! –exclamó Liudmila Nikoláyevna–. ¿Qué hora es?

–Las nueve y cuarto.

–Ya ves, y Nadia aún no ha llegado.

–Señor –replicó Shtrum–. ¡Qué suspicaz eres!

–A propósito –repuso Liudmila Nikoláyevna–, hoy en la tienda especial he oído decir que habían propuesto a Svechín para el premio.

–¡Esta sí que es buena! ¡Y él no me ha dicho nada! ¿Y por qué méritos?

–Por su teoría de la difusión, creo.

–No lo entiendo. Esa teoría fue publicada antes de la guerra.

–¿Y qué? El pasado también cuenta. Le darán el premio a él y no a ti. Ya lo verás. Haces todo lo posible por que sea así.

–Eres estúpida, Liudmila. Es Sadko quien no me ve con buenos ojos.

–Te falta tu madre. Ella siempre te bailaba el agua en todo.

–No me explico tu rabia. Si al menos en aquellos días hubieras mostrado por mi madre una pizca del afecto que

1. Alusión a un pasaje de una ópera de Rimski-Kórsakov del mismo nombre. Shtrum se refiere a las autoridades y a Stalin.

yo siempre he mostrado por Aleksandra Vladímirovna...

–Anna Semiónovna nunca quiso a Tolia –sentenció Liudmila Nikoláyevna.

–Mentira, mentira –la defendió Shtrum.

Y su mujer le pareció extraña. Le asustaba su injusta tozudez.

53

Por la mañana, en el instituto, Shtrum supo por Sokolov que la noche antes Shishakov había invitado a su casa a varios investigadores del instituto. Kovchenko había pasado a recoger a Sokolov en coche.

Entre los invitados estaba el delegado de la sección científica del Comité Central, el joven Badin.

Shtrum se sintió aún más mortificado. Estaba claro que había telefoneado a Shishakov en el momento en que estaba recibiendo a los invitados.

Con una sonrisa forzada, dijo a Sokolov:

–Así que el conde de Saint-Germain figuraba en la lista de invitados... ¿Y de qué hablaron los señores?

De repente se acordó de que al llamar a Shishakov había pronunciado su propio nombre con voz aterciopelada, convencido de que Alekséi Alekséyevich se precipitaría hacia el teléfono en cuanto oyera el apellido Shtrum. Ese recuerdo casi le arrancó un gemido y pensó que sólo los perros gemían de un modo tan lamentable, cuando tratan inútilmente de sacarse una pulga.

–Debo decir –dijo Sokolov– que parecía que no estuviésemos en guerra. Café, vino georgiano. Había poca gente en la reunión, unas diez personas.

–Es extraño –dijo Shtrum.

Sokolov comprendió a qué se refería con ese «extraño» pronunciado con aire pensativo, e igual de pensativo respondió él:

–Sí, no lo entiendo muy bien. Mejor dicho, no lo entiendo en absoluto.

–¿Estaba Natán Samsónovich? –preguntó Shtrum.

–¿Gurévich? No; parece ser que le telefonearon, pero estaba dando clase a unos estudiantes del tercer ciclo.

–Ya, ya –dijo Shtrum, tamborileando en la mesa. Luego, para su sorpresa, se oyó a sí mismo preguntar–: Piotr Lavréntievich, ¿se dijo algo sobre mi trabajo?

Sokolov titubeó.

–Tengo la impresión, Víktor Pávlovich, de que sus admiradores, sus fervientes partidarios, le están haciendo un flaco favor: los superiores comienzan a estar irritados.

–¿Por qué se calla? ¡Continúe!

Sokolov le contó una observación formulada por Gavronov. Éste sostenía que los trabajos de Shtrum contradecían las teorías de Lenin sobre la naturaleza de la materia.

–Bueno –dijo Shtrum–. ¿Y qué?

–Lo de Gavronov no tiene importancia. Usted lo sabe. Lo desagradable es que Badin le apoyó. Dijo algo así como que su trabajo, a pesar de derrochar talento, contradice las directrices definidas en la famosa reunión.

Sokolov se volvió a mirar la puerta, después al teléfono, y dijo a media voz:

–Verá, temo que los peces gordos del instituto le utilicen como chivo expiatorio en la campaña lanzada para reforzar el espíritu del Partido en la ciencia. Ya sabe a qué clase de campañas me refiero. Escogen a una víctima y todos se ensañan con ella. Eso sería horrible. ¡Su trabajo es tan extraordinario, tan fuera de lo común!

–¿Nadie salió en mi defensa?

–Creo que no.

–¿Y usted, Piotr Lavréntievich?

–Consideré absurdo entrar en polémicas. Refutar la demagogia no tiene sentido.

La turbación de su amigo contagió también a Shtrum, que dijo:

–Sí, sí, por supuesto. Tiene razón.

Callaron, pero su silencio era incómodo. Un escalofrío

de miedo recorrió a Shtrum, ese miedo que siempre albergaba secretamente en su corazón, el miedo a la ira del Estado, el miedo a ser víctima de aquella ira que convierte al hombre en polvo.

–Ya, ya –dijo, pensativo–. La gloria no sirve de gran cosa cuando uno está criando malvas.

–Cómo deseo que lo comprenda –dijo Sokolov a media voz.

–Piotr Lavréntievich –repuso Shtrum también a media voz–. ¿Cómo está Madiárov? ¿Todo bien? ¿Le ha escrito? A veces me preocupo sin saber yo mismo el motivo.

Aquella improvisada conversación en voz baja era una manera de expresar que había relaciones que eran privadas, particulares, humanas, y que no tenían nada que ver con el Estado.

Sokolov respondió en un tono deliberadamente tranquilo, separando las palabras:

–No, no tengo noticias de Kazán.

Había respondido con voz serena y fuerte, como si quisiera decir que él no tenía relaciones que fueran privadas, particulares, humanas, independientes del Estado.

En el despacho entraron Márkov y Savostiánov y la conversación tomó otros derroteros. Márkov ponía ejemplos de mujeres que arruinaban la vida a sus maridos.

–Cada uno tiene la mujer que se merece –sentenció Sokolov; luego miró el reloj y salió.

Savostiánov, riendo, dijo mientras se iba:

–Si en el trolebús sólo hay una plaza libre, Maria Ivanovna se queda de pie y Piotr Lavréntievich se sienta. Si de noche alguien llama por teléfono no es él quien se levanta de la cama sino Mashenka la que corre en bata a preguntar quién es. Está claro: la mujer es la mejor amiga del hombre.

–Yo no tengo tanta suerte –dijo Márkov–. A mí mi mujer me dice: «¿Estás sordo o qué? ¡Ve a abrir la puerta!».

Shtrum, de repente enfadado, intervino:

–¿Qué está diciendo? Piotr Lavréntievich es un marido ejemplar.

–Usted no tiene motivos para quejarse, Viacheslav Ivánovich –dijo Savostiánov–. Se pasa día y noche en el laboratorio; está fuera de alcance.

–¿Cree que no lo pago caro? –preguntó Márkov.

–Ya entiendo –dijo Savostiánov mientras se relamía los labios, saboreando por anticipado una nueva broma–: ¡Quédate en casa! Como se suele decir, mi casa es mi fortaleza, sí... la fortaleza de Pedro y Pablo[1].

Márkov y Shtrum se rieron y luego, ante el temor de que aquella conversación informal se alargara, Márkov se levantó y se dijo a sí mismo:

–Viacheslav Ivánovich, es hora de ponerse a trabajar.

Cuando salió, Shtrum observó:

–Él que era tan afectado, que medía cada gesto, ahora va por ahí como si estuviera borracho. Es cierto, pasa día y noche en el laboratorio.

–Sí, así es –confirmó Savostiánov–. Como un pájaro construyéndose el nido. Completamente absorto en el trabajo.

–Ya no se entretiene con los cuchicheos, ya no va por ahí divulgando rumores. Sí, sí, me gusta, como un pájaro construyéndose el nido.

Savostiánov se volvió bruscamente hacia Shtrum. Su rostro joven de cejas claras ahora estaba serio.

–A propósito de rumores –dijo–, debo decirle, Víktor Pávlovich, que la velada de ayer en casa de Shishakov, a la que usted no estaba invitado, fue indignante. Me sorprendió mucho...

Shtrum frunció el ceño; aquella manifestación de compasión le parecía humillante.

–Muy bien, déjelo estar –respondió con aire desabrido.

–Víktor Pávlovich –dijo Savostiánov–. Sé que le trae sin cuidado que Shishakov no le haya invitado, pero tal vez Piotr Lavréntievich no le haya contado la vileza que ha tenido el valor de soltar Gavronov. Hay que ser descarado para declarar que sus trabajos huelen a judaísmo y que Gu-

1. Prisión política de San Petersburgo.

727

révich lo definió como clásico sólo porque usted es judío. Y las autoridades lo único que hicieron fue sonreír en señal de aprobación. Ahí tiene a los «hermanos eslavos».

A la hora de la comida, en lugar de dirigirse a la cantina, Shtrum se quedó deambulando por su despacho. ¿Quién se imaginaba que la gente pudiera caer tan bajo? ¡Un buen tipo, Savostiánov! Y pensar que parecía un chaval superficial con sus eternas bromas y las fotografías de chicas en traje de baño. La charlatanería de Gavronov era insignificante, propia de un psicópata, de un tipo envidioso. Nadie le había rebatido porque lo que insinuaba era demasiado absurdo, demasiado ridículo.

Sin embargo aquellas naderías sin importancia le causaban una terrible angustia, le torturaban. ¿Cómo era posible que Shishakov no le hubiera invitado? Se había comportado de un modo grosero y estúpido. Y lo más humillante es que a Shtrum le importaba un comino ese mediocre de Shishakov y sus veladas, pero así y todo le dolía como si hubiera sufrido una desgracia irreparable. Entendía que era estúpido, pero no podía hacer nada. Sí, sí, y además quería que le dieran un huevo más que a Sokolov. ¡Eso era todo!

Pero había algo que le dolía en lo más íntimo, y tenía ganas de decir a Sokolov: «¿Cómo no le da vergüenza, amigo mío? ¿Cómo ha podido ocultarme que Gavronov me ha cubierto de fango? Piotr Lavréntievich, usted ha guardado silencio dos veces: primero, con ellos, y luego en mi presencia. ¡Qué vergüenza!».

Y la agitación no le impedía continuar repitiéndose: «Pero tú también te callas. Tú tampoco le contaste a tu amigo Sokolov las sospechas de Karímov acerca de su pariente Madiárov. ¡Te callaste! ¿Por incomodidad? ¿Por delicadeza? ¡Mentira! Por miedo, miedo de judío».

A todas luces hoy no era su día.

Anna Stepánovna entró en su despacho y, al ver su cara triste, Shtrum le preguntó:

—Anna Stepánovna, querida, ¿qué le pasa?

«¿Se habrá enterado de mis preocupaciones?», pensó Shtrum.

–Víktor Pávlovich, ¿qué significa? –dijo–. Así, a mis espaldas. ¿Qué he hecho yo para merecerme esto?

A Anna Stepánovna le habían pedido que pasara por el departamento de personal durante la hora de la comida, y allí le habían comunicado que debía firmar su dimisión. La dirección había enviado una circular donde se daba la orden de despedir a todos los auxiliares de laboratorio que no tuvieran estudios superiores.

–Nunca he oído un disparate semejante –dijo Shtrum–. No se preocupe, créame, lo arreglaré todo.

Anna Stepánovna se había ofendido particularmente cuando Dubenkov le había dicho que la administración no tenía nada personal contra ella.

–Víktor Pávlovich, ¿qué pueden tener contra mí? Pero disculpe, por el amor de Dios, he interrumpido su trabajo.

Shtrum se echó el abrigo sobre los hombros y atravesó el patio en dirección al edificio de una sola planta donde estaba el departamento de personal.

«Está bien –pensó Shtrum–. Está bien.» No pensaba en nada más. Pero en ese «está bien, está bien» se sobreentendían muchas cosas.

Dubenkov saludó a Shtrum y le dijo:

–Estaba a punto de llamarle por teléfono.

–¿A propósito de Anna Stepánovna?

–No, ¿por qué? Debido a determinadas circunstancias los miembros más destacados de nuestro instituto deben rellenar este formulario.

Shtrum miró el montón de hojas del formulario y exclamó:

–¡Anda! Si hay para una semana de trabajo.

–Venga, Víktor Pávlovich. Sólo una cosa, por favor: en caso de respuesta negativa, en lugar de poner una rayita, escriba con todas las palabras: «No, no he estado», «No, no tengo», según proceda en cada caso.

–Escucha, amigo –dijo Shtrum–. Hay que revocar la orden de despido de nuestra ayudante de laboratorio más veterana, Anna Stepánovna Loshakova.

–¿Loshakova? –replicó Dubenkov–. Víktor Pávlovich, ¿cómo voy a revocar yo una orden de la dirección?

–¡No hay derecho! Salvó el instituto, lo defendió bajo las bombas. Y se la expulsa por razones puramente administrativas.

–Es que si no hay razones administrativas nosotros no despedimos a nadie –le replicó Dubenkov en tono pomposo.

–Anna Stepánovna no es sólo una persona maravillosa, también es una de las mejores trabajadoras de nuestro laboratorio.

–Si de verdad es insustituible diríjase a Kasián Teréntievich –dijo Dubenkov–. Por cierto, hay un par de asuntos pendientes que tienen que ver con su laboratorio.

Alargó a Shtrum dos papeles grapados.

–Es a propósito del nombramiento de un investigador científico por concurso. –Echó una mirada al papel y leyó despacio–: Un tal Emili Pinjusovich Landesman.

–Sí, lo he escrito yo –dijo Shtrum reconociendo el papel que Dubenkov tenía en la mano.

–Aquí está la resolución de Kasián Teréntievich: «No cumple los requisitos».

–¿Cómo dice? –preguntó Shtrum–. ¿Los requisitos? Es a mí a quien corresponde decir si los cumple o no. ¿Cómo va a saber Kovchenko lo que yo necesito?

–Eso deberá discutirlo con Kasián Teréntievich –dijo Dubenkov, y echó un vistazo al segundo documento–: Aquí está la petición de los colaboradores que se quedaron en Kazán y aquí su solicitud.

–¿Y bien?

–Kasián Teréntievich señala que no es oportuna; dado que trabajan de manera productiva en la Universidad de Kazán su caso no será revisado hasta el final del año académico.

Hablaba con voz suave, templada, como si deseara atenuar, con la cordialidad de su tono, las malas noticias que le estaba dando; pero en sus ojos no había amabilidad, sólo curiosidad maligna.

—Se lo agradezco, camarada Dubenkov —dijo Shtrum.

Atravesó de nuevo el patio, repitiéndose: «Está bien, está bien». No necesitaba el apoyo de sus superiores, ni el afecto de sus amigos, ni la comprensión de su mujer. Podía luchar solo. De vuelta en el edificio principal, subió al primer piso.

Kovchenko, con americana negra y una camisa bordada ucraniana, salió del despacho detrás de su secretaria, que le había anunciado la visita de Shtrum, y dijo:

—Bienvenido, Víktor Pávlovich, pase a mi jata.

Shtrum entró en el despacho amueblado con sillones rojos y divanes. Kovchenko le ofreció asiento en un diván y se sentó a su lado.

Mientras escuchaba a Shtrum sonreía, y su amabilidad recordaba en cierto sentido a la de Dubenkov. Sin duda había esbozado una sonrisa similar cuando Gavronov hablaba del descubrimiento de Shtrum.

—¿Qué quiere que haga? —preguntó Kovchenko, afligido, e hizo un gesto de impotencia—. No somos nosotros los que hemos inventado esto. ¿Dice que estuvo bajo las bombas? No podemos considerarlo un mérito especial, Víktor Pávlovich. Todos los ciudadanos soviéticos soportarían los bombardeos si se lo ordenara la patria.

Se quedó pensativo un momento; luego dijo:

—Hay una posibilidad, aunque suscitará críticas. Se le podría asignar a Loshakova un puesto de preparadora. Dejaremos que conserve su tarjeta para las tiendas especiales. Eso se lo puedo prometer.

—No, sería humillante para ella —objetó Shtrum.

—Víktor Pávlovich, ¿qué quiere? ¿Que el Estado soviético se rija por unas leyes y su laboratorio por otras?

—Al contrario, quiero que en mi laboratorio se apliquen las leyes soviéticas. Y según las leyes soviéticas no se debe despedir a Loshakova. Kasián Teréntievich, puesto que hablamos de leyes, ¿por qué ha rechazado la asignación del joven Landesman para cubrir una plaza en mi laboratorio? —insistió Shtrum.

Kovchenko se mordió los labios.

—Víktor Pávlovich, tal vez reúna los requisitos que usted necesita, pero debe entender que hay otros criterios que la dirección del instituto debe valorar.

–Muy bien –dijo Shtrum, y repitió de nuevo–: Muy bien. –Luego preguntó en un susurro–: Se trata del formulario, ¿no? ¿Es que tiene parientes en el extranjero?

Kovchenko hizo un gesto evasivo con los brazos.

–Kasián Teréntievich, para continuar con esta agradable conversación le haré una pregunta: ¿por qué obstaculiza el regreso de Kazán de mi colaboradora Anna Naumovna Weisspapier? Le hago saber que es candidata a doctora en ciencias. En este caso no veo contradicción alguna entre mi laboratorio y el Estado...

Una expresión martirizada asomó en la cara de Kovchenko.

–Víktor Pávlovich, ¿por qué me somete a un interrogatorio? Yo soy responsable del personal. Intente comprenderlo.

–Muy bien, muy bien –dijo Shtrum, sintiendo que estaba a punto de mostrarse extremadamente grosero–. Con el debido respeto, Kasián Teréntievich, no puedo seguir trabajando en estas condiciones. La ciencia no está a su servicio ni al de Dubenkov. También yo estoy aquí para trabajar y no por los confusos intereses del departamento de personal. Escribiré una solicitud a Alekséi Alekséyevich para que nombre a Dubenkov director del laboratorio nuclear.

–Víktor Pávlovich, se lo ruego, cálmese.

–No voy a trabajar en estas condiciones.

–Víktor Pávlovich, usted no se imagina cómo aprecia la dirección su trabajo, y yo personalmente.

–Me importa un bledo si aprecian mi trabajo o no –dijo Shtrum, y vio que en la cara de Kovchenko no se reflejaba la ofensa, sino una gozosa satisfacción.

–Víktor Pávlovich, no le permitiremos bajo ningún concepto que abandone el instituto. –Frunció el ceño y añadió–: Y no porque usted sea insustituible. No creerá en serio que Víktor Pávlovich Shtrum no puede ser sustituido por nadie, ¿verdad? –Luego, casi con dulzura, dijo–: Usted no puede prescindir de Landesman ni de Weisspapier, ¿y piensa que en Rusia nadie puede sustituirle?

Miró a Shtrum y éste tuvo la sensación de que, en cualquier momento, Kovchenko iba a pronunciar las palabras que todo el tiempo, como una niebla invisible, habían estado suspendidas entre ellos, rozando sus ojos, sus manos, su cerebro.

Shtrum bajó la cabeza, y en ese instante dejó de existir el profesor, el doctor en ciencias, el científico famoso, el autor de un importante descubrimiento, capaz de ser altivo y condescendiente, independiente y brusco. Sólo era un hombre encorvado, estrecho de espaldas, de nariz aguileña, pelo rizado, con los ojos entornados, como si estuviera esperando recibir una bofetada en la mejilla; miró al hombre de la camisa bordada ucraniana, y esperó.

Kovchenko dijo en voz baja:

–¡Vamos, Víktor Pávlovich, no se preocupe, no se preocupe! No hay motivos. ¿Por qué monta tanto alboroto por una nimiedad?

54

Por la noche, cuando su mujer y su hija se fueron a dormir, Shtrum empezó a rellenar el formulario. Las preguntas eran casi las mismas que antes de la guerra, y como eran idénticas, a Víktor Pávlovich le parecieron inútiles y portadoras de nuevas preocupaciones.

Al Estado no le interesaba si las herramientas matemáticas que utilizaba Shtrum para realizar su trabajo eran apropiadas; si el montaje instalado en el laboratorio era idóneo para los complejos experimentos que debían efectuarse; si era buena la protección de los investigadores contra las radiaciones; si era satisfactoria la amistad y la relación profesional entre Shtrum y Sokolov; si los jóvenes colaboradores estaban preparados para llevar a cabo cálculos extenuantes y si comprendían cuántas cosas dependían de la paciencia, el esfuerzo constante y la concentración.

Era un cuestionario magistral, el formulario de los formularios. Querían saberlo todo sobre el padre de Liudmila, sobre su madre, el abuelo y la abuela de Víktor Pávlovich, dónde habían vivido, cuándo habían muerto, dónde estaban enterrados. ¿Por qué motivo el padre de Víktor Pávlovich, Pável Iósifovich, había viajado a Berlín en 1910? La curiosidad del Estado era seria, tétrica. Shtrum miró el formulario y se sorprendió al dudar de sí mismo: ¿Era un hombre de fiar?

1. *Apellido, nombre, patronímico...* ¿Quién era el hombre que rellenaba el formulario a altas horas de la noche?: ¿Shtrum? ¿Víktor Pávlovich? Su madre y su padre nunca se habían casado, sólo habían convivido, y se habían separado cuando Vitia tenía dos años. Se acordaba de que en los documentos de su padre figuraba el nombre de Pinjus y no Pável. «¿Por qué soy Víktor Pávlovich? ¿Quién soy? ¿Me conozco de veras? ¿Y si me llamara Goldman o Sagaidachni? ¿Y si fuera el francés Desforges, alias Dubrovski?»

Y, acechado por las dudas, pasó a responder la segunda pregunta.

2. *Fecha de nacimiento... año... mes... día..., según el antiguo y el nuevo calendario.* ¿Qué sabía él de aquel oscuro día de diciembre? ¿Podía afirmar con certeza que había nacido precisamente aquel día? ¿No debería añadir, para declinar la responsabilidad, «según dice...»?

3. *Sexo...* Shtrum escribió sin vacilar: «Hombre». Luego pensó: «Vaya hombre estoy hecho; un verdadero hombre no se habría callado tras la destitución de Chepizhin».

4. *Lugar de nacimiento, según las antiguas divisiones administrativas (provincia, distrito, vólost, pueblo) y las nuevas (oblast, distrito, región urbana o rural)...* Shtrum anotó: «Járkov». Su madre le había contado que había nacido en Bajmut, pero que la partida de nacimiento la habían expedido en Járkov, donde se había trasladado dos meses después de su nacimiento. ¿Era preciso añadir una explicación?

5. *Nacionalidad...* Aquí estaba el quinto punto. Tan sencillo e insustancial antes de la guerra; ahora, sin embargo, había cobrado una importancia particular.

Apretando la pluma entre los dedos, escribió con trazo decidido: «Judío». Aún no sabía el precio que pagarían cientos de miles de personas por responder a la quinta pregunta del formulario con las palabras: calmuco, balkar, checheno, tártaro de Crimea, judío...

No sabía qué oscuras pasiones se desatarían año tras año en torno a este quinto punto. No preveía que el miedo, la rabia, la desesperación, la desolación, la sangre se trasladarían del sexto punto, «origen social», al quinto; que al cabo de pocos años muchas personas responderían al quinto punto del formulario con el mismo sentimiento de fatalidad con que diez años antes los hijos de los oficiales cosacos, así como los nobles, industriales, sacerdotes, habían respondido al sexto.

Sin embargo, Víktor intuía ya que las líneas de fuerza se concentraban alrededor de la quinta pregunta del cuestionario. La noche antes había telefoneado a Landesman para decirle que no había tenido éxito respecto a su nombramiento. «Ya me lo imaginaba», dijo Landesman en un tono de voz irritado y de reproche. «¿Algún dato reprobable en su formulario?», le preguntó Shtrum. Landesman suspiró y dijo: «Lo que es reprobable es mi apellido».

A la hora del té, Nadia había contado:

—¿Sabes, papá?, el padre de Maika ha dicho que el año que viene en el Instituto de Relaciones Exteriores no contratarán a ningún judío.

«Bueno —pensó Shtrum—. Si uno es judío, es judío, y hay que ponerlo.»

6. *Origen social...* Éste era el tronco de un potente árbol cuyas raíces se hundían profundamente en la tierra, cuyas ramas se extendían sobre las amplias hojas del cuestionario: origen social de la madre y el padre, de los padres de la madre y el padre... Origen social de la mujer, de los padres de la mujer... *Si usted está divorciado, origen social de su ex mujer... ¿A qué se dedicaban sus padres antes de la Revolución?*

La Gran Revolución había sido una revolución social, la revolución de los pobres. A Shtrum siempre le había parecido que en la sexta pregunta se expresaba la justa desconfianza de los pobres, provocada por la tiranía milenaria de los ricos.

Escribió: «Pequeñoburgués». ¡Pequeñoburgués! ¿Qué clase de pequeñoburgués era? De repente, seguramente a causa de la guerra, había empezado a dudar de si existía un abismo entre la legítima pregunta soviética acerca del origen social y la sangrienta manera en que los alemanes trataban el problema de la nacionalidad. Recordó las conversaciones nocturnas de Kazán, el discurso de Madiárov sobre la actitud de Chéjov respecto al ser humano.

Pensó: «A mí me parece moral, justa, la distinción social. Pero a los alemanes les parece indiscutiblemente moral la distinción nacional. Para mí está claro que es horrible matar a los judíos por el simple hecho de que sean judíos. Son hombres como los demás: buenos, malos, ingeniosos, estúpidos, torpes, alegres, sensibles, generosos o tacaños. Hitler dice que nada de eso importa, lo único que importa es que son judíos. ¡Protesto con toda mi alma! Pero nosotros tenemos el mismo principio: lo que importa es si eres hijo de aristócrata, hijo de un kulak, de un comerciante. Y si una persona es buena, mala, inteligente, sensible, estúpida, alegre, ¿qué más da? Lo peor es que en nuestros formularios no se habla de comerciantes, sacerdotes o aristócratas. Se habla de sus hijos, de sus nietos. No se sabe, tal vez llevan la nobleza en la sangre, como los judíos. ¡Como si uno pudiera ser comerciante o sacerdote por una cuestión de sangre! ¡Qué estupidez! Sofia Peróvskaya era hija de un general, aún más, de un gobernador. ¿Hay que arrojarla al fango por ese motivo? Komissárov, el lacayo policía que capturó a Karakózov, habría respondido a la sexta pregunta: «Pequeñoburgués». Le habrían aceptado en la universidad, puesto que Stalin ha dicho: «El hijo no debe responder por su padre». Pero Stalin también ha dicho: «La manzana no cae lejos del árbol». Bueno, pequeñoburgués sí que lo es.

7. *Posición social...* ¿Funcionario? Un funcionario es un contable, un registrador... Un funcionario llamado Shtrum había demostrado sobre bases matemáticas el mecanismo de desintegración de los núcleos atómicos. Otro empleado llamado Márkov esperaba confirmar, con la ayuda de los nuevos aparatos, las teorías del funcionario llamado Shtrum.

«Eso es —pensó—. Funcionario.»

Shtrum encogía los hombros, se levantaba, paseaba por la habitación, hacía movimientos con la mano como si quisiera apartar a alguien. Después se sentó a la mesa y siguió respondiendo a las preguntas.

29. *¿Ha sido usted o alguno de sus parientes objeto de una investigación judicial o de un juicio? ¿Ha sido arrestado? ¿Se le ha impuesto una condena penal o administrativa? ¿Cuándo? ¿Dónde? ¿Por qué? En caso de que haya sido indultado, ¿cuándo...?*

Luego, la misma pregunta referida a su esposa. Se estremeció. No tenían piedad. Varios nombres se le pasaron por la mente...

«Estoy seguro de que él es inocente... Simplemente no es de este mundo... ella fue arrestada por no haber denunciado a su marido. Le cayeron ocho años; no estoy seguro, no le escribí; tal vez fue enviada a Tiomniki, me enteré por casualidad, me encontré con su hija en la calle... No lo recuerdo muy bien... Me parece que a él lo arrestaron a principios de 1938; sí, diez años, sin derecho a correspondencia...

»El hermano de mi mujer era miembro del Partido, nos vimos pocas veces; ni yo ni mi mujer hemos mantenido contacto con él; la madre de mi mujer me parece que fue a verle, sí, sí, mucho antes de la guerra; su segunda mujer fue enviada a un campo por no denunciar al marido; murió durante la guerra, su hijo participa en la defensa de Stalingrado como voluntario... Mi mujer está separada de su primer marido; el hijo de su primer matrimonio, mi hijastro, murió en el frente, en la defensa de Stalingrado... El primer marido fue arrestado y desde el momento del divorcio mi mujer no ha tenido noticias suyas... No sé por qué fue condenado, oí vagamente que pertenecía a la oposición trotskista, pero no estoy seguro, el asunto no me interesaba...»

A Shtrum le invadió un sentimiento de culpabilidad, de suciedad. Se acordó de aquel miembro del Partido que había confesado en una reunión: «¡Camaradas, no soy de los vuestros!».

De repente se sublevó: «Yo no pertenezco a la categoría de los sometidos y los sumisos. Sadko no me ama, y que así sea. Estoy solo, mi mujer ha dejado de interesarse por mí. Bueno, ¿y qué? No renegaré de los infelices, de los muertos, de aquellos que eran inocentes.

»¡Deberíais avergonzaros de vosotros mismos, camaradas! ¿Cómo podéis remover estas cosas? Esa gente era inocente; ¿de qué pueden ser culpables sus mujeres y sus hijos? Ante estas personas hay que arrepentirse, hay que pedir perdón. ¿Y vosotros queréis demostrar mi inferioridad, privarme de vuestra confianza porque estoy emparentado con personas inocentes? Si soy culpable es de haberles ayudado demasiado poco en su desgracia».

Al mismo tiempo en su cerebro brotaban otros pensamientos, que discurrían en sentido inverso a los anteriores. «En el fondo no he tenido contacto con ellos. No he intercambiado correspondencia con esos enemigos, no recibo cartas de los campos, no les he sostenido materialmente, raras veces me he encontrado con ellos, sólo por azar...»

30. *¿Tiene familiares en el extranjero? (¿Dónde? ¿Desde cuándo? ¿Motivos de su partida?) ¿Sigue en contacto con ellos?*

Esa nueva pregunta hizo crecer su angustia.

«Camaradas, ¿es posible que no comprendáis que en las condiciones en que se encontraba la Rusia zarista la emigración era inevitable? En realidad emigraban los pobres, emigraban las personas amantes de la libertad. Lenin también vivió en Londres, en Zúrich, en París. ¿Por qué os hacéis señas cuando leéis que mis tías y mis tíos, sus hijos y sus hijas, viven en Nueva York, París, Buenos Aires...?»

En efecto, la lista de sus parientes en el extranjero era casi tan larga como la de sus trabajos científicos. Y si a eso se le añadía la lista de las víctimas de la represión...

Así es como se aplastaba a un hombre. ¡Al basurero con él! ¡Es un intruso! ¡Pero es mentira, es mentira! Es de él, y no de Gavronov y Dubenkov, de quien tiene necesidad la ciencia; él daría la vida por su país. ¿Acaso no había personas con formularios impecables capaces de engañar y traicionar? ¿Acaso eran pocas las personas que habían escrito en los cuestionarios: «Padre, kulak»; «padre, ex terrateniente», y que luego habían muerto en combate, se habían unido a los partisanos, habían sido ejecutados?

¿Qué significado tenía todo eso? Él lo sabía muy bien: ¡era el método estadístico! ¡La teoría de la probabilidad! Había más probabilidades de encontrar al enemigo entre las gentes que no pertenecían a la clase de los trabajadores que entre las de origen proletario. Pero también los nazis, apoyándose en el mismo tipo de probabilidad, exterminaban pueblos, naciones. Era un principio inhumano. Inhumano y ciego. Sólo había una manera aceptable de relacionarse con la gente: la humana.

Si tuviera que escoger colaboradores para su laboratorio, Víktor Pávlovich elaboraría un formulario muy diferente a éste: un formulario humano.

Le daría lo mismo que su futuro colega fuera ruso, judío, ucraniano, armenio; que su abuelo hubiera sido obrero, el propietario de una fábrica o un kulak. Su relación con él no dependería de que su hermano fuera arrestado o no por los órganos del NKVD; no le importaría si su hermana vivía en Ginebra o en Kostroma.

Le preguntaría a qué edad comenzó a interesarse por la física teórica, qué opinión le merece la crítica que Einstein había hecho al viejo Planck, si está interesado sólo en la teoría matemática o también disfruta con el trabajo experimental, qué piensa de Heisenberg, y si cree que es posible elaborar una teoría unificada de los campos. Lo importante es el talento, el fuego, la chispa divina.

Le preguntaría –pero sólo si a su futuro colega le apetece contestar– si le gusta caminar, beber vino, si va a los conciertos de música sinfónica, si le gustan los libros infantiles de Seton Thompson, a quién siente más cercano, a Tolstói o a Dostoyevski, si se dedica a la jardinería, si le gusta la pesca, qué piensa de Picasso, cuál es su cuento preferido de Chéjov.

Le interesaría saber si su futuro colega es taciturno o hablador; si es bueno, ingenioso, vengativo, irascible, ambicioso; si se arriesgaría a tener una aventura con la encantadora Vérochka Ponomariova.

Es curioso lo bien que Madiárov había respondido a preguntas parecidas... Tal vez sí que fuera un *provocateur*...

Dios mío...

Pluma en ristre, Shtrum escribió: «Esther Semiónovna Dashevskaya, tía por parte de madre, vive en Buenos Aires desde 1909, profesora de música».

55

Shtrum entró en el despacho de Shishakov con el firme propósito de permanecer tranquilo y no pronunciar ni una palabra fuera de tono.

Comprendía que era estúpido enojarse y ofenderse porque en la cabeza del académico-funcionario, Shtrum y sus trabajos ocuparan uno de los últimos puestos.

Pero en cuanto vio la cara de Shishakov sintió una irritación insuperable.

–Alekséi Alekséyevich –comenzó–, como suele decirse, no se puede ser amable a la fuerza, nadie manda sobre el corazón; pero usted no se ha interesado ni siquiera una vez en el montaje de la instalación.

Shishakov contestó con tono conciliador:

–Pasaré sin falta en cuanto tenga un momento.

El jefe, benevolente, había prometido honrar a Shtrum con una visita.

–Por lo demás, me parece que la dirección se muestra bastante atenta con sus peticiones –añadió Shishakov.

–En especial el departamento de personal.

Shishakov, rezumando espíritu pacífico, le preguntó:

–¿En qué le molesta el departamento de personal? Usted es el primer director de laboratorio que me hace una observación parecida.

–Alekséi Alekséyevich, he intentado en vano que se haga venir a Weisspapier de Kazán. Es una especialista irreemplazable en el campo de la fotografía nuclear. También me opongo categóricamente al despido de Loshakova; es una trabajadora excelente y una bellísima persona. No logro entender cómo pueden despedirla. Es inhumano. Por último, insisto en que se acepte la candidatura de Landesman; es un joven con un talento extraordinario. Creo que subestima usted la importancia de nuestro laboratorio. De lo contrario yo no estaría perdiendo el tiempo en conversaciones de este tipo.

–Yo también estoy perdiendo el tiempo –dijo Shishakov.

Shtrum se alegró de que Shishakov dejara de hablar en aquel tono pacífico que le impedía dar rienda suelta a su irritación.

–Me resulta particularmente desagradable –continuó– que todos estos conflictos se hayan producido en torno a personas con apellidos judíos.

–¡Ah, ya veo! –dijo Alekséi Alekséyevich, pasando a la ofensiva–. Víktor Pávlovich, el instituto debe llevar a cabo tareas de primer orden. No es preciso que le recuerde en qué tiempos tan duros debemos afrontar dichas tareas. Considero que en la actualidad su laboratorio no puede contribuir a la resolución de estas tareas. Además, alrededor de su trabajo, tan discutible como interesante, se ha levantado demasiado ruido.

Y añadió con aire grave:

–No estoy expresando un punto de vista personal. Hay camaradas que consideran que todo este alboroto desorienta a los investigadores científicos. Ayer mismo discutimos a fondo esta cuestión, y se dio la opinión de que usted debería reflexionar sobre sus conclusiones puesto que contradicen las teorías materialistas sobre la naturaleza de la materia; debería usted pronunciar una conferencia al respecto. Algunas personas, por razones que se me escapan, están interesadas en hacer que unas teorías discutibles se conviertan en el principio rector de la ciencia, precisamente cuando tenemos que concentrar todos nuestros esfuerzos en los objetivos que nos impone la guerra. Es algo muy serio. Ha venido a verme con unas pretensiones ridículas respecto a una tal Loshakova. Disculpe, pero no sabía que «Loshakova» fuera un apellido judío.

Al escuchar a Shishakov, Shtrum se sintió desconcertado. Nadie había manifestado jamás tanta hostilidad hacia su trabajo. Lo oía por primera vez de boca de un académico, del director del instituto donde trabajaba.

Sin temer las consecuencias, dejó salir todo lo que pensaba y que, por esa misma razón, nunca debería haber dicho.

Dijo que no era asunto de la física confirmar una filosofía. Dijo que la lógica de los descubrimientos matemáticos era más fuerte que la lógica de Engels y Lenin, y que Badin, el delegado de la sección científica del Comité Central, podía tranquilamente adaptar las ideas de Lenin a las matemáticas y a la física, pero no la física y las matemáticas a las ideas de Lenin. Dijo que un pragmatismo excesivo era letal para la ciencia, aunque estuviera impulsado por «Dios Todopoderoso en persona», y que sólo una gran teoría puede engendrar grandes logros prácticos. Estaba convencido de que los principales problemas técnicos –y no sólo los problemas técnicos– del siglo XX se resolverían gracias a la teoría de los procesos nucleares. Estaría encantado de hacer un discurso al respecto si los camaradas cuyos nombres Shishakov prefería callar lo consideraban necesario.

–Por lo que respecta a las personas con apellidos judíos, Alekséi Alekséyevich, no es algo que se pueda tomar a broma, no si de verdad se considera usted un miembro de la *intelligentsia* rusa. Si mis peticiones son rechazadas me veré

742

obligado a abandonar inmediatamente el instituto. Así no puedo trabajar.

Cobró aliento, miró a Shishakov, reflexionó un instante y prosiguió:

–Me resulta difícil trabajar en estas condiciones. No soy sólo un físico, también soy un ser humano. Me siento avergonzado ante esas personas que esperan de mí ayuda y protección ante la injusticia.

Esta vez, Víktor sólo había dicho «me resulta difícil», pero había tenido el coraje suficiente para reiterar su amenaza de una dimisión inminente.

Shtrum leyó en la cara de Shishakov que éste se había dado cuenta de que había suavizado sus palabras.

Y tal vez por ese motivo, Shishakov insistió:

–No tiene sentido continuar una conversación a golpe de ultimátums. Es mi deber, por supuesto, tener en cuenta sus deseos.

Durante el resto del día Shtrum fue presa de una extraña sensación, triste y alegre a la vez. Los instrumentos del laboratorio, la nueva instalación cuyo montaje pronto estaría concluido constituían una parte imprescindible de su vida, de su cerebro, de su cuerpo. ¿Cómo podría vivir separado de ellos?

Le aterrorizaba incluso recordar las palabras heréticas que había pronunciado ante el director. Y sin embargo, Víktor se sentía fuerte. Su impotencia era al mismo tiempo su fuerza. ¿Cómo hubiera podido imaginar que en los días de su triunfo científico, de regreso en Moscú, llegaría a mantener una conversación de este tipo?

Nadie estaba al corriente de su enfrentamiento con Shishakov, pero tuvo la impresión de que sus colegas se dirigían a él de manera especialmente afectuosa.

Anna Stepánovna le cogió la mano y se la apretó.

–Víktor Pávlovich, no quiero que piense que sólo trato de darle las gracias, pero permítame decirle que... sé que usted ha sido fiel a sí mismo.

Víktor se quedó a su lado en silencio. Se sentía emocionado y casi feliz.

«Mamá, mamá –pensó de repente–. ¿Lo ves?»

De camino a casa decidió no contarle nada a su mujer, pero no logró vencer la costumbre de hacerla partícipe de todo lo que le ocurría, y ya en la entrada, mientras se quitaba el abrigo, le anunció:

–Bueno, Liudmila, dejo el instituto.

Liudmila Nikoláyevna se quedó muy apenada, pero aun así se las arregló para decirle algunas palabras desagradables.

–Te comportas como si fueras Lomonósov o Mendeléyev. Te marcharás y en tu lugar pondrán a Sokolov o a Márkov. –Levantó la cabeza de su labor de costura–. Deja que tu Landesman se vaya al frente. De lo contrario, la gente recelosa acabará creyendo que los judíos se dedican a enchufar a los suyos.

–Muy bien, muy bien –dijo Víktor–. Basta. ¿Te acuerdas de las palabras de Nekrásov? «El pobre diablo pensaba que estaba en el templo de la gloria, y se alegró de encontrarse en el hospital.» Creía merecerme el pan que comía y, en cambio, me piden que me arrepienta de mis pecados, de mis herejías. No, piénsalo un momento: me exigen que haga una intervención pública. ¡Es puro delirio! Y al mismo tiempo me proponen para el premio, los estudiantes vienen a verme... ¡Todo es culpa de Badin! En cualquier caso, llegados a este punto, aquí ya no entra Badin. ¡Sadko no me quiere!

Liudmila Nikoláyevna se le acercó, le compuso la corbata, le arregló el faldón de la chaqueta y le preguntó:

–Estás muy pálido. No has comido, ¿verdad?

–No tengo hambre.

–Come un poco de pan con mantequilla mientras te caliento la comida.

Después vertió en un vaso sus gotas para el corazón y le dijo:

–Tómatelas; no me gusta tu cara, deja que te tome el pulso.

Fueron a la cocina. Mientras masticaba el pan Shtrum se miraba en el espejito que Nadia había colgado al lado del contador del gas.

–Qué cosa tan extraña, qué salvajes –dijo–. ¡En Kazán jamás hubiera pensado que tendría que rellenar montañas de formularios, escuchar lo que hoy he escuchado! ¡Qué poder! El Estado y el individuo... El Estado eleva a un hombre y luego lo deja caer al abismo, como si nada.

–Vitia, quiero hablar contigo de Nadia –dijo Liudmila Nikoláyevna–. Casi todos los días vuelve a casa después del toque de queda.

–Ya me lo contaste el otro día –dijo Shtrum.

–Ya sé que te lo conté. Bueno, ayer por la noche me acerqué por casualidad a la ventana y descorrí la cortina. ¿Y qué crees que vi? Nadia y un soldado caminaban por la calle, se pararon junto a la lechería y empezaron a besarse.

–¡Caramba! –exclamó Víktor Pávlovich, y se quedó tan sorprendido que dejó de masticar.

¡Nadia besando a un militar! Durante unos instantes Shtrum se quedó callado, luego se echó a reír. Sólo una noticia tan asombrosa habría podido distraerle de sus sombrías preocupaciones, mitigar su angustia. Por un momento sus ojos se encontraron y Liudmila Nikoláyevna, para su sorpresa, también se echó a reír. Durante algunos segundos había surgido entre ambos esa complicidad plena, posible en esos raros instantes de la vida en que las palabras y los pensamientos no son necesarios.

Y Liudmila Nikoláyevna no se sorprendió cuando Shtrum, aparentemente fuera de lugar, le dijo:

–Mila, he hecho bien en pararle los pies a Shishakov, ¿verdad?

El curso de los pensamientos de Víktor Pávlovich era muy sencillo, pero no resultaba tan sencillo seguirlo desde fuera. Se mezclaban ideas diversas: recuerdos del pasado; el destino de Tolia y Anna Semiónovna; la guerra; el hecho de que, por muy rico y famoso que un hombre sea, siempre envejecerá, morirá y cederá su lugar a otros más jóvenes; que tal vez lo más importante fuera vivir con honestidad.

Y Shtrum preguntó a su mujer:

–He hecho bien, ¿verdad?

745

Liudmila Nikoláyevna negó con la cabeza. Décadas de intimidad, de vida en común pueden acabar separando a las personas.

–¿Sabes, Liuda? –dijo en tono humilde–, en la vida las personas que tienen razón suelen ser las que no saben comportarse. Pierden los estribos y sueltan groserías. Actúan sin tacto y se muestran intolerantes. Se les hace responsables de todo lo que va mal en casa y en el trabajo. En cambio, aquellos que están equivocados, que ofenden a los demás, saben comportarse. Actúan de manera lógica, tranquila, con tacto, y parecen tener siempre razón.

Nadia volvió a las once. Al oír el ruido de la llave en la cerradura, Liudmila Nikoláyevna dijo a su marido:

–Habla con ella.

–Para ti es más fácil, prefiero que lo hagas tú.

Pero en cuanto Nadia, despeinada y con la nariz roja, entró en casa, Víktor Pávlovich le preguntó:

–¿Con quién te estabas besando enfrente de casa?

Nadia miró alrededor como si estuviera a punto de salir corriendo, y luego a su padre, con la boca entreabierta. Después, se encogió de hombros y dijo con indiferencia:

–A Andriushka Lómov. Estudia en la escuela militar, es teniente.

–¿Vas a casarte con él, o qué? –preguntó Shtrum, asombrado por el tono confiado de Nadia.

Miró a su mujer: ¿veía a su hija?

Como una adulta, Nadia entornó los ojos y desgranó irritada y con parsimonia sus palabras:

–¿Casarme con él? –repitió, y esas palabras en boca de su hija desconcertaron a Shtrum–. Puede ser, lo estoy pensando... Pero tal vez no. En realidad no lo he decidido todavía.

Liudmila Nikoláyevna, que hasta ese momento había estado callada, preguntó:

–Nadia, ¿por qué nos has mentido acerca del padre de una tal Maika y has inventado esa historia de las lecciones? Yo nunca dije mentiras a mi madre.

Shtrum recordó que, en la época en que cortejaba a Liudmila, ella le confesaba cuando iba a verle: «He dejado a Tolia con mamá. Le he dicho que iba a la biblioteca».

De repente Nadia volvió a convertirse en una chiquilla. Con voz enfadada y lastimosa, gritó:

—¿Y te parece bonito espiarme? ¿A ti también te espiaba tu madre?

Shtrum, hecho una furia, chilló:

—¡Idiota, no seas impertinente con tu madre!

Ella le miraba con cara de aburrimiento y paciencia.

—¿Así que Nadiezhda Víktorovna todavía no ha decidido si se casará o se convertirá en la concubina de un joven coronel?

—No, no lo he decidido. Además, no es coronel —respondió Nadia.

¿Era posible que los labios de su hija pudieran besar a un jovencito vestido con capote militar? ¿Era posible que alguien se pudiera enamorar de aquella niña, Nadia, aquella pequeña idiota, estúpida a la vez que inteligente, y que mirara con pasión aquellos ojos suyos de cachorro?

Pero ésa era la eterna historia...

Liudmila Nikoláyevna guardaba silencio y comprendía que ahora Nadia se pondría furiosa, que no diría una palabra más. Sabía que cuando se quedaran solas, ella acariciaría la cabeza de su hija, Nadia sollozaría sin saber por qué, y a Liudmila Nikoláyevna, también sin saber por qué, le invadiría una inmensa piedad. A fin de cuentas no había nada terrible en que una joven besara a un chico. Y Nadia se lo contaría todo sobre el tal Lómov, y ella seguiría acariciando los cabellos de su hija mientras recordaba su primer beso y pensaba en Tolia, porque en el fondo todo lo que sucedía en la vida lo relacionaba con Tolia. Y Tolia ya no estaba.

¡Qué triste era aquel amor adolescente suspendido en el abismo de la guerra! Tolia, Tolia...

Entretanto Víktor Pávlovich, presa de la angustia paterna, se agitaba, metía ruido.

—¿Y dónde presta servicio ese memo? —preguntó—. Hablaré con su comandante; ya le enseñará él a flirtear con las mocosas.

Nadia no decía nada, y Shtrum, fascinado por su arrogancia, enmudeció sin quererlo y después preguntó:

–¿Por qué me miras así? Pareces un ser de una raza superior mirando a una ameba.

Por un extraño juego de la memoria, la mirada de Nadia le recordó su conversación con Shishakov. Alekséi Alekséyevich, tranquilo, seguro de sí mismo, miraba a Shtrum desde su grandeza de académico reconocido por el Estado. Bajo la mirada de los ojos claros de Shishakov había comprendido instintivamente la inutilidad de sus protestas, de sus ultimátums. El poder del Estado se erguía ante él como un bloque de granito. Y Shishakov, con una indiferencia tranquila, contemplaba las tentativas de Shtrum; contra el granito no hay nada que hacer.

Curiosamente, la joven que estaba frente a él también parecía comprender lo absurdo de su cólera, de su indignación. Se daba cuenta de que Víktor Pávlovich quería alcanzar un imposible: detener el curso de la vida.

Durante la noche, Shtrum pensó que si rompía con el instituto arruinaría su vida. Se apresurarían a conferir a su dimisión un sentido político; dirían que había fomentado peligrosas tendencias de oposición... mientras Rusia estaba en guerra y el instituto gozaba de los favores de Stalin. Y después, aquel horroroso formulario... Y además la conversación insensata con Shishakov. Y aquellas discusiones en Kazán, Madiárov...

Fue tal el pánico que le asaltó que sintió deseos de escribir una carta a Shishakov y pedirle disculpas. Quería borrar de un plumazo los acontecimientos, olvidarlos.

56

Cuando volvió de la tienda por la tarde, Liudmila Nikoláyevna vio en el buzón un sobre blanco. El corazón, que le
latía desbocado después de subir la escalera, le palpitó aún
con más fuerza. Con la carta en la mano se acercó a la habitación de Tolia y abrió la puerta. La habitación estaba
vacía: hoy tampoco había vuelto.

Liudmila Nikoláyevna examinó las hojas cubiertas con
aquella caligrafía que conocía desde la infancia, la caligrafía
de su madre. Vio los nombres de Zhenia, Vera, Stepán Fiódorovich. En la carta no aparecía el nombre del hijo. Su esperanza se difuminó una vez más, pero no se extinguió del todo.

Aleksandra Vladímirovna no contaba casi nada de su
vida, sólo algunas palabras acerca de la casera, Nina Matvéyevna, que tras la partida de Liudmila se había comportado de manera desagradable.

Ninguna noticia de Seriozha, Stepán Fiódorovich y Vera.
Aleksandra Vladímirovna estaba preocupada por Zhenia,
que parecía estar atravesando por momentos difíciles en su
vida. Le había escrito una carta en la que aludía a ciertos
problemas y a un posible viaje a Moscú.

Liudmila Nikoláyevna no sabía estar triste. Sólo sabía
sufrir. Tolia, Tolia, Tolia.

Stepán Fiódorovich se había quedado viudo, Vera era
una huérfana sin hogar. ¿Seguía con vida Seriozha o estaba mutilado, recuperándose en un hospital? Su padre había muerto en un campo o había sido fusilado, su madre
había muerto durante la deportación... Habían quemado
la casa de Aleksandra Vladímirovna y ella vivía sola, sin
noticias del hijo ni del nieto.

Su madre no le contaba nada sobre la vida en Kazán,
sobre su salud, si su habitación estaba bien caldeada o si
las raciones habían aumentado.

Liudmila Nikoláyevna sabía muy bien por qué su madre no mencionaba ni una sola palabra al respecto. Y sufría aún más.

La casa de Liudmila se volvió fría, vacía, como si hubieran caído unas terribles bombas invisibles, todo se hubiera desmoronado y el calor se hubiera dispersado entre las ruinas.

Aquel día había pensado mucho en su marido. Su relación se había deteriorado. Víktor estaba enfadado con ella, se había vuelto frío y ella constataba con tristeza que le era indiferente. Le conocía demasiado bien. Visto desde fuera, todo parecía romántico y exaltado. Aunque, a decir verdad, ella nunca había visto nada poético y exaltado en los demás. En cambio Maria Ivánovna veía a Víktor Pávlovich como a un hombre sabio, abnegado, una criatura noble. Masha amaba la música, incluso palidecía cuando oía el piano, y Víktor Pávlovich lo tocaba siempre que ella se lo pedía. Evidentemente, Masha necesitaba un objeto de veneración. Se había creado una imagen exaltada, un Víktor que no existía. Si Masha observara a Víktor día tras día, no tardaría en desilusionarse. Liudmila Nikoláyevna sabía que sólo el egoísmo movía a Víktor y que él no amaba a nadie. Incluso ahora, cuando pensaba en el enfrentamiento con Shishakov, llena de angustia y de temor por el marido, sentía al mismo tiempo la irritación de siempre: ahí estaba él, dispuesto a sacrificar la ciencia y la tranquilidad de los suyos por el puro placer egoísta de hacerse el gallito, de salir en defensa de los débiles.

Ayer, por ejemplo, preocupado por Nadia, había dejado a un lado su egoísmo. ¿Habría sabido olvidarse de sus graves ocupaciones y preocuparse del mismo modo por Tolia? Ayer ella se había equivocado. Nadia no había sido completamente franca con ella. ¿Cómo podía saber si se trataba de un capricho infantil, pasajero, o de su destino?

Nadia le había confiado en qué círculo de amigos había conocido a Lómov. Le había hablado con detalle de esos jóvenes que leían poesía de otra época, de sus discusiones sobre arte antiguo y arte moderno, de su actitud burlona y despreciativa hacia cosas que, según Liudmila Nikoláyevna, no merecían ni la burla ni el desprecio.

Nadia había respondido de buena gana a las preguntas

de Liudmila y parecía estar diciendo la verdad: «No, no bebemos, sólo una vez, cuando un chico partía para el frente»; «De vez en cuando se habla de política. No en el mismo lenguaje que en los periódicos..., pero muy raras veces, una o dos como mucho».

Pero en cuanto Liudmila Nikoláyevna le preguntaba sobre Lómov, Nadia se acaloraba: «No, no escribe poesías»; «¿Cómo quieres que sepa quiénes son sus padres? Claro que no les he visto nunca. ¿Qué hay de extraño? Tampoco él tiene ni idea de qué hace papá; lo más seguro es que se piense que trabaja en una tienda de comestibles».

¿Era el destino de Nadia lo que estaba en juego o acabaría todo dentro de un mes sin dejar huella?

Mientras preparaba la comida y hacía la colada, pensaba en su madre, en Vera, en Zhenia, en Seriozha. Llamó por teléfono a Maria Ivánovna, pero no respondió nadie. Telefoneó a los Postóyev, pero la mujer de la limpieza le dijo que la señora había salido a hacer unas compras. Marcó el número del administrador para que avisara al fontanero –había que reparar un grifo–, pero le respondieron que el fontanero aquel día no había ido a trabajar.

Se sentó a escribir una larga carta a su madre. Quería transmitirle la tristeza que sentía por no haber conseguido que Aleksandra Vladímirovna se sintiera como en casa, cuánto lamentaba que hubiera decidido quedarse sola en Kazán. Los parientes de Liudmila no iban de visita a su casa desde antes de la guerra, y mucho menos se quedaban a dormir. Tampoco ahora sus familiares más cercanos venían a verla a su gran apartamento de Moscú. Liudmila no escribió la carta, sólo emborronó cuatro hojas de papel.

A última hora de la tarde, Víktor Pávlovich llamó para avisar de que se retrasaría; los técnicos de la fábrica militar a los que había convocado llegarían esa tarde.

–¿Alguna noticia? –preguntó Liudmila Nikoláyevna.

–¿En qué sentido? –dijo él–. No, ninguna novedad.

Por la noche Liudmila Nikoláyevna volvió a leer la carta de su madre; se acercó a la ventana.

La luna brillaba y la calle estaba desierta. Vio de nuevo a

Nadia cogida del brazo de su militar; caminaban por la calzada, en dirección a casa. Luego Nadia echó a correr y el joven con capote militar se quedó parado en mitad de la calle desierta, mirándola fijamente. Y era como si Liudmila Nikoláyevna uniera en su corazón cosas incompatibles entre sí: su amor por Víktor Pávlovich, su intranquilidad por él, su rabia contra él; Tolia, que había muerto sin besar los labios de una chica; el teniente plantado en medio de la calle; Vera, que subía feliz las escaleras de su casa de Stalingrado; Aleksandra Vladímirovna, que ya no tenía vivienda... La sensación de vida, única felicidad del hombre y también su tremendo dolor, colmó de repente su alma.

57

En la entrada del instituto Shtrum se encontró con Shishakov que bajaba de su coche.

Shishakov se levantó el sombrero para saludarle sin mostrar el menor deseo de pararse a hablar con él.

«Mal asunto», pensó Shtrum.

Durante la comida, el profesor Svechín, que se sentaba a la mesa de al lado, evitó su mirada y no le dirigió la palabra. Mientras salían de la cantina, el gordo Gurévich le habló con una cordialidad particular y le apretó durante un largo rato la mano; pero cuando la puerta de la sala de recepción de la dirección se entreabrió, Gurévich se despidió precipitadamente y se marchó a toda prisa por el pasillo.

En el laboratorio, Márkov, que estaba hablando con Shtrum sobre los aparatos que había que instalar para fotografiar partículas nucleares, levantó de repente la cabeza de sus notas y dijo:

–Víktor Pávlovich, me han contado que fue usted el tema de conversación durante una fuerte discusión en el buró del comité del Partido. Kovchenko le hizo una jugarreta al declarar: «Shtrum no quiere trabajar en nuestro colectivo».

–Bueno –dijo Shtrum–. Así es –y sintió un tic nervioso en un párpado.

Mientras hablaba con Márkov sobre las fotografías nucleares, Shtrum tuvo la sensación de que ya no era él quien dirigía el laboratorio sino Márkov, que había tomado el relevo. Márkov le hablaba con la voz tranquila del que se sabe señor, y Nozdrín se le había acercado dos veces para consultarle acerca del montaje de los aparatos.

Luego, de improviso, Márkov adoptó una expresión lastimera y suplicante, y le susurró:

–Víktor Pávlovich, por favor, no mencione mi nombre en caso de que hable sobre esa reunión del comité del Partido. De lo contrario, tendré problemas por haber revelado un secreto del Partido.

–Faltaría más –respondió Shtrum.

–Todo se arreglará –le consoló.

–No lo creo –dijo Shtrum–; se las arreglarán igual de bien sin mí. ¡Los equívocos alrededor del operador psi son puro delirio!

–Creo que comete un error –dijo Márkov–. Ayer hablaba con Kochkúrov; ya le conoce, es un tipo con los pies en el suelo, y me decía: «En la obra de Shtrum las matemáticas prevalecen sobre la física pero, curiosamente, me ilumina, ni yo mismo entiendo por qué».

Shtrum entendía a qué se refería: el joven Kochkúrov era un entusiasta de las investigaciones sobre la interacción de los neutrones lentos con los núcleos de los átomos pesados y afirmaba que esos estudios abrían perspectivas de tipo práctico.

–La gente como Kochkúrov no decide nada –replicó Shtrum–. Los que tienen poder de decisión son los Badin, y Badin considera que yo debo arrepentirme de arrastrar a los físicos a una abstracción talmúdica.

Era evidente que todo el laboratorio estaba al corriente del conflicto entre Shtrum y la dirección, y de la sesión que se había celebrado el día anterior en el comité del Partido. Anna Stepánovna miraba a Shtrum con expresión de sufrimiento. Víktor Pávlovich tenía ganas de hablar con

Sokolov, pero éste se había marchado a la Academia por la mañana, y después telefoneó para decir que se quedaría allí hasta tarde y que probablemente ya no pasaría por el instituto.

Savostiánov estaba de un humor excelente y no dejaba de bromear ni un instante.

–Víktor Pávlovich –dijo–. Tiene ante usted al respetable Gurévich, un científico brillante y notable. –Y mientras decía esto se pasaba la mano por la cabeza y el vientre para indicar su calvicie y su barriga.

Por la noche, cuando volvía a casa por la calle Kaluga, Shtrum se encontró de improviso con Maria Ivánovna.

Fue ella quien le vio primero y lo llamó. Llevaba un abrigo que Víktor Pávlovich nunca antes le había visto y no la reconoció de inmediato.

–Increíble –dijo Víktor–. ¿Qué está haciendo en la calle Kaluga?

Maria se quedó callada unos instantes, mirándole. Después movió la cabeza y le dijo:

–No es casualidad; quería verle, por eso he venido a la calle Kaluga.

Víktor se quedó desconcertado. Por un momento pensó que su corazón había dejado de latir. Pensaba que ella quería decirle algo terrible, prevenirle de algún peligro.

–Víktor Pávlovich –dijo–. Quería hablar con usted. Piotr Lavréntievich me lo ha contado todo.

–Ah, se refiere a mis clamorosos éxitos –dijo Shtrum.

Caminaban el uno al lado del otro como dos extraños. Shtrum se sintió cohibido por el silencio de Maria Ivánovna. Mirándola de reojo, dijo:

–Liudmila está muy enfadada conmigo. Supongo que usted también.

–No, no estoy enfadada –respondió–. Sé qué le ha impulsado a actuar así.

La miró fugazmente.

–Usted estaba pensando en su madre –le dijo.

Él asintió.

–Piotr Lavréntievich no quería decírselo... Le han explicado que la dirección y la organización del Partido están disgustados con usted y ha oído decir a Badin: «No es sólo un caso de histeria. Es histeria política, histeria antisoviética».

–Ah, así que ése es mi problema –dijo Shtrum–. Ya me parecía a mí que Piotr Lavréntievich no quería contarme lo que sabía.

–Es cierto, no quería. Y me duele.

–¿Tiene miedo?

–Sí. Además considera que en general usted está equivocado. –Luego añadió en voz baja–: Piotr Lavréntievich es un buen hombre, ha sufrido mucho.

–Sí, sí –dijo Shtrum–. También a mí me duele eso: un hombre brillante, un investigador valiente; pero qué alma tan cobarde.

–Ha sufrido mucho –repitió Maria Ivánovna.

–En cualquier caso –replicó Shtrum–, esperaba que fuera su marido y no usted quien me hablara de esto.

La cogió del brazo.

–Escuche, Maria Ivánovna, dígame: ¿cómo está Madiárov? No logro comprender qué ha pasado.

Ahora el recuerdo de las conversaciones de Kazán le mantenía en tensión permanente; a menudo le venían a la cabeza frases sueltas, palabras, el aviso siniestro de Karímov, las sospechas de Madiárov. Tenía la impresión de que las nubes que se cernían sobre su cabeza en Moscú acabarían relacionándose con sus conversaciones en Kazán.

–Yo tampoco me lo explico –dijo Maria Ivánovna–. La carta certificada que enviamos a Leonid Serguéyevich fue devuelta a Moscú. ¿Ha cambiado de dirección? ¿Se ha marchado? ¿Ha ocurrido lo peor?

–Sí, sí, sí –musitó Shtrum, desamparado.

Era obvio que Maria Ivánovna estaba segura de que Sokolov le había explicado a Víktor lo de la carta devuelta. Pero él no sabía nada. Sokolov no había hecho ningún comentario acerca del asunto. Su pregunta se refería a la discusión entre Madiárov y Piotr Lavréntievich.

–Venga, vamos a Neskuchni –dijo.

–Pero ¿no vamos en la dirección equivocada?

–Hay una entrada por la calle Kaluga –le explicó.

Deseaba preguntarle con detalle acerca de Madiárov, sobre sus sospechas con respecto a Karímov, y sobre las sospechas de Karímov respecto a Madiárov. Nadie los molestaría en el jardín desierto.

Maria Ivánovna comprendería enseguida la importancia de esta conversación. Víktor sentía que podía hablarle con libertad y confianza de todo lo que le inquietaba, y que ella sería sincera.

El día antes había comenzado el deshielo. En las pendientes de las pequeñas colinas del jardín Neskuchni, bajo la nieve derretida, asomaban las hojas podridas y húmedas, mientras que en los pequeños barrancos la nieve resistía. Un cielo desapacible y nebuloso se extendía sobre sus cabezas.

–Qué tarde tan maravillosa –dijo Shtrum, aspirando una bocanada de aire frío y húmedo.

–Sí, se está bien; no hay ni un alma, como si no estuviéramos en la ciudad.

Caminaban por caminos llenos de barro. Cuando se encontraban con un charco, Shtrum le ofrecía su mano a Maria Ivánovna y la ayudaba a saltar.

Permanecieron en silencio durante un largo rato. Víktor no tenía ganas de hablar de la guerra, ni tampoco de los asuntos del instituto, de Madiárov, de sus recelos, de sus presentimientos y sospechas. Le bastaba con caminar en silencio al lado de aquella mujer pequeña de paso a un tiempo ligero y torpe, continuar sintiendo aquella sensación de irreflexiva ligereza que le había invadido sin motivo.

Ella tampoco decía nada. Andaba con la cabeza baja.

Salieron al muelle. El río estaba cubierto por una capa de hielo oscuro.

–Se está bien aquí –repitió Shtrum.

–Sí, muy bien –respondió ella.

El camino asfaltado que bordeaba el río estaba seco y lo recorrieron a pasos rápidos, como dos viajeros que han emprendido un largo viaje.

Salieron a su encuentro un herido de guerra, un teniente, y una joven de baja estatura, ancha de hombros, enfundada en un traje de esquí. Ambos caminaban abrazados y de vez en cuando se besaban. Al llegar a la altura de Shtrum y Maria Ivánovna se besaron de nuevo, miraron alrededor y se pusieron a reír.

«Tal vez Nadia haya paseado por aquí con su teniente», pensó Shtrum.

Maria Ivánovna miró a la pareja y dijo:

–¡Qué triste! –y añadió, sonriendo–: Liudmila Nikoláyevna me ha contado lo de Nadia.

–Sí, sí –asintió Shtrum–. Es increíblemente extraño.

Luego añadió:

–He decidido llamar al director del Instituto de Electromecánica para ofrecerle mis servicios. Si no me acepta, me iré a cualquier parte, a Novosibirsk o Krasnoyarsk.

–¿Qué otra opción hay, si no? –dijo ella–. Parece que es lo mejor que puede hacer. No pudo actuar de otra manera.

–Qué triste es todo –exclamó él.

Deseaba contarle que sentía con una fuerza particular el amor por su trabajo, por el laboratorio, que experimentaba felicidad y tristeza cuando miraba la instalación donde pronto se efectuarían los primeros análisis; tenía la impresión de que iría por la noche al instituto para mirar por la ventana. Luego pensó que Maria Ivánovna podría interpretar sus palabras como una pose y decidió no decir nada.

Se acercaron a la exposición de trofeos de guerra. Aminoraron el paso y contemplaron los tanques alemanes pintados de gris, los cañones, los morteros, el avión con la esvástica en las alas.

–Incluso así, mudos e inmóviles, da miedo mirarlos –dijo Maria Ivánovna.

–No es nada –dijo Shtrum–. Hay que consolarse pensando que en la próxima guerra todo esto parecerá tan inocente como mosquetes o alabardas.

Cuando se acercaban a las verjas del parque, Víktor Pávlovich dijo:

–Nuestro paseo ha terminado. Qué lástima que el jardín sea tan pequeño. ¿Está cansada?

–No, no –respondió–. Estoy acostumbrada, camino mucho.

Tal vez no había comprendido las palabras de Shtrum, o simulaba que no las había comprendido.

–¿Sabe? –dijo Víktor–, por alguna extraña razón nuestros encuentros siempre dependen de sus citas con Liudmila y de las mías con Piotr Lavréntievich.

–Es cierto –reconoció Maria–, ¿cómo iba a ser de otra manera?

Salieron del parque y fueron engullidos por el ruido de la ciudad, que destruyó el encanto del paseo silencioso.

Llegaron a una plaza situada a escasa distancia del lugar donde se habían encontrado.

Mirándole de abajo arriba, como una niña a un adulto, Maria dijo:

–Probablemente ahora sienta de manera particular el amor por su trabajo, el laboratorio, sus aparatos. Pero no hubiera podido actuar de otro modo. Otro habría podido, pero usted no. Le he contado cosas desagradables, pero creo que siempre es mejor conocer la verdad.

–Gracias, Maria Ivánovna –dijo Shtrum, apretándole la mano–. Gracias, y no sólo por eso.

Shtrum tuvo la sensación de que los dedos de la mujer temblaban en su mano.

–Es extraño –exclamó ella–, nos despedimos casi en el mismo lugar donde nos hemos encontrado.

–No sin motivo los antiguos decían que en el fin se encuentra el inicio.

Maria Ivánovna arrugó la frente mientras pensaba en aquellas palabras. Luego rió y dijo:

–No lo entiendo.

Shtrum la siguió con la mirada: era una mujer pequeña, delgada, de esas que los hombres, al encontrárselas por la calle, nunca se giran a mirarlas.

758

58

Muy pocas veces había estado Darenski tan aburrido y deprimido como durante esas semanas en la estepa calmuca. Había enviado un telegrama al cuartel general del frente para informar de que había concluido su misión y que su presencia en el extremo del flanco izquierdo, donde reinaba la calma total, ya no era necesaria. Pero los superiores, con una obstinación que le resultaba incomprensible, no le llamaban.

Las horas pasaban más rápido cuando trabajaba, pero el tiempo de descanso se hacía durísimo.

Alrededor sólo había arena árida, seca, rugosa. Naturalmente la vida también estaba allí: los lagartos y las tortugas hacían susurrar la arena, dejando con su cola huellas sobre las dunas; por doquier crecían desparramadas plantas espinosas del color de la arena; los halcones giraban en el cielo en busca de carroña y desechos, y las arañas corrían sobre sus largas patas.

La miseria de aquella naturaleza severa, la monotonía fría del desierto en un noviembre sin nieve parecían haber vaciado a las personas, tanto su vida como sus pensamientos, que eran planos, uniformes, angustiosos.

Poco a poco Darenski había sucumbido a aquella monotonía melancólica del desierto. Siempre se había mostrado indiferente a la comida, pero allí no hacía más que pensar en ella. Las eternas comidas compuestas por un primer plato de sopa ácida a base de cebada perlada y de tomate, y un segundo plato de gachas de cebada perlada se habían convertido en la pesadilla de su vida. Sentado en la penumbra del cobertizo, detrás de una mesa de tablas salpicadas de charcos de sopa, sentía una congoja inconmensurable mientras observaba a los hombres que hacían tintinear la cuchara en las escudillas de hojalata; se apoderaba de él un violento deseo de salir del comedor para no escuchar el golpe de las cucharas, para no respirar aquel olor nauseabundo. Pero, en cuanto salía al aire libre, volvía a pensar obsesivamente en el comedor y contaba las horas que faltaban para la próxima comida.

Por la noche hacía frío en las casuchas, y Darenski dormía mal. La espalda, las orejas, los pies, los dedos de la mano se le entumecían, las mejillas se le congelaban. Dormía sin quitarse la ropa, se enrollaba los pies con dos trozos de tela y una toalla alrededor de la cabeza.

Al principio le sorprendió que los hombres con los que trabajaba allí parecieran indiferentes a la guerra y, en cambio, tuvieran la cabeza llena de historias de comida, tabaco y coladas. Pero muy pronto, también él, cuando hablaba con los comandantes de las divisiones y las baterías sobre la preparación de las armas para el invierno, sobre el aceite almacenado y el abastecimiento de municiones, descubría que su cabeza estaba llena de esperanzas y amarguras relacionadas con las cuestiones más prosaicas.

El Estado Mayor del frente parecía inalcanzable, lejano, y sus sueños eran más modestos: pasar un solo día en el Estado Mayor del ejército, cerca de Elista. Pero cuando soñaba con aquel viaje no se imaginaba un encuentro con la hermosa Alla Serguéyevna, de ojos azules, sino que pensaba en un baño, ropa interior limpia, sopa de fideos blancos.

Incluso la noche que había pasado junto a Bova le parecía agradable. No se estaba tan mal en el cuchitril de Bova. Y su conversación no se había reducido a la colada y la comida.

Lo que más le atormentaba eran los piojos.

Durante mucho tiempo no logró comprender por qué había comenzado a rascarse con tanta frecuencia y no advertía las sonrisas de complicidad de sus interlocutores cuando, durante una reunión de trabajo, se rascaba con furia la axila o un muslo. Cada día se rascaba con más ardor. La quemazón y el prurito por debajo de las clavículas y en las axilas se había vuelto ya familiar. Creía que le había salido un eccema y lo justificaba pensando que la piel seca se le irritaba por el polvo y la arena. A veces el prurito se volvía tan atroz que le obligaba a pararse mientras caminaba por la calle para rascarse una pierna, el vientre, el cóccix.

El picor era particularmente intenso por la noche. Se despertaba y se rascaba durante largo rato la piel del pecho, con saña. Una vez, acostado boca arriba, levantó las piernas en el aire y entre lamentos se puso a rascarse las pantorrillas con las uñas. Había notado que el eccema se acentuaba con el calor. Bajo la manta el cuerpo le picaba con un ardor insoportable. Cuando salía al aire frío de la noche, el picor se calmaba. Había pensado en acercarse al batallón sanitario y pedir una pomada para el eccema.

Una mañana, al arreglarse el cuello de la camisa, descubrió a lo largo de la costura una nutrida fila de robustos piojos con aire soñoliento. Había muchos. Darenski, aterrorizado y avergonzado a un tiempo, miró al capitán que dormía a su lado. Éste ya se había despertado y, sentado en el catre, con expresión rapaz, se entregaba a la caza de los piojos que había descubierto en sus calzoncillos. Los labios del capitán se movían en silencio: evidentemente llevaba la cuenta de las bajas producidas en la batalla.

Darenski se quitó la camisa y se puso manos a la obra.

Era una mañana tranquila, nebulosa. No se oían tiroteos ni ruido de aviones y por eso el chasquido de los piojos que morían bajo la uña del capitán era completamente nítido.

El capitán miró fugazmente a Darenski y farfulló:

—¡Caramba, qué robusta la bestia! Es una hembra reproductora, seguro.

Darenski, sin despegar los ojos del cuello de su camisa, dijo:

—¿Es que no nos dan polvos?

—Sí —dijo el capitán—. Pero para lo que sirven... Habría que bañarse, pero aquí no alcanza el agua ni para beber. En el comedor apenas lavan los platos para ahorrar agua. No hay posibilidad de darse un buen baño.

—¿Y los insecticidas?

—No sirven para nada. Queman los uniformes y el piojo adquiere un color más sano. Bah, cuando estábamos en Penza, en la reserva, ¡aquello sí era vida! Ni siquiera iba al comedor. Me daba de comer la dueña de la casa, una mujer que aún no era vieja, apetitosa. Podía bañarme dos veces por semana y bebía cerveza cada día.

–¿Qué le vamos a hacer? –preguntó Darenski–. Estamos lejos de Penza.

El capitán lo miró con aire serio y le susurró en tono confidencial:

–Hay un buen método, camarada coronel: el rapé. Coges un poco de polvo de ladrillo, lo mezclas con el rapé, y luego espolvoreas tu ropa interior. El piojo comienza a estornudar, se hincha, salta y se rompe la cabeza contra el ladrillo.

Tenía una expresión tan seria que Darenski tardó un momento en comprender que el capitán le estaba gastando una broma.

En pocos días Darenski oyó contar decenas de chistes sobre el mismo tema. El folclore del piojo era rico.

Ahora su cabeza estaba ocupada noche y día por infinidad de problemas: comida, colada, cambio de uniforme, polvos, exterminación de piojos por medio de una botella ardiente, congelamiento de los mismos. Incluso había dejado de pensar en mujeres y le vino a la mente el proverbio que circulaba entre los prisioneros de los campos: «Vivirás y mujer no querrás».

59

Darenski pasó el día en las posiciones de la división de artillería. Durante toda la jornada no había oído ni un disparo, ni un avión se había perfilado en el horizonte.

El comandante de la división, un joven kazajo, le había dicho con una pronunciación nítida, sin el menor rastro de acento:

–El año que viene tengo la intención de cultivar melones; vuelva para probarlos.

El comandante de la división no se encontraba a disgusto por estos lugares: bromeaba dejando al descubierto su dentadura blanca, se desplazaba sobre sus piernas cortas y torcidas adentrándose en la arena y miraba con simpatía a los camellos atados en grupo, cerca de las casuchas cubiertas con trozos de papel alquitranado.

El buen humor del joven kazajo irritaba a Darenski que, en su deseo por estar solo, regresó a las posiciones de la primera batería, aunque ya había estado allí ese mismo día.

Salió la luna, increíblemente grande, más negra que roja. A medida que adquiría un tono morado, se alzaba en el negro transparente del cielo y, bajo su luz iracunda, el desierto nocturno, los morteros, los fusiles antitanque y los largos tubos de los cañones cobraban un nuevo aspecto, inquietante y amenazador.

A lo largo de la carretera avanzaba a ritmo lento una caravana de camellos enganchados a unos crujientes carros rústicos, cargados de cajas de obuses y heno. Era una escena insólita: los tractores, el camión con la tipografía del periódico del ejército, la torre delgada del radiotransmisor, los largos cuellos de los camellos y su paso ondulante y ligero que creaba la ilusión de un cuerpo sin huesos, hecho de goma.

Los camellos pasaron y dejaron tras de sí en el aire gélido el olor a heno típico del campo. La misma luna enorme, más negra que roja, se encaramaba por el cielo de las llanuras desiertas donde habían combatido las huestes del príncipe Ígor. La misma luna brillaba cuando las hordas persas marchaban hacia Grecia, cuando las legiones romanas irrumpieron en los bosques germánicos, cuando los batallones del primer cónsul vieron caer la noche a los pies de las pirámides.

La mente del hombre, cuando vuelve la vista atrás, filtra siempre con el tamiz de la memoria los grandes acontecimientos del pasado, y elimina los sufrimientos de los soldados, sus angustias, la tristeza. Sólo perdura el recuerdo vacío de cómo estaban organizadas las tropas que se alzaron con la victoria y cómo estaban dispuestas aquellas que sufrieron la derrota, el número de catapultas, balistas, elefantes, cañones, blindados o bombarderos que participaron en la batalla. En la memoria se conserva el recuerdo de cómo el sabio y afortunado caudillo inmovilizó el centro y golpeó el flanco, y de cómo las tropas de reserva, emergiendo de detrás de las colinas, decidieron el curso de la contienda. Eso es todo, si nos dejamos en el tintero cómo el afortunado caudillo, de regreso a la patria, fue declarado sospechoso de querer derrocar a su soberano, y pagó la salvación de su patria con la cabeza o, si tuvo suerte, con el exilio.

Pero he aquí el cuadro del antiguo campo de batalla que pinta el artista: una luna enorme y pálida suspendida a poca altura sobre el campo de la gloria; los héroes, con los brazos cubiertos sobre el pecho, yacen sobre el terreno; las cuadrigas destrozadas o los tanques incendiados están esparcidos por el campo de batalla. Y ahí están los vencedores, con ropa de camuflaje y metralleta en bandolera, casco romano rematado con un águila de bronce o con un gorro de piel de granadero.

Darenski, con la cabeza hundida entre los hombros, estaba sentado sobre una caja de obuses y escuchaba el diálogo de dos soldados, acostados bajo sus capotes al lado de sus armas. El comandante de la batería y el instructor político habían ido al cuartel general de la división, y el coronel, representante del Estado Mayor del frente (los soldados se habían informado sobre Darenski), parecía profundamente dormido. Los soldados fumaban con fruición los cigarrillos que habían liado a mano y dejaban escapar volutas de humo.

Saltaba a la vista que eran amigos; les unía aquel sentimiento que siempre distingue a la verdadera amistad, seguros de que cada acontecimiento de la vida de uno, por nimio que fuera, siempre era importante e interesante para el otro.

—¿Y entonces? —preguntó uno fingiendo mofa e indiferencia.

Y el segundo, simulando apatía, respondió:

—¿Es que acaso no lo sabes? Me duelen los pies, no se puede andar con unas botas así.

—Bueno, ¿y entonces?

–Pues aquí me tienes con las mismas botas viejas. No voy a andar con los pies descalzos, ¿no?

–Total, que no te ha dado las botas –replicó el otro, y en su voz ya no había ni rastro de ironía o indiferencia, sino un vivo interés.

Luego la conversación giró en torno a sus hogares.

–¿Qué me escribe mi mujer? ¿Qué quieres que me diga? Falta esto, falta lo otro, si no está enfermo el niño, lo está la niña. Ya sabes cómo son las mujeres.

–La mía, por si fuera poco, me escribe esto: vosotros, en el frente, tenéis vuestra ración, mientras que aquí se puede decir que nos morimos por las restricciones de la guerra.

–¡La inteligencia femenina! –soltó el primer artillero–. Están en la retaguardia y no logran comprender qué ocurre en primera línea. Sólo ven tus raciones.

–Así es –confirmó el segundo–. No ha conseguido queroseno y piensa que no puede suceder nada más trágico en el mundo.

–Claro, es más duro esperar en la cola para comprar queroseno que rechazar los tanques alemanes en el desierto con botellas vacías.

Hablaban de tanques, aunque los dos sabían muy bien que no se habían producido ataques de carros blindados por allí cerca.

Interrumpiendo la eterna discusión de quién se lleva la peor parte en la vida, si el hombre o la mujer, uno de ellos dijo con voz vacilante:

–La mía está enferma, tiene una lesión en la columna vertebral y si levanta algo pesado tiene que pasar una semana en cama.

Una vez más la conversación parecía tomar un rumbo totalmente diferente y se pusieron a hablar del desierto, de aquel lugar maldito sin agua.

El que estaba más cerca de Darenski dijo:

–No hay malicia en lo que escribe, es que no lo entiende.

Y el otro, para retirar las duras palabras que había dicho contra las mujeres de los soldados, pero al mismo tiempo para confirmarlo:

765

–Claro. Sólo lo ha hecho por estupidez.

Después de fumar un rato en silencio, se pusieron a valorar los pros y los contras de las maquinillas de afeitar y los machetes, hablaron de la nueva chaqueta del comandante de batería y de que, por dura que fuera la vida, uno siempre tiene ganas de vivir.

–Sabes, cuando iba a la escuela vi un cuadro que se parecía a esta noche: una luna sobre la llanura y cuerpos de guerreros muertos en batalla.

–¿Dónde ves el parecido? –se rió el otro–. Aquéllos eran héroes mientras que nosotros no somos más que gorriones.

60

A la derecha de Darenski retumbó una explosión que rompió el silencio. «Ciento tres milímetros», valoró el ojo experto. El cerebro generó automáticamente los pensamientos asociados con aquella situación: «¿Un tiro casual? ¿Un tiro esporádico? ¿Un tiro de ajustamiento? Espero que no nos hayan cercado. ¿Y si se trata de un ataque a gran escala? ¿Están preparando el terreno para un ataque de blindados?».

Todos los soldados acostumbrados a la guerra se hacían las mismas preguntas que Darenski.

Un soldado experimentado sabe distinguir al instante entre cientos de ruidos el que anuncia un peligro genuino. Sea lo que sea lo que esté haciendo –comer, limpiar el rifle, escribir una carta, rascarse la nariz, leer el periódico, o incluso si está inmerso en aquella ausencia de pensamiento total que a veces te asalta en los momentos de libertad–, de pronto levanta la cabeza y aguza el oído, atento y perspicaz.

La respuesta no se hizo esperar. Retumbaron algunas detonaciones a la derecha, luego a la izquierda, mientras todo en derredor crepitaba, humeaba, temblaba. Se trataba de un ataque en toda regla.

A través de las nubes de humo, polvo y arena se entreveía el fuego de las explosiones. Por todas partes los hombres buscaban un sitio donde guarecerse, caían al suelo.

Un aullido lacerante desgarró el desierto. Granadas de mortero explotaron cerca de los camellos mientras los animales, derribando los carros, corrían encabritados arrastrando pedazos de arneses.

Darenski, sin prestar atención a las explosiones de los obuses, se irguió y contempló aquel espectáculo dantesco.

Un pensamiento de una lucidez absoluta le atravesó la mente: estaba asistiendo a los últimos días de su patria. Se apoderó de él un sentimiento de fatalidad. Los gritos terribles de los camellos enloquecidos, aquellas voces de rusos llenas de espanto, los hombres corriendo hacia los refugios... ¡Rusia estaba perdida! Perecía allí, atrapada entre las dunas heladas de las inmediaciones de Asia, moribunda bajo una luna hosca e indiferente, y la lengua rusa que amaba con tanta ternura se mezclaba con los gritos aterradores y de desesperación de los camellos mutilados por las bombas.

En aquel instante amargo no sentía ni cólera ni odio, sino un sentimiento de fraternidad hacia todo lo que en este mundo era pobre y débil. Por alguna razón, emergió de su memoria la cara del viejo calmuco que se había encontrado en la estepa hacía poco y le pareció próximo, familiar.

«Muy bien, estamos en manos del destino», pensó, y comprendió que prefería morir antes que ver a Rusia derrotada.

Miró a los soldados apostados en las trincheras, asumió una actitud solemne, dispuesto a tomar el mando de aquella batería desconsolada, y gritó:

–Eh, telefonista. ¡Rápido! Venga aquí ahora mismo.

De repente el estruendo de las explosiones se interrumpió.

Aquella misma noche, siguiendo órdenes de Stalin, los comandantes de los tres frentes, Vatutin, Rokossovski y Yeremenko, lanzaron la ofensiva que, en las cien horas sucesivas, decidiría el desenlace de la batalla por Stalingrado, la suerte de los trescientos mil hombres del ejército de Paulus; la ofensiva que iba a constituir un hito decisivo en el curso de la guerra.

Un telegrama esperaba a Darenski en el Estado Mayor: debía incorporarse al cuerpo de blindados del coronel Nóvikov y mantener informado al Estado Mayor General de las operaciones llevadas a cabo por dicho cuerpo.

61

Poco después del aniversario de la Revolución de Octubre, la aviación alemana efectuó una masiva incursión sobre la central eléctrica. Dieciocho bombarderos alemanes lanzaron su carga sobre la central.

Las nubes de humo cubrían las ruinas y la fuerza destructora de la aviación alemana logró suspender por completo la actividad de la central.

Después de aquel ataque las manos de Spiridónov comenzaron a temblar de un modo convulsivo, hasta tal punto que cuando se llevaba la taza a la boca derramaba el té por todas partes y a veces se veía obligado a posarla sobre la mesa porque no era capaz de sostenerla. Los dedos sólo dejaban de temblarle cuando bebía vodka.

La dirección comenzó a evacuar a los obreros, que cruzaban el Volga y se adentraban en la estepa, hacia Ájtuba y Leninsk.

Los dirigentes de la central pidieron permiso a Moscú para abandonar la central, dado que su permanencia en la línea de frente, entre las ruinas de la fábrica, no tenía sentido. Moscú demoraba su respuesta y Spiridónov tenía los nervios de punta. Nikoláyev, el responsable del Partido, había sido llamado por el Comité Central poco después de la incursión y había marchado a Moscú en un Douglas.

Spiridónov y Kamishov vagaban entre las ruinas y se convencían mutuamente de que no tenían nada que hacer allí, que debían marcharse cuanto antes. Pero Moscú continuaba sin dar señales.

Spiridónov estaba especialmente preocupado porque no tenía noticias de su hija. Después de ser transferida a la orilla izquierda del Volga, Vera se había encontrado indispuesta y no había podido proseguir su viaje hacia Leninsk. Era imposible que, estando en la última etapa de embarazo, hubiera recorrido casi cien kilómetros a lo largo de una carretera desfondada, en la parte trasera de un camión que se tambaleaba y retumbaba entre montañas de barro helado duras como piedras.

Algunos obreros que conocía la habían acompañado a una barcaza inmovilizada por el hielo cerca de la orilla, que había sido transformada en refugio.

Poco después del segundo bombardeo, Vera hizo llegar a su padre, mediante un mecánico de lanchas, una nota donde le informaba de que no se preocupara, que le habían encontrado un rincón confortable en una bodega, detrás de un tabique. Entre los refugiados de la gabarra había una enfermera de la clínica de Beketovka y una vieja comadrona; en caso de que surgiera alguna complicación podrían llamar a un médico del hospital de campaña instalado a cuatro kilómetros de allí. Tenían agua caliente, una estufa y el *obkom* les suministraba comida que compartían entre todos.

Aunque Vera pedía a su padre que estuviera tranquilo, cada una de sus palabras le llenó de inquietud. Lo único que le confortaba era que Vera decía que durante los combates la barcaza no había sido bombardeada ni una vez. Si hubiera podido cruzar a la orilla izquierda, habría conseguido un coche o una ambulancia para llevar a su hija a Ájtuba.

Pero Moscú no se pronunciaba; seguía sin autorizar la partida del director e ingeniero jefe, aunque la central en ruinas no necesitaba más que una pequeña guardia armada. Los obreros y el personal técnico no tenían ganas de deambular por la central con los brazos cruzados, y tan pronto como Spiridónov les daba autorización, cruzaban a la orilla oriental del Volga.

Sólo el viejo Andréyev se negó a aceptar el permiso oficial con el sello redondo del director. Cuando Stepán Fiódorovich propuso a Andréyev partir para Leninsk, donde se hallaban su nuera y su nieto, el viejo le respondió:

–No, yo me quedo aquí.

Le parecía que permaneciendo en la orilla de Stalingrado mantenía un lazo con su vida pasada. Quizá dentro de poco podría alcanzar la fábrica de tractores; se abriría paso entre las casas quemadas o destruidas y llegaría al jardín plantado por su mujer, lo arreglaría de nuevo y enderezaría los árboles jóvenes, comprobaría si las cosas enterradas continuaban en su lugar y luego se sentaría en la piedra al lado de la empalizada derribada.

–Mira, Várvara. La máquina de coser está en su lugar, ni siquiera se ha oxidado; pero el manzano de al lado de la empalizada es irrecuperable, un fragmento de obús lo segó por la mitad. En el sótano, las berzas agrias del tonel tienen una pequeña capa de moho. Eso es todo.

Stepán Fiódorovich deseaba confiarse a Krímov, pero desde el aniversario de la Revolución no se le había vuelto a ver por la central.

Spiridónov y Kamishov decidieron esperar hasta el 17 de noviembre y luego marcharse. En la central no había nada que hacer, pero los alemanes continuaban bombardeándola sin tregua, y Kamishov, especialmente nervioso después de las incursiones masivas, dijo a Spiridónov:

–Stepán Fiódorovich, si siguen bombardeándonos es que tienen un servicio de inteligencia poco eficaz. La aviación puede volver a atacar de un momento a otro. Ya sabe, los alemanes, como los toros, se afanan en golpear contra el vacío.

El 18 de noviembre, sin haber obtenido la autorización de Moscú, Stepán Fiódorovich se despidió de los guardias, abrazó a Andréyev, contempló por última vez las ruinas de la central y partió.

Durante la batalla de Stalingrado había trabajado duro, con honestidad, sin escatimar esfuerzos. Y su trabajo había sido más duro y era más digno de respeto por el hecho de que Spiridónov tenía miedo a la guerra, no estaba acostumbrado a vivir en condiciones similares y le aterrorizaba constantemente la amenaza de las incursiones aéreas; durante los bombardeos se le helaba la sangre, pero continuaba trabajando.

Ahora se iba con una maleta en la mano y un hatillo a la espalda y se volvía a mirar, saludaba con la mano a Andréyev de pie delante del pórtico destruido, se volvía hacia el edificio con los cristales rotos, los muros siniestros de la sala de turbinas, observaba el humo que se levantaba de los aislantes de aceite. Abandonaba la central de Stalingrado cuando ya no era útil, se iba veinticuatro horas antes del principio de la ofensiva de las tropas soviéticas.

Pero aquellas veinticuatro horas que no había esperado borraron, a los ojos de muchas personas, todo su trabajo duro y honesto. Dispuestos a declararle un héroe, después le tildaron de cobarde y desertor.

Conservaría durante mucho tiempo el recuerdo atormentador del momento de su partida, volviéndose, agitando la mano, mientras un viejo solitario de pie ante el pórtico de la central le miraba.

Vera dio a luz a un niño.

Estaba acostada sobre un catre de tablones ásperos en la bodega de la barcaza. Para que estuviera caliente las mujeres la habían enterrado bajo trapos, y a su lado yacía el bebé envuelto en una pequeña sábana. Cuando alguien entraba y apartaba la cortina, Vera veía a la gente, hombres y mujeres, entre los trapos que colgaban de las literas de arriba, oía los gritos de los niños, el alboroto continuo, el zumbido incesante de voces.

La niebla llenaba su cabeza; la niebla había invadido el aire lleno de humo.

En la bodega faltaba el aire y al mismo tiempo hacía mucho frío, tanto que en los tabiques de madera se formaba escarcha. De noche la gente dormía sin quitarse las botas de fieltro ni los chaquetones. Las mujeres se pasaban todo el día arropándose con pañuelos y trozos de mantas y se soplaban los dedos helados.

La luz apenas se filtraba a través de una diminuta ventana recortada casi al nivel del hielo, por lo que durante el día la bodega también estaba sumergida en la penumbra. Por la noche se encendían lámparas de petróleo sin cristal de protección y a la gente se le tiznaba la cara de hollín. Cuando desde la escalera se abría la escotilla, en la bodega irrumpían nubes de vapor parecidas al humo de las explosiones.

Las viejas desgreñadas se peinaban sus cabelleras grises y plateadas; los viejos se sentaban en el suelo sosteniendo en las manos jarras de agua caliente, entre cojines de todos los colores, bultos, maletas de madera sobre las que se subían, para jugar, los niños envueltos con pañuelos.

Desde el momento en que había sentido el peso del bebé sobre su pecho, Vera tenía la impresión de que sus pensamientos habían cambiado, que su relación con la gente había cambiado que su cuerpo había cambiado. Pensaba en su amiga Zina Melnikova, en la vieja Serguéyevna que la había cuidado en la primavera, en su madre, en el agujero de su camisa, en el edredón, en Seriozha y en Tolia, en el jabón, en los aviones alemanes, en el refugio de la central eléctrica, en su pelo sin lavar, y todo lo que se le pasaba por la cabeza estaba impregnado del sentimiento hacia su hijo recién nacido, todo tenía sentido o dejaba de tenerlo sólo en relación con él.

Se miraba las manos, las piernas, el pecho, los dedos. Ya no eran las manos que jugaban al voleibol, escribían redacciones y hojeaban los libros. Aquéllas ya no eran las piernas que subían corriendo los escalones del instituto, que daban patadas al agua tibia del río, picadas por las ortigas, las piernas que los viandantes se volvían a mirar por la calle.

Y, pensando en el bebé, pensaba al mismo tiempo en Víktorov.

Los aeródromos estaban situados en la orilla izquierda del Volga; Víktorov debía de estar muy cerca, el Volga ya no les separaba.

Ahora entraría un teniente en la bodega y ella le preguntaría: «¿Conoce usted al teniente Víktorov?». Y el piloto respondería: «Sí». «Dígale que aquí está su hijo, y también su mujer.»

Las mujeres venían a verla y se quedaban detrás de la cortina, movían la cabeza, sonreían, suspiraban; algunas se ponían a llorar y se inclinaban sobre el pequeño. Lloraban por su propia suerte y sonreían al recién nacido, y para entenderlas no eran necesarias las palabras. Las preguntas que le hacían a Vera siempre tenían que ver con el niño: si tenía leche, si tenía los senos inflamados, si le molestaba la humedad.

Tres días después del parto llegó su padre. Ya no se parecía a aquel hombre que había sido el director de la central eléctrica: iba con una pequeña maleta y un hatillo, sin afeitar, el cuello del abrigo subido, la corbata ajustada, las mejillas y la nariz quemadas por el viento gélido.

Y cuando Stepán Fiódorovich se acercó a la cama, Vera vio que su cara temblorosa no se volvía hacia ella en primer lugar, sino hacia el pequeño ser que estaba a su lado.

El padre le dio la espalda y, por el movimiento de sus hombros, Vera comprendió que estaba llorando, porque su mujer nunca vería a su nieto, no se inclinaría sobre él como había hecho su abuelo.

Después, irritado por sus lágrimas, avergonzado –le habían visto decenas de personas–, dijo con la voz ronca por el frío:

–Bueno, así que por tu culpa me he convertido en abuelo.

Se inclinó sobre Vera, la besó en la frente, le acarició el hombro con una mano fría y sucia.

Luego dijo:

–El día del aniversario de la Revolución Krímov vino a la central. No sabía que tu madre había muerto. Me preguntó por Yevguenia.

Un viejo sin afeitar, ataviado con una chaqueta rota que perdía trozos de guata, dijo jadeando:

–Camarada Spiridónov, aquí se entrega la Orden de Kutúzov, de Lenin, la Estrella Roja por matar el mayor número de gente posible. ¡Y cuántos han muerto ya en los dos bandos! Habría que darle una medalla de al menos dos kilos a su hija por haber traído al mundo una nueva vida en este presidio.

Era la primera persona que había hablado de Vera desde el nacimiento del niño.

Stepán Fiódorovich decidió quedarse en la barcaza hasta que Vera recobrara las fuerzas y marcharse con ella a Leninsk. Pasaría por Kúibishev, donde recibiría un nuevo destino. Tras comprobar la pésima situación alimenticia en la bodega y la necesidad imperiosa de sustentar de un modo más decente a su hija y su nieto, Stepán Fiódorovich decidió, después de haber entrado en calor, ir en busca del puesto de mando del *obkom* del Partido, que se encontraba en alguna parte del bosque, a escasa distancia de allí. Contaba con poder obtener grasa y azúcar a través de sus conocidos.

63

Aquél fue un día duro en la bodega. Las nubes se cernían sobre el Volga. Los niños no salían a jugar, las mujeres no lavaban la ropa en algún agujero del hielo, el viento frío de Astraján soplaba bajo y penetraba a través de las rendijas de las paredes de la bodega, llenándola de crujidos y aullidos.

La gente, entumecida, estaba sentada sin moverse, arropándose con pañuelos, mantas, chaquetas forradas. Incluso las mujeres más charlatanas se habían callado, aguzando el oído al aullido del viento y el crujido de las tablas.

Había comenzado a anochecer y parecía que las tinieblas nacieran de la angustia de las personas, del frío que atormentaba a todos, del hambre, del barro y de los interminables suplicios de la guerra.

Vera, cubierta con la manta hasta la barbilla, sentía en las mejillas las corrientes de aire frío que se filtraban en la bodega con cada ráfaga.

En aquellos momentos le parecía que todo acabaría saliendo mal: su padre no lograría sacarla de allí y la guerra no acabaría nunca; en primavera los alemanes habrían alcanzado los Urales, Siberia; sus aviones continuarían gimiendo en el cielo, sus bombas seguirían cayendo sobre la tierra.

Por primera vez dudaba de que Víktorov estuviera realmente cerca. Había aeródromos en cada sector del frente. Y tal vez ya ni siquiera estuviera en el frente ni en la retaguardia.

Apartó la sábana y miró la carita del bebé. ¿Por qué lloraba? Seguramente debía de haberle transmitido su tristeza, del mismo modo que le pasaba su calor y su leche.

Todos se sentían oprimidos por la crueldad del frío, por la violencia implacable del viento helado, por la inmensidad de la guerra que se extendía por los vastos ríos y llanuras rusos.

¿Cuánto tiempo puede soportar un ser humano una vida llena de hambre y frío?

La vieja Serguéyevna, que la había ayudado a dar a luz, se le acercó.

—No me gusta el aspecto que tienes hoy. Estabas mejor el primer día.

—No importa —replicó Vera—, papá volverá mañana y traerá comida.

Y aunque Serguéyevna estaba contenta de que la joven madre recibiera azúcar y grasas, soltó con tono rudo:

—Vosotros los de la clase dirigente siempre encontráis la manera de atiborraros. Siempre hay algo para vosotros; pero nosotros lo único que tenemos son patatas heladas.

—¡Silencio! —gritó alguien—. ¡Silencio!

Del otro extremo de la bodega llegó una voz confusa.

De repente, la voz tronó alta y clara, sofocando cualquier otro sonido.

Alguien estaba leyendo a la luz de una lámpara:

«En el curso de las últimas horas... Una ofensiva triunfal de nuestras tropas en la zona de Stalingrado... Hace algunos días, nuestras tropas, desplegadas en las vías de acceso a Stalingrado, atacaron a las fuerzas germano-fascistas... La ofensiva se ha iniciado en dos direcciones: al nordeste y al sur de Stalingrado...»

La gente estaba de pie y lloraba. Un vínculo invisible y milagroso los unía a aquellos muchachos que, protegiéndose el rostro del viento, marchaban en ese mismo momento entre la nieve, y a aquellos que yacían en el blanco manto, cubiertos de sangre, con la mirada oscurecida, despidiéndose de la vida.

Todos lloraban: los ancianos, las mujeres, los obreros y los niños, que con expresión adulta escuchaban atentos la lectura del comunicado.

«Nuestras tropas han recuperado la ciudad de Kalach en la orilla este del Don, la estación Krivomuzguinskaya, la estación y la ciudad de Abgasarovo...», informaba el lector.

Vera lloraba con los demás. Sentía también el lazo existente entre los hombres que avanzaban en la tiniebla nocturna e invernal, se caían, se levantaban y volvían a caer, de nuevo caían para no levantarse más, y las personas desfallecidas de aquella bodega que escuchaban conmovidas el comunicado de la ofensiva.

Aquellos hombres, allá en el frente, iban a morir por ella, por su hijo, por las mujeres de manos agrietadas a causa del agua helada, por los ancianos, por los niños envueltos en los pañuelos desgarrados de sus madres.

Y mientras lloraba imaginó que su marido entraría en la bodega, y las mujeres y los viejos obreros le rodearían y le dirían: «Ha sido niño».

El hombre que leía el comunicado llegó al final: «La ofensiva lanzada por nuestras tropas prosigue».

El oficial de guardia del Estado Mayor presentó un informe al comandante del 8.º Ejército del aire sobre las salidas que habían efectuado los escuadrones de caza durante el día.

El general examinó los papeles que tenía delante de él y dijo al oficial:

–Zakabluka no está en racha: ayer le abatieron al comisario, hoy a dos pilotos.

–He llamado al Estado Mayor del regimiento, camarada comandante –dijo el oficial–. Mañana enterrarán al camarada comisario Berman. El representante del Consejo Militar ha prometido coger un avión y venir a pronunciar un discurso.

–A nuestro miembro del Consejo Militar le gustan mucho los discursos –dijo el general con una sonrisa.

–En cuanto a los pilotos, camarada comandante, el teniente Korol fue abatido sobre las líneas defendidas por la 38.ª División. Y el comandante de la patrulla, el teniente Víktorov, fue alcanzado por un Messer que sobrevolaba un aeródromo alemán; no pudo volver a la línea del frente y cayó en una colina en zona neutral. La infantería lo vio y trató de acercarse, pero los alemanes se lo impidieron.

–Bueno, son cosas que pasan –sentenció el general, rascándose la nariz con el lápiz–. Esto es lo que hay que hacer: telefonee al Estado Mayor General y recuérdeles que Zajárov nos prometió un jeep nuevo; de lo contrario dentro de poco no podremos desplazarnos.

El cuerpo del piloto muerto permaneció en la colina cubierta de nieve durante toda la noche; el frío era intenso y las estrellas brillaban luminosas.

Al alba la colina se volvió completamente rosada y el piloto yació sobre una colina rosa. Luego arreció el viento y, poco a poco, la nieve cubrió su cuerpo.

TERCERA PARTE

I

Unos días antes del inicio de la ofensiva de Stalingrado, Krímov llegó al puesto de mando subterráneo del 64.º Ejército. El ayudante de campo del miembro del Consejo Militar Abrámov estaba sentado al escritorio y tomaba una sopa de pollo con una empanada.

Cuando el ayudante de campo dejó la cuchara, lanzando un suspiro que indicaba que la sopa estaba buena, Krímov sintió un deseo tan intenso de llevarse a la boca una empanada de col que se le humedecieron los ojos.

Después de que el ayudante de campo anunciara su llegada, se hizo el silencio al otro lado del tabique. Luego se oyó una voz ronca que Krímov reconoció, pero demasiado apagada para descifrar lo que decía.

El ayudante de campo regresó y le comunicó:

–El miembro del Consejo Militar no puede recibirle.

Krímov se quedó desconcertado.

–No he sido yo el que ha pedido verle. Fue el camarada Abrámov quien me mandó llamar.

El ayudante de campo, absorto en la contemplación de su sopa, no respondió.

–¿Es que lo ha anulado? No entiendo nada –dijo Krímov.

Volvió a la superficie y anduvo con paso lento y pesado a lo largo del pequeño barranco en dirección a la orilla del Volga donde se encontraba la sede de la redacción del periódico del ejército.

Caminaba furioso por aquella convocatoria absurda y por el deseo repentino que le había suscitado la empanada del ayudante, y entretanto aguzaba el oído y percibía el fuego de los cañones, desordenado y perezoso, que procedía de Kuporosnaya Balka.

Una chica con gorro y capote militar caminaba en dirección a la sección de operaciones. Krímov le echó una ojeada y pensó: «Vaya preciosidad».

El recuerdo de Zhenia le asaltó y de repente una congoja familiar le oprimió el corazón. Como siempre, se reprendió al instante: «¡Olvídala, olvídala!». Recordó la noche pasada con aquella joven cosaca.

Después pensó en Spiridónov: «Es un buen hombre. Si bien no tiene nada de Spinoza».

Todos estos pensamientos, el perezoso cañoneo, su enfado con Abrámov, el cielo otoñal, le vendrían a la cabeza a menudo con una nitidez dolorosa.

Un oficial del Estado Mayor con los distintivos verdes de capitán en el capote y que le había seguido desde el puesto de mando le llamó.

Krímov le miró perplejo.

–Venga por aquí, por favor –dijo el capitán en voz baja, señalando la puerta de una isba.

Krímov pasó por delante del centinela y cruzó el umbral.

Entraron en una habitación donde había un escritorio y el retrato de Stalin colgado con chinchetas en la pared de madera.

Krímov esperaba que el capitán le dijera de un momento a otro: «Disculpe, camarada comisario de batallón, ¿le importaría llevarle un informe al camarada Toschéyev, en la orilla izquierda?».

En su lugar, el capitán dijo:

–Entrégueme su arma y sus documentos personales.

Krímov balbuceó unas palabras que carecían ya de sentido.

–¿Con qué derecho? Muéstreme sus documentos antes de exigirme los míos.

Luego, cuando se convenció de que, aunque incomprensible y absurdo, lo que le estaba sucediendo era real, pronunció las palabras que en circunstancias semejantes miles de personas habían balbuceado antes que él:

–Es un disparate, no entiendo nada, se trata de un malentendido.

Pero éstas ya no eran las palabras de un hombre libre.

2

–¿Se está haciendo usted el tonto o qué? Responda: ¿quién le reclutó durante el periodo del cerco?

El interrogatorio tenía lugar en la sección especial del frente, en la orilla izquierda del Volga.

El suelo pintado, los tiestos de flores en la ventana, el reloj de péndulo en la pared respiraban una calma provinciana. Las vibraciones de los cristales y el estruendo que llegaba de Stalingrado –al parecer, en la orilla derecha los bombarderos estaban soltando su carga– le resultaban agradablemente familiares.

¡Qué poco se parecía aquel teniente coronel, sentado detrás de una mesa de cocina rústica, al juez instructor de labios pálidos de su imaginación!

Pero fue aquel teniente coronel, con la espalda manchada de la grasa de una estufa sucia, el que se acercó al taburete de madera donde estaba sentado el experto en el movimiento obrero de los países del Oriente colonial. Caminó hacia el hombre que llevaba una estrella de comisario en la manga del uniforme, el hombre al que una mujer dulce y cariñosa había traído al mundo, y le propinó un puñetazo en la cara.

Nikolái Grigórievich se pasó la mano por los labios y por la nariz, se miró la palma y la vio manchada de sangre y saliva. Después intentó mover la mandíbula. Tenía los labios entumecidos y sentía la lengua como una piedra. Echó una ojeada al suelo pintado y recién lavado, y tragó sangre.

Durante la noche el odio hacia el funcionario se apoderó de él. Al principio no había sentido odio ni dolor físico. El puñetazo en la cara era el signo exterior de una catástrofe moral; sólo pudo reaccionar con entumecimiento y estupor.

Krímov, avergonzado, se volvió a mirar al centinela. ¡El soldado había visto cómo golpeaban a un comunista! Pegaban al comunista Krímov, le pegaban delante de uno de esos hombres por los que se había hecho la Gran Revolución, esa revolución en la que Krímov había participado.

El teniente coronel miró el reloj. Era la hora de la cena en el comedor de los jefes de sección.

Mientras Krímov era conducido a través de los copos de nieve sucia que cubrían el patio hacia un rústico edificio construido a base de troncos que hacía las veces de cárcel, el sonido de las bombas que caían sobre Stalingrado se hizo especialmente nítido.

Una vez se hubo recuperado de su estupor, el primer pensamiento que le pasó por la cabeza fue que una bomba alemana podía destruir aquella prisión... Y ese pensamiento le pareció sencillo y aborrecible.

En la sofocante celda de madera le invadieron la rabia y la desesperación: estaba completamente fuera de sí. Él era el hombre que gritaba con voz ronca mientras corría hacia el avión al encuentro de su amigo Gueorgui Dimítrov, el hombre que había portado el féretro de Klara Zetkin y el que hacía un momento, con mirada furtiva, había tratado de averiguar si el funcionario volvería a pegarle.

Era él quien había liberado del cerco a unos hombres que le llamaban «camarada comisario». Pero también era él a quien el artillero koljosiano había mirado con desprecio, él, el comunista golpeado durante el interrogatorio por otro comunista...

No lograba todavía reconocer el colosal significado de las palabras «privación de libertad». Se había convertido en otro, todo en él tenía que cambiar: le privaban de la libertad.

Se le nubló la vista. Iría a ver a Scherbakov al Comité Central, y siempre podría dirigirse a Mólotov; no descansaría hasta que aquel miserable teniente coronel fuera fusilado. ¡Sí, coja el teléfono! Llame a Priajin... Stalin ha oído hablar de mí, conoce mi nombre. El camarada Stalin le había preguntado una vez al camarada Zhdánov: «¿Es éste el Krímov que ha trabajado en el Komintern?».

Nikolái Grigórievich sintió bajo los pies un barrizal: ahora le engulliría una ciénaga sin fondo, oscura, pegajosa como la pez. Se había abatido sobre él algo invencible, algo más potente que la fuerza de las divisiones de *panzers* alemanes. Le habían privado de la libertad.

«¡Zhenia! ¡Zhenia! ¿Me ves? ¡Zhenia! Mírame, me está pasando una desgracia horrorosa. Estoy completamente solo, abandonado, abandonado también por ti.»

Un degenerado le había golpeado. La mente se le enturbió, los dedos le temblaban hasta el espasmo por el deseo de lanzarse contra aquel hombre de la sección especial.

Jamás había sentido un odio similar, ni hacia la policía del zar, ni hacia los mencheviques, ni siquiera hacia el oficial de las SS que un día le había interrogado.

En el hombre que le pisoteaba Krímov no había reconocido a un extraño, sino a sí mismo, a aquel niño que lloraba de felicidad cuando leía las extraordinarias palabras del *Manifiesto comunista*: «¡Proletarios del mundo, uníos!». Y aquella proximidad era realmente espantosa...

3

Cayó la noche. A veces el rumor de la batalla de Stalingrado invadía el aire estancado y viciado de la prisión. Tal vez los alemanes, en defensa de su justa causa, golpeaban a Batiuk o Rodímtsev.

De vez en cuando se oía trajín en el pasillo. Se abrían las puertas de la celda común donde estaban los desertores, los traidores a la patria, saqueadores y violadores. A veces alguno pedía ir al retrete y el centinela, antes de abrir la puerta, discutía largo y tendido con el prisionero.

Cuando trasladaron a Krímov desde la orilla de Stalingrado, le colocaron provisionalmente en la celda común. Pero nadie prestó atención al comisario con la estrella roja cosida en la manga; sólo le preguntaron si tenía papel para liar un cigarrillo de *majorka*. A aquella gente sólo le interesaba comer, fumar, satisfacer las propias necesidades.

¿Quién, quién había urdido todo aquel asunto? Qué sentimiento tan desgarrador: tenía la certeza de su inocencia y al mismo tiempo experimentaba una gélida sensación de culpa irreparable.

El túnel de Rodímtsev, las ruinas de la casa 6/1, los pantanos de Bielorrusia, el verano en Vorónezh, los pasos de los ríos: todo lo que le daba sensación de felicidad y ligereza había muerto para él.

Deseaba salir a la calle, pasear, levantar la cabeza y mirar el cielo. Ir a por un periódico. Afeitarse. Escribir una carta a su hermano. Beber una taza de té. Devolver un libro que había cogido en préstamo la noche anterior. Quiso mirar la hora en su reloj de pulsera, ir al baño, coger de su maleta un pañuelo de bolsillo. Pero no podía hacer nada. Le habían privado de la libertad.

Pronto sacaron a Krímov de la celda común al pasillo. El comandante había gritado al centinela:

–Pero ¿en qué idioma hablo? ¿Por qué demonios le has metido en la celda común? No te quedes ahí como un pasmarote. ¿Quieres que te envíe a primera línea?

Cuando el comandante se hubo ido, el centinela se quejó a Krímov:

–Siempre pasa lo mismo. La individual está ocupada. Fue él quien me ordenó incomunicar a los destinados a ser fusilados. Si le meto a usted ahí, ¿dónde mando al otro?

Poco después Nikolái Grigórievich vio cómo el pelotón de fusilamiento se llevaba de la celda al condenado a muerte. El cabello rubio del condenado se le pegaba a la nuca, estrecha y hundida. Podía tener tanto veinte años como treinta y cinco.

Krímov fue transferido a la celda de aislamiento que acababa de quedar libre. En la penumbra logró distinguir una escudilla sobre la mesa y reconoció al tacto una miga de pan moldeada en forma de liebre. Lo más probable es que el condenado hubiera acabado de hacerla hacía poco porque el pan todavía estaba blando, sólo las orejas se habían secado.

Todo quedó sumido en el silencio. Krímov, con la boca

entreabierta, permanecía sentado en el catre. No lograba dormir. Tenía muchas cosas sobre las que reflexionar, pero su cabeza, aturdida, se negaba a concentrarse; las sienes le palpitaban y el cráneo parecía inundado por una marea baja; todo daba vueltas, se balanceaba, chapoteaba, y no había nada a lo que aferrarse, ningún lugar donde amarrar el hilo del pensamiento.

Por la noche volvió a oír ruidos en el pasillo. Los centinelas llamaban al cabo de guardia. Percibió el retumbo de sus botas. El comandante (Krímov lo reconoció por la voz) gritó:

—Que se vaya al diablo el comisario de batallón. Llevadlo al puesto de guardia. —Después añadió—: Es un caso excepcional, se ocupará el jefe.

La puerta se abrió y un soldado gritó:

—¡Fuera!

Krímov salió. En el pasillo había un hombre con los pies descalzos y en ropa interior. Krímov había visto muchas cosas malas en su vida, pero ninguna tan terrible como aquella cara. Pequeña, de un amarillo sucio, todo en ella lloraba lamentablemente: las arrugas, las mejillas temblorosas, los labios. Todo lloraba excepto los ojos, pero habría sido mejor no ver su expresión atroz.

—Venga, venga —apremió el guardia a Krímov.

En el puesto de guardia el centinela le contó el «caso excepcional».

—Me amenazan con mandarme a primera línea, pero este lugar es mil veces peor. Aquí uno tiene siempre los nervios de punta... Trajeron a un hombre que se había automutilado para fusilarlo; se había disparado en la mano izquierda a través de una hogaza de pan. Lo fusilan, lo entierran y, mira por dónde, resucita por la noche y viene a vernos.

El guardia evitaba dirigirse directamente a Krímov, así no tenía que escoger entre tutearle o tratarle de usted.

—Trabajan de una manera tan chapucera que te crispan los nervios. Al ganado lo sacrifican con más esmero. ¡Es una chapuza total! La tierra está helada, desbrozan un poco la maleza, cubren el cuerpo de cualquier manera y se van. Está claro cómo salió de nuevo a la superficie. ¡Si le hubieran enterrado según las instrucciones nunca habría asomado la cabeza!

Y Krímov, que toda la vida había respondido a las preguntas y aclarado las ideas a la gente, ahora preguntó, confuso:

—Pero ¿por qué regresó?

El guardia se rió.

—Y ahora el sargento que lo condujo a la estepa dice que hay que mantenerlo con pan y té hasta que no se formalicen sus documentos, pero el superior de la sección administrativa es duro de pelar y arma un escándalo: «¿Cómo vamos a darle té si ya lo hemos liquidado de la lista?». Para mí, lleva razón. El sargento hace un trabajo chapucero ¿y la sección administrativa tiene que responder por ello?

Krímov preguntó de pronto:

—¿En qué trabajaba usted antes de la guerra?

—Era apicultor en una explotación del Estado.

—Ya veo —dijo Krímov.

En ese momento todo a su alrededor y en su interior se había vuelto oscuro y absurdo.

Al amanecer Krímov fue trasladado de nuevo a la celda individual. La liebre de pan estaba todavía al lado de la escudilla. Pero ahora se había vuelto dura, áspera. De la celda común le llegó una voz engatusadora que pedía:

—Guardia, sé buen tipo, llévame a mear.

Entretanto en la estepa salió un sol rojo oscuro; una remolacha sucia y helada subió al cielo salpicada de terrones y barro.

Poco después metieron a Krímov en la parte trasera de un camión y a su lado se sentó un teniente de escolta con aire simpático a quien el sargento entregó la maleta del prisionero. El camión, rechinando y traqueteando sobre el barro helado de Ájtuba, avanzó hacia el aeródromo de Leninsk.

Aspiró una bocanada de frío húmedo y el corazón se le llenó de esperanza y de luz: tal vez aquel terrible sueño había acabado.

788

4

Nikolái Grigórievich bajó del coche y miró la estrecha entrada gris de la Lubianka. La cabeza le retumbaba por el rugido de los motores durante aquellas largas horas de avión, por la rápida sucesión de campos arados y no arados, de riachuelos, de bosques, por la alternancia de sentimientos de desesperación, seguridad y duda.

La puerta se abrió y penetró en un mundo sofocante de rayos X impregnado de oficialidad y bañado por una luz agresiva. Era un mundo que existía al margen de la guerra, fuera de la guerra y por encima de la guerra.

En una habitación vacía y sofocante, a la luz deslumbrante de un proyector, le ordenaron que se desnudara por completo, y mientras un hombre en bata le palpaba el cuerpo a conciencia, Krímov, poniéndose rígido, pensaba que estaba claro que ni el estruendo ni el hierro de la guerra podían impedir el movimiento metódico e impúdico de aquellos dedos...

Un soldado muerto, y en su máscara antigás una nota que ha escrito antes del ataque: «Muero por defender la felicidad soviética. Dejo mujer y seis hijos». Un tanquista quemado, negro como el alquitrán, con mechones de pelo pegados a su joven cabeza. Un ejército popular compuesto por varios millones de hombres que marchan por ciénagas y bosques, disparando cañones y ametralladoras...

Pero los dedos continuaban desempeñando su trabajo con calma y seguridad, mientras bajo el fuego el comisario Krímov gritaba: «Camarada Guenerálov, ¿es que no quiere defender la patria soviética?».

–Dese la vuelta, inclínese, piernas separadas.

Luego, ya vestido, le fotografiaron de frente y de perfil con el cuello de la guerrera desabrochado y una expresión viva e inmóvil en la cara.

Con una aplicación indecente, dejó marcadas las huellas digitales sobre una hoja de papel. El diligente oficial le quitó los botones de los pantalones y el cinturón.

Le hicieron subir en un ascensor iluminado por una luz cegadora y caminó sobre la alfombra de un pasillo largo y vacío, dejando atrás puertas con mirillas redondas. Eran como las salas de una clínica quirúrgica cuya especialidad fuera el cáncer. El aire era cálido, plomizo, todo estaba iluminado por una rabiosa luz eléctrica. Era un instituto de radiología para hacer diagnósticos sociales...

«¿Quién me habrá metido aquí dentro?»

En aquella atmósfera sofocante, ciega, se hacía difícil pensar. Se habían intrincado el sueño, la realidad, el delirio, el pasado, el futuro. Había perdido la percepción de sí mismo... «¿He tenido una madre? Quizá no. Zhenia se había vuelto indiferente. Las estrellas entre las copas de los pinos, el paso del Don, la bengala verde de los alemanes; proletarios de todos los países, uníos; debe de haber personas detrás de cada puerta; seré comunista hasta la muerte; ¿dónde estará ahora Mijaíl Sídorovich Mostovskói?; la cabeza me zumba, ¿fue Grékov el que disparó contra mí? Grigori Yevséyevich Zinóviev, presidente del Komintern, caminó por este mismo pasillo; qué aire pesado, espeso, qué luz maldita emana de los proyectores... Grékov disparó contra mí, el funcionario de la sección especial me soltó un puñetazo en los dientes, los alemanes también me dispararon, qué me depara el destino; os lo juro, no soy culpable de nada, tengo ganas de orinar, aquellos viejos que cantaban en el aniversario de Octubre cuando visité a Spiridónov eran espléndidos. VeCheKá, VeCheKá, VeCheKá; Dzerzhinski era el dueño de esta casa; Guénrij Yagoda, luego Menzhinski, y más tarde el pequeño proletario petersburgués, Nikolái Ivánovich Yezhov, de ojos verdes, y ahora el amable e inteligente Lavrenti Pávlovich Beria. Ya nos hemos visto, ¡saludos para usted! ¿Qué era lo que cantábamos? "Levántate, proletario, lucha por tu causa"; yo no soy culpable de nada, tengo que orinar, no van a fusilarme, ¿verdad?»

Qué extraño era andar por aquel pasillo rectilíneo como la trayectoria de una flecha mientras la vida está tan enmarañada de senderos, barrancos, pantanos, arroyos, polvo de estepa, campos de trigo abandonados; debes abrirte paso, dar rodeos, pero el destino es lineal, andas recto como una cuerda, pasillos, pasillos, y luego más puertas a lo largo de los pasillos.

Krímov avanzaba con paso cadencioso, ni rápido ni lento, como si el centinela no anduviera detrás de él sino delante.

Algo había cambiado en él desde el momento en que había entrado en la Lubianka.

«La disposición geométrica de los puntos», pensó mientras le tomaban las huellas sin entender el motivo de esa reflexión, aunque expresara exactamente lo que le había pasado.

La nueva sensación estaba generada por el hecho de que ya no tenía conciencia de sí mismo. Si hubiera pedido agua, le habrían dado de beber. Si hubiera sufrido un ataque al corazón, un médico le habría suministrado la inyección apropiada. Pero él ya no era Krímov. Todavía no podía comprenderlo, pero lo sentía. Ya no era el camarada Krímov, aquel que mientras se vestía, comía, compraba una entrada de cine, pensaba, se echaba a dormir tenía siempre conciencia de sí mismo. El camarada Krímov se diferenciaba de todos los hombres por su alma y su mente, su veteranía en el Partido, que se remontaba a antes de la Revolución, sus artículos publicados en la revista *La Internacional Comunista*; por sus actitudes, sus pequeñas manías, por su peculiar modo de comportarse, por el tono de voz que adoptaba en las conversaciones que mantenía con los miembros del Komsomol, las secretarias de los *raikoms* de Moscú, los obreros, los viejos miembros del Partido, sus amigos y postulantes. Su cuerpo era todavía como cualquier otro cuerpo humano, sus movimientos y pensamientos eran parecidos a los movimientos y pensamientos humanos, pero la esencia del camarada y hombre Krímov, su dignidad y su libertad, habían desaparecido.

Le llevaron a una celda rectangular con un suelo de parqué limpio donde había cuatro catres cubiertos con unas colchas bien extendidas, sin la menor arruga. Al instante se dio cuenta de que tres seres humanos miraban con interés humano al cuarto individuo.

Eran hombres. No sabía si eran buenos o malos; desconocía si eran hostiles o indiferentes respecto a él, pero el bien, el mal, la indiferencia que emanaba de ellos eran humanos.

Se sentó en el catre que le habían indicado, y los otros tres, sentados también en sus catres con libros abiertos sobre las rodillas, le miraron fijamente en silencio. Y aquella sensación maravillosa, preciosa, que creía haber perdido, volvió a aparecer.

Uno de los hombres era de complexión maciza, con la frente abombada, el rostro arrugado y una masa de cabellos canosos y negros, despeinados a lo Beethoven y con unos rizos que le caían sobre la frente baja y prominente.

El segundo era un viejo con las manos pálidas como el papel, un cráneo huesudo, calvo, y la cara parecida a un bajorrelieve esculpido en metal, como si por sus venas y arterias corriera nieve en lugar de sangre.

El tercero, que ocupaba el catre contiguo al de Krímov, tenía aspecto amable y una mancha roja en el caballete de la nariz por las gafas que acababa de quitarse. Parecía infeliz y bueno. Indicó la puerta con el dedo, sonrió de modo apenas perceptible, sacudió la cabeza y Krímov comprendió que el centinela estaba allí, al otro lado de la mirilla, observándoles.

El primero en romper el silencio fue el hombre de los cabellos enmarañados.

–Bueno –comenzó con tono afable e indolente–, me permito, en nombre de todos los aquí presentes, saludar a las fuerzas armadas. ¿De dónde viene, querido camarada?

Krímov sonrió confuso y dijo:

–De Stalingrado.

–Oh, me alegra conocer a alguien que ha participado en nuestra heroica resistencia. Bienvenido a nuestra cabaña.

–¿Fuma? –preguntó enseguida el viejo de la tez blanca.

–Sí –respondió Krímov.

El viejo asintió y miró fijamente el libro.

–Yo les he jugado una mala pasada a mis camaradas –explicó el amable vecino miope–. Dije que no fumaba y ahora la administración no me pasa mi ración de tabaco. Dígame, ¿hace mucho que dejó Stalingrado?

–Todavía estaba allí esta mañana.

–¡Vaya! –exclamó el gigante–. ¿Le han traído en un Douglas?

–Así es –respondió Krímov.

–Explíquenos, ¿cómo está la situación en Stalingrado? No hemos conseguido ningún periódico.

–Debe de tener hambre, ¿verdad? –preguntó el amable miope–. Nosotros ya hemos comido.

–No, no tengo hambre –contestó Krímov–. Los alemanes no van a tomar Stalingrado. Ahora está del todo claro.

–Siempre ha estado claro –dijo el gigante–. La sinagoga sigue en pie y seguirá estando en pie.

El viejo cerró de golpe el libro y preguntó:

–Usted, por lo que parece, es miembro del partido comunista, ¿no?

–Sí, soy comunista.

–Más bajo, más bajo, hablad en un susurro –advirtió el amable miope.

–Incluso de su pertenencia al Partido –se lamentó el gigante.

A Krímov le resultaba familiar la cara del gigante y de repente recordó por qué: era un famoso presentador moscovita. Una vez había asistido con Zhenia a un concierto en la Sala de Columnas y lo había visto en escena. ¡Y he aquí donde volvían a encontrarse!

En aquel momento se abrió la puerta, el centinela se asomó y preguntó:

–¿Quién tiene un nombre que comienza por K?

–Yo, Katsenelenbogen –respondió el gigante.

Se levantó, se atusó un poco la poblada cabellera y, con parsimonia, avanzó hacia la puerta.

–Va a ser interrogado –murmuró el amable vecino.

–¿Y por qué han preguntado por un nombre con K?

–Es una regla. Anteayer el guardia lo llamó: «¿Hay

793

aquí un tal Katsenelenbogen cuyo nombre comienza por K?». Verdaderamente ridículo. Está medio chiflado.

–Sí, nos reímos un rato –dijo el viejo.

«¿Y tú, con tu aspecto de viejo contable, cómo has venido a parar aquí? –se preguntó Krímov–. Mi nombre también empieza con K.»

Los detenidos se preparaban para echarse a dormir, pero la intensa luz seguía encendida y Nikolái sentía que alguien le observaba a través de la mirilla mientras se quitaba las polainas, se ajustaba los calzoncillos, se rascaba el pecho. Era una luz especial. No continuaba encendida para los hombres que se encontraban en el interior de la celda, sino para que éstos fueran más visibles. Si hubiera sido más práctico observarles en la oscuridad, les habrían tenido a oscuras.

El viejo contable estaba acostado con la cara vuelta hacia la pared. Krímov y su vecino miope hablaban en susurros, sin mirarse y cubriéndose la boca con la mano para que el guardia no viera el movimiento de sus labios.

De vez en cuando miraban el catre vacío. ¿Todavía estaba el presentador contando chistes?

El vecino musitó:

–Todos nosotros, en la celda, nos hemos vuelto cobardes como conejos. Es como en el cuento: el mago toca a las personas y les crecen unas enormes orejas.

Habló a Krímov sobre los compañeros de celda.

El viejo, Dreling, resultó ser un socialista revolucionario, un socialdemócrata o un menchevique. Nikolái Grigórievich había oído ese nombre antes. Dreling había pasado más de veinte años preso, entre cárceles y campos. Le quedaba poco para alcanzar a los prisioneros de Schlisselburg: Morózov, Novorusski, Frolenko y Figner. Le acababan de trasladar a Moscú debido al nuevo cargo que se le imputaba: había tenido la idea de organizar en el campo conferencias sobre la cuestión agraria para los deskulakizados.

El historial del presentador en la Lubianka era tan largo como el de Dreling. Hacía veintitantos años, en la época de Dzerzhinski, había comenzado a trabajar en la Cheká, después, en la OGPU bajo las órdenes de Yagoda, luego en el NKVD con Yezhov, y más tarde en el MGB[1] con Beria. Había estado en el aparato central y en los campos, donde dirigía enormes proyectos de construcción.

Krímov se había equivocado también respecto a su interlocutor. El funcionario soviético Bogoleyev era crítico de arte, experto en fondos de museos, un poeta cuyos versos no se habían publicado porque no estaban en línea con la época.

Bogoleyev susurró de nuevo:

—Pero ahora todo ha terminado, ¿comprende? Me he convertido en un conejo asustado.

¡Qué extraño y terrible era todo! En el mundo no había nada más que los pasos del Bug y el Dniéper, el asedio de Piriatin y los pantanos de Óvruch, el Mamáyev Kurgán, la casa 6/1, las conferencias políticas, la escasez de municiones, los instructores políticos heridos, los asaltos nocturnos, el trabajo político en la marcha y en el combate, los ataques de tanques, los morteros, los Estados Mayores Generales, las ametralladoras pesadas...

Y en ese mismo mundo, al mismo tiempo, no había otra cosa que interrogatorios nocturnos, toques de diana, inspecciones, visitas al lavabo bajo escolta, cigarrillos distribuidos a cuentagotas, registros, careos, testigos, las decisiones de la OSO[2].

Aquellas dos realidades coexistían. Pero ¿por qué le parecía natural, inevitable, que sus vecinos, privados de libertad, estuvieran encarcelados en una celda de la prisión política? ¿Por qué era absurdo, incomprensible, impensable que él, Krímov, hubiera ido a parar a aquella celda, a aquel catre?

Sentía el deseo irresistible de hablar de sí mismo. No se contuvo y dijo:

1. Siglas de *Ministerstvo Gosudárstvennoi Bezopásnosti* (Ministerio de Seguridad Estatal).

2. Acrónimo de *Osóboye Sovechanie* (Comisión Deliberativa Especial). Tribunal del NKVD-MVD entre 1934 y 1953.

–Mi mujer me ha abandonado, no tengo a nadie que pueda enviarme paquetes.

La cama del enorme chequista permaneció vacía hasta la mañana.

5

En otros tiempos, antes de la guerra, Krímov pasaba a menudo por la noche delante de la Lubianka y se preguntaba qué sucedía detrás de las ventanas de aquel edificio insomne.

Los arrestados eran encerrados en la prisión durante ocho meses, un año, un año y medio, mientras la instrucción estaba en curso. Luego, sus familiares recibían cartas desde los campos, descubrían nombres nuevos: Komi, Salejard, Norilsk, Kotlas, Magadán, Vorkutá, Kolymá, Kuznetsk, Krasnoyarsk, Karaganda, la bahía de Nagayevo...

Pero miles de personas que acababan recluidas en la prisión interior de la Lubianka desaparecían para siempre.

La fiscalía informaba a los parientes de que habían sido condenados a «diez años sin derecho a correspondencia», pero en los campos no existían condenados con semejantes penas. Diez años sin derecho a correspondencia significaba casi con total seguridad que los habían fusilado.

Cuando un hombre escribía una carta desde un campo decía que se encontraba bien, que no pasaba frío, y pedía, si era posible, que le enviaran ajo y cebolla. Los familiares comprendían que el ajo y la cebolla iban bien para el escorbuto. Nadie hacía mención nunca, en esas cartas, sobre el periodo de instrucción pasado en la prisión provisional.

Durante las noches de verano de 1937 era particularmente horroroso pasar por delante de la Lubianka y el callejón Komsomolski.

Las calles oscuras y sofocantes estaban desiertas. Los edificios se erguían, negros, con las ventanas abiertas, al mismo tiempo despoblados y llenos de gente. El silencio era todo menos apacible. En las ventanas iluminadas, cubiertas por cortinas blancas, se entreveían sombras; en la entrada las puertas de los coches retumbaban, se encendían los faros. Parecía que la inmensa ciudad estuviera paralizada por la mirada vítrea y brillante de la Lubianka. A Krímov le venían a la memoria personas conocidas. La distancia respecto a ellos no podía medirse en el espacio; existía en otra dimensión. No había fuerza ni en la tierra ni en el cielo capaz de abarcar aquel inmenso abismo, tan profundo como la misma muerte. Pero esas personas no estaban bajo tierra, no reposaban en un ataúd sellado, sino que estaban ahí al lado, vivos, y respiraban, pensaban, lloraban...

Los coches continuaban descargando nuevos arrestados: cientos, miles, decenas de miles de personas desaparecían tras las paredes de la prisión interna de la Lubianka, tras las puertas de Butirka, de Lefortovo.

Nuevas personas eran asignadas para cubrir los puestos de los detenidos, en los *raikoms*, en los Comisariados del Pueblo, los departamentos militares, la fiscalía, en las clínicas, en las direcciones de las fábricas, en los comités locales y de las fábricas, en las secciones agrícolas, en los laboratorios bacteriológicos, en la dirección de los teatros, en los despachos de constructores aeronáuticos, en los institutos que elaboraban los proyectos de gigantescos centros químicos y metalúrgicos.

Luego, después de un breve periodo de tiempo, ocurría que los mismos que habían cubierto la vacante de los arrestados, enemigos del pueblo, terroristas y saboteadores eran acusados de ser enemigos que hacían doble juego y eran arrestados a su vez.

Un camarada de Leningrado le había confiado en un susurro a Krímov que en su celda se encontraban tres secretarios del mismo *raikom* de Leningrado; cada uno de ellos había desenmascarado a su predecesor como terrorista y enemigo del pueblo. En la celda estaban uno al lado del otro y convivían sin rencor.

Dmitri Sháposhnikov, el hermano de Yevguenia Nikoláyevna, había entrado una vez en este edificio con un pequeño hatillo blanco preparado por su mujer: una toalla, jabón, dos mudas de ropa interior, un cepillo de dientes, calcetines y tres pañuelos. Había franqueado la puerta conservando en la memoria las cinco cifras de su número del carné del Partido, su escritorio de representante comercial en París, el coche cama donde, en su trayecto hacia Crimea, había aclarado su relación con su mujer, bebido agua mineral y hojeado, entre bostezos, *El asno de oro*.

Obviamente Mitia era inocente. Sin embargo fue encarcelado, mientras que a Krímov jamás le habían molestado.

Un día Abarchuk, el primer marido de Liudmila Sháposhnikova, había pasado también por este pasillo iluminado que conducía de la libertad a la no libertad. Abarchuk se había precipitado, solícito, al interrogatorio para disipar aquel absurdo malentendido. Transcurrieron cinco meses, siete, ocho..., y Abarchuk declaró por escrito: «La idea de matar al camarada Stalin me la sugirió un agente de los servicios secretos alemanes con el que, en su momento, me había puesto en contacto uno de los líderes de la oposición clandestina... La conversación tuvo lugar después de la manifestación del Primero de Mayo en el bulevar Yauzki. Prometí dar una respuesta definitiva al cabo de cinco días y acordamos encontrarnos de nuevo...».

El trabajo que se llevaba a cabo detrás de esas ventanas era increíble, verdaderamente fantástico.

Abarchuk no apartó siquiera la vista cuando un oficial de Kolchak le disparó. Sin embargo le habían obligado a firmar una declaración falsa. Por supuesto, Abarchuk era un verdadero comunista, un comunista cuya solidez había sido probada en tiempos de Lenin. Por supuesto que no era culpable de nada. Aun así, lo habían arrestado y había confesado.

Pero Krímov, en aquella época, no había sido arrestado ni obligado a firmar retractaciones... Sabía, de oídas, cómo ocurrían estas cosas. Le habían llegado informaciones a través de personas que le decían en un susurro: «Recuerda, si se lo cuentas a alguien, ya sea tu mujer o tu madre, estoy perdido».

Había obtenido información de aquellos que, caldeados por el vino e irritados por la presuntuosa estupidez de su interlocutor, de repente, después de soltar alguna palabra comprometida, se interrumpían, y al día siguiente, como quien no quiere la cosa, preguntaban: «Por cierto, ayer no dije demasiadas tonterías, ¿verdad? ¿No te acuerdas? ¡Bueno, tanto mejor!».

También le habían contado algunas cosas las mujeres de los amigos, que iban a los campos a encontrarse con sus maridos.

Pero no eran más que rumores y habladurías. De hecho, a Krímov no le había pasado nada parecido.

Y ahora ahí estaba, esta vez le habían metido en la cárcel. Era increíble, absurdo, inaudito, pero había sucedido. Cuando encarcelaban a los mencheviques, a los socialistas revolucionarios, a los miembros de la guardia blanca, los popes, los jefes kulaks, nunca, ni siquiera por un momento, se había parado a pensar en lo que podían sentir esos hombres al perder la libertad, mientras esperaban la sentencia. No había pensado tampoco en sus mujeres, ni en sus madres, ni en sus hijos.

Ciertamente, cuando los proyectiles comenzaron a impactar más cerca, a mutilar a los suyos y no a los enemigos, no se había mostrado ya tan indiferente: no acababan en la cárcel los adversarios, sino los verdaderos soviéticos, los miembros del Partido.

Y cuando encarcelaron a personas que le eran muy cercanas, gentes de su generación que él consideraba auténticos bolcheviques leninistas, aquello le dejó trastornado, no durmió en toda la noche, acuciado por las dudas de si Stalin tenía derecho a privar así a la gente de libertad, a torturarles y fusilarles. Pensó en los sufrimientos que debían soportar ellos, sus mujeres, sus madres. Al fin y al cabo ya no se trataba de kulaks, no eran guardias blancos, sino bolcheviques leninistas.

Y sin embargo, se las había apañado para tranquilizarse a sí mismo: después de todo a él no le habían metido en la cárcel, no le habían deportado, no había sido obligado a firmar nada ni a confesarse culpable de falsos cargos.

Pero ahora había llegado su turno. Ahora Krímov, el bolchevique leninista, había sido arrestado. Ahora no cabía ningún consuelo, ninguna interpretación, ninguna justificación. Había sucedido.

Ahora ya lo sabía. Los dientes, las orejas, la nariz, las ingles eran objeto de registro en un hombre desnudo. Después el hombre caminaba por el pasillo, patético y ridículo, sujetándose los pantalones que se le caían y los calzoncillos con los botones arrancados. A los miopes les quitaban las gafas y éstos entornaban inquietos los ojos, se los frotaban. El hombre entraba en la celda y se convertía en un ratón de laboratorio, se desarrollaban en él nuevos reflejos: hablaba en susurros, se levantaba del catre, se tendía en él, satisfacía sus necesidades, dormía y soñaba bajo una constante vigilancia. Todo era espantosamente cruel, absurdo, inhumano. Por primera vez comprendió con claridad las terribles cosas que se hacían en la Lubianka. Estaban torturando a un bolchevique, a un leninista, al camarada Krímov.

6

Pasaban los días y Krímov seguía sin ser interrogado.

Ahora sabía cuándo y qué le darían de comer, las horas de paseo y los días de baño; conocía el olor del tabaco de la prisión, la hora de la inspección, el orden aproximado de los libros de la biblioteca; conocía la cara de los centinelas y se inquietaba mientras esperaba que sus compañeros de celda regresaran del interrogatorio. Katsenelenbogen era al que llamaban más a menudo. A Bogoleyev siempre le llamaban por la tarde.

¡La vida sin libertad! Era una enfermedad. Perder la libertad es como perder la salud. La lámpara estaba encendida, del grifo salía agua, en la escudilla había sopa. Pero también la luz, el agua y el pan eran especiales: se los daban porque estaba previsto. Cuando el interés de la instrucción lo requería, los detenidos eran privados temporalmente de luz, comida, sueño. En realidad, todo lo que recibían no era por ellos mismos, sino porque el dispositivo funcionaba así.

El anciano huesudo fue llamado una sola vez y cuando volvió del interrogatorio comunicó con arrogancia:

—Después de tres horas de silencio el juez instructor finalmente se ha convencido de que mi apellido es Dreling.

Bogoleyev era siempre amable y hablaba con sus compañeros de celda con respeto; cada mañana les preguntaba por su salud y se interesaba por cómo habían dormido.

Una vez se puso a recitar versos a Krímov, pero después se interrumpió y dijo:

—Lo siento, lo más probable es que no le interese lo más mínimo.

Krímov se rió.

—Para serle honesto, no he comprendido ni una palabra. Hubo un tiempo en que leía a Hegel y lo entendía.

Bogoleyev tenía pavor a los interrogatorios y se ponía hecho un manojo de nervios cada vez que el guardia entraba en la celda y preguntaba: «¿Quién tiene un nombre que comienza por B?». Cuando volvía a la celda parecía más delgado, más pequeño y más viejo.

Resumía sus interrogatorios siempre de manera confusa, fragmentaria, con los ojos entornados. Era imposible comprender de qué se le acusaba, si de haber atentado contra la vida de Stalin o de no apreciar las obras inspiradas por el realismo socialista.

Un día el gigante chequista sugirió a Bogoleyev:

—Ayude al amigo a formular su imputación. Le aconsejo algo del tipo: «Sintiendo un odio feroz hacia todo lo que es nuevo, critiqué sin fundamento las obras de arte galardonadas con el premio Stalin». Le caerán diez años. Y no denuncie a demasiada gente que conozca, eso no le ayudará a salvar el pellejo. Por el contrario, le acusarán de conspiración y será enviado a un campo penitenciario de régimen estricto.

—¿Qué quiere decir? —preguntó Bogoleyev—. Ellos lo saben todo. ¿Cómo podría ayudarles?

A menudo, siempre en cuchicheos, filosofaba sobre su tema preferido, es decir, que todos éramos personajes de cuento: amenazadores comandantes de división, paracaidistas, admiradores de Matisse y Písarev, miembros del Partido, geólogos, chequistas, edificadores de planes quinquenales, pilotos, constructores de gigantescos complejos metalúrgicos... Y he aquí que nosotros, arrogantes y seguros de nosotros mismos, hemos franqueado el umbral de una casa encantada y una varita mágica nos ha transformado en gorriones, en cochinillos, en ardillas. Sólo necesitamos mosquitos o huevos de hormiga.

Tenía un pensamiento original, extraño y evidentemente profundo, pero en las cuestiones prácticas era mezquino: siempre estaba alerta, temeroso de que le dieran menos comida y peores raciones que a los demás, de que le acortaran el paseo y de que, durante el mismo, alguien se le comiera el pan seco.

La vida estaba llena de acontecimientos, pero al mismo tiempo seguía siendo vacía, irreal. Vivían en el cauce de un río seco. El juez instructor estudiaba los guijarros, las grietas, los desniveles de la orilla. Pero el agua que una vez había moldeado ese cauce ya no existía.

Dreling casi nunca intervenía en las conversaciones, y si hablaba, la mayor parte de las veces lo hacía con Bogoleyev, probablemente porque no pertenecía al Partido.

Pero, incluso con Bogoleyev, se irritaba a menudo.

—Es usted un tipo extraño —le dijo una vez—. Primero, porque se muestra respetuoso y amable con personas a las que desprecia. Segundo, porque cada día me pregunta cómo me encuentro, aunque le resulte indiferente que yo viva o muera.

Bogoleyev alzó los ojos al techo de la celda, alargó los brazos y respondió:

–Escuche.

Y declamó, como cantando:

«¿De qué materia está hecho tu caparazón?»,
preguntó a la tortuga, y ella contestó:
«De miedos acumulados».
¡En el mundo no hay nada más sólido!

–¿Son suyos los versos? –preguntó Dreling.

Bogoleyev abrió de nuevo los brazos y no respondió.

–El viejo tiene miedo, ha almacenado un montón de miedos –observó Katsenelenbogen.

Después del desayuno Dreling le enseñó la cubierta de un libro a Bogoleyev y le preguntó:

–¿Le gusta?

–A decir verdad, no –respondió Bogoleyev.

Dreling asintió.

–Yo tampoco soy un entusiasta de esta obra. Plejánov, en cierta ocasión, dijo: «El personaje de la madre creado por Gorki es un icono, y la clase obrera no necesita iconos».

–¿Qué tienen que ver aquí los iconos? –replicó Krímov–. Generaciones enteras han leído *La madre*.

Dreling, en un tono de maestra de guardería infantil, explicó:

–Los iconos son necesarios para aquellos que quieren manipular a la clase obrera. Por ejemplo, en vuestros altares comunistas está el icono de Lenin y el del santo Stalin. Nekrásov no necesitaba iconos.

Parecía que no sólo la frente, el cráneo, las manos, la nariz estuvieran torneados por huesos blancos; también sus palabras sonaban como un repiqueteo de huesos.

«Oh, qué canalla», pensó Krímov.

Bogoleyev montó en cólera –Krímov nunca había visto a aquel hombre tímido y amable, siempre comedido, así de enfadado– y exclamó:

–Usted y sus ideas acerca de la poesía se quedaron estancados en Nekrásov. Pero después hemos tenido a Blok, Mandelshtam, Jlébnikov.

–Nunca he leído a Mandelshtam –confesó Dreling–, pero Jlébnikov es la decadencia total, una ruina.

–¡Váyase a paseo! –replicó bruscamente Bogoleyev, y por primera vez elevó el tono de voz–: Me dan náuseas usted y sus máximas de Plejánov. En esta celda hay marxistas de diferentes tendencias, pero por lo que respecta a la poesía sois todos unos obtusos, no comprendéis nada en absoluto.

Era extraño. A Krímov le afligía en particular la idea de que a ojos de los centinelas, ya fueran los del turno de día o de la noche, él, un bolchevique, un comisario político del ejército, no se diferenciaba en nada del viejo Dreling.

En ese momento él, que detestaba el simbolismo, el decadentismo, que toda su vida había amado a Nekrásov, estaba dispuesto a apoyar a Bogoleyev.

Si el viejo saco de huesos hubiera dicho una sola palabra contra Yezhov, habría justificado sin titubear la ejecución de Bujarin, la deportación de las mujeres que se negaban a denunciar a sus maridos, las horribles condenas, los horribles interrogatorios.

Pero Dreling no dijo nada.

En ese instante entró un centinela para acompañar a éste al baño.

Katsenelenbogen dijo a Krímov:

–Durante cinco días estuvimos los dos solos en esta celda. Estaba más callado que un pez congelado. Una vez le dije: «Tiene gracia, ¿no? Dos judíos de cierta edad pasan juntos las veladas en el caserío de la Lubianka[1] y no intercambian ni una palabra». ¿Y qué hizo él? ¡Siguió callado! ¿A qué viene ese desprecio? ¿Por qué no quiere hablar conmigo? ¿Es una manera de vengarse? ¿Está haciendo teatro? ¿Con qué finalidad? Ya está crecidito para andarse con chiquilladas.

–¡Es un enemigo! –sentenció Krímov.

1. Alusión al título de la colección de cuentos de Gógol *Veladas en un caserío de Dikanka*.

Estaba claro que el interés del chequista hacia Dreling no era superficial.

–¡Es increíble! –dijo–. No le han metido aquí por nada. A sus espaldas tiene el campo penitenciario y por delante la tumba, pero se muestra duro como una roca. ¡Le envidio! Le llaman para interrogarle: ¿quién tiene un nombre que empieza por D? Y se queda callado como un tarugo, no responde. Ha conseguido que le llamen por su nombre. Los superiores entran en la celda, pero aunque le dispararan, él no se levantaría.

Cuando Dreling volvió del baño, Krímov dijo a Katsenelenbogen:

–Ante el tribunal de la historia todo es insignificante. Incluso aquí, usted y yo continuamos odiando a los enemigos del comunismo.

Dreling lanzó a Krímov una mirada de curiosidad burlona.

–¿Qué tribunal es ése? –preguntó sin dirigirse a nadie–. ¡Ésta es la justicia sumaria de la historia!

Katsenelenbogen se equivocaba al envidiar la fuerza del viejo huesudo, porque aquella fuerza no tenía nada de humano. Lo que calentaba su corazón desolado y vacío era el calor químico de un fanatismo ciego, animal.

Daba la impresión de que no le afectara la guerra que se estaba librando en Rusia, los acontecimientos ligados a ella: nunca pedía noticias del frente, de Stalingrado; no sabía que existían ciudades nuevas y una potente industria. Ya no vivía la vida de un hombre, sino que jugaba una perpetua y abstracta partida de damas que sólo le concernía a él.

Krímov estaba intrigado por Katsenelenbogen: entendía, sentía que era inteligente. Bromeaba, charlataneaba, hacía el tonto; pero sus ojos eran inteligentes, perezosos, estaban cansados. Tenía la mirada de alguien que está de vuelta de todo, que está cansado de vivir y no teme a la muerte.

Una vez, refiriéndose a la construcción de la vía férrea a lo largo del litoral del océano Ártico, dijo a Krímov:

–Un proyecto increíblemente hermoso –y añadió–: Lo cierto es que llevarlo a cabo le ha costado la vida a decenas de miles de personas.

–¡Qué horror! –respondió Krímov.

Katsenelenbogen se encogió de hombros.

–¡Si hubiera visto cómo marchaban las columnas de prisioneros al trabajo! En un silencio sepulcral. El azul y el verde de la aurora boreal sobre sus cabezas, hielo y nieve alrededor, y el bramido del océano negro. ¡Es ahí donde se entiende qué es la potencia!

A veces daba consejos a Krímov:

–Hay que echar una mano al juez instructor. Es nuevo en el oficio y tiene dificultades para salir del paso... Si le ayudas, si le haces alguna sugerencia, te estarás ayudando a ti mismo: te salvarás de cientos de horas de interrogatorios en cadena. De todos modos el resultado será el mismo: la OSO te dará lo establecido.

Krímov intentó replicar, pero Katsenelenbogen contestó:

–La inocencia personal es un vestigio de la Edad Media, es alquimia. Tolstói decía que en el mundo no existen hombres culpables, pero nosotros, los chequistas, hemos elaborado una tesis superior: en el mundo no existen hombres inocentes, no existen individuos que no estén sujetos a jurisdicción. Culpable es todo aquel contra el cual hay una orden de arresto, y ésta se puede emitir contra cualquiera, incluso contra los que se han pasado la vida firmando órdenes contra otros. El Moro ha cumplido su obra, el Moro puede partir.

Katsenelenbogen conocía a muchos amigos de Krímov, algunos de ellos en calidad de procesados en los casos de 1937. Tenía una extraña manera de hablar de personas cuya instrucción había llevado, sin rabia ni emoción: «Un tipo interesante», «un excéntrico», «una persona simpática».

A menudo mencionaba a Anatole France y la *Duma sobre Opanás*[1] de Bagritski, le gustaba citar al Benia Krik de

---

1. *Duma sobre Opanás (Duma pro Opanasa)* es una fusión de versos narrativos que contienen elementos de la poesía folclórica tradicional ucraniana, la canción popular *(duma)* y la antigua épica eslava.

Bábel, llamaba por sus nombres y patronímicos a los cantantes y bailarinas del Bolshói. Era un coleccionista de libros raros y, según le contó a Krímov, había adquirido un precioso volumen de Radíschev poco antes del arresto.

–Me gustaría que mi colección fuera donada a la Biblioteca Lenin –dijo una vez–. De lo contrario los libros acabarán desperdigados por culpa de tipos idiotas que no tienen ni la menor idea de su valor.

Estaba casado con una bailarina. Pero parecía que el destino del libro de Radíschev le inquietaba más que la suerte de su mujer, y cuando Krímov se lo hizo notar, el chequista respondió:

–Mi Angelina es una mujer inteligente. Sabe cómo arreglárselas.

Daba la impresión de que lo comprendía todo, pero que no sentía nada. Conceptos sencillos como separación, sufrimiento, libertad, amor, fidelidad conyugal, amargura eran un misterio para él.

En su voz aparecía un rastro de emoción cuando hablaba de sus primeros años de trabajo en la Cheká. «¡Qué tiempos, qué gente!», decía. Todo lo que había constituido la vida de Krímov, en cambio, no le parecía más que charlatanería propagandística.

De Stalin, afirmaba:

–Le admiro más que a Lenin. Es el único ser al que realmente amo.

Pero ¿por qué este hombre, que había participado en la instrucción de los procesos a los líderes de la oposición, que en tiempos de Beria había dirigido una gigantesca obra en un Gulag subantártico, mantenía una actitud tan tranquila y resignada ante el hecho de tener que asistir, en su propia casa, a los interrogatorios nocturnos, sujetándose bajo el abdomen los pantalones sin botones? ¿Por qué tenía una actitud ansiosa, morbosa, en relación con el menchevique Dreling, que lo castigaba con su silencio?

A veces a Krímov le asaltaban las dudas. ¿Por qué se indignaba, se inflamaba, mientras escribía sus cartas a Stalin, para cubrirse después de un sudor helado? El Moro había hecho su obra. Pero todo aquello ya le había pasado en 1937 a decenas de miles de miembros del Partido parecidos a él, incluso mejores. El Moro había hecho su obra. ¿Por qué encontraba tan repugnante la palabra «denuncia»? ¿Sólo porque le habían arrestado por la denuncia de alguien? Sin embargo, él solía recibir las denuncias políticas de los informadores de diversas unidades. Un procedimiento normal, las denuncias de siempre. El soldado Riaboshtan lleva una cruz, llama ateos a los comunistas. ¿Cuánto tiempo sobrevivió el soldado Riaboshtan cuando le enviaron a un batallón disciplinario?

El soldado Gordéyev ha declarado que no cree en la fuerza del armamento soviético, que la victoria de Hitler es inevitable. ¿Cuánto tiempo sobrevivió el soldado Gordéyev en el batallón disciplinario? El soldado Markóvich ha declarado: «Todos los comunistas son ladrones, pero llegará el día en que los liquidaremos a golpe de bayoneta y el pueblo, finalmente, será libre». El tribunal condenó a Markóvich a la pena capital.

Después de todo, él también había sido un delator: había denunciado a Grékov ante la dirección política del frente y si éste no hubiera muerto a causa de una bomba alemana, le habrían enviado ante un pelotón de fusilamiento. ¿Qué sentían, qué pensaban estos hombres cuando eran enviados a los batallones disciplinarios, cuando eran juzgados por tribunales y les interrogaban en las secciones especiales?

Y ¿cuántas veces antes de la guerra se había visto involucrado en asuntos de ese tipo, cuántas veces había escuchado tranquilamente mientras un amigo le decía: «He informado de mi conversación con Piotr al comité del Partido»; «Ha revelado honestamente en la reunión del Partido el contenido de la carta de Iván»; «Lo han convocado y él, como verdadero comunista, ha tenido que contarlo todo, desde los ánimos de los camaradas hasta la carta de Volodia»?

Sí, sí, todo eso había ocurrido.

Y al fin y al cabo, con qué finalidad... Todas esas explicaciones que él había dado de viva voz y por escrito no habían ayudado a nadie a salir de la cárcel. Sólo tenían un verdadero sentido: impedir su propia caída en terreno pantanoso, salvarle.

Había defendido mal, muy mal a sus amigos porque esas historias no le gustaban, las temía y las evitaba por todos los medios. ¿Por qué a veces sentía calor y otras frío? ¿Qué quería? ¿Que el guardia de turno en la Lubianka conociera su soledad, que los jueces instructores se deshicieran en suspiros porque la mujer que amaba le había abandonado, que tuvieran en cuenta que por las noches llamaba a Zhenia, que se mordía la mano y que su madre seguía llamándole Nikolenka?

Una noche Krímov se despertó, abrió los ojos y vio a Dreling junto al catre de Katsenelenbogen. La rabiosa luz de la lámpara iluminaba la espalda del viejo prisionero de los campos. También Bogoleyev se despertó y se sentó sobre el catre con la manta sobre las piernas.

Dreling se precipitó hacia la puerta y la golpeó con su puño huesudo, gritando con una voz también huesuda:

–¡Eh, guardia! ¡Que venga un médico, rápido! Un detenido ha sufrido un ataque al corazón.

–¡Silencio! ¡Cállese! –gritó el guardia, que había corrido a mirar por la mirilla.

–¿Cómo que silencio? ¡Un hombre se está muriendo! –chilló Krímov y, tras saltar de su cama, corrió hacia la puerta y comenzó a golpearla con el puño junto a Dreling.

Se dio cuenta de que Bogoleyev se había vuelto a acostar y se había cubierto con una manta, como si temiera mezclarse en aquel episodio nocturno.

Enseguida se abrió la puerta y en la celda irrumpieron varios hombres.

Katsenelenbogen yacía sin conocimiento. A los guardias les llevó un largo rato instalar su enorme cuerpo en la camilla.

Al día siguiente por la mañana Dreling preguntó de improviso a Krímov:

–Dígame, ¿se ha encontrado usted a menudo, en su calidad de comisario político, con manifestaciones de descontento en el frente?

—¿De qué descontento habla? —le replicó Krímov—. ¿Por qué?

—Me refiero al descontento respecto a la política bolchevique de los koljoses, a la dirección general de la guerra; en definitiva, a cualquier manifestación de descontento político.

—Ni una sola vez. Nunca me he encontrado con el menor indicio de una actitud semejante —afirmó Krímov.

—Ah, ya entiendo, me lo imaginaba —concluyó Dreling, y asintió satisfecho.

7

La idea de cercar a los alemanes en Stalingrado se consideraba un golpe de genialidad.

La concentración secreta de tropas en los flancos de los ejércitos de Paulus repetía un principio nacido en los tiempos en que los primeros hombres, con los pies desnudos, la frente baja, la mandíbula prominente, se deslizaban a través de los arbustos y rodeaban las cuevas que habían usurpado los forasteros venidos de los bosques. ¿Qué era lo sorprendente? ¿La diferencia entre el garrote y la artillería de largo alcance? ¿O la inmutabilidad de ese principio a lo largo de los siglos?

Pero ni la desesperación ni el asombro han logrado hacer comprender que el movimiento en espiral de la humanidad, aunque alargue sus giros, mantiene un eje invariable.

En cualquier caso, si bien el principio del cerco, que constituía la esencia del plan de Stalingrado, no era nuevo, es indiscutible el mérito de aquellos que idearon el ataque seleccionando con inteligencia las zonas donde se aplicaría el viejo método. Escogieron bien el momento de entrar en acción, instruyeron y dispusieron hábilmente los ejércitos. Otro de los méritos de los organizadores de la ofensiva fue la magistral interacción entre tres frentes: el del suroeste, el del Don y el de Stalingrado. Una de las tareas más arduas fue la concentración secreta de las tropas en la estepa desprovista de camuflajes naturales. Entretanto, fuerzas del norte y el sur se preparaban, deslizándose a lo largo de los flancos derecho e izquierdo de los alemanes, para coincidir en las inmediaciones de Kalach, cercar al enemigo, romper los huesos y oprimir el corazón y los pulmones del ejército de Paulus. Se invirtieron esfuerzos abrumadores en la elaboración de los detalles de la operación, en obtener información sobre el armamento, las tropas, las retaguardias y las líneas de comunicación del enemigo.

Sin embargo, en la base de este trabajo en el que participaban el comandante supremo, el mariscal Iósif Stalin; los generales Zhúkov, Vasilievski, Vóronov, Yeremenko, Rokossovski y muchos oficiales de talento del Estado Mayor General, estaba el principio del cerco del enemigo, introducido en la práctica militar por los velludos hombres primitivos.

Se puede reservar la denominación de «genio» para aquellos que introducen en la vida ideas nuevas, ideas que se refieren a la sustancia y no al envoltorio, al eje y no a las espirales en torno al eje. Pero desde los tiempos de Alejandro Magno las innovaciones estratégicas y tácticas no tienen nada que ver con ese tipo de proezas divinas. Abrumada por el carácter monumental de las operaciones militares, la conciencia humana tiende a identificar las grandiosas batallas con las conquistas mentales de sus jefes militares.

La historia de las batallas muestra que los jefes militares no han introducido variantes significativas en las operaciones relacionadas con la ruptura de la defensa, el acoso, el cerco, la liquidación del enemigo: adoptan y ponen en práctica los principios que ya conocían los hombres de Neardenthal, aplicados, al fin y al cabo, por los lobos que cercan a las tropas y por las tropas que intentan defenderse de los lobos.

Un enérgico director de fábrica que conozca su oficio garantizará el aprovisionamiento necesario de materias primas y combustible, la intercomunicación entre los talleres, y respetará decenas de otras condiciones, pequeñas y grandes, indispensables para hacer que la fábrica sea productiva.

Pero cuando los historiadores declaran que la actividad del director ha establecido los principios de la metalurgia, de la electrotécnica, del análisis radiológico del metal, la mente de aquel que estudia la historia de la fábrica empieza a disentir: los rayos X no fueron descubiertos por nuestro director, sino por Röntgen... y los altos hornos existían antes de nuestro director.

Los verdaderos descubrimientos científicos hacen a los hombres más sabios que la naturaleza. La naturaleza aprende a conocerse en estos descubrimientos, a través de ellos. La gloria del hombre reside en las innovaciones de Galileo, Newton, Einstein, en el conocimiento del espacio, el tiempo, la materia y la energía. Con estos descubrimientos el hombre ha creado una profundidad y una altura superiores a las existentes en la naturaleza y de este modo ha contribuido a un mejor conocimiento de la naturaleza misma, a su enriquecimiento.

Se pueden considerar menos importantes, de segunda categoría, aquellos descubrimientos donde los principios existentes, tangibles, visibles, formulados por la naturaleza, son reproducidos por el hombre.

El vuelo de los pájaros, el movimiento de los peces, la oscilación del cardo corredor y el giro de los cantos rodados, la fuerza del viento que hace balancear los árboles y mece sus ramas, la retropropulsión de las holoturias: todo esto es expresión de una ley tangible y clara. El hombre extrae el principio de un fenómeno, lo extrapola a su esfera y lo desarrolla conforme a sus posibilidades y exigencias.

Esas actividades son de una importancia capital para la existencia de aviones, turbinas, motores de reacción, misiles. No obstante, la humanidad debe su creación a su talento, no a su genio.

Los descubrimientos que utilizan principios descubiertos, cristalizados por los hombres, y no por la naturaleza —el principio de los campos electromagnéticos, por ejemplo–, que encuentran su aplicación y su desarrollo en la radio, la televisión, los radares, forman parte de los descubrimientos de segunda categoría. Lo mismo sucede con la liberación de la energía atómica. Fermi, el descubridor de la pila atómica de uranio, no puede aspirar al título de genio, aunque su descubrimiento haya inaugurado una nueva era en la historia mundial.

En los descubrimientos aún menores, de tercera categoría, el hombre aplica aquello que ya existe en su esfera de actividad; por ejemplo, instala un nuevo motor en una aeronave, sustituye el motor de vapor de un barco por uno eléctrico, o el eléctrico por uno atómico.

Es ahí, en esta tercera categoría, donde hay que situar la actividad humana en la esfera del arte militar, donde nuevas condiciones técnicas interactúan con viejos principios. Sería absurdo negar la importancia de un general cuando se libra una batalla. Sin embargo, no sería justo atribuirle la calificación de genio, un apelativo que resultaría estúpido en relación con un ingeniero de fábrica, pero que aplicado a un general se convierte además en dañino y peligroso.

8

Dos martillos, uno al norte y otro al sur, cada uno compuesto por millones de toneladas de metal y de sangre humana, aguardaban la señal.

Las primeras en lanzar la ofensiva fueron las fuerzas dispuestas al noroeste de Stalingrado. El 19 de noviembre de 1942 a las 7.30 de la mañana, comenzó un bombardeo masivo de artillería a lo largo de los frentes del suroeste y del Don que duró alrededor de ochenta minutos. Un diluvio de fuego llovió sobre las posiciones ocupadas por las unidades del 3.er Ejército rumano.

A las 8.50 entraron en combate la infantería y los tanques. La moral de los soldados soviéticos era insólitamente alta. La 76.ª División de Infantería marchó al ataque al son de una marcha.

Al mediodía habían roto la primera línea de defensa enemiga. El combate se desplegó sobre un territorio inmenso. El 4.º Cuerpo del ejército rumano fue derrotado. La 1.ª División de Caballería rumana había sido separada y aislada de las demás unidades del 3.ᵉʳ Ejército en la zona de Kráinaya.

El 5.º Ejército de Tanques soviético inició la ofensiva desde las colinas, a treinta kilómetros al suroeste de Serafímovich, rompió las posiciones del 2.º Cuerpo del ejército rumano y, tras un veloz repliegue hacia el sur, ya a mediodía, tomó las posiciones elevadas al norte de Perelazovski. Los cuerpos de tanques y caballería soviéticos conquistaron al atardecer Gusinki y Kalmikov, penetrando sesenta kilómetros en la retaguardia del ejército rumano.

Veinticuatro horas más tarde del inicio de la ofensiva, al alba del 20 de noviembre, les llegó el turno de atacar a las fuerzas concentradas en las estepas calmucas, al sur de Stalingrado.

9

Nóvikov se despertó mucho antes del amanecer, pero estaba tan angustiado que no se dio ni cuenta.

–¿Quiere té, camarada comandante del regimiento? –preguntó Vershkov con una voz solemne y discreta a la vez.

–Sí, dígale al cocinero que me prepare unos huevos.

–¿Cómo los quiere, camarada coronel?

Nóvikov guardó silencio, se quedó pensativo y Vershkov creyó que el coronel estaba absorto en sus pensamientos y no había oído su pregunta.

–Al plato –respondió al fin Nóvikov, y miró el reloj–. Vaya a ver si Guétmanov se ha levantado; en media hora partimos.

Parecía no ser consciente de que dentro de una hora y media comenzaría el bombardeo, que cientos de motores de aviones de asalto y bombarderos invadirían el cielo con sus zumbidos, que los zapadores se deslizarían para cortar los alambres y barrer los campos de minas, y la infantería, arrastrando las ametralladoras, correría por las colinas sumergidas en la niebla, tantas veces observadas a lo lejos con los binóculos. Parecía que, en aquella hora, no se sintiera unido a Belov, Makárov y Kárpov. Parecía haber olvidado que el día antes, los tanques soviéticos habían penetrado en la brecha abierta por la artillería y la infantería en el frente alemán y habían avanzado decididamente en dirección a Kalach, y que dentro de unas horas sus tanques se moverían desde el sur al encuentro de los que procedían del norte para cercar el ejército de Paulus.

No pensaba en el comandante del frente ni en la posibilidad de que Stalin mencionara su nombre en la orden del día siguiente. No pensaba en Yevguenia Nikoláyevna, no recordaba el amanecer en Brest-Litovsk, cuando corría hacia el aeropuerto y en el cielo brillaban los primeros fuegos de la guerra. No pensaba en ello, pero todo aquello estaba en él.

Dudaba si calzarse las botas nuevas o las gastadas, no quería olvidarse la pitillera, pensaba que aquel hijo de perra le había traído otra vez el té frío. Comía los huevos y con un trozo de pan rebañaba con esmero la mantequilla derretida en la sartén.

–He cumplido sus órdenes –informó Vershkov, y luego, en tono confidencial, añadió–: Le pregunté al soldado si el comisario estaba allí y me contestó: «¿Y dónde iba a estar? Duerme con su hembra».

El soldado había utilizado una palabra más fuerte que «hembra», pero Vershkov no consideró oportuno repetírsela al comandante del cuerpo.

Nóvikov guardaba silencio y con la yema del dedo recogía las migas de pan sobre la mesa.

Poco después entró Guétmanov.

–¿Una taza de té? –le propuso Nóvikov.

Con la voz entrecortada Guétmanov dijo:

–Es hora de partir, Piotr Pávlovich. Ya hemos tenido suficiente té y azúcar; hay que combatir a los alemanes.

«Vaya, un tipo duro», pensó Vershkov.

Nóvikov entró en la parte de la casa que albergaba el Estado Mayor, habló con Neudóbnov sobre las comunicaciones y la transmisión de las órdenes, y examinó el mapa.

La engañosa quietud de la noche le recordó a Nóvikov su infancia transcurrida en el Donbass. Pocos minutos antes de que el aire se llenara del sonido de sirenas y bocinas y que la gente se encaminara a la entrada de las minas y las fábricas, todo parecía sumido en el sueño. Pero el pequeño Petia Nóvikov, que se despertaba antes de que sonara la sirena, sabía que cientos de manos buscaban a tientas las botas en la oscuridad, mientras las mujeres con los pies descalzos se deslizaban por el suelo y hacían tintinear la vajilla sobre los hornos de hierro fundido.

–Vershkov –llamó–, haz que lleven mi tanque al puesto de observación; hoy lo necesitaré.

–A sus órdenes –respondió Vershkov–, lo cargaré con sus cosas y las del comisario.

–No olvide el cacao –le advirtió Guétmanov.

Neudóbnov salió al zaguán con el capote echado sobre los hombros.

–Acaba de telefonear el teniente general Tolbujin. Quería saber si el comandante del cuerpo había salido para ir al puesto de observación.

Nóvikov asintió y dio una palmada en la espalda al conductor.

–En marcha, Jaritónov.

Una vez en la carretera salieron del pueblo y dejaron atrás la última casa, giraron abruptamente a la derecha, luego a la izquierda, y después avanzaron en dirección oeste, adentrándose entre las blancas manchas de nieve y la maleza de la estepa.

Pasaron a lo largo de las cañadas donde estaban concentrados los tanques de la primera brigada.

De repente Nóvikov ordenó a Jaritónov: «Detente». Saltó del jeep y se acercó a los tanques que se perfilaban confusamente en la oscuridad.

Caminó sin dirigir la palabra a nadie, mirando fijamente las caras de los soldados. Tenía clavada en la mente la imagen de los jóvenes reclutas, todavía con los cabellos largos, que había visto hacía poco en la plaza del pueblo. No eran más que niños y en el mundo todo se confabulaba para enviarlos bajo el fuego: las instrucciones del Estado Mayor General, la orden del comandante del frente, la orden que él impartiría dentro de una hora a los comandantes de las brigadas, los discursos que habían escuchado de los instructores políticos, lo que habían leído en los poemas y en los artículos del periódico. ¡Al ataque, al ataque! Y en el oeste los hombres aguardaban para golpearles, despedazarlos, aplastarlos bajo las orugas de sus tanques.

«Va a celebrarse una boda», pensó. Sí, pero una boda sin vino dulce, sin armónicas. «Amargo»[1], gritaría Nóvikov, y los novios de diecinueve años besarían sin esconderse y con respeto a las novias.

Nóvikov tenía la impresión de que caminaba entre sus hermanos, sus sobrinos, los hijos de los vecinos, y que miles de mujeres, jóvenes y viejas invisibles, estaban mirándoles.

Las madres rechazan el derecho de un hombre a enviar a la muerte a otro hombre durante la guerra. Pero también en la guerra se encuentran hombres que pertenecen a esta resistencia clandestina de las madres. Hombres que dicen: «Quédate aquí un momento. ¿Dónde quieres ir? ¿No oyes el fuego ahí fuera? Mi informe puede esperar. Pon el hervidor en el fuego». Hombres que dicen a sus superiores por teléfono: «A sus órdenes, haremos avanzar a una ametralladora», y después de colgar el auricular, dicen: «¿Para qué vamos a hacer que avance un ametrallador al tuntún? Me matarán a un buen hombre».

Nóvikov volvió al coche. Tenía una expresión severa y

---

1. Tradición rusa. Si los invitados de una boda gritan *«Gorko!»* («¡amargo!») los novios tienen que besarse.

sombría, como si hubiera absorbido en él la oscuridad húmeda de aquel amanecer de noviembre. Cuando el jeep se puso en marcha, Guétmanov le lanzó una mirada comprensiva y le dijo:

—Sabes, Piotr Pávlovich, quiero decirte esto justamente hoy: te quiero, tengo confianza en ti.

10

Reinaba un silencio denso, indivisible, y en el mundo parecía que no existiera la estepa, ni la niebla, ni el Volga; sólo un perfecto silencio. Entre las nubes oscuras brilló veloz un relámpago, luego la niebla gris se volvió purpúrea y de repente los truenos invadieron cielo y tierra...

Los cañones cercanos y los lejanos unieron sus voces; el eco reforzaba su vínculo, amplificaba el polifónico entrelazamiento de voces que llenaba el gigantesco contenedor del espacio en el que se desplegaba la batalla.

Las casitas de adobe temblaban, trozos de arcilla se desprendían de las paredes y caían al suelo sin hacer ruido. En los pueblos de las estepas las puertas de las isbas comenzaron a abrirse y cerrarse por sí solas, mientras el ahora frágil hielo del lago se agrietaba.

Un zorro corría, meneando su pesada cola de abundante pelo sedoso, y la liebre en lugar de huir de él le seguía; en el aire se levantaban en vuelo, agitando las alas pesadas, aves rapaces nocturnas y diurnas, tal vez reunidas por primera vez... Los lirones soñolientos que salían de sus madrigueras parecían abuelos desgreñados escapando de una isba incendiada.

Probablemente en los puestos de combate la temperatura del húmedo aire matutino subió un grado a causa de las miles de ardientes piezas de artillería.

Desde el punto de observación de primera línea se distinguían con nitidez las explosiones de los obuses soviéticos, las espirales de oleoso humo amarillo y negro retorciéndose en el aire, las fuentes de tierra y nieve sucia, la blancura lechosa del fuego de acero.

La artillería enmudeció. Una nube de humo mezclaba con lentitud sus jirones deshidratados y ardientes con el húmedo frío de la estepa.

Enseguida el cielo se llenó de un nuevo sonido, estruendoso, amplio, tenso: los aviones soviéticos se dirigían hacia el oeste. Su zumbido, sus rugidos y bramidos hacían físicamente tangible la grandiosa profundidad del ciego cielo nebuloso. Los aviones de asalto blindados y los cazas volaban casi a ras de suelo, presionados contra la superficie por la capa baja de nubes, mientras en las nubes y por encima de ellas mugían con voz de bajo los invisibles bombarderos.

Los alemanes en el cielo sobre Brest-Litovsk, los rusos sobre la estepa del Volga...

Nóvikov no pensaba, no recordaba, no comparaba. Lo que sentía era más importante que los recuerdos, las comparaciones, los pensamientos.

Se hizo el silencio. Los hombres que aguardaban para dar la señal de ataque y los hombres dispuestos a abalanzarse sobre las posiciones rumanas al oír la señal fueron engullidos por el silencio.

En aquella calma parecida a un remoto mar sordo y mudo, en aquellos segundos se determinaba el rumbo de la historia. Qué belleza, qué felicidad poder participar en la batalla decisiva para el destino de tu patria. Qué sensación penosa y tremenda era levantarse de cuerpo entero ante la muerte, no esconderse ya de ella sino correr a su encuentro. Qué espantoso es morir joven. ¡Vivir, ganas de vivir! No existe en el mundo deseo más intenso que el de salvar una vida joven, una vida apenas vivida todavía. Ese deseo no vive en los pensamientos, es más fuerte que el pensamiento; existe en la respiración, en las aletas de la nariz, en los ojos, en los músculos, en la hemoglobina de la sangre que devora ávida el oxígeno. Es un deseo de tal magnitud que no se puede comparar con nada, cualquier medida es inadecuada. El miedo. El miedo antes del ataque...

Guétmanov emitió un suspiro hondo y jadeante; miró a Nóvikov, el teléfono de campaña, el radiotransmisor.

La cara del coronel le sorprendió: no era la cara del hombre que había conocido durante los últimos meses. Y sin embargo, lo había visto enfadado, preocupado, altivo, alegre, sombrío.

Las baterías rumanas que todavía no habían sido abatidas volvían a la vida una tras otra, disparando ráfagas de fuego desde la retaguardia hacia la línea del frente. Potentes cañones antiaéreos abrieron fuego contra objetivos terrestres.

–Piotr Pávlovich –pronunció Guétmanov profundamente emocionado–. ¡Es la hora! La suerte está echada.

A él, la necesidad de sacrificar a hombres por la causa siempre le había parecido natural, indiscutible, y no sólo en tiempo de guerra.

Pero Nóvikov ganaba tiempo: mandó que le pusieran en contacto con Lopatin, el comandante del regimiento de artillería pesada que había estado despejando el camino para sus tanques.

–Ten cuidado, Piotr Pávlovich –dijo Guétmanov, señalando su reloj–. Tolbujin te va a comer vivo.

Nóvikov se resistía a admitir ante sí mismo, y menos aún ante Guétmanov, aquel sentimiento vergonzoso y ridículo.

–Me preocupan los tanques –se justificó–. Perderemos un gran número. No tardaré más que unos minutos; los T-34 son máquinas tan espléndidas... Aplastaremos las baterías antiaéreas y antitanque, las tenemos ya en la palma de la mano.

La estepa humeaba ante ellos y los hombres, a su lado, en la trinchera, le miraban fijamente, sin apartar la vista; los comandantes de las brigadas esperaban sus órdenes por radio. Se había apoderado de Nóvikov su pasión profesional de coronel avezado en la guerra, su burda ambición le hacía estremecerse de impaciencia; Guétmanov le instigaba y él temía a los superiores.

Sabía muy bien que las palabras que había dirigido a Lopatin no serían estudiadas en el Estado Mayor General ni entrarían en los manuales de historia, no suscitarían las alabanzas de Stalin y Zhúkov, y tampoco le acercarían a la anhelada Orden de Suvórov.

Existe un derecho superior al de mandar a los hombres a la muerte sin pensar: el derecho a pensárselo dos veces antes de enviar a los hombres a la muerte.

Nóvikov había ejercido esa responsabilidad.

11

En el Kremlin Stalin esperaba los informes del general Yeremenko, comandante en jefe del frente de Stalingrado.

Miró el reloj: la preparación de la artillería acababa de terminar, la infantería había avanzado y las unidades móviles estaban preparadas para penetrar en la brecha abierta por la artillería. Los aviones bombardeaban la retaguardia, las carreteras y los aeródromos.

Diez minutos antes había hablado con Vatutin: el avance de las unidades de blindados y de la caballería al norte de Stalingrado había superado cualquier previsión.

Tomó en la mano un lápiz y miró el teléfono, que continuaba mudo. Deseaba trazar sobre el mapa el movimiento apenas iniciado en el flanco sur, pero una sensación de superstición le obligó a apartar el lápiz. Sentía con claridad que Hitler, en esos instantes, estaba pensando en él y que, a su vez, sabía que él, Stalin, estaba pensando en Hitler.

Churchill y Roosevelt confiaban en él, pero Stalin sabía que su confianza no era incondicional. Le sacaba de quicio que, aunque le consultaran de buena gana, siempre se pusieran de acuerdo previamente entre ellos. Sabía que las guerras van y vienen, pero la política permanece. Admiraban su capacidad lógica, sus conocimientos, la lucidez de sus reflexiones, pero veían en él a un político asiático y no a un líder europeo, y eso le disgustaba.

De improviso recordó los ojos penetrantes de Trotski, su despiadada inteligencia, la arrogancia de sus párpados semicerrados, y por primera vez lamentó que no estuviera ya en el reino de los vivos: habría oído hablar de este día.

Stalin se sentía feliz, rebosante de fuerza física, no tenía ya en la boca ese repugnante sabor a plomo, tampoco tenía el corazón oprimido. Para él la sensación de vivir se confundía con el bienestar. Tras el estallido de la guerra Stalin había experimentado una sensación de angustia física que no le abandonaba nunca, ni siquiera cuando veía a sus mariscales paralizados por el terror ante el estallido de su ira, o cuando miles de personas en pie le aclamaban en el teatro Bolshói. Tenía la continua sensación de que las personas de su entorno recordaban aún su desconcierto durante el verano de 1941 y se mofaban de él a sus espaldas.

Un día, en presencia de Mólotov, se había cogido la cabeza entre las manos, balbuceando: «Qué hacer..., qué hacer...». Durante una reunión del Consejo del Estado para la Defensa se le quebró la voz y todos bajaron la mirada. Cuántas veces había dado órdenes sin sentido y había advertido que su absurdidad era evidente para todos . El 3 de julio había sorbido nerviosamente agua mineral mientras pronunciaba un discurso por la radio y las ondas habían transmitido su nerviosismo. A finales de julio Zhúkov le había llevado la contraria ásperamente y él, por un instante, se apocó y se limitó a decir: «Haga lo que crea mejor». A veces le entraban ganas de delegar en aquellos que había exterminado en 1937, en Ríkov, Kámenev, Bujarin: que dirijan ellos el ejército, el país.

A veces también le asaltaba un sentimiento extraño y espantoso: tenía la impresión de que los enemigos que debía derrotar en el campo de batalla no eran sólo los enemigos actuales. Detrás de los tanques de Hitler, entre el polvo y el humo, emergían todos aquellos que creía haber castigado, domado y aplacado para siempre. Salían de la tundra, despedazaban el hielo eterno que se había cerrado sobre ellos, cortaban las alambradas. Convoyes cargados de gente resucitada venían de Kolymá, de la región de Komi. Mujeres y niños campesinos se levantaban de la tierra con caras espantadas, tristes, demacradas, y andaban, andaban, buscándolo con ojos mansos y doloridos. Stalin sabía mejor que nadie que no sólo la historia juzga a los vencidos.

En ciertos momentos Beria le resultaba insoportable porque le parecía que comprendía sus pensamientos.

Todas aquellas impresiones desagradables, aquellas debilidades, no duraban demasiado, como máximo algunos días, afloraban sólo a ratos. Pero la sensación de abatimiento no le abandonaba, el ardor de estómago le angustiaba, le dolía la nuca y a veces padecía vértigos preocupantes.

Miró de nuevo el teléfono: era hora de que Yeremenko le anunciara la ofensiva de los tanques.

La hora de su poder había llegado. En aquellos minutos se decidía el destino del Estado fundado por Lenin; a la fuerza centralizada del Partido se le ofrecía la posibilidad de realizarse con la construcción de enormes fábricas, de centrales atómicas y estaciones termonucleares, de aviones a reacción y de turbohélice, de cohetes cósmicos e intercontinentales, de rascacielos, palacios de la ciencia, nuevos canales y mares, de carreteras y ciudades más allá del Círculo Polar. Estaba en juego el destino de países como Francia y Bélgica, ocupados por Hitler, de Italia, de los Estados escandinavos y de los Balcanes; se decidía la sentencia de muerte de Auschwitz y Buchenwald, así como la apertura de los novecientos campos de concentración y de trabajo creados por los nazis.

Se decidía la suerte de los prisioneros de guerra alemanes que serían deportados a Siberia. Se decidía la suerte de los prisioneros de guerra soviéticos en los campos de concentración alemanes, quienes gracias a la voluntad de Stalin compartirían, después de su liberación, el destino de los prisioneros alemanes.

Se decidía la suerte de los calmucos y de los tártaros de Crimea, de los chechenos y los balkares deportados por orden de Stalin a Siberia y Kazajstán, que habían perdido el derecho a recordar su historia, a enseñar a sus hijos en su lengua materna. Se decidía la suerte de Mijoels y su amigo, el actor Zuskin, de los escritores Berguelsón, Márkish, Féfer, Kvitko, Nusinov, cuyas ejecuciones debían preceder al funesto proceso de los médicos judíos con el profesor Vovsi a la cabeza. Se decidía la suerte de los judíos salvados por el Ejército Rojo, contra los cuales, en el décimo aniversario de la victoria popular de Stalingrado, Stalin descargaría la espada del aniquilamiento que había arrancado de las manos de Hitler. Se decidía el destino de Polonia, Hungría, Checoslovaquia y Rumanía. Se decidía el destino de los campesinos y obreros rusos, la libertad del pensamiento ruso, de la literatura y la ciencia rusas.

Stalin estaba emocionado. En aquella hora la futura potencia del Estado se fundía con su voluntad.

Su grandeza, su genialidad no existían por sí solas, independientemente de la grandeza del Estado y de las fuerzas armadas. Los libros que había escrito, sus trabajos científicos, su filosofía tendrían sentido, se convertirían en objeto de estudio y admiración por parte de millones de personas sólo si el Estado vencía.

Le pusieron en contacto con Yeremenko.

—Bueno, ¿cómo va por ahí? —preguntó Stalin sin saludarle siquiera—. ¿Han salido los tanques?

Yeremenko, al oír la voz rabiosa de Stalin, apagó precipitadamente el cigarrillo.

—No, camarada Stalin. Tolbujin está ultimando la preparación de la artillería. La infantería ha limpiado la primera línea. Los tanques todavía no han penetrado en la brecha.

Stalin lanzó una serie de improperios y colgó el teléfono.

Yeremenko volvió a encender el cigarrillo y llamó al comandante del 51.º Ejército.

—¿Por qué no han salido aún los tanques? —preguntó.

Tolbujin sujetaba con una mano el auricular y se secaba con un enorme pañuelo, que tenía en la otra, el sudor que le corría por el pecho. Llevaba la guerrera desabotonada, y del cuello abierto de la camisa de un blanco inmaculado, le sobresalían los pesados pliegues de grasa en la base del cuello. Se sobrepuso al jadeo y respondió con la lentitud propia de un hombre obeso que comprende no sólo con la mente, sino también con todo el cuerpo, que toda agitación le resulta nefasta:

—El comandante del cuerpo de tanques me acaba de informar de que hay baterías enemigas en su camino que todavía están operativas. Ha pedido algunos minutos para abatirlas con el fuego de la artillería pesada.

—¡Dé la contraorden! —respondió bruscamente Yeremenko—. ¡Que ataquen los tanques de inmediato! Infórmeme dentro de tres minutos.

—A sus órdenes —respondió Tolbujin.

Yeremenko quiso insultar a Tolbujin, pero en lugar de eso le preguntó de pronto:

—¿Por qué jadea? ¿Está enfermo?

—No, no, me encuentro bien, Andréi Ivánovich; acabo de desayunar.

—Adelante, entonces —dijo Yeremenko y, tras colgar el auricular, observó—: Dice que ha desayunado y no puede respirar...

Luego blasfemó durante un largo rato, lanzando expresivos insultos.

Cuando sonó el teléfono en el puesto de mando, apenas audible a causa de la artillería que había reanudado el ataque, Nóvikov comprendió que se trataba del comandante del ejército y que iba a exigirle que los tanques penetraran en la brecha.

Escuchó a Tolbujin y pensó: «¡Me lo imaginaba!», y dijo: «¡Sí, camarada general, a sus órdenes!».

Sonrió en dirección a Guétmanov.

—Es igual, todavía necesitamos cuatro minutos.

Tres minutos después Tolbujin telefoneó de nuevo y, esta vez sin jadear, clamó:

—¿Está de broma, camarada coronel? ¿Por qué oigo fuego de artillería? ¡Cumpla las órdenes!

Nóvikov ordenó a la radiotelefonista que le pusiera en contacto con el comandante del regimiento de artillería, Lopatin. Oía la voz de Lopatin, pero guardaba silencio y seguía el movimiento del segundero en su reloj en espera del plazo fijado.

–¡Qué hombre! –exclamó Guétmanov con sincera admiración.

Un minuto más tarde, cuando hubo cesado el fuego de la artillería pesada, Nóvikov se puso los auriculares y llamó al comandante de la brigada de tanques que debía ser la primera en avanzar por la brecha.

–¡Belov! –exclamó.

–Le escucho, camarada coronel.

Nóvikov, abriendo la boca con un grito iracundo y ebrio, aulló:

–¡Belov, al ataque!

La niebla se volvió más espesa por el fuego azulado, el aire zumbó por el rumor de los motores y el cuerpo de tanques se precipitó hacia la brecha del frente enemigo.

12

Los objetivos de la ofensiva rusa se hicieron evidentes para el comando alemán del Grupo de Ejércitos B cuando, al amanecer del 20 de noviembre, la artillería retumbó en la estepa calmuca y las unidades de choque del frente de Stalingrado, dispuestas más al sur de la ciudad, pasaron al ataque contra el 4.º Ejército rumano desplegado en el flanco derecho de Paulus.

El cuerpo de tanques, activo en el flanco izquierdo de las tropas de asalto soviéticas, penetró en la brecha abierta entre los lagos Tsatsa y Barmantsak, y acto seguido se lanzó al noroeste en dirección a Kalach, al encuentro de los cuerpos de tanques y de caballería que combatían en los frentes del Don y del suroeste.

En la tarde del 20 de noviembre las unidades soviéticas que avanzaban desde Serafímovich habían llegado más al norte de Surovíkino, y constituían una amenaza para las líneas de comunicación de Paulus.

Sin embargo el 6.º Ejército de Paulus todavía no era consciente del peligro del cerco. A las seis de la tarde del día 19 el Estado Mayor de Paulus comunicaba al comandante del Grupo de Ejércitos B, el barón Von Weichs, que el 20 de noviembre tenía la intención de continuar las actividades de reconocimiento que ciertas subdivisiones habían emprendido en Stalingrado.

Aquella misma noche, Paulus recibió la orden de Von Weichs de interrumpir las operaciones ofensivas en Stalingrado y concentrar las unidades blindadas y de infantería, así como las armas antitanque, escalonándolas detrás de su flanco izquierdo para lanzar un ataque en dirección noroeste.

Esta orden, que Paulus recibió a las diez de la noche, marcaba el final de la ofensiva alemana en Stalingrado.

La vertiginosa sucesión de acontecimientos hizo que la orden perdiera sentido.

El 21 de noviembre los grupos de ataque soviéticos procedentes de Serafímovich y Klétskaya se unieron y efectuaron un giro de noventa grados respecto a su posición inicial, moviéndose hacia el Don, en la región de Kalach, y más al norte, directamente hacia la retaguardia del ejército de Paulus.

Aquel día, cuarenta tanques soviéticos aparecieron en la elevada orilla occidental del Don, a pocos kilómetros de Golubinskaya, donde estaba emplazado el cuartel general de Paulus. Otro grupo de tanques tomó rápidamente el puente que cruzaba el Don: la defensa alemana confundió a la unidad de tanques soviética con un destacamento de entrenamiento, equipado con medios confiscados al enemigo, que a menudo utilizaba aquel puente. Los tanques soviéticos entraron en Kalach. Se trazaba así el cerco a dos ejércitos alemanes: el 6.º de Paulus y el 4.º blindado de Hoth. Una de las mejores unidades de combate de Paulus, la 384.ª División de Infantería, adoptó una posición de defensa orientando el frente del propio dispositivo hacia el noroeste.

En aquel mismo momento el ejército de Yeremenko, que había partido desde el sur, aplastaba a la 29.ª División Motorizada alemana, abatía el 6.º Cuerpo del ejército rumano y avanzaba entre los ríos Chervlennaya y Donskaya Tsaritsa hacia la vía férrea que unía Kalach y Stalingrado.

Poco antes del anochecer los tanques de Nóvikov se acercaron a un núcleo de resistencia rumana fuertemente fortificado.

Esta vez Nóvikov no titubeó, no se aprovechó de la oscuridad nocturna para concentrar a escondidas, furtivamente, los tanques antes de lanzarlos al ataque. A una orden suya, los tanques, los cañones autopropulsados, los carros blindados y los camiones de la infantería motorizada encendieron simultáneamente los faros.

Cientos de luces deslumbrantes, cegadoras, quebraron la noche. Una enorme masa de máquinas salió de la oscuridad de la estepa, ensordeciendo con su rugido, con las descargas de sus cañones y las ráfagas de las ametralladoras, cegando con su luz lacerante, paralizando a la defensa rumana, sembrando el pánico.

Después de una breve batalla, los tanques continuaron su avance.

En la mañana del 22 de noviembre, los tanques soviéticos procedentes de las estepas calmucas irrumpieron en Buzinovka. Aquella misma noche, las secciones acorazadas soviéticas que se habían movido desde el sur y el norte unieron sus fuerzas al este de Kalach, en la retaguardia de los ejércitos alemanes de Paulus y Hoth. El 23 de noviembre, varias formaciones de fusileros habían tomado posiciones en los ríos Chir y Aksái, y cubrían eficazmente los flancos de los grupos de asalto.

El objetivo que el alto mando del ejército había marcado a las tropas se había cumplido: las fuerzas alemanas habían sido cercadas en el transcurso de cien horas.

¿Cuál fue el curso posterior de los acontecimientos? ¿Qué lo determinó? ¿Qué voluntad humana se convirtió en instrumento de la fatalidad histórica?

A las seis de la tarde del 22 de noviembre, Paulus envió un radiomensaje al Estado Mayor del Grupo de Ejércitos B:

El ejército está cercado. Todo el valle del río Tsaritsa, la vía férrea de Soviétskaya a Kalach, el puente sobre el Don y las colinas sobre el margen occidental del Don están, a pesar de nuestra heroica resistencia, en manos de los rusos... La situación, por lo que respecta a las municiones, es crítica. Tenemos provisiones para seis días. Solicito libertad de acción en el caso de que no sea posible establecer una defensa perimétrica. En tal situación podríamos vernos obligados a abandonar Stalingrado y el frente norte.

La noche del 22 de noviembre Paulus recibió la orden de Hitler de llamar a la zona que ocupaba su ejército «Fortaleza Stalingrado».

La orden precedente había sido: «El comandante del ejército debe dirigirse a Stalingrado y trasladar allí su Estado Mayor. El 6.º Ejército establecerá una defensa perimétrica en espera de indicaciones ulteriores».

Al término de la reunión celebrada entre Paulus y los comandantes de los cuerpos de ejército, el barón Von Weichs telegrafió al alto mando:

A pesar de la terrible responsabilidad que siento sobre mí al tomar esta decisión, debo informar que considero necesario apoyar la petición del general Paulus respecto a la retirada del 6.º Ejército...

El jefe del Estado Mayor de las fuerzas terrestres, el general Zeitler, con el que Von Weichs estaba en contacto permanente, compartía sin reservas la opinión de Paulus y Weichs acerca de la necesidad de abandonar la zona de Stalingrado, pues, a su entender, resultaba del todo imposible abastecer por vía aérea los enormes contingentes militares que se encontraban sitiados.

A las dos de la madrugada del 24 de noviembre Zeitler informó a Weichs de que finalmente había logrado convencer a Hitler de que debían abandonar Stalingrado. El Führer, concluía, daría la orden de la retirada del 6.º Ejército el 24 de noviembre por la mañana.

Poco después de las diez de la mañana, la única línea de comunicación telefónica existente entre el Grupo de Ejércitos B y el 6.º Ejército fue cortada.

La orden de Hitler se esperaba de un momento a otro. Puesto que era de vital importancia actuar con rapidez, el barón Von Weichs asumió la responsabilidad de dar la orden de romper el cerco.

En el momento en que los soldados de transmisiones se disponían a enviar por radio el mensaje de Weichs, el jefe del centro de transmisiones oyó el mensaje que el Führer enviaba desde su cuartel general al comandante Paulus:

El 6.º Ejército ha sido cercado temporalmente por los rusos. He decidido concentrar el ejército en la zona: norte de Stalingrado, Kotlubán, cotas 137 y 139, Marinovka, Tsibenko, sur de la ciudad. El ejército puede tener la certeza de que haré todo cuanto pueda para mantener el abastecimiento y romper el cerco. Conozco al valeroso 6.º Ejército y a su comandante, y estoy seguro de que cumplirán con su deber.

ADOLF HITLER

La voluntad de Hitler, expresión del funesto destino del Tercer Reich, se convirtió en el destino del ejército de Paulus. Hitler escribió una nueva página de la historia militar alemana con la pluma de Paulus, Weichs, Zeitler; con la pluma de los comandantes de los cuerpos y regimientos del ejército; con la pluma de los soldados, de todos aquellos que no querían cumplir su voluntad, pero que la cumplieron hasta el final.

13

Tras cien horas de combate, las fuerzas de los tres frentes —el de Stalingrado, el del Don y el del suroeste— se habían unido.

Bajo el pálido cielo invernal, en la nieve removida de la periferia de Kalach, las divisiones soviéticas acorazadas de primera línea entraron en contacto. El nevado espacio de la estepa había sido roturado por cientos de orugas, quemado por las explosiones de los obuses. Las pesadas máquinas levantaban enormes nubes de nieve y el blanco manto flotaba en el aire. Allí donde los tanques hacían bruscos virajes, además de la nieve alzaban polvo de arcilla helada.

Los cazas y bombarderos de apoyo soviéticos volaban a baja altura sobre la estepa. Al noroeste retumbaban las piezas de artillería de gran calibre y relámpagos confusos iluminaban un cielo humeante y sombrío.

Dos T-34 se detuvieron uno frente al otro junto a una casita de madera. Los tanquistas, sucios, excitados por el éxito de la batalla y la proximidad de la muerte, aspiraban con placer y ruidosamente el aire gélido, que les parecía aún más agradable después del calor sofocante y oleoso del interior del tanque. Los tanquistas liberaron sus cabezas de los cascos de piel negra y entraron en la casa. Allí, el comandante del tanque procedente del lago Tsatsa sacó del bolsillo de su uniforme una petaca con medio litro de vodka... Una mujer enfundada en un chaquetón guateado y que calzaba unas enormes botas de fieltro dejó sobre la mesa los vasos que tintineaban en sus temblorosas manos, y dijo entre sollozos:

—Creíamos que no saldríamos vivos cuando los nuestros comenzaron a disparar; disparaban y disparaban sin cesar, he pasado dos días en el sótano.

Entretanto habían entrado en la habitación otros dos tanquistas de baja estatura y anchos de hombros, como dos armarios.

—Ves, Valeri, ¡qué hospitalidad! Pero da la casualidad de que nosotros hemos traído algo para hincar el diente

–observó el comandante del tanque que procedía del frente del Don.

Valeri hundió la mano en un bolsillo profundo del uniforme, sacó un pedazo de salchichón ahumado envuelto en una mugrienta proclama de guerra y se puso a romperlo en trozos, reponiendo cuidadosamente con los dedos el tocino blanco que escapaba de las rodajas.

Después de beber, a los tanquistas les embargó una sensación de bienestar. Uno de ellos, sonriendo con la boca llena, dijo:

–Mirad lo que significa habernos encontrado: vuestro vodka y nuestro salchichón se han unido.

La broma fue del agrado de todos, y los tanquistas, sin parar de reír, la repitieron mientras masticaban el salchichón, rebosantes del calor de la camaradería.

14

El comandante del tanque procedente del sur comunicó por radio al jefe de su compañía que se había producido la reunión de tropas en la zona de Kalach. Añadió algunas palabras sobre el hecho de que los soldados venidos del frente suroeste parecían ser gente cabal y que habían vaciado una botella juntos.

El informe siguió los cauces establecidos hasta llegar al alto mando, y al cabo de unos minutos el comandante de brigada Kárpov anunciaba al comandante del cuerpo que el encuentro se había efectuado.

Nóvikov percibía la atmósfera de exaltación que había surgido en torno a él en el Estado Mayor. El cuerpo avanzaba casi sin sufrir pérdidas y había cumplido, dentro de los plazos previstos, los objetivos que le habían fijado.

Después de haber enviado su informe al comandante del frente, Neudóbnov estrechó durante largo rato la mano de Nóvikov. Los ojos del jefe del Estado Mayor, por lo general amarillos e irritados, se habían vuelto más límpidos y dulces.

–Ya ve los milagros que pueden realizar nuestros hombres una vez eliminados los enemigos internos y los saboteadores –dijo.

Guétmanov abrazó a Nóvikov, miró a los oficiales que estaban a su lado, a los chóferes, los ordenanzas, los radiotelegrafistas, y se sorbió los mocos sonoramente, para que todos le oyeran.

–¡Te doy las gracias, Piotr Pávlovich! –dijo–. Recibe un agradecimiento ruso, un agradecimiento soviético. Te da las gracias el comunista Guétmanov. Me quito el sombrero ante ti; gracias.

Y de nuevo besó y abrazó al conmovido Nóvikov.

–Lo has preparado todo, has instruido a los hombres a la perfección, lo has previsto todo y ahora has recogido los frutos de tu trabajo –le elogió Guétmanov.

–Qué va, no estaba previsto –dijo Nóvikov, a quien escuchar las palabras de Guétmanov le procuraba un placer casi insoportable a la vez que cierta incomodidad. Y agitando un fajo de informes de guerra añadió–: Éstas son mis previsiones. Confiaba sobre todo en Makárov, pero éste se quedó rezagado, se desvió de la ruta asignada y desperdició una hora y media en una escaramuza innecesaria en su flanco. En cuanto a Belov, estaba convencido de que avanzaría sin prestar atención a sus flancos, pero el segundo día, en lugar de rebasar un centro de resistencia enemiga y avanzar sin demora hacia el noroeste, se enzarzó en una refriega contra unidades de artillería e infantería, e incluso pasó a la defensiva, despilfarrando once horas con esas tonterías. Fue Kárpov el primero en llegar a Kalach; avanzó a toda velocidad, como una flecha, sin mirar atrás ni una sola vez y sin preocuparse de lo que sucedía en sus flancos, y logró ser el primero en cortar las principales líneas de comunicación de los alemanes. He aquí mi conocimiento de los hombres. He aquí mis previsiones. Y yo que pensé que Kárpov estaría tan ocupado vigilando sus flancos que tendría que hacerle avanzar a garrotazos...

Guétmanov sonrió.

–Está bien, está bien. Todos conocemos el valor de la modestia; es algo que nos enseña nuestro gran Stalin...

Nóvikov era feliz. Pensó que probablemente amaba de veras a Yevguenia Nikoláyevna, si se había pasado el día pensando tanto en ella; continuaba mirando alrededor y le parecía que de un momento a otro la vería llegar.

Bajando la voz hasta reducirla a un susurro, Guétmanov dijo:

–Lo que nunca olvidaré, Piotr Pávlovich, es la manera en que retrasaste el ataque durante ocho minutos. El comandante apremia. El comandante del frente exige que lance inmediatamente los tanques a la brecha. Stalin, según me han contado, llamó a Yeremenko para preguntarle por qué no había comenzado el ataque. Hiciste esperar a Stalin, y así fue como penetramos en la brecha sin perder un solo tanque ni un solo hombre. Es algo que no olvidaré en toda mi vida.

Por la noche, cuando Nóvikov había salido con su tanque hacia Kalach, Guétmanov fue a ver al jefe del Estado Mayor y le dijo:

–Camarada general, he escrito una carta donde informo de la actitud del comandante del cuerpo, que retrasó por propia voluntad ocho minutos el inicio de una operación decisiva, de grandísima importancia; una operación capaz de decidir el destino de la guerra. Se lo ruego, tenga en cuenta este documento.

15

En el momento en que Vasilevksi informó a Stalin por radio de que los ejércitos alemanes habían sido cercados, Stalin tenía a su lado a su secretario, Poskrebishev. Stalin, sin mirar a Poskrebishev, permaneció algunos segundos sentado con los ojos cerrados, como si estuviera dormido.

El secretario contuvo la respiración, esforzándose por no hacer el menor movimiento.

Era la hora de su triunfo. No sólo había vencido al enemigo presente, también se había impuesto sobre el pasado. La hierba crecería más espesa sobre las tumbas campesinas de los años treinta. El hielo, las colinas nevadas más allá del Círculo Polar conservarían su plácido mutismo.

Sabía mejor que nadie en el mundo que a los vencedores no se les juzga.

Stalin deseó tener a su lado a sus hijos, a su nieta, la pequeña hija del pobre Yákov. Tranquilo, con el ánimo sosegado, acariciaría la cabeza de su nieta sin dignarse mirar el mundo que se extendía más allá del umbral de su cabaña. La hija afectuosa, la nieta dulce y enfermiza, los recuerdos de la infancia, el frescor del jardín, el lejano rumor del río... ¿Qué importancia tenía todo lo demás? Su fuerza no dependía de los regimientos militares ni de la potencia del Estado.

Despacio, sin abrir los ojos, con entonación especialmente suave, se puso a cantar:

Ay, has caído en la red, mi querido pajarito.
Tú y yo no nos separaremos nunca por nada del mundo.

Poskrebishev, mirando la cabeza entrecana y la incipiente calvicie de Stalin, su cara picada de viruelas, los ojos cerrados, sintió de repente que se le estaban helando los dedos.

La ofensiva coronada por el éxito en la zona de Stalingrado había tapado los agujeros en la línea de la defensa soviética. No sólo entre los enormes frentes de Stalingrado y del Don, no sólo entre los ejércitos de Chuikov y las divisiones soviéticas en el norte, no sólo entre los batallones y las compañías separadas de sus retaguardias, no sólo entre los grupos de asalto atrincherados en las casas de Stalingrado. La sensación de aislamiento, de estar cercados o medio cercados, había desaparecido, y había sido sustituida al mismo tiempo en la conciencia de las gentes por un sentimiento de integridad, unión y pluralidad. Esa conciencia de unión entre el individuo y la masa del ejército es lo que se suele llamar la moral del vencedor.

La mente y el ánimo de los soldados alemanes caídos en el cerco de Stalingrado sufrieron la misma transformación, aunque por supuesto en sentido inverso. Un enorme pedazo de carne, formado por cientos de miles de células dotadas de razón y sentimiento, había sido separado del cuerpo de las fuerzas armadas alemanas.

La idea, expresada en su momento por Tolstói, según la cual es imposible cercar totalmente a un ejército, se basaba en la experiencia militar de su época.

La guerra de 1941-1945 demostró, no obstante, que se puede sitiar un ejército, encadenarlo al suelo y envolverlo con un anillo de hierro. El cerco, durante la guerra de 1941-1945, fue una realidad implacable para muchos ejércitos soviéticos y alemanes.

La observación de Tolstói era indudablemente cierta en sus tiempos, pero como la mayoría de las reflexiones sobre política y guerra expresadas por grandes hombres, no poseía vida eterna.

El cerco de Stalingrado fue posible gracias a la extraordinaria movilidad de las tropas y a la excesiva lentitud de las enormes retaguardias sobre las que se apoyaba su propia movilidad. Las unidades que cercan tienen todas las ventajas de la movilidad. Las unidades que son cercadas, por su parte, pierden toda movilidad, ya que en esas condiciones no pueden organizar una retaguardia compleja, sólida, estructurada a la manera de una fábrica. Las unidades cercadas están paralizadas; las unidades que efectúan el cerco tienen motores y alas.

Un ejército cercado, privado de movilidad, pierde algo más que su supremacía técnico-militar. Los soldados y los oficiales de los ejércitos cercados quedan, en cierto modo, excluidos del mundo contemporáneo y son empujados al mundo del pasado. Tienden a valorar de nuevo no sólo las fuerzas de los ejércitos en el campo de batalla, las perspectivas de la guerra, sino también la política estatal, la fascinación de los jefes de los partidos, los códigos, la Constitución, el carácter nacional, el pasado y el futuro de su pueblo.

Los asediantes también se entretienen con reevaluaciones parecidas, pero de carácter contrario, como el águila que siente con placer la fuerza de sus propias alas y planea sobre la presa paralizada e impotente.

El cerco que sufrió el ejército de Paulus en Stalingrado determinó el curso de la guerra. El triunfo en Stalingrado estableció el resultado de la guerra, pero la tácita disputa entre el pueblo y el Estado, ambos vencedores, todavía no había acabado. El destino del hombre, su libertad, dependían de ella.

17

En la frontera de Prusia oriental y Lituania lloviznaba sobre el bosque otoñal de Görlitz, y un hombre de estatura mediana, con impermeable gris, caminaba por un sendero que discurría entre altos árboles. Los centinelas, al ver a Hitler, contenían la respiración, se quedaban inmóviles y las gotas de lluvia corrían lentamente por sus caras.

El Führer tenía ganas de respirar aire fresco, de estar solo. El aire húmedo le resultaba agradable. Las gotas eran ligeras y refrescantes. Los árboles, cálidos y taciturnos. Qué placentero era pisar la suave alfombra de hojas muertas.

Los hombres del cuartel general del campo le habían irritado ese día de modo intolerable... Stalin nunca le había suscitado respeto. Todos sus actos antes de la guerra le habían parecido estúpidos y groseros. Su astucia, su perfidia, correspondían a la simplicidad de un campesino. Su gobierno también era ridículo. Algún día Churchill comprendería el trágico papel desempeñado por la nueva Alemania que, con su propio cuerpo, había servido de escudo a Europa, protegiéndola contra el bolchevismo asiático de Stalin. Pensaba en los hombres que habían insistido en la retirada del 6.º Ejército de Stalingrado. Ahora serían particularmente reservados y respetuosos. Le irritaban también los que tenían una confianza absoluta en él: pronto comenzarían a demostrarle su fidelidad con verbosos discursos. Se esforzaba todo el tiempo en pensar con desprecio en Stalin, humillarlo, y comprendía que esa exigencia era debida a la pérdida del sentimiento de superioridad... ¡Cruel y vengativo tendero caucásico! El éxito de aquel día no cambiaba nada... ¿Acaso no brillaba una secreta burla en los ojos de Zeitzler, ese viejo castrado? Le irritaba la idea de que Goebbels se apresuraría a informarle de las bromas del primer ministro inglés sobre su talento como jefe militar. Goebbels, entre risas, le diría: «Reconoce que es ingenioso», y en el fondo de sus ojos bellos e inteligentes, por un segundo se revelaría el resplandor del triunfo del envidioso, que creía sofocado para siempre.

Los problemas que le había creado el 6.º Ejército le inquietaban y le impedían ser él mismo. La principal desgracia no consistía en la pérdida de Stalingrado ni en las divisiones cercadas, sino en el hecho de que Stalin le había vencido.

Bueno, pronto lo arreglaría.

Hitler siempre había tenido pensamientos ordinarios y debilidades encantadoras, pero como era grande y omnipotente, todo eso conmovía y suscitaba admiración en el pueblo. Él encarnaba el ímpetu nacional alemán. Pero tan pronto como la potencia de la nueva Alemania y de sus fuerzas armadas había comenzado a vacilar, también su sabiduría se había ofuscado y había perdido su genialidad.

No envidiaba a Napoleón. No soportaba a los hombres cuya grandeza no desaparecía en la soledad, en la impotencia, en la miseria; a los hombres que en un sótano oscuro, en un desván, conservaban la fuerza.

No había podido, durante aquel paseo solitario por el bosque, sacudirse de encima el peso de la cotidianidad y encontrar en el fondo de su alma una solución sincera y superior, inaccesible para las ratas de oficina del Estado Mayor General y de la dirección del Partido.

La sensación de haberse vuelto un hombre corriente venía acompañada de una insoportable sensación de opresión. No era un hombre como los demás lo que hacía falta para fundar la nueva Alemania, para avivar la guerra y los hornos de Auschwitz, para crear la Gestapo. El fundador y Führer de la nueva Alemania debía sobresalir entre la humanidad. Sus sentimientos, sus pensamientos, su vida cotidiana sólo podían existir por encima del resto de los seres humanos.

Los tanques rusos le habían devuelto al punto de partida. Sus pensamientos, sus decisiones, su odio no estaban hoy dirigidos contra Dios y el destino del mundo. Los carros rusos le habían vuelto a situar entre los hombres.

La soledad en el bosque, que inicialmente le había calmado, ahora le parecía espantosa. Solo, sin guardaespaldas, sin los habituales ayudantes de campo, se sentía como el niño del cuento que se pierde en la oscuridad del bosque encantado. Del mismo modo vagaba Pulgarcito; así se había perdido la cabritilla en el bosque, sin saber que en la oscuridad acechaba el lobo.

De las oscuras tinieblas de las décadas transcurridas emergieron sus miedos infantiles, el recuerdo de la ilustración de un libro de cuentos: una cabritilla en un claro iluminado por el sol, y entre la espesura húmeda y oscura del bosque, los ojos rojos y los dientes blancos del lobo.

De repente Hitler sintió deseos de gritar como cuando era niño; deseaba llamar a su madre, cerrar los ojos, correr.

Pero en el bosque, entre los árboles, se ocultaba el regimiento de su guardia personal, miles de hombres fuertes, entrenados, despiertos, con reflejos inmediatos. La misión de su vida consistía en evitar que el mínimo soplo de aire llegara a mover un pelo de su cabeza, que no lo tocara siquiera. El zumbido discreto del teléfono transmitía a todos los sectores y zonas los movimientos del Führer, que había decidido pasear solo por el bosque.

Dio media vuelta y, reprimiendo el deseo de salir corriendo, se dirigió hacia los edificios verde oscuro de su cuartel general.

Los guardias vieron que el Führer apretaba el paso, sin duda para tratar asuntos urgentes que requerían su presencia en el Estado Mayor. ¿Cómo podían imaginar que pocos minutos antes del crepúsculo el caudillo de Alemania había escapado del lobo del cuento?

Detrás de los árboles brillaban las luces de los edificios del Estado Mayor. Por primera vez, al pensar en el fuego de los hornos crematorios sintió un horror humano.

18

Una extraña inquietud se apoderó de los hombres que se encontraban en los refugios y en el puesto de mando del 62.º Ejército: tenían ganas de tocarse la cara, palpar sus uniformes, mover los dedos de los pies encerrados en las botas. Los alemanes no disparaban. Se había hecho el silencio.

Aquel silencio daba vértigo. Los hombres tenían la impresión de haberse vaciado, de que se les había entumecido el corazón; que los brazos, las piernas se movían como miembros extraños. Causaba una impresión inverosímil, inconcebible, comer las gachas en silencio, y en silencio escribir una carta, despertarse por la noche en medio de la calma. El silencio tenía voz propia, había hecho nacer una infinidad de sonidos que parecían nuevos y extraños: el tintineo del cuchillo, el susurro de la página de un libro, el crujido de la tarima, las pisadas de los pies desnudos, el chirrido de la pluma, el tictac del reloj de pesas en la pared del refugio.

El jefe del Estado Mayor del ejército Krilov entró en el refugio del comandante. Chuikov estaba sentado en el catre y frente a él, detrás de una pequeña mesa, se hallaba Gúrov. Krilov quería anunciar rápidamente las últimas novedades: el frente de Stalingrado había pasado al ataque, el cerco sobre las tropas de Paulus se decidiría en las próximas horas. Miró a Chuikov y Gúrov y tomó asiento, en silencio, en el catre. Krilov debió de ver algo muy importante en los rostros de sus camaradas para no hacerles partícipes de esa información, que tenía una importancia capital.

Los tres hombres permanecían callados. El silencio daba vida a nuevos ruidos hasta ese instante borrados en Stalingrado. El silencio estaba a punto de generar nuevos pensamientos, pasiones, inquietudes que habían sido acallados durante los días de combate.

Pero en esos instantes no tenían todavía nuevos pensamientos: sus emociones, ambiciones, ofensas, odio no se habían liberado del peso aplastante de Stalingrado. No pensaban que de ahora en adelante sus nombres estarían ligados a una página gloriosa de la historia militar de Rusia.

Aquellos instantes de silencio fueron los mejores de su vida, instantes regidos exclusivamente por sentimientos humanos, y ninguno de los allí presentes pudo explicarse el motivo de tanta felicidad y de tanta tristeza, del amor y la paz que les había invadido.

¿Es necesario continuar hablando de los generales de Stalingrado después del éxito del ataque defensivo? ¿Es necesario contar las pasiones mezquinas que se adueñaron de algunos jefes de la defensa en Stalingrado? ¿De cómo bebían y discutían sin interrupción a propósito de una gloria indivisible? ¿De cómo Chuikov, borracho, se lanzó contra Rodímtsev con la intención de estrangularlo sólo porque, en el mitin celebrado para conmemorar la victoria de Stalingrado, Nikita Jruschov abrazó y besó a Rodímtsev sin dignarse mirar siquiera a Chuikov?

¿Es necesario explicar que Chuikov y su Estado Mayor fueron los primeros en abandonar la santa tierra de Stalingrado para asistir a las celebraciones del vigésimo aniversario de la Cheká-OGPU? ¿Y que al día siguiente él y sus camaradas, borrachos como una cuba, estuvieron a punto de ahogarse en el Volga y fueron sacados del agua por los soldados? ¿Es necesario hablar de los insultos, los reproches, las sospechas, la envidia?

La verdad es sólo una. No hay dos verdades. Sin verdad, o bien con fragmentos, con una pequeña parte de la verdad, con una verdad cortada y podada, es difícil vivir. Una verdad parcial no es una verdad. Dejemos que en esta maravillosa y silenciosa noche reine en el alma la verdad, sin máscaras. Restituyamos a los hombres, por esta noche, la bondad, la grandeza de sus duras jornadas de trabajo...

Chuikov salió del refugio y subió despacio a la cima de la pendiente del Volga. Los escalones de madera crujían bajo sus pies. Estaba oscuro. El este y el oeste callaban. Las siluetas de los bloques de las fábricas, las ruinas de los edificios de la ciudad, las trincheras, los refugios se habían fundido en la tranquila y silenciosa tiniebla de la tierra, del cielo, del Volga.

Así se manifestaba la victoria del pueblo. No con la marcha ceremonial del ejército bajo el estruendo de la orquesta, ni tampoco en los fuegos artificiales o en las salvas de la artillería, sino en la húmeda quietud nocturna que envolvía a la tierra, la ciudad, el Volga...

Chuikov se había conmovido; su corazón endurecido por la guerra le martilleaba en el pecho. Aguzó el oído: el silencio se había roto. Desde Banni Ovrag y la fábrica Octubre Rojo llegaba una canción. Abajo, en la orilla del Volga, se oían voces apagadas y los acordes de una guitarra.

Chuikov regresó al refugio. Gúrov, que le había esperado para cenar, le dijo:

–Esta calma es increíble, Vasili Ivánovich.

Chuikov resopló y no dijo nada.

Luego, una vez sentados a la mesa, Gúrov observó:

–Eh, camarada, has tenido que pasarlas canutas si lloras por una canción alegre.

Chuikov le fulminó con una mirada viva y desconcertada.

En el refugio excavado en la ladera del barranco de Stalingrado, algunos soldados del Ejército Rojo estaban sentados
alrededor de una mesa improvisada, a la luz de una lámpara de fabricación casera.

Un sargento servía vodka en los vasos de sus compañeros y los hombres observaban cómo el líquido precioso alcanzaba el nivel indicado por su uña torcida.

Después de beber, todos alargaron las manos hacia
el pan.

Uno acabó de masticar y dijo:

–Sí, las hemos pasado moradas, pero al final hemos
vencido.

–Los *fritzes* se han calmado, no se oye ni un ruido.

–Sí, ya han tenido suficiente.

–La epopeya de Stalingrado ha terminado.

–Pero antes les ha dado tiempo de provocar muchas
desgracias. Han quemado la mitad de Rusia.

Masticaban el pan muy despacio, sin apresurarse,
reencontrando en la calma la sensación feliz y tranquila de
aquellos que por fin pueden reposar, beber y comer después de un largo y difícil trabajo.

Las mentes comenzaban a nublarse, pero esta niebla tenía algo especial, no les aturdía. Y todo se percibía con extrema lucidez: el sabor del pan, el crujido de la cebolla, las
armas amontonadas bajo la pared de arcilla de la trinchera, el recuerdo del hogar, el Volga y la victoria sobre el potente enemigo, obtenida con esas mismas manos que acariciaban los cabellos de los niños, que abrazaban a las
mujeres, que despedazaban el pan y liaban cigarrillos con
papel de periódico.

Los moscovitas que se preparaban para volver a casa después de la evacuación quizá se alegraban más de dejar atrás su vida como evacuados que de encontrarse de nuevo en Moscú. Las calles de Sverdlovsk, Omsk, Tashkent o Krasnoyarsk, las casas, las estrellas en el cielo otoñal, el sabor de la comida: todo se había vuelto odioso.

Si las noticias que transmitía la Oficina de Información Soviética eran buenas, decían:

–Bueno, pronto nos marcharemos de aquí.

Si el boletín, en cambio, era alarmante, se lamentaban:

–Oh, seguro que interrumpirán la reevacuación de las familias.

Corrían infinidad de historias sobre personas que habían logrado regresar a Moscú sin salvoconducto; cambiaban varias veces de tren, pasando de trenes de largo recorrido a ferrocarriles regionales, luego cogían trenes eléctricos donde no efectuaban controles.

La gente había olvidado que en octubre de 1941 cada día pasado en Moscú era una tortura. Con qué envidia miraban a los moscovitas que habían cambiado el siniestro cielo natal por la tranquilidad de Tartaria, Uzbekistán...

La gente había olvidado que algunos no consiguieron subir a los convoyes en los fatídicos días de octubre de 1941, que abandonaron maletas y hatillos y se fueron a pie hasta Zagorsk, porque deseaban huir de Moscú. Ahora la gente estaba dispuesta a abandonar sus pertenencias, el trabajo, una vida cómoda, y marchar a pie hasta Moscú, con el único fin de dejar a sus espaldas los lugares de la evacuación.

La principal razón de estas dos posiciones opuestas –la impetuosa fuerza que empujaba fuera de Moscú y hacia Moscú– consistía en el hecho de que el año de guerra transcurrido había transformado la conciencia de los hombres, y el miedo místico hacia los alemanes se había convertido en la certeza de la superioridad de las fuerzas soviéticas.

La terrible aviación alemana ya no parecía tan terrible.

En la segunda mitad de noviembre la Oficina de Información Soviética comunicó el inicio de la ofensiva contra el grupo de ejércitos nazis en la provincia de Vladikavkaz (Ordzhonikidze) y el sucesivo avance victorioso en la provincia de Stalingrado. Durante dos semanas el locutor anunció nueve veces: «Última hora... La ofensiva de nuestras tropas continúa... Un nuevo golpe asestado contra el enemigo... Nuestros ejércitos han vencido la resistencia del enemigo en las inmediaciones de Stalingrado y han roto su nueva línea de defensa en la orilla oriental del Don... Nuestros ejércitos prosiguen el ataque, han recorrido de diez a veinte kilómetros... Las tropas desplegadas en el curso medio del Don han pasado a la ofensiva contra los ejércitos alemanes... Ofensiva de nuestras tropas en el Cáucaso septentrional... Nuevo ataque de nuestros ejércitos al suroeste de Stalingrado...».

En vísperas del nuevo año, 1943, la Oficina de Información Soviética emitió un comunicado titulado «Balance de la ofensiva desplegada en las últimas seis semanas en los accesos de Stalingrado», en el que describía cómo habían sido cercados los ejércitos alemanes en Stalingrado.

En la conciencia de la gente estaba a punto de operarse un cambio. Los primeros movimientos tuvieron lugar en el subconsciente, con un secretismo no inferior a aquel con el que se había preparado la ofensiva de Stalingrado. Esta transformación, acaecida en el inconsciente, se hizo evidente, se expresó por primera vez después de la ofensiva de Stalingrado.

Lo que había ocurrido en la conciencia colectiva se distinguía de lo que había sucedido en los días del desenlace victorioso de la batalla de Moscú, si bien, en apariencia, los dos fenómenos eran idénticos.

La diferencia consistía en el hecho de que la victoria de Moscú había servido, fundamentalmente, para cambiar la actitud hacia los alemanes. El temor místico hacia el ejército alemán se desvaneció en diciembre de 1941.

Stalingrado, la ofensiva de Stalingrado, contribuyó a crear una nueva conciencia en el ejército y en la población.

845

Los soviéticos, los rusos, comenzaron a verse de otra manera y a comportarse de modo diferente respecto a la gente de otras nacionalidades. La historia de Rusia comenzó a ser percibida como la historia de la gloria rusa, y no como la historia de los sufrimientos y las humillaciones de los campesinos y obreros rusos.

El factor nacional, antes un aspecto relativo a la forma, se transformó en contenido, se convirtió en un nuevo fundamento para la comprensión del mundo.

En los días de la victoria de Moscú la gente pensaba según las viejas categorías de pensamiento, las nociones dominantes antes de la guerra.

La reinterpretación de los acontecimientos bélicos, la toma de conciencia de la fuerza de las armas rusas y del Estado formaban parte de un proceso más amplio, largo y complejo.

Dicho proceso había comenzado mucho antes de la guerra; sin embargo, no había tenido lugar tanto en la conciencia del pueblo como a un nivel subconsciente.

Tres grandiosos acontecimientos fueron las piedras angulares de esta reinterpretación de la vida y las relaciones humanas: la colectivización del campo, la industrialización y el año 1937.

Estos acontecimientos, como la Revolución de Octubre de 1917, causaron desplazamientos y movimientos de enormes masas de población; tales movimientos estuvieron acompañados por la eliminación física de personas en un número superior, que no inferior, al exterminio que había tenido lugar en la época de la liquidación de la nobleza rusa y de la burguesía industrial y comercial.

Estos acontecimientos, capitaneados por Stalin, señalaron el triunfo económico y político de los constructores del nuevo Estado soviético, del socialismo en un solo país. Estos acontecimientos constituían el resultado lógico de la Revolución de Octubre.

Sin embargo, el nuevo régimen que había triunfado en los tiempos de la colectivización, de la industrialización y de la sustitución casi total de los cuadros dirigentes no quería renunciar a las viejas ideas y las fórmulas ideológicas, si bien éstas habían perdido su contenido real. El nuevo régimen se servía de la vieja fraseología y de las viejas ideas, que habían surgido años antes de la Revolución, cuando se constituyó el ala bolchevique del partido socialdemócrata. La base del nuevo régimen era su carácter estatal-nacional.

La guerra aceleraba el proceso de reinterpretación de la realidad que de manera subterránea se llevaba a cabo en el periodo prebélico, y apresuró la manifestación de la conciencia nacional; la palabra «ruso» recuperó su sentido.

Al inicio, en la época de la retirada, esta palabra se asociaba en mayor medida con atributos negativos: el retraso ruso, la desorganización, la falta de caminos transitables propia de los rusos, el fatalismo ruso... Pero una nueva conciencia nacional había nacido; sólo esperaba una victoria militar.

Paralelamente, el Estado tomaba conciencia de sí mismo en el marco de nuevas categorías.

La conciencia nacional es una fuerza potente y maravillosa en tiempos de adversidad. Es maravillosa no porque sea nacional, sino porque es humana; es la manifestación de la dignidad del hombre, de su amor por la libertad, de su fe en el bien.

Pero despertada en tiempos de desgracia, la conciencia nacional puede desarrollarse de formas diversas.

Es indudable que el sentimiento nacional se manifiesta de modo diferente en el jefe del departamento de personal, que protege la empresa de la contaminación de los cosmopolitas y nacionalistas burgueses, que en el soldado del Ejército Rojo que defiende Stalingrado.

La vida de la Unión Soviética vinculó el despertar de la conciencia nacional con los objetivos que el Estado se había fijado después de la guerra: la lucha por la idea de la soberanía nacional, la afirmación del soviético, del ruso, en cualquier terreno de la vida.

Todos estos propósitos no surgieron de improviso durante la guerra y la posguerra; aparecieron antes, cuando tuvieron lugar los acontecimientos que se desarrollaron en el campo, la creación de una industria pesada nacional y la llegada de nuevos mandos dirigentes; hechos que, en su conjunto, marcaron el triunfo de un régimen que Stalin definió como «socialismo en un solo país».

Los defectos congénitos de la socialdemocracia rusa fueron borrados, suprimidos.

Y precisamente en el punto de inflexión de Stalingrado, en el momento en que las llamas de Stalingrado eran la única señal de libertad en un reino tenebroso, dio inicio este proceso de reinterpretación.

La lógica de los acontecimientos hizo que la guerra del pueblo, que alcanzó su punto culminante durante la defensa de Stalingrado, permitiera a Stalin proclamar abiertamente la ideología del nacionalismo estatal.

21

En el periódico mural colgado en el vestíbulo del Instituto de Física apareció un artículo titulado «Siempre con el pueblo».

En el artículo se hablaba de la enorme importancia que la Unión Soviética, guiada a través de la tempestad de la guerra por el gran Stalin, concedía a la ciencia; de las consideraciones y los honores con que el Partido y el gobierno colmaban a los hombres de ciencias, sin parangón con otras partes del mundo, y de cómo, incluso en aquel terrible periodo, el Estado soviético fomentaba las condiciones necesarias para que los científicos desarrollaran un trabajo normal y fructífero.

Más adelante se referían los grandes objetivos que el instituto tenía por delante: las nuevas construcciones, la ampliación de los viejos laboratorios, la relación entre teoría y práctica, así como el papel que desempeñaban las investigaciones científicas en la industria bélica.

Asimismo se aludía al entusiasmo patriótico que había exaltado al colectivo de los obreros científicos, quienes se esforzaban por mostrarse dignos de la confianza y los desvelos del Partido, e incluso del propio camarada Stalin, y por no decepcionar la esperanza que el pueblo había depositado en el glorioso grupo de vanguardia de la intelectualidad soviética: los hombres de ciencia.

En la última parte del artículo se constataba que, por desgracia, dentro de ese colectivo sano y fraternal había individuos que no eran conscientes de su responsabilidad para con el pueblo y el Partido, hombres extraños a la gran familia soviética. Estas personas se oponían a la colectividad, anteponían sus intereses personales por encima de los deberes que el Partido imponía a los científicos, eran propensos a exagerar sus méritos científicos, reales o ilusorios. Algunos de ellos, voluntariamente o no, se convertían en portavoces de opiniones y puntos de vista extraños, no soviéticos; predicaban ideas políticamente hostiles. Estas personas, por lo general, exigían una actitud neutra hacia las teorías idealistas, reaccionarias y oscurantistas de los científicos idealistas extranjeros; se jactaban de los vínculos que mantenían con ellos, rebajando así el sentimiento de orgullo nacional de los científicos rusos y disminuyendo los méritos de la ciencia soviética. A veces se erigían en defensores de una justicia por así decirlo pisoteada, con el fin de granjearse popularidad entre personas poco perspicaces, confiadas e ingenuas. En realidad, sembraban la semilla de la discordia, la desconfianza en la fuerza de la ciencia rusa, la irreverencia hacia su glorioso pasado y sus grandes exponentes.

El artículo exhortaba a eliminar cualquier forma de corrupción, todo lo que fuera adverso y hostil, todo lo que supusiera un estorbo para el cumplimiento, durante la Gran Guerra Patria, de los objetivos fijados por el Partido y el pueblo a los científicos. El artículo concluía con las palabras: «¡Adelante, hacia las nuevas cumbres de la ciencia! Sigamos la vía gloriosa, iluminada por el faro de la filosofía marxista, esa vía por la que nos guía el gran partido de Lenin y Stalin».

Aunque el artículo no mencionaba nombres, en el laboratorio todos comprendieron que las alusiones acusatorias se referían a Shtrum.

Savostiánov le habló a Shtrum del artículo, pero éste se negó a leerlo. En ese momento se encontraba con sus colaboradores, que estaban acabando de montar los nuevos aparatos.

Shtrum pasó un brazo alrededor de los hombros de Nozdrín y exclamó:

–Pase lo que pase, esta máquina hará su trabajo.

Nozdrín, de pronto, empezó a despotricar a diestro y siniestro, y Víktor Pávlovich no comprendió, en aquel instante, a quién iban dirigidas aquellas imprecaciones.

Al final de la jornada laboral, Sokolov fue a verle.

–Le admiro, Víktor Pávlovich. Ha trabajado todo el día como si nada. Su fuerza socrática es extraordinaria.

–Si un hombre es rubio por naturaleza, no se vuelve moreno porque se hable de él en un periódico mural –respondió Shtrum.

Se había familiarizado con la sensación de estar resentido con Sokolov, y la costumbre había difuminado aquel sentimiento hasta el punto de que era como si perteneciera al pasado. Ya no reprochaba a Sokolov su carácter reservado y su actitud timorata. A veces incluso se decía: «Tiene muchas virtudes, y a fin de cuentas, todos tenemos defectos».

–Sí –dijo Sokolov–. Pero hay artículos y artículos. Anna Stepánovna se encontró mal después de leerlo. Primero fue a la enfermería y luego la enviaron a casa.

«Pero ¿qué es eso tan terrible que han escrito?», pensó Shtrum. Sin embargo no pidió detalles a Sokolov y nadie le mencionó el contenido del artículo.

De la misma manera, probablemente, se le oculta a un enfermo terminal el avance inexorable de la enfermedad que le corroe.

Aquella noche Shtrum fue el último en abandonar el laboratorio. Alekséi Mijaílovich, el viejo guardián que ahora trabajaba en el guardarropa, le dijo mientras le tendía el abrigo:

–Es así, Víktor Pávlovich; en este mundo no hay paz para la buena gente.

Una vez se hubo puesto el abrigo, Víktor Pávlovich subió de nuevo las escaleras y se detuvo ante el tablero del periódico mural. Leyó el artículo y, azorado, miró a su alrededor; le pareció que le iban a arrestar al instante, pero el vestíbulo estaba desierto y tranquilo.

La relación de desequilibrio entre la fragilidad del cuerpo humano y la potencia colosal del Estado se le apareció en su concreta e imponente realidad; tuvo la sensación de que el Estado le escrutaba el rostro con unos ojos enormes, claros. De un momento a otro se abalanzaría sobre su cuerpo, y él, castañeteando los dientes, emitiría un gemido, un grito, y desaparecería para siempre.

La calle estaba atestada, pero a Shtrum le parecía que una franja de tierra de nadie le separaba de los transeúntes.

En el trolebús un hombre tocado con un gorro militar de invierno le decía a su compañero de viaje, con voz excitada:

–¿Has oído el boletín «Última hora»?

Desde los asientos de delante, alguien gritó:

–¡Stalingrado! Los alemanes han sido aplastados.

Una mujer entrada en años miró a Shtrum como si le reprochara su silencio.

Shtrum estaba pensando en Sokolov con ternura: «Los hombres están llenos de defectos; él los tiene y yo también».

Pero tras considerar que equipararse a los demás en sus debilidades y defectos nunca es del todo sincero, enseguida rectificó: «Sus opiniones dependen del amor que profesa al Estado, del éxito de su vida. Se arrima al sol que más calienta; ahora que la victoria está cercana no pronunciará ni una sola palabra de crítica. Yo soy diferente, tanto si le va bien al Estado como si le va mal, tanto si me golpea como si me acaricia, mi actitud hacia él no cambia».

Cuando llegara a casa le contaría a Liudmila Nikoláyevna lo del artículo. Esta vez sí que le habían tomado en serio. Le diría: «Ahí tienes mi premio Stalin, Liúdochka.

Sólo se escriben artículos de ese tipo cuando se quiere encarcelar a alguien».

«Nuestros destinos están unidos –pensó–. Si me invitaran a la Sorbona para impartir un ciclo de conferencias, ella vendría conmigo; y si me mandaran a un campo de Kolymá, también me seguiría.»

«Bien, no puedes decir que no te lo has ganado, y a pulso además», le diría Liudmila Nikoláyevna.

Y él le replicaría con acritud: «No necesito críticas, sino comprensión. Críticas tengo más que suficientes en el instituto».

Fue Nadia la que le abrió la puerta.

En la penumbra del pasillo, ella le abrazó, apretándose contra su pecho.

–Tengo frío, estoy empapado; deja que me quite el abrigo. ¿Qué ha pasado? –preguntó.

–¿Es que no te has enterado? ¡Stalingrado! Una inmensa victoria. Los alemanes están acorralados. ¡Venga, entra enseguida!

Le ayudó a quitarse el abrigo y le arrastró hacia la habitación tirándole del brazo.

–Por aquí, por aquí. Mamá está en la habitación de Tolia.

Abrió la puerta. Liudmila Nikoláyevna estaba sentada en el escritorio de Tolia. Volvió lentamente la cabeza hacia él y le sonrió con aire triste y solemne.

Aquella noche Shtrum no le contó a Liudmila lo que había ocurrido en el instituto.

Estaban sentados ante el escritorio de Tolia. Liudmila Nikoláyevna dibujaba en un folio la posición de los alemanes cercados en Stalingrado mientras le explicaba a Nadia su propio plan de operaciones militares.

Durante la noche, en su cuarto, Shtrum no dejó de pensar: «¡Dios mío! ¿Y si escribiera una carta de arrepentimiento? Todo el mundo lo hace en esta clase de situaciones».

22

Transcurrieron varios días desde la aparición del artículo en el periódico mural. El trabajo en el laboratorio seguía su curso habitual.

Shtrum tenía momentos bajos, luego recuperaba la energía, se mostraba activo, iba de aquí para allá en el laboratorio tamborileando los dedos ágiles, bien en el alféizar de la ventana, bien en las cajas metálicas, sus melodías preferidas.

Decía en tono de broma que, evidentemente, en el instituto se había propagado una epidemia de miopía, porque los conocidos que se encontraban cara a cara con él pasaban de largo, abstraídos, sin saludarle siquiera. Gurévich, pese a que le había visto desde lejos, había adoptado un aire pensativo, había cruzado la calle y se había detenido a contemplar un cartel. Shtrum, siguiendo su recorrido, se había vuelto para mirarle; en el mismo instante también Gurévich había levantado la mirada y sus ojos se habían encontrado. Gurévich hizo un gesto de sorpresa y alegría, y comenzó a enviarle señas de saludo. Pero no había nada de divertido en todo aquello.

Svechín, al encontrarse con Shtrum, le había saludado y había ralentizado el paso con buenas formas, pero por la expresión de su cara se diría que se había topado con el embajador de una potencia enemiga.

Víktor Pávlovich llevaba la cuenta de quién le había dado la espalda, quién le saludaba con un movimiento de cabeza, quién le estrechaba la mano.

Cuando llegaba a casa, lo primero que preguntaba a su mujer era:

—¿Ha llamado alguien?

Liudmila Nikoláyevna respondía como siempre:

—Nadie, excepto Maria Ivánovna.

Y sabiendo de antemano qué pregunta venía a continuación después de esas palabras, añadía:

—De Madiárov todavía no hay ninguna noticia.

–Ya lo ves –le decía él–, los que telefoneaban cada día ahora lo hacen de vez en cuando; y los que lo hacían ocasionalmente han dejado de hacerlo del todo.

Le parecía que también en casa le trataban de manera diferente. Una vez Nadia había pasado delante de él, que estaba bebiendo un té, sin saludarlo.

Shtrum le había gritado en tono airado:

–¿Ya no se dice ni buenos días? ¿Qué soy? ¿Un objeto inanimado?

Evidentemente su cara era tan patética, tan dolorosa, que Nadia, comprendiendo su estado de ánimo, en vez de responderle con una grosería se apresuró a decir:

–Perdóname, querido papá.

Aquel mismo día él decidió indagar:

–Oye, Nadia, ¿sigues viendo a tu gran estratega?

Nadia se limitó a encogerse de hombros, sin articular palabra.

–Quiero advertirte de una cosa –dijo–. Que no se te pase por la cabeza hablar con él de política. Sólo me falta que me pillen por alguna indiscreción tuya.

Nadia, en lugar de responder con una insolencia, observó:

–Puedes estar tranquilo, papá.

Por la mañana, al acercarse al instituto, Shtrum comenzaba a mirar alrededor y luego aminoraba el paso, y de nuevo lo aceleraba. Una vez se había convencido de que el pasillo estaba vacío, caminaba a toda prisa, con la cabeza gacha, y si en alguna parte se abría una puerta, a Víktor Pávlovich se le encogía el corazón.

Al entrar en el laboratorio, su respiración era pesada, como la de un soldado que acaba de llegar a su trinchera después de atravesar un campo bajo fuego enemigo.

Un día, Savostiánov pasó a ver a Shtrum y le dijo:

–Víktor Pávlovich, por lo que más quiera, se lo rogamos todos: escriba una carta, arrepiéntase, le aseguro que eso le ayudará. Reflexione; lo está echando todo a perder y justo cuando tiene por delante un trabajo importante, más que importante, grandioso; las fuerzas vivas de nuestra ciencia le miran con esperanza. Escriba una carta, reconozca sus errores.

—Pero ¿de qué debo arrepentirme? ¿De qué errores? —preguntó Shtrum.

—Qué más da, lo hace todo el mundo: escritores, científicos, dirigentes del Partido; incluso nuestro querido músico Shostakóvich reconoce sus errores, escribe cartas de arrepentimiento y, después, continúa trabajando como si nada.

—Pero ¿de qué debería arrepentirme? ¿Ante quién?

—Escriba a la dirección, escriba al Comité Central. No importa, a cualquier parte. Lo principal es que se arrepienta. Algo así como: «Reconozco mi culpa, he tergiversado ciertas cosas, soy plenamente consciente y prometo enmendarme». Más o menos en estos términos; pero usted ya sabe de qué le hablo, es ya un cliché. Lo importante es que esos escritos ayudan, siempre ayudan.

Los ojos de Savostiánov, por lo general alegres y risueños, estaban serios. Parecía que incluso hubieran cambiado de color.

—Gracias, gracias, querido mío —dijo Shtrum—, su amistad me conmueve.

Una hora después Sokolov le dijo:

—Víktor Pávlovich, la próxima semana el Consejo Científico celebrará una sesión plenaria; creo que usted debería intervenir.

—¿En calidad de qué? —preguntó Shtrum.

—Me parece que debería dar explicaciones; en pocas palabras, creo que debería admitir su error.

Shtrum se puso a andar por la habitación, después se paró de golpe al lado de la ventana y, mirando fijamente al patio, dijo:

—Piotr Pávlovich, ¿no sería mejor escribir una carta? Mire, es más fácil que escupirse encima en público.

—No, creo que debe hacer una intervención. Ayer hablé con Svechín y me dio a entender que allí —hizo un gesto vago en dirección a la cornisa superior de la puerta— prefieren que intervenga a que escriba una carta.

Shtrum se volvió enseguida hacia él.

–No intervendré ni escribiré ninguna carta.

Sokolov, con la entonación paciente de un psiquiatra que discute con un enfermo, observó:

–Víktor Pávlovich, en su posición guardar silencio significa suicidarse con plena conciencia; pesan sobre usted imputaciones de carácter político.

–¿Sabe lo que me resulta más penoso? –le preguntó Shtrum–. No comprendo por qué ha de pasarme algo así en unos días de alegría general, en los días de la victoria. ¡Y pensar que cualquier hijo de perra puede decir que ataqué abiertamente los principios del leninismo porque estaba convencido de que asistíamos al fin del poder soviético! Como si me gustara atacar a los débiles.

–Si, lo he oído decir –dijo Sokolov.

–No, no, ¡al diablo con ellos! –dijo Shtrum–. No entonaré un mea culpa.

Pero por la noche se encerró en su habitación y comenzó a escribir la carta. Lleno de vergüenza, la hizo pedazos y se puso a redactar el texto para su intervención en el Consejo Científico. Al releerlo dio un golpe contra la mesa con la palma de la mano y rompió el papel en mil pedazos.

–Basta, ¡se acabó! –dijo en voz alta–. Que pase lo que haya de pasar. Que me encarcelen.

Permaneció inmóvil durante un rato, reflexionando sobre su última decisión. Después le vino a la cabeza la idea de escribir el texto aproximado de la carta que habría escrito si hubiera decidido arrepentirse; en eso no había nada de humillante. Nadie vería la carta; nadie.

Estaba solo, la puerta cerrada con llave, en la casa todos dormían; al otro lado de la ventana reinaba el silencio, no se oían ni bocinas ni ruido de coches.

Pero una fuerza invisible le oprimía. Sentía su poder hipnótico, que le obligaba a pensar como ella quería y a escribir bajo su dictado. Se encontraba dentro de él, y le helaba el corazón, disolvía su voluntad, se entrometía en las relaciones con su familia y su hija, en su pasado, en los pensamientos de su juventud. Había acabado sintiendo que era un ser privado de talento, aburrido, pesado, que agotaba a todo el mundo con su monótona locuacidad. Incluso su trabajo le parecía apagado, como si estuviera cubierto de cenizas y polvo; había dejado de llenarle de luz y alegría.

Sólo la gente que nunca ha sentido una fuerza semejante puede asombrarse de que alguien se someta a ella. Los que la han experimentado, por el contrario, se sorprenderán de que un hombre pueda rebelarse contra tal fuerza, aunque sólo sea un momento, con alguna expresión airada o un tímido gesto de protesta.

Shtrum escribía la carta de arrepentimiento sólo para él, luego la escondería y no se la enseñaría a nadie; pero al mismo tiempo, en su fuero interno, sentía que más adelante podía serle útil, si bien por el momento seguiría guardada.

Al día siguiente, mientras bebía el té, miró el reloj: era hora de ir al laboratorio. Una gélida sensación de soledad se apoderó de él. Tenía la impresión de que, hasta el fin de sus días, nadie iría a verle. Ya no le telefoneaban, pero no sólo por miedo: no le llamaban porque era aburrido, no despertaba interés y era mediocre.

–Nadie llamó ayer, ¿verdad? –preguntó a Liudmila Nikoláyevna y declamó con énfasis–: «Estoy solo en la ventana; no aguardo a un huésped ni a un amigo»[1].

–Olvidé decirte que ha vuelto Chepizhin. Ha llamado, quiere verte.

–¿Cómo has podido olvidarte?

Y comenzó a tamborilear sobre la mesa una música solemne.

Liudmila Nikoláyevna se acercó a la ventana. Shtrum caminó sin apresurarse, alto, encorvado, golpeando de vez en cuando con su cartera contra las piernas, y ella sabía que ahora estaba pensando en su encuentro con Chepizhin, en cómo le saludaría y hablaría con el amigo.

En los últimos días se compadecía de su marido, se inquietaba por él, pero al mismo tiempo pensaba en sus defectos, sobre todo en el principal: su egoísmo.

---

1. Cita del célebre poema *El hombre negro*, de Yesenin.

Había declamado: «Estoy solo en la ventana, no aguardo a ningún amigo», y se había ido al laboratorio, donde estaba rodeado de gente, donde tenía un trabajo; luego, por la tarde, pasaría a ver a Chepizhin y probablemente no regresaría antes de la medianoche; ni siquiera se le pasaría por la cabeza que ella estaría todo el día sola en casa; ella sí que estaría sola en la ventana del piso vacío, sin nadie a su lado, sin aguardar a ningún huésped, a ningún amigo.

Liudmila Nikoláyevna fue a la cocina a fregar los platos. Aquella mañana sentía un peso en el corazón. Hoy no llamaría a Maria Ivánovna porque iba a casa de su hermana mayor, en Shabolovka.

¡Cuánto le preocupaba Nadia! No contaba nada, pero seguro que a pesar de las prohibiciones continuaba con sus paseos nocturnos. Y Víktor, enfrascado por completo en sus asuntos, no tenía tiempo para pensar en su hija.

Sonó el timbre; debía de ser el carpintero: el día antes le había llamado para que viniera a reparar la puerta de la habitación de Tolia. Liudmila Nikoláyevna se alegró: ¡un ser humano! Abrió la puerta; en la penumbra del pasillo había una mujer con un gorro gris de astracán y una maleta en la mano.

–¡Zhenia! –gritó Liudmila, tan fuerte y lastimosamente que se sorprendió de su propia voz y, besando a su hermana, acariciándole la espalda, susurró:

–Está muerto. Tolia está muerto, muerto.

23

Un fino chorro de agua caliente caía en la bañera. Bastaba con aumentar un poco la presión para que al instante el agua se volviera fría. La bañera se llenaba despacio, pero a las dos hermanas les parecía que desde su encuentro sólo habían intercambiado un par de palabras.

Después, mientras Zhenia tomaba el baño, Liudmila

Nikoláyevna no hacía más que acercarse a la puerta y preguntarle:

–¿Qué, cómo estás? ¿Quieres que te frote la espalda? Cuidado con el gas, que no se te apague...

Unos minutos más tarde, Liudmila golpeó con el puño en la puerta y preguntó, enfadada:

–Pero ¿qué haces? ¿Te has dormido?

Zhenia salió del baño envuelta en el albornoz afelpado de su hermana.

–Ah, eres una bruja –dijo Liudmila Nikoláyevna.

Y Yevguenia Nikoláyevna recordó que Sofia Ósipovna también la había llamado bruja cuando Nóvikov había llegado una noche a Stalingrado.

La mesa estaba puesta.

–Qué sensación tan extraña –dijo Yevguenia Nikoláyevna–. Después de dos días de viaje en un vagón sin asientos reservados me he lavado en una bañera; debería sentirme colmada de felicidad, pero en el corazón...

–¿Qué te trae por Moscú? ¿Alguna mala noticia? –preguntó Liudmila Nikoláyevna.

–Luego, luego.

E hizo un gesto con la mano para que no insistiera.

Liudmila le contó los asuntos de Víktor Pávlovich, el amor inesperado y ridículo de Nadia; le habló de los amigos que habían dejado de telefonear y de los que aparentaban no reconocer a Shtrum cuando se lo encontraban.

Yevguenia Nikoláyevna le habló de Spiridónov; ahora estaba en Kúibishev y no le ofrecerían un nuevo trabajo hasta que una comisión no aclarara su asunto. En cierto modo parecía noble y patético a la vez. Vera y el niño estaban en Leninsk. Stepán Fiódorovich rompía a llorar cuando hablaba del nieto. Luego le contó a Liudmila la deportación de Jenny Guenríjovna, lo amable que era el viejo Sharogorodski y cómo la había ayudado Limónov con el permiso de residencia.

En la cabeza de Zhenia había una niebla hecha de humo, del rumor de las ruedas, de las conversaciones en el vagón, y le causaba un extraño efecto ver la cara de su hermana, sentir el roce del suave albornoz sobre la piel recién lavada, estar sentada en una habitación con un piano y una alfombra.

Y en todo lo que se contaban las dos hermanas, acontecimientos tristes y alegres, divertidos y conmovedores de los últimos días, ambas sentían la presencia de los parientes y amigos que las habían abandonado para siempre, pero que continuaban ligados a ellas. Dijeran lo que dijeran de Víktor Pávlovich, la sombra de Anna Semiónovna estaba allí; detrás de Seriozha emergían su padre y su madre, prisioneros en un campo, y al lado de Liudmila Nikoláyevna resonaban día y noche los pasos de un joven tímido, ancho de espaldas y de labios prominentes. Pero no hablaban de ellos.

—No hay ninguna noticia de Sofia Ósipovna. Como si se la hubiera tragado la tierra —dijo Zhenia.

—¿De la Levinton?

—Sí, sí, ella.

—No me caía demasiado bien —observó Liudmila Nikoláyevna—. ¿Aún pintas cuadros? —le preguntó después.

—En Kúibishev, no. Pero en Stalingrado sí.

—Cuando nos evacuaron, Víktor se llevó dos cuadros tuyos. Puedes estar orgullosa.

Zhenia sonrió.

—Sí, lo estoy.

Liudmila Nikoláyevna siguió:

—Entonces, generala, ¿no me cuentas lo más importante? ¿Eres feliz? ¿Le amas?

Zhenia se apretó el albornoz contra el pecho y murmuró:

—Sí, sí, soy feliz, le amo, soy amada... —Y lanzando una ojeada rápida a su hermana, añadió—: ¿Sabes por qué he venido a Moscú? Nikolái Grigórievich ha sido arrestado, está en la Lubianka.

—Dios mío, pero ¿por qué? ¡Es un hombre cien por cien de fiar!

—¿Y nuestro Mitia, entonces? ¿Y tu Abarchuk? Él sí que lo era, al doscientos por ciento.

Liudmila Nikoláyevna se quedó un instante pensativa y luego dijo:

–Pero ¡hay que ver lo cruel que era tu Nikolái! No tuvo compasión de los campesinos durante la época de la colectivización. Me acuerdo de haberle preguntado: «¿Por qué hacen eso?». Y él me respondió: «¡Que se vayan al diablo esos kulaks!». Tenía una gran influencia sobre Víktor.

Zhenia dijo en tono de reproche:

–Ay, Liuda, siempre te acuerdas de los aspectos negativos de la gente y los dices en voz alta en el momento más inoportuno.

–Qué quieres que haga –replicó Liudmila Nikoláyevna–. Yo no tengo pelos en la lengua.

–Está bien, pero no hace falta que estés tan orgullosa de esa virtud tuya. –Luego le confió en un susurro–: Liuda, me han citado.

Cogió el pañuelo de su hermana, que estaba sobre el diván, cubrió con él el teléfono y dijo:

–Por lo visto pueden escuchar a través del teléfono. He tenido que firmar una declaración.

–Pero tú nunca fuiste la mujer legítima de Nikolái.

–No, pero me han interrogado como si fuera su esposa. Te lo contaré. Recibí el aviso de que debía comparecer con mi pasaporte. Pasé revista a todos: Mitia, Ida, incluso tu Abarchuk; se me pasaron por la mente todos nuestros amigos y conocidos que han estado en la cárcel, pero ni por un momento pensé en Nikolái. Estaba citada a las cinco. Un despacho de lo más ordinario. En la pared, los retratos enormes de Stalin y Beria. Un individuo joven, con una cara corriente, me escruta con una mirada penetrante y omnipotente. No se anduvo con rodeos: «¿Conoce las actividades contrarrevolucionarias de Nikolái Grigórievich Krímov?». Más de una vez tuve la sensación de que nunca saldría de allí. Imagínate, incluso insinuó que Nóvikov..., en pocas palabras, una porquería espantosa: que yo me había convertido en la amante de Nóvikov para sacarle toda la información posible y comunicársela a Nikolái Grigórievich... Sentí que se me paralizaba todo por dentro. Le dije: «Sabe, Krímov es un comunista tan fanático que quien está con él tiene la impresión de asistir a un *raikom*». Y él me dice: «¿Quiere decir que Nóvikov no le parece un verdadero soviético?». Le respondo: «Su trabajo es muy extraño: la gente combate en el frente contra los fascistas, y usted, joven, se queda en la retaguardia para cubrir a estos hombres de lodo». Pensaba que después de haberle dicho eso iba a atizarme en los morros, pero se sintió avergonzado, se ruborizó. En definitiva, han arrestado a Nikolái. Y las acusaciones son absurdas: trotskismo, relaciones con la Gestapo.

–Qué horror –dijo Liudmila Nikoláyevna, y pensó que también habrían podido estrechar el cerco sobre Tolia y haberle declarado sospechoso de cosas similares–. Me imagino cómo va a tomarse Vitia la noticia –añadió–. En estos momentos está terriblemente nervioso, todo el rato tiene la impresión de que le van a meter en la cárcel. Recuerda siempre dónde, de qué y con quién ha hablado. Sobre todo en el maldito Kazán.

Durante un rato Yevguenia Nikoláyevna miró fijamente a su hermana y al final murmuró:

–¿Quieres que te diga qué es lo más terrible? El juez instructor me preguntó: «¿Cómo es que no está al corriente del trotskismo de su marido cuando él mismo le refirió palabras entusiastas acerca de Trotski, en relación con un artículo suyo que calificó como "puro mármol"?». Sólo después, mientras volvía a casa, recordé que Nikolái me había dicho: «Eres la única persona que lo sabe»; y por la noche, de repente, tuve un shock: se lo había contado a Nóvikov cuando estuvo en Kúibishev. Creí que iba a perder la razón, me invadió una angustia...

–Ay, infeliz –respondió Liudmila Nikoláyevna–. Era de esperar que esto ocurriera.

–Pero ¿por qué a mí? –preguntó Yevguenia Nikoláyevna–. A ti también habría podido pasarte.

–Nada de eso. Del primero te has separado y con el segundo te has juntado. A uno le cuentas confidencias del otro.

–Pero tú también te separaste del padre de Tolia. Seguro que le has contado muchas cosas a Víktor Pávlovich.

–No, te equivocas –dijo con convicción Liudmila Nikoláyevna–, no tiene ni punto de comparación.

–Pero ¿por qué? –preguntó Zhenia, sintiéndose enojada de repente al mirar a su hermana mayor–. Reconoce que lo que acabas de decir es una tontería.

Liudmila Nikoláyevna respondió sin inmutarse:

–No lo sé, tal vez sea una estupidez.

–¿No tienes reloj? –preguntó Yevguenia Nikoláyevna–. Tengo que llegar a tiempo al número 24 de Kuznetski Most. –Y sin poder contener más su irritación, declaró–: Tienes un carácter difícil, Liuda. Ya entiendo por qué mamá prefiere vivir en Kazán sin un techo propio, a pesar de que tú tienes un piso de cuatro habitaciones.

Después de haber dicho estas crueles palabras, Zhenia se arrepintió y acto seguido, para dar a entender a Liudmila que su relación fraternal era más fuerte que cualquier desavenencia, añadió:

–Quiero creer en Nóvikov. Pero la verdad es que... ¿cómo han llegado esas palabras a los órganos de seguridad? Es terrible, me siento como si me hubiera perdido en una espesa niebla.

Le hubiera gustado tanto que su madre estuviera a su lado. Zhenia habría apoyado la cabeza en su hombro y habría dicho: «Querida mamá, estoy tan cansada...».

Liudmila Nikoláyevna observó:

–¿Sabes lo que puede haber pasado? Tu general quizá le haya contado esa conversación a alguien, y éste ha presentado la denuncia.

–Sí, sí –dijo Zhenia–. Qué extraño, una idea tan sencilla y ni se me había ocurrido.

En el silencio y la tranquilidad de la casa de Liudmila, Zhenia percibía con mayor intensidad la inquietud interior que la dominaba...

Todo lo que no había sentido o pensado al abandonar a Krímov, todo lo que secretamente la torturaba y agitaba cuando se marchó: su ternura hacia él que no desaparecía, su inquietud por él, la costumbre de verle, se había acentuado en las últimas semanas.

Zhenia le imaginaba en el trabajo, en el tranvía, mientras hacía cola delante de las tiendas. Casi todas las noches soñaba con él, gemía, gritaba, se despertaba. Los sueños eran terribles, llenos de incendios, guerra, y era imposible alejar el peligro que amenazaba a Nikolái Grigórievich.

Por la mañana, mientras se vestía y se lavaba deprisa, temerosa de llegar tarde al trabajo, seguía pensando en él.

Le parecía que no le amaba. Pero ¿acaso se puede pensar ininterrumpidamente en un hombre al que no se ama y sufrir tanto por su destino infeliz? ¿Por qué cada vez que Limónov y Sharogorodski bromeaban sobre la falta de talento de los poetas y pintores que él prefería le entraban ganas de ver a Nikolái, de acariciarle el cabello, de mimarle, compadecerle?

Ahora se había olvidado de su fanatismo, de su indiferencia hacia las víctimas de la represión, del odio con que hablaba de los kulaks durante la colectivización general.

Ahora sólo se acordaba de las cosas bonitas, románticas, conmovedoras y tristes. El poder que ahora ejercía sobre ella residía en su debilidad. Sus ojos tenían una expresión infantil, la sonrisa era confusa, los movimientos, torpes.

Le imaginaba con las hombreras arrancadas, con la barba canosa; le veía, por la noche, echado sobre el catre; le veía de espaldas mientras paseaba por el patio de la prisión... Probablemente él imaginaba que ella había intuido su destino y que por eso había roto con él.

Yacía sobre el catre de la celda y pensaba en ella... La generala...

¿Cómo comprender si era piedad, amor, conciencia o deber?

Nóvikov le había enviado un salvoconducto y, utilizando la línea telefónica militar, se había puesto de acuerdo con un amigo suyo de las fuerzas aéreas, quien le había prometido que haría llegar a Zhenia en un Douglas al Estado Mayor del frente. Los jefes de Zhenia le habían dado un permiso de tres semanas.

Yevguenia Nikoláyevna trataba de tranquilizarse, repitiéndose: «Él lo comprenderá; comprenderá que no podía actuar de otra manera».

Sabía que se había comportado muy mal con Nóvikov: allí estaba, esperándola.

Le había escrito contándoselo todo con una sinceridad despiadada. Después de haber enviado la carta, Zhenia pensó que la censura militar leería su contenido. Todo aquello podía causar un gran perjuicio a Nóvikov.

«No, no, él lo comprenderá», se repetía.

Pero el problema era que Nóvikov lo comprendería, y después la abandonaría para siempre.

¿Le amaba o amaba el amor que él sentía por ella?

Un sentimiento de miedo, de tristeza, de horror frente a la soledad se apoderó de ella cuando pensó en que su separación era, a fin de cuentas, inevitable.

La idea, además, de haber sido ella misma la que había estrangulado con sus propias manos su felicidad le era particularmente insoportable.

Pero cuando pensaba que ahora no podía cambiar nada, al contrario, que no dependía de ella, sino de Nóvikov, que la ruptura era completa y definitiva, esa idea le parecía especialmente dura.

Cuando se le hacía demasiado doloroso, demasiado insoportable recordar a Nóvikov, trataba de imaginar a Nikolái Grigórievich. Tal vez la llamaran para un careo con él... Buenos días, mi pobrecito querido.

Nóvikov, en cambio, era alto, fuerte, ancho de espaldas, y estaba investido de poder. No tenía necesidad de apoyo, se las arreglaría solo. Le había apodado «el coracero». Nunca olvidaría su maravilloso y atrayente rostro; siempre sentiría nostalgia de él, de la felicidad que ella misma había arruinado. No sentía piedad hacia ella misma. No le daba miedo sufrir. Pero sabía que Nóvikov no era tan fuerte como aparentaba. En su cara, a veces, asomaba una expresión de impotencia, de temor...

Además ella tampoco era tan despiadada consigo misma ni tan indiferente a sus propios sufrimientos.

Liudmila, como si adivinara los pensamientos de su hermana, le preguntó:

—¿Qué será de ti y de tu general?

—Sólo pensarlo me da miedo.

—Una azotaina es lo que te mereces.

—¡No podía actuar de otro modo! —se defendió Yevguenia Nikoláyevna.

—No me gusta que siempre tengas dudas. Si dejas a alguien, le dejas de verdad, sin dar marcha atrás. No tiene sentido llorar por la leche derramada.

—Ah, sí, claro —dijo Zhenia—. Aléjate del mal y haz el bien. No soy capaz de vivir según esta regla.

—Me refería a otra cosa. No me gusta Krímov, pero le respeto, y a tu general no le he visto nunca. Pero una vez has decidido convertirte en su mujer, tienes una responsabilidad hacia él. En cambio te estás comportando como una irresponsable. Un hombre que tiene un puesto importante, ¡un militar! Y su mujer, entretanto, le lleva paquetes a un detenido. ¿Te das cuenta de las consecuencias que puede tener para él?

—Lo sé.

—Pero ¿le amas?

—¡Déjame en paz, por el amor de Dios! —dijo Zhenia con voz llorosa y pensó: «¿A quién amo?».

—No, responde.

—No podía actuar de otra manera; la gente no va a la Lubianka por placer.

—No hay que pensar sólo en uno mismo.

—De hecho no estoy pensando sólo en mí.

—Víktor también piensa como tú. Pero en el fondo no es más que egoísmo.

—Tu lógica es increíble. De niña ya me chocaba. ¿A qué llamas egoísmo?

—Piénsalo bien, ¿cómo vas a ayudarle? No puedes revocar una sentencia.

—Ya verías, Dios no lo quiera, si fueras a dar con tus huesos a la cárcel; entonces comprenderías qué significa la ayuda de tus allegados.

Liudmila Nikoláyevna, para cambiar de tema, le preguntó:

–Dime, novia alocada, ¿tienes fotos de Marusia?

–Sólo una. ¿Te acuerdas? La tomamos en Sokólniki.

Apoyó la cabeza sobre el hombro de Liudmila y se quejó:

–Estoy tan agotada...

–Descansa, duerme un poco. Hoy no vayas a ningún lado; te he preparado la cama.

Zhenia, con los ojos entornados, negó con la cabeza.

–No, no, no vale la pena. Estoy cansada de vivir.

Liudmila Nikoláyevna trajo un sobre grande y esparció sobre el regazo de su hermana un pliego de fotografías.

Zhenia, al examinar las fotos, exclamaba: «... Dios mío, Dios mío..., me acuerdo de ésta, la hicimos en la dacha... Qué divertida está Nadia... Ésta la sacó papá después de la deportación... Mira, aquí sale Mitia de colegial, clavadito a Seriozha, sobre todo en la parte superior de la cara... Aquí está mamá con Marusia en brazos, yo no había nacido todavía...».

Se dio cuenta de que no había fotografías de Tolia, pero no le preguntó a su hermana dónde estaban.

–Bien, *madame* –dijo Liudmila–, hay que prepararte algo de comer.

–Tengo buen apetito –confirmó Zhenia–, igual que de niña. Ni siquiera las preocupaciones me lo quitan.

–Bueno, gracias a Dios –dijo Liudmila Nikoláyevna, y besó a su hermana.

24

Zhenia bajó del trolebús cerca del teatro Bolshói, ahora cubierto de telas de camuflaje, y subió por Kuznetski Most pasando por delante de los locales de exposición de la Unión de Pintores. Antes de la guerra exponían allí artistas que conocía y, una vez, también habían exhibido sus cuadros. Pero no pensó en ello.

Una extraña inquietud se había apoderado de ella. Su vida era como una baraja de cartas mezclada por una gitana. Ahora había salido la carta «Moscú».

A lo lejos distinguió la pared de granito gris oscuro del imponente edificio de la Lubianka.

«Buenos días, Kolia», pensó. Quizá Nikolái Grigórievich, sintiendo que se acercaba, se había emocionado sin comprender el motivo.

Su viejo destino se había convertido en su nuevo destino. Todo lo que parecía haber desaparecido para siempre en el pasado se había convertido en su futuro.

La nueva y espaciosa sala de recepción, cuyas ventanas relucientes como espejos daban a la calle, estaba cerrada. Los visitantes debían dirigirse al viejo local.

Entró en un patio sucio, pasó por delante de una pared desconchada y se dirigió hacia la puerta entreabierta. En el recibidor todo tenía un aspecto sorprendentemente normal: mesas manchadas de tinta, bancos de madera apoyados contra las paredes, ventanillas con antepechos de madera donde daban información.

Daba la sensación de que la mole de piedra y los numerosos pisos cuyos muros daban a la plaza de la Lubianka, la Sretenka y la calle Furkasovski no tenían ninguna relación con aquella oficina.

La gente se agolpaba en la sala; los visitantes, la mayoría mujeres, hacían cola ante las ventanillas; algunos estaban sentados en los bancos; un viejo con unas gafas de cristales gruesos rellenaba, detrás de una mesa, un formulario. Zhenia, al mirar las caras viejas y jóvenes, tanto de hombres como de mujeres, pensó que todos tenían en común la expresión de los ojos, el pliegue de la boca, y que si se los hubiera encontrado en el tranvía, en la calle, habría adivinado que frecuentaban el número 24 de Kuznetski Most.

Zhenia se dirigió a un joven ordenanza que, aunque vestido con el uniforme del Ejército Rojo, no parecía un soldado, y éste le preguntó:

–¿Es su primera vez? –y le indicó una ventanilla en la pared.

Zhenia se puso a la cola, sosteniendo el pasaporte en la mano; tenía los dedos y las palmas de la mano húmedos de la emoción. Una mujer tocada con un gorro que estaba delante de ella le dijo a media voz:

–Si no se encuentra en esta prisión, hay que ir a Matrósskaya Tishiná, y luego a la Butirka; pero sólo reciben algunos días, por orden alfabético. Después debe ir a la cárcel militar de Lefortovo, y finalmente volver aquí. Yo estuve buscando a mi hijo durante mes y medio. ¿Ya ha estado en la fiscalía militar?

La cola avanzaba deprisa y Zhenia pensó que no era buena señal: seguro que daban respuestas formales, lacónicas. Pero cuando a la ventanilla se acercó una anciana vestida con elegancia, se produjo una interrupción; la noticia corrió en un susurro, de boca en boca: el empleado había ido a informarse personalmente de las circunstancias de aquel asunto después de que la conversación telefónica resultara insuficiente. La mujer estaba vuelta de medio perfil hacia la cola, y la expresión de sus ojos entornados parecía indicar que no se sentía en el mismo plano que la mísera muchedumbre de los parientes de los detenidos.

Poco después la cola volvió a moverse, y una mujer joven, alejándose de la ventanilla, dijo en voz baja:

–Siempre la misma respuesta: no está permitido enviar paquetes.

La vecina le explicó a Yevguenia Nikoláyevna:

–Quiere decir que la instrucción no ha terminado.

–¿Y las visitas? –preguntó Zhenia.

–¿De qué visitas habla? –respondió la mujer, y sonrió ante la ingenuidad de Zhenia.

Yevguenia Nikoláyevna nunca habría imaginado que la espalda de un ser humano pudiera transmitir tan claramente su estado de ánimo. Las personas que se acercaban a la ventanilla tenían una manera particular de estirar el cuello, con los hombros levantados, los omóplatos tensos que parecían gritar, llorar, sollozar.

Cuando siete personas separaban a Zhenia de la ventanilla, ésta se cerró con un ruido sordo, y alguien anunció una pausa de veinte minutos. Los que estaban en la cola tomaron asiento en sillas y bancos.

Había mujeres, madres; había también un anciano, un ingeniero cuya mujer, intérprete en la Sociedad de la Unión Soviética para las Relaciones Culturales con el Extranjero (VOKS), había sido arrestada; había una alumna de décimo curso cuya madre estaba en la cárcel y a cuyo padre le habían caído «diez años sin derecho a correspondencia»; había una viejecita ciega a la que acompañaba una vecina para pedir noticias sobre su hijo; había una extranjera, esposa de un comunista alemán, que hablaba mal el ruso, vestía a la occidental con un abrigo a cuadros y llevaba una bolsa de tela abigarrada en la mano: sus ojos eran iguales a los de las viejas rusas.

Había rusas, armenias, ucranianas, judías; había una koljosiana de las afueras de Moscú. Supo que el viejo que estaba rellenando el formulario detrás de la mesa era profesor en la academia Timiriázev; habían arrestado a su nieto, un escolar, por hablar más de la cuenta en una fiesta.

En aquellos veinte minutos, Zhenia se enteró de muchas cosas.

Ese día el empleado de turno era bueno... En la Butirka no aceptaban conservas; era necesario pasar ajo y cebolla, iban bien para el escorbuto... El miércoles pasado un hombre había ido a buscar sus papeles; le habían retenido durante tres años en la Butirka sin interrogarle ni una sola vez y luego lo dejaron en libertad... En general transcurría un año entre el arresto y el traslado al campo... No se deben entregar cosas de valor: en la cárcel de tránsito de Krásnaya Presnia mezclan a los «políticos» con los delincuentes comunes, y éstos se lo roban todo... Poco tiempo atrás había venido una mujer cuyo marido, un eminente ingeniero de edad avanzada, había sido arrestado: por lo visto, durante su juventud había tenido una breve relación con una mujer a la que mensualmente entregaba dinero para alimentar a un hijo al que nunca había visto; pero este niño se había hecho adulto y, en el frente, se había pasado al bando alemán; de modo que al ingeniero le habían condenado a diez años por ser el padre de un traidor a la patria... La mayoría eran acusados en virtud del artículo 58, párrafo 10: propaganda contrarrevolucionaria. Personas que hablaban demasiado, que no sabían morderse la lengua... Al ingeniero lo habían arrestado antes del Primero de Mayo; siempre se producen más arrestos antes de las fiestas... Allí había también una mujer: el juez instructor la había telefoneado a casa y, de repente, había oído la voz de su marido...

Curiosamente, en la sala de recepción del NKVD Zhenia se sentía más tranquila y aliviada que después del baño en casa de Liudmila.

Qué suerte tan maravillosa tenían las mujeres cuyos paquetes eran aceptados.

Alguien, con un cuchicheo apenas perceptible, dijo a su lado:

–Por lo que respecta a la gente arrestada en 1937, contestan lo primero que se les pasa por la cabeza. A una mujer le dijeron: «Está vivo y trabaja»; pero cuando vino por segunda vez el mismo empleado le dio un certificado: «Muerto en 1939».

El hombre de la ventanilla levantó los ojos hacia Zhenia; tenía la cara vulgar de un burócrata que tal vez el día antes trabajaba en el cuerpo de bomberos, y que al siguiente, si se lo ordenaran los superiores, se ocuparía de rellenar documentos en la sección de condecoraciones.

–Quiero tener noticias del detenido Krímov, Nikolái Grigórievich –dijo Zhenia, y le pareció que aunque no la conocía había notado que hablaba con la voz alterada.

–¿Cuándo le arrestaron? –preguntó el empleado.

–En noviembre –respondió.

Le dio un cuestionario.

–Rellénelo y entréguemelo directamente sin hacer cola; vuelva mañana por la respuesta.

Al tenderle la hoja, la miró de nuevo, y esta rápida ojeada ya no era la de un empleado corriente, sino la mirada inteligente de un chequista que lo registra todo en la memoria.

Rellenó el formulario; sus dedos temblaban como los del viejo de la academia Timiriázev que poco antes estaba sentado en ese mismo lugar.

A la pregunta sobre el grado de parentesco con el detenido, escribió: «Esposa», y subrayó la palabra con una gruesa línea.

Una vez entregado el cuestionario se sentó sobre el diván y guardó el pasaporte en el bolso. Lo cambió varias veces de compartimento, y comprendió que no le apetecía separarse de las personas que hacían cola.

En aquel momento sólo quería una cosa: hacer saber a Krímov que ella estaba allí, que lo había abandonado todo por él y había corrido en su busca.

¡Si pudiera saber que ella estaba allí, tan cerca!

Caminó por la calle mientras atardecía. Yevguenia había pasado en esa ciudad gran parte de su vida, pero aquella vida, con sus exposiciones, sus teatros, las comidas en los restaurantes, los viajes a la dacha, los conciertos sinfónicos, quedaba tan lejos que ya no parecía suya. Lejos también estaban Stalingrado, Kúibishev y el bello rostro de Nóvikov, que a veces le parecía divinamente maravilloso.

Sólo quedaba la sala de recepción del número 24 de Kuznetski Most, y ahora tenía la sensación de estar caminando por las calles de una ciudad desconocida.

25

Mientras se quitaba los chanclos en la antesala y saludaba a la vieja empleada doméstica, Shtrum echó una ojeada a través de la puerta entreabierta del despacho de Chepizhin. La vieja Natalia Ivánovna ayudó a Shtrum a quitarse el abrigo y le dijo:

—Anda, vaya, le está esperando.

—¿Nadiezhda Fiódorovna está en casa? —preguntó Shtrum.

–No, se fue ayer a la dacha con sus sobrinas. Víktor Pávlovich, ¿sabe si acabará pronto la guerra?

Shtrum respondió:

–Cuentan que unos conocidos convencieron al chófer de Zhúkov para que le preguntara cuándo terminaría la guerra. Zhúkov se subió a su coche y preguntó a su chófer: «¿Sabrías decirme cuándo acabará la guerra?».

Chepizhin salió al encuentro de Shtrum.

–Vieja, ¿por qué entretienes a mis invitados? ¡Invita a los tuyos!

Cuando llegaba a casa de Chepizhin, Shtrum solía sentir que le subía la moral. Ahora, pese a su congoja, volvió a sentir esa ligereza particular que no experimentaba desde hacía tiempo.

Al entrar en el despacho de Chepizhin, después de mirar las estanterías de libros, tenía la costumbre de citar en broma las palabras de *Guerra y paz*: «Sí, las gentes han escrito mucho, no estaban ociosas».

Y también esta vez dijo: «Sí, las gentes han escrito...».

El desorden en las estanterías de la biblioteca se parecía al caos que reinaba en los talleres de las fábricas de Cheliabinsk.

–¿Tiene noticias de sus hijos? –preguntó Shtrum.

–Recibí una carta del mayor; el más joven está en Extremo Oriente.

Chepizhin tomó la mano de Shtrum y con un apretón silencioso le expresó aquello que no podía decir con palabras. Y la vieja Natalia Ivánovna se acercó a Víktor Pávlovich y le besó en el hombro.

–¿Qué hay de nuevo, Víktor Pávlovich? –preguntó Chepizhin.

–Lo mismo que todo el mundo: Stalingrado. Ahora no cabe ninguna duda: Hitler está *kaputt*. En cuanto a mí, no tengo demasiadas buenas noticias; al contrario, todo va mal.

Y se puso a contarle sus desgracias:

–Mis amigos y mi mujer me aconsejan que me arrepienta. ¡Debo arrepentirme de tener razón!

Habló mucho rato de sí mismo, con avidez, casi como un enfermo grave que piensa día y noche en su dolencia.

Shtrum torció el gesto, se encogió de hombros.

–Siempre me viene a la cabeza nuestra conversación a propósito del magma y toda la porquería que aflora a la superficie... Nunca había estado rodeado de tanta basura. Y por alguna razón ha coincidido con los días de la victoria, lo cual resulta particularmente ofensivo, ultrajante hasta un punto inadmisible.

Miró la cara de Chepizhin y preguntó:

–Según usted, ¿se trata una mera casualidad?

La cara de Chepizhin era sorprendente: sencilla, incluso grosera, con pómulos prominentes, nariz chata, de campesino, y al mismo tiempo, tan intelectual y fina que un londinense o un lord Kelvin habrían podido envidiarle.

Chepizhin respondió con aire sombrío:

–Primero dejemos que acabe la guerra y luego hablaremos de lo que es casual y lo que no.

–Es probable que para entonces los cerdos me hayan comido. Mañana decidirán mi suerte en el Consejo Científico. Es decir, mi suerte ya ha sido decidida por la dirección, en el comité del Partido. En el Consejo Científico sólo cumplirán con las formalidades: la voz del pueblo, la reivindicación pública...

A Víktor Pávlovich le asaltaba una extraña sensación mientras charlaba con Chepizhin: sentía alivio hablando de los acontecimientos angustiosos de su vida.

–Yo pensaba que ahora le llevarían en bandeja de plata, tal vez incluso en una de oro –dijo Chepizhin.

–¿Y por qué? He arrastrado la ciencia al pantano de la abstracción talmúdica y la he alejado de la práctica.

–¡Si, sí, es increíble! –admitió Chepizhin–. Un hombre ama a una mujer. Ella es el sentido de su vida, su felicidad, su pasión, su alegría. Pero él, por alguna razón, debe disimularlo; ese sentimiento, quién sabe por qué, es indecente. Debe decir que se mete en la cama con esa buena mujer porque le preparará la comida, le zurcirá los calcetines y le lavará la ropa.

Levantó ante su cara las manos, con los dedos separados. Y sus manos eran increíbles: manos de obrero, sólidas pinzas, aunque aristocráticas.

De repente tuvo un acceso de cólera:

–Pues bien, yo no me avergüenzo, no necesito el amor para que me preparen la comida. El valor de la ciencia reside en la felicidad que aporta a las personas. Pero nuestros gallardos académicos asienten al unísono: la ciencia es sirvienta de la práctica. Funciona según el principio de Schedrín: «Sus deseos son órdenes para mí». Es la única razón por la que la ciencia es tolerada. ¡No! Los descubrimientos científicos tienen en sí mismos un valor superior. Contribuyen al perfeccionamiento del hombre mucho más que las locomotoras de vapor, las turbinas, la aviación y toda la metalurgia desde Noé hasta nuestros días. ¡Perfeccionan el alma, el alma!

–Pienso como usted, Dmitri Petróvich, pero mire por dónde el camarada Stalin no está de acuerdo.

–Es una pena, una pena. Porque hay que ver otro aspecto del asunto. La idea abstracta de Maxwell puede convertirse mañana en una señal de radio militar. La teoría de Einstein sobre los campos magnéticos, la mecánica cuántica de Schrödinger y las concepciones de Bohr pueden transformarse mañana en la práctica más potente. Eso es lo que se debe comprender. ¡Es tan sencillo que hasta una oca lo comprendería!

–Pero usted ha experimentado en su propia piel las pocas ganas que tienen los dirigentes políticos de reconocer que la teoría de hoy será la práctica de mañana –replicó Shtrum–. Le ha costado su puesto.

–No, justo al contrario –objetó con calma Chepizhin–. Yo no quería dirigir el instituto precisamente porque sabía que la teoría de hoy se transformará mañana en práctica. Pero es extraño, muy extraño: estaba convencido de que la designación de Shishakov supondría el comienzo del estudio de los procesos nucleares. Y en esa materia no tienen nada que hacer sin usted... De hecho, estoy convencido de ello.

–No comprendo el motivo que le empujó a dejar el trabajo en el instituto –repuso Shtrum–. Sus palabras me resultan confusas. Nuestros superiores han impuesto al instituto las tareas que a usted le alarmaban, eso está claro. Pero a menudo ocurre que las autoridades se equivocan en lo más evidente. Mire si no la manera en que el Jefe estrechaba lazos de amistad con los alemanes; sólo unos días antes del inicio de la guerra estaba enviando a Hitler trenes repletos de caucho y de otras materias primas estratégicas. Pero en este caso... bueno, incluso a un gran político se le puede disculpar por no entender por dónde van los tiros.

»En mi vida todo sucede a la inversa. Mis trabajos de antes de la guerra eran eminentemente prácticos: iba a la fábrica de Cheliabinsk para ayudar a instalar dispositivos electrónicos. Pero en tiempo de guerra...

Hizo un gesto de desesperación con la mano.

–Estoy perdido en un laberinto; a veces me atenaza el miedo, me siento incómodo. ¡Dios mío...! Trato de establecer la física de las interacciones nucleares, y me encuentro con el concepto de gravitación, de masa, de tiempo; el espacio se desdobla, no existe más como materia, tiene sólo un significado magnético. Conmigo, en el laboratorio, trabaja un joven lleno de talento, Savostiánov, y una vez, no sé cómo salió el tema, comenzamos a hablar de mi trabajo. Me hizo un montón de preguntas. Le expliqué que no tenemos todavía una teoría, sino sólo un programa y algunas ideas. El espacio paralelo es sólo un parámetro de una ecuación y no una realidad. La simetría sólo existe en las ecuaciones matemáticas, y de momento ignoro si le corresponde una simetría de las partículas. Las soluciones matemáticas han tomado la delantera a la física y no sé si la física de las partículas entrará en mis ecuaciones.

»Savostiánov me escuchó durante un largo rato y luego dijo: "Todo esto me recuerda a un compañero de estudios. Se había embrollado con la solución de una ecuación y al rato dijo: 'Sabes, esto no es ciencia, sino dos ciegos copulando en un matorral de ortigas...'".

Chepizhin se echó a reír.

–Es curioso que no consiga dar a sus matemáticas un valor físico. Es como el gato de *Alicia en el país de las maravillas:* primero ves la sonrisa, luego el gato.

–¡Dios mío! –dijo Shtrum–. Estoy profundamente convencido de que ése es el eje central de la vida humana. No cambiaré mis puntos de vista. No voy a renegar de mis creencias.

–Entiendo lo que significa para usted abandonar el laboratorio en el momento en que el nexo entre las matemáticas y la física está a punto de aflorar –observó Chepizhin–. Debe de ser duro para usted, pero me siento feliz: la honestidad no se puede borrar de un plumazo.

–Esperemos que no me borren a mí de un plumazo –profirió Shtrum.

Natalia Ivánovna trajo el té y se puso a mover los libros para hacer sitio en la mesa.

–¡Oh, limón! –exclamó Shtrum.

–Usted es un invitado de honor –dijo Natalia Ivánovna.

–Un cero multiplicado por cero –replicó Shtrum.

–¡Qué dice! –intervino Chepizhin–. ¿Por qué habla así?

–No digo más que la verdad, Dmitri Petróvich. Mañana decidirán mi destino. Estoy seguro. ¿Qué será de mí pasado mañana?

Se acercó el vaso de té y, tocando con la cucharilla la marcha de su desesperación en el borde del platito, repitió con aire abstraído:

–¡Oh, limón!

Shtrum se sintió confuso. Había pronunciado dos veces la misma frase con la misma entonación.

Durante algunos minutos guardaron silencio, un silencio que rompió Chepizhin:

–Quisiera intercambiar con usted algunos puntos de vista.

–Por supuesto –respondió Shtrum, distraído.

–Oh, no es nada especial, sólo banalidades... Como usted bien sabe, la infinitud del universo es ya una verdad de Perogrullo. Una metagalaxia se convertirá algún día en un terrón de azúcar que cualquier liliputiense parsimonioso tomará con el té. Mientras que un electrón o un neutrón serán un mundo poblado de Gullivers. Esto lo saben hasta los niños que van a la escuela.

Shtrum asentía y pensaba: «Efectivamente, son banalidades. Hoy el viejo no está en forma». Entretanto imaginaba a Shishakov en la reunión del día siguiente. «No, no iré. Ir significaría arrepentirse; o bien habrá que discutir sobre cuestiones políticas, lo que equivale al suicidio...»

Bostezó discretamente y pensó: «Insuficiencia cardíaca; es el corazón el que me hace bostezar».

Chepizhin continuaba:

—Podríamos creer que sólo Dios es capaz de limitar el infinito... Porque detrás de la barrera cósmica tenemos que admitir ineludiblemente un poder divino. ¿No es así?

—Sí, sí, por supuesto —admitió Shtrum.

«Dmitri Petróvich, no estoy de humor para filosofías. Me pueden arrestar en cualquier momento. Eso está cantado. Además, en Kazán también hablé más de la cuenta con ese tal Madiárov. O es un chivato, o bien lo meterán en la cárcel y le harán hablar. Todo va mal a mi alrededor».

Shtrum miró a Chepizhin, y éste, al observar su mirada falsamente atenta, continuó hablando:

—Me parece que existe una barrera que limita el infinito del universo, la vida. Ese límite no está presente en la curvatura de Einstein, sino en la oposición «vida-materia inerte». Creo que la vida puede definirse como libertad. La vida es libertad. El principio fundamental de la vida es la libertad. Ahí está la barrera, en el límite entre libertad y esclavitud, entre materia inerte y vida.

»También he pensado que la libertad, una vez aparecida, comenzó a evolucionar. Esa libertad siguió dos caminos. El hombre goza de mayor libertad que los protozoos. Toda la evolución del mundo viviente va desde el grado más pequeño hasta el grado mayor de libertad. Ésta es la sustancia de la evolución de las formas vivas. La forma superior es la más rica en libertad. He aquí la primera rama de la evolución.

Shtrum, absorto en sus pensamientos, miró a Chepizhin. Éste hizo una señal con la cabeza, como aprobando la atención de su oyente.

–Pero, pensándolo bien, existe además una segunda rama, por así decirlo cuantitativa, de la evolución. Si calculamos que el peso medio de un ser humano es cincuenta kilos, la humanidad pesa cien millones de toneladas. Es mucho más de lo que pesaba, pongamos, hace mil años. La masa de la materia viva siempre aumentará más a expensas de lo inerte. El globo terráqueo, poco a poco, cobrará vida. El hombre, después de haber poblado los desiertos y el Ártico, se instalará bajo tierra, sin dejar de ampliar el horizonte de sus ciudades y los territorios subterráneos.

»La masa viva de la Tierra acabará por ganar la partida. Después, los diversos planetas cobrarán vida. Si se imagina la evolución de la vida hasta el infinito, entonces la transformación de la materia inanimada en materia viva continuará a escala galáctica. La materia se transmutará de inerte en viva, libre. El universo se animará, en el mundo todo se volverá vivo, y por tanto, libre. La libertad y la vida vencerán a la esclavitud.

–Sí, sí –dijo Shtrum, y sonrió–. Se puede usar una integral.

–Ahí está –confirmó Chepizhin–. Me he ocupado de la evolución de las estrellas y he comprendido que no se puede bromear con el mínimo movimiento de la mínima manchita gris de mucosidad vital. Piense en la primera rama de la evolución: del grado más bajo al más alto. Llegaremos a un hombre dotado de todos los atributos de Dios: omnipresente, omnipotente, omnisciente. En el próximo siglo se resolverá la cuestión de la transformación de la materia en energía y de la creación de la materia viva. De modo paralelo se avanzará también en la conquista del espacio y el logro de la velocidad máxima. En los milenios por venir el progreso se orientará hacia la conquista de las formas superiores de la energía psíquica.

De repente todo lo que Chepizhin decía le dejó de parecer a Shtrum pura charlatanería. Se dio cuenta de que no estaba de acuerdo con su amigo.

–El hombre sabrá materializar, a través de sus instrumentos, el contenido, el ritmo de la actividad psíquica de los seres dotados de razón en toda la metagalaxia. El movimiento de la energía psíquica en el espacio, a través del cual la luz viaja durante millones de años, se efectuará en un instante. La peculiaridad de Dios, su omnipresencia, será una conquista de la razón. Pero después de haber alcanzado la paridad con Dios, el hombre no se detendrá. Comenzará a resolver aquellos problemas que a Dios le han venido anchos. Establecerá comunicación con los seres inteligentes de los niveles superiores del universo, de otro espacio y otro tiempo, para los que la entera historia de la humanidad es sólo una confusa y efímera llamarada. Establecerá un contacto consciente con la vida en el microcosmos, cuya evolución es para el hombre sólo un breve instante. Será la época del total aniquilamiento del abismo espacio-tiempo. El hombre mirará a Dios de arriba abajo.

Shtrum movió la cabeza y observó:

–Dmitri Petróvich, al principio le escuchaba pensando que no estaba yo para filosofías; me pueden meter en la cárcel de un momento a otro, qué más me da a mí ahora la filosofía. Y de golpe me he olvidado de Kovchenko, y de Shishakov, y del camarada Beria, que mañana me cogerán del pescuezo y me pondrán de patitas en la calle, y que pasado mañana pueden arrestarme. Sin embargo, escuchándole, no siento felicidad, sino desesperación. Nosotros somos hombres sabios, y Hércules nos parece un raquítico. Entretanto los alemanes matan a viejos y niños judíos como si se tratara de perros rabiosos; nosotros hemos tenido el año 1937 y la colectivización forzosa con la deportación de millones de pobres campesinos, el hambre, el canibalismo... ¿Sabe? Antes todo me parecía sencillo y claro. Pero después de aquellas terribles perdidas y desgracias, todo se ha vuelto complejo y confuso. El hombre mirará de arriba abajo a Dios, pero ¿acaso no mirará de arriba abajo también al diablo, no lo superará también a él? Usted dice que la vida es libertad. ¿Comparten la misma opinión los detenidos de los campos? ¿No está la vida desperdiciando su propia potencia, no se derrama en el universo como sustrato de una esclavitud más espantosa que la esclavitud de la materia inerte de la que usted hablaba? Dígame, este hombre del futuro ¿superará en su bondad a Cristo? ¡Eso es lo más importante! Dígame, ¿qué ofrecerá al mundo el poder de un ser omnipresente y omnisciente si este ser conserva nuestra fatuidad y egoísmo zoológicos: egoísmo de clase, de raza, de Estado o simplemente individual? ¿No transformará este hombre el mundo entero en un campo de concentración galáctico? Dígame, ¿cree en la evolución de la bondad, de la moral, de la generosidad y en que el hombre es capaz de esa evolución?

Como si se sintiera culpable, torció el gesto y añadió:

–Disculpe si insisto en esta cuestión, que parece aún más abstracta que las ecuaciones de las que hablábamos.

–No es tan abstracta –respondió Chepizhin–, y no sé por qué se ha reflejado también en mi vida. He decidido no tomar parte en los trabajos relacionados con la fisión del átomo. El bien y la bondad de hoy no sirven al hombre para llevar una vida sensata, usted mismo lo ha dicho. ¿Qué pasará entonces si cae en sus garras la fuerza de la energía interna del átomo? Hoy la energía espiritual se encuentra en un plano deplorable. ¡Pero creo en el futuro! Creo que aumentará no sólo la potencia del hombre, sino también su capacidad de amar, su alma.

Estupefacto ante la expresión de Shtrum, se calló de golpe.

–Yo también lo creía, sí, lo creía –dijo Shtrum–, y una vez fui presa del pánico. Nos atormenta la imperfección del hombre. Pero ¿quién, por ejemplo, en mi trabajo piensa en todo esto? ¿Sokolov? Tiene un enorme talento, pero es apocado, se inclina ante la fuerza del Estado, considera que no hay poder más grande, ni siquiera Dios. ¿Márkov? Es del todo indiferente a cuestiones como el bien, el mal, el amor, la moral. Un talento práctico. Resuelve problemas científicos como un jugador de ajedrez. ¿Savostiánov, aquel del que le he hablado? Es amable, agudo, un físico maravilloso, pero es lo que se dice un joven irreflexivo y vacío. Llevó a

Kazán un montón de fotografías de chicas en traje de baño; le gusta hacer ostentación de elegancia, beber, bailar. Para él la ciencia es un deporte; resolver una cuestión, comprender un fenómeno es lo mismo que establecer plusmarcas deportivas. ¡Lo principal es que nadie le ponga la zancadilla! Pero ¿acaso yo he reflexionado seriamente sobre todo esto? En nuestros tiempos sólo las personas con una gran alma deberían ocuparse de la ciencia; profetas, santos. En cambio, se dedican a la ciencia talentos prácticos, jugadores de ajedrez y deportistas. No saben lo que tienen entre manos. ¿Usted? ¡Pero usted es usted! ¡El Chepizhin que está trabajando en este momento en Berlín no se negará a trabajar con neutrones! ¿Y entonces? ¿Y yo? ¿Qué será de mí? Todo me parecía sencillo, claro, y ahora... Mire, Tolstói consideraba un juego fútil sus geniales creaciones. Nosotros, físicos, creamos sin genialidad, pero nos damos ínfulas, nos pavoneamos.

Las pestañas de Shtrum empezaron a parpadear con más rápidez.

–¿Dónde puedo encontrar la fe, la fuerza, la tenacidad? –dijo precipitadamente, y en su voz se dejó oír la entonación judía–. Bien, ¿qué le puedo decir? Usted ya sabe la desgracia que me ha ocurrido, y hoy me torturan sólo porque...

No terminó la frase, se levantó de golpe, la cuchara se le cayó al suelo. Temblaba, sus manos temblaban.

–Víktor Pávlovich, cálmese, se lo suplico –dijo Chepizhin–. Hablemos de otra cosa.

–No, no, perdone. Me voy, no tengo bien la cabeza. Discúlpeme.

Comenzó a despedirse.

–Gracias, gracias –decía Shtrum sin mirar la cara de Chepizhin, sintiendo que no podía dominar su emoción.

Shtrum bajó por la escalera; las lágrimas le corrían por las mejillas.

26

Cuando Shtrum regresó a casa todos dormían. Tenía la sensación de que estaría sentado a la mesa hasta que se hiciera de día, copiando y releyendo su declaración de arrepentimiento, dudando por centésima vez de si debía ir al instituto.

Durante el largo trayecto de vuelta a casa no había pensado en nada, ni en las lágrimas en la escalera, ni en la conversación mantenida con Chepizhin e interrumpida por su repentino ataque de nervios, ni en la terrible mañana que le aguardaba al día siguiente, ni en la carta de su madre, que guardaba en el bolsillo de su chaqueta. El silencio de las calles nocturnas le había subyugado, su cabeza estaba tan vacía como las avenidas de la noche moscovita. No sentía emoción, no se avergonzaba de sus recientes lágrimas, no le daba miedo su destino, no deseaba que todo acabara bien.

Por la mañana Shtrum fue al baño, pero encontró la puerta cerrada.

–Liudmila, ¿eres tú? –preguntó.

Dio un grito de sorpresa al oír la voz de Zhenia.

–Díos mío, Zhénechka, pero bueno, ¿qué es lo que te trae por aquí? –Estaba tan confuso que preguntó estúpidamente–: ¿Sabe Liuda que has llegado?

Ella salió del baño y se besaron.

–Tienes mal aspecto –dijo Shtrum, y añadió–: Es lo que se llama un piropo a la judía.

Allí mismo, en el pasillo, ella le contó el arresto de Krímov y el motivo de su visita. Se quedó estupefacto. Pero después de esta noticia la llegada de Zhenia le pareció mucho más preciosa. Si Zhenia hubiera llegado radiante de felicidad y llena de proyectos de una nueva vida, le habría parecido menos cercana y próxima.

Habló con ella, le hizo preguntas sin dejar de mirar el reloj.

–¡Qué absurdo e insensato es todo esto! –dijo Shtrum–; recuerda mis conversaciones con Nikolái, siempre quería hacerme cambiar de idea. ¡Y ahora...! Yo soy la herejía personificada y paseo en libertad; él, un comunista ortodoxo, está arrestado.

Liudmila Nikoláyevna le advirtió:

–Vitia, ten en cuenta que el reloj del comedor va diez minutos atrasado.

Farfulló algo y se dirigió a su habitación; mientras pasaba por el pasillo tuvo tiempo de mirar dos veces la hora que marcaba el reloj.

La sesión del Consejo Científico estaba fijada para las once de la mañana. Rodeado de objetos y libros que le resultaban familiares, podía sentir con una nitidez insólita, rayana en la alucinación, la tensión y la agitación que debían de reinar en el instituto. Las diez y media. Sokolov comienza a quitarse la bata. Savostiánov dice a media voz a Márkov: «Vaya, parece que el loco ha decidido no venir». Gurévich, rascándose su gordo trasero, mira a través de la ventana: una limusina especial se detiene al lado del instituto, sale Shishakov con un sombrero y una capa larga de pastor. A continuación llega un segundo coche: el joven Badin. Kovchenko camina por el pasillo. En la sala de la reunión ya esperan quince personas; hojean el periódico. Han llegado con antelación para encontrar buenos puestos porque saben que después se agolpará un gran número de personas. Svechín y el secretario del comité del Partido en el instituto, Ramskov, «con el sello del secreto en la frente», están junto a la puerta del comité. El viejo académico Prásolov, con sus rizos canos y la mirada fija en el aire, parece flotar por el pasillo; dice que asambleas de ese tipo constituyen por sí mismas una bajeza increíble. Con un gran estruendo llegan en tropel los colaboradores científicos adjuntos.

Shtrum miró el reloj, cogió del escritorio su declaración, se la metió en el bolsillo y volvió a mirar el reloj.

Podía asistir al Consejo Científico y no arrepentirse, presenciar en silencio... No... Si iba no podría quedarse callado, y si hablaba no tendría más remedio que arrepentirse. No ir equivalía a cerrarse todas las puertas...

Dirán: «No encontró el valor..., se opuso ostentosamente a la colectividad..., una provocación política..., en consecuencia ahora habrá que hablar con él en otra lengua». Sacó la declaración del bolsillo y acto seguido, sin leerla, volvió a guardarla en el bolsillo. Había releído aquellas líneas decenas de veces: «Reconozco que, al expresar desconfianza hacia la dirección del Partido, cometí un acto incompatible con las normas de conducta del hombre soviético, y por eso... En mi trabajo, sin ser consciente, me he alejado de la vía magna de la ciencia soviética e involuntariamente me he opuesto...».

Sentía el irrefrenable impulso de volver a leer la declaración, pero en cuanto la cogía entre las manos, cada sílaba le resultaba insoportablemente familiar...

El comunista Krímov había sido arrestado y encerrado en la Lubianka. Y a Shtrum, con sus dudas y horror ante la crueldad de Stalin, sus discusiones sobre la libertad, el burocratismo, con su actual historia marcada por aspectos políticos, hacía mucho tiempo que deberían haberle enviado a Kolymá...

Durante los últimos días era presa del miedo cada vez con mayor frecuencia; estaba convencido de que no tardarían en arrestarle.

Por lo general no se limitaban a expulsarte del trabajo: primero te criticaban agriamente, después te despedían del trabajo, y por último te metían en prisión.

Miró de nuevo el reloj. La sala debía de estar abarrotada. Los que habían tomado asiento mirarían a la puerta y cuchichearían entre sí: «Shtrum no ha aparecido...». Alguien diría: «Ya es casi mediodía y Víktor sigue sin presentarse». Shishakov habría ocupado el sillón de la presidencia y dejado la cartera sobre la mesa. Al lado de Kovchenko se erguiría una secretaria que le habría llevado unos documentos urgentes para que los firmara de inmediato.

La idea de la espera impaciente y excitada de decenas de personas congregadas en la sala de reuniones angustiaba de un modo insoportable a Shtrum. Probablemente también en la Lubianka, en el despacho del hombre que seguía con atención su caso, estaban esperando. «¿Es posible que no venga?» Sentía y veía a un hombre ceñudo del Comité Central: «¿Así que no se ha dignado aparecer?». Veía a conocidos que decían a sus mujeres: «Es un chiflado». Liudmila, en su fuero interno, desaprobaba su actitud: Tolia había dado la vida por un Estado con el que Víktor había entablado una disputa en tiempo de guerra.

Cuando recordaba cuántos parientes suyos y de Liudmila habían sido represaliados, deportados, se tranquilizaba pensando: «Si alguien me interroga diré que no sólo hay gente así a mi alrededor; también está Krímov, un amigo íntimo, un comunista conocido, un viejo miembro del Partido, un militante desde los tiempos de la clandestinidad...».

¡Pero mira lo que le había pasado a Krímov! Comenzarían a interrogarle y él recordaría cada uno de los discursos heréticos de Shtrum. Aunque, bien pensado, Krímov tampoco era un amigo tan íntimo. ¿Acaso no se había separado Zhenia de él? Y además tampoco había mantenido tantas conversaciones peligrosas con él; antes de la guerra a Shtrum no le acuciaban demasiado las dudas. Pero ¡ay si interrogaban a Madiárov...!

Decenas, cientos de esfuerzos, presiones, empujones, golpes parecían romperle las costillas, henderle los huesos del cráneo.

Qué insensatas las palabras del doctor Stockmann: «¡Es fuerte quien está solo...!». ¡Pero qué fuerte ni qué ocho cuartos! Miró alrededor de manera furtiva y con muecas deplorables y provincianas, comenzó a hacerse el nudo de la corbata, metió sus papeles en el bolsillo de la chaqueta de gala y se calzó los zapatos amarillos recién comprados.

Liudmila Nikoláyevna entró en el momento en que él se encontraba de pie, vestido, cerca de la mesa. Se le acercó sin decir nada, le besó y salió de la habitación.

¡No, no leería aquella declaración burocrática de arrepentimiento! Diría la verdad, lo que le saliera del corazón: «Camaradas, amigos míos, os he escuchado con dolor, y con dolor pensaba cómo es posible que me encuentre solo en los días del gran acontecimiento de Stalingrado, conquistada gracias a miles de sufrimientos; escucho los reproches llenos de desdén de mis compañeros, hermanos, amigos... Os lo juro: todo mi cerebro, mi sangre, todas mis fuerzas...». Sí, sí, sí, ahora sabía lo que diría... Más rápido, más rápido. «Todavía estoy a tiempo... Camaradas... Camarada Stalin, he vivido de manera equivocada, he tenido que llegar hasta el borde del abismo para vislumbrar mis errores en toda su dimensión...» ¡Lo que dijera saldría de lo más profundo de su corazón! «Camaradas, mi hijo murió en Stalingrado...»

Se dirigió hacia la puerta.

Precisamente en aquel instante acababa de decidirlo todo, sólo le quedaba caminar a toda prisa hacia el instituto, dejar el abrigo en el guardarropa, entrar en la sala, escuchar el susurro excitado de decenas de personas, mirar las caras conocidas, y decir: «Pido la palabra. Camaradas, quiero transmitiros lo que he pensado y sentido estos días...».

En cambio fue justo en ese momento cuando empezó a quitarse lentamente la chaqueta, la colgó en el respaldo de la silla, se deshizo el nudo de la corbata, la enrolló y la colocó en el borde de la mesa, se sentó y comenzó a desatarse los cordones de los zapatos.

Le invadió una sensación de ligereza y claridad. Estaba sentado y meditaba tranquilamente. No creía en Dios pero, no sabía por qué, le parecía que en aquel momento Dios le miraba. Nunca en su vida había experimentado un sentimiento de tanta felicidad ni de tanta humildad. Ahora ya no era capaz de demostrar que estaba equivocado.

Pensó en su madre. Tal vez ella estaba junto a él cuando, sin darse cuenta, había cambiado de idea. De hecho, hasta un minuto antes, de un modo absolutamente sincero, había querido expresar un arrepentimiento histérico. No pensaba en Dios, no pensaba en su madre cuando había tomado, de manera irrevocable, su última decisión. Pero aunque él no pensara en ellos, estaban a su lado.

«Estoy bien, me siento feliz», pensó.

Se imaginó de nuevo la reunión, las caras de la gente, las voces de los que intervenían.

«Qué bien estoy, qué luminoso es todo», pensó de nuevo.

Nunca, le parecía, habían sido tan serias sus reflexiones sobre la vida, sus allegados, su comprensión de sí mismo y del propio destino.

Liudmila y Zhenia entraron en la habitación. Al verle sin chaqueta, en calcetines y con el cuello de la camisa abierto, Liudmila exclamó con la entonación de una vieja:

–¡Dios mío, no has ido! ¿Qué pasará ahora?

–No lo sé –respondió él.

–Quizá no sea demasiado tarde. –Luego le miró y añadió–: No sé, no sé, ya eres un hombre adulto. Pero cuando decides ciertas cuestiones no deberías pensar sólo en tus principios.

Él estaba callado, después suspiró.

–¡Liudmila! –intervino Zhenia.

–Bueno, no pasa nada, no pasa nada –dijo Liudmila–. Que pase lo que tenga que pasar.

–Sí, Liúdochka –añadió Shtrum–. Sea como sea, saldremos adelante.

Se cubrió el cuello con la mano y sonrió.

–Perdóname, Zhenevieva, estoy sin corbata.

Miró a Liudmila y Zhenia, y sólo ahora le pareció comprender de verdad lo serio y difícil que era vivir en la Tierra, y lo importantes que eran las relaciones con sus allegados.

Comprendía que la vida continuaría como de costumbre y que comenzaría a irritarse de nuevo, a inquietarse por naderías, a enfadarse con su mujer y su hija.

–¿Sabéis qué? Basta de hablar de mí –dijo–. Venga, Zhenia, juguemos una partida de ajedrez. ¿Recuerdas cuando me hiciste mate dos veces seguidas?

Dispusieron las piezas, y Shtrum, que jugaba con las blancas, movió el peón del rey.

Zhenia observó:

–Nikolái, cuando tenía las blancas, siempre hacía el primer movimiento avanzando con el peón del rey. ¿Me dirán algo hoy en Kuznetski Most?

Liudmila Nikoláyevna se inclinó y acercó a Shtrum unas zapatillas de andar por casa. Él, sin mirar, trató de acertar con los pies en ellas; entonces su mujer, refunfuñando, se agachó para calzarle. Shtrum la besó en la cabeza y pronunció con gesto distraído:

—Gracias, Liúdochka, gracias.

Zhenia, que todavía no había movido pieza, sacudió la cabeza.

—No, no lo entiendo. El trotskismo es una vieja historia. Debe de haber pasado algo. Pero ¿qué?, ¿qué?

Mientras rectificaba la disposición de las piezas blancas, Liudmila Nikoláyevna explicó:

—Casi no he dormido en toda la noche. ¡Un comunista tan fiel, tan seguro de sus convicciones!

—Has dormido estupendamente —respondió Zhenia—. Me he despertado varias veces y todas las veces roncabas.

Liudmila Nikoláyevna se enfadó.

—No es verdad, no he podido pegar ojo.

Y respondiendo en voz alta al pensamiento que la preocupaba, dijo a su marido:

—No pasa nada, no pasa nada, esperemos sólo que no te arresten. Y si te lo quitan todo, tampoco me da miedo: venderemos algunas cosas, nos iremos a la dacha y venderé fresas en el mercado. O enseñaré química en la escuela.

—Os confiscarán la dacha —dijo Zhenia.

—Pero ¿es posible que no comprendas que Nikolái no es culpable de nada? —preguntó Shtrum—. Él es de otra generación. Piensa con un sistema de coordenadas diferente.

Estaban sentados en torno al tablero de ajedrez, mirando las figuras, contemplando la única pieza desplazada, y conversaban:

—Zhenia, querida —decía Víktor Pávlovich—, has obrado con conciencia. Créeme, es lo mejor que tiene el hombre. No sé qué te depara la vida, pero de una cosa estoy seguro: ahora has actuado según tu conciencia. Nuestra principal desgracia es que no vivimos como nos dicta la conciencia. No decimos lo que pensamos. Sentimos una cosa y hacemos otra. Recuerda lo que dijo Tolstói a propósito de las penas capitales: «¡No puedo callarme!». Pero nosotros callamos cuando en 1937 ejecutaron a millones de inocentes. ¡Y los mejores se callaban! Y hubo algunos que dieron ruidosamente su aprobación. Nos callamos durante los horrores de la colectivización general. Creo que nos precipitamos al hablar de socialismo; éste no consiste sólo en la industria pesada. Antes de todo está el derecho a la conciencia. Privar a un hombre de este derecho es horrible. Y si un hombre encuentra en sí la fuerza para obrar con conciencia, siente una alegría inmensa. Estoy contento por ti: has actuado según te ha dictado la conciencia.

–Vitia, deja de predicar como si fueras Buda y de confundir la cabeza de esta pequeña boba –dijo Liudmila Nikoláyevna–. ¿Qué tiene que ver aquí la conciencia? Arruina su vida, atormenta a un buen hombre, ¿qué gana con esto Krímov? No creo que pueda ser feliz si lo sueltan. Cuando se separaron, todo estaba en perfecto orden; y ella tenía la conciencia limpia.

Yevguenia Nikoláyevna tomó en la mano la pieza del rey, la hizo girar en el aire, echó una ojeada al trozo de fieltro pegado en la base y la volvió a dejar en su lugar.

–Liuda –dijo ella–, ¿de qué felicidad hablas? Yo no pienso en la felicidad.

Shtrum miró el reloj. De la esfera emanaba una sensación de paz; las agujas parecían apacibles, soñolientas.

–Ahora deben de estar enfrascados en la discusión, estarán imprecando contra mí. Pero yo no siento odio ni humillación.

–Yo, por el contrario, les rompería la cara a esos desvergonzados –dijo Liudmila–. Primero te dicen que eres la esperanza de la ciencia y luego te escupen en la cara. Y tú, Zhenia, ¿cuándo tienes que ir a Kuznetski Most?

–Hacia las cuatro.

–Te preparo la comida y luego te vas.

–¿Qué hay de comer hoy? –se interesó Shtrum, y sonriendo añadió–: ¿Saben lo que les pido, pequeñas damas?

–Lo sé, lo sé. Quieres trabajar un poco –respondió Liudmila Nikoláyevna, al tiempo que se levantaba.

–Otro se daría con la cabeza contra la pared, en un día como hoy –observó Zhenia.

–Es mi punto débil, no el fuerte –respondió Shtrum–. Mira, ayer Dmitri Petróvich me soltó un discurso sobre ciencia. Pero yo tengo otra opinión, otro punto de vista. Un poco como Tolstói: él dudaba, le atormentaba la cuestión de si la literatura sirve a la gente, si los libros que escribía eran o no necesarios.

–¿Sabes qué? –arguyó Liudmila–, primero escribe el *Guerra y paz* de la física.

Shtrum se sintió terriblemente avergonzado.

–Sí, sí, Liúdochka, tienes razón, me estaba yendo por las ramas –farfulló, y sin querer miró con reproche a su mujer, añadiendo–: ¡Señor! Incluso en estos momentos tienes que recalcar las palabras que pronuncio de manera equivocada.

De nuevo se quedó solo. Releyó las anotaciones que había escrito el día antes y al mismo tiempo pensó en el día de hoy. ¿Por qué se había sentido mejor cuando Liudmila y Zhenia habían salido de la habitación? En su presencia había advertido una sombra de falsedad. En la propuesta de la partida de ajedrez, en su deseo de trabajar, había hipocresía. Seguramente Liudmila lo había percibido cuando le había llamado Buda. Y cuando había pronunciado su elogio a la conciencia, había notado que su voz sonaba artificial y como de madera. Ante el temor de que intuyeran cierta autocomplacencia por su parte se había esforzado en charlar acerca de temas prosaicos, pero como en sus sermones, había algo que sonaba falso.

Una vaga sensación de inquietud le angustiaba, y no lograba comprenderlo: le faltaba algo.

Varias veces se levantó, se acercó a la puerta; prestó atención a las voces de su mujer y Yevguenia Nikoláyevna.

No quería saber qué habían dicho en la reunión, quién había intervenido con especial intolerancia y animosidad, qué resoluciones habían acordado. Escribiría una breve carta a Shishakov comunicándole que se había puesto enfermo y durante algunos días no iría al instituto. Después las cosas se solucionarían por sí solas. Él siempre estaba dispuesto a ser útil en la medida de lo posible. Es decir, en todo.

¿Por qué, en los últimos tiempos, temía tanto el arresto? Después de todo, no había hecho nada tan horrible. Había hablado más de la cuenta, aunque en realidad tampoco tanto. Y lo sabían.

Pero la sensación de intranquilidad seguía latente, y echaba ojeadas impacientes a la puerta. ¿Acaso era hambre lo que sentía? Con toda probabilidad, tendría que despedirse de la tienda restringida al personal del instituto. Y también de la famosa cantina.

En la entrada sonó un ligero timbrazo y Shtrum corrió presto al pasillo, gritando en dirección a la cocina:

—Abro yo, Liudmila.

Abrió de par en par la puerta, y en la penumbra del pasillo le miraron fijamente los ojos preocupados de Maria Ivánovna:

—Vaya, aquí está —dijo en voz baja—. Sabía que no iría.

Mientras la ayudaba a quitarse el abrigo, percibiendo en las manos el calor de su nuca transmitido al cuello del abrigo, Shtrum de repente comprendió que la estaba esperando; presintiendo su llegada aguzaba el oído, miraba la puerta. Se dio cuenta por la sensación de ligereza, de alegría natural que de pronto había experimentado al verla. Así pues, era con ella con quien deseaba encontrarse todas las noches mientras volvía a casa desde el instituto, con la congoja atenazándole el corazón, mirando con ansiedad a los transeúntes, escrutando las caras de las mujeres detrás de los cristales de los tranvías y los trolebuses. Y cuando, una vez en casa, preguntaba a Liudmila Nikoláyevna: «¿Ha venido alguien?», quería saber si era ella quien había venido. Sí, así era desde hacía tiempo. Ella llegaba, charlaban y bromeaban, se iba, y él creía olvidarla. Afloraba en su memoria cuando hablaba con Sokolov o cuando Liudmila Nikoláyevna le transmitía saludos de su parte. Parecía que no existiera más allá de aquellos momentos en que la veía o hablaba de lo encantadora que era. A veces, para hacer rabiar a Liudmila, le decía que su amiga no había leído ni a Pushkin ni a Turguéniev.

Paseaba con ella por el Jardín Neskuchni y le gustaba mirarla, le gustaba que ella, sin equivocarse nunca, le comprendiera fácilmente, le conmovía la expresión infantil y atenta con que le escuchaba. Una vez que se despedían, él dejaba de pensar en ella. Después la recordaba caminando por la calle, y de nuevo la olvidaba.

Y ahora, ahora había sentido que ella nunca dejaba de estar a su lado, sólo había tenido la impresión de que no estaba. Siempre estaba con él, incluso cuando no pensaba en ella: no la veía, no la recordaba, pero ella continuaba estando ahí. Cuando no pensaba en ella tenía la sensación de que ella estaba en otra parte y no se daba cuenta de que sufría constantemente por su ausencia. Pero hoy, justo en este día que se comprendía profundamente a sí mismo y a las personas cuya vida transcurría a su lado, al observar con atención su cara, se le habían revelado sus sentimientos hacia Maria Ivánovna. Al verla se sintió feliz, porque la constante y abrumadora sensación de su ausencia había desaparecido de golpe. Se sentía aliviado porque estaba con él y había dejado de sufrir inconscientemente por no tenerla a su lado. En los últimos tiempos se sentía siempre solo. Sentía su soledad cuando hablaba con su hija, con los amigos, con Chepizhin, con su mujer. Pero le había bastado con ver a Maria Ivánovna para que su soledad se diluyera.

Este descubrimiento no le sorprendió: era natural, indiscutible. ¿Cómo era posible que un mes, dos meses antes, cuando todavía vivían en Kazán, no hubiera comprendido una cosa tan sencilla e incontestable?

Y, naturalmente, el día que había sentido su ausencia con especial intensidad, los sentimientos disimulados en lo más profundo de su alma habían salido a flote y se habían vuelto conscientes. Y como era imposible ocultar lo que le pasaba, enseguida, en la entrada, frunciendo el ceño y mirándola, dijo:

—Tenía todo el rato la impresión de tener un hambre canina y no dejaba de mirar la puerta, como si esperara que me llamaran para la comida; pero, por lo visto, esperaba la llegada inminente de Maria Ivánovna.

Ella no dijo nada, como si no le hubiera oído, y entró en la sala.

Se sentó en el diván al lado de Zhenia, a la que acababa de conocer, y Víktor Pávlovich deslizó la mirada ora sobre la cara de Zhenia, ora sobre la cara de Maria Ivánovna y luego sobre la de Liudmila.

¡Qué bellas eran las hermanas! Aquel día la cara de Liudmila Nikoláyevna parecía más hermosa que de costumbre. La severidad que a menudo la afeaba se había desvanecido y sus grandes ojos claros miraban con dulzura, tristes.

Zhenia se atusó el cabello; sentía sobre sí la mirada de Maria Ivánovna, que le dijo:

—Perdone, Yevguenia Nikoláyevna, pero no imaginaba que una mujer pudiera ser tan bella. Nunca he visto una cara como la suya.

Después de decir estas palabras, se ruborizó.

—Mashenka, mira sus manos, sus dedos —dijo Liudmila Nikoláyevna—, y el cuello, el cabello.

—Y las ventanas de la nariz —dijo Shtrum.

—¿Me tomáis por un caballo, o qué? —protestó Zhenia—. ¡Como si me importara mucho!

—El forraje no va al caballo —sentenció Shtrum, y aunque no estaba del todo claro qué significaban esas palabras, suscitaron la risa general.

—Vitia, ¿tienes hambre? —dijo Liudmila Nikoláyevna.

—Sí, sí; no, no —dijo, y vio que Maria Ivánovna se ruborizaba. Entonces comprendió que había oído las palabras que le había dicho en la entrada.

Estaba sentada como un gorrión, toda gris, delgada, con el cabello peinado como una maestra de escuela y la frente abombada, con una chaqueta de punto remendada en los codos, y cada palabra que salía de su boca le parecía a Shtrum el colmo de la inteligencia, de la delicadeza, de la bondad; cada movimiento expresaba gracia, dulzura.

No habló de la reunión del Consejo Científico; se interesó por Nadia, pidió a Liudmila Nikoláyevna que le prestara *La montaña mágica* de Mann, preguntó a Zhenia sobre Vera y su hijito, y qué contaba en sus cartas Aleksandra Vladímirovna desde Kazán.

A Shtrum le llevó un rato comprender que Maria Ivánovna le había dado a la conversación el giro necesario. Era como si subrayara que no había ninguna fuerza capaz de impedir a los hombres seguir siendo hombres, que el poderoso Estado es incapaz de invadir la esfera de los padres, los hijos, las hermanas, y que en ese día fatídico, su admiración por las personas con las que ahora estaba sentada se manifestaba también en el hecho de que su victoria les daba el derecho a hablar no de lo que era impuesto desde el exterior sino de lo que existía en el interior, dentro de cada ser humano.

Lo había intuido con acierto, y mientras las mujeres hablaban de Nadia y el bebé de Vera, él guardaba silencio, sintiendo que la luz que se había encendido en su interior ardía tímidamente, cálida, sin vacilar, sin palidecer.

Le parecía que el encanto de Maria Ivánovna cautivaba a Zhenia. Liudmila Nikoláyevna fue a la cocina y Maria Ivánovna se levantó para ir a ayudarla.

–Qué mujer tan encantadora –dijo Shtrum con aire soñador.

Zhenia le llamó burlonamente, trayéndole de vuelta a la realidad:

–¿Vitka? ¡Eh, Vitka!

Se quedó desconcertado ante aquel apelativo inesperado (hacía más de veinte años que nadie le llamaba Vitka).

–¡La joven dama está enamorada de ti como una gata! –dijo Zhenia.

–¡Vaya tontería! –replicó él–. ¿Y por qué «joven dama»? No tiene nada de dama. Liudmila nunca ha tenido amigas, pero con Maria Ivánovna ha hecho buenas migas.

–¿Y contigo? –preguntó Zhenia en tono de broma.

–Estoy hablando en serio –dijo Shtrum.

Al ver que se enfadaba, ella le miró riéndose.

–¿Sabes qué, Zhénechka? ¡Vete al diablo! –exclamó Shtrum.

Entretanto había llegado Nadia. Todavía en la entrada, preguntó al instante:

—¿Papá ha ido a arrepentirse?

Entró en la sala. Shtrum la abrazó y la besó.

Yevguenia Nikoláyevna miró a su sobrina con los ojos húmedos.

—No tiene ni gota de nuestra sangre eslava —dijo—. Es una auténtica chica judía.

—Son los genes de papá —respondió Nadia.

—Tú eres mi ojito derecho, Nadia —dijo Yevguenia Nikoláyevna—. Como Seriozha lo es para su abuela.

—No te preocupes, papá, nosotros te mantendremos —dijo Nadia.

—¿Quién es nosotros? —preguntó Shtrum—. ¿Tu teniente y tú? Lávate las manos cuando vuelves de la escuela.

—¿Con quién está hablando mamá?

—Con Maria Ivánovna.

—¿Te gusta Maria Ivánovna? —preguntó Yevguenia Nikoláyevna.

—Para mí es la mejor persona en el mundo —dijo Nadia—. Me casaría con ella, si pudiera.

—Es buena, un ángel —apostilló con burla Yevguenia.

—¿Y a ti, tía Zhenia? ¿No te gusta?

—No me gustan los santos, su santidad esconde la histeria —respondió Yevguenia Nikoláyevna—. Prefiero a los infames declarados.

—¿Histeria? —preguntó Shtrum.

—Te lo aseguro, Víktor; estoy hablando en general, no de ella.

Nadia se fue a la cocina y Yevguenia Nikoláyevna dijo a Shtrum:

—Cuando vivía en Stalingrado Vera tenía un teniente. Y ahora Nadia tiene el suyo. ¡Apareció y desaparecerá! ¡Mueren con tanta facilidad! Vitia, qué triste.

—Zhénechka, Zhenevieva, ¿de veras no te gusta Maria Ivánovna? —preguntó Shtrum.

—No sé, no sé —respondió atropelladamente Zhenia—. Hay un tipo de mujeres que tienen un carácter apacible, abnegado. Una mujer así no dice: «Hago el amor con ese hombre porque me apetece», sino: «Es mi deber, siento compasión por él, me sacrifico». Estas mujeres hacen el amor con los hombres, se juntan y se separan de ellos porque les apetece, pero dicen: «Era necesario, así lo quiere la moral, la conciencia, he renunciado, me he sacrificado». En realidad no sacrifican nada, han hecho lo que querían, y lo más abyecto es que estas damas creen sinceramente en su sacrificio. ¡No puedo soportar a esas mujeres! ¿Sabes por qué? A menudo tengo la impresión de que yo también pertenezco a esa clase de mujeres.

Durante la comida, Maria Ivánovna dijo a Zhenia:

—Yevguenia Nikoláyevna, si me lo permite la acompañaré. Tengo una triste experiencia en estos asuntos. Además, siendo dos es más fácil.

Zhenia se sintió confusa y respondió:

—No, no, muchas gracias, son cosas que una tiene que hacer sola. No se puede compartir esa carga.

Liudmila Nikoláyevna miró de reojo a su hermana, y, como para darle a entender que mantenía una relación sincera con Maria Ivánovna, dijo:

—A Mashenka se le ha metido en la cabeza que no le has gustado.

Yevguenia Nikoláyevna no respondió.

—Sí, sí —confirmó Maria Ivánovna—. Lo presiento. Pero perdone que haya hablado del tema. Es una estupidez. ¿Qué le importo yo? Liudmila Nikoláyevna ha hecho mal en decírselo. Ahora parece que esté insistiendo para obligarla a cambiar de opinión. He hablado por hablar. Por lo demás...

Sin esperárselo, Yevguenia Nikoláyevna dijo de un modo sincero:

—Pero ¿qué dice, querida? No, no... Tengo sentimientos tan confusos; perdóneme. Usted es buena.

Luego, levantándose con un movimiento rápido, dijo:

—Bueno, hijos míos, como dice mamá: «¡Ha llegado la hora!».

27

Pasaba mucha gente por la calle.

–¿Tiene prisa? –preguntó Shtrum–. ¿Quiere que vayamos otra vez al Jardín Neskuchni?

–No, la gente sale ahora del trabajo, y yo debo llegar a tiempo para recibir a Piotr Lavréntievich.

Shtrum pensó que ella le invitaría a pasar por su casa para que Sokolov le contara qué había sucedido en el Consejo Científico. Pero ella no decía nada y sospechó que Sokolov temía encontrarse con él.

Le dolía que tuviera tanta prisa por regresar a casa, aunque era algo completamente natural.

Pasaron por delante del jardín público, a poca distancia de la calle que conducía al monasterio Donskói.

De repente ella se detuvo y dijo:

–Sentémonos un momento, luego cogeré el trolebús.

Estaban sentados en silencio, pero él sentía su inquietud. Con la cabeza ligeramente inclinada, miraba a Shtrum a los ojos.

Continuaron callados. Ella tenía los labios fruncidos, pero a él le parecía oír su voz. Todo estaba claro, tan claro como si ya se lo hubieran dicho todo. En realidad, ¿qué podían añadir las palabras?

Comprendía que estaba a punto de suceder algo muy serio, que su vida iba a tomar una nueva impronta, que le aguardaban tiempos revueltos. No quería causar sufrimiento a los demás; era mejor que nadie conociera su amor, tal vez ellos tampoco se lo confesaran. Pero tal vez... Lo que ahora estaba sucediendo, la tristeza y la felicidad, era algo que no podían ocultarse, y eso conllevaba, inevitablemente, cambios que trastornaban sus vidas. Lo cierto es que todo lo que sucedía dependía de ellos, pero al mismo tiempo les parecía que era un destino al que no podían sustraerse. Entre ellos había nacido algo verdadero, natural, no determinado por su voluntad, al igual que no depende del hombre la luz del día; al mismo tiempo aquella verdad generaba una irremediable mentira, una falsedad, una crueldad para con las personas más cercanas. Sólo de ellos dependía evitar esa mentira y esa crueldad; bastaba con rechazar la luz clara y natural.

Un hecho le resultaba evidente: en aquellos momentos había perdido para siempre la serenidad de espíritu. Fuera lo que fuese lo que les reservara el destino, no encontrarían paz en su alma. Tanto si ocultaba sus sentimientos a la mujer que tenía al lado como si los dejaba aflorar y se convertían en su nuevo destino, él ya no conocería la paz.

No tendría paz ni en los momentos en que la añorara sin cesar ni cuando estuviera cerca de ella, atenazado por los tormentos de la conciencia.

Maria continuaba mirándole con una insoportable expresión de felicidad y desesperación en su rostro.

Pero él no se ha doblegado, no ha cedido a esa fuerza enorme y despiadada, y ahora aquí, sobre este banco, qué débil se siente, qué impotente.

—Víktor Pávlovich —dijo—, tengo que marcharme. Piotr Lavréntievich me espera.

Le tomó la mano y le dijo:

—No volveremos a vernos. He dado mi palabra a Piotr Lavréntievich de que no volvería a encontrarme con usted.

Sintió aquel pánico que experimentan las personas que mueren de un ataque al corazón: su corazón, cuyos latidos no dependen de la voluntad del hombre, se detuvo, y el universo comenzó a oscilar, se tambaleó, la tierra y el aire desaparecieron.

—¿Por qué, Maria Ivánovna? —preguntó.

—Piotr Lavréntievich me ha hecho prometerle que dejaría de verle. Le he dado mi palabra. La verdad, es terrible, pero se encuentra en tal situación... Está enfermo y temo por su vida.

—Masha.

En su voz, en la cara de ella, había una fuerza inquebrantable, como aquella con la que él había tenido que enfrentarse en los últimos tiempos.

—Masha —repitió.

–Dios mío, pero ¿no lo entiende? Mire, yo no lo escondo, ¿para qué hablar de ello? No puedo, no puedo. Piotr Lavréntievich ya ha soportado demasiado. Usted también lo sabe. Y recuerde los sufrimientos que ha padecido Liudmila Nikoláyevna. Es imposible.

–Sí, sí, no tenemos derecho –repetía él.

–Querido mío, mi pobre amigo, luz mía –dijo ella.

Se le había caído el sombrero al suelo; probablemente la gente los mirara.

–Sí, sí, no tenemos derecho –repitió él.

Shtrum le besó las manos y, mientras sostenía sus dedos pequeños y fríos, sintió que su firme decisión de no volverle a ver más estaba ligada a su debilidad, su sumisión, su impotencia...

Ella se levantó del banco y se marchó sin mirar atrás, mientras él permanecía sentado y pensaba que por primera vez había visto ante sí la felicidad, la luz de su vida, y que todo le había abandonado. Le parecía que aquella mujer, a la que acababa de besar los dedos, habría podido sustituir todo lo que él deseaba en la vida, lo que soñaba: la ciencia, la gloria y la alegría del reconocimiento público.

28

El día después de la reunión del Consejo Científico, Shtrum recibió una llamada telefónica de Savostiánov, que se interesó por cómo estaba y por la salud de Liudmila Nikoláyevna.

Shtrum le preguntó sobre la reunión, y Savostiánov respondió:

–Víktor Pávlovich, no quiero preocuparle, pero ha resultado ser más grave de lo que pensaba.

«¿Habrá intervenido Sokolov?», pensó Shtrum y preguntó:

–Pero ¿qué resolución han adoptado?

–Una despiadada. Se considera que ciertas cosas son inadmisibles; han pedido a la dirección que examine la cuestión del futuro próximo, de...

–Entiendo –dijo Shtrum.

Y aunque estaba convencido de que iban a adoptar una resolución de ese tipo, se sintió turbado.

«No soy culpable de nada –pensó–, pero me mandarán a la cárcel; van a arrestarme. Ellos saben que Krímov es inocente y le han encarcelado.»

–¿Alguien votó en contra? –preguntó Shtrum, y del otro lado del teléfono le llegó el embarazoso silencio de Savostiánov.

–No, Víktor Pávlovich; digamos que hubo unanimidad –dijo al fin Savostiánov–. Se ha causado usted un perjuicio enorme al no venir hoy.

La voz de Savostiánov se oía mal, evidentemente llamaba desde un teléfono público.

Aquel mismo día telefoneó Anna Stepánovna. Como había sido destituida de su puesto, ya no iba al instituto y no sabía nada de la reunión del Consejo Científico. Le dijo que se marchaba dos meses a casa de su hermana en Múrom y le conmovió su cordialidad: le invitaba a visitarla.

–Gracias, gracias –dijo Shtrum–, pero si fuera a Múrom no sería para estar ocioso, sino para enseñar física en algún instituto técnico.

–Díos mío, Víktor Pávlovich –dijo Anna Stepánovna–. ¿Por qué dice eso? Estoy desesperada, todo es culpa mía. ¿Acaso valía la pena que hiciera eso por mí?

Probablemente había interpretado como un reproche las palabras sobre el instituto técnico. Tampoco su voz se oía bien; por lo visto no llamaba desde su casa, sino desde una cabina telefónica.

«¿Habrá intervenido Sokolov?», se preguntaba Shtrum.

Entrada la noche llamó Chepizhin. Aquel día Víktor, como un enfermo grave, sólo se animaba cuando comenzaban a hablar de su enfermedad. Chepizhin lo notó.

–¿Habrá intervenido Sokolov? ¿Es posible que lo haya hecho? –preguntaba Shtrum a Liudmila Nikoláyevna; naturalmente, ella no podía saber si Sokolov había tomado la palabra.

Una especie de telaraña se había tejido entre él y su círculo íntimo.

Era obvio que Savostiánov tenía miedo de decir aquello que más interesaba a Víktor Pávlovich; no quería ser su informador. Lo más probable es que hubiera pensado: «Shtrum se encontrará con personas del instituto y dirá: "Ya lo sé, Savostiánov me lo ha contado con detalle"».

Anna Stepánovna había sido muy cordial, pero en una situación así podría haber ido a casa de Shtrum en lugar de contentarse con hacer una llamada telefónica.

Y Chepizhin, reflexionaba Víktor Pávlovich, debería haberle propuesto colaborar con el Instituto de Astrofísica, o al menos contemplar la posibilidad.

«Están ofendidos conmigo y yo con ellos; lo mejor sería que no volvieran a llamar.»

Pero con quien más irritado estaba era con los que no se habían dignado llamar. Durante todo el día estuvo esperando las llamadas de Gurévich, Márkov, Pímenov. Después se enfadó con los técnicos y los electricistas que trabajaban en la instalación de los nuevos aparatos.

«Hijos de perra —pensaba—. ¡Los obreros, esos sí que no tienen nada que temer!»

Le resultaba insoportable pensar en Sokolov. ¡Piotr Lavréntievich había ordenado a Maria Ivánovna que no le llamara! Podía perdonar a todos, también a sus viejos conocidos e incluso a parientes y colegas. ¡Pero a un amigo! Pensar en Sokolov le suscitaba tanta rabia, una ofensa tan aguda, que incluso le costaba respirar. Y al mismo tiempo que pensaba en la traición del amigo, Shtrum, sin darse cuenta, trataba de justificarlo.

Nervioso, escribió a Shishakov una carta absolutamente inútil donde le pedía que le comunicaran la decisión que había tomado la dirección del instituto, puesto que estaba enfermo y en los días sucesivos no iría a trabajar al laboratorio.

Al día siguiente no recibió ni una sola llamada.

«Bueno, es señal de que me arrestarán», pensaba Shtrum.

Y este pensamiento ya no le atormentaba; por el contrario, se alegraba. Del mismo modo se consuelan las personas enfermas: «Bien, enfermos o no, todos moriremos».

Víktor Pávlovich dijo a Liudmila:

–La única persona que nos trae noticias es Zhenia. A decir verdad, las suyas son noticias de la sala de recepción del NKVD...

–Ahora estoy convencida –dijo Liudmila Nikoláyevna– de que Sokolov intervino en el Consejo Científico. Si no, no se explica el silencio de Maria Ivánovna. Le da vergüenza llamar después de eso. Aunque podría llamarla yo durante el día, mientras él está en el trabajo.

–¡Bajo ningún concepto! –gritó Shtrum–. ¿Me oyes, Liuda?

–Pero ¿qué tengo que ver yo con tus relaciones con Sokolov? –objetó Liudmila Nikoláyevna–. Masha es mi amiga.

Evidentemente, no podía explicar a Liudmila por qué no podía llamar a Maria Ivánovna. Le avergonzaba la idea de que Liudmila, de modo involuntario, pudiera convertirse en enlace entre Maria Ivánovna y él.

–Liuda, ahora nuestra relación con la gente sólo puede ser unilateral. Si a un hombre le meten en la cárcel, su mujer sólo puede visitar a las personas que la llamen. No tiene derecho a decir por sí misma: tengo ganas de ir a veros. Sería una humillación para ella y para el marido. Hemos entrado en un nuevo periodo. Ahora no podemos escribir cartas a nadie, sólo responderlas. No podemos llamar a nadie por teléfono, sólo descolgar el auricular cuando nos llaman. No debemos ser los primeros en saludar a nuestros conocidos, porque tal vez ellos no deseen saludarnos. Y aunque me saluden, no tengo ya el derecho a hablar primero. Puede suceder que esa persona quiera saludarme con un movimiento de cabeza, pero no desee hablar conmigo. Si me dirige la palabra, entonces le responderé. Hemos entrado a formar parte de la gran casta de los intocables.

Hizo una pausa.

–Pero por suerte para los intocables hay excepciones a esta ley. Hay una o dos personas (no hablo de nuestros familiares, de tu madre, de Zhenia) que merecen la confianza enorme y sincera de los parias. A ellos se les puede telefonear y escribir sin esperar ninguna señal de autorización. Por ejemplo, Chepizhin...

–Tienes razón, Vitia, todo eso es cierto –dijo Liudmila Nikoláyevna, y sus palabras le sorprendieron. Hacía mucho tiempo que su mujer no le daba la razón en algo–. Pero yo también tengo una amiga: ¡Maria Ivánovna!

–¡Liuda! –gritó–. ¡Liuda! ¿Sabes que Maria Ivánovna ha prometido a Sokolov que no volverá a vernos? Intenta llamarla. ¡Venga, llama, llama!

Descolgó el auricular y se lo tendió a Liudmila Nikoláyevna.

En aquel instante, en un rincón de su conciencia, esperaba que Liudmila llamara..., al menos ella oiría la voz de Maria Ivánovna.

–¡Ah! ¿Así están las cosas? –observó Liudmila Nikoláyevna, y colgó el auricular.

–Pero ¿por qué no vuelve Zhenia? –preguntó Shtrum–. Estamos unidos por la desgracia. Nunca he sentido tanta ternura hacia ella como ahora.

Cuando llegó Nadia, Shtrum le dijo:

–Nadia, he hablado con tu madre, ella te lo explicará todo con detalle. Ahora que me he convertido en un espantajo no puedes ir a ver a los Postóyev, los Gurévich y los demás. Para toda esta gente, tú antes que nada eres mi hija. ¡Mi hija! ¿Comprendes quién eres? ¡Un miembro de mi familia! Te lo pido encarecidamente...

Sabía de antemano lo que ella diría, cómo protestaría y se indignaría. Nadia levantó la mano para interrumpirle.

–Bah, eso ya lo comprendí cuando vi que no ibas al consejo de los impíos.

Fuera de sus casillas, miró a su hija. Después le dijo en tono irónico:

–Espero que esto no influya en tu teniente.

–Por supuesto que no influirá.

–¿Cómo?

Ella se encogió de hombros.

–Nada. Ya veo que comprendes...

Shtrum miró a su mujer y a su hija, les tendió los brazos y se fue a su habitación.

En su gesto había tanta confusión, tanta culpa, debilidad, agradecimiento, amor, que las dos permanecieron mucho rato una al lado de la otra sin articular palabra, sin atreverse a mirarse.

29

Por primera vez desde el inicio de la guerra, Darenski seguía la vía de la ofensiva: iba tras las unidades de tanques que huían hacia el oeste.

En la nieve, en el campo, a lo largo de las carreteras había varios tanques alemanes y camiones italianos de hocico romo inmovilizados; los cuerpos de los alemanes y de los rumanos yacían inertes.

La muerte y el frío habían conservado, para la posterior contemplación del cuadro, la derrota de las tropas enemigas. Caos, confusión, sufrimiento: todo había dejado su impronta, se había congelado en la nieve que preservaba, en una inmovilidad helada, la desesperación última, las convulsiones de las máquinas y los hombres que vagaban por las carreteras.

Incluso el fuego y el humo de los obuses, la llama negra de las hogueras imprimía en la nieve manchas rojizas oscuras, capas de hielo de un marrón amarillento.

Las tropas soviéticas marchaban hacia el oeste y columnas de prisioneros se dirigían hacia el este.

Los rumanos llevaban capotes verdes y gorros altos de piel de cordero. Parecía que sufrieran menos que los alemanes a causa del frío. Mirándoles, Darenski no tenía la impresión de que fueran los soldados de un ejército vencido:

veía ante él a miles y miles de campesinos hambrientos y cansados, tocados con gorros teatrales. Se burlaban de los rumanos, pero no les miraban con odio, sino con un desprecio compasivo. Después Darenski notó que miraban con menos malicia todavía a los italianos.

Otro sentimiento les suscitaban los húngaros, los finlandeses y, en especial, los alemanes.

Era horrible ver pasar a los prisioneros alemanes.

Marchaban con la cabeza y las espaldas envueltas en trozos de mantas. En los pies llevaban pedazos de tela de saco y trapos atados por debajo de las botas con alambres y cuerdas.

Muchos tenían las orejas, la nariz, las mejillas cubiertas de manchas negras de gangrena helada. El tintineo de las escudillas atadas a sus cinturones recordaba las cadenas de los presos.

Darenski contemplaba los cadáveres que exhibían con una falta de pudor involuntaria sus vientres hundidos y sus órganos sexuales, miraba las caras de los escoltas, enrojecidas por el viento gélido de la estepa.

Mientras observaba los tanques y los camiones alemanes retorcidos en medio de la estepa cubierta de nieve, los cadáveres congelados, los prisioneros que se arrastraban, bajo escolta, hacia el este, Darenski experimentó una extraña amalgama de sentimientos.

Era la represalia.

Recordó los relatos acerca de los alemanes que se burlaban de la miseria de las isbas rusas, que miraban con un asombro lleno de repugnancia las rudimentarias cunas de los niños, las estufas, las ollas, las imágenes en las paredes, las tinas, los gallos de barro pintado: el mundo querido y maravilloso donde habían nacido y crecido los niños que huían de los tanques alemanes.

El conductor del coche dijo con curiosidad:

—¡Mire, camarada coronel!

Cuatro alemanes llevaban a un compañero en un capote. Por sus caras y sus cuellos tensos era evidente que iban a desplomarse de un momento a otro. Se balanceaban de lado a lado. Los trapos con los que se habían envuelto se les embrollaban en los pies, la nieve seca azotaba sus ojos dementes, los dedos helados se aferraban a los extremos del capote.

–Ellos se lo han buscado, los *fritzes* –dijo el conductor.

–No fuimos nosotros quienes los llamamos –respondió con aire sombrío Darenski.

Luego, de improviso, le invadió una sensación de felicidad; en la neblina nevosa, sobre la tierra virgen de la estepa, se dirigían hacia el oeste los tanques soviéticos: los T-34, terribles, veloces, musculosos...

Asomados por las escotillas hasta la altura del pecho, se veía a los tanquistas con cascos y pellizas negros. Se desplazaban por el gran océano de la estepa, por la niebla de nieve, dejando atrás una opaca espuma de nieve, y un sentimiento de orgullo y de felicidad les cortaba la respiración.

Una Rusia de acero, terrible y sombría, marchaba hacia occidente.

A la entrada del pueblo se había formado un atasco. Darenski bajó del coche, pasó por delante de los camiones que estaban en doble fila y de los *Katiusha* cubiertos con lonas...

Un grupo de prisioneros era conducido a través de la carretera. De un coche bajó un coronel con un gorro alto de piel de astracán plateada, de esos que sólo se pueden obtener o comandando un ejército o en calidad de amigo de un intendente del frente, y se puso a observar a los prisioneros. Los soldados de escolta les gritaban, levantando las metralletas:

–Venga, venga, más rápido.

Un muro invisible separaba a la muchedumbre de prisioneros de los conductores de los camiones y los soldados, un frío todavía más acerado que el intenso frío de la estepa impedía que sus ojos se cruzaran.

–Mira, mira, aquél tiene cola –exclamó una voz con escarnio.

A lo largo de la carretera un soldado alemán se movía a cuatro patas, arrastrando tras de sí un trozo de colcha que perdía guata. El soldado avanzaba sobre las rodillas, deprisa, moviéndose como un perro, desplazando los brazos y las piernas sin levantar la cabeza, como atareado en olfatear un rastro. Reptaba derecho hacia el coronel, y el conductor, que estaba a su lado, dijo:

–Camarada coronel, cuidado, le va a morder.

El coronel dio un paso hacia un lado y cuando el alemán llegó a su altura le dio un puntapié con la bota. Aquel golpe ligero bastó para quebrar la fuerza de gorrión del prisionero. Cayó a tierra con los brazos y las piernas en cruz. Miró desde abajo al hombre que le había golpeado: en los ojos del alemán, como en los ojos de una oveja moribunda, no se advertía ningún reproche, ni siquiera sufrimiento; únicamente resignación.

–Arrástrate, conquistador de mierda –dijo el coronel, frotando contra la nieve la suela de la bota.

Una risita recorrió a los espectadores.

Darenski sintió que se le nublaba la cabeza; que ya no era él, sino otro hombre, al que conocía sin conocerlo, un hombre que ignoraba la duda guiaba sus actos.

–Los rusos no golpean a un hombre en el suelo, camarada coronel.

–¿Y qué soy yo, según usted? ¿No soy ruso, quizá?

–Usted es un miserable –dijo Darenski, y al ver que el coronel había dado un paso en su dirección, se adelantó al estallido de cólera y amenazas, y gritó–: Mi nombre es Darenski. Teniente coronel Darenski, inspector de la sección de operaciones del Estado Mayor del frente de Stalingrado. Estoy dispuesto a repetir lo que acabo de decir ante el comandante del frente y el tribunal militar.

El coronel, con una voz llena de odio, dijo:

–Bien, teniente coronel Darenski, esto no quedará así –dijo, y se alejó.

Algunos prisioneros arrastraron a un lado al caído y, cosa extraña, dondequiera que Darenski girara su mirada tropezaba con los ojos de la muchedumbre de prisioneros agolpados.

Regresó despacio a su coche y oyó una voz burlona:

–Los *fritzes* ya han encontrado a su defensor.

Poco después viajaba de nuevo por la carretera, y de nuevo les vino al encuentro, entorpeciendo la circulación, un gentío gris de alemanes y uno verde de rumanos.

El conductor, mirando con el rabillo del ojo las manos temblorosas de Darenski mientras fumaba un cigarro, dijo:

–Yo no siento piedad por ellos. Podría matar a cualquiera.

–De acuerdo, de acuerdo –respondió Darenski–, tenías que haber disparado contra ellos en 1941, cuando huías, al igual que yo, sin mirar atrás.

Después permaneció callado el resto del camino.

Pero el incidente con el prisionero no le había abierto el corazón a la bondad, más bien había agotado sus reservas de bondad.

Qué abismo se abría entre aquella estepa calmuca por la que iba hacia Yashkul y la carretera que ahora recorría.

¿Era él quien se había encontrado en medio de una tormenta de arena, bajo una luna enorme, mirando la huida de los soldados del Ejército Rojo, los cuellos serpenteantes de los camellos, y había unido en su alma con una especie de ternura a todas las personas débiles, pobres y queridas en aquel extremo de la tierra rusa?

30

El Estado Mayor del cuerpo de tanques se había instalado en los márgenes del pueblo. Darenski se acercó a la isba que alojaba el cuartel general. Anochecía. Evidentemente, el Estado Mayor había llegado hacía poco: los soldados descargaban del camión maletas y colchones; los radiotelegrafistas estaban tendiendo los cables.

Un ametrallador que montaba guardia entró a regañadientes en el vestíbulo y llamó al ayudante de campo. Éste salió de mala gana al zaguán, y como todos los ayudantes de campo, miró atentamente no a la cara, sino a las hombreras del recién llegado, y dijo:

–Camarada teniente coronel, el comandante del cuerpo acaba de llegar de una inspección a una brigada; está descansando. Pase a ver al oficial de servicio.

–Informe al comandante del cuerpo de que ha llegado el teniente coronel Darenski. ¿Entendido? –ordenó con arrogancia.

El ayudante de campo lanzó un suspiro y entró en la isba, de la que salió un instante después para decirle en voz alta:

–Adelante, camarada teniente coronel.

Darenski entró en el zaguán y Nóvikov salió a su encuentro. Por un instante se examinaron el uno al otro riendo de alegría.

–Así que al final volvemos a vernos –exclamó Nóvikov.

Fue un buen encuentro.

Dos cabezas inteligentes se inclinaron, como de costumbre, sobre el mapa.

–Avanzo con la misma velocidad que cuando poníamos pies en polvorosa –dijo Nóvikov–, pero en este sector he superado la velocidad de fuga.

–Ahora estamos en invierno –dijo Darenski–. ¿Qué pasará en verano?

–No tengo dudas al respecto.

–Yo tampoco.

Mostrar el mapa a Darenski era un verdadero placer para Nóvikov. La comprensión, el interés por los detalles que creía ser el único en observar, las cuestiones que le inquietaban...

Bajó la voz, como si le estuviera confiando algo personal, íntimo, y dijo:

–Es todo seguro, definitivo: la exploración de la zona de acción de los tanques, el empleo coordinado de todos los medios, el esquema de los puntos de referencia. Todo está en orden. Pero la intervención de todos los ejércitos depende de un solo dios: el T-34, ¡nuestro rey!

Darenski conocía el mapa de las operaciones militares

que se habían iniciado en otros flancos aparte del ala sur del frente de Stalingrado. Nóvikov supo por él detalles que desconocía sobre la operación del Cáucaso, el contenido de las conversaciones interceptadas entre Hitler y Paulus, y pormenores sobre el movimiento del grupo del general de artillería Fretter-Piko.

—Se ve ya Ucrania por la ventana —observó Nóvikov.

Indicó en el mapa:

—Parece que yo estoy más cerca que los otros. Sólo el cuerpo de Rodin me pisa los talones.

Luego dejó a un lado el mapa y declaró:

—Bien, basta por ahora; ya hemos hablado bastante de estrategia y táctica.

—Y en el terreno personal, ¿nada nuevo? —preguntó Darenski.

—Todo nuevo.

—¿Vas a casarte?

—Lo espero de un día a otro; será pronto.

—Ay, cosaco, es tu fin —dijo Darenski—. Te felicito de todo corazón. Yo, en cambio, siempre estoy en estado de merecer.

—¿Y Bíkov? —preguntó de repente Nóvikov.

—¿Bíkov? Ahora está con Vatutin.

—Es fuerte, el perro.

—Una roca.

—Que se vaya al diablo —dijo Nóvikov, y gritó en dirección a la habitación vecina—: Eh, Vershkov, por lo visto te has propuesto matarnos de hambre. Llama también al comisario, cenaremos todos juntos.

Sin embargo, no fue necesario llamar a Guétmanov; éste llegó por sí solo y con voz afligida, de pie junto a la puerta, dijo:

—¿Qué pasa, Piotr Pávlovich? Parece que Rodin se ha puesto en cabeza. Ya verás, llegará a Ucrania antes que nosotros —y, dirigiéndose a Darenski, añadió—: Ha llegado la hora, teniente coronel. Ahora tenemos más miedo al vecino que al enemigo. A propósito, ¿no será usted un vecino? No, no, está claro, usted es un viejo amigo del frente.

—Pareces obsesionado con la cuestión ucraniana –dijo Nóvikov.

Guétmanov cogió una lata de conservas y en tono de amenaza burlona observó:

—Está bien, pero ten en cuenta, Piotr Pávlovich, que cuando llegue tu Yevguenia Nikoláyevna sólo te casaré en tierra ucraniana. Escojo al teniente coronel como testigo.

Levantó el vaso, y apuntando con él en dirección a Nóvikov, dijo:

—Vamos, camarada teniente coronel, propongo que bebamos a la salud de su corazón ruso.

Darenski, conmovido, elogió:

—Ha encontrado unas bonitas palabras.

Nóvikov, recordando la hostilidad de Darenski hacia los comisarios, dijo:

—Bien, camarada teniente coronel, hacía mucho tiempo que no nos veíamos.

Guétmanov miró la mesa y dijo:

—No hay nada que ofrecer a nuestro invitado, sólo conservas. Al cocinero no le da tiempo a encender la estufa porque siempre estamos cambiando de puesto de mando. Día y noche estamos en movimiento. Tendría que haber venido a vernos antes del ataque. Ahora, en un día entero de marcha, paramos sólo una hora. Nos adelantamos a nosotros mismos.

—Danos al menos un tenedor más –pidió Nóvikov al ayudante de campo.

—Dio orden de que no descargáramos la vajilla del camión –respondió el ayudante.

Guétmanov comenzó a explicar su viaje por el territorio liberado.

—Los rusos y los calmucos –decía– son como el día y la noche. Los calmucos cantaban al son del silbato alemán. Les habían dado sus uniformes verdes. Corrían por las estepas para cazar rusos. ¡Y será que no les ha dado cosas el poder soviético! Era el país de los nómadas harapientos, el imperio de la sífilis, del analfabetismo generalizado. Pero por mucho que se le alimente, el lobo continuará mirando hacia la estepa. También durante la guerra civil estaban casi todos con los blancos... Y cuánto dinero hemos despilfarrado durante décadas en nombre de la amistad entre los pueblos. Habría sido mejor construir con esos medios una fábrica de tanques en Siberia. Una mujer, una joven cosaca del Don, me contó lo que había tenido que soportar. No, no, los calmucos han traicionado la confianza rusa y soviética. Así lo expondré en mi informe al Consejo Militar.

Luego, dirigiéndose a Nóvikov, preguntó:

—¿Te acuerdas de cuando te puse en guardia contra Basángov? Me guió mi instinto de comunista. No te ofendas, Piotr Pávlovich, no es un reproche. ¿Crees que me he equivocado pocas veces en la vida? La nacionalidad de una persona es algo importante. En el futuro tendrá un papel determinante; se ha demostrado en la práctica de la guerra. ¿Sabéis cuál ha sido la enseñanza decisiva para los bolcheviques? La práctica.

—A propósito de los calmucos, estoy de acuerdo con usted —dijo Darenski—. Estuve hace poco en las estepas calmucas, he pasado por todos esos Shebener y Kitchener.

¿Por qué había dicho eso? Había viajado mucho por territorio calmuco y nunca había anidado en su corazón un sentimiento malévolo hacia los calmucos, sino sólo un interés vivo por su vida y sus costumbres.

Parecía que el comisario del cuerpo poseyera una especie de fuerza magnética. Darenski deseaba manifestarle continuamente que estaba de acuerdo con él.

Y Nóvikov le miraba con una sonrisita en los labios, porque conocía bien aquel magnetismo del comisario que inducía a decirle siempre que sí.

—Sé que ha sufrido injusticias en su momento —dijo de improviso y con sencillez Guétmanov a Darenski—. Pero no guarde rencor contra el partido de los bolcheviques, porque quiere el bien del pueblo.

Y Darenski, que siempre había considerado que los de la sección política y los comisarios sólo servían para traer confusión al ejército, respondió:

–Claro, como si no lo comprendiera.

–Por supuesto –dijo Guétmanov–, las hemos hecho buenas, pero el pueblo nos perdonará. ¡Nos perdonará! Porque en el fondo somos buenas personas. ¿No es verdad?

Nóvikov miró con ternura a los presentes y dijo:

–¿No es buen tipo el comisario de nuestro cuerpo?

–Sí, muy buen tipo –corroboró Darenski.

–Exacto –dijo Guétmanov, y los tres se echaron a reír.

Como si hubiera adivinado el deseo de Nóvikov y Darenski, Guétmanov miró el reloj.

–Voy a descansar; estoy siempre en movimiento, día y noche, hoy al menos dormiré hasta la mañana. Hace diez días que no me quito las botas, como un gitano. ¿Dónde está el jefe del Estado Mayor? ¿Está durmiendo ya?

–¿Dormido? –preguntó Nóvikov–. ¡Qué va! Ha ido a inspeccionar una nueva posición dado que nos trasladaremos mañana.

Cuando se quedaron solos, Darenski dijo:

–Piotr Pávlovich, hay algo que no he acabado de comprender... Hace poco tiempo estaba en las arenas de la región del Caspio. Me sentía muy deprimido. Parecía que había llegado el fin. Y mira lo que ha pasado ahora: hemos podido organizar esta fuerza fantástica, una fuerza ante la cual todo parecía inútil.

–¡Y yo comprendo cada vez mejor y más claramente qué significa ser ruso! –dijo Nóvikov–. Somos fuertes y temerarios como lobos.

–¡Una fuerza fantástica! –repitió Darenski–. Pero he aquí lo fundamental: los rusos conducidos por los bolcheviques encabezarán la humanidad y el resto es un detalle insignificante.

–Escucha una cosa –propuso Nóvikov–: ¿quieres que vuelva a formular la petición de tu traslado? Entrarías como subjefe de Estado Mayor. Combatiríamos juntos, ¿qué te parece?

–¿Qué puedo decir? Gracias. ¿Y de quién sería el adjunto?

–Del general Neudóbnov. Según el reglamento, un teniente coronel desempeña las funciones de general.

–¿Neudóbnov? ¿El que estuvo en el extranjero antes de la guerra? ¿En Italia?

–Exacto. El mismo. No es un Suvórov, pero por lo general se puede trabajar con él.

Darenski guardó silencio. Nóvikov le miró.

–Entonces, ¿cerramos el trato? –insistió.

Darenski se levantó el labio con un dedo y tiró un poco atrás la mejilla.

–¿Ves las coronas? –preguntó–. En 1937 Neudóbnov me hizo saltar dos dientes durante un interrogatorio.

Se intercambiaron una mirada, guardaron silencio un rato, luego se miraron de nuevo.

Darenski dijo:

–Desde luego, es un hombre competente.

–Es verdad; no es un calmuco, es un ruso –dijo riendo Nóvikov, y de pronto gritó–: Bebamos, pero esta vez en serio, ¡a la rusa!

Darenski, por primera vez en su vida, bebió mucho, pero de no ser por las dos botellas de vodka vacías sobre la mesa, nadie habría notado que los dos hombres habían empinado el codo. Fue así como comenzaron a tutearse.

Nóvikov llenó los vasos por enésima vez y dijo:

–Bebe, no pares.

Esta vez el abstemio Darenski no se abstuvo de beber.

Hablaron de los primeros días de la guerra, del repliegue, de Bliújer y Tujachevski, de Zhúkov. Darenski habló sobre su interrogatorio y le explicó lo que quería saber el juez instructor.

Nóvikov, a su vez, le contó cómo había retrasado durante algunos minutos, en el inicio de la ofensiva, el avance de los tanques. Pero evitó mencionar que se había equivocado al juzgar la conducta de los comandantes de brigada. Hablaron de los alemanes; Nóvikov dijo que pensaba que el verano de 1941 le había endurecido para toda la vida, pero cuando le enviaron los primeros prisioneros, había ordenado que les alimentaran algo más decentemente y que transportaran a los heridos y aquellos con síntomas de congelación en camión hasta la retaguardia.

Darenski observó:

—Tu comisario y yo hemos puesto como un trapo a los calmucos. ¡Hemos hecho bien! Es una lástima que no esté aquí tu Neudóbnov. Me hubiera gustado decirle unas cuantas palabras, ya lo creo.

—¿Acaso no había gente de Kursk o de Oriol que se entendía con los alemanes? —preguntó Nóvikov—. Mira el general Vlásov; que yo sepa no es calmuco. Mi Basángov es un buen soldado. Pero Neudóbnov es un chequista, el comisario me ha hablado largo y tendido de él. No es un soldado. Nosotros los rusos venceremos, llegaremos a Berlín. Lo sé; los alemanes no nos pararán.

—Estoy al corriente de Neudóbnov, Yezhov y todo eso —dijo Darenski—, pero ahora hay una sola Rusia: la Rusia soviética. Y sé que aunque me rompieran todos los dientes, mi amor por Rusia no cambiaría. La amaré hasta el último aliento. Sin embargo, no haré de adjunto de una puta como ésa. No, camarada, ¿estamos de broma?

Nóvikov llenó los vasos de vodka y le animó:

—Venga, de un trago.

Luego añadió:

—¿Quién sabe lo que pasará? Algún día estaré entre los malos.

Cambiando de tema dijo de improviso:

—El otro día pasó algo horrible: le desgajaron la cabeza a un tanquista, pero él, muerto, continuaba apretando el acelerador y el tanque avanzaba. ¡Adelante, siempre adelante!

Darenski repitió:

—Tu comisario y yo hemos maldecido a los calmucos, y ahora no se me va de la cabeza un viejo calmuco. ¿Cuántos años tiene Neudóbnov? ¿Y si fuéramos a hacerle una visita a donde está acantonado?

Nóvikov, con la lengua pastosa, dijo arrastrando las palabras:

—Tengo una gran alegría. La más grande de las alegrías.

Sacó una fotografía de su bolsillo y se la tendió a Darenski. Éste la observó durante un buen rato en silencio, y dijo:

–Una belleza, nada que objetar.

–¿Una belleza? La belleza por sí sola no es nada, ¿comprendes? No se ama como yo la amo sólo por la belleza.

En la puerta apareció Vershkov; se quedó allí mirando fijamente con expresión interrogativa al comandante del cuerpo.

–Lárgate de aquí –ordenó despacio Nóvikov.

–Eh, ¿por qué le tratas así? Él sólo quería saber si necesitabas algo –dijo Darenski.

–Bueno, bueno, seré malo, seré un grosero, pero no hace falta que nadie me dé lecciones. Y además, teniente coronel, ¿por qué me tuteas? ¿Acaso es eso lo que dice el reglamento?

–¡Así que ésas tenemos! –exclamó Darenski.

–Déjalo, no entiendes los chistes –dijo Nóvikov, y pensó que era una suerte que Zhenia no le viera borracho.

–No comprendo las bromas estúpidas –respondió Darenski.

Discutieron durante un largo rato y se reconciliaron sólo cuando Nóvikov le propuso acercarse hasta donde estaba Neudóbnov y molerle a palos. Al final no fueron a ninguna parte, pero continuaron bebiendo.

31

Aleksandra Vladímirovna recibió el mismo día tres cartas: dos de sus hijas y una tercera de su nieta Vera.

Todavía no había abierto los sobres, pero por la caligrafía ya había reconocido de quién eran. Sabía que las cartas no eran portadoras de buenas noticias. La experiencia le había enseñado que los hijos no escriben a las madres para compartir alegrías.

Las tres le pedían que fuera a verlas: Liudmila a Moscú, Zhenia a Kúibishev y Vera a Leninsk. Y aquellas invitaciones confirmaron a Aleksandra Vladímirovna que la vida no era fácil para sus hijas y su nieta.

Vera escribía que los disgustos en el Partido y en el trabajo habían extenuado a su padre. Unos días antes había regresado a Leninsk desde Kúibishev, adonde había acudido por una convocatoria del Comisariado del Pueblo. Vera decía que ese viaje había agotado a su padre más que el trabajo que había desempeñado en la central eléctrica de Stalingrado durante la guerra. El caso de Stepán Fiódorovich no se había solucionado en Kúibishev; le habían ordenado que volviera a trabajar en la reconstrucción de la central eléctrica, pero le habían advertido que no sabían si le mantendrían el empleo en el Comisariado.

Vera había decidido trasladarse con su padre de Leninsk a Stalingrado; ahora los alemanes ya no disparaban, pero el centro de la ciudad todavía no había sido liberado. Las personas que habían visitado la ciudad decían que de la casa donde había vivido Aleksandra Vladímirovna sólo quedaba en pie un esqueleto de hormigón con el techo hundido. En cambio, el apartamento que Spiridónov ocupaba en la central eléctrica por su condición de director permanecía intacto; sólo se había desprendido el estucado y habían salido volando los cristales de las ventanas. En él se alojaban Stepán Fiódorovich, y Vera con su hijo.

Vera escribía acerca de su hijo, y a Aleksandra Vladímirovna le causaba un efecto extraño ver que su nieta Vera, casi una adolescente todavía, le contaba como una adulta, como toda una mujer, los cólicos de su niño, así como sus erupciones, su sueño inquieto, las alteraciones de su metabolismo. Todo lo que Vera debería haber escrito a su marido, a su madre, se lo escribía a su abuela. No tenía marido, no tenía madre.

Vera escribía acerca de Andréyev, de su nuera Natasha, de la tía Zhenia, con la que Stepán Fiódorovich se había encontrado en Kúibishev. No hablaba de ella misma, como si su vida no le interesara a Aleksandra Vladímirovna.

En el margen de la última hoja decía: «Abuela, nuestro apartamento en la central eléctrica es grande, hay sitio para todo el mundo. Te lo ruego, ven». Y en aquel inesperado

918

lamento se expresaba todo lo que Vera no había escrito abiertamente en su carta.

La carta de Liudmila Nikoláyevna era breve. Escribía: «No le encuentro sentido a la vida. Tolia no está, y Vitia y Nadia no me necesitan, podrían vivir perfectamente sin mí».

Liudmila Nikoláyevna nunca antes le había escrito una carta así a su madre. Aleksandra Vladímirovna comprendió que las cosas no iban bien entre Liudmila y su marido. Después de invitar a la madre a Moscú, añadía: «Vitia siempre tiene problemas, y él te cuenta a ti sus sufrimientos de mejor gana que a mí».

Más adelante había una frase parecida: «Nadia se ha encerrado en sí misma, no me confía nada de su vida. Así es ahora el estilo de vida en nuestra familia...».

La carta de Zhenia era incomprensible. Estaba plagada de alusiones a ciertas dificultades y desgracias. Pedía a su madre que fuera a verla a Kúibishev, pero al mismo tiempo la informaba de que debía ir urgentemente a Moscú. Le hablaba de Limónov, que profería panegíricos en honor suyo. Le escribía que le hubiera gustado que fuera a hacerle una visita; era un hombre inteligente, interesante; pero en la misma carta le comunicaba que Limónov había partido para Samarcanda. Era del todo incomprensible cómo se las iba a arreglar entonces Aleksandra Vladímirovna para verle en Kúibishev.

Sólo una cosa estaba clara, y mientras la madre leía la carta, pensaba: «Mi pobre hija».

Las cartas turbaron mucho su ánimo. En las tres se interesaban por su salud, y preguntaban si su habitación estaba bien caldeada.

Esa preocupación enterneció a Aleksandra Vladímirovna, aunque comprendía que las jóvenes no pensaban en si Aleksandra Vladímirovna tenía necesidad de ellas.

Eran ellas quienes la necesitaban.

Aunque también podría haber sucedido de modo diferente. ¿Por qué no había pedido ayuda a las hijas y por qué las hijas se la pedían ahora a ella?

¿Acaso no era ella la que vivía completamente sola, la que era vieja, no tenía hogar, había perdido a un hijo, a una hija, y no sabía nada de Seriozha?

Cada vez le costaba más trabajar, sufría del corazón continuamente, le daba vueltas la cabeza. Incluso había pedido al director técnico de la fábrica que la trasladara de los talleres al laboratorio; era muy penoso pasar de máquina en máquina, efectuar muestras de control.

Después del trabajo hacía cola en las tiendas; una vez llegaba a casa debía encender la estufa y preparar la comida.

¡La vida era tan dura, tan pobre! Hacer cola no era tan horrible, lo peor era cuando no había colas ante las estanterías vacías. Lo peor era cuando, de vuelta en casa, no podía preparar la comida, no encendía la estufa y yacía hambrienta en una cama húmeda y fría.

Todos, a su alrededor, llevaban una vida mísera.

Una doctora evacuada de Leningrado le contó cómo había pasado el invierno anterior con sus dos hijos en un pueblo a cien kilómetros de Ufá. Vivía en una isba deshabitada confiscada a un kulak, con los cristales rotos y el techo reventado. Para ir a trabajar tenía que atravesar seis kilómetros de bosque, y a veces, al amanecer, refulgían entre los árboles los ojos verdes de los lobos. En el pueblo reinaba la miseria; los koljosianos trabajaban a desgana pues decían que, por mucho que trabajaran, de todos modos les negarían el pan: el koljós iba retrasado con las cuotas de entrega de cereales y les arrebataban todo el grano. El marido de su vecina había partido a la guerra y ella vivía con seis niños hambrientos; sólo tenía un par de botas de fieltro rotas para los seis pequeños. La doctora le había contado que había comprado una cabra; y por la noche, a través de nieves altas, iba a robar alforfón a un campo lejano y desenterraba de debajo de la nieve los almiares no recogidos que comenzaban a pudrirse. Explicaba que sus hijos, escuchando las conversaciones groseras y maliciosas de los campesinos, habían aprendido a soltar tacos y que la maestra de la escuela, en Kazán, le había dicho: «Es la primera vez que oigo a alumnos de primer grado, y además de Leningrado, blasfemar como borrachos».

Ahora Aleksandra Vladímirovna vivía en la pequeña habitación que antes ocupaba Víktor Pávlovich. Los inquilinos oficiales, que se habían trasladado a un anexo mientras los Shtrum estaban allí, ocupaban ahora la habitación principal. Eran gente irritable, nerviosa, que a menudo discutía sobre tonterías domésticas.

Aleksandra Vladímirovna no se enfadaba con ellos por el ruido o las discusiones, sino porque le pedían, a ella que había perdido su casa en un incendio, una suma muy elevada por una habitación minúscula: doscientos rublos al mes, más de la tercera parte de su salario. Le daba la impresión de que los corazones de esas personas estaban hechos de madera contrachapada y de hojalata. No hacían otra cosa que pensar en alimentos y objetos. Desde la mañana a la tarde sus conversaciones giraban en torno al aceite vegetal, la carne salada, las patatas, los trastos viejos que compraban y revendían en los mercados de objetos usados. Por la noche cuchicheaban. Nina Matvéyevna, la propietaria, contaba al marido que un vecino de la casa, un obrero especializado en una fábrica, había traído del pueblo un saco de semillas blancas y medio saco de maíz desgranado; que en el mercado ese día había miel barata.

Nina Matvéyevna era una mujer hermosa: alta, de buena planta, los ojos grises. Antes de casarse trabajaba en una fábrica, participaba en actividades artísticas para aficionados, cantaba en un coro, actuaba en un círculo de arte dramático. Semión Ivánovich, el marido, trabajaba de herrero en una fábrica militar. Una vez, en su juventud, había prestado servicio en un cazatorpedero y había sido campeón de boxeo de peso medio de la flota del océano Pacífico. El pasado lejano de esa pareja parecía ahora inverosímil.

Antes de irse a trabajar por la mañana, Semión Ivánovich alimentaba a los patos, preparaba la comida para el cochinillo; después del trabajo trajinaba en la cocina, limpiaba el grano, remendaba las botas, afilaba los cuchillos, lavaba las botellas, hablaba de los chóferes de la fábrica que traían de lejanos koljoses harina, huevos, carne de cabra... Y Nina Matvéyevna, interrumpiéndole, le hablaba de sus innumerables enfermedades, de sus visitas a lumbreras de la medicina; le contaba que había cambiado una toalla por judías, que la vecina había comprado a una evacuada una chaqueta de piel de potro y cinco platitos de servicio; le hablaba de margarina y de grasa.

No eran malas personas, pero ni siquiera una vez habían hablado con Aleksandra Vladímirovna de la guerra, de Stalingrado, de los comunicados de la Oficina de Información Soviética.

Compadecían y despreciaban a Aleksandra Vladímirovna porque, después de la partida de la hija, que recibía cupones de racionamiento para académicos, vivía medio muerta de hambre. No tenía ni azúcar ni mantequilla, bebía agua caliente en lugar de té y tomaba sopa en la cantina, un caldo que una vez el cochinillo se había negado a comer. No tenía con qué comprar leña. No tenía cosas para vender. Su miseria molestaba a los propietarios de la casa.

Una vez, por la noche, Aleksandra Vladímirovna oyó cómo Nina Matvéyevna decía a su marido: «He tenido que dar a la vieja un trozo de bizcocho; es desagradable comer delante de ella, se sienta y te mira con aspecto hambriento».

Por las noches Aleksandra Vladímirovna dormía mal. ¿Por qué no recibía noticias de Seriozha? Se acostaba sobre la cama de hierro donde antes dormía Liudmila y era como si su hija le hubiera transmitido sus aprensiones y sus pensamientos nocturnos.

¡Con qué facilidad destruía la muerte a los hombres! ¡Y qué duro era para los que permanecían entre los vivos! Pensaba en Vera. El padre del bebé o había muerto o la había olvidado. Stepán Fiódorovich estaba melancólico, le agobiaban las preocupaciones... Las pérdidas, el dolor, no habían acercado a Liudmila y Víktor.

Por la tarde Aleksandra decidió escribir a Zhenia: «Querida hijita mía...». Pero por la noche fue presa de la angustia: «Pobre chica, ¿en qué lío se habrá metido? ¿Qué le depara el futuro?».

Ania Shtrum, Sofia Levinton, Seriozha... Como en aquel pasaje de Chéjov: «Misius, ¿dónde estás?»[1].

Al lado, los propietarios del apartamento hablaban a media voz.

–Tendríamos que matar el pato para la fiesta de Octubre –dijo Semión Ivánovich.

–Pero ¿para qué he alimentado con patatas al pato, ¿para degollarlo? –preguntó Nina Matvéyevna–. Sabes, cuando la vieja se vaya me gustaría pintar el suelo; si no las tablas se pudren.

Hablaban siempre de objetos y comida; el mundo que habitaban estaba lleno de cosas. En aquel mundo no había espacio para los sentimientos humanos, sólo tablas, pintura, grano, billetes de treinta rublos. Eran personas trabajadoras y honradas; los vecinos decían que Nina y Semión nunca se apropiarían de una moneda que no les perteneciera. Pero por alguna razón eran insensibles a los heridos de guerra, los inválidos ciegos, los niños sin hogar que vagaban por las calles, la hambruna de 1921 en el Volga.

Eran el polo opuesto a Aleksandra Vladímirovna...

La indiferencia hacia la gente, hacia la causa común, hacia el sufrimiento ajeno era para ellos algo completamente natural. Ella, en cambio, era capaz de pensar y preocuparse por los demás; se alegraba y se enfurecía por cosas que no la afectaban directamente, ni a ella ni a su familia... La época de la colectivización general, el año 1937, el destino de las mujeres que habían ido a parar a los campos por sus maridos, el destino de los niños que acababan en internados y orfelinatos, las ejecuciones sumarias de prisioneros rusos por parte de los alemanes, las desgracias de la guerra, las adversidades: todo eso la atormentaba y desasosegaba tanto como los infortunios de su propia familia.

Y eso no se lo habían enseñado ni los bellísimos libros que leía, ni las tradiciones revolucionarias y populistas de

---

1. Frase final del cuento *Casa con desván*.

la familia en la que había sido educada, ni la vida ni sus amigos, o su marido. Simplemente era así, y no podía ser de otro modo. No tenía dinero, y aún le faltaban seis días para cobrar la paga. Estaba hambrienta, todas sus propiedades se podían envolver en un pañuelo de bolsillo. Pero nunca, ni siquiera cuando vivía en Kazán, había pensado en las cosas que se habían quemado en su piso de Stalingrado: los muebles, el piano, el servicio de té, las cucharas, los tenedores perdidos. Ni siquiera lamentaba los libros quemados.

Había algo extraño en el hecho de que ahora, lejos de sus familiares que la necesitaban, viviera bajo el mismo techo con personas cuya árida existencia les era completamente ajena.

Dos días después de la llegada de las cartas de sus parientes, Karímov fue a visitar a Aleksandra Vladímirovna.

Al verlo se alegró y le ofreció la infusión de escaramujo que tomaba en lugar de té.

—¿Hace mucho que no recibe cartas de Moscú? —preguntó Karímov.

—Anteayer recibí una.

—¿De verdad? —dijo Karímov, sonriendo—. Dígame, ¿cuánto tarda en llegar una carta desde Moscú?

—Mire el matasellos del sobre —sugirió Aleksandra Vladímirovna.

Karímov se puso a examinar el sobre y concluyó con aire preocupado:

—Ha llegado nueve días después.

Se quedó pensativo, como si la lentitud del correo tuviera un significado especial para él.

—Dicen que es por culpa de la censura —dijo Aleksandra Vladímirovna—. No da abasto con las montañas de cartas.

Él le miró la cara con sus bellísimos ojos oscuros. Luego preguntó:

—¿Les va bien todo por allí? ¿Ningún problema?

—Tiene mala cara —observó Aleksandra Vladímirovna—, un aspecto enfermizo.

Karímov, como si se defendiera de una acusación, objetó a toda prisa:

—¡Pero qué dice! ¡Todo lo contrario!

Hablaron un poco sobre los acontecimientos en el frente.

—Hasta para un niño está claro que se ha producido un giro decisivo en la guerra —dijo Karímov.

—Sí, sí —corroboró con una sonrisa Aleksandra Vladímirovna—. Ahora es evidente hasta para un niño, pero el verano pasado las mentes más lúcidas tenían claro que los alemanes ganarían la guerra.

—Debe de ser duro vivir sola, ¿no? —preguntó Karímov de improviso—. Ya veo que tiene que encenderse usted misma la estufa.

Ella dudó, frunció la frente, como si responder a la pregunta de Karímov fuera muy complicado, y no respondió enseguida.

—Ajmet Usmánovich, ¿ha venido a preguntarme si me resulta difícil encender la estufa?

Él sacudió varias veces la cabeza, después guardó silencio largo rato mientras se examinaba las manos que descansaban sobre la mesa.

—Hace pocos días me convocó quien usted ya sabe; me interrogaron sobre nuestros encuentros y sobre las conversaciones que mantuvimos en el pasado.

—¿Por qué no lo dijo desde un principio? —preguntó Aleksandra Vladímirovna—. ¿Por qué comenzó a hablarme de la estufa?

Captando su mirada, Karímov dijo:

—Naturalmente, no pude negar que hablamos sobre la guerra, sobre política. Habría sido ridículo sostener que cuatro adultos hablaban exclusivamente de cine. Por supuesto dije que de cualquier cosa que habláramos lo hacíamos como verdaderos patriotas soviéticos. Todos considerábamos que el pueblo, bajo la guía del Partido y del camarada Stalin, vencería. Pero han pasado algunos días y he comenzado a sentir cierta agitación; no duermo. Como si presintiera que le había pasado algo a Víktor Pávlovich. Y además está esa extraña historia con Madiárov:

partió para pasar diez días en Kúibishev en el Instituto Pedagógico. Sus estudiantes esperaban su llegada y él no apareció; el decano envió un telegrama pero no ha recibido respuesta. Por la noche, cuando uno está en la cama, piensa de todo...

Aleksandra Vladímirovna no decía nada.

–Pensándolo bien –dijo él en voz baja–, ¿vale la pena charlar alrededor de una taza de té para que luego empiecen a sospechar de ti y te convoquen?

Ella no decía nada. Karímov la observó con aire interrogativo, invitándola con la mirada a hablar; él había dicho todo lo que tenía que decir. Pero Aleksandra Vladímirovna continuaba callada, y Karímov notó que con su silencio le daba a entender que no se lo había contado todo.

–Así son las cosas –dijo.

Aleksandra Vladímirovna continuaba sin decir nada.

–Ah, sí, me olvidaba. El camarada también me preguntó: «¿Hablabais de la libertad de prensa?». Sí, claro, hablábamos. Luego me preguntaron de improviso: «¿Conoce a la hermana menor de Liudmila Nikoláyevna y a su ex marido, un tal Krímov?». Yo no los he visto nunca, y Víktor Pávlovich nunca me habló de ellos. Y eso mismo le respondí. Luego me plantearon otra pregunta: «¿Le ha hablado alguna vez Víktor Pávlovich de la situación de los judíos?». Yo les pregunté: «¿Y por qué precisamente conmigo?». Me respondieron: «Ya sabe, usted es tártaro, él es judío...».

Cuando, Karímov, con el abrigo y el gorro puestos, estaba ya en la puerta a punto de despedirse y tamborileaba sobre el buzón del que Liudmila Nikoláyevna había sacado una vez la carta que le comunicaba la herida mortal de su hijo, Aleksandra Vladímirovna dijo:

–Es extraño, ¿qué tiene que ver Zhenia con este asunto?

Evidentemente, ni Karímov ni ella podían saber por qué el chequista de Kazán se había interesado por Zhenia, que vivía en Kúibishev, y su ex marido, que estaba en el frente.

Aleksandra Vladímirovna inspiraba confianza a la gente y, por eso, a menudo escuchaba toda clase de relatos y confesiones. Estaba acostumbrada a la desagradable sensación de que su interlocutor no le contara siempre todo. No deseba advertir a Shtrum; sabía que no serviría de nada y que crearía preocupaciones inútiles. No tenía sentido tratar de adivinar quién de los presentes en las conversaciones se había ido de la lengua o bien había formulado la denuncia. Es difícil descubrir a esa clase de hombres. En situaciones así casi siempre resulta ser la persona que uno menos imaginaba. A menudo el caso despertaba la atención del MGB de la manera más inesperada: una alusión en una carta, una broma, unas palabras imprudentes en la cocina comunal en presencia de los vecinos. Pero ¿por qué el juez instructor había interrogado a Karímov sobre Zhenia y Nikolái Grigórievich?

Y de nuevo le costó conciliar el sueño. Tenía hambre. De la cocina le llegaba el olor a comida: la propietaria estaba friendo buñuelos de patata, oía el ruido de los platos de metal, la voz tranquila de Semión Ivánovich. ¡Dios mío, qué hambre tenía! ¡Qué asqueroso brebaje le habían dado de comer hoy en la cantina! Aleksandra Vladímirovna no se lo había acabado y ahora se arrepentía. La obsesión por la comida le embrollaba el resto de las ideas.

Al día siguiente, cuando llegó a la fábrica se encontró en la casilla de control con la secretaria del director, una mujer mayor, de rostro masculino y perverso.

–Pase a verme a la hora de la comida, camarada Sháposhnikova –dijo la secretaria.

Aleksandra Vladímirovna se sorprendió. ¿Era posible que el director hubiera respondido con tanta celeridad a su petición de traslado? No podía comprender por qué de repente sentía que se había quitado un peso de encima.

Mientras atravesaba el patio de la fábrica de pronto reflexionó y al instante dijo en voz alta:

–Ya estoy harta de Kazán, me vuelvo a casa, a Stalingrado.

Halb, el jefe de la policía militar, convocó en el cuartel general del 6.º Ejército al comandante del regimiento Lenard.

Lenard se retrasaba. Una nueva orden de Paulus prohibía el uso de gasolina para el transporte particular. Todo el carburante estaba bajo la supervisión del jefe del Estado Mayor del ejército, el general Schmidt, que preferiría diez veces antes verte morir que firmar la concesión de cinco litros de gasolina. No había gasolina suficiente para los automóviles de los oficiales, y mucho menos para los mecheros de los soldados.

Lenard había tenido que esperar hasta la tarde, cuando el coche del Estado Mayor llevaba a la ciudad el correo de la policía militar.

El pequeño vehículo circulaba despacio sobre el asfalto cubierto de hielo. Por encima de los refugios y las chozas de primera línea, se elevaban en el aire gélido, sin un soplo de viento, humos semitransparentes. A lo largo de la carretera, en dirección a la ciudad, marchaban los heridos con las cabezas cubiertas con pañuelos y toallas, así como soldados que el alto mando desplazaba de la ciudad a las fábricas, con las cabezas también vendadas y los pies envueltos en trapos.

El chófer detuvo el coche cerca del cadáver de un caballo echado sobre el arcén y empezó a hurgar en el motor mientras Lenard observaba a unos hombres con barba larga, inquietos, que cortaban a golpes de machete la carne congelada. Un soldado se había metido ya entre las costillas del caballo y parecía un carpintero maniobrando entre los cabrios de un techo en construcción. Al lado, en medio de las ruinas de una casa, ardía una hoguera y un perol negro reposaba sobre un trípode; a su alrededor había soldados con cascos, gorros, mantas, pañuelos, pertrechados con ametralladoras y granadas en los cinturones. El cocinero removía con una bayoneta el agua y los trozos de carne de caballo que salían a flote. Un soldado, sentado sobre el techo de un refugio, roía sin prisa un hueso que parecía una armónica increíble y gigantesca.

De improviso, el sol poniente iluminó el camino, la casa muerta. Las órbitas quemadas de las casas se llenaron de sangre helada; la nieve sucia del hollín de los combates, excavada por las garras de las minas, resplandeció como el oro; se iluminó también la caverna rojo oscuro de las entrañas del caballo muerto, y la ventisca de nieve en la carretera formó un torbellino de bronce.

La luz vespertina posee la propiedad de revelar la esencia de lo que está ocurriendo y de transformar las impresiones visuales en un cuadro, en historia, sentimiento, destino. Las manchas de barro y hollín, a la luz del sol poniente, hablaban con cientos de voces; con el corazón encogido uno comprendía la felicidad pasada, lo irreparable de las pérdidas, la amargura de los errores y el eterno encanto de la esperanza.

Era una escena de la era de las cavernas. Los granaderos, la gloria de la nación, los constructores de la gran Alemania, habían sido expulsados del camino de la victoria.

Mientras miraba a aquellos hombres envueltos en trapos, Lenard entendió, con su instinto poético, que al extinguirse el crepúsculo desaparecían también las ilusiones.

En las profundidades de la vida había una fuerza ciega y obtusa.

¿Cómo era posible que la deslumbrante energía de Hitler, aliada con el poder amenazante de un pueblo que había impulsado las filosofías más avanzadas, hubiera acabado allí, en las orillas silenciosas del Volga congelado, en las ruinas, en la nieve sucia, en las ventanas inundadas del crepúsculo sangriento, en la humildad de los seres que contemplaban las volutas de humo alzándose sobre un perol de carne de caballo...?

33

En el cuartel general de Paulus, situado en el sótano de unos grandes almacenes incendiados, todo se desarrollaba según el orden establecido: los jefes ocupaban sus despachos, los oficiales de guardia redactaban informes sobre cualquier cambio de situación y sobre las acciones llevadas a cabo por los enemigos.

Los teléfonos sonaban, las máquinas de escribir crepitaban y, detrás de la puerta de contrachapado, se oía la risa de bajo del general Schenk, el jefe de la segunda sección del Estado Mayor. Sobre las baldosas de piedra rechinaban las rápidas botas de los ayudantes de campo. Cuando pasaba el comandante de las unidades blindadas de camino a su despacho, haciendo brillar su monóculo, en el pasillo perduraba la estela del perfume francés, que se mezclaba a ratos con el olor a humedad, a tabaco y a betún negro. Cuando por los estrechos pasillos de las oficinas subterráneas pasaba el comandante enfundado en su largo capote con cuello de piel enmudecían de inmediato las voces y el tecleo de las máquinas, y decenas de ojos observaban su cara pensativa de nariz aguileña. Paulus continuaba con los mismos hábitos: empleaba el mismo tiempo después de las comidas para fumarse un cigarrillo y conversar con el jefe del Estado Mayor del ejército, el general Schmidt. Con la misma arrogancia plebeya, infringiendo las leyes y el reglamento, el suboficial radiotelegrafista pasaba por delante del coronel Adam, que bajaba los ojos, para irrumpir en el despacho de Paulus y extenderle un telegrama de Hitler con la nota: «Entregar en mano».

Pero esta continuidad sólo era aparente: en realidad, desde el día del cerco se habían producido numerosos cambios en la vida del Estado Mayor.

Estos cambios se percibían en el color del café que bebían, en las líneas de comunicación que se extendían hacia el oeste, hacia los nuevos sectores del frente; en las nuevas normas sobre el consumo de municiones, en el atroz espectáculo cotidiano de los aviones de carga Junkers que caían desintegrados cuando trataban de forzar el bloqueo aéreo. Un nuevo nombre, que eclipsaba a todos los demás, estaba en boca de todo el mundo: Manstein.

No tiene sentido enumerar todos estos cambios; son bastante obvios. Los que antes comían hasta la saciedad, ahora estaban constantemente hambrientos; las caras de los famélicos se habían vuelto de un color terroso. Los oficiales del Estado Mayor alemán habían cambiado también interiormente: los orgullosos y arrogantes se apaciguaron, los fanfarrones dejaron de jactarse, los optimistas empezaron a criticar al propio Führer y a dudar de la justicia de su política.

Cambios particulares tomaban forma en la mente y los corazones de los alemanes, hasta entonces embrujados y fascinados por el poder inhumano del Estado nacional. Esos cambios tenían lugar en el subsuelo de la vida humana y por ese motivo los soldados ni siquiera se daban cuenta.

Era difícil advertir ese proceso, del mismo modo que es difícil percibir el trabajo del tiempo. Los tormentos del hambre, los miedos nocturnos, la sensación de la desgracia que se avecinaba comenzaron a liberar, lenta y gradualmente, la libertad en los hombres; éstos se humanizaban y en ellos triunfaba la vida sobre la negación de la vida.

Los días de diciembre se acortaban, y las gélidas noches de diecisiete horas eran cada vez más largas. Cada vez se estrechaba más el cerco, cada vez se volvía más cruel el fuego de los cañones y de las ametralladoras soviéticas... Ay, qué implacable era el frío de las estepas rusas, insoportable incluso para los rusos, a pesar de las pellizas, las botas de fieltro y la costumbre.

Sobre sus cabezas se abría un terrible abismo helado que respiraba una cólera indómita: un cielo duro y gélido, como escarcha de estaño, salpicado de estrellas heladas y secas.

¿Quién, entre los moribundos y condenados a muerte, podía intuir que, para decenas de millones de alemanes, aquéllas eran las primeras horas del regreso a una vida humana después de una década de inhumanidad total?

Lenard se acercó al cuartel general del 6.º Ejército y entrevió, a la luz del crepúsculo, la cara gris del centinela que estaba allí apostado, solitario, y el corazón le palpitó con fuerza. Mientras caminaba a lo largo del pasillo subterráneo del cuartel general todo lo que vio le colmó de amor y tristeza.

Leía en las puertas las placas escritas con caracteres góticos: «2.ª sección», «Ayudantes de campo», «General Koch», «Mayor Traurig»; oía el tecleo de las máquinas de escribir, le llegaba el sonido de las voces. Sintió el vínculo filial, fraternal, con sus compañeros de armas, sus camaradas de Partido, sus colegas de las SS. Los había visto a la luz del ocaso: era la vida que se desvanecía.

Mientras se acercaba al despacho de Halb, no sabía cuál sería el tema de la conversación, ni si el *Obersturmbannführer* de las SS compartiría con él sus inquietudes.

Como a menudo sucede entre personas que se conocen bien por el trabajo desempeñado en el seno del Partido en tiempo de paz, no daban importancia a la diferencia de rangos militares, y se relacionaban con la sencillez de unos camaradas. En sus encuentros con frecuencia se mezclaba la charla despreocupada con la discusión de asuntos serios.

Lenard tenía el don de alumbrar la esencia de un asunto complejo con pocas palabras, las cuales a menudo realizaban un largo viaje a través de diferentes informes hasta llegar a los más altos despachos de Berlín.

Lenard entró en la habitación de Halb pero no le reconoció. Después de contemplar su cara llena, en absoluto demacrada, Lenard tardó un rato en darse cuenta de que lo único que había cambiado en Halb era la expresión de sus ojos oscuros e inteligentes.

En la pared colgaba un mapa de Stalingrado, donde un implacable círculo rojo intenso sitiaba al 6.º Ejército.

–Estamos en una isla –dijo Halb–, y nuestra isla no está rodeada de agua, sino del odio de unos brutos.

Charlaron del frío ruso, de las botas de fieltro rusas, del tocino ruso y de la perfidia del vodka ruso que primero te calentaba y luego te congelaba.

Halb preguntó qué cambios se habían producido en las relaciones entre los oficiales y los soldados de primera línea.

–Ahora que lo pienso –dijo Lenard–, no veo ninguna diferencia entre los pensamientos del coronel y la filosofía de los soldados. En general se oye siempre la misma cantinela: nadie es optimista.

–La misma canción entonan en el Estado Mayor –reconoció Halb; y sin apresurarse, para que el efecto de sus palabras fuera mayor, añadió–: Y el solista del coro es el comandante en jefe.

–Cantan, pero al igual que antes no hay desertores.

–Tengo una pregunta para usted en relación con una cuestión importante –dijo Halb–. Hitler insiste en que el 6.º Ejército se mantenga firme, mientras que Paulus, Weichs y Zeitzler están a favor de la capitulación a fin de salvar las vidas de los soldados y los oficiales. Tengo órdenes de llevar a cabo un discreto sondeo acerca de la posibilidad de que nuestras tropas sitiadas en Stalingrado acaben por amotinarse. Los rusos lo llaman «dar largas» –y pronunció la expresión rusa con naturaleza y un acento perfecto.

Lenard, consciente de la gravedad del asunto, guardó silencio. Después dijo:

–Quisiera comenzar contándole una historia. En el regimiento del teniente Bach había un soldado confuso. Era el hazmerreír de los más jóvenes, pero desde que empezó el cerco todos se han acercado a él y le miran como a un guía... Me puse a meditar sobre el regimiento y su comandante. Cuando las cosas iban bien, Bach aprobaba incondicionalmente la política del Partido. Pero ahora sospecho que en su cabeza está pasando algo; ha empezado a dudar. Y me he estado preguntando por qué los soldados de su regimiento han comenzado a sentirse atraídos por un tipo que hasta hace poco les provocaba risa, que parecía el cruce entre un payaso y un loco. ¿Cómo se comportará este individuo en el momento crucial? ¿Dónde conducirá a los soldados? ¿Qué ocurrirá con el comandante? –y concluyó–: Es difícil dar una respuesta. Pero hay algo que sí puedo decirle: los soldados no se sublevarán.

–Ahora vemos la sabiduría del Partido con mayor claridad que nunca –observó Halb–. Sin vacilar hemos extirpado del cuerpo del pueblo no sólo las partes infectadas, sino también aquellas en apariencia sanas pero susceptibles de pudrirse en circunstancias difíciles. Hemos purgado las ciudades, los ejércitos, los campos y la Iglesia de espíritus rebeldes e ideólogos hostiles. Habrá charlatanería, injurias, cartas anónimas, pero nunca una rebelión, ¡incluso si el enemigo logra cercarnos no ya en el Volga, sino en Berlín! Todos debemos estar agradecidos a Hitler por esto. Habría que bendecir el cielo por habernos enviado a este hombre en un momento así.

Se detuvo un instante para escuchar el rumor sordo y lento que resonaba encima de sus cabezas; en aquel profundo sótano era imposible distinguir si se trataba de artillería alemana o de la explosión de bombas soviéticas.

Después de que el estruendo se apaciguara, dijo:

–Es increíble que pueda vivir con las raciones reglamentarias de los oficiales. He añadido su nombre a la lista donde están apuntados los amigos más valorados del Partido y los oficiales de seguridad. Recibirá regularmente paquetes enviados por correo al puesto de mando de su división.

–Gracias –respondió Lenard–, pero no lo necesito. Comeré lo mismo que los demás.

Halb alargó los brazos en un gesto de sorpresa.

–¿Qué hay de Manstein? He oído que ha recibido nuevas armas.

–No creo en Manstein –respondió Halb–. En este tema estoy de acuerdo con nuestro comandante.

Y con la voz susurrante de un hombre que durante años se ha acostumbrado a manejar información confidencial, dijo:

–Tengo otra lista en mi poder con los nombres de los amigos del Partido y los oficiales de seguridad que, en el momento del desenlace, tendrán garantizada su plaza en los aviones. Usted figura en la lista. En el caso de que yo esté ausente, el coronel Osten tendrá mis instrucciones.

Al darse cuenta de la mirada interrogativa de Lenard, explicó:

–Tal vez tenga que volar a Alemania. Se trata de un asunto secreto que no se puede confiar en un documento o en un mensaje cifrado por radio –guiñó un ojo y añadió–: Me emborracharé antes de volar, y no de alegría, sino de miedo. Los soviéticos abaten muchos aviones.

–Camarada Halb –dijo Lenard–, yo no me subiré al avión. Me sentiría avergonzado si abandonara a los hombres a quienes he convencido para que luchen hasta el final.

Halb se revolvió ligeramente en su silla.

–No tengo derecho a disuadirle.

Lenard, deseando disipar la atmósfera solemne, le pidió:

–Si es posible, ayúdeme a regresar al puesto de mando de mi regimiento. No tengo coche.

–¡Imposible! –exclamó Halb–. No hay nada que hacer. Toda la gasolina la tiene el perro de Schmidt. No puedo conseguir ni una gota, ¿comprende? ¡Por primera vez!

Y a su rostro asomó de nuevo aquella expresión de impotencia, ajena a él pero que tal vez le era más propia, y que en un primer momento le había vuelto irreconocible a los ojos de Lenard.

35

Por la noche la atmósfera se atemperó y una nevada cubrió el hollín y la suciedad de la guerra. Bach estaba haciendo la ronda por las fortificaciones de primera línea, en la oscuridad. La leve blancura navideña centelleaba al resplandor de los disparos, y la nieve se tornaba, bajo los cohetes de señales, ora de color rosado, ora de un suave verde fosforescente.

A la luz de las explosiones las crestas de piedra, las cuevas, las olas petrificadas de ladrillos, los cientos de senderos de liebres trazados de nuevo allí donde los hombres tenían que comer, ir a la letrina, buscar minas y cartuchos, arrastrar hasta la retaguardia a los heridos, enterrar a los cadáveres, parecían asombrosos, singulares, y al mismo tiempo absolutamente corrientes, habituales.

Bach se acercó a un lugar que se encontraba bajo el fuego de los rusos, atrincherados en las ruinas de una casa de tres pisos de donde procedía el sonido de una armónica y el canto monótono del enemigo.

A través de una brecha en el muro se veía la primera línea soviética, los talleres de la fábrica y el Volga helado.

Bach llamó al centinela, pero su respuesta quedó ahogada por una explosión repentina y el tamborileo de terrones helados contra el muro de la casa. Era un U-2 que planeaba a baja altura, con el motor apagado, después de lanzar una bomba.

–Otro cuervo ruso cojo –dijo el centinela, y señaló al oscuro cielo invernal.

Bach se sentó, apoyó el codo en el saliente de una piedra y miró alrededor. Una ligera sombra rosada temblaba sobre lo alto del muro: los rusos habían encendido la estufa, el tubo se había calentado al rojo vivo y emanaba una luz tenue. Parecía que en el refugio ruso no hicieran más que comer, comer, comer, y sorber ruidosamente café caliente.

Más a la derecha, donde las trincheras rusas y alemanas estaban más cerca entre sí, se oían golpes ligeros, lentos, metálicos, contra la tierra helada.

Sin salir a la superficie, despacio pero sin pausa, los rusos hacían avanzar sus trincheras en dirección a los alemanes. Aquel movimiento a través de la tierra helada, dura como una roca, encerraba una pasión ciega y potente. Era como si la misma tierra avanzara.

Por la tarde un suboficial comunicó a Bach que desde la trinchera rusa habían lanzado una granada que había hecho pedazos el tubo de la estufa de la compañía y había esparcido por su trinchera toda clase de porquería.

936

Más tarde un soldado ruso, con una pelliza blanca y un gorro nuevo de piel, saltó fuera de la trinchera, gritando palabras obscenas y amenazando con el puño.

Al darse cuenta de que se trataba de un acto espontáneo, los alemanes no abrieron fuego.

–¡Eh!, gallina, huevos, ¿un gluglú ruso? –gritó el soldado.

Luego salió de la trinchera un alemán vestido de azul que, con voz contenida para que no le oyeran los oficiales en el refugio, había dicho:

–Eh, ruso, no me dispares a la cabeza, tengo que volver a ver a mamá. Coge el subfusil, dame el gorro.

Desde la trinchera rusa habían respondido con una sola palabra, breve y contundente. Aunque la palabra era rusa, los alemanes la comprendieron y se enfurecieron.

Voló una granada que sobrepasó la trinchera y explotó en el ramal de comunicación. Pero aquello ya no le interesaba a nadie.

El suboficial Eisenaug informó de ese incidente a Bach, que concluyó:

–Deje que griten si eso es lo que quieren. Siempre y cuando no haya deserciones...

El suboficial Eisenaug, cuyo aliento apestaba a remolacha cruda, informó además de que el soldado Petenkoffer se las había ingeniado para organizar un intercambio de mercancías con el enemigo: en su macuto habían aparecido terrones de azúcar y pan ruso. Le había prometido a un amigo que cambiaría su navaja de afeitar por un trozo de tocino y dos paquetes de alforfón, y que se quedaría como comisión ciento cincuenta gramos de tocino.

–Muy sencillo –replicó Bach–. Tráigamelo.

Pero resultó que Petenkoffer había muerto como un héroe esa misma mañana, mientras llevaba a cabo una misión.

–Entonces, ¿qué quiere que haga? –preguntó Bach–. De todas maneras, los alemanes y los rusos hace tiempo que comercian.

Eisenaug, sin embargo, no estaba para bromas. Había llegado dos meses antes a Stalingrado en avión con una herida que no acababa de cicatrizarle, sufrida en mayo de 1940 en Francia. Al parecer, prestaba servicio en un batallón de policía en el sur de Alemania. Hambriento, entumecido de frío, devorado por los piojos y el miedo, había perdido el sentido del humor.

Y precisamente allí, donde apenas podían discernir los muros de piedra de los edificios de la ciudad, Bach había iniciado su vida en Stalingrado. Bajo el cielo negro de septiembre cuajado de estrellas enormes, las aguas turbias del Volga, los muros de las casas ardiendo después del incendio y, más lejos, las estepas del sureste de Rusia, la frontera del desierto asiático.

Las casas del oeste de la ciudad estaban sumidas en la oscuridad; sólo sobresalían ruinas cubiertas de nieve: allí estaba su vida...

¿Por qué había escrito desde el hospital aquella carta a su madre? ¡Lo más probable es que se la hubiera enseñado a Hubert! ¿Por qué había mantenido esa conversación con Lenard?

¿Por qué la gente tiene memoria? A veces uno quisiera morir, dejar de recordar. ¿Cómo había podido tomar un momento de ebria locura por la verdad profunda de su vida y hacer lo que nunca había hecho durante largos y difíciles años?

No había matado a niños, nunca en su vida había arrestado a nadie. Pero ahora se había roto el frágil dique que separaba la pureza de su alma de las tinieblas que borboteaban a su alrededor.

Y la sangre de los campos y los guetos había manado a raudales hacia él, le había arrastrado, había eliminado el límite que marcaba las tinieblas: ahora él formaba parte de las tinieblas.

¿Qué le había pasado? ¿Era locura, casualidad o las leyes más profundas de su alma?

36

Hacía calor en el refugio de la compañía. Algunos soldados estaban sentados, otros tumbados con las piernas estiradas hacia el techo bajo; otros dormían tapándose la cabeza con abrigos y dejando al descubierto las plantas amarillentas de los pies.

–¿Os acordáis? –preguntó un soldado demacrado, al tiempo que se estiraba la camisa sobre el pecho y examinaba las costuras con esa mirada atenta y hostil que tienen todos los soldados del mundo cuando examinan las costuras de sus camisas y su ropa interior–. ¿Os acordáis del sótano donde estábamos acuartelados en septiembre?

Otro, que yacía boca arriba, dijo:

–Yo ya os encontré aquí.

–Era un sótano espléndido –confirmaron varias voces–. Puedes creernos... Había camas, como en las mejores casas...

–Algunos tipos habían comenzado a desesperarse cuando estábamos cerca de Moscú. Y de repente nos encontramos en el Volga.

Un soldado partió una tabla con la bayoneta y abrió la puerta de la estufa para alimentar el fuego con unos trozos de madera. La llama iluminó su gran cara sin afeitar, que de gris piedra se volvió cobre rojizo.

–Podemos estar contentos –dijo–. Salimos de un agujero en Moscú para ir a parar a otro todavía más maloliente.

De un oscuro rincón donde se hacinaban los macutos salió una voz vivaracha:

–Ahora está claro. ¡El mejor plato de Navidad es la carne de caballo!

La conversación giró en torno a la comida y todos se animaron. Discutieron largo y tendido sobre la mejor manera de eliminar el olor de sudor de la carne de caballo hervida. Unos sostenían que había que quitar la espuma negra del caldo. Otros recomendaban no llevar el caldo a rápida ebullición; otros sugerían que había que cortar la carne de los cuartos traseros y no poner los trozos de carne helada en agua fría sino directamente en agua hirviendo.

–Los que viven bien son los exploradores –comentó un joven soldado–: se hacen con las provisiones de los rusos y con ellas abastecen a sus mujeres en los sótanos. Y luego algún idiota todavía se sorprende de que los exploradores encuentren siempre las mujeres más jóvenes y bellas.

–Mira, eso es algo en lo que no pienso –dijo el que alimentaba la estufa–, no sé si se trata del estado de ánimo o de la comida. Pero lo que me gustaría es ver a mis hijos antes de morir. ¡Aunque sólo fuera una hora...!

–¡Los que sí piensan en eso son los oficiales! En un sótano habitado por civiles encontré al comandante de la compañía. Allí está como en su casa, casi como uno más de la familia.

–Y tú, ¿qué hacías en el sótano?

–Llevaba mi ropa a lavar.

–Durante un tiempo fui vigilante en un campo. Vi a prisioneros de guerra recogiendo mondas de patatas, peleándose por hojas de col podridas. Pensaba: «En realidad, no son seres humanos, son animales». Al parecer, nosotros también nos hemos convertido en animales.

De improviso la puerta se abrió de par en par, y junto a un torbellino de vapor frío irrumpió una voz profunda y sonora:

–¡En pie! ¡Firmes!

Estas palabras de mando resonaban, como siempre, tranquilas y lentas; palabras que, de alguna manera, se referían a la amargura, los sufrimientos, la nostalgia, a los pensamientos funestos... ¡Firmes!

De la penumbra emergió el rostro de Bach, mientras se oía un crujido insólito de botas, y los habitantes del refugio distinguieron el capote azul claro del comandante de la división, sus ojos miopes entornados, su mano blanca, senil, con una alianza de oro, que estaba secando con una gamuza el monóculo.

Una voz, acostumbrada a llegar sin esfuerzo hasta la plaza de armas, hasta los comandantes de los regimientos e incluso hasta los soldados que estaban en las últimas filas, pronunció:

—Buenos días. ¡Descansen!

Los soldados respondieron desordenadamente.

El general se sentó sobre una caja, y la luz amarilla de la estufa hizo destellar la cruz de hierro negro sobre su pecho.

—Les deseo una feliz Nochebuena —dijo.

Los soldados que le acompañaban arrastraron hacia la estufa una caja y, tras levantar la tapa a golpes de bayoneta, comenzaron a sacar árboles navideños del tamaño de la palma de una mano envueltos en celofán. Cada pequeño abeto estaba adornado con hilos dorados, cuentas de vidrio y caramelos.

El general observaba cómo los soldados abrían el envoltorio de celofán, hizo una seña al teniente para que se acercara y le susurró algunas palabras incomprensibles; luego Bach anunció en voz alta:

—El general me ha ordenado que les comunique que este regalo navideño enviado desde Alemania ha sido traído por un piloto que resultó mortalmente herido mientras sobrevolaba Stalingrado. Cuando le sacaron de la cabina después del aterrizaje ya estaba muerto.

37

Los hombres sostenían en la palma de la mano los pequeños abetos, que en aquel ambiente sofocante se habían cubierto de un ligero vapor, y enseguida el subterráneo se impregnó de una fragancia a pino que solapaba el pesado olor de morgue y herrería, típico de la primera línea. Daba la impresión de que el aroma a Navidad procediera de la cabeza canosa del viejo que estaba sentado al lado de la estufa.

El corazón sensible de Bach percibió toda la tristeza y el encanto de aquel instante. Los soldados que desafiaban a la artillería pesada rusa, endurecidos, sanguinarios, extenuados por el hambre y los piojos, abrumados por la escasez de municiones, comprendieron sin decir nada que no eran vendas, pan o cartuchos lo que necesitaban, sino aquellas ramas de abeto envueltas con inútiles cintas brillantes, aquellos juguetes para huérfanos.

Los soldados hicieron un círculo alrededor del viejo sentado sobre la caja. Era él quien en verano había guiado a la división de infantería motorizada hasta el Volga. Durante toda su vida, bajo cualquier circunstancia, había sido actor. No sólo representaba un papel delante de las tropas y en las conversaciones con el comandante del ejército. Era actor también en casa, con su mujer, cuando paseaba por el jardín, con la nuera y el nieto. Era un actor cuando por la noche, solo, yacía en la cama y allí al lado, en el sillón, descansaban sus pantalones de general. Y, por supuesto, era actor delante de los soldados, cuando les preguntaba sobre sus madres, cuando fruncía el ceño, cuando bromeaba de manera grosera sobre los pasatiempos amorosos de los soldados, cuando se interesaba por el contenido de sus escudillas y degustaba la sopa con exagerada gravedad, y cuando inclinaba la cabeza con expresión austera ante las tumbas abiertas de los soldados o pronunciaba palabras excesivamente amables y paternales ante una hilera de reclutas.

Esa teatralidad no procedía del exterior, sino de dentro; estaba disuelta en sus pensamientos, en lo más recóndito de su ser. Él no era consciente, pero era impensable separar de él aquella ficción, como no se puede separar la sal del agua marina. Esa comedia acababa de penetrar con él en el refugio de la compañía, en el modo que tenía de de-sabrocharse el abrigo, de sentarse en la caja ante la estufa, en aquella mirada triste a la par que tranquila que había lanzado a los soldados para felicitarles. El viejo nunca se había dado cuenta de que interpretaba un personaje, pero de repente lo comprendió: la teatralidad le abandonó, huyó de su ser, como la sal del agua helada. Le invadió la ternura, la piedad hacia aquellos hombres hambrientos y torturados. Un hombre anciano, impotente y débil, estaba sentado entre impotentes e infelices.

Uno de los soldados entonó en voz queda una canción:

O Tannenbaum, o Tannenbaum,
wie grün sind deine Blätter...[1]

Dos o tres voces se unieron a él. El olor a resina daba vértigo; las palabras de la canción infantil resonaban como las trompetas divinas:

O Tannenbaum, o Tannenbaum...

Y como desde el fondo del mar, de las frías tinieblas emergieron a la superficie sentimientos olvidados, abandonados; se liberaron pensamientos largo tiempo aparcados... Éstos no aportaban ni felicidad ni ligereza, pero su fuerza era la fuerza humana, la fuerza más grande del mundo.

Una después de otra retumbaron las explosiones sordas de los cañones soviéticos de grueso calibre. Los ivanes estaban descontentos, tal vez habían intuido que los *fritzes* estaban celebrando la Navidad. Nadie prestaba atención a los cascotes que caían del techo ni a la estufa que expulsaba una nube de chispas rojas.

El redoble de los tambores de hierro martilleaba la tierra y la tierra gritaba. Los ivanes estaban jugando con sus queridos lanzacohetes. Y enseguida comenzaron a rechinar las ametralladoras pesadas.

El viejo estaba sentado con la cabeza inclinada: tenía la postura que suelen adoptar las personas fatigadas por una larga vida. Se apagaban las luces de la escena y los hombres sin maquillaje aparecían bajo la luz gris del día. Ahora todos parecían iguales: el legendario general, el jefe de las operaciones relámpago con blindados, el insignificante suboficial y el soldado Schmidt, sospechoso de concebir ideas subversivas contra el Estado... Bach pensó de repente en Lenard. Un hombre como él no sucumbiría a la be-

1. «Oh, abeto, oh, abeto, qué verdes son tus agujas...»

lleza de ese momento; en él no podría darse la transformación de alemán consagrado únicamente al Estado a simple ser humano.

Volvió la cabeza hacia la puerta y vio a Lenard.

38

Stumpfe, el mejor soldado de la compañía, que en cierto tiempo atraía las miradas tímidas y entusiastas de los reclutas, estaba irreconocible. Su enorme cara de ojos claros había adelgazado. El uniforme y el capote habían quedado reducidos a unos viejos harapos arrugados que apenas le protegían el cuerpo del viento y el frío rusos. Había dejado de hablar de manera inteligente y sus bromas ya no divertían.

Sufría por el hambre más que los otros; dada su enorme estatura necesitaba una gran cantidad de comida.

Esa hambre constante le obligaba a partir cada mañana en busca de un botín; cavaba, hurgaba entre las ruinas, mendigaba, recogía migajas y siempre estaba al acecho cerca de la cocina. Bach se había acostumbrado a ver su cara atenta, tensa. Stumpfe pensaba sin interrupción en la comida; la buscaba no sólo durante el tiempo libre, sino también en combate.

Cuando se dirigía al sótano, Bach descubrió la espalda grande y los hombros anchos del soldado siempre hambriento. Estaba inspeccionando un terreno abandonado donde antes del cerco estaban las cocinas y el almacén de víveres del regimiento. Encontraba hojas de col, descubría patatas heladas, minúsculas, del tamaño de una bellota, que en su momento, por sus míseras dimensiones, no habían acabado en la olla. De detrás de un muro de piedra salió una vieja alta con un abrigo de hombre hecho jirones, un cordel a guisa de cinturón y unos zapatos también de hombre, sin tacones. Caminaba al encuentro del soldado, mirando fijamente el suelo; removía la nieve con un gancho hecho de alambre grueso.

Se vieron sin levantar la cabeza, porque sus sombras chocaron en la nieve.

El gigantesco alemán levantó la mirada hacia la vieja y, sosteniendo con confianza una hoja de col agujereada y dura como una piedra, dijo despacio, con solemnidad:

–Buenos días, señora.

La vieja se apartó con calma el pañuelo que le caía sobre la frente, le observó con unos ojos oscuros llenos de bondad e inteligencia, y respondió despacio, majestuosamente:

–Buenos días, señor.

Era un encuentro al más alto nivel de los representantes de dos grandes pueblos. Nadie, excepto Bach, fue testigo de ese encuentro; el soldado y la vieja lo olvidaron al instante.

A medida que el tiempo se suavizaba, grandes copos de nieve caían sobre la tierra, sobre el polvo rojo de los ladrillos, sobre los brazos de las cruces sepulcrales, sobre las frentes de los tanques muertos, sobre las orejas de los cadáveres todavía sin enterrar.

La niebla nevosa y cálida parecía de un color gris azulado. La nieve llenó el espacio aéreo, calmó el viento, apagó el fuego y confundió el cielo y la tierra en una unidad ondulante, difusa, suave, gris.

La nieve se posaba sobre los hombros de Bach y parecía que fueran copos de silencio los que caían sobre el Volga tranquilo, sobre la ciudad muerta, sobre los esqueletos de los caballos; la nieve caía por doquier, no sólo sobre la Tierra, sino también sobre las estrellas; todo el universo estaba lleno de nieve. Todo desaparecía bajo la nieve: los cuerpos de los muertos, las armas, los trapos purulentos, los cascajos, el hierro retorcido.

No era la nieve, sino el tiempo mismo el que era suave, blanco, el que se posaba y se amontonaba sobre la masacre humana de la ciudad, y el presente se convertía en pasado, y el futuro desaparecía en aquel lento remolino de copos afelpados.

39

Bach yacía sobre el catre detrás de una cortina de percal que aislaba el estrecho trastero del sótano. Sobre su hombro descansaba la cabeza de una mujer dormida. Su rostro, a causa de la delgadez, parecía al mismo tiempo infantil y marchito. Bach miraba el cuello delgado y el pecho que se intuía bajo la camisa gris y sucia. Despacio, sin hacer ruido para no despertarla, Bach se llevó a los labios su trenza despeinada. Sus cabellos estaban perfumados, eran vivos, elásticos, como si por ellos corriera la sangre.

La mujer abrió los ojos. Era una mujer práctica, a veces despreocupada, dulce, astuta, paciente, parsimoniosa, dócil e irascible. Por momentos parecía estúpida, deprimida, taciturna; en otros canturreaba, y a través de las palabras rusas, se filtraban las arias de *Carmen* o *Fausto*.

A él no le interesaba quién había sido ella antes de la guerra. Iba a verla cuando tenía ganas y si no deseaba acostarse con ella, no recordaba siquiera su existencia, no se preocupaba de si tenía suficiente comida o de si había sido abatida por un francotirador ruso.

Una vez sacó del bolsillo una galleta que por casualidad llevaba encima; ella se puso contenta y luego se la regaló a la vieja que vivía al lado. Aquel gesto le había conmovido, pero casi siempre que iba a verla se olvidaba de llevarle algo de comer.

Tenía un nombre extraño, que no se parecía a los nombres europeos: Zina.

Antes de la guerra, Zina no conocía a la anciana que ahora vivía a su lado. Era una vieja desagradable, lisonjera y mala, increíblemente falsa, que estaba poseída por un frenesí obsesivo por la comida. En aquel momento, sirviéndose de una maja primitiva de un mortero de madera, estaba moliendo metódicamente unos granos de trigo que olían a petróleo.

Antes del cerco, los soldados alemanes hacían caso omiso de los civiles rusos; ahora, en cambio, penetraban en los sótanos habitados por la población y hacían que las mujeres viejas les ayudaran con toda clase de tareas: la colada sin jabón, hecha con cenizas, platos cocinados con desperdicios, zurcidos y reparaciones. Las personas más importantes de los sótanos eran las viejas, pero los soldados no iban sólo para verlas a ellas.

Bach siempre había pensado que nadie estaba al corriente de sus visitas al sótano. Pero un día, mientras estaba sentado en el catre de Zina y le tenía cogidas las manos, detrás de la cortina oyó hablar alemán y una voz familiar que decía:

—No vaya detrás de la cortina. Está la *Fräulein* del teniente.

Ahora estaban tumbados uno al lado del otro y guardaban silencio. Toda su vida, sus amigos, sus libros, su historia de amor con Maria, su infancia, todo lo que le vinculaba a la ciudad donde había nacido, a su escuela, a la universidad, al estruendo de la campaña rusa: nada tenía ya importancia... Todo aquello no era más que el camino para llegar a aquel catre fabricado con una puerta medio chamuscada...

De repente fue presa del pánico ante la idea de que podía perder a aquella mujer que había encontrado, hacia la cual había ido: todo lo que había pasado en Alemania y en Europa había servido para encontrarla... No lo había entendido enseguida: al principio la olvidaba, le gustaba precisamente porque nada serio le ligaba a ella. Pero ahora no existía nada en el mundo que no fuera ella, todo lo demás estaba enterrado bajo la nieve. Tenía una cara encantadora, las ventanas de la nariz ligeramente dilatadas, los ojos extraños y aquella expresión indefensa, infantil y al mismo tiempo fatigada que le hacía enloquecer. En octubre había ido a visitarle al hospital militar, había recorrido el trayecto a pie, pero él no había querido salir a verla.

Zina se daba cuenta de que no estaba borracho. Se había puesto de rodillas, le besaba las manos y había comenzado a besarle los pies; después levantó la cabeza, apoyó la frente y la mejilla contra las rodillas de la mujer, hablando deprisa, apasionadamente; ella no le entendía y él sabía que ella no le entendía: sólo conocía la terrible lengua que hablaban los soldados en Stalingrado.

Sabía que el movimiento que le había llevado hasta esa mujer ahora iba a arrancarle de ella, a separarlos para siempre. De rodillas, le abrazaba las piernas y la miraba a los ojos, y ella escuchaba sus palabras veloces; quería entender, adivinar qué decía, qué le estaba pasando.

Nunca antes había visto a un alemán con una expresión así en la cara; pensaba que sólo los rusos podían tener unos ojos tan sufrientes, tan implorantes, tan tiernos y locos.

Le estaba diciendo que en aquel sótano, mientras le besaba los pies, había entendido por primera vez qué era el amor, y no con las palabras de otros, sino con la sangre del corazón. La amaba más que a su pasado, más que a su madre, más que a Alemania, a su futura vida con Maria... Se había enamorado. Los muros levantados por los Estados, la furia racista, la cortina de fuego de la artillería pesada no significaban nada, eran impotentes ante la fuerza del amor... Daba gracias al destino porque, a las puertas de la muerte, le había permitido comprenderlo.

La mujer no comprendía sus palabras, sólo conocía algunos vocablos: «*Halt, komm, bring, schneller*»[1]. Sólo había oído decir a los alemanes: «Acuéstate, *kaputt*, azúcar, pan, piérdete».

Pero adivinaba lo que le sucedía, veía su turbación. La amante hambrienta, frívola, del oficial alemán comprendía con ternura indulgente su debilidad. Comprendía que el destino iba a separarlos, y ella era la más tranquila. Ahora, al ver su desesperación, sintió que el vínculo con aquel hombre se estaba transformando en algo que la sorprendía por su fuerza y su profundidad.

Con aire pensativo acariciaba el cabello de Bach, y en su cabecita astuta surgía el temor de que aquella fuerza indeterminada se apoderara de ella, le hiciera perder la ca-

---

1. «Alto, ven, trae, más rápido.»

beza, la llevara a la ruina... Y el corazón le palpitaba; le palpitaba desbocado y no quería escuchar la voz astuta que la advertía, que la ponía en guardia.

40

Yevguenia Nikoláyevna había hecho nuevos conocidos: la gente que hacía cola en la Lubianka. Le preguntaban: «¿Qué tal? ¿Tiene noticias?». Ahora ya tenía experiencia y no se limitaba a escuchar consejos, sino que ella misma decía: «No se preocupe. Tal vez esté en el hospital. Allí se está bien, todos sueñan con dejar sus celdas para ir al hospital».

Se había enterado de que Krímov se encontraba en la prisión interna de la Lubianka. No había logrado que le aceptaran ningún paquete, pero no perdía la esperanza; en Kuznetski a veces pasaba que, después de rechazar una o dos veces un paquete, de pronto ellos mismos proponían: «Venga, entregue el paquete».

Había estado en el apartamento de Krímov, y la vecina le había contado que unos dos meses antes dos militares, en compañía del administrador de la casa, abrieron la habitación de Krímov y se llevaron un montón de libros y papeles; antes de irse, precintaron la puerta. Zhenia miraba el sello de lacre con algunos hilos de cuerda; la vecina, que estaba a su lado, le decía:

—Sólo una cosa, por el amor de Dios: yo no le he contado nada.

Mientras acompañaba a Zhenia a la puerta, la vecina, haciendo acopio de valor, le susurró:

—Era un hombre tan bueno, había partido como voluntario a la guerra.

Zhenia no había escrito a Nóvikov desde Moscú. ¡Qué confusión reinaba en su alma! Compasión, amor, arrepentimiento, felicidad por la victoria en el frente, preocupación por Nóvikov, vergüenza respecto a él y miedo de perderle para siempre, un sentimiento triste de injusticia...

No hacía mucho ella vivía en Kúibishev y se disponía a encontrarse con Nóvikov en el frente: el vínculo con él le parecía inevitable, ineludible, como el destino. Le asustaba la idea de estar ligada a él para siempre y de haber roto definitivamente con Krímov. A veces Nóvikov le parecía un extraño. Sus inquietudes, sus esperanzas, su círculo de amistades le resultaban del todo extraños. Le parecía absurdo tener que servir el té en su mesa, recibir a sus amigos, conversar con las mujeres de los generales y los coroneles.

Se acordó de la indiferencia de Nóvikov hacia *El obispo* o *Una historia anónima,* de Chéjov. Le gustaban aún menos las novelas tendenciosas de Dreiser o Feuchtwanger. Pero ahora comprendía que su ruptura con Nóvikov era un hecho, que nunca volvería con él; y sentía por él ternura, recordaba a menudo la dócil precipitación con la que él aprobaba todo lo que ella decía. Y la amargura, entonces, se apoderaba de Zhenia: ¿era posible que aquellas manos nunca más volvieran a tocar sus hombros, que no volviera a ver su rostro?

Nunca antes se había encontrado con semejante unión de fuerza, simplicidad grosera, humanidad, timidez. Se sentía atraída por él, un hombre tan ajeno al cruel fanatismo, rebosante de una bondad particular, sencilla e inteligente, una bondad de campesino.

De repente, con insistencia, le inquietó la idea de que algo oscuro y sucio se hubiera introducido en sus relaciones con sus más allegados. ¿Cómo era posible que el NKVD conociera las palabras que Krímov le había confiado? ¡Qué irremediablemente serio era todo lo que la unía a Krímov! Nada lograba borrar la vida transcurrida junto a él.

Seguiría a Krímov. Poco importaba que él no la perdonara: se merecía sus eternos reproches. Pero él la necesitaba y en la cárcel, seguramente, no dejaba de pensar en ella.

Nóvikov encontraría la fuerza para superar la ruptura. Sin embargo ella no podía comprender qué necesitaba para tranquilizar su alma: ¿saber que había dejado de amarla, que se había serenado y la había perdonado? ¿O, por el contrario, saber que la amaba, que no hallaba consuelo y que no la había perdonado? Y para ella, ¿era mejor saber que su ruptura era definitiva o bien creer, en el fondo de su corazón, que volverían a estar juntos?

Cuántos sufrimientos había causado a las personas amadas. ¿Acaso había hecho todo aquello por un capricho, por sí misma, y no por el bien de los demás? ¿Era sólo una intelectual neurótica?

Por la tarde, cuando Shtrum, Liudmila y Nadia estaban sentados a la mesa, Zhenia preguntó de repente, mirando a su hermana:

–¿Sabes quién soy?

–¿Tú? –se sorprendió Liudmila.

–Sí, sí, yo –dijo Zhenia y explicó–: Soy un pequeño perrito de sexo femenino.

–Una perrita, entonces, ¿no? –preguntó alegremente Nadia.

–Así es –respondió Zhenia.

Y de repente se echaron a reír, aunque comprendieron que Zhenia no estaba para bromas.

–Sabéis –dijo Zhenia–, un admirador mío de Kúibishev, Limónov, me explicó qué es el amor, cuando no es el primero. Decía que es avitaminosis espiritual. Por ejemplo, un hombre vive mucho tiempo con su mujer y desarrolla una especie de hambre espiritual: es como una vaca privada de sal o como un explorador polar que durante años no ve las verduras. Si su esposa es una mujer voluntariosa, autoritaria, fuerte, el marido comienza a añorar a un alma dulce, suave, apacible, tímida.

–Un imbécil, tu Limónov –dijo Liudmila Nikoláyevna.

–¿Y si el hombre necesita varias vitaminas: la A, la B, la C, la D? –preguntó Nadia.

Más tarde, cuando todos se iban a dormir, Víktor Pávlovich observó:

–Zhenevieva, tenemos la costumbre de burlarnos de los intelectuales por su duplicidad hamletiana, por sus dudas e indecisiones. Yo, en mi juventud, despreciaba en mí todos estos rasgos. Ahora pienso diferente: la humanidad está en deuda con los indecisos y los dubitativos por sus grandes descubrimientos, por sus grandes libros. Su obra no es menor que la de esos estúpidos que no saben hacer la o con un canuto. Cuando es preciso van hacia el fuego y soportan las balas; en eso no son peores que los decididos y los voluntariosos.

–Gracias, Vítenka –repuso Yevguenia Nikoláyevna–. ¿Pensabas también en los perritos de sexo femenino?

–Eso mismo –confirmó Víktor Pávlovich.

Tenía ganas de decir a Zhenia cosas agradables.

–He mirado de nuevo tu cuadro, Zhénechka –dijo–. Me gusta porque en él hay sentimiento. En general en los artistas de vanguardia sólo hay audacia y espíritu innovador, pero Dios está ausente.

–Ya, sentimiento... –ironizó Liudmila Nikoláyevna–. Hombres verdes, isbas azules. Una desviación total de la realidad.

–Sabes, Mila –respondió Yevguenia Nikoláyevna–, Matisse dijo: «Cuando uso el color verde no significa que quiera dibujar hierba; si tomo el azul no quiere decir que pintaré el cielo». El color expresa el estado interior del pintor.

Y aunque Shtrum sólo quería decir cosas agradables a Zhenia, no pudo contenerse y dijo con aire burlón:

–Y Eckermann escribió: «Si Goethe hubiera creado el mundo habría hecho, al igual que Dios, la hierba verde y el cielo azul». Estas palabras me dicen mucho; a fin de cuentas tengo alguna relación con el material con que Dios creó el mundo... De hecho, por eso sé que los colores, las tonalidades no existen: sólo hay átomos y el espacio entre ellos.

Conversaciones como ésas sólo se daban de tarde en tarde. La mayoría de las veces hablaban de la guerra y de la fiscalía...

Eran días difíciles. Zhenia estaba a punto de partir a Kúibishev: estaba próximo a vencer el plazo de su permiso.

Temía la inminente sesión de explicaciones con su jefe. Se había ido a Moscú sin dar ninguna justificación; día tras día había rondado las puertas de las prisiones, había escrito peticiones a la fiscalía y al Comisariado Popular del Interior.

Yevguenia Nikoláyevna siempre había temido las instituciones oficiales; si era posible evitaba hacer cualquier solicitud, e incluso cuando tenía que renovar el pasaporte dormía mal y se inquietaba. Pero en los últimos tiempos el destino parecía obligarla a enfrentarse con historias de empadronamientos, pasaportes, milicia, fiscalía, súplicas y citaciones.

En casa de su hermana reinaba una calma apática.

Víktor Pávlovich no iba al trabajo, se pasaba horas enteras metido en su habitación. Liudmila Nikoláyevna volvía triste y enfurecida de la tienda especial; contaba que las esposas de sus amigos ya no la saludaban.

Yevguenia Nikoláyevna notaba cómo Shtrum se ponía nervioso. Cada vez que sonaba el teléfono daba un brinco y cogía el auricular con ímpetu. A menudo, durante la comida o la cena, interrumpía la conversación y decía: «Silencio, me parece que alguien ha llamado a la puerta». Iba a la entrada y volvía con una sonrisita avergonzada. Las hermanas comprendían aquella espera continua y cargada de tensión: temía ser arrestado.

–Así es como se desarrolla la manía persecutoria –dijo Liudmila–. En 1937 las clínicas psiquiátricas estaban llenas de personas así.

Yevguenia Nikoláyevna, que había notado la inquietud constante de Shtrum, se sentía particularmente conmovida por la actitud que adoptaba hacia ella. Quién sabe por qué le había dicho: «Recuerda, Zhenevieva, que no me importa lo que piensen los demás del hecho de que vivas en mi casa y hagas gestiones a favor de un detenido. ¿Lo has entendido? ¡Ésta es tu casa!».

Por la noche a Zhenia le gustaba conversar con Nadia.

–Eres demasiado inteligente –le decía a su sobrina–. No eres una niña, podrías ser miembro de una sociedad secreta de antiguos prisioneros políticos.

–De futuros prisioneros, no de antiguos –precisó Shtrum–. Me imagino que también hablas de política con tu teniente.

953

–¿Y qué? –preguntó Nadia.

–Sería mejor que os besarais –intervino Yevguenia Nikoláyevna.

–Eso es lo que quiero que comprenda –dijo Shtrum–. En cualquier caso, es menos peligroso.

En efecto, Nadia abordaba conversaciones sobre temas espinosos; ahora preguntaba sobre Bujarin, o si era verdad que Lenin apreciaba a Trotski y que no había querido ver a Stalin en los últimos meses de su vida, y si en realidad había escrito un testamento que Stalin había ocultado al pueblo.

Yevguenia Nikoláyevna, cuando se quedaba a solas con su sobrina, no le preguntaba por su teniente Lómov. Pero a través de las palabras de Nadia acerca de política, la guerra, los poemas de Mandelshtam y Ajmátova, sus encuentros y conversaciones con los compañeros, Zhenia pronto supo más cosas sobre la relación de Nadia y el teniente que la propia Liudmila.

Por lo visto, Lómov era un joven mordaz, con un carácter difícil, que ironizaba sobre todas las verdades oficiales. Parecía ser que también escribía poesía y que de él derivaba la actitud burlona y desdeñosa hacia Demián Bedni y Tvardovski, la indiferencia que su sobrina mostraba hacia Shólojov y Nikolái Ostrovski. Estaba claro que Nadia le citaba literalmente cuando, encogiéndose de hombros, decía: «Los revolucionarios o son estúpidos o deshonestos; no se puede sacrificar la vida de toda una generación por una imaginaria felicidad futura...».

Una vez Nadia le dijo a Yevguenia Nikoláyevna:

–Sabes, tía, la vieja generación siempre tiene la necesidad de creer en algo: Krímov en el comunismo y Lenin; papá en la libertad; la abuela en el pueblo y los trabajadores. Pero a nosotros, a la nueva generación, todo eso nos parece estúpido. En general, es estúpido creer. Hay que vivir sin creer.

Yevguenia Nikoláyevna le preguntó de repente:

–¿Es ésa la filosofía del teniente?

La respuesta de Nadia la sorprendió:

–Dentro de tres semanas irá al frente. Ahí está la filosofía: hoy está vivo, mañana ya no.

Cuando conversaba con Nadia, Yevguenia recordaba Stalingrado. Vera hablaba con ella de la misma manera, y también Vera se había enamorado. Pero qué diferente era el sentimiento sencillo, claro, de Vera frente a la confusión de Nadia. ¡Qué diferente era entonces la vida de Zhenia comparada con la de hoy! Qué diferentes eran en aquel tiempo las ideas sobre la guerra de las que se defendían hoy, en los días de la victoria.

No obstante la guerra continuaba y lo que había dicho Nadia era irrefutable: «Hoy está vivo, mañana ya no». A la guerra le era indiferente si antes el teniente cantaba acompañándose de la guitarra, si partía como voluntario para trabajar en los grandes talleres, creyendo en el futuro reino del comunismo, si leía los poemas de Innokenti Ánnenski y no creía en la felicidad imaginaria de las futuras generaciones.

Un día Nadia le había mostrado a su tía una canción manuscrita que procedía de un campo. En la canción se hablaba de las frías bodegas de los barcos, del bramido del océano, de cómo «sufrían los prisioneros a causa del balanceo, y se abrazaban como hermanos de sangre»; y cómo emergía de la niebla Magadán, «la capital de Kolymá».

Durante los primeros días de su llegada a Moscú, cuando Nadia abordaba esos temas, Shtrum se enfadaba y la hacía callarse.

Pero desde esos días muchas cosas habían cambiado dentro de él. Ahora ya no se contenía y en presencia de Nadia decía que era insoportable leer los melifluos panegíricos dirigidos «al gran maestro, al mejor amigo de los deportistas, al padre sabio, al poderoso corifeo, al radiante genio», que además era modesto, sensible, bueno, compasivo. Se creaba la impresión de que Stalin también labraba los campos, trabajaba el metal, daba de comer a los niños de las guarderías con una cuchara en la mano, disparaba con la ametralladora, y que los obreros, los soldados del Ejército Rojo, los estudiantes, los científicos rogaban sólo por él;

hasta el punto de que, si no estuviera Stalin, el gran pueblo moriría como un burro de carga, débil e impotente.

Un día Shtrum contó que el nombre de Stalin se mencionaba ochenta y seis veces en *Pravda*, y el día después, sólo en el editorial, su nombre aparecía dieciocho veces.

Se quejaba de los arrestos ilegales, de la falta de libertad, del hecho de que un superior cualquiera, no demasiado competente pero con el carné del Partido, considerara que tenía derecho a mandar sobre los científicos y los escritores, emitiendo valoraciones y críticas.

Había nacido en él un sentimiento nuevo. Su miedo creciente ante la fuerza destructiva de la cólera del Estado, la sensación siempre más fuerte de soledad, de impotencia, de su vil debilidad y de estar condenado daba origen, a veces, a una especie de desesperación, a una indiferencia temeraria hacia el peligro, al desdén por la prudencia.

Una mañana Shtrum entró corriendo en la habitación de Liudmila, que, al ver su cara emocionada y feliz, se sintió desconcertada, tan insólita era en él aquella expresión.

–¡Liuda, Zhenia! Estamos entrando de nuevo en tierra ucraniana. ¡Lo acaban de anunciar por la radio!

Por la tarde Yevguenia Nikoláyevna regresó de Kuznetski Most y Shtrum, al ver su rostro, le planteó la misma pregunta que le había hecho Liudmila a él aquella misma mañana:

–¿Qué ha pasado?

–¡Han aceptado mi paquete, han aceptado mi paquete! –repetía Zhenia.

Incluso Liudmila comprendió qué podía significar para Krímov un paquete con una nota de Zhenia.

–¡La resurrección de los muertos! –dijo, y añadió–: Por lo visto, le sigues amando, no recuerdo haberte visto nunca esa mirada.

–Sabes, debo de estar loca –dijo en un susurro Yevguenia Nikoláyevna–. Estoy tan contenta de que Nikolái reciba ese paquete... Hoy también he comprendido que Nóvikov nunca habría cometido semejante bajeza. No habría podido, ¿entiendes?

Liudmila Nikoláyevna se enfadó.

—No estás loca, estás peor —le dijo.

—Vítenka, querido, te lo ruego, tócanos algo —le pidió Yevguenia.

Durante todo ese tiempo Shtrum no se había sentado ni una vez al piano. Pero ahora no se hizo de rogar; tomó una partitura, se la enseñó a Zhenia y le preguntó: «¿Te parece bien ésta?».

Liudmila y Nadia, a las que no les gustaba la música, se fueron a la cocina; Shtrum se puso a tocar. Zhenia escuchaba. Tocó durante un largo rato; y luego, una vez terminado el fragmento, permaneció en silencio, sin mirar a Zhenia. Después tocó una pieza nueva. Zhenia tenía la impresión de que Víktor sollozaba, pero no podía ver su cara.

La puerta se abrió impetuosamente y Nadia gritó:

—¡Encended la radio, es una orden!

La música cedió el puesto a la voz metálica y rugiente del locutor Levitán, que en aquel momento anunciaba: «Se ha tomado al asalto la ciudad así como un importante nudo ferroviario...». Después enumeró a los generales y los ejércitos que habían destacado de manera especial durante el combate, empezando por el general Tolbujin, que comandaba el ejército. Luego, de repente, Levitán pronunció con voz exultante: «Citemos también el cuerpo de tanques comandado por el coronel Nóvikov».

Zhenia lanzó un leve suspiro, y mientras la voz fuerte y mesurada del locutor decía: «Gloria eterna a los héroes caídos por la libertad y la independencia de nuestra patria», se echó a llorar.

41

Zhenia se fue y la casa de los Shtrum quedó sumida en la tristeza.

Víktor Pávlovich se pasaba horas sentado en el escritorio sin salir de casa; así estuvo durante varios días seguidos. Tenía miedo; le parecía que en la calle se encontraría con personas desagradables, hostiles; se imaginaba sus ojos despiadados. El teléfono había enmudecido, y cuando sonaba, más o menos cada dos o tres días, Liudmila Nikoláyevna vaticinaba:

—Es para Nadia.

Y, en efecto, preguntaban por Nadia.

Shtrum no se dio cuenta enseguida de la gravedad de lo que le sucedía. Los primeros días incluso sintió alivio al quedarse en casa, en calma, en compañía de sus libros preferidos, sin ver caras lúgubres, hostiles.

Pero pronto el silencio de la casa comenzó a abrumarle; más que tristeza le provocaba angustia. ¿Qué estaría pasando en el laboratorio? ¿Cómo iba el trabajo? ¿Qué hacía Márkov? La idea de poder ser útil en el laboratorio mientras estaba en casa le suscitaba una inquietud febril. Pero igual de insoportable le resultaba el pensamiento opuesto, es decir, que en el laboratorio se las compusieran bien sin él.

Un día Liudmila Nikoláyevna se encontró por la calle a una amiga del tiempo de la evacuación, Stoinikova, que trabajaba en la Academia. Stoinikova le explicó con todo lujo de detalles cómo se había desarrollado la reunión en el Consejo Científico; lo había taquigrafiado todo del principio al fin.

Lo más importante era que Sokolov no había hecho ninguna declaración. No había intervenido aunque Shishakov se lo había pedido: «Nos gustaría oír su opinión, Piotr Lavréntievich. Usted ha trabajado muchos años con Shtrum». Sokolov había respondido que durante la noche había sentido un malestar cardíaco y que tenía dificultades para hablar.

Era extraño, pero Shtrum no se alegró con esa noticia.

Del laboratorio había hablado Márkov; se había expresado con mayor reticencia que los otros, sin lanzar acusaciones políticas e insistiendo sobre todo en el mal carácter de Shtrum; incluso había mencionado su talento.

–No podía negarse a hablar, es miembro del Partido, le obligaron –dijo Shtrum–. No es algo que se le pueda reprochar.

Pero la mayoría de las intervenciones eran terribles. Kovchenko había tildado a Shtrum de granuja, de malhechor. Había dicho: «De momento Shtrum no se ha dignado venir. Se ha pasado de la raya. Tendremos que hablar con él en otro lenguaje, y eso, por lo visto, es lo que quiere».

Prásolov, el académico de cabellos canos, el mismo que antes comparaba el trabajo de Shtrum con la obra de Lébedev, había declarado: «Ciertas personas han organizado un ruido indecente alrededor de las teorizaciones ambiguas de Shtrum».

El doctor en ciencias físicas Gurévich había pronunciado un discurso demoledor. Reconocía que se había equivocado clamorosamente, que había sobrevalorado el trabajo de Shtrum, y había aludido a la intolerancia nacional de Víktor Pávlovich, declarando que un hombre que es embrollador en política también lo es en el terreno científico.

Svechín habló del «venerable Shtrum» y citó las palabras de Víktor Pávlovich acerca de que no existía una física americana, alemana o soviética, que física sólo había una.

–Sí, lo dije –confesó Shtrum–. Pero citar una conversación privada en una asamblea es una delación.

Se quedó asombrado al saber que en la reunión había tomado la palabra Pímenov, aunque ya no estaba ligado al instituto y nadie le obligaba a intervenir. Se arrepentía de haber atribuido demasiada importancia al trabajo de Shtrum, de no haber visto sus defectos. Era sorprendente. Pímenov había dicho más de una vez que el trabajo de Shtrum le suscitaba un sentimiento religioso y que era feliz de contribuir a su realización.

Shishakov habló poco. La resolución había sido presentada por Ramskov, el secretario del comité del Partido en el instituto. Era brutal: exigía que la dirección amputara del colectivo sano los miembros podridos. Era particularmente ofensivo que en la resolución no hubiera ni una sola palabra sobre los méritos científicos de Shtrum.

–Sin embargo, Sokolov se ha comportado de manera totalmente correcta. ¿Por qué ha desaparecido entonces Maria Ivánovna? ¿Es posible que él tenga tanto miedo? –preguntó Liudmila Nikoláyevna.

Shtrum no respondió. ¡Qué extraño! No se había irritado con nadie, a pesar de que el perdón cristiano no era propio de él. No se había enfadado con Shishakov ni con Pímenov. No sentía rencor hacia Svechín, Gurévich, Kovchenko.

Sólo una persona le sacaba de sus casillas; le causaba una rabia tan penosa, tan sofocante, que en cuanto pensaba en él, Shtrum se asfixiaba, le costaba respirar. Era como si Sokolov tuviera la culpa de todas las injusticias, de todas las crueldades que Víktor tenía que soportar. ¡Cómo podía Piotr Lavréntievich prohibir a Maria Ivánovna que frecuentara a los Shtrum! ¡Qué cobardía, qué crueldad, qué vileza, qué ruindad!

No podía admitir que aquel rencor no sólo era causado por la culpabilidad de Sokolov, sino que se alimentaba también de su secreta sensación de culpa ante Sokolov.

Ahora Liudmila Nikoláyevna hablaba a menudo de problemas materiales. Estaba preocupada día y noche por el exceso de superficie habitable que ocupaban, por el certificado del salario para la administración de la casa, por los cupones de racionamiento, por las gestiones para ser inscrita en una nueva tienda de comestibles, por la cartilla de racionamiento para el nuevo trimestre, por el pasaporte caducado y por la necesidad de presentar, en el momento de la renovación, el certificado del puesto de trabajo. ¿De dónde sacarían dinero para vivir?

Al principio Shtrum, haciéndose el gallito, bromeaba: «Me quedaré en casa y me concentraré en la teoría. Me montaré una cabaña laboratorio».

Pero ahora no había razones para reírse. El dinero que recibía como miembro de la Academia de las Ciencias apenas llegaba para pagar el alquiler del apartamento, la dacha, los gastos comunes. La sensación de aislamiento le abrumaba.

Y, sin embargo, ¡había que vivir!

La idea de enseñar en un centro de enseñanza superior parecía ahora imposible. Un hombre manchado políticamente no podía estar en contacto con los jóvenes.

¿Qué iba a hacer?

Su eminente posición científica era un obstáculo para encontrar un trabajo modesto. Los funcionarios de la sección de personal lanzarían una exclamación de sorpresa y se negarían a nombrar redactor técnico o profesor de física en una escuela técnica a un doctor en ciencias.

Cuando el pensamiento del trabajo que había perdido, la humillación que había soportado y su estado de dependencia y necesidad se volvía demasiado insoportable, pensaba: «¡Ojalá me arresten!». Pero ¿qué iba a ser de Liudmila y Nadia? Ellas también tenían que vivir.

En cuanto a cultivar fresas en la dacha... estaba descartado. También le quitarían la dacha; en mayo debía renovar el contrato de alquiler. La dacha no pertenecía a la Academia, sino a la administración, y por pura negligencia había descuidado el pago del alquiler; pensaba abonar de una sola vez los meses atrasados y un anticipo por los próximos seis meses. Aquella suma que un mes antes le parecía insignificante ahora le aterrorizaba.

¿De dónde sacaría el dinero? Nadia necesitaba un abrigo...

¿Y si lo pedía prestado? Pero no se puede pedir prestado sin garantías de poder devolverlo.

¿Y si vendía algunas pertenencias? Pero ¿quién iba a querer comprar porcelana o un piano en tiempo de guerra? Además, sería una lástima; Liudmila adoraba su colección, incluso ahora, después de la muerte de Tolia, de vez en cuando se detenía a admirarla.

A menudo pensaba en dirigirse a la oficina de reclutamiento, renunciar a la exención de la que gozaba como miembro de la Academia y solicitar el permiso para partir al frente como soldado del Ejército Rojo.

Cuando pensaba en esa idea, se quitaba un peso de encima.

Pero después reaparecían los pensamientos inquietantes, tormentosos. ¿Cómo vivirían Liudmila y Nadia sin él? ¿Dando clases? ¿Alquilando una habitación? Enseguida se inmiscuiría el administrador de la casa, y con él llegaría la milicia. Redadas nocturnas, multas, atestados.

¡Qué potentes, qué terribles y sabios parecían ante sus ojos los administradores, los inspectores de policía del distrito, los inspectores del Departamento de la Vivienda, las secretarias de la sección de personal! Para un hombre que ha perdido todo apoyo, incluso la chica que trabaja en una oficina de racionamiento le parece dotada de un poder inmenso, intrépido.

Una sensación de miedo, de impotencia e indecisión se apoderaba de Víktor Pávlovich durante todo el día. Sin embargo, no era siempre idéntica, invariable. Cada hora del día tenía su miedo, su angustia. Por la mañana temprano, después del calor de la cama, cuando al otro lado de la ventana todavía había una penumbra fría y nebulosa, experimentaba una sensación de impotencia infantil ante esa enorme fuerza que le estaba aplastando: hubiera preferido deslizarse bajo la manta, acurrucarse, cerrar los ojos, quedarse inmóvil.

Durante la primera parte del día añoraba el trabajo, el instituto le atraía con una fuerza extraordinaria... En aquellas horas, tenía la impresión de ser una persona inútil, privada de inteligencia, de talento.

Parecía que el Estado, en su cólera, sería capaz de despojarle no sólo de la libertad, de la paz, sino también de la inteligencia, del talento, de la fe en sí mismo, y que acabaría transformándole en un ciudadano filisteo, obtuso y monótono.

Antes de comer Shtnum se reanimaba, se ponía contento. Pero en cuanto acababa la comida le invadía de nuevo el abatimiento, una melancolía lúgubre, fastidiosa, vacía.

Cuando caía la noche, llegaba el gran miedo. Víktor Pávlovich temía la oscuridad como un salvaje de la Edad de Piedra al que el crepúsculo le sorprende en medio del bosque.

El miedo se exacerbaba, se espesaba... Shtrum recordaba, pensaba. En las tinieblas, detrás de la ventana, le acechaba la desgracia, cruel e inexorable. En cualquier momento se oiría un coche en la calle, el timbre en la puerta, el crujido de botas en la habitación. No tendría escapatoria. Luego, de repente, sentía una indiferencia perversa, alegre.

–Qué suerte tenían los conspiradores en tiempos del zar –le dijo a Liudmila–. ¡Si alguno caía en desgracia, se subía a su carruaje y abandonaba la capital para dirigirse a su finca de Penza! Y allí se dedicaba a la caza, disfrutaba de los placeres del campo, de los vecinos, del parque, y escribía sus memorias. Me gustaría verlos a ellos, señores volterianos, con una indemnización de dos semanas y unas referencias, entregadas en un sobre cerrado, con las que no te darían trabajo ni como barrendero.

–Vitia –dijo Liudmila Nikoláyevna–. ¡Saldremos adelante! Coseré, trabajaré en casa, pintaré pañuelos. Me colocaré como auxiliar de laboratorio. Te mantendré yo.

Le besaba las manos, y ella no podía comprender por qué en su cara había aparecido una expresión de culpabilidad, de sufrimiento; por qué sus ojos se habían vuelto tristes, implorantes...

Víktor Pávlovich paseaba por la habitación y cantaba a media voz las palabras de un viejo romance:

... Y él, olvidado, yace solo...

Cuando Nadia se enteró de que su padre deseaba partir como voluntario al frente, dijo:

–Conozco a una chica, Tonia Kogan, cuyo padre partió como voluntario; es un especialista en no sé qué área de la Grecia antigua y fue a parar a un regimiento de reserva en Penza. Allí le pusieron a limpiar despachos, a barrer. Un día pasó el capitán del regimiento y él, que no ve casi nada, le echó toda la basura encima; el otro, ni corto ni perezoso, le pegó un puñetazo en la oreja, tan fuerte que le rompió el tímpano.

—Bueno –dijo Shtrum–. Cuando barra no le tiraré la basura encima al capitán.

Ahora Shtrum hablaba con Nadia como con un adulto. Por lo visto, nunca antes se había llevado tan bien con su hija. Le conmovía el hecho de que en los últimos tiempos volviera a casa nada más salir de la escuela; consideraba que lo hacía para no preocuparle. Cuando discutía con él había en sus ojos burlones una expresión nueva, seria y cariñosa.

Una vez, por la noche, Shtrum se vistió y se encaminó hacia el instituto; tenía ganas de mirar a través de la ventana de su laboratorio, quería ver si había luz, si el segundo turno estaba trabajando; tal vez Márkov había acabado ya de montar la instalación. Pero no llegó hasta el instituto: temía encontrarse con alguien conocido; giró por un callejón y volvió a casa. El callejón estaba desierto, vacío. Y de repente le embargó una sensación de felicidad. La nieve, el cielo nocturno, el aire gélido y refrescante, el ruido de pasos, los árboles con las ramas oscuras, una estrecha franja de luz que se filtraba a través de la cortina de camuflaje de la ventana de una casita de madera: todo era tan hermoso...

Respiraba el aire nocturno, caminaba por el callejón silencioso, nadie le miraba. Estaba vivo, era libre. ¿Qué más necesitaba? ¿Podía soñar algo más? Víktor Pávlovich se acercaba a casa y la sensación de felicidad se desvaneció.

Los primeros días Shtrum había esperado con tensión la aparición de Maria Ivánovna. Pero habían pasado los días, y Maria Ivánovna no había telefoneado. Se lo habían quitado todo: el trabajo, el honor, la tranquilidad, la fe en sí mismo. ¿Acaso le habían privado también del último refugio: el amor? A veces se desesperaba, se cogía la cabeza entre las manos, le parecía que no podría vivir sin verla. A veces musitaba: «Vamos, vamos». Otras veces se decía: «¿Quién me necesita?».

En el fondo de su desesperación brillaba una pequeña mancha de luz: la pureza del sentimiento que él y Maria Ivánovna habían sabido preservar. Sufrían, pero no atormentaban a los demás. Comprendía que todos sus pensamientos, ya fueran filosóficos, resignados o malévolos, no correspondían a lo que pasaba en su corazón. El rencor hacia Maria Ivánovna, el escarnio hacia sí mismo, la triste reconciliación con la fatalidad, el sentido del deber hacia Liudmila Nikoláyevna no eran más que un medio para luchar contra la desesperación. Cuando recordaba los ojos, la voz de Maria Ivánovna, se apoderaba de él una tristeza insoportable. ¿De veras no volvería a verla?

Y cuando la inevitable separación, la sensación de pérdida se volvían especialmente insoportables, Víktor Pávlovich, avergonzándose de sí mismo, decía a Liudmila Nikoláyevna:

—Sabes, sigo preocupado por Madiárov. ¿Estará bien?, ¿habrán recibido noticias suyas? Tal vez deberías llamar a Maria Ivánovna, ¿no?

Lo más sorprendente era que continuaba trabajando. Trabajaba, pero la angustia, la inquietud no desaparecían. El trabajo no le ayudaba a vencer la tristeza y el miedo, no era una medicina para el alma con la que pudiera olvidar sus penosas reflexiones, la desesperación que sentía. Era mucho más que una medicina. Trabajaba porque no podía dejar de hacerlo.

42

Liudmila Nikoláyevna informó a su marido de que se había encontrado con el administrador de la casa, el cual le había pedido que Shtrum pasara un momento por su despacho.

Empezaron a formular hipótesis acerca del motivo de la visita. ¿Un excedente de superficie habitable? ¿La renovación del pasaporte? ¿Un control de la comisaría militar? ¿O acaso alguien le había comunicado que Zhenia había estado viviendo en su casa sin estar registrada?

—Tendrías que habérselo preguntado —dijo Shtrum—. Ahora no estaríamos rompiéndonos la cabeza.

–Sí, tendría que haberlo hecho –asintió Liudmila Nikoláyevna–. Pero me pilló desprevenida cuando me dijo: «Dígale a su marido que pase a verme. Puede venir por la mañana ahora que no trabaja».

–Oh, señor, ya lo sabe todo.

–Claro que lo sabe. Los porteros, los ascensoristas, las mujeres de la limpieza de los vecinos nos espían. ¿De qué te asombras?

–Sí, tienes razón. ¿Te acuerdas del joven con carné del Partido que vino antes de la guerra? Aquel que te pidió que le informaras de quién frecuentaba a nuestros vecinos...

–¡Claro que me acuerdo! –respondió Liudmila Nikoláyevna–. Le grité tan fuerte que sólo tuvo tiempo de decirme desde la puerta: «Creía que usted era una persona sensata».

Liudmila Nikoláyevna le había contado a Shtrum esa historia muchas veces, y al escucharla, por lo general, él le quitaba las palabras de la boca para abreviar el relato. Pero ahora, en lugar de apremiarla, le pidió a su mujer nuevos detalles.

–¿Sabes qué? –dijo Liudmila–. Tal vez se trate de dos manteles que he vendido en el mercado.

–No creo. ¿Por qué quiere verme a mí y no a ti entonces?

–Quizá quiere que firmes algo –aventuró, indecisa.

Sus pensamientos eran particularmente lúgubres. Recordaba sin cesar sus conversaciones con Shishakov y Kovchenko: ¡qué no les había dicho! Recordaba las discusiones en sus días de estudiante: ¡qué charlatanería! Había discutido con Dmitri, con Krímov (aunque algunas veces le había dado la razón). En cualquier caso, una cosa era cierta: nunca en su vida, ni siquiera un minuto, había sido enemigo del Partido, del poder soviético. Y de golpe le vinieron a la cabeza unas palabras muy duras que había pronunciado en cierta ocasión, y sintió que se le helaba la sangre. ¡Y pensar que Krímov, un comunista riguroso, de convicciones firmes, un verdadero fanático que no tenía dudas, había sido arrestado! Y después aquellas malditas veladas con Madiárov y Karímov.

¡Qué extraño!

Por lo general, al anochecer, comenzaba a torturarle el pensamiento de que iban a arrestarle y la sensación de terror se ensanchaba, se acrecentaba, se volvía más pesada. Pero cuando el desenlace fatal parecía inminente, de repente se convertía en felicidad, en ligereza. ¡Al diablo!

Cada vez que pensaba en el trato injusto que había recibido en relación con su trabajo, tenía la impresión de que iba a perder el juicio. Pero cuando el pensamiento de que era un ser privado de talento, incluso estúpido, que su trabajo no era más que una mofa vacía, grosera del mundo real, dejaba de ser una idea para transformarse en una sensación viva, le invadía la felicidad.

Ahora ni siquiera tenía la intención de enmendar sus errores; era miserable, ignorante, y su arrepentimiento no comportaría ningún cambio. Nadie le necesitaba. Arrepentido o no, seguiría siendo igual de insignificante ante la ira del Estado.

También Liudmila había cambiado mucho últimamente. Ahora ya no decía por teléfono al administrador: «¡Envíeme ahora mismo al cerrajero!»; no hacía investigaciones en la escalera: «¿Quién ha sido el que ha vuelto a tirar mondas de patata fuera del basurero?». Incluso a la hora de vestirse parecía nerviosa. A veces se ponía, sin criterio alguno, una chaqueta de piel cara para ir a comprar aceite; otras se cubría la cabeza con un viejo pañuelo gris y se ponía un abrigo que antes de la guerra quería regalar a la mujer del ascensor.

Shtrum miraba a Liudmila y pensaba en el aspecto que tendrían los dos dentro de diez o quince años.

–¿Te acuerdas de *El obispo*, de Chéjov? La madre sacaba a pastar a la vaca y le contaba a las mujeres que su hijo, en otro tiempo, había sido obispo; pero casi nadie la creía.

–Lo leí hace mucho tiempo, cuando era niña, no me acuerdo –respondió Liudmila Nikoláyevna.

–Pues vuelve a leerlo –respondió, visiblemente irritado.

Siempre le había molestado la indiferencia de Liudmila Nikoláyevna hacia Chéjov y sospechaba que no había leído muchos de sus relatos.

Sin embargo era extraño, verdaderamente extraño. Cuanto más débil y frágil se volvía, cuanto más cerca se encontraba de un estado de entropía total, y más insignificante era a ojos del administrador, de las empleadas de la oficina de racionamiento, de los empleados del Departamento de Pasaportes, de los funcionarios de la sección de personal, de los auxiliares de laboratorio, científicos, amigos, familiares, del propio Chepizhin, tal vez incluso de su mujer..., más cerca se sentía de Masha, más seguro de su amor. No se veían, pero lo sabía, lo sentía. Ante cada nuevo golpe, ante cada nueva humillación, le preguntaba mentalmente: «Masha, ¿me ves?».

Así, sentado al lado de su mujer, hablaba con ella mientras le daba vueltas a pensamientos que ella ignoraba.

Sonó el teléfono. Ahora cada timbrazo del teléfono les provocaba el mismo nerviosismo que la llegada de un telegrama en mitad de la noche anunciando una desgracia.

–Ah, ya sé quién es. Me prometieron que me llamarían para un trabajo en la cooperativa –dijo Liudmila Nikoláyevna.

Descolgó el teléfono, arqueó las cejas y respondió:

–Ahora se pone.

Luego le dijo a su marido:

–Es para ti.

Y él le preguntó con la mirada: «¿Quién es?».

La mujer, tapando con la mano el auricular, respondió:

–Es una voz que no conozco, no recuerdo haberla oído antes.

Shtrum se puso al aparato.

–Claro, espero –dijo, y mirando los ojos inquisidores de Liudmila, buscó a tientas un lápiz en la mesilla y escribió algunas letras torcidas sobre un trozo de papel.

Liudmila Nikoláyevna se santiguó despacio, sin darse cuenta de que lo hacía; después bendijo a Víktor Pávlovich. Los dos guardaban silencio.

«... Éste es un boletín de todas las emisoras de radio de la Unión Soviética.»

Una voz extraordinariamente parecida a la que el 3 de

julio de 1941, dirigiéndose al pueblo, al ejército, al mundo entero, había proclamado: «Camaradas, hermanos y hermanas, amigos míos...», ahora se dirigía a un solo hombre, que sostenía en la mano el auricular del teléfono:

–Buenos días, camarada Shtrum.

En aquellos segundos, ideas confusas, fragmentos de pensamientos y sentimientos se fundieron en su interior: una amalgama de triunfo, debilidad, pánico ante lo que parecía la broma de un gamberro y luego las hojas manuscritas de un cuestionario y el oscuro edificio de la plaza de la Lubianka...

Junto a la lúcida percepción de la realización de su destino, en él se mezclaba la melancolía por la pérdida de algo extrañamente querido, conmovedor, bueno.

–Buenos días, Iósif Vissariónovich –dijo Shtrum, asombrado de haber pronunciado por teléfono aquellas palabras increíbles–. Buenos días, Iósif Vissariónovich.

La conversación duró dos o tres minutos.

–Me parece que está usted trabajando en una dirección interesante –dijo Stalin.

Su voz era lenta, gutural, y parecía recalcar ciertos sonidos premeditadamente para que Shtrum recordara los acentos que había oído por la radio. Sonaba igual que cuando Víktor, haciendo el tonto, imitaba a Stalin en casa. Así era como lo describían las personas que habían escuchado a Stalin en los congresos, o que habían sido convocadas por él.

¿Acaso se trataba de una broma?

–Creo en mi trabajo –dijo Shtrum.

Stalin hizo una pausa, como si reflexionara las palabras de Shtrum.

–¿La guerra le ha impedido obtener algún estudio científico del extranjero? ¿Cuenta con todos los aparatos necesarios en el laboratorio? –preguntó Stalin.

Con una sinceridad que a él mismo le dejó sorprendido, Víktor dijo:

–Muchas gracias, Iósif Vissariónovich; mis condiciones de trabajo son perfectamente normales y satisfactorias.

Liudmila Nikoláyevna, de pie, como si Stalin pudiera verla, escuchaba la conversación.

Shtrum le hizo una señal: «Siéntate, que no te dé vergüenza...». Entretanto Stalin hizo una nueva pausa, meditando las palabras de Shtrum. De repente dijo:

—Adiós, camarada Shtrum, le deseo éxito en su trabajo.

—Adiós, camarada Stalin.

Shtrum colgó el teléfono.

Estaban allí sentados, uno enfrente del otro, igual que unos minutos antes, cuando hablaban de los manteles que Liudmila Nikoláyevna había vendido en el mercado Tishinski.

—Le deseo éxito en su trabajo —repitió Shtrum con un marcado acento georgiano.

El hecho de que nada hubiera cambiado, que el armario, el piano, las sillas permanecieran en su sitio, que hubiera dos platos sucios sobre la mesa, exactamente igual que antes, cuando hablaban del administrador de la casa, encerraba algo insensato, capaz de hacerle perder a uno el juicio. Y es que, en el fondo, todo había cambiado: ante ellos se vislumbraba un nuevo destino.

—¿Qué te ha dicho?

—Nada de particular. Me ha preguntado si la carencia de publicaciones extranjeras perturbaba mi trabajo —dijo Shtrum, esforzándose por parecer, también ante sí mismo, tranquilo e indiferente.

A ratos se sentía incómodo por la sensación de felicidad que le había invadido.

—Liuda, Liuda —dijo—, piénsalo, no me he arrepentido, no he bajado la cabeza, no le he escrito cartas. ¡Ha sido él quien me ha telefoneado!

¡Lo increíble se había hecho realidad! La grandeza de aquel acontecimiento era incalculable. ¿Era el mismo Víktor Pávlovich el que daba vueltas en la cama, el que no pegaba ojo por las noches, el que se entumecía mientras rellenaba formularios, el que se llevaba las manos a la cabeza pensando en lo que se había dicho de él en el Consejo Científico, el que recordaba sus pecados, el que se arrepentía mentalmente y pedía perdón, el que esperaba el arresto y pensaba en la miseria, el que se quedaba petrificado sólo con pensar en una conversación con la empleada del Departamento de Pasaportes o la chica de la oficina de racionamiento?

–Dios mío, Dios mío... –balbuceó Liudmila Nikoláyevna–. Tolia nunca lo sabrá.

Se aproximó a la puerta del cuarto de Tolia y la abrió.

Shtrum descolgó el teléfono y lo volvió a colgar al instante.

–¿Y si ha sido una broma? –preguntó, aproximándose a la ventana.

Desde la ventana se veía la calle desierta y una mujer que pasaba con un chaquetón guateado.

Volvió hasta el teléfono y tamborileó encima su dedo curvado.

–¿Cómo sonaba mi voz? –preguntó Shtrum.

–Hablabas muy despacio. Sabes, yo misma, no sé por qué, me he puesto de pie.

–¡Stalin en persona!

–Puede que fuera una broma.

–Nadie se atrevería. Por una broma como ésa te caen diez años.

Sólo una hora antes deambulaba por la habitación y recordaba el romance de Goleníschev-Kutúzov:

... Y él, olvidado, yace solo...

¡Las llamadas telefónicas de Stalin! Una o dos veces al año, corrían rumores por Moscú: Stalin ha llamado al director de cine Dovzhenko, Stalin ha telefoneado al escritor Ehrenburg.

A él no le hacía falta dar órdenes: otorgadle un premio a ése, dadle un apartamento, ¡construidle un instituto científico! Stalin estaba por encima de esos asuntos; se ocupaban de ello sus subordinados, que adivinaban la voluntad de Stalin por la expresión de sus ojos, por la entonación de su voz. Si Stalin sonreía con benevolencia a un hombre, su destino se transformaba: abandonaba las tinieblas y el anonimato por una lluvia de gloria, honores, fuerza. Decenas de poderosos inclinaban la cabeza ante el afortunado; Stalin le había sonreído, había bromeado con él hablando por teléfono.

La gente repetía los detalles de sus conversaciones, cada palabra dicha por Stalin les colmaba de estupor. Cuanto más comunes eran las palabras, más se asombraban. Parecía que Stalin no pudiera decir cosas corrientes.

Se decía que había llamado a un famoso escultor y le había dicho en broma: «Hola, viejo borrachín».

A otra celebridad, un hombre honesto, le había preguntado por un amigo suyo arrestado, y cuando éste, desconcertado, balbuceó una respuesta, Stalin le dijo: «Defiende mal a sus amigos».

Se contaba también que había llamado a la redacción de un periódico juvenil y el redactor adjunto había respondido:

—Bubekin al habla.

Stalin respondió:

—¿Y quién es Bubekin?

—Debería saberlo –respondió su interlocutor, y le colgó el teléfono.

Stalin volvió a marcar el número y dijo:

—Camarada Bubekin, aquí Stalin. Explíqueme, por favor, quién es usted.

Se decía que Bubekin, después de lo ocurrido, había pasado dos semanas en el hospital para recuperarse de la conmoción.

Bastaba una palabra suya para aniquilar a miles, decenas de miles de personas. Un mariscal, un comisario del pueblo, un miembro del Comité Central, un secretario de *obkom*, personas que habían estado al mando de ejércitos y frentes, que habían gobernado territorios, repúblicas, fábricas enormes, podían convertirse de un día para otro, por una palabra airada de Stalin, en un cero, en polvo de un campo penitenciario que hace tintinear la escudilla a la espera de su ración de bodrio en la cocina del campo.

Se contaba que Stalin y Beria habían visitado a un viejo bolchevique, georgiano, recién liberado de la Lubianka, y se habían quedado en su casa hasta la mañana siguiente. Los otros inquilinos no se habían atrevido a utilizar el baño y ni siquiera habían ido a trabajar. A los invitados les había abierto la puerta una comadrona, la inquilina de mayor edad. Había salido en camisón, llevando un perrito en los brazos, furiosa porque los visitantes nocturnos no habían llamado a la puerta el número de veces convenido. Luego había explicado: «Abrí la puerta y vi un retrato. Luego el retrato comenzó a avanzar hacia mí». Decían que Stalin había dado una vuelta por el pasillo y había examinado durante un largo rato la hoja colgada al lado del teléfono donde los inquilinos marcaban con palitos el número de veces que habían llamado para saber cuánto tenían que pagar.

Todos estos relatos asombraban y provocaban la risa, debido a la banalidad de las palabras y las situaciones, que al mismo tiempo parecían increíbles: ¡ver a Stalin caminar por el pasillo de un apartamento comunal!

Y es que bastaba una palabra suya para que se erigieran edificios enormes, para que columnas de leñadores se dirigieran a la taiga, cientos de miles de personas excavaran canales, edificaran ciudades, trazaran carreteras en la noche polar, en medio de la congelación permanente. Representaba a un gran Estado. El sol de la Constitución estalinista..., el Partido de Stalin..., los planes quinquenales de Stalin..., las obras de Stalin..., la estrategia de Stalin..., la aviación de Stalin... Un gran Estado se había encarnado en él, en su carácter, en sus costumbres.

«Le deseo éxito en su trabajo –repetía sin cesar Víktor Pávlovich–. Me parece que está usted trabajando en una dirección interesante...»

Ahora estaba claro: Stalin sabía la importancia que se le atribuía a los físicos nucleares en el extranjero.

Shtrum percibía que alrededor de esta cuestión estaba surgiendo una extraña tensión, palpable en las líneas de los artículos escritos por los físicos ingleses y americanos, en las reticencias que quebraban el desarrollo lógico del pensamiento.

Había notado que ciertos nombres de investigadores que solían publicar sus trabajos habían desaparecido de las páginas de las revistas de física, que los científicos que se ocupaban de la fisión del núcleo pesado parecían haberse volatilizado, nadie mencionaba sus trabajos. Sentía que se acrecentaba la tensión, el silencio, en cuanto se rozaban cuestiones referentes a la desintegración del núcleo de uranio.

Más de una vez Chepizhin, Sokolov y Márkov habían conversado sobre estos temas. Hacía todavía poco tiempo, Chepizhin hablaba de los miopes, incapaces de ver las perspectivas prácticas relacionadas con la acción de los neutrones sobre el núcleo pesado. Pero el mismo Chepizhin había decidido no trabajar en ese campo...

En el aire, saturado del ruido de botas de los soldados, del fuego de la guerra, de humo, del crujido de los tanques, había aparecido una nueva tensión que no hacía ruido, y la mano más fuerte del mundo había levantado el auricular del teléfono, y el físico teórico había oído una voz sosegada que decía: «Le deseo éxito en su trabajo».

Una sombra nueva, imperceptible, muda, ligera se había extendido sobre la tierra quemada por la guerra, sobre las cabezas de niños y viejos. La gente no tenía conciencia de ella, no sabía de su existencia, no presentía el nacimiento de una fuerza que pertenecía al futuro.

Largo era el camino que separaba los escritorios de algunas decenas de físicos, las hojas de papel cubiertas de alfas, betas, gammas, íes, sigmas, las bibliotecas y los laboratorios, de la fuerza satánica y cósmica, futuro espectro del poder del Estado.

Sin embargo, el camino había comenzado, y la sombra muda continuaba espesándose, se transformaba en una tiniebla capaz de envolver Moscú y Nueva York.

Aquel día Shtrum no se alegró del éxito de su trabajo, que sólo poco antes parecía olvidado por los siglos de los siglos en un cajón de su escritorio. Ahora saldría de su

974

cautiverio y vería la luz en el laboratorio, sería incorporado en conferencias e informes docentes. No pensaba en el triunfo de la verdad científica, en su victoria, en el hecho de que podría ayudar de nuevo al progreso de la ciencia, tener sus alumnos, estar presente en las páginas de las revistas y los manuales, esperar ansiosamente a ver si su teoría se correspondía con la verdad del contador y las fotoemulsiones.

Otra emoción le había engullido: el triunfo orgulloso sobre las personas que le habían perseguido. Hasta hacía poco creía que no albergaba resentimiento contra ellos. Ahora tampoco quería vengarse, hacer daño, pero se sentía feliz en mente y espíritu cuando recordaba todos los actos malos, deshonestos, crueles y cobardes que habían cometido contra él. Cuanto más groseros y ruines se habían mostrado con él, más dulce le resultaba regodearse en el recuerdo.

Cuando Nadia volvió de la escuela, Liudmila Nikoláyevna le gritó:

—¡Nadia, Stalin ha telefoneado a papá!

Y al ver la emoción de su hija, que entró corriendo en la habitación, con el abrigo a medio quitar y arrastrando la bufanda por el suelo, Shtrum sintió aún con mayor nitidez el desconcierto que invadiría a los demás cuando ese mismo día o el siguiente se enteraran de lo que había pasado.

Durante la comida, Shtrum dejó la cuchara a un lado y dijo:

—No tengo ni pizca de hambre.

—Es una humillación total para tus detractores y perseguidores —dijo Liudmila Nikoláyevna—. Me imagino lo que pasará en el instituto, por no hablar de la Academia.

—Sí, sí —asintió él.

—Y en las tiendas especiales las señoras volverán a saludarte, mamá, y a sonreírte —dijo Nadia.

—Sí, sí —dijo Liudmila Nikoláyevna, y se le escapó una risita.

Shtrum siempre había despreciado a los aduladores, pero ahora pensar en la sonrisa obsequiosa de Alekséi Alekséyevich Shishakov le colmó de alegría.

Había algo que le causaba extrañeza, que no comprendía. En aquel sentimiento de triunfo y felicidad que ahora experimentaba se mezclaba una tristeza que emergía de algún lugar recóndito, la nostalgia por algo precioso y arcano que en aquellas horas le parecía que se había alejado de él. Se sentía culpable de algo y ante alguien, pero no sabía de qué ni ante quién.

Estaba comiendo su sopa preferida, a base de alforfón y patatas, y recordaba sus lágrimas de niño, cuando en una noche de primavera había vislumbrado las estrellas entre los castaños en flor. El mundo, entonces, le parecía hermoso, el futuro, inmenso, lleno de bondad y luz radiante. Y hoy que su destino se había decidido, era como si se despidiera de su amor puro, infantil, casi religioso hacia la milagrosa ciencia; que se despidiera de lo que había sentido semanas atrás cuando, tras vencer un miedo enorme, había dejado de mentirse a sí mismo.

Sólo había una persona a la que hubiera podido contárselo, pero no estaba a su lado.

Era extraño. Su alma estaba impaciente y ansiosa por que todo el mundo supiera lo ocurrido. En el instituto, en las aulas de la universidad, en el Comité Central del Partido, en la Academia, en la administración de la casa y de la dacha, en las cátedras y las sociedades científicas. A Shtrum le daba lo mismo que Sokolov se enterara de la noticia. Al mismo tiempo, no con la cabeza, sino en lo más profundo de su corazón, prefería que Maria Ivánovna no lo supiera. Intuía que para su amor era mejor ser perseguido e infeliz. Al menos eso le parecía.

Les explicó a su mujer y su hija una historia que se contaba antes de la guerra: una noche Stalin había aparecido en el metro, ligeramente borracho, se había sentado al lado de una mujer joven y le había preguntado: «¿Qué puedo hacer por usted?».

«Me gustaría mucho visitar el Kremlin», respondió la mujer.

Stalin, antes de responder, había reflexionado un momento y después dijo: «Creo que podré arreglarlo».

Nadia intervino:

–Ves, papá, hoy eres un hombre tan importante que mamá te ha dejado contar tu historia sin interrumpirte, y eso que la habrá escuchado más de ciento diez veces.

Y de nuevo, por centésima vez, se rieron de la ingenuidad de la mujer del metro.

Liudmila Nikoláyevna propuso:

–Vitia, ¿qué te parece si descorchamos una botella para celebrar la ocasión?

Y trajo también una caja de bombones que tenía guardada para el cumpleaños de Nadia.

–Coged –dijo Liudmila Nikoláyevna–, pero tú, Nadia, no te lances encima como un lobo.

–Oye, papá –dijo Nadia–, ¿por qué nos burlamos de esa mujer del metro? ¿Y tú? ¿Por qué no le has preguntado a Stalin por el tío Mitia y Nikolái Grigórievich?

–¿De qué hablas? ¿Crees que es posible?

–Sí que lo creo. La abuela se lo habría dicho enseguida, estoy segura de que se lo hubiera preguntado.

–Es probable –confirmó Shtrum–, es probable.

–Bueno, basta ya de decir tonterías –cortó Liudmila Nikoláyevna.

–¿A eso le llamas tonterías, al destino de tu hermano? –replicó Nadia.

–Vitia –dijo Liudmila–, hay que telefonear a Shishakov.

–Me parece que subestimas lo que ha pasado. No hay que telefonear a nadie.

–Llama a Shishakov –insistió Liudmila.

–¿Stalin me desea éxito en mi trabajo y yo tengo que llamar a Shishakov?

Aquel día un sentimiento nuevo y extraño anidó en Shtrum. Siempre le había indignado que se divinizara a Stalin. En los periódicos, su nombre aparecía por doquier, desde la primera a la última línea. Retratos, bustos, estatuas, oratorios, poemas, himnos... Le llamaban padre, genio...

A Shtrum le fastidiaba que el nombre de Stalin eclipsara al de Lenin, que su genio militar se contrapusiera al carácter civil de Lenin. En una de sus obras, Alekséi Tolstói representaba a Lenin encendiendo una cerilla servicialmente para que Stalin pudiera encender su pipa. En un cuadro un artista pintaba a Stalin subiendo majestuosamente los escalones de Smolni, mientras Lenin le seguía a toda prisa, excitado como un gallo. Si en un cuadro se representaba a Lenin y Stalin en medio del pueblo, sólo los viejos, las mujeres y los niños miraban con cariño a Lenin, mientras que una procesión de gigantes armados –obreros y marineros con cintas de ametralladoras en bandolera– marchaba hacia Stalin. Los historiadores, cuando describían los momentos cruciales de la vida del país de los sóviets, siempre mostraban a Lenin pidiendo consejo a Stalin: durante la rebelión de Kronstadt, la defensa de Tsaritsin o la invasión de Polonia. La huelga de Bakú, en la que Stalin había participado, y el periódico georgiano *Brdzola* [La lucha], donde se habían publicado sus artículos, parecían más importantes en la historia del Partido que todo el movimiento revolucionario ruso.

–*Brdzola, Brdzola* –repetía enfadado Víktor Pávlovich–. ¿Qué hay de Zheliábov, Plejánov y Kropotkin? ¿Qué hay de los decembristas? Ahora sólo se oye hablar de *Brdzola, Brdzola...*

Durante mil años, Rusia había sido el país de la autocracia y el despotismo ilimitado, el país de los zares y sus favoritos. Pero en esos mil años de historia rusa nunca había existido un poder comparable al de Stalin.

Sin embargo ese día Shtrum no estaba ni enfadado ni horrorizado. Cuanto más grandioso era el poder de Stalin y más ensordecedores eran los himnos y los timbales, más inmensa era la nube de incienso que humeaba a los pies del ídolo viviente y más intensa era la alegría de Shtrum.

Caía la noche y no tenía miedo.

¡Stalin había hablado con él! Stalin le había dicho: «Le deseo éxito en su trabajo».

Cuando se hizo completamente de noche, Víktor Pávlovich salió a la calle.

En aquella oscura velada ya no se sentía impotente ni irremediablemente perdido. Estaba tranquilo. Sabía que la gente que dictaba las órdenes estaba ya al corriente de todo.

Resultaba extraño pensar en Krímov, Dmitri, Abarchuk, Madiárov, Chetverikov... No compartían el mismo destino. Pensaba en ellos con tristeza y frialdad.

Se alegraba de su victoria: su fuerza de espíritu y su inteligencia habían triunfado. No le preocupaba que su felicidad fuera tan diferente a la que había experimentado el día de la farsa judicial, cuando le parecía que su madre estaba a su lado. Ahora le daba lo mismo si Madiárov había sido arrestado o si Krímov hacía declaraciones sobre él. Por primera vez en su vida no le aterraba recordar sus bromas sediciosas, sus comentarios imprudentes.

Entrada la noche, cuando Liudmila y Nadia ya estaban en la cama, sonó el teléfono.

–Hola –susurró una voz, y Shtrum fue presa de una agitación más virulenta que la que había sentido aquel día.

–Hola –respondió.

–No me resistía a oír su voz. Dígame algo –le pidió ella.

–Masha, Mashenka –balbuceó, y enmudeció.

–Víktor, querido mío –dijo ella–, no podía mentir a Piotr Lavréntievich. Le he confesado que le amo a usted. Y le he prometido que nunca volveré a verle.

Por la mañana Liudmila Nikoláyevna entró en su habitación, le acarició los cabellos y le besó en la frente.

–En mis sueños me ha parecido oírte hablar por teléfono con alguien.

–Te lo ha parecido –respondió mirándola tranquilamente a los ojos.

–Recuerda que tienes que ir a ver al administrador de la casa.

43

La chaqueta del juez instructor causaba una impresión extraña para unos ojos acostumbrados al mundo de las guerreras y los uniformes militares. El rostro, en cambio, le era familiar, una de esas caras pálidas amarillentas que abundan entre los comandantes empleados en las oficinas y los funcionarios políticos.

Responder a las primeras preguntas le resultó fácil, incluso agradable; le incitaba a creer que el resto sería igual de sencillo, tan evidente como su apellido, su nombre y su patronímico.

En las respuestas del detenido se hacía patente una disposición apresurada a ayudar al juez instructor. A fin de cuentas, el investigador no sabía nada de él. El escritorio que había entre los hombres no les separaba. Los dos pagaban las cuotas como miembros del Partido, habían visto la película *Chapáyev*, frecuentado los cursos del Comité Central y todos los primeros de mayo eran enviados a pronunciar conferencias a las fábricas.

Le formuló infinidad de preguntas preliminares que infundían tranquilidad de ánimo al arrestado. Pronto llegarían al fondo de la cuestión y tendría la oportunidad de explicar cómo había conducido a sus hombres fuera del cerco.

Al final se pondría en claro que la criatura sentada al otro lado de la mesa, sin afeitar, con el cuello abierto de la guerrera y los pantalones sin botones, tenía nombre, apellido y patronímico, que había nacido un día de otoño, era de nacionalidad rusa, había participado en dos guerras mundiales y en una civil, no había pertenecido a ninguna facción, no había estado involucrado en ninguna causa judicial, era miembro del partido comunista de los bolcheviques desde hacía veinticinco años, había sido elegido delegado del Congreso del Komintern, así como del Congreso de los Sindicatos del Océano Pacífico, y no había recibido condecoraciones ni grados honoríficos.

La preocupación principal de Krímov estaba ligada con el periodo del cerco y con los hombres que le habían seguido a través de los pantanos de Bielorrusia y los campos ucranianos.

¿A quién de ellos habían arrestado? ¿Quién se había doblegado durante los interrogatorios y había perdido el decoro? Y de pronto, una pregunta inesperada que atañía a otros años, a un periodo lejano, sorprendió a Krímov:

–Dígame, ¿desde cuándo conoce a Fritz Hacken?

Krímov permaneció callado un largo rato, luego dijo:

–Si no me equivoco lo conocí en el Consejo Central de los Sindicatos de la Unión Soviética, en el despacho de Tomski. Creo recordar que fue en la primavera de 1927.

El juez instructor asintió, como si estuviera al corriente de esa remota circunstancia.

Después suspiró, abrió una carpeta donde figuraba la leyenda «Conservar a perpetuidad», deshizo despacio los lazos blancos y se puso a hojear las páginas escritas. Krímov entrevió tintas de diferentes colores, páginas mecanografiadas a espacio sencillo o doble, con notas esporádicas y de caligrafía desgarbada escritas en color rojo, azul o a lápiz.

El juez instructor pasaba las hojas con calma, como un alumno sobresaliente hojea un libro de texto con la seguridad del que se sabe la asignatura de pe a pa.

De vez en cuando lanzaba una mirada a Krímov. Parecía un artista que cotejara el parecido de su dibujo con el natural: los rasgos físicos, el carácter y los ojos, espejo del alma...

Qué perversa se había vuelto su mirada... Su cara ordinaria (y después de 1937 Krímov se había encontrado a menudo con muchas como ésa en los *raikoms* y los *obkoms*, en las milicias de distrito, en las bibliotecas y las editoriales) de repente perdió su vulgaridad. A Krímov le pareció compuesta de cubos separados, cubos que no formaban un todo, un hombre. En el primer cubo estaban los ojos, en el segundo las manos de gestos lentos, en el tercero la boca que hacía preguntas. Y estos cubos se habían mezclado, habían perdido sus proporciones: la boca era desmesuradamente grande, los ojos estaban encajados debajo de la boca, en la frente fruncida, que a su vez ocupaba el lugar donde debía estar la barbilla.

–Bueno, ésas tenemos –dijo el juez instructor, y su cara recobró la apariencia humana. Cerró la carpeta y los lazos enredados quedaron sin atar.

«Como un zapato con los cordones desatados», pensó la criatura con los pantalones y los calzoncillos sin botones.

–La Internacional Comunista –enunció el juez instructor con voz lenta y majestuosa; luego continuó con su tono habitual–: Nikolái Krímov, funcionario del Komintern. –Y de nuevo con voz pausada y solemne pronunció–: La Tercera Internacional.

Después se quedó un largo rato absorto en sus pensamientos.

–Una mujer de armas tomar esa Muska Grinberg, ¿verdad? –observó de repente el juez instructor con vivacidad y malicia; se lo dijo de hombre a hombre, y Krímov se sintió confuso, desconcertado, se ruborizó violentamente.

¡Era cierto! Pero por mucho tiempo que hubiera pasado continuaba avergonzándose. Por lo que recordaba, en aquella época ya estaba enamorado de Zhenia. Al salir del trabajo había pasado a ver a un viejo amigo para saldar una deuda: quería devolverle un dinero que le había pedido prestado, creía recordar, para hacer un viaje. De lo que había ocurrido a continuación se acordaba bien. Su amigo Konstantín no estaba en casa. En realidad, ella nunca le había gustado: tenía una voz ronca porque fumaba sin parar, emitía juicios con arrogancia, era subsecretaria del comité del Partido en el Instituto de Filosofía. A decir verdad, era una mujer bonita; tenía, como se suele decir, muy buena planta. Así que... había manoseado a la mujer de Kostia sobre el diván, y luego se habían visto un par de veces más.

Una hora antes había creído que el juez instructor no sabía nada de él, que era un hombre de provincias al que acababan de promocionar... Pero el tiempo iba pasando, y el funcionario continuaba interrogándole sobre comunistas extranjeros, amigos de Nikolái Grigórievich; conocía sus nombres de pila, cómo los apodaban en broma, el nombre de sus mujeres y sus amantes. Había algo siniestro en la extensión de sus conocimientos. Incluso suponiendo que Nikolái Grigórievich hubiera sido un gran hombre cada una de cuyas palabras tuviera una dimensión histórica, no habría hecho falta reunir en aquel enorme expediente tantas nimiedades y reliquias.

Sin embargo nada se consideraba una fruslería.

Allí por donde había pasado había dejado huellas; un séquito a sus espaldas había registrado toda su vida.

Una observación maliciosa sobre un camarada, una broma sobre un libro leído, un brindis burlón en un cumpleaños, una conversación telefónica de tres minutos, una nota malintencionada que había dirigido al presídium durante una asamblea: todo estaba recopilado en aquella carpeta con lazos.

Sus palabras y sus intervenciones, desecadas, componían un voluminoso herbolario. Unos dedos pérfidos habían recogido con diligencia maleza, ortigas, cardos, zarzas...

El gran Estado se interesaba por su aventura con Muska Grinberg. Palabritas insignificantes y bagatelas se entrelazaban con su fe; su amor hacia Yevguenia Nikoláyevna no significaba nada, sólo contaban algunas relaciones fortuitas y triviales, y él ya no conseguía distinguir lo esencial de lo banal. Una frase irrespetuosa pronunciada a propósito de las nociones filosóficas de Stalin parecía contar más que diez años de trabajo insomne en el seno del Partido. ¿De veras había dicho en 1932, cuando conversaba en el despacho de Lozovski con un camarada llegado de Alemania, que el movimiento sindical soviético era demasiado estatal y poco proletario? Y ahora resultaba que aquel camarada había dado el chivatazo.

¡Dios mío, qué sarta de mentiras! Una telaraña crujiente, viscosa, le llenaba la boca y las ventanas de la nariz.

–Por favor, comprenda, camarada juez instructor.

–Ciudadano juez instructor.

–Sí, sí, ciudadano. Todo esto no son más que patrañas, una artimaña. Soy miembro del Partido desde hace más de veinticinco años. Fui yo quien levantó a los soldados en 1917. Estuve cuatro años en China. Trabajé noche y día. Me conocen cientos de personas... En esta guerra me presenté como voluntario para ir al frente. Incluso en los peores momentos los hombres han tenido confianza en mí, me han seguido. Yo...

–¿Es que ha venido a recibir un diploma de honor? –preguntó el investigador–. ¿Está rellenando la solicitud de un diploma?

En efecto, no estaba allí para recibir un diploma.

El juez instructor sacudió la cabeza.

–¡Y encima se queja de que su mujer no le trae paquetes! ¡Menudo marido!

Ésas eran las palabras que había confiado a Bogoleyev en la celda. ¡Dios mío! Katsenelenbogen le había dicho en broma: «Un griego sentenció: "Todo fluye", y nosotros afirmamos: "Todos se chivan"».

Dentro de esa carpeta con lacitos, su vida había perdido su consistencia, su duración, su proporción... Todo se disolvía en una pasta gris, pegajosa, y él mismo ya no sabía qué era más importante: cuatro años de trabajo clandestino incesante en el calor bochornoso de Shanghai, la misión de Stalingrado, la fe revolucionaria o algunas palabras airadas sobre la pobreza de los periódicos soviéticos que le había dicho, en el sanatorio Los Pinos, a un periodista que apenas conocía.

El juez instructor le preguntó afablemente, en tono cordial y suave:

–Y ahora cuénteme cómo el fascista Hacken le arrastró al espionaje y al sabotaje.

–¿No lo estará diciendo en serio?

–Déjese de tonterías, Krímov. Ya ve que conocemos todos los pasos de su vida.

–Pues claro, por eso...

–No insista, Krímov. No logrará engañar a los órganos de seguridad.

–¡Sí, pero todo esto no es más que una farsa!

–El problema, Krímov, es que tenemos las confesiones de Hacken. Cuando se arrepintió de su crimen, nos proporcionó información sobre el vínculo criminal que les unía.

–¡Muéstreme diez declaraciones de Hacken, si quiere, y

yo continuaré repitiendo que es mentira! ¡Puro delirio! Si es cierto que Hacken ha confesado, ¿por qué me han confiado el cargo de comisario militar y la misión de conducir hombres al combate precisamente a mí, un saboteador y un espía? ¿Dónde estaban ustedes? ¿Hacia dónde miraban?

–¿Acaso ha venido a darnos lecciones? ¿Viene a supervisar el trabajo de los órganos de seguridad?

–Pero de qué habla... ¡Dar lecciones, supervisar! Es una cuestión de lógica. Conozco a Hacken. No es posible que haya declarado haberme reclutado. ¡Es imposible!

–¿Por qué es imposible?

–Es un comunista, un combatiente de la Revolución.

–¿Siempre ha estado seguro de eso? –preguntó el juez instructor.

–Sí –respondió Krímov–, siempre.

El juez instructor asintió con la cabeza, hojeó el expediente y repitió casi turbado:

–Bueno, eso es otra cosa, es otra cosa...

Extendió a Krímov una hoja de papel, y cubriendo una parte con la palma de la mano, le dijo:

–Lea.

Krímov leyó lo que había escrito y se encogió de hombros.

–Despreciable –sentenció, dejando a un lado la hoja.

–¿Por qué?

–Porque este individuo no tiene el valor de declarar abiertamente que Hacken es un comunista honrado, pero le falta vileza para acusarle, así que tergiversa.

El juez instructor levantó la mano y enseñó a Krímov su propia firma y la fecha: febrero de 1938.

Los dos hombres callaron. Luego, el juez instructor le preguntó con severidad:

–¿Acaso le golpearon y se vio obligado a escribir esta declaración?

–No, nadie me golpeó.

La cara del juez instructor volvió a dividirse en cubos, y mientras sus ojos furiosos le miraban con repugnancia, la boca decía:

–Muy bien, durante el tiempo que estuvieron cercados, usted abandonó durante dos días su destacamento. Un avión militar le transportó al Estado Mayor del grupo de ejércitos alemán y usted pasó información importante y recibió nuevas instrucciones.

–Eso es un auténtico delirio –musitó la criatura con el cuello de la guerrera desabrochado.

Pero el juez instructor no se detuvo ahí. Ahora Krímov ya no estaba seguro de ser un hombre de principios elevados, fuerte, con las ideas claras, dispuesto a morir por la Revolución. Se sentía un ser débil, indeciso, charlatán, que había repetido rumores absurdos, se había permitido ironizar sobre el sentimiento que el pueblo soviético tenía hacia el camarada Stalin. No había sido selectivo con sus amistades, entre sus amigos había muchos represaliados. En sus puntos de vista teóricos reinaba la confusión. Había dormido con la mujer de un amigo. Había hecho unas declaraciones ambiguas y cobardes sobre Hacken.

¿Acaso era él quien estaba allí sentado? ¿De veras le estaba pasando todo aquello? Era un sueño, el sueño de una noche de verano...

–Y antes de la guerra usted transmitía al centro trotskista con sede en el extranjero informaciones sobre cómo y qué pensaban los principales dirigentes del movimiento revolucionario internacional.

No había que ser un idiota ni un canalla para sospechar de la traición de una criatura tan sucia y miserable. Si Krímov hubiera estado en la piel del juez instructor no habría confiado en una criatura semejante. Conocía a aquel nuevo tipo de funcionarios del Partido, sustitutos de los miembros liquidados, destituidos o arrinconados en 1937. Era gente con una mentalidad diferente. Leían otros libros y los leían de otra manera; para ser más exactos, los «trabajaban» con esmero. Amaban y apreciaban los bienes materiales de la vida; el sacrificio revolucionario les era ajeno o sencillamente no era un rasgo esencial de su carácter. No conocían lenguas extranjeras, amaban sus raíces rusas, pero hablaban mal la propia lengua y decían: «procentaje», «un chaqueta», «Berlin», y hablaban de «prominentes activistas». Entre ellos había personas inteligentes, pero parecía que el gran motor del trabajo no estuviera en la idea, o en la razón, sino en una actitud de trabajo, en la astucia, en la sensatez pequeñoburguesa.

Krímov comprendía que los nuevos y los viejos cuadros del Partido formaban una gran comunidad de ideas e intereses, que no podía haber diferencias, sino sólo afinidad, unión. Sin embargo aquello no le impedía experimentar cierto sentimiento de superioridad respecto a los nuevos hombres, la superioridad del bolchevique leninista.

No se daba cuenta de que su vínculo con el juez instructor ya no residía en el hecho de estar dispuesto a ponerle a su altura, de reconocerle como a un camarada de Partido. Ahora, el deseo de unión con el juez instructor respondía a una patética esperanza: que éste se acercara a él, que reconociera a Nikolái Krímov, o al menos que admitiera que no todo en él era malo, deshonesto, insignificante.

Krímov no se había percatado del sutil cambio, pero ahora la seguridad del juez instructor era la propia de un verdadero comunista.

—Si usted es capaz de arrepentirse sinceramente, si conserva todavía una brizna de amor por el Partido, entonces ayúdelo reconociendo las imputaciones.

Y de repente, extirpando la debilidad que le estaba devorando la corteza cerebral, Krímov gritó:

—¡No conseguirá nada de mí! ¡No firmaré unas declaraciones falsas! ¿Me oye? No firmaré ni bajo tortura.

—Piénselo —respondió el juez instructor.

Se puso a hojear unos papeles sin mirar a Krímov. Los minutos pasaban. Dejó a un lado el expediente y cogió de la mesa un folio en blanco. Parecía que se hubiera olvidado de Krímov; escribía sin prisa, entornando los ojos mientras se concentraba en sus pensamientos. Después releyó lo que había escrito, volvió a reflexionar, sacó un sobre del cajón y comenzó a escribir en él una dirección. Tal vez aquella carta no tenía nada que ver con el trabajo. Luego comprobó la dirección y subrayó dos veces el apellido. Recargó la estilográfica de tinta y se entretuvo un buen rato limpiando las gotas. Después sacó punta a unos lápices encima del cenicero. La mina de un lapicero no hacía más que romperse, pero el funcionario, sin enfadarse, perseveraba en su paciente empeño de afilarlo. Luego probó sobre la yema si la punta estaba bien afilada.

Entretanto la criatura pensaba. Tenía en qué pensar.

¿De dónde habían salido tantos chivatos? Debía recordar, descubrir al autor de la denuncia. Muska Grinberg... El juez instructor sacaría a Zhenia a colación... Pero era extraño que no hubiera preguntado ni dicho una palabra sobre ella... «¿Es posible que haya sido Vasia el que ha declarado contra mí...? Pero ¿qué, qué es lo que debo confesar? Estoy ya aquí, y el misterio sigue sin resolver. ¿Para qué necesita esto el Partido? Iósif, Koba, Soso[1]. ¿Por qué pecados se ha aniquilado a tanta gente buena y fuerte? No hay que recelar de los interrogatorios de los jueces instructores, sino del silencio, de aquello que se calla; Katsenelenbogen tenía razón. Sí, pronto comenzaría con Zhenia. Estaba claro que la habían arrestado. ¿De dónde parte todo esto, cómo ha comenzado? Pero ¿es posible que yo esté aquí? ¡Qué angustia, cuántas porquerías en mi vida! ¡Perdóneme, camarada Stalin! ¡Una palabra suya, Iósif Vissariónovich! Soy culpable, me he confundido, he dudado, el Partido lo sabe todo, lo ve todo. Pero ¿por qué, por qué hablé con aquel periodista? ¿No da ya todo lo mismo? Pero ¿qué tiene que ver aquí el cerco? Era absurdo: calumnias, mentiras, provocaciones. ¿Por qué, por qué no dije aquella vez sobre Hacken: "Hermano mío, amigo mío, no dudo de tu honradez"? Hacken había apartado sus ojos infelices...»

De repente el juez instructor preguntó:

—¿Qué? ¿Se le ha refrescado la memoria?

Krímov hizo un gesto de impotencia con los brazos y respondió:

—No tengo nada que recordar.

Sonó el teléfono.

1. Nombre, seudónimo y diminutivo de Stalin.

–Diga –dijo el juez instructor lanzando una ojeada rápida a Krímov, y añadió–: Sí, dispóngalo todo, dentro de poco será hora de comenzar.

Krímov tuvo la impresión de que hablaban de él.

Luego el investigador colgó el auricular y volvió a descolgar. Aquella conversación telefónica era extraña, se desarrollaba como si a su lado no hubiera un hombre, sino un animal de cuatro patas. Era evidente que el juez instructor hablaba con su mujer.

Al principio las preguntas atañían a problemas domésticos:

–¿En la tienda especial? ¿Un ganso? Está bien... ¿Por qué no te lo han dado con el primer cupón? La mujer de Serguéi los llamó al departamento y con el mismo cupón le dieron una pierna de carnero; nos han invitado. A propósito, he cogido requesón en la cantina... No, no es agrio, tengo ochocientos gramos... ¿Cómo va hoy el gas? No te olvides del traje.

Luego cambió de tema:

–Bien, cuídate, no me eches demasiado de menos. ¿Has soñado conmigo...? ¿Qué aspecto tenía? ¿Cómo estaba, en calzoncillos? Qué pena... Bueno, te enseñaré un par de cosas cuando llegue... ¿La limpieza? De acuerdo, pero ni hablar de coger peso.

En esa cotidianidad pequeñoburguesa había algo increíble: cuanto más corrientes y humanas eran las palabras, menos se parecía a un hombre quien las pronunciaba. En el simio que copia los comportamientos humanos hay algo espantoso... Y el mismo Krímov sentía claramente que ya no era un hombre, porque en presencia de un extraño no se mantienen conversaciones de ese tipo: «Te beso en los labios..., no quieres..., bueno, está bien, está bien...».

Aunque si era correcta la teoría de Bogoleyev según la cual Krímov era un gato de Angora, una rana, un jilguero o sencillamente un escarabajo sobre una ramita, en ese caso la conversación no tenía nada de extraordinario.

Hacia el final del diálogo el juez instructor preguntó:

–¿Que huele a quemado? Bueno, pues corre, corre, hasta luego.

Luego cogió un libro y un cuaderno y se sumergió en la lectura, tomando notas de vez en cuando con un lápiz; tal vez se preparaba para un examen o estaba redactando un informe...

De pronto, terriblemente irritado, observó:

–¿Por qué no deja de golpear con los pies? ¿Cree que está en un desfile deportivo?

–Se me han dormido las piernas, ciudadano juez instructor.

Pero el juez instructor se había zambullido de nuevo en la lectura del libro científico.

Unos diez minutos más tarde, preguntó con aire distraído:

–¿Qué? ¿Se le ha refrescado la memoria?

–Ciudadano juez instructor, tengo que ir al baño.

El juez instructor suspiró, fue hasta la puerta y llamó en voz baja. Los propietarios de perros ponen una cara parecida cuando el animal quiere salir a pasear a una hora intempestiva. Entró un soldado con el uniforme de combate. Krímov le examinó con ojo experto: todo estaba en orden, el cinturón bien ajustado, el cuello inmaculado, el gorro en la posición reglamentaria. Sólo que aquel joven soldado no ejercía su oficio de combatiente.

Krímov se levantó con las piernas entumecidas después de estar tanto rato sentado en la silla, y dio unos primeros pasos tambaleantes. En el baño trataba de pensar a toda prisa mientras el centinela no le quitaba ojo de encima, y en el viaje de vuelta hizo tres cuartos de lo mismo. Tenía cosas de sobra en que pensar.

Cuando Krímov regresó al despacho el juez instructor ya no estaba; en su lugar había un joven uniformado con hombreras azules adornadas por un cordón rojo de capitán. El capitán dirigió al detenido una mirada hostil, como si le hubiera odiado toda su vida.

–¿Qué haces ahí plantado? –dijo el capitán–. ¡Vamos, siéntate! Ponte recto, carroña: ¿por qué curvas la espalda? Mira que te doy una que te enderezas de golpe.

«Bonita manera de presentarse», pensó Krímov, y le asaltó un miedo nunca experimentado, ni siquiera en la guerra.

«Ahora comenzará todo desde el principio», pensó.

El capitán echó una nube de humo de tabaco a través de la cual se abrió paso su voz.

–Aquí tienes, papel y bolígrafo. ¿Tengo que escribir por ti?

Al capitán le gustaba humillar a Krímov. Pero tal vez sólo formaba parte de su trabajo... En el frente a veces ordenan a los artilleros que disparen para inquietar al enemigo, y disparan noche y día.

–¿Y así te sientas? ¿Has venido aquí a dormir?

Unos minutos más tarde le increpó de nuevo:

–¡Eh! ¿No has oído lo que te he dicho? ¿O es que no te importa?

Se acercó a la ventana, levantó la cortina de camuflaje, apagó la luz, y la mañana miró con hostilidad a los ojos de Krímov. Era la primera vez desde que había llegado a la Lubianka que veía la luz del día.

«Ha pasado la noche», pensó Nikolái Grigórievich.

¿Había conocido una mañana peor que aquélla en su vida? ¿Era él quien, feliz y libre, sólo unas semanas antes había estado echado despreocupadamente en un cráter de bomba mientras el acero silbaba sobre su cabeza?

El tiempo se había vuelto confuso: se encontraba en aquel despacho desde hacía una eternidad, y sin embargo hacía poco que había dejado Stalingrado.

Qué luz gris, de piedra, brilla fuera de la ventana, esa luz que se filtra en el patio interior de la prisión. No parecía luz, sino agua sucia. Bajo aquella luz de una mañana de invierno los objetos tenían un aspecto todavía más burocrático, sombrío, hostil que bajo la luz eléctrica.

No, no eran las botas las que se le habían quedado pequeñas, sino los pies los que se le habían hinchado.

¿De qué manera se habían relacionado el aquí y ahora, su vida pasada y su trabajo en el cerco de 1941? ¿A quién pertenecían los dedos que habían unido lo incompatible? ¿Y con qué finalidad? ¿A quién le hacía falta? ¿Por qué?

Los pensamientos eran tan ardientes que por momentos olvidaba el dolor de espalda y de riñones, no sentía las piernas hinchadas haciendo presión contra las cañas de sus botas.

Fritz Hacken... «¿Cómo he podido olvidarme de que yo, en 1938, estuve sentado en una habitación como ésta? Así, pero no exactamente así: en el bolsillo tenía un salvoconducto.»

Ahora le venían a la cabeza los detalles más sórdidos: el deseo de gustar a todos, al empleado de la oficina de pases, a los porteros, al ascensorista con uniforme militar. El juez instructor había dicho: «Camarada Krímov, por favor, ayúdenos». ¡Lo más detestable era el deseo de sinceridad! ¡Oh, ahora se acordaba! ¡Sólo contaba la sinceridad! Y él había sido sincero, había hecho memoria de los errores de Hacken a la hora de valorar el movimiento espartaquista, su hostilidad hacia Thalmann, su deseo de recibir honorarios por su libro, su separación de Elsa justo cuando estaba encinta... La verdad es que también había recordado lo bueno... El juez instructor había anotado una de sus frases: «Sobre la base de un conocimiento cimentado durante años considero poco probable su participación en acciones directas de sabotaje, aunque no puedo excluir del todo la posibilidad de una duplicidad de conducta...».

Sí, había hecho una denuncia... Todo lo que contenía aquella carpeta, que le acompañaría hasta la eternidad, eran afirmaciones de camaradas que también habían querido ser sinceros. ¿Por qué él había querido ser sincero? ¿Por su sentido de deber hacia el Partido? ¡Mentira, mentira! Si de verdad hubiera querido ser sincero sólo tendría que haber hecho una cosa: golpear con el puño contra la mesa y gritar: «Hacken es un hermano, un amigo, ¡es inocente!». Pero no, él había hurgado en la memoria en busca de nimiedades, hilando muy fino para ayudar a aquel hombre sin cuya firma su pase no tendría validez para abandonar la casa grande. Y se acordaba también de esto: la sensación ávida de felicidad que le embargó cuando el juez instructor le dijo: «Un minuto, que le firmo el salvoconducto, camarada Krímov». Había ayudado a meter a Hacken entre rejas. ¿Adónde se dirigió el amante de la verdad con su salvoconducto firmado? ¿Acaso no había ido a casa de Muska Grinberg, la mujer de su amigo? Pero en realidad todo lo que había dicho de Hacken era cierto. Y del mismo modo todo lo que habían dicho de él era verdad. Efectivamente, había contado a Fedia Yevséyev que Stalin padecía complejo de inferioridad a causa de su falta de instrucción filosófica. Era atroz la lista de personas con las que se había encontrado: Nikolái Ivánovich, Grigori Yevséyevich, Lómov, Shatski, Piatnitski, Lominadze, Riutin, el pelirrojo Shliápnikov; había ido a ver a Liev Borísovich a la «Academia», a Lashevich, Yan Gamárnik, Luppol; había visitado al viejo Riazánov en el instituto; en Siberia se había quedado un par de veces en casa de Eije, un viejo conocido; y luego se había encontrado en dos ocasiones con Skrípnik en Kiev, y Stanislav Kosior en Járkov, y Ruth Fischer; y sí... gracias a Dios el juez instructor había olvidado lo más importante, y es que en una época Liev Davídovich[1] le había tenido estima...

En pocas palabras, era una manzana podrida. Pero ¿por qué? ¿Acaso no eran los otros más culpables que él? «Sin embargo, yo todavía no he firmado nada. Ten paciencia, Nikolái, ya verás como tú también acabarás firmando. Probablemente lo peor está por llegar. Te tendrán aquí, sin dejarte dormir durante tres días, y después comenzarán a pegarte. Nada de esto se parece mucho al socialismo, ¿no? ¿Por qué mi Partido quiere aniquilarme? Somos nosotros los que hemos hecho la Revolución, y no Malenkov, Zhdánov o Scherbakov. Todos somos despiadados con los enemigos de la Revolución. ¿Por qué la Revolución es despiadada con nosotros? Tal vez lo sea por eso mismo... O tal vez no tenga nada que ver con la Revolución. ¿Qué va a ha-

1. Trotski.

993

cer este capitán con la Revolución? Es sólo un bandido, un miembro de las Centurias Negras.»

Ahí estaba, dando palos al agua, y entretanto el tiempo pasaba.

Le dolían la espalda y las piernas, el agotamiento le consumía. Sólo pensaba en estirarse en la cama y, descalzo, mover los dedos de los pies, levantar las piernas, rascarse las pantorrillas.

–¡Nada de dormirse! –gritó el capitán, como si diera una orden en el fragor de la batalla.

Daba la impresión de que el frente se quebraría y el Estado soviético se vendría abajo si Krímov cerraba los ojos un instante...

En toda su vida Krímov no había oído tal cantidad de improperios.

Sus amigos, sus colaboradores más queridos, sus secretarias, aquellos que habían participado en sus conversaciones más íntimas habían recogido cada una de sus palabras y de sus actos. A medida que los recuerdos afluían se sentía aterrado: «Eso se lo dije a Iván, sólo a Iván». «Aquello fue en una conversación con Grisha, a Grisha lo conozco desde los años veinte.» «Eso fue cuando hablé con Mashka Meltser. Ay, Mashka, Mashka.»

De pronto le vinieron a la memoria las palabras del juez instructor: que no contaba con recibir un paquete de Yevguenia Nikoláyevna... Era un comentario de una reciente conversación que había mantenido en la celda con Bogoleyev. Hasta el último día la gente no había dejado de llenar el herbolario de Krímov.

Por la tarde le llevaron una escudilla de sopa, pero la mano le temblaba tanto que tuvo que inclinar la cabeza y sorber la sopa por el borde de la escudilla, mientras la cuchara repiqueteaba.

–Comes como un cerdo –observó con tono triste el capitán.

Luego tuvo lugar otro acontecimiento: Krímov pidió ir de nuevo al baño. Ahora, mientras recorría el pasillo, ya no lograba concentrarse en nada; sólo de pie ante la taza pensó: «Menos mal que me descosieron los botones; me tiemblan tanto los dedos que no habría sido capaz de abrir y cerrar la bragueta».

Entretanto el tiempo pasaba y hacía su trabajo. El Estado con las hombreras del capitán había obtenido la victoria. En la cabeza de Krímov flotaba una niebla espesa, gris; probablemente la misma niebla que llena el cerebro de los simios. No había existido nunca ni pasado ni futuro, no había existido nunca una carpeta con lazos enredados. En el mundo sólo había una cosa: quitarse las botas, rascarse, dormir.

Regresó el juez instructor.

—¿Ha dormido? —le preguntó el capitán.

—Los jefes no duermen, los jefes reposan —dijo en tono aleccionador el juez instructor, repitiendo un viejo chiste de soldado.

—Por supuesto —confirmó el capitán—. Entretanto sus subordinados pegan alguna que otra cabezada.

Del mismo modo que un obrero que al comenzar su turno echa una ojeada a la máquina e intercambia unas palabras apresuradas con el compañero al que sustituye, así actuó el juez instructor, que miró a Krímov, el escritorio, y luego dijo:

—Muy bien, camarada capitán.

Echó una ojeada al reloj, sacó la carpeta del cajón, desató los lazos, hojeó algunos papeles y, rebosante de ardor y energía, declaró:

—Venga, Krímov, continuemos.

Y se pusieron manos a la obra.

El juez instructor se interesaba hoy por la guerra. Y una vez más demostró estar al corriente de infinidad de cosas: conocía los destinos de Krímov, sabía el número de los regimientos y los ejércitos, el nombre de las personas que habían combatido junto a él, le recordaba las palabras pronunciadas en la sección política, su observación a propósito de la nota llena de faltas de un general.

Todo el trabajo realizado en el frente, sus discursos pronunciados bajo el fuego alemán, la fe que había compartido con los soldados en los duros días de la retirada, las privaciones, el frío..., todo, de repente, había dejado de existir.

No era más que un charlatán deplorable, un hombre de dos caras que había desmoralizado a sus camaradas, les había contagiado su incredulidad y su desesperación. ¿Cómo no iban a suponer que los servicios de inteligencia le habían ayudado a cruzar la línea del frente para que pudiera seguir con sus actividades de espía y saboteador?

En los primeros minutos del nuevo interrogatorio, a Krímov se le contagiaron las fuerzas renovadas del descansado juez instructor.

—Como quiera —declaró—, pero nunca confesaré que soy un espía.

El juez instructor miró por la ventana: estaba oscureciendo y apenas distinguía los papeles sobre la mesa.

Encendió la lámpara de sobremesa y bajó la cortina azul.

Del otro lado de la puerta llegó un aullido bestial y lúgubre, pero de pronto se interrumpió y de nuevo se hizo el silencio.

—Continuemos, Krímov —dijo el juez instructor mientras se sentaba de nuevo a la mesa.

Preguntó a Krímov si sabía por qué nunca le habían ascendido, y recibió una respuesta confusa.

—El hecho es, Krímov, que usted ha servido en el frente como comisario de batallón cuando debería haber sido miembro del Consejo Militar del ejército o incluso del frente.

Por un instante miró fijamente a Krímov sin decir nada, y tal vez escrutándolo por primera vez como un verdadero juez instructor, luego pronunció con voz solemne:

—El propio Trotski afirmó de sus artículos: «Es puro mármol». Si ese reptil hubiera usurpado el poder, le habría sentado a usted en lo más alto. No es para tomarlo a broma: «puro mármol».

«Bueno, hasta ahora sólo eran cartas menores —pensó Krímov—. Ahora sacará el as.»

Está bien, está bien, se lo diría todo: cuándo, dónde, en qué ocasión... Pero también al camarada Stalin se le podrían plantear las mismas preguntas. Krímov nunca había tenido ninguna relación con el trotskismo, siempre había votado contra las resoluciones trotskistas, ni una sola vez a favor.

Pero lo más importante era poder quitarse los zapatos, tumbarse, poner los pies descalzos en alto, dormir y rascarse durante el sueño.

El juez instructor arremetió de nuevo, con voz baja y afectuosa:

—¿Por qué no quiere usted ayudarnos? ¿Cree que todo consiste en que haya cometido o no crímenes antes de la guerra, o en que reanudara sus contactos o fijara encuentros durante el cerco? El problema es más serio, más profundo. Tiene que ver con la nueva orientación del Partido. Ayude al Partido en esta nueva etapa de lucha. Para hacerlo es necesario que se deshaga de las valoraciones del pasado. Éste es un deber que sólo los bolcheviques son capaces de afrontar. Por este motivo hablo con usted.

—De acuerdo, muy bien —dijo despacio, soñoliento, Krímov—, puedo admitir que me haya convertido en portavoz involuntario de las opiniones hostiles al Partido. Tal vez mi internacionalismo entrara en contradicción con la noción del Estado socialista soberano. Puede que, a causa de mi carácter, después de 1937 haya sido ajeno a la nueva orientación del Partido, a los nuevos hombres. Estoy dispuesto a admitirlo. Pero por lo que respecta al espionaje, al sabotaje...

—¿A qué viene ese «pero»? Ve, iba por buen camino, estaba a punto de reconocer su hostilidad hacia la causa del Partido. ¿Es posible que la forma tenga tanta importancia? ¿Por qué ese «pero» si usted ya ha admitido lo más importante?

—No, nunca admitiré que soy un espía.

—Por lo tanto se niega a ayudar al Partido. Habla, y cuando estamos a punto de llegar al fondo de la cuestión, ¿quiere enterrar la cabeza como un avestruz? ¡Usted es una mierda, una mierda de perro!

Krímov pegó un salto, cogió al juez instructor por la corbata, luego dio un puñetazo contra la mesa y dentro del teléfono algo resonó. Gritó con voz penetrante, casi aullando:

—Tú, hijo de puta, canalla, ¿dónde estabas cuando yo guiaba a los hombres al combate en Ucrania y en los bosques de Briansk? ¿Dónde estabas tú cuando yo me batía en pleno invierno en Vorónezh? Tú, miserable, ¿has estado en Stalingrado? ¿Y soy yo el que no ha hecho nada por el Partido? ¿Acaso eres tú, hocico de policía, el que ha defendido la patria soviética estando aquí en la Lubianka? ¿No he sido yo el que ha luchado por nuestra causa en Stalingrado? ¿Fuiste tú el que estuvo a punto de ser ejecutado en Shanghai? ¿Fue a ti, basura, o a mí a quien uno de los soldados de Kolchak le disparó en el hombro izquierdo?

Después le pegaron, pero no de modo primitivo, golpeándole en la cara, como hacían en la sección especial del frente, sino con refinamiento y método científico, teniendo en cuenta nociones de fisiología y anatomía.

Le golpeaban dos jóvenes vestidos con uniformes visiblemente nuevos, y él gritaba:

—Vosotros, sinvergüenzas, mereceríais ir al batallón disciplinario... Habría que mandaros a primera línea... desertores...

Ellos hacían su trabajo, sin rabia, sin perder los estribos. Parecía que no le pegaban muy fuerte, pero los golpes eran tremendos, como un insulto repugnante dejado caer con frialdad.

Comenzó a manar sangre de la boca de Krímov, a pesar de que no había recibido ni un solo golpe en los dientes, y aquella sangre no procedía de la nariz, ni de la mandíbula, ni de un mordisco en la lengua, como en Ájtuva... Aquélla era sangre profunda, que salía de los pulmones. Ya no recordaba dónde estaba, no recordaba con quién estaba... Encima de él apareció de nuevo la cara del juez instructor.

Señaló con el dedo el retrato de Gorki que colgaba en la pared sobre el escritorio y preguntó:

–¿Qué dijo el gran escritor proletario Maksim Gorki?

Y en tono pedagógico y persuasivo se respondió a sí mismo:

–Si el enemigo no se rinde, hay que aniquilarlo.

Después vio la lámpara en el techo y a un hombre con charreteras estrechas.

–Muy bien, puesto que la medicina lo permite –dijo el juez instructor–, se acabó el descanso.

Krímov se encontró enseguida sentado de nuevo ante la mesa escuchando argumentos persuasivos:

–Podemos seguir así una semana, un mes, un año... Simplifiquemos las cosas: aunque usted no sea culpable de nada, firmará lo que yo le diga. Después no volverán a pegarle. ¿Está claro? Tal vez la OSO le condene, pero no le golpearán más. ¡Que no es poco! ¿Cree que me gusta que le peguen? Le dejaremos dormir. ¿Queda claro?

Pasaban las horas y la conversación continuaba. Parecía que ya nada podía desconcertar a Krímov, sacarle de su sopor.

Sin embargo, al escuchar el nuevo discurso del juez instructor, entreabrió sorprendido la boca y levantó la cabeza.

–Todo esto pertenece al pasado, podemos olvidarlo –dijo el juez instructor, señalando la carpeta de Krímov–; pero lo que no podemos olvidar es que usted ha traicionado a la patria durante la batalla de Stalingrado. Tenemos testigos, documentos que le imputan. Usted ha trabajado con el fin de socavar la conciencia política de la casa 6/1. Usted incitó a la traición a Grékov, un patriota, intentando convencerle de que se pasara al bando enemigo. Usted ha traicionado la confianza de sus superiores, la confianza del Partido que le envió en misión a aquella casa en calidad de comisario militar. Pero ¿cómo se comportó una vez allí? ¡Como un agente enemigo!

Al alba Nikolái Grigórievich fue golpeado de nuevo y tuvo la impresión de sumergirse en una tibia leche negra. De nuevo, el hombre con las charreteras estrechas asintió mientras secaba la aguja de la jeringuilla, y el juez instructor repitió:

–Bien, puesto que la medicina lo permite...

Estaban sentados el uno frente al otro. Krímov miró la cara extenuada de su interlocutor, y se asombró de su propia ausencia de rencor: ¿es posible que hubiera querido coger a aquel hombre de la corbata y estrangularlo? Ahora en Nikolái Grigórievich había surgido un sentimiento de intimidad con el juez instructor. La mesa ya no los separaba, sino que estaban sentados como dos camaradas, dos hombres afligidos.

De repente a Krímov le vino a la cabeza aquel hombre al que habían fusilado mal y que, en una noche de otoño, había regresado de la estepa a la sección especial del frente con la ropa interior ensangrentada.

«Ése es mi destino –pensó–. Yo tampoco sé adónde ir. Ya es demasiado tarde.»

Luego pidió ir al lavabo. A su regreso había aparecido el capitán del día antes. Levantó la cortina de camuflaje, apagó la lámpara y se encendió un cigarrillo.

Y Nikolái Grigórievich volvió a ver la luz del día, desapacible, como si no la proyectara el sol o el cielo, sino el ladrillo gris de la prisión interior.

44

Los catres estaban vacíos: sus vecinos habían sido trasladados o estaban siendo sometidos a interrogatorio.

Él yacía hecho añicos, inconsciente, cubierto de escupitajos por la vida, con un dolor insoportable en el lumbago y los riñones magullados.

En aquellas horas de amargura en que su vida se quebraba comprendió el valor del amor de una mujer. ¡Una mujer! Sólo ella puede querer a un hombre pisoteado por botas de hierro. Allí está él, cubierto de escupitajos, y ella le lava los pies, le desenreda el pelo, acaricia sus ojos que se han vuelto apáticos. Cuanto más le han destruido el alma, cuanto más repugnante se ha convertido y más despreciable es para el mundo, más querido es para ella. Ella corre detrás del camión, hace cola en Kuznetski Most, en la valla del campo; hace de todo para mandarle bombones, cebollas; en el hornillo de petróleo cocina galletas; daría años enteros de su vida sólo por verle media hora...

No todas las mujeres con las que te acuestas pueden ser tu mujer.

Su desesperación era tan lacerante que tuvo deseos de provocar la misma desesperación en otra persona.

Compuso mentalmente las líneas de una carta: «Después de enterarte de lo ocurrido, te has alegrado no porque me hayan aplastado sino porque has llegado a tiempo de escaparte de mí, y bendices ese instinto de roedor que te ha permitido abandonar el barco antes de que se fuera a pique..., estoy solo...».

Le relampagueó la imagen del teléfono sobre la mesa del juez instructor..., aquel robusto animal que le golpea en los costados, bajo las costillas..., el capitán que levanta la cortina, apaga la luz..., y las hojas del expediente susurran, susurran, y aquel susurro le adormece...

De repente le pareció que un punzón curvo calentado al rojo vivo le perforaba el cráneo, y tuvo la impresión de que su cerebro desprendía un hedor a chamuscado: ¡Yevguenia Nikoláyevna le había denunciado!

«¡De mármol! ¡De mármol!» Aquellas palabras que le habían dicho una mañana en Známenka, en el despacho del presidente del Consejo Militar Revolucionario de la República... El hombre de barba puntiaguda y lentes de resplandecientes cristales había leído el artículo de Krímov y le hablaba en voz baja y afectuosa. Ahora se acordaba: por la noche le había contado a Zhenia que el Comité Central le había llamado al Komintern para confiarle el encargo de la redacción de obras para la editorial Politizdat. Porque hubo un tiempo en el que había sido un ser humano. Y le había explicado que Trotski, después de leer su artículo «Revolución o reforma: China y la India», había dicho: «Es puro mármol».

Esas palabras habían sido dichas en una conversación íntima y nunca se las había repetido a nadie excepto a Zhenia. Por tanto el juez instructor tenía que haberlas oído de sus labios. Ella le había denunciado.

Ahora ya no sentía las setenta horas pasadas en vela, no podía dormir más. ¿La habían obligado? Pero ¿había alguna diferencia? «Camaradas, Mijaíl Sídorovich, ¡soy un hombre muerto! Me han matado. No con la bala de una pistola, ni con la fuerza de los puños, ni con la tortura del sueño. Me ha matado Zhenia. Confesaré lo que queréis, lo reconoceré todo. Con una sola condición: confirmadme que ha sido ella quien me ha denunciado.»

Se deslizó de la cama y comenzó a golpear con el puño contra la puerta, gritando:

—Que me lleven ante el juez instructor, lo firmaré todo.

El oficial de servicio se acercó y dijo:

—Deje de montar escándalo, prestará declaración cuando le llamen.

No podía estar solo. Se sentía mejor, más ligero, cuando le pegaban, cuando perdía el conocimiento... Puesto que la medicina lo permite...

Volvió cojeando hasta el catre, y justo cuando parecía que ya no podría soportar más tiempo ese tormento en el alma, cuando parecía que el cerebro le estaba a punto de estallar y que mil agujas se le clavaban en el corazón, en la garganta, en los ojos, lo comprendió: ¡Zhénechka no había podido traicionarle! Tuvo un acceso de tos y le recorrió un temblor.

—Perdóname, perdóname. No era mi destino vivir feliz contigo; yo soy el culpable de todo esto, no tú.

Y de pronto le invadió un sentimiento maravilloso. Probablemente era la primera persona que experimentaba esa sensación en aquel edificio desde el momento en que Dzerzhinski había puesto un pie dentro.

Se despertó y enfrente estaba Katsenelenbogen, sentado pesadamente con el pelo despeinado a lo Beethoven.

Krímov le dirigió una sonrisa, y la frente baja y carnosa de su compañero se frunció. Krímov comprendió que Katsenelenbogen había interpretado su sonrisa como un signo de locura.

–Veo que le han zurrado de lo lindo –observó Katsenelenbogen, señalando la guerrera manchada de sangre de Krímov.

–Sí, me han dado fuerte –confirmó él, torciendo la boca–. Y usted, ¿cómo está?

–Me han dado un paseo hasta el hospital. Nuestros vecinos se han ido: a Dreling la OSO le ha metido diez años más, con los que suma treinta, y Bogoleyev ha sido transferido a otra celda.

–Ah... –dijo Krímov.

–Venga, desahóguese.

–Creo que bajo el comunismo –dijo Krímov– el MGB recogerá en secreto todo lo bueno de las personas, cada palabra amable que hayan pronunciado. Los agentes rastrearán escuchas telefónicas, examinarán cartas, conversaciones íntimas, en busca de palabras dichas con fidelidad, honestidad y bondad, para informar a la Lubianka y recogerlas en un expediente. ¡Sólo las cosas buenas! En estos lugares reforzarán la fe en el hombre, en lugar de destruirla, como hacen ahora. La primera piedra la he puesto yo... Creo que a pesar de las denuncias y las mentiras he vencido, creo, creo...

Katsenelenbogen, que le escuchaba con aire distraído, dijo:

–Es verdad, así será. Sólo cabe añadir que una vez compuesto ese maravilloso expediente, a uno le traerán aquí, a la casa grande, e igualmente le liquidarán.

Miró con ojos escrutadores a Krímov, sin lograr entender por qué en su cara terrosa, amarillenta, con los ojos hundidos e inflamados, y rastros negros de sangre en la barbilla, lucía una sonrisa de felicidad y calma.

45

El ayudante de campo de Paulus, el coronel Adam, estaba de pie ante una maleta abierta. El ordenanza Ritter, en cuclillas, clasificaba la ropa interior dispuesta sobre unos periódicos extendidos en el suelo.

Adam y Ritter habían pasado la noche quemando papeles en el despacho del mariscal de campo; también habían quemado un enorme mapa personal del comandante que Adam consideraba una reliquia sagrada de guerra.

Paulus no había conciliado el sueño en toda la noche, había rechazado el café de la mañana y seguía con indiferencia el trasiego de Adam. De vez en cuando se levantaba y deambulaba por la habitación, sorteando paquetes de papeles amontonados en el suelo a la espera de ser incinerados. Los mapas, pegados sobre lienzos, ardían con dificultad, obstruían las rejillas, y Ritter debía despejar continuamente la estufa con el atizador.

Cada vez que Ritter abría la puerta de la estufa, el mariscal de campo alargaba las manos hacia el fuego. Adam quiso echarle sobre los hombros un capote, pero él se apartó con un gesto de indiferencia y Adam volvió a dejar el capote en el colgador.

Tal vez el mariscal de campo se veía prisionero en algún lugar de Siberia, plantado ante una hoguera en compañía de los soldados; se calentaba las manos mientras a su espalda se extendía el desierto y frente a él, más desierto.

Adam dijo a Paulus:

—Le he ordenado a Ritter que meta en su maleta ropa interior gruesa. De niños nos hicimos una idea falsa del Juicio Final, que nada tiene que ver con el fuego y las brasas.

Durante la noche el general Schmidt se había presentado dos veces. Los teléfonos, con los hilos cortados, estaban mudos.

Desde el primer momento del cerco, Paulus había comprendido con extrema lucidez que las tropas guiadas por él no podrían mantener la lucha en el Volga.

Se daba cuenta de que todos los elementos que habían determinado su victoria en verano, condiciones tácticas, psicológicas, meteorológicas y técnicas, habían desaparecido; las ventajas se habían convertido en desventajas. Se había dirigido a Hitler para comunicarle que en su opinión el 6.º Ejército, de común acuerdo con Manstein, debía romper el cerco en dirección suroeste y abrir un corredor a través del cual pudieran evacuar a sus divisiones, resignándose de antemano al abandono de la mayor parte de la artillería pesada.

El 24 de diciembre, cuando Yeremenko derrotó a las fuerzas de Manstein cerca del río Mishkova, para cualquier comandante de batallón de infantería estuvo claro que la resistencia en Stalingrado era imposible. Sólo había una persona que no lo veía así. Éste había cambiado de nombre al 6.º Ejército en la primera línea del frente, que se extendía del mar Blanco hasta Térek, y lo llamó «Fortaleza Stalingrado». En el Estado Mayor del 6.º Ejército se decía que Stalingrado se había transformado en un campo de prisioneros de guerra armados. Paulus envió un nuevo mensaje cifrado notificando que todavía había una pequeña posibilidad de romper el cerco. Se esperaba un terrible estallido de ira; nadie se había atrevido a llevarle la contraria dos veces al comandante supremo. Le habían contado la historia de cómo Hitler, en un arrebato de furia, le arrancó del pecho, al mariscal de campo Rundstedt la Cruz de Caballero, y Brauchitsch, que había presenciado la escena, al parecer sufrió un ataque al corazón. Con el Führer no se podía bromear.

El 31 de enero Paulus, finalmente, recibió una respuesta a su mensaje cifrado: le habían concedido el título de mariscal de campo. Hizo otra tentativa para demostrar que tenía razón y le otorgaron la más alta condecoración del Reich: la Cruz de Caballero con Hojas de Roble.

Acabó por darse cuenta de que Hitler había comenzado a tratarle como a un difunto, concediéndole a título póstumo el rango de mariscal de campo, así como la Cruz de Caballero con Hojas de Roble. Ahora sólo era necesario para una cosa: encarnar la imagen trágica del jefe de la heroica defensa de Stalingrado. Los centenares de miles de personas que se encontraban bajo su mando habían sido proclamados santos y mártires por la propaganda oficial. Estaban vivos, hervían carne de caballo, cazaban los últimos perros de Stalingrado, atrapaban urracas en la estepa, aplastaban piojos, fumaban cigarrillos liados con papel retorcido, y entretanto las emisoras de radio estatales transmitían, en honor de los legendarios héroes, una música fúnebre y solemne.

Estaban vivos, se soplaban los dedos enrojecidos, les colgaban mocos de la nariz y le daban vueltas en la cabeza a todas las posibilidades de conseguir alimento, robar, fingirse enfermos, entregarse al enemigo, calentarse en un sótano con una mujer rusa; al mismo tiempo, coros estatales de niños y niñas sonaban a través de las ondas: «Murieron para que Alemania viviera». Sólo si el Estado pereciera esos hombres podrían renacer a la vida espléndida y pecadora.

Todo había sucedido como Paulus había predicho.

Era difícil vivir con la sensación de tener razón, confirmada por la destrucción absoluta de su ejército. La pérdida de sus tropas hacía experimentar a Paulus, aun contra su voluntad, una satisfacción extraña y angustiosa que le subía la autoestima.

Los pensamientos sombríos que había sofocado durante los días de gloria le asaltaban de nuevo.

Keitel y Jodl llamaban a Hitler el Führer divino. Goebbels declaraba que la tragedia de Hitler consistía en el hecho de que en la guerra no había podido encontrar a un estratega a la medida de su genio. Zeitzler, sin embargo, contaba que Hitler le había pedido que enderezara la línea del frente porque sus sinuosidades ofendían su sentido estético. ¿Y qué decir de la negativa demente, neurasténica a lanzar una ofensiva contra Moscú? ¿Y la repentina abulia que le había hecho detener el avance sobre Leningrado? Su estrategia fanática de mantener una defensa implacable se fundaba en el terror a perder prestigio.

Ahora estaba definitivamente claro.

Pero esa claridad absoluta era aterradora. ¡Habría podido negarse a someterse a su orden! Hitler le habría ejecutado, por supuesto, pero habría salvado la vida de sus hombres. Sí, Paulus veía muchos ojos que le miraban con reproche.

¡Habría podido salvar al ejército!

Pero tenía miedo de Hitler, ¡temía por su pellejo!

Halb, el más alto representante de la SD en el Estado Mayor del ejército, le había dicho con expresiones confusas pocos días antes de volver a Berlín que el Führer había dado pruebas de ser demasiado grande incluso para el pueblo alemán. Sí, sí, por supuesto.

Declamación, nada más que demagogia.

Adam encendió la radio. Del inicial crujido de las interferencias surgió una música: Alemania celebraba una misa fúnebre por los muertos de Stalingrado. La música poseía una fuerza particular. Tal vez el mito creado por el Führer era más importante para el pueblo, para las futuras batallas, que las vidas de unos hombres aquejados de distrofia, congelados y cubiertos de piojos. Tal vez la lógica del Führer no era una lógica que pudiera entenderse leyendo reglamentos, organizando la cronología de las batallas o estudiando los mapas de operaciones.

Pero, tal vez, la aureola de mártires que Hitler había impuesto al 6.º Ejército conllevaría una nueva existencia para Paulus y sus soldados, un nuevo modo de participar en el futuro de Alemania.

En circunstancias semejantes, lápices, reglas de cálculo y calculadoras no servían de ayuda. El extraño intendente general actuaba conforme a una lógica y criterios diferentes.

Adam, querido, fiel Adam: las almas más puras están siempre e inevitablemente abocadas a la duda. El mundo está dominado por hombres de escasas luces convencidos firmemente de su razón. Las naturalezas superiores no dirigen los Estados, no toman grandes decisiones.

–¡Ya vienen! –gritó Adam. Y ordenó a Ritter–: Disponlo todo.

Ritter apartó la maleta abierta a un lado y se ajustó el uniforme.

Los calcetines del mariscal de campo, colocados a toda prisa en la maleta, tenían agujeros en los talones, y Ritter se afligió no porque el insensato e impotente Paulus llevara calcetines gastados, sino porque aquellos agujeros serían vistos por despiadados ojos rusos.

Adam estaba de pie, con las manos apoyadas sobre el respaldo de la silla, volviendo la espalda hacia la puerta que se abriría de un momento a otro, mirando con aire tranquilo, solícito y afectuoso a Paulus. Era así, pensaba, como debía comportarse el ayudante de un mariscal de campo.

Paulus se reclinó, apartándose ligeramente de la mesa, y frunció los labios. El Führer esperaba de él que interpretara su papel y él estaba dispuesto a actuar.

En cualquier instante se abriría la puerta, y la habitación situada en un sótano oscuro sería visible para los hombres que vivían en la superficie de la tierra. Pasados el dolor y la amargura, sólo quedaba el temor a que los hombres que abrieran la puerta no fueran representantes del mando soviético dispuestos también a representar una escena solemne, sino soldados salvajes, acostumbrados a apretar el gatillo a la ligera.

Le asaltó el miedo a lo desconocido: una vez la escena hubiera concluido daría inicio la vida humana. ¿Cuál? ¿Dónde? ¿En Siberia, en una cárcel de Moscú, en el barracón de un campo?

46

Aquella noche, en la orilla izquierda del Volga, la gente vio cómo el cielo de Stalingrado se iluminaba con bengalas de diferentes colores. El ejército alemán se había rendido.

La gente del otro lado del Volga marchó hacia Stalingrado aquella misma noche. Corría el rumor de que la población que había permanecido en la ciudad había soportado, en los últimos tiempos, un hambre terrible, y soldados, oficiales, marineros de la flota militar del Volga acarreaban fardos de pan y conservas. Algunos llevaban también vodka y acordeones.

Pero, por extraño que parezca, los primeros soldados que habían llegado a Stalingrado por la noche, sin armas, ofreciendo pan a los defensores de la ciudad, besándoles y abrazándoles, estaban tristes y melancólicos y no cantaban.

El 2 de febrero de 1943 amaneció cubierto de nubes. El vapor emergía de los agujeros y claros en el hielo del río. Sobre la estepa salía el sol, igual de severo en los tórridos días de agosto que en la época de los fríos vientos invernales. La nieve polvo revoloteaba sobre la llanura, dibujaba espirales, se arremolinaba en ruedas de leche, luego de repente perdía la voluntad y se posaba. Por doquier se veían los rastros del viento del este: cuellos de nieve alrededor de tallos de matorrales, olas congeladas en las laderas de los barrancos, calvas de arcilla y terrones frontudos...

Desde lo alto de Stalingrado parecía que la gente que atravesaba el Volga surgiera de la niebla de la estepa, esculpida en hielo y viento.

No tenían misión alguna que cumplir en Stalingrado, los superiores no les habían mandado allí: la guerra había terminado. Habían venido por su cuenta: soldados del Ejército Rojo, porteros, panaderos, oficiales del Estado Mayor, conductores, artilleros, sastres militares, electricistas y mecánicos de los talleres de reparación. Junto a ellos, viejos envueltos en chales, mujeres con pantalones guateados de soldado, niños y niñas que arrastraban trineos cargados de fardos y almohadas cruzaban el Volga y trepaban por la ladera de la orilla.

En la ciudad pasaba algo extraño. Se oían sonidos de claxon y de los motores de tractores, personas tocando la armónica, gente que bailaba y apisonaba la nieve con sus botas de fieltro, soldados que reían a carcajadas y ululaban. Pero la ciudad no revivía, parecía muerta.

Unos meses antes Stalingrado había abandonado su vida habitual: habían dejado de funcionar escuelas, fábricas, casas de moda para mujeres, compañías de teatro, la policía local, guarderías, cines...

Una nueva ciudad, la Stalingrado del tiempo de guerra, había nacido de las llamas que habían arrasado sus barrios. Era una ciudad con su propio trazado de calles y plazas, con su arquitectura subterránea, con sus normas de circulación, con su red comercial, con el zumbido de los talleres de sus fábricas, sus artesanos, sus cementerios, sus borracheras y conciertos.

Cada época tiene una ciudad que la representa en el mundo, una ciudad que encarna su voluntad y su alma.

Durante algunos meses de la Segunda Guerra Mundial esa ciudad fue Stalingrado. Los pensamientos y las pasiones de la humanidad se centraron en Stalingrado. Fábricas e industrias, rotativas y linotipias funcionaban para Stalingrado. Líderes parlamentarios se subían a las tribunas para hablar de Stalingrado. Pero cuando miles de personas irrumpieron en la ciudad desde la estepa para llenar las calles vacías y se encendieron los primeros motores de coche, la ciudad que había sido capital del mundo durante la guerra dejó de existir.

Aquel día los periódicos informaron de los detalles de la capitulación alemana, y en Europa, en América, en la India, la gente supo cómo el mariscal de campo Paulus había salido de su refugio subterráneo, que los generales alemanes fueron sometidos al primer interrogatorio en el puesto de mando del 64.º Ejército del general Shumílov y cómo iba vestido el general Schmidt, el jefe del Estado Mayor de Paulus.

En aquella hora la capital de la guerra mundial ya no existía. Los ojos de Hitler, Roosevelt y Churchill buscaban ya nuevos puntos de tensión en la guerra. Martilleando la mesa con su dedo índice, Stalin preguntaba al comandante en jefe del Estado Mayor General si los medios para el traslado de tropas de la retaguardia de Stalingrado hacia los nuevos frentes estaban listos. La capital mundial de la guerra, todavía un hervidero de generales y especialistas en el combate de calle, aún llena de armas, mapas de operaciones, trincheras de comunicación, había dejado de existir. Allí había comenzado una nueva existencia, parecida a las de la Atenas y la Roma actuales. Historiadores, guías de museos, profesores y alumnos eternamente aburridos, aunque todavía no visibles, se habían convertido en sus nuevos dueños.

Nacía una nueva ciudad, hecha de trabajo y vida cotidiana, con fábricas, escuelas, casas de maternidad, policía, ópera y cárceles.

Una nieve fina había espolvoreado los senderos a través de los cuales se transportaban hasta las posiciones de fuego granadas, hogazas de pan, ametralladoras y termos de gachas; senderos sinuosos y antojadizos por los que francotiradores, observadores y escuchas penetraban en sus refugios secretos de piedra.

La nieve había caído sobre los caminos por los que los enlaces corrían del regimiento al batallón, los caminos que llevaban desde la división de Batiuk hasta Banni Ovrag, caminos que conducían a los mataderos y depósitos de agua...

La nieve había cubierto los caminos que ahora transitaban los habitantes de la gran ciudad en busca de tabaco, un cuarto de litro de vodka para celebrar la onomástica de un camarada, tomar un baño, jugar al dominó o probar la col fermentada de un vecino; eran también los caminos que conducían hacia la querida Mania y la maravillosa Vera; los caminos que llevaban hasta los relojeros, fabricantes de mecheros, sastres, acordeonistas y tenderos.

Una muchedumbre abría nuevos senderos; caminaban sin arrimarse a las ruinas, sin dar rodeos.

La red de senderos y caminos militares quedó cubierta con las primeras nieves, y sobre aquel millón de kilómetros de esos senderos nevados no había ni rastro de huellas frescas.

Las primeras nieves pronto dieron paso a las segundas, y los senderos se desdibujaron, se esfumaron, desaparecieron...

Los habitantes de la antigua capital de la guerra experimentaron una sensación de felicidad y vacío inexplicables. Una extraña melancolía se adueñó de quienes habían defendido Stalingrado.

La ciudad se había vaciado y todos, desde el comandante del ejército, pasando por los comandantes de las divisiones de fusileros hasta el viejo voluntario Poliakov y el artillero Glushkov, podían sentir ese vacío. Era una sensación absurda. ¿Por qué una matanza que había acabado en victoria y no en muerte suscitaba tristeza?

Sin embargo, era así. El teléfono, dentro del estuche de piel amarilla sobre la mesa del comandante, permanecía mudo. Alrededor de la caja de la ametralladora se había tejido un babero de nieve. Los prismáticos y las aspilleras se habían quedado ciegos. Los planos y mapas manoseados y desgastados habían sido trasladados de los portaplanos a los macutos, y desde algunos macutos a las maletas y carteras de los comandantes de pelotón, de compañía y batallón... Y entre las casas muertas deambulaba una multitud que se abrazaba, gritaba hurras... Se miraban entre sí y pensaban: «¡Qué tipos tan bravos, tan formidables, sencillos! Míralos con sus chaquetas guateadas y sus gorros de piel. Son idénticos a nosotros. Cuando se piensa en lo que hemos hecho... Da miedo sólo pensarlo. Hemos levantado la carga más pesada que existe en la Tierra, hemos elevado la verdad sobre la mentira. Probad a hacerlo vosotros... Eso pasa en los cuentos, pero esto es la vida real».

Pertenecían todos a la misma ciudad: unos venían de Kuporosnaya Balka, otros de Banni Ovrag, de las arcas de agua, de la fábrica Octubre Rojo, del Mamáyev Kurgán; y a su encuentro iban los habitantes del centro, que vivían a la orilla del río Tsaritsa, cerca del desembarcadero, debajo de las laderas o junto a los depósitos de gasolina... Eran al mismo tiempo propietarios y huéspedes, se felicitaban mutuamente, y el viento gélido rugía como una hojalata oxidada. De vez en cuando disparaban salvas o hacían explotar granadas. Se daban palmaditas en la espalda, saludándose; a veces se abrazaban, se daban besos en los labios fríos, y luego, avergonzados, soltaban tacos...

Habían emergido de debajo de la tierra: mecánicos torneros, campesinos, carpinteros, terraplenadores que habían repelido al enemigo, habían arado piedra, hierro y arcilla.

Una capital mundial es diferente a las otras ciudades no sólo porque las personas sientan su vínculo con las fábricas y los campos de todo el mundo. Una capital mundial se distingue sobre todo porque tiene alma.

Y el Stalingrado en guerra tenía alma. Su alma era la libertad.

La capital de la guerra contra el fascismo había quedado reducida a las enmudecidas y frías ruinas de lo que otrora fue una ciudad de provincias industrial y portuaria.

Allí, diez años después, miles de prisioneros levantarían una imponente presa, construirían una de las más gigantescas centrales hidroeléctricas del mundo.

47

Esta historia ocurrió cuando un suboficial alemán se despertó en su refugio completamente ajeno a la noticia de la rendición. Disparó e hirió al sargento Zadniepruk, desatando la cólera de los rusos, que observaban a los alemanes salir de los macizos búnkeres y lanzar los fusiles y metralletas, con gran estruendo, a una pila que no cesaba de crecer.

Los prisioneros caminaban esforzándose por no mirar a los lados para demostrar claramente que también sus ojos eran cautivos. Sólo el soldado Schmidt, con una barba hirsuta de pelos grisáceos, sonrió al salir a la luz del día y ver a los soldados rusos, como si estuviera seguro de que iba a encontrar a alguien conocido.

El coronel Filimónov, que había llegado el día antes de Moscú al Estado Mayor del frente de Stalingrado, asistía ligeramente borracho, en compañía de su intérprete, a la rendición de la división del general Wegler.

Su capote con nuevas charreteras doradas, galones rojos y ribetes negros desentonaba con las chaquetas sucias, quemadas, y los gorros arrugados de los oficiales rusos, y con la ropa asimismo sucia, quemada, de los prisioneros alemanes.

El día antes, en la cantina del Consejo Militar, había contado que en el departamento central de provisiones de Moscú se había encontrado hilo de oro utilizado en tiempos del antiguo ejército ruso, y que entre su círculo de amigos se consideraba un privilegio hacerse unas charreteras con aquel viejo y excelente material.

Cuando retumbó el disparo y se oyó el grito de Zadniepruk, levemente herido, el coronel preguntó a voz en grito:

–¿Quién ha disparado? ¿Qué pasa?

Algunas voces le respondieron:

–Es un maldito cretino alemán... Ya lo han cogido... Dice que no sabía...

–¿Cómo que no lo sabía? –gritó el coronel–. ¿Acaso le parece a ese cerdo que han derramado poca sangre nuestra?

Se volvió hacia el intérprete, un instructor político judío de elevada estatura, y ordenó:

–Tráigame a ese oficial. Miserable... Pagará con su cabeza por este disparo.

En aquel momento el coronel captó la cara grande y sonriente del soldado Schmidt y gritó:

–¿De qué te ríes, cerdo? ¿De saber que han lisiado a otro de los nuestros?

Schmidt no entendía por qué la sonrisa con la que intentaba mostrar su buena disposición había suscitado la increpación del oficial ruso, pero cuando, aparentemente sin ninguna conexión con el grito, resonó un disparo ya no comprendió nada; tropezó y cayó bajo los pies de los soldados que marchaban detrás. Su cuerpo fue arrastrado del camino, quedó tumbado de lado y todos, tanto si lo conocían como si no, pasaron de largo. Una vez que la columna de prisioneros se hubo alejado, un grupo de niños que no temía la muerte se coló en los búnkeres y refugios, ahora vacíos, para hurgar entre los catres de madera.

Entretanto el coronel Filimónov examinaba el apartamento subterráneo del jefe del batallón, admirado de que todo estuviera organizado de un modo tan cómodo y funcional.

Un soldado le trajo a un joven oficial alemán de ojos tranquilos y límpidos, y el intérprete dijo:

–Camarada coronel, aquí está el hombre que usted pidió ver, el teniente Lenard.

–¿Quién? –se sorprendió el coronel.

Y como la cara del oficial alemán le resultaba simpática y todavía estaba contrariado por haber participado por primera vez en su vida en un asesinato, Filimónov dijo:

–Llévele al punto de encuentro, pero nada de tonterías; le quiero vivo y es usted el responsable.

El día del juicio llegaba a su fin. Era imposible distinguir ya la sonrisa en la cara del soldado muerto.

48

El teniente coronel Mijáilov, intérprete jefe de la 7.ª sección del departamento político del Estado Mayor del frente, acompañaba al mariscal de campo Paulus al cuartel general del 64.º Ejército.

Paulus había salido del sótano sin prestar atención a los oficiales y soldados soviéticos, que le observaban con ávida curiosidad y valoraban la calidad de su gorro de piel gris de conejo y su abrigo de mariscal de campo adornado con una franja de piel verde que iba del hombro a la cintura. Paulus, con paso decidido y la cabeza alta, miró por encima de las ruinas de Stalingrado y avanzó hacia el jeep que le aguardaba.

Antes de la guerra Mijáilov había tenido ocasión de asistir a recepciones diplomáticas, y se sentía seguro a la hora de tratar a Paulus: conocía bien la diferencia que existe entre un desvelo excesivo y un respeto frío.

Sentado al lado de Paulus y escrutando la expresión de su cara, Mijáilov esperaba a que el mariscal de campo rompiera el silencio. Su modo de comportarse no se parecía al de otros generales en cuyos interrogatorios preliminares había participado.

El jefe del Estado Mayor del 6.º Ejército declaró con voz lenta, indolente, que eran los rumanos y los italianos los culpables de la catástrofe. El teniente general Sixt von Arnim, con la nariz ganchuda, haciendo tintinear de modo lúgubre las medallas, añadió:

–No ha sido sólo culpa de Garibaldi y su 8.º Ejército, sino del frío ruso, de la escasez de víveres y municiones.

Schlemmer, un comandante canoso de un cuerpo de tanques, condecorado con la Cruz de Caballero y una medalla por haber sido herido en cinco ocasiones, interrumpió la conversación para preguntar si podían guardarle la maleta. En ese momento se pusieron a hablar todos a la vez: el jefe del servicio sanitario, el general Rinaldo, de sonrisa dulce; el sombrío coronel Ludwig, comandante de una división acorazada, con la cara desfigurada por un sablazo. El más intranquilo de todos era el ayudante de campo de Paulus, el coronel Adam, que había perdido el neceser; alargaba los brazos y sacudía la cabeza, agitando las orejeras de su gorro de piel de leopardo como un perro de pedigrí saliendo del agua.

Se habían humanizado, pero de manera desagradable.

El conductor del coche, que llevaba una chaqueta elegante de piel blanca, respondió en voz baja cuando Mijáilov le pidió que fuera más despacio:

–A sus órdenes, camarada coronel.

Se moría de ganas de contar a sus colegas chóferes que había transportado a Paulus; se imaginaba ya de regreso en casa después de la guerra, jactándose: «Cuando transporté al mariscal de campo Paulus...». Ponía todo su empeño en conducir el coche de manera que Paulus pensara: «He aquí un chófer soviético, un profesional de primera clase».

A ojos de un soldado del frente parecía inverosímil la estrecha mezcla entre rusos y alemanes. Escuadras de exultantes fusileros registraban los sótanos, descendían por las bocas de las alcantarillas expulsando a los alemanes a la superficie helada.

Por descampados y calles, a fuerza de empujones y gritos, los soldados de infantería reagrupaban los rangos del ejército alemán a su manera, metiendo en el mismo saco a soldados de diferentes especialidades, que marchaban en una sola columna.

Los alemanes avanzaban, esforzándose por no tropezar, mirando de reojo a los soldados rusos que abrazaban sus fusiles. Su sumisión no obedecía sólo al miedo a que los rusos pudieran apretar el gatillo en cualquier momento. Una aureola de poder rodeaba a los vencedores, y se sometían con una especie de pasión hipnótica y melancólica.

El coche conducía al mariscal de campo hacia el sur, y las columnas de prisioneros marchaba en sentido contrario. Un potente altavoz rugía:

Partí ayer con destino a países lejanos,
En la puerta mi amada agitaba el pañuelo...

Dos hombres transportaban a un herido cuyos brazos, sucios y pálidos, rodeaban sus cuellos. Las cabezas de los hombres que le sostenían estaban muy próximas y formaban un marco que encuadraba su cara mortalmente pálida, de ojos ardientes.

Cuatro soldados arrastraban fuera de un búnker a un herido extendido sobre una manta.

Sobre la nieve habían comenzado a formarse cuatro montones de armas de un negro azulado. Como si fueran almiares de paja de acero que acabara de ser trillada.

Con una salva de honor depositaban en la tumba el féretro de un soldado del Ejército Rojo, y a pocos pasos de distancia yacían amontonados los cuerpos de alemanes muertos que habían sacado del sótano del hospital. Los soldados rumanos, con gorros de boyardos blancos y negros, marchaban riéndose a carcajadas, agitando los brazos y burlándose de los alemanes, vivos o muertos.

Afluían prisioneros de Tsaritsa, de la Casa de los Especialistas. Tenían un modo de andar muy particular, el que adoptan los seres humanos y los animales que han perdido la libertad. Los heridos leves y los que habían sufrido la congelación de alguno de sus miembros se apoyaban en bastones, en trozos de tablas quemadas. Caminaban sin detenerse. Parecía que todos tuvieran la misma tez gris azulada, unos únicos ojos, la misma expresión de sufrimiento y angustia.

Era sorprendente constatar cuántos hombres había de pequeña estatura, narigudos, de frente baja, labios leporinos, cabecita de gorrión. ¡Qué cantidad de arios había allí, con la piel oscura cubierta de granos, abscesos y pecas!

Eran feos y débiles; así los habían traído al mundo sus madres y así los amaban. Era como si hubieran desaparecido, no ya los hombres, sino la nación, que marchaba con el mentón rígido, la boca arrogante, el pelo rubio, blancos de piel, con el pecho de granito.

Qué extraordinario parecido guardaban con aquella muchedumbre triste e infeliz de hombres feos, nacidos de madres rusas, que los alemanes empujaban a golpes de varillas y bastones en los campos de prisioneros de guerra occidentales, en otoño de 1941. De vez en cuando, de los búnkeres y los sótanos llegaba el sonido de un disparo, y la multitud que iba hacia el Volga helado, como un solo hombre, comprendía el significado de aquellos disparos.

El teniente coronel Mijáilov seguía observando al mariscal de campo que estaba sentado a su lado. El conductor, en cambio, le miraba de reojo por el retrovisor. Mijáilov veía la mejilla larga y hundida de Paulus; el conductor le veía la frente, los ojos, los labios fruncidos en su mutismo.

Pasaban por delante de armas con cañones apuntando al cielo, de tanques en cuyas corazas lucían cruces, camiones cuyos toldos chasqueaban al viento, carros blindados y piezas autopropulsadas.

El cuerpo de hierro del 6.º Ejército, sus músculos, estaban atrapados en el hielo de la tierra. Delante de él desfilaban lentamente los hombres, y daba la impresión de que también ellos estuvieran a punto de inmovilizarse, congelarse, abandonarse al hielo.

Mijáilov, el conductor y el soldado de escolta estaban a la espera de que Paulus dijera algo, llamara a alguien, mirara alrededor. Pero el mariscal de campo seguía callado y nada permitía entender adónde miraban sus ojos, ni lo que éstos comunicaban a las profundidades donde vive el corazón del hombre.

¿Temía Paulus que le vieran sus soldados o, por el contrario, era lo que deseaba?

De repente Paulus se volvió hacia Mijáilov y preguntó:

–*Sagen Sie bitte, was ist es, «majorka»?*[1]

Pero aquella inesperada pregunta no ayudó a Mijáilov a comprender cuáles eran los pensamientos de Paulus. Al mariscal de campo le preocupaba si comería sopa cada día, si dormiría en una habitación caldeada y si tendría qué fumar.

49

Del sótano de una casa de dos plantas, donde otrora estuvo ubicado el cuartel general de la Gestapo, los prisioneros de guerra alemanes sacaban a la calle cuerpos inertes de rusos.

Algunas mujeres, viejos y niños estaban quietos, a pesar del frío, al lado del centinela y observaban a los alemanes depositar los cadáveres sobre la tierra helada.

La mayoría de los alemanes realizaba su trabajo con expresión de total indiferencia, arrastrando los pies al caminar y respirando, resignados a su suerte, el hedor de los muertos.

Sólo uno de ellos, un joven con capote de oficial, se había cubierto nariz y boca con un pañuelo sucio y sacudía la cabeza convulsivamente como un caballo acribillado

1. «Dígame, por favor, ¿qué es *majorka*?»

por tábanos. Sus ojos expresaban un sufrimiento que rayaba la locura.

Los prisioneros posaban las camillas en el suelo y, antes de descargar los cadáveres, se quedaban plantados delante de ellos, absortos; a algunos cuerpos se les había desgajado un brazo o una pierna y los alemanes trataban de adivinar a qué cadáver pertenecía una u otra extremidad, y las ponían junto al cuerpo. La mayoría de los muertos estaban semidesnudos, en ropa interior; algunos llevaban pantalones militares. Uno estaba completamente desnudo con la boca desencajada en su último grito, el vientre hundido, unido a la columna vertebral, pelos rojizos en los genitales y piernas lastimosamente delgadas.

Era imposible imaginar que aquellos cadáveres, con la boca y los ojos hundidos, hubieran sido hasta hace poco seres vivos con nombres y direcciones, hombres que decían: «Bésame, amor mío, querida, y sobre todo no me olvides», que soñaban con una jarra de cerveza, que fumaban cigarrillos.

Por lo visto sólo el oficial que se tapaba la boca con un pañuelo parecía darse cuenta.

Pero era él precisamente el que irritaba en especial a las mujeres que se agolpaban junto a la entrada del sótano; no le quitaban el ojo de encima, sin prestar atención al resto de los prisioneros, dos de los cuales llevaban capotes que presentaban rastros visibles de los emblemas de las SS que les habían arrancado.

—Ah, vuelves la cara –susurró mirando al oficial una mujer rechoncha, que llevaba a un niño de la mano.

El alemán con el capote de oficial sintió el peso de la mirada lenta y penetrante que le clavaba la mujer rusa. Rezumaba un sentimiento de odio que buscaba y no encontraba un chivo expiatorio, al igual que la energía eléctrica se concentra en una nube de tormenta que, suspendida sobre el bosque, escoge a ciegas el tronco del árbol que reducirá a cenizas.

La pareja de trabajo del alemán con el capote militar era un soldado menudo con una toalla delgada enrollada al cuello y los pies envueltos en bolsas sujetas con cable telefónico.

Las miradas de la gente silenciosa, congregada junto a la entrada, eran tan hostiles que para los alemanes era un alivio descender a la oscuridad del sótano; no se apresuraban en salir, preferían las tinieblas y el hedor al aire libre y la luz del día.

Los alemanes se dirigían de nuevo al sótano con las camillas vacías cuando de pronto oyeron una avalancha de insultos rusos que les eran de sobra conocidos.

Los prisioneros prosiguieron su camino hacia el sótano, sin acelerar el paso, sintiendo con instinto animal que bastaría un gesto apresurado para que el gentío se abalanzara contra ellos.

El alemán con capote de oficial lanzó un grito, y el centinela dijo irritado:

–Eh, chaval, ¿por qué tiras piedras? ¿Serás tú el que saque los cadáveres del sótano si el *fritz* se va al suelo?

En el sótano los soldados cruzaban algunas palabras:

–De momento la han tomado con el oficial.

–¿Has visto cómo lo mira aquella mujer?

En la oscuridad una voz sugirió:

–Teniente, será mejor que se quede un rato en el sótano. Comienzan con usted y luego irán a por nosotros.

El oficial, con voz soñolienta, susurró:

–No, no, es inútil esconderse, es el día del Juicio Final –y, dirigiéndose a su pareja de trabajo, añadió–: Vamos, vamos.

Salieron del sótano, y esta vez el oficial y su compañero caminaron a un paso más ligero porque llevaban una carga menos pesada. En la camilla yacía el cuerpo de una adolescente. El cuerpo muerto se había encogido, secado; sólo sus cabellos rubios enmarañados conservaban el encanto de la leche y el trigo, desparramados alrededor de una horrible cara renegrida, de pajarillo muerto. La muchedumbre lanzó un quejido.

La mujer rechoncha emitió un grito penetrante que rajó el aire gélido como la hoja de un cuchillo.

–¡Hija! ¡Hija mía! ¡Pedazo de mis entrañas!

Ese grito, dirigido a un hijo que no era suyo, estremeció a la multitud. La mujer comenzó a poner orden en el cabello de la chica; daba la impresión de que se lo había ondulado hacía poco. Contemplaba aquella cara, con la boca torcida para siempre, aquellos terribles rasgos, y veía en ellos lo que sólo una madre puede ver, la adorable cara de un bebé que otrora le sonreía desde sus pañales.

La mujer se puso en pie. Caminaba hacia el alemán, y todos veían que no apartaba los ojos de él, pero que al mismo tiempo buscaba en el suelo un ladrillo que no estuviera atrapado en el hielo, un ladrillo que su mano enferma, estropeada por el duro trabajo, el hielo, el agua hirviendo y la lejía, pudiera levantar.

El centinela sintió que lo que estaba a punto de suceder era inevitable y supo que nada ni nadie podría detener a la mujer porque era más fuerte que él y su metralleta. Los alemanes no le quitaban los ojos de encima y también los niños, ávidos e impacientes, la miraban fijamente.

La mujer ya no veía nada, salvo la cara del alemán que se cubría la boca con el pañuelo. Sin entender lo que le estaba pasando, portadora de aquella fuerza que había sometido todo alrededor y sometiéndose ella misma a aquella fuerza, buscando a tientas en el bolsillo de su chaquetón un pedazo de pan que el día antes le había dado un soldado ruso, se lo tendió al alemán y dijo:

–Ten, come.

Más tarde no lograba comprender qué le había pasado, por qué lo había hecho. Su vida estaba repleta de momentos de humillación, de impotencia y cólera que la perturbaban y le impedían, por las noches, coger el sueño. Una vez tuvo un altercado con la vecina que la había acusado de robar una botella de aceite; luego el presidente del sóviet del distrito la había echado de su despacho, negándose a escuchar sus quejas relativas al apartamento comunal; el dolor y la humillación que soportó cuando su hijo, recién casado, había tratado de echarla de la habitación y cuando la nuera embarazada la llamó vieja fulana... Una noche, dando vueltas en la cama, llena de amargura, recordó aquella mañana de invierno junto a la entrada del sótano y pensó: «Era tonta y lo sigo siendo».

50

Al Estado Mayor del cuerpo de tanques de Nóvikov llegaban los informes inquietantes que enviaban los comandantes de brigada. Los exploradores habían descubierto nuevas unidades de tanques y artillería del enemigo que todavía no habían entrado en combate, y eso significaba que el enemigo estaba movilizando sus reservas.

Esas noticias alarmaron a Nóvikov: la vanguardia avanzaba dejando los flancos desprotegidos y, si el enemigo lograba controlar las pocas carreteras transitables durante el invierno, sus tanques se quedarían sin el apoyo de la infantería y sin combustible.

Nóvikov analizaba la situación con Guétmanov, considerando que era de extrema urgencia detener temporalmente el avance de los tanques para permitir que la retaguardia les alcanzara. Guétmanov deseaba ardientemente que su unidad fuera la primera en penetrar en Ucrania. Al final decidieron que Nóvikov saliera a verificar la situación sobre el terreno mientras Guétmanov se ocupaba de hacer avanzar a la retaguardia.

Antes de partir con destino a las brigadas, Nóvikov telefoneó al segundo jefe del frente y le puso al corriente de la situación. Conocía de antemano cuál sería la respuesta. El segundo jefe no asumiría ninguna responsabilidad: no detendría el avance ni ordenaría proseguirlo.

El segundo jefe afirmó que pediría urgentemente datos del enemigo en el servicio de inteligencia del frente y le prometió que informaría a Yeremenko sobre la conversación.

Después Nóvikov se puso en contacto con el comandante del cuerpo de fusileros, Mólokov. Éste era un hombre rudo, irascible, siempre receloso de que sus colegas transmitieran al comandante del frente información desfavorable sobre él. Nóvikov y él terminaron discutiendo e incluso se insultaron uno al otro, aunque a decir verdad los improperios no iban dirigidos a ellos personalmente, sino a la creciente brecha que se había abierto entre blindados e infantería.

Luego Nóvikov llamó a su vecino de la izquierda, el comandante de la división de artillería. Éste declaró que sin una orden del cuartel general no se movería ni un palmo. Nóvikov comprendía perfectamente su punto de vista: no quería ser relegado a un papel auxiliar proporcionando apoyo a los tanques; quería tener un papel principal.

Apenas había colgado el teléfono, recibió la visita del jefe del Estado Mayor. Nóvikov nunca le había visto tan alterado e inquieto.

–Camarada coronel –dijo–, he recibido una llamada del jefe del Estado Mayor del Ejército del Aire. Se disponen a transferir nuestro soporte aéreo al flanco izquierdo del frente.

–¿Es que se han vuelto locos? –gritó Nóvikov.

–Es muy sencillo –observó Neudóbnov–, alguien no quiere que nosotros seamos los primeros en entrar en Ucrania. Son muchos los que aspiran a la Orden de Suvórov o de Bogdán Jmelnitski. Sin cobertura aérea no nos queda otra opción que detenernos.

–Ahora mismo telefonearé al comandante –dijo Nóvikov.

Pero no logró contactar con Yeremenko, puesto que había salido para el ejército de Tolbujin. El segundo jefe, al que Nóvikov había vuelto a llamar, de nuevo prefirió no tomar ninguna decisión. Se limitó a manifestar su asombro porque Nóvikov no hubiera partido todavía a inspeccionar las unidades.

Nóvikov replicó al segundo jefe:

–Camarada teniente general, ¿cómo es que, sin previo aviso, se ha decidido quitar toda cobertura aérea al cuerpo que más ha avanzado hacia el oeste?

–El alto mando está más capacitado para decidir cuál es la mejor manera de utilizar la aviación –respondió irritado el adjunto de Yeremenko–. Su cuerpo no es el único que participa en el ataque.

–¿Y qué les diré a mis hombres cuando empiecen a lloverles palos del cielo? ¿Con qué les cubro, con vuestras instrucciones?

El segundo jefe, en lugar de perder la calma, adoptó un tono conciliador:

–Póngase en camino hacia las brigadas, yo informaré de la situación al comandante.

En cuanto Nóvikov colgó el auricular, entró Guétmanov; se había puesto ya el capote y el gorro alto de piel.

Al verle, abrió los brazos en señal de asombro.

–Piotr Pávlovich, pensaba que ya te habías ido. –Después añadió con tono suave y afectuoso–: Nuestra retaguardia se ha rezagado, y el oficial al cargo dice que no se deben utilizar los camiones y malgastar el escaso carburante en transportar a alemanes heridos.

Lanzó una mirada elocuente a Nóvikov.

–Después de todo, no somos una sección del Komintern, somos un cuerpo de tanques.

–¿Qué tiene que ver el Komintern aquí? –preguntó Nóvikov.

–Váyase, váyase, camarada coronel –le suplicó Neudóbnov–. Cada minuto es valioso. Haré todo lo que esté en mi mano para lograr un acuerdo con el Estado Mayor del frente.

Desde su conversación nocturna con Darenski, Nóvikov observaba muy de cerca los pasos del jefe del Estado Mayor, vigilaba sus movimientos, el tono de su voz.

«¿Es posible que se trate de la misma mano?», pensaba cuando Neudóbnov cogía una cuchara, pinchaba un trozo de pepinillo en salmuera con el tenedor o cogía el teléfono, un lápiz rojo, unas cerillas.

Pero ahora, Nóvikov no miraba la mano de Neudóbnov. Nunca había visto a Neudóbnov tan amable y solícito, tan encantador.

Neudóbnov y Guétmanov estaban dispuestos a vender su alma al diablo para que el cuerpo de tanques fuera el primero en franquear la frontera de Ucrania, para que sus brigadas continuaran su avance hacia el oeste sin más demora.

Estaban dispuestos a correr cualquier riesgo. Sólo había una cosa que no querían arriesgar: asumir la responsabilidad en un eventual fracaso.

Nóvikov, muy a su pesar, había sucumbido a esa fiebre: también él deseaba transmitir por radio al frente que las tropas avanzadas del cuerpo habían sido las primeras en cruzar la frontera de Ucrania. Este acontecimiento no tenía ninguna importancia desde el punto de vista estratégico y no ocasionaría un daño significativo al enemigo. Pero Nóvikov lo deseaba, lo deseaba por la gloria militar, por las condecoraciones, las felicitaciones de Yeremenko, los elogios de Vasilievski, por oír su nombre por la radio en la orden del día de Stalin, por el rango de general y la envidia de sus colegas. Nunca antes tales sentimientos e ideas habían determinado sus actos, pero tal vez precisamente por eso, ahora se habían revelado con tanta fuerza.

En esa ambición no había nada censurable. Como en Stalingrado, como en 1941, el frío era implacable; como entonces el cansancio quebraba los huesos del soldado; como entonces la muerte era aterradora. Pero ahora se respiraba algo diferente en el aire.

Y Nóvikov, que todavía no se daba cuenta, se sorprendía de estar de acuerdo por primera vez con Guétmanov y Neudóbnov; no se sentía irritado ni ofendido, deseaba espontáneamente lo mismo que querían ellos.

Si sus tanques avanzaban más rápido, los ocupantes serían expulsados unas horas antes de decenas de pueblos ucranianos, y él se alegraría al ver las caras de emoción de ancianos y niños, se le saltarían las lágrimas cuando una vieja campesina le abrazara y besara como a su propio hijo. Pero al mismo tiempo se estaban gestando nuevas pasiones; en el espíritu de las tropas se había afianzado una nueva dirección. Lo que había sido crucial en las batallas libradas en Stalingrado y durante 1941, aunque continuaba existiendo, se había vuelto secundario.

El primero en comprender el misterio de esta mutación en la guerra fue el hombre que el 3 de julio de 1941 había pronunciado: «Camaradas, hermanos y hermanas, amigos míos...».

Era extraño: aunque compartía la excitación de Guétmanov y de Neudóbnov, que le hostigaban para ponerse en camino, Nóvikov seguía postergando su partida. Sólo cuando se encontraba ya en el interior del coche, comprendió cuál era el motivo: esperaba a Zhenia.

Hacía más de tres semanas que no recibía cartas de Yevguenia Nikoláyevna. Cada vez que regresaba de la inspección de las unidades, miraba la entrada del Estado Mayor con la esperanza de que Zhenia estuviera esperándole. Ella se había convertido en parte de su vida. Estaba a su lado cuando hablaba con el comandante de brigada, cuando le llamaban al teléfono del Estado Mayor del frente, cuando se acercaba a primera línea y las explosiones hacían temblar su tanque como un joven caballo.

Cuando le contaba anécdotas de su infancia a Guétmanov le parecía estar contándoselas a ella. A veces se decía: «Apesto a vodka. Zhenia se dará cuenta». Otras veces se sorprendía pensando: «¡Ay, si ella me viera!». Se preguntaba con inquietud qué pensaría ella si supiera que había mandado a un mayor ante el tribunal militar.

Entraba en el puesto de observación de primera línea y entre las nubes de tabaco y las voces de los telefonistas, entre los disparos y los estallidos de las bombas, de repente se deslizaba en su mente el pensamiento de Zhenia...

A veces sentía celos de su pasado y se entristecía. Otras, soñaba con ella y, desvelado, no lograba conciliar el sueño.

En algunos momentos tenía la impresión de que su amor duraría para siempre; en otros, le asaltaba el temor de volver a quedarse solo.

Ya en el coche, se volvió a mirar la carretera que conducía al Volga. Estaba desierta. Después montó en cólera: tendría que haber llegado hace tiempo. ¿Es que se había puesto enferma? Y recordó de nuevo cuando, en 1939, quiso pegarse un tiro al enterarse de que se había casado. ¿Por qué la amaba? Había tenido mujeres tan buenas como ella. No sabía si era la felicidad o una enfermedad pensar en una persona de una manera tan obsesiva. Era bueno que no hubiera tenido ninguna aventura con alguna chica del Estado Mayor. Ella vendría, y no habría nada que ocultar. A decir verdad había cometido un desliz hacía tres semanas. ¿Y si Zhenia, durante el viaje, se detenía a pasar allí la noche, en aquella isba del pecado, y la joven ama de casa charlando con Zhenia le describía así: «Un hombre espléndido, el coronel...»? Qué disparates se le pasan a uno por la cabeza.

51

Al día siguiente, a última hora de la mañana, Nóvikov volvía de la inspección. A causa de los ininterrumpidos traqueteos en las carreteras partidas por las orugas de los tanques, le dolían los riñones, la espalda, la nuca; parecía que los tanquistas le habían contagiado su agotamiento, su sopor provocado por varios días en vela.

Mientras se aproximaba al Estado Mayor, observó a las personas que se apiñaban a la entrada. Allí estaba Yevguenia Nikoláyevna junto a Guétmanov, mirando cómo se acercaba el coche. Sintió una llama ardiendo en su interior, una especie de locura se apoderó de él, incluso lanzó un suspiro de felicidad muy parecida al sufrimiento y se levantó para saltar del coche en marcha.

Vershkov, sentado en el asiento posterior, dijo:

—El comisario toma el aire con su doctora; estaría bien hacerle una fotografía y mandarla a su casa. ¡Estaría contenta su mujer!

Nóvikov entró en el Estado Mayor, cogió la carta que le extendía Guétmanov, le dio la vuelta, reconoció la caligrafía de Zhenia y se la guardó en el bolsillo.

–Bien, te pongo al corriente de la situación –le dijo a Guétmanov.

–¿Y la carta? ¿No la lees? ¿Es que ya no la amas?

–Ya habrá tiempo para eso.

Llegó Neudóbnov, y Nóvikov dijo:

–El problema está en los hombres. Se duermen en los tanques durante el combate. No se tienen en pie. Y los comandantes de brigada están en las mismas condiciones. Kárpov va tirando, pero Belov estaba hablando conmigo y se dormía: cinco días en marcha. Los conductores se quedan dormidos durante el viaje, están tan cansados que ni siquiera comen.

–¿Cuál es tu valoración, Piotr Pávlovich? –preguntó Guétmanov.

–Los alemanes no están activos. No hay peligro de una contraofensiva en nuestro sector. Los alemanes están desmoralizados. Ponen los pies en polvorosa en cuanto pueden.

Hablaba, y mientras tanto sus dedos acariciaban el sobre. Por un instante lo soltaba, pero enseguida lo cogía de nuevo, como si pudiera escapársele del bolsillo.

–Bien, está claro, entendido –dijo Guétmanov–. Ahora escucha lo que tengo que decirte: aquí nosotros, el general y yo, hemos contactado con las altas esferas. He hablado con Nikita Serguéyevich, que se ha comprometido a no retirar la aviación de nuestro sector.

–Pero Jruschov no tiene el mando operativo –dijo Nóvikov, comenzando a abrir el sobre en el bolsillo.

–No es del todo cierto –dijo Guétmanov–. El general acaba de recibir confirmación del cuartel general del Ejército del Aire: la aviación se queda con nosotros.

–Las retaguardias nos alcanzarán –dijo atropelladamente Neudóbnov–. Las carreteras no están tan mal. La decisión está en sus manos, camarada teniente coronel.

«Me ha degradado a teniente coronel. Debe de estar nervioso», pensó Nóvikov.

–¡Sí, señores! –exclamó Guétmanov–. Seremos nosotros los que daremos inicio a la liberación de la querida Ucrania. Le he dicho a Nikita Serguéyevich que nuestros hombres atosigan al mando, sueñan con llamarse cuerpo ucraniano.

Nóvikov, irritado por esas palabras falsas, dijo:

–Si hay algo con lo que sueñan los hombres es con dormir. Hace cinco días que no pegan ojo, ¿comprenden?

–Entonces decidido, ¿continuamos el avance, Piotr Pávlovich? –preguntó Guétmanov.

Nóvikov había abierto el sobre a medias, metió dos dedos, palpó la carta, y todo el cuerpo le dolió del deseo de ver aquella letra conocida.

–He tomado la siguiente decisión –respondió–. Dar a los hombres diez horas de reposo. Necesitan recuperar fuerzas.

–¡Oh! –exclamó Neudóbnov–. Si perdemos diez horas lo echaremos todo a perder.

–Espera, pensémoslo un poco –dijo Guétmanov, cuyas mejillas, orejas y cuello se enrojecieron ligeramente.

–Yo ya lo he decidido –dijo Nóvikov con una media sonrisa.

De repente Guétmanov perdió los estribos.

–¡Pues que se vayan a paseo! ¿Y qué, que no hayan dormido? –gritó–. Ya habrá tiempo para dormir. Sólo por eso quieres hacer un alto de diez horas. Me opongo a esta falta de nervio, Piotr Pávlovich. Primero retrasas la ofensiva ocho minutos, y ahora quieres meter a los hombres en la cama. ¡Esto ya se ha convertido en una costumbre! Redactaré un informe al Consejo Militar del frente. ¡No eres el director de un jardín de infancia!

–Espera, espera –le interrumpió Nóvikov–. ¿No fuiste tú el que me besaste por no haber movido los tanques hasta que la artillería no hubo aplastado al enemigo? ¡Escribe eso en tu informe!

–¿Que yo te besé por eso? –exclamó con estupor Guétmanov–. Estás loco. Te lo diré claro: como comunista me preocupa que tú, un hombre de pura sangre proletaria, te dejes influenciar constantemente por elementos ajenos.

–Ah, es eso –dijo Nóvikov, alzando la voz.

Se levantó, irguió la espalda, y exclamó con ira:

–Aquí mando yo. Lo que yo digo se cumple. Y por mí, camarada Guétmanov, ya puede escribir informes, cuentos o novelas y enviárselos a quien le plazca, incluso al camarada Stalin.

Y entró en la habitación contigua.

Nóvikov dejó a un lado la carta que acababa de leer y silbó como solía hacerlo de niño bajo la ventana de su amigo para que bajara a jugar... Tal vez habían pasado treinta años desde la última vez que había silbado así, y de repente lo había repetido...

Miró con curiosidad por la ventana: no, era de día, aún no había anochecido. Luego gritó alegremente, con voz histérica: «Gracias, gracias, gracias por todo». Tuvo la sensación de que iba a caer muerto, pero no se cayó; fue de un lado a otro de la habitación. Miró la carta que resaltaba, blanca, sobre la mesa; le pareció que era una funda vacía, una piel de la que hubiera salido arrastrándose una víbora, y se pasó la mano por los costados, por el pecho. Pero no encontró allí la víbora; había reptado, se había colado dentro de él, quemándole el corazón con su veneno.

Se detuvo ante la ventana; los conductores se reían, siguiendo con la mirada a la telefonista Marusia, que se dirigía a la letrina. El conductor del tanque del Estado Mayor traía un cubo del pozo, los gorriones se ocupaban de los asuntos propios de los gorriones sobre la paja a la entrada del establo. Zhenia le había dicho que el gorrión era su pájaro preferido... Y ahora él ardía como una casa: las vigas se desplomaban, el techo se hundía, la vajilla se hacía añicos, los armarios volcaban; los libros, los cojines revoloteaban como palomas entre las chispas y el humo... Qué quería decir: «Te estaré agradecida toda mi vida por todo lo puro y noble que me has dado, pero ¿qué puedo hacer yo? La vida pasada es más fuerte que yo, no la puedo matar, olvidar... No me culpes, no porque no sea culpable, sino porque ni tú ni yo sabemos de qué soy culpable... Perdóname, perdóname, lloro por los dos».

¡Llora! Nóvikov montó en cólera. ¡Alimaña infecta! ¡Mala pécora! Quería golpearla en los dientes, en los ojos, romperle a esa zorra el caballete de la nariz con la culata de la pistola.

Y con una insoportable sorpresa, repentina, fulminante, le asaltó la impotencia. Nadie, ninguna fuerza en el mundo, podía ayudarle, sólo Zhenia; pero ella le había destruido.

Volvió el rostro en la dirección por la que ella debería haber ido a su encuentro, y dijo:

—Zhénechka, ¿qué me estás haciendo? Zhénechka, óyeme, Zhénechka, mírame; mira lo que me está pasando.

Alargó los brazos hacia ella.

Luego pensó: «Menuda pérdida de tiempo». Había aguardado tantos años desesperadamente, y ahora ella se había decidido; ya no era una niña, lo había postergado durante años, pero ahora se había decidido; tenía que hacerse a la idea, se había decidido...

Unos segundos más tarde buscó refugio de nuevo en el odio:

«Claro, claro, cuando yo no era más que un mayor que vagaba por las guarniciones de Nikolsk-Ussuríiski, no quería; sólo se decidió cuando me ascendieron de rango; quería convertirse en la esposa de un general. Todas las mujeres son iguales». Al instante vio con claridad que esos pensamientos carecían de sentido. Le había abandonado y había vuelto con un hombre que sería enviado a un campo, a Kolymá, qué ventaja podía sacar ella de eso... «Las mujeres rusas, los versos de Nekrásov... No me ama, le ama a él... No, no le ama, le compadece, sólo le compadece. ¿Y a mí no me compadece? Ahora yo estoy peor que todos ellos juntos: los que están presos en la Lubianka y en todos los campos, en todos los hospitales con los brazos y las piernas mutilados. Muy bien, me iré a un campo; ¿a quién elegirás entonces? ¡A él! Sois de la misma raza, mientras que yo soy un extraño. Así me llamaba ella: extraño, un perfecto extraño. Claro, aunque me convirtiera en mariscal, yo siempre seré un campesino, un minero, pero no un intelectual;

no le encuentro ni pies ni cabeza a la pintura...». En voz alta, con odio, preguntó:

—Pero ¿por qué? ¿Por qué?

Sacó del bolsillo trasero la pistola y la sopesó en la palma de la mano.

—Me mataré, pero no porque no pueda seguir viviendo, sino para que sufras toda tu vida, para que a ti, puta, te remuerda la conciencia.

Luego volvió a poner la pistola en su sitio.

—Dentro de una semana me habrá olvidado.

¡Era él quien tenía que olvidar, no recordar más, no mirar atrás!

Se acercó a la mesa y releyó la carta: «Pobrecito mío, querido, amor...». Lo más terrible no eran las palabras crueles, sino las cariñosas, las compasivas, las humillantes. Le resultaban totalmente insoportables, hasta el punto de que no podía respirar.

Recordó sus pechos, sus hombros, sus rodillas. Ahí estaba, yendo a reunirse con su miserable Krímov. «¿Qué puedo hacer yo?» Viaja para verlo, soportando un calor sofocante, el hacinamiento. Alguien le pregunta y ella responde: «Voy a reunirme con mi marido». Y tiene los ojos dulces, mansos y tristes de un perro.

Él, en cambio, miraba por la ventana para ver si ella llegaba. Un temblor sacudió su espalda, resopló, dio un ladrido, se ahogó tratando de reprimir los sollozos que se le escapaban. Recordó que había ordenado que le trajeran de la intendencia del frente bombones de chocolate para ella; le había dicho en broma a Vershkov: «Si los tocas te arranco la cabeza».

Y de nuevo balbuceó:

—Mira, Zhénechka, mi amor, lo que has hecho conmigo; al menos apiádate un poco de mí.

Sacó bruscamente la maleta de debajo de la cama, cogió las cartas y las fotografías de Yevguenia Nikoláyevna, las que había llevado consigo durante tantos años; la fotografía que le había enviado en su última carta y la primera de todas, una fotografía pequeña, de carné, envuelta en papel de celofán, y se puso a romperlas con sus dedos grandes y fuertes. Hacía trizas las cartas que le había escrito, y de repente fulguró una frase, y en un fragmento de esa frase aislada, en un trocito de papel, reconoció las palabras que había leído y releído decenas de veces, que le hacían perder la cabeza. Miraba cómo desaparecía la cara, morían los labios, los ojos, el cuello en las fotografías rotas. Realizaba aquella operación a toda prisa, precipitadamente. De repente se sentía mejor, como si la arrancara de sí mismo, la pisoteara por completo, se liberara de aquella bruja.

Había vivido perfectamente sin ella. ¡Se sobrepondría! Dentro de un año pasaría por delante de ella sin que le diera un vuelco el corazón. «La necesito como un borracho necesita un corcho de botella.» Pero apenas formuló ese pensamiento, sintió la absurdidad de esa esperanza. Del corazón no se arranca nada, el corazón no es de papel y, en él, la vida no está escrita con tinta, no se puede romper en trozos, no se pueden borrar largos años que se han impreso en el cerebro, en el alma.

Ella era parte de su trabajo, de sus desgracias, de sus pensamientos, era testigo de su debilidad y su fuerza.

Y las cartas rotas no habían desaparecido; las palabras leídas decenas de veces perduraban en la memoria, y los ojos de ella le miraban como antes desde las fotografías rotas.

Abrió el armario, llenó hasta el borde un vaso de vodka, se lo bebió de un trago, encendió un cigarrillo, lo encendió una segunda vez aunque ya había prendido. El dolor le retumbaba en la cabeza, le abrasaba las entrañas.

Y de nuevo preguntó en voz alta:

—Zhénechka, pequeña, querida mía, ¿qué has hecho, qué has hecho? ¿Cómo has podido?

Luego metió los trocitos de papel en su maleta, devolvió la botella de vodka al armario y pensó: «El vodka alivia un poco las penas».

Pronto los tanques entrarían en el Donbass, llegaría a su pueblo natal, encontraría el lugar donde descansaban sus progenitores. Su padre se sentiría orgulloso de su Petia, su madre se apiadaría de su desdichado hijito. Acabada la guerra, iría a casa de su hermano, viviría con su familia y su sobrina le preguntaría: «Tío Petia, ¿por qué estás tan callado»?

De repente recordó un episodio de su infancia: el perro lanudo que vivía con ellos había corrido tras una perra en celo y había vuelto cubierto de mordiscos, con mechones de pelo arrancados, la oreja desgarrada, la boca torcida, un ojo hinchado, y estaba delante de la casa, con el rabo entre las piernas; el padre de Petia, mirándole, le preguntó con cariño:

–¿Qué, te ha tocado ser el padrino de boda?

Sí, le había tocado...

Vershkov entró en la habitación.

–¿Está descansando, camarada coronel?

–Sí, un poco.

Miró el reloj y pensó: «Detener el avance hasta las siete de mañana. Transmitir por radio un mensaje cifrado».

–Voy a pasar revista de nuevo a las brigadas –le dijo a Vershkov.

El viaje rápido en coche le aligeró la opresión en el corazón. El chófer conducía el jeep a ochenta kilómetros por hora por una carretera en pésimas condiciones; el coche saltaba, traqueteaba, se cubría de barro.

Cada vez que el conductor se asustaba, le pedía con una mirada suplicante que le diera permiso para reducir la velocidad.

Entró en el cuartel general de la brigada de tanques. ¡Cómo había cambiado todo en pocas horas! Cómo había cambiado Makárov, como si hiciera años que no se hubieran visto.

Makárov, olvidando el reglamento, abrió los brazos en señal de desconcierto y dijo:

–Guétmanov acaba de transmitir una orden directa de Yeremenko: su decisión de hacer un alto ha sido anulada, debemos continuar el ataque.

52

Tres semanas más tarde el cuerpo de tanques de Nóvikov fue retirado de la primera línea del frente y pasó a la reserva. Era hora de reforzar los efectivos y reparar los carros. Los hombres y las máquinas estaban exhaustos después de haber recorrido cuatrocientos kilómetros en combate.

Al mismo tiempo que recibía la orden de pasar a la reserva, a Nóvikov también le ordenaron personarse en Moscú, en el Estado Mayor General y en la Dirección Central de los Cuadros Superiores. No estaba claro si volvería a asumir el mando del cuerpo.

Durante su ausencia el mando pasaría temporalmente a manos del general Neudóbnov. Algunos días antes el comisario de brigada Guétmanov había oído que el Comité Central del Partido había decidido retirarle en un futuro inmediato del servicio activo para confiarle el secretariado de un *obkom* en una provincia liberada del Donbass; el Comité Central concedía una especial relevancia a ese puesto.

La citación de Nóvikov en Moscú había dado mucho que hablar en el Estado Mayor del frente y en la Dirección de las Fuerzas Blindadas.

Algunos decían que la citación no tenía un significado especial y que Nóvikov, después de una breve estancia en Moscú, regresaría y asumiría el mando del cuerpo. Otros sostenían que el asunto tenía que ver con la desafortunada orden de Nóvikov de conceder diez horas de reposo a sus hombres en el punto álgido del ataque, y con el retraso que se había permitido antes de lanzar el cuerpo a la ofensiva. Otros consideraban que no había hecho buenas migas con el comisario del cuerpo y el jefe del Estado Mayor, dos hombres que contaban con grandes méritos.

El secretario del Consejo Militar del frente, un hombre bien informado, afirmó que alguien había acusado a Nóvikov de tener relaciones personales comprometedoras. Al principio el secretario del Consejo Militar creyó que las desgracias de Nóvikov eran fruto de sus desavenencias con el comisario del cuerpo. Pero, por lo visto, no era así. El secretario del Consejo Militar había visto con sus propios ojos una carta de Guétmanov dirigida a las más altas instancias. En esa carta Guétmanov se oponía a la destitución de Nóvikov como comandante del cuerpo; escribía que Nóvikov era un jefe militar excepcional, que poseía excelentes dotes militares, un hombre intachable tanto desde el punto de vista político como moral.

Pero lo más sorprendente es que el día en que el teniente Nóvikov recibió la orden de presentarse en Moscú disfrutó de una noche tranquila, y durmió de un tirón por primera vez después de haber pasado en blanco muchas noches penosas.

53

A Shtrum le parecía estar siendo transportado por un tren estruendoso a toda velocidad, y a ese hombre que viajaba a bordo del tren le causaba extrañeza recordar la tranquilidad del hogar. El tiempo se había vuelto denso, repleto de acontecimientos, gente, llamadas telefónicas. El día que Shishakov había visitado a Shtrum, atento, amable, interesándose por su salud, y dando explicaciones divertidas y amistosas con la intención de que olvidara todo lo ocurrido, aquel día parecía remontarse a diez años atrás.

Shtrum creía que las personas que habían tratado de buscarle la ruina estarían tan avergonzadas que no se atreverían a mirarle, pero el día de su regreso al instituto le saludaron con alborozo; le miraban directamente a los ojos, expresándole su buena disposición y amistad. Lo más sorprendente era que esas personas eran absolutamente sinceras, ahora le deseaban todo lo mejor.

Volvía a oír muchos comentarios elogiosos acerca de su trabajo. Malenkov le mandó llamar y, escrutándolo con sus ojos negros, penetrantes e inteligentes, se entretuvo con él cuarenta minutos. Shtrum se quedó asombrado de que estuviera al corriente de su trabajo y de que manejara con tanta soltura los tecnicismos.

A Shtrum le desconcertaron las palabras que dijo Malenkov a modo de despedida: «Nos afligiría mucho ser, en alguna medida, un estorbo para su investigación en el campo de la física teórica. Comprendemos perfectamente que sin teoría no hay práctica».

Nunca hubiera esperado que escucharía semejantes palabras.

Qué extraño fue, al día siguiente del encuentro con Malenkov, ver la mirada intranquila e inquisitiva de Shishakov y recordar la sensación de ofensa y humillación que había experimentado cuando éste no le había invitado a la reunión celebrada en su casa.

Márkov se mostraba otra vez atento y cordial, Savostiánov se hacía el ocurrente y gastaba bromas. Gurévich, que había entrado en el laboratorio, abrazó a Shtrum mientras le decía: «¡Qué contento estoy, qué contento! Usted es Benjamín el Bienaventurado».

Y el tren continuaba llevándole.

Le preguntaron si consideraba necesario ampliar su laboratorio hasta convertirlo en un instituto de investigación independiente. Viajó a los Urales en un avión especial acompañado por un delegado del Comisariado del Pueblo. Le habían asignado un coche con el que ahora Liudmila Nikoláyevna iba a hacer la compra a la tienda especial y cuyos asientos ofrecía a las mismas mujeres que unas semanas antes fingían no conocerla.

En resumidas cuentas, todo lo que antes parecía complicado, enrevesado, ahora se resolvía por sí solo.

El joven Landesman estaba profundamente conmovido: Kovchenko le había telefoneado a casa; Dubenkov, en sólo una hora, formalizó su admisión en el laboratorio de Shtrum.

Anna Naumovna Weisspapier, de regreso de Kazán, contó a Shtrum que en cuarenta ocho horas había recibido la invitación y el permiso de residencia, y que en la estación de Moscú la estaba esperando un coche enviado por Kovchenko. Dubenkov avisó por escrito a Anna Stepánovna de que se reincorporaría a su antiguo puesto de trabajo y que, con el consenso del subdirector, le pagarían íntegramente el salario de los días que no había trabajado.

A los nuevos colaboradores les daban de comer copiosamente. Decían, en broma, que su trabajo consistía en dejarse llevar desde la mañana a la noche a varias cantinas «cerradas al público». Pero su trabajo, desde luego, no consistía sólo en eso.

La nueva maquinaria instalada en el laboratorio distaba ya mucho de parecerle perfecta a Shtrum; pensaba que, dentro de un año, suscitaría la risa, como la locomotora de Stephenson.

Todos esos acontecimientos de su vida le parecían naturales y al mismo tiempo completamente artificiales. En realidad, si su obra era tan importante e interesante, ¿por qué no iba a ser elogiada? Si Landesman era un investigador de talento, ¿por qué no iba a trabajar en el instituto? Y si Anna Naumovna era una persona insustituible, ¿por qué dejarla arrinconada en Kazán?

Así y todo, Shtrum sabía muy bien que de no haber sido por la llamada telefónica de Stalin, nadie en el instituto habría elogiado las excelencias de su trabajo y Landesman, con todo su talento, estaría con los brazos cruzados.

La llamada telefónica de Stalin no era una casualidad, un antojo, un capricho. Stalin era la encarnación del Estado y el Estado no tiene antojos ni caprichos.

Shtrum temía que el trabajo de carácter organizativo –el recibimiento de los nuevos investigadores, la planificación, los pedidos de material, las reuniones– le ocupara todo el tiempo. Pero los automóviles circulaban rápido, las reuniones eran breves y nadie llegaba tarde, sus deseos se hacían fácilmente realidad y Shtrum podía pasar las horas más preciadas de la mañana en el laboratorio. Era durante esa parte del día cuando se sentía libre. Nadie le estorbaba y podía pensar exclusivamente en lo que le interesaba. Su ciencia le pertenecía. Nada que ver con lo que le pasaba al pintor en *El retrato* de Gógol.

Nadie atentaba contra sus intereses científicos, y eso es lo que le daba más miedo. «Soy realmente libre», se sorprendía.

Una vez le vinieron a la mente los argumentos que el ingeniero Artelev había expresado en Kazán sobre el aprovisionamiento por parte de las fábricas militares de materia prima, energía, maquinaria, y sobre la ausencia de trámites burocráticos.

«Claro –pensó Víktor Pávlovich–, es el estilo "alfombra voladora": en la ausencia de burocracia es precisamente donde se revela el burocratismo. Todo lo que sirve a los grandes objetivos del Estado corre a la velocidad de un tren expreso. La fuerza de la burocracia contiene dos tendencias opuestas: es capaz de detener cualquier movimiento o acelerarlo de manera insólita, como si escapara a los límites de la atracción terrestre.»

Ahora rara vez pensaba en las veladas transcurridas en la pequeña habitación de Kazán, y cuando lo hacía, era con cierta indiferencia. Madiárov ya no le parecía tan interesante e inteligente; ahora no sentía esa ansiedad constante por su destino, ya no le venía a la cabeza con tanta frecuencia y persistencia el recelo de Karímov hacia Madiárov, y viceversa.

Sin darse cuenta, todo lo ocurrido había comenzado a parecerle natural y legítimo. La nueva vida de Shtrum se había convertido en la regla, y él había empezado a acostumbrarse. La vida que antes vivía ahora le parecía la excepción; poco a poco la iba olvidando. ¿Eran tan acertadas las consideraciones de Artelev?

Antes, en cuanto entraba en el departamento de personal, se irritaba, se le ponían los nervios de punta, sentía sobre sí la mirada de Dubenkov. Pero Dubenkov era, de hecho, un hombre servicial y benévolo.

Telefoneaba a Shtrum y le decía:

–Dubenkov al habla. ¿Le molesto, Víktor Pávlovich?

Siempre había pensado que Kovchenko era un ser pérfido, un siniestro intrigante capaz de sacarse del medio a cualquiera que se interpusiera en su camino, un demagogo indiferente a la esencia del trabajo; le parecía venido de otro mundo de instrucciones misteriosas, no escritas. Ahora se le aparecía bajo un aspecto completamente diferente. Entraba cada día en el laboratorio de Shtrum, se comportaba de manera sencilla, bromeaba con Anna Naumovna y se mostraba como un verdadero demócrata; estrechaba la mano a todos, charlaba con los técnicos y los mecánicos; supo que en su juventud había trabajado de tornero en un taller.

Shtrum había detestado a Shishakov durante años. Pero ahora había ido a comer a su casa y descubrió que era una persona hospitalaria, llena de ingenio, bromista, un *gourmet* amante del buen coñac y coleccionista de grabados. Y lo más importante: apreciaba la teoría de Víktor Pávlovich.

«He vencido», pensaba Shtrum. Pero comprendía que no era un gran triunfo, que si los hombres con los que trataba habían cambiado su actitud hacia él y habían comenzado a saludarle en lugar de ponerle obstáculos no era porque se hubieran rendido a la fuerza de su inteligencia, su talento o cualquier otra virtud.

Sin embargo, estaba contento: ¡había vencido!

Casi cada noche transmitían boletines informativos por la radio. La ofensiva de las tropas soviéticas continuaba extendiéndose. Y a Víktor Pávlovich le parecía ahora de lo más natural y sencillo adecuar su vida al curso de la guerra, a la victoria del pueblo, del ejército, del Estado.

Pero también comprendía que no todo era tan sencillo; se burlaba de su propio deseo de ver sólo las cosas simples, como en los abecedarios infantiles: «Stalin aquí, Stalin allí, viva Stalin».

Durante mucho tiempo había creído que los administradores y los militantes del Partido, también en el seno de su familia, no hacían otra cosa que hablar de la pureza ideológica de los cuadros dirigentes, firmar papeles con lápiz rojo, leer en voz alta a sus mujeres el *Breve curso de la historia del Partido*, y que, por la noche, sólo soñaban con disposiciones transitorias e instrucciones obligatorias.

Y sin embargo, de improviso, había descubierto en ellos otro aspecto: el lado humano.

El secretario del comité del Partido, Ramskov, era aficionado a la pesca, y antes de la guerra había recorrido en barca los ríos de Ucrania con su mujer e hijos.

–Eh, Víktor Pávlovich –decía–, ¿hay algo mejor en la vida? Te levantas al amanecer, todo brilla por el rocío, la arena de la orilla está fría, lanzas la caña, y el agua, todavía oscura, no da nada pero parece llena de promesas... Cuando acabe la guerra le llevaré conmigo a la cofradía de pescadores...

Un día, Kovchenko se había puesto a hablar con Shtrum de enfermedades infantiles. Shtrum se había sorprendido de sus vastos conocimientos acerca de los tratamientos para curar el raquitismo y las anginas. Se había enterado de que Kasián Teréntievich, además de dos hijos biológicos, había adoptado a un niño español. El pequeño español solía enfermar con frecuencia y Kasián Teréntievich cuidaba de él personalmente.

Incluso Svechín, por lo general de carácter adusto, le habló de su colección de cactus, que había logrado salvar durante el frío invierno de 1941.

«Así que no son tan mala gente, después de todo –pensaba Shtrum–. En cada hombre hay algo humano.»

Por supuesto, en lo más íntimo, comprendía que todos estos cambios en conjunto no cambiaban nada. No era un estúpido y tampoco un cínico; sabía utilizar el cerebro.

En aquellos días le vino a la cabeza la historia de Krímov sobre un viejo amigo suyo, un tal Bagrianov, primer juez de instrucción del tribunal militar. Bagrianov había sido arrestado en 1937, pero en 1939 Beria, en un efímero ataque de liberalismo, le había liberado del campo y autorizado a regresar a Moscú.

Krímov contaba que Bagrianov había ido a verle una noche, directamente desde la estación, con la camisa y los pantalones hechos jirones y el certificado del campo en el bolsillo.

Esa noche pronunció discursos liberales, se compadeció de la suerte de todos los prisioneros en los campos, quería convertirse en apicultor y jardinero.

Pero, poco a poco, a medida que Bagrianov regresaba a su vida pasada, también sus discursos se modificaron sustancialmente.

Krímov contaba entre risas las sucesivas evoluciones en la ideología de Bagrianov. Le habían devuelto el uniforme militar, y en esta fase continuaba conservando sus opiniones liberales. Pero en un momento dado, al igual que Danton, había dejado de denunciar el mal.

Luego, a cambio de su certificado del campo le entregaron el permiso de residencia en Moscú. Y enseguida le había surgido el deseo de adoptar posturas hegelianas: «Todo lo que es real es racional». Cuando le devolvieron su apartamento empezó a hablar de manera totalmente diferente, afirmando que la mayoría de los condenados en los campos eran enemigos del Estado soviético. Entonces le devolvieron sus condecoraciones. Al final había sido reintegrado en el Partido y le reconocieron los años de antigüedad.

Justo en ese momento surgieron los primeros problemas de Krímov con el Partido. Bagrianov dejó de llamarle por teléfono. Una vez Krímov se lo había encontrado por casualidad: Bagrianov, con dos rombos sobre el cuello de la guerrera, salía del coche ante la entrada de la fiscalía. Habían pasado ocho meses desde que el hombre con la camisa hecha harapos, el certificado del campo en el bolsillo, se había sentado en la habitación de Krímov a disertar sobre la inocencia de los sentenciados y la violencia ciega.

«Y yo que pensaba, después de escucharle aquella noche, que la fiscalía había perdido para siempre a un devoto servidor», había dicho con una sonrisita Krímov.

Naturalmente no era una casualidad que Víktor Pávlovich hubiera recordado esa historia y se la hubiera contado a Nadia y a Liudmila Nikoláyevna.

Nada había cambiado en su actitud hacia las personas caídas en desgracia en 1937. Como antes, se horrorizaba por la crueldad de Stalin.

La vida de la gente no cambia por el hecho de que un tal Shtrum se hubiera convertido en el hijo mimado de la suerte. Nada devolvería la vida a las víctimas de la colectivización o a los fusilados en 1937 porque se le otorgara una condecoración o una medalla a un tal Shtrum, porque Malenkov le mandara llamar o porque le incluyeran en la lista de invitados a tomar el té en casa de Shishakov.

Todo esto Víktor Pávlovich lo comprendía perfectamente y no lo olvidaba. Y sin embargo, en esta memoria y en esta comprensión, se producían cambios. ¿Es que no sentía el mismo malestar, la misma nostalgia de la libertad de expresión y de prensa? ¿Es que no le consumía con la misma fuerza que antes el pensamiento de los inocentes que habían perecido? ¿Acaso aquello tenía que ver con que ahora no sentía ese miedo constante y agudo noche y día?

Víktor Pávlovich comprendía que Kovchenko, Dubenkov, Svechín, Prásolov, Shishakov, Gurévich y tantos otros no se habían vuelto mejores porque hubieran cambiado su actitud hacia él. Gavronov, que continuaba cubriendo de oprobios a Shtrum y su trabajo con una obstinación fanática, al menos era honesto.

Un día Shtrum le dijo a Nadia:

–Sabes, creo que es mejor defender las posiciones de las Centurias Negras, por deleznables que sean, que fingir estar a favor de Herzen y Dobroliúbov con fines arribistas.

Se enorgullecía ante su hija de su capacidad de controlarse, de vigilar sus pensamientos. A él no le pasaría lo que a tantos otros: el éxito no influiría en sus puntos de vista, en sus lazos afectivos, en la elección de sus amigos... Nadia se había equivocado al sospechar, durante un tiempo, que era capaz de semejante pecado.

Él ya era perro viejo. Todo cambiaba en su vida, pero él no. Seguía llevando el traje raído, las corbatas arrugadas, los zapatos con los tacones desgastados. Seguía llevando el pelo demasiado largo, desgreñado, y asistía a las reuniones más importantes sin tomarse siquiera la molestia de afeitarse.

Como antes, le gustaba charlar con los porteros y los ascensoristas. Como siempre, juzgaba con gesto altivo, incluso con desprecio, las debilidades humanas, y condenaba la pusilanimidad de muchas personas. Se consolaba pensando: «Al menos yo no me he doblegado, no he dado mi brazo a torcer, me he mantenido firme, no me he arrepentido. Han venido a buscarme».

Le decía a menudo a su mujer: «¡Cuánta mediocridad hay por todas partes! Cuántas personas tienen miedo de defender su derecho a ser honestas, cuántas se dan por vencidas, cuánto conformismo, cuántos actos mezquinos».

Incluso de Chepizhin había pensado una vez con reproche: «Su desmesurado amor por el turismo y el alpinismo encubre un miedo inconsciente a la complejidad de la vida. Y su partida del instituto revela el miedo consciente a enfrentarse a la principal cuestión de nuestra vida».

Era evidente que algo estaba cambiando en él. Lo sentía, pero no lograba comprender qué era exactamente.

54

Cuando regresó al trabajo, Shtrum no encontró a Sokolov en el laboratorio. Dos días antes de su vuelta al instituto, Piotr Lavréntievich había cogido una neumonía.

Shtrum se enteró de que, poco antes de ponerse enfermo, Sokolov había acordado con Shishakov ser transferido a un puesto diferente. Al final había sido designado director de un laboratorio que estaba siendo reorganizado. A Piotr Lavréntievich las cosas le iban bastante bien.

Ni siquiera el omnisciente Márkov estaba al corriente de los verdaderos motivos que habían inducido a Sokolov a solicitar a la dirección el traslado del laboratorio de Shtrum.

Al enterarse de su partida, Víktor Pávlovich no sintió ni dolor ni compasión: la idea de encontrárselo, de trabajar con él, le resultaba insoportable.

Quién sabe lo que Sokolov habría leído en los ojos de Víktor Pávlovich. Por supuesto, no tenía derecho a pensar en la mujer de su amigo del modo en que lo hacía. No tenía derecho a echarla de menos. No tenía derecho a encontrarse a escondidas con ella.

Si alguien alguna vez le hubiera contado una historia similar, se habría indignado. ¡Engañar a la propia mujer! ¡Engañar a un amigo! Sin embargo la añoraba, soñaba con verla.

Liudmila había reanudado su amistad con Maria Ivánovna. A una larga conversación telefónica había seguido un encuentro; habían llorado, arrepintiéndose de los malos pensamientos que habían concebido la una respecto a la otra, de sus sospechas, de la falta de confianza en su amistad.

¡Dios, qué complicada y embrollada era la vida! Maria Ivánovna, la honesta y pura Maria, no había sido sincera con Liudmila, había fingido. Pero sólo había actuado así porque le amaba.

Ahora Víktov Pávlovich raras veces veía a Maria Ivánovna. Casi todo lo que sabía de ella le llegaba a través de Liudmila.

Supo que Sokolov había sido propuesto para el premio Stalin por unos trabajos publicados antes de la guerra, que había recibido una carta entusiasta de unos jóvenes físicos de Inglaterra y que en las próximas elecciones de la Academia sería presentada su candidatura como miembro correspondiente. Todas estas informaciones se las había dado Maria Ivánovna a Liudmila. Durante sus breves encuentros con Maria Ivánovna, Shtrum ahora ni siquiera mencionaba a Piotr Lavréntievich.

Las preocupaciones del trabajo, las reuniones, los viajes no conseguían aplacar su continua nostalgia, y el deseo de verla era constante.

Liudmila Nikoláyevna le había dicho varias veces:

—No entiendo por qué Sokolov la tiene tomada contigo. Ni siquiera Masha se lo explica.

La explicación, por supuesto, era sencilla, pero era imposible que Maria Ivánovna la compartiera con Liudmila. Bastante había hecho con confesarle a su marido lo que sentía por Shtrum.

Aquella confesión había destruido para siempre la amistad entre Shtrum y Sokolov. Le había prometido a su marido que no volvería a ver a Shtrum. Si decía una palabra a Liudmila no sabría nada más de ella: ni dónde estaba ni cómo estaba. ¡Se veían tan poco! ¡Y los encuentros eran tan breves! Cuando se encontraban apenas hablaban, paseaban por la calle cogidos de la mano o se quedaban sentados en silencio en un banco del parque.

Cuando Shtrum estaba en sus horas más bajas, Maria, con una sensibilidad fuera de lo común, había entendido por lo que estaba pasando. Había adivinado sus pensamientos, previsto sus acciones; parecía conocer de antemano todo lo que le pasaría. Cuanto más abatido estaba, más doloroso e intenso era el deseo de verla. Le parecía que en esa comprensión absoluta residía su única felicidad. Tenía la impresión de que al lado de esa mujer podía soportar cualquier sufrimiento. Con ella sería feliz.

Habían conversado por las noches en Kazán, en Moscú habían paseado juntos por el jardín Neskuchni, una vez se habían sentado unos minutos en un banco, en la plaza de la calle Kaluga; eso era todo. Eso, antes. Ahora, por el contrario, a veces se hablaban por teléfono; otras, se veían en la calle, y de estos breves encuentros no decía ni una palabra a Liudmila.

A decir verdad, Víktor comprendía que su pecado, el de él y el de ella, no se medía por los minutos pasados en secreto sentados en un banco. Su pecado era más grave: la amaba. ¿Por qué había ocupado ella un lugar tan importante en su vida?

Cada palabra dicha a su mujer era una verdad a medias. Cada movimiento, cada mirada, aun cuando fuera contra su voluntad, contenía en sí la mentira.

Con indiferencia fingida, preguntaba a Liudmila Nikoláyevna: «¿Te ha llamado tu amiguita? ¿Cómo está? ¿Y la salud de Piotr Lavréntievich?».

Se alegraba de los éxitos de Sokolov, pero no porque albergara buenos sentimientos hacia él. Le parecía que en cierto sentido los éxitos de Sokolov le daban derecho a Maria Ivánovna a no sentir remordimientos.

Era insoportable tener noticias de Sokolov y Maria Ivánovna por boca de Liudmila. Era humillante para Liudmila, para Maria Ivánovna, para él.

La mentira se mezclaba con la verdad incluso cuando hablaba con su mujer sobre Tolia, Nadia y Aleksandra Vladímirovna. La mentira estaba en todas partes. ¿Por qué motivo? Sus sentimientos hacia Maria Ivánovna eran la verdad de su alma, de sus pensamientos, de sus deseos. ¿Por qué esta verdad engendraba tantas mentiras? Sabía que, renunciando a ese amor, liberaría de la mentira a Liudmila, a Maria Ivánovna y a sí mismo. Pero cada vez que se convencía de que debía renunciar a ese amor al que no tenía derecho, un sentimiento perverso, que le nublaba el juicio y rechazaba el sufrimiento, le disuadía insinuándole: «Esta mentira, al fin y al cabo, no es tan terrible, no hace daño a nadie. El sufrimiento es peor que la mentira».

A ratos le parecía que podría encontrar la fuerza y la crueldad para romper con Liudmila y destruir la vida de Sokolov, y ese sentimiento le incitaba, le permitía formular el argumento opuesto: «La mentira es lo peor de todo. Sería mejor romper con Liudmila que mentir, que obligar a Maria Ivánovna a mentir. La mentira es peor que el sufrimiento».

No se daba cuenta de que su pensamiento se había transformado en el fiel servidor de su sentimiento, que sus sentimientos manejaban al pensamiento, y que sólo había un modo de romper ese círculo vicioso: cortar por lo sano, sacrificarse a sí mismo en lugar de a los demás.

Cuanto más pensaba en todo aquello, menos lo entendía. ¿Cómo entenderlo, cómo desembrollar la maraña? Su amor por Maria Ivánovna era al mismo tiempo la verdad y la mentira de su vida. El verano pasado había tenido una aventura con la bella Nina, y no se había tratado de una historia entre colegiales. Con Nina no se había limitado a pasear por un jardín. Pero sólo ahora había irrumpido esa sensación de traición, de desgracia familiar, de culpa ante Liudmila. Aquellas elucubraciones consumían una incalculable cantidad de energía espiritual e intelectual, probablemente tanta como la que Planck había dedicado a elaborar la teoría cuántica.

Una vez había considerado que ese amor nacía sólo de sus penas y desgracias... Sin ellas, nunca hubiera experimentado aquel sentimiento...

Pero ahora la vida le sonreía, y su deseo de ver a Maria Ivánovna no se había atenuado.

Ella era una persona especial: no la atraían ni la riqueza ni la fama ni el poder. Por el contrario, deseaba compartir con él las desdichas, la pena, las privaciones... Shtrum se alarmó: ¿y si ahora ella le daba la espalda?

Comprendía que Maria Ivánovna adoraba a Piotr Lavréntievich, y eso le hacía enloquecer.

Lo más probable es que Zhenia tuviera razón. Ese segundo amor, llegado después de largos años de matrimonio, era en realidad la consecuencia de una avitaminosis del alma, del mismo modo que una vaca sueña con lamer la sal que durante años busca y no encuentra en la hierba, en el heno y en las hojas de los árboles. Esa hambre del alma crece poco a poco hasta convertirse en una fuerza enorme. Sí, era eso, era eso. Oh, qué bien conocía el hambre espiritual... Maria Ivánovna era completamente diferente de Liudmila...

¿Eran ciertos o falsos esos pensamientos? Shtrum no se daba cuenta de que no los había engendrado la razón, sus actos no estaban determinados por su corrección o su inconveniencia. No era la razón la que gobernaba su conducta. Sufría si no veía a Maria Ivánovna, y era feliz cuando pensaba que iba a verla. Cuando se imaginaba que en el futuro podrían estar siempre juntos, era feliz.

¿Por qué no sentía remordimientos cuando pensaba en Sokolov? ¿Por qué no sentía vergüenza?

Pero ¿de qué tenía que avergonzarse? A fin de cuentas, sólo habían paseado por el parque y se habían sentado en un banco.

¡Como si el problema fuera haberse sentado en un banco! Estaba dispuesto a romper con Liudmila, a decirle a su amigo que amaba a su mujer, que quería quitársela.

Ahora evocaba todo lo malo de su vida en común con Liudmila. Recordaba la mala relación entre Liudmila y su madre, que Liudmila no había permitido a su primo, de regreso del campo penitenciario, pasar la noche en casa. Recordaba de ella la dureza, la grosería, la terquedad, la crueldad.

Los malos recuerdos le endurecían. Y necesitaba endurecerse para cometer una crueldad. Por otro lado Liudmila había pasado toda su vida con él, compartiendo los momentos más duros y difíciles. Tenía el cabello casi cano y cargaba con muchos sufrimientos a las espaldas. ¿Es que sólo tenía defectos? Durante muchos años se había sentido orgulloso de ella, le alegraba su rectitud, su sinceridad. Sí, sí, no había duda, se disponía a cometer una crueldad.

Por la mañana, a punto de salir para el trabajo, Víktor Pávlovich recordó la reciente visita de Yevguenia Nikoláyevna, y pensó: «Qué suerte que Zhenia haya vuelto a Kúibishev».

Se avergonzó de ese pensamiento, y precisamente en aquel instante Liudmila Nikoláyevna dijo:

—A todos nuestros parientes encarcelados se ha sumado Nikolái. Menos mal que Zhenia ya no está en Moscú.

Quiso reprocharle esas palabras, pero se dio cuenta a tiempo y decidió no decir nada: un reproche suyo hubiera sonado demasiado falso.

—Te ha llamado Chepizhin —dijo Liudmila Nikoláyevna.

Shtrum miró el reloj.

—Esta noche volveré pronto y le llamaré. A propósito, es posible que vaya de nuevo a los Urales.

—¿Por mucho tiempo?

—No, dos o tres días.

Tenía prisa, le esperaba un gran día.

Grande era su trabajo, grandes sus asuntos, ¡asuntos de Estado!, pero sus pensamientos seguían la ley de la proporcionalidad inversa: eran pequeños, míseros, banales.

Zhenia, antes de irse, le había pedido a su hermana que se acercara a Kuznetski Most para hacerle llegar a Krímov doscientos rublos.

—Liudmila —dijo—, no te olvides de entregar ese dinero, como te pidió Zhenia. Ya has tardado demasiado.

Había dicho eso no porque se preocupara por Krímov o Zhenia. Lo había dicho porque temía que el descuido de Liudmila pudiera precipitar la vuelta de Zhenia a Moscú. Zhenia, una vez en la capital, comenzaría a escribir declaraciones, cartas, a hacer llamadas telefónicas, transformando el apartamento de Shtrum en un centro de asistencia a los detenidos.

Comprendía que esos pensamientos no sólo eran pequeños y mezquinos, sino también viles. Sintió vergüenza y añadió a toda prisa:

—Escribe a Zhenia. Invítala en nombre tuyo y mío. Quizá tenga que volver a Moscú, y, sin invitación, no le será fácil. ¿Me has oído, Liuda? ¡Escríbele enseguida!

Después de estas palabras, se sintió bien, pero una vez más sabía que lo había dicho por su propia tranquilidad... En cualquier caso era extraño. Antes, cuando se pasaba días enteros en su habitación, aislado de todos, temiendo al administrador de la casa y a las empleadas de la oficina de racionamiento, tenía la cabeza llena de pensamientos sobre la vida, la verdad, la libertad; pensamientos sobre Dios... Nadie le necesitaba, su teléfono no sonaba durante semanas enteras, sus conocidos preferían no saludarle cuando se lo encontraban por la calle. En cambio ahora, cuando decenas de personas le esperaban, le llamaban por teléfono, le escribían, ahora que una ZIS-101 tocaba el claxon delicadamente bajo la ventana de su casa, no podía librarse de un cúmulo de pensamientos vacíos como las cáscaras de los granos de girasol, de un lamentable sentimiento de enojo, de temores ridículos.

Sus reflexiones microscópicas y triviales le acompañaban a todas partes: pronunciaba palabras fuera de lugar, esbozaba una sonrisita imprudente.

Durante un tiempo después de la llamada telefónica de Stalin le pareció que el miedo había desaparecido de su vida. Pero persistía, sólo que era diferente: ya no era un miedo plebeyo, sino señorial. Era un miedo que viajaba en coche, que tenía línea directa con el Kremlin; pero seguía presente.

Lo que parecía imposible, una actitud de rivalidad envidiosa hacia los logros y las teorías de otros científicos, se había convertido en algo normal. Le inquietaba que le adelantaran, que le doblaran.

No tenía muchas ganas de hablar con Chepizhin; le parecía que no tenía fuerzas para mantener una conversación que preveía larga y difícil. Habían simplificado demasiado cuando habían tocado el tema de la dependencia de la ciencia respecto al Estado. Él se sentía verdaderamente libre. Nadie consideraba sus modelos teóricos como hipótesis absurdas sacadas del Talmud. Nadie le atacaba. El Estado necesitaba la física teórica. Ahora Shishakov y Badin lo comprendían. Para que Márkov demostrara su talento en la experimentación y Kochkúrov en su aplicación práctica, se necesitaba a un teórico. Todos lo habían comprendido de repente después de la llamada telefónica de Stalin. ¿Cómo podía explicar a Dmitri Petróvich que esa llamada le había proporcionado la libertad en el trabajo? Pero ¿por qué se había vuelto tan intolerante con los defectos de Liudmila Nikoláyevna? ¿Por qué era tan indulgente con Shishakov?

Ahora Márkov le parecía especialmente agradable. Se interesaba por los asuntos personales de los jefes, por las circunstancias secretas o medio secretas, las inocentes argucias y las meditadas perfidias, las pequeñas ofensas y las graves humillaciones por no haber sido invitado al presídium, la inclusión en las listas especiales, y las palabras fatales: «Usted no está en la lista».

Incluso hubiera preferido pasar una tarde libre charlando con Márkov que discutiendo como lo hacía con Madiárov en las reuniones de Kazán. Márkov captaba con sorprendente precisión los aspectos ridículos de las personas, sabía burlarse de las debilidades humanas, sin malicia y al mismo tiempo con sarcasmo. Poseía una inteligencia refinada y, sobre todo, era un científico de primer orden; tal vez era el físico experimental de mayor talento del país.

Shtrum ya se había puesto el abrigo cuando Liudmila Nikoláyevna le dijo:

—Maria Ivánovna llamó ayer.

Se apresuró a preguntar:

—¿Y?

Su cara había cambiado visiblemente de expresión.

—¿Qué tienes? –preguntó Liudmila Nikoláyevna.

—Nada, nada –respondió, volviendo del pasillo a la habitación.

—En realidad no lo entendí del todo, pero temo que sea una historia desagradable. Parece que Kovchenko les ha telefoneado. Como de costumbre, está preocupada por ti; tiene miedo de que te busques problemas de nuevo.

—¿Cómo? –preguntó él, impaciente–. No lo entiendo.

—Es lo que te digo: yo tampoco lo entiendo. Evidentemente, no quería extenderse demasiado por teléfono.

—Espera, repítemelo otra vez –dijo Shtrum, desabrochándose el abrigo y sentándose en la silla al lado de la puerta.

Liudmila le miró y movió la cabeza. Le pareció que sus ojos le observaban con aire de tristeza y reproche.

Y como para confirmarle esa conjetura, le dijo:

—Ves, Vitia, esta mañana no tenías tiempo de telefonear a Chepizhin, pero siempre estás dispuesto a oír hablar de Masha... Incluso has esperado, aunque llegabas tarde.

Mirándola de reojo, de arriba abajo, dijo:

–Sí, llego tarde.

Se acercó a la mujer, se llevó su mano a los labios.

Ella le acarició la nuca, despeinándole ligeramente el pelo.

–Ya ves qué importante e interesante se ha vuelto Masha –dijo despacio Liudmila, y sonriendo con tristeza, añadió–: La misma Masha que no sabe distinguir a Balzac de Flaubert.

Shtrum la miró: tenía los ojos húmedos y le pareció que los labios le temblaban.

Impotente, se encogió de hombros, y cuando llegó a la puerta se volvió a mirarla.

Le dejó estupefacto la expresión de su cara. Bajaba las escaleras y pensaba que si se separaba de Liudmila y no volvía a verla, esa expresión de su cara impotente, conmovedora, extenuada, llena de vergüenza por él y por ella, no le abandonaría hasta el día de su muerte. Comprendía que en esos momentos había sucedido algo muy importante: su mujer le había dado a entender que percibía su amor por Maria Ivánovna, y él se lo había confirmado...

Una cosa era cierta: si veía a Masha era feliz, si pensaba que no la volvería a ver le costaba respirar.

Cuando el coche de Shtrum se acercaba al instituto, el automóvil de Shishakov se puso a su altura, y los dos vehículos se detuvieron casi al mismo tiempo en la entrada.

Caminaban el uno al lado del otro por el pasillo, así como poco antes sus respectivos vehículos circulaban juntos.

Alekséi Alekséyevich tomó a Shtrum del brazo y le preguntó:

–Entonces, ¿se va pronto?

–Parece que sí –respondió Shtrum.

–Dentro de poco usted y yo nos despediremos para siempre. Usted será el amo y señor –dijo en broma Alekséi Alekséyevich.

Shtrum pensó de repente: «¿Qué diría si le preguntara si ha amado alguna vez a la mujer de otro?».

–Víktor Pávlovich –dijo Shishakov–, ¿le va bien pasarse por mi despacho sobre las dos?

–A las dos estoy libre. Con mucho gusto.

Aquel día tenía pocas ganas de trabajar.

En el laboratorio, Márkov, sin chaqueta y con la camisa arremangada, fue al encuentro de Shtrum y le dijo animadamente:

–Si me lo permite, Víktor Pávlovich, pasaré un poco más tarde a verle. Tengo algo interesante que explicarle, charlaremos un rato.

–A las dos he quedado con Shishakov –respondió Shtrum–. Venga luego. Yo también tengo algo que contarle.

–¿A las dos con Alekséi Alekséyevich? –repitió Márkov y por un instante se sumió en sus pensamientos–. Creo que sé lo que quiere pedirle.

55

Shishakov, al ver a Shtrum, le dijo:

–Iba a llamarle para recordarle nuestra cita.

Shtrum miró el reloj.

–Me parece que no llego tarde.

Alekséi Alekséyevich se erguía ante él, con su gran cabeza plateada, enorme, ataviado con un elegante traje gris. Pero a Shtrum sus ojos ahora no le parecían fríos y arrogantes, sino más bien los ojos de un niño, apasionado lector de Dumas y Mayne Reid.

–Mi querido Víktor Pávlovich, tengo que contarle algo importante –le anunció con una sonrisa Alekséi Alekséyevich y, cogiéndolo del brazo, le condujo hacia un sillón–. La cuestión es seria, no demasiado agradable.

–Bueno, ya estamos acostumbrados –dijo Shtrum, y con gesto aburrido echó una ojeada en torno al estudio del imponente académico–. Vayamos al grano.

–Lo que pasa –comenzó Shishakov– es que en el extranjero, sobre todo en Inglaterra, se ha lanzado una campaña repugnante. A pesar de que nosotros soportamos casi todo el peso de la guerra a nuestras espaldas, algunos científicos ingleses, en vez de exigir la apertura de un segundo frente, han orquestado una campaña más bien extraña, fomentando sentimientos hostiles hacia la Unión Soviética.

Miró a Shtrum a los ojos. Víktor Pávlovich conocía aquella mirada franca, honesta, propia de las personas que están a punto de cometer una bajeza.

–Claro, claro –dijo Shtrum–. Pero, exactamente, ¿en qué consiste esa campaña?

–Una campaña de difamaciones –insistió Shishakov–. Han publicado una lista de científicos y escritores soviéticos que supuestamente habrían sido fusilados; se habla de un número increíble de individuos condenados por motivos políticos. Con un fervor incomprensible, incluso diría que sospechoso, tratan de refutar los crímenes del doctor Pletniov y Levin, los asesinos de Maksim Gorki, delitos corroborados en la instrucción del caso y por el tribunal. Todo esto ha sido publicado en un periódico próximo a los círculos gubernamentales.

–Claro, claro, claro –repitió tres veces Shtrum–. ¿Y qué más?

–En esencia, esto es todo más o menos. También hablan del genetista Chetverikov; han creado un comité para su defensa.

–Pero mi querido Alekséi Alekséyevich, Chetverikov ha sido arrestado.

Shishakov se encogió de hombros.

–Como usted bien sabe, Víktor Pávlovich, no estoy al corriente del trabajo de los órganos de seguridad. Pero si, en efecto, le han arrestado, será porque ha cometido algún delito. Usted y yo no hemos sido arrestados, ¿verdad?

En aquel momento entraron Badin y Kovchenko. Shtrum comprendió que Shishakov les estaba esperando, que había quedado con ellos. Alekséi Alekséyevich ni siquiera se tomó la molestia de poner en antecedentes a los recién llegados sobre el tema del que estaban hablando.

—Por favor, camaradas, siéntense, siéntense... —y continuó dirigiéndose a Shtrum—: Víktor Pávlovich, estas patrañas han llegado hasta América y han sido publicadas en las páginas del *New York Times*, suscitando naturalmente la indignación de la *intelligentsia* soviética.

—Claro, no es para menos —recalcó Kovchenko, observando a Shtrum con una mirada cálida y penetrante.

La mirada de sus ojos castaños era tan amistosa que Víktor Pávlovich no expresó en voz alta el pensamiento que le vino a la cabeza: «¿Cómo ha podido indignarse la *intelligentsia* soviética si no han visto un ejemplar del *New York Times* en su vida?».

Shtrum se encogió de hombros y masculló algo, actitud que podía indicar que estaba mostrando su acuerdo con Shishakov y Kovchenko.

—Naturalmente —retomó el hilo Shishakov—, en nuestro círculo ha surgido el deseo de desmentir toda esa sarta de mentiras, así que hemos redactado un documento.

«¿Hemos redactado? Tú no has redactado nada, lo han escrito por ti», pensó Shtrum.

Shishakov continuó:

—El documento está escrito en forma de carta.

Entonces Badin intervino en voz baja:

—Yo lo he leído. Está bien escrito y dice todo lo que hay que decir. Ahora sólo necesitamos que lo suscriban por un selecto grupo de científicos eminentes de nuestro país, personas que gozan de reputación en Europa y a nivel mundial.

Desde las primeras palabras de Shishakov, Shtrum había comprendido adónde iría a parar aquella conversación. Lo único que no sabía era qué le pediría Alekséi Alekséyevich, si una intervención en el Consejo Científico, un artículo o su apoyo en una votación. Ahora lo había entendido: querían su firma al pie de la carta.

Sintió náuseas. De nuevo, como antes de la reunión en la que habían pretendido que se arrepintiera públicamente, se sintió endeble, percibió su miserable debilidad.

Una vez más, millones de toneladas de granito estaban a

punto de caer sobre sus espaldas... ¡El profesor Pletniov! Shtrum recordó de repente un artículo publicado en *Pravda*, donde una histérica volcaba acusaciones descabelladas contra el viejo médico. Como siempre, todo lo que se publica parece verdad. A todas luces, la lectura de Gógol, Tolstói, Chéjov y Korolenko había inculcado en los rusos una veneración casi religiosa a la letra impresa. Al final, no obstante, Shtrum había comprendido que los periódicos mentían, que el profesor Pletniov había sido difamado.

Poco después de la aparición del artículo, Pletniov y Levin, un famoso médico del hospital del Kremlin, fueron arrestados. Los dos confesaron haber asesinado a Maksim Gorki.

Los tres hombres miraban a Shtrum. Sus ojos eran amistosos, afables, tranquilizadores. Shtrum era uno de los suyos. Shishakov había reconocido fraternalmente la enorme valía de su trabajo. Kovchenko le miraba con respeto. Los ojos de Badin decían: «Sí, todo lo que hacías me parecía extraño. Pero me equivocaba, no comprendía. El Partido me ha hecho ver mi error».

Kovchenko abrió una carpeta roja y tendió a Shtrum una carta mecanografiada.

–Víktor Pávlovich –dijo–, debo decirle una cosa: esta campaña angloamericana le hace el juego a los fascistas. Probablemente sea obra de una quinta columna.

Badin, interrumpiéndole, dijo:

–¿Por qué intenta persuadir a Víktor Pávlovich? En él late el corazón de un patriota soviético ruso, como en todos nosotros.

–Por supuesto –confirmó Shishakov–, así es.

–¿Y quién lo pone en duda? –subrayó Kovchenko.

–Claro, claro –dijo Shtrum.

Lo más sorprendente es que esas personas, hasta hace poco llenas de desprecio y de recelo hacia él, ahora le profesaban su amistad y confianza con toda naturalidad. Y Víktor Pávlovich, aunque no se olvidaba de la crueldad con que le habían tratado en el pasado, aceptaba su amistad con la misma naturalidad.

Eran esas muestras de aprecio y confianza las que le paralizaban, las que le quitaban la fuerza. Si le hubieran levantado la voz, dado patadas y golpeado, quizá se habría enfurecido, habría recobrado las fuerzas...

Stalin había hablado con él. Las personas que ahora se sentaban junto a él lo tenían bien presente.

Pero, Dios mío, qué carta tan espantosa le habían pedido que firmara. ¡Qué cosas tan horribles decía!

No podía creer que el profesor Pletniov y el doctor Levin hubieran asesinado al gran escritor. Su madre, cuando venía a Moscú, iba a la consulta de Levin. Liudmila Nikoláyevna era paciente suya. Era un hombre inteligente, sensible, amable. ¡Había que ser un monstruo para calumniar así a dos médicos!

Esas acusaciones apestaban a oscurantismo medieval. ¡Médicos asesinos! Los médicos que habían asesinado al gran escritor, al último clásico ruso. ¿A quién podían beneficiar esas calumnias sangrientas? Las cazas de brujas, las hogueras de la Inquisición, las ejecuciones de los herejes, el humo, el hedor, la pez hirviendo... ¿Qué tenía que ver eso con Lenin, con la construcción del socialismo, con la gran guerra contra el fascismo?

Comenzó a leer la primera hoja de la carta.

«¿Está cómodo? ¿Tiene bastante luz?», le preguntaba Alekséi Alekséyevich. ¿No quería sentarse en el sillón? No, no, estaba cómodo, muchas gracias.

Leía despacio, las palabras se metían a presión en su cerebro, pero no calaban, como la arena en una manzana.

Leyó: «Al tomar bajo vuestra defensa a esos degenerados, a esas perversiones del género humano que son Pletniov y Levin, que han mancillado el elevado cometido de los médicos, estáis haciendo el caldo gordo a la ideología fascista, enemiga de la humanidad».

Más adelante: «La nación soviética se ha quedado sola en su lucha contra el fascismo alemán, que ha restaurado los procesos medievales contra las brujas, los pogromos judíos, las hogueras de la Inquisición, las mazmorras y las torturas».

Dios mío, ¿cómo podía leer eso y no volverse loco?

Y luego: «La sangre de nuestros hijos vertida en Stalingrado marca un giro decisivo en la guerra contra el hitlerismo, pero vosotros, dispensando vuestra protección a esos renegados quintacolumnistas, aun sin quererlo...».

Claro, claro... «En ninguna parte del mundo los hombres de ciencia están tan arropados por el cariño del pueblo y las atenciones del Estado como en la Unión Soviética.»

–Víktor Pávlovich, ¿le molesta que hablemos?

–No, no, en absoluto –respondió Shtrum, y pensó: «Hay afortunados que saben tomárselo todo en broma: o se encuentran en su dacha, o están enfermos, o bien...».

Kovchenko afirmaba:

–He oído que Iósif Vissariónovich conoce la existencia de esta carta y ha aprobado la iniciativa de nuestros científicos.

–En este sentido la firma de Víktor Pávlovich... –comenzó Badin.

La angustia, la repugnancia, el presentimiento de su docilidad se apoderaron de Víktor. Sentía la respiración afectuosa del gran Estado, y no tenía arrojo suficiente para lanzarse a la oscuridad helada... No, no, hoy ya no tenía fuerzas. No era el miedo lo que le paralizaba, era otra cosa: el sentimiento abrumador de la propia sumisión.

¡Qué criatura tan extraña y sorprendente es el ser humano! Había encontrado en sí la fuerza para renunciar a la vida, y ahora era incapaz de rechazar unos bombones y unos caramelitos.

Pero ¿cómo rechazar esa mano omnipotente que te acaricia la cabeza, que te da palmaditas en la espalda?

Tonterías, ¿por qué se estaba calumniando a sí mismo? ¿Qué tenían que ver aquí los bombones y los caramelitos? Siempre había sido indiferente a la vida cómoda, a los bienes materiales. Sus ideas, su trabajo, todo lo que le era más preciado en la vida había resultado ser necesario y valioso en la lucha contra el fascismo. ¡Ésa era la verdadera felicidad! Pero ¿por qué darle vueltas? Habían confesado durante la instrucción. Habían confesado durante el juicio. ¿Era posible aún creer en su inocencia después de que se hubieran reconocido culpables del asesinato del gran escritor?

¿Negarse a firmar la carta? ¡Eso significaría ser cómplice de los asesinos de Gorki! No, imposible. ¿Dudar de la autenticidad de sus confesiones? Era como sostener que les habían coaccionado. Y obligar a un hombre bueno e inteligente a reconocerse un asesino a sueldo y, con eso, hacerse merecedor de la pena de muerte y de una memoria infame sólo es posible mediante la tortura. Sería una locura expresar aunque sólo fuera una sombra de esa sospecha.

Firmar esa carta era repugnante, muy repugnante. Le vinieron a la mente las excusas y sus correspondientes réplicas... «Camaradas, estoy enfermo, sufro espasmos en las arterias coronarias.» «Tonterías. Se escuda en la enfermedad, tiene aspecto espléndido.» «Camaradas, ¿por qué necesitan mi firma? Sólo me conoce un círculo reducido de especialistas, son muy pocos los que saben de mí fuera del país.» «Tonterías (y qué agradable es escuchar que eso eran tonterías). Todo el mundo le conoce, ¡ya lo creo que le conocen! En cualquier caso, sería impensable presentar esta carta a Stalin sin su firma. Podría preguntar: "¿Por qué no la firmado Shtrum?"»

«Camaradas, os diré con toda franqueza que algunas fórmulas no me parecen del todo adecuadas, arrojan una sombra, por decirlo así, sobre la *intelligentsia* científica.»

«Por favor, Víktor Pávlovich, háganos sus sugerencias; cambiaremos con mucho gusto las formulaciones que le parezcan desafortunadas.»

«Camaradas, les ruego que me comprendan. Aquí, por ejemplo, ustedes han escrito: el enemigo del pueblo, el escritor Bábel; el enemigo del pueblo, el escritor Pilniak; el enemigo del pueblo, el académico Vavílov; el enemigo del pueblo, el artista Meyerhold... Yo soy un físico, un matemático, un teórico, algunos me consideran un esquizofrénico dado lo abstracto que es el campo de mi actividad. Y además, para serles sincero, tengo mis carencias; a personas como yo es mejor dejarlas en paz, no entiendo de estos asuntos.»

«Vamos, Víktor Pávlovich, ¿qué dice? Usted comprende a la perfección las cuestiones de política, tiene una lógica de hierro, recuerde cuántas veces y con qué vehemencia ha hablado de política.»

«Por el amor de Dios, entiéndanme, tengo conciencia... Es demasiado doloroso e insoportable, no estoy obligado... ¿Por qué debería firmar? No puedo más, concédanme el derecho a tener la conciencia limpia.»

No podía escapar de ese sentimiento de impotencia, un sentimiento que, de alguna manera, le había hipnotizado: la docilidad del ganado bien alimentado, mimado; el miedo a arruinar su vida una vez más, el miedo a volver a tener miedo.

¿Así que era eso? ¿De nuevo tenía que enfrentarse al colectivo? ¿De nuevo la soledad? Era hora de tomarse la vida en serio. Había conseguido lo que durante años no se había atrevido a soñar. Trabajaba con completa libertad, rodeado de mimos y atenciones. Y todo lo había conseguido sin pedir nada, sin arrepentirse. ¡Era el vencedor! ¿Qué más quería? ¡Stalin le había telefoneado!

«Camaradas, todo esto es tan grave que me gustaría pensarlo. Permítanme que aplace mi decisión hasta mañana.»

Enseguida se imaginó una noche de insomnio, tormentosa. Titubeos, indecisiones, una repentina improvisación y el miedo ante esa misma determinación; de nuevo dudas, de nuevo una decisión. Era extenuante, peor que la malaria. Y estaba en sus manos prolongar o no esa tortura. No, no tenía fuerzas. Rápido, rápido, tenía que acabar cuanto antes.

Sacó su estilográfica.

Vio entonces que Shishakov se había quedado boquiabierto, porque también él, el más rebelde, había cedido.

Shtrum no pudo trabajar en todo el día. Nadie le distraía, el teléfono no sonaba. Simplemente no podía trabajar. No trabajaba porque el trabajo, aquel día, le parecía aburrido, vacío, inútil.

¿Quién había firmado la carta? ¿Chepizhin? ¿Ioffe? ¿Krilov? ¿Mandelshtam? Tenía ganas de esconderse detrás de alguien. Pero negarse hubiera sido imposible. Equivalía al suicidio. No, nada de eso. Podía haberse negado. No, no, había hecho lo correcto. Nadie le había amenazado. Habría sido mejor si hubiera firmado movido por un miedo animal. Pero no había firmado por miedo, sino por aquel sentimiento oscuro, nauseabundo, de sumisión.

Shtrum llamó a su despacho a Anna Stepánovna, le pidió que revelara una película para el día siguiente: la serie de control de las pruebas efectuadas con los nuevos aparatos.

Ella tomó nota de todo y permaneció sentada.

Shtrum le lanzó una mirada inquisidora.

–Víktor Pávlovich –dijo ella–, antes pensaba que no se podía expresar con palabras lo que necesito decirle: ¿se da cuenta de lo que ha hecho usted por mí y por tantos otros? Para la gente eso es más importante que los grandes descubrimientos. Sólo con saber que existen personas como usted, uno se siente aliviado. ¿Sabe lo que dicen de usted los mecánicos, las señoras de la limpieza, los vigilantes? Dicen que usted es un hombre de bien. Me hubiera gustado visitarle, pero tenía miedo. Sabe, en los días difíciles, cuando pensaba en usted, todo parecía más fácil. Gracias por existir. ¡Usted es todo un hombre!

Shtrum no tuvo tiempo de decir nada porque ella salió rápidamente del despacho.

Le entraron ganas de salir corriendo a la calle y gritar con tal de no sentir aquel tormento, aquella vergüenza. Pero aquello era sólo el principio.

A última hora de la tarde, sonó el teléfono.

–¿Me reconoce?

Dios mío, si la había reconocido... Había reconocido aquella voz no sólo con el oído, sino también con los dedos gélidos que apretaban el auricular. Maria Ivánovna llegaba de nuevo en un momento difícil de su vida.

–Llamo desde una cabina, se oye muy mal –dijo Masha–. Piotr Lavréntievich se encuentra mejor y ahora tengo más tiempo. Venga, si puede, mañana a las ocho al jardín. –Y de repente susurró–: Amor mío, querido mío, mi luz. Tengo miedo. Han venido a vernos a propósito de una carta. Ya sabe a cuál me refiero. Estoy convencida de que ha sido usted, con su fuerza, el que ha ayudado a Piotr Lavréntievich a mantenerse firme. Ha ido todo bien. Pero enseguida me he imaginado cuánto daño le puede ocasionar esta historia. Es usted tan poco hábil: donde uno sólo se magulla, usted se hace una herida con sangre.

Víktor Pávlovich colgó el teléfono, se tapó la cara con las manos.

Ahora comprendía el horror de su situación: hoy no serían sus enemigos los que le castigarían. Le castigarían sus amigos, las personas queridas, por la confianza que habían depositado en él.

De regreso a casa, inmediatamente, sin siquiera quitarse el abrigo, telefoneó a Chepizhin; Liudmila Nikoláyevna estaba de pie frente a él mientras marcaba el número. Estaba seguro, convencido de que también su amigo y maestro, aunque le quería, le infligiría una herida atroz. Tenía prisa, no le había dicho todavía a Liudmila que había firmado la carta. Dios mío, ¡qué rápido se le estaba encaneciendo el pelo a Liudmila! ¡Bravo, muy bien, golpeemos a las cabezas canas!

–Buenas noticias, acaban de dar el boletín por la radio –dijo Chepizhin–. En cuanto a mí, ninguna novedad. Ah, sí: ayer discutí con algunos respetables señores. ¿Ha oído usted hablar de una carta?

Shtrum se humedeció los labios secos.

–Sí, algo he oído.

–Claro, claro, comprendo. No son cosas para tratar por teléfono. Hablaremos cuando vuelva usted de su viaje –dijo Chepizhin.

Pero aquello todavía no era nada. Nadia debía de estar al caer. Dios, Dios, qué había hecho...

Aquella noche Shtrum no logró dormir. Le dolía el corazón. ¿De dónde le venía aquella terrible angustia? ¡Qué opresión, qué opresión! ¡Sí, sí, un vencedor!

Cuando tenía miedo de la secretaria del administrador de la casa era más fuerte y libre que ahora. Hoy no se atrevería siquiera a discutir, a expresar una duda. Ahora tenía más poder, pero había perdido su libertad interior. ¿Cómo podría mirar a Chepizhin a los ojos? Quién sabe, tal vez lo haría con la misma tranquilidad que los que le habían saludado afables, alegres, a su regreso al instituto.

Todo lo que recordaba aquella noche le hería, le atormentaba. No encontraba paz. Sus sonrisas, sus gestos, sus actos le resultaban extraños y hostiles. Aquella noche, en los ojos de Nadia había leído una expresión de lástima y disgusto.

Sólo Liudmila, que siempre le irritaba, que le contradecía, le había dicho de pronto tras escuchar su relato:

–Vítenka, no te atormentes. Para mí eres el más inteligente, el más honesto. Si has actuado así, quiere decir que era necesario.

¿De dónde salía ese deseo de justificarlo todo? ¿Por qué se había vuelto tan indulgente con cosas que hasta hace poco no toleraba? Fuera cual fuese el tema que le sacaran, siempre se mostraba optimista.

Las victorias militares habían coincidido con un giro decisivo en su destino. Veía el poder del ejército, la grandeza del Estado, la luz del futuro. ¿Por qué las reflexiones de Madiárov le parecían ahora tan banales?

El día que le expulsaron del instituto y se negó a arrepentirse, se había sentido ligero y lleno de luz. ¡Qué felicidad le proporcionaban, en aquellos días, sus seres queridos: Liudmila, Nadia, Chepizhin, Zhenia...! ¿Y la cita con Maria Ivánovna? ¿Qué le diría? Siempre había tenido una actitud tan arrogante hacia la sumisión y docilidad de Piotr Lavréntievich. ¿Y ahora? Le daba miedo pensar en su madre; había pecado ante ella. Le sobrecogía la idea de tomar entre sus manos su última carta. Con horror, con tristeza, comprendía que era incapaz de proteger su propia alma. En él crecía una fuerza que le había transformado en un esclavo.

¡Qué bajo había caído! Él, un hombre, había tirado una piedra contra otros hombres, míseros, ensangrentados, reducidos a la impotencia.

Y debido a aquel dolor que le oprimía el corazón, a aquel tormento íntimo, la frente se le perló de sudor.

¿De dónde le venía aquella presunción interior, quién le daba el derecho a jactarse de su pureza y su valor, de erigirse como juez implacable de los hombres que no perdonaba sus debilidades? La verdad de los fuertes no está en la arrogancia.

Todos eran débiles, tanto justos como pecadores. La única diferencia era que un hombre miserable, cuando realizaba una buena acción, se vanagloriaba de ella toda la vida, mientras que un hombre justo no reparaba en sus buenas acciones, pero recordaba durante años un pecado cometido.

Se sentía orgulloso de su propio coraje, de su rectitud; se burlaba de aquellos que daban muestras de debilidad y cobardía. Pero ahora él, un hombre, también había traicionado a otros hombres. Se despreciaba, sentía vergüenza de sí mismo. La casa en la que vivía, su luz, el calor que la calentaba, todo había quedado reducido a astillas, a arena seca y movediza.

La amistad con Chepizhin, el amor por su hija, el afecto por su mujer, el amor desesperado por Maria Ivánovna, los pecados y las alegrías de su vida, su trabajo, su querida ciencia, el amor y la pena por su madre, todo aquello había abandonado su corazón.

¿Con qué fin había cometido ese terrible pecado? En el mundo todo era insignificante comparado con lo que había perdido. Nada valía tanto como la verdad, la pureza de un pequeño hombre, ni siquiera el imperio que se extendía del océano Pacífico al mar Negro, ni tampoco la ciencia.

Vio con claridad que no era demasiado tarde, que todavía tenía fuerzas para levantar la cabeza, para continuar siendo el hijo de su madre.

No buscaría consuelo ni justificación. Aquel acto torpe, vil, bajo le serviría de eterno reproche: se acordaría de él noche y día. ¡No, no, no! No se debía aspirar a la proeza para después enorgullecerse y jactarse.

Cada día, cada hora, año tras año, es necesario librar una lucha por el derecho a ser un hombre, ser bueno y puro. Y en esa lucha no debe haber lugar para el orgullo ni la soberbia, sólo para la humildad. Y si en un momento terrible llega la hora desesperada, no se debe temer a la muerte, no se debe temer si se quiere seguir siendo un hombre.

«Bueno, ya veremos –dijo–. Tal vez tendré la fuerza. Tu fuerza, mamá.»

Veladas en el caserío de la Lubianka...

Después de los interrogatorios, Krímov permanecía tumbado en el catre; gemía, pensaba, hablaba con Katsenelenbogen.

Ahora no le parecían tan increíbles las delirantes confesiones de Bujarin, Ríkov, Kámenev y Zinóviev, el proceso de los trotskistas, de la oposición de izquierda y derecha, el destino de Búbnov, de Murálov y Shliápnikov. Desollado el cuerpo vivo de la Revolución, los nuevos tiempos se engalanaban con su piel, mientras que la carne viva, ensangrentada, las entrañas humeantes de la revolución proletaria iban directamente a la basura: la nueva época no los necesitaba. Se necesitaba la piel de la Revolución, se desollaba a los hombres todavía vivos. Los que se cubrían con la piel de la Revolución hablaban su mismo lenguaje, repetían sus gestos, pero tenían otro cerebro, otros pulmones, otro hígado, otros ojos.

¡Stalin! ¡El gran Stalin! Es probable que tuviera una voluntad de hierro, pero era más débil de carácter que cualquiera. Un esclavo del tiempo y de las circunstancias, resignado y humilde servidor del día de hoy que abre de par en par la puerta a los tiempos nuevos.

Sí, sí, sí... Y los que no se postraron ante los nuevos tiempos acabaron en la basura.

Ahora sabía cómo se quebranta a un hombre. Te registran, te arrancan los botones, te quitan las gafas; todo eso despierta en el individuo la sensación de nulidad física. En el despacho del juez instructor el individuo toma conciencia de que el papel que ha desempeñado en la Revolución, en la guerra civil no significa nada; que todos sus conocimientos, su trabajo no son más que tonterías. Y Krímov llegó a una segunda conclusión: la nulidad del hombre no era sólo física.

Los que se obstinaban en defender su derecho a ser hombres eran, poco a poco, quebrantados, destruidos, rotos, roídos, cercenados para llevarlos a un nivel tal de fragilidad, porosidad, plasticidad y debilidad que no querían ya pensar en la justicia, en la libertad y ni siquiera en la paz, sólo querían que los liberasen de una vida que se había vuelto odiosa.

Los jueces de instrucción resultaban vencedores en su trabajo porque sabían que tenían que considerar al hombre como a un todo, una unidad física y espiritual. El alma y el cuerpo son vasos comunicantes y, golpeando, desmantelando el sistema defensivo de la naturaleza del hombre, el atacante encuentra siempre una brecha por la cual introducir con éxito sus tropas, apoderarse del alma y obligar al individuo a una rendición incondicional.

No tenía fuerzas para pensar en todo aquello, pero tampoco para no pensarlo.

¿Quién le había traicionado? ¿Quién le había denunciado, calumniado? Ahora sentía que estas preguntas no revestían interés para él.

Siempre se había enorgullecido de subordinar su vida a la lógica. Pero ahora ya no era así. La lógica le decía que había sido Yevguenia Nikoláyevna la que había pasado la información sobre su conversación con Trotski. Pero toda su vida actual, su lucha contra el juez instructor, su capacidad de respirar, de continuar siendo el camarada Krímov, se fundaba en la fe en que Zhenia no tenía ninguna culpa. Se sorprendía incluso de haberlo dudado un instante. No había fuerza en el mundo capaz de obligarle a no tener fe en Zhenia. Creía en ella a pesar de que sabía que sólo ella conocía su conversación con Trotski; aunque sabía que las mujeres traicionaban, que eran débiles, y que Zhenia le había abandonado, que se había ido en un momento difícil de su vida.

Le habló a Katsenelenbogen de su interrogatorio, pero no le dijo una palabra sobre esta cuestión.

Ahora Katsenelenbogen ya no tenía ganas de bromear, no hacía el payaso.

Krímov no se había equivocado a la hora de juzgarlo. Era inteligente, pero todo lo que decía era extraño y terrible. A veces le parecía que no había nada injusto en el hecho de que un viejo chequista como él estuviera encerrado en una celda de la prisión interna de la Lubianka. No podía ser de otra manera. De vez en cuando le daba la impresión de que estaba loco.

Era un poeta, el bardo de los órganos de seguridad del Estado.

Con la voz vibrante de admiración había contado una vez a Krímov que Stalin, durante una pausa en el último congreso del Partido, preguntó a Yezhov por qué había llevado la política de represión tan lejos. Cuando Yezhov, turbado, le respondió que había seguido a rajatabla sus directrices, Stalin, el jefe de Estado, dijo con tristeza dirigiéndose a los delegados que se agolpaban a su alrededor: «Y esto lo dice un miembro del Partido».

Le contó el terror que había sentido Yagoda...

Evocaba a los grandes chequistas, apreciadores de Voltaire, conocedores de Rabelais, admiradores de Verlaine, que una vez habían dirigido el trabajo en aquella enorme casa que nunca dormía.

Le habló de un verdugo que había trabajado durante muchos años en Moscú, un viejo letón pacífico y amable que, antes de ajusticiar al condenado, le pedía permiso para dar su ropa al orfanato. Acto seguido, le habló de otro verdugo que bebía día y noche, en un estado perenne de melancolía y mal humor cuando no tenía trabajo, y que cuando le despidieron, comenzó a visitar los sovjoses de los alrededores de Moscú para sacrificar cerdos; siempre se llevaba una botella de sangre de cerdo alegando que el médico le había prescrito beberla contra la anemia.

Le relató que en 1937 ejecutaban cada noche a cientos de sentenciados «sin derecho a correspondencia», que cada noche las chimeneas del crematorio de Moscú humeaban y los Komsomoles, movilizados para ayudar con las ejecuciones y el transporte de cadáveres, acababan volviéndose locos.

Le contó el interrogatorio de Bujarin, la obstinación de Kámenev.

Una vez estuvieron hablando toda la noche hasta el amanecer.

Aquella noche el chequista le expuso su teoría. Contó a Krímov el singular destino de un *nepman*[1], el ingeniero Frenkel. En los albores de la NEP, Frenkel había montado en Odessa una fábrica de motores, pero a mediados de los años veinte fue arrestado y enviado a Solovki. Desde el campo de Solovki, Frenkel envió a Stalin un proyecto genial. El viejo chequista había pronunciado justamente esa palabra: «genial».

En el proyecto se hablaba detenidamente, con argumentaciones técnicas y económicas, de la utilización de un número ingente de prisioneros para construir carreteras, diques, centrales eléctricas y depósitos de agua.

El *nepman* detenido se convirtió en general del MGB; el Amo había apreciado la idea en su justo valor.

De la simplicidad del trabajo santificado que llevaban

1. Nueva clase surgida de los pequeños comerciantes, que con la NEP [Nueva Política Económica *(Nóvaya Ekonomícheskaya Polítika)*, 1921-1928] habían ascendido a la categoría de empresarios a gran escala.

a cabo regimientos de reclusos condenados a trabajos forzados, de esas palas, picos, hachas y sierras irrumpió el siglo XX.

El mundo de los campos comenzó a absorber el progreso, atrajo a su órbita la locomotora eléctrica, excavadoras, niveladoras de terreno, sierras eléctricas, turbinas, cortadoras, un parque enorme de tractores y automóviles. El mundo de los campos asimiló la aviación de transporte y de pasajeros, la comunicación por radio, las máquinas automáticas, los más modernos sistemas de enriquecimiento de minerales; el mundo de los campos proyectaba, planificaba, diseñaba, generaba minas, fábricas, nuevos mares, gigantescas centrales eléctricas. Se desarrollaba impetuosamente, y las viejas prisiones de trabajo forzado parecían casi ridículas, conmovedoras, como juegos de construcción para niños.

Pero los campos, según Katsenelenbogen, quedaban regazados respecto a la vida que les nutría. Como antes, muchos científicos y especialistas no eran utilizados porque sus conocimientos no se inscribían en el campo de la técnica o la medicina...

Historiadores de fama mundial, matemáticos, astrónomos, estudiosos de la literatura, geógrafos, críticos de arte, especialistas en sánscrito o en antiguos dialectos celtas no encontraban su aplicación en el sistema del Gulag. Los campos no habían evolucionado hasta el punto de saber aprovechar las habilidades especializadas de estas gentes. Trabajaban como obreros no especializados, como «enchufados» en tareas administrativas menores o en la sección cultural y educativa, o vagaban en campos para inválidos, sin encontrar una aplicación adecuada a su preparación, a menudo extensa y de relevancia no sólo nacional.

Escuchando a Katsenelenbogen, a Krímov le parecía estar oyendo a un científico hablar de la obra más importante de su vida. No se limitaba a cantar las alabanzas del campo; se comportaba como un investigador: hacía comparaciones, ponía de manifiesto contradicciones y defectos, revelaba similitudes y contrastes.

Naturalmente, al otro lado de las alambradas de los campos también había defectos, pero de una forma bastante atenuada.

En la vida, no son pocos los casos de personas que no hacen lo que podrían, ni de la manera que desean, en las universidades, las redacciones, los institutos de investigación de la Academia.

En los campos, explicaba Katsenelenbogen, los «delincuentes comunes» dominaban a los «políticos». Depravados, incultos, perezosos, sobornables, propensos a las peleas sangrientas y a la rapiña, los comunes frenaban el desarrollo cultural y productivo de la vida de los campos.

Pero se apresuraba a añadir que, al otro lado del alambre espinoso, el trabajo de los científicos, de los más altos exponentes de la cultura, a menudo era supervisado por personas poco instruidas, incultas, limitadas.

El campo era el reflejo, por así decirlo, hiperbólico, exagerado de la vida en el exterior. Sin embargo la realidad que se daba a ambos lados de la alambrada, lejos de ser contradictoria, respondía a las leyes de la simetría.

Llegados a ese punto, Katsenelenbogen se ponía a hablar, ya no como un poeta o un filósofo, sino como un profeta.

Si se hubiera desarrollado el sistema de campos de forma audaz y consecuente, liberándolo de obstáculos y defectos, los límites habrían desaparecido. Los campos estaban destinados a fundirse con la vida del exterior. En esta fusión, en el aniquilamiento de la contraposición entre campo y vida exterior estaba la madurez, el triunfo de los grandes principios.

A pesar de todos sus defectos el sistema concentracionario presentaba una ventaja decisiva. Sólo en los campos, el principio de la libertad personal se contraponía de forma absolutamente pura al principio superior de la razón. Este principio elevaría el campo a un nivel que le permitiría autosuprimirse, fundirse con la vida de la ciudad y los pueblos.

Katsenelenbogen, que había llegado a dirigir la oficina de diseños y proyectos de un campo, estaba convencido de que los científicos e ingenieros allí recluidos estaban capacitados para resolver las cuestiones más complejas. Se sentían como pez en el agua a la hora de afrontar cualquier problema técnico o científico a escala mundial. Bastaba con dirigir a la gente con racionalidad y ofrecerles unas buenas condiciones de vida. El viejo dicho de que sin libertad no hay ciencia era simplemente ridículo.

—Cuando los niveles se igualen —dijo— y nosotros pongamos un signo de igualdad entre la vida de los campos y la vida que se desarrolla al otro lado de la alambrada, la represión ya no tendrá razón de ser, dejaremos de dictar órdenes de arresto. Derribaremos las cárceles y otros recintos de aislamiento. Bastará la sección cultural-educativa para corregir cualquier anomalía. Mahoma y la montaña irán al encuentro uno de la otra.

»La abolición de los campos será un triunfo del humanismo, y al mismo tiempo, el principio de la libertad individual, noción caótica, primitiva, del hombre de las cavernas, no volverá a resurgir; al contrario, será completamente superada.

Hizo una larga pausa y luego añadió que tal vez, en el curso de unos siglos, este mismo sistema se autosuprimiría y, de ser así, su disolución generaría la democracia y la libertad personal.

—No hay nada eterno bajo el sol —dijo—, pero no me gustaría vivir para ver ese momento.

Krímov observó:

—Sus ideas son dementes. Ésa no es el alma ni el corazón de la Revolución. Dicen que los psiquiatras que han trabajado demasiado tiempo en un manicomio acaban por volverse locos. Perdone, pero a usted no le han arrestado sin motivo. Camarada Katsenelenbogen, usted otorga a los órganos de seguridad todos los atributos de la divinidad. Ya era hora de que le retiraran de la circulación.

Katsenelenbogen asintió con aire bonachón.

—Sí, creo en Dios. Soy creyente, un viejo oscurantista. Cada época crea un Dios a su propia semejanza. Los órganos de seguridad son razonables y poderosos, dominan al hombre del siglo XX. Hubo un tiempo en que los hombres divinizaron las fuerzas de la naturaleza: los terremotos, los relámpagos, los truenos y los incendios forestales. Pero le haré notar que usted también está en prisión; yo no soy el único. Ya era hora, también, de que le pusieran a usted fuera de circulación. Un día la historia aclarará quién tiene razón, si usted o yo.

–Entretanto el viejo Dreling vuelve a su casa, al campo –le dijo Krímov, consciente de que sus palabras no le pasarían desapercibidas.

Y, en efecto, Katsenelenbogen declaró:

–Ese maldito viejo es un estorbo para mi fe.

58

Krímov oyó unas palabras pronunciadas en voz baja:

–Acaban de anunciar que nuestras tropas han liquidado por completo las últimas bolsas de resistencia enemiga en Stalingrado. Parece ser que han capturado a Paulus, pero no estoy seguro de haberlo entendido bien.

Krímov lanzó un grito, forcejeó, dio patadas contra el suelo, sintió el deseo de mezclarse con la muchedumbre de hombres enfundados en chaquetas guateadas y botas de fieltro... Sus voces amadas cubrían la conversación que se estaba manteniendo en voz baja a su lado; abriéndose camino entre las ruinas de Stalingrado, Grékov caminaba con sus andares oscilantes hacia él.

El médico que sostenía a Krímov por el brazo advirtió:

–Hay que hacer una pequeña pausa... Comenzar con las inyecciones de alcanfor. Tiene el pulso débil.

Krímov tragó una bola salada de saliva y dijo:

–No importa, continúe, ya que la medicina lo permite... Pero no conseguirán que firme.

–Firmará, firmará –intervino el juez de instrucción con un tono de benévola seguridad propia de un capataz de fábrica–. Hemos hecho firmar a otros más duros de pelar.

Tres días después, el segundo interrogatorio concluyó y Krímov regresó a su celda.

El guardián de servicio dejó a su lado un paquete envuelto en un trapo blanco.

–Firme el recibo de entrega, ciudadano detenido –dijo.

Nikolái Grigórievich leyó la lista del contenido escrita con una caligrafía familiar: cebollas, ajo, azúcar, galletas. Y abajo: «Tu Zhenia».

Dios, Dios, lloraba...

59

El 1 de abril de 1943, Stepán Fiódorovich Spiridónov recibió una copia de la resolución adoptada por el colegio del Comisariado del Pueblo de las centrales eléctricas soviéticas: debía dimitir de la central de Stalingrado, trasladarse a los Urales y asumir la dirección de una pequeña central eléctrica que se alimentaba con turba. El castigo no era demasiado duro, ya que podrían haberle sometido a juicio. Spiridónov no comentó la noticia en casa y decidió esperar la resolución de la oficina del *obkom*. El 4 de abril recibió una severa reprimenda por abandonar su puesto en la central sin autorización en los días más difíciles. Ésta también era una decisión indulgente: podrían haberle expulsado del Partido. Pero a Stepán Fiódorovich la decisión de la oficina del *obkom* no le pareció justa porque sus camaradas del *obkom* sabían que él había dirigido la central hasta el último día de la defensa de Stalingrado, que había partido hacia la orilla izquierda sólo cuando hubo comenzado la contraofensiva soviética y que se había ido para ver a su hija, que acababa de dar a luz en la bodega de una barcaza. En la reunión trató de protestar, pero Priajin se mostró inflexible.

–Puede interponer un recurso en la oficina de la Comisión Central de Control, pero creo que el camarada Shkiriatov juzgará que nuestra resolución es demasiado suave, clemente incluso.

Stepán Fiódorovich insistió:

—Estoy convencido de que la Comisión de Control revocará la decisión.

Sin embargo, como había oído decir muchas cosas sobre Shkiriatov, tuvo miedo de interponer el recurso de apelación.

Temía y sospechaba que la severidad de Priajin no obedeciera únicamente al asunto de la central eléctrica. Priajin, por supuesto, se acordaba muy bien de las relaciones de parentesco que había entre Stepán Fiódorovich, Yevguenia Nikoláyevna Sháposhnikova y Krímov, y no veía con buenos ojos la proximidad de un hombre que sabía que él, Priajin, y el detenido Krímov eran viejos conocidos.

Y, aun queriéndolo, Priajin no hubiera podido apoyar a Spiridónov. Si lo hubiera hecho, los enemigos, que siempre gravitan en torno al poder, se habrían apresurado a informar a las autoridades competentes de que Priajin, por simpatía hacia el enemigo del pueblo Krímov, ayudaba a un pariente suyo, al cobarde desertor Spiridónov.

Pero estaba claro que si Priajin no tomaba parte en la defensa de Spiridónov no era sólo porque no pudiera, sino sobre todo porque no quería. Priajin, evidentemente, estaba al corriente de que en la central eléctrica se hospedaba la suegra de Krímov, que vivía en el piso de Spiridónov. Lo más seguro es que Priajin supiera que Yevguenia Nikoláyevna mantenía correspondencia con su madre, y que recientemente le había enviado una copia de su solicitud a Stalin.

Después de la reunión de la oficina del *obkom*, Voronin, el jefe de la sección del *obkom* del MGB, se tropezó con Spiridónov en la cantina donde éste había ido a comprar requesón y embutido, le miró de arriba abajo y le dijo con sorna:

—Así que haciendo sus compras después de recibir un buen rapapolvo. ¡Es usted un buen amo de casa!

–Es la familia, no hay nada que hacer; ahora soy abuelo –dijo Stepán Fiódorovich con una lastimosa sonrisa culpable.

Voronin también sonrió.

–Y yo que pensaba que estaba preparando un paquete.

Después de estas palabras, Spiridónov pensó: «Menos mal que me envían a los Urales. Aquí las hubiera pasado canutas. ¿Qué será de Vera y el pequeño?».

Desde la cabina del camión que le llevaba a la central eléctrica, miraba a través del cristal empañado la ciudad destruida de la cual pronto se separaría. Stepán Fiódorovich pensaba que por aquella acera, ahora cubierta de ladrillos, iba a trabajar su mujer antes de la guerra; pensaba en la red eléctrica; pensaba que los nuevos cables de Sverdlovsk pronto llegarían a la central y que él ya no estaría allí; que a su nieto, a causa de la escasa alimentación, le habían salido granos en los brazos y el pecho. «Bueno, me han echado una reprimenda, no es el fin del mundo.» No le darían la medalla «Por la defensa de Stalingrado», y por alguna razón, este pensamiento le afligía más que la inminente separación de la ciudad a la cual estaba ligada toda su vida, su trabajo, las lágrimas por Marusia. Incluso soltó una imprecación en voz alta ante la idea de la medalla que no recibiría y el conductor le preguntó:

–¿En quién está pensando, Stepán Fiódorovich? ¿O se ha olvidado algo en el *obkom*?

–Sí, sí –dijo Stepán Fiódorovich–. Sin embargo, el *obkom* no se ha olvidado de mí.

El apartamento de los Spiridónov era húmedo y frío. En sustitución de los cristales rotos habían insertado láminas de contrachapado y fijado tablas, el estucado se había desprendido de las paredes, tenían que llevar el agua en cubos hasta el tercer piso, las habitaciones se calentaban con pequeñas estufas hechas de hojalata. Una de las habitaciones estaba cerrada y la cocina sólo la utilizaban como despensa, para guardar madera y patatas.

Stepán Fiódorovich, Vera y su hijo, y Aleksandra Vladímirovna, que se había reunido con ellos desde Kazán, vivían en la habitación grande, el antiguo comedor. En la habitación pequeña al lado de la cocina, que antes era la de Vera, se alojaba ahora el viejo Andréyev.

Stepán Fiódorovich también habría podido reparar los techos, enyesar las paredes, instalar estufas de ladrillos, porque en la central eléctrica tenía material y hombres a mano. Pero Stepán Fiódorovich, por lo general un hombre enérgico y práctico, no había querido, por alguna razón, embarcarse en esos trabajos.

Vera y Aleksandra Vladímirovna, aparentemente, se encontraban a gusto viviendo entre las ruinas de la guerra; en el fondo la vida de antes de la guerra se había venido abajo, así que ¿para qué rehabilitar el piso, si sólo les recordaría todo lo que habían perdido?

Algunos días después de la llegada de Aleksandra Vladímirovna la nuera de Andréyev, Natalia, llegó de Leninsk. Allí había discutido con la hermana de la difunta Várvara Aleksándrovna, le había dejado temporalmente a su hijo y se había presentado en la central eléctrica para quedarse una temporada con el suegro.

Andréyev, al ver a su nuera, se enfureció y le dijo:

–No te llevabas bien con mi mujer y ahora, por derecho de sucesión, no te llevas bien con su hermana. ¿Cómo has dejado allí a Volodka?

La vida de Natalia en Leninsk debía de ser muy dura. Al entrar en la habitación de Andréyev, miró el techo, las paredes, y dijo: «¡Qué bonito!», aunque fuera difícil apreciar algo bonito en la tabla que colgaba del techo, en el montón de yeso que se apiñaba en un rincón, en el tubo deformado de la estufa.

La única luz que entraba en la habitación procedía de un pequeño trozo de cristal colocado en la construcción de tablas que tapaba la ventana. Esa improvisada ventana daba a un paisaje poco alegre: sólo ruinas, restos de contramuro pintados según los pisos de azul y rosa, el hierro de un techo arrancado...

Poco después de llegar a Stalingrado, Aleksandra Vladímirovna cayó enferma, y a causa de ello tuvo que aplazar el viaje a la ciudad para ir a ver lo que quedaba de su casa destruida y quemada.

Los primeros días, sobreponiéndose a la enfermedad, ayudaba a Vera: encendía la estufa, lavaba y ponía a secar los pañales sobre el tubo de la estufa de hojalata, transportaba al rellano de las escaleras trozos de yeso, incluso trataba de subir agua. Pero se sentía cada vez peor, tenía escalofríos en la habitación caldeada, y en la cocina fría de pronto la frente se le cubría de sudor.

Aleksandra Vladímirovna no quería quedarse en cama y no se quejaba de su malestar. Pero una mañana, cuando entraba en la cocina a buscar leña, se desmayó, cayó y se hizo un corte profundo en la cabeza. Stepán Fiódorovich y Vera la metieron en la cama.

Cuando se hubo recuperado un poco, llamó a Vera y le dijo:

–Sabes, ha sido más duro para mí vivir en Kazán con Liudmila que aquí contigo. No he venido aquí sólo por vosotros, sino también por mí. Sólo temo ser una carga para ti mientras no me ponga en pie.

–Abuela, estoy tan contenta de que te encuentres bien con nosotros –dijo Vera.

Pero efectivamente, Vera debía enfrentarse a muchas dificultades. Todo lo conseguía con gran esfuerzo: el agua, la madera, la leche. El patio se calentaba con el sol, mientras que las habitaciones estaban frías y húmedas y tenía que alimentar continuamente la estufa.

El pequeño Mitia tenía dolor de barriga, de noche no hacía otra cosa que llorar y la leche de la madre no le bastaba. Vera se afanaba todo el día entre la habitación y la cocina, salía a buscar leche y pan, hacía la colada, lavaba los platos, subía cubos de agua. Las manos se le habían puesto rojas y tenía la cara curtida por el viento y cubierta de manchas. Extenuada por un trabajo que no tenía fin, el corazón le oprimía con un peso monótono y plúmbeo. No se peinaba, raras veces se lavaba, no se miraba al espejo; señales de que la vida la había abatido. Las ganas de dormir la torturaban. Por la noche le dolían los brazos, las piernas, los hombros; anhelaban reposo. Se acostaba para dormir y Mitia rompía a llorar. Se levantaba, le amamantaba, le cambiaba los pañales, le mecía caminando por la habitación. Una hora más tarde, el niño empezaba a llorar de nuevo y ella volvía a levantarse. Al amanecer el pequeño se despertaba para ya no volverse a dormir, y en la penumbra daba inicio un nuevo día; exhausta por la noche en vela, con la cabeza pesada y confusa, iba a la cocina a buscar leña, atizaba el fuego de la estufa, ponía agua a calentar para el té de su padre y su abuela, y comenzaba a hacer la colada. Pero lo sorprendente es que ya no se enfadaba por nada, se había vuelto dócil y paciente.

La llegada de Natalia de Leninsk alivió en cierta medida la dura vida de Vera.

Poco después de la llegada de la nuera, Andréyev se había marchado a pasar unos días a su ciudad, al norte de Stalingrado. Tal vez quería ver su casa y su fábrica, tal vez estaba enfadado con su nuera, que había dejado al nieto en Leninsk, tal vez le fastidiaba que ella se comiera el pan de los Spiridónov. El hecho es que se fue dejándole su tarjeta de racionamiento.

Natalia, sin descansar ni siquiera el día de su llegada, se puso a ayudar a Vera.

Con qué energía y generosidad trabajaba, qué ligeros se volvían los pesados cubos, la tina llena de agua, el saco de carbón, apenas sus manos fuertes y jóvenes se ponían manos a la obra.

Ahora Vera podía salir media horita con Mitia; se sentaba sobre una piedra; miraba cómo brillaba el agua primaveral, el vapor que se levantaba de la estepa.

Todo a su alrededor estaba silencioso. La guerra se encontraba a cientos de kilómetros de distancia de Stalingrado, pero la tranquilidad no volvió con la calma. Con la calma había llegado la tristeza, y parecía que las cosas eran más fáciles cuando en el aire resonaba el gemido de los aviones alemanes, cuando retumbaban las explosiones de los proyectiles y la vida estaba llena de fuego, miedo y esperanza.

Vera observaba la carita de su hijo, cubierto de granos purulentos, y le embargaba la piedad, la misma terrible piedad que sentía por Víktorov: «¡Dios mío, pobre Vania, qué niño tan débil, esmirriado y llorón ha tenido!».

Luego subía las escaleras sembradas de basura y cascajos de ladrillo hasta el tercer piso, se ponía a trabajar, y la angustia se ahogaba en las tareas de la casa, en el agua jabonosa turbia, en el humo de la estufa, en la humedad que rezumaban las paredes.

La abuela la llamaba a su habitación, le acariciaba el cabello, y en los ojos de Aleksandra Vladímirovna, siempre serenos y claros, asomaba una expresión de ternura y tristeza insoportables.

Vera no había hablado ni una sola vez de Víktorov; ni con su padre, ni con su abuela, ni siquiera con el pequeño Mitia de cinco meses.

Después de la llegada de Natalia, todo en el apartamento había cambiado. Natalia había raspado el moho de las paredes, blanqueó los rincones oscuros, limpió la mugre que parecía incrustada en las tablas del entarimado. Incluso acometió la ingente tarea de limpiar la suciedad de la escalera, peldaño a peldaño, un trabajo que Vera había aplazado hasta la llegada del buen tiempo.

Se pasó medio día reparando el largo tubo de la estufa, que parecido a una boa negra se retorcía espantosamente. De la juntura goteaba un líquido alquitranoso que formaba charcos en el suelo. Natalia le pasó una capa de cal, lo enderezó, lo ajustó con alambres y colgó latas de conserva vacías donde caería el líquido.

Desde el primer día había hecho buenas migas con Aleksandra Vladímirovna, aunque se habría podido suponer que aquella chica ruidosa e impertinente, a la que le gustaba contar historias un poco subidas de tono, no sería del agrado de Sháposhnikova. En poco tiempo Natalia había hecho numerosas amistades: el electricista, el mecánico de la sala de turbinas, los chóferes de los camiones.

Un día Alexandra Vladímirovna dijo a Natalia, que volvía de hacer cola en la tienda:

–Natasha, alguien ha preguntado por usted, un militar.

–Un georgiano, ¿verdad? –dijo Natasha–. Si vuelve mándele a paseo. Se le ha metido en la cabeza pedirme matrimonio, a ese narizotas.

–¿Así de rápido? –se sorprendió Aleksandra Vladímirovna.

–¿Y cuánto tiempo necesita? Después de la guerra quiere llevarme a Georgia con él. Se debe de creer que le lavaré la escalera.

Por la noche dijo a Vera:

–¿Y si fuéramos a la ciudad? Ponen una película. Mishka, el conductor, nos llevará en camión. Tú te metes en la cabina con el pequeño, y yo en la parte trasera.

Vera negó con la cabeza.

–Ve –la animó Aleksandra Vladímirovna–. Si me encontrara mejor, iría con vosotras.

–No, no, ni hablar.

–Hay que vivir –dijo Natalia–; esto parece un centro de reunión de viudos y viudas.

Luego añadió en tono de reproche:

–Tú te quedas siempre en casa, no quieres ir a ninguna parte, y ni siquiera cuidas bien de tu padre. Ayer hice la colada, y su ropa interior y sus calcetines están llenos de agujeros.

Vera tomó al bebé en brazos y se fue con él a la cocina.

–Mitenka, ¿verdad que tu madre no es una viuda?

Aquellos días Stepán Fiódorovich colmaba de atenciones a Aleksandra Vladímirovna: por dos veces le trajo al médico de la ciudad, ayudaba a Vera a ponerle las ventosas; a veces le deslizaba en la mano un bombón diciendo: «No se lo dé a Vera, a ella ya le he dado uno. Éste es especialmente para usted. Lo he comprado en la cantina».

Aleksandra Vladímirovna comprendía que a Stepán Fiódorovich le abrumaban las preocupaciones. Pero cuando le preguntaba si tenía noticias del *obkom*, él negaba con la cabeza y cambiaba de tema.

Sólo la tarde en que le anunciaron que su caso sería revisado, Stepán Fiódorovich, de regreso en casa, se había sentado en la cama al lado de Aleksandra Vladímirovna y había dicho:

—¡En qué lío estoy metido! Marusia se habría vuelto loca si lo hubiera sabido.

—Pero ¿de qué le acusan?

—De todo —respondió.

Entraron en la habitación Natalia y Vera, y la conversación se interrumpió.

Aleksandra Vladímirovna, mirando a Natalia, pensaba que la vida no podría doblegar a una belleza así de fuerte y obstinada. Todo era bello en Natalia: su cuello, su busto joven, las piernas, los enérgicos brazos desnudos casi hasta los hombros. «Un filósofo sin filosofía», pensó Aleksandra Vladímirovna. Había observado a menudo que las mujeres acostumbradas a la comodidad, cuando se encontraban en condiciones difíciles se marchitaban, dejaban de cuidar su aspecto físico, como había hecho Vera. A ella le gustaban las temporeras, las que trabajaban en la industria pesada, las mujeres que vivían en las barracas, trabajando entre el polvo y el barro, pero que se hacían la permanente, se miraban al espejo, se empolvaban la nariz pelada: pájaros obstinados que durante el mal tiempo, a pesar de todo, entonaban su canto.

Stepán Fiódorovich también miraba a Natalia; luego cogió del brazo a Vera, la atrajo hacia él, la abrazó y como para pedirle perdón la besó.

Aleksandra Vladímirovna exclamó, sin venir a cuento:

—¿Qué tienes, Stepán? ¡Todavía es pronto para morir! Yo, que soy vieja, tengo la intención de curarme para seguir viviendo en este mundo.

Él le lanzó una rápida ojeada y sonrió. Entretanto Natalia llenó una palangana de agua caliente, la dejó en el suelo, al lado de la cama, y poniéndose de rodillas dijo:

—Aleksandra Vladímirovna, voy a lavarle los pies. Ahora la habitación está bastante caldeada.

—¿Qué hace, idiota? ¿Se ha vuelto loca? ¡Levántese ahora mismo! —gritó Aleksandra Vladímirovna.

60

Durante la tarde Andréyev regresó de la colonia de la fábrica de tractores.

Entró en la habitación para ver a Aleksandra Vladímirovna y su cara huraña sonrió; aquel era el primer día que se había levantado de la cama; pálida y delgada, estaba sentada a la mesa, con las gafas sobre la nariz; leía un libro.

Le contó que había empleado mucho tiempo en localizar su casa, porque toda la zona estaba surcada de trincheras, cráteres de obús, escombros y zanjas.

En la fábrica había mucha gente, a cada hora llegaba gente nueva e incluso había policía. No había averiguado nada sobre los combatientes de las milicias populares. Los enterraban, y seguían encontrando más en las trincheras y en los sótanos. Y por todos lados, chatarra, cascos...

Aleksandra Vladímirovna le preguntaba si había tenido dificultades para encontrar dónde dormir y para comer, si los hornos habían sufrido daños, si los obreros tenían provisiones, si había visto al director.

Por la mañana, antes de que Andréyev llegara, Aleksandra Vladímirovna había dicho a Vera:

—Siempre me he reído de los presentimientos y las supersticiones, pero hoy, por primera vez en mi vida, tengo el claro presentimiento de que Pável Andréyevich traerá noticias de Seriozha.

Pero se equivocó.

Lo que contaba Andréyev era importante, independientemente de que le escuchara una persona feliz o infeliz. Los obreros le habían dicho a Andréyev que no había provisiones, no recibían su salario, en los sótanos y refugios hacía frío y había humedad. El director ya no era el mismo hombre que solía ser; antes, cuando los alemanes atacaban, era amigo de todos en los talleres, pero ahora ya no les hablaba; le habían construido una casa y le habían mandado un coche desde Sarátov.

—Es cierto que la vida en la central eléctrica no es fácil,

pero se pueden contar con los dedos de la mano las personas que están resentidas con Stepán Fiódorovich: se ve claramente que se preocupa por todos.

—La situación es triste —sentenció Aleksandra Vladímirovna—. ¿Qué ha decidido, Pável Andréyevich?

—He venido a despedirme; vuelvo a casa, aunque ya no tengo casa. He encontrado una vivienda en un sótano.

—Hace lo correcto —aprobó Aleksandra Vladímirovna—. Su vida está allí, sea cual sea.

—Mire lo que he encontrado en el suelo —dijo, y sacó del bolsillo un dedal oxidado.

—Pronto iré a la ciudad, a mi casa, en la calle Gógol, a desenterrar trozos de metal y cristal —observó Aleksandra Vladímirovna—. Tengo muchas ganas de ir a mi casa.

—¿No se habrá levantado de la cama demasiado pronto? Está usted muy pálida.

—Su relato me ha trastornado. Me habría gustado que las cosas hubieran sido diferentes es esta tierra santa.

Andréyev tosió ligeramente.

—Recuerde lo que dijo Stalin hace dos años: hermanos y hermanas... Pero ahora que los alemanes han sido derrotados, al director le han dado una casa, no se puede hablar con él sin acordar cita previa, y los hermanos y hermanas viven en refugios subterráneos.

—Sí, sí, no hay nada bueno en todo esto —dijo Aleksandra Vladímirovna—. Y de Seriozha, ninguna noticia, como si se lo hubiera tragado la tierra.

Por la tarde llegó de la ciudad Stepán Fiódorovich. Cuando había partido para Stalingrado aquella mañana no había dicho a nadie que la oficina del *obkom* revisaría su caso.

—¿Ha vuelto Andréyev? —preguntó con voz entrecortada, imperiosamente—. ¿No se sabe nada de Seriozha?

Aleksandra Vladímirovna negó con la cabeza.

Vera se dio cuenta enseguida de que su padre había bebido. Se notaba en su manera de abrir la puerta, en sus ojos tristes, animados y brillantes; se veía en cómo había dejado sobre la mesa unos dulces comprados en la ciudad, en cómo se había quitado el abrigo y hacía preguntas.

Se acercó a Mitia, que dormía en la cesta de la ropa, y se inclinó sobre él.

–¡No le eches el aliento! –le advirtió Vera.

–¡No es nada, deja que se acostumbre! –dijo Spiridónov, alegre.

–Siéntate a comer. Seguro que te has puesto a beber sin comer nada. Hoy la abuela se ha levantado de la cama por primera vez.

–Esa sí que es una buena noticia –exclamó Stepán Fiódorovich, y dejó caer la cuchara en la sopa, salpicándose la chaqueta.

–Hoy ha bebido usted a conciencia, Stepochka –observó Aleksandra Vladímirovna–. ¿A qué se debe tanta alegría?

Él apartó el plato.

–Venga, come –dijo Vera.

–Así es como está el asunto, queridos míos –dijo en voz baja Stepán Fiódorovich–. Tengo una noticia. Mi caso se ha cerrado. He recibido una severa admonición del Partido y la orden por parte del Comisariado del Pueblo de transferirme a la provincia de Sverdlovsk, a una pequeña central eléctrica que funciona a base de turba, de tipo rural. En una palabra, soy un hombre venido a menos. Me pagarán dos mensualidades por anticipado y me procurarán alojamiento. Mañana comenzaré con los trámites. Recibiremos cartillas para el viaje.

Aleksandra Vladímirovna y Vera intercambiaron una mirada, y luego Aleksandra Vladímirovna dijo:

–Es un motivo de peso para beber; nada que objetar.

–Y usted, mamá, en los Urales tendrá una habitación sólo para usted, la mejor –dijo Stepán Fiódorovich.

–Pero si lo más probable es que no le den más que una habitación –exclamó Aleksandra Vladímirovna.

–Da lo mismo, mamá, será suya.

Era la primera vez en su vida que Stepán Fiódorovich la llamaba «mamá». Y debía de ser por la borrachera, pero le habían asomado lágrimas a los ojos.

Entró Natalia y Stepán Fiódorovich, para cambiar de conversación, preguntó:

–Y entonces, ¿qué cuenta nuestro viejo a propósito de las fábricas?

–Pável Andréyevich le ha estado esperando –respondió Natasha–, pero ahora ya está dormido.

Se sentó a la mesa, aguantándose las mejillas con los puños, y dijo:

–Pável Andréyevich afirma que los obreros en las fábricas se ven obligados a cocinar semillas; es el alimento principal.

Y de repente preguntó:

–Stepán Fiódorovich, ¿es verdad que se va?

–¡Ah, vaya! Yo también lo he oído decir –respondió él, en un tono alegre.

–Los obreros están muy apenados –añadió ella.

–No hay nada de lo que apenarse. El nuevo jefe, Tishka Batrov, es un buen hombre. Estudiamos juntos en el instituto.

–¿Quién os zurcirá tan artísticamente los calcetines? –intervino Aleksandra Vladímirovna–. Vera no sabe.

–Efectivamente, ése es un problema serio –reconoció Stepán Fiódorovich.

–Es preciso que te lleves a Natasha –propuso Aleksandra Vladímirovna.

–¡Claro! –dijo Natasha–. ¡Yo iría!

Se echaron a reír, pero el silencio que siguió a esa broma fue vergonzoso, tenso.

61

Aleksandra Vladímirovna decidió ir a Kúibishev con Stepán Fiódorovich y Vera: tenía la intención de instalarse durante algún tiempo en casa de Yevguenia Nikoláyevna.

El día antes de su partida, Aleksandra Vladímirovna pidió al nuevo director un coche para dar una vuelta por la ciudad y ver las ruinas de su casa.

Durante el trayecto preguntaba al conductor:

–¿Qué es.eso de allí? ¿Qué había antes?

–¿Antes de qué? –preguntaba el conductor, irritado.

En las ruinas de la ciudad quedaban al descubierto, como por estratos, tres tipos de vida: la preguerra, el periodo de la batalla y el tiempo actual, en que la vida buscaba retomar su rumbo pacífico. La casa que una vez había albergado una tintorería y un pequeño taller de arreglos de ropa tenía las ventanas tapiadas con ladrillos, y durante los combates, a través de las aspilleras practicadas en las paredes, habían hecho fuego las ametralladoras de una división de granaderos alemana. Ahora, a través de las mismas aspilleras, se distribuía el pan a las mujeres que hacían cola.

Entre las ruinas habían aflorado los búnkeres y los refugios subterráneos donde se habían alojado soldados, Estados Mayores, radiotransmisores. Allí se habían redactado informes y recargado metralletas; y se habían utilizado como almacén de cintas de ametralladora. Y ahora de las chimeneas emanaba un humo pacífico, al lado de los refugios se secaba la ropa blanca y los niños jugaban.

De la guerra había surgido la paz, una paz pobre, miserable, casi tan ardua como la guerra.

Los prisioneros trabajaban limpiando las montañas de escombros de las calles principales. La gente hacía cola con bidones en las manos ante las tiendas de comestibles instaladas en los sótanos. Los prisioneros rumanos buscaban con indolencia entre las ruinas y desenterraban cadáveres. No veía a militares, sólo de vez en cuando asomaba algún marinero, y el conductor le explicó que la flotilla del Volga se había quedado en Stalingrado para limpiar el terreno de minas. En muchos lugares se apilaban tablas nuevas, troncos, sacos de cemento. Había comenzado la entrega de material para la reconstrucción. En algunas partes, entre las ruinas, se habían asfaltado de nuevo las calzadas.

Una mujer que empujaba un carretón cargado con fardos caminaba a lo largo de una plaza vacía y dos niños la ayudaban tirando de las cuerdas atadas a los varales.

Todos querían volver a casa, a Stalingrado, mientras que Aleksandra Vladímirovna había llegado y volvía a marcharse.

La mujer preguntó al conductor:

—¿Lamenta que Spiridónov se vaya de la central eléctrica?

—¿A mí qué más me da? Spiridónov me hacía correr de un lado para otro, el nuevo hará lo mismo. Tanto monta. Me firma la hoja de ruta y me pongo en camino.

—Y eso de ahí, ¿qué es? —preguntó ella, indicando una amplia pared ennegrecida por las llamas, donde se abrían los ojos desencajados de las ventanas.

—Oficinas varias. Lo mejor sería que fuera para la gente.

—Y antes, ¿qué había?

—Antes aquí estaba instalado Paulus. Aquí es donde le cogieron.

—¿Y antes de eso?

—¿No lo reconoce? Los grandes almacenes.

Parecía que la guerra hubiera hecho retroceder a la antigua Stalingrado. Era fácil imaginarse cómo los oficiales alemanes salían del sótano, cómo el mariscal de campo caminaba a lo largo de esa pared llena de hollín mientras los centinelas se cuadraban a su paso. ¿Es posible que fuera allí donde había comprado tela para un abrigo, el reloj que le había regalado a Marusia por su cumpleaños, que hubiera ido allí con Seriozha para comprarle unos patines en la sección de deportes de la segunda planta?

Aquellos que van a visitar el Malájov Kurgán, Verdún, el campo de batalla de Borodinó deben de encontrar extraño ver a los niños, a las mujeres haciendo la colada, un carro cargado de heno, un viejo campesino con el rastrillo en la mano... Ahí donde ahora crece la viña marchaban columnas de *poilus*[1], avanzaban los camiones cubiertos de toldos; ahí donde ahora está la isba, el rebaño famélico del koljós, los manzanos, marchaba la caballería de Murat, y

1. En francés, «peludos». Apelativo que recibieron los soldados franceses durante meses en las trincheras de la Primera Guerra Mundial.

desde ahí, Kutúzov, sentado en un sillón, con un gesto de su mano senil, mandaba al contraataque a la infantería rusa. Sobre el cerro, donde las gallinas y las cabras polvorientas buscan briznas de hierba entre las piedras, estaba Najímov, y desde ahí se lanzaban las bombas luminosas descritas por Tolstói, ahí gritaban los heridos, silbaban las balas inglesas.

Aleksandra Vladímirovna, de la misma manera, encontraba insólito esas mujeres haciendo cola, esas chozas, esos hombres descargando tablas, las camisas secándose en los cordeles, las sábanas remendadas, las medias que se enroscaban como serpientes, los anuncios fijados en las paredes muertas...

Percibía hasta qué punto la vida de hoy era insípida para Stepán Fiódorovich, que contaba las discusiones que estallaban en el *raikom* a propósito de la distribución de la fuerza de trabajo, de las tablas, del cemento; comprendía por qué le aburrían los artículos del *Pravda de Stalingrado* sobre la clasificación de los escombros, la limpieza de las calles, la construcción de baños públicos, de cantinas obreras. Él se animaba cuando le hablaba de los bombardeos, de los incendios, de las visitas del comandante Shumílov a la central eléctrica, de los tanques alemanes que descendían de las colinas y de los artilleros soviéticos que se oponían a los tanques con el fuego de sus cañones.

En esas calles era donde se había decidido el destino de la guerra. El desenlace de esa batalla había establecido la configuración del mapa del mundo de la posguerra, la medida de la grandeza de Stalin o del terrible poder de Adolf Hitler. Durante noventa días la sola palabra Stalingrado había hecho vivir, respirar y delirar al Kremlin y Berchtesgaden.

Era Stalingrado la que determinaría la filosofía de la Historia y los sistemas sociales del futuro. La sombra del destino del mundo ocultó a los ojos de los hombres la ciudad que en un tiempo había conocido una vida normal y corriente. Stalingrado se convirtió en la señal del futuro.

La vieja mujer, al acercarse a su casa, se encontraba sin darse cuenta bajo el poder de las fuerzas que se habían manifestado en Stalingrado, aquel lugar donde ella había trabajado, criado a su nieto, escrito cartas a sus hijas, enfermado de gripe, se había comprado zapatos.

Pidió al conductor que se detuviera, se apeó del vehículo. Abriéndose camino con dificultad a través de la calle desierta, todavía sembrada de escombros, contemplaba las ruinas y reconocía vagamente los restos de las casas vecinas a la suya.

El muro de su casa que daba a la calle todavía estaba en pie y a través de las ventanas abiertas, Aleksandra Vladímirovna entreveió con sus viejos ojos hipermétropes las paredes de su apartamento, reconoció la pintura azul y verde descolorida. Pero las habitaciones no tenían suelo ni techo, no había escalera por la que subir. Las huellas del incendio habían quedado impresas en los ladrillos, a menudo hechos añicos por las explosiones.

Con una fuerza brutal que le sacudió el alma, percibió toda su vida: sus hijas, su desdichado hijo, su nieto Seriozha, las pérdidas irreparables y su cabeza gris, sin un techo. Una mujer débil, enferma, con el abrigo raído y los zapatos destaconados miraba las ruinas de su casa.

¿Qué le deparaba el futuro? A sus setenta años, era una incógnita. «Queda vida por delante», pensó Aleksandra Vladímirovna. ¿Qué sería de aquellos que amaba? No lo sabía. Un cielo primaveral la miraba a través de las ventanas vacías de su casa.

La vida de sus seres queridos era un desbarajuste, una vida embrollada, confusa, repleta de dudas, de desgracias, de errores. ¿Cómo viviría Liudmila? ¿Cómo acabaría la discordia de su familia? ¿Y Seriozha? ¿Estaba vivo? ¡Qué difícil era la vida para Víktor Shtrum! ¿Qué pasaría con Stepán Fiódorovich y Vera? ¿Sería capaz Stepán de construir una nueva vida, encontraría la paz? ¿Qué camino seguiría Nadia, inteligente, buena y también mala? ¿Y Vera? ¿Sucumbiría a la soledad, las necesidades, las estrecheces diarias? ¿Qué ocurrirá con Yevguenia? ¿Seguiría a Krímov a Siberia, iría a parar a un campo, moriría como ha muerto Dmitri? ¿El Estado perdonaría a Seriozha ser hijo de un padre y una madre muertos en un campo, a pesar de ser inocentes?

¿Por qué su vida era tan enmarañada, tan confusa?

Y aquellos que habían muerto, asesinados, ejecutados, mantenían su relación con los vivos. Aleksandra Vladímirovna recordaba sus sonrisas, sus bromas, su risa, sus ojos tristes y desconcertados, su desesperación y su esperanza.

Mitia, abrazándola, le había dicho: «No pasa nada, mamá, sobre todo no te preocupes por mí, también en el campo hay buena gente». Sofia Levinton, su pelo negro, el labio superior cubierto de vello, joven, combativa y alegre, declama versos. Ania Shtrum, pálida, siempre triste, inteligente y bromista. Tolia comía de mala manera, con gula, los macarrones con queso rallado, le irritaba oírle comer ruidosamente; nunca quería echarle una mano a Liudmila: «¿Es mucho pedir que vayas por un vaso de agua...?». «Vale, vale, te lo traigo, pero ¿por qué no se lo pides a Nadia?» ¿Y mi pequeña Marusia? Zhenia siempre se burlaba de tus sermones de maestra, enseñaste, enseñaste a Stepán a ser un hombre recto... Te ahogaste en el Volga con el pequeño Slava Beriozkin, con la vieja Várvara Aleksándrovna. «Explíqueme, Mijaíl Sídorovich.» Dios mío, ¿qué puede explicarme ahora...?

Caóticos, siempre llenos de penas, sufrimientos secretos, dudas, esperaban la felicidad. Algunos iban a verla, otros le escribían cartas, y en ella persistía siempre un extraño sentimiento: la familia era grande y estaba unida, pero en un rincón de su corazón anidaba la sensación de su propia soledad.

Y ahí estaba, una mujer vieja ahora; vive esperando el bien, cree, teme el mal, llena de angustia por los que viven y también por los que están muertos; ahí está, mirando las ruinas de su casa, admirando el cielo de primavera sin saber que lo está admirando, preguntándose por qué el futuro de los que ama es tan oscuro y sus vidas están tan llenas de errores, sin darse cuenta de que precisamente esa confusión, esa niebla y ese dolor aportan la respuesta, la claridad, la esperanza, sin darse cuenta de que en lo más profundo de su alma ya conoce el significado de la vida que le ha tocado vivir, a ella y a los suyos. Y aunque ninguno de ellos pueda decir qué les espera, aunque sepan que en una época tan terrible el ser humano no es ya forjador de su propia felicidad y que sólo el destino tiene el poder de indultar y castigar, de ensalzar en la gloria y hundir en la miseria, de convertir a un hombre en polvo de un campo penitenciario, sin embargo ni el destino ni la historia ni la ira del Estado ni la gloria o la infamia de la batalla tienen poder para transformar a los que llevan por nombre seres humanos. Fuera lo que fuese lo que les deparara el futuro –la fama por su trabajo o la soledad, la miseria y la desesperación, la muerte y la ejecución–, ellos vivirán como seres humanos y morirán como seres humanos, y lo mismo para aquellos que ya han muerto; y sólo en eso consiste la victoria amarga y eterna del hombre sobre las fuerzas grandiosas e inhumanas que hubo y habrá en el mundo.

62

Aquel día la cabeza no sólo le daba vueltas a Stepán Fiódorovich, que se había puesto a beber desde la mañana. Aleksandra Vladímirovna y Vera se encontraban en un estado de nerviosismo febril antes de la partida. Los obreros pasaban continuamente y preguntaban por Spiridónov, pero él estaba arreglando algunos asuntos pendientes, había ido al *raikom* a buscar su nuevo destino, telefoneaba a sus amigos, puso en orden sus documentos en la comisaría militar, iba a los talleres charlando, bromeando, y cuando se quedó solo, en la sala de turbinas, pegó la mejilla al volante frío, inmóvil y, cansado, cerró los ojos.

Entretanto Vera empaquetaba sus pertenencias, secaba los pañales sobre la estufa, preparaba para Mitia los biberones con leche hervida, metía el pan en una bolsa. Estaba a punto de separarse para siempre de Víktorov y de su madre. Se quedarían solos; nadie aquí pensaría ni se preocuparía de ellos.

Le consolaba el pensamiento de que ahora era la mayor de la familia. Ahora era la más tranquila, la que mejor aceptaba las dificultades de la vida.

Aleksandra Vladímirovna, mirando los ojos de su nieta, irritados por la falta de sueño, le dijo:

–Así es la vida, Vera. No hay nada más difícil que abandonar la casa donde se ha sufrido tanto.

Natasha se puso a cocinar unas empanadas a los Spiridónov para el viaje. Salió por la mañana, cargada de leña y provisiones, a casa de una conocida que tenía una estufa rusa; preparó el relleno y extendió la masa. Su cara, enrojecida por el trabajo en el horno, había rejuvenecido y embellecido. Se miraba al espejo riendo, se empolvaba la nariz y las mejillas de harina, pero cuando su conocida salía de la habitación, Natalia lloraba y las lágrimas caían sobre la pasta.

Al final su amiga se dio cuenta de que estaba llorando y le preguntó:

–¿Qué tienes, Natasha? ¿Por qué lloras?

–Me había acostumbrado a ellos. La vieja es buena, Vera me da pena, y también el huérfano.

La mujer escuchó con atención sus explicaciones y dijo:

–Mientes, Natasha, tú no lloras por la vieja.

–Sí, sí, es verdad –admitió Natasha.

El nuevo director prometió dejar marchar a Andréyev, pero le exigió que se quedara en la central eléctrica otros cinco días más. Natalia anunció que se quedaría esos cinco días y que luego se reuniría con su hijo en Leninsk.

–Y una vez allí –dijo–, ya veremos dónde vamos a parar.

–¿Qué es lo que verás? –preguntó su suegro.

Natasha no respondió. Lo más probable es que había llorado porque no veía nada.

Pável Andréyevich no quería que su nuera se preocupara por él; y Natasha tenía la sensación de que su suegro recordaba las discusiones que había tenido con su mujer, Várvara Aleksándrovna, que la juzgaba, que no la perdonaba.

A la hora de comer, Stepán Fiódorovich volvió a casa y contó cómo se habían despedido de él los obreros en la sala de máquinas.

–Por aquí durante toda la mañana también ha habido un ir y venir de gente que preguntaba por usted –dijo Aleksandra Vladímirovna–. Al menos han venido cinco o seis personas que querían verle.

–Bueno, ¿está todo listo? El camión llegará a las cinco en punto –Y sonrió–. Hay que darle las gracias a Batrov por ello.

Todos sus asuntos estaban en orden, el equipaje preparado, pero Spiridónov todavía se sentía nervioso, excitado, embriagado. Comenzó a cambiar de sitio las maletas, repasó los nudos de los fardos, como si estuviera impaciente por partir.

Luego Andréyev regresó de la oficina, y Stepán Fiódorovich le preguntó:

–¿Cómo va todo por ahí? ¿Ha llegado el telegrama de Moscú a propósito de los cables?

–No, no ha llegado ningún telegrama.

–¡Hijos de perra! Sabotean todo el trabajo. Las construcciones de primer orden habrían podido estar listas para las fiestas de mayo.

Andréyev dijo a Aleksandra Vladímirovna:

–Está loca, ¿cómo le ha dado por embarcarse en este viaje?

–No se preocupe, soy una mujer resistente. Además, ¿qué voy a hacer, si no? ¿Volver a mi piso de la calle Gógol? Y aquí los pintores ya han pasado a ver los trabajos que hay que hacer para el nuevo director.

–¿No podría esperarse un día al menos, ese descarado? –observó Vera.

–¿Por qué descarado? –dijo Aleksandra Vladímirovna–. La vida continúa.

Stepán Fiódorovich preguntó:

–¿Está preparada la comida? ¿A qué esperamos?

–A Natasha con las empanadas.

–Sí, sí, esperando las empanadas, perderemos el tren –dijo Stepán Fiódorovich.

No tenía apetito, pero había reservado vodka para la comida de despedida, y tenía muchas ganas de beber.

Le hubiera gustado mucho pasar por su despacho, aunque sólo fuera unos minutos, pero eso habría estado fuera de lugar: Batrov mantenía una reunión con varios responsables de diferentes talleres. La amargura acrecentaba en él el deseo de beber y no dejaba de sacudir la cabeza: «Vamos a llegar tarde, vamos a llegar tarde».

Había algo agradable en esa espera de Natasha, en ese temor a llegar tarde, pero no lograba comprender el motivo. No se daba cuenta de que se debía a que le recordaba otras ocasiones antes de la guerra, cuando su mujer y él se preparaban para ir al teatro, y él miraba el reloj y repetía desolado: «Vamos a llegar tarde».

Aquel día habría querido oír hablar bien de él, y ese deseo le hacía aún más desgraciado.

–¿Por qué deberían compadecerse de mí? Soy un desertor y un cobarde. Aún tendré la desfachatez de exigir que me den una medalla por haber participado en la defensa.

–Venga, vamos a comer –dijo Aleksandra Vladímirovna, al ver que Stepán Fiódorovich estaba fuera de sí.

Vera trajo la olla de sopa y Spiridónov sacó la botella de vodka. Aleksandra Vladímirovna y Vera declinaron beber.

–Bueno, beberemos sólo los hombres –dijo Spiridónov, y añadió–: Pero tal vez deberíamos esperar a Natasha.

En ese preciso instante Natasha apareció por la puerta con una cesta y se puso a colocar las empanadas sobre la mesa.

Stepán Fiódorovich sirvió dos grandes vasos para Andréyev y él, y uno medio lleno para Natasha.

–El verano pasado estuvimos en casa de Aleksandra Vladímirovna, en la calle Gógol, comiendo empanadas.

–Bueno, estoy segura de que éstas serán igual de buenas que las del año pasado –dijo Aleksandra Vladímirovna.

–Cuántos éramos aquel día alrededor de la mesa, mientras que ahora sólo quedamos usted, la abuela, papá y yo –dijo Vera.

–Hemos aplastado a los alemanes en Stalingrado –dijo Andréyev.

–¡Una gran victoria! Pero hemos pagado un precio muy alto por ello –observó Aleksandra Vladímirovna, y añadió–: Tomad más sopa, durante el viaje sólo comeremos fiambre, pasarán días antes de que volvamos a comer caliente.

–Sí, el viaje será duro –intervino Andréyev–. Y subirse al tren no será nada fácil. Es un tren procedente del Cáucaso y estará abarrotado de soldados que van camino a Balashov. En cambio llevarán pan blanco.

–Los alemanes se cernían amenazantes como un nubarrón –dijo Stepán Fiódorovich–. ¿Dónde está ahora ese nubarrón? La Rusia soviética ha vencido.

Pensó en el rugido de los tanques alemanes que hasta hace poco se oía en la central eléctrica, pero ahora esos tanques estaban a cientos de kilómetros de distancia, en Belgorod, Chugúyev, Kubán.

Y de nuevo se puso a hablar de la herida que le escocía de manera insoportable:

–Muy bien, admitamos que soy un desertor. Pero ¿quién ha dictado la sentencia contra mí? Exijo que me juzguen los combatientes de Stalingrado. Estoy dispuesto a declararme culpable ante ellos.

–A su lado, Pável Andréyevich –dijo Vera–, aquel día estaba sentado Mostovskói.

Pero Stepán Fiódorovich interrumpió la conversación. Aquel día el dolor le atenazaba. Se volvió a su hija y dijo:

–He llamado al primer secretario del *obkom* para despedirme. A fin de cuentas soy el único director que permaneció en la orilla derecha durante toda la batalla, pero su adjunto, Barulin, me ha dicho: «El camarada Priajin no puede hablar con usted. Está ocupado». Y si está ocupado está ocupado.

Vera, como si no le hubiera oído, dijo:

–Y al lado de Seriozha había un teniente, un amigo de Tolia. ¿Quién sabe dónde estará ahora, ese teniente?

Le habría gustado que alguien le hubiera respondido: «¿Dónde va a estar? Probablemente esté sano y salvo, en el frente».

Esas palabras, aunque ligeramente, habrían mitigado su pena.

Pero Stepán Fiódorovich le interrumpió de nuevo:

–Le he dicho: «Me voy hoy. Lo sabe muy bien». Y va y me responde: «En ese caso, diríjase a él por escrito». Muy bien, que se vaya al diablo. ¡Venga, bebamos otro vaso! Es la última vez que nos sentamos alrededor de esta mesa.

Levantó su vaso en dirección a Andréyev.

–Pável Andréyevich, no guarde mal recuerdo de mí.

–Pero qué dice, Stepán Fiódorovich. La clase obrera está con usted –dijo Andréyev.

Spiridónov bebió, se quedó callado un instante, como si hubiera sacado la cabeza del agua, y comenzó a comer la sopa.

Se hizo el silencio, sólo se oía el ruido que hacía Stepán Fiódorovich comiendo la empanada y el tintineo de la cuchara contra el plato.

En aquel instante el pequeño Mitia se puso a llorar y Vera se levantó de la mesa para tomarlo en brazos.

–Coma empanada, Aleksandra Vladímirovna –susurró Natasha, como si se tratara de una cuestión de vida o muerte.

–Claro que sí –la tranquilizó ésta.

Stepán Fiódorovich, con la solemnidad de un borracho, presa de una alegre excitación, anunció:

–Natasha, permítame que le diga una cosa delante de todos. Usted no tiene nada que hacer aquí; vuelva a Leninsk, vaya a buscar a su hijo y reúnase con nosotros en los Urales. Estaremos juntos, juntos será más fácil.

Deseaba mirarla a los ojos, pero ella bajó la cabeza y él no pudo ver más que su frente, sus bellas cejas morenas.

–Y usted también, Pável Andréyevich, venga con nosotros. Juntos será más fácil.

–¿Dónde quiere que vaya? –dijo Andréyev–. ¿Cómo quiere que a mi edad empiece una nueva vida?

Stepán Fiódorovich se volvió hacia Vera; estaba de pie al lado de la mesa con Mitia en los brazos, y lloraba.

Y por primera vez aquel día vio las paredes que estaba a punto de abandonar. De repente todo dejó de tener importancia: el dolor que le consumía, perder el trabajo que tanto amaba, la pérdida de estatus, la vergüenza y el rencor que le hacían perder el juicio y le impedían compartir la alegría de la victoria.

Y entonces, la vieja mujer que estaba sentada a su lado, la madre de la mujer a la que había amado y que había perdido para siempre, le besó en la frente y le dijo:

–No importa, mi querido Stepán, no importa. Es la vida.

63

Durante toda la noche hizo un calor sofocante en la isba, por la estufa encendida la tarde anterior.

La inquilina y su marido, un militar herido que había llegado de permiso la víspera, después de recibir el alta en el hospital, estuvieron despiertos casi hasta la mañana. Hablaban en voz baja para no despertar a la vieja casera y a la hija de ambos, que dormía sobre un baúl.

La vieja intentaba conciliar el sueño, pero sin éxito.

Le irritaba que la mujer susurrara para hablar con su marido. Le molestaba porque, sin querer, aguzaba el oído y trataba de unir las palabras sueltas que llegaban hasta ella. Si hubieran hablado en voz alta habría escuchado un rato, pero luego se habría dormido. Sintió incluso el deseo de golpear contra la pared y decir: «Pero ¿qué estáis cuchicheando? ¿Creéis que lo que estáis diciendo es muy interesante?».

De vez en cuando la vieja cazaba algunas frases sueltas, luego el susurro se hacía de nuevo incomprensible.

El militar dijo:

–Vengo directamente del hospital, ni siquiera he podido traerte bombones. ¡Si hubiera estado en el frente habría sido otra historia!

–Y yo –respondió la mujer– todo lo que tengo para ofrecerte son patatas fritas en aceite.

El murmullo se volvió de nuevo indescifrable, no lograba entender nada y, al final, le pareció oír llorar a la mujer.

Luego la vieja oyó que ella decía:

–Es mi amor lo que te ha salvado.

«Rompecorazones», pensó la vieja.

La vieja se adormeció unos minutos, y debió de haberse puesto a roncar, porque las voces se habían vuelto más fuertes.

Se despertó, se puso a escuchar y entendió:

–Pivovárov me escribió al hospital. Hace poco que me nombraron teniente coronel y enseguida quieren ascenderme a coronel. Ha sido el propio comandante general del ejército el que me ha propuesto. De hecho fue él quien me puso al mando de una división. Y me han dado la Orden de Lenin. ¡Y todo por aquel día en que quedé enterrado bajo tierra! Cuando perdí todo contacto con los batallones y lo único que hice fue ponerme a cantar, como un loro. Me siento como un impostor. No te imaginas lo avergonzado que estoy.

Luego, al darse cuenta de que la vieja ya no roncaba, volvieron a hablar en voz baja.

La vieja vivía sola. Su marido había muerto antes de la guerra y su única hija se había ido de casa para trabajar en Sverdlovsk. La vieja no tenía parientes en el frente y no lograba comprender por qué la llegada del militar la había trastornado tanto.

No le gustaba su inquilina: le parecía frívola e incapaz de valerse por sí misma. Se levantaba tarde y no cuidaba de su hija, que andaba con la ropa rota y comía de cualquier manera. Se pasaba la mayor parte del tiempo sentada a la mesa sin decir nada, mirando por la ventana. A veces, cuando le daba el arrebato, se ponía a trabajar y entonces resultaba que sabía hacerlo todo: cosía, lavaba el suelo, cocinaba una sopa excelente; sabía incluso cómo ordeñar una vaca, aunque era de ciudad. Era evidente que algo no funcionaba en su vida. En cuanto a la niña, era un bicho raro. Le gustaba jugar con escarabajos, saltamontes, cucarachas, pero de una manera extraña, no como los otros niños: besaba a los escarabajos, les contaba historias, luego los soltaba y después se echaba a llorar, les llamaba por su nombre, les suplicaba que volvieran. Aquel otoño la vieja le había traído un erizo que había encontrado en el bosque, y la niña le seguía a todas partes. Donde estaba él, estaba ella. Cuando el erizo gruñía, ella se sentía pletórica de alegría. Si el erizo se metía debajo de la cómoda, la niña se sentaba en el suelo, al lado de la cómoda, lo esperaba, y le decía a su madre: «Silencio, está durmiendo». Y cuando el erizo volvió al bosque, la niña estuvo dos días sin probar bocado.

La vieja vivía con el temor constante de que su inquilina se fuera a colgar; en tal caso, ¿qué haría con la niña? No quería, a su edad, nuevas preocupaciones.

«No le debo nada a nadie», pensaba. No se liberaba de la angustia de que, una mañana al levantarse, se encontraría a la mujer ahorcada. ¿Qué haría con la niña?

Estaba convencida de que el marido de su inquilina la había abandonado, que había conocido a otra mujer más joven en el frente, y ése sería el motivo de que estuviera tan triste. Recibía muy pocas cartas de él, y cuando llegaban no se alegraba demasiado. Era imposible sacarle una palabra, siempre estaba callada. Incluso las vecinas habían notado que la vieja tenía una extraña inquilina.

La vieja había sufrido muchas penas con su marido. Era un borracho, un hombre escandaloso. En lugar de pegarle de la manera que hacían todos, echaba mano del atizador o un bastón para zurrarla. Golpeaba también a la hija. Cuando estaba sobrio tampoco era un derroche de alegría: era avaro, siempre la tomaba con ella, metía la cuchara, como una abuela, en la cacerola, quejándose de esto y aquello. Siempre le estaba dando lecciones: no sabía cocinar, no sabía hacer la compra, no era así cómo se ordeñaba, no era así cómo se hacía la cama. Y cada dos palabras soltaba un taco. Ella se había acostumbrado, y ahora no le iba a la zaga en improperios a su marido. Incluso insultaba a su vaca preferida. Cuando murió su marido no derramó ni una sola lágrima. No había dejado de importunarla ni siquiera de viejo, cuando estaba borracho no había nada que hacer. Al menos habría podido intentar comportarse mejor en presencia de su hija. Sólo pensarlo se ruborizaba. ¡Y hay que ver cómo roncaba! Sobre todo cuando estaba borracho. Y su vaca, ese animal terco, siempre quería escaparse del rebaño... ¿Cómo una mujer vieja como ella iba a poder seguirle el ritmo?

La vieja oía los susurros detrás del tabique, y recordaba la mala vida que le había dado su marido. Sentía rencor a la par que compasión hacia él. Había trabajado duro y ganado poco. Sin la vaca nunca habrían sobrevivido. Y murió por el polvo que había tragado en la mina. Pero ella no había muerto, vivía. Una vez le había traído un collar de Ekaterinburgo, y ella se lo había dado a su hija...

Por la mañana temprano, cuando la niña todavía no se había despertado, la pareja fue al pueblo. Con la cartilla de racionamiento militar podrían obtener pan blanco.

Iban cogidos de la mano, caminaban en silencio. Tenían que recorrer un kilómetro y medio a través del bosque, descender hasta el lago y bordear la orilla.

La nieve no se había derretido y había adquirido una tonalidad azulada. Entre sus cristales grandes y ásperos nacía y se derramaba el azul del agua del lago. En la ladera soleada de la colina la nieve se había empezado a derretir, el agua gorjeaba por la zanja que bordeaba el camino. El brillo de la nieve, del agua, de los charcos, todavía atrapados en el hielo, cegaba la vista. La luz era tan intensa que tenían que abrirse paso a través de ella, como a través de la maleza. Les incomodaba, les molestaba, y cuando rompían la capa de hielo al caminar sobre los charcos, les parecía que era la luz la que crujía bajo sus pies, la que se quebraba en esquirlas de rayos agudos y punzantes. La luz se derramaba por la zanja y allí donde los cantos rodados bloqueaban la zanja, la luz se henchía, espumeaba, tintineaba y murmuraba. El sol de primavera parecía más cercano a la tierra que nunca. El aire era fresco y cálido al mismo tiempo.

Al oficial le pareció como si la luz y el cielo azul lavaran, aclararan su garganta abrasada por el hielo y el vodka, ennegrecida por el tabaco, por el gas producido por la combustión de la pólvora, el polvo y los insultos. Penetraron en el bosque, bajo la sombra de los pinos jóvenes. Allí el manto de nieve todavía permanecía intacto. En los pinos, en las guirnaldas verdes de las ramas, las ardillas estaban atareadas, y a sus pies la costra helada de la nieve estaba sembrada de infinidad de piñas roídas y de una fina carcoma de madera.

El silencio que reinaba en el bosque obedecía a que la luz, detenida por el abundante follaje de las coníferas, no hacía ruido, no tintineaba.

Caminaban como antes en silencio, estaban juntos; por ese motivo todo alrededor era hermoso y había llegado la primavera.

Sin intercambiar una palabra se detuvieron. Sobre la rama de un abeto se habían posado dos grandes pinzones reales. Sus pechos rojos parecían flores abiertas sobre una nieve encantada. Extraño, sorprendente era el silencio en aquella hora.

Contenía el recuerdo de la frondosidad del año pasado, del repiqueteo de las lluvias, de los nidos construidos y después abandonados, de la infancia, del triste trabajo de las hormigas, de la traición de los zorros y los halcones, de la guerra de todos contra todos, del bien y del mal nacidos en un solo corazón y muertos con ese corazón, de las tormentas y los rayos que hacían estremecer el corazón de las liebres y los troncos de los pinos. En la gélida penumbra, bajo la nieve, dormía la vida pasada: la felicidad de los encuentros amorosos, la charlatanería incierta de los pájaros en abril, el primer contacto con vecinos al principio extraños, luego familiares. Dormían los fuertes y los débiles, los audaces y los tímidos, los felices y los desgraciados.

En la casa vacía y abandonada se había producido el último adiós con los muertos que se habían ido para siempre.

Pero en el frío del bosque la primavera se percibía con más intensidad que en la llanura iluminada por el sol. En el silencio del bosque la tristeza era más honda que el silencio del otoño. Se oía en su mutismo el lamento por los muertos y la furiosa felicidad de vivir...

Todavía es oscuro, hace frío, pero pronto las puertas y las contraventanas se abrirán. Pronto la casa vacía revivirá y se llenará con las lágrimas y las risas infantiles, resonarán los pasos apresurados de la mujer amada y los andares decididos del dueño de la casa.

Permanecían inmóviles, con las cestas de pan en la mano, en silencio.

1960

LISTA DE PERSONAJES PRINCIPALES

LA FAMILIA SHÁPOSHNIKOV

Sháposhnikova, Liudmila Nikoláyevna

Shtrum, Víktor Pávlovich: *marido de Liudmila, físico, miembro de la Academia de las Ciencias.*

Víktorovna, Nadiezhda (Nadia): *hija de Víktor y Liudmila.*

Sháposhnikova, Aleksandra Vladímirovna: *madre de Liudmila.*

Sháposhnikova, Yevguenia Nikoláyevna (Zhenia): *hermana de Liudmila.*

Abarchuk: *primer marido de Liudmila, arrestado en 1937.*

Sháposhnikov, Anatoli (Tolia): *hijo de Liudmila y Abarchuk, teniente del ejército.*

Spiridónova, Marusia: *hermana de Liudmila y Yevguenia; muere víctima de los bombardeos.*

Spiridónov, Stepán Fiódorovich: *marido de Marusia, director de la central eléctrica de Stalingrado.*

Spiridónova, Vera: *hija de Marusia y Stepán Fiódorovich.*

Sháposhnikov, Dmitri (Mitia): *hermano de Liudmila, Yevguenia y Marusia; recluido en un campo como prisionero político.*

Sháposhnikov, Seriozha: *hijo de Dmitri, soldado destinado en el frente, en la casa 6/1.*

Krímov, Nikolái Grigórievich: *ex marido de Yevguenia; comisario del Ejército Rojo.*

Semiónovna, Anna (Ania): *madre de Víktor Pávlovich Shtrum.*

LOS COLEGAS DE VÍKTOR

Sokolov, Piotr Lavréntievich: *físico teórico en el laboratorio de Víktor.*

Sokolova, Maria Ivánovna (Mashenka): *su esposa.*

Márkov, Viacheslav Ivánovich: *físico experimental en el laboratorio de Víktor.*

Savostiánov: *ayudante de laboratorio.*
Weisspapier, Anna Naumovna: *ayudante de laboratorio.*
Loshakova, Anna Stepánovna: *ayudante de laboratorio.*
Nozdrín, Stepán Stepánovich: *técnico mecánico en el laboratorio de Víktor.*
Perepelitsin: *técnico electricista en el laboratorio de Víktor.*
Svechín: *jefe del laboratorio de magnetismo.*
Postóyev: *doctor en física.*
Gavronov, profesor: *especialista en historia de la física.*
Gurévich, Natán Samsónovich: *doctor en ciencias.*
Chepizhin, Dmitri Petróvich: *director del instituto.*
Pímenov: *responsable de las funciones administrativas del instituto en Kazán.*
Shishakov, Alekséi Alekséyevich: *académico, nombrado director administrativo y científico del instituto a su regreso a Moscú.*
Kovchenko, Kasián Teréntievich: *nuevo subdirector del instituto.*
Dubenkov: *jefe del departamento de personal.*
Ramskov: *secretario del comité del Partido en el instituto.*
Badin: *delegado de la sección científica del Comité Central.*

EL CÍRCULO DE VÍKTOR EN KAZÁN

Madiárov, Leonid Serguéyevich: *historiador, cuñado de Sokolov.*
Artelev, Vladímir Románovich: *ingeniero químico, propietario del piso que tienen alquilado los Sokolov en Kazán.*
Karímov, Ajmet Usmánovich: *traductor tártaro.*

EN EL CAMPO DE CONCENTRACIÓN ALEMÁN

Mostovskói, Mijaíl Sídorovich: *viejo bolchevique, uno de los fundadores del Partido.*
Guardi: *sacerdote italiano.*
Ikónnikov-Morzh: *ex tolstoísta al que sus compañeros llaman* yuródivi *[loco santo].*
Chernetsov: *ex menchevique tuerto; vivió veinte años como emigrado en París.*
Yershov, mayor: *oficial ruso capturado; detenta el mando sobre los prisioneros de guerra soviéticos.*
Níkonov, mayor: *oficial ruso capturado.*

Ósipov, comisario de brigada: *oficial ruso capturado.*
Zlatokrilets, coronel: *oficial ruso capturado.*
Gudz, general: *oficial ruso capturado.*
Kiríllov, mayor: *oficial ruso capturado.*
Kótikov: *oficial ruso capturado, miembro del Partido.*
Liss, *Obersturmbannführer: representante de la SD
en la administración del campo.*

EN EL CAMPO DE TRABAJO RUSO

Abarchuk: *ex marido de Liudmila Nikoláyevna Sháposhnikova.*
Neumolímov: *ex comandante de una brigada de caballería
durante la guerra civil.*
Monidze: *ex miembro del presídium de la Internacional
de la Juventud Comunista.*
Rubin, Abraham Yefímovich (Abrashka): *auxiliar médico.*
Bárjatov: *criminal, ayudante de Abarchuk.*
Tungúsov: *viejo oficial de la guardia real.*
Ugárov, Kolka: *un joven ladrón.*
Konashévich: *ex mecánico de aviación.*
Magar: *viejo bolchevique, ex profesor de Abarchuk.*
Zarókov: *jefe del barracón de Abarchuk.*
Perekrest: *jefe de la brigada de los delincuentes comunes en la mina.*
Dolgoruki, príncipe: *un místico.*
Stepánov: *ex profesor del Instituto de Economía.*
Mishanin, capitán: *delegado operativo del campo.*
Triufelev: *enfermero.*

EN UNA JATA UCRANIANA

Semiónov: *conductor, hecho prisionero por los alemanes
y liberado a punto de morir.*
Jristia Chulniak: *vieja campesina ucraniana que acoge
a Semiónov.*

EN EL TRAYECTO HACIA LA CÁMARA DE GAS

Levinton, Sofia Ósipovna: *médico militar, amiga
de Yevguenia Nikoláyevna Sháposhnikova.*

David: *un niño.*
Borísovna, Musia: *bibliotecaria.*
Bujman, Rebekka: *pariente de David.*
Rozenberg, Naum: *contable.*
Karasik, Natasha: *una chica tímida.*
Yankelévich, Lázar: *mecánico.*
Samuílovna, Deborah: *su mujer.*
Shterental, Liusia: *una joven hermosa.*
Vinokur, Musia: *una adolescente de catorce años.*

EN EL *SONDERKOMMANDO*

Jmélkov, Antón: *prisionero de guerra; miembro*
del Sonderkommando.
Zhuchenko, Trofim: *prisionero de guerra; miembro*
del Sonderkommando.
Roze: *soldado alemán.*
Kaltluft, *Sturmbannführer: comandante del* Sonderkommando.

EN LA PRISIÓN DE LA LUBIANKA

Krímov, Nikolái Grigórievich: *ex marido de Yevguenia;*
comisario militar.
Dreling: *un menchevique.*
Bogoleyev: *crítico de arte y poeta.*
Katsenelenbogen: *un ex chequista.*

EN KÚIBISHEV

Sháposhnikova, Yevguenia Nikoláyevna: *hermana de Liudmila.*
Guenríjovna, Jenny: *ex institutriz de la familia Sháposhnikov.*
Sharogorodski, Vladímir Andréyevich: *aristócrata, en el exilio*
entre 1926 y 1933.
Limónov: *literato moscovita.*
Rizin, teniente coronel: *jefe de Yevguenia.*
Grishin: *jefe de la sección de pasaportes.*
Glafira Dmítrievna: *inquilina del apartamento de Yevguenia.*

EN LA CENTRAL ELÉCTRICA DE STALINGRADO

Spiridónov, Stepán Fiódorovich: *el director de la central.*
Spiridónova, Vera: *su hija; mantiene una relación amorosa
con el piloto Víktorov.*
Andréyev, Pável Andréyevich: *el vigilante.*
Nikoláyev: *secretario de organización del Partido.*
Kamishov: *el ingeniero jefe.*

EL CÍRCULO DE GUÉTMANOV EN UFÁ

Guétmanov, Dementi Trífonovich: *secretario de un obkom;
nombrado comisario del cuerpo de tanques de Nóvikov.*
Guétmanova, Galina Teréntievna: *su mujer.*
Nikolái Teréntievich: *hermano de Galina.*
Maschuk: *oficial de los órganos de seguridad del Estado.*
Sagaidak: *responsable de la sección de propaganda del
Comité Central ucraniano.*

MIEMBROS DE UN ESCUADRÓN DE CAZAS
DE LA FUERZA AÉREA RUSA

Víktorov, teniente: *piloto; mantiene una relación amorosa
con Vera Spiridónova.*
Zakabluka, mayor: *comandante del escuadrón.*
Solomatin, teniente: *piloto.*
Yeriomin, teniente: *piloto.*
Korol, suboficial: *piloto.*
Martínov, Vania: *comandante de escuadrilla.*
Golub: *instructor político; alojado con Víktorov.*
Skotnoi, teniente: *piloto alojado con Víktorov.*
Berman: *comisario del escuadrón.*
Velikánov, teniente: *piloto; oficial de servicio.*

EL CUERPO DE TANQUES DE NÓVIKOV

Nóvikov, coronel Piotr Pávlovich: *oficial al mando;
mantiene una relación amorosa con Yevguenia Nikoláyevna
Sháposhnikova.*

Neudóbnov, general Illarión Innokéntievich: *jefe de Estado Mayor de Nóvikov.*

Guétmanov, Dementi Trífonovich: *comisario del cuerpo.*

Kárpov, coronel: *comandante de brigada.*

Belov: *comandante de brigada.*

Makárov: *comandante de brigada.*

Fátov: *comandante de un batallón.*

Vershkov: *ayudante de campo de Nóvikov.*

Jaritónov: *conductor de Nóvikov.*

OFICIALES DEL EJÉRCITO SOVIÉTICO EN STALINGRADO

Yeremenko*, general: *comandante en jefe del frente de Stalingrado.*

Zajárov*, teniente general: *jefe del Estado Mayor de Yeremenko.*

Chuikov*, general: *comandante del 62.º Ejército.*

Krilov*, general: *jefe del Estado Mayor de Chuikov.*

Gúrov*: *comisario de división.*

Pozharski*: *comandante de artillería del 62.º Ejército.*

Batiuk*, teniente coronel: *comandante de la 284.ª División de Fusileros.*

Guriev*, general: *comandante de la 39.ª División de Guardias.*

Rodímtsev*: *comandante de la 13.ª División de Guardias.*

Belski: *jefe del Estado Mayor de Rodímtsev.*

Vavílov: *comisario de la división de Rodímtsev.*

Borísov, coronel: *segundo jefe de Rodímtsev.*

Beriozkin, Iván Leóntievich: *mayor al mando de un regimiento.*

Glushkov: *ayudante de campo de Beriozkin.*

Podchufárov, capitán: *al mando de un batallón.*

Movshóvich: *al mando de un batallón de zapadores.*

Pivovárov: *comisario del regimiento de Beriozkin.*

Soshkin: *instructor político del regimiento de Beriozkin.*

SOLDADOS DE LA CASA 6/1

Grékov: *responsable de la casa.*

Antsíferov, sargento: *al mando del destacamento de zapadores.*

* Personajes históricos.

Véngrova, Katia: *radiotelegrafista.*
Koloméitsev: *artillero.*
Batrakov, teniente: *al mando de un puesto de observación de la artillería.*
Bunchuk: *observador.*
Lampásov: *calculador.*
Klímov: *explorador.*
Chentsov: *operador de mortero.*
Liájov: *zapador.*
Zúbarev, teniente: *al mando de la infantería.*
Sháposhnikov, Seriozha: *soldado.*
Perfíliev: *soldado.*
Poliakov: *soldado.*

EN LA ESTEPA CALMUCA

Darenski, teniente coronel: *oficial del Estado Mayor del frente.*
Alla Serguéyevna: *esposa de un comandante del ejército.*
Klavdia: *amante de un miembro del Consejo Militar.*
Bova, teniente coronel: *jefe del Estado Mayor de un regimiento de artillería.*

OFICIALES DEL EJÉRCITO ALEMÁN EN STALINGRADO

Paulus*, general Friedrich: *comandante del 6.º Ejército.*
Schmidt*, general: *jefe de Estado Mayor de Paulus.*
Adam*, coronel: *ayudante de campo de Paulus.*
Bach, teniente Peter: *oficial de infantería.*
Krapp: *oficial que comanda un destacamento de exploradores.*
Gerne, teniente: *oficial del Estado Mayor.*
Fresser, teniente: *un oficial.*
Lenard: *oficial de las SS.*
Halb: *jefe de la policía militar.*
Eisenaug, sargento: *un suboficial de la compañía de Bach.*

Venteyev a sus radiotelegrafistas
Kolomiets: artillero
Ratakov, teniente: al mando de un puesto de observación
de la artillería.
Banchuk: observador
Larunasov: explorador
Klimov: explorador
Chentsov: operador de morteros
Lagov: cavador
Zubarev, teniente: al mando de la infantería.
Shaposhnikov, Serozhin: soldado.
Petliliev: soldado.
Patiukov: soldador.

EN LA ESTEPA CALMUCA

Darensky, comandante coronel: oficial del Estado Mayor del frente
Alla Sergeyevna: esposa de un comandante del ejército
Klavdia: amante de un miembro del Consejo Militar.
Bova, teniente coronel: jefe del Estado Mayor
de un regimiento de artillería.

OFICIALES DEL EJÉRCITO ALEMÁN EN STALINGRADO

Paulus, general Friedrich: comandante del 6.º Ejército.
Schmidt, general: jefe de Estado Mayor de Paulus
Adam, coronel: ayudante de campo de Paulus
Bach, teniente: Felst oficial de infantería
Krapp: oficial que comanda un destacamento de exploradores
Gerne, teniente: oficial del Estado Mayor
Fresser, teniente: un oficial.
Lenard: oficial de las SS.
Eizh: jefe de la policía militar
Eisenaug, sargento: un suboficial de la compañía de Bach

ÍNDICE

Vida y destino, de Vasili Grossman
se terminó de imprimir en septiembre de 2008 en
Quebecor World, S.A. de C.V.
Fracc. Agro Industrial La Cruz
El Marqués, Querétaro
México